Alan Savage

DIE GESANDTEN DES SULTANS

Ins Deutsche übertragen
von Cécile G. Lecaux

BASTEI LÜBBE

BASTEI-LÜBBE-TASCHENBUCH
Band 25 295

Originaltitel: Ottoman
Deutsche Lizenzausgabe 1996
Bastei-Verlag Gustav H. Lübbe GmbH & Co.,
Bergisch Gladbach
Printed in Germany 1997
Einbandgestaltung: CCG, Köln
Lektorat: Dr. Edgar Bracht
Titelbild: Archiv für Kunst und Geschichte
Satz: hanseatenSatz-bremen, Bremen
Druck und Verarbeitung: Elsnerdruck, Berlin
ISBN 3-404-25295-0

INHALT

Die Hawkwood-Familie

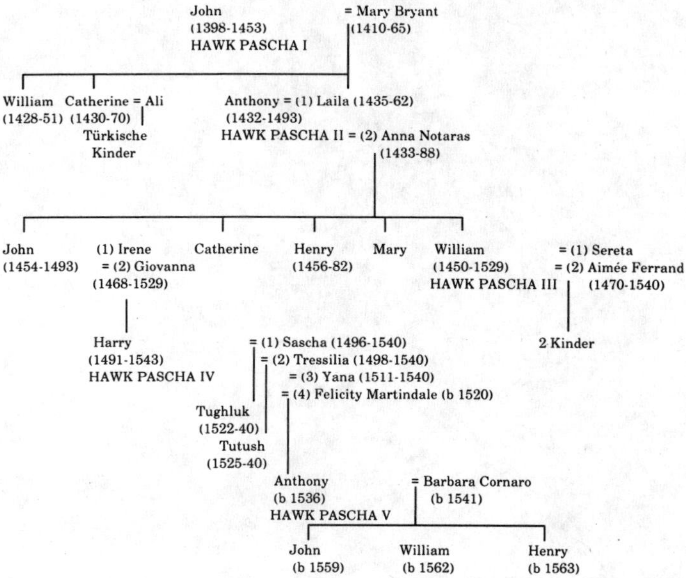

ERSTES BUCH

DIE HAUPTSTADT DER WELT

1
Das goldene Horn

SOLDATEN IN KETTENHEMDEN standen in Höhe der Romanos-Pforte oben auf der Stadtmauer und blickten auf die Kavalkade herab, die sich die gewundene Straße entlang auf sie zubewegte.

Die Mauer aus zementierten Felsbrocken und Backsteinen war mit Wachtürmen versehen, auf denen Wimpel im Wind flatterten, und erhob sich etwa zwanzig Fuß über die Brustwehr, die wiederum aus einem zwanzig Schritt breiten Graben aufragte. Jenseits des tiefen Grabens war offenes Feld, ohne einen Baum, der den Blick auf den Horizont versperrt oder einem Feind Deckung geboten hätte. Die Felder wurden zum Großteil bebaut oder als Weideland genutzt; die Kuhhirten und Bauern, in grobes Leinen gekleidete Männer, deren Rücken von mühseliger Plackerei gebeugt waren, unterbrachen ebenfalls ihre Arbeit und betrachteten mit einer Mischung aus Beunruhigung und Abscheu die fließenden bunten Seidengewänder der nahenden Reiter. Dann blickten sie zurück auf die Mauern ihrer Stadt.

Konstantinopel bot einen beruhigenden Anblick. Jene, die von den Feldern herübersahen, konnten nicht nur die Sonne auf den Speeren und Helmen der Soldaten glitzern sehen, sondern darüber hinaus die bestimmt dreißig Fuß freie Fläche zwischen dem Wachturm und der inneren Hauptmauer. Diese war mit insgesamt einhundertundzwölf hohen Türmen versehen. Im Schutz einer so massiven Feste konnte das Volk des Byzantinischen Reiches in Frieden und Sicherheit leben. Die Mauern, die im fünften Jahrhundert von Kaiser Theodosios II. errichtet worden waren, hatten bislang noch jedem Angreifer standgehalten.

Aber ganz so wie die Bauern grummelten auch die Soldaten beunruhigt und zupften an ihren Bärten, als die Gesandtschaft sich näherte, unter einer wehenden grünen Fahne mit der goldenen Mondsichel, dem Symbol der osmanischen Türken.

Das Tor wurde geöffnet, und die Gesandtschaft ritt in die schmalen Straßen der Stadt. Funken sprühten, wenn die beschlagenen Hufe der Pferde auf das Kopfsteinpflaster trafen. Die Griechen eilten aus ihren Häusern und Läden und blickten zu den tiefgebräunten Gesichtern mit den Hakennasen und langen Schnurrbärten auf, den spitzen Helmen und Brustpanzern, den prächtigen asiatischen Pferden und den schimmernden Speeren und Krummsäbeln der Männer, die sie ebensosehr haßten wie fürchteten.

Irgendwann in der Vergangenheit, vor tausend Jahren, hatte das Byzantinische Reich sich von den Tauros-Bergen bis zu den Pyrenäen erstreckt und von der Arabischen Wüste bis zur Donau. Nun war es auf eine einzige Stadt geschrumpft, und das Land, durch das einst die glorreiche, gepanzerte altorientalische Kavallerie geritten war, stand heute unter der Herrschaft der türkischen Spahis.

Die Kunde, daß eine osmanische Gesandtschaft eingetroffen war, breitete sich wie ein Lauffeuer in der ganzen Stadt aus. Mehr und mehr Menschen legten die Arbeit nieder und drängten auf die Straßen. Die Menge folgte den Türken, die die alte Innenstadt von Byzantion und den königlichen Palast ansteuerten.

Monate hatten sie auf Nachricht des großen Heeres unter Befehl des berühmten Johannes Hunyadi gewartet, der auf Geheiß des Papstes persönlich von Ungarn aus gen Osten marschierte. Jahre hatten sie auf Beistand aus dem Westen gehofft, nachdem ihr Heer mehrmals gegen die Nachfahren Osmans ins Feld gezogen und besiegt worden waren. Aber kein Heer war bislang von Hunyadi befehligt worden. Nun gab es bestimmt Neuigkeiten.

Aber die Männer, die diese überbrachten, waren weder Ritter aus dem Westen, noch erweckten sie den Eindruck, besiegt worden zu sein.

Im kaiserlichen Palast jenseits des weißen Tores und im Stadtkern des alten Byzantion wurde Zagan Pascha in den großen Thronsaal des Kaisers geführt. In der riesigen, von Säulen getragenen Türöffnung blieb er stehen; hier war er noch nie gewesen.

Es stand einem Gesandten Emir Murads nicht an, Anerkennung oder gar Begeisterung für eine fremde Umgebung zu zeigen, aber Zagan war wider seinen Willen beeindruckt. Er hatte noch nie einen so langen und breiten Raum gesehen oder eine so hohe, von dicken und symmetrischen Säulen getragene Decke. Und er hatte noch nie kostbarere Marmorintarsien gesehen als in diesem Fußboden oder ähnlich kunstvolle Muster wie an dieser Decke. Erst als er nach links und rechts blickte, empfand er Mißbilligung: Die Wände waren mit Gemälden bedeckt, die größtenteils eine Frau und ihr Kind zeigten. Jeder Moslem mußte eine solche Darstellung der menschlichen Gestalt als eine Beleidigung der Lehren des Propheten empfinden.

Zu seiner Überraschung waren auch Frauen anwesend; ein Wirrwarr aus schweren Brokatkleidern und hohen Hüten am anderen Ende des Raumes. Die Anwesenheit von Frauen an einem Ort, an dem Männer geschäftliche Dinge besprechen würden, war frivol.

Zagan trat vor, wobei seine weichen Lederstiefel auf dem Marmorboden kaum ein Geräusch verursachten; seine Berater folgten ihm auf dem Fuß. Er näherte sich dem Thron, der am anderen Ende des Raumes auf einem Podium stand, zu dem mehrere Stufen hinaufführten. Der Thron war die einzige Sitzgelegenheit im ganzen Saal. Am Fuß der Treppe verneigte er sich tief vor Kaiser Johannes VIII. Palaiologos, als wäre dieser immer noch der mächtigste Herrscher der Welt. Dann richtete er sich wieder auf und blickte auf die Männer, die hinter dem Thron standen: der Bruder des Kaisers, Konstantin Dragases, Großherzog Lukas Notaras, der mächtigste Würdenträger der Stadt, mehrere blaublütige Prinzen wie Theophilos Palaiologos und Andronikos Kantakuzenos, Adelige wie die Bocchiardi-Brüder und Theodore von Karystos, und der Patriarch Gennadios. Wie die Soldaten auf der Stadtmauer fuhren diese reichen und berühmten Männer sich mit einer Hand über den Bart, zupften an ihren Schnäuzern, strichen ihre eleganten karminroten und blauen, mit Gold- und Silberfäden durchwobenen Roben glatt und tuschelten untereinander, als die Türken sich näherten.

Vielleicht lächelte Zagan Pascha; das war schwer zu sagen, da er ebenfalls mit der Hand über seinen Schnäuzer strich. Aber auch wenn er gelächelt hatte, als er die Hand sinken ließ, war sein Gesicht ernst.

»Es hat eine große Schlacht gegeben, Euer Exzellenz.«

Johannes Palaiologos beugte sich vor, das zerfurchte Gesicht angespannt vor Sorge. Trotz seines Alters und seiner ständigen Anfälle von Trübsinn war er immer noch ein anziehender Mann. Sein Schnurrbart war sehr kurz gehalten, und sein gepflegter Bart spitz zulaufend, was seinen Zügen den Anschein von Kraft verlieh. Er trug ein purpurrotes Gewand mit steifem Kragen und eine hohe, spitze Fellmütze. Er schwieg und wartete.

»In Kosovo«, sagte der Gesandte. »Fünfundzwanzigtausend gepanzerte Soldaten marschierten hinter Hunyadis Standarte. Sie waren mit Handfeuerwaffen ausgerüstet.«

Stimmengemurmel erhob sich unter den byzantinischen Höflingen. Handfeuerwaffen kannten die meisten von ihnen nur vom Hörensagen.

»Der Emir ist ihnen mit einhunderttausend Mann entgegengetreten«, fuhr der Gesandte fort. »Die Janitscharen waren nur mit Pfeil und Bogen bewaffnet.«

»Sie wurden besiegt?« fragte Johannes, der kaum zu hoffen wagte, leise. »Die Janitscharen wurden besiegt?«

Diesmal lächelte Zagan Pascha offen. »Die Schlacht tobte zwei Tage lang. Die Soldaten beider Seiten errichteten Palisaden vor ihren Reihen, als sie sich in einem Abstand von über hundert Schritt gegenüberstanden. Die Handfeuerwaffen brachten vielen den Tod. Es heißt, auf dem Feld wären dreißigtausend gefallene Janitscharen gezählt worden. Das Feld heißt jetzt ›Amselfeld‹, nach den unzähligen schwarzen Vögeln, die sich zum Festmahl dort niederließen, wie schon damals nach unserem Sieg über die Serben 1389.«

Der Kaiser stieß einen Seufzer aus. Dreißigtausend Türken. »Und die Christen?« fragte er.

Zagan Pascha verneigte sich erneut; das Beste hatte er sich bewußt bis zum Schluß aufgehoben. »Das Heer der Christen gibt es nicht mehr, Euer Exzellenz.«

Johannes starrte ihn an und setzte sich auf. Die Schwerter seiner Höflinge klirrten.

»Ihr lügt«, knurrte Lukas Notaras.

Zagan Pascha verneigte sich und schnippte mit den Fingern. Einer der Männer, die hinter ihm standen, trat mit einem kleinen Beutel vor. Der Gesandte reichte ihn dem Kaiser.

Johannes erbleichte und weigerte sich, den Beutel anzurühren. Notaras kam hinter dem Thron hervor, nahm den Beutel, löste die Schnur und leerte den Inhalt in die offene Hand. Schaudernd ließ er den Gegenstand fallen.

Auf der anderen Seite des Saales erhob sich unter den Frauen erregtes Getuschel.

Zagan Pascha verneigte sich ein weiteres Mal. »Ihr werdet feststellen, daß er beschnitten ist. Er wurde erst vor drei Tagen einem noch lebenden ungarischen Ritter abgeschnitten.«

»Das kann nicht sein«, murmelte Notaras, den Blick immer noch auf den abgetrennten Penis geheftet.

»Hunyadi war mit seinen Verbündeten schlecht beraten, Euer Exzellenz. Erst ließ Vlad Tepesch, Prinz Drakul von der Walachei, ihn während der Schlacht im Stich und dann auch Prinz Georg Brankovic von Serbien.«

»Was sollte man anderes erwarten?« schnaubte der Patriarch. »Die Schwester des Serben lebt im Harem des Emirs.«

Zagan Pascha verneigte sich. Mara Brankovic stand tatsächlich in dem Ruf, Murads Lieblingsfrau zu sein.

»Und Hunyadi?« fragte der Kaiser.

»Der Krieger entkam mit dem, was von seiner Streitmacht noch übrig war. Der Emir hat mir aufgetragen, Euch diese Nachrichten zu überbringen, Euer Exzellenz. Er trauert mit Euch und wünscht Euch guten Rat.«

Wieder ließ er den Blick über die Prinzen des Reiches schweifen. »Hängt den Hund«, sagte Notaras. »Hängt ihn an den Hoden auf, bis sie abreißen. Seine Frechheit ist unerträglich.«

»Er ist ein Gesandter«, sagte Johannes seufzend. Er sah alt, müde und traurig aus. Und krank. Und das alles war er auch. Johannes Hunyadi war der dritte General gewesen, der ein Heer gegen die Türken ins Feld geführt hatte; und er war der dritte, dessen Streitmacht vernichtet worden war. Es würde keinen weiteren Feldzug geben. Aber der Kaiser konnte sich seine Verzweiflung im Beisein des Türken nicht anmerken lassen. »Dankt Eurem Herrn, meinem Cousin Murad«, sagte er. »Bestellt ihm meinen Glückwunsch zu seinem Sieg und sagt ihm, daß ich für die Seelen der tapferen Gefallenen beten werde. Und sagt ihm, daß ich allerdings weisen Rat einholen werde.«

Zagan Pascha verbeugte sich, warf einen letzten Blick auf die Prinzen und verließ dann rückwärtsgehend den Thronsaal.

»Nehmt das weg«, brummte der Kaiser, und sofort eilte ein Page herbei, das abgetrennte Geschlechtsteil zu entfernen.

»Frecher Hund«, sagte Notaras erneut, den Blick auf den sich entfernenden Türken gerichtet. »Ihr seid diesen Leuten gegenüber zu großzügig, Euer Gnaden.«

»Sie sind stark, und wir sind schwach«, bemerkte der Kaiser. »Uns das Vergnügen zu gönnen, einen einzelnen Türken hinzurichten, würde unsere Lage auch nicht verbessern. Im übrigen fürchte ich, daß fortan nichts mehr sie verbessern kann. Wir liegen wie ein Säugling in den Armen eines hungrigen Riesen und warten darauf, verschlungen zu werden. Welcher Tag ist heute?«

»Der 20. Oktober 1448, Euer Gnaden«, entgegnete Gennadios.

»Ein schwarzer Tag: der 20. Oktober 1448. Denkt immer daran, ein schwarzer Tag. Er läutet den Untergang Konstantinopels ein.«

»Konstantinopel hat noch jedem Angriff standgehalten«, verkündete Konstantin Dragases, den die Schwarzseherei seines Bruders beunruhigte. »Als die Franken 1204 die Stadt eroberten, gelang ihnen dies nur durch Verrat. Heute wird sie jedem Sturmangriff trotzen. Keine Kriegsmacht der Welt kann in diese Mauern eine Bresche schlagen oder sie stürmen.«

»Das wäre richtig, hätten wir genug Männer, sie zu verteidigen.« Notaras schnaubte. »Wollt Ihr dreizehn Meilen Mauer mit fünftausend Mann halten? Diese rückgratlosen Ratten sind zu feige, als Soldaten für ihre eigene Stadt zu kämpfen.«

»Wir werden Männer bekommen«, erklärte Konstantin. »Die Gesandtschaft, die ich zu den Franzosen geschickt habe, wurde mit großem Enthusiasmus empfangen. Von überall werden Männer nach Konstantinopel kommen, aus Italien, Frankreich, Spanien und Genua.«

»Und aus Venedig?« fragte der Großherzog.

Konstantin errötete. »Nicht aus Venedig. Sie sind Freunde der Türken. Jedoch«, fügte er eifrig hinzu, »kommen sogar Männer aus England hierher. Männer, die im Dienste des englischen Königs, Heinrichs IV., gekämpft haben. Männer, die in Agincourt dabei waren.«

»Ihr wollt sagen, Ihr habt einen Haufen Papisten rekrutiert«, sagte Nataras geringschätzig. »Wir wollen keinen von ihnen hier haben. Besser der türkische Turban in der Stadt als die lateinische Mönchskappe. Ich sähe lieber Murad persönlich in unserer Kathedrale als irgendeinen Kardinal.«

»Es sind Männer, die bereit sind, für uns zu kämpfen«, beharrte Konstantin und legte lauschend den Kopf schräg. Noch während er gesprochen hatte, hatten die großen Glocken der Hagia Sophia klagend zu läuten begonnen. Die Neuigkeiten waren bereits bis zu den Priestern vorgedrungen und würden bald dem Volk bekanntgegeben werden. Hunyadi war besiegt worden.

Das Handelsschiff der Genueser kam nur mühsam gegen die starke Strömung an. Es wehte eine steife Brise, und alle Segel waren gesetzt, aber das bauchige Schiff war trotz seiner drei Masten und gefirnißten Bordwände so schwerfällig wie die Badewanne, an die es erinnerte. Sicher, lange Algenstränge hatten sich während der Fahrt am Karweelrumpf verfangen, aber das Schiff war auch mit saubergeschabtem Rumpf sehr langsam.

»Es geht nur schleppend voran.« Der Kapitän teilte John Hawkwoods unausgesprochene Ungeduld. »Die Strömung ist sehr stark. Das Schwarze Meer hinter dem Land, das Ihr dort seht, wird ständig von den großen Flüssen gespeist. Das Wasser ist relativ salzarm und sucht einen Weg hinaus. Das Mittelmeer ist reines Salz und verdunstet. Und so strömt das Schwarze Meer ständig nach Süden, durch den Bosporus und die Dardanellen bis zur Ägäis. Zwischen den beiden Meerengen liegt das Marmarameer, das Weiße Meer, das unablässig neu gespeist wird. Und wenn das Wasser mit solcher Geschwindigkeit aus diesen Meerengen schießt . . .« Er zuckte die Achseln.

John Hawkwood wußte, daß der Kapitän die Wahrheit sagte. Vor drei Tagen hatten sie sich diesen schmalen Durchgang, die Dardanellen, die seiner Schätzung nach kaum eine Meile breit waren, hinaufgequält. Das Land zu beiden Seiten war eine karge Ödnis gewesen: braun, felsig, unbestellt, unbewohnt. Dann hatte er an der asiatischen Küste ein Schloß gesehen, so braun und abweisend wie das Land, aus dem es aufragte, jedoch bemannt und mit Türmen und Zinnen versehen wie eine Festung. Fahnen hatten im Wind geflattert, und er hatte vereinzelt Rüstungen aufblitzen sehen.

»Griechen oder Türken?« hatte er gefragt. Er sprach sehr langsam Italienisch, jedoch genug, sich verständlich zu machen.

»Türken«, hatte der genuesische Kapitän erwidert. »Was immer Ihr auch hier seht, ist in türkischer Hand. Das Osmanenreich erstreckt sich von Tauros bis zur Donau. Konstantinopel ist nur ein Juwel, das inmitten einer feindseligen See treibt.«

Hawkwood kratzte sich den Bart, während er die Küste musterte. »Und die Türken lassen uns anstandslos passieren?«

Der Kapitän lächelte. »Sie haben gelegentlich versucht, uns aufzuhalten, aber mein Schiff ist mit schwerem Geschütz bestückt.« Er deutete auf zwei Drehbassen auf dem unteren Deck, aus denen Nägel, Eisenschrapnelle und Bleikugeln auf den Feind abgeschossen wurden. »Und sie haben nur Galeeren.«

»Kanonen auf dieser Landzunge würden die Meerenge unpassierbar machen.«

»Kanonen? Was versteht Ihr von Kanonen, Engländer?«

»Einiges«, entgegnete Hawkwood.

Der Kapitän lächelte wieder »Die Türken haben keine Kenntnis von solchen Waffen. Sie kämpfen mit Pfeil und Bogen.«

»Und doch erobern sie die Welt.«

Das Lächeln erlosch. »Sie sind sehr zahlreich«, brummte der Genueser.

Hawkwood stieg die Leiter vom Achterdeck zum Mitteldeck hinunter, um sich zu seiner Frau und seinen Kindern zu gesellen und ihnen mitzuteilen, daß die Reise einige Stunden länger dauern würde.

Nachdem sie die Dardanellen passiert hatten, war die Karake auf dem weiten Marmarameer schneller vorangekommen, aber sie hatten dennoch zwei Tage gebraucht, um die letzten neunzig Meilen zurückzulegen. Jetzt näherten sie sich erneut der Küste. Dahinter befand sich eine Meerenge namens Bosporus, aus der, wie der Kapitän ihm erklärt hatte, unablässig die Wasser des Schwarzen Meeres herausströmten.

Hawkwoods Familie hatte die Küste ebenfalls gesehen und sich versammelt, um sie zu betrachten. Sie hoben sich ebenso durch ihre Größe wie durch ihre Hautfarbe von den genuesischen Seeleuten ab. John Hawkwood war stolz auf seine Söhne. Mit zwanzig Jahren war William sechs Fuß und zwei Inches groß, wie sein Vater, und er hatte auch das gleiche lockige rote Haar und die gesunde Gesichtsfarbe, einen muskulösen Körperbau und die kantige, von Selbstvertrauen kündenden Züge.

Der vier Jahre jüngere Anthony war aus demselben Holz geschnitzt und würde wahrscheinlich noch größer werden als sein Bruder, auch wenn sein Kinn noch glatt war. Die achtzehnjährige Catherine sah ihren Brüdern ebenfalls sehr ähnlich; sie war zwar nicht so groß, hatte jedoch das gleiche leuchtendrote Haar und den gleichen frischen Teint. Sie würde nie schön sein, dafür waren ihre Züge nicht fein genug – aber welcher Mann sollte der Rundung ihrer Brüste und ihres Hinterns oder den langen Beinen widerstehen können, die sich andeutungsweise unter ihrer grünen Cotehardie abzeichneten? Sie hatte sich für ihre Ankunft in Konstantinopel fein gemacht und trug ihr bestes Kleid.

John Hawkwood trat neben seine Frau, die deutlich kleiner war als ihre Kinder; eine erstaunlich zierliche Mutter für eine solche Löwenbrut. Sie schauderte. »Das ist ein totes Land«, sagte sie. »Ich sehe nirgendwo Grün.«

»Es ist ein heidnisches Land«, entgegnete er, als würde dies die Kargheit der Landschaft erklären. »Heute abend erreichen wir das Goldene Horn.«

Dort würde sie Schönheit finden, dessen war er überzeugt. Dort würden sie alles finden, wovon sie träumten. Falls nicht, so bedeutete das, daß er den Fehler seines Lebens gemacht hatte. Aber allein der Name – das Goldene Horn – verhieß einem Mann, der den Mut besaß, nach dem Glück zu greifen, Reichtum und Ansehen. Und an Mut und Selbstvertrauen hatte es John Hawkwood nie gemangelt.

Er war in diesem Jahr des Herrn 1448 fünfzig Jahre alt. Er war seit frühester Jugend Soldat. Obwohl sie ursprünglich von einem Gerber abstammten, waren die Hawkwoods inzwischen eine kriegserfahrene Familie; der Bruder seines Großvaters, der ebenfalls John geheißen hatte, war von König Eduard III. von England auf dem Schlachtfeld von Crécy zum Ritter geschlagen worden und anschließend nach Italien ausgezogen, wo er Anführer einer Söldnertruppe geworden war – ein *condottiere*. Der erste John Hawkwood hatte die – illegitime – Tochter des Herzogs von Mailand geheiratet und war vor seinem Tod, nur vier Jahre vor der Geburt seines Großneffen, in den Rang eines Geschützführers von Florenz erhoben worden.

John Hawkwood junior sah keinen Grund, warum er es seinen berühmten Namensvettern nicht gleichtun sollte – abgesehen vielleicht von der Hochzeit, da er ja bereits verheiratet war. Aber als Befehlshaber von Soldaten konnte er es noch weiter bringen. Er war ebenso wie sein Vater und sein Großvater vor ihm ein Spezialist. Er war Kanonier.

Leider war diese Bezeichnung vielen unbekannt, sogar innerhalb der Streitmacht. John Hawkwood hatte in Crécy an der Seite seines Bruders gekämpft. William Hawkwood senior war noch ein junger Bursche gewesen, aber er hatte geholfen, die Geschütze zu laden. Sie waren nicht gebraucht worden; die walisischen Bogenschützen waren allein mit den Franzosen fertiggeworden. Neunundsechzig Jahre später war John Hawkwood junior im Alter von siebzehn Jahren dem englischen König nach Aincourt gefolgt und mit den Geschützen marschiert. Aber auch hier hatten die Bogenschützen den Sieg errungen.

Nur wenige Krieger, darunter auch Genies wie Heinrich oder sein Bruder, der Herzog von Bedford, verstanden etwas von Geschützen. Die meisten betrachteten Kanonen als unhandliche, kostspielige, lärmende, stinkende und schwerfällige Last. Vor allem den Adligen, die die Heere kommandierten, waren sie ein Dorn im Auge. Ein Ritter in einer Rüstung erwartete, im Kampf einem anderen Ritter in Rüstung entgegenzutreten, Lanze oder Schwert in der Hand, wobei der Stärkere und Geschicktere gewann. Und wenn er siegreich war, erwartete er ein beträchtliches Lösegeld von dem unterlegenen Widersacher. Kein Ritter tötete einen wohlhabenden Widersacher, sofern es sich vermeiden ließ, und kein Ritter in der ganzen Pracht seiner Reiterrüstung konnte von einem Bauern mit einem Speer aus dem Sattel geholt werden, wenn er sein Handwerk verstand. Aus diesen simplen Regeln heraus war eine ganze Aristokratie entstanden.

In England hatten die Ritter sogar Langbögen abgelehnt, bis sie erkannt hatten, daß sie sich mit deren Hilfe in der Schlacht einen Vorteil schaffen und den Ruf der gefürchtetsten Soldaten Europas erwerben konnten. Sie hatten sich mit ihrem veränderten Status abgefunden; der Langbogen bedeutete, daß ein heranpreschender Ritter nicht länger unverwundbar war – nun konnte er mit einem Pfeil so mühelos aus dem Sattel geholt werden, wie man einen reifen Apfel von einem tiefhängenden Ast pflückte. Der Umgang mit der neuen Waffe erforderte Stunden, ja, Jahre der Übung, und die Kunst war den englischen und walisischen Freisassen vorbehalten, die wenigstens ihren Platz kannten und jenen, die ihnen standesmäßig überlegen waren, den gebührenden Respekt zollten.

Kanoniere konnten ebenfalls Freisassen sein, aber der Umgang mit ihrer Waffe erforderte kein besonderes Geschick. Sie tötete blind und ohne Ansehen der Person, schleuderte rücksichtslos riesige Steinbrocken durch die Luft. Es war eine Waffe des Teufels. John Hawkwood war nicht Theologe genug, um in letzterem Punkt zu widersprechen. Da er jedoch in einen Beruf hineingeboren worden war, wie unbeliebt dieser auch sein mochte, machte er das Beste daraus. So war er nun mal, und in diesem Geist hatte er auch seine Tochter erzogen. Er war wißbegierig. Sein Vater war ein Lollarde gewesen, ein Gefolgsmann von John Wycliff, der die Ansicht vertrat, daß Gott der ganzen Menschheit gehörte und nicht nur einer Handvoll Priestern. Anthony Hawkwood senior war so klug gewesen, seine Ansichten für sich zu behalten; Gotteslästerung konnte zu einem qualvollen Tod auf dem Scheiterhaufen führen. Aber er hatte viele seiner Überzeugungen an seinen Sohn weitergegeben, weniger was die Religion betraf als vielmehr die Bildung. John Hawkwood konnte lesen und schreiben, Latein ebensogut wie Englisch. Auch diese Kunst hatte er seine Söhne so gewissenhaft gelehrt, daß es ihnen recht leichtfiel, auf der langen Reise über das Mittelmeer Italienisch zu lernen.

Aber vor allem hatte John Hawkwood über seinen Beruf und das Handwerkszeug seines Standes nachgedacht. Kanonen wurden vom empörten Adel rundweg abgelehnt – noch. Aber diese schweren Geschütze stellten auch eine noch nie dagewesene Zerstörungsmacht dar. Wenn diese Macht gebändigt, zielgenauer eingesetzt und beweglicher gemacht werden könnte, würde der kommandierende Feldherr die Welt beherrschen.

Als junger Mann hatte er versucht, seine Vorgesetzten zu überzeugen, aber die Zeit war noch nicht reif gewesen. Genaugenommen, hätte es keinen schlechteren Zeitpunkt geben können. Denn 1422 war Heinrich V. gestorben, und nur wenige Jahre später war ihm sein gleichermaßen begabter Bruder, John von Bedford, ins Grab gefolgt. England war der Herrschaft eines kränkelnden Kindes und einer zerstrittenen Regentschaft ausgeliefert gewesen. Die Armee, die einst die Franzosen das Fürchten gelehrt hatte, hatte begonnen, in Schlachten zu unterliegen, sogar im Kampf gegen ein Heer, das von einem Bauernmädchen namens Jeanne d'Arc angeführt wurde. Geschlagen und unzufrieden waren die Truppen bis auf einige wenige Garnisonen abgezogen worden. Das Kriegszeitalter war vorbei. Zweifellos drehten sich Eduard III., sein Sohn, der Schwarze Prinz, und der große Heinrich in ihren Gräbern um. Ihre Veteranen nagten heute am Hungertuch. Für Bogenschützen und einfache Soldaten gab es immer noch Möglichkeiten, in den Privatarmeen unterzukommen, die wie Pilze aus dem Boden schossen, während das Land in Anarchie versank. Aber kein privater Lord konnte sich Artillerie leisten, und auch wenn einer über die finanziellen Mittel verfügt hätte, hätte er mit Geschützen doch nichts anzufangen gewußt.

Für John Hawkwood war das Ende seines Traums niederschmetternd gewesen. Er war nicht von adligem Geblüt und kannte doch keinen anderen Beruf als den des Soldaten. Mit Brustpanzer und Pike in der Horde gemeiner Soldaten zu marschieren war für einen Kanonier eine Beleidigung seiner Vorfahren. Und doch hatte er als Ehemann und Vater von drei Kindern keine andere Wahl gehabt. Fast zwanzig Jahre hatte er gedient und gelitten und hilflos mit angesehen, wie sein geliebtes England unaufhaltsam auf einen Bürgerkrieg zusteuerte, bis er schließlich die Liebe zu seinem Land verloren hatte. Dann war ihm in seiner Verzweiflung ein Gerücht zu Ohren gekommen, das über den Ärmelkanal nach England vorgedrungen war. Ein Mann, ein Prinz, war aus dem Osten gekommen, der Wiege der Zivilisation, wo Großes bevorstand, um Soldaten anzuwerben.

John Hawkwood hatte selbstverständlich schon von Konstantinopel gehört – Konstantinopel war die Hauptstadt des ehemals großen Byzantinischen Reiches und immer noch die größte Stadt der Welt. Aber es war eine Welt für sich. Vor vierhundert Jahren hatten der Papst in Rom und der Patriarch von Konstantinopel sich über mehrere Dogmen zerstritten, und die christliche Kirche hatte sich entzweit. Tatsächlich hatte der Papst 1204 einen Kreuzzug befohlen, die Stadt zu erobern, anstatt die Kreuzritter gegen die Sarazenen ins Feld zu schicken. Dann hatte fünfzig Jahre lang ein römischer Patriarch auf dem Kaiserthron gesessen.

Dieser schreckliche Schlag war längst Geschichte, aber Konstantinopel hatte sich nie davon erholt. Niemand konnte glauben, wie tief es gesunken war. Aber dieser Prinz, Konstantin Dragases Palaiologos, reiste durch den Westen, auf der Suche nach Soldaten, die seinem Bruder, dem Kaiser, beistehen sollten im Kampf gegen die Wilde Horde, die aus Asien gekommen war und, wie er behauptete, sogar für Europa eine Bedrohung darstellte.

Was ihm vorschwebte, hörte sich an wie ein Kreuzzug der Gegenwart, und John Hawkwood war gerade in der rechten Stimmung für einen Kreuzzug gewesen. Als einer der Byzantiner nach England gekommen war, hatte Hawkwood sich angehört, was er zu sagen hatte. Die Worte des Griechen hatten ihn neugierig gemacht. »Wir brauchen kampferprobte Männer«, hatte der Mann aus Konstantinopel erklärt. »Mutige und entschlossene Männer. Wir werden sie mit den Reichtümern des Goldenen Horns belohnen. Kommt nach Konstantinopel, kämpft an unserer Seite, und ein Zuhause, Geld, Ruhm und Glück sind Euch sicher.«

Das waren Worte von der Art, wie John Hawkwood sie lange nicht mehr zu hören bekommen hatte. Aber da war noch etwas gewesen, was ihn gereizt hatte.

»Wir benötigen vor allem Kanoniere«, hatte der Gesandte erklärt. »Männer, die sich mit Geschützen auskennen. Wir haben in Konstantinopel Kanonen und brauchen Männer, die sie abfeuern.«

John Hawkwood junior hatte sofort seine Dienste angeboten.

»Das ist meine große Chance«, hatte er verkündet. »Das ist mein Schicksal.«

Seine Frau Mary war entsetzt gewesen. »Du ziehst ans Ende der Welt und läßt mich und die Kinder hier verhungern?«

»Nein«, entgegnete John. »Ihr kommt mit mir. Das Geld, das ich von den Griechen bekommen werde, reicht für uns alle.« Er verriet seiner Frau nicht sofort, daß er dem Gesandten neben seinen Diensten auch die seiner zwei kräftigen Söhne versprochen hatte.

Mary war schockiert gewesen. »Du willst, daß ich dich in dieses ketzerische, heidnische Land begleite?«

»Ob sie Heiden sind, hängt von dem Standpunkt ab, von dem man sie beobachtet«, sagte John. »Aber wenn es dich beruhigt, kann ich dir versichern, daß Seine Heiligkeit, der

Papst, jedem Mann, der sich der byzantinischen Streitmacht anschließt, seinen besonderen Segen ausgesprochen hat. Ich bin kein fahrender Ritter, meine Liebe; es ist einfach eine Chance, mir einen Namen zu machen und genügend Geld für das Alter zu verdienen. Ich kann dich nicht hier zurücklassen; deine Eltern sind tot, und dein Bruder ist ein Schurke. Du wirst mit mir kommen, weil du es mußt.«

»Und die Kinder?«

»Sie natürlich auch. William und Anthony werden helfen, die Kanonen zu laden. Das ist eine ehrenhafte Beschäftigung.«

»Und Catherine, das arme Mädchen?«

John küßte seine Frau. »Ich bin überzeugt davon, daß sie einen griechischen Prinzen heiraten wird.«

Und jetzt waren sie hier. Anthony Hawkwood konnte es kaum glauben. Er war in der Kaserne Monteagles auf die Welt gekommen und dort aufgewachsen. Er hatte von seinem Vater den Umgang mit Pike und Schwert ebenso gelernt wie den mit der Feder. Auch hatte sein Vater von Bombarden und dem Schaden erzählt, den sie anrichten konnten, aber gesehen hatte Anthony noch keine. Seine Zukunft hatte gesichert geschienen. Er würde hinter Lord Monteagles Banner hermarschieren und, wenn nötig, für seinen Herrn im Kampf sein Leben lassen. Er hatte gehofft, in der kurzen Zeitspanne des Lebens Trost in den Armen einer Frau zu finden und das Glück zu erleben, seinen eigenen Sohn heranwachsen zu sehen. Mehr hatte er jedoch nicht erwartet ... bis sein Vater sie alle so plötzlich aus ihrer gewohnten Umgebung, der Burg des Lords, herausgerissen hatte.

Sie waren in Southampton in See gestochen, vom ruhigen Solent hinaus in die aufgewühlten Wasser des Ärmelkanals, wobei jeder Mann an Deck die Augen offen gehalten hatte für den Fall, daß Segel auftauchten, die bedeuten konnten, daß die Freibeuter aus Dünkirchen oder St. Malo ihr Unwesen trieben. Sie hatten keine feindlichen Schiffe gesichtet und waren in einem österlichen Sturm über die Bucht von Biskaya gesegelt. Cap Finisterre hatte sich riesig und drohend vor ihnen erhoben, halb verborgen von tiefhängenden Wolken, als sie die portugiesische Küste hinuntergefahren waren, wobei die ferne Küste alle Augenblicke verschwunden war, wenn die Karake sich in ein weiteres Wellental des tosenden Atlantiks hinabgesenkt hatte. Aber der Wind hatte sich schließlich gelegt, und in dem ersten Hafen, den sie angelaufen hatten, Lissabon, hatten sie auch einen ersten Eindruck von der Witterung bekommen, die sie am Ziel ihrer Reise erwartete. Als ihr Schiff in der Straße von Cascais geankert hatte, durch die Landzunge und Sandbänke vom Ozean geschützt, hatte die Sonne auf sie herabgeschienen, so sengendheiß, daß der Teer auf den Decks Blasen geworfen hatte. Und sie hatten – zum ersten Mal in ihrem Leben – eine Palme gesehen.

Von Lissabon aus hatten sie auf dem Weg nach Cadiz das Cap St. Vincent umfahren, felsige Klippen in einem stürmischen Golf. Dann waren sie weiter nach Cartagena gesegelt, das geschützt hinter seinen Myriaden von Landzungen lag. Da die gesamte iberische Halbinsel von den Christen zurückerobert worden war – bis auf das winzige maurische Königreich Granada im Süden Spaniens –, war die Reise bis dahin ungefährlich gewesen, abgesehen von den Tücken des Wetters. Aber Anthony war nicht ein einziges Mal seekrank geworden, so in den Bann geschlagen war er von dem, was sich vor seinen Augen entfaltete, und von der Geschicklichkeit der spanischen Seeleute, der erfahrensten und mutigsten Matrosen der Welt.

Von Cartagena waren sie nach Alicante unter der gewaltigen Burg von St. Barbara gesegelt, um dann das weite Mittelmeer zu überqueren, mit Kurs auf Genua, eine Stadt prächtiger Paläste und nicht weniger berühmter Seeleute; die Genueser waren als einzige Westeuropäer so mutig, dem Zorn der Türken zu trotzen und den direkten Handel mit Byzantion fortzusetzen. In Genua hatten die Hawkwoods das Schiff gewechselt, um den letzten Abschnitt ihrer Reise unter der Flagge der berühmten Republik fortzusetzen.

Die Reise hatte mehrere Monate in Anspruch genommen. Anthony wußte, daß sie auch für seinen Vater lehrreich gewesen war, der auf Feldzügen kreuz und quer durch Frankreich gezogen war. Für Anthony und William aber war es die Entdeckung einer Welt gewesen, von deren Existenz sie bis dahin nichts geahnt hatten: Länder, in denen es immer warm war, meist sogar heiß; Meere, die tagelang völlig ruhig waren, um dann plötzlich von heftigen Winden unter blauem Himmel aufgewühlt zu werden; Berge, die so hoch aufragten, daß sie das Firmament zu berühren schienen. Männer mit schwarzem Haar, dunklen Bärten und blitzenden schwarzen Augen und Frauen von unvorstellbarer Anmut, deren Augen verführerisch funkelten. Anthony war bereits ein Mann. Um Catherine hatte John Hawkwood sich größere Sorgen gemacht, und bei keinem Landgang war er von ihrer Seite gewichen.

Sie hatten Männer gesehen, die mit Stieren kämpften und wilde Tiere töteten, sie hatten Paläste bestaunt, neben denen das schönste Herrenhaus in England sich schäbig ausnahm, farbenfrohe und gewagte Kleider, wie es sie im kalten Norden nicht gab. Die Lebensweise im Mittelmeerraum atmete eine gewisse Unbeschwertheit. Hier legten ganze Gemeinden für mehrere Tage die Arbeit nieder, um eine Fiesta zu feiern, zu trinken, zu lachen, zu lieben – oft außerehelich – und zu Ehren eines freundlichen Heiligen durch die Straßen zu ziehen.

»Das ist das Paradies«, hatte William erklärt.

»Auch im Paradies gibt es Schlangen«, hatte sein Vater ihn gewarnt, da er hinter den einwandfreien Manieren und dem Frohmut unterschwellige Strömungen tiefen, unversöhnlichen Stolzes wahrgenommen hatte.

Anthony hatte das alles mit offenstehendem Mund in sich aufgenommen.

Von Genua aus war das neue Schiff nach Neapel und Otranto und weiter nach Piräus gesegelt, bis sie dann Kurs auf die Dardanellen genommen hatten.

Anthony würde Neapel niemals vergessen. Das Wetter war schlecht gewesen, und sie hatten eine Woche am Kai vertäut verbracht, wo die Neapolitaner in ihrem feinen Staat paradierten und von wo aus man zu den abweisenden Mauern des Castel Nuovo aufblicken konnte, seit ewigen Zeiten Heim der fremdländischen Könige und Königinnen von Angevin, die so großes Unglück über dieses sonnige Land gebracht hatten.

Wie die Genueser und Spanier hatten die Neapolitaner gelacht und gefeiert, aber auch düstere Züge hatten sich hinter ihrem Lächeln verborgen, eine Mischung aus Stolz und Erotik, die ebenso faszinierend war wie gefährlich. Neapel im September war der heißeste Ort, den Anthony je gekannt hatte.

Unter diesen Umständen war es unmöglich gewesen, sich ständig an Bord aufzuhalten. Wenn Catherine sich die Beine hatte vertreten wollen, war Anthony zu ihrem Leibwächter bestellt worden.

Er war sehr stolz gewesen, an der Seite einer so auffälligen Frau zu gehen, auch wenn sie seine Schwester war. Sie hatten sich schon immer nahegestanden, da sie ihn schon als kleines Kind bemuttert hatte. Jetzt hakte sie sich bei ihm unter, als wären sie ein Liebespaar.

Natürlich erregten sie Aufmerksamkeit, durch ihre Größe, ihre blasse Hautfarbe wie durch ihre Kleider, die sich im Vergleich zu dem ganzen Prunk um sie herum ärmlich ausnahmen. Anthony störte das nicht, aber Catherine machte es verlegen, und plötzlich wollte sie zurück aufs Schiff, eine Seitenstraße der Promenade vorziehend, auf der sie das Gefühl hatte, ausgelacht zu werden. Er stimmte bereitwillig zu, und sie zogen sich in den Schatten zurück, wo sie sogleich von mehreren jungen Männern mit teuflischem Lächeln umringt wurden, die kaum älter waren als Anthony selbst, jedoch so erlesene Kleider trugen, wie er sie selten gesehen hatte.

Sie zeigten auf das seltsame Paar und kamen näher. Anthony und seine Schwester hatten gerade erst begonnen, Italienisch zu lernen, so daß sie nur wenig von dem verstanden, was gesagt wurde, aber das wenige, das sie verstanden, war in seiner Grobheit beleidigend, auch wenn es sich um Komplimente handelte, die sich auf Catherines Figur bezogen.

»Hinfort mit euch«, sagte Anthony und schwenkte einen Arm, fand sich jedoch gleich darauf mit dem Rücken an einer Mauer wieder, eine Schwertspitze an der Kehle, während die anderen Männer Catherines Arme packten. Einer löste die Schnüre ihres Mieders, um ihre Brüste zu entblößen. Ihre Schönheit raubte ihnen allen den Atem – auch Anthony. Dann tätschelte einer der Halunken das schimmernde, blasse Fleisch, während ein anderer Catherine die Kehle zudrückte, um sie am Schreien zu hindern, und sie brutal gegen eine

Hauswand drückte. Ein dritter packte ihre Röcke und hob sie über ihre Hüften, wobei nicht nur ihre wunderschönen Beine, sondern auch ihre intimste Weiblichkeit zum Vorschein kam, an der der Mann sich ganz offensichtlich zu erfreuen gedachte, da er an dem Schritt seiner Kniehose fingerte.

Anthony wurde von rasender Wut gepackt. Die Klinge, die ihn in Schach hielt, war kaum breiter als ein Schilfrohr. Er schlug sie mit der behandschuhten Hand beiseite und zog in einer fließenden Bewegung die eigene Waffe aus der Scheide. Anthony Hawkwood trug kein Rapier, sondern jenes Breitschwert, mit dem schon sein Großvater gekämpft hatte. Die Schänder starrten den zum Äußersten entschlossenen rothaarigen Hünen verblüfft an. Einer von ihnen zückte sein Rapier – und die Klinge wurde von einem beidhändig ausgeführten Hieb durchtrennt. Blitzartig ergriffen sie die Flucht.

Mit bemerkenswerter Selbstbeherrschung strich Catherine ihre Röcke glatt und schnürte ihr Mieder. »Wir werden Vater nichts von diesem Vorfall erzählen«, sagte sie und drückte ihrem Bruder die Hand. »Aber ich hätte mir keinen besseren Beschützer wünschen können. Du bist mein ureigenster Ritter, lieber Anthony.«

Diese Worte waren ihm kostbarer als der leichte Sieg. Aber er vergaß auch nicht, was er gesehen hatte. Er hatte nicht geahnt, daß seine Schwester so schön war . . . oder so beherrscht. Wenn er sie zuvor geliebt hatte, wandelte sich diese Liebe nun in Anbetung.

All diese Ereignisse waren jedoch nur eine Art Prolog gewesen, bevor es ihnen gestattet wurde, selbst in dem Stück mitzuspielen. Nun umschifften sie endlich den Felsen und konnten die Mündung der schmalen Passage jenseits des Bosporus sehen. John Hawkwoods Herzschlag beschleunigte sich. Aber während er gespannt darauf wartete, den ersten Blick auf die legendäre Stadt zu werfen, hörte er ein Geräusch: das klagende Läuten einer Glocke.

»Was für ein trauriger Klang«, sagte seine Frau Mary.

Hawkwood blickte hinauf zum Kapitän, der über ihnen auf dem Achterdeck stand.

»Das ist die Glocke der Hagia Sophia«, erklärte der Kapitän und bekreuzigte sich. »Es hat irgendein Unglück gegeben.«

Die Hawkwoods drängten sich weiter am Schanzkleid, während die Karake langsam um die Landzunge segelte. Dann hielten sie den Atem an. Zu ihrer Rechten war die Küste Asiens plötzlich wieder ganz nah; große Zypressen erhoben sich über den Klippen. Außerdem sahen sie eine weitere Festung, viel größer und massiger als jene, die einige Tage zuvor ihr Interesse geweckt hatte.

Auch über diesem Gemäuer wehte das grüne Banner der Türken. Aber zu ihrer Linken, am europäischen Ufer – direkt vor ihnen, als das Schiff nach Nordosten drehte –, sahen sie Konstantinopel. Und auf den ersten Blick waren sie bereit zuzustimmen, daß dies tatsächlich die größte Stadt der Welt war.

Sie war auf allen Seiten von Mauern umgeben, sogar zum Meer hin. Hochaufragend und dick, mit Zinnen versehen und abweisend bildeten sie die stärkste Befestigung, die John Hawkwood je gesehen hatte. Dahinter erhoben sich die Dächer von Häusern und Palästen, die ihrerseits von den Glockentürmen unzähliger Kirchen überragt wurden. Die höchsten Bauwerke waren jedoch die Türme der gewaltigen Kathedrale, deren Glocke so klagend läutete.

Aber es waren weniger die Häuser, die Architektur und die Befestigungsmauern, die einem den Atem raubten, als vielmehr die schiere Größe der Stadt. John Hawkwoods geübtes Auge, gewohnt, Entfernungen abzuschätzen, erkannte, daß die Stadt in der Länge mindestens drei Meilen messen mußte. Drei Meilen umgeben von gewaltigen Mauern! Und am anderen Ende, landeinwärts, war Konstantinopel mindestens ebenso breit.

»Wie viele Menschen mögen wohl in dieser Festung leben?« fragte er sich laut.

»Nicht weniger als einhunderttausend«, entgegnete der Kapitän.

Hawkwood strich sich mit einer Hand über den Bart; bisher hatte er geglaubt, in London wimmle es von Menschen. Wenngleich er im Augenblick noch nicht hinter die Stadtmauern blikken konnte, herrschte unten auf dem Wasser ein so lebhaftes

Treiben, daß er seine Meinung änderte. Nachdem die Flotte kleiner Fischerboote genuesische Banner erkannt hatte, kamen weitere Boote herbei, um sie willkommen zu heißen.

Als die Karake weitersegelte und die Hawkwoods staunend auf die Kirchen und Paläste auf der Akropolis der Stadt blickten – den nordöstlichen Teil der Stadt, der sich über sieben Hügel erstreckte, die Konstantin den Großen bewogen hatten, im alten Byzantion sein neues Rom zu errichten –, kam langsam der Hafen in Sicht: eine weite Bucht, die die Nordgrenze der Stadt bildete. Hawkwood betrachtete staunend die riesige Eisenkette, die über die gesamte Breite der knapp eine halbe Meile breiten Hafeneinfahrt gespannt war.

Der Kapitän deutete mit ausgestrecktem Arm nach vorn. »Das Goldene Horn.«

»Warum heißt es so?«

Der Kapitän zuckte die Achseln. »Es wird seit Jahrhunderten so genannt. Wohl weil es die Form eines Widderhorns hat . . . und weil alle Reichtümer dieser Erde hierherkommen.«

Hinter der Baumkette ragten die Masten zahlreicher Schiffe auf, während sich zur Rechten des Hafens eine weitere befestigte Stadt befand, um ein Vielfaches kleiner als die Hauptstadt, aber dennoch ein geschäftiger Ort.

»Galata«, erklärte der Kapitän. »Unsere genuesische Kolonie hier im Osten. Das ist unser Zielhafen.«

Auf jener Hafenseite, auf der sich Galata befand, zerrten Männer an den Spaken eines riesigen Spillrades, mit dem das dicke Tauende der Kette verbunden war. Langsam senkte sich die Sperrkette, die die Hafeneinfahrt versperrte. Die Karake fuhr mit gerafften Segeln in den Hafen ein und wurde sogleich von kleinen Booten umringt, die ihre Anlegetaue aufnahmen und sie an Land brachten, damit das große Schiff vorsichtig an einen der Kais gezogen werden konnte. Die Hawkwoods eilten in ihre Kabine, um ihr spärliches Gepäck zu holen; sie waren die einzigen Passagiere, die so weit gereist waren, und hatten, seit sie vor vierzehn Tagen aus Piräus ausgelaufen waren, das Achterdeck weitgehend für sich gehabt.

Als sie an Land gingen, unsicheren Schrittes auf dem festen Boden nach den langen Wochen auf See, standen sie sogleich im Mittelpunkt des Interesses. Inzwischen war später Abend, aber dennoch drängten sich die Menschen am Anlegeplatz, um die roten Haare und den beeindruckenden Wuchs der Neuankömmlinge anzustarren. »Sie sind Wikinger«, bemerkte einer der Schaulustigen auf italienisch.

O natürlich, dachte Anthony Hawkwood; wir sind Wikinger, gekommen, euch vor den Mächten des Bösen zu erretten. Er fühlte das Blut in seinen Adern pochen; während Galata mit seinen Lagerhäusern und schäbigen Häusern nicht mehr war als ein typischer Seehafen, hatte er sich auf den erstem Blick in die Stadt jenseits der Bucht verliebt, auch wenn er sie noch nicht einmal betreten hatte.

Sie wurden für die Nacht im selben Gasthaus untergebracht, in dem auch der Kapitän logierte, und schliefen gedrängt alle fünf in einem Bett. Zu ihrer Überraschung kühlte die Luft in der Nacht sehr ab. Das seltsame Mahl, das man ihnen am Abend vorgesetzt hatte, eine Art trockener Eintopf aus Fleisch und Gemüse mit verschiedenen ihnen unbekannten Gewürzen, lag ihnen schwer im Magen. Dazu hatten sie anstatt des Bieres und der weichen italienischen Weine, an die sie sich an Bord gewöhnt hatten, byzantinischen Wein getrunken, der so derb schmeckte, daß sie sich schüttelten.

»Gibt es denn hier nichts Vernünftiges zu essen und zu trinken?« klagte Mary.

»Sobald wir ein eigenes Heim haben, kannst du kochen, was dir beliebt«, versprach John.

»Und wann wird das sein?« fragte sie.

»Nun, sobald ich morgen mit diesem Prinzen Konstantin gesprochen habe.«

»Dürfen wir dich begleiten, Vater?« fragte Anthony eifrig.

John Hawkwood überlegte kurz und schüttelte dann den Kopf. »Es ist besser, wenn ich allein gehe.« Er lächelte, als er den enttäuschten Ausdruck auf dem Gesicht seines Sohnes sah. »Morgen könnt ihr erst einmal Galata erkunden – aber macht mir keinen Ärger.«

Der genuesische Kapitän hatte ihn gewarnt, daß die Byzantiner ihm als Katholiken feindselig gesonnen sein würden, und so hatte John es nicht eilig, seine Familie möglichen Beleidigungen auszusetzen. Tatsächlich war er selbst ein wenig unruhig, als er am nächsten Morgen mit der Fähre die Bucht überquerte.

Während der riesige Hafen mit den paar Fischerbooten seltsam verlassen wirkte – weiter den bogenförmigen Golf hinauf waren allerdings etwa zwanzig Galeeren zu sehen –, wirkte die Stadt selbst aus der Nähe noch ehrfurchteinflößender. Als John die Steinstufen hinaufstieg, die vom Anlegeplatz der Fähre zu einem der Tore führten, blickte er zu den gewaltigen Mauern empor, die noch höher und dicker waren, als er sie am Vortag eingeschätzt hatte. Sein Soldatenauge erkannte sogleich, daß die Befestigung an vielen Stellen, an denen das Mauerwerk bröckelte, der Instandsetzung bedurfte. Auch sah er nur eine Handvoll Männer – aber zweifellos würden die Schießscharten rasch besetzt sein, falls ein türkisches Heer in Sicht käme.

Als er durch das Tor geschritten war, sah er sich um und fand sich in einem Tiegel des Lärms wieder. Obgleich es Ende Oktober war, war es drückend heiß. Er betrachtete die schmalen gepflasterten Gassen, in denen sich Menschen und Haustiere drängten, begleitet von ihren Gerüchen und einer ohrenbetäubenden Kakophonie. Er ließ den Blick über die dichtgedrängten Häuser schweifen, eine bunte Mischung von Hütten, die kaum mehr waren als Schuppen, bis hin zu Palästen mit prächtigen Säulengängen, die hoch über seinem Kopf aufragten. Er atmete den Geruch von Parfüm und Schmutzwasser, gebratenem Lamm und abkühlendem Retsina ein. John Hawkwood war mehr als einmal in London gewesen und hatte geglaubt, alle Großstädte wären einander ähnlich; aber hier fühlte er sich nicht eingezwängt. Ein Gefühl von Freiheit lag in der warmen Luft, die gelegentlich von einer sanften Brise aufgefrischt wurde. Er fühlte sich in einer Kniehose und seinem Lederwams unangemessen gekleidet.

Die Menschen selbst waren unterschiedlichster Größe und Hautfarbe, Rasse und Konfession. Von blaßhäutigen Mazedoniern bis hin zu schwarzhäutigen Afrikanern war alles vertreten, wenngleich er offenbar der einzige mit rotem Haar war.

Sie unterhielten sich in den verschiedensten Sprachen, und Hawkwood war erleichtert, als er auch vereinzelt Italienisch hörte; Englisch war natürlich nicht vertreten.

Der Offizier am Wassertor, prächtig anzusehen mit seinem Eisenhelm und dem Brustpanzer, prüfte Hawkwoods Empfehlungsschreiben: ein Blatt Pergament mit griechischem Text, das er von dem byzantinischen Gesandten erhalten hatte, von dem er rekrutiert worden war.

Hawkwood hatte keinen Schimmer, was dort stand, aber aus dem Schriftstück mußte hervorgehen, daß er nicht nur als Freiwilliger gekommen war, dem Kaiser zu dienen, sondern außerdem Latein sprach. Nachdem der Offizier ihn von Kopf bis Fuß gemustert hatte, rief er einen seiner Untergebenen herbei und erteilte ihm Befehle.

Der Mann nickte. »Folgt mir«, forderte er Hawkwood auf italienisch auf.

»Gern«, entgegnete Hawkwood. »Wärt Ihr so freundlich, mir zu sagen, wohin wir gehen?«

»Mir wurde befohlen, Euch zum Prinzen zu geleiten. In Eurem Passierschein ist von weiteren Personen die Rede«, bemerkte der Byzantiner.

»Meine Familie wartet in Galata auf mich.« Die Züge des Mannes blieben während dieses Wortwechsels unverändert streng. Kurz darauf führte er den Engländer durch die Menge, und Hawkwood zog manch neugierigen Blick auf sich.

»Euer Hauptmann ist ein strenger Mann«, bemerkte Hawkwood.

»Er haßt alle Azymiten«, entgegnete der andere geheimnisvoll.

»Und er hält mich für einen solchen?«

»Wenn Ihr der Römischen Kommunion angehört, seid Ihr ein Azymit.«

Ihr Weg führte sie durch ein weißes Tor, das in eine innere, niedrigere Mauer eingelassen war, die die ursprüngliche Stadt Byzantion umschloß. Im Gegensatz zu dem menschlichen Ameisenhaufen draußen gab es in diesem Stadtteil nur Paläste und Kathedralen mit ansehnlichen bewaldeten Parks dazwischen. Am südlichen Ende, direkt an der Mauer, befand sich ein riesiges ovales Amphitheater.

»Das Hippodrom«, erklärte der Byzantiner. »Dort finden die Wagenrennen statt. Gibt es dort, wo Ihr herkommt, so etwas, Engländer?«

»Nein«, entgegnete Hawkwood.

»Ihr müßt mir von England erzählen.« Der Byzantiner lächelte. »Mein Name ist Panadou.«

Vielleicht haßt er die Azymiten nicht ganz so sehr wie sein Vorgesetzter, dachte Hawkwood. Er betrachtete die gewaltigen, gewölbten Mauern der Hagia Sophia, überwältigt von der Größe des monumentalen Bauwerks, von der Schönheit der Buntglasfenster und den goldenen Intarsien in den Kragstücken, die blitzend das Licht reflektierten. Er sagte sich, daß es auf der ganzen Welt kein zweites Bauwerk wie dieses geben könnte.

John Hawkwood mußte eine Weile in einem Vorzimmer warten, bevor er zu Prinz Konstantin vorgelassen wurde. Nachdem Panadou ihn beim *Majordomus* des Prinzen abgeliefert hatte, verabschiedete er sich.

»Wir werden uns zweifellos wiedersehen«, meinte Hawkwood. Je eher er hier Freunde fand, desto besser.

»Zweifellos«, entgegnete Panadou knapp und ging.

Der Majordomus sprach kein Latein, aber ganz offensichtlich haßte *er* die Azymiten ebenfalls. Das gleiche galt zweifelsohne auch für die zahlreichen anderen, die im Vorzimmer warteten; sie alle starrten den hochgewachsenen rothaarigen Engländer mit unverhohlener Feindseligkeit an. Hawkwood versuchte sie zu ignorieren, indem er seine prächtige Umgebung studierte. Fußboden und Decke waren mit Mosaikfliesen bedeckt; an den Wänden hingen Ikonen, die die Heilige Jungfrau mit Kind darstellten. Die rote Robe des Majordomus wäre eines englischen Grafen würdig gewesen. Tatsächlich wurde Hawkwood sich seiner geflickten Kniebundhose im gedeckten Braun des Arbeiters zunehmend gewahr. Nur sein weißes Hemd unter dem Lederwams war neu und frisch – er hatte es für diesen Augenblick aufbewahrt.

Der Prinz war hager und kaum mittelgroß, mit einem struppigen Bart. Er trug eine runde Kopfbedeckung mit hoher Krone und war noch um einiges edler gekleidet als sein Majordomus, mit kostbaren Ringen an den Fingern. Aber er trug seinen Reichtum und seine Macht ohne Hochmut zur Schau und zeigte sich sehr höflich. Er grüßte Hawkwood auf lateinisch und reichte ihm die Finger zum Kuß. John stutzte, sagte sich aber dann, daß dies so Brauch sein müsse, und kniete nieder. Als er sich wieder erhoben hatte, blickte Prinz Konstantin ihm unverwandt in die Augen.

»John Hawkwood aus England«, sagte er. »Ihr tragt einen berühmten Namen.«

»Ich hatte einen berühmten Großonkel, Mylord.«

»Dann können wir uns geehrt fühlen. Gibt es in Eurem fernen Land viele, die so groß sind wie Ihr?«

»Sehr viele, Sir.«

Der Prinz seufzte. »Wenn ich doch nur einige Hundert solcher Männer im Rücken hätte.« Er tippte auf den Passierschein. »Ihr seid Kanonier?«

»Das ist mein Beruf.«

»Dann seid Ihr doppelt willkommen. Kanonen sind unsere letzte Hoffnung. Ich wünschte nur, wir verfügten über genügend Geschütze und Kanoniere.« Er tippte erneut auf das Papier. »Aber hier ist von Söhnen die Rede.«

»Ich habe zwei Söhne, die mich begleitet haben.«

»Sind Sie auch Soldaten?«

»Sie sind gekommen, um zu kämpfen, Euer Gnaden.«

»Das ist ein Anfang – und es werden noch mehr kommen. Meine Gesandten haben mir berichtet, daß Männer aus ganz Europa auf dem Weg hierher sind.« Er warf Hawkwood einen Blick zu. »Unsere Leute in Konstantinopel leben schon zu lange Zeit im Frieden.«

Hawkwood erwiderte nichts hierauf. Er hatte sich bereits gewundert, warum die Byzantiner bei ihrer großen Bevölkerungszahl im Ausland Männer anwerben mußten, um die Reihen ihres Heeres aufzufüllen. Statt dessen fragte er: »Wie lange wird es dauern, bis die Türken angreifen?«

Der Prinz verzog das Gesicht und setzte sich. Mit einem Wink bedeutete er Hawkwood, auf einem Stuhl Platz zu nehmen. John zögerte; er war noch nie zuvor aufgefordert worden, sich in Anwesenheit eines Monarchen zu setzen. Der Majordomus schien empört, als er der Aufforderung des Prinzen schließlich Folge leistete. »Im Augenblick stehen wir nicht mit den Osmanen im Krieg«, fuhr der Prinz fort. »Tatsächlich besteht zwischen unseren Völkern ein Friedensabkommen. Und doch wissen wir, daß sie beabsichtigen, uns auszulöschen. Wißt Ihr viel über sie?«

»Nur wenig, Sire.«

»Dann hört mir gut zu, denn sie sind eine eindrucksvolle Macht. Vor zweihundert Jahren hatte noch niemand etwas von den Osmanen gehört. Sie sind eine Rasse zäher Menschen, die unter Führung von Baltioglu aus den Tiefen Asiens kamen. Sie ließen sich in Anatolien nieder und verhielten sich unauffällig. Es war Baltioglus Sohn Osman, der begann, seine Männer in den Krieg zu führen, und nach ihm nennen sie sich selbst Osmanis oder Osmanen. Wißt Ihr, was dieser Name auf türkisch bedeutet, Hawkwood?«

John schüttelte den Kopf.

»Er bedeutete ›Beinbrecher‹ – eine treffende Beschreibung. Wie ich schon sagte, führte Osman seine Männer in den Krieg; und ihm gereichte zum Vorteil, daß unsere Stadt sich noch nicht von der Plünderung durch die Kreuzritter im Jahre 1204 erholt hatte. Ihr habt davon gehört?«

John nickte.

»Diese Schmach läßt sich nicht so leicht vergessen. Wenn viele unserer Leute die Franken bis heute hassen, dann aufgrund der Geschichten über diesen Verrat, die von Generation zu Generation weitergegeben werden. Ihr seid natürlich ein Franke . . .«

»Ich bin Engländer, Hoheit. Die Franzosen sind meine Erbfeinde.«

»Für das Volk von Konstantinopel sind alle Menschen aus dem Westen Franken. Vergeßt das nie, Hawkwood.«

»Und Ihr erwartet von mir, daß ich für Menschen, die mich hassen, im Kampf mein Leben aufs Spiel setze?«

»Ihr seid hierhergekommen, um gegen die Türken zu kämpfen. Und wenn ihnen nicht bald Einhalt geboten wird, werden sie ganz Europa erobern – sogar England.«

Hawkwood strich sich mit einer Hand über den Bart.

»Ihr glaubt, daß ich übertreibe?« fuhr der Prinz fort. »Dann hört gut zu. Osman verdankt seinen Aufstieg unserer Schwäche. Sein Sohn Orhan gelangte sogar zu noch größerem Ruhm. Er führte seine Armeen über den Bosporus in den Balkan. Er flößte dem damaligen Kaiser Johannes Kantakuzenos solche Furcht ein, daß dem Türken eine byzantinische Prinzessin zur Frau gegeben wurde. Können Sie sich das vorstellen? Eine christliche Prinzessin, die der Barbarei eines Harems ausgeliefert wird? Undenkbar. Und doch hat Georg Brankovic genau dafür gesorgt.« Er brütete einige Minuten vor sich hin, ehe er fortfuhr. »Und so wurde Byzantion gewissermaßen ein Lehen der Ungläubigen. Und doch waren sie nur einfache Plünderer aus Asien. Die Türken sind trotz ihres Gehabes nur Steppennomaden, und es mangelt ihnen an Disziplin. Sie sind großartige Reiter, und wenn sie sich zusammenschließen, bilden sie die beste leichte Kavallerie, die ein Feldherr sich nur wünschen kann. Aber die Tage der Kavallerie sind vorbei, wie Euch zweifellos bekannt ist. Ohne disziplinierte schwere Fußtrupps ist heute kein großer Siegeszug mehr möglich.«

Da irrt Ihr Euch, dachte Hawkwood. Heute entscheiden die Geschütze über den Ausgang einer Schlacht. Aber er wagte es nicht, den Prinzen zu unterbrechen.

»Es war Orhans Sohn Murad I., der erkannte, daß er nicht allein mit der Kavallerie gegen die Streitmächte des Westens ins Feld ziehen konnte. Und so schmiedete er einen Plan, einen teuflischen Plan. Er begann, christliche Kinder zu entführen und die Jungen in der Tradition des Halbmondes zu erziehen, anstatt in der des Kreuzes. Er lehrte sie strenge Disziplin und schuf gewissermaßen ein Heer kriegerischer Mönche. Habt Ihr schon von diesen Janitscharen gehört?«

»Ich habe von ihnen gehört.«

»Sie sind die besten Krieger der Welt.«

Hawkwood strich sich erneut mit der Hand über den Bart; er selbst hatte an der Seite des englischen Königs gekämpft.

Konstantin bemerkte seine Skepsis. »Ihr werdet bald feststellen, daß ich nicht übertreibe.«

»Wie weit liegt die Herrschaft dieses Murad zurück, Sire?« fragte Hawkwood.

»Sechzig Jahre.«

»Und Konstantinopel steht noch.«

Konstantin lächelte schief. »Vielleicht ein besonderer Segen Gottes. Murad führte seine Janitscharen nach Europa und besiegte in der Schlacht von Kosovo die Serben.« Er seufzte. »Die erste Schlacht von Kosovo, und das erste Amselfeld. Das war 1389. Nach der Schlacht wurde Murad von einem serbischen Edelmann ermordet, der gefangengenommen worden war, aber sein Sohn Bajasid übernahm sofort die Herrschaft über das Heer und das Reich. Bajasid, der sich selbst ›der Wetterstrahl‹ nennt. Er war der zweitgrößte Kriegsherr jener Zeit. Habt Ihr vom größten gehört?«

Hawkwood überlegte: »Bertrand du Guesclin?« Es widerstrebte ihm zutiefst, einem Franzosen Anerkennung auszusprechen, aber er war ein ehrlicher Mensch.

»Du Guesclin«, schnaubte Konstantin verächtlich. »Habt Ihr nie von Timur dem Mongolen gehört? Timur, genannt ›der Lahme‹?«

Hawkwood runzelte die Stirn. Er hatte den Namen tatsächlich schon einmal gehört, jedoch stets angenommen, daß es sich um eine Legende aus dem Osten handle.

»Konstantinopel war damals Bajasid auf Gedeih und Verderb ausgeliefert«, sagte Konstantin. »Mein Großvater wußte, daß unsere Stunde geschlagen hatte – aber wir wurden durch ein Wunder gerettet.«

»Durch einen ungläubigen Mongolen«, bemerkte Hawkwood.

»Gottes Wege sind unergründlich, Engländer, aber wir wurden gerettet. Bayzid selbst, seine *Spahis*, Janitscharen und Feldherrn waren trotz ihres Rufes im Angesicht Timurs ein Nichts. Sie wurden vernichtend geschlagen, und Bajasid der Wetterstrahl wurde in einen Eisenkäfig gesperrt und dem Volk vorgeführt, damit er vor Scham sterben würde.«

»Und dann war Konstantinopel Timur ausgeliefert?« fragte Hawkwood. »Aber es steht immer noch.«

»Timur interessierte sich nicht für Europa. Er wollte Bajasid nur deshalb vernichten, weil dieser ein Rivale innerhalb Asiens war. Timur marschierte nach China, seinem wahren Ziel, und dort starb er. Und so wurden wir gerettet. Wir hätten damals unsere frühere Größe wiederherstellen müssen – während Bayzids Söhne um die Nachfolge stritten. Tatsächlich baten wir den Westen, Armeen hierher zu entsenden, um uns zu helfen, die Welt von den Beinbrechern zu befreien. Wir hatten gehört, im Westen gebe es hervorragende Soldaten. Vor allem einen, der Euer England regierte: den großen Heinrich V. Habt Ihr ihn gekannt?«

»Ich habe 1415 unter ihm in Azincourt gegen die Franzosen gekämpft«, entgegnete Hawkwood stolz.

»Gegen die Franzosen«, wiederholte Konstantin traurig. »Bruder gegen Bruder, Franken gegen Franken. *Das* war unser Verderben, Engländer. Wäre diese Schlacht an den Küsten der Dardanellen ausgetragen worden und hätte Euer großer Kriegsherr sich den Janitscharen entgegengestellt, hätte dies Europa retten können.«

Hawkwood fiel hierauf keine Erwiderung ein.

»Inzwischen haben die Türken ihre Macht wiederhergestellt«, fuhr der Prinz fort. »Im Anschluß an die Bürgerkriege, die auf Bayzids Tod folgten, wurde Mehmed I. Emir. Die Osmanen nennen ihn den ›Restaurator‹. Wir achten ihn sehr, weil er versuchte, Ordnung im Reich seines Vaters zu schaffen, und uns mit Respekt begegnete. Sein Sohn Murad II. ist völlig anders als sein Vater, ein Krieger mit Blut vor Augen und im Herzen. Er hat uns 1422 für kurze Zeit belagert, konnte jedoch gegen unsere Mauern nichts ausrichten, und so zog er wieder ab, um seine Herrschaftsgebiete im Westen auszubreiten. Der Papst hat vor fünf Jahren einen Kreuzzug gegen ihn befohlen.«

»Ich habe davon gehört, Hoheit«, bemerkte Hawkwood.

»Dann werdet Ihr wissen, daß das von Ladislaus von Ungarn befehligte Heer besiegt und der König getötet wurde. Nur der große Kriegsherr Johannes Hunyadi entkam. In diesem Jahr führte Hunyadi eine weitere Armee in den Krieg. Vor vier Tagen wurde auch diese in Kosovo vernichtend geschlagen.« Er seufzte. »Das zweite Amselfeld.«

»Ich habe aus dem Glockengeläut geschlossen, daß es eine Niederlage gegeben haben muß«, sagte Hawkwood.

Konstantin richtete sich plötzlich auf. »Engländer, es wird keine Kreuzzüge und keine päpstlichen Armeen mehr geben.

Wenn Konstantinopel überleben soll, sind wir auf uns selbst angewiesen.«

»Eure Mauern haben bislang jedem Angriff standgehalten«, bemerkte Hawkwood.

»Das ist unsere Stärke – das und unsere Kanonen. Aber wir haben auch genügend Schwächen. Mein Bruder, der Kaiser, ist ein kranker Mann. Ich bezweifle, daß er das kommende Jahr noch überleben wird. Unser Volk ist in Zwietracht gespalten, und die Menschen sind zu sorglos. Da Konstantinopel nie erobert worden ist, glauben sie, daß die Stadt uneinnehmbar ist. Ich kann nur weniger als fünftausend Soldaten aufbringen, um die Mauern zu bemannen, aber ich bräuchte tapfere Männer. Dann könnte ich den Türken standhalten – sogar Murad, der uns mit ungehöriger Herablassung behandelt. Aber so sind die Türken: Sie glauben, daß die Stadt ihnen gehört, wenn sie nur mit den Fingern schnippen. Im Augenblick ist es Murad noch ganz recht, wenn wir uns eine gewisse Unabhängigkeit bewahren.«

»Aber ich würde sagen, daß dies eine reiche Stadt ist, verehrter Prinz, wenngleich ich nicht ganz begreife, wie dieser Reichtum zustande kommt.«

»Wir sind reich, weil in Konstantinopel der Welthandel zusammenläuft, die Kreuzung der Welt. Menschen aus aller Herren Länder kommen hierher, um in Freiheit und Sicherheit Handel zu treiben. Sogar die Türken – denn auch sie genießen die Früchte anderer Leute Arbeit. Und so lassen sie uns im Augenblick noch in Frieden und begnügen sich damit, uns mit Beleidigungen zu überhäufen. Aber eines Tages werden die Janitscharen unsere Mauern stürmen.«

»An denen sie scheitern werden«, entgegnete Hawkwood, »sofern sie richtig bemannt und mit Kanonen bestückt sind. Soviel ich weiß, besitzen die Osmanen keine Kanonen.«

»Sie sind Nomaden aus den Steppen. Was wissen sie schon von Kanonen?« Konstantin lächelte. »Jetzt kennt Ihr die ganze Wahrheit über uns, Engländer. Ich möchte keinen Mann in meinen Reihen wissen, der für eine Sache kämpft, die er nicht zu seiner eigenen machen kann. Werdet Ihr bleiben und für uns kämpfen?«

»Ich werde bleiben und Eure Kanonen für Euch abfeuern, solange Ihr es wünscht.«

»Gut gesprochen. Glaubt Ihr, ich könnte es mir anders überlegen?«

Hawkwood stand auf und verneigte sich. »Wenn Ihr für Euer Volk sprecht, Prinz, bin ich es zufrieden«, sagte er.

2

Die Byzantiner

JOHANNES VIII. STARB vor Jahresende, und Konstantin trat seine Nachfolge an. In ganz Konstantinopel wurde sofort der Schub frischer Kraft und neuer Zuversicht spürbar, der vom neuen Kaiser ausging. Einige lachten, viele murrten . . . und nur wenige reagierten.

Neuigkeiten von den Türken ließen darauf schließen, daß Emir Murad seine ganze Kraft darauf verwandte, den albanischen Patrioten Georg Kastriota, auch Skanderbeg genannt, zu besiegen.

Die Byzantiner interessierten sich weder für das, was in Albanien vorging, noch für die rasch fortschreitende Ausbreitung der Türken im Südosten Europas. Das Leben war da, um gelebt zu werden: Sie tranken und aßen, trieben Handel und wurden reich, sie stritten, und von Zeit zu Zeit begehrten sie auf wegen eines realen oder eingebildeten Notstandes.

Aber die meiste Zeit verbrachten sie mit Spielen.

»Die Grünen!« rief Catherine Hawkwood. »Die Grünen!«

»Die Blauen«, rief eine Gruppe ganz in der Nähe. »Die Blauen!«

Aber auch andere in der Menge feuerten die Grünen an, während die zweirädigen Streitwagen um das Hippodrom rasten, jeweils vier keuchende, schäumende Pferde vorgespannt, die Fahrer an die Zügel geklammert, Hufe und Räder Wolken von Staub aufwirbelnd.

An jenen Tagen, da im Amphitheater Veranstaltungen stattfanden, ruhte in ganz Konstantinopel die Arbeit, und wenn es, wie jetzt, etwas zu feiern gab, schien sich die gesamte Bevölkerung innerhalb der Mauern des alten Byzantion zu versammeln, um sich an den Rennen zu ergötzen – und an der Rivalität, die oft in heftige Kämpfe ausartete.

An Tagen wie diesem war das Hippodrom mehr als nur ein Amphitheater; dann wurde es zum Herzschlag eines ganzen Volkes.

Lange vor Sonnenaufgang hatten Männer damit begonnen, den Sand der Piste glattzufegen und alles zu entfernen, was die galoppierenden Pferde behindern könnte. Andere hatten die endlosen Reihen weißer Steinsitze rund um die Arena saubergewischt. Die Steinsitze waren sehr unbequem, wenn man längere Zeit auf ihnen sitzen mußte, und die Weisen und Wohlhabenden unter den Zuschauern brachten ihre eigenen Sitzkissen mit – die als Wurfgeschosse zweckentfremdet wurden, wenn ihre Mannschaft verlor.

Die Kuchen und Süßigkeitenverkäufer waren schon früh zur Stelle, dicht gefolgt von jenen, die die Rosen verteilten, blau oder grün, mit denen die Zuschauer bekunden konnten, auf wessen Seite sie an diesem Tag standen.

Mitte des Morgens wehten die Fahnen und Banner an der Spitze ihrer Masten; ganz sicher waren sie bis jenseits des Bosporus zu sehen, ein flatternder Farbenwald, der verkündete, daß die Byzantiner feierten. Inzwischen waren auch die Gespanne und Streitwagen eingetroffen, um von Besitzern und Trainern inspiziert zu werden, sowie die Fahrer, berühmte Männer, deren Können in den Tavernen heftig diskutiert wurde. Sie trugen Lederkappen, lederne Knie-, Ellbogen- und Schulterschützer, lederne Suspensorien zum Schutz ihrer Genitalien und lederne Masken gegen den aufspritzenden Sand. Wenn einer der Streitwagen in einem Gewirr splitternden Holzes und wirbelnder Hufe umstürzte, konnte der Fahrer sich glücklich schätzen, wenn er mit Prellungen davonkam.

Dann strömten die Massen herein. Die meisten wollten möglichst früh im Amphitheater sein, um sich ihre Lieblingsplätze zu sichern. Sie rempelten sich an und spaßten gutgelaunt, die Auswüchse von Jubel oder Zorn würden erst später folgen. Die Menge erhob sich, dem Kaiser zuzujubeln, als dieser von seinem Hofstaat begleitet über einen speziellen Korridor seine Loge betrat, ganz in Purpur gekleidet. Er verneigte sich und lächelte dem Volk zu. Dann ließ er sich Besitzer und Fahrer der Gespanne und Streitwagen vorstellen, bevor er das Signal gab, worauf die Posaunen erklangen und den Beginn der Spiele verkündeten.

John Hawkwood verabscheute das Hippodrom und sah sich die Rennen so selten wie möglich an. Wäre er jedoch heute nicht gekommen, hätte das den Zorn seiner Nachbarn erregt, und in den zweieinhalb Jahren, die er nun in Konstantinopel lebte, hatte er gelernt, sich wie ein Bürger dieser größten Stadt der Welt zu benehmen, auch wenn er nie wirklich einer werden konnte.

Vor zwei Tagen hatten sie Nachricht vom Tod des Emirs Murad II., Herrscher über die Osmanen, erhalten. Konstantinopel hatte sich sogleich in einen Strudel schadenfrohen Feierns gestürzt. Der Teufel war tot. Wie es bisher nach dem Ableben eines Emirs fast immer geschehen war, würden Murads Söhne sich bestimmt um die Nachfolge streiten, was möglicherweise mehrere Jahre Bürgerkrieg bedeutete, während dessen die Byzantiner sich in aller Ruhe amüsieren konnten.

Der Kaiser hatte den Tag zu einem Feiertag erklärt. Hierin tat Konstantin XI. nur das, was von ihm erwartet wurde; sein Volk zog den Arbeitstagen die Feiertage vor. Und Konstantin war nur zu bewußt, daß er nicht so beliebt war wie sein verstorbener Bruder – aus einem ganz simplen Grund: Er hatte sich hilfesuchend an den Westen gewandt. Und schlimmer noch, er hatte in seinem Bestreben, zusätzliche Truppen zu gewinnen, um seine Mauern zu bemannen, sogar in einer Audienz beim Papst vorgesprochen. Für die meisten Byzantiner war dies schlimmer, als wenn er vor dem türkischen Emir auf Knien gerutscht wäre.

Aber an diesem Tag wurde er umjubelt. Er saß in seiner ganzen Pracht in seiner großzügig mit Purpur ausgeschlagenen Loge, mit seiner Frau Magdalena Tocco und umgeben von seinen Kindern, seinen Schwestern, seinen jüngeren Brüdern Theodoros, Andronikos, Demetrios und Thomas, seinen Nichten und Neffen ... und von jenen, die sich selbst als die wahren Hüter der byzantinischen Tradition betrachteten, Männern wie Lukas Notaras und dem Patriarchen Gennadios, Männern, denen Türken und Angehörige der Römischen Kirche gleichermaßen verhaßt waren.

John Hawkwood zollte ihnen den gebührenden Respekt, wie er es bei zahlreichen Gelegenheiten in den vergangenen zweieinhalb Jahren gelernt hatte, auch wenn seine Abneigung gegen sie durch ihre Feindseligkeit ihm gegenüber angefacht worden war sowie durch die vielen Beleidigungen, die er mit unterwürfig geneigtem Kopf hatte hinnehmen müssen, gab es hierfür eine fundierte und gerechtfertigte Grundlage. Die Mauern von Konstantinopel waren unleugbar enorm stark, aber uneinnehmbar würde die Stadt erst sein, wenn jeder gesunde Mann sich berufen fühlte, sie zu verteidigen. Und doch hatte die Spaltung, die den endgültigen Untergang heraufzubeschwören drohte, durch die Schwäche der Kaiser weiterschwelen können und loderte in regelmäßigen Abständen, an Tagen wie diesem, durch die Spiele auf. Denn wenn der Kaiser die Blauen anfeuerte, jubelte Notaras den Grünen zu, und das Volk kreischte in Unterstützung des einen oder des anderen. Das sind im Grunde gar keine Spiele, dachte Hawkwood; das sind politische Versammlungen größter und unheilvollster Bedeutung.

Ob er seine Entscheidung, England zu verlassen, um sein Glück in einem fremden Land zu suchen, bereute? Manchmal ja, wenn er seine Kinder sah. Er haßte es, Catherine in einer byzantinischen Robe zu sehen, die ihr von den Schultern glitt und ihre Brüste sehen ließ oder den Blick auf einen weißen Schenkel freigab; er haßte es, mit ansehen zu müssen, wie sie mit halb geöffneten Lippen und wehendem Haar ebenso mitgerissen wurde wie die Griechen, hektische rote Flecken auf den Wangen, mit blitzenden weißen Zähnen und von falscher Leidenschaft erfüllt. Catherine war inzwischen einundzwanzig und eine auffällig hübsche Frau. Wäre er in England geblieben und wäre sie dort noch unverheiratet gewesen, hätte ihm dies Kopfzerbrechen bereitet, aber in Konstantinopel betrachtete er jeden Tag, den sie noch Jungfrau war, als einen Segen.

Verurteilte er seine einzige Tochter zum Dasein einer alten Jungfer? Er war sich nicht sicher. Verehrer gab es genug. Das heißt, waren es überhaupt richtige Verehrer? Junge Männer mit gierigen Lippen und verführerischen Augen, die sie zu Hause besuchten, Hände, die über die Kleider des anderen glitten, Arme, die sie einander um die Taille legten. Oder sie saßen händchenhaltend da und diskutierten über Poesie. Viele der Freier besaßen beste Empfehlungen, und die Eltern schienen offenbar erpicht darauf, ihre Söhne mit der Tochter eines Mannes zu verheiraten, der zwar ein Häretiker sein mochte, jedoch in der Gunst des Kaisers stand. Aber seine Catherine mit einem von ihnen verheiraten? Zulassen, daß sie in die Orthodoxe Kirche überwechselte und zum Spielzeug eines griechischen Lustmolchs wurde?

Und doch war ihm bewußt, daß die Entscheidung nicht bei ihm lag; Catherine war eine Frau mit Charakter, aber seit sie nach Konstantinopel gekommen waren, schien dieser Charakter einer stetigen Degeneration anheimgefallen zu sein, und heute schien sie wild entschlossen, byzantinischer zu sein als jeder Grieche. Sollte sie den Entschluß fassen zu heiraten, würde es eines hartherzigeren Mannes bedürfen, als er einer war, es ihr zu verbieten. Er konnte nur beten, daß sie eine weise Wahl treffen würde, wenn die Zeit gekommen war, und daß sie sich bis zu diesem Tag klug verhielt . . . Die meisten ihrer derzeitigen Freunde gefielen ihm ganz und gar nicht, vor allem die Familie Notaras.

Die strenge Beaufsichtigung seiner Tochter war im übrigen seiner Beliebtheit nicht unbedingt förderlich gewesen. Aber um seine Söhne machte er sich kaum weniger Sorgen – zumindest um Anthony. William, sagte er sich stolz, war ein würdiger Hawkwood. Er war bereits ein vollendeter Soldat und Kanonier, und alles schien darauf hinzudeuten, daß er sich zu einem nüchternen, vernünftigen Mann entwickelte. Er feuerte weder die Blauen noch die Grünen an und hatte ebensowenig für das Hippodrom übrig wie seine Eltern.

Vielleicht würde Anthony sich auch noch zufriedenstellend entwickeln. Vielleicht war er mit neunzehn einfach noch zu jung, als daß man sich ein Urteil erlauben konnte, und vielleicht war er mit sechzehn zu jung gewesen, um in eine völlig fremde Kultur versetzt zu werden. Er sah ebenso erregt aus wie Catherine und schrie sich heiser, als die Pferde in die Zielgerade einbogen ... Und er blickte immer wieder zur kaiserlichen Loge hinüber, um Anna, der Tochter Notaras, zu winken.

Dies war ein größerer Anlaß zur Sorge, da Catherine und Anthony sich beide mit den Söhnen und Töchtern des Großherzogs angefreundet hatten. Gesellschaftlich befanden sich die Hawkwoods in einer ungewöhnlichen Position. Beispielsweise in religiösen Fragen, da Mary sich rundheraus weigerte, am Gottesdienst in der Kathedrale teilzunehmen, und dies auch ihren Kindern untersagte, so daß sie jeden Sonntag mit der Fähre nach Galata übersetzten, um dort die genuesische Kirche zu besuchen. Und wenngleich sie in der Gunst des Kaisers standen, waren sie nicht von adliger Herkunft, während der byzantinische Adel der vielleicht dünkelhafteste der Welt war. Aber John Hawkwood war als Meisterkanonier hergekommen, und der Kaiser hatte ihn in den Rang eines Generals erhoben und ihm den Befehl über die gesamte byzantinische Artillerie übertragen. Dies hatte ihm Zutritt zu den besten Kreisen verschafft, und mit ihm seiner Familie. Da der junge Basileios Notaras eine Karriere als Artillerist anstrebte, war es nur natürlich, daß er Kontakt mit den jungen Hawkwoods aufgenommen hatte – und der Schönheit der rothaarigen Catherine rettungslos verfallen war.

Ebenso natürlich war, daß der junge Mann das Mädchen mit seinem Halbbruder und seiner Schwester bekannt gemacht und Anthony sie anstandshalber begleitet hatte. John Hawkwood vermochte nicht zu sagen, ob Anna Notaras sich ihrerseits in den rothaarigen Hünen von einem Jungen verliebt hatte, aber was Anthony betraf, sah ein Blinder, wie es um ihn stand. Sie waren noch sehr jung, aber John wollte sich die Reaktion des Großherzogs lieber nicht ausmalen, sollte die Beziehung sich vertiefen – Anna Notaras war ganz zweifellos für das Bett eines byzantinischen Grandseigneurs bestimmt. Im Augenblick galt seine Sorge jedoch vorrangig Catherine, die sich offensichtlich in Basileios Notaras verliebt hatte. Und wenngleich Basileios nur der uneheliche Sohn des Großherzogs war, konnte Hawkwood sich nicht vorstellen, daß ihm gestattet werden würde, eine Ausländerin und Apostatin zu ehelichen. Und die Notaras hatten es nicht nötig, um die Gunst des Kaisers zu buhlen. John hatte versucht, seine Tochter zu warnen, aber sie hatte ihn nur mit unbeugsamem Blick durchbohrt, so daß er nicht mehr tun konnte, als zu beten, daß sie Vernunft und Anstand wahren würde, zu denen sie erzogen worden war.

Es gab zu beiden Seiten des Pfades, den er eingeschlagen hatte, Fallstricke, aber derer gab es auch in England genug. Und in Konstantinopel war es ihm zumindest möglich gewesen, seiner Familie einen Luxus zu bieten, wie sie ihn zuvor noch nie gekannt hatte, da er als kommandierender General in einem Jahr mehr verdiente als in seinem ganzen bisherigen Leben. Die Kniehose und das Wams des aufrechten englischen Freisassen gehörten längst der Vergangenheit an; das Gewand, das er heute trug, reichte fast bis auf den Boden und war aus gold-schwarzem Brokat. Seine Kappe war schwarz, und seine dunkelgrüne Unterkleidung war aus Samt und am Kragen und an den Ärmeln sichtbar. Seine langen spitzen Schuhe waren ebenfalls schwarz.

Mary sah nicht minder verändert aus in ihrer gemusterten Houpelande, ihrem juwelenbesetzten Gürtel und ihrer herzförmigen Haube mit dem ebenfalls mit Edelsteinen besetzten Schleier. Aber sie war nicht nur äußerlich verändert: Die schüchterne, unglückliche Frau, die den Bosporus hinaufgesegelt war, hatte sich in die selbstbewußte Gattin eines erfolgreichen Mannes verwandelt. Sie war sich zwar bewußt, daß sie und ihre Familie als Katholiken unbeliebt waren, aber ihr Haus war geschmackvoll eingerichtet, und ihr Mann war ein Freund des Kaisers. Und zweifellos nahm auch sie die Gefahren wahr, denen ihre Kinder ausgesetzt waren – aber sie schien zuversichtlich, daß sie die Klippen sicher umschiffen würden. Tatsächlich umgab sie ihre Selbstsicherheit wie eine Aura: Sie hätte nie zu träumen gewagt, daß ihr Gatte es jemals so weit bringen würde.

Sogar die einfachsten Byzantiner genossen einen Luxus, wie ihn nicht einmal der durchschnittliche englische Lord kannte. Wenn John daran dachte, welche Mühe es daheim gekostet hatte, eine Wanne zum Baden mit Wasser zu füllen – eine Wanne, in der alle Familienmitglieder sich nacheinander wuschen ... Hier in Konstantinopel brauchte man nur einen Hahn aufzudrehen; in den Häusern der Oberschicht kam sogar auf Wunsch kaltes oder warmes Wasser aus den riesigen Reservoirs unter der Stadt.

Gleichermaßen fiel der Vergleich des zähen, faserigen englischen Fleisches, das so geschmacklos war, daß man ebensogut Schuhleder hätte kauen können, mit dem köstlichen Byzantinischen Lamm aus, zubereitet mit Kräutern, die er früher nur dem Namen nach gekannt hatte. Oder der Unterschied zwischen dem herben englischen Bier und den roten und weißen Weinen, die hier bei jeder Mahlzeit eingeschenkt wurden. Und der ständige Regen im englischen Frühling und die eisige Kälte des englischen Winters im Gegensatz zu einem byzantinischen Sommer, der das ganze Jahr über anhielt. Wenn der Nordwind vom Schwarzen Meer herüberwehte und die Einheimischen fröstelten und murrten, war er versucht anzumerken, daß sie Gott danken sollten, daß sie nie den stürmischen Nordostwinden ausgesetzt gewesen waren, die im Januar in Suffolk von der Nordsee über das Land bliesen.

Aber am krassesten war der Kontrast zwischen seinem niederen Stand in England und seinem ehrenvollen Posten in Konstantinopel. So ziemlich jede Woche unterhielt er sich mit dem Kaiser persönlich. Daß ein Mann, dessen Herrschaft sich über kaum mehr als eine Stadt erstreckte, diesen Titel trug, mochte vielen wie ein Witz erscheinen, aber Konstantin XI. war der Erbe einer Herrscher-Tradition, die bis zu den Cäsaren zurückreichte. Und er besaß den nötigen Charakter, eine solche Bürde zu tragen; häufiger melancholisch als lächelnd, wenn er das Ausmaß der von ihm ererbten Aufgabe betrachtete, zweifelte er doch nie daran, daß die Stadt dem schlimmsten Türkenansturm standhalten konnte und er persönlich die Verteidigung Konstantinopels befehligen würde.

Diese Aufgabe war mehr als schwierig. Wie der Kaiser schon Hawkwood auseinandergesetzt hatte, hatten die Bewohner Konstantinopels die soldatischen Fähigkeiten ihrer Vorfahren verloren. In Johns Augen lag es weniger daran, daß sie Feiglinge gewesen wären, sondern vielmehr, daß sie sich einfach nicht vorstellen konnten, wie schnell fremde Macht ihrem sorglosen Dasein ein Ende bereiten könnte. Und war Konstantinopel auch einmal besiegt worden, so lag dies bereits zweieinhalb Jahrhunderte zurück. Und auch wenn man sich bis zum heutigen Tage an die wochenlange Raserei der Vergewaltigungen und Plünderungen erinnerte, die der Stadt bleibende Wunden geschlagen hatte, erinnerte man sich auch daran, daß die Franken sich des Verrats bedient hatten, um in die Stadt einzudringen; sie hatten nicht die Stadtmauern gestürmt.

Und so waren von den mehreren hunderttausend Einwohnern keine fünftausend bereit, zu ihrem eigenen Schutz zu den Waffen zu greifen. Und diese Zahl reichte bei weitem nicht aus, eine Mauer dieser gewaltigen Länge zu halten. Auch hatte Konstantin seinen Traum von einer Armee westlicher Glücksritter, die ihm zur Hilfe eilten, aufgeben müssen. Es hatte immer wieder Versprechungen gegeben, aber nur wenige Freiwillige waren bislang John Hawkwood in den Osten gefolgt.

Und so lag die Verteidigung der Stadt in den Händen dieser Fünftausend – und in denen der Artillerie. Aber die Artillerie selbst gehörte auch nicht zu den besten. Die Eisenteile waren mindestens eine Generation zuvor gegossen worden, und Hawkwood war ganz und gar nicht sicher, ob das Material einer dauerhaften Abfeuerung standhalten würde. Auch durften er und seine Leute nur selten an den Kanonen üben, da die Stadtbewohner sich über den Lärm beklagten und der Kaiser fürchtete, die Mauern könnten aufgrund der Erschütterungen Schaden nehmen. Und so hatte John sich damit begnügen müssen, die Kanonen umzustellen und an Punkten aufzubauen, die er als die strategisch sinnvollsten erachtete. Diese Arbeit war von unwilligem Murren der Soldaten begleitet worden, denen befohlen worden war, die riesigen Geschütze an ihren neuen Standort zu ziehen, und von der Verachtung hochgestellter Persönlichkeiten wie des Großherzogs Notaras, der der Ansicht war, daß alle Bestrebungen, Konstantinopel zu verteidigen, sinnlos waren angesichts der gewaltigen Streitkraft der Osmanen. Er war ebenso wie viele andere der Überzeugung, daß ihre einzige Hoffnung in einer Einigung mit den

niedergelassen hatten, Griechisch gelernt, das sie inzwischen alle fließend beherrschten.

Er schenkte dem Mädchen ein schüchternes Lächeln. Anna Notaras war sechzehn, groß für ihr Alter, aber sehr schlank. Ihre Züge waren so raubvogelhaft wie die ihrer Brüder, jedoch weicher und mit anziehenden Konturen. Das schönste an ihr waren ihre riesigen, blitzenden schwarzen Augen. Ihr Haar, das so rabenschwarz war wie ihre Augen, war zu einem großen Chignon aufgetürmt, so daß die Blässe ihres Nackens zur Geltung kam. Gekrönt wurde die Frisur von einem goldfarbenen *hennin*, das von einem breiten schwarzen Band gehalten wurde, das über ihre Stirn führte und bis auf ihre Schultern herabfiel, passend zum schwarzen Gürtel, den sie über dem blaßrosa Seidenkleid trug. An der rechten Schulter trug sie ein grünes Bändchen.

Sie war das hübscheste Mädchen, das Anthony je gesehen hatte, und das sagte er sich jedesmal, wenn sie sich sahen, von neuem.

Er hatte seinen grauen Filzhut gelüftet. Auch er war nach der neuesten Mode gekleidet. Er trug eine braun und golden gemusterte Jacke, die ihm bis zu den Schenkeln reichte, dazu eine graue Kniebundhose, die so eng saß, daß sie die Konturen seiner Pobacken und Männlichkeit nachzeichnete. Keine Frau in Konstantinopel hegte Zweifel daran, wie gut der Mann ihrer Träume bestückt war – abgesehen von den Betrügern, die Suspensorien benutzten, um Mängel an diesem speziellen Körperteil zu überdecken.

Anthony Hawkwood trug nie ein Suspensorium. An seiner Jacke steckte ebenfalls eine grüne Rosette.

»Und was ist mit Euch, William?« wandte Alexios sich an Anthonys Bruder.

»Ihr müßt entschuldigen, Herr, aber ich habe einiges zu erledigen.«

»Arbeit, immer nur Arbeit.« Alexios lächelte. »Aber Ihr gestattet doch Lady Catherine, sich uns anzuschließen – in Begleitung ihres Bruders.«

William zögerte und blickte zu seinen Eltern hinüber, die ebenfalls stehengeblieben waren, um die Unterhaltung mitzuhören.

»Wir werden nur eine knappe Stunde weg sein«, versprach Anthony. »Und Ihr nehmt doch ohnehin am kaiserlichen Empfang teil.«

Es klang weniger wie eine Erinnerung als wie ein Vorwurf.

John Hawkwood sah seine Frau an. Marys Gesicht drückte unmißverständlich Mißbilligung aus, aber sie würde in der Öffentlichkeit seine Autorität als Vater nicht in Frage stellen. Dann wandte er sich seiner Tochter zu, die seinen Blick erwiderte. Sie gestattete sich keine Veränderung ihrer Miene, aber es war dennoch nicht zu übersehen, daß sie die Einladung gern annehmen würde. Ihre Augen blitzten noch von der Aufregung des Wagenrennens.

Sorge legte sich wie ein eiserner Ring um sein Herz, aber er wollte vor Notaras Brüdern keine Szene riskieren.

»Aber nicht länger als eine Stunde«, sagte John Hawkwood schließlich. »Und haltet euch von Raufereien fern.«

»Selbstverständlich, Euer Exzellenz«, versprach Alexios, verneigte sich und lüftete seinen Hut in Marys Richtung. »In einer Stunde bringen wir sie unversehrt nach Hause. Ihr habt mein Wort.«

Seine Hand schloß sich um Anthonys Arm. »Wir ziehen uns in den Palast meines Vaters zurück.«

»Wird er keine Einwände erheben?«

»Er nimmt ebenfalls am Empfang im kaiserlichen Palast teil – und außerdem, warum sollte er etwas dagegen haben, daß wir euch in unser Haus einladen? Seid ihr nicht in Konstantinopel, um uns vor den Türken zu beschützen?«

Anthony war nie ganz sicher, wie er Alexios Notaras nehmen sollte. War seine Bemerkung ironisch gewesen oder ein aufrichtiges Kompliment? Aber es wäre sicher kleinlich gewesen, sich in diesem Augenblick beleidigt zu fühlen, und außerdem lag eine Stunde in Gesellschaft der hübschen Anna vor ihm.

Daß ein so hübsches Mädchen aus so gutem Hause sich überhaupt herabließ, jemanden wie ihn auch nur anzulächeln, war ihm immer noch ein Rätsel. Es hatte vor zwei Jahren angefangen, bei der Krönung des Kaisers. Anthony hatte damals die Kathedrale das erste Mal betreten und staunend die marmorverkleideten Wände mit den wunderbaren Mosaikintarsien betrachtet, das gewaltige, mit Fenstern versehene Kuppeldach, die privaten Kapellen, den mit Goldreliefs verzierten Altar, die überlebensgroße goldene Statue der Heiligen Jungfrau, die noch prächtigere Statue Jesu, die Priester mit den hohen Hüten und in den schwarzen Roben . . . und das Mädchen, das ganz in seiner Nähe stand. Anna war erst vierzehn, aber schon damals war sie in seinen Augen das Schönste gewesen, was es in der erhabenen Kathedrale zu sehen gab. Und sie hatte ihn angelächelt.

Im Laufe der folgenden zwei Jahre hatten sie auf Bällen, Regatten und Festen, die im Leben der Byzantiner eine so große Rolle spielten, sich gegenseitig angelächelt. Es war noch nicht lange her, daß sie das erstemal miteinander gesprochen hatten, und das war der offensichtlichen Verliebtheit von Basileios in Catherine zu verdanken, die ihn bewogen hatte, sich der Familie Hawkwood anzunähern.

Anthony war nicht sicher, was Catherine tatsächlich für Basileios Notaras empfand. Er und seine Schwester waren immer noch engste Vertraute, und er teilte ihre Schwärmerei für das sorglose fließende Leben in Konstantinopel, das sich so sehr von dem unterschied, woran er sich aus England erinnerte . . . aber was den jungen Mann betraf, war sie ihrem Bruder gegenüber sehr zurückhaltend. Zweifelsohne genoß sie seine Aufmerksamkeit, seine ständigen Komplimente, und fand ihn offensichtlich auch als Mann attraktiv, aber ihr mußte auch bewußt sein, daß ihre sowie auch seine Eltern den Gedanken an eine Ehe mißbilligen würden.

Was jedoch seine eigenen Wünsche betraf, hegte Anthony nicht den geringsten Zweifel. Und in seiner Eigenschaft als völlig von sich überzeugter Mann war er entschlossen, seine Wünsche auch zu realisieren.

Er ließ seine Schwester mit den beiden jungen Adligen vorausgehen und blieb zurück, um sich Anna anzuschließen.

»Ich bin traurig, wenn wir verlieren«, sagte sie ernst. Sie war eine echte Byzantinerin, von der Spitze ihres hohen Hutes bis zur Spitze der wohlgeformten kleinen Zehen, die aus ihren Sandalen hervorlugten: Für sie war das Hippodrom das wichtigste in ihrem Leben.

»Wir werden ein anderes Mal siegen«, versprach Anthony.

»Ein anderes Mal genügt mir aber nicht«, entgegnete sie trotzig. »Und wenn ich daran denke, wie die gräßlichen Blauen uns verhöhnen werden . . .«

Als hätte sie das Stichwort gegeben, ertönte ein Sprechgesang, der immer näher kam. »Blau, Blau, Blau, Blau-Blau-Blau-Blau!«

»Rasch« rief Alexios. »Diese Gasse hinunter.«

Die fünf jungen Leute trugen noch ihre grünen Rosetten, und gegen eine größere Gruppe von Fanatikern hätten sie kaum bestehen können.

Die Brüder hasteten bereits mit Catherine in Sicherheit, und Anthony wagte es in Anbetracht der brenzligen Situation, Annas Arm zu packen, um sie ebenfalls aus der Gefahrenzone zu bringen. Es war das erste Mal, daß er sie berührte, und prickelnde Schauer jagten ihm den Rücken hinunter. Aber bevor sie ins Dunkel der Gasse eintauchen und sich den Blikken der grölenden Blauen entziehen konnten, erhob sich lautes Geschrei.

»Grüne! Steinigt den Abschaum!«

Kieselsteine flogen durch die Luft, und einer traf Anna an der Schulter. Sie stieß einen spitzen Schrei aus, und es schien, als würde sie in Anthonys Armen ohnmächtig. Er war hiervon völlig verwirrt und wußte nicht, ob er sie sich vielleicht über die Schulter werfen und sie tragen sollte. Undenkbar. Aber was sollte er sonst tun?

Die feindliche Gruppe hatte sie bald eingeholt; etwa zwanzig Jugendliche mit blauen Rosetten.

»Ein Mädchen!« johlten sie. »Wir malen ihre Brüste an. Wir malen sie blau an.«

»Zu mir!« brüllte Anthony verzweifelt. »Zu mir!«

Aber Alexios und Basileios schienen bereits außer Hörweite zu sein. Er hatte keine Wahl – und eine Gasse in Konstantinopel unterschied sich im Grunde nicht allzusehr von einer Gasse in Neapel. Anthony zückte sein Schwert und nahm Kampfhaltung ein. Wenngleich er sich nach der neuesten byzantinischen Mode kleidete, hatte er sich in bezug auf Waffen geweigert, dem hiesigen Brauch zu folgen, und so hielt er nun sein treues Breitschwert in der Hand. Es war gleich, daß er beide Hände brauchte, es vernünftig zu führen, fürs erste gab es der Meute zu denken. Als er jedoch langsam in die schmale Gasse zurückwich, sich Annas Gewichts bewußt, das auf seinem linken Arm lastete, und ihren betörenden Duft in der Nase, fühlte er, wie sie sich rührte.

»Anna«, sagte er drängend. »Anna!«

Sie richtete sich auf und schien zu begreifen, wo sie sich befand und was um sie herum geschah. Sein Arm lag um ihre Taille, unerwartete Weichheit umspannend, und sie rückte hastig von ihm ab. »Mein Gott!« murmelte sie.

»Lauft«, forderte er sie eindringlich auf. »Versucht, Eure Brüder zu finden. Lauft.«

»Ihre Brüste«, grölten die jungen Männer. »Wir malen sie blau an. Und ihren Hintern auch!«

»Beeilt Euch«, flehte Anthony.

Endlich rannte sie davon. »Sie entkommt.« Die jungen Männer grölten.

Sie stürzten vor, aber Anthony hielt den Schwertgriff nun mit beiden Händen und trat ihnen entgegen. Sie wichen zurück, als er die eindrucksvolle Klinge erst nach links und dann nach rechts schwang, in einer perfekten Acht, die sein Vater ihn gelehrt hatte und die jedes Lebewesen niedermähte, das sich zu dicht an ihn heranwagte.

Die Blauen zogen sich eilig zurück. Einige hatten ihre kleinen Schwerter gezogen, aber sie kamen nicht nahe genug an Anthony heran, ohne zu riskieren, daß er ihnen den Kopf von den Schultern hieb. Sie wichen immer weiter zurück.

Anthony schlug sie endgültig in die Flucht, als er noch einen Schritt nach vorn machte. Solange er in der schmalen Gasse blieb – sie war nur knapp vier Fuß breit –, konnten sie ihn nicht einkreisen und auch nur jeweils zu zweit angreifen.

Sie begannen wieder mit Steinen zu werfen, jedoch nur halbherzig. Sie waren auf Spaß aus gewesen, nicht auf einen ernsthaften Kampf. Außerdem war ihr Opfer inzwischen entkommen. Anthony zog sich wieder tiefer in die Gasse zurück, und diesmal machte der wilde Haufen keine Anstalten, ihm zu folgen. Er hielt jedoch sein Schwert kampfbereit, bis er das Ende der Gasse erreichte und auf eine breitere, aber menschenleere Durchgangsstraße gelangte.

Er sah nach rechts und links, konnte jedoch weder seine Schwester noch seine Freunde entdecken.

»Anthony! Pssst!«

Er wirbelte herum und entdeckte Anna, die im Schatten einer Mauer stand. »Gott sei Dank ist Euch nichts geschehen.«

»Ich wußte, daß ich bei Euch sicher sein würde.« Sie zitterte.

Er legte ihr beruhigend den Arm um die Schultern, eine Geste, die ihm völlig natürlich erschien. »Wo sind Eure Brüder?«

»Ich habe sie nicht gesehen.«

Catherine allein mit den beiden Notaras-Brüdern, obwohl ihm aufgetragen worden war, auf sie achtzugeben? Welches Unglück. Andererseits war er unerwartet zum erstenmal allein mit seinem Traummädchen.

Sie schien seine Sorge zu durchschauen. »Der Palast meines Vaters befindet sich in der Nebenstraße«, sagte sie atemlos. »Dorthin werden sie gegangen sein.«

»Ja«, stimmte er zu. »Wir müssen uns beeilen.«

Sie nahm seine Hand und führte ihn, während er dankbar sein Schwert in die Scheide zurücksteckte.

»Was für eine Waffe«, bemerkte sie bewundernd. Vor dem Portikus des großzügigen Palastes taten ständig zwei bewaffnete Wachen Dienst.

»Habt Ihr meine Brüder gesehen?« fragte sie die beiden Männer.

»Nein, Herrin«, entgegneten sie, ohne zu zögern, und musterten Anthony neugierig.

»Master Hawkwood hat mich davor bewahrt, einigen Blauen in die Hände zu fallen, die mir Böses antun wollten«, erklärte sie. Während sie immer noch Anthonys Hand umklammerte, zog sie ihn unter den Portikus. Die Decke wölbte sich ganze dreißig Fuß über seinem Kopf, gestützt von reich verzierten steinernen Säulen.

Im Inneren des Gebäudes blinzelte er angesichts der kostbaren Draperien und Möbel, der blankpolierten Fußböden und der Ergebenheit der Bediensteten, die sich tief vor ihrer jungen Herrin verneigten. John Hawkwoods Heim wurde aus Höflichkeit als Palast bezeichnet, aber dies hier war ein richtiger Palast.

Plötzlich stieg ihm ein Geruch in die Nase, der ihm nur zu vertraut war. Catherine war in dieser Halle gewesen, und zwar erst kürzlich.

Und das bedeutete, daß sie sich immer noch im Inneren des Palastes befand.

»Master Hawkwood und ich nehmen ein Sorbet«, befahl Anna, und die Diener eilten davon, bis auf einen älteren Mann, der Anthony weiter anstarrte. Er war nicht mehr ganz jung und hatte grimmige Gesichtszüge und einen stechenden Blick; sein Gewand war großzügig mit Goldtressen besetzt, was darauf hindeutete, daß er im Haushalt der Familie Notaras eine gewisse Autorität innehatte.

»Anna«, sagte Anthony, »die Wachen draußen haben gelogen. Ich weiß, daß meine Schwester hier ist. Ich muß sofort zu ihr.«

Anna runzelte die Stirn und wandte sich dem Majordomus zu.

»Sind meine Brüder schon zurück, Michael?«

»Nein, Herrin.«

»Bist du auch ganz sicher?«

»Selbstverständlich, Herrin.«

»Ah! Aber sie sagten, wir sollten uns hier mit ihnen treffen«, entgegnete Anna. »Kommt, Anthony, Ihr müßt Euch geirrt haben. Wir warten draußen auf der Terrasse auf sie.«

»Sie ist hier«, wiederholte Anthony unbeirrt. »Dieser Mann gehorcht nur irgendwelchen Befehlen. Anna, ich will auf der Stelle zu Catherine.«

»Wollt Ihr behaupten, daß er lügt?« fragte Anna, und ein kalter Glanz trat in ihre Augen. »Der Diener meines Vaters? Warum . . .« Sie starrte mit offenem Mund auf die Treppe, die Alexios Notaras in diesem Augenblick herabstieg.

»Ich habe eure Stimmen gehört«, sagte er. »Du bist doch mit der wilden Meute fertiggeworden, oder, Anthony?«

»Was ich euch zu verdanken habe«, entgegnete Anthony

barsch. Er war inzwischen ebenso zornig wie beunruhigt. »Wo ist meine Schwester?«

»Mein Bruder zeigt ihr das Haus«, erwiderte Alexios.

Anthony wußte, daß er Streit möglichst vermeiden mußte. »Dann würde ich mir auch gern das Haus ansehen«, sagte er. »Bringst du mich zu ihnen?«

»Nein, das werde ich nicht«, erklärte Alexios. »Ich danke dir, daß du meine Schwester nach Hause gebracht hast, aber jetzt solltest du besser gehen.«

»Und was ist mit Catherine?« verlangte Anthony zu wissen. »Sie muß mit mir kommen.«

»Wir bringen sie nach Hause, wenn sie soweit ist.«

»Glaubst du ernsthaft, das könnte ich erlauben?« Anthonys Zorn überstieg nun doch seine Vorsicht, als er sich vorstellte, was möglicherweise im Obergeschoß mit seiner Schwester, seiner liebsten Catherine, geschah. »Du bist ein Schuft, Alexios. Ja, du und dein schurkischer Bruder. Ich bestehe darauf, daß meine Schwester sofort hergebracht wird, und falls ihr auch nur ein Haar gekrümmt wurde ...«

»Bei Gott, das geht zu weit, du elender Azymit. Haushofmeister! Laßt diesen Burschen hinauswerfen.«

Der Majordomus klatschte augenblicklich in die Hände.

Anna hatte den Wortwechsel sprachlos vor Verblüffung verfolgt. »Sei nicht so hart zu ihm, Alexios« flehte sie nun. »Er hat mich vor der wilden Meute gerettet.«

»Dann soll er sich anständig benehmen und sich zurückziehen«, entgegnete Alexios schroff. »In meinen Augen ist er ein dreister Halunke.«

Mit Knüppeln bewaffnete Männer stürmten in die Halle. Im selben Augenblick kam ein Diener mit einem Tablett hinzu, auf dem die Sorbets standen. Er blieb wie angewurzelt stehen bei dem Anblick, der sich ihm bot.

Ohne ein weiteres Wort zog Anthony sein Schwert, wie er es schon einmal getan hatte, um Catherines Ehre zu verteidigen.

»Streckt ihn nieder!« rief Alexios. »Er hat Böses im Sinn.«

»Haltet ihn auf!« schrie Anna, deren vorangegangene Dankbarkeit in Furcht umschlug. »Er will uns alle umbringen.«

»Ich will meine Schwester«, brüllte Anthony und stürmte

auf Alexios zu, der prompt hinter seinem Majordomus Schutz suchte. Anthony ignorierte ihn und lief zur Treppe. »Catherine!« rief er. »Catherine, komm her!«

Er stieg einige Stufen hinauf und hielt inne. Auf dem Treppenabsatz über ihm drängten sich Frauen. Die meisten von ihnen waren Bedienstete, aber in ihrer Mitte befand sich auch Catherine.

Basileios Notaras war nirgends zu sehen, aber er konnte nicht weit sein.

Catherine hatte ihr *hennin* abgenommen, und ihre Cotehardie war in Unordnung geraten. Ihre Wangen waren gerötet, und ihre Augen funkelten, jedoch diesmal vor Zorn.

»Anthony!« rief sie herab. »Veranstalte keinen solchen Aufruhr. Halt dich bitte aus meinen Angelegenheiten heraus.«

Er schnappte ungläubig nach Luft. »Du . . .«

»Anthony!« schrie sie. »Paß auf!«

Er hörte ein Geräusch hinter sich und wirbelte herum, aber es war bereits zu spät. Ein greller Blitz, dann verlor er das Bewußtsein.

Kurz darauf kam er wieder zu sich, auf dem Marmorfußboden ausgestreckt und von Männern und Frauen umringt.

»Ist er verletzt?« hörte er seine Schwester besorgt fragen.

»Ein dickschädeliger Papist? Wir haben ihm nicht den Schädel eingeschlagen.«

»Er hat den Tod verdient«, rief Anna mit schriller Stimme. »Er hat meinen Bruder angegriffen.«

»Ja«, stimmte Alexios ihr zu.

»Ich bitte Euch, tut ihm nichts«, flehte Catherine. »Er hat nur getan, was jeder Bruder an seiner Stelle auch getan hätte.«

»Was für ein Held.« Alexios schnaubte verächtlich. »Geht nach oben, alle. Ich werde ihm nichts tun. Ich gebe Euch mein Wort, Catherine.«

Catherine zögerte und eilte dann die Treppe hinauf.

Anna folgte ihr.

Alexios blickte zornig auf Anthony hinab. »Ein Held«, spottete er.

»Was soll mit ihm geschehen, Herr?« fragte Michael, der Haushofmeister.

»Bringt ihn hinaus auf die Straße«, sagte Notaras, »und dort verprügelt ihn, bis er nicht mehr gehen kann. Dann werft ihn in die Gosse. Und . . .« Er streckte die Hand aus und zeigte auf das Breitschwert. ». . . zerbrecht dieses Schwert in vier Teile.«

Fassungslos starrte John Hawkwood seinen Sohn an.

Als er und seine Frau vom kaiserlichen Empfang zurückgekehrt waren, hatten sie William recht beunruhigt vorgefunden; Catherine und Anthony waren seit drei Stunden fort.

»In den Straßen herrscht ein ziemlicher Aufruhr«, meinte John. »Deine Mutter und ich wären beinahe niedergetrampelt worden.«

»Mein Gott, wenn Catherine in eine handgreifliche Auseinandersetzung hineingeraten ist . . .« Marys Stimme klang gepreßt vor Sorge.

»Sie war in Begleitung dreier Männer«, knurrte John. Dann hörten sie alle die stolpernden Schritte in der Eingangshalle.

Anthonys feine Kleider waren zerrissen, er wirkte benommen, sein Gesicht war blutüberströmt, und er hatte sein Schwert nicht bei sich.

Mary schrie auf und lief zu ihm hin.

William half seinem Bruder zu einem Stuhl. »Was ist geschehen?«

Anthony schüttelte unglücklich den Kopf.

»Wo ist deine Schwester?« fragte John Hawkwood.

Anthony seufzte. »Sie . . . sie ist mit Basileios und Alexios Notaras im Gewühl verschwunden. Es war wegen des Mobs, verstehst du. Und dann . . . im Palast der Notaras . . .« Er verstummte.

»Sag mir, was passiert ist. Mach den Mund auf, Junge!« Anthony gehorchte – aber er wagte es nicht, ihnen zu sagen, daß Catherine dort hatte bleiben wollen und zugelassen hatte, daß er, ihr eigener Bruder, von Dienern zusammengeschlagen wurde. Das würde er wohl niemals verstehen können. Er fühlte sich, als hätte sie ihm eigenhändig das Herz aus der Brust gerissen. Aber es würde ihrer beider Geheimnis bleiben müssen, sonst würde er seinen Eltern nie wieder ins Gesicht sehen können.

Seine Eltern und sein Bruder hörten schweigend zu, bis er fertig war.

»Diese Schurken«, knurrte John. »Sie haben sich an ihr vergangen.«

»Sie ist auf den Ruf ihres eigenen Bruders hin nicht gekommen«, entgegnete Mary barsch und griff Anthonys Lüge als bedeutendsten Teil seiner Geschichte auf. »Sie hat ihm nicht einmal geantwortet.«

»Ich werde sie nicht verurteilen, ehe ich sie nicht angehört habe«, entgegnete John ebenso schroff.

»Sie haben mein Schwert zerbrochen«, sagte Anthony in tiefster Verzweiflung. »Das du zur Verteidigung ihrer Schwester eingesetzt hast«, fügte William an.

»Nun, das läßt sich nicht ungeschehen machen«, meinte John. »Und sie haben dich übel zugerichtet. Geh zu Bett, Junge.«

Anthony zögerte und humpelte dann aus dem Zimmer.

»Du willst keine Rache nehmen?« wollte William wissen.

»Und was ist mit deiner Tochter?« fragte Mary kalt. Im Augenblick betrachtete sie Catherine ganz offensichtlich nicht als *ihre* Tochter.

John Hawkwood schnallte das Schwert um, das er gerade erst abgelegt hatte. »Ich muß sie holen gehen. Und wenn nötig, werde ich Vergeltung für sie üben.«

»Ebenso wie ich«, stimmte William zu und schnallte ebenfalls seine Waffe um.

»Ah, General«, sagte der Großherzog. »Es ist schon spät, aber Ihr seid dessenungeachtet willkommen.«

John Hawkwood ließ den Blick durch den riesigen Raum schweifen, in den sie geführt worden waren. Er war kaum kleiner als ein Rittersaal, wenngleich anstelle von Schilden Ikonen die Wände schmückten. Es gab keine Möbel außer einem Tisch und einigen Stühlen, und eine Galerie führte um den Raum herum. Dort oben sah Hawkwood Männer stehen, die zweifellos bewaffnet waren, so wie der Großherzog und seine beiden Söhne, die sich vor dem großen Tisch aufgebaut hatten. Auf der einen Seite standen Diener mit Knüppeln, die im Nahkampf nicht zu unterschätzen waren.

Aber Hawkwood hatte schon größeren Gefahren ins Auge gesehen, und in diesem Augenblick empfand er nur tiefste Verachtung für die Byzantiner. Auch wußte er, daß William, der nicht minder groß und stark war als er selbst, an seiner Seite stand.

»Ich bin gekommen, meine Tochter heim zu holen, Mylord«, sagte er vorsichtig.

»Ich möchte mit Euch über Eure Tochter sprechen«, entgegnete Notaras. »Catherine zieht es vor, die Nacht hier zu verbringen, General. Die Straßen sind für eine Frau nicht sicher, und es hat mehrere Überfälle gegeben.«

»Eure Tochter wurde von meinem Bruder vor einem solchen Überfall bewahrt«, knurrte William. »Und zum Dank dafür haben Eure Leute ihm beinahe den Schädel gespalten.«

»Ich bedaure diesen Vorfall. Das war ein Mißverständnis. Aber der Junge ist ein Hitzkopf. Er hat meine Diener angegriffen, und diese haben in Notwehr gehandelt.«

»Er hat das Schwert gezogen, um die Ehre seiner Schwester zu verteidigen«, sagte William.

»Sei still, Junge«, mischte sich nun John Hawkwood ein.

»Exzellenz, ich bin gekommen, meine Tochter zu holen. Ich verlange, daß sie sofort hergebracht wird. Und ich sage Euch gleich, daß ich Genugtuung verlangen werde, sollte ihr auch nur ein Haar gekrümmt worden sein.«

Notaras schnaubte verächtlich. »Bildet Ihr Euch ein, Ihr könntet in meinem Haus Befehle erteilen, General?«

»Catherine ist aus freien Stücken hergekommen«, sagte Alexios Notaras boshaft.

»Sie ist bei meiner Schwester«, erklärte Basilios Notaras. »Sie sind befreundet. Es wird ihr nichts geschehen.«

»Ich verlange, sie *auf der Stelle* zu sehen«, wiederholte John Hawkwood. »Oder ich nehme Euer Haus auseinander.«

Der Großherzog musterte ihn stirnrunzelnd. Dann zeigte er mit dem Finger auf ihn. »Werft diesen Unrat hinaus.«

Die Diener traten vor, und John zog sein Schwert. Hinter sich hörte er ein schabendes Geräusch, das ihm verriet, daß William es ihm gleichtat.

»Die Söhne«, sagte John leise. »Wir schnappen uns einen von ihnen. Das dürfte sie zur Vernunft bringen.«

Schulter an Schulter stürmten sie auf die Bediensteten zu, die prompt kehrtmachten und flohen, als sie sich englischem Stahl gegenübersahen. Immerhin hatten sie es diesmal nicht mit einem Jungen zu tun, sondern mit zwei erfahrenen Soldaten.

»Streckt sie nieder!« bellte Notaras, das Schwert gezückt, jedoch mit seinen Söhnen zu einer Innentür zurückweichend.

John hörte Männer von der Galerie herabspringen, aber er wußte, daß er die Rückendeckung William überlassen konnte, der unaufgefordert herumschwang, um sich den neuen Angreifern zu stellen. Er stürmte vor, aber bevor er die Tür erreicht hatte, waren der Großherzog und seine Söhne bereits hindurch, schlugen sie zu und schoben den Riegel vor. John hörte hinter sich das Klirren von Stahl und drehte sich um. William führte mit beiden Händen einen Schlag aus, der einen der Byzantiner mit einer blutenden Schulterwunde niederstreckte. Die restlichen Männer waren bis an die gegenüberliegende Wand zurückgewichen.

»Bogen«, kreischte Notaras, als er über ihnen auf der Galerie erschien. »Schießt sie nieder!«

Zwei Männer eilten hinaus.

»Vater, wir können hier nicht viel ausrichten«, sagte William eindringlich. »Wenn wir beide sterben, hilft das Catherine auch nicht weiter. Du solltest diese Angelegenheit dem Kaiser vortragen.« John Hawkwood zögerte, aber er wußte, daß sein Sohn recht hatte.

»Kämpfen wir uns den Weg frei und fliehen wir, solange wir es noch können.«

Kaiser Konstantin seufzte und warf das Stück Pergament auf den Boden. »Ihr werdet angeklagt«, sagte er.

»Weil ich mich verhalten habe, wie es jeder ehrenhafte Vater tun sollte?« fragte John Hawkwood.

»Weil Ihr Unruhe gestiftet habt. Außerdem wegen Nötigung und Zerstörung von Privateigentum.«

»Ich wollte nur meine Tochter zurückholen, Euer Gnaden.« John ließ seinen Blick über die Gesichter hinter dem Thron schweifen und preßte die Lippen zusammen, als er Notaras halb verdeckt hinter dem Patriarchen stehen sah.

»Und Euer Sohn wird des Mordes beschuldigt«, fuhr Konstantin müde fort.

»Mein Sohn hat sich gegen bewaffnete Männer zur Wehr gesetzt.«

»Aber einer von ihnen ist gestorben.«

»Das war zu erwarten, Euer Gnaden.«

»Der Franke hat einen Griechen getötet«, knurrte Gennadios.

»Meine Tochter ist vergewaltigt worden«, schrie John. »Die Schwester des Jungen ist geschändet worden. Sie wird immer noch im Palast des Großherzogs festgehalten.«

»Das bestreite ich«, meldete sich Notaras zu Wort. »Sie ist aus freien Stücken in mein Haus gekommen. Und was zwischen ihr und meinem Sohn vorgefallen ist, geschah ebenfalls aus freiem Willen.«

»Aber ohne die Erlaubnis ihrer Eltern«, sagte der Kaiser barsch. Er war sichtlich verärgert.

Notaras holte tief Luft. »Mein Sohn wird das Mädchen heiraten.«

Erstaunte Blicke richteten sich auf ihn. Daß der hochnäsige Großherzog bereit war, seinem Sohn, sei er auch unehelich, zu gestatten, eine Azymitin zu ehelichen, kam einem Schuldeingeständnis gleich.

Notaras zeigte auf William Hawkwood, der an der Seite seines Vaters stand. »Im Gegenzug muß dieser Schurke sterben.«

»Er hat einen Griechen getötet«, wiederholte der Patriarch. »Damit hat er sein Leben verwirkt.«

Konstantin musterte John traurig, und John erkannte mit Entsetzen, daß der Kaiser sich nicht stark genug fühlte, sich schützend vor ihn zu stellen.

»Ich protestiere, Euer Gnaden«, sagte er. »Hätten wir uns nicht verteidigt, hätten wir unser Leben gelassen.« Diesmal war er es, der mit ausgestrecktem Finger auf seinen Widersacher zeigte. »Auf Befehl dieses Mannes.«

»Aber Ihr lebt, und einer meiner Vasallen ist tot«, entgegnete der Kaiser. »Euer Sohn muß für diese Tat bezahlen.«

»Glaubt Ihr, meine Tochter wird Basileios Notaras noch ehelichen wollen, wenn ihr Bruder hingerichtet wird?«

»Sie werden heiraten«, versicherte ihm Notaras. »Dafür werde ich sorgen.«

John fragte sich, ob Catherine eine Vorstellung davon hatte, welches Unheil sie mit ihrem sorglosen, unziemlichen Verhalten heraufbeschworen hatte. Aber er wußte auch, daß er, wenn er Williams Leben retten wollte, seine Trumpfkarte ausspielen mußte, was bedeutete, seine Tochter zum Teufel zu jagen. »Wenn mein Sohn zum Tode verurteilt wird, kann ich nicht länger in Konstantinopel bleiben«, verkündete er.

Der Kaiser starrte ihn fassungslos an, und John konnte sehen, daß sein Freund den Tränen nahe war.

Aber langsam ging ihm auf, daß Konstantin nicht einmal gewillt war, für den Kommandeur seiner Artillerie einzutreten, wenn dies bedeutete, sich dem Großherzog zu widersetzen. Seine Hoffnung schwand.

»Ja«, sagte der Kaiser schließlich. »Heute abend sticht von Galata aus eine genuesische Karake in See. Geht mit Eurer Frau und Eurem jüngeren Sohn an Bord. Niemand wird sich Euch in den Weg stellen.«

John hob ruckartig den Kopf. »Und mein ältester Sohn?«

»Sein Leben ist verwirkt.«

William schnappte nach Luft und blickte von rechts nach links, aber in Anwesenheit des Kaisers war ihnen das Tragen von Waffen verboten. Außerdem waren sie von Wachen umringt.

»Euer Gnaden, das könnt Ihr nicht tun!« rief John fassungslos.

»Ich schenke Euch Euer Leben. Mehr kann ich nicht für Euch tun.«

John konnte immer noch nicht glauben, was er da hörte. »Euer Gnaden«, fuhr er in gedämpfterem Tonfall fort, »Ihr begeht eine Freveltat.«

»Verrat!« rief der Großherzog, und die anderen nahmen den Ruf auf.

»Ruhe!« befahl der Kaiser. »Ich habe mein Urteil gefällt, John Hawkwood. Und jetzt entfernt Euch. Sollte man Euch noch in Konstantinopel antreffen, wenn morgen früh der Hahn kräht, werdet Ihr ebenfalls hingerichtet. Geht, bevor es zu spät ist.«

»Sieht gut aus«, sagte der genuesische Kapitän. Es war natürlich ein anderer als jener, der die Hawkwoods vor über zwei Jahren nach Konstantinopel gebracht hatte, und doch kam es ihnen vor, als wären zwischen ihrer Ankunft und Abreise nur vierundzwanzig Stunden vergangen. »Es weht ein steifer Nordwind. Wir werden durch den Bosporus flutschen wie ein Kern aus einer Orange.«

John Hawkwood erwiderte nichts hierauf und half seiner Frau die Gangway hinauf und zu ihrer Kabine. Anthony folgte ihnen düster mit den wenigen Bündeln, die sie in der kurzen Zeit hatten zusammenpacken können.

Sie hatten ihrem Haus – und dem Leben, das sie sich aufgebaut hatten – einfach den Rücken gekehrt. Mary war so geschockt gewesen von den Ereignissen, daß sie nicht einmal geweint hatte. Nachdem sie zwei Jahre lang einen Luxus genossen hatte, wie sie ihn noch nie zuvor gekannt hatte, war sie einfach nicht in der Lage zu begreifen, daß sie nicht nur ihr neuerworbenes Vermögen verloren hatte, sondern darüber hinaus zwei ihrer Kinder.

Anthony konnte ihre Verzweiflung gut verstehen. Er konnte selbst nicht begreifen, wie das alles hatte geschehen können. Warum es so gekommen war, war ihm allerdings bewußt. Er fühlte sich mitschuldig . . . aber nachdem Catherine sich von ihrer Umgebung einmal zu diesem sträflichen Leichtsinn verleiten hatte lassen, war alles Weitere beinahe unabwendbar gewesen. Daß sie kein Wort des Bedauerns oder des Mitgefühls angesichts der von ihr heraufbeschworenen Katastrophe hatte verlauten lassen, machte alles nur noch schlimmer.

Und daß die verführerische Anna Notaras sich so prompt gegen ihn gewendet hatte, hatte seinen Stolz tief verletzt. Die ständigen Schmerzen, die sein geschundener Körper und die Schnittwunden in seinem Gesicht und an seinen Händen aussandten, waren dagegen nicht so schlimm. Obwohl es eine ungeheure Demütigung gewesen war, wie ein Faß über die Straße gerollt zu werden, mit auf dem Rücken gefesselten Händen.

Er konnte noch nicht fassen, daß sie sein Schwert zerbrochen hatten und am kommenden Morgen seinen Bruder erdrosseln würden.

Er legte das bescheidene Gepäck in die Kabine und kehrte zurück an Deck. Er wollte die Gesichter seiner Eltern nicht sehen.

Die Dämmerung brach herein, und in Galata und der Stadt jenseits der Bucht brannten Lichter. Nach den Exzessen der vergangenen Nacht würden die meisten Bewohner Konstantinopels zweifellos früh zu Bett gehen. Aber William Hawkwood würde am Fenster seiner Zelle stehen und zum letzten Mal in die Nacht hinausstarren. Bei Morgengrauen sollte er hingerichtet werden.

Und Catherine Hawkwood? Worauf würde sie blicken? Was würde in ihrem Kopf vorgehen?

Plötzlich stieg übermächtiger Zorn in ihm auf. Schlimmer als Catherines Verhalten, seine eigene Demütigung und Williams Verurteilung war für ihn die schreckliche Erkenntnis, daß sein Vater dies alles hingenommen hatte. Es sagte sich leicht, daß er keine andere Wahl gehabt hatte. Sein Vater, der sich seinen Feinden stets gestellt hatte, ob Wetter, Pestilenz oder menschliche Widersacher . . . Sein Vater hatte diese völlige Niederlage hingenommen und floh jetzt aus Konstantinopel wie ein Dieb in der Nacht, während der Großherzog und seine Söhne sich bestimmt beim Wein über die jämmerliche Figur lustig machten, die der große *condottiere* plötzlich abgab.

Innerhalb von Stunden schien sein Vater sich von einem Halbgott in ein Nichts verwandelt zu haben. Anthony konnte sich nicht vorstellen, wie seine Zukunft aussehen sollte – wie ihrer aller Zukunft aussehen sollte. Mutter war am Boden zerstört; seit dem vergangenen Abend war aus der selbstbewußten, gutaussehenden Frau mittleren Alters ein verbittertes altes Weib geworden. Vaters Träume waren zerplatzt. Er konnte nichts anderes tun, als reumütig nach England zurückzukehren und eine Anstellung als Soldat zu suchen. Aber würde er jemals wieder den Mut aufbringen, einem Feind ins Gesicht zu sehen?

Und er selbst? Sie hatten sein Schwert zerbrochen. Sie hatten seinen Bruder zum Tode durch Erdrosseln verurteilt und seine Schwester verführt und zur Hure gemacht.

Er starrte zu der großen Stadt hinüber, während der frische Wind, der sogar im Goldenen Horn blies, sie über den herabgelassenen Baum und hinaus in den Bosporus trug. Jetzt umschifften sie die Akropolis, wo der Kaiser aller Wahrscheinlichkeit nach in eben diesem Augenblick zu Abend speiste.

»Ich hasse euch!« schrie er in den Wind. »Ich hasse euch alle. Eines Tages werde ich zurückkommen und euch vernichten. Eines Tages . . .« Der Wind riß seine Sätze in Stücke – aber er war bereits wieder verstummt. Tränen liefen ihm über das Gesicht.

Der Wind frischte auf. Anthony war die ganze Zeit über an Deck geblieben; er verspürte nicht die geringste Lust, unten mit seinen Eltern eingesperrt zu sein. Er fühlte, wie der Sturm an seinen Kleidern und an seinem Haar zerrte, wie er die Feuchtigkeit in seinen Augen trocknete. Als die Karake die Meerenge verließ und ins Marmarameer hinaussegelte, wurden die Wellen gigantisch, türmten sich achtern auf und ließen Gischt auf die Decks herabregnen. Es war, als würden die Naturgewalten Anthonys Verzweiflung teilen.

»Diesem Seegang sind wir nicht gewachsen«, sagte der Maat. »Wir müssen umkehren.«

»Umkehren?« bellte der Kapitän. »Was würde das nützen? Gegen die Strömung und den Wind? Wir würden rückwärts segeln. Gott verfluche Euch für Eure Dummheit. Wenn Ihr Euch vor dem Wind fürchtet, rafft die Segel.«

Der Maat gab die Befehle erleichtert weiter, und Männer kletterten hinauf, um die Segelfläche zu verringern. Es machte keinen großen Unterschied; die Karake schoß immer noch mit zehn Knoten dahin, obwohl sie eigentlich nur für die halbe Geschwindigkeit gebaut war. Die Lichter von Konstantinopel waren nur kurz zu sehen, bevor sie hinter den Brechern verschwanden.

Steuerbord blinkten andere Lichter, auf der türkischen Seite des Kanals. Aber auch diese ließ das Schiff rasch hinter sich.

»Es wird besser, wenn wir erst weiter von der Küste entfernt sind«, sagte der Kapitän. »Ihr werdet sehen.«

»Ich kann sie nicht halten«, keuchte der Steuermann. »Der Wind hat sich gedreht.«

Der Kapitän blickte zur Takelung hinauf. Der Wind blies

jetzt aus westlicher Richtung und brachte sie vom Kurs ab. Eilig gab er Befehl, den Winkel der Segel zu verändern. Dann trat er selbst ans Ruderrad, dem Steuermann zu helfen.

Anthony klammerte sich an die Heckreling und starrte auf die schäumende See, die das Achterschiff umtoste und die Karake von einer Seite auf die andere warf, so daß sie trotz der doppelten Bemannung der Ruderpinne gefährlich gierte. Das letzte Licht verschwand, und um sie herum war pechschwarze Nacht. Adieu, Konstantinopel, dachte er. Adieu, William. Adieu, Catherine. Und adieu, Anna Notaras. Wieder stiegen ihm Tränen in die Augen. Er würde niemals in diese Stadt zurückkehren. Und er würde nie mehr Gelegenheit erhalten, etwas Bedeutungsvolles zu vollbringen. Er würde nie . . . Aus dem ›Krähennest‹ wurden Rufe laut, und er wandte den Kopf, um nach vorn zu blicken. Er sah einen Schatten, der noch schwärzer war als die Nacht. Noch bevor er begriffen hatte, was geschah, kam es zu einem gewaltigen Aufprall, und das Schiff neigte sich mit der Breitseite den tosenden Wellen zu. Anthony verlor den Halt, stürzte und schlitterte bäuchlings über das Deck. Er schlug gegen den Kreuzmast, als dieser gerade einige Fuß über seinem Kopf brach und mit einem furchterregenden splitternden Geräusch krachend über die Reling ins Meer stürzte.

Die anderen Masten waren ebenfalls abgebrochen, und das Schiff bekam starke Schlagseite. Ächzend schlingerte es durch die brodelnde See, mal emporgehoben von den Wellen, die mit ungezügelter Kraft gegen den Rumpf schlugen, mal in ein Wellental hinunterschießend.

»Alle Mann von Bord!« brüllte der Kapitän. »Alle Mann von Bord!«

Vater und Mutter! Anthony rappelte sich auf dem schwankenden Deck mühsam auf und bahnte sich seinen Weg durch die umherlaufenden Seeleute. In der Dunkelheit hörte er über den ohrenbetäubenden Lärm hinweg seinen Vater nach ihm rufen, und einen Augenblick später packte er John Hawkwoods Hand. Mit der anderen hielt sein Vater Mary, die wie gelähmt schien von diesem neuen Unglück, das über sie hereinbrach.

»Was ist passiert?« keuchte John.

»Wir sind auf eine Sandbank aufgelaufen«, entgegnete Anthony.

»Das Rettungsboot«, sagte John. »Wir müssen zum Rettungsboot.« Mittschiffs ließen die Seeleute das Rettungsboot zu Wasser, und Anthony führte seine Eltern dorthin, bemüht, auf dem stark geneigten Deck, das immer wieder von Wellen überspült wurde, die gischtsprühend gegen den festsitzenden Rumpf schlugen, nicht das Gleichgewicht zu verlieren. Er blickte auf das Land, die dunklere Schwärze, die er wahrgenommen hatte, unmittelbar bevor das Schiff aufgelaufen war. Es war jetzt sehr nah: ein Strand, umgeben von niedrigen Klippen. Er hatte keine Ahnung, um welche Küste es sich handeln mochte.

Das Rettungsboot war im Wasser, im Augenblick noch durch die gestrandete Karake vor der Gewalt des Sturmes geschützt. Es tanzte auf den Wellen, mit zwei Leinen am Schiff vertäut.

»Macht Platz«, rief Anthony. »Macht Platz.«

Widerwillig ließ man sie an Bord, und der Kapitän gab Befehl, die Leinen zu kappen. Anthony blickte auf das Wrack, während die Ruder in die Wellen gesenkt wurden. Dort lag die spärliche Habe, die sie aus Konstantinopel hatten retten können. Jetzt besaßen sie überhaupt nichts mehr.

Ihnen blieb keine Muße, sich ihrer Trauer hinzugeben. Kaum daß es den Schutz des Schiffsrumpfes verlassen hatte, wurde das Boot von einer Welle emporgehoben und nach vorn geschleudert. Das Heck hob sich, und Männer fielen von ihren Sitzen. Ruder flogen durch die Luft. Auch Anthony stürzte, zum zweitenmal in dieser Nacht. Diesmal fiel er ins Wasser, ging unter und fühlte Boden unter den Füßen. Als er wieder auftauchte, konnte er immer noch stehen.

Er griff um sich, bekam seine Mutter zu fassen und schleppte sie an den Strand, während Wellen gegen seinen Rücken schlugen und der Sog drohte, ihm jeden Augenblick die Beine wegzureißen.

»Vater!« keuchte er. »Vater!« brüllte er.

»Hier, Junge. Hier!«

Er lebte also! Anthony watete aus dem Wasser und legte seine Mutter auf den Sand. Sie atmete schwer und stöhnte, aber sie war in Sicherheit. Dann half er seinem Vater und dem Kapitän aus der Brandung.

»Das war ein Wunder«, sagte John Hawkwood schnaufend. »Ich hatte schon geglaubt, wir wären verloren.«

»Verloren«, sagte der Kapitän. »O ja, wir sind verloren.«

»Wir sind am Leben, Mann«, hielt John ihm vor.

»Und doch verloren.« Der Kapitän zeigte auf die Reiter, die ihre Pferde über einen steilen Pfad die Klippen herunter zum Strand lenkten. Anthony gewann einen flüchtigen Eindruck von flatternden Gewändern und großartiger Reitkunst.

»Verloren«, stöhnte der Kapitän erneut. »Das sind Osmanen!«

3
Hunkar

DIE BEFÜRCHTUNGEN DES Kapitäns erwiesen sich bald als zutreffend. Die Überlebenden unter den Schiffbrüchigen, etwa fünfzehn Männer und Mary Hawkwood, wurden aneinandergefesselt und vom Strand aus den Steilhang hinauf auf die Klippen geführt, angetrieben von den Peitschen der Reiter. Als Anthony versuchte, seine Mutter vor einem Hieb zu schützen, trafen ihn mehrere Schläge auf den Kopf, und er stürzte benommen in den Sand. Das war das zweitemal in zwei Tagen, daß er wie ein räudiger Hund geschlagen wurde, und er konnte nicht mehr tun, als sich aufzurappeln und in der Dunkelheit hinter dem Seemann herzustolpern, an den er mit einem Seil gefesselt war.

»Grundgütiger Gott!« flehte John Hawkwood. »Womit haben wir das verdient?«

Mary brachte keinen Ton heraus, aber dicke Tränen liefen ihr über das Gesicht.

Völlig außer Atem gelangten sie oben auf dem Steilhang an und wurden zu einem etwa hundert Schritt entfernten Lager gebracht, dessen Zelte im Dunkel kaum auszumachen waren.

Dort wurden sie zusammengetrieben und sich selbst überlassen, auf allen Seiten von Türken umgeben.

»Verloren«, stöhnte der Kapitän. »Verloren.«

»Sprecht Ihr ihre Sprache?« fragte John.

»Einige Worte. Darum sage ich ja, daß wir verloren sind.«

»Könnt Ihr sie nicht um Wasser bitten? Ohne Wasser sind wir bis zum Morgengrauen tot.«

»Wir werden sowieso bei Morgengrauen tot sein«, entgegnete der Kapitän. »Oder kurz danach.«

Seine Verzweiflung war auch für die anderen niederschmetternd, aber John konnte bald verstehen, warum es ihm widerstrebte, um Wasser zu bitten. Als einer der Seeleute es an seiner Statt tat, schlug man ihm einen Rohrstock über Kopf und Schultern.

Die Nacht näherte sich langsam ihrem Ende, und während Durst, Hunger und der Druck der Fesseln immer quälender wurden, ließ der Wind langsam nach. Wenn sie nur einige Stunden später von Galata aus in See gestochen wären, wäre ihnen der Sturm erspart geblieben, und damit wohl auch der Schiffbruch. Es war, als lenke eine böse Macht ihre Schritte, entschlossen, sie ins Verderben zu führen.

Und dies rückte bei Tagesanbruch näher, den ein Muezzin verkündete, der die Gläubigen zum Gebet rief. Sämtliche Männer des Lagers folgten dem Ruf prompt und knieten nieder, den Blick nach Süden gerichtet, in Richtung Mekka.

Nun hatten die Gefangenen Gelegenheit, die eleganten Zelte um sie herum zu betrachten, über denen grüne Fahnen in der morgendlichen Brise flatterten. Jede der Lederbehausungen war groß genug für mehrere Männer, ließ sich aber darüber hinaus rasch zerlegen. Ein flüchtiger Rundblick verriet John Hawkwood, daß es sich um das behelfsmäßige Lager einer Patrouille handeln mußte. Daß die Karake ausgerechnet zu Füßen der Spahis gestrandet war, war ein weiteres Beispiel für das Unglück, das die Hawkwoods seit einiger Zeit zu verfolgen schien.

Das Umland war braun und karg, mit nur wenigen verkümmerten Bäumen am Horizont. Im Südwesten erstreckte sich das immer noch aufgewühlte Marmarameer.

John musterte nun die osmanischen Soldaten, die, nachdem

sie ihr Gebet beendet hatten, angeregt aßen und tranken, wobei sie das Elend ihrer Gefangenen völlig mißachteten. Trotz seiner Furcht konnte John Hawkwood nicht anders, als die Männer, die sie gefangengenommen hatten, zu bewundern für ihren kriegerischen Geist und die Selbstsicherheit, die sie an den Tag legten. Auch war er von ihrer Ausrüstung beeindruckt. Jeder der Männer trug weite blauen Hosen, die in weichen Ziegenlederstiefeln steckten, und darüber eine langärmlige weiße Tunika. Auf dem Kopf trugen sie runde Stahlhelme mit einer Stahlspitze, um einen gegnerischen Säbelhieb abzuwehren, und über der Tunika einen losen Kettenpanzer, der ihnen bis zu den Schenkeln reichte. Die Unterkleidung war aus dickem Filz, der nur von einer sehr scharfen Klinge zu durchdringen war. Die Krummschwerter der Spahis schienen scharf wie Rasierklingen zu sein; es waren die Waffen von Soldaten, die eher hieben als zustachen. Außerdem waren sie mit Lanzen und Bögen bewaffnet. Nicht umsonst hatte Kaiser Konstantin gesagt, die Osmanen hätten die beste leichte Kavallerie der Welt.

Aber es waren nirgendwo Feuerwaffen zu sehen. Also würden auch diese Soldaten gegen Kanonenfeuer nichts ausrichten können.

Plötzlich hörte er das Dröhnen von Hufen, und einige Männer ritten ins Lager, in Begleitung eines prunkvoll gekleideten Mannes. Wie die Spahis trug er einen Kettenpanzer und einen runden Stahlhelm, aber sein weißes Gewand war reich mit Goldbändern bestickt, und er trug einen Kommandostab mit einem Pferdeschweif bei sich, in den zwei Knoten geschlungen waren.

»Ihr *Pascha*«, murmelte der Kapitän düster.

Der Neuankömmling stieg aus dem Sattel und kam herüber, um sie zu mustern, während seine Offiziere grinsend auf ihn einredeten. Ihre stechenden Augen, kantigen Züge und an den Enden eingerollten Schnurrbärte ließen nicht das geringste Mitleid für die Menschen erkennen, die sie vom Strand hier hoch getrieben hatten.

Das Gesicht des Paschas hatte raubvogelhafte Züge, die nur zur Hälfte von seinem Bart und Schnäuzer verdeckt wurden. Er gab einen Befehl, und seine Männer traten, Stöcke und Peitschen schwingend, unter die Gefangenen. Immer noch aneinander gefesselt, von Krämpfen befallen, erschöpft und hungrig, waren die Christen einfach nicht fähig, Gegenwehr zu leisten, und so ließen sie sich in einer Reihe aufstellen und entkleiden, wobei der Stoff, wenn nötig, einfach weggeschnitten wurde.

»Bei Gott!« knurrte John Hawkwood. »Was ist das nun wieder für ein Teufelswerk?«

»Sie wollen nur sehen, ob unter uns vielleicht der eine oder andere ist, bei dem es sich lohnt, ihn am Leben zu lassen«, antwortete der Kapitän.

Zu Johns Erleichterung blieb seiner Frau diese entwürdigende Musterung erspart; die Soldaten schenkten ihr keinerlei Beachtung. Aber die Genitalien der Männer wurden nun von eifrigen Fingern untersucht. John brachte es nicht über sich, Anthony anzusehen, der ganz offensichtlich ebenso schokkiert war wie er.

»Wenn Ihr beschnitten wärt, hättet Ihr eine Chance zu überleben«, erklärte der Kapitän.

»Großer Gott!« murmelte John erneut. Ihm war nie der Gedanke gekommen, daß Leben oder Tod von einem Hautfetzen abhängig gemacht werden könnten.

Während sie untersucht wurden, schritt der Pascha langsam die Reihe der Gefangenen entlang. Als er vor den Hawkwoods angelangte, musterte er sie stirnrunzelnd, offenbar verwundert über ihre Körpergröße und ihr rotes Haar. Dann wandte er den Kopf und bellte einen Befehl.

Die Soldaten traten beiseite, um einem Mann Platz zu machen, der um vieles älter war als sie selbst. Er trug einen Kommandostab anstatt eines Krummsäbels und eine runde weiße Fellmütze anstelle eines Helms. Sein ebenfalls weißer Bart reichte ihm bis zur Taille.

Der Pascha wechselte ein paar Worte mit dem Alten, worauf dieser John anschaute. »Halim Pascha fragt Euch folgendes«, sagte er mit hoher, leicht zittriger Stimme auf griechisch. »Seid Ihr der Mann namens Hawk, der sich in den Dienst der Byzantiner gestellt hat?«

John war überrascht, wie gut die Türken über die neuesten Entwicklungen in der Stadt Bescheid wußten. Vermutlich würden die Osmanen einen byzantinischen General noch viel eher als Feind betrachten als einen genuesischen Seemann. Aber nach allem, was der Kapitän gesagt hatte, würde man sie wohl so oder so töten.

»Ich bin John Hawkwood«, antwortete er. »Aber ich stehe nicht mehr im Dienst des Kaisers.«

Der *Mufti* übersetzte für den Pascha, der mit einer Hand über seinen Bart strich.

»Und das ist Euer Sohn?« fragte der Mufti.

»Und meine Frau«, entgegnete John.

»Sie ist unwichtig.«

»Ganz und gar nicht«, sagte John müde. »Mir bedeutete sie alles.«

Der Osmane musterte ihn einige Sekunden, nickte dann und wandte sich ab, um sich mit dem Pascha zu besprechen. Dieser überlegte ebenfalls einen Augenblick, und Anthony hielt die Luft an. Gab es Hoffnung, daß man sie verschonte, oder stand ihnen allen ein qualvoller Tod bevor?

Plötzlich erteilte der Pascha einen Befehl, und die Seile, die die drei Hawkwoods mit den Seeleuten verbanden, wurden durchtrennt. Sie wurden sogleich neu gefesselt und von den genuesischen Seeleuten weggeführt.

»Lebt wohl!« rief der Kapitän ihnen nach.

»Was haben sie mit uns vor?« fragte John.

»Ich weiß es nicht, mein Freund. Ich weiß es nicht.«

John wandte sich an den Mufti. »Ich bitte Euch, Herr, meine Frau kann sich kaum noch auf den Beinen halten. Ein Becher Wasser . . .«

Zu seiner Verblüffung wurde sogleich Wasser und etwas zu essen gebracht. Das Essen war sehr trocken; irgendein Getreide, in dem einige wenige Stücke faserigen Fleisches vergraben waren, und sie mußten sich ihrer schmutzigen Finger bedienen, da es kein Besteck gab, aber ihnen kam es vor wie ein Festmahl. Die genuesischen Seeleute erhielten nichts. Das wäre Verschwendung gewesen.

Der Pascha und seine Eskorte waren wieder in den Sattel gestiegen. Die Spahis begannen, die Seeleute im Galopp zu umkreisen. Sie nahmen ihre Bogen von den Schultern, zogen Pfeile aus ihren Köchern und schossen auf die nackten, wehrlosen Männer. Der erste Pfeil traf, und einer der Seeleute stürzte schreiend zu Boden, wobei er einen seiner Kameraden mit sich zog. Das Opfer starb nicht gleich, sondern schrie und wand sich. Seine Kameraden wandten sich unvernünftigerweise von den Reitern ab und drängten sich zusammen, wodurch sie noch viel leichter zu treffen waren. Johlend zogen die Reiter weitere Pfeile aus ihren Köchern und schossen in die Masse nackter Leiber. Sie brauchten nicht lange zu zielen; jeder Pfeil traf. Blut spritzte und breitete sich auf dem Boden zu Lachen aus, während die Genueser vor Angst kreischten und um Gnade flehten. Das Leiberknäuel ging bald in die Knie, mehrere Männer bereits tot, dann sank es weiter in sich zusammen, bis nur noch ein Haufen ausgestreckter Toter und Sterbender übrig war. Die Spahis schossen weiter, bis sich nichts mehr rührte.

Die Hawkwoods verfolgten entsetzt diese grausame Hinrichtung der Schiffsmannschaft, und Anthony zerrte vergeblich an den Fesseln seiner Handgelenke.

»Mein Gott, was sind das nur für Menschen?« keuchte er.

»Sie sind wahrlich Teufel«, entgegnete John Hawkwood erschüttert.

Aber auch exzellente Reiter und Bogenschützen, sagte er sich. Das Abschlachten der Genueser hatte nur wenige Minuten gedauert, so zielsicher waren die Pfeile abgeschossen worden. Nun stiegen die Spahis wieder von ihren Pferden und stapften durch die Toten, um ihre Pfeile zurückzuholen.

»Und was soll aus *uns* werden?« fragte Anthony.

»Wie der bedauernswerte Kapitän schon sagte, ich weiß es nicht. Du wirst sterben wie ein Mann, wenn die Zeit gekommen ist, Anthony.«

Wenn die Zeit gekommen ist, dachte Anthony. Leider bin ich erst neunzehn Jahre alt. Andererseits war William auch erst einundzwanzig. Und er mußte zur gleichen Zeit gestorben sein wie diese Seeleute . . .

Aber vielleicht waren die armen Teufel ja besser dran, denn die Spahis saßen nun wieder mit prall gefülltem Köcher im Sattel und ließen ihre Peitschen auf die Schultern der Gefangenen niedersausen, während das Ende des Seils, mit dem die Engländer aneinander gefesselt waren, an den Sattel eines der Pferde gebunden wurde. Der Pascha ritt seinen Männern voran aus dem Lager und über die steinige Ebene – die Hawkwoods stolperten nackt und blutend hinterher.

In der Hitze und in seinem Elend verlor Anthony jedes Zeitgefühl. Die Sonne verbrannte seine Schulter, seine Arme und seinen Rücken; die Steine schnitten in seine Fußsohlen, seine Knie und seinen Bauch, wenn er stolperte und fiel. Er wurde erbarmungslos vom Pferd des Spahis, das nicht einmal den Schritt verlangsamte, weitergezerrt, während er sich verzweifelt bemühte, seine Genitalien vor bösen Verletzungen zu bewahren und wieder auf die Beine zu kommen.

Aber um seine Eltern, die so viel älter waren als er, machte er sich größere Sorgen als um sich selbst. Mary strauchelte ebenfalls mehrfach, wurde jedoch von dem Seil an ihren Handgelenken jedesmal brutal wieder auf die Füße gezogen, wobei ihre Kleider nach und nach völlig zerfetzt wurden. Sie ließ den Kopf kraftlos herabhängen, und er wußte, daß sie kaum noch bei Bewußtsein war. Wie in Trance setzte sie weiter einen Fuß vor den anderen.

John Hawkwood ließ ebenfalls den Kopf hängen, aber Anthony spürte, daß es bei seinem Vater mehr ein Zeichen seiner Verzweiflung und seines Entsetzens war als der Erschöpfung.

Es wurde immer heißer, bis die Kavalkade schließlich im Schatten einiger Bäume haltmachte. Die Hawkwoods bekamen wieder etwas zu trinken und zu essen; ihre Zungen waren derart angeschwollen, daß ihnen das Schlucken schwerfiel.

»Wenigstens scheint es, als wollten sie uns am Leben lassen«, sagte Anthony.

»Wohin bringt Ihr uns?« fragte John den Mufti.

»Zum Emir.«

»Aber der Emir ist doch tot«, entgegnete John, ohne nachzudenken.

»Der Emir ist unsterblich«, belehrte ihn der Rechtsgelehrte. »Er ist sehr an Neuigkeiten aus Konstantinopel interessiert. Es wird ihn freuen, wenn Ihr offen zu ihm seid.«

»Wird er uns am Leben lassen?«

»Der Emir gehorcht dem Gesetz«, erwiderte der Osmane geheimnisvoll und entfernte sich.

»Was glaubst du, wie weit es bis zum Emir ist?« fragte Anthony.

»Das weiß nur Gott allein, Junge.« Aber John überlegte. Die Nachricht vom Tod Murads hatte Konstantinopel erst vor wenigen Tagen erreicht. Aber offenbar gab es bereits einen neuen Emir, und dieser schien sich in der Nähe des Bosporus aufzuhalten. Innerhalb der osmanischen Enklave mußte sich etwas Bemerkenswertes ereignet haben, und das sehr plötzlich.

Die Sonne brannte den ganzen Nachmittag sengendheiß auf sie herab, aber die Landschaft, die sie stolpernd durchquerten, wurde immer grüner: Steine und Staub gingen in bebaute Äcker über, und dann häuften sich die Bäume, vornehmlich Zypressen. Männer arbeiteten auf den Feldern, zusammen mit verschleierten Frauen, die fast vollständig von ihren *Haiks* und *Yashmaks* verhüllt waren, so daß nur noch Stirn, Augen und Füße zu sehen waren. Sie unterbrachen ihre Arbeit, starrten auf die beiden hochgewachsenen splitternackten weißen Männer und klatschten Beifall.

Aber die Hawkwoods nahmen sie gar nicht wahr.

In der Abenddämmerung erreichte der Reiterzug die Festung von Anadolu Hissari, welche die Gefangenen zweieinhalb Jahre zuvor das erstemal gesehen hatten, als sie den Bosporus hinaufgesegelt waren. Von dort aus waren die Lichter Konstantinopels knapp eine Meile entfernt, auf der gegenüberliegenden Seite der Meerenge, deutlich zu sehen. Wir werden also doch in Sichtweite dieser verfluchten Stadt sterben, dachte Anthony.

Von der Festung bis weit ins Land hinein erstreckte sich ein riesiges Lager, das trotz der zunehmenden Dunkelheit gut zu erkennen war, da Essenszeit war und die osmanischen Truppen über offenem Feuer ihre Abendmahlzeit zubereiteten.

Die Festung selbst mit ihren Innen- und Außenmauern, den Zinnen, dem Trockengraben, dem Burgfried, den hohen Türmen, den Rampen, die von einer Handvoll Männern gesichert werden konnten, und der Zugbrücke war unübersehbar den Burgen nachempfunden, die drei Jahrhunderte zuvor von den Kreuzrittern im Heiligen Land errichtet worden waren und von denen viele, wie John Hawkwood wußte, erhalten geblieben waren. Der Kanonier schloß daraus, daß die Osmanen keineswegs die primitive wilde Horde aus Zentralasien waren, als die alle Byzantiner sie immer hinstellten. Sie hatten es vielmehr mit einem Volk zu tun, das ganz offensichtlich gewillt war, von seinen Feinden zu lernen.

Als sie vor den offenen Toren ankamen, konnten sich auch die beiden Männer kaum noch auf den Beinen halten. Mary war vor über einer Stunde zusammengebrochen und den Rest des Weges von ihrem Mann getragen worden, was ihm aufgrund der Fesseln, die sich bei jedem Schritt schmerzhaft in seine Handgelenke gegraben hatten, noch erschwert worden war. Jetzt wurden er und Anthony von ihr losgeschnitten, und man ließ sie im Burghof liegen, während die zwei Männer von den Peitschen ihrer Peiniger vorwärtsgetrieben wurden. Trotz ihrer Verzweiflung konnten sie nicht anders, als nach rechts und links zu blicken und die Männer zu betrachten, die sie neugierig umringten. Sie trugen prächtige Uniformen: dunkelblaue Mäntel über roten Hemden und roten Hosen mit reichbestickten weißen Röcken darüber. Ihre Kappen waren gelb und mit Roßhaarbüscheln geschmückt. Sie mochten ein wenig weibisch aussehen, aber John und Anthony wußten, daß sie von den gefährlichsten Soldaten der Welt umgeben waren: den osmanischen Janitscharen.

Die Hawkwoods bekamen Wasser und wurden anschließend Steinstufen hinauf in einen größeren Raum im ersten Stock der Burg gestoßen. Der Raum war mit erlesenen Vorhängen und Teppichen aus edelsten Materialien, bequemen, weichgepolsterten Diwanen und niedrigen Tischen mit feinen Intarsienarbeiten ausgestattet. Die kühle Pracht raubte den Hawkwoods den Atem, wenngleich ihnen bewußt war, daß dies möglicherweise erst der Beginn ihres Martyriums war.

Denn auch hier war ein gutes Dutzend Männer anwesend, die die beiden nackten, staubbedeckten, sonnenverbrannten und blutverkrusteten Gefangenen anstarrten. John und Anthony waren mit solchem Schwung durch die Tür gestoßen worden, daß sie zu Boden stürzten und einige Zeit unfähig waren, sich zu erheben. Ihre Bewacher warfen sich ebenfalls nieder, um dem Mann zu huldigen, der am anderen Ende des Raumes saß.

Langsam hob Anthony den Kopf und begegnete dem Blick des Mannes, der ihm direkt gegenüber auf einem Diwan thronte. Er war schon betagt – älter als Vater, dachte Anthony –, jedoch prunkvoll gekleidet in ein grünes, mit Goldfäden durchwobenes Gewand und seidene Pluderhosen.

Halim Pascha, der sie gefangengenommen hatte und jetzt neben dieser eindrucksvollen Erscheinung kniete, in der Anthony den neuen Emir vermutete, sprach sichtlich erregt auf den Herrscher ein. Der Emir ließ den Blick über sie schweifen. Seine Augen waren schwarz und unergründlich, sein Gesichtsausdruck beinahe sanft. War dies tatsächlich der Herrscher über alle Osmanen?

Anthony sah weg, und sein Blick wanderte aufwärts. Oben an der Mauer des Saales befand sich eine Galerie, die jedoch durch kunstvolles Gitterwerk derart abgeschirmt war, daß jemand von dort oben das Geschehen unten im Raum verfolgen konnte, ohne selbst gesehen zu werden.

Und er war sicher, daß dort oben jemand stand. Er sah flüchtig Stoff aufblitzen, als der heimliche Beobachter sich zu dicht an das filigrane Mauerwerk drückte.

Halim Pascha hatte seine Erklärungen beendet und verneigte sich tief. Anthony blickte am Emir vorbei auf die Männer um ihn herum. Jene, die auf den Diwanen rechts und links saßen, waren seiner Einschätzung nach *Imame* und *Muftis*; ihre Aufmachung ähnelte der des Muftis, der sie befragt hatte. Hinter ihnen stand eine Gruppe von Soldaten, die unübersehbar hohe Ränge bekleideten; ihre Gewänder waren mit Goldfäden durchwoben, und ihre Helme waren mit kunstvollen Gravuren verziert.

Der Mann in der grünen Tunika richtete auf griechisch das Wort an sie. »Seid Ihr der, den man Hawk nennt?«

Anthony schluckte und drehte den Kopf halb zur Seite.

»Ich bin Hawkwood«, entgegnete John und erhob sich mutig.

Der Mann betrachtete ihn überrascht, und Anthony unterdrückte ein Schaudern. Aber John Hawkwood blieb unerschütterlich vor dem Osmanen stehen.

Seine Lippen verzogen sich zu einem milden Lächeln. »Ich habe gehört, daß Ihr ein Kämpfer seid, Hawk. Jetzt sehe ich es mit eigenen Augen. Warum habt Ihr Konstantinopel verlassen?«

John Hawkwood zögerte nur kurz. »Ich wurde meines Amtes enthoben.«

Der Mann wölbte die Brauen. »Verfügt Konstantin denn über so viele Soldaten?«

»Es kam zu einer Auseinandersetzung zwischen mir und dem Großherzog Notaras.«

»Ich habe von ihm gehört«, sagte der Mann.

»Er hat meinen Bruder hinrichten lassen und meine Schwester entführt«, platzte Anthony heraus, der spürte, daß sie möglicherweise einen Verbündeten gefunden hatten.

Der Mann musterte sie einige Sekunden schweigend. »Dann ist er wahrhaft Euer Feind«, stellte er fest. »Ihr seid aus dem Westen. Seid Ihr Franken?«

»Wir sind Engländer, Herr.«

»Engländer?« fragte eine ruhige Stimme, und beide Hawkwoods wandten ruckartig den Kopf. Anthony blickte auf einen Mann, der auf einem Diwan auf der linken Seite des Raumes saß, so weit entfernt von ihrem Befrager und dessen Beratern, daß er bis zu diesem Augenblick seiner Aufmerksamkeit entgangen war. Er war ein ausgesprochen gut aussehender Mann, zwar nur mittelgroß, aber mit einer langen Adlernase über vollen Lippen, die zum Teil von einem buschigen Schnauzbart verdeckt wurden, und einem vorspringenden Kinn, das mit Bartflaum bedeckt war. Das erstaunlichste an diesem Mann war jedoch seine Jugend; Anthony schätzte, daß sie beide etwa gleich alt waren. Er trug eine schlichte weiße Seidenrobe und eine schneeweiße Kappe auf dem Kopf. Wenn er nicht so kostbare Stoffe getragen hätte, wäre man leicht auf die Idee gekommen, er sei ein weiterer Mufti.

Und dieser Junge hatte es gewagt, den Emir zu unterbrechen? Oder hatte Anthony die Situation von Beginn an falsch eingeschätzt? Als der ältere Mann in Grün schwieg, erkannte Anthony, daß nicht er, sondern der Jüngling der neue Herrscher der osmanischen Türken war.

Die Hand des jungen Emirs baumelte seitlich an dem Diwan herab, auf dem er saß; in das Roßhaar an seinem Kommandostab waren fünf Knoten geschlungen. Er erhob sich und ließ das Roßhaar schwingen, woraufhin der Pascha, der die Hawkwoods bis dahin befragt hatte, von seinem Diwan aufstand und zurücktrat, um seinem jungen Herrn seinen Platz zu überlassen.

Der Emir setzte sich vor sie und sprach sie zu Anthonys Verblüffung auf lateinisch an. »Die Engländer sind berühmte Krieger. Euch ist doch sicher Heinrich V. bekannt?«

John Hawkwoods Brust schwoll. »Ich habe in Agincourt unter dem großen König gedient, Hoheit.

»Agincourt«, sagte der Emir. »Ich habe viel von dieser Schlacht gehört, in der die Engländer die Franzosen vernichtend schlugen. Und jetzt steht Ihr vor mir – das ist mir eine Freude. Aber wenn Ihr Engländer seid, müßt Ihr dem römischen Glauben angehören.«

»Das ist richtig, Mylord.«

»Und die Byzantiner sind griechischen Glaubens. Wie könnt Ihr solche Männer lieben?«

»Es gibt zwischen uns keine Liebe, Hoheit«, entgegnete John Hawkwood. »Ich hasse sie für ihre Heimtücke.« In diesem Augenblick haßte er sogar Konstantin.

»Und jetzt seid Ihr hier bei mir«, sinnierte der Emir. »Wollt Ihr am Leben bleiben, Engländer, der an der Seite Heinrichs gekämpft hat?«

John konnte sich denken, was folgen würde, aber er war Konstantin nicht mehr verpflichtet. »Ich möchte leben, Mylord. Aber nur, wenn auch meine Frau und mein Sohn leben dürfen.«

Der Emir richtete den Blick auf Anthony, der etwas höchst Ungewöhnliches erlebte. Er fühlte sich von den Augen des Osmanen, die überraschenderweise eisblau waren, beinahe umworben. Dann wandte der Emir den Kopf nach rechts und blickte zum Fenster, durch das man über den Bosporus hinweg auf die blinkenden Lichter Konstantinopels sehen konnte.

»Konstantinopel«, sagte er leise. »Wie habe ich von dir geträumt. Wie haben mein Vater und meine Ahnen von dir geträumt. Du bist mein Schicksal. Und nun wird mein Schicksal sich vielleicht rascher erfüllen als erwartet.« Er wandte sich wieder dem Raum zu. »Wenn Ihr leben wollt, Hawk, ebenso wie Euer Sohn . . .« Wieder ließ er den Blick über Anthony gleiten. ». . . und Eure Frau, dann berichtet Ihr mir morgen von Konstantinopel.« Durch ein Nicken gab er ihnen zu verstehen, daß die Audienz beendet war.

Die beiden Hawkwoods wurden aus dem Raum geführt, jedoch diesmal ohne Tritte oder Peitschenschläge. Auch wurden sie nicht zurück auf den Burghof gestoßen, sondern einen Steinkorridor und eine Treppe hinuntergeleitet.

»Vermutlich sperrt man uns in ein Verlies«, brummte John Hawkwood. »Sei tapfer, Junge.«

Zu ihrer Überraschung fanden sie sich jedoch in einem Baderaum wieder. Der Fußboden senkte sich über vier Ebenen, und riesige Wannen mit dampfendem Badewasser standen bereit. Außerdem waren vier schwarze Männer anwesend – aber konnte man sie überhaupt als Männer bezeichnen? Sie trugen nur einen Lendenschurz, und Gesicht und Brust waren haarlos.

»Wir sind wahrlich bei merkwürdigen Menschen gelandet«, murmelte John und wandte sich dem Anführer ihrer Eskorte zu, von dem er wußte, daß er Griechisch sprach. »Was ist aus meiner Frau geworden?« Der Gedanke, daß Mary diesen seltsamen Männern ausgeliefert sein könnte, war beunruhigend.

»Eure Gattin wurde in den Harem gebracht«, entgegnete der *Tschausch*.

»In den Harem?« wiederholte Anthony verblüfft. In Konstantinopel hatte diesem Wort immer der Beigeschmack fleischlicher Sünde angehaftet.

»Man wird sich ihrer annehmen«, versicherte ihm der Tschausch.

»Und was soll mit uns geschehen?« fragte John.

»Auch um Euer Wohlbefinden wird man sich kümmern. Es ist der Wille Emir Mehmeds.«

»Mehmed«, murmelte John. »So heißt der Knabe also.«

»Wir hätten gern etwas zu essen, Wasser und etwas Wein«, sagte Anthony eifrig.

»Wein ist in den Augen des Propheten eine Abscheulichkeit«, sagte der Osmane streng. »Die anderen Wünsche sollen Euch erfüllt werden. Aber erst müßt Ihr baden.«

John Hawkwood hatte festgestellt, daß die Menschen in Konstantinopel viel reinlicher waren als die Engländer; jetzt stellte sich heraus, daß die Byzantiner im Vergleich zu den Türken geradezu ungepflegt waren. Das Bad nahm über eine Stunde in Anspruch. Sie wurden angewiesen, nichts anderes zu tun, als auf der obersten Fußbodenebene zu stehen, während die Eunuchen sie wuschen. Wasser, abwechselnd heiß und kalt, wurde über ihnen ausgeschüttet und rann die Stufen hinunter und durch ein riesiges Gitter, das unten in die Wand eingelassen war. Ihre Haut wurde mit duftenden Substanzen massiert, wobei die sanften schwarzen Finger keine Ritze ausließen, ihr Haar aufgeschäumt und gekämmt. Während dieser ganzen Prozedur schwatzten die Eunuchen untereinander, ihre Stimmen unangenehm hoch und schrill – ganz offensichtlich waren sie entzückt von der Größe und Kraft ihrer Opfer.

»Bei Gott«, meinte John schließlich. »Wie oft im Jahr muß ein Mann sich dieser Behandlung unterziehen?« fragte er den Tschausch.

Der Osmane schien verdattert. »Wenn er nicht gerade an einem Feldzug teilnimmt, wird ein Mann täglich gebadet, Hawk.«

Diese Auskunft verschlug John die Sprache.

Nach dem Baden schliefen die beiden Engländer beinahe im Stehen ein, aber sie wurden eine weitere Treppe hinauf in ein erlesen möbliertes Schlafgemach geführt, wo zwei weiche Diwanbetten auf einem Teppich standen. Hier lagen türkische Kleider für sie bereit, und besser noch, es erwartete sie eine Mahlzeit aus Lammfleisch, Couscous und Wasser. Sofern sie weiterer Anregung bedurften, konnten sie auf ein Getränk namens Kaffee zurückgreifen, das in England unbekannt war, das sie jedoch bereits in Konstantinopel gekostet hatten, wenn auch nicht so stark und süß wie dieses.

Sie aßen und tranken, weil sie hungrig waren, und ließen sich dann auf die Diwane fallen.

»Vater«, sagte Anthony. »Sind wir gerettet?«

»Ich weiß es nicht, Junge. Dieser Emir, Mehmed, möchte vielleicht, daß wir mit ihm gegen die Byzantiner zu Felde ziehen. Bist du dazu bereit?«

»Ja«, entgegnete Anthony ohne Zögern. »Ich hasse sie inzwischen. Und wie sonst sollten wir William rächen oder Catherine befreien?«

»Es ist ein schrecklicher Gedanke, unter heidnischer Flagge gegen andere Christen ins Feld zu ziehen.«

»Sind diese Menschen denn größere Heiden als die Byzantiner?« fragte Anthony.

»Schlaf jetzt, Junge. Morgen könnte ein anstrengender Tag werden.«

Trotz seiner Erschöpfung lag Anthony noch lange wach. Sein Körper schmerzte noch von dem Gewaltmarsch, seine von der Sonne gerötete Haut brannte, nachdem die Wirkung der lindernden Öle nachließ, mit denen sie massiert worden waren, er war noch ganz steif von den Schlägen, die er bezogen hatte, aber sein Verstand kam einfach nicht zur Ruhe. Der Wechsel von entwürdigender Gefangenschaft zu freundschaftlicher Behandlung war sonderbar abrupt verlaufen. Er dachte an den Emir, den jungen Mann, der nach dem Propheten benannt war, und daran, wie der Emir ihn angesehen hatte. Dann schlief er ein – fuhr jedoch wenig später aus dem Schlaf hoch.

In der Zimmertür stand eine Gestalt und blickte auf ihn herab.

Anthony setzte sich auf und sah zu seinem Vater hinüber. John Hawkwood schlief tief und fest und schnarchte. Im ganzen Raum gab es keinerlei Waffen.

»Zieht Euch an, junger Hawk«, sagte der Mann, seine Stimme sogar im Flüsterton hoch und schrill. »Und kommt rasch mit mir. Seid leise – weckt Euren Vater nicht auf.«

Langsam stand Anthony auf. Er fragte sich, ob er nicht doch seinen Vater wecken sollte.

Es war, als hätte der Eunuch seine Gedanken gelesen. »Es ist besser für Euch, wenn Ihr tut, was ich sage.«

Anthony zögerte ein letztes Mal, sagte sich jedoch dann, daß ihm nichts geschehen konnte, sofern nicht vom Emir angeordnet. Und wenn der Emir ihm übelwollte, brauchte er ganz sicher nicht heimlich bei Nacht vorzugehen. Anthony stieg also in die weiten Pluderhosen, die so völlig anders waren als die engsitzenden Hosen, die er aus Konstantinopel gewohnt war, und zog dann das bestickte Hemd über, das er sich am vergangenen Abend ausgesucht hatte. Schließlich schlüpfte er in die weichen Lederstiefel, die zwar noch ein wenig eng waren, aber nach kurzer Zeit nachgeben und sich den Füßen anpassen würden. Leise verließ er das Zimmer.

»Zieht das über«, befahl der Eunuch und reichte ihm einen Mantel aus einem groben Material, der ihm von den Schultern bis zu den Knöcheln reichte und mit einer Kapuze versehen war, die seinen Kopf verhüllte.

»Und jetzt kommt«, sagte der Eunuch.

Anthony folgte ihm. Er fühlte sich fremd in dieser Aufmachung, war sich jedoch bewußt, daß er wie ein Türke aussehen mußte, wenn auch wie ein ungewöhnlich hochgewachsener. »Wer seid Ihr?« fragte er.

»Ich bin der *Kislar Aga*«, entgegnete der schwarze Mann. »Ich kümmere mich um alle wichtigen Angelegenheiten. Ihr dürft mich Tschelebi nennen.«

»Ist das Euer Name, Tschelebi?«

»Tschelebi ist ein Titel, junger Hawk. Er bedeutet ›Herr‹.«

Sie waren die Treppe hinuntergestiegen und passierten die Nachtwachen, die Haltung annahmen, als der Kislar Aga an ihnen vorbeiging. Sie würdigten Anthony keines Blickes und stellten auch keine Fragen.

Vielleicht hat er ja tatsächlich etwas zu sagen, dachte Anthony. Aber in welcher Beziehung steht er zu mir?

Sie überquerten den Burghof und gingen auf die offenen Tore zu.

»Wohin gehen wir?« fragte Anthony.

»Jemand möchte mit Euch sprechen«, erwiderte der Eunuch.

Anthony fragte sich, ob es sich bei diesem Jemand um seine Mutter handeln konnte. Sie verließen die Festung und näherten sich dem Lager, das sogar noch größer war, als es ihm am Vorabend auf den ersten, müden Blick erschienen war. Jetzt blickte er im fahlen Mondlicht und im kalten Morgenwind, der vom Marmarameer herüberwehte, auf eine gewaltige Anzahl und Vielfalt von Zelten, die in ordentlichen Reihen aufgestellt waren. Zwischen den äußeren Reihen waren die Pferde angebunden. Dann folgte eine große freie Fläche, bis sie schließlich die Zelte in der Mitte erreichten. Das heißt, eigentlich konnte man sie kaum noch als Zelte bezeichnen; vielmehr handelte es sich um zerlegbare Segeltuchhäuser beträchtlicher Größe, die, den verschiedenen Höhen der Dächer nach zu erteilen, in mehrere Räume unterteilt waren.

In dieser ›Innenstadt‹ patrouillierten bewaffnete Wachen, aber wie auch im Inneren der Festung stellte niemand Fragen, als der Kislar Aga dicht gefolgt von Anthony den Kordon passierte. Sie steuerten das zweitgrößte Zelt an und betraten durch eine lose herabhängende Segeltuchbahn einen kleinen Raum.

»Wartet hier«, sagte der schwarze Mann, zog eine weitere Stoffbahn im Inneren des Zeltes beiseite und schob ihn hindurch.

Anthony sah sich um. Hinter der inneren ›Tür‹ hatte er ein Licht gesehen, aber hier brannte keines. In der Dunkelheit war es schwer, Einzelheiten zu erkennen. Er war allein.

Bevor er sich darüber klar werden konnte, wo er sich befand, kehrte der Aga zurück. »Legt den Mantel ab«, befahl er.

Anthony wußte nicht, wie ihm geschah; er fühlte sich hilflos, ausgeliefert und gehorchte.

»Und jetzt neigt den Kopf«, befahl der Aga.

Anthony tat wie geheißen, und der Kislar Aga legte ihm eine dicke Binde über die Augen, die er am Hinterkopf verknotete.

»Wenn Euch Euer Leben lieb ist, rührt Ihr die Binde nicht an«, sagte der Eunuch. »Und jetzt folgt mir.«

Er nahm Anthonys Hand und führte ihn durch eine innere

Zeltöffnung. Trotz der Augenbinde nahm Anthony den Widerschein der Öllampen um sich herum wahr und den weichen Teppich, in dem seine Füße versanken. Der Aga zog ihn durch eine weitere ›Tür‹ – sein Kopf streifte den Segeltuchrahmen. Nun wurden die Gerüche, die ihm in die Nase gestiegen waren, seit er das große Zelt betreten hatte, beinahe übermächtig.

»Kniet nieder«, flüsterte der Eunuch.

Anthony gehorchte und hörte seinen Begleiter etwas in einer fremden Sprache sagen, aller Wahrscheinlichkeit nach Türkisch.

Als er verstummte, antwortete ihm eine Stimme, und Anthony hob ruckartig den Kopf. Es war die Stimme einer Frau, weich und melodisch, in der jedoch auch Autorität mitschwang.

Der Kislar Aga sprach wieder, diesmal hitziger.

Mein Gott, dachte Anthony, worüber streiten sie denn?

Die Frau entgegnete etwas, und diesmal handelte es sich unzweifelhaft um einen Befehl. Der Eunuch gab eine knappe Erwiderung, und Anthony hörte ein Rascheln, als er sich zurückzog.

»Nehmt die Augenbinde ab, junger Hawk«, sagte die Frau.

»Ich wurde eindringlich davor gewarnt, das zu tun . . . Mylady«, fügte Anthony instinktiv hinzu. »Man hat mir mit dem Tode gedroht.«

»Euer Leben liegt in meiner Hand«, entgegnete die Frau. »Nehmt die Augenbinde ab.«

Anthony zögerte nicht länger, hob die Hände hinter den Kopf und löste den Knoten. Als das Tuch auf seinen Schoß fiel, blinzelte er, und es dauerte eine Weile, ehe seine Augen sich an die Helligkeit gewöhnten. Sein erster Eindruck war von Farben bestimmt: den Grau- und Blautönen des Teppichs, den Rosa- und Hellgrünschattierungen der Kissen auf dem Diwan, vor dem er kniete. Sogar die Laternen verströmten farbiges Licht.

Auch die Frau war bunt gekleidet. Sie trug einen weiten, tiefroten geschlitzten Rock, der um ihre Knöchel zusammengebunden war und an eine seidene Pluderhose erinnerte. Ihr enganliegendes Gewand war von hellerem Rot. Ihre Haut war sehr blaß, und ihr Haar, das so rot war wie sein eigenes, fiel ihr lose über die Schultern. Auf dem Kopf trug sie eine kleine, juwelenbesetzte karmesinrote Kappe. An den Fingern trug sie zahlreiche kostbare Ringe, die ebenfalls mit Edelsteinen besetzt waren. Aber die funkelnden Steine verblaßten angesichts der Schönheit dieser Frau, die von recht hohem Wuchs war.

Sie saß auf dem Diwan, ein Bein angewinkelt auf den Polstern, das andere bis auf den Boden herabbaumelnd. Die Seide ihrer Pluderhose war durchsichtig, und es schien, als trüge sie nichts darunter. Es war ein ausgesprochen wohlgeformtes Bein mit einem ebenso makellosen Fuß und entzückenden nackten Zehen. Ihr Oberkörper war besser verhüllt, ließ aber sehr weibliche Rundungen ahnen. Und dann das Gesicht! Der erste Eindruck war der völliger Ruhe, weil ihre Züge entspannt waren.

Es war ein herzförmiges Gesicht mit einem breiten Mund, vollen Lippen, einer kleinen Nase und grünen Augen. Aber die Makellosigkeit war noch unterstrichen worden – ihre Brauen und Augenlider waren schwarz nachgezeichnet worden, mit einem dunklen Farbstoff aus Zitronen und Graphit, und ihre Fingernägel waren mit Henna rostrot gefärbt. Anthony erkannte bald, daß auch ihr Haar mit Henna gefärbt worden war.

Sie war die schönste Frau, die er je gesehen hatte. Und doch erkannte er, daß sie trotz ihrer makellosen Haut und ihrer Anmut, die sie auch in dieser lässigen Haltung bewahrte, mindestens so alt war wie seine eigene Mutter . . . sie mußte also fast fünfzig Jahre alt sein!

»Ihr seid auch sehr ansehnlich, junger Hawk«, sagte sie und lächelte. »Der Emir hat mir gestern abend von Euch erzählt, und er hat einen guten Geschmack. Schmerzen Eure Knie nicht? Warum setzt Ihr Euch nicht?«

Anthony ließ sich in eine sitzende Position gleiten; seine Knie schmerzten tatsächlich, während seine Gedanken sich überschlugen. Zu seiner Erleichterung sah er, daß der Kislar Aga sie allein gelassen hatte.

»Mein Name ist Mara Brankovic«, sagte die Frau. »Zumindest habe ich früher einmal so geheißen. Mein Neffe ist Prinz Georg von Serbien.«

Anthony schnappte nach Luft. Jeder in Konstantinopel wußte von Mara Brankovic, der serbischen Prinzessin, die als kleines Mädchen dem Harem des osmanischen Emirs Murad einverleibt worden war. Und jeder in Konstantinopel verachtete den Namen Georg Brankovic: Daß er drei Jahre zuvor Hunyadi in Kosovo im Stich gelassen hatte und fahnenflüchtig geworden war, hatte entscheidend zur Niederlage der christlichen Armee beigetragen.

»Mein Gatte ist erst vor zwei Wochen gestorben«, fuhr Mara Brankovic fort. »Es ist eine geschäftige Zeit für mich – und für Mehmed.«

»Der Emir ist Euer Sohn, Eure Hoheit?« fragte Anthony, unfähig, seine Neugier zu zügeln.

Mara Brankovic lächelte. »Nein«, entgegnete sie. »Ich war nie in der Lage, Murad einen Sohn zu schenken. Und doch war ich seine Lieblingsfrau. Keine andere Frau hat ihm so großes Glück geschenkt.« In ihrer Stimme schwang ein Stolz mit, der nicht weit entfernt von Hochmut war. »Mehmeds Mutter war ein albanisches Sklavenmädchen.« Jetzt schwang in ihrer Stimme leise Verachtung mit. »Aber sie ist tot.« Sie schwieg eine Weile und musterte ihn eindringlich. Anthony erkannte, daß diese wunderschöne Frau einem möglichen Rivalen gegenüber vermutlich ebenso kaltherzig sein konnte wie ein Mann. »Ich bin also die Emir Valideh; das bedeutet ›Mutter des Emirs‹, junger Hawk. Mehmed will es so.«

»Wie Ihr schon sagtet, Eure Hoheit, der Emir hat einen erlesenen Geschmack«, entgegnete Anthony.

Sie schien überrascht von der Gewagtheit seiner Bemerkung. Sie musterte ihn einige Sekunden und lächelte dann. »Ihr dürft Euch einiges erlauben, junger Hawk«, sagte sie. »Mein Sohn ist . . . an Euch interessiert. Er ist noch jung, aber er ist doch schon ein Mann. Und er ist ein Osmane. Vergeßt das nie.«

»Ein Beinbrecher«, murmelte Anthony in Erinnerung an die Worte seines Vaters.

»Er bricht mehr als nur Beine, junger Hawk«, bemerkte Mara. »Wißt Ihr, wie die Janitscharen ihn jetzt schon nennen? Sie bezeichnen ihn als *Hunkar*. Wißt Ihr, was das bedeutet?«

»Nein, Hoheit.«

»Es bedeutet ›Bluttrinker‹. Ihr tätet gut daran, dies niemals zu vergessen.«

»Er ist außerdem sehr begabt, Hoheit«, sagte Anthony. »Er spricht Latein wie ein Italiener.«

»Aber selbstverständlich. Da seine Mutter . . . sehr jung starb und der große Murad keinen älteren Sohn hatte, habe ich mich persönlich der Erziehung Mehmeds angenommen. Mein Adoptivsohn spricht nicht nur Latein, sondern auch Griechisch, Arabisch, Chaldäisch, Persisch und Slowenisch. Alle diese Sprachen kann er auch lesen und schreiben. Das habe ich ihn gelehrt.«

Sie schwieg eine Weile, damit ihm klar wurde, daß sie all diese Sprachen ebenfalls in Wort und Schrift beherrschte, womit sie in seinen Augen so ziemlich die gebildetste Frau der Welt sein mußte. »Sein Vater Murad unterwies ihn in der Kriegskunst. Daher hat er das Leben von Cyrus, Alexander, Julius Cäsar, Octavian, Konstantin dem Großen und Theodoros studiert. Er ist . . . er wird die Welt erobern. Ihr könntet an alledem teilhaben, junger Hawk, wenn Ihr klug und mutig genug seid.«

Anthony glaubte zu träumen, daß er mit einer solchen Frau ein solches Gespräch über solche Fragen führte. Aber er war entschlossen, seine Rolle zu spielen. »Wenn Euer Sohn die Welt erobern will, Hoheit, muß er erst das Christentum unterwerfen«, sagte er. »Seid Ihr nicht selbst Christin?«

»Christin, ja«, sagte sie verächtlich. »So wie Ihr, junger Hawk. Aber was sehen wir, wenn wir das Christentum betrachten?«

Sie erhob sich von ihrem Diwan und schritt vor ihm auf und ab. Die rote Seide bauschte sich bei jedem Schritt und ließ makellose weiße Haut sehen. »England und Frankreich bekriegen sich, der Papst und der Kaiser sind verfeindet, und diese Bastarde, die Byzantiner, sind so gierig wie eine Gottesanbeterin nach der Paarung mit dem Männchen. Ich habe vorhin nicht die ganze Wahrheit gesagt. Mein Sohn hat zwar tatsächlich mit mir über Euch gesprochen, aber erst nachdem ich ihn auf Euch angesprochen hatte. Ich stand oben auf der Galerie über dem Audienzsaal in der Festung und habe Euch gesehen.«

Der Stoff hinter dem Gitterwerk, dachte Anthony. Diese Frau hatte ihn nackt gesehen.

»Ich erkannte, daß Gott, dem stets mehr an Einigkeit gelegen ist als an Zwietracht, Euch geschickt hat. Mein Sohn träumt seit seiner Kindheit davon, Konstantinopel zu erobern. Aber wie könnte Konstantinopel erobert werden? Seine Mauern scheinen uneinnehmbar. Ihr werdet uns jetzt den Weg zeigen.«

»Hoheit?« fragte Anthony unbehaglich.

Mara Brankovic blieb vor ihm stehen. Er konnte durch ihr rotes Gewand hindurch ihre Weiblichkeit sehen und erkannte verblüfft, daß ihr Schamhaar abrasiert war. Was sich nun seinem Blick offenbarte, erschien ihm unwiderstehlich.

»Oder Ihr seid des Todes«, sagte sie. Hierauf tat sie etwas Erstaunliches. Sie sank vor ihm auf die Knie. »Aber wenn Ihr am Leben bleibt, werdet Ihr in ungeahnte Höhen aufsteigen.«

Sie erhob sich rasch wieder, mühelos und geschmeidig.

»Wißt Ihr, wie ich genannt werde?«

»Die . . . Emir Valideh«, entgegnete er.

»Das ist gar nichts. Es bedeutet: Königin Mutter. Für die Frauen des Harems bin ich die Königin der gekrönten Häupter. Nicht einmal Mehmed ist es gestattet, eine Frau in sein Bett zu holen, wenn ich nicht vorab meine Zustimmung gegeben habe.« Sie musterte Anthony eindringlich. »Oder einen gutaussehenden Knaben.«

Anthony schluckte. »Hoheit . . .«

»Ihr stammt aus England, wo man solche Beziehungen mißbilligt. Hier im Osten sind sie etwas Natürliches. Eine Frau ist da, um Trost zu spenden und Kinder zu gebären . . . vorausgesetzt, sie ist hierzu in der Lage.« Ihre Lippen zuckten. »Ein gutaussehender Knabe dient der anregenden Gesellschaft und der wahren Lust.«

»Hoheit . . .«

»Würdet Ihr Euch dem Wunsch meines Sohnes widersetzen? Er könnte Euch mit einem Fingerschnippen auf dem Bauch ausstrecken lassen und zwingen, ihm zu Willen zu sein. Wenn Ihr Euch seinen Gelüsten entziehen wollt, müßt Ihr geschickt und listig vorgehen, Euch gar der Illusion bedienen.«

Anthony runzelte die Stirn. »Wünscht Ihr das, Hoheit, daß ich all dies für Euren Sohn sei?«

Mara kniete sich erneut vor ihn. »Ich wünsche, daß mein Sohn die Weltherrschaft erlangt. In Konstantinopel schimpft man mich Hure und *Sukkubus*. Ich will, daß die Byzantiner in ihrem eigenen Blut schwimmen. Aber wenn die Welt erst einmal ihm gehört, soll er ein zweiter Cäsar werden, ein neuer Alexander. Auch ich bin in diesen Dingen belesen, junger Hawk. Ein Eroberer braucht einen Gehilfen, der ihm treu zur Seite steht, und zwar keinen, der von der Religion, dem Gesetz oder einem Brauch bestimmt wird. Die Muftis sind an den *Anyi* gebunden, das altehrwürdige Gesetz der Osmanen, das von Generation zu Generation weitergegeben wird. Gesetze, gegen die kein Mensch verstoßen darf, nicht einmal der Emir. Die Imame sind an die Gesetze des Koran gebunden, der sogar noch heiliger ist als der Anyi. Die Wesire haben vorrangig ihre eigenen Interessen vor Augen. Die Janitscharen werden von ihrem Drang zum Plündern geleitet. Ihr könnt Mehmeds Führer und Freund sein. Ihr wollt also nicht sein Lustknabe sein? Ich werde Euch helfen, Euch seinen Nachstellungen zu entziehen, weil auch ich möchte, daß er sich nur Frauen zuwendet. Die Liebe zwischen Männern ist ein gefährlicher Nährboden für verderbliche Einflüsse und endet viel zu oft in einer Katastrophe. Indem Ihr ihm ein Freund seid anstatt ein Geliebter, könnt Ihr meinem Sohn zur Allmacht verhelfen und Euch selbst zu großem Reichtum.«

»Eure Worte machen mich ganz schwindlig, Hoheit.«

»Das ist noch nicht alles, junger Hawk. Ihr müßt Euren Vater überzeugen, sein Können in den Dienst des Emirs zu stellen. Dann wird kein Stern am Firmament mehr unerreichbar für ihn sein. Aber Ihr selbst werdet nur mir in absoluter Loyalität verbunden sein . . . und meinem Sohn.« Sie lächelte und nahm seine Hände zwischen die ihren. Ihr Mieder klaffte auf, und sie legte seine Hände auf ihre nackten Brüste. Sie waren so fest wie die eines jungen Mädchens, jedoch mit Brustwarzen, die seine ganze Hand auszufüllen schienen. »Ich sagte Euch schon, daß ich Euch gestern abend im Audienzsaal meines Sohnes gesehen habe, nackt und schmutzig. Ich wußte gleich, was ich wollte und wieviel ich mit einem Mann wie Euch erreichen könnte.« Mit einem weiteren Zucken ihrer Lippen fügte sie hinzu: »Ich bin eine Frau, die es gewohnt ist, Entscheidungen zu fällen. Außerdem bin ich Witwe – und die Emir Valideh. Seit vierzehn Tagen besitze ich nichts mehr außer meiner Leidenschaft. Aber ich werde Euch besitzen, junger Hawk, und gemeinsam werden wir vielleicht eines Tages die Welt besitzen.« Sie erhob sich, und seine Hände fuhren über ihre Schenkel. Der Seidenstoff ihres Rockes glitt herab. Anthony starrte überwältigt auf ihre nackte Haut, und seine Schmerzen waren plötzlich wie weggeblasen.

Die Emir Valideh lachte kehlig, als sie den Ausdruck auf seinem Gesicht sah. »Ihr seid noch nie mit einer Frau zusammengewesen?«

Anthony schüttelte den Kopf.

Mara nahm seine Hände von ihren Schenkeln und bedeutete ihm aufzustehen. »Dann wirst du um so mehr mir gehören«, sagte sie, »denn solange du lebst, wirst du keine andere Frau besitzen, die du mit mir vergleichen könntest.« Sie öffnete seine Hose und ließ sie bis zu seinen Knien hinabfallen. »Wie lange habe ich auf einen Mann wie dich gewartet«, murmelte sie. Sie sah in seine Augen. »Aber diese Liebe muß ein Geheimnis bleiben, junger Hawk. Wenn du deinem Vater oder auch nur deinem Spiegelbild gegenüber ein Wort darüber verlauten läßt, werde ich dir eigenhändig bei lebendigem Leibe die Haut abziehen.«

Anthony befeuchtete sich die Lippen. »Aber der Kislar Aga . . .«

»Wie du wird er mich niemals verraten.« Sie legte die Hände um sein pochendes Geschlecht; nicht einmal ihre Drohung hatte seine Lust schmälern können.

»Und jetzt komm zu mir«, sagte sie leise. »Ich werde dich in die Kunst des Liebens einführen.«

Emir Mehmed II. stand oben auf den Zinnen der Festung Anadolu Hissari und blickte über den Bosporus auf Konstantinopel. Um ihn herum waren seine Paschas und Berater versammelt: Halil, der Großwesir, den die Hawkwoods am Vorabend irrtümlich für den Emir gehalten hatten; Zagan, der ihm in der Rangordnung unmittelbar folgte; Caraja der Anatolier; Isaak der Jude; Baltioglu der bulgarische Renegat und Admiral der osmanischen Flotte; Hamud, sein Stellvertreter, und die anderen, darunter auch John und Anthony Hawkwood.

Weiter unten auf den Klippen hatte eine Einheit der Janitscharen, deren prächtige Uniformen in der Morgensonne funkelten, Aufstellung genommen, als wollten sie einen Angriff über die Meerenge starten. Noch weiter unten lagen die etwa siebzig Galeeren der türkischen Flotte vor Anker. Aber die Osmanen waren keine erfahrenen Seeleute.

»Konstantinopel«, sinnierte der Emir. »Sagt mir, Hawk. Meine Spahis tränken ihre Pferde in der Donau. Meine Ahnen liegen im Schatten der Tauros-Berge begraben. Und doch hält diese Stadt mitten in meinem Herrschaftsgebiet mir immer noch stand. Wie ist das möglich? Sind diese Mauern wirklich uneinnehmbar?«

»Einem Ansturm aus Fleisch und Blut werden sie standhalten, wenn sie entschlossen verteidigt werden, O Padischah«, entgegnete John, dem man die angemessene Anrede seines neuen Herrn beigebracht hatte.

»Und gibt es innerhalb dieser Mauern genügend entschlossene Männer?«

»Der Kaiser befehligt weniger als fünftausend Soldaten.«

»Weniger als fünftausend? Unter meinem Befehl stehen mehrere fünftausend Mann.«

»Fünftausend sind genug, die Mauer zu halten, und sie werden mit Entschlossenheit kommandiert werden.«

Mehmed musterte ihn stirnrunzelnd. »Soll das heißen, daß die Stadt nicht eingenommen werden kann?«

»Einer Belagerung würde sie gewiß nicht lange standhalten, O Padischah«, bemerkte Halil.

»Du bist ein ängstlicher alter Mann«, erklärte Mehmed verächtlich. »Eine Belagerung? Ist Konstantinopel nicht früher schon belagert worden? Haben die Araber diese Mauern nicht zwei Jahre lang belagert – ohne Erfolg? Ich kann keine zwei Jahre auf eine Niederlage verschwenden. Meine Janitscharen erwarten von mir, daß ich sie zum Sieg führe. Wenn sie bislang ihre Kessel noch nicht umgestürzt haben, dann allein deshalb, weil ich als Führer meines Heeres meinem Vater in nichts nachstehe. Und das muß bald geschehen.« Er blickte auf die Hawkwoods. »Kennt Ihr die Geschichte der Janitscharen, Hawk?«

»Ich kenne ihren Ruf.«

»Sie sind unsere größte Stärke«, sagte Mehmed, »aber auch unsere größte Schwäche. Als mein berühmter Vorfahre Osman aus dem Osten geritten kam, befehligte er nur Türken. Unsere Reiterei war die beste der Welt. Das ist sie heute noch. Osman benötigte keine Fußsoldaten. Es war sein Sohn, Orhan, der erkannte, daß Reiter keine befestigten Städte erobern können. Und so schuf Orhan ein Infanteriekorps, das einfach *yaya* genannt wurde, Fußsoldaten. Sie erhielten einen Sold in Höhe von einer Silbermünze am Tag. Aber sie erwiesen sich als nutzlos. Meine Leute sind wie der Wind. Sie lassen sich nicht zähmen, nur in ihren Bestrebungen vereinen. Der Wind kann auch keine befestigte Stadt einnehmen. Und so blickte der große Orhan sich um und beschloß, eine Armee ins Leben zu rufen, die nichts anderes kannte als Krieg und Gehorsam. Diese Männer dort unten wurden alle als Christen geboren, jedoch im Kindesalter geraubt und als Moslime erzogen.«

Sein Blick glitt über Anthony, der an der Seite seines Vaters stand. Anthonys Herzschlag beschleunigte sich. Aber der Emir wußte gar nichts. Keiner dieser Männer, nicht einmal sein Vater, wußte etwas von der wahren Bedeutung des Lebens. Weil keiner dieser Männer je zwischen den pulsierenden Schenkeln der schönsten Frau der Welt gekniet und sie in Ekstase hatte stöhnen hören.

»Diese Rekruten wurden *tsheries* genannt, Truppen, und *jani*, neu, daher ihr Name«, fuhr Mehmed fort. »Sie wurden und werden mit striktester Disziplin und Isolation erzogen und lernen, allein ihrem Emir in absoluter Loyalität zu dienen. Und wie kann man sich die bedingungslose Loyalität eines Mannes sichern? Über seinen Magen. Die Janitscharen bekommen die gleichen Speisen vorgesetzt wie ich selbst. Ihr General wird als *Tshorbadji* bezeichnet, als Suppenmacher. Ihre Obersten sind *ashdijbashis*, Chefköche, und ihre Adjutanten *sakabashis*, Wasserträger. Wenn ihr blutrotes Banner, das Ihr dort unten seht, das Symbol der Mondsichel und das zweischneidige Schwert Omars trägt, ist das Totem des Regiments der Fleischkessel.

Ihre Einheit wurde vor vielen Jahren gegründet. Heute sind sie, wie Ihr ganz richtig gesagt habt, eine Macht, die weltweit gefürchtet wird. Und sie sind sich dessen bewußt. Sie kennen ihre Macht. Sie wissen, daß mein Volk erzittert, wenn die Janitscharen in Unmut ihre Fleischkessel umstürzen. Noch ist es während meiner Regentschaft nicht dazu gekommen. Sie warten darauf, gegen ihre Feinde in den Kampf geführt zu werden. Und das muß bald geschehen.«

Die Finger des Emirs zuckten. Anthony fragte sich, wovon ein Mann träumen mochte, der scheinbar so mächtig war und doch wußte, daß seine Macht auf einem unberechenbaren, brodelnden Vulkan beruhte oder, wie er selbst es ausgedrückt hatte, einem Wirbelwind, dessen schreckenerregende Urgewalt er sein ganzes Leben lenken mußte.

John Hawkwood war sich der Unruhe des Emirs ebenfalls bewußt und hatte bereits eine Entscheidung gefällt. Dieser Junge war für ihn und seine Familie die einzige Überlebenschance. Aber darüber hinaus stellte er in seiner Ignoranz und Unsicherheit eine geeignetere Aufstiegsmöglichkeit zu Macht und Ruhm dar, als Kaiser Konstantin es je gewesen war. Und was war er Konstantin schuldig, der, obwohl er sich seinen Freunden gegenüber hatte loyal zeigen wollen, nicht die Charakterstärke besessen hatte, William vor dem Tod zu bewahren? Jetzt konnten sie nur noch Rache üben.

»Ich kann Euch zeigen, wie Ihr Konstantinopel erobern könnt, O Padischah«, sagte er schließlich.

Unter den Männern im Gefolge des Emirs, die alle zumindest bruchstückhaft des Lateinischen mächtig waren, erhob sich erregtes Stimmengemurmel.

»Sprecht«, befahl Mehmed scharf.

»Es müßten verschiedene Vorbereitungen getroffen werden. Eine große Anzahl von Soldaten allein wird nicht ausreichen. Ihr braucht mehr als Männer. Als erstes braucht Ihr Schiffe: viel mehr Schiffe, als Ihr im Augenblick besitzt.«

»Dann werden wir uns Schiffe beschaffen«, entgegnete Mehmed. »Morgen wird mit dem Bau begonnen, Ihr glaubt, mit Schiffen können wir Konstantinopel erobern, Hawk?«

»Nicht allein mit Schiffen. Aber Schiffe werden verhindern, daß Lebensmittel und Soldaten in die Stadt gelangen können. Als nächstes braucht Ihr Handfeuerwaffen für Eure Janitscharen. Die Soldaten Konstantinopels sind bereits mit Handfeuerwaffen ausgerüstet.«

Mehmed warf Zagan einen fragenden Blick zu.

»Ich habe dies bereits angeführt, O Padischah«, stimmte Zagan Hawkwood zu. »In Kosovo war der Feind mit solchen Waffen ausgestattet, was zu großen Verlusten in unseren Reihen geführt hat. Ich habe mit dem großen Murad darüber gesprochen, und er schwor, sich mit dieser Angelegenheit zu befassen. Aber er war damals schon ein kranker Mann.«

»Handfeuerwaffen«, sinnierte Mehmed. »Dann werden wir solche Handfeuerwaffen besorgen. Und Ihr behauptet, mit Handfeuerwaffen ließe sich Konstantinopel erobern, Hawk? Mit Handfeuerwaffen und Schiffen?«

»Mit genügend Schiffen und Handfeuerwaffen können Eure Janitscharen den Christen im Kampf gleich gut ausgerüstet entgegentreten, aber das allein wird die Mauern Konstantinopels nicht zum Einsturz bringen. Das können nur Kanonen bewirken.«

»Kanonen!« rief Mehmed aus, und wieder tuschelten seine Generäle erregt. »Meine Leute verstehen nichts von Kanonen.«

»Aber ich, O Padischah.«

Mehmed blickte wieder sehnsüchtig hinüber zu der Stadt jenseits der Meerenge. Dann wandte er den Kopf. »Ist das wahr?«

»Ich bin Meisterkanonier«, entgegnete John Hawkwood stolz. »Ich habe schon Heinrich V. als Kanonier gedient.«

Mehmed strich sich mit einer Hand über den Bart. »Wo sollen wir diese Kanonen denn herbekommen?« fragte Halil verächtlich. »Nicht einmal die Venezianer werden Kanonen an uns verkaufen.«

»Ich werde Euch die Kanonen selber bauen«, verkündete Hawkwood. »Aber hierzu brauche ich eine Schmiede, Stahl und Hilfskräfte.«

Mehmed zupfte weiter an seinem Bart. »Werden diese Kanonen so groß sein wie jene auf den Mauern von Konstantinopel?«

»Ich werde Euch die größte Kanone bauen, die die Welt je gesehen hat, O Padischah. Die Mauern werden allein bei ihrem Anblick erzittern.«

»Bei Allah«, sagte Mehmed. »Wenn Euch das gelingt, Hawk, werde ich Euch mit Reichtum überhäufen. Wie lange werdet Ihr brauchen, diese Maschine zu bauen?«

John zögerte. Er hatte noch nie in seinem Leben eine Kanone gebaut, wenngleich er in der Theorie mit allen Einzelheiten vertraut war. »Es könnte ein Jahr dauern, eine Kanone zu gießen, die in der Lage ist, die Mauern von Konstantinopel zum Einsturz zu bringen.«

»Ein Jahr?« Der Tonfall seiner Stimme verriet sein Erstaunen.

»Ihr werdet mindestens ein Jahr brauchen, Eure Flotte zu bauen und Eure Janitscharen mit Handfeuerwaffen auszurüsten. Während dieses Jahres werden Eure Leute sehen, daß Ihr nicht untätig seid, und verstehen, daß Ihr nur ihrem Sieg Vorschub leistet.«

»Und ein Jahr, im Laufe dessen Konstantinopel in aller Ruhe seine Verteidigung ausbauen kann«, knurrte Halil.

»Das wird nicht geschehen, Großwesir«, widersprach John, »Konstantinopel lebt von Hoffnungen und Träumen. Die Byzantiner glauben, daß sie nach Murads Tod mehrere Jahre Frieden haben werden. Bestärkt sie in diesem Glauben, O Padischah – überzeugt sie davon, daß Ihr ein Mann des Friedens seid, und sie werden Euch glauben, auch wenn Ihr gleichzeitig für einen Krieg rüstet.«

Mehmed lächelte, und seine weißen Zähne schimmerten. »Ihr seid wahrhaft ein bemerkenswerter Mann, Hawk«, sagte er. »Ich glaube, Allah hat Euch geschickt. Ja . . .« Er schwieg eine Weile und blickte von den Zinnen herab auf eine Schwadron Spahis, die gerade in einer Staubwolke ins Lager galoppierten. Erregtes Jubelgeschrei drang zu ihnen herauf. »Mansur«, murmelte Mehmed. »Kann das sein?«

»Es muß so sein, O Padischah«, sagte Halil und eilte davon.

Mehmed folgte ihm langsam in Begleitung seines restlichen Gefolges.

»Vater«, murmelte Anthony. »Weißt du, was du da tust?«

»Es geht um Leben und Tod, Junge. Wenn es gelingt, liegt möglicherweise ein Leben in Ruhm und Reichtum vor uns. Ich dachte, in diesem Punkt würdest du hinter mir stehen.«

»Was Konstantinopel betrifft, unbedingt. Aber dieser Emir hat es auf die Weltherrschaft abgesehen, Vater, und wenn Ihr ihm Kanonen in die Hände gebt, könnte es ihm sogar gelingen, diesen Traum zu verwirklichen.«

»Pah«, schnaubte Hawkwood. »Er ist nur ein grüner Junge. Er wird dem Rat seiner Generäle folgen, und wenn Konstantinopel erst gefallen ist, werde ich einer der einflußreichsten dieser Generäle sein. Dann werden wir die Schmach vergolten haben, die unserer Familie angetan wurde. Vergiß das nicht.«

Anthony antwortete nicht; er dachte an die Worte der Emir Valideh. Aber hierbei stürzten zu viele andere Erinnerungen auf ihn ein. Noch nie hatte er so samtige Haut berührt, so zügellose Leidenschaft erlebt. Und das bei einer Frau, die alt genug war, seine Mutter zu sein! Würde sie wieder nach ihm schicken? Wenn sie es nicht tat, war er überzeugt, vor Sehnsucht zu sterben ...

Als sie den Burghof erreichten, auf dem die Spahis inzwischen eingetroffen und von ihren Pferden gestiegen waren, sahen sie auf dem Boden zwei an Händen und Füßen gefesselte Männer liegen, die sich würgend und keuchend im Staub wälzten. Als sie näher gingen, sah Anthony, daß beide noch sehr jung waren – jünger als er selbst.

Mehmed stand vor den beiden Gefangenen und sprach sie auf türkisch an. Wenngleich Anthony den Wortlaut nicht verstehen konnte, war deutlich, daß der eine der beiden Männer, derjenige, der am edelsten gekleidet war, gegen seine Behandlung protestierte.

Mehmed hörte ihn schweigend an, das Gesicht so entspannt und ausdruckslos wie immer. Dann entgegnete er etwas in einem ruhigen, aber bestimmten Tonfall. Zwei Janitscharen waren zuvor an seine Seite getreten. Nun beugten sie sich, ohne zu zögern, zu dem jungen Mann herab, eine Bogensehne in den Händen. Er versuchte zu protestieren, aber die Schnur wurde um seinen Hals geschlungen und rasch von kraftvollen Fingern zugezogen. Die Augen des Jungen schienen aus den Höhlen zu quellen, und seine Zunge aus seinem aufgerissenen Mund. Er gab einen gräßlichen gurgelnden Laut von sich, und die Adern an seinen Schläfen schwollen an, bis es aussah, als würden sie jeden Augenblick platzen. Dann starb er.

Anthony schluckte schockiert – und dann erneut, als er bemerkte, daß der Emir ihn unverwandt ansah. Unruhig leckte er sich über die Lippen, und Mehmed lächelte. »Ihr solltet Gott danken, daß Ihr nur der Sohn eines Soldaten seid und nicht der eines Prinzen, junger Hawk«, sagte er.

Einen Augenblick verschlug es Anthony die Sprache. Mein Gott, schoß es ihm in Panik durch den Kopf, sollte er jemals dahinterkommen, was zwischen mir und seiner Mutter geschehen ist . . .

»Wessen hat dieser Mann sich schuldig gemacht, O Padischah?« fragte er schließlich. Mehmed verzog das Gesicht. »Er war mein Bruder.«

»Euer . . . Bruder?«

»Er war der letzte von ihnen«, sagte Mehmed und blickte befriedigt auf die verzerrten Züge des toten Jungen. »Ich dachte schon, er wäre entkommen – aber Mansur hat gute Arbeit geleistet.«

»Ihr habt alle Eure Brüder ermordet?« platzte Anthony heraus, der in seinem Entsetzen für einen Augenblick vergessen hatte, mit wem er sprach.

Mehmed runzelte flüchtig die Stirn, dann lächelte er. »Im Westen ist so etwas nicht üblich – aber der Westen ist schwach, und dort herrscht große Verwirrung. Hier bin ich, stark und unbeirrbar. Heißt es nicht im Koran: Zwietracht ist schlimmer als Mord? Im Hause Osmans wird es keine Zwietracht geben.«

Anthony war sprachlos. John Hawkwood, der an seiner Seite stand, war ebenfalls wie vor den Kopf geschlagen.

»Und was den anderen betrifft«, fuhr Mehmed fort und wandte sich dem zweiten jungen Mann zu, der die Augen vor Furcht weit aufgerissen hatte, »hat er sich dadurch schuldig gemacht, daß er meinem Bruder bei der Flucht geholfen hat.«

»Aber hat er denn nicht nur Befehlen gehorcht, O Padischah?« fragte John Hawkwood schließlich.

»Befehle, die nicht zum Erfolg führen, bringen großes Leid über jene, die sie befolgen«, pflichtete Mehmed ihm bei. »Und für dieses Geschöpf habe ich wahrhaft großes Leid im Sinn.«

Die Hawkwoods tauschten einen Blick.

»Wie wollt Ihr ihn bestrafen?« fragte John.

»Er wird gepfählt«, entgegnete Mehmed. »Als warnendes Beispiel für andere.« Er wandte sich Anthony zu. »Ihr werdet der Hinrichtung beiwohnen, junger Hawk. Das ist eine sehr heilsame Erfahrung.«

4
Der Günstling

ALS DER MANN auf dem Boden hörte, welches Schicksal ihn erwartete, stieß er einen markerschütternden Schrei aus und begann, sich zu winden und zu flehen.

Mehmed musterte ihn verächtlich und bellte einen Befehl. Ganz offensichtlich sollte das Urteil sofort vollstreckt werden.

»Mein Gott«, murmelte John Hawkwood auf englisch. »Ich möchte diesem jungen Kerl lieber nicht in die Quere kommen. Und auch du solltest dich vor ihm in acht nehmen, Junge.«

»Was bedeutet ›pfählen‹, Vater?« fragte Anthony.

»Eine der grausamsten Hinrichtungsarten, Junge. Wappne dich.«

Die Vorbereitungen für die bevorstehende Hinrichtung waren bereits in vollem Gange. Mehrere Janitscharen gruben vor der Burg ein Loch in den Boden. Andere hatten den Unglücklichen auf die Füße gezerrt und entkleideten ihn spottend, während der Junge wild mit den Augen rollte und um Gnade bettelte.

Als er vollständig entkleidet war, wurden seine Handgelenke vor ihm gefesselt und an ein Seil geknüpft, damit er von den Janitscharen durch das Lager geführt werden konnte. Alle Männer kamen aus ihren Zelten und verhöhnten den Unglücklichen, und Anthony zweifelte nicht daran, daß die Frauen ebenfalls zusahen und im verborgenen lachten, auch wenn sie sich nicht blicken ließen. Beobachtete Mara den zum Tode Verurteilten ebenfalls in freudiger Erwartung des Grauens, das bald folgen würde?

Die Janitscharen waren mit dem Ausheben des etwa vier Fuß tiefen Lochs fertig. Nun steckten sie den Schaft einer etwa acht Fuß langen Lanze hinein, so daß nur noch die oberen vier Fuß aus dem Boden ragten. Anthony starrte von Grauen erfüllt auf den recht dünnen Pfahl, von dem die Spitze entfernt worden war. Statt dessen war der Holzschaft selbst angespitzt worden.

Anthony schluckte hart; seine Kehle war staubtrocken. Er wagte es nicht einmal, seinen Vater anzusehen.

Inzwischen war der Verurteilte zurückgebracht worden. Aus reiner Erschöpfung hatte er aufgehört zu jammern und zu flehen, als sein Blick jedoch auf den Pfahl fiel, verzerrte sich sein Gesicht zu einer häßlichen Fratze.

Die Janitscharen blickten zu ihrem Emir hinüber, und Mehmed nickte.

Als der nackte Mann vorwärtsgezerrt wurde, begann er erneut, schrille Schreie auszustoßen. Seine Handgelenke waren ihm inzwischen auf den Rücken gebunden worden, und er wurde von vier Janitscharen hochgehoben. Obwohl er wild um sich trat, war er gegen diese vereinten Kräfte wehrlos. Langsam ließen die Janitscharen ihn über dem Pfahl herab, darauf achtend, daß die Spitze sich in den Anus des Todgeweihten bohrte. Sie hielten ihn noch einige Sekunden lachend und spottend in dieser Position fest, ließen ihn dann abrupt los und traten zur Seite.

Die Beine des Mannes fielen auf beiden Seiten des Pfahles herab; seine Füße baumelten knapp über dem Boden. Ein unmenschlicher Schrei brach aus ihm hervor. Er wand sich und zuckte, während Blut den Pfahl hinunterrann. Er versuchte verzweifelt, sich zu befreien, aber der Pfahl steckte bereits zu tief in seinen Eingeweiden. Anthony wollte den Blick abwenden, bemerkte jedoch, daß der Emir an seiner Seite stand.

»Je heftiger er strampelt, desto rascher bohrt der Pfahl sich in seinen Leib«, bemerkte Mehmed und wandte den Kopf, um zu sehen, wie Anthony auf das makabre Schauspiel reagierte.

Anthony zwang sich, den Blick auf den Sterbenden gerichtet zu halten und eine ausdruckslose Miene aufzusetzen. Die Füße des Opfers berührten nun den Boden, so tief und rasch war der Pfahl in ihn eingedrungen, aber er hatte nicht mehr die Kraft, sich abzustützen. Wenigstens blieb ihm dadurch ein langer Todeskampf erspart, aber der Mann hing immer noch aufgespießt da. Entsetzt sah Anthony, wie die Pfahlspitze sich langsam durch den Brustkorb bohrte.

Plötzlich gab Mehmed einen weiteren Befehl. Die Janitscharen gruben den Pfahl aus, hoben ihn hoch und brachen mit ihrer grausigen Trophäe auf zu einem weiteren Marsch durch das Lager.

Mehmed lächelte. »Eine Pfählung vergessen die Männer nicht so bald«, sagte er. »Und jetzt kommt, wir haben viel zu tun.«

Es war an der Zeit, das Lager abzubrechen. Mehmed hatte die wichtigsten Voraussetzungen für seine Thronbesteigung erfüllt: Alle potentiellen Rivalen waren aus dem Weg geräumt worden. Nun war es an der Zeit, um den verstorbenen Emir zu trauern, und so kehrten die Osmanen vorübergehend dem Bosporus und den hochfliegenden Plänen des neuen Emirs den Rücken.

Ihr Ziel war die Stadt Brussa, die alte Begräbnisstätte der osmanischen Emire, wo Murad mit großem Pomp bestattet werden sollte. Die Hawkwoods waren verblüfft, als sie erfuhren, daß der einbalsamierte Leichnam des verstorbenen Emirs immer noch im Lager aufgebahrt war.

Anthonys Verblüffung wuchs noch, als er erkannte, daß Mara Brankovic ihn in ihr Bett geholt hatte, während die Leiche ihres Mannes nur wenige Fuß entfernt aufgebahrt gewesen war.

Das Heer und der Harem folgten der Küstenstraße über Nicodemua und Sakarya, durchquerten das Tal des Gok und stiegen hinauf in die Ausläufer des Ula-Berges. Hier, in den nördlichen Ausläufern des siebentausend Fuß hohen Berges, befand sich die heilige Stadt Brussa.

Der Weg führte sie durch karges, ödes Land, das von der Küste bis in eine Höhe von dreitausend Fuß anstieg, und dieses hochgelegene Tafelland war von Bergketten umgeben, die sogar noch weit höher aufragten. Das Terrain wurde von Schluchten und Flußtälern durchschnitten, die mühsam überquert werden mußten, wobei immer wieder Erderschütterungen das Heer zum Stillstand zwangen, während Felsbrocken von den Hängen oberhalb herabstürzten.

Die Osmanen schienen mit diesen Gefahren vertraut zu sein, aber die Hawkwoods empfanden sie als höchst bedrohlich.

Vereinzelte Sträucher wuchsen in den Tälern, und finstere Pinienwälder schmückten die Berghänge. Wölfe und Hyänen, Füchse und Wildkatzen schlichen in der Dunkelheit um das Lager, und ihr Heulen hallte unheimlich durch die nächtliche Stille. Auch bekamen die Hawkwoods mehr als einmal riesige Bären zu sehen, welche die Wälder durchstreiften. Es hieß, auf dem Plateau gäbe es sogar Löwen, jedoch ließen sich keine blicken.

Mehmed reiste in der Mitte des Trosses, wie seine Vorfahren, die als Nomaden durch Asien gezogen waren.

Kernstück dieser Nation auf Wanderschaft war das Heer, das sich aus vier Elementen zusammensetzte. Vorneweg marschierte eine große Einheit *Serratkuli*, lose Truppenverbände, kaum mehr als Räuber. Sie trugen weder Brustpanzer noch Uniformen; jeder Mann kleidete und bewaffnete sich nach eigenem Gutdünken. Sie trugen Krummsäbel, Speer, Bogen oder Axt bei sich und waren teils in Seide, teils in selbstgewobene Stoffe gehüllt. Anthony vermutete, daß sie nur einen sehr geringen Sold bezogen und allein deshalb kämpften, weil sie auf Plünderungen aus waren. Somit waren sie in Friedenszeiten noch rastloser als die Janitscharen, wenngleich sie im Gegensatz zu denen auch ein richtiges Zuhause hatten. Diesmal hatten sie sich versammelt, weil sie vom Tod des großen Murad gehört hatten; war die Trauerzeit erst vorüber, würden sie sich wieder zerstreuen und auf ihre Höfe zurückkehren – um erneut herbeigerufen zu werden, wenn der Emir beschloß, wieder in den Krieg zu ziehen.

Hinter den Serratkuli folgten die Anatolier, die wahren Türken, in mehrere Abteilungen gegliedert, aber dennoch ohne Disziplin. Allerdings trugen die Anatolier eine Art Uniform, dicke grüne Filztuniken, die einen gewissen Schutz vor feindlichen Klingen und Pfeilspitzen boten. Sie besaßen keine Rüstungen, waren jedoch mit runden Schilden, Speeren und Säbeln bewaffnet. Auch nahmen sie als Bewahrer von Namen und Traditionen der Osmanen einen höheren Stellenwert ein als die ihnen vorangehenden Serratkuli.

Nach den Anatoliern kamen die Spahis, die Auslese der Berittenen, in der ganzen Pracht ihrer Stahlhelme und Kettenpanzer, ihrer weiten Kniehosen und wehenden Umhänge. Sie sonnten sich im Ruhm ihres Namens und ihrer Tradition, und als berittene Krieger stammten sie aus wohlhabenden Familien und erfüllten die einzige für diese geborenen Reiter annehmbare Aufgabe. Denn in den Annalen ihrer Ahnherrn stand geschrieben: »_Wenn ein Türke von seinem Pferd steigt, um auf einem Teppich zu sitzen, wird er zum Nichts.«_

Die Spahis waren mehr als nur Gefolge des Emirs und seines Hofstaats. Sie geleiteten den Troß von der Spitze bis zur Nachhut, mischten sich unter die Serratkuli und ritten manchmal sogar weiter voraus, ständig das Gelände auskundschaftend, spähend, warnend.

Und sie sorgten dafür, daß das Heer immer mit ausreichend Nahrung versorgt wurde und genügend Gras für die Pferde vorhanden war.

Hinter den Spahis und unmittelbar den Harem und den Emir umringend, kamen die Janitscharen, die entscheidende Macht hinter den Triumphen der Osmanen. Sie zählten zehntausend Mann und hoben sich in ihren farbenfrohen blau-roten Uniformen auch von der Entourage des Emirs ab. Sie marschierten mit strikter Disziplin. Jeder Mann, der einen Befehl mißachtete, wurde sofort einer Bastonade unterzogen, wobei seine Fußsohlen auf äußerst schmerzhafte Weise mit Rohrstockschlägen bearbeitet wurden. Die größte Schande für die Janitscharen bestand jedoch darin, unehrenhaft entlassen und nach Hause geschickt zu werden. Ihre Waffen, die – wie bei den Spahis – aus Speeren, Säbeln und Bögen bestanden, waren stets einsatzbereit. John Hawkwood mußte anerkennen, daß sie einen prächtigen Anblick boten, eine Fußtruppe, die jedem Vergleich standhielt. Wenn sie auch, wie Mehmed erklärt hatte, eine in sich geschlossene Gemeinschaft bildeten, mit ihren kostbaren Kesseln als Mittelpunkt, waren sie doch auch bei entsprechender Führung eine unschätzbar wertvolle Waffe.

Besonders eindrucksvoll an diesem gewaltigen Troß von

Männern, Frauen und Tieren war seine Sauberkeit. Jede europäische Armee hätte, auch wenn sie nur einen Bruchteil der Größe des osmanischen Heeres umfaßt hätte, nach einwöchiger Lagerzeit an ein und demselben Ort die gesamte Umgebung in eine einzige stinkende Jauchegrube verwandelt und wäre neben dem unerträglichen Gestank der hiermit einhergehenden Seuchengefahr ausgesetzt gewesen. Aber im türkischen Lager herrschte Disziplin; jeder Mann war angehalten, sich seine eigene Latrine zu graben und diese nach der Benutzung wieder mit Erde aufzufüllen.

Im Herzen dieser großen Armee reiste der Emir persönlich, mit seinen Wesiren, seinen Generälen, seinem Harem – auch auf diesem langen Marsch in geschlossenen Sänften –, und seiner Adoptivmutter. Und in Begleitung seiner beiden neuesten Rekruten. Mehmed schickte häufig nach einem der beiden Hawkwoods und forderte ihn auf, an seiner Seite zu reiten. Mit John unterhielt er sich über Kanonen, Feuerstärke und die Mauern von Konstantinopel. Mit Anthony sprach er über andere Dinge.

»Eure Könige in England ziehen nicht auf diese Weise umher?« fragte er.

»Sie ziehen von Zeit zu Zeit durch das Land«, erklärte Anthony, »aber niemals mit einem solchen Gefolge. England ist bei weitem nicht so groß wie Euer Herrschaftsgebiet.«

»Ich weiß zu wenig über meine Herrschaftsgebiete«, entgegnete Mehmed. »Und daran muß sich etwas ändern.« Er seufzte. »Es gibt so viel zu tun, und das in so kurzer Zeit. Ich weiß, daß es Zeit- und Geldverschwendung ist, daß der Emir, wann immer er von einem Ort an einen anderen zieht, seine gesamte weltliche Habe mit sich führen muß. Und doch ist es bei meinem Volk so Brauch, und von allen Völkern dieser Erde ist wohl kein zweites so traditionsgebunden wie das der Türken. Es gibt bei uns eine Weisheit, die Ihr vielleicht noch nicht gehört habt, junger Hawk. Sie lautet wie folgt: Um ein Land zu halten, braucht man bewaffnete Krieger. Um bewaffnete Krieger zu halten, muß man Besitztümer austeilen. Um Besitztümer anzuhäufen, bedarf es eines wohlhabenden Volkes. Und nur durch Gesetze kann man das Volk wohlhabend machen –

Mangelt es am einen, mangelt es an allen vieren.

Mangelt es an allen vieren, ist das Land verloren. Stimmt Ihr dem zu, junger Hawk?«

»Ich würde sagen, das ist absolut zutreffend.«

»Aber das Gesetz ist die Grundlage all dessen. Und um die Macht zu besitzen, das Gesetz zu ändern, muß ich etwas wahrhaft Großes vollbringen.« Er setzte eine feierliche Miene auf, und seine Finger schlossen sich zur Faust. »Ich muß Konstantinopel erobern.«

War dieser kluge, ehrgeizige junge Mann wirklich derselbe, der erst kürzlich befohlen hatte, seinen eigenen Bruder zu erdrosseln und seinen pflichtgetreuen Gehilfen zu pfählen?

Trotz allem, was Mara ihm von der strengen Erziehung des Emirs erzählt hatte, war Anthony überrascht, wie bewandert Mehmed in seinen Kenntnissen der Geschichte und Politik der alten Griechen und Römer war, ihrer Schriften und vor allem ihrer Dichtung.

»Die moslemische Welt ist immer reich an Dichtern gewesen«, erklärte er Anthony. »Habt Ihr noch nie von Omar Khayyam gehört?«

»Nein, O Padischah.«

»Dann wurde Eure Erziehung vernachlässigt, und Eure Bildung muß vervollständigt werden. Omar war Perser und ist vielleicht nicht der geeignetste Führer und Mentor eines jungen Mannes: Er liebte den Wein und verstieß somit gegen das Gesetz. Aber seine Rhetorik ist hervorragend, und seine Werke sind nicht ohne philosophisches Interesse. Ich werde Euch ein Buch von ihm geben, wenn wir in Brussa sind.«

Anthony konnte nur demütig den Kopf neigen, während die Wesire in ihrer Nähe an ihren Bärten zupften; ganz offensichtlich behagte ihnen die Bevorzugung des jungen Engländers nicht.

Er sah und hörte während des Marsches, der mehrere Wochen in Anspruch nahm, nichts von der Emir Validah und wußte nicht, ob er sich darüber freuen oder es bedauern sollte. Vielleicht hatte sie ihn nur benutzt, ein Bedürfnis zu stillen, und hatte ihn längst vergessen. Er erinnerte sich immer noch genau daran, wie sie sich angefühlt, wie sie geduftet und ausgesehen hatte – wie sie es vorausgesagt hatte, würde er es wohl bis ans Ende seiner Tage nicht vergessen. Aber die Vorstellung, daß er möglicherweise gepfählt werden würde, falls man ihn in ihrem Zelt entdeckte, ließ ihm das Blut in den Adern gefrieren.

Ebenso erschreckend war das Bewußtsein, daß, wenn Mara Brankovic nach ihm schickte und er ihrem Befehl nicht Folge leistete, sie ihm bei lebendigem Leibe die Haut abziehen würde.

Brussa war wie eine Oase inmitten einer Wüste. Die Stadt war von Obstgärten umgeben und wurde von mehreren Gebirgsbächen gespeist, die schäumend die Felswände herabstürzten. Die Häuser waren bunt gestrichen und standen entlang schmalen, gewundenen Gassen, die Gärten mit Springbrunnen verschiedenster Art geschmückt. Es gab mehrere Bäder, die von den zahlreichen Bächen gespeist wurden und ständig genutzt wurden, zumindest von den Männern der Stadt. Sofern die Hawkwoods verblüfft gewesen waren von dem Luxus in Konstantinopel, staunten sie jetzt noch mehr über die Bequemlichkeit und Sauberkeit, die jeder Türke als sein persönliches Recht zu betrachten schien.

Aber Brussa war darüber hinaus die Begräbnisstätte der Emire. Auf einer Terrasse oberhalb der Stadt waren die Gräber von Osman und Orhan zu sehen. Emir Mehmed I. war in der Stadt selbst bestattet, und mit den Arbeiten an einer *Türbe* in der heiligen Farbe Grün über seinem Grab war bereits begonnen worden. Unmittelbar nach ihrer Ankunft in der Stadt begannen die Vorbereitungen für Murads Staatsbegräbnis sowie die offizielle Trauerzeit. Pläne für eine zweite riesige *Türbe*, über Murads Grab, wurden sogleich ausgearbeitet – sie sollte den Namen Muradiye Cami erhalten und im Gegensatz zu den anderen unbedacht sein, weil Murad gewünscht hatte, daß sein Grab dem Regen ausgesetzt werde. Alle Alltagsarbeiten wurden bis zum Ende der vorgeschriebenen Trauerzeit niedergelegt – sogar die örtliche Seidenmanufaktur, die den Großteil der Männer beschäftigte, die nicht als Soldaten dienten, wurde vorübergehend geschlossen. Jeden Tag erfüllte der Lärm klagender Pfeifen, dröhnender Pauken und langsam und rhythmisch geschlagener Trommeln die Luft.

Die Hawkwoods wurden in dieser Zeit weitgehend sich selbst überlassen, aber zu ihrer großen Freude durfte Mary den Harem verlassen und zu ihnen in das Haus ziehen, das man ihnen für die Dauer ihres Aufenthaltes zur Verfügung gestellt hatte. Sie schien sich gut erholt zu haben und war mit mehreren prächtigen Kleidern ausgestattet worden. Aber irgendwie wirkte sie auch innerlich verändert. Als sie in ihrem Schlafzimmer allein waren, entdeckte John sogleich, daß ihre Schamhaare abrasiert worden waren. Sie war verlegen, erklärte jedoch herausfordernd, daß alle türkischen Frauen an dieser Stelle rasiert würden und sie keine andere Wahl gehabt hatte, als sich diesem Brauch zu beugen. Vielleicht, sagte sich John, waren die anderen kleinen Veränderungen an ihr ebenfalls auf kulturelle Anpassung zurückzuführen.

»Rasieren die Frauen sich gegenseitig?« fragte er, wider Willen neugierig.

»Nein«, entgegnete Mary errötend.

»Heißt das, du mußtest es selbst tun?«

»Nein«, sagte Mary erneut, und ihre Röte vertiefte sich.

»Wer dann . . . großer Gott!« rief John aus.

Mary legte ihm eine Hand auf den Arm. »Sie sind keine Männer.«

»Ach nein? Sie leben, sie essen und trinken. Und sie fühlen.«

Sie seufzte. »Darauf weiß ich keine Antwort. Es ist so Brauch.« Dann fügte sie ängstlich hinzu: »Du wirst es doch dem Jungen nicht sagen, oder?«

»Er hat Augen im Kopf, und früher oder später wird er selbst die Eigenheiten der türkischen Frauen entdecken. Aber ich werde ihm nichts davon sagen.«

Er war erleichtert zu sehen, daß sie allmählich ihr altes Selbstbewußtsein wiedererlangte. Und was hatte sie in den Wochen im Harem sonst noch erlebt? In Konstantinopel hatte er genügend Geschichten über die unnatürlichen Liebesspiele zwischen Frauen gehört, die von jeder männlichen Gesellschaft außer der ihres Herrn isoliert waren.

Und doch war auch diese Vorstellung seltsam erregend, und außerdem hatte er selbst einiges zu beichten, nachdem er sich bereit erklärt hatte, mit den Türken gegen Konstantinopel ins Feld zu ziehen.

Sie musterte ihn ausdruckslos.

»Ich habe es getan, um unser aller Leben zu retten. Eine andere Möglichkeit gab es nicht. Darüber hinaus dürstet es mich immer noch nach Vergeltung an jenen, die uns so übel mitgespielt haben.«

Nach einer Weile lächelte Mary. »Ich liebe dich mehr als je zuvor dafür, daß du dich verhältst wie ein Mann und nicht wie ein geprügelter Hund. Mein Herz blutete für dich, als du gezwungen wurdest, dich bei Nacht und Nebel aus Konstantinopel zu schleichen. Aber wenn diese Leute dir Schwert und Rüstung geben, werde ich wieder stolz auf dich sein.«

John Hawkwood lächelte grimmig. »Sie haben mir mehr als das versprochen, Mary. Sie wollen mir Stahl, eine Schmiede und Männer zur Verfügung stellen, damit ich meine Kanone gießen kann.«

Sobald die offizielle Trauerzeit vorüber war, machte John Hawkwood sich an die Arbeit, das Eisen für seine Bombarden zu gießen, das Leder zum Binden der Fässer zu klopfen, die Lafetten zu entwerfen und die Kosten zu berechnen. Und er machte sich daran, die eine oder andere Idee umzusetzen, die er in den Jahren seiner Dienstzeit entwickelt hatte.

Er machte sich keine Illusionen angesichts der Aufgabe, die vor ihm lag. Da er während seines Aufenthaltes in Konstantinopel auch mit der Instandhaltung der Mauern betraut gewesen war, wußte er über deren Standfestigkeit genau Bescheid. Er wußte, daß die Seemauern tatsächlich uneinnehmbar waren. Sofern es der osmanischen Flotte gelang – gemeinsam mit den zusätzlichen Schiffen, mit deren Bau bereits begonnen worden war –, die Kette vor der Hafeneinfahrt zu durchbrechen und das Goldene Horn zu besetzen, würde ihm das seine Aufgabe um einiges erleichtern. Aber darauf konnte er sich nicht bedingungslos verlassen. Und wenn die Janitscharen mit Handfeuerwaffen ausgestattet wurden, würden sie seinen Kanonieren besseren Schutz bieten können als mit Pfeil und Bogen ... Dennoch würde eine Aufstellung zu dicht bei den

Mauern höchst kostenaufwendig und gefährlich sein. Darum wäre es reine Zeitverschwendung, eine Kanone zu bauen, die von der Größe her jenen in Konstantinopel entsprach – und das waren die größten, die er je gesehen hatte. Zumindest eines seiner Geschütze mußte eine größere Reichweite haben.

Sie würden ihre Steingeschosse mit genügend Geschwindigkeit abfeuern müssen, um eine Bresche zu schlagen, die groß genug war, dem türkischen Heer Zutritt zur Stadt zu verschaffen. Hawkwood war ein erfahrener Krieger, er wußte alles über Belagerungstechniken. Er wußte, daß entschlossene Verteidiger in der Nacht den Schaden beheben konnten, den die Belagerer im Laufe des Tages angerichtet hatten. Ebenso wie er wußte, daß eine Mauer, die zu einem Geröllhaufen zusammenstürzte, häufig noch leichter zu verteidigen war als eine aufrechtstehende, die sich überklettern ließ.

Er benötigte außergewöhnliche Kanonen – und er mußte sie selbst entwerfen. Auch mußte er Sorge tragen, daß die Pulvermenge, die benötigt wurde, um die gewünschte Wirkung zu erzielen, seine Eisenzylinder nicht einfach in die Luft jagte.

Und er brauchte noch mehr als das – aber er hatte sich einen Geheimplan zurechtgelegt.

John hatte es nie an Selbstvertrauen gemangelt. Und jetzt träumte er davon, die beste Kanone zu bauen: eine Bombarde, die so gewaltig war und ein so vernichtendes Potential besaß, daß sie demjenigen, in dessen Besitz sie sich befand, die Weltherrschaft sicherte. Emir Mehmed hatte ihm die Gelegenheit gegeben, diesen Traum zu verwirklichen.

Anthony war entzückt davon, daß seine Eltern offenbar einen zweiten Liebesfrühling erlebten, auch wenn es seiner Mutter zuweilen schwerfiel, sich an ihr neues Leben zu gewöhnen. Sie litt immer noch unter den Schicksalsschlägen, die ihr den ältesten Sohn und ihre halsstarrige Tochter genommen hatten, aber niemals machte sie ihrem Gatten zum Vorwurf, daß er sie alle in dieses nicht enden wollende Abenteuer gestürzt hatte.

Jetzt, da sie sich wieder frei bewegen konnte, sehnte sie sich nach der westlichen Lebensweise zurück. Wenn sie auch türkische Kleider – Pluderhosen und Bolero – als obszön betrachtete, blieb ihr doch nichts anderes übrig, als sie zu tragen, und wenn sie in einen Haik gehüllt das Haus verließ, verlieh ihr dies völlige Anonymität. Als sie sich jedoch am zweiten Tag ihres Aufenthaltes in Brussa zum *Souk* wagte, stellte sie fest, daß sie die einzige Frau war, die keinen Schleier trug, und floh verwirrt zurück nach Hause.

In noch größere Verlegenheit brachten sie die Diener, die der Emir dem Kommandeur seiner Artillerie zum Geschenk machte, da es sich um Eunuchen handelte. Aber John bewegte seine Frau mit sanftem Druck dazu, diese Männer zu achten, so wie er selbst bereit war, alles hinzunehmen, was ihr neues, eigentümliches Leben mit sich brachte. Bald schon bereitete Mary ihren eigenen Couscous zu und genoß die anderen kulinarischen türkischen Genüsse. Das beliebteste Gemüse waren Auberginen, die beispielsweise in Scheiben geschnitten oder mit gehacktem Lammfleisch und Pfefferschoten gefüllt serviert wurden. Jedoch konnte sich keiner der Hawkwoods daran gewöhnen, wie die Türken jedes einzelne Teil eines Lamms oder einer Ziege zu essen, von den Augen bis zu den Hoden.

Mary konnte gar nicht anders, als von ihrem neuen Haus mit dem Garten begeistert zu sein. Es war nicht so groß und elegant wie das in Konstantinopel und in einem völlig anderen Baustil errichtet. Rundbögen ersetzten Innentüren und führten hinaus auf gepflasterte Innenhöfe, von denen jeder einzelne mit einem wunderschönen Springbrunnen versehen war. Durch die offene Bauweise war das Haus hell und luftig, und man konnte das Rauschen der Wasserfälle hören. Und wenn in den Wintermonaten von Zeit zu Zeit eine kalte Brise von den Bergen herabwehte, machte dies die Wärme des Diwans mit seinen Lammfelldecken nur um so heimeliger.

Bald schon lernte sie, nicht mehr bei den fast täglichen leichten Erdbeben in Panik zu geraten.

Nur was ihren Glauben betraf, fühlte sie sich weiterhin unbehaglich. Die Moslems tadelten die Hawkwoods nicht, weil sie weder in die Moschee gingen noch dem dreimal täglich erfolgenden Aufruf zum Gebet Folge leisteten, und versuchten auch nicht, sie dazu zu bewegen, zum Islam überzutreten. Aber es gab weit und breit keine christliche Kirche, und stärker noch als in Konstantinopel wurde Mary bewußt, daß sie inmitten einer heidnischen Gesellschaft lebte, innerhalb derer christliche Werte wie Wohltätigkeit und Milde – die auch im Westen zu wenig gepflegt wurden – nicht einmal existierten.

John Hawkwood hingegen war glücklich mit seinem neuen Leben. Von der offenen Feindseligkeit, die ihm und seiner Familie in Konstantinopel überall entgegengeschlagen war, spürte er hier nichts: Die Osmanen mochten jemanden bemitleiden, der nicht genügend gesunden Menschenverstand besaß, den Propheten Mohammed als endgültigen und einzig wahren Gesandten Gottes anzuerkennen, aber sie haßten ihn nicht dafür, daß er statt dessen den früheren Propheten Jesus Christus verehrte. Auch in Brussa bekam er alles, worum er bat, einschließlich der Männer, die ihm bei der Arbeit helfen und zu Kanonieren ausgebildet werden sollten, so daß er sogleich damit begann, seine eigene Kompanie zusammenzustellen, die in der Schlacht seinem Kommando unterstellt sein würde. Anthony in seiner prächtigen Uniform, die aus einer grünen Tunika, weißen Hosen, Helm und Brustpanzer bestand, war ihm beim Drillen der Männer eine große Hilfe.

Anthony wurde immer öfter zum Emir gerufen: zu Unterhaltungen, Schach- oder Backgammon-Partien oder einfach nur, um an seiner Seite zu stehen.

»Er hat dich wirklich sehr gern«, bemerkte John Hawkwood.

»Er wird versuchen, dich für sich zu gewinnen«, hatte die Emir Valideh ihn gewarnt. *»Gemeinsam werden wir ihm standhalten.«*

Aber die Emir Valideh lebte zurückgezogen im Palast von Brussa, wenngleich Anthony keine Sekunde daran zweifelte, daß sie durch die Maueröffnungen alles beobachtete, was hier vor sich ging.

Eines Morgens kurz nach Ende des Ramadan – des heiligen Monats, in dem die gesamte Gemeinde nichts anderes tat, als zu fasten und zu beten – kam es für Anthony zu einer heiklen Situation. Als er gerade badete, wurden die Türen plötzlich von zwei Janitscharen aufgestoßen. Der Emir persönlich betrat den Baderaum und betrachtete Anthonys nackten Körper.

Anthony ließ sich sofort auf die Knie fallen und bedeutete

dem Eunuchen, ihm seinen Bademantel zu holen. Da Anthony es sich ganz selbstverständlich zur Aufgabe gemacht hatte, Türkisch zu lernen, war er völlig verdattert, als er hörte, wie Mehmed einen der Männer in seinem Gefolge anwies, mit einem Gemälde des nackten Mannes vor ihm zu beginnen.

Der Künstler, der hierzu aufgefordert wurde, zitterte regelrecht. »Das ist unmöglich, O Padischah. Steht nicht geschrieben, daß denjenigen, der den menschlichen Körper in irgendeiner Weise nachbildet, die ewige Verdammnis erwartet?«

»Im Anyi steht kein solches Gesetz«, entgegnete Mehmed.

»Das ist richtig«, mischte sich der Großmufti ein. »Aber es ist das Gesetz des Propheten und ist im Koran festgehalten.«

»Das Gesetz des Propheten gilt nur für wahre Gläubige«, erklärte Mehmed, sichtlich verärgert über diesen unerwarteten Widerstand. »Es bezieht sich nicht auf Christen. Der junge Hawk ist ein Ungläubiger. Er darf gemalt werden. Ich will, daß er gemalt wird.«

Der Eunuch, der diesen Wortwechsel ebenfalls verfolgt hatte, hielt sich, den Bademantel in der Hand, im Hintergrund. Anthony wagte nicht, sich zu rühren, wenngleich ihm das Herz bis zum Hals schlug.

Der Maler war auf die Knie gefallen. »Ihr wißt, daß ich Euren Wünschen stets Folge leisten werde, O Padischah, aber ... für diese Aufgabe bin ich nicht geeignet. Ich verstehe nichts vom menschlichen Körper.«

Mehmed zeigte mit ausgestrecktem Zeigefinger auf Anthony. »Hast du keine Augen im Kopf? Male, was du siehst.«

Der Mann griff nach jedem Strohhalm, um zu vermeiden, etwas tun zu müssen, was er ganz offensichtlich als Todsünde betrachtete. »So einfach ist das nicht. Um einen solchen Körper malen zu können, muß ich wissen, wie er gebaut ist, wie die Muskeln und Sehnen miteinander verbunden sind, wo der eine aufhört und der nächste beginnt. O Padischah, glaubt mir ...«

Mehmed verlor die Geduld. »Ich will keine Ausflüchte mehr hören«, schrie er, mit ausgestrecktem Arm und Zeigefinger auf den bedauernswerten Künstler zeigend. »Du weigerst dich, einen Befehl deines Emirs zu befolgen. Paß auf, daß ich dich nicht auspeitschen lasse. Dann würden wir sehen, wie deine

Muskeln arbeiten, nicht wahr? Du willst wissen, wie der Körper gebaut ist? Dann soll dein Wunsch dir erfüllt werden.« Sein ausgestreckter Arm schwang herum, und sein Finger richtete sich auf einen seiner schwarzen Pagen. »Er wird genügen. Du und du«, rief er seinen entsetzten Wachen zu. »Packt diesen Jungen. Schlitzt ihn vom Hals bis zum Schritt auf. Und dann legt ihn vor diesen Feigling hin, damit er studieren kann, wie Muskeln und Sehnen miteinander verbunden sind.« Sein ausgestreckter Zeigefinger richtete sich wieder auf den Maler. »Und dann malst du mir dieses Bild.«

Das gesamte Gefolge des Emirs schien einen Augenblick wie gelähmt. Dann eilten die Soldaten vor, um den Befehl ihres Herrn auszuführen. Der Page schrie, wurde jedoch rasch entkleidet und aufgeschlitzt. Blut und Eingeweide ergossen sich über den Boden, und seine freiliegenden Muskeln zuckten ein letztes Mal. Anthony öffnete den Mund, dicht davor, ebenfalls zu schreien – irgendeine Art von Protest –, aber der Emir hatte den Baderaum bereits wieder verlassen . . . und die Dissektion des immer noch blutenden Leichnams wurde fortgesetzt.

»Bleibt und laßt Euch malen«, warnte ihn Halil. »Es gibt Augenblicke, da es lebensgefährlich ist, sich unserem Herrn zu widersetzten.«

Anthony sagte sich, daß Mehmed zeitweise nicht bei Verstand war. Noch am gleichen Abend saß er schachspielend mit dem Emir im osmanischen Palast, in einem kleinen Raum hinter dem Beratungszimmer. Der Raum war nur mit zwei Diwanen ausgestattet. Anthony nippte an einem eisgekühlten Sorbett, während sein Herr vor sich hin grübelte.

»Erst als ich die Worte ausgesprochen hatte, wurde mir die ganze Tragweite ihrer Bedeutung bewußt«, sagte er. »Wißt Ihr, daß ich Euch liebe, junger Hawk?«

»Ich fühle mich zutiefst geehrt, O Padischah«, entgegnete Anthony zurückhaltend.

»Und doch seid Ihr ein Ungläubiger. Das macht mich unglücklich.«

»Ein Mann, der seine Religion wechselt, ist sicher nicht die

Handvoll Erde wert, auf der er steht«, erwiderte Anthony, dem sich die Nackenhaare sträubten.

»Ihr habt recht«, sagte Mehmed zu Anthonys Überraschung und Erleichterung. »Außerdem habe ich vor, Euch mit wichtigen Aufgaben zu betreuen, die Ihr meines Erachtens als Christ besser erfüllen könnt. Ich würde Euch niemals drängen, Eure Religion zu wechseln, junger Hawk. Aber es stört mich, daß Euer Körper der eines bartlosen Jungen bleiben soll, der noch nicht ganz zum Mann gereift ist. Ich denke, es ist an der Zeit, daß Ihr Euch eine Frau nehmt. Aber wie könnte ich Euch ihrer Verachtung aussetzen? Und außerdem, wie soll ein Mann in diesem Zustand in den Himmel gelangen? Das ist unmöglich. Ich sähe es gern, wenn Ihr einer von uns wärt. Diesen Wunsch dürft Ihr mir nicht abschlagen.«

Anthony schluckte. Als ob er eine solche Bitte ablehnen könnte! »Euer Wunsch ist mir Befehl«, sagte er.

Mehmed lächelte. »Ich werde selbstverständlich mit Eurem Vater sprechen. Aber ich selbst werde Eure Beschneidung ausrichten.«

In dieser Nacht wurde Anthony zum erstenmal seit Monaten von Kislar Aga aufgefordert, sich um Mitternacht mit ihm in der Gasse vor dem Haus seines Vaters zu treffen.

Diesmal wurde er flüsternd und über Geheimgänge zur Emir Valideh geführt, wieder vollständig von einer *Jibbah* verhüllt und das Gesicht verdeckt.

In dieser Nacht trug sie Hellblau und war sogar noch schöner, als er sie in Erinnerung hatte.

»Ihr macht Euch, junger Hawk«, sagte sie.

»Ich lebe in ständiger Angst«, gestand er.

Sie lächelte. »Das bezweifle ich. Ihr fürchtet, Ihr könntet zum Lustknaben gemacht werden. Das wird nie geschehen, mein Hawk, nicht einmal dann, wenn mein Sohn Euch seine Liebkosungen aufzwingt. Ihr seid viel zu selbstbewußt.«

»Er möchte, daß ich mich beschneiden lasse, Hoheit.«

Mara neigte den Kopf. »Ich wurde davon unterrichtet.«

Anthony fragte sich, welcher – oder wie viele – der Männer und Eunuchen im Umfeld des Emirs ihre Spione waren.

»Habt Ihr Angst davor?« fragte die Emir Valideh. »Es hat den Vorteil größerer Sauberkeit. Und es beeinträchtigt auch nicht das Lustempfinden; tatsächlich erhöht es dies sogar.« Sie löste den Gürtel ihrer Pluderhose und ließ die Hände unter dem Stoff verschwinden. »Vielleicht bedauere ich es, weil ich die Fremdartigkeit so an Euch liebe. Aber ich bezweifle nicht, daß Ihr beschnitten noch ebenso leistungsfähig sein werdet. Und was den Schmerz betrifft, Ihr seid kein Feigling, mein Hawk, und es ist ohnehin nur eine Kleinigkeit.« Sie lächelte. »Natürlich spreche ich nicht aus persönlicher Erfahrung. Empfindet Ihr Scham angesichts eines so öffentlichen Eingriffs? Für alle Männer, zumindest im Osten, ist es etwas völlig Natürliches.«

»Vielleicht fühle ich von alledem ein bißchen, Hoheit.«

Sie lachte. »Ihr zittert bei dem Gedanken. Kommt, junger Hawk, laßt ihn uns ein letztes Mal in seinem derzeitigen Zustand genießen.«

Sie war so unwiderstehlich, wie er sie in Erinnerung hatte. Und doch ließ ihn der Gedanke an das, was ihm bevorstand, nicht los. Er hatte kaum den Höhepunkt erreicht, als die Beschneidung bereits wieder sein ganzes Denken beherrschte. Er stützte sich auf die Ellbogen und blickte auf das hübsche Gesicht unter sich hinab. Jetzt, da Mara die Augen geschlossen hatte und ihre Lust befriedigt war, wirkte sie noch entspannter als gewöhnlich.

»Der Eingriff wird öffentlich vorgenommen, Hoheit?«

Mara öffnete langsam und träge die Augen und streckte sich unter ihm. »O ja«, sagte sie. »Sogar die Damen des Harems sehen zu.« Aus ihrem Lächeln wurde ein Lachen. »Hinter einem Wandschirm verborgen natürlich.«

»Was sein muß, muß sein«, entschied John Hawkwood grimmig. »Wir müssen dem ins Auge sehen. Nur so können wir überleben.«

Mary war außer sich vor Sorge, und auch Anthonys Angst wuchs, wenngleich er es seinem Vater nicht eingestand. Er war nicht sicher, wovor er sich genau fürchtete. Einen Schnitt mit einem Messer würde er schon aushalten können. Was war es dann? Vielleicht seine kindische Angst, sich öffentlich zu entblößen.

Der Emir verkündete am Tag vor der Zeremonie einen »Abend der Freude«, der in einem großen Fest im Palast gipfelte, anläßlich dessen Anthony dem Brauch entsprechend neue Kleider überreicht bekam – ein Gewand und Hosen aus weicher weißer Seide und mit Goldfäden durchwirkt.

In dieser Aufmachung wurde er am darauffolgenden Morgen in einer Prozession durch die Stadt geführt, wobei Männer und Frauen gleichermaßen Beifall klatschten. Er mußte unwillkürlich an den bemitleidenswerten Mann denken, der vor seiner Pfählung ebenfalls durch die Straßen geführt worden war.

Nachdem er den Einwohnern von Brussa gezeigt worden war, wurde er ins Beratungszimmer gebracht, in dem sich Offiziere, Muftis und Imame drängten; es kam nicht alle Tage vor, daß der Emir persönlich an einer Beschneidung teilnahm. Anthony warf einen Blick zum Gitterwerk an der Wand hinauf. Alles blieb dunkel und undurchdringlich wie in der Festung am Bosporus, aber er konnte vereinzelt Farben durch das Steingeflecht schimmern sehen. Zweifellos hatte sich dort der gesamte Harem versammelt. Als ob das eine Rolle spielte! Abgesehen von der Emir Valideh würde er niemals eine dieser Frauen zu Gesicht bekommen.

Anthony wurde von seinem Vater und Halil begleitet. In der Mitte des Beratungszimmer waren drei Kissen auf den Boden gelegt worden, und vor diesen Kissen warteten der Emir, der Großmufti und ein Arzt und sein Gehilfe. Anthony wurde zu ihnen geführt und offiziell in ihre Obhut übergeben; John Hawkwood war sorgfältig auf seine Rolle bei der Zeremonie vorbereitet worden.

Anthony setzte sich auf das mittlere der drei Kissen, Mehmed auf das zu seiner Rechten und einer der Ärzte auf das linke. Anthony trug zu diesem Anlaß eine spezielle Hose, die an der Taille mit einer Kordel versehen war, die sich leicht öffnen ließ.

Der Gehilfe stellte seine silberne Schale vor sich auf den Boden, in der ein Messer lag, das ein wenig an eine Rasierklinge erinnerte – und vermutlich ebenso scharf war –, ein weißes, trichterförmiges Stück Papier sowie eine kleine Papiertüte, die ein rotes Pulver enthielt. Hierzu kamen noch ein kleines silbernes Gerät mit einem Schlitz und mehrere Leinenbandagen.

Unterdessen verbrannte einer der Imame Weihrauch in einem Rauchfäßchen, und bald darauf erfüllte der durchdringende Geruch den ganzen Raum.

Der Mufti trat näher, trug einige passende Verse aus dem Koran vor und gab das Zeichen, daß die Zeremonie beginnen könne. Anthony sollte sich ganz still halten, was ihm jedoch überaus schwerfiel, als Mehmed vor ihm niederkniete, das Hosenband löste, seine Männlichkeit entblößte und diese liebkoste.

»Es geht besser, wenn das Glied steif ist«, erklärte er.

Anthony konnte nicht anders, als in Mehmeds Augen starren, sobald der Emir sich jedoch wieder an seinen Platz gesetzt hatte, hob er den Kopf und blickte zum steinernen Gitterwerk. Wenn sie dort oben war, wollte er sie in diesem so entscheidenden Augenblick in seinem Leben ansehen.

Der Arzt nahm jetzt das silberne Gerät zur Hand, kniete sich vor ihn und faßte so viel von der Vorhaut zusammen wie möglich. Dann trennte er sie ab, wobei er mehr säbelte als schnitt. Der Schmerz war stechend, aber auch rasch wieder vorbei. Anthony zuckte zusammen und fühlte, wie Mehmed ihm beruhigend die Hand auf den Arm legte. Zu schreien oder sich auch nur zu bewegen würde als Zeichen von Schwäche gedeutet werden. Er starrte weiter auf das Gitterwerk, als der Arzt sich zu seiner Verblüffung hinlegte und seinen blutenden Penis in den Mund nahm, um ihn sauberzusaugen. Das Blut spie er in eine Schale, die von seinem Gehilfen gehalten wurde.

Als nächstes schob er die Vorhaut so weit zurück wie möglich, so daß die Eichel bloßlag. Dann streute er das rote Pulver auf die Schnittstelle, bedeckte die Spitze des Glieds mit dem Papiertrichter und verband dann die Wunde mit dem Leinen.

Der Großmufti las wieder Verse aus dem Koran, während Anthony auf die Beine geholfen wurde. Er hatte ganz weiche Knie, aber Mehmed war da, um ihn zu einigen sauberen Kissen zu führen, wo er erneut Platz nahm, diesmal dem Rauminneren und den Anwesenden zugewandt. Mehmed klatschte in die Hände, und alle setzten sich, während die Eunuchen mit Schüsseln voller Köstlichkeiten herbeieilten. Das Festmahl begann.

»Es kommt mir vor, als würde ich gleich ohnmächtig, O Padischah«, murmelte Anthony.

»Ihr werdet nicht ohnmächtig; Ihr seid ein Mann«, entgegnete Mehmed eindringlich.

»Aber ich werde keinen Bissen hinunterbekommen«, meinte Anthony, als eine Schüssel Couscous vor ihn hingestellt wurde.

»Ihr müßt essen«, erwiderte Mehmed. »Niemand sonst darf die Speisen anrühren, ehe Ihr nicht einen Bissen gegessen habt.«

Anthony zögerte, schob dann seinen Ärmel zurück und langte in die Schüssel. Er fand ein Stück Fleisch, wälzte es in dem gedünsteten Grieß und steckte es sich in den Mund. Es war heiß und köstlich, und plötzlich verspürte er großen Hunger.

Mehmed lächelte. »Es ist gut«, sagte er. »In ein paar Stunden wird der Schmerz verschwunden sein, und in drei Tagen seid Ihr wieder bei Kräften. Und dann . . . werde ich Euch eine Frau geben.«

Mahmun Pascha verneigte sich tief. »Ihr Name ist Laila, O Padischah.« Er zitterte, so geehrt fühlte er sich durch die Anwesenheit des Emirs in seinem Haus. Dieser Tag konnte ihm möglicherweise großen Reichtum bringen.

»Bringt sie her«, befahl Mehmed.

Mahmun Pascha verneigte sich erneut und gab dem Eunuchen, der die Kammer bewachte, ein Zeichen. Es war ein kleiner, privater Raum, der *mabeyin*, der Mahmuns Harem mit dem *selamlik* verband, dem größten Teil des Hauses, der den Männern vorbehalten war. Nur der Emir und Anthony waren anwesend, aber nun betraten zwei junge Männer, die Brüder des Mädchens, den Raum, in ihrer Mitte eine weißgekleidete, verschleierte Gestalt.

»Wie alt?« fragte Mehmed.

»Sie ist sechzehn, O Padischah.«

Mehmed nickte und warf Anthony einen Blick zu. »Ist Euch das zu alt?«

Anthony schluckte. Sie sprachen türkisch, so daß das Mädchen verstehen konnte, was gesagt wurde. »Ganz und gar nicht.«

»Sechzehn ist alt«, sagte Mehmed. »Heißt es nicht, daß es im Leben drei Dinge gibt, die ein Mann rasch erledigen muß? Die Toten begraben, einen Gast bedienen und eine heiratsfähige Tochter verheiraten. Ihr habt getrödelt, Mahmun. Enthülle dich, Mädchen.«

Das Mädchen wandte den Kopf in Richtung ihres Vaters, der hastig nickte. Ihre Brüder traten zur Seite.

Das Mädchen legte langsam und ein wenig kokett den Schleier ab, der auch ihr Haar verhüllt hatte. Jetzt fiel ihr das lange schwarze Haar offen über die Schulter, und Anthony blickte auf die hohe weiße Stirn und die leuchtenden dunklen Augen über dem Yashmak.

»Warum wurde sie nicht vor zwei Jahren der Emir Valideh vorstellt?« fragte Mehmed.

»Sir wurde ihr vorgestellt, O Padischah, aber die Emir Valideh hat sie abgelehnt.«

»Hat sie irgendeinen Makel?«

»Nein, außer . . .« Mahmun zögerte.

»Sprich.«

»Die Emir Valideh war unzufrieden mit einer Antwort, die sie auf eine Frage gab, O Padischah. Sie ließ meine Tochter auspeitschen, weil sie vorlaut war.«

Mehmed lächelte. »Ich habe davon gehört, aber ich wußte nicht, daß es sich um dieses Mädchen handelte. Mißfällt Euch das, junger Hawk?« fragte er. »Ihr könnt sie jederzeit züchtigen.«

»Es mißfällt mir nicht«, entgegnete Anthony. »Vorausgesetzt, sie bereitet mir in anderer Beziehung Freude.«

Sein Herz begann wild zu pochen. Wenn er, abgesehen vom Glauben, ein Moslem sein wollte, mußte er auch wie einer leben. Und die Moslems genossen es, absolute Herrscher über alles zu sein, was sie besaßen. Das Machtgefühl reizte ihn . . . und das Mädchen schien sehr hübsch zu sein. Er glaubte nicht, daß sie jemals die Erinnerung an Mara Brankovic auslöschen könnte, aber dieses Mädchen würde er besitzen. Und wenn dieser Handel ihn ein wenig an das Treiben auf einem Sklavenmarkt erinnerte, so reizte ihn das nur um so mehr.

»Gut gesprochen, junger Hawk«, pflichtete Mehmed ihm bei und blickte zu Mahmun Pascha hinüber. »Sag ihr, sie soll den *Yashmak* abnehmen.«

Der Pascha schien verblüfft, die Brüder zornig.

»Sie soll einen Mann aus dem Westen heiraten«, erklärte Mehmed. »Er möchte vorher ihr Gesicht sehen. Das ist sein Wille und der meine.«

»Aber wenn er sie dann doch nicht zur Frau nimmt . . .«

»Dann liegt es daran, daß sie nicht zu verheiraten ist. Das ist sie jetzt schon beinahe. Sie ist zu alt.«

Mahmun Pascha schluckte und wechselte einen Blick mit seinen Söhnen.

»Würdet Ihr die Frau eines anderen ansehen, O Padischah?« fragte das Mädchen plötzlich leise.

Mehmed drehte ruckartig den Kopf in ihre Richtung und sah sie an. Sie hielt seinem Blick stand.

Mehmed lachte. »Jetzt verstehe ich, daß du meine Mutter verärgert hast, Laila«, sagte er. »Nein, ich würde nicht die Frau eines anderen ansehen. Zeigt Euch *nur* dem jungen Hawk unverschleiert.«

Er kehrte ihr den Rücken zu.

Anthony hielt unwillkürlich die Luft an, als das Mädchen den Blick auf ihn richtete. Dann hob sie die Hände, löste eine Seite des Schleiers und ließ ihn zur Seite schwingen.

Er sah ein keckes, hübsches Gesicht, weich gerundet, jedoch mit einem kleinen Kinn, das Entschlossenheit verriet.

Ihre Lippen waren ein wenig geöffnet und schimmerten, da sie sie, unmittelbar bevor sie den Schleier entfernt hatte, mit der Zungenspitze befeuchtet hatte. Die Nase war eine Idee zu groß für ihr Gesicht, jedoch nicht reizlos. Und ihre Augen versprachen ungeahnte, grenzenlose Freuden.

»Mißfalle ich Euch, Herr?« fragte sie.

Nun war es an Anthony, sich die Lippen zu befeuchten.

»Nein«, sagte er. »Nein, du gefällst mir sehr.«

Laila verbarg ihr Gesicht wieder hinter dem Schleier.

»Auch ich bin zufrieden«, sagte Mehmed und drehte sich wieder um. »Ihr werdet verstehen, Mahmun Pascha, daß diese außergewöhnliche Verfahrensweise notwendig war. Aber da der junge Hawk zufrieden ist, wird diese Hochzeit Euch nicht zum Schaden gereichen.«

»Ich verstehe, O Padischah«, entgegnete der Pascha strahlend.

»Die Zeremonie findet heute in einer Woche statt. Ich wünsche dir ein glückliches Leben, Laila.«

»Ich erwarte nichts anderes, O Padischah«, entgegnete das Mädchen und verneigte sich, erst vor dem Emir und dann vor ihrem Vater, bevor es in Begleitung seiner Brüder den Raum verließ.

Mehmed schnippte mit den Fingern und lachte schallend. »Kein Wunder, daß meine Mutter sie auspeitschen ließ, anstatt sie in meinen Harem zu schicken«, sagte er.

»Habt Ihr die freie Wahl unter allen Mädchen Eures Reiches, O Padischah?« fragte Anthony.

»Jedes Jahr wird ein Mädchen für meinen Harem ausgewählt«, erklärte Mehmed. »Die schönsten, aber auch begabtesten des Reiches werden der Emir Valideh vorgestellt, und sie wählt jene aus, die ihrer Ansicht nach des Serails würdig sind. Diese Mädchen sind die *guizde*, was wortwörtlich bedeutet ›Im Auge‹. Aber natürlich werden sie allein von meiner Mutter begutachtet. Ich habe hierin kein Mitspracherecht. Leider. Die Emir Valideh ist meine Mutter in allen Dingen.«

Er musterte Anthony eindringlich, und dieser fühlte, wie ihm ein kalter Schauer den Rücken bis in die Beine hinunterjagte. Wußte er es? Konnte er es wissen? Aber wenn er es wußte, hätte er mich doch sicher längst hinrichten lassen, sagte er sich.

»Sie entscheidet sogar, mit wem ich jeweils die Nacht verbringe«, fuhr Mehmed fort. »Diese Mädchen werden dann ikbal, Lieblingsfrauen. Aber es ist ganz richtig, daß sie die Auswahl trifft. Es sind so viele – ich könnte unmöglich mit ihnen allen schlafen. Es gibt in meinem Harem Frauen, die ich nie zu Gesicht bekommen habe – und auch nie zu Gesicht bekommen werde. Und doch muß für sie gesorgt werden«, grübelte er. »Das Ganze kostet mich ein Vermögen.«

»Kommt es auch vor, daß Ihr mehr als einmal mit derselben Frau schlaft?« fragte Anthony neugierig.

Mehmed lachte. »Natürlich habe ich auch Lieblingsfrauen.

Ich teile diese Gedanken meiner Mutter mit, und das auserwählte Mädchen wird zur *Odaliske*. Es gibt im Harem nur einen Rang, der darüber liegt. Die Frau, die mir als erste einen Sohn schenkt, wird mit Ehre überhäuft, weil sie selbst eines Tages Emir Valideh sein wird.«

»Es sei denn, sie stirbt«, bemerkte Anthony, ohne nachzudenken. Er hätte sich die Zunge abbeißen mögen.

Aber Mehmed schien sich nicht bewußt zu sein, daß diese unbedachte Äußerung auf genaue Kenntnisse der Haremsgebräuche schließen ließ. »Das ist richtig. Meine eigene Mutter starb viel zu früh. Aber eine noch bessere Mutter hat ihren Platz eingenommen. Es wird sie belustigen, wenn sie erfährt, daß Ihr ein Mädchen wie diese Laila heiraten werdet. Die Emir Valideh interessiert sich sehr für Euch und Euren Vater.«

Anthony schluckte, aber Mehmed lächelte weiter.

»Achtet darauf, Eure Frauen regelmäßig zu züchtigen. Frauen soll man sehen, aber nicht hören. Oder ist das in England anders?«

»In England herrschen in dieser Hinsicht wirklich andere Sitten, O Padischah.«

»Ein seltsames Land«, sagte Mehmed und hakte sich bei Anthony unter.

»Erzählt mir mehr über englische Frauen, junger Hawk. Vielleicht besitze ich ja eines Tages eine.«

»Das ist nicht recht«, erklärte Mary Hawkwood. Nun, da sie ihr altes Selbstvertrauen wiedergewonnen und sich in der Gemeinde von Brussa behauptet hatte, war sie soweit, ihrem einzigen Sohn wieder eine richtige Mutter zu sein. Außerdem sprach sie inzwischen ein wenig Türkisch und hatte unter den Nachbarinnen sogar einige Freundinnen gefunden, in deren Gesellschaft sie lange Vormittage damit verbrachte, Kaffee zu trinken und zu tratschen. Ihre neugewonnenen Freundinnen hatten ihr unverhohlen erklärt, daß die ganze Vorgehensweise um die Verlobung des jungen Hawk höchst ungewöhnlich gewesen sei – und daß die Braut in ihrem Haushalt Vorrangstellung einnehmen würde, wenn John Hawkwood eines Tages starb.

»So ein junges Ding und dazu noch eine Heidin«, beklagte

sie sich. »Warum sind wir den Eltern nicht vorgestellt worden?«

»Unter normalen Umständen hättest *du* das Mädchen ausgewählt, Mutter«, erklärte Anthony geduldig. »Aber in meinem Fall hat der Emir sich für einen besonderen Weg entschieden. Ich glaube, er will das Gesetz in vielerlei Hinsicht ändern. Er hat ein ganz bestimmtes Ziel vor Augen, geht aber sehr überlegt vor. Ich kann dir versichern, daß das Mädchen ganz reizend ist.«

»Eine heidnische Türkin«, grollte Mary. »In meinem Haus wird sie sich nicht als Herrin aufspielen, Anthony. Ich lasse mich nicht von einem sechzehnjährigen Mädchen herumkommandieren.«

»Das erwartet sie auch gar nicht, Mutter«, entgegnete Anthony. »Sie wird von dir erwarten, daß du ihr sagst, wie sie sich zu benehmen hat.«

Aber nicht die Reaktion seiner Mutter war es, die Anthony so sehr fürchtete. Es war vielmehr der Gedanke an die Reaktion seiner heimlichen Geliebten, die ihm schlaflose Nächte bereitete. Und prompt suchte der Kislar Aga ihn an diesem Abend auf, um ihn zu seiner Herrin zu bringen.

Diesmal trug die Emir Valideh einen Schleier, und ihre Augen glitzerten wie Feuersteine.

»Du hast mich betrogen«, sagte sie. Da ihm noch nicht gestattet worden war, aufzustehen, blieb Anthony zu ihren Füßen knien. »Ich, Hoheit?«

»Wer ist das Mädchen, das du ausgewählt hast? Ein Mädchen, das zuviel redet und das ich darüber hinaus zurückgewiesen habe. Im ganzen Palast wird von nichts anderem geredet.«

»Ich habe das Mädchen nicht ausgewählt, Hoheit. Da Ihr alles wißt, wird auch das Euch bekannt sein. Der Emir wünscht, daß ich heirate, und hat sie mir vorgestellt – mir blieb keine Wahl.« Das entspricht der Wahrheit, dachte Anthony bei sich, wenngleich er den Verdacht hatte, daß er Laila nie zurückgewiesen hätte, ganz gleich, wer sie ihm vorgestellt hätte.

Die Emir Valideh musterte ihn einige Sekunden lang, dann blähte sich ihr Yashmak, als sie gegen den dünnen Stoff ausatmete.

»Ja«, sagte sie. »Ich verstehe.«

Anthony wünschte, daß es ihm ebenso ginge.

»Ich wollte dir befehlen, dieses Mädchen zurückzuweisen«, fuhr Mara fort.

»Hoheit?« Anthony war verblüfft. Das zu tun würde für ihn und seine Familie bedeuten, sich die Brüder des Mädchens zu Todfeinden zu machen.

Mara lächelte. »Ja, ich habe mit dem Gedanken gespielt, aber ich habe es mir anders überlegt. Wir werden Mehmed sein kleines Spiel spielen lassen. Aber du mußt sie häufig züchtigen. Und sorge dafür, daß sie dir prächtige Söhne schenkt, junger Hawk.« Sie löste ihren Yashmak. »Aber heute nacht werde *ich* deine Manneskraft für mich beanspruchen.«

»Zum letzten Mal, Hoheit?« fragte er bedauernd.

Mara musterte ihn eine Weile schweigend. »Wer weiß?« fragte sie schließlich. »Sind unser Leben und unsere Leidenschaft nicht den Launen Gottes unterworfen?«

Die Zeremonie war sehr einfach, viel schlichter als die der Beschneidung. Die beiden Familien saßen in Mahmun Paschas Haus beisammen und tranken Kaffee. Es sollte die erste und letzte Begegnung zwischen den Hawkwoods und Lailas Eltern und Familie sein. Die türkischen Damen waren alle verschleiert, aber Mary weigerte sich, im Inneren des Hauses ihr Gesicht zu verdecken, es war, als wolle sie kundtun, daß sie die ganze Angelegenheit mißbilligte. Ein Mufti las aus dem Koran, während Laila abseits von ihnen im Schneidersitz auf einem Kissen saß, in mehrere Haiks und Schleier gehüllt.

Dann aßen sie Süßigkeiten, und Mahmun Pascha überreichte Mary als Geschenk erlesene Stoffe und John und Anthony Waffen sowie einen Beutel Goldstücke als Lailas Mitgift.

Zwei Notare knieten sich zwischen die Familien und zählten die Geldstücke; John Hawkwood erklärte sich mit dem Betrag zufrieden. Dann überreichte er seinerseits Mahmun und seiner Familie die mitgebrachten Geschenke, zu denen jedoch kein Geld gehörte.

Endlich wurde Laila von den weiblichen Mitgliedern der Familie hinausgebracht, und Mary wurde aufgefordert, sich ihnen anzuschließen. Während die Männer warteten, tranken sie weiter Kaffee.

Als Mary zurückkam, waren ihre Wangen gerötet, und sie atmete schwer.

»Seid Ihr mit dem Mädchen zufrieden, Mutter des jungen Hawk?« fragte der Mufti.

Mary schluckte. »Ich bin mit ihr zufrieden«, sagte sie.

»Und sie ist Jungfrau?«

»Ja, sie ist Jungfrau«, entgegnete sie schroff.

»Dann nehmt Ihr sie als Frau Eures Sohnes an?«

»Ich nehme sie an«, sagte Mary zähneknirschend.

Der Mufti verneigte sich und klatschte in die Hände. Die Frauen kamen wieder herein.

»Es ist üblich, daß die Braut von den Brüdern ihres Gatten in ihr neues Zuhause getragen wird«, erklärte der Mufti. »Das ist ein alter Brauch, der jener Zeiten gedenkt, als eine Braut noch gewaltsam entführt werden mußte.« Er lächelte entschuldigend, um ihnen zu bedeuten, daß dies lange zurücklag. »Aber Ihr habt keine Brüder, junger Hawk.«

»Ich werde meine Braut selbst tragen«, erklärte Anthony.

Der Mufti blickte zu Mahmun Pascha hinüber, der zustimmend nickte.

»Dann erwartet Laila Euch jetzt, junger Hawk«, sagte der Mufti.

Laila stand im Vorzimmer an der Tür, immer noch vollständig verborgen unter den verschiedenen Kleidungsschichten.

Anthony trat zu ihr und hob sie auf die Arme. »Du bist mein Weib«, sagte er.

»Ja, Tschelebi«, entgegnete sie.

Sie nannte ihn Herr. Er war ihr Herr. Ein eigenartiges Gefühl.

Die Familie verneigte sich, als Anthony seine Braut auf die Straße hinaustrug und in den Sattel seines Pferdes hob, das draußen angebunden war. Die Dämmerung war bereits hereingebrochen, denn eine Braut durfte nur nach Sonnenuntergang in ihr neues Heim gebracht werden. Bis zum Haus der Hawkwoods war es nicht weit, aber sie mußten sich einen Weg durch die Menschenmenge bahnen, die sich versammelt hatte und ihnen Beifall klatschend zujubelte, während kleine Jungen neben dem Pferd herliefen und versuchten, die Sandalen von Lailas Füßen zu stehlen.

Anthony, der das Pferd am Zügel führte, blickte über die Schulter zu seiner Frau auf und spürte, wie sich unerwartet übermächtiges Verlangen in ihm regte.

Denn zum erstenmal in seinem Leben *besaß* er eine Frau.

Die Eunuchen der Hawkwoods öffneten ihnen die Tür, und Anthony hob Laila aus dem Sattel und trug sie ins Haus. Hier war der Lärm, den die Menge draußen auf der Straße veranstaltete, nur noch gedämpft zu hören. Er trug Laila die Treppe hinauf in sein Schlafzimmer, das für diese Gelegenheit neu eingerichtet worden war, wobei die wichtigste Neuanschaffung in einem riesigen Doppeldiwan bestand. Er legte sie vorsichtig auf das Polster und setzte sich dann an ihre Seite, um den ersten ihrer Schleier zu lüften.

Abrupt setzte sie sich auf. »Ich muß erst Eurer Mutter meinen Respekt erweisen.«

»Ich bezweifle, daß sie schon zurück ist.«

»Das Gesetz schreibt dies vor«, beharrte Laila.

Sie war entschieden starrköpfig und war zweifellos gewarnt worden, daß dieser Christ, der jetzt ihr Ehemann war, nichts von türkischen Bräuchen wußte. Anthony wollte sie nicht schon in ihrer ersten gemeinsamen Nacht verstimmen; außerdem konnte er unten Stimmen hören. »Dann geh hinunter«, sagte er.

»Ihr müßt dabeisein«, erklärte Laila und zupfte ihren Yashmak zurecht.

Folgsam begleitete Anthony sie die Treppe hinunter, an deren Fuß seine Eltern gerade von den Bediensteten begrüßt wurden.

»Meine Mutter«, sagte Laila und sank auf die Knie.

Mary Hawkwood schien völlig verdattert.

»Ich glaube, sie erwartet von dir, daß du sie als deine Tochter annimmst«, sagte Anthony.

Mary zögerte und legte dann dem Mädchen beide Hände

auf den Kopf. »Willkommen in unserem Haus, Kind«, sagte sie. »Ich habe nur einen Wunsch: daß du meinen Sohn glücklich machst.«

»Euer Wunsch ist mir Befehl, Mutter«, entgegnete Laila.

Anthony nahm ihre Hand, um ihr aufzuhelfen. »Wir werden uns jetzt zurückziehen«, sagte er an seine Eltern gewandt.

Sein Verlangen wuchs mit jeder Minute. Laila war sichtlich erstaunt darüber, daß er wünschte, sie selbst zu entkleiden, aber sie ließ ihn gewähren, und Minuten später lag sie nackt auf dem Diwan. Sie besaß nicht die unwiderstehliche reife Schönheit der Emir Valideh, war jedoch in ihrer mädchenhaften Unreife, mit den schmalen Hüften und den kleinen runden Brüsten, auf ihre Weise sehr verführerisch. Ihre Beine und Arme waren gerade und kräftig, und ihre glattrasierte Scham weckte in ihm eine bisher nie gekannte Begierde. Er war ein wenig nervös und verunsichert, weil sein Glied gerade erst verheilt war. Und so liebte er sie auf die christliche Art anstatt so, wie Mara es ihn gelehrt hatte, was sie zu überraschen schien, da ihre Mutter sie zweifelsohne auf etwas anderes vorbereitet hatte. Aber sie beklagte sich nicht: Er war ihr Tschelebi.

Hinterher lag er mit geschlossenen Augen auf dem Rücken. »Ich war zu schnell«, sagte er. »Beim nächsten Mal wird es besser werden.«

Er wußte, daß er ihr weh getan haben mußte, aber sie hatte weder einen Laut von sich gegeben, noch war sie zusammengezuckt. Nun stellte er zu seiner Überraschung fest, daß sie nicht mehr neben ihm lag.

Er setzte sich auf und sah, daß sie seine Kleider sorgfältig begutachtete. Sie durchsuchte seine Taschen und nahm die paar Silbermünzen heraus, die sie dort fand.

»Was tust du?« fragte er verständnislos.

Sie drehte sich ohne das geringste Anzeichen von Verlegenheit zu ihm um, die Münzen in der kleinen Faust. »Ich nehme mir mein Geld.«

»Dein Geld?«

»Natürlich«, entgegnete sie. »Wenn eine Frau mit einem Mann schläft, hat sie ein Anrecht auf alles Geld, das sie in seinen Taschen findet.«

»Laila«, sagte er. »Du bist meine Frau und keine Hure.«

»Es ist auch ein Privileg einer Ehefrau«, erklärte sie geduldig. »So steht es geschrieben.«

»Prächtig, prächtig«, sagte Emir Mehmed, als er die zwölf Bombarden inspizierte, jede mit einem mehrere Fuß langen Eisenzylinder versehen, der an einem Ende blockiert war, um die Kraft der Explosion beim Abfeuern aufzufangen, zusätzlich mit Lederriemen umwickelt und stabilisiert und in Klampen auf einer hölzernen Lafette ruhend. »Ihr habt großartige Arbeit geleistet, Hawk. Und Ihr seid sicher, daß diese Kanonen die Mauern von Konstantinopel zum Einsturz bringen werden?«

»Sie werden ganz sicher eine Bresche hineinschlagen«, entgegnete John Hawkwood. »Vorausgesetzt, daß sie nahe genug an die Mauer herangebracht werden können.«

Mehmed runzelte die Stirn. »Wie nah müßte das sein?«

»In einer Entfernung von höchstens einer Meile.«

»Befinden wir uns dann nicht in Reichweite ihrer eigenen Geschütze?«

»Das ist richtig, O Padischah. Und was die kleineren Geschütze betrifft . . .« Er zeigte auf eine Batterie leichter Kanonen, mehr zum Töten als zum Einreißen von Mauern gedacht . . . »werden sie nur dann zum Einsatz kommen, falls die Byzantiner einen Ausfall wagen und uns angreifen.«

Mehmed strich sich mit der Hand über den Bart. »Dieses Vorhaben nimmt mit jedem Tag gewaltigere Ausmaße an«, murmelte er.

»Darum habe ich auch empfohlen, die Flotte einzusetzen und die Janitscharen mit Handfeuerwaffen auszurüsten. Die Geschütze müssen abgeschirmt werden. Allerdings . . . es gäbe da noch eine andere Möglichkeit.«

Mehmed musterte ihn fragend. »Ich verhandle mit Venedig über die Lieferung von Handfeuerwaffen, und die Arbeiten an der neuen Flotte schreiten voran. Was ist das für eine andere Möglichkeit?«

»Wenn Ihr mir folgen würdet . . .«

Mehmed warf einen Blick auf Anthony, der wie immer seinem Vater zur Seite stand. Dann folgte er Hawkwood senior in eine große Holzhütte. Das Tor wurde von zwei von Johns Kanonieren bewacht, die Haltung annahmen, als ihr Emir sich näherte.

Als Mehmed durch die Tür trat – eine fast zwergenhafte Figur zwischen den beiden hünenhaften Engländern –, blieb er wie angewurzelt stehen und starrte entgeistert auf das riesige Geschütz vor ihm, doppelt so lang und so breit wie die größeren Kanonen, die er eben gesehen hatte.

»Beim Bart des Propheten«, murmelte er.

»Ich habe schon lange davon geträumt«, sagte John Hawkwood, »eine solche Kanone zu bauen.«

Mehmed trat vor und fuhr mit der Hand über das eiserne Monstrum. Es war doppelt so lang, wie er selbst groß war, und als er in die Mündung blickte, verschwand sein ganzer Kopf in der Öffnung.

»Sie mißt zwölf Handbreit im Umfang«, erklärte Hawkwood stolz.

Mehmeds Kopf kam wieder zum Vorschein. »Und was wird sie abfeuern?«

Hawkwood zeigte auf das runde Steingeschoß, das neben der Kanone auf dem Boden lag. »Es sind vier Männer nötig, um die Kugel zu heben.«

Mehmed betrachtete sie eingehend. »Welche Reichweite?«

»Wir haben sie noch nicht getestet.« Hawkwood steckte seine Finger in das Zündloch, worin das Pulver vor dem Entzünden geschüttet werden würde. Zwei seiner kräftigen Mittelfinger paßten hinein. »Es ist eine Frage sorgfältiger Berechnung und anstrengender Versuche. Aber ich denke, daß die Reichweite über eine Meile hinausgehen wird.«

»Sie wird diesen riesigen Steinbrocken über eine Meile weit schleudern?«

»Das werden wir wissen, wenn wir sie abgefeuert haben, O Padischah.«

»Dann beeilt Euch, Hawk. Beeilt Euch!«

John Hawkwood verneigte sich. »Ist Euch bewußt, daß es zahlreicher Männer bedarf, diese Kanone fortzubewegen? Zahlreicher Männer und Ochsen.«

»Ihr werdet so viele Männer und Ochsen bekommen, wie Ihr braucht, Hawk.«

John Hawkwood holte tief Luft. »Und das viele Eisen, Padischah?«

»Ihr wollt ein zweites Geschütz wie dieses bauen?«

»Eins wird genügen. Ich möchte ein Geschoß gießen.«

Mehmed legte erneut die Stirn in Falten. »In Eisen?«

»Padischah, diese Steinkugel – und es ist meine Absicht, eine größere Anzahl davon zu fertigen – könnte wohl eine Bresche in die Stadtmauer von Konstantinopel schlagen. Aber wenn wir Eisenkugeln abfeuern könnten, die genauso schwer wären wie diese aus Stein, würde ihnen keine Mauer der Welt standhalten.«

»Bei Allah!« rief Mehmed aus. »Ihr seid ein außergewöhnlicher Mann! Gießt mir diese Eisenkugel, und ich mache Euch zum Pascha.«

»Ich werde mehr als eine brauchen.«

»Dann fertigt so viele, wie Ihr braucht. Ich gebe Euch hiermit Vollmacht, Eisen zu beschlagnahmen, wo immer Ihr welches finden könnt. Haltet mich auf dem laufenden.« Der Emir wandte sich an Anthony. »Junger Hawk, Ihr begleitet mich.«

Sie schwangen sich auf ihre Pferde und ritten, umgeben von ihrem Gefolge, durch die Straßen Brussas zurück zum Palast des Emirs. Die Menschen blieben stehen, um ihnen nachzusehen, und einige klatschten Beifall; Mehmed war ein beliebter Herrscher und kein seltener Anblick für seine Leute. Fast jeden Tag ritt er durch die Stadt, um seine Truppen zu beobachten, die Moschee zu besuchen oder sich mit den Muftis und Imamen zu beraten. Er war inzwischen seit über einem Jahr Herrscher der Osmanen, und es war ein Jahr des Friedens gewesen. Dies stellte die Ehefrauen und Mütter zufrieden . . . aber die Janitscharen warteten immer noch geduldig auf ihren Marschbefehl. Sie wußten von den umfassenden Kriegsvorbereitungen, die überall im Türkischen Reich getroffen wurden.

»Aber es ist an der Zeit, mit unserer Kampagne zu beginnen«, sagte Mehmed zu Anthony, als sie zusammensaßen und Sorbett tranken. Er sprach Lateinisch, eine Sprache, die nur wenige seiner Paschas beherrschten. »Euer Vater vollbringt wahre Wunder. Was ich sagte, war mein Ernst: Ich werde ihn ehren und über alle anderen Männer erheben.«

Vorausgesetzt, diese riesige Bombarde explodiert nicht, wenn sie das erstemal abgefeuert wird, dachte Anthony.

»Jetzt ist es an der Zeit, daß Ihr Eure Rolle übernehmt«, fuhr Mehmed fort.

Anthony fühlte, wie seine Muskeln sich spannten. Er hatte den Emir seit seiner Hochzeit weniger oft zu Gesicht bekommen, und Mehmed mußte es so gewollt haben, da er seinen englischen Schützling nach Belieben zu sich hätte rufen lassen können. Es hatte jedoch kein Anzeichen dafür gegeben, daß er in der Gunst des Emirs gesunken wäre. Anthony seinerseits war erleichtert gewesen über diesen Abstand vom Emir und hatte sich ganz seinen Pflichten als Adjutant seines Vaters gewidmet. Er wußte nicht recht, was nun folgen würde.

Mehmed hatte sein leises Schaudern registriert und lächelte. »Ihr seid inzwischen sechs Monate verheiratet. Hat Eure Frau schon einen dicken Bauch?«

»Dieser Segen ist mir bislang leider verwehrt geblieben.«

Mehmed seufzte. »Auch ich bin nicht wirklich gesegnet. Mein Sohn Bajasid tut nichts anderes als schlafen. Mit vier Jahren habe ich bereits mit einem Schwert gespielt, aber er zeigt daran keinerlei Interesse. Und doch ist er mein einziger Sohn. Dabei verfüge ich über mehrere Möglichkeiten. Diese Frauen sind faul. Ihr solltet Eure Frau züchtigen – und Euch eine zweite nehmen. Ich werde Euch eine zweite Ehefrau geben.«

»Wie Ihr wünscht«, stimmte Anthony zu, wenngleich er nicht recht wußte, was er mit einer zweiten Frau anfangen sollte. Laila hatte zwar bisher nicht empfangen – möglicherweise lag es ja auch an ihm –, aber sie war im Bett eine mehr als zufriedenstellende Partnerin. Inzwischen hatte sich sogar seine Mutter an Laila gewöhnt, die immer guter Laune war – wenngleich sie auch eine scharfe Zunge besaß, von der Gebrauch zu machen sie sich nicht scheute. Überraschenderweise hatte sie sich an die Engländer schnell angepaßt. Anfangs war sie entsetzt davon gewesen, daß die Hawkwoods die *fedjeur*, die Gebetsstunde bei Tagesanbruch, in keiner Weise ehrten, daß es in ihrem Haus keinen abgeschlossenen Harem gab und von ihr erwartet wurde, daß sie die Mahlzeiten gemeinsam mit ihrem Ehemann und ihrem Schwiegervater einnahm, und das unverschleiert. Auch war sie erstaunt gewesen, daß Anthony jede Nacht bei ihr schlafen wollte, ob sie Sex hatten oder nicht, und daß er sie während ihrer Blutungen, einer Zeit, in der türkische Frauen als unrein angesehen wurden, nicht wegsperrte. Aber nachdem sie mit der Lebensweise der Engländer vertraut geworden war, hatte sie erkannt, daß diese allem, was sie erwartet hatte, bei weitem vorzuziehen war, vor allem vom Standpunkt einer Frau aus. Es widerstrebte ihm, ihr neugefundenes Glück dadurch zu stören, daß er eine zweite Frau ins Haus holte – aber wenn der Emir es wünschte . . .

»Sobald du von deiner Mission zurückgekehrt bist«, sagte Mehmed.

»Meiner Mission, O Padischah?«

»Es ist an der Zeit, daß ich meinen Streich gegen Konstantinopel vorbereite. Ich mache mir keine Illusionen, junger Hawk. Diese Mauern stehen seit tausend Jahren und haben tausend Angriffen standgehalten. Konstantins kleine Armee ist inzwischen ganz sicher gewachsen. Euer Vater mag recht haben; vielleicht gelingt es meiner Flotte, das Goldene Horn einzunehmen, so daß ich die Stadt von allen Seiten angreifen kann, aber es wird dennoch die größte Schlacht in der Geschichte. Und sollte ich scheitern . . .« Er brütete einige Sekunden schweigend vor sich hin. »Dazu darf es nicht kommen, und darum müssen andere Schritte unternommen werden, bevor ich überhaupt daran denken kann, den Feldzug zu beginnen. Ich verrate Euch meine geheimsten Gedanken, junger Hawk, weil ich weiß, daß Ihr mich niemals verraten werdet.«

Anthony neigte den Kopf. Er wußte, daß er den Emir niemals verraten könnte, ohne seine Eltern und auch Laila zu opfern. Aber er bezweifelte, daß er es tun würde, auch wenn es einen Weg gäbe, die drei in Sicherheit zu bringen und vor dem Zorn des Emirs zu bewahren. Mehmed mochte so kaltblütig sein wie eine Schlange und so blutrünstig wie ein hungriger Tiger, aber er war ein würdiger Vertreter seines Volkes. Und ihn umgab eine Aura von Größe. Außerdem würde es ihm gelingen, Konstantinopel einzunehmen.

»Um den Kanonen, die Euer Vater für mich gebaut hat, die größtmögliche Unterstützung geben zu können«, sagte Mehmed, »brauche ich einen Stützpunkt auf der europäischen Seite des Bosporus.«

»Aber Ihr besitzt doch bereits ausgedehnte Gebiete in Europa, O Padischah«, warf Anthony ein.

»Gebiete, die Gefahr laufen, von den christlichen Prinzen Serbiens und Transsylvaniens erobert zu werden, falls ich vollauf mit der Belagerung Konstantinopels beschäftigt wäre. Das ist einer der Punkte, die ich mit Euch besprechen möchte ... Aber die Gefahr wird immer bestehen bleiben: Alle Christen sind hinterlistig, wenn sie mit uns verhandeln. Sie brauchen nur einen Priester, der ihnen sagt, daß ein Abkommen mit einem Moslem in den Augen Gottes ohne Bedeutung ist, und schon mißachten sie unsere Vereinbarungen. Darum muß ich, und zwar ich allein, für Sicherheit sorgen. Und das bedeutet Anatolien. Aber der Versuch, meine Armeen in Anatolien auszuheben, wäre zu gefährlich. Ich verdopple die Zahl der Schiffe meiner Flotte, doch meine Männer sind keine geborenen Seeleute; sie sind Reiter. Ich weiß, daß, wenn eine genuesische Flotte in diese Gewässer vordränge, und diesbezüglich sind seit längerem Gerüchte im Umlauf, meine Verbindungen innerhalb einer Stunde unterbrochen wären.«

»Könnt Ihr nicht erfahrene Seeleute aus Venedig anheuern? Sie würden gern gegen die Genueser kämpfen, ihre Hauptrivalen im Handel, und sie sind Todfeinde Byzantions.«

»Sind die Venezianer nicht auch Christen? Werden sie nicht in einem Moment Hilfe versprechen und ihre Meinung im nächsten Augenblick wieder ändern? Bei Allah, die Lieferung dieser Handfeuerwaffen, die Euer Vater als unerläßlich für den Erfolg unserer Unternehmung erachtet, zögern sie endlos hinaus. Nein, während ich mich darum kümmern werde, all diese Dinge in Gang zu setzen, liegt meine größte Stärke nur in mir selbst. Ich brauche eine Burg, einen befestigten Posten am europäischen Ufer des Bosporus. Und ich werde eine solche Festung errichten, nördlich Konstantinopels. Aber in dem Augenblick, da ich mit dem Bau beginne, wird Konstantin ahnen, was ich vorhabe. Keiner meiner Vorfahren hat je so etwas versucht. Es ist durchaus möglich, daß es ihm gelingt, meine Arbeit zunichte zu machen, bevor sie weit genug fortgeschritten ist. Hier muß also Vorsorge geschaffen werden.«

Anthony wartete mit klopfendem Herzen. Der Emir vertraute sich ihm sicher nicht ohne Grund an.

»Ich muß jeglichen Verdacht der Byzantiner im Vorfeld zerstreuen«, fuhr Mehmed fort. »Ich möchte, daß Ihr das für mich übernehmt, junger Hawk.«

»Ich, O Padischah?«

»Ihr kennt sie. Ihr habt ihre Sprache erlernt. Ihr habt unter ihnen gelebt. Bislang haben Konstantin und ich nur Höflichkeiten ausgetauscht. Jetzt werdet Ihr ihn als mein Gesandter aufsuchen und ihn davon überzeugen, daß ich und mein Volk mit ihm und den Seinen in Frieden leben wollen; daß die Errichtung einer Festung am europäischen Ufer des Bosporus unser beider Schutz gegen den ehrgeizigen Prinzen Drakul von Transsylvanien dienen soll. Ihr habt schon von ihm gehört?«

»Nur dem Namen nach.«

»Nun, nach allem, was ich weiß, ist er ein blutrünstiges Monstrum.« Mehmed schwieg eine Weile, und Anthony fragte sich, ob der Emir vielleicht überlegte, wie jemand noch blutrünstiger sein konnte als er selbst.

»Darf ich Euch daran erinnern, daß ich unter Androhung der Todesstrafe der Stadt verwiesen wurde, O Padischah.«

Mehmed musterte ihn. »Fürchtet Ihr Euch davor, als mein Gesandter dorthin zurückzukehren? Ihr werdet unter meinem Schutz reisen. Sollte Euch auch nur ein Haar gekrümmt werden, werde ich für jedes einzelne hundert Kinder pfählen lassen. Sagt ihnen das. Aber wenn Ihr in Eurer Mission erfolgreich seid und mir dabei helft, diese verfluchte Stadt zu erobern, dürft Ihr unter allem, was sich innerhalb dieser Mauern befindet, frei wählen.«

Anthony schluckte. Die Vorstellung, daß alles und vor allem jeder in Konstantinopel ihm gehören konnte, war tatsächlich sehr verlockend – aber es war gefährlich, wenn er seine Träume der Wirklichkeit vorgreifen ließ. »Ich werde die Mission, mit der Ihr mich beauftragen wollt, erfüllen.«

»Eure Reise wird Euch als erstes nach Konstantinopel führen und von dort aus zu Prinz Georg Brankovic von Serbien.« Er verstummte, den Blick auf Anthony gerichtet. »Habt Ihr auch schon von ihm gehört?«

Anthony befeuchtete sich die trockenen Lippen. Nicht zum erstenmal hatte er das unangenehme Gefühl, daß Mehmed über seine Liaison mit der Emir Valideh Bescheid wußte; in den sechs Monaten, die er nun mit Laila verheiratet war, war er sechsmal in Maras Schlafgemach gerufen worden, und jedesmal war seine Liebe zu ihr gewachsen. »Ich habe von ihm gehört, O Padischah.«

»Ihr werdet ihn ebenfalls als mein Gesandter aufsuchen. Ich brauche seine Zusicherung, daß im Verlauf dieser Unternehmung keine serbischen Armeen gegen mein Heer zu Felde geführt werden und daß er keine Armeen aus dem Westen sein Herrschaftsgebiet passieren läßt.«

»Ich verstehe«, sagte Anthony, dem sich der Kopf drehte bei der Vorstellung, daß ein so junger Mensch die Macht besaß, einen so großen Teil von Europa in seine Pläne mit einzubeziehen.

»Wenn Ihr bei den Serben wart, möchte ich, daß Ihr ein Gespräch mit Johannes Hunyadi persönlich arrangiert.«

»Hunyadi?« Anthony runzelte die Stirn. »Er ist unser Feind. Ganz Ungarn ist mit uns verfeindet.«

»Er ist alt, junger Hawk. Er hat zu lange gegen die Söhne Osmans gekämpft. Ihr werdet ihm in meinem Namen Frieden zwischen unseren Völkern anbieten. Er wird mein Angebot annehmen.«

Anthony neigte den Kopf. Er mußte davon ausgehen, daß der Emir recht hatte.

»Es gibt noch einen dritten Prinzen, den Ihr in meinem Namen aufsuchen müßt, junger Hawk«, fuhr Mehmed fort. »Drakul.«

Anthony hob ruckartig den Kopf.

»Die Straßen im Norden, die transsylvanischen Pässe, sind in seiner Hand. Auch er muß mir zusichern, sich aus Kämpfen herauszuhalten. Er ist ein ausgesprochen gefährlicher Mann, junger Hawk. Ich habe erst vor sechs Monaten eine Gesandtschaft zu ihm geschickt, und bis heute ist kein einziger Mann zurückgekehrt. Ich weiß nicht einmal, ob meine Männer bis zum Prinzen gelangt sind. Aber Ihr müßt bis zu ihm vordringen und ihn von meiner Größe und von der Macht meines Volkes überzeugen. Euch kann gelingen, woran meine Paschas vermutlich scheitern würden. Ihr sprecht die Sprache dieser Menschen.«

»Die Sprache Transsylvaniens?«

»Drakul wird Lateinisch sprechen. Ihr werdet Euch mit ihm unterhalten und ihm von mir erzählen. Nicht von meinen Plänen – nur daß ich seine Neutralität fordere und, wenn er sie mir verwehrt, meine Janitscharen eines Tages in sein Reich einfallen und ihn mir als Gefangenen zu Füßen werfen werden.« Mehmed lächelte. »Das werden sie sowieso, wenn Konstantinopel erst mein ist. Aber das braucht Ihr ihm ja nicht zu sagen.«

»Ich verstehe, O Padischah.«

»Zwei meiner Paschas werden Euch begleiten, Halim und Mahmun.« Mehmed lächelte. »Es macht Euch doch nichts aus, in Begleitung Eures Schwiegervaters zu reisen?«

»Es wird mir eine Freude sein.«

»Ihr werdet die Gesandtschaft befehligen. Sie werden dies akzeptieren, auch wenn Ihr noch sehr jung seid, junger Hawk. Wie alt seid Ihr an Eurem letzten Geburtstag geworden?«

»Zwanzig, O Padischah.«

»Ich war ebenso alt, als ich mir im vergangenen Jahr mein Erbe sichern mußte. Ihr werdet diese Gelegenheit nutzen, mir zu dienen, und Ruhm und Ehre erlangen.«

»Ich werde mein Möglichstes tun.« Anthony verneigte sich.

5
Konstantinopel

DIE BYZANTINISCHEN WACHEN standen still; die Kanonen feuerten einen Salut. Unter den Helmen und den wallenden Roben konnte keiner von den Männern oben auf der Mauer erkennen, daß die Gesandtschaft nicht ausschließlich aus Osmanen bestand.

Es war eine eindrucksvolle Gesandtschaft. Eine Kavalkade von sechzig Reitern bewegte sich über das flache Land auf die Stadt zu, und das grün-rote Banner mit der Mondsichel flatterte im Wind. Mauern und Türme ragten über ihnen auf. Auch sie waren mit wehenden Fahnen bestückt.

Einstmals hatte Anthony diese Fahnen als Symbol betrachtet, unter dem er kämpfen würde. Jetzt waren sie Symbole dessen, was er zerstören würde. Fast zwei Jahre war es her, daß er sich bei Nacht und Nebel aus der Stadt davongeschlichen hatte, Verzweiflung im Herzen. Jetzt kehrte er zurück, um sie ans Messer zu liefern.

Er hatte keinerlei Gewissensbisse. Irgendwo innerhalb dieser Mauern lagen die Gebeine seines Bruders.

Und irgendwo innerhalb dieser Mauern lebte seine Schwester. So hoffte und betete er zumindest.

John Hawkwood und Mary waren alles andere als entzückt gewesen von der Mission, mit der er betraut worden war.

»Notaras wird einen Blick auf dich werfen und deine sofortige Hinrichtung fordern«, hatte John ihn gewarnt.

»Nicht wenn ich als Gesandter des Emirs reise«, hatte Anthony ihm versichert, in einem Tonfall, der zuversichtlicher geklungen hatte, als er sich tatsächlich fühlte. »Das würde er nicht wagen.«

»Du bist das einzige Kind, das uns geblieben ist«, hatte Mary geschluchzt.

»Nein, Mutter, Ihr habt noch ein Kind – und ich werde Euch Neuigkeiten von ihr bringen«, hatte Anthony versprochen.

Vielleicht bringe ich sie sogar zu euch zurück, dachte er. Das war sein Traum. Im Osmanischen Reich war alles möglich, vorausgesetzt, man stand in der Gunst des Emirs. Was er wirklich wünschte, war, im Triumph nach Konstantinopel zurückzukehren und diesen Triumph seiner einstmals geliebten Schwester vor Augen zu führen.

Und Notaras' Familie. Jedem einzelnen von ihnen.

Laila hatte die Bedenken seiner Eltern nicht verstehen können, da diese englisch gesprochen hatten. Sie verstand auch nicht, warum ihr Gatte nicht wie ein echter moslemischer Herr in Begleitung seines Harems reiste – und auch seinen beiden Mitreisenden verbot, großes Gefolge mitzunehmen.

»Vor uns liegt eine lange und gefährliche Reise«, hatte er beharrt. »Wir werden nur unsere Spahi-Leibwache mitnehmen.«

Laila war dennoch stolz gewesen. »Ihr habt einen Auftrag für den Emir auszuführen, mein Gatte«, sagte sie. »Ihr werdet Pascha werden wie mein Vater. Mit ihm an Eurer Seite könnt ihr nicht scheitern.«

Die Emir Valideh war ebenfalls beunruhigt gewesen, als sie Anthony in der Nacht vor seiner Abreise zu sich gerufen hatte. »Es liegt in seiner Macht, andere Männer für solche Aufträge einzusetzen«, bemerkte sie. »Und jetzt schickt er dich von mir fort.«

»Manchmal habe ich das Gefühl, daß er über uns Bescheid weiß, Mara.«

Mara betrachtete ihn einige Sekunden nachdenklich. Dann lächelte sie. »Das ist unmöglich, junger Hawk. Sonst säße dein Kopf nicht mehr auf deinen Schultern, und ein Gemächt hättest du erst recht nicht mehr. Aber ich wünsche, daß du zu mir zurückkommst. Das ist ein Befehl, hörst du.«

»Wenn ich zurückkomme, muß ich mit dem Emir in den Krieg ziehen, Mara.«

»Ich weiß. Aber ich werde dich wiedersehen, bevor du ins Feld ziehst.« Sie drückte ihm einen Smaragdring in die Hand. »Das ist mein Lieblingsstein – wie allseits bekannt. Gib ihn in die Hand meines Neffen und erzähle ihm von mir.« Wieder lächelte sie schalkhaft. »Und von meiner Macht.«

Aber nun war die Zeit der Träume und Ängste vorbei. Die Mitglieder der Gesandtschaft ritten durch die Straßen der großen Stadt, und die Neugierde trieb viele Einwohner aus ihren Häusern. Soweit Anthony feststellen konnte, hatte sich nichts verändert. Er studierte alles mit größter Aufmerksamkeit. Die Mauern waren so solide wie eh und je; die Geschütze standen noch so, wie sein Vater sie aufgestellt hatte. Die schwere Kette versperrte immer noch allen feindlichen Schiffen die Zufahrt zum Goldenen Horn.

Und auch die Menschen schienen unverändert: bunt gekleidet und lärmend, vergnügungssüchtig und aufsässig. Zweifellos hatten seit jenem Tumult, der solches Unglück über seine Familie gebracht hatte, zahlreiche Wagenrennen mit dem üblichen anschließenden Aufruhr stattgefunden.

Anthony hatte noch nie zuvor den Thronsaal des kaiserlichen Palastes betreten. Jetzt schritt er mit wehendem grünen Seidenumhang den Mittelgang hinunter, eine Hand auf dem Heft seines Krummsäbels, während seine Rüstung und sein Stahlhelm das Licht spiegelten, das durch die Buntglasfenster hereinfiel. Halim Pascha und Mahmun Pascha gingen seitlich hinter ihm. Wenngleich jeder der beiden Männer alt genug war, daß er sein Vater hätte sein können, hatte keiner von ihnen auch nur den geringsten Unwillen gezeigt, daß sie einem Ungläubigen jungen Mann unterstellt worden waren.

Hawkwood hatte noch nie dem Kaiser von Angesicht zu Angesicht gegenübergestanden, und er hatte auch keine Zeit, die Gesichter der Männer hinter dem Thron zu betrachten, als er sich verneigte.

»Hoheit«, begann er, »Emir Mehmed, der Zweite dieses unsterblichen Namens, Herr über Sivas und Karamans, Anatolien und Jandar, Rumelien und Griechenland, entrichtet Seiner Durchlaucht Konstantin, dem Elften dieses Namens, Kaiser von Byzantion, seinen Gruß.«

»Der Gruß Eures Emirs hat lange auf sich warten lassen«, entgegnete Konstantin milde. »Alles, was wir aus Brussa und Ankara hören, sind Gerüchte über Waffen, Geschütze und große Armeen, die ausgehoben werden, um gegen uns Krieg zu führen.«

Anthony richtete sich auf. »Nicht gegen Euch, das kann ich Euch versichern, Euer Gnaden. Aber der Emir hat viele Feinde in Europa und Asien. Er hat große Gebiete zu verteidigen.«

Konstantin musterte ihn stirnrunzelnd. Wenngleich Anthonys Haar unter seinem Helm verborgen war, ließen sich seine Größe und sein heller Teint unter dem Sonnenbrand nicht verstecken.

»Gütiger Gott!« rief plötzlich Großherzog Lukas Notaras, der wie immer hinter dem Thron stand. »Das ist Hawkwoods Sohn.«

Anthony verneigte sich. »Ich habe die Ehre, Hoheit.«

»Ergreift ihn«, bellte Notaras. »Er ist ein überführter Verräter!«

Wachen eilten herbei, und die Osmanen griffen nach ihren Säbeln.

Anthony zuckte nicht mit der Wimper. »Ich bin als Gesandter des Emirs gekommen, Euer Gnaden«, rief er Konstantin in Erinnerung.

Der Kaiser bedeutete seinen Soldaten hastig, sich zurückzuziehen. »Dann seid Ihr gleich zweifach ein Verräter«, knurrte er.

»Wie das, Euer Gnaden? Mein Vater kam her, um Euch und Eurer Sache loyal zu dienen. Aber wir wurden der Stadt verwiesen, und mein Bruder wurde ermordet . . . Aber ich bin nicht gekommen, um über Vergangenes zu sprechen.« Er hob die Stimme, als die byzantinischen Edelleute begannen, untereinander zu tuscheln. »Was geschehen ist, ist geschehen. Nun bin ich als Gesandter meines neuen Herrn hier, Emir Mehmed, Herrscher über alle Osmanen.«

Das Stimmengemurmel erstarb langsam.

»Und ich komme in Frieden«, fuhr Anthony leiser fort. »Emir Mehmed wünscht Frieden mit Byzantion. Er hat mich geschickt, Euch dies mitzuteilen. Darüber hinaus hat er mir aufgetragen, Euch in seine Pläne einzuweihen, damit Ihr sie versteht. Der Emir hat erfahren, daß Prinz Drakul von der Walachei einen Feldzug gen Süden plant . . .«

»Ich habe von diesem Mann gehört«, brummte Konstantin. »Im Vergleich zu seinen Greueltaten nimmt sich auch der verworfenste Heide aus wie ein Heiliger.«

»Dann werdet Ihr verstehen, daß der Emir seine Herrschaftsgebiete gegen diese Wilden schützen muß.«

»Die Länder des Emirs südlich der Donau sind sehr ausgedehnt«, bemerkte Konstantin.

»Aber es sind nur wenige Krieger zur Sicherung dort, Euer Gnaden. Der Emir möchte eine große Festung am Ufer des Bosporus errichten, einige Meilen nördlich von Galata.«

Wieder erhob sich ringsum Gemurmel.

»Eine solche Festung würde Konstantinopel ebenso zum

Schutz gereichen wie den Herrschaftsgebieten des Emirs«, sagte Anthony laut.

»Und sie könnte gleichermaßen gegen Konstantinopel eingesetzt werden«, mischte sich Notaras ein.

»Warum sollte der Emir Konstantinopel vernichten wollen?« fragte Anthony. »Die Festung würde nur dem Zweck dienen, Drakuls ehrgeizige Pläne zu durchkreuzen. Das ist das Wort Emir Mehmeds. Darum reicht der Emir den Byzantinern in Freundschaft die Hand und bietet ihnen an, ein Friedensabkommen zwischen unseren Völkern zu schließen.«

»Einem solchen Abkommen würden wir sofort zustimmen«, erklärte Konstantin nachdenklich. »Ihr habt es im Dienste Eures neuen Herrn weit gebracht, Hawkwood, daß er Euch mit einer so bedeutsamen Mission betraut hat.«

»Ich bin mit meinem Los zufrieden, Euer Gnaden«, entgegnete Anthony.

»Ihr werdet mit mir speisen und mir mehr von Eurem Emir berichten«, befahl Konstantin.

Halim jubelte. »Sie sind Dummköpfe, die jedes Eurer Worte für bare Münze nehmen, junger Hawk«, sagte er. »Sie sind wie Lämmer, reif für die Schlachtbank. Unser Herr wird hoch erfreut sein.«

»Dennoch ist bedauerlich, daß ein Gesandter des Emirs solche Lügen erzählen muß«, bemerkte Mahmun.

Halim schnippte mit den Fingern. »Aber das ist doch der Grund, weshalb er den Ungläubigen für diese Mission ausgewählt hat, Mahmun. Verstehst du denn nicht? Den Franken liegt die Lüge im Blut. Ebenso wie den Byzantinern«, fügte er hinzu.

Anthony beschloß, diese Bemerkung nicht als persönliche Beleidigung aufzufassen. Sie hatten noch eine lange gemeinsame Reise vor sich. Und außerdem, hatte Mahmun Pascha nicht recht? Er hatte überzeugender gelogen, als er selbst es sich zugetraut hätte. Und Konstantin hatte ihm ganz offensichtlich geglaubt.

»Erzählt mir von Eurem Vater«, begann der Kaiser, als Anthony im kaiserlichen Bankettsaal an seiner Seite Platz nahm und staunend den Blick über die Tafel und den versammelten byzantinischen Adel gleiten ließ.

Hätte ich je erwartet, eines Tages hier zu sitzen? Zur Rechten des Konstantin Palaiologos? fragte sich Anthony. Aus einem goldenen Becher Wein zu trinken – zum erstenmal seit über einem Jahr –, von einem goldenen Teller zu essen und von diesen kriecherischen Speichelleckern bedient zu werden? In Mehmeds Palast ging es nicht so prunkvoll zu wie hier. Er fragte sich, wie der Emir wohl auf diese grenzenlose Pracht reagieren würde.

»Meinem Vater geht es gut«, antwortete er dem Kaiser. »Und er ist zu einem gewissen Wohlstand gelangt.«

»Das ist gut. Möglicherweise ist ihm großes Unrecht widerfahren.« Konstantin warf ihm einen Blick zu. »Sicher wißt Ihr, daß ich das Leben Eures Bruders verschont hätte, wenn es mir nur möglich gewesen wäre.«

»Davon bin ich überzeugt, Euer Gnaden.«

»Ich hätte nie gedacht, daß Ihr oder Euer Vater in den Dienst der Osmanen treten könntet«, sagte Konstantin ein wenig naiv. »Sagt mir: Würde John Hawkwood die Türken in der Kunst des Geschützbaus unterweisen?«

»Die Türken sind Nomaden aus den Steppen Asiens. Trotz ihrer kriegerischen Erfolge und ihres Gehabes werden sie nie etwas anderes sein. Wie könnten Nomaden etwas von Geschützen verstehen?« Konstantin musterte ihn so durchdringend, daß Anthony beinahe mit der Wahrheit herausgeplatzt wäre. Dann seufzte der Kaiser.

»Ich glaube Euch, junger Hawkwood, weil ich keine andere Wahl habe. Euer Herr kann gegen die Mauern meiner Stadt marschieren, wann immer er es wünscht. Aber richtet ihm folgendes aus: Konstantinopel wird verteidigt werden, und es wird standhalten.«

»Daran zweifelt mein Herr nicht, Euer Gnaden. Darum möchte er auch in Frieden mit Euch leben. Haben wir uns nicht auf ein Freundschaftsabkommen geeinigt?«

Konstantin starrte in sein leeres Weinglas, als hoffte er, dort die Zukunft zu sehen. Wieder flog Anthonys Herz ihm entgegen. Als er aus der Stadt geflohen war, hatte er alles Byzantinische gehaßt, den Kaiser ebenso wie jeden anderen. Aber dieser Mann hatte Besseres verdient als das Schicksal, das ihm jetzt bevorstand ...

Schließlich lächelte der Kaiser traurig. »Euch und Eurer Familie wurde hier in meiner Stadt unrecht getan. Ich gebe dies ganz offen zu. Es freut mich, daß Ihr es zu etwas gebracht habt, wenn es mich auch schmerzt, Euch in osmanischen Gewändern zu sehen. Ich stehe in Eurer Schuld. Bittet mich, um was Ihr wollt, und ich werde es Euch gewähren, sofern es nicht meiner Stadt oder meinem Volk schadet.«

»Ich würde gern mit meiner Schwester sprechen, Euer Gnaden.«

Der Kaiser runzelte die Stirn. »Ihr wißt, daß sie mit Basileios Notaras verheiratet ist?«

»Ja, das weiß ich.«

»Aber sie ist dennoch Eure Schwester ... ich habe Verständnis für Euren Wunsch. Ich werde ihr Eure Nachricht überbringen lassen. Aber Ihr müßt verstehen ... ich kann sie nicht zwingen, mit Euch zu sprechen.«

»Meine Schwester wird mich ganz sicher sehen wollen, Euer Gnaden.«

»Gut. Ich werde sie von Eurem Wunsch unterrichten lassen. Aber das ist eine sehr bescheidene Bitte, junger Hawkwood. Möchtet Ihr nicht noch etwas anderes?«

»Darf ich mich nach dem Befinden von Anna Notaras erkundigen?«

Konstantin neigte den Kopf. »Ich nehme nicht an, daß Ihr sie ebenfalls zu sehen wünscht, Anna Notaras hat inzwischen den Grafen Drakontes geheiratet. Es wäre sehr unklug von Euch, wenn Ihr versuchen würdet, sie zu sehen ... Aber ich werde Eure Schwester zu Euch schicken. Mehr kann ich nicht tun. Ihr seid ja bezüglich der Spaltung in der Stadt im Bilde – und jetzt seid Ihr nicht mehr nur ein Anhänger der römisch-katholischen Kirche, sondern steht darüber hinaus im Dienste eines moslemischen Prinzen.« Seine Lippen zuckten. »Es gibt viele Männer hier, die nichts lieber täten, als Euch in Stücke zu hacken. Was meint Ihr, was Mehmed in diesem Fall tun würde? Seid wachsam, junger Hawkwood, und tut nichts Unüberlegtes. Ich werde Eure Schwester zu Euch schicken.«

Aber nicht einmal das brachte der Kaiser zuwege. Als Anthony am darauffolgenden Tag ruhelos in seinem Gemach auf und ab ging, erschien nur ein Bote mit einem Brief.

»Du bist böse«, hatte Catherine Notaras kalt geschrieben. »Du dienst dem Teufel – du und mein Vater. Ihr seid Abtrünnige. Judas Ischariot war im Vergleich zu Euch ein Heiliger. Verschwindet aus Konstantinopel. Ich möchte nie wieder Euer Gesicht sehen.«

»Nun, junger Hawk«, fragte Mahmun, als Anthony den Brief in der Hand zerknüllte. »Wie lange bleiben wir noch in dieser verfluchten Stadt?«

»Wir reisen noch heute ab«, entgegnete Anthony grimmig. »Haben wir nicht alles erreicht, was wir erreichen wollten?«

Sie ritten nach Westen, über die große Ebene nach Adrianopel, der Hauptstadt des Beglerbeg von Rumelien, wie die Herrschaftsgebiete des Emirs in Europa genannt wurden. Es war ein Ritt von über einhundert Meilen. Sie brauchten für die Strecke eine Woche, da sie sich, nachdem sie die Mauern Konstantinopels hinter sich gelassen hatten, auf osmanischem Territorium befanden und bei jeder Rast vom örtlichen Kommandeur empfangen und gefeiert wurden, der ihnen hübsche Mädchen und Jungen schenkte, zumindest für die Dauer ihres Aufenthaltes.

Sie ritten durch ein fruchtbares Tal, das vom Ergene-Fluß bewässert wurde, den sie mehrfach durchqueren mußten. Im Norden sahen sie die niedrigen Berge des Istranca Daglari, aber im Tal war es warm, und sie waren von ausgedehnten Olivenhainen umgeben. Sie kamen durch kleine Dörfer, die sich um christliche Kirchen drängten, da die Türken sich nie in örtliche Bräuche und Religionen einmischten, solange die Steuern pünktlich entrichtet wurden. Und doch waren sie die Herren über dieses Land und erwarteten, daß hochgestellte Persönlichkeiten sich ebenso vor ihnen verneigten wie Bauern. Auf Widerspenstigkeit realer oder eingebildeter Art reagierten sie sofort mit Peitschenhieben. Ebenso gefürchtet wurden sie wegen ihrer Knabenlese für das Janitscharenkorps, und mehr als einmal sah Anthony, wie Mütter eilig ihre Söhne ins Haus holten, wenn ihre Kavalkade sich näherte – als ob das sie hätte retten können, wären sie tatsächlich auf einer Rekrutierungsexpedition gewesen.

Adrianopel selbst war eine ausgedehnte Stadt, die dort errichtet worden war, wo die Flüsse Tunca und Maritza zusammenflossen; sie war seit der Zeit des Römischen Reiches als Feste berühmt. Heute war sie die größte Stadt des Osmanischen Reiches. Tatsächlich hatte der verstorbene Emir Murad, Mehmeds Vater, im Laufe seiner endlosen Eroberungsfeldzüge in Europa Adrianopel zu seiner Hauptstadt gemacht.

Auf ihre Ankunft folgten mehrere Tage des Feierns, und sie wurden aufgefordert, den berühmten *peynir* zu kosten, einen weißen Käse, eine Spezialität der Region. Piri Pascha, der *Beglerbeg*, hatte schon von den rothaarigen Ungläubigen gehört, die im Dienst des neuen Emirs standen, und er hatte es kaum erwarten können, einen von ihnen zu Gesicht zu bekommen. Seinen Gästen wurden alle erdenklichen Arten der Unterhaltung geboten, während Piris Spahis und Janitscharen in *Gymkhanas* und im Bogenschießen ihr Können vorführten.

Anthony schaute mit kaltem Blut zu. Nach seiner freundschaftlichen Unterredung mit Konstantin hatte er schon erwogen, Mehmed dazu zu überreden, Konstantinopel zu verschonen und fortbestehen zu lassen, wie es seit über tausend Jahren existiert hatte, als Überbleibsel einer ruhmreichen Vergangenheit, die den türkischen Bestrebungen niemals im Wege stehen könnte. Aber er hatte die Stadt voller Zorn im Herzen verlassen. Seine eigene Schwester war gegen ihn aufgehetzt worden – die einzige Frau, die er vor der Emir Valideh jemals wirklich geliebt hatte. Nun, sollten diese überheblichen hinterlistigen Byzantiner sich doch selbst um ihr Überleben kümmern.

Und als Piri Pascha darauf beharrte, daß er sich an den Reizen einer griechischen Jungfrau erfreute, die speziell für den Gesandten des Emirs ausgewählt worden sei, nahm Anthony sie brutal und ließ sie weinend zurück. An ihrer schlanken Gestalt versuchte er, seinen Zorn gegen ihr ganzes Volk abzukühlen.

Nachdem sie Adrianopel verlassen hatten, ritten sie das Tal des Maritza-Flusses hinauf nach Philippopolis, der alten römischen Hauptstadt Thrakiens, die einst von Philipp von Makedonien erobert worden war, der die damalige Stadt Pilpudeva nach sich selbst benannt hatte. Von dem großen Makedonier waren keine Spuren geblieben, wenngleich die römischen Ruinen noch vorhanden waren. Sie alle wurden jedoch überragt von den Mauern der Festung des Zaren Ivan Assen, da die Stadt später Hauptstadt des großen bulgarischen Staates geworden war, der mit Herrschern wie Khan Krum eine Bedrohung für das mächtige byzantinische Reich dargestellt hatte. Kaiser Basileios II. war es gewesen, der schließlich die Bulgaren vernichtet und sich den Spitznamen *Bulgaroktonos,* ›Bulgarentöter‹, verdient hatte. Als er die bulgarische Armee 1014 zur Kapitulation gezwungen hatte, ließ er alle fünfzehntausend Mann blenden und sparte nur bei jedem zehnten Soldaten ein Auge aus, damit sie die Überlebenden heimführen konnten. Zar Samuel starb am 6. Oktober 1014, zwei Tage nach der Ankunft des kläglichen Überrestes seiner Militärmacht, bei deren Anblick er ohnmächtig geworden war.

Es war traurig zu sehen, wie demütig diese ehemals stolzen Soldaten waren, die sich tief vor ihren türkischen Herren verneigten.

Und doch waren sie im Herzen Räuber geblieben. In der zweiten Nacht, welche die Delegation in der Stadt verbrachte, wurde Alarm gegeben. Anthony schleuderte seine Decke und das bulgarische Mädchen, das ihn wärmte, beiseite, griff nach seinem Schwert und lief nach draußen, um sich ins Gewühl zu stürzen. Mehrere Jungen waren in ihre Lager eingefallen, um zu stehlen, was sie nur kriegen konnten. Fünf von ihnen waren erwischt worden. »Ha, ha«, sagte Mahmun. »Wir werden es Basileios gleichtun und sie blenden. Alle bis auf einen, der sie nach Hause führen soll. Bereitet ein glühendes Eisen vor«, befahl er seinen Dienern.

Das Mädchen, das aus Anthonys Zelt kam, fiel weinend auf die Knie. Wie sich herausstellte, war einer der Jungen ihr Bruder.

»Dann sollte sie ebenfalls geblendet werden«, verkündete Mahmun. »Zweifellos hat sie sie eingeschleust.«

Ich empfinde keinen Zorn auf diese Menschen, dachte Anthony, sie sind keine Byzantiner. »Nein«, erklärte er. »Es wird niemand geblendet. Verpaßt ihnen allen eine ordentliche Tracht Prügel.« Er zeigte auf das weinende Mädchen. »Und sie ist die erste.«

Nachdem sie Philippopolis hinter sich gelassen hatten, ritten sie hinauf in die Balkan-Berge, auf dem Weg nach Sofia, das sie einen Monat später erreichten. Sie hatten die Wärme und die Olivenbäume hinter sich gelassen und befanden sich in einem kargen Landstrich, der an Anatolien erinnerte. Die Stadt, die in einer Senke gelegen war, war von bemerkenswerter Symmetrie; jede Straße verlief entweder von Nord nach Süd oder von Ost nach West. Die Wasserversorgung war beinahe ebenso perfekt wie die Konstantinopels.

Wie Adrianopel war auch Sofia Hauptstadt einer rumelischen Provinz, und auch hier gab der *Beglerbeg*, Ahmad Pascha, sich alle Mühe, den jungen Gesandten zu unterhalten. Stolz zeigte er ihm die Moschee Buyuk Dzhamiya mit ihrem eindrucksvollen Minarett und zwang ihm als Geschenke erlesene Stücke aus der örtlichen Goldschmiedeindustrie sowie dekoratives Tischgeschirr auf.

Nach einem weiteren einmonatigen Ritt durch die Berge, in denen häufig ein so eisiger Wind blies, daß sie sich, wenngleich es erst Oktober war, nachts in ihren Zelten zusammenkauerten, gelangten sie nach Nisch an der serbischen Grenze, dem Ort, in dem einst Konstantin der Große geboren wurde. Boten waren vorausgeschickt worden, und in einem Dorf, das wie ein Adlerhorst hoch oben in den kieferbewachsenen Bergen lag, trafen sie endlich auf den Prinzen Georg Brankovic.

Anthony überbrachte ihm die gleiche Botschaft wie schon zuvor Konstantin.

»Der Padischah ist entschlossen, dem dreisten Treiben Drakuls von Transsylvanien ein für allemal ein Ende zu machen, Euer Exzellenz«, erklärte er. »Zu diesem Zweck stellt er ein großes Heer zusammen und beabsichtigt, auf dem europäischen Ufer des Bosporus eine Festung für seine Männer zu errichten.«

Georg Brankovic strich sich über den Bart. Er war in Felle gehüllt und trug eine schäbige Rüstung, so daß er aussah wie ein Bandit und Wegelagerer. Er hatte nichts von der Schönheit seiner berühmten Tante, und seine Augen huschten ständig unruhig umher, während eine der hervorstechendsten Eigenschaften Maras ihr steter Blick war. »Und was sagen die Griechen dazu?« fragte er schließlich.

»Sie haben Verständnis für die Wünsche des Emirs, Exzellenz.«

Brankovic grinste. »Dann werde ich das ebenfalls müssen. Er wünscht also, daß ich Hunyadi daran hindere, gegen die Osmanen zu Felde zu ziehen, während die Janitscharen im Norden beschäftigt sind.«

»Der Emir wünscht, daß Ihr Hunyadi daran hindert, einen Feldzug gegen die Osmanen zu starten«, erklärte Anthony.

Brankovic musterte ihn einige Sekunden aufmerksam. Dann grinste er erneut. »Ich bin kein Dummkopf, junger Hawk. Und Mehmed ist es anscheinend auch nicht. Ich werde seinem Wunsch nachkommen. Und jetzt sagt mir, Ihr müßt dem Emir sehr nahestehen, wenn er Euch in so jungen Jahren solche Autorität überträgt.«

»Ich bin mit Glück gesegnet«, entgegnete Anthony bescheiden.

»Da Ihr dem Emir so nahesteht, habt Ihr nicht noch eine andere Nachricht für mich?«

Anthony sah ihm in die Augen. »Eine Nachricht, die nur für Eure Ohren bestimmt ist, Exzellenz.«

Der Raum war rasch geräumt, sehr zum Mißfallen Mahmuns und Halims.

»Nun?« fragte Brankovic.

Anthony holte seinen Geldbeutel hervor, nahm den Smaragdring heraus und legte ihn auf den Tisch, der zwischen ihnen stand.

Brankovic starrte auf das Schmuckstück. »Ihr seid bei meiner Tante gewesen? Aber das ist doch unmöglich.«

»Die Emir Valideh verfügt über Mittel und Wege, ihre Wünsche kundzutun, Euer Exzellenz.«

»Die Emir Valideh? Soweit hat sie es also gebracht? Und Ihr wart bei ihr?« fragte er erneut.

Anthony war das Lügen inzwischen zur zweiten Natur geworden. »Wie Ihr schon sagtet, wäre das unmöglich gewesen. Jedoch wußte Eure Tante von meiner Mission und ließ mir befehlen, Euch diesen Ring zu überreichen, damit Ihr der Nachricht, dic sie Euch schickt, Glauben schenkt.«

Der Prinz nahm den Ring vom Tisch, betrachtete ihn sorgfältig und steckte ihn ein. »Und wie lautet diese Nachricht?«

»Die Emir Valideh läßt Euch wissen, daß sie am Hofe des Emirs allmächtig ist. Sie wünscht ihm, daß alle seine Unternehmungen gelingen.«

»Dann muß ich alles tun, damit ihr Wunsch sich erfüllt«, sagte der Prinz.

Von Nisch aus war es nur noch eine kurze Strecke bis Belgrad, das aufgrund der Farbe seiner Häuser auch die Weiße Stadt genannt wurde. Sie befand sich unmittelbar an der ungarischen Grenze. Das erste Mal drangen Anthony und seine Begleiter in nichttürkisches Gebiet vor, da die Türken bei der Belagerung der Stadt 1440 eine ihrer wenigen Niederlagen erlitten hatten. Und doch war den Ungarn sehr daran gelegen, ein gutes Verhältnis zu der drohenden Wolke im Südosten zu wahren – zumindest bis sie die großen Verluste wettgemacht hatten, die sie drei Jahre zuvor auf dem Amselfeld erlitten hatten. Und so wurden die Gesandten in allen Ehren empfangen und verpflegt, bevor sie mit der Fähre über die Donau zur ungarischen Grenze gebracht wurden. Das war das erste Mal, daß Anthony den gewaltigen, langsam fließenden Fluß zu sehen bekam, die Hauptader Europas.

Am anderen Ufer erwartete sie bereits Johannes Hunyadi persönlich.

Anthony war neugierig gewesen auf die Begegnung mit diesem berühmten Feldherrn, vermutlich Europas größtem Soldaten seit dem Tod Heinrichs IV. Und er wurde nicht enttäuscht.

Hunyadi war inzwischen über sechzig Jahre alt und hatte mehr als vierzig Jahre im Krieg verbracht. Seine Niederlage in Kosovo konnte durchaus auf den Verrat der Serben zurückzuführen sein, und er hatte die Osmanen oft genug auf anderen Schlachtfeldern geschlagen, um sich ihre Achtung zu verdienen.

Anthony sah sich einem mittelgroßen Mann gegenüber, glatt rasiert bis auf einen langen Schnurrbart, mit ausdrucksstarkem Mund und Kinn und hohen Wangenknochen. Er trug eine vollständige Rüstung, sogar eine Halsberge, und einen seltsam spitzen Stahlhelm.

Er empfing die Gäste recht freundlich. »Hawkwood«, sagte er. »Ich habe von Eurem Vater gehört – und von Euren Schwierigkeiten in Konstantinopel. Die Griechen laden ungeahnte Gefahren auf ihr Haupt! Und jetzt steht Ihr im Dienste des Emirs. Erzählt mir von ihm.«

»Er ist ein großer Kriegsherr, Euer Exzellenz.«

Hunyadi lächelte kalt. »Ein Junge von zweiundzwanzig Jahren, der noch keinen Feldzug geführt hat?«

»Er wird sehr bald einen Feldzug führen, Exzellenz. Er bereitet sich gerade darauf vor. Es wird der größte Feldzug werden, seit Timur der Lahme in die Türkei einmarschiert ist.«

Hunyadis Lächeln wich einem Stirnrunzeln. »Und gegen wen wird er diesen Feldzug führen?«

Anthony sah dem ungarischen Helden in die Augen. »Gegen Drakul von der Walachei, der die osmanische Oberherrschaft nicht mehr anerkennt.«

»Das wird der größte Feldzug des Jahrhunderts.«

»Es wäre weise von Euch, dies zu glauben, Euer Gnaden. Der Emir möchte, daß Ihr Euch dies klarmacht und ihm Eure Nichteinmischung in dieser Auseinandersetzung zusichert.«

»Mich verbindet keine Freundschaft mit Drakul«, bemerkte Hunyadi.

»Es könnten andere Gesichtspunkte eine Rolle spielen. Wie auch immer, der Emir bietet Euch für drei Jahre ein Bündnis zwischen den Osmanen und Ungarn an. Ich bin bevollmächtigt, ein solches Abkommen abzuschließen.«

»Der Emir wird drei Jahre brauchen, um Drakul zu besiegen?«

»Wie ich sagte, könnten sich noch andere Gesichtspunkte ergeben, Exzellenz.«

»Drei Jahre, in denen ich keinen Krieg gegen die Osmanen

führen werde«, sagte Hunyadi nachdenklich. »Und ich werde kein Heer zur Rettung Konstantinopels in den Kampf führen, sollte sich eine neue Lage ergeben. Habe ich recht, Junge?«

»Ihr werdet die Osmanen nicht bekriegen, solange sie Euch nicht bekriegen«, entgegnete Anthony vorsichtig.

Hunyadi überlegte noch eine Weile. Dann sagte er: »Ich weiß nicht, ob Euer Emir tatsächlich ein großer Kriegsherr ist, Hawkwood, aber ich muß anerkennen, daß er ein umsichtiger Mann ist, der entsprechende Vorbereitungen trifft, bevor er handelt. Das ist sicher bewundernswert. Ich hege keine freundschaftlichen Gefühle für die Griechen: Sie erwarten immer von anderen, daß sie ihre Schlachten für sie schlagen. Richtet Eurem Emir aus, daß ich mich mit diesem dreijährigen Waffenstillstand einverstanden erkläre und ihm Glück wünsche für seinen Feldzug . . . gegen Drakul von der Walachei.«

»Es fällt mir schwer zu glauben«, gestand Anthony später Halim und Mahmun, »daß diese Herrscher einander so bereitwillig ihrem Schicksal überlassen, wo es doch für sie ein leichtes wäre, sich zu verbünden und die Pläne unseres Herrn zunichte zu machen.«

»So sind die Christen nun mal«, erklärte Halim. »Sie haben es schon immer vorgezogen, einander zu bekriegen, anstatt sich mit den Arabern, mit Dschingis Khan oder mit uns anzulegen. Bekriegen sich die Franken nicht ständig? Ihr seid Franke, und doch hat Euer Vater uns erzählt, daß er gegen seine Mitbrüder gekämpft hat.«

»Mein Vater ist Engländer«, entgegnete Anthony. »Ebenso wie ich auch. Die Franken sind ein anderes Volk und unsere Feinde.«

»Wie kann das sein?« fragte Halim. »Ihr seid alle Christen und gehorcht dem Papst. Wie könnt Ihr da verfeindet sein? Ich werde Euch sagen, warum«, fuhr er fort und beantwortete seine eigene Frage: »Es liegt daran, daß Ihr Ungläubige seid und es Euch an Gottes Gnade mangelt.«

Anthony war nicht gewillt, dem zu widersprechen. Er war tatsächlich abgestoßen davon, daß die verschiedenen christlichen Prinzen, sogar der große Hunyadi, bereit waren, Konstantinopel seinem Schicksal zu überlassen – wenngleich keiner von ihnen auch nur den geringsten Zweifel an Mehmeds tatsächlichen Absichten zu hegen schien. Möglicherweise hatte Halim also recht.

Sie wandten ihre Pferde nach Osten, in Richtung Walachei, und damit begann der schwierigste und gefährlichste Teil ihrer Reise. Die Donau bildete die Grenze zu Mehmeds Herrschaftsgebiet, wenngleich sie die große Flußbiegung abkürzen konnten, indem sie die Berge überquerten; dies ersparte ihnen eine Menge Zeit.

Aber im Monat darauf wurde ihr Ritt beschwerlicher denn je. Sie ritten über hohe Pässe, häufig auf Pfaden, die gerade breit genug waren für einen einzigen Reiter, und mit einem mehrere Fuß tiefen Abgrund auf einer Seite, manchmal in Regenstürmen, die ihnen die Sicht nahmen und die Bergpfade in Wildbäche verwandelten, oder in Schneetreiben, in denen sie erbärmlich froren und nicht weiter sehen konnten als einige Fuß.

Sie ritten von einer türkischen Garnisonsstadt zur nächsten, nicht nur, um sich auszuruhen und die Pferde zu wechseln, sondern auch, um Schutz vor den kriegerischen Banden zu suchen, die die Oberherrschaft der Osmanen nicht anerkannten. Als sie jedoch eines Morgens früh wieder einmal zum Fluß hinunterritten, stießen sie auf eine Wegsperre aus Baumstämmen, die von einer großen Gruppe von Männern verteidigt wurde.

Die Stelle war klug gewählt, da die nächste türkische Garnison zwanzig Meilen vor ihnen und die letzte fünfzig Meilen hinter ihnen lag. Eine Umkehr war unmöglich.

»Wir müssen die Barrikade stürmen«, verkündete Halim. Er war ein Spahi und ein überzeugter Verfechter des Direktangriffs.

»Wir würden zu viele Männer verlieren«, widersprach Mahmun mit Blick auf ihre sechzigköpfige Reiterschar. »Laßt uns verhandeln. Wenn nötig, erkaufen wir uns den Durchgang.«

Sie blickten fragend zu Anthony hinüber, wenngleich sie zweifellos mehr Erfahrung in solchen Dingen hatten als er.

Er versuchte ihre Lage genau einzuschätzen. Im Dämmerlicht des Wintermorgens war es schwer, irgend etwas deutlich zu erkennen. Auch wenn der Feind die osmanischen Reiter am Vortag ausgekundschaftet hatte, bevor sie diesen Hinterhalt arrangiert hatte, konnte er sich kaum ein genaues Bild von der Karawane verschafft haben.

Andererseits ließ ein Hinterhalt darauf schließen, daß weitere Männer in den Bäumen zu beiden Seiden des Pfades verborgen waren und nur auf ein Zeichen zum Angriff warteten. Diese Männer mußte man ausschalten, bevor an einen Durchbruch überhaupt zu denken war.

Er fühlte, wie sich seine Nackenhaare sträubten. Aber er war der Befehlshaber dieser Männer, und er mußte eine Entscheidung fällen. »Wie gut sind diese Leute bewaffnet, was meint Ihr?« fragte er.

»Oh, sie werden nur mangelhaft bewaffnet sein, junger Hawk«, sagte Halim verächtlich. »Mit Stöcken und Knütteln, einigen Äxten, selbst angefertigten Piken und möglicherweise einigen Säbeln. In den Bergen versteht man es nicht einmal, mit dem Bogen umzugehen.«

»Und sind Eure Spahis so erfahrene Kämpfer wie ihre Vorväter?« Er dachte an Halims Männer, die um die hilflosen genuesischen Seeleute herumgeritten waren und sie mit Pfeilen niedergestreckt hatten; und er erinnerte sich an das, was Mehmed ihm darüber erzählt hatte, wie ihre türkischen Vorfahren in den Steppen Asiens gekämpft hatten.

»Sie sind noch besser«, prahlte Halim.

»Dann hört mir gut zu. Wenn wir nämlich meine Taktik anwenden und scheitern, sind wir verloren.«

Mahmun zupfte an seinem Bart, während Anthony ihnen seinen Plan auseinanderlegte – Halim war begeistert.

»Der Emir wird wahrhaft stolz sein, wenn er hiervon erfährt«, sagte er.

»Nur, wenn es klappt«, gemahnte ihn Anthony. »Also los.«

Die Osmanen näherten sich der Barrikade, hinter der sich lautes Geschrei erhob. Halim ritt noch dichter heran, als wolle er den Feind mustern. Dann kehrte er zum Rest der Truppe zurück und gab seine Befehle.

Diese waren den Spahis bereits erklärt worden. Alle vierzig Reiter formierten sich, während die Dienerschaft mit Hawkwood und Mahmun als Nachhut zurückblieben. Dann stürmten die Spahis auf ein Zeichen von Halim mit erhobenen Lanzen auf die Barrikade zu.

Sofort richteten sich dahinter an die hundert Männer auf und schleuderten ihnen Steine entgegen, während andere, wie von Anthony vorausgesehen, zwischen den Bäumen hervorstürmten.

Die Spahis zügelten ihre Pferde in scheinbarer Verwirrung, machten kehrt und flüchteten vor der wilden Meute. Es war die gleiche Kriegslist, die zweihundert Jahre zuvor Dschingis Khan angewandt hatte und weitere zweihundert Jahre vor ihm Wilhelm der Eroberer im Kampf gegen die Angelsachsen in Hastings. Schon die Parther hatten sich ihrer noch vor Christi Geburt gegen die Legionen des Crassus bedient. Aber die kroatischen Räuber konnten wohl kaum von diesen großen Schlachten der Vergangenheit wissen. Johlend und schreiend verließen sie ihre Deckung und liefen, ihre primitiven Waffen schwingend, die Straße hinunter, während immer mehr Männer und sogar Frauen zwischen den Bäumen hervorkamen.

Die Spahis galoppierten dorthin zurück, wo Hawkwood wartete, und schützten nacktes Entsetzen vor.

Anthony schätzte, daß inzwischen die meisten ihrer Feinde ihre Deckung verlassen hatten.

»Jetzt, Halim!« rief er. »Jetzt!«

»Jetzt!« brüllte Halim.

Die Spahis wendeten erneut ihre Pferde. Ihre Lanzen steckten wieder in ihren Halterungen, und statt dessen hielt nun jeder Mann einen Bogen mit bereits eingelegtem Pfeil. Sie bewegten ihre Pferde wieder auf den vorstürmenden Haufen zu, der mindestens dreihundert Mann stark war.

Die Kroaten blieben bei der abrupten Kehrtwende der Kavallerie stehen . . . und die Spahis trieben ihre Rösser zum Trab an, gefolgt von Hawkwood, Mahmun und den Bediensteten, die alle ihr Schwert gezückt hatten. Bevor die Kroaten wußten, wie ihnen geschah, waren die Reiter bis auf Reichweite ihrer Bögen herangeritten, und der erste Pfeilhagel ging auf die Wegelagerer nieder.

Ein Schrei des Entsetzens ging durch die Reihen ihrer Feinde, als etwa zwanzig von ihnen tödlich getroffen zu Boden gingen. Noch bevor sie sich schlüssig werden konnten, was sie tun sollten, ging ein zweiter Pfeilregen auf sie herab – und ein dritter. Die Kroaten wichen zurück, und als die Spahis eine vierte Pfeilsalve auf sie abfeuerten, flohen sie panikartig den Pfad hinunter und unter die Bäume. An die siebzig Männer und Frauen blieben tot oder schwerverletzt zurück.

Hawkwood hob das Schwert. »Ihnen nach!« rief er. »Alle zusammen.«

Die Dienerschaft schloß zu den Spahis auf. Die Krieger hängten sich die Bögen wieder um und zogen statt dessen die Lanzen hervor. Denn preschte der osmanische Trupp geschlossen vor. Die verwundeten Kroaten schrien, als sie von den fliegenden Hufen der Pferde niedergetrampelt wurden. Jene, die zu langsam gewesen waren und den Schutz der Bäume noch nicht erreicht hatten, gaben noch entsetzlichere Laute von sich, als sie von den Lanzen aufgespießt wurden. Die Osmanen hatten den Durchbruch geschafft und preschten auf ihren schnaubenden, keuchenden Pferden den Pfad hinunter.

»Ein großartiger Sieg«, rief Halim. »Ihr seid wahrhaft der Achtung des Emirs würdig, junger Hawk.«

Jetzt konnten sie sich eines gebührenden Empfangs sicher sein, wann immer sie sich einer Stadt oder Garnison näherten. Die Gegend war nur spärlich bevölkert, und abgesehen von den Garnisonen lebten dort ausschließlich Slawen und Christen. Als solche hätte man erwarten können, daß sie ihre Eroberer sogar noch leidenschaftlicher haßten, als es die Griechen oder die Bulgaren taten. Oder die Kroaten.

Aber die Stadtbewohner waren größtenteils in der zweiten oder dritten Generation Nachfahren von Türken, die im großen und ganzen gelernt hatten, die Launen ihrer Herren hinzunehmen und die Gesetze zu beachten, welche die erlassen hatten. Unter den Befehlshabern der Janitscharen herrschte jedoch Unruhe, und sie fragten ungeduldig, wann der neue Emir, den sie noch nie zu Gesicht bekommen hatten, seine Truppen in den Krieg führen würde.

»Es wird bald Krieg geben«, versprach ihnen Hawkwood. »Einen Krieg, wie Ihr ihn noch nie erlebt habt. Einen Krieg, der den blutrünstigsten Mann auf Erden das Fürchten lehren wird.«

»Damit meint Ihr sicher Drakul von der Walachei«, sagte der Kommandeur der Grenzwache, als er und Anthony am Ufer des breiten Flusses standen und auf den Wald im Norden blickten. Die Gesandtschaft hatte seit Tagen auf walachisches Territorium geblickt, aber Bukres, Drakuls Hauptstadt, lag weit im Osten, und Anthony wollte die Grenze zur Walachei nicht früher überqueren als unbedingt nötig. Seiner Karte zufolge war dieser Grenzposten der der Stadt am nächsten gelegen.

»Habt Ihr gar nichts von der letzten Gesandtschaft gehört, die hergeschickt wurde?«

»Kein Wort. Wir bekommen nicht viel von dem mit, was jenseits der Grenze geschieht. Aber die Walacher beobachten uns ständig. Euer Leben liegt allein in Eurer Hand, junger Hawk.«

»Wir sind in einer Mission für den Emir unterwegs«, entgegnete Anthony streng.

Am darauffolgenden Tag war er dennoch gedrückter Stimmung, als die Gesandtschaft langsam auf einem Floß über den Fluß gebracht wurde, mitsamt ihren Pferden und der gesamten Ausrüstung.

»Ich werde Eure Rückkehr mit Interesse erwarten«, bemerkte der Hauptmann.

Als sie den Wald betraten, waren sie beinahe sofort außer Sichtweite des Flusses. Kurz darauf begann es zu regnen. Die herabströmenden Wassermassen schränkten ihre Sicht ein und erfüllten den Wald mit einem gespenstischen Rascheln.

»Ein nasser und ungastlicher Ort«, sagte Mahmun schaudernd.

»Du bist ein altes Waschweib«, schnaubte Halim verächtlich. »Sind wir nicht Osmanen? Diese Wilden sind dazu bestimmt, uns zu dienen. Sie sollen sich nicht einbilden, daß sich hieran je etwas ändern wird.«

Anthony hielt sich aus ihrem Geplänkel heraus. Er würde entscheiden, wie er mit den Walachern umgehen sollte, wenn es soweit war . . . denn er hatte die feste Absicht, lebend heimzukehren.

Sie ritten drei ganze Tage, ehe der Wald sich zu lichten begann und sie von berittenen Wachen angehalten wurden. Ihnen war bewußt gewesen, daß man sie seit der Flußüberquerung beobachtete; sie hatten mehrmals jenseits der abschirmenden Bäume das Klirren von Zaumzeugen gehört. Hawkwood hatte seine Leute angewiesen, die Geräusche nicht zu beachten; die Walacher würden sich zeigen, wenn sie es für richtig hielten, und sie ihrerseits waren nicht gekommen, um zu kämpfen, sondern um zu verhandeln. Jetzt sah er sich mehreren hundert berittener Krieger gegenüber – einige trugen Helme, einige Kürasse und manche Schilde, jedoch keiner eine vollständige Rüstung. Bewaffnet waren sie mit Speeren, Bögen und Schwertern. Er stufte sie als wenig diszipliniert ein; er war überzeugt davon, daß ein Regiment Janitscharen sie mühelos in Grund und Boden gestampft hätte. Aber sie waren der türkischen Gesandtschaft zahlenmäßig haushoch überlegen.

Er ritt mit erhobener Hand auf die Walachen zu, und nach einer Weile löste sich der walachische Kommandeur aus den Reihen seiner Soldaten und ritt ihm entgegen.

»Ich bin Gesandter von Emir Mehmed II.«, sagte Hawk auf griechisch.

»Wir erkennen keine türkischen Emire an«, entgegnete der Hauptmann in derselben Sprache.

»Diesen werdet Ihr anerkennen, Freund«, versprach ihm Anthony. »Ich bin gekommen, um mit Eurem Prinzen zu sprechen, also bringt mich zu ihm.«

Drakuls Hauptstadt Bukres lag nur wenige Tage entfernt, aber es war ein unangenehmer Ritt für die Osmanen. Sie wurden von immer neuen walachischen Soldaten zu Fuß oder zu Pferde umringt, sowie von einer wachsenden Menge Mitläufer. Wenngleich man sie in Ruhe ließ, waren sie sich sehr wohl bewußt, daß sie gewissermaßen Gefangene waren.

Am fünften Tag erreichten sie die Stadt. Wie sich herausstellte, war Bukres nicht mehr als eine Ansammlung primitiver Holzhütten, die im anhaltenden Nieselregen um so trostloser wirkten. Vor den Häusern am Rand des Ortes erhob sich etwas, was aussah wie ein Wald kahler Baumstämme. Erst als sie näher kamen, erkannten die verblüfften Türken, daß es sich um einen Wald von Gepfählten handelte, die längst zu Skeletten verwest waren, aber immer noch von den hohen Pfählen aufrecht gehalten wurden, die ihre Eingeweide durchbohrt hatten.

»Beim Barte des Propheten«, brummte Mahmun. »Das ist also aus unseren Leuten geworden.«

Anthony schluckte hart. Wie Mehmed einst gesagt hatte, vergaß man eine Pfählung, der man beigewohnt hatte, seinen Lebtag nicht mehr – und nun hatten sie die Überreste von über einhundert Männern vor sich. Walachische Kinder spielten, sorglose Schreie ausstoßend, am Fuß dieser grausigen Totems; zweifellos hatten sie die gleichen Schreie ausgestoßen, als die Männer qualvoll gestorben waren.

»Mut«, knurrte Halim. »Wir sind Osmanen.« Er saß übertrieben steif und aufrecht im Sattel.

Die Kavalkade ritt zwischen den schäbigen Behausungen hindurch. Die Hufe der Pferde machten im Schlamm schmatzende Geräusche, und bellende Hunde und schmutzige Kinder liefen neben ihnen her. Der Palast des Prinzen erwies sich als größere Hütte inmitten einer Holzpalisade. Nachdem die Gesandtschaft ins Innere der Einzäunung vorgelassen worden war, wurden die Tore hinter ihnen geschlossen.

»Diese Menschen sind Wilde«, bemerkte Mahmun und sah sich mit sichtlichem Abscheu um.

Schweigend wurden die drei Gesandten eine Holztreppe hinauf in ein Vorzimmer geführt. Ihre nassen Kleider dampften in der plötzlichen Wärme. Hier befanden sich weitere Wachen und zwei Haushofmeister. Offensichtlich war ihr Eintreffen angekündigt worden.

Halim warf Mahmun einen besorgten Blick zu.

»Nehmt Eure Helme ab«, befahl einer der Hofbeamten auf lateinisch. Er trug einen recht kostbaren Heroldsrock, jedoch abgerissene Kleider, und er schien sich seit längerem nicht mehr gewaschen zu haben.

»Unsere Helme abnehmen?« fragte Halim.

»Niemand darf in Anwesenheit des Prinzen eine Kopfbedeckung tragen«, erklärte der Majordomus.

Halim blickte fassungslos zu Mahmun hinüber.

»Wir sind in friedlicher Mission hier, meine Freunde«, sagte Hawkwood. »Es kann uns nur von Vorteil gereichen, wenn wir uns nach den Wünschen des Prinzen richten.« Er nahm seinen Helm ab und reichte ihn seinem Diener.

Der Majordomus starrte auf sein rotes Haar. »Ihr seid ein Osmane?«

»Nein«, entgegnete Anthony. »Aber ich stehe im Dienste des Emirs.«

Der Mann starrte ihn immer noch an, als Halim laut erklärte. »Ein Osmane nimmt für niemanden seine Kopfbedekkung ab. Wir entblößen unser Haupt nicht einmal vor dem Emir.«

»Dann werdet Ihr nicht zum Prinzen vorgelassen«, wiederholte der Majordomus.

»Ich werde zu diesem Prinzen vorgelassen werden«, verkündete Halim. »Ich bin ein Gesandter des Emirs.«

Mahmun strich sich mit einer Hand über den Bart.

»Es wäre wirklich besser, in diesem Punkt nachzugeben«, meinte Anthony erneut.

»Pah«, entgegnete Halim. »Ihr seid ein Christ, junger Hawk. Ihr versteht nichts von diesen Dingen. Komm, Mahmun, laß uns zu diesem sogenannten Prinzen gehen.«

Die Wachen wollten ihnen den Weg versperren, als die beiden Türken vortraten, aber der Majordomus schüttelte den Kopf, und man ließ sie passieren.

Hawkwood folgte ihnen bedächtig in den verräucherten Raum; in einem offenen Kamin auf einer Seite des Zimmers loderte ein großes Feuer. Dort hielten sich mehrere Männer auf sowie zu seiner Überraschung auch einige Frauen, die auf der gegenüberliegenden Seite, weitab vom Feuer, beisammensaßen, tuschelten und ihre Fächer schwangen.

Sie waren nicht anziehender als die Männer ihres Volkes, aber sie waren richtig schön im Vergleich zu dem Mann, der, der Tür zugewandt, auf einem Stuhl saß. Er hielt sich vornüber gebeugt, so daß er beinahe zwergenhaft wirkte. Strähniges schwarzes Haar bedeckte seinen Schädel und ging seitlich lückenlos in seinen Schnauzer und den Bart über. Seine Hakennase über den schmalen Lippen schien leicht nach rechts gebogen, und unter den tiefliegenden Brauen schauten schlangenartige grüne Augen hervor.

»Wer sind diese Leute?« fragte er zischend.

Zweifellos wußte er sehr wohl, wer sie waren, ärgerte sich jedoch über den Mangel an Höflichkeit seitens der Osmanen. Anthony trat vor. »Emir Mehmed, der Zweite dieses unsterblichen Namens, schickt mich. Mein Emir ist Herrscher über Karaman und Sivas, Anatolien und Jandar, Griechenland und Rumelien, er bezieht Steuern vom serbischen Volk und von ...« Er holte tief Luft, ehe er den Satz beendete. »... der Walachei.«

Drakuls Brauen zogen sich zusammen. »Ihr seid kein Türke!«

»Ich habe die Ehre, Engländer zu sein, Prinz. Meine Name ist Anthony Hawkwood.«

»Und Ihr steht im Dienste der Türken?«

»Es hat dem Emir gefallen, mich in seinen Dienst zu nehmen, ja.«

»Ihr seid ein Abtrünniger.«

»Ich bin ein Mann, der weiß, wo seine Zukunft liegt; wo unser aller Zukunft liegt.« Hawkwood sah dem Prinzen fest in die Augen. »Ihr tätet gut daran, Euch dies zu vergegenwärtigen.«

Sie starrten einander mehrere Sekunden an. Dann fragte Drakul: »Und diese Männer?«

»Meine Begleiter hier sind Halim Pascha und Mahmun Pascha.«

»Türken«, sagte Drakul verächtlich. »Sie machen mich wütend.«

»Es ist bei ihnen nicht üblich, ihre Kopfbedeckung abzunehmen, nicht einmal vor ihrem eigenen Emir.«

»Was kümmern mich türkische Bräuche?« entgegnete Drakul. »Was hat dieser Emir mir zu sagen?«

»Erstens möchte er wissen, warum Ihr so viele seiner Leute habt hinrichten lassen.«

»Sie haben sich meinen Unmut zugezogen.«

»Ich werde meinem Herrn diese Antwort ausrichten«, sagte Hawkwood fest. »Das wird den *seinen* erregen.«

»Ihr seid ein dreister Kerl«, bemerkte Drakul. »Aber Ihr seid doch nicht diesen weiten Weg gereist, nur um Euch nach ein paar Türken zu erkundigen.«

»Nein, Prinz. Mein Herr sagte mir, Euer Vater hätte dem Vater des Emirs, dem großen Murad, Vasallentreue geschworen.«

»Mein Vater war ein Dummkopf.«

»Auch das werde ich meinem Herrn bestellen. Aber mein Herr möchte wissen, ob Ihr Krieg oder Frieden mit dem Reich des Haldmondes wünscht?«

»Das werde ich ihn wissen lassen, sobald ich diesbezüglich einen Entschluß gefaßt habe«, erwiderte Drakul. Anthony verneigte sich. »Mein Herr hat mir befohlen, Euch folgendes auszurichten. Er plant einen großen Feldzug. Jene Prinzen, die ihm ihren Segen geben, werden nach Abschluß dieser Unternehmung geehrt und belohnt werden. Jene, die ihm ihren Segen verweigern, werden als Feinde betrachtet und bis ans Ende der Welt gejagt.«

Drakul musterte ihn. »Der Emir will Konstantinopel angreifen«, sagte er.

»Er plant einen großen Feldzug, Prinz.«

»Er muß mich für einen Dummkopf halten. So wie er selbst ein Dummkopf ist. Ein grüner Junge, der gegen Konstantinopel zu Felde zieht!«

»Er erbittet Euren Segen.«

Drakul überlegte einige Sekunden. »Ich gebe ihm meinen Segen«, sagte er schließlich. »Konstantinopel ist ein Nest Abtrünniger. Es sollte vernichtet werden. Meine Soldaten werden den Fluß nicht überqueren.«

Anthony verneigte sich, und eine Welle der Erleichterung durchströmte ihn. »Ich werde meinem Herrn Eure Antwort übermitteln«, sagte er. »Er wird hoch erfreut sein.«

»Dann überbringt sie ihm. Und jetzt geht . . . aber nicht jene dort«, bellte Drakul, als Halim und Mahmun Anstalten machten, sich zurückzuziehen.

»Prinz?« fragte Anthony.

»Sie haben meinen Unwillen erregt«, sagte Drakul.

»Wie ich Euch schon erklärte, Prinz, ist es bei den Türken nicht Brauch . . .«

»Ich habe Eure Worte vernommen, englischer Abtrünniger. Es ist bei ihnen nicht Brauch, ihr Haupt zu entblößen, nicht einmal vor ihrem Emir. Nun denn . . .« Drakul lächelte das boshafteste, grausamste Lächeln, das Anthony je gesehen hatte. »Wer bin ich denn, einen Mann zu zwingen, gegen seine Bräuche zu verstoßen. Sie entblößen ihr Haupt nicht vor mir? Nun, dann werden sie es nie wieder entblößen.« Er gab seinen Wachen ein Zeichen. »Ergreift diese Männer und nagelt ihre Helme an den Schädel.« Sein wölfisches Gesicht ging in schallendes Gelächter über. »Das wird den Damen gefallen.«

»Das hat Drakul getan?« Mehmed starrte Anthony ungläubig an. »Und das, nachdem er meine ersten Gesandten gepfählt hat?« Er lachte schallend. »Was für ein Mann!« rief er aus.

»Halim Pascha und Mahmun Pascha müssen gerächt werden, O Padischah«, sagte Hawkwood. »Halim war ein Dummkopf, aber Mahmun war unschuldig – und mein Schwiegervater. Wie soll ich meiner Frau mit dieser Nachricht unter die Augen treten?«

»O ja, sie werden gerächt werden«, versprach Mehmed. »Aber das muß warten. Und es wird schwierig werden. Wie besiegt man einen Mann, der so rücksichtslos handelt? Er wurde wieder ernst. »Aber er hat Euch zu mir zurückkehren lassen.«

»Vielleicht weil ich ein Feigling bin, O Padischah. Ich habe mich seinem Wunsch gebeugt.«

»Weil Ihr ein weiser Mann seid, junger Hawk, und ein vertrauenswürdiger Diener. Es ist nicht die Aufgabe eines Gesandten, jene vor den Kopf zu stoßen, zu denen er geschickt wird. Ihr habt meine Instruktionen getreu befolgt, und Ihr habt auf Eurer Mission viel gelernt.«

»Ich habe gelernt, daß die Welt größer und ungastlicher ist, als ich glaubte.«

»Das ist eine nützliche Lektion. Ich bin sehr zufrieden mit Euch, junger Hawk. Und jetzt . . . jetzt beginnen wir mit unserer Kampagne.«

Es war eine traurige Heimkehr. Der Emir mochte zwar zufrieden und belustigt sein, aber für ihn selbst war es eine schlimme Demütigung gewesen, mit ansehen zu müssen, wie seine Begleiter eines so grausamen Todes starben.

Auch mußte er Laila die traurige Nachricht überbringen. Sie schlug sich auf die Brust und raufte sich in ihrer Trauer das Haar – um so mehr, als der Leichnam ihres Vaters nicht zurückgebracht worden war. Anthony wußte, daß sie ihm die Schuld an dieser Katastrophe gab. Er war für die Gesandtschaft verantwortlich gewesen.

Seine Eltern waren überglücklich, ihn nach über sechs Monaten zurückzuhaben – aber auch ihre Freude wurde von den Neuigkeiten überschattet, die er ihnen von ihrer Tochter Catherine brachte, sowie von der Erkenntnis, daß der große Feldzug unmittelbar bevorstand.

»Meine Familie ist fast vollständig zerstört«, sagte Mary Hawkwood düster. »Nur du bist mir geblieben, Anthony. Und jetzt mußt auch du in den Krieg ziehen.«

Sein Vater war zuversichtlicher: Die große Kanone war fertiggestellt und ausprobiert worden.

»Meine Hoffnungen haben sich erfüllt«, sagte er stolz. »Sie hat einen riesigen Stein weiter als eine Meile geschleudert. Noch nie wurde eine Waffe von solcher Zerstörungskraft gebaut.«

»Hast du auch schon eine Eisenkugel abgefeuert?« fragte Anthony.

John schüttelte den Kopf. »Ich habe nur sechs Stück gießen können, da es in Anatolien nicht viel Eisen gibt. Sie dürfen nicht im Vorfeld verschwendet werden. Aber der Emir ist sehr zufrieden.«

Auf seiner langen, ermüdenden und deprimierenden Rückkehr aus der Walachei hatte Anthony oft von den Armen der Emir Valideh geträumt. Aber sie ließ ihn nicht zu sich rufen. Er suchte den Kislar Aga auf.

»Die Emir Valideh ist krank«, erklärte ihm dieser. »Ihr tätet besser daran zu vergessen, daß sie je gelebt hat, junger Hawk.«

Diese Mitteilung jagte ihm einen kalten Schauer über den

Rücken. Falls die Emir Valideh starb, würde er diesem Eunuchen ausgeliefert sein.

Er hatte jedoch wenig Zeit, sich Gedanken über die Gefährlichkeit seiner Lage zu machen, da Mehmed seine Vorbereitungen für den Feldzug sogleich begann. Noch in diesem Monat, im März 1452, besuchte er das Grabhaus Osmans und legte vor den Muftis und den Kommandierenden Offizieren der Janitscharen das Schwert Osmans um, das traditionelle Symbol dafür, daß der Emir in den Krieg zog. Die Janitscharen brachen in Jubelgeschrei aus.

Dann übernahm Mehmed persönlich die Befehlsgewalt über einen Trupp Arbeiter auf dem europäischen Ufer des Bosporus, und unter dem Schutz einer fünftausend Mann starken Armee begannen sie mit dem Bau der Festung Rumeli Hissari.

Anthony erkannte bald, daß es ein gewaltiges Bauwerk werden würde. Sogar das Castel Nuovo in Neapel verblaßte zur Bedeutungslosigkeit im Vergleich zu dieser massiven inneren Feste, die von ihrem hohen Turm überragt und von Zwischenmauern umgeben wurde, die den Burghof in kleinere Sektionen unterteilten, die leicht zu verteidigen waren, für den Fall, daß es einer feindlichen Armee gelingen sollte, sich Zutritt zur Festung zu verschaffen. Das war jedoch unwahrscheinlich, da die Außenmauern zwanzig Fuß hoch auf dem Fels aufragten. Außerdem waren sie zwanzig Fuß breit, und alle hundert Fuß befand sich ein dreißig Fuß hoher Wachturm. Die Außenmauern reichten bis hinab ans Meer und umfaßten einen großen Hafen, innerhalb dessen die Galeeren vom asiatischen Ufer ihre Ladungen Männer und Korn entladen konnten.

Wenn die Festung Rumeli Hissari auch nicht so gewaltig war wie Konstantinopel, so stand doch nicht zu befürchten, daß sie in Feindes Hand fallen könnte, solange die osmanischen Spahis und Janitscharen das Umland in ihrer Gewalt hatten.

Die Byzantiner schickten Gesandte, die die Arbeiten inspizieren sollten, und sie waren sichtlich beeindruckt. Sie gaben der Festung den Namen Mörderburg.

Aber Byzantion und das Osmanische Reich hatten soeben

ein Friedensabkommen unterzeichnet, und so zogen die Gesandten ohne Proteste wieder ab.

Der Bau der großen Festung dauerte mehrere Monate. In der Zwischenzeit begann die osmanische Armee langsam und in ihrer ganzen prunkvollen Majestät die Meerenge zu überqueren. Erst schwärmten die *Serratkuli* über das Land, dann die Anatolier und schließlich die Janitscharen und Spahis. Als letztes kam die Artillerie. Anthony war nach Brussa zurückgekehrt, um seinem Vater bei diesem gigantischen Unternehmen behilflich zu sein. Alle Kanonen waren schwer fortzubewegen, aber die Riesenbombarde mußte von fünfzig Paar Ochsen gezogen und siebenhundert Mann begleitet werden, die sie in Position hielten, während weitere zweihundert Mann den Weg vor ihr ebneten. Beinahe ein ganzes Jahr erforderte es, sie an den Bosporus zu schaffen, und dann kam die schwierigste Aufgabe von allen: Sie mußte an Bord eines Schiffes gehievt und ans europäische Ufer gebracht werden. Mehmed ritt persönlich an den Strand, um dem Manöver beizuwohnen. Er kaute nervös an seiner Unterlippe, als verstärkte Rampen ausgelegt wurden, die ächzten und stöhnten, und jeden Augenblick unter der enormen Last zusammenzubrechen drohten. Während Männer Befehle brüllten und im seichten Wasser umherliefen, schwitzte Anthony allein vom Zusehen Wasser und Blut. Aber wenngleich er nie zum Ingenieur ausgebildet worden war, hatte John Hawkwood die Rampen ebenso wie alles andere perfekt kalkuliert. Langsam – die Muskeln der Sklaven an den Seilen traten hervor, und die Seeleute drehten schweißgebadet die Winschen – schob sich das Monstrum die Rampe hinauf an Bord. Die Galeere neigte sich gefährlich zur Seite, und Wasser drang durch die unteren Ruderluken. John Hawkwood brüllte rasch einige Befehle, und jeder verfügbare Mann lief auf die entgegengesetzte Bordseite, um das gewaltige Gewicht auszugleichen. Langsam wurde die Kanone mittschiffs gezogen, und die Galeere legte ab. Die Ruder senkten sich ins Wasser, und die bedächtige Überfahrt begann. Auf der europäischen Seite barg die Entladung die gleichen Gefahren, aber John Hawkwood behielt alles unter Kontrolle, und die Bombarde landete sicher.

Die Byzantiner waren sich der gewaltigen Macht, die sich vor ihrer Haustür sammelte, sehr wohl bewußt, aber sie mußten glauben, daß die türkische Streitmacht sich in Richtung Donau, gegen Drakul von der Walachei wandte.

Bis die Festung schließlich fertiggestellt war. Denn an diesem Punkt versammelte Mehmed seine Leibgarde von Janitscharen und Spahis um sich – es waren an die fünfzehntausend Mann. Gemeinsam mit allen seinen Paschas, einschließlich der Hawkwoods, ritt der Emir in einer Entfernung von drei Meilen an den Landmauern der Stadt entlang. Die osmanische Armee bot einen prächtigen Anblick; das Rot und Blau der Janitscharen vermischte sich mit dem Weiß und Stahl der Spahis, während Mehmed selbst ihnen in einer goldenen Rüstung auf einem weißen Hengst stolz voranritt.

Allein der Lärm, den sie veranstalteten – die Rufe der Türken wurden vom Dröhnen ihrer Trommeln und Becken und dem Schmettern der Signalhörner begleitet –, machte angst. Anthony sah, wie immer mehr Bewohner der mächtigen Stadt sich auf den imposanten Mauern versammelten. Vielleicht stehen Anna und Catherine auch dort oben, sagte er sich. Er fragte sich, was sie wohl denken mochten. Kein klar denkender Mensch konnte jetzt noch daran zweifeln, daß Mehmed beabsichtigte, Konstantinopel anzugreifen.

Aber noch mußten umfangreiche Vorbereitungen getroffen werden. Das gewaltige Heer strömte immer noch aus allen Teilen des Reiches herbei und mußte ernährt werden. Türkische Galeeren pendelten unablässig zwischen der Festung und den Ländern um das Schwarze Meer hin und her, um das notwendige Getreide herbeizuschaffen.

Die Artillerie mußte noch verstärkt werden, da Mehmed trotz der neuen Bombarden beabsichtigte, zusätzlich die altmodischen Schleuderwaffen einzusetzen – Steinschleudern und Trebuchets –, die so viele Jahrhunderte von belagernden Armeen eingesetzt worden waren.

Sein Hauptquartier hatte der Emir in Adrianopel aufgeschlagen. Von dort aus schickte er weitere Gesandte nach Konstantinopel und ließ den Kaiser seiner Freundschaft versichern – und daß seine Vorbereitungen sich allein gegen Drakul von der Walachei richteten. Er wollte versuchen, bis zum letzten Augenblick den Feind im ungewissen zu lassen.

John Hawkwood hatte alle Hände voll zu tun, seine Kanoniere auf ihre Feuerprobe vorzubereiten. Während er sich den Lohn für den Erfolg ausrechnen konnte, kannte er seinen Herrn inzwischen gut genug, um zu wissen, was sie im Falle ihres Versagens erwartete.

Anthony arbeitete zwölf Stunden täglich mit ihm zusammen, aber er tat es gern. Es war, als müsse der gewöhnliche Alltag unterbrochen werden, bis Konstantinopel in ihrer Hand war.

In Adrianopel hatte Mehmed seinen Harem und seinen Hof eingerichtet, und er ermutigte seine Paschas und hochrangigen Offiziere, es ihm gleichzutun. Und so schwoll diese Provinzhauptstadt zu einer gewaltigen Stadt an, und Piri Pascha war ganz außer sich vor Aufregung und Sorge.

Anthony und John ließen pflichtschuldig ihren eigenen bescheidenen Haushalt nachkommen, wenn sie auch selbst wenig Freude daran hatten. Mary machte sich zu große Sorgen wegen des bevorstehenden Krieges, und Laila trauerte immer noch um ihren Vater.

»Du solltest sie züchtigen«, empfahl Mehmed ihm ungeduldig.

»Ich kann ihr keinen Vorwurf machen.«

Mehmed musterte ihn einen Augenblick nachdenklich. »Ihr werdet eine zweite Frau bekommen, sobald die Stadt uns gehört«, versprach er.

Und was dann? fragte sich Anthony. Er hatte nichts von der Emir Valideh gehört und wagte auch nicht, sich erneut nach ihr zu erkundigen. Er hatte immer das Gefühl gehabt, daß Mara sich beim Emir für ihn eingesetzt und so seine Entwicklung gefördert hatte. Was würde geschehen, wenn sie starb?

Die immer offensichtlicheren türkischen Vorbereitungen auf die Belagerung der Stadt lösten im Westen unterschiedliche Reaktionen aus. Georg Brankovic, Johannes Hunyadi und sogar Drakul hielten ihr Wort und griffen nicht ein. Aber der

Papst, der endlich beschloß, seinen Mitchristen zur Hilfe zu kommen, entsandte einen Legaten, einen gewissen Isidoros, ehemaliger Metropolit aus Kiew in Rußland, mit zweihundert Soldaten. Im November traf er in der Stadt ein.

Mehmed war äußerst belustigt. »Zweihundert Mann«, höhnte er. »Und ich habe gehört, es hat bereits einen Aufruhr gegeben.«

Das stimmte. Als Isidoros versucht hatte, in der Hagia Sophia eine Messe abzuhalten, um die Union der beiden Kirchen zu zelebrieren – wie zwischen dem Papst und Konstantin vereinbart –, war unter den Byzantinern eine regelrechte Revolte ausgebrochen, und der Kardinal hatte vor der tobenden Meute beschützt werden müssen.

Seine Ankunft mochte im türkischen Lager mit Belustigung aufgenommen werden, aber die nächsten Neuigkeiten waren alles andere als zum Lachen.

Im Januar 1453 fuhren zwei riesige genuesische Karaken in das Goldene Horn ein. An Bord befand sich einer der berühmtesten Krieger dieser Ära, Giovanni Giustiniani, und er hatte mehrere hundert schwerbewaffnete Soldaten bei sich sowie den deutschen Geschützmeister Johann Grant.

John Hawkwoods Stellung in Konstantinopel war neu besetzt worden.

»Bei Allah«, sagte Mehmed. »Die Ungläubigen sammeln sich. Es ist an der Zeit, daß wir ins Feld ziehen, bevor sie zu stark werden.«

Als erstes befahl der Emir Aktionen gegen die byzantinischen Außenposten. Die kleinen Festungen Therapia und Studios am Bosporus wurden umzingelt und zur Kapitulation aufgefordert.

In Anbetracht der gewaltigen Übermacht ließen die Garnisonen sich nicht zweimal bitten. Mehmed befahl, jeden einzelnen Byzantiner in Sichtweite der Hauptstadt zu pfählen.

»Aber sie haben sich kampflos ergeben, O Padischah«, protestierte Anthony entsetzt.

»Ich werde an ihnen ein Exempel für die Byzantiner statuieren«, entgegnete Mehmed grimmig.

Als nächstes wurde die Burg auf der Insel Prinkopo mit Hilfe brennenden Schwefels erobert und die ganze Garnison niedergebrannt. Es gab keine Überlebenden.

»Er ist ein Ungeheuer«, bemerkte John Hawkwood düster.

Ein Ungeheuer, das Konstantinopel erobern wird, dachte Anthony. Mara hatte ihn Hunkar genannt, ›Bluttrinker‹.

Er würde massenhaft Blut zu trinken bekommen, wenn die Stadt fiel.

In der darauffolgenden Woche erhielt Hawkwood den Befehl, mit seinen Geschützen vorzurücken. Umgeben vom ganzen türkischen Heer, an die einhundertfünfzigtausend Mann, rollten die Kanonen langsam in Richtung Konstantinopel, vor den Blicken der Beobachter auf den Mauern sorgfältig verborgen.

Mehr und mehr Menschen drängten sich auf den Stadtmauern, als das osmanische Kriegsheer näher rückte. Wenn sie beunruhigt gewesen waren beim Anblick der fünfzehntausend Mann, die im vergangenen Herbst vorbeigezogen waren, fragte sich Anthony, was sie jetzt empfinden mochten, da die gesamte Ebene, die sich vor der Stadt erstreckte, unter Männern, Pferden und Bannern verschwand. Und das Schlimmste wußten sie noch gar nicht.

Langsam und die Kanonen immer noch versteckend, nahm die Armee ihre vorgesehenen Positionen ein.

Zagan Paschas Korps zog nach Norden, um einem Gegenangriff aus Galata über das Goldene Horn vorzubeugen. Zagans Männer begannen sogleich mit dem Bau einer Brücke über den inneren Hafen, vor den Augen der hilflosen kleinen byzantinischen Flotte.

Caraja Paschas Truppe bezog gleich neben Zagans Stellung, gegenüber der Xylo-Pforte und dem Adrianopel-Tor.

Isaak Pascha führte seinen Verband nach Süden und stellte ihn gegenüber der Mauer mit der seewärts gerichteten Romanos-Pforte auf.

Und im Zentrum, dort wo der Lycus-Fluß unter die Mauern der Stadt floß, zog Halil Pascha den türkischen Haupttruppenkörper zusammen.

Um auch jeden Zweifel auszuräumen, daß er von dort seinen Hauptangriff zu führen gedachte, ließ Mehmed sein eigenes rotgoldenes Hauptquartierszelt unmittelbar hinter den Reihen von Halils Männern aufstellen.

Auf dem Wasser lag die inzwischen hundertundfünfzig Karaken umfassende türkische Flotte im Hafen von Prinkopo bereit, um zu verhindern, daß über den Seeweg Verstärkung in die Stadt gelangte. Jetzt, da die Getreideversorgung der Byzantiner durch die türkische Kontrolle des Bosporus unterbrochen war, war Konstantinopel lückenlos belagert.

Im Morgengrauen des 12. April 1453 riefen die Muezzins, die auf speziell errichteten Türmen vor jeder Sektion der gewaltigen Armee standen, die Gläubigen zum Gebet. Anthony hatte die Worte in den vergangenen zwei Jahren oft gehört, aber an diesem Tag erschienen sie ihm bedeutungsvoller als je zuvor:

Gott ist größer.
Gott ist größer.
Gott ist größer.
Gott ist größer.
Ich bezeuge, es gibt keinen Gott außer Gott.
Ich bezeuge, es gibt keinen Gott außer Gott.
Ich bezeuge, Mohammed ist der Gesandte Gottes. Ich bezeuge, Mohammed ist der Gesandte Gottes.
Auf zum Gebet.
Auf zum Gebet.
Auf zum Wohlergehen! Auf zum Wohlergehen!
Das Gebet ist besser als der Schlaf.
Gott ist größer.
Gott ist größer.
Es gibt keinen Gott außer Gott.

Als die Gebete beendet waren, stieß das Heer einen gewaltigen Kriegsschrei aus, der fünfzig Meilen weit zu hören war. Dann teilten sich die Reihen der Kavallerie, und die Beobachter oben auf der Mauer bekamen zum erstenmal die gigantische Bombarde zu sehen.

»Ist Eure Kanone geladen, Hawkwood?« fragte Mehmed.

»Sie ist geladen und bereit, O Padischah«, entgegnete John.

Mehmed zeigte mit seinem pferdeschweifgeschmückten Kommandostab auf die Stadt.

»Laßt uns die Belagerung beginnen«, sagte er.

John hielt ein brennendes Stück Holz an die Pulverkammer. Das Heer hielt den Atem an . . . die riesige Bombarde dröhnte und schleuderte das erste Geschoß dieses Krieges gegen die Mauer des Theodoros.

6

Hawk Pascha

DIE GEWALTIGE STEINKUGEL flog durch die Luft. Die Kanone war so genau ausgerichtet, daß das Geschoß gegen die Basis der oberen Mauer prallte, bevor es in tausend Stükke zerbarst, jedoch nicht ohne einen Riß im Mauerwerk zu hinterlassen.

Die Osmanen brachen in ohrenbetäubendes Jubelgeschrei aus, während die Byzantiner ihnen ihre Verachtung entgegenschrien.

Mehmed schlug sich lachend auf den Oberschenkel. »Das war ein guter Schuß, Hawkwood«, rief er. »Feuert gleich noch einmal.«

»Wir müssen die Kanone erst anheben«, entgegnete John und erteilte die entsprechenden Befehle. Dann wurde die Bombarde neu geladen; alles in allem nahm der Vorgang fast zwei Stunden in Anspruch. In der Zwischenzeit ritt Mehmed ungeduldig auf und ab und befahl, die kleineren Geschütze und Trebuchets in Reichweite der Mauern aufzustellen. Aber hiermit gerieten sie in Reichweite der byzantinischen Geschütze, und schon bald tobten auf der gesamten Länge der Landmauer erbitterte Kämpfe.

Es war ein beeindruckender Anblick. Auch das Laden der kleineren Kanonen auf beiden Seiten nahm einige Zeit in Anspruch, und sie waren selten gleichzeitig abschußbereit. Minuten der Stille wurden unterbrochen von einer plötzlichen

Explosion und einer Rauchwolke. Wenn die Steinkugeln gegen die Mauer prallten oder auf der Erde landeten, zersprangen sie in tausend Stücke. Die mehrere Fingerbreit langen Splitter waren für jeden, der in der Nähe stand, äußerst gefährlich. Anthony sah, wie mehrere Osmanen zusammenbrachen, blutend und mit zerschmetterten Gliedmaßen.

Alle zwei Stunden ertönte die große Bombarde, ihr Dröhnen war tiefer und nachhaltiger als das der anderen Kanonen und auch ihre Wirkung bei weitem verheerender.

Am Abend – die große Kanone war nur siebenmal abgefeuert worden – waren die Risse in der Mauer deutlicher zu erkennen.

Mehmed war bester Laune und lud beide Hawkwoods ein, in seinem Zelt mit ihm zu speisen. »Eine Woche«, sagte er enthusiastisch. »Nur eine Woche, und die Stadt wird uns gehören.« Er wandte sich John zu. »Ab sofort seid Ihr Hawk Pascha, Artilleriegeneral.«

John verneigte sich ehrerbietig, als er den zeremoniellen Kommandostab mit dem Pferdeschweif entgegennahm, in den zwei Knoten geschlungen waren.

Aber am nächsten Morgen waren kaum noch Spuren irgendwelcher Schäden zu sehen; die Byzantiner hatten die ganze Nacht gearbeitet, um die Schäden zu beheben.

»Bei Allah!« rief Mehmed. »Wie ist das möglich?«

»Wir werden länger als eine Woche brauchen«, bemerkte John.

»Wenn ich so frei sein darf, etwas anzumerken, O Padischah«, ergriff Anthony das Wort. »Unsere Kanonen beschießen jeweils einen anderen Mauerabschnitt. Auf diese Weise entsteht zwar ein gewisser Schaden, aber nichts, was sich nicht beheben ließe. Wenn wir unsere gesamte Artillerie auf einen Punkt konzentrieren, könnten wir an einem einzigen Tag das Mauerwerk derart schädigen, daß es für eine Bresche reicht.«

»Ihr habt recht, junger Hawk. Ich hätte selbst daran denken sollen.«

Befehle wurden erteilt, und die Bombarden wurden im Lycus-Tal vor der Romanos-Pforte zusammengezogen. Sie mußten nun von einem großen Kontingent Janitscharen geschützt werden, da ihre neue Position einen Ausfall aus der Stadt zur Folge haben konnte. Die Kanonade verlief so erfolgreich, daß der Schaden am Tor an diesem Abend beträchtlich schien.

»Noch einen Tag, und wir haben eine Bresche in die Mauer geschlagen«, verkündete Mehmed.

Aber am nächsten Morgen waren die meisten Risse erneut repariert worden.

»Das ist Giustinianis Werk«, grollte John. »Er kennt sich mit der Kunst der Belagerung aus.«

»Was können wir tun?« fragte Mehmed.

»Wir werden weiterfeuern«, entgegnete John. »Wir werden sie zermürben.«

»Warum benutzt Ihr nicht die Eisenkugeln?« wollte der Emir wissen. »Würden die nicht viel schneller eine Bresche in der Mauer bewirken?«

»Ich verfüge nur über sechs solcher Eisengeschosse, O Padischah, es ist klüger, sie für später aufzuheben, wenn die Mauer genügend geschwächt ist.«

»Und wann wird das sein? Nächstes Jahr?«

Er war jetzt denkbar schlechter Laune, vor allem in Anbetracht der verächtlichen Rufe der Verteidiger Konstantinopels, die ihr Selbstvertrauen offenbar wiedergewonnen hatten.

»Er hat keine Erfahrung in der Kriegsführung«, vertraute John Hawkwood seinem Sohn an. »Er glaubt, eine Belagerung wie diese könnte mit einigen Schlägen entschieden werden wie ein Turnierkampf zwischen zwei Reitern.«

»Er wird lernen, sich in Geduld zu fassen, Vater«, versprach Anthony.

Aber Mehmeds Zorn wuchs, und sechs Tage nachdem die Kanonen zum ersten Mal die Mauern hatten erzittern lassen, befahl er einen Generalangriff.

»Gegen intakte Mauern, Padischah?« fragte John. »Das wird nicht gelingen.«

»Pah! Es wird gelingen, weil ich es will«, entgegnete der Emir schroff.

Das gesamte Heer wurde in Bewegung gesetzt, und die Flotte erhielt den Befehl, den Baum zu sprengen, der die Einfahrt zum Goldenen Horn versperrte.

In der Morgendämmerung des 18. April, nachdem alle sich im Gebet gen Mekka niedergekniet hatten, wurde das Signal gegeben. Die Kanonen verstummten, und die Serratkuli stürmten säbelschwingend vor, wobei sie aus voller Kehle brüllten: »*Yagma! Yagma!* – Auf zum Plündern! Auf zum Plündern!«

Sie schwärmten über die ehemals bestellten Felder, die inzwischen zu Schlamm zertrampelt worden waren, und näherten sich dem Graben und der Außenmauer wie eine gewaltige, brüllende, farbige Welle, wobei sie sich vor allem auf das Tor des heiligen Romanos konzentrierten. Hinter ihnen rückten die Anatolier vor, in gemäßigtem Tempo, von ihren *Chaouches* oder Sergeanten in groben Reihen gehalten, ihre Banner im Wind wehend und ihre Speerspitzen in der Sonne glitzernd.

Hinter den Anatoliern fielen die rot-blau gewandeten Janitscharen mit den Federbüschen an den Helmen auf: Sie warteten auf ihren Einsatz. Zum erstenmal zogen sie mit ihren neuen Handfeuerwaffen in den Kampf, und sie waren entsprechend ungeduldig. Aber noch war ihre Zeit nicht gekommen.

Es waren Handfeuerwaffen der neuesten Art, von den Venezianern beschafft und an die Türken verkauft. Als vor hundert Jahren die ersten Handfeuerwaffen erfunden worden waren, waren es noch einfache Eisenzylinder mit einem geschlossenen Ende gewesen. In den Zylinder wurde etwas Schießpulver geschüttet, eine Kugel hineingesteckt und das Ganze tief in den Lauf gestopft. In dem geschlossenen Ende des Zylinders befand sich ein winziges Zündloch, das ebenfalls mit Pulver gefüllt wurde. Dann hielt der Schütze eine offene Flamme an das Zündloch, das Schießpulver explodierte und schleuderte die Kugel einige hundert Yards weit. Aber es bedurfte zweier Männer, jede Waffe zu laden und abzufeuern, und so waren Handfeuerwaffen eine ganze Generation lang ein kostspieliger Luxus gewesen. Den Spaniern war schließlich, erst wenige Jahre zuvor, ein entscheidender Durchbruch gelungen. Anstatt der offenen Flammen hatten sie die ›Serpentine‹ erfunden, eine ölgetränkte Tuchrolle, die, einmal entzündet, längere Zeit brannte. Mit großem Einfallsreichtum hatten sie diese Serpentine in die Kammer eingepaßt, so daß sie – brennend – Stück für Stück mittels eines Hebels herausgezogen wurde, der am oberen Ende der Waffe angebracht war und wiederum von einem Abzug betätigt wurde. Dies bedeutete, daß der Schütze sich ganz auf sein Ziel konzentrieren konnte. Außerdem war die Waffe mit einem gebogenen Schaft versehen worden, der gegen die Schulter gestützt werden konnte und so das Zielen erleichterte.

Aber die neuen Waffen hatten immer noch nur eine Reichweite von etwa hundert Schritt, und es bedurfte eines Stekkens, um den Lauf ruhig zu halten. Auch brauchte man immer noch mehrere Minuten zum Nachladen. Wenn Anthony an die weitreichenden, zielsicher und rasch aufeinanderfolgenden Pfeilsalven dachte, die seine Spahis auf dem Ritt in die Walachei abgefeuert hatten, konnte er nur annehmen, daß der größte Vorteil dieser Feuerwaffen in dem furchteinflößenden Knall lag, den sie beim Abfeuern verursachten.

Die Byzantiner eröffneten das Feuer, sobald die Serratkuli in Reichweite waren. Ihre Waffen ruhten in den Schießscharten der Mauer, und bald war das Feld mit toten und verwundeten Türken bedeckt. Dumpfe Erschütterungen mischten sich in die Schreie der Angreifer und Verteidiger, in das Schreien von Frauen innerhalb der Stadt und das Glockengeläut – offenbar bemühte sich jede Kirche der Stadt, die Bewohner auf ihre Weise zu ermutigen. Über den Kämpfenden stiegen so dichte Rauchwolken auf, daß von den Geschützstellungen aus unmöglich zu erkennen war, was vor sich ging.

Die Serratkuli schwärmten in den Graben und begannen, ihre Leitern aufzustellen, aber Giustiniani, der persönlich das Kommando über die Romanos-Pforte innehatte, ließ mit allem, was seine Soldaten an Waffen besaßen, das Feuer eröffnen: Feuerwaffen, Mauergeschütze, Bögen, Armbrüste und Katapulte feuerten ihre Geschosse hinab in den Graben. Leitern wurden aufgestellt und wieder umgestoßen. Die Serratkuli trampelten sich gegenseitig nieder in ihrem Bestreben, die Leitern sicher aufzustellen, wurden jedoch immer wieder zurückgeworfen. Die Anatolier eilten ihnen zur Hilfe und wurden gleichermaßen niedergemacht.

Die Janitscharen waren nun in Reichweite vorgerückt und eröffneten ein gleichmäßiges Feuer, das jedoch keinerlei Wirkung auf die Verteidiger zu haben schien. Sie wurden nicht in die eigentliche Schlacht befohlen, da es sinnlos gewesen wäre, noch mehr Männer in das wüste, schreiende Getümmel im Graben zu schicken.

John und Anthony tauschten einen düsteren Blick. Der Emir opferte sinnlos seine Männer: Schon jetzt war deutlich, daß der Sturm auf die Mauern keinen Erfolg haben würde. Aber Mehmed blieb ungerührt auf seinem Pferd sitzen und beobachtete das Geschehen.

Dann kam ein Adjutant aus Zagans Hauptquartier am Goldenen Horn herübergeritten.

»O Padischah!« rief er. »Admiral Baltioglu wurde von der Hafeneinfahrt zurückgedrängt. Großherzog Notaras führt dort das Kommando, und unsere Schiffe wurden besiegt.«

»Schlagt ihm den Kopf ab!« brüllte Mehmed.

Vier Janitscharen zerrten den Adjutanten aus dem Sattel.

»Bei allem Respekt, O Padischah«, legte John Hawkwood Widerspruch ein. »Er ist nur ein Bote.«

Mehmed funkelte ihn zornig an – dann winkte er ab. »Verschont diesen Hund«, knurrte er. »Verfluchter Notaras – ich werde dich häuten lassen!«

»Wir werden heute keinen Sieg davontragen«, sagte Anthony.

Mehmed warf auch ihm einen bösen Blick zu, aber dann gab er ein Zeichen und ließ zum Rückzug trommeln.

Das Dröhnen der Trommeln wehte über das Feld, und langsam erreichte die Nachricht die Kämpfer. Grimmig und zornig zogen die Türken sich zurück, gefolgt von den Pfeilen und dem Jubel der triumphierenden Byzantiner.

Mehmed ritt auf die Mauer zu, blieb jedoch außer Reichweite der Geschosse. Um ihn herum schafften die Serratkuli ihre Toten vom Schlachtfeld, ohne ihren Emir auch nur eines Blickes zu würdigen.

»Wir sind besiegt worden«, sagte Mehmed. »Die Osmanen wurden besiegt. Wie ist das möglich?«

»Bei einer Belagerung zählt nur eine Niederlage, nämlich

der endgültige Ausgang dieser Belagerung«, entgegnete John. »Die Byzantiner verteidigten sich mit dem Mut der Verzweiflung, aber wir werden dennoch triumphieren.«

»Sie haben so viele unserer Männer getötet«, seufzte Halil Pascha mit einem Blick auf den wachsenden Leichenberg.

»Wir sind zahlreich, sie sind nur wenige. Wenn heute auf zehn gefallene Türken ein toter Byzantiner gekommen ist, haben sie größeren Schaden erlitten als wir«, beharrte John Hawkwood.

»Ha!« rief Mehmed. »Ihr habt natürlich recht. Sie müssen ihre Toten in der Stadt begraben. Nun, wir werden dafür sorgen, daß sie reichlich zu tun haben.« Er deutete auf die sterblichen Überreste seiner eigenen Männer. »Bringt die Leichen zu unseren Trebuchets und laßt sie in die Stadt katapultieren. Mal sehen, was die Byzantiner davon halten.«

Halil blickte konsterniert auf seinen Herrn und dann auf John.

»Bei allem Respekt, Padischah«, protestierte John. »Das würde bedeuten, Konstantinopel in ein Pestloch zu verwandeln.«

»Auch ein Serratkuli hat ein würdiges Begräbnis verdient«, wagte Halil zu bemerken.

»Pah!« sagte Mehmed. »Glaubt Ihr, daß mich die Seele eines Serratkuli kümmert? Oder ob die Byzantiner von der Pest dahingerafft werden?«

»Tatsächlich haben sie nicht Besseres verdient«, pflichtete John ihm taktvoll bei. »Aber wollt Ihr die Stadt nicht für Euch selbst erobern? Hat sich dort erst die Pest ausgebreitet, wird Konstantinopel über Jahre unbewohnbar sein.«

Mehmed musterte ihn einige Sekunden schweigend. »Was seid Ihr? Mein Gewissen?« fragte er schließlich. Er wendete sein Pferd. »Also gut. Laßt die Toten bestatten.«

Die Glocken der Hagia Sophia läuteten ein *Tedeum* zum Dank für den Sieg über die Türken; der Kaiser persönlich hielt den Gottesdienst ab, flankiert von Lukas Notaras und Giovanni Giustiniani. Die Stadtbewohner beteten und sangen mit aufrichtiger Inbrunst; sie lebten in Angst und Schrecken, seit die Belagerung begonnen hatte und das Dröhnen der großen Kanone sie schreiend auf die Straßen gejagt hatte.

Aber noch hatte die Kanone keine Bresche in die Mauer geschlagen, und der Sturmangriff war abgewehrt worden. Es war beinahe spürbar, daß ein wenig von der alten byzantinischen Überheblichkeit zurückkehrte.

Catherine Notaras und Anna Drakontes knieten beieinander und beteten gemeinsam. Inzwischen waren sie die besten Freundinnen geworden. Nach dem Gottesdienst gingen sie zu ihren Ehegatten in den Palast der Familie Notaras.

»Haben wir tatsächlich gesiegt?« fragte Anna ängstlich.

Graf Drakontes warf Basileios Notaras einen fragenden Blick zu.

»Wir haben nur eine Schlacht gewonnen«, erklärte Basileios. »Aber wir werden auch am Schluß siegen. Es gibt nichts, was sie sonst noch tun könnten. Nicht einmal die große Kanone deines Vaters hat uns etwas anhaben können.«

Catherine schwieg. Während sie und ihre Schwägerin einander nähergekommen waren, hatten sie und ihr Mann sich im Laufe der Zeit immer weiter auseinandergelebt. Basileios war so anziehend wie eh und je, aber seine fremdländische Frau langweilte ihn, und er bereute die sexuelle Faszination, die ihn bewogen hatte, sie zu heiraten. Er kam nur noch selten in ihr Bett, und verhöhnte sie mehr, als daß er sie begehrte.

Und dafür hatte sie ihre eigene Familie zerstört, mit jenem jugendlichen Hochmut, der so charakteristisch für sie war. Sie hatte allen Grund, diesen Charakterzug an sich zu hassen.

»Aber wenn sie weiter vor den Toren lagern und uns aushungern ...« meinte Anna.

»Es ist nicht die Art der Türken, tatenlos herumzusitzen und einen Feind zu belagern«, entgegnete Basileios. »Wenn sie nicht bald einen Erfolg verzeichnen, werden sie abziehen – so ist es in der Vergangenheit immer gewesen. Außerdem habe ich von meinem Vater gehört, daß eine genuesische Flotte hierher unterwegs ist, um uns beizustehen.«

Catherine erhob sich und ging hinaus auf die Terrasse. Die Sonne ging unter, und die Stadt war in goldenes Licht getaucht. Über den sonst so lärmenden türkischen Reihen lag Totenstille.

Wenig später gesellte sich Anna zu ihr. »Was hast du empfunden, als du deinen Vater und deinen Bruder hinter dem Emir hast reiten sehen?«

Catherine blickte auf sie herab; sie war einen Kopf größer als die junge Griechin.

»Ich habe gewünscht, Gott würde einen Blitz herabschicken und sie erschlagen«, entgegnete sie.

Anna wußte nicht gleich, was sie hierauf entgegnen sollte. Sie war eine Notaras; ihre Liebe, ihr ganzes Leben drehten sich um ihre Familie, ihre Eltern und ihre beiden Brüder. Nachdem sie Catherine inzwischen beinahe als Schwester betrachtete, konnte sie sie nur bedauern.

Schließlich sagte sie: »Es muß schrecklich sein, die eigenen Verwandten derart zu hassen.«

»Was könnte ich heute anderes tun, als sie zu hassen?« entgegnete Catherine schroff.

Anna hob konsterniert den Kopf. Das war das erste Mal, daß sie Catherine Notaras weinen sah. Große Tränen rollten ihr über die Wangen.

»Wenn es eine Strafe Gottes ist, daß sie im feindlichen Lager kämpfen, wegen des Unheils, das ich über sie gebracht habe«, fuhr Catherine mit bebender Stimme fort, »dann müssen entweder sie sterben oder ich.«

Anna schauderte. »Wenn es Gottes Wille ist, daß sie überleben, dann sind wir alle dem Teufel ausgeliefert.«

Am Abend waren sämtliche Paschas zu einer Lagebesprechung im großen Zelt des türkischen Lagers versammelt.

»Der Schlüssel liegt da, wo ich ihn von Anfang an vermutet habe«, erklärte John Hawkwood. »Konstantin mag nur über einige tausend Soldaten verfügen, aber er kann diese praktisch vollständig auf einen bestimmten Punkt konzentrieren: die Landmauer. Wir hingegen können trotz unserer Übermacht jeweils immer nur etwa die gleiche Anzahl unserer Männer gegen sie in die Schlacht schicken. Wenn wir bald einen Sieg erringen wollen, müssen wir einen Großangriff gegen einen anderen Teil der Mauer starten, um seine Truppen zu spalten.«

»Und wie sollen wir das tun?« fragte Zagan Pascha. »Die

Seemauern stürmen zu wollen wäre ein hoffnungsloses Unterfangen. Und heute hat sich erwiesen, daß unsere Galeeren nicht stark genug sind, die Sperrkette vor der Hafeneinfahrt zu durchbrechen.«

»Eine andere Stelle gibt es nicht«, meinte Halil trübsinnig.

Mehmed blickte grimmig von einem zum anderen.

Anthony schnippte mit den Fingern, und alle Köpfe wandten sich ihm zu.

»Bei allem Respekt, edle Herren, die einzige Art, wie wir die Byzantiner von der Landmauer ablenken können, ist ein Angriff vom Goldenen Horn aus.«

»Aber genau das hat sich als undurchführbar erwiesen, junger Hawk.«

»Wir können den Ausleger nicht durchbrechen, aber vielleicht können wir ihn umgehen.«

»Wie meint Ihr das?«

»Wenn wir um den Ausleger herummarschieren, werden wir damit nichts erreichen«, mischte sich erneut Zagan ein, »wir brauchen Schiffe im Hafen und nicht Soldaten am Ufer.«

»Ich spreche auch von Schiffen, Zagan Pascha«, entgegnete Anthony. Er tippte auf die Karte, die zwischen ihnen auf dem Boden lag. »Hier ist Galata, am Nordufer, in genuesischer Hand. Aber die Garnison von Galata verhält sich neutral; sie wissen, daß wir die Stadt im Sturm erobern können, wann immer es uns beliebt, und sie wollen nur in Frieden gelassen werden. Nördlich von Galata ist das Gelände eben und auf Höhe des Meeresspiegels. Und keine Meile vom Meer entfernt fließt ein Fluß. Wenn es uns gelänge, unsere Galeeren über diesen Landabschnitt zu bringen, könnten wir sie auf dem Fluß zu Wasser lassen und in den Hafen rudern. Dann würden wir in den Rücken des Großherzogs und seiner Männer gelangen.«

»Schiffe über Land transportieren?« fragte Halil ungläubig.

»Es ist machbar«, sagte Anthony. »Ich bin ganz sicher.«

»Wie?« fragte Mehmed neugierig.

Anthony hatte seinen Plan noch nicht gründlich durchdacht, aber plötzlich kam ihm ein spontaner Einfall. »Wir bauen eine hölzerne Straße, Padischah, die wir mit Rinderfett einschmieren. Dann können wir die Schiffe hinüberziehen.«

»Das wäre machbar«, stimmte Mehmed ihm strahlend zu. »Und so werden wir es auch machen.«

»Du hast da etwas übersehen«, sagte John Hawkwood an seinen Sohn gewandt. »Unsere Galeeren können tatsächlich über Land zum Fluß gebracht werden, aber den Fluß können sie nur einzeln hintereinander befahren. Was, wenn Notaras seine Streitmacht an der Flußmündung aufbaut und unsere Flotte Schiff für Schiff zerschlägt?«

»Notaras verfügt nur über ein Dutzend Schiffe, Vater. Natürlich kann er sie alle an der Flußmündung plazieren, aber dann müßte er die Verteidigung des Auslegers aufgeben. Wenn die Hälfte unserer Schiffe dort verbliebe, könnten wir dort vorrücken, wo seine Position am schwächsten wäre.«

»Ein gewitzter Plan«, sagte Mehmed. »Ich bin stolz auf Euch, junger Hawk. Setzt die Arbeiten in Gang. Und Ihr werdet mit dem Kommando betraut.«

Baltioglu war nicht begeistert davon, das Kommando mit einem unerfahrenen, gerade mal einundzwanzigjährigen Ausländer zu teilen, aber dem Befehl des Emirs konnte er sich nicht widersetzen. Am darauffolgenden Morgen machte Anthony sich ans Werk, beschlagnahmte alles Holz, dessen er habhaft werden konnte, und rekrutierte mehrere tausend Mann für den Bau seiner Holzstraße.

Derweil setzten die Kanonen ihre stete, unablässige Bombardierung fort.

Am nächsten Tag ritt Mehmed persönlich zur Baustelle, um zu sehen, wie die Arbeit vorankam. Mit dem Bau der Holzbahn war bereits begonnen worden.

»Ihr seid ein einfallsreicher Mann, junger Hawk«, erklärte der Emir zufrieden.

Aber gleich darauf wurde er von einem Boten unterbrochen, der ihm mitteilte, daß vier große genuesische Karaken mit Kurs auf den Bosporus auf dem Marmarameer gesichtet worden waren.

»Sie bringen sicher Verstärkung und Vorräte«, bemerkte Baltioglu. »Ich werde sie vernichten.«

»Ein Sieg«, sagte Mehmed. »Endlich! Ihr *werdet* diese Schiffe versenken, Baltioglu Pascha.«

Der Bulgare verneigte sich. »Es wird mir eine Ehre sein, Padischah.«

»Wartet! Hört zu«, sagte Mehmed. »Laßt sie in die Meerenge einfahren. Auf diese Weise können sie Euch nicht entkommen. Auch werden die Byzantiner ihrer Vernichtung auf diese Weise zusehen können.«

Baltioglu galoppierte davon, um sich zu seinen wartenden Schiffen übersetzen zu lassen.

»Das wird ein Spaß«, sagte Mehmed.

Nach dem Mittagsmahl ritten sie hinunter an den Strand, um sich die bevorstehende Seeschlacht anzusehen.

Die Masten der Karaken, die bei kräftigem Südwind schnelle Fahrt machten, waren jetzt deutlich zu sehen. Ihre Segel, die mit dem Kreuz und anderen Symbolen geschmückt waren, blähten sich in Richtung des Bosporus, und hoch oben flatterten lange rote, blaue und goldene Banner. Aber die Flaggen begannen zu erschlaffen, als die Schiffe in die Meerenge einfuhren und gegen die Strömung ankämpfen mußten. Auf den Mauern Konstantinopels drängten sich Menschen, die angesichts der nahenden Verstärkung jubelten. Sicher war das die Vorhut der Flotte, die sie seit so langer Zeit sehnlichst erwarteten. Flaggen wurden gehißt und Trompeten geblasen, um die eintreffenden Seeleute willkommen zu heißen.

Die türkischen Galeeren krochen aus dem Hafen von Prinkopo wie ein Schwarm Käfer: einhundertfünfundvierzig waren es insgesamt, und eine riesige Zahl von Rudern senkte sich gleichzeitig in die Fluten, während die Pauken rhythmisch den Takt vorgaben.

Sie wurden bald von den Beobachtern auf den Mauern entdeckt, und deren Jubelgeschrei verwandelte sich in ein angstvolles Wehklagen. Niemand konnte daran zweifeln, daß die Genueser von dieser gewaltigen Übermacht vernichtet werden würden.

Die türkischen Seeleute brachen in Erwartung des bevorstehenden Sieges in Triumphgeheul aus, begleitet vom Dröhnen der Pauken und dem Schmettern der Trompete. Unaufhaltsam ruderten sie auf ihre Feinde zu.

Mehmed ritt im seichten Wasser auf und ab und schnippte mit den Fingern, um seine Männer anzutreiben.

Die Galeeren schwärmten auf die genuesischen Karaken zu. Aber die großen Schiffe lagen noch gut im Wind, und ihr verstärkter Bug krachte in die ersten türkischen Boote, die sie erreichten. Seitenwände wurden eingedrückt und ganze Reihen von Rudern einfach abrasiert, als die riesigen Schiffe kraftvoll durch die Fluten pflügten, während die Schiffe ihrer ersten Angreifer untergingen. Männer schwammen an Land, und die angeketteten Galeerensklaven versanken schreiend im Meer.

»Teufel!« kreischte Mehmed und schüttelte die erhobenen Fäuste. »Sie sind Teufel. Warum lassen sie sich nicht aufhalten?«

»Das liegt am Wind«, entgegnete Anthony. »Er verleiht ihnen zu großen Antrieb. Aber seht!«

Die Schiffe befanden sich nun in Höhe der Akropolis und gerieten in deren Windschatten; die Karaken schienen kaum noch voranzukommen.

»Jetzt«, brüllte Mehmed. »Jetzt haben wir sie.«

Die Galeeren umringten die vier Schiffe, und Enterhaken wurden über die Bordwände geschleudert. Männer versuchten, die hohen Schanzkleider der Karaken hinaufzuklettern, wurden jedoch zurückgeworfen.

Die Genueser kämpften mit Verzweiflung, Geschick und überlegenen Waffen. Sie ließen Steine, Kessel griechischen Feuers, Pfeile und Speere auf die Angreifer herabregnen, während Handfeuerwaffen und Drehbassen, die auf den Schanzkleidern montiert waren, die Galeeren unter Dauerbeschuß nahmen. Die wenigen Türken, denen es gelang, die Decks zu erreichen, wurden rasch mit Äxten niedergemacht.

Die Schlacht wütete zwei Stunden, und je länger sie dauerte, desto unruhiger wurde Mehmed. Die Fäuste schüttelnd und seine Männer anfeuernd, ritt er am Strand auf und ab – und sogar ins Meer hinein.

Nach zwei Stunden waren die genuesischen Schiffe immer noch nicht geentert – und dann frischte der Wind wieder auf.

Die Segel blähten sich, und die Karaken machten wieder

Fahrt. Galeeren fielen zu beiden Seiten mit abgesäbelten Rudern zurück, und dann hatten die Schiffe die Blockade durchbrochen. Der Ausleger wurde heruntergelassen, und das genuesische Geschwader fuhr sicher in das Goldene Horn ein.

Mehmed schwieg, als sie zum Lager zurückritten, aber die innere Anspannung war ihm anzusehen; seine Schultern waren gebeugt, und er saß zusammengesunken im Sattel.

Die Paschas hatten sich alle versammelt, aber keiner wagte etwas zu sagen. Es schien die demütigendste Niederlage zu sein, die das osmanische Heer je erlitten hatte.

Baltioglu trat vor den Emir und verneigte sich tief »Sie waren zu stark für uns, O Padischah.«

»Zu stark?« Mehmeds Stimme klang gefährlich leise. »Vier Schiffe waren zu stark für einhundertfünfundvierzig andere?«

»Sie waren viel größer und wurden bestens verteidigt . . .«

»Ihr lügt!« Mehmed verlor die Beherrschung. »Ihr seid ein Verräter. Ihr habt mich verraten.«

»Ich, Padischah?« Baltioglu legte sich eine Hand auf das Herz. »Ich bin Euch treu ergeben. Habe ich das nicht in der Vergangenheit immer wieder bewiesen?«

»Heute habt Ihr mich verraten«, kreischte Mehmed. Er winkte seine Wachen herbei. »Padischah!« rief der Admiral ungläubig. »Ich habe mein Bestes gegeben.«

»Bereitet eine Lanze vor«, befahl Mehmed, »und schiebt sie ihm in den Hintern. Stellt ihn am Strand auf, damit er im Sterben auf den Schauplatz seiner Schande blicken kann.«

»Padischah!« schrie Baltioglu in Todesangst, als die Janitscharen ihn packten und wegbringen wollten.

»Padischah«, protestierte Halil. »Das könnt Ihr nicht tun.«

»Halil Pascha hat recht, Padischah«, pflichtete John Hawkwood ihm bei. »Baltioglu hat getan, was er konnte.«

Mehmed funkelte erst sie beide und dann die anderen Paschas zornig an. Auch auf ihren Gesichtern konnte er Zustimmung sehen. Wenn sie gpfählt wurden, jedesmal wenn ein Angriff fehlschlug, würden sie nie wieder einen Angriff wagen.

Die Janitscharen hatten innegehalten, jedoch ohne den wimmernden Baltioglu loszulassen.

»Ich verschone sein Leben«, grollte Mehmed schließlich. »Aber er ist mit sofortiger Wirkung aus meinen Diensten entlassen – und er wird bestraft werden. Zieht ihn aus und legt ihn auf den Boden.«

Mehmed nahm einen schweren Stock zur Hand, während seine Paschas verständnislose Blicke tauschten. Als Baltioglu vollständig entkleidet bäuchlings auf dem Boden lag, begann Mehmed auf ihn einzuschlagen, immer wieder. Der Admiral heulte auf vor Schmerz, als seine Pobacken zu bluten begannen, aber Mehmed hielt erst ein, als seine Kräfte erschöpft waren. Dann warf er den Rohrstock weg.

»Jagt ihn aus dem Lager!« befahl er und schritt in Richtung seines Zeltes davon.

Und doch war er an diesem Abend so leutselig, wie er nur sein konnte. Aber die Paschas waren düsterer Stimmung; sie rechneten sich das Risiko ihres eigenen Versagens aus.

»Was sind schon vier Schiffe und ein paar hundert Mann«, sagte der Emir gutgelaunt. »Euer Plan wird den Fall der Stadt bewirken, junger Hawk. Ich setze mein ganzes Vertrauen in Euch.«

Anthony machte sich schon sehr früh am nächsten Morgen wieder an die Arbeit; von diesem Tag an ließ er seine Männer sechzehn Stunden täglich schuften – bis die Gleitstrecke fertiggestellt war und der Landtransport der Galeeren begann.

Die Byzantiner wußten zweifellos, was ihre Feinde vorhatten, aber ihnen waren die Hände gebunden. Für einen Ausfall nördlich des Hafens verfügten sie nicht über genügend Männer.

Hamud befehligte nun die Flotte, aber er war gern bereit, Anthony die Hälfte der Schiffe zu überlassen. Und so wurden siebzig Galeeren zu den Quellen transportiert und zu Wasser gelassen, während die restlichen siebzig den Ausleger beobachteten. Die byzantinische Flotte behielt ihre Position bei; die genuesischen Karaken waren ob ihrer Größe im engen Hafen manövrierunfähig und konnten nur zusehen und warten.

Jedoch waren sie trotz ihrer Manövrierunfähigkeit gewaltige schwimmende Festungen, und wenngleich Anthonys Geschwader den Hafen ohne Zwischenfall erreichte, weigerte sich Mehmed, ihm einen Angriff auf den Ausleger von der Rückseite zu gestatten.

»Es wäre nicht gut für uns, erneut eine Niederlage hinnehmen zu müssen, junger Hawk«, sagte er. »Das würde die Byzantiner zu sehr ermutigen. Eure Flotte wird als nützliche Ablenkung fungieren. Sie wird gebraucht werden, wenn wir unseren Großangriff starten.«

Es war der 6. Mai, und die ganze Zeit über hatten die Bombarden die Mauern um die Romanos-Pforte beschossen.

»Ich denke, die Mauer ist jetzt genügend geschwächt, um eins unserer Eisengeschosse auszuprobieren«, verkündete John Hawkwood.

»Dann soll es geschehen«, befahl Mehmed. »Dann laßt uns dieser Stadt endlich den Rest geben. Mir wurde zugetragen, daß eine päpstliche Flotte auf dem Weg hierher ist, um Konstantinopel zu unterstützen.«

»Das ist nur ein Gerücht, Padischah.«

»Wer weiß das schon so genau?« entgegnet Mehmed. »Außerdem wurde ich davon unterrichtet, daß Konstantin der Flotte eine Brigantine entgegengeschickt hat, um sie zur Eile anzuhalten. *Er* muß also an dieses Gerücht glauben. Sollte die Flotte den Bosporus erreichen, wäre das unser Ende.«

Anthony war sich bewußt, daß die Ankunft einer päpstlichen Flotte jedweder Größe tatsächlich eine ernste Angelegenheit wäre, weil sie die Türken von ihren Hoheitsgebieten jenseits der Meerenge abschneiden konnte.

Am darauffolgenden Morgen stand das gesamte Heer bereit zu einem Großangriff, sobald die Bresche geschlagen war.

Vor Sonnenaufgang hatte John Hawkwood die Riesenbombarde mit einer weiteren Steinkugel geladen, die beim ersten Tageslicht abgefeuert wurde. Sie krachte zielsicher gleich neben dem Tor gegen die Mauer, aber der Schuß wurde nur mit den üblichen Spottrufen der Verteidiger quittiert. Sie hatten sich inzwischen zu sehr an die Bombardierung gewöhnt.

Als nächstes wurde die Kanone mit einer der gewaltigen Eisenkugeln geladen. Mehmed persönlich wohnte der Prozedur bei.

»Wir schreiben Geschichte, Padischah«, sagte John Hawkwood. »Haltet Abstand.«

Die Männer wichen zurück, während John selbst das Pulver entzündete.

Die Bombarde dröhnte und spuckte Rauch. John Hawkwoods Gehilfen tauschten ängstliche Blicke. Alle starrten wie gebannt auf das riesige Geschütz. Die Stunde der Wahrheit war gekommen. Jetzt würde sich beweisen, ob die Hawkwoods wirklich so gute Kanoniere waren, wie sie vorgaben. Vor den Augen der Beobachter schlug die Eisenkugel in den Stein wie eine Axt in weiches Holz. Ein Splitterhagel regnete herab, und diesmal erhoben sich auf den Mauern Schreckensrufe.

»Wir haben sie«, rief Mehmed. »Wir haben sie. Noch eine Kugel, Hawk Pascha, und das Tor ist offen.«

Fieberhaft – aber mit großer Sorgfalt – machten sich die Kanoniere daran, die Bombarde neu zu laden. Schneller denn je zuvor waren Kugel und Pulver in den Lauf gerammt und das Zündloch gefüllt. Anstatt nach zwei Stunden war die Bombarde bereits nach anderthalb Stunden wieder schußbereit. Mehmed und seine Gefolgsleute zogen sich in große Entfernung zurück, um die Wirkung des zweiten Schusses besser verfolgen zu können.

Es war inzwischen fast zwölf Uhr mittags, und die Sonne brannte sengend von einem wolkenlosen Himmel auf die Ebene und die Stadt herab – und auf die Tausende von Männern, die sich dort versammelt hatten. Über Konstantinopel lag unheilvolles Schweigen, während die Byzantiner entsetzt die Vorbereitungen beobachteten. Sie sahen die Gefahr, sie wußten, daß dieser nächste Schuß das Tor durchaus zum Einsturz bringen konnte . . . aber sie wußten nicht, über wie viele dieser Eisenkugeln die Türken verfügten.

Ein glühendes Holzstück in der Hand, blickte John Hawkwood zum Emir hinüber. »Auf Euren Sieg!« rief er und hielt die Flamme an das Zündloch.

Voller Zuversicht starrten die Türken auf die Bombarde. Der erste Schuß mit der Eisenkugel hatte große Erwartungen geweckt. Die Entscheidung war nahe – Anthony blickte voller Stolz auf seinen Vater, der sich anschickte, sein Lebenswerk zu vollenden.

Es gab eine ohrenbetäubende Erschütterung. Holz- und

Eisenstücke sowie zerfetzte Leiber wurden in einer Rauchwolke durch die Luft geschleudert.

Mehrere Minuten lag über beiden Heeren Totenstille, dann, als der Rauch sich verzog, wurde das ganze Ausmaß des Unglücks deutlich: von der Riesenbombarde war kaum noch etwas übrig geblieben: die Lafette war in Stücke gerissen worden – ebenso wie die Kanoniere, deren Aufgabe es gewesen war, das Geschütz zu laden.

Und John Hawkwood.

Anthony sprang von seinem scheuenden Pferd und lief zum Schauplatz des Geschehens. Er sah nur Stiefel, Blut und ein zerbrochenes Schwert. Voller Entsetzen starrte er auf das wenige, das von seinem Vater übriggeblieben war. Sein Magen krampfte sich zusammen.

Mehmed ritt an seine Seite. »Was kann da passiert sein?«

Anthony schluchzte. »Zuviel Pulver vielleicht. Oder zu große Eile«, stammelte er, aber in Wahrheit fragte er sich jetzt, ob sie nicht besser in England geblieben wären.

Niedergeschmettert kehrte Anthony nach Adrianopel zurück, um seiner Mutter die traurige Nachricht zu überbringen. Sein Vater war der Fels gewesen, auf dem er sein Leben aufgebaut hatte. Nun waren von der fünfköpfigen Familie, die fünf Jahre zuvor so voller Selbstvertrauen von Southampton aus in See gestochen war, nur noch er selbst und seine Mutter übrig.

»Das war die Strafe Gottes«, jammerte Mary. »Dein Vater hat sich von Gott abgewandt, als er England verlassen hat, um für die Apostaten zu kämpfen. Dann hat er sich mit dem Teufel verbündet. Das ist die Strafe Gottes.«

»Es war eine überhastet geladene Kanone, Mutter«, widersprach Anthony. »Nicht mehr und nicht weniger.«

»Die Strafe Gottes«, wiederholte sie. »Jetzt bist nur noch du mir geblieben, Anthony. Und wirst nicht auch du bald sterben? Was soll dann aus mir werden?«

Er suchte das Weite, floh vor ihrem Kummer. Denn er hielt es durchaus für möglich, daß sie recht behalten würde.

Laila versuchte, ihn zu trösten. »Euer Vater ist jetzt bei meinem«, sagte sie. »Mein Herz blutet für Euch.«

In dieser Nacht liebte sie ihn mit einer Wärme, die sie ihm seit seiner Rückkehr aus der Walachei versagt hatte.

Als er ins türkische Lager zurückkehrte, wurde Anthony zum neuen Hawk Pascha erklärt und bekam den Kommandostab mit dem Pferdeschweif überreicht.

»Diese Würde ist Euch angemessen«, sagte Mehmed. »Ihr werdet ein noch berühmterer Mann werden, als es schon Euer Vater war.«

Bald darauf bereitete der Emir einen weiteren Angriff vor – der jedoch ebenfalls abgewehrt wurde. Im türkischen Lager griff die Verzweiflung um sich. Die Kanonen dröhnten weiter, aber die kleinen Kanonen richteten nicht genügend Schaden an. Als nächstes versuchten sie, die Mauer zu untergraben, und riesige Pfähle wurden unter das Fundament gerammt. Aber der deutsche Baumeister Grant tat es ihnen gleich, und unterirdisch wurden heftige Kämpfe ausgetragen, in denen die Türken unweigerlich unterlagen.

Als nächstes ließ Mehmed einen *helepolis* bauen, einen gewaltigen hölzernen Turm, auf dem hundert Mann Platz hatten und der an die Mauer herangerollt werden konnte, woraufhin eine Zugbrücke herabgelassen werden würde, über die die Türken auf die Befestigungsmauer gelangen konnten. Aber Giustiniani zerstörte den Turm, indem er Pulverfässer den abschüssigen Graben herabrollen ließ, die das Bauwerk in Stücke sprengten.

Mehmed blickte mit einer Mischung aus Bestürzung und Bewunderung auf die Stadt. »Wie sie kämpfen«, knurrte er. »Was würde ich darum geben, diesen Giustiniani auf meiner Seite zu haben!«

Die Lage der Türken wurde mit jedem Tag ernster. Auch wenn die päpstliche Flotte bislang nicht gesichtet worden war, gingen Gerüchte um, denen zufolge Hunyadi in Betracht ziehe, das Abkommen zu brechen, das er ein Jahr zuvor mit Mehmed geschlossen hatte, und mit einer Armee den Bosporus hinunterzusegeln. Den Christen würde sich nie wieder eine günstigere Gelegenheit bieten, den Osmanen den Todesstoß zu versetzen, als jetzt, da sie so große Verluste hingenommen hatten . . . und ihre Kampfmoral so geschwächt war.

Noch entscheidender war die heikle Versorgungslage. Mehmed hatte seine enormen Verluste dadurch wettgemacht, daß er weitere Männer in Asien rekrutieren ließ. Als der Mai sich jedoch dem Ende näherte, mußte Halil seinen Herrn davon unterrichten, daß die Vorräte nur noch für eine Woche ausreichen würden.

»Wie kann das sein?« verlangte Mehmed wütend zu wissen.

»Padischah, als wir mit dieser Belagerung begannen, habe ich Vorräte für hundertfünfzigtausend Mann für zwei Monate bestellt. Ich konnte nicht ahnen, daß die Belagerung länger dauern würde, und ich bin davon ausgegangen, daß sich die Anzahl unserer Soldaten im Laufe der Wochen verringern würde. Aber jetzt dauert die Belagerung bereits zwei Monate, und wir sind noch ebenso zahlreich wie zu Anfang. Ich habe Schiffe zum Schwarzen Meer entsandt, noch mehr Getreide zu besorgen, aber die Witterungsverhältnisse . . .«

»Es war meine Absicht, die Byzantiner, falls nötig, auszuhungern und nicht mich selbst«, grollte Mehmed. »Soll das heißen, daß wir besiegt sind, alter Mann?«

Halil Pascha beugte beschämt die Schultern. Der Emir blickte in die Runde seiner anderen Paschas und sah auch auf ihren Gesichtern Niedergeschlagenheit.

»Wir sind besiegt«, sagte er.

»Bei allem Respekt, Pascha«, mischte sich Anthony ein.

»Aber bitte, Hawk Pascha. Sprecht.«

»Wir haben Konstantinopel zwei Monate belagert. In dieser Zeit haben wir große Verluste erlitten. Wir haben beinahe unsere gesamte Munition und unsere Vorräte aufgebraucht und sind tief entmutigt. Wenn Ihr es wünscht, können wir die Belagerung aufheben, nach Hause zurückkehren und wiederkehren, sobald wir neue Kräfte gesammelt haben. Aber sollten wir die Situation nicht aus der Sicht der Byzantiner betrachten? Sie wurden fast zwei Monate belagert; in dieser ganzen Zeit sind nur vier Schiffe bis zu ihnen vorgedrungen. Sie können sich nicht mit Sicherheit darauf verlassen, daß weitere kommen werden. Und haben sie in dieser Zeit nicht ebenfalls große Verluste hinnehmen müssen? Haben sie nicht auch fast ihre gesamte Munition verbraucht? Gehen ihnen nicht auch langsam die Vorräte aus? Und im Gegensatz zu uns können sie nicht einfach sagen ›Genug‹ und davonreiten. Sie sind uns ausgeliefert und müssen, solange es uns beliebt, bleiben, wo sie sind. Müßte dann nicht ihre Stimmung noch schlechter sein als die unsere?«

»Was ist mit Hunyadi? Und was ist mit der päpstlichen Flotte?«

»Das sind nur Gerüchte, O Padischah. Gerüchte füllen keinen leeren Magen und auch keine leeren Munitionskisten.«

»Bei Allah, der Junge hat recht!« rief Zagan Pascha. »Padischah, erinnert Euch an Alexander den Makedonier, den wir Alexander den Großen nannten. Er eroberte die bekannte Welt mit einem Heer, das nur ein Fünftel des Euren betrug, überstand alle Schwierigkeiten. Wollt Ihr Euch von einer einzigen Stadt aufhalten lassen? Befehlt einen Generalangriff, Padischah, und befehlt außerdem, daß er nicht eher enden soll, als die Stadt unser ist. Laßt uns Euch zum Sieg führen oder sterben. Denn wir sind Männer . . . und wir sind Osamanen!«

Mehmeds Enthusiasmus kehrte bei diesen Worten zurück. Er befahl jedem Mann im Lager, Vorbereitungen für die entscheidende Schlacht zu treffen. In den nächsten zwei Tagen und Nächten, während die Kanonen unablässig weiterfeuerten, arbeiteten die Osmanen bei Licht und Dunkelheit. Nicht weniger als zweitausend Sturmleitern wurden gebaut sowie Eisenhaken, um die Barrikaden einzureißen, die auf den Mauern errichtet worden waren, und *Faschinen* zum Auffüllen des Grabens.

Während dieser zwei Tage schien Konstantinopel ununterbrochen von einem glühenden Feuerring umgeben.

Am zweiten Abend nach Beginn der Vorbereitungen, am 28. Mai 1453, forderte Mehmed Anthony auf, ihn zu begleiten, und ritt vom Lager weg zu den Geschützen, die für den Augenblick verstummt waren.

Der Wind kam von Osten, und von der Stadt her wehten ihnen Glockengeläut, Musik und Gesang entgegen.

»Haben sie den Verstand verloren?« fragte Mehmed. »Sie feiern ihren Untergang?«

»Nein«, erwiderte Anthony, der die Musik wiedererkannte. »Sie halten ein *Tedeum* ab. Sie singen Lobesgesänge auf den Herrn, und daß sie morgen siegen oder sterben mögen.«

»Morgen«, sagte Mehmed. »Der morgige Tag wird der reichste Tag in meinem Leben, Hawk Pascha.«

»Und in meinem, Padischah. Ich möchte Euch bitten, an unserem morgigen Sturmangriff teilhaben zu dürfen.«

»Um getötet zu werden?«

»Ich muß Vergeltung für meinen Vater üben. Und für meinen Bruder.«

»Das ist Eure Pflicht«, sagte Mehmed. »Ich möchte nicht, daß Ihr sterbt. Aber ...« Er richtete den Blick auf Anthony. »Ich habe heute ebenfalls traurige Nachrichten erhalten. Meine Mutter, die Emir Valideh, liegt im Sterben. Mir wurde gesagt, daß ich sie nicht wiedersehen würde. Es wäre meine Pflicht, in der Stunde ihres Todes an ihre Seite zurückzukehren, aber sie hat mir ausrichten lassen, ich solle erst zurückkommen, wenn ich gesiegt hätte.«

Anthony schwieg. Er fühlte Verzweiflung in sich aufsteigen. Der Tod raffte alle Menschen, die ihm etwas bedeuteten, hinweg. Erst seinen Vater, nun auch noch seine Geliebte.

»Ist das nicht eigenartig, Hawk Pascha? Immerhin ist sie selbst Christin.«

»Die Emir Valideh hat ihr Herz in Euch und Eure Sache gelegt, Padischah.«

»Ja«, antwortete Mehmed ernst. »Sie ist eine außergewöhnliche Frau. Würdet Ihr dem nicht beipflichten?«

»Ich? Wie sollte *ich* eine Meinung zur Emir Valideh äußern können?«

Mehmed lächelte. »Meine Mutter und ich haben keine Geheimnisse voreinander, Hawk Pascha.«

Anthony fühlte, wie sein Magen sich verkrampfte.

»Sie sah Euch an jenem ersten Abend, da Ihr zu mir gebracht wurdet«, fuhr Mehmed fort. »Mein Vater war erst zwei Wochen tot. Aber sie ist eine Frau! An jenem Abend sagte sie zu mir: ›Er gehört mir, mein Sohn‹.« Mehmed lächelte. »Ich hätte Euch für mich selbst gefordert, aber ich konnte meiner Mutter ihren Wunsch nicht abschlagen. Ich habe Euch um Euer Glück beneidet und sie um absolute Diskretion gebeten. Sie hat sich daran gehalten, ebenso wie Ihr. Wäre je ein Wort von Euren Besuchen im Serail nach außen gedrungen, hätte ich Euch bei lebendigem Leibe häuten lassen müssen.«

»Daran zweifle ich nicht, Padischah«, entgegnete Anthony, überrascht, daß er überhaupt einen Ton herausbrachte.

»Aber Ihr habt die Rolle, die sie Euch zugedacht hat, gut gespielt. Und ich glaube, Ihr habt ihr im Alter viel Freude bereitet. Ja, ich beneide Euch. Aber Ihr werdet sie niemals wiedersehen. Werdet Ihr um sie weinen?«

»Ja, Padischah.«

»Ein weiterer Grund, weshalb wir morgen siegreich sein müssen, in ihrem Namen. Die Byzantiner schimpfen sie eine Hure und Schlimmeres. Denkt daran, wenn Ihr diese Mauern stürmt, Hawk Pascha.« Mehmed wandte den Kopf. »Ihr werdet immer zu meiner Rechten sitzen. Habe ich das nicht schon gesagt? Ich begehre Euren Verstand und Eure Unterstützung mehr als Euren Körper. Jedoch . . .« Er beugte sich herüber und küßte Anthony auf den Mund. »Welch ein Liebespaar hätten wir sein können, Engländer.«

Als sie ins Lager zurückkehrten, begann es zu nieseln. Es war Mitternacht.

»Es ist alles bereit, Padischah«, erklärte Halil.

»Dann laßt die Feuer löschen und sagt den Männern, sie sollen sich schlafen legen«, entgegnete Mehmed. »Ihr ebenfalls, Hawk Pascha.«

»An welcher Position kämpfe ich morgen, Hoheit?«

»Wollt Ihr nicht das Geschwader im Goldenen Horn kommandieren?«

»Von den Galeeren aus können sie nicht mehr tun, als auf die Verteidiger zu feuern. Ich möchte am eigentlichen Sturmangriff teilhaben.«

Mehmed überlegte einige Sekunden. »Dann werdet Ihr an der Seite Zagan Paschas kämpfen«, sagte er schließlich. »Ihr werdet den Angriff auf die Xylo-Pforte anführen. Aber, Hawk ... sorgt dafür, daß Ihr zu mir zurückkommt.«

»Das werde ich, Padischah«, versprach Anthony.

Er ritt ins Dunkel. Die Befehle wurden weitergegeben und alle Lagerfeuer der Osmanen gelöscht. Die Ebene versank in Dunkelheit und Regen.

Im Osten hoben sich die Silhouetten der Prachtbauten von Konstantinopel strahlendhell vom Nachthimmel ab. In der Stadt fand in dieser Nacht niemand Schlaf.

Seine Mutter hatte gesagt, ihr Gatte John Hawkwood hätte seine Seele an den Teufel verkauft. Um wie vieles mehr hatte er selbst das getan. Mehmed war ein Teufel, aber ein siegreicher. Und nachdem man sich erst für den Teufel entschieden hatte, konnte man es sich nicht erlauben, zurückzublicken. Er würde ebenfalls ein Teufel sein, und er würde zu Ruhm und Reichtum gelangen. Der Name Hawk Pascha würde auf der ganzen Welt ein Begriff sein und seine Feinde erzittern lassen.

Von morgen an, wenn er seine Männer in die Stadt führte.

Morgen lag alles in seiner Hand. Aber morgen war bereits heute.

Diesmal sollte, so hatte Zagan es empfohlen, der Angriff so lange dauern, bis der Sieg errungen war. Der Hauptangriff war wieder in Höhe der Romanos-Pforte geplant. Dadurch sollten sämtliche byzantinischen Verteidiger dorthin gelockt werden, so daß die Mauer sich an anderer Stelle dem Rest des türkischen Heeres ungeschützt präsentierte. Dann sollten die Schiffe im Goldenen Horn eingreifen.

Diesmal warteten sie nicht auf die Gebetsstunde. Es war noch dunkel, als die Trommeln ertönten und die Trompeten geblasen wurden. Das türkische Lager erwachte zum Leben, und Männer begannen zu rufen.

Der Regen hatte aufgehört, aber der Boden war durchweicht, als die Serratkuli im Dämmerlicht zum Angriff gegen die Romanos-Pforte zogen.

Sie wurden vom gleichen entschlossenen Gegenfeuer empfangen wie zuvor, und ihnen fehlte der Mut, der sie bei den vorangegangenen Angriffen beflügelt hatte; zu viele ihrer Kameraden waren gefallen. Schon bald wollten sie den Rückzug antreten, wurden jedoch von ihren *Chaoushes* zurückgetrieben, die, mit Eisenkeulen und Kettenpeitschen bewaffnet, die Reihen ihrer Soldaten abritten.

Auf diese Art vorangetrieben, stürzten sie sich wieder in den Kampf, aber nach einer Weile gab Mehmed Befehl, sie zurückzuziehen, und schickte an ihrer Stelle die anatolischen Truppen in die Schlacht.

Von ihrer Position im Norden aus, wo bisher noch kein Angriff stattgefunden hatte, beobachteten Zagan Pascha und Hawk Pascha, wie die Anatolier tatsächlich den äußeren Verteidigungsring überkletterten und auf die Fläche zwischen der äußeren und der inneren Mauer gelangten – die *peribolos*.

»Ihr hattet recht, Hawk Pascha«, sagte Zagan. »Die Verteidigung wird schwächer.«

Aber die Anatolier wurden bald durch den verzweifelten Widerstand der Genueser, die diesen Mauerabschnitt verteidigten, zurückgeschlagen. Jedoch sah Anthony, der die Mauer an der Xylo-Pforte aufmerksam studierte, daß von dort immer mehr Männer zur Verteidigung der Romanos-Pforte eilten.

Mehmed bemerkte es ebenfalls. Wieder erscholl ein ungeheurer Lärm von Trompeten, Hörnern und Pauken. Die Anatolier zogen sich zurück, und nun rückten die Janitscharen vor und stürmten laut schreiend auf die Mauer zu.

»Jetzt«, brüllte Anthony.

Er stieg aus dem Sattel, setzte sich an die Spitze von Zagans Janitscharen, und diese rückten ebenfalls vor. Seinen Krummsäbel schwingend, war Anthony umgeben von Schreien und Rufen; Bleikugeln flogen ihm um die Ohren, und Stahlklingen sausten durch die Luft.

Die Verteidigung an der Xylo-Pforte war so geschwächt, daß die Leitern bald aufgestellt waren und der Sturm auf die Außenmauer begann. Anthony kletterte hinter zwei Janitscharen die nächste Leiter hinauf, gelangte oben auf die Zinnen und stellte überrascht fest, daß sie dort auf keinen Widerstand trafen. Die Verteidiger waren auf die innere, höhere Mauer zurückgezogen worden, von wo aus sie auf die Angreifer herabschrien.

»Weiter!« rief Anthony und sprang hinunter in die *peribolos*, gefolgt von seinen Männern, die die Sturmleitern hinter sich herzogen, während die Byzantiner Pfeile, Steine und siedendes Öl auf sie herabregnen ließen. Anthony befahl, die Leiter aufzustellen, als ein Janitschare seinen Arm packte und auf etwas zeigte.

Er traute seinen Augen nicht. Eine kleine Tür in der Mauer stand offen!

Er gab mit seinem Krummsäbel die Richtung an und lief auf die Tür zu, dicht gefolgt von seinen Männern. Sie stürmten durch die Tür und fanden sich in einer Straße der Stadt wieder. Eine Gruppe von Byzantinern, größtenteils Frauen und Kinder, die den Soldaten auf der Mauer Nahrung und Munition hinaufreichten, starrten sie voller Entsetzen an.

»Zur Romanos-Pforte«, brüllte Anthony. »Wir fallen ihnen in den Rücken.«

Etwa fünfzig Mann waren mit ihm durch das Tor gestürmt, aber auch ein kleiner Trupp konnte am richtigen Ort eine entscheidende Wirkung zeigen.

Hinter ihnen hasteten die byzantinischen Soldaten die Treppe herunter, um die Tür zu schließen und zu versiegeln, die sie so leichtsinnigerweise offengelassen hatten. Dann änderte Anthony plötzlich seinen Plan: Anstatt zu versuchen, sich durch das Gewühl einen Weg zur Romanos-Pforte zu bahnen, würde er seinen kleinen Trupp die Treppe hinauf auf die Mauer führen und zum nächsten Turm vorrücken. Dort trafen sie nur auf eine Handvoll byzantinischer Bogenschützen und Schleuderer, die schnell niedergemacht waren.

Über ihnen flatterte die Fahne von Byzanz im Morgenwind. Es dauerte nur Minuten, sie herunterzuholen und durch das grüne Banner der Osmanen zu ersetzen. Sofort erhob sich von den Osmanen vor der Stadt lautes Jubelgeschrei und von den Byzantinern verzweifeltes Wehklagen.

Bewaffnete Männer stürmten auf die Mauer und griffen den Turm an. Schulter an Schulter mit seinen Janitscharen warf Anthony sie einmal, dann ein zweitesmal zurück, sein Schwert von Blut triefend und seine Stimme heiser vom Brüllen der Befehle. Der Kampf setzte sich fort ...

Dann ging eine Neuigkeit wie ein Lauffeuer um. »Giustiniani ist verwundet«, hieß es. »Giustiniani hat die Verteidigung aufgegeben.« Die Byzantiner zögerten und sahen über die Schulter. Anthony erkannte, daß jetzt der Augenblick gekommen war, weiter vorzudringen, aber er und seine Männer waren erschöpft; es waren nur noch dreißig von ihnen übrig.

Dann erreichte sie eine weitere Nachricht: »Der Kaiser ist tot. Konstantin ist gefallen.«

Abrupt machten die Byzantiner kehrt und suchten ihr Heil in der Innenstadt.

Konstantinopel war gefallen.

Catherine Notaras hob den Kopf. Der Kampflärm hatte sich verändert.

Anstatt der zornigen, herausfordernden Rufe hörte sie jetzt Angstschreie und Kreischen.

War das Undenkbare eingetreten?

Mit jedem Tag war die Hoffnung gewachsen, daß es ihnen gelingen würde, die Stadt noch so lange zu halten, bis Verstärkung eintreffen würde. Der Tag, an dem ihr Vater von seinem eigenen Monstrum in die Luft gejagt worden war, hatte ihnen neue Zuversicht gegeben. Und seither war jeder türkische Angriff abgewehrt worden – wie auch alle weiteren abgewehrt würden, oder? So wie eines Tages eine genuesische Flotte den Bosporus hinaufsegeln würde, oder?

Als drei Tage zuvor offenkundig geworden war, daß die Türken einen noch verzweifelteren Ansturm planten, hatte in der Hauptstadt eine Atmosphäre ruhiger Entschlossenheit geherrscht. Der Kaiser hatte die Gottesfürchtigen in die Kirche gerufen, um ihr Vertrauen in die Zukunft ihrer Stadt zu festigen.

Die große Kathedrale war vollgepackt gewesen, und draußen vor dem Portal hatte sich ebenfalls eine große Menschenmenge versammelt. Es war, als hätten die Bewohner Konstantinopels endlich ihre kleinen Streitigkeiten ebenso aufgegeben wie ihre naive Überzeugung, daß ihre Stadt uneinnehmbar war, nur weil es Gottes Wille wäre. Sie schienen endlich entschlossen, vereint um ihr Überleben zu kämpfen.

Catherine hatte sich am vergangenen Abend voller Zuversicht schlafen gelegt. Es spielte keine Rolle, daß die Lebensbedingungen in der Stadt sich drastisch verschlechtert hatten, daß die Toten unbestattet in den Straßen lagen und kaum noch ein Laib Brot aufzutreiben war ... Konstantinopel verfügte über ausreichende Wasservorräte, und wenn die Türken sich auch zu einem letzten großen Sturmangriff entschlossen hatten, vertrauten die Bewohner Konstantinopels doch darauf, daß sie diesen abwehren könnten.

Sie lag in ihrem Zimmer, seit die Schlacht vor Sonnenaufgang begonnen hatte, das Kopfkissen über die Ohren gezogen, bemüht, den Gefechtslärm nicht zu beachten. Sie wartete, daß jemand kam und verkündete, die Türken wären besiegt worden und hätten den Rückzug angetreten.

Aber jetzt ...

Sie stieg aus dem Bett, zog ihren Morgenmantel fester um die Schultern und sah ihren Gatten an, der in der Tür stand. Basileios Notaras' Rüstung war blutverschmiert. Er hatte seinen Helm verloren, und sein Haar war zerzaust. Er starrte sie nur wortlos an.

»Basileios?« fragte sie leise. »Was ist geschehen?«

»Wir sind verloren.«

»Verloren?« Ihre Stimme wurde schrill. »Wie ist das möglich?«

Er ließ die Schultern hängen. »Giustiniani wurde verwundet, und seine Männer bestanden darauf, ihn zu den hinteren Reihen zu tragen. Der Kaiser flehte ihn an, auf der Mauer zu bleiben: auch verwundet wäre er noch von Nutzen gewesen. An diesem Punkt waren die Türken an einem unbewachten Posten in die Stadt eingedrungen. Es waren nicht viele, aber sie eroberten einen Turm und hißten die osmanische Flagge. Als er das sah, nachdem er Giustiniani verloren hatte, sprang der Kaiser von der Mauer mitten unter die Janitscharen, wo er kämpfte wie ein Löwe, bis er niedergemacht wurde.« Er schluchzte. »Ich habe das alles mit angesehen.«

Catherine hörte ihm schweigend zu. Das Geräusch der Angst

wurde nun von einem anderen Laut übertönt: einem anschwellenden Getöse triumphierender Lust. Ihre Hände krallten sich in ihre Brust.

»Schnell«, sagte Basileios. »Mein Vater wird bald hier sein. Er sagt, wir sollen uns im Keller verstecken, bis die schlimmsten Exzesse vorüber sind. Dann stellen wir uns den Eroberern. Das ist die einzige Möglichkeit.«

»Was ist mit Anna? Wir müssen sie herholen.«

»Sie muß sich selbst in Sicherheit bringen. Beeil dich und zieh dich an.«

Catherine ließ ihren Morgenmantel zu Boden gleiten und griff nach ihren Kleidern. Sie fragte sich, was aus ihren Zofen geworden sein mochte. Zweifellos waren sie alle geflohen. Aber wohin sollten sie in dieser zertrümmerten Stadt fliehen?

»Du kannst deine Schwester nicht einfach im Stich lassen«, wandte sie ein.

»Es ist Sache ihres Gatten, sie zu retten. Um Himmels willen, beeil dich.«

Sie lief hinter ihm die Treppe hinunter und blieb nur kurz stehen, um aus dem Fenster zu sehen. Schon stieg Rauch über der Stadt auf, die stellenweise angezündet worden war. Menschen liefen in Panik umher, schreiend aus Furcht und Verzweiflung. Manche versuchten, kostbare Habe aus ihren Häusern zu retten, als gäbe es noch einen sicheren Ort, an dem sie diese verstekken könnten. Und über alledem erhob sich das grausige Triumphgeheul der Eroberer. Catherine blickte die Treppe hinunter auf die Draperien und Ikonen, den Luxus des herzöglichen Palastes. Was würde aus alledem werden? Was würde aus ihr werden?

Sie gelangten in die Eingangshalle, wo sie auch Michael, den Majordomus, trafen, der völlig reglos dastand wie eine Statue. Bei ihm war die Großherzogin, die weinte und die Hände rang.

Basileios Notaras wandte sich den offenstehenden Türen zu. Die Dienerschaft war geflohen, aber wenigstens waren die Tore geschlossen. Jetzt erzitterten sie unter dem Ansturm zahlreicher Schultern, die sich gegen das Holz warfen.

»O mein Gott!« Die Großherzogin fiel auf die Knie und begann zu beten.

»Mama!« Anna Drakontes lief vom hinteren Teil des Hauses herbei. Ihr Haar hing offen herab; ihre kunstvollen Zöpfe waren Vergangenheit. Ihr Gesicht war eine kalkweiße Fratze des Entsetzens.

»Mama!« schrie sie. »Die Türken sind in der Stadt. Sie sind überall. Mama, sie töten alle Männer . . .« Sie verstummte und starrte auf die bebenden Tore.

»Der Keller!« rief Basileios. »Der Keller.«

Catherine ging zu ihrer Schwägerin hinüber und legte ihr den Arm um die Schultern. Es war zu spät: Die Tore gaben nach, und Männer schwärmten über die Mauern.

Sie hatte noch nie einen Türken aus der Nähe gesehen. Nun starrte sie staunend auf die langen Schnurrbärte, die gebogenen Nasen und die grausamsten Gesichter, die sie je gesehen hatte.

Sie schien zu erstarren, als die Eindringlinge die Treppe herauf auf sie zuliefen, ihre blutigen Säbel schwingend. Einer trug sogar eine Lanze, die im Leichnam eines kleinen Kindes stak, den er wie ein Banner über dem Kopf schwang.

Sie brachten den Gestank von Männern mit, die gekämpft, sich gefürchtet und gesiegt hatten.

Hinter ihnen breitete sich der Gestank brennender Häuser und brennenden Fleisches aus.

Michael trat mit erhobenen Händen vor, als wolle er sie aufhalten. Ein Krummsäbel blitzte auf, und der Majordomus stürzte die Treppe hinunter, sein Kopf fast vollständig vom Rumpf abgetrennt. Er hatte keinen Laut von sich gegeben.

Die Türken strömten an ihm vorbei, und Catherine schloß die Augen. Sie fühlte, wie Anna sich versteifte. Annas Brüste preßten sich an ihren Arm, als die jüngere Frau zu schreien begann.

Plötzlich wurde sie aus Catherines Armen gerissen.

Basileios fiel auf die Knie. »Verschont uns«, rief er. »Wir sind Edelleute! Ihr könnt für uns Lösegeld fordern!«

Catherine hörte nur noch obszönes Gelächter. Seit Neapel – seit dem Vorfall in der Seitengasse, als Anthony sie beschützt hatte – hatte sie nichts dergleichen mehr erlebt.

Aber diesmal würde Anthony ihr nicht zu Hilfe kommen.

Es schien, als würden die Türken Basileios' Worten Beachtung schenken; der Luxus ihres Hauses ließ darauf schließen, daß die Bewohner tatsächlich sehr wohlhabend waren. Als Hände ihre Arme packten, öffnete Catherine die Augen und sah, wie ihr Mann entkleidet und gefesselt wurde.

Aber das bedeutete nicht, daß die Eroberer sich nicht erst an ihnen vergehen würden.

Die Großherzogin lag bereits nackt auf dem Fußboden. Sie war eine füllige, gut gepolsterte Frau, und die Türken äußerten sich anerkennend, während sie sie nacheinander vergewaltigten.

Anna lag ebenfalls auf dem Boden; auch sie war vollständig entkleidet worden. Ihr schlanker Körper wand sich, und sie strampelte schwach mit den Beinen, als ein Mann sich zwischen ihre Schenkel kniete. Ihr Haar flog von links nach rechts, und sie stieß mit dünner Stimme verzweifelte Schreie aus.

Catherine wurde ebenfalls zu Boden geschleudert; ihr Kopf schlug auf den Marmor und schmerzte.

Sie blickte hinauf in lüsterne Gesichter, hörte Stoff reißen und fühlte etwas Kaltes an ihrem Bauch. Sie wollte schreien, aber ihre Kehle war wie zugeschnürt. Während Männer sie umringten, konnte sie andere sehen, die sich gegenseitig auf die Schultern stiegen, um die Ikonen abzuhängen. Andere liefen mit kostbaren Ornamenten umher. Alle schrien und riefen durcheinander.

Ein Mann kniete sich zwischen ihre Schenkel, und sie blickte in Panik auf sein Glied, das sich blaß von der grünen Uniform des Anatoliers abhob, als er ihre Pobacken packte und sie hochhob, um leichter in sie eindringen zu können.

Ein zweiter kauerte sich neben sie und betatschte ihre Brüste. Sobald der erste Mann seine Lust befriedigt hatte, stieß er ihn beiseite und nahm seinen Platz ein.

Warum sterbe ich nicht? fragte sie sich. Warum öffnet der Himmel nicht seine Schleusen und schickt Blitze auf diese leidgeprüfte Stadt?

Catherine Hawkwood begann zu weinen, als der zweite Mann sich von ihr rollte und sie auf den Bauch gedreht wurde.

Die Sonne stand hoch über der Stadt, die nach Blut, Angst und Rauch stank, und die Flammen begannen sich auszubreiten.

Als Mehmed II. durch die Romanos-Pforte ritt, suchte sein Pferd sich vorsichtig einen Weg durch die Berge von Leichen. Mehmed blickte auf seine türkischen Soldaten, die alles aus den Häusern schleppten, was sie tragen konnten, Frauen und Kinder vergewaltigten oder umbrachten, ohne sich um ihr Flehen um Gnade zu scheren, und die Leichen gefallener türkischer Soldaten von jenen der Byzantiner trennten. Sie kastrierten die Christen, damit die abgetrennten Genitalien gezählt und hieran die Zahl der Toten gemessen werden konnte; es spielte keine Rolle, ob die Christen tot oder nur verwundet waren – sie würden ohnehin nicht mehr lange leben. Die Morgenluft war erfüllt von Entsetzensgebrüll, Lustschreien, dem Stöhnen der Sterbenden, verzweifeltem Jammern, Hundegebell und dem Krachen herabstürzender Balken.

Die Soldaten unterbrachen ihr blutiges Geschäft nur flüchtig, um ihren Emir zu grüßen.

Halil Pascha und Hawk Pascha erwarteten Mehmed am Tor.

»Ich habe gehört, daß Ihr die Flagge gehißt habt«, sagte Mehmed. »Gesegnet sei der Tag, an dem Ihr zu mir geführt wurdet, junger Hawk.«

Sie ritten durch die Straßen, in denen Serratkuli, Anatolier und Janitscharen wüteten. Sie sahen, wie ein schreiendes junges Mädchen aus einem Haus gezerrt wurde, um nacheinander von einem halben Dutzend Männern vergewaltigt zu werden, die in ihrer Lust die Finger in ihren weißen Leib krallten.

»Könnt Ihr dem nicht Einhalt gebieten, Padischah?« fragte Anthony, den der Anblick ganz krank machte.

»Meine Männer haben lange und tapfer gekämpft und herbe Verluste erlitten. Sie haben sich ein wenig Vergnügen verdient«, entgegnete Mehmed fest.

Sie ritten weiter durch das Weiße Tor ins alte Byzantion. Inzwischen hatte Anthony solches Grauen gesehen, daß es für ihn längst keinen Sinn mehr machte. In der Altstadt wimmelte es von Janitscharen, die plünderten, vergewaltigten und brandschatzten. Rauch stieg von dem prächtigen Palast auf und vermischte sich mit den Rauchwolken, die bereits tief über der Stadt hingen.

»Die Stadt wird vollständig zerstört werden, wenn Ihr sie nicht aufhaltet«, wagte Anthony einen zweiten Versuch.

Mehmed nickte und wandte sich an Halil. »Bringt die Männer unter Kontrolle. Sie dürfen alle Beute und auch die Frauen behalten, aber die Brände müssen gelöscht werden.«

Halil verneigte sich.

Der Ritt führte den Emir zur Hauptkirche, der Hagia Sophia, wo er einen Plünderer niederhieb, der den marmornen Fußboden aufhackte. Dann befahl er einem seiner Begleiter, auf die Kanzel zu steigen und das mohamedanische Glaubensbekenntnis zu sprechen.

Nachdem er die Hagia Sophia verlassen hatte, lenkte Mehmed sein Pferd auf das Portal des kaiserlichen Palastes zu. »Kaiser Konstantin XI. Palaiologos ist zumindest gestorben wie ein Mann«, sagte er. »Wir wollen sein Haupt öffentlich ausstellen. Aber nicht alle seine Männer hatten seinen Mut.« Der Emir trieb sein Roß die Treppe hinauf und in den Thronsaal, wo die Hufe laut auf dem polierten Marmor klapperten. Er blickte sich um und sagte: »Das Spinnennetz hängt vor dem Portal von Cäsars Palast, und die Eule hält auf dem Wachtturm von Afrasiab Wache.«

Anthony stieg aus dem Sattel und packte die Zügel von Mehmeds Pferd.

Der Emir stieg ab und schlenderte durch die Räume des Palastes, seine Leibwächter an seine Fersen geheftet. Sie trafen auf völlig verängstigte Frauen und weinende Kinder.

»Wer sind diese Frauen?« fragte Mehmed. »Sind das Konstantins Frauen?«

»Nein, Padischah«, entgegnete einer der Hauptmänner. »Das sind nur Bedienstete.«

»Bringt sie raus und teilt sie unter euch auf«, sagte Mehmed. Er betrat den Bankettsaal und setzte sich auf den imposanten Kaiserstuhl. »Ich wünsche etwas zu essen«, teilte er einem seiner Gehilfen mit. »Byzantinische Speisen. Sag ihnen, sie sollen mir bringen, was Konstantin gegessen hat.« Er lächelte. »Sofern noch etwas übrig ist.«

Der Gehilfe eilte davon.

»Komm und setz dich zu meiner Rechten, Hawk Pascha«, befahl Mehmed. »Ihr und Euer Vater seid die Stützen meines Sieges. Ich bedaure zutiefst, daß er unseren Triumph nicht mehr erlebt hat.« Er winkte einen seiner Hauptmänner heran. »Ich wünsche, daß alle Gefangenen edlen Geblüts zu mir gebracht werden.«

Speisen wurden auf den Tisch gestellt, und Mehmed aß hungrig. Er forderte Anthony auf, sich zu bedienen, aber dieser brachte kaum einen Bissen hinunter. Ihm war klargeworden, daß die Tragödie Konstantinopels gerade erst begonnen hatte.

Plötzlich wurden zwei übel zugerichtete, verwundete Männer von den Janitscharen hereingezerrt. »Ihr Name ist Bocchiardi, O Padischah«, sagte der Hauptmann.

Anthony erkannte sie, so wie sie zweifellos auch ihn wiedererkannten.

Mehmed musterte sie, und auch die Gefangenen betrachteten den Emir.

»Köpft sie«, befahl Mehmed knapp.

»Könnt Ihr nicht unser Leben retten, Monsignore Hawkwood?« fragte einer der Brüder.

Anthony antwortete nicht.

»Mut«, sagte der andere Bruder.

Sie wurden zu Boden geworfen, und die Krummsäbel blitzten. Blut spritzte über den Marmorboden.

»Stellt ihre Köpfe vor mir auf den Tisch«, befahl Mehmed, ohne seine Mahlzeit zu unterbrechen.

Anthony blickte auf die aufgerissenen Münder und die blicklosen Augen. Ich habe meine Seele an den leibhaftigen Teufel verkauft, dachte er entsetzt.

Hierauf wurden drei Frauen hereingebracht, ihre kostbaren Roben waren zerrissen und beschmutzt, und das Haar fiel ihnen zerzaust über die Schultern. Anthonys Herz tat einen Sprung, aber es waren nicht die Frauen, die er suchte.

»Sie behaupten, sie gehören der Familie Palaiologos an, Padischah«, sagte der Hauptmann.

»Überlaßt sie den Janitscharen«, entgegnete Mehmed. »Und wenn die Männer ihrer müde sind, schlagt ihnen den Kopf ab.«

Anthony erkannte, daß es einen Grund für diese grausame Rache gab: Mehmed wollte, daß seine Grausamkeit auf ewig in die Geschichte einging.

Und so setzte er sein grausiges Werk fort, und die Zahl der blutigen Köpfe auf dem Tisch wuchs. Mehmed aß ungerührt weiter.

Zwei Stunden später lagen zwanzig Köpfe aufgereiht auf dem Tisch. Dann hielt Hawkwood die Luft an, als eine bestimmte Gruppe von Gefangenen hereingeführt wurde.

Anthony erhob sich halb, ließ sich jedoch dann wieder auf seinen Stuhl zurücksinken. Sein Verstand war durch das unbeschreibliche Grauen derart abgestumpft, daß er sie nicht gleich erkannt hatte. Die Männer und die Frauen waren nackt und dieser Art entblößt durch die Straßen der Stadt geführt worden. Eine der Frauen war hochgewachsen und hatte kastanienbraunes Haar, eine traumhafte Figur mit vollen Rundungen und tränennasse Wangen: Er hatte seine Schwester noch nie zuvor nackt gesehen. Die zweite Frau war schlank und dunkelhaarig, und ihre kleinen Brüste bebten, während sie angsterfüllt um sich blickte. Die dritte Frau, untersetzt und füllig, war einmal die Ehefrau des mächtigsten Vasallen des Reiches gewesen.

Bei den Frauen befanden sich vier Männer. Anthony erkannte in ihnen den Großherzog, Basileios und Alexios. Den vierten Mann hatte er noch nie gesehen, aber er nahm an, daß es sich um den Grafen Drakontes handelte.

Den Blick auf die abgeschlagenen Köpfe auf dem Tisch und die Blutlachen auf dem Fußboden geheftet, drängten die Frauen sich schaudernd aneinander.

Der Großherzog trat vor. »Ich bin Großherzog Lukas Notaras«, sagte er mit aller Würde, zu der er fähig war. »Mein Reichtum ist unermeßlich. Ich werde ein Lösegeld für mich und meine Familie zahlen, Emir.«

Mehmed starrte ihn an. »Notaras«, sagte er. »Ja, ich habe von Euch gehört.«

Notaras versuchte, seinem unerbittlichen Blick standzuhalten, was ihm jedoch nicht gelang.

»Köpft ihn«, befahl Mehmed schroff.

Anthony schnappte nach Luft.

Notaras starrte den Emir an. Die Todesangst stand ihm ins Gesicht geschrieben.

»Nein!« kreischte die Großherzogin und fiel auf die Knie. »Um des Himmels willen . . .«

Die Janitscharen packten den Großherzog und warfen ihn auf die Knie.

Die Großherzogin schrie erneut und sank ohnmächtig zu Boden, als der Kopf ihres Gatten über den Marmor rollte. Die Köpfe der anderen drei Männer folgten unmittelbar darauf

Anna und Catherine hatten sich ebenfalls auf die Knie sinken lassen, immer noch aneinandergeklammert.

Anthony erhob sich und blickte auf sie herab.

Ebenso Mehmed. »Beim Barte des Propheten«, sagte er. »Ist das Eure Schwester, junger Hawk?«

»Ja, Padischah.«

Hawkwood blickte auf Catherine, die ihn offenbar erst jetzt erkannte.

»Anthony?« flüsterte sie. »O mein Gott. Anthony? Du hast unsere Ehemänner ermordet.«

Anthony wußte hierauf keine Antwort.

»Steh auf, Frau«, befahl Mehmed.

Catherine zögerte, ehe sie sich langsam erhob. Anna Notaras tat es ihr gleich, da sie sichtlich Angst hatte, ihre Freundin loszulassen.

Mehmed strich sich mit der Hand über den Bart und betrachtete sie eingehend. »Ihr seid wahrlich Hawk Paschas Schwester«, sagte er. »Wärt Ihr nicht schon verheiratet gewesen . . . aber egal. Ich schenke sie Euch, junger Hawk. Bringt sie nach Hause zu ihrer Mutter, und laßt die beiden gemeinsam um Euren Vater trauern.«

»Lieber sterbe ich«, rief Catherine. »Ihr seid herzlose Mörder, Teufel aus der Hölle, alle beide, lieber sterbe ich!«

»Und versäumt es nicht, sie angemessen zu züchtigen«, fügte Mehmed hinzu. »Sie hat es dringend nötig.« Er wandte sich dem Hauptmann zu, der die Köpfe des Großherzogs, seiner Söhne und des Grafen Drakontes auf den Tisch stellte. »Überlaßt die anderen Frauen meinen Soldaten.«

Die Großherzogin, die immer noch auf dem Boden lag, stöhnte. Anna klammerte sich noch fester an Catherine.

»Ich weiß, daß sie dieses Schicksal verdient hätten, O Padischah«, sagte Anthony. »Und Ihr seid in bezug auf meine Schwester mehr als großzügig gewesen. Aber dies ist eine Frau, die ich einstmals lieben wollte . . .«

Mehmed hob den Kopf. »Tatsächlich? Komm näher, Mädchen.«

Anna schrak vor ihm zurück, wurde jedoch von einem der Janitscharen gepackt und nach vorne gestoßen. Sie fiel vor dem Tisch auf die Knie und starrte entsetzt auf den Kopf ihres Vaters direkt vor ihr.

»Ihr wollt sie auch haben?« fragte Mehmed.

»Padischah . . .«

Mehmed lachte schallend. »Ihr scheint mir ein wenig gefühlsselig, junger Hawk. Nun, ich habe Euch eine zweite Frau versprochen. Nehmt diese Kreatur, wenn Sie Euch denn gefällt. Sie kann sogar Eure Frau werden, da sie ja nun Witwe ist.«

»Niemals«, stöhnte Anna.

Mehmed musterte sie düster. »Würdest du es vorziehen, draußen auf der Straße auf den Rücken gelegt zu werden und die Lust aller meiner Krieger zu befriedigen?« zischte er. »Ich habe dich Hawk Pascha geschenkt. Und Ihr, Hawk Pascha«, fügte er hinzu, »bedient sie gut. Wenn sie nicht innerhalb eines Jahres ein Kind von Euch empfängt, nehme ich sie Euch wieder weg und überlasse sie meinen Janitscharen. Und jetzt geht. Nehmt Eure Frauen und geht.« Mehmed lachte wieder und zeigte auf die Großherzogin. »Nehmt sie auch mit, wenn es Euch Spaß macht. Einem anderen wird sie wohl kaum Vergnügen bereiten.«

Anthony ging um den Tisch herum auf die Frauen zu.

»Ihr habt Eure Seele dem Teufel verkauft«, schluchzte Anna. »Wir können Euch niemals vergeben.«

»Wie Ihr meint«, knurrte Hawkwood.

ZWEITES BUCH

DER SERAIL

Ah, Liebste! Könnten du und ich mit dem Schicksal uns verbünden
Um diese traurige Realität zu greifen,
Und sie in Stücke zu schlagen –
Um sie dann dichter an des Herzens Wünschen neu zu formen!

Omar Khayyam

7

Die Brüder

SEHT! SEHT!«

Die Trommeln dröhnten, die Trompeten erklangen, und die Treiber stießen schrille Schreie aus.

Aus dem Kiefernwald brach eine riesige gelbbraune Raubkatze hervor, die steifbeinig, wie es nur eine Katze vermag, über das offene Gelände auf den nächsten Wald zulief.

»Eine Schönheit!« rief Prinz Dschem. »Eine Schönheit! Beeilt Euch, Hawk, beeilt Euch! Wir erlegen ihn gemeinsam!«

William Hawkwood gab seinem Pferd die Sporen, holte zum Prinzen auf, und die beiden Männer galoppierten ihrer Eskorte davon, die Bögen schußbereit und völlig eingenommen vom Jagdfieber und der Belohnung, die sie möglicherweise erwartete. Einst hatte es auf diesem Hochplateau in Zentralanatolien nur so von Löwen gewimmelt, aber im Jahre 1481 waren die prächtigen Raubkatzen so gut wie ausgestorben. Und so hatte Prinz Dschem, kaum daß ihn in seiner Stadt Brussa die Nachricht erreicht hatte, daß ein Exemplar im Ulu Dag gesichtet worden war, befohlen, eine Expedition vorzubereiten.

Und jetzt war der Augenblick der Erfüllung beinahe gekommen.

Die beiden jungen Männer – Dschem war erst zweiundzwanzig und William Hawkwood ein Jahr jünger –, die hinter ihrer Beute herjagten, hätten äußerlich nicht verschiedener sein können. Der osmanische Prinz war klein und gedrungen. Sein Körper war zwar recht muskulös, aber er neigte zu Übergewicht. Seine Nase war lang und gebogen über einer Oberlippe, auf der ein Schnurrbart zu sprießen begann; hierin ähnelte er seinem Vater, Sultan Mehmed II.

Aber er ähnelte seinem Vater nicht nur äußerlich. Seine tiefblauen Augen konnten kälter als Eis blicken und verrieten einen wachen Verstand.

William Hawkwood war sechs Fuß zwei Inches groß. Er hatte einen blassen Teint und leuchtendrotes Haar. Seine Züge waren kantig und kraftvoll, passend zu seinem Körperbau und dem Ruf seiner Familie – aber er hatte bislang noch keine Gelegenheit gehabt, sich im Krieg als würdiger Sohn Hawk Paschas zu beweisen.

Als Sohn Hawk Paschas hatte William sein ganzes Leben in der Umgebung des Sultans und seines Sohnes verbracht. Prinz Dschem wußte, daß er keinen treueren Anhänger hatte als den jüngsten der Hawkwoods.

Der Löwe erreichte die ersten Bäume und zögerte, vielleicht weil die Luft auf dem Plateau so dünn war – Jäger und Beute befanden sich an die dreitausend Fuß über dem Meeresspiegel –, und wandte sich fauchend und knurrend seinen Verfolgern zu. Mit seiner vollen Mähne, dem zuckenden Schwanz und dem aufgerissenen Maul mit den schimmernden Zähnen bot er einen prachtvollen Anblick.

Dschem – dem der respektvolle William Hawkwood einen Vorsprung gelassen hatte – zügelte sein Pferd, das keuchend zum Stehen kam. Das Fauchen des Löwen schwoll zu einem Brüllen an, und er kauerte sich sprungbereit nieder.

»Zu mir!« rief Dschem mit angsterfüllter Stimme.

»Ich bin bei Euch, Hoheit«, entgegnete William; er hatte sein Pferd seitlich gestellt und zog nun einen Pfeil aus seinem Köcher.

Hinter ihnen bebte die Erde von den Hufen ihrer Eskorte, die sich immer noch abmühte, zu ihnen aufzuholen.

»Schießt! Schießt!« schrie Dschem. In seiner Aufregung ließ er den ersten Pfeil fallen und beinahe auch seinen Bogen, als er sich aus dem Sattel beugte, um den Pfeil aufzuheben.

Der Löwe ließ ein letztes Mal den Schwanz von einer Seite zur anderen peitschen und machte dann einen Satz nach vorn.

William ließ die Bogensehne los. Kaum daß der Pfeil abgeschossen war, zog er einen zweiten aus dem Köcher und spannte den Bogen erneut. Wie jeder türkische Edelmann hatte er das Kämpfen zu Pferde gelernt, kaum daß er hatte stehen können.

Sein erstes Geschoß war ein Treffer. Der Löwe machte in der Bewegung halt und setzte sich hin. Er versuchte, mit seiner gewaltigen Pranke den Pfeil aus seiner Schulter zu ziehen, und wandte den Kopf fauchend seinem zweiten Gegner zu. Das dem Tode geweihte Tier war von solch wilder Schönheit, daß William in seiner Bewunderung zögerte, den zweiten Pfeil abzuschießen.

Dschem hatte sich inzwischen wieder gefaßt und schoß nun ebenfalls einen Pfeil ab. Aber er verfehlte sein Ziel und erreichte nur, daß der Löwe sich wieder ihm zuwandte.

»Schießt!« flehte der Prinz. »Schießt!«

Auch Williams zweiter Pfeil traf, und der Löwe fiel auf die Seite. Blut lief über seine gelbe Flanke. Das Tier war bereit für den Gnadenschuß, und William legte einen dritten Pfeil an. Aber er schoß ihn nicht ab. Es war das Vorrecht des Prinzen, das Tier zu erlegen.

Dschem hatte nun ebenso sein Pferd wie sich selbst wieder unter Kontrolle und zielte sorgfältig. Als der Löwe den Kopf hob, um ein letztes Mal herausfordernd zu brüllen, bohrte der Pfeil des Prinzen sich in seine Kehle. Das Brüllen wurde zu einem Gurgeln, und der Kopf der Raubkatze sank kraftlos zu Boden.

»Ein großartiger Schuß!« rief William. Er hatte auch gelernt, daß man einem Prinzen immer Lob und Anerkennung zollen mußte.

»Ist er tot?« Dschem ritt vorsichtig näher heran.

»Zumindest liegt er im Sterben, Hoheit.«

»Ja!« Dschem stieg aus dem Sattel und zog sein Schwert. Zu Fuß näherte er sich dem zitternden, stöhnenden Löwen noch vorsichtiger. Dann schwang er den Krummsäbel und ließ ihn auf den Kopf des Tieres niedersausen. Der Löwe knurrte und rollte auf die Seite. Dschem sprang zurück und näherte sich der Raubkatze erneut, um ihr die Klinge in den ungeschützten Bauch zu stoßen. Blut spritzte, und der Löwe sackte in sich zusammen, als würden alle seine Muskeln gleichzeitig erschlaffen

William war ebenfalls vom Pferd gestiegen. »Bravo, Hoheit! Ihr habt ihn erlegt.«

»Ha!« rief Dschem erneut und begann, mit aller Kraft auf den Löwen einzuhacken.

William konnte nur warten, bis den Prinzen die Kräfte verließen. Die Eskorte sammelte sich in respektvollem Abstand.

»Widerwärtige Kreatur!« keuchte Dschem, seinen Säbel schwingend. »Hast du geglaubt, du könntest es mit einem Prinzen aus dem Haus Osman aufnehmen?«

Schließlich hielt er inne. Schweiß strömte ihm über das Gesicht und durchweichte seine Seidentunika. »Ich habe ein Ungeheuer getötet«, sagte er. »Mein Vater wird stolz auf mich sein.«

»Nein, Hoheit«, entgegnete William, »Ihr habt einen König getötet.«

Dschem warf ihm einen verwunderten Blick zu.

»Das wird Euren Vater noch stolzer machen«, fügte William hinzu.

»Ha!« rief Dschem. »Haha! Ihr habt recht, junger Hawk.« Er schwang sich in den Sattel. »Bringt dieses Ungetüm nach Hause«, befahl er seiner Leibwache.

»Ihr seid ein großer Jäger«, sagte Sereta und küßte ihren Mann, während die beiden kleinen Jungen um seine Stiefel herumkrabbelten.

»Still« sagte William. »Es war der Prinz, der den Löwen erlegt hat.« Als sie protestieren wollte, legte er ihr einen Finger auf die Lippen. »Der Prinz hat den Löwen erlegt, Frau. Keine Diskussion.«

Sereta – sie hatte schwarzes Haar, schwarze Augen und eine etwas rundliche Figur – warf sich schmollend auf einen Diwan. Sie war neunzehn und seit vier Jahren Williams Frau. Der Sultan persönlich hatte sie mit Zustimmung von Anthony Hawkwood, Hawk Pascha, seinem engsten Freund, ausgewählt an dem Tag, als William beschnitten und zum Mann geworden war. Sereta war die Tochter eines Armeekommandanten und hatte eine große Mitgift sowie bedingungslose Loyalität ihrem Bräutigam gegenüber mit in die Ehe gebracht.

Nach dem Traum, bei der jährlichen Auswahl für den Harem des Sultans auserkoren zu werden – einem Traum, den zu träumen man von jeder Jungfrau des Reiches erwartete –, konnte es kaum etwas Besseres geben, als in die Familie Hawkwood einzuheiraten. Manchmal wurde gemunkelt, daß die Reihenfolge in den Herzen und Gedanken vieler umgekehrt war. Für den Sultan auserwählt zu werden bedeutete nicht unbedingt Macht und Glück; meistens ging mit dem Eintritt in den Harem lebenslange sexuelle und gesellschaftliche Vernachlässigung einher – abgesehen von dem Trost, den man bei den anderen unglücklichen Bewohnerinnen des Serails fand . . . oder bei einem verständnisvollen Eunuchen.

Hingegen war allgemein bekannt, daß eine Ehe mit einem Hawk einem Mädchen eine unvorstellbare Welt eröffnete: Es gab keine anderen Ehefrauen, man brauchte keinen Yashmak zu tragen, nicht einmal in Anwesenheit männlicher Verwandter und Gäste, und die Ehefrau durfte an der Seite ihres Gatten bleiben, zumindest im Haus. Laila, die Tochter Mahmun Paschas, war als erste in den Genuß dieser fremdländischen Freuden gekommen, als der Emir – wie der Sultan damals noch genannt wurde – sie Anthony Hawkwood zur Frau gegeben hatte. Aber Laila war eine schlechte Wahl gewesen. Wie sehr sie auch das Ansehen ihrer Stellung genossen haben mochte, hatte sie sich als unfruchtbar erwiesen. Sie war verhältnismäßig jung gestorben, aus Kummer, wie viele meinten.

Anthony Hawkwood hatte noch zu Lailas Lebzeiten eine zweite Frau genommen, eine stolze Griechin von edlem Geblüt, Anna Notaras, die er aus der brennenden Ruine Konstantinopels mitgebracht hatte. Gerüchten zufolge waren seine ersten sexuellen Begegnungen mit seiner zweiten Frau kaum mehr als Vergewaltigung gewesen; angeblich hatte man in den ersten Tagen ihrer Ehe in seinem Palast ihre herzzerreißenden Schreie gehört.

Ob dies nun stimmen mochte oder nicht, Anna Notaras hatte ihrem abtrünnigen englischen Gatten drei Söhne und zwei Töchter geboren. Und Anthony Hawkwood hatte es nicht für nötig erachtet, noch eine Frau zu nehmen.

William kannte diese Gerüchte, und er wußte, daß sie zumindest im Ansatz stimmten, da er in seiner eigenen Kindheit und Jugend des öfteren beobachtet hatte, daß seine Mutter seinem Vater mit eigenartiger Zurückhaltung begegnete. Nach griechischen Maßstäben schön und immer noch hochmütig, wenn die Situation es erlaubte, erinnerte sie ihn irgendwie an eine stolze Stute, die von ihrem Herrn gebrochen worden war.

William und seine Mutter hatten einander nie nahegestanden. Wie auch seine zwei älteren Brüder war er unter Männern aufgewachsen. Noch vor seinem zehnten Geburtstag war er bei den Janitscharen in die Lehre gegangen und hatte gelernt zu töten, bevor er hatte lernen können zu lieben. Und so hatte er nie erfahren, was es bedeutet zu lieben: Sereta und ihre Kinder waren Besitztümer, Symbole seines Wohlstandes und seiner Männlichkeit. Vielleicht würde er irgendwann auch die Liebe kennenlernen.

Der Sultan hatte, wenngleich er auf einigen unabdingbaren Riten wie der Beschneidung bestanden hatte, nie versucht, die Hawkwoods zu zwingen, zum Islam überzutreten; ihm war bewußt, daß sie für ihn nicht zuletzt darum so wertvoll waren, weil sie Ungläubige waren, die bei Bedarf dazu eingesetzt werden konnten, mit anderen Christen zu verhandeln. Und vor allem wußte er, daß aufgrund ihres Christentums ihre gesellschaftliche Stellung und Macht innerhalb der osmanischen Welt von ihm und ihm allein abhängig waren. Er konnte es sich nicht erlauben, irgendeiner anderen Familie solch blindes Vertrauen zu schenken.

Und so hatte er William Hawkwood und seinen eigenen jüngsten Sohn Dschem – sein Lieblingssohn, hieß es – beinahe als Brüder aufwachsen lassen. Aber William wurde nicht zum Gebet gerufen, und es galt als selbstverständlich, daß seine Söhne Christen sein würden, unabhängig davon, wer ihre Mutter sein mochte. Und wenn er, wie sein Vater, nach Art der Franken leben und nur eine einzige Frau nehmen wollte, war das allein seine Angelegenheit.

William Hawkwood akzeptierte dies alles widerspruchslos – er war nur darauf bedacht, die Rolle zu spielen, die ihm vom

Schicksal zugedacht war: die des jüngsten Sohnes von Hawk Pascha. Er hatte praktisch von Geburt an gewußt, daß er der Sproß einer Familie von Abtrünnigen war, nicht nur dazu bestimmt, in einem heidnischen Land zu leben, sondern darüber hinaus in diesem Umfeld zu Ruhm und Wohlstand zu gelangen – nicht zuletzt dadurch, daß er die Türken gegen ihre meist christlichen Feinde in den Krieg führte. Auch war ihm von Kindesbeinen an bewußt gewesen, daß es sein Schicksal war, Krieger zu werden: ein kommandierender Offizier der Artillerie wie seine berühmten Vorfahren. Wenngleich er noch nie, nicht einmal im Zorn, einen Schuß abgefeuert hatte, wußte er, daß sein Vater seinerzeit ein großartiger Soldat gewesen war, was ihn mit Stolz erfüllte. Und auch wenn man ihm des öfteren erzählt hatte, daß dem Sultan als jungem Mann der Spitzname Hunkar, Bluttrinker, gegeben worden war – inzwischen zog Mehmed den Beinamen ›der Eroberer‹ vor – fürchtete er ihn nicht, denn er selbst war der Sohn Hawk Paschas. Und es erfüllte ihn mit Stolz, dem mächtigsten Herrscher der Welt zu dienen!

William Hawkwood hatte schon früh erkannt, daß der Lieblingssohn des Sultans, mit dem er aufgewachsen war, ein Feigling war – und dazu noch tückisch. Diese Bürde mußten jene tragen, die im Dienste des Sultans standen. Dschem stützte sich auf seinen englischen Freund, und zwar jedes Jahr mehr, wie es schien. Als ihm das Kommando über die Garnison von Brussa übertragen worden war, hatte William ihn ganz selbstverständlich als sein Artilleriehauptmann begleitet. Anthony Hawkwood war der größte Geschützmeister der Welt; seine Söhne konnten nur sein Erbe antreten.

Hierin lagen Aufstiegsmöglichkeiten, auch wenn es ein gewisses Maß an Schmeichelei erforderte – ebenfalls ein Erfordernis für jene, die dienten. William konnte zumindest sicher sein, daß Dschem niemals Sultan sein würde, zumindest so lange nicht, wie sein älterer Bruder Bajasid lebte. Aber es würde sicher noch Jahre dauern, bis Bajasid das Schwert Osmans erbte: Der Sultan war gerade erst fünfzig und geistig wie körperlich noch so präsent wie eh und je.

Derweil konnten sie die Vorzüge der Unabhängigkeit genießen. Am Fuß des Ulu-Berges gelegen, war Brussa einer der schönsten Orte der Welt, an dem nur das Rauschen fließenden Wassers mit dem Seufzen des Windes wetteiferte.

Wenngleich es im Winter sehr kalt wurde, war es dort nie ungemütlich. Und sogar wenn es schneite, stand bald wieder die Sonne am Himmel und schien auf die Landschaft von atemberaubender Schönheit herab. Im Sommer war das Wetter einfach wunderbar. Das anatolische Hochplateau oberhalb der Stadt war nicht nur ausgedehntes Jagdrevier, sondern darüber hinaus ein ideales Truppenübungsgebiet für Williams und Dschems Soldaten, zu denen auch ein Regiment Janitscharen gehörte.

Die Stadt selbst war Mittelpunkt des gesamten Osmanenreiches. Konstantinopel mochte zwar 1453 aus seiner Asche wiederauferstanden sein, um wieder zu der prächtigen Stadt zu werden, die es vor der Zerstörung gewesen war, aber in Brussa befanden sich die Gräber von Dschems Vorfahren. Und zu gegebener Zeit würde zweifellos auch er hier bestattet werden.

Der Ort war weit entfernt von den Grenzen des Reiches, an denen ständig gekämpft wurde, und von den Intrigen der Pforte – wie der osmanische Hof nach der Gewohnheit des Sultans genannt wurde, fremdländische Gesandte auf der Terrasse seines Palastes zu empfangen. Es war ein Ort, an dem die Türken der Kunst des Friedens frönten und sich ihren Keramiken und Seidenstickereien widmeten, für die sie bereits auf der ganzen Welt berühmt waren. Es war ein Ort, an dem man glücklich sein und Fett ansetzen konnte, an dem man jagte und spielte, mit seiner willigen Frau schlief und die zunehmende Kraft und Energie der heranwachsenden Kinder beobachten konnte.

Solange alles so blieb, wie es war.

Das Gesicht des Reiters war äschern vor Müdigkeit und Furcht, als er auf seinem erschöpften Pferd über das Kopfsteinpflaster galoppierte, daß die Funken stoben. Die Menschen eilten aus ihren Häusern, und Angestellte starrten ihn an, um dann zu spekulieren, welche Neuigkeiten er bringen mochte. Zweifellos waren es schlimme Nachrichten, darauf ließen seine Hast und seine Miene schließen.

»Es hat irgendeine Katastrophe gegeben«, tuschelten die Umstehenden.

»Die Janitscharen sind besiegt worden!«

Unvorstellbar.

Jedoch konnte sich niemand vorstellen, welche Nachricht der Bote tatsächlich überbrachte.

Prinz Dschem starrte ihn konsterniert an. »Der Eroberer ist tot?« flüsterte er. »Wie kann das sein?«

»Gift«, knurrte Omar Pascha, der Garnisonskommandant.

»War es Gift?« fragte William Hawkwood.

»Das wird bei Hofe nicht angenommen, Mylord«, entgegnete der Bote. »Der Padischah brach ganz plötzlich zusammen, klagte über große Schmerzen und starb. Eure Hoheit Prinz Dschem, Euer Bruder, Sultan Bajasid, befiehlt Euch, augenblicklich nach Konstantinopel zu kommen.«

»Schlagt ihm den Kopf ab«, befahl Dschem.

»Eure Hoheit!« protestierte William.

»Sein Kopf«, schrie Dschem. »Schlagt ihm den Kopf ab.«

Der Bote wurde hastig aus dem Raum geführt. Er sträubte sich nicht; er hatte nichts anderes erwartet.

»Sultan Bajasid«, grollte Dschem und ließ sich auf den Diwan zurückfallen, von dem er aufgestanden war, als er die Nachricht gehört hatte. »Mit welchem Recht beansprucht er das Sultanat für sich?«

»Mit dem Recht des Erstgeborenen«, wagte William zu bemerken. »Er ist der älteste Sohn.«

»Wäre mein Vater noch dazu gekommen, hätte er mich zu seinem Nachfolger bestimmt«, sagte Dschem.

»Das bezweifle ich nicht, Hoheit. Aber wer kann sich gegen Allahs Willen auflehnen?«

»Ha! Das nehme ich nicht so einfach hin. Und Bajasid muß mich für einen Dummkopf halten. Ich soll nach Konstantinopel reiten? Dann könnte ich mir ebensogut selbst die Kehle durchschneiden.«

»Aber der Sultan hat es so befohlen«, protestierte Omar.

»Es wurde mir von meinem Bruder befohlen, der sich als

Nachfolger meines Vaters ausgibt«, erwiderte Dschem. »Er verlangt, daß ich nach Konstantinopel reite, um mich hinrichten zu lassen.«

»Das könnt Ihr nicht wissen«, sagte William.

»Hat mein Vater nicht alle seine Brüder töten lassen? Hat er nicht den Präzedenzfall geschaffen und dies durch ein Zitat aus dem Koran gerechtfertigt? Und Bajasid haßt mich, weil unser Vater mich meinen Brüdern vorgezogen hat. Ich werde nicht nach Konstantinopel gehen wie ein Schaf zur Schlachtbank.«

»Aber wenn Ihr Euch dem Sultan widersetzt, wird man Euch als Rebellen betrachten, Hoheit«, bemerkte Omar.

»Der Padischah wird eine Armee gegen Euch entsenden«, pflichtete William ihm bei.

»Verfügen wir nicht über unsere eigenen Soldaten? Befehlige ich nicht zwei kampferprobte Generäle?« Er blickte von einem zum anderen. »Außerdem habe ich einen Plan, der Bajasids Entschlossenheit bremsen wird; er hat noch nie viel für Krieg übriggehabt. Ich werde ihm anbieten, das Reich mit ihm zu teilen. Er kann Europa haben, sogar Konstantinopel, während ich Asien und Brussa behalte.« Er lehnte sich mit einem Lächeln zurück.

Omar und William tauschten einen besorgten Blick. Anzunehmen, daß ein osmanischer Sultan sich bereit erklären könnte, sein Reich zu teilen, war so, als würde man annehmen, daß eines Tages der Himmel herabstürzt. Und gegen den Sultan zu rebellieren konnte nur zum Tod führen. Williams Lage war sogar noch mißlicher als Omars.

»Bei allem gebührenden Respekt, Hoheit«, sagte er, »wenn Bajasid Euren Vorschlag ablehnt und eine Armee gegen Euch ins Feld schickt, wird diese aller Wahrscheinlichkeit nach von meinem Vater kommandiert werden, dem meine Brüder zur Seite stehen werden. Ich möchte Euch also bitten, unparteiisch bleiben zu dürfen.«

»Ich werde Eurem Wunsch nicht stattgeben, junger Hawk. Ich brauche Euch als Befehlshaber meiner Geschütze.«

»Aber Hoheit . . .«

»Was den Kampf gegen Blutsverwandte betrifft, werde ich

nicht, falls Bajasid so dumm ist, meinen Vorschlag abzulehnen, auch meinen eigenen Bruder bekriegen?«

William öffnete den Mund und schloß ihn wieder. Dies war Dschems freie Wahl. Möglicherweise war es die einzige Wahl, die er hatte. Aber das galt nicht für William Hawkwood.

Dschem musterte ihn stirnrunzelnd und zeigte mit dem Finger auf ihn. »Ihr werdet meine Artillerie befehligen, junger Hawk. Vergeßt alle Gedanken daran, mich zu verraten. Ihr werdet meine Artillerie befehligen, oder Ihr werdet Eure Frau und Eure Kinder sterben sehen. Vergeßt das nie.«

Das Goldene Horn und der Bosporus hallten von Klagelauten wider.

Anthony Hawkwood erinnerte sich, daß er, als er mit sechzehn Jahren, dem Traum seines Vaters nach militärischem Ruhm folgend, das erstemal nach Konstantinopel gekommen war, die Glocken der Hagia Sophia hatte läuten hören, während die genuesische Karake sich langsam gegen den Strom vom Schwarzen Meer ins Marmarameer gekämpft hatte. Damals hatten sie verkündet, daß das christliche Heer unter Befehl von Johannes Hunyadi vernichtend geschlagen worden war.

Die Glocken hatten lange geschwiegen; die Hagia Sophia war auf Befehl des Sultans in eine Moschee umgewandelt worden. Und Konstantinopel hieß jetzt Istanbul.

An diesem Tag war die Luft erfüllt vom Lärm der Becken und Tamburine, Trommeln und Kesselpauken, die einen steten, klagenden Takt schlugen – wie seit einem ganzen Monat. Ganz ohne Zweifel würde jedes Schiff, das sich über das Marmarameer näherte, frühzeitig vorgewarnt werden, daß sich ein großes Unglück ereignet hatte.

Der Sultan war tot! Es war für jeden in Konstantinopel, für jeden in allen Hoheitsgebieten der Osmanen schwer, das gewaltige Ausmaß dessen zu begreifen, was geschehen war.

Zweifellos würde in Rom Seine Heiligkeit Papst Sixtus IV. ein Tedeum singen lassen und den Tod des Teufels feiern.

Für Anthony Hawkwood war es noch schwerer zu begreifen als für die meisten anderen. Manchmal hatte er das Gefühl, daß sein Leben erst richtig begonnen hatte, als er dreißig Jahre zuvor vor den mittelgroßen, jugendlichen damaligen Emir geführt worden war. Mehmed II. war in jeder erdenklichen Hinsicht sein Schicksal gewesen. Der Sultan hatte seine Beschneidung ausgerichtet, ihm seine beiden Frauen geschenkt und ihn zu einem der Befehlshaber seines Heeres ernannt.

Gemeinsam hatten sie sich daran gemacht, die Welt zu erobern. Konstantinopel war nur der erste Schritt gewesen. Mit Hawk Pascha als Kommandeur seiner Artillerie hatte Mehmed einen Siegeszug begonnen, der ihm zu Recht den Beinamen ›Eroberer‹ eingebracht hatte. Nur Belgrad, dem der alternde Hunyadi zu Hilfe gekommen war, und die Insel Rhodos, die von den Rittern des Johanniterordens ebenso kühn verteidigt worden war, hatten seinen Geschützen widerstanden. Ganz Serbien bis auf die Weiße Stadt war unter osmanische Herrschaft gefallen, Morea war überrannt worden, die Küste des Schwarzen Meeres und das Reich von Trapezunt waren dem Ottomanischen Reich einverleibt worden, und Bosnien und die Herzegowina waren ebenfalls gefallen.

Der Preis dieser unaufhörlichen Eroberungen war die Feindschaft Venedigs gewesen, dessen wohlwollende Neutralität während der Belagerung gegen Konstantinopel so hilfreich gewesen war. Die Venezianer waren angesichts der Ausbreitung der türkischen Macht langsam unruhig geworden und hatten schließlich mit Zorn reagiert, als die Türken auch noch ihren einträglichen Handel mit der Levante gestört hatten.

Die Venezianer machten keine halben Sachen. Sie hatten es sich zum Ziel gesetzt, die Osmanen ein für allemal zu vernichten. Sie sicherten sich die Unterstützung des Papstes, der für einen Kreuzzug gegen den Antichristen, den Bluttrinker, predigte, und sie schickten sogar Gesandte ins ferne Persien, um Uzun Hasan, den Herrscher der Akkoyunlu, zu den Waffen zu rufen, der als Schiite die orthodoxeren moslemischen Sunniten wie die Türken, die Anhänger der traditionellen Bräuche, verabscheute.

Mehmed hatte sie alle besiegt. Der sogenannte Kreuzzug war niedergeschlagen worden; die Venezianer, die in ihrer eigenen Bucht von einer türkischen Flotte angegriffen worden waren, hatten dem Sultan letztendlich Tribut zahlen müssen, und erst zwei Jahre zuvor war Hasans großes Heer in der Schlacht von Otluk-Beli am Oberen Euphrat aufgerieben worden.

Mehmed hatte die Welt von Italien bis zur Tauroslinie beherrscht, war Herr über viele Hoheitsgebiete.

Und er hätte seinen Siegeszug wohl noch viele Jahre fortgesetzt, da er erst in mittleren Jahren gewesen war. Im Frühjahr 1481 hatte er seine Herolde ausgesandt, seine Janitscharen, seine Anatolier, seine Spahis und seine Serratkuli zu den Waffen zu rufen, um einen weiteren Feldzug gegen die schiitischen Perser zu führen und die Häretiker endgültig zu vernichten.

Er selbst ritt an der Spitze des Heerzuges. Doch er kam nicht weit. Bei Gabse, etwa vierzig Meilen von Istanbul entfernt, erlitt er im Feldlager plötzlich krampfartige Leibschmerzen. Am dritten Tag, dem 3. Mai 1481, zur Stunde des Nachmittagsgebets, starb Mehmed der Eroberer.

Anthony Hawkwood hatte zu jenen gehört, die an Mehmeds Seite gekniet hatten, als er gestorben war. Dies war nur angemessen gewesen, da er wohl der engste Freund des Sultans gewesen war. Jetzt überquerte er mit der Fähre von einem Vorort Galatas aus, in dem er lebte, das Goldene Horn, zu einer Audienz beim neuen Sultan Bajasid.

Wie sein Vater war auch Bajasid der zweite seines Namens. Sein Namensvetter und Vorfahr hatte sich ›der Wetterstrahl‹ genannt und behauptet, der größte Soldat auf Erden zu sein; letztendlich unterlag er jedoch Timur dem Mongolen und starb nach der Schlacht von Ankara im Juli 1402 in Gefangenschaft. Jene, deren Wohlstand eng mit der Macht der Osmanen verknüpft war, wie auch bei Anthony Hawkwood, hofften inständig, daß dieser junge Mann von vierunddreißig Jahren sich als würdiger Nachfolger seines Vaters erwies anstatt zu enden wie sein Namensvetter. Mehmed hatte sich selbst keinen Beinamen gegeben – das hatte er jenen überlassen, die ihn fürchteten –, und doch war er der größte Kriegsherr seiner Zeit gewesen.

Bajasid würde es schwer haben, an den Ruhm seines Vaters anzuknüpfen – nicht nur in bezug auf dessen Eroberungen. Mehmed war der erste Emir der Osmanen gewesen, der sich selbst Sultan genannt hatte. Der Titel bezeichnete im Koran einen Menschen großer Moral oder religiöser Autorität. In diesem Sinne war der Titel einige Jahrhunderte später von politischen Führern angenommen worden, um zu veranschaulichen, daß ihre Autorität von Allah gutgeheißen wurde. Der erste, der den Titel in diesem Sinne angewandt hatte, war Mehmed Gazni gewesen, der größte Soldat des elften Jahrhunderts christlicher Zeitrechnung.

Die Kalifen von Bagdad hatten daraufhin ebenfalls begonnen, manche andere moslemischen Herrscher dieser Art zu benennen, bemüht, ihre eigene schwindende Autorität durch die Vergabe von Ehren zu untermauern. Die Vorläufer der Osmanen, ihre Verwandten die Seldschuken, die als erste erfolgreich Krieg gegen die Byzantiner geführt hatten, hatten somit ihre Sultane gehabt. Aber es war nicht der Kalif gewesen, der Emir Mehmed II. diesen Titel zuerkannt hatte: Er hatte ihn selbst für sich beansprucht und die Welt durch seine Siege gezwungen, ihn anzuerkennen und zu würdigen.

Jetzt war der Titel durch das Erbrecht an seinen Sohn übergegangen.

Mehmed war mehr gewesen als ein einfacher Soldat. Zweifellos hatte er zuviel Zeit mit militärischen Feldzügen verbracht, um vieles von dem zu erreichen, was er sich sonst noch vorgenommen hatte, aber andererseits hatte er nicht erwartet, so jung zu sterben. Vielleicht hatte er in seinen letzten Jahren, da er die Kriegsführung anderen überlassen konnte, zu vieles unerledigt gelassen.

Er hatte versucht, Konstantinopel als Istanbul neu aufzubauen, jedoch ohne großen Erfolg. Als Anthony Hawkwood und seine Söhne von Bord gingen und die Stadt durch das Tor in der Seemauer betraten, konnten sie deutlich sehen, daß die Stadt, obwohl die Mauern zu beiden Seiten seit dem Beschuß durch die osmanischen Geschütze vor achtundzwanzig Jahren weitgehend wieder instand gesetzt worden waren, immer noch von Ruinen beherrscht wurde.

Aus der Trostlosigkeit ragte immer noch die Statue Konstantins des Großen auf, die als letztes an den christlichen Widerstand erinnerte. Mehmed verehrte das Gedenken an berühmte Persönlichkeiten und hatte den Forderungen seiner Imame, das Standbild zu zerstören, widerstanden.

Wo er gebaut hatte, hatten die Bauherrn des Sultans ganze Arbeit geleistet. Der Palast der Palaiologen war von einem düsteren Bauwerk mit scharfen Winkeln und dunklen Räumen in einen prächtigen Palast luftiger Zimmerfluchten mit fließenden Rundungen verwandelt worden, in dem immer und überall das Plätschern fließenden Wassers zu hören war. Die ebenso düsteren Ikonen, die die Wände bedeckt hatten, waren ebenfalls entfernt worden; die Darstellung des Menschen verstieß nicht nur gegen das moslemische Gesetz, sie ließ sich auch nicht mit ihrem Schönheitssinn vereinbaren. Anstelle der Jungfrau mit Kind bedeckten Seidenteppiche in sanften Farben die Wände.

Mehmeds Paschas hatten es ihrem Herrn gleichgetan, und Hawkwoods eigener Palast in einem Außenbezirk von Galata war eine kleinere Reproduktion des Serails, wie der Sultanspalast genannt wurde.

Es gab einen Brauch, den Mehmed gewahrt hatte, als Teil der moslemischen Tradition; Reichtum und Macht eines Mannes ließen sich an der gerühmten Schönheit seiner Frauen und der Zahl seiner Konkubinen messen. Nur in diesem Punkt bezog Anthony Hawkwood keine Vorrangstellung.

Mehmed hatte davon geträumt, Istanbul in eine rein moslemische Stadt zu verwandeln. Aber die Türken waren weder von ihrer Natur her noch aus Gewohnheit Stadtbewohner. Während Mehmeds Paschas ihm mehr oder minder widerwillig hinter die Mauern des Theodosios gefolgt waren und sich dort niedergelassen hatten, hatten die einfachen Soldaten es vorgezogen, auf ihre Höfe zurückzukehren. Auch waren die Türken keine Geschäftsleute oder Händler; sie waren Reiter aus den Steppen, in deren Augen ein Mann nur im Sattel wirklich zu Hause war.

Mehmed wäre somit im Besitz einer Geisterstadt gewesen, abgesehen von den Tausenden von Griechen, Genuesern und Christen verschiedenster Herkunft, die auf den Marktplätzen zusammengetrieben worden waren und darauf gewartet hatten, entweder hingerichtet oder als Sklaven verkauft zu werden.

Aber der Eroberer war ein Pragmatiker gewesen. Er war nicht willens gewesen, diese Perle, die er dem Christentum entrissen hatte, sterben zu lassen. Es brauchte Kaufleute und Krämer, Unternehmer und Geschäftsleute, wenn seine Stellung als größte Stadt der Welt erhalten bleiben sollte. Und all diese Menschen waren vorhanden. Was spielte es für eine Rolle, daß sie Ungläubige waren, die noch bis vor wenigen Monaten seine erbitterten Feinde gewesen waren?

Er hatte seinen Gefangenen die Freiheit angeboten, wenn sie blieben und weiter in Istanbul lebten und ihren Geschäften nachgingen. Darüber hinaus hatte er ihren Patriarchen Gennadios ausfindig gemacht, der Zuflucht in einem Kloster gesucht hatte, und ihn wieder in sein altes Amt eingesetzt. Der Eroberer hatte nicht den Wunsch gehabt, die Griechen zur einzig wahren Religion zu bekehren; er hatte es vorgezogen, daß sie in jeder Hinsicht unterlegen blieben. Aber er erkannte an, daß jeder Mensch eine Religion brauchte, also trug er Gennadios auf, seinen Leuten zu predigen und ihr Los zu akzeptieren, wie er es lange Zeit unter den Palaiologen getan hatte.

Gennadios war nicht weniger pragmatisch als sein neuer Herr. Er sah keinen Sinn darin, den Märtyrer zu spielen, wenn er eine christliche Pflicht zu erfüllen hatte, auch wenn ihm diese von einem Heiden auferlegt war. Wenn man von den Bannern mit dem Halbmond, dem Gleichschritt der Janitscharen und den leuchtenden fließenden Gewändern der Spahis absah, glich Istanbul wieder einer byzantinischen Stadt.

Nur der Zutritt zur Hagia Sophia war den Griechen auf ewig verwehrt.

Der Übergang war nicht einfach gewesen. Hawkwood konnte sich noch gut an den Ausdruck schockierten Entsetzens auf dem Gesicht des Patriarchen erinnern, als er an der Seite seines erbitterten Feindes Hawk Pascha vor dem Diwan des Eroberers gestanden hatte. Die Griechen, das ausgelassenste aller Völker, hatten lernen müssen, daß sie nicht wirklich frei waren und der Angriff auf einen Türken mit dem Tode bestraft wurde. Und doch war Konstantinopel als Istanbul wiedergeboren worden und unter dem Symbol des Halbmondes eine blühendere Stadt als in den vergangenen fünfhundert Jahren.

Mehmed hatte lernen müssen, wie man eine solche Quelle des Wohlstandes verwaltete. Die Türken verstanden nichts von Geld und hatten auch keine Verwendung dafür; ihr Leben war seit jeher von Überfällen und Plünderungen bestimmt gewesen. Aber da er es mit dem Westen, den Bankiers aus Hamburg und Florenz – die sogar bereit waren, mit dem Antichristen persönlich Geschäfte zu machen, sofern es ihnen zum Vorteil gereichte – und auch mit der Besteuerung seiner Vasallen zu tun hatte, war er gezwungen, sich mit Hauptbüchern und Berechnungen auseinanderzusetzen. Es sprang nicht viel dabei heraus, wenn er von den griechischen Händlern im Hafen Bezahlung in Naturalien verlangte, aber ein Prozentsatz ihrer Einnahmen in Goldmünzen stellte ein Vermögen dar.

Auch hierbei war es notwendig gewesen, Griechen einzustellen. Aber die Griechen hatten ihre eigenen Traditionen, ihre eigene Auffassung davon, wie die Dinge gehandhabt werden sollten. Das byzantinische Reich hatte begonnen, Traditionen anzuhäufen, tausend Jahre bevor der erste Osmane seinen Kommandostab mit dem Pferdeschweif gehoben und seine Spahis aus den Steppen geführt hatte.

Kaiserliche Buchhalter brauchten Namen. Die Osmanen waren immer nur ein einziger riesiger Clan gewesen. Der Emir hatte seine Wesire gehabt, die ihm die Alltagsgeschäfte abnahmen, seine Paschas, die seine Männer und Schiffe in der Schlacht befehligten, seine Beglerbegs, die die verschiedenen Provinzen des Reiches verwalteten. Darüber hinaus hatte keine bestimmte Ordnung gegolten; jeder Wesir, jeder Pascha und jeder Beglerbeg hatte seine Geschäfte geführt, wie er es für richtig gehalten hatte, immer in dem Bewußtsein, daß, wenn er sich den Unwillen des Emirs zuzog oder diesen mißverstand, dies durchaus seinen Tod bedeuten konnte.

All diese Beamten behielt der Sultan bei, aber hinzu kam eine Fülle anderer Staatsdiener. Die Türken hatten ebenso wie die Byzantiner festgestellt, daß ein Titel einem Mann zur Ehre gereichte, wie falsch dies auch sein mochte. Bevor er den Diwan betreten durfte, mußte sich sogar Hawk Pascha einer Überprüfung durch die Hüter der Pforte, die Türwächter, den Hauptmann der Kaiserlichen Leibgarde und schließlich den Hüter der Kaiserlichen Gemächer unterziehen, die alle prächtige Roben trugen und ein Tuch um ihren Stahlhelm gewikkelt hatten.

So sklavisch kopierten die Osmanen die Gewohnheiten ihres Herrn. Es war Mehmed gewesen, der auf einem Feldzug im Osten als erster ein Tuch um seinen Helm geschlungen hatte, um der Hitze der Sonne auf dem nackten Metall entgegenzuwirken. Es hatte nicht lange gedauert, und jeder seiner Soldaten hatte es ihm nachgemacht. Inzwischen galt dies als unabdingbarer Bestandteil angemessener Kleidung. Wie alle anderen trugen auch Anthony Hawkwood und seine Söhne einen Turban.

Als er auf den gewaltigen Torbogen zuschritt, der zum Diwan führte, der von mit Krummsäbeln bewaffneten Eunuchen bewacht wurde, konnte Hawkwood zur Rechten in einen weiteren großen Raum sehen, wo die griechischen Schreiber an ihren Tischen arbeiteten, ständig bemüht, die Finanzen des Reiches auf dem aktuellen Stand zu halten. Auch sie hatten kleine Titel: Hüter der Bücher, Hüter der Abrechnungen, Hüter der Bilanzen.

Hätte er nach links, durch das Bogenfenster in die Gärten des Sultans geblickt, hätte er den Obergärtner gesehen, der sich mit dem obersten Untergärtner unterhielt, umgeben von einer Fülle bunter Blüten, von Jakaranda bis hin zu Rosen, die in diesem Klima bestens gediehen und des Sultans Stolz und Freude gewesen waren.

All diese Posten waren nicht nur gut bezahlt, sondern bereits vom Vater auf den Sohn übertragbar. Die wilden Reiter, die als erste Baltioglu aus den Steppen gefolgt sind, müssen sich im Grabe umdrehen, dachte Hawkwood, ihre Nachfahren so bequem und entwürdigt zu sehen.

Aber war er selbst nicht Artilleriegeneral? Und würde sein ältester Sohn John ihm nicht nachfolgen?

Mehmed hatte zugelassen, daß diese Fallstricke der Zivilisation um sich griffen, weil er begriffen hatte, welche Macht sie besaßen, Männer an ihn zu binden. Er hatte sie immer mit Zynismus betrachtet; er hatte seine eigenen Gewohnheiten nicht geändert, war aber dennoch ins Ausland gereist, wie und wann er es wollte, hatte sich bereitwillig seinem Volk gezeigt und sich sogar Zeit genommen, mit den Menschen zu sprechen. Wenn er nach osmanischer Tradition seinen Wesiren gestattet hatte, seine Amtsgeschäfte zu erledigen, war er doch immer auf einer Seite des Raumes anwesend gewesen, um bei Bedarf einzugreifen. Und er war immer an der Spitze seiner Armeen geritten.

Der neue Sultan hatte sich seit dem Tod seines Vaters nicht mehr in der Öffentlichkeit gezeigt – und auch vorher nur selten. Man konnte ihn sich schwerlich mit dem Krummsäbel in der Hand im Sattel vorstellen. Bajasid war nicht größer, als Mehmed es gewesen war, aber im Alter von vierunddreißig Jahren war er bereits stark übergewichtig. Wenngleich er die kalten Augen und grausamen Lippen seines Vaters geerbt hatte, mangelte es seinen Zügen an Ausdruckskraft. Anstelle von Entschlossenheit war in seinem Gesicht nur Lasterhaftigkeit zu sehen; es hieß, er besäße bereits einen Harem, der an Umfang dem seines Vaters in nichts nachstand.

Dies konnte Hawkwood sich gut vorstellen. Er hatte die Trauerprozession verschleierter Frauen mit ihren Eunuchen gesehen, die in einer Reihe hintereinander das Serail verlassen hatten, in dem die meisten seit ihrer Kindheit gelebt hatten, um sich in ein Kloster zu begeben, wo sie den Rest ihres Lebens in völliger Abgeschiedenheit fristen würden. Die Prozession von Bajasids Frauen hatte an ihrer Statt das Serail bezogen, glücklich über ihre Erhebung über das gemeine Volk.

Nur Valideh, die Mutter des Herrschers, stand beiden Frauengruppen vor. Die Mutter des jüngeren Dschem war mit allen anderen fortgeschickt worden. Aber Anthony war überzeugt, daß diese Valideh nur ein blasser Abklatsch von Mara Brankovic sein konnte, auch wenn er sie selbstverständlich nie zu Gesicht bekommen hatte.

Dschem war die augenblicklich brennendste Frage. Anthony konnte sich noch gut daran erinnern, wie Mehmeds Bruder von zwei Janitscharen mit einer Bogensehne erdrosselt worden war. Sämtliche Brüder Mehmeds hatte dasselbe Schicksal ereilt. Als man ihm den Brudermord zum Vorwurf gemacht hatte, hatte er aus dem Koran zitiert; Allah verabscheut Zwietracht mehr als Mord. Und doch war es in den Augen von jemandem, der im christlichen Glauben erzogen worden war, eine Todsünde, den eigenen Bruder zu ermorden. Und so hatte Anthony Bajasid in den ersten Stunden seiner Nachfolge bekniet, den Prinzen am Leben zu lassen.

»Dschem ist noch ein junger Bursche, zwölf Jahre jünger als Ihr selbst, O Padischah«, hatte er gesagt. »Sperrt ihn ein, wenn es denn sein muß, aber befleckt Eure Hände nicht mit seinem Blut.«

Bajasid schien seine Ansicht zu teilen. »Laßt den Jungen nur zu mir kommen und mich als seinen Herrn und Meister anerkennen«, hatte er entgegnet.

Hawkwood war gezwungen gewesen, diese Entscheidung zu akzeptieren, auch wenn er gewußt hatte, daß, wenn Bajasid Mehmeds wahrer Sohn gewesen wäre, Dschems Schicksal besiegelt gewesen wäre. Er konnte nur hoffen, daß es ihm gelingen würde, erneut einzugreifen, wenn der Junge in der Stadt eintraf.

Aber warum hatte der neue Sultan sie so dringend hergebeten . . . Hawkwood studierte Bajasids Gesicht, als er sich dem Diwan näherte, wobei seine weichen Ziegenlederstiefel auf dem polierten Marmorboden nicht das geringste Geräusch verursachten. Dem jungen Mann mangelte es nicht gänzlich an Tugenden. Er sammelte Bücher und war ein noch leidenschaftlicherer Dichter, als sein Vater es gewesen war. Er zeigte lebhaftes Interesse am intellektuellen Leben anderer Länder, sogar solchen christlichen Glaubens. Und doch war er zu sehr im Bewußtsein seiner eigenen Größe erzogen worden. Er leitete seinen eigenen Diwan, so versessen war er auf dieses neue

Anrecht – und er war nicht von bewaffneten Paschas umgeben wie Mehmed es stets gewesen war.

Anthony blickte auf den Obersten Waffenmeister, der den Krummsäbel des Sultans in seinem Samtkästchen hielt. Daneben der Oberste Jäger in einem halbmondförmigen Cape aus goldenem Stoff, der Aufseher über die Duftwasser des Sultans, der Oberste Wächter über die Nachtigallen und der Hüter der Reiherfedern. Die Kleider sämtlicher Hofleute waren mit Edelsteinen besetzt und mit Goldfäden durchwirkt; sie standen denen ihres Herrn an Pracht kaum nach. Keiner von ihnen schien erbaut vom Anblick der großen, von Kriegsnarben bedeckten Gestalt des berühmtesten noch lebenden Soldaten des Reiches.

»Habt Ihr die Neuigkeiten aus Brussa noch nicht gehört, Hawk Pascha?« fragte der Wesir.

»Noch nicht«, entgegnete Anthony.

»Man hat dem Sultan getrotzt«, erklärte der Oberste Waffenmeister. »Prinz Dschem weigert sich, der Aufforderung des Sultans Folge zu leisten und hierher nach Istanbul zu kommen.«

»Er erkennt den Anspruch unseres Herrn auf die Thronfolge nicht an«, sagte der Hüter der Reiherfedern.

Anthony blickte auf den Sultan.

»Ich habe auf Euren Rat hin versucht, meinen Bruder gerecht zu behandeln«, sagte Bajasid. Er sprach sehr leise; seine Stimme kaum mehr als ein Flüstern. Hawkwood hatte ihn noch nie die Stimme erheben hören. »Und das ist nun seine Antwort darauf. Er erklärt, daß es nur gerecht wäre, das Reich zwischen uns aufzuteilen. Er fordert ganz Asien für sich. Er hat mir ausrichten lassen, daß er gedenkt, Brussa zu befestigen und bis zuletzt zu verteidigen. Wie soll ich meinen Vater bestatten, wenn ich keinen Zugang zur Heiligen Stadt habe? Wie kann ich mich selbst Sultan nennen, solange dieses Geschwür im Herzen meines Reiches existiert?«

»Er ist ein dummer Junge und hat Angst«, entgegnete Anthony.

»Und doch befehligt er eine Armee.«

»Aber nur eine sehr kleine, Padischah. Und eine, deren

kommandierende Offiziere keine Rebellen sind. Ich selbst habe sie ausgewählt. Omar Pascha wird niemals die Waffen gegen den Sultan erheben. Und William Hawkwood ist mein eigener Sohn. Ich werde einen Boten nach Brussa schicken und versuchen, den Prinzen zur Vernunft zu bringen.«

»Wen werdet Ihr entsenden?« fragte Bajasid.

Anthony zögerte einen Augenblick und wandte dann halb den Kopf, sein Sohn Henry stand zu seiner Linken.

»Henry Hawkwood wird sich auf den Weg nach Brussa machen. Er kann mit seinem Bruder und mit Omar sprechen, und sie werden den Prinzen zu Euch bringen.«

»Dann sorgt dafür, daß dies bald geschieht«, sagte der Sultan.

Prinz Dschem stand auf den Hügeln oberhalb von Brussa und blickte auf die nahenden Reiter herab.

»Es sind nicht mehr als sechzig«, bemerkte er. »Euer Spahi-Regiment wird kurzen Prozeß mit ihnen machen, Omar Pascha. Gebt Befehl zum Angriff.«

»Bei allem Respekt, Hoheit«, entgegnete Omar. »Das ist zweifellos eine Gesandtschaft Eures Bruders. Es kann doch nicht schaden, wenn wir uns anhören, was er zu sagen hat.«

Er blickte hilfesuchend auf William Hawkwood. Nachdem sie sich von ihrer Verblüffung über Dschems Entschluß und die Art, wie er beabsichtigte, ihn durchzusetzen, erholt hatten, hatten die beiden kommandierenden Offiziere im vergangenen Monat mehrere private Gespräche geführt. Sie hatten sogar ins Auge gefaßt, Dschem zu überwältigen und persönlich nach Istanbul zu schaffen. Aber dies barg ein großes Risiko. Niemand konnte wissen, was der Sultan tatsächlich vorhatte.

Darüber hinaus konnten sie nicht sicher sein, ob ihre Männer ihnen folgen würden. Welche persönlichen Fehler und Charakterschwächen Dschem auch haben mochte, er war dennoch ein sehr beliebter Prinz. Er hatte seit seiner Ankunft in Brussa alles darangesetzt, das Volk für sich zu gewinnen. Es gab kaum einen Zweifel daran, daß seine Armee für ihn kämpfen würde, wenn er seinen Männern nur eine ausreichende Belohnung für ihre Treue in Aussicht stellte.

Was William Hawkwood betraf, war der Gedanke, sich gegen den Prinzen zu stellen, aus noch weiteren Gründen beinahe unmöglich. Sereta und seine Söhne waren in den Harem des Prinzen gebracht worden, bis auf die Eunuchen des Prinzen von allen isoliert.

»Eure Familie wird bei der meinen sicher sein«, hatte Dschem gesagt, »bis wir den Sieg errungen haben.«

Seine Familie im Stich zu lassen war undenkbar, aber ebenso unvorstellbar war es für ihn, gegen seinen Vater und seine Brüder Krieg zu führen. William war sich seiner Jugend und seiner Unfähigkeit, eine Entscheidung zu treffen, schmerzlich bewußt. Er wurde das Gefühl nicht los, daß sein Vater eine solche Demütigung niemals hingenommen hätte, daß er aufbegehrt hätte und dabei entweder gewonnen oder sein Leben gelassen hätte. Und er hätte, wenn nötig, seine Familie geopfert.

Bedeutete das, daß es ihm am nötigen Mumm fehlte, ein richtiger Hawkwood zu sein?

Aber ... vielleicht war der Augenblick der Entscheidung nicht mehr fern. Williams Augen verengten sich, als die Kavalkade näher kam: Sie bot einen prächtigen Anblick mit den blitzenden Lanzenköpfen und wehenden Wimpeln, den mehrfarbigen Seidenmänteln und den polierten, mit Tuch umwikkelten Helmen und den kleinen, stämmigen Pferden.

Aber der Mann an der Spitze war höher gewachsen als die anderen, und er ritt sein größeres Pferd mit unverwechselbarem Stil.

William schwoll das Herz in der Brust. »Der Gesandte ist mein Bruder Henry, Hoheit«, sagte er. »Nun werden wir erfahren, was Euer Bruder wirklich vorhat.«

Henry Hawkwood stand vor dem Diwan des Prinzen.

»Mein Herr und der Eure, Sultan Bajasid, entsendet Euch seinen Gruß, Hoheit. Er möchte wissen, warum Ihr Euch weigert, seiner Aufforderung nachzukommen, Euch nach Istanbul zu begeben.«

»Hält er mich für so dumm?« fragte Dschem.

»Mein Herr, der Sultan, hat mich beauftragt, Eure Hoheit

davon zu unterrichten, daß er Eurem Wunsch, das Reich zu teilen, nicht entsprechen kann. Er sagt, ein solches Verfahren hätte es in der Geschichte unseres Volkes noch nie gegeben, es verstoße gegen den Anyi, und der Großmufti könne es nicht gutheißen. Aber mein Herr, der Sultan, hat mir befohlen, Euch folgendes auszurichten: Er möchte Euch nur ehren und trachtet Euch in keiner Weise nach dem Leben. Diesbezüglich soll ich Euch mitteilen, daß er Euch sicheres Geleit garantiert, Hoheit.«

»Und was passiert, wenn ich in Istanbul eingetroffen bin?«

»Der Sultan läßt einen Palast für Euch herrichten, Eure Hoheit. Er wird in unmittelbarer Nähe des Serails gelegen sein. Mein Herr, der Sultan, möchte seinen Bruder als seine rechte Hand an seiner Seite haben.«

»Er muß mich für einen Dummkopf halten«, entgegnete Dschem.

Henry blickte auf seinen Bruder William. »Mein Vater hat mir aufgetragen, dich zu bitten, uns zu helfen, Seine Hoheit davon zu überzeugen, nichts Unüberlegtes zu tun.«

»Gern«, erwiderte William. »Ich bin sicher, daß Bajasid meint, was er sagt, Hoheit. Nachdem er öffentlich sein Wort gegeben hat, würde er es nicht brechen.«

»Der junge Hawk hat recht, Hoheit«, sagte Omar. »Der Weg der Vorsicht ist hier der Weg der Gerechtigkeit und des Schicksals.«

Dschem wandte den Kopf und funkelte die beiden nacheinander zornig an. Dann blickte er wieder auf Henry Hawkwood. »Und was ist, wenn ich mich weigere, den Dummen zu spielen?«

»Hoheit, wenn Ihr nicht mit mir nach Istanbul zurückkehrt, wird der Sultan Euch zum Rebellen erklären und das gesamte Heer gegen Euch in Bewegung setzen.«

Dschem strich sich mit der Hand über den Bart. »Und was glaubt Ihr, wer diese Heerscharen anführen würde?«

»Das Kommando wird unzweifelhaft Hawk Pascha übertragen werden, Hoheit.«

»Dann soll er achtgeben, denn er wird gegen seine eigene Familie in den Krieg ziehen.«

Henry schluckte und warf William einen hilfesuchenden Blick zu.

William konnte nicht mehr tun, als die Brauen hochziehen und auf ein privates Gespräch mit seinem Bruder hoffen, um ihm die Situation zu erklären.

Henry wandte sich wieder Dschem zu. »Ist das die Antwort, die ich dem Sultan überbringen soll, Hoheit?«

»Nein«, entgegnete Dschem. »Ihr werdet dem Sultan gar nichts überbringen.« Er blickte auf den Mann an Henrys Seite. »Wie heißt Ihr?«

»Mein Name ist Enver Pascha, Hoheit.«

»Dann werdet Ihr meinem Bruder Bajasid meine Antwort ausrichten. Sagt ihm, er wäre ein Usurpator. Sagt ihm, daß mein Vater mich schon lange vor seinem Tod zu seinem Nachfolger auserwählt hat. Sagt ihm, daß ich mich selbst zum Sultan des Osmanenreiches erkläre und meine Vorrechte bis zum Tod verteidigen werde. Sagt ihm, daß ich diese Hoheitsrechte zu gegebener Zeit auch in Istanbul geltend machen werde. Und bestellt Hawk Pascha, daß er, wenn er gegen mich zu Felde zieht, gleichzeitig gegen seine Söhne zu Felde zieht.« Er zeigte auf Henry Hawkwood. »Ergreift ihn!«

Wachen eilten vor. Henry hatte eine Hand auf den Griff seines Krummsäbels gelegt, diesen jedoch nicht gezogen; er wußte, daß jede Gegenwehr sinnlos gewesen wäre.

William wollte eingreifen, aber Omar legte ihm eine Hand auf den Arm und hielt ihn zurück. Der General wollte seinen Artilleriekommandanten nicht verlieren, noch bevor der erste Schuß gefallen war.

»Krümmt dem jungen Hawk kein Haar«, befahl Dschem dem Hauptmann der Wache. »Aber sperrt ihn ein und paßt gut auf ihn auf, bis ich ihn wieder brauche.«

Er deutete auf den völlig verdatterten Enver Pascha. »Ihr solltet Euch eilen, zu meinem Bruder zurückzukehren und ihm meine Antwort zu überbringen.«

»Ihr habt eine Schlangenbrut gezeugt, Hawk Pascha«, sagte Bajasid so leise wie gewöhnlich.

»Das ist nicht wahr, Padischah. Wir haben Enver Paschas Zeugnis, daß mein Sohn festgenommen wurde.«

»Und Euer anderer Sohn?«

»Enver ist der Ansicht, daß er ebenfalls unter Zwang steht.«

»Das ist mir gleich«, sagte Bajasid. »Sie befinden sich im Lager meines Bruders. Und mein Bruder hat mich zum Kampf auf Leben und Tod herausgefordert. Er bedroht meine Macht. Ich hasse ihn. Ich erkläre ihn zum Gesetzlosen und Rebellen. Wie lange werdet Ihr brauchen, meine Armeen kampffähig zu machen?«

Die bleierne Schwere in Hawkwoods Bauch nahm zu. Das, was er und alle anderen Paschas beim plötzlichen Tod des Sultans am meisten gefürchtet hatten, war ein Bürgerkrieg, wie er in der Vergangenheit schon zu Beginn viel zu vieler osmanischer Emirate ausgebrochen war. Und daß seine Söhne hierin verstrickt waren, wenn auch unbeabsichtigt und ohne eigenes Verschulden . . .

»Sie wurden bereits von Eurem Vater für seinen nächsten Feldzug gerufen. In etwa drei Monaten wird das gesamte Heer einsatzfähig sein.«

»Ihr werdet ihm entgegenreiten, Hawk Pascha. Ihr werdet das Kommando übernehmen und meine Armee gen Brussa führen.«

»Bei allem Respekt, Padischah, in drei Monaten verlieren die Bäume ihr Laub. Und der Marsch nach Brussa dauert mindestens einen weiteren Monat. Und einen Monat später fällt im Hochland der erste Schnee. Euer Vater wollte seinen Feldzug gegen die Perser erst im kommenden Frühling beginnen. Es wäre weise, wenn wir daran festhielten, auch im Kampf gegen Brussa.«

»Wir sollen den Usurpator einen ganzen Winter lang Sultan spielen, Armeen ausheben und Verbündete suchen lassen? Hawk Pascha, Ihr werdet an der Spitze meiner Soldaten gen Brussa ziehen, sobald Eure Männer marschbereit sind. Es ist mir gleich, ob Ihr Euch durch hüfthohen Schnee kämpfen müßt. Ihr werdet mir meinen verräterischen Bruder und seine Anhänger bringen, damit ich über sie richten kann. Führt meinen Befehl aus, oder übergebt Euren Kommandostab einem anderen.«

Hawk zögerte nur kurz. Wenn jemand Dschems Armee vernichtete, dann er; das war der einzige Weg, zumindest das Leben seiner beiden Söhne zu retten.

»Ich werde Euch die Rebellen bringen«, sagte er. »Mein Sohn John wird an meiner Seite reiten.«

Bajasids Augen funkelten unheilvoll. »Wie Ihr wünscht, Hawk Pascha. Eure Frau und Eure Töchter werden in Istanbul bleiben und hier auf Eure Rückkehr warten.«

»Du willst gegen deine eigenen Söhne in den Krieg ziehen?« Anna Notaras stand am ganzen Leib zitternd vor ihrem Gatten. Sie war nur zwei Jahre jünger als Anthony, also siebenundvierzig, aber sie war in vieler Hinsicht noch das vierzehnjährige Mädchen, in das er sich damals verliebt und das er später nach seinem Verrat an ihm leidenschaftlich gehaßt hatte.

Und sie war immer noch das Mädchen und die Frau, die er begehrt hatte. An jenem Tag, da Konstantinopel gefallen war, hatte er sie gemeinsam mit ihrer Mutter und seiner Schwester Catherine fortgebracht. Die anderen Frauen waren eingesperrt worden; Anna Notaras hatte er von seinen Dienern entkleiden lassen, damit er ihren schlanken, hellhäutigen Traumkörper betrachten konnte.

Anna hatte gewußt, daß sie nur die Wahl hatte, sich entweder in ihr Schicksal zu fügen oder den Janitscharen überlassen zu werden. Er war grimmiger, unberechenbarer Laune, und sie wußte, daß er stark genug war, ihr mit bloßen Händen den Arm zu brechen, oder seinen Dienern befehlen konnte, sie festzuhalten, während er sie vergewaltigte.

Aber wenngleich sie ihm ohne Gegenwehr zu Willen gewesen war, war es für sie eine Vergewaltigung gewesen. Sie hatte geweint und ihm alle nur erdenklichen Beschimpfungen an den Kopf geworden, jedoch keinen körperlichen Widerstand geleistet. In seiner Wut hatte er sie geschlagen, bis ihre Pobacken wund und blutig waren, und sie hatte ihn gewähren lassen. Nur ihre Lippen hatte sie ihm verwehrt.

Er war oft verzweifelt an ihrer Unnachgiebigkeit und seinem hoffnungslosen Verlangen nach ihr. Seine Schwester

Catherine, die den Bruder, der im Dienste des Antichristen stand, nicht weniger leidenschaftlich haßte, war nicht umgänglicher gewesen und hatte in die Verwünschungen ihrer Schwägerin eingestimmt. Manchmal war er versucht gewesen, sie beide in einen Sack zu stecken und in den Bosporus zu werfen. Als er, um ihrer spitzen Zunge zu entgehen, seine Schwester einem türkischen Pascha zur Frau gegeben hatte, war Catherine ihrem neuen Gatten widerspruchslos gefolgt, aber Anthony zweifelte nicht daran, daß Ziglal sie ebenfalls züchtigen mußte. Sie war erst kürzlich in seinem Harem verstorben, und er hoffte, daß sie in den letzten Jahren ihres Lebens doch so etwas wie Glück gefunden hatte.

Anna war unvermindert hart geblieben. Er hatte sie auf all die Arten genommen, die er unter Anleitung der Emir Valideh gelernt hatte. Er hatte sie genommen wie ein Türke und wie ein Christ. Bei anderen Gelegenheiten war er gar nicht in sie eingedrungen, sondern hatte sie mit den Händen erregt. Hiermit hatte er einen kleinen Sieg errungen. Nicht einmal Anna Notaras, die ihn mit jeder Faser ihres Seins verabscheute, hatte der Kunst des Liebens widerstehen können, in der ihn Mara Brankovic unterwiesen hatte.

Aber dieser Triumph hatte nicht gefruchtet. Sie haßte ihn weiterhin mit derselben Inbrunst. Sie haßte es, als zweite Frau hinter Laila zurückzustehen, sie haßte die türkische Lebensweise. Sie haßte es, daß ihr Mann ein Apostat war, und sang regelmäßig ihre eigenen orthodoxen Rituale, um ihn zu erzürnen.

Kein Wunder also, daß er willig in den Krieg gezogen war und mit jenem verzweifelten, blinden Mut gekämpft hatte, der ihm sogar die Anerkennung der Janitscharen eingebracht hatte. Er kannte kein Glück, zu dem es sich heimzukehren lohnte. Aber seine Besessenheit hatte ihn davon abgehalten, sie zu verstoßen.

Dann war sie schwanger geworden. Ihre sichtliche Freude bei der Geburt ihres Sohnes John hatte ihn froh gestimmt und ihm den Weg gewiesen. Er hatte die nächsten zehn Jahre Sorge getragen, daß sie immer wieder schwanger wurde. Einige ihrer Kinder waren bei der Geburt gestorben, andere waren in frühester Kindheit dem Fieber erlegen. Aber fünf hatten überlebt; drei starke Jungen und zwei kräftige Mädchen.

Unausweichlich hatte sie in seiner Entschlossenheit, seinen Kindern Englisch und Latein, aber kein Griechisch beizubringen, neue Nahrung für ihren Haß gefunden, sowie in seinem Entschluß, daß sie im römischen anstatt im orthodoxen Glauben erzogen werden sollten. Aber zu der Zeit, da ihr Haß neu entflammt war, hatte es keine Rolle mehr gespielt: Nach und nach war sein Verlangen nach ihr erloschen. Da seine christliche Erziehung es ihm nach Lailas viel zu frühem Tod – sie war sein einziger Trost in der Zwietracht in seinem Heim gewesen – verboten hatte, sich eine zweite Frau zu nehmen, hatte er Konkubinen in sein Haus aufgenommen und seine Frau schließlich in Frieden gelassen.

Inzwischen hatte er auch beinahe seine Mutter vergessen – die den Fall Konstantinopels nicht lange überlebt hatte – und sogar seinen Vater. Aber er hatte seine Söhne pflichtgetreu benannt: den Ältesten nach seinem Vater, den zweiten nach seinem Großvater und den jüngsten nach seinem Bruder, dessen Hinrichtung durch die Byzantiner Anthony zu dem Mann gemacht hatte, der er war.

Aber jetzt waren sie Osmanen. Wenn er sich auch nicht gen Mekka zum Gebet hinkniete, wohnte er noch weniger Gennadios' Messen bei oder auch den Gottesdiensten in der genuesischen Kirche, die der Römischen Kommunion entsprachen. Er war zum Abtrünnigsten aller Abtrünnigen geworden. Zum Diener des Antichristen.

Seine Kinder, Sprößlinge einer griechischen Mutter und eines englischen Vaters, sahen aus und benahmen sich wie Franken. Aber er erwartete nicht, daß die Hawkwoods eine weitere Generation überlebten, und so hatte er sie alle mit Türken beziehungsweise Türkinnen verheiratet – eine weitere Schmach in Annas Augen. Er nahm nicht an, daß seine Enkel Englisch lernen würden.

Noch mehr als sein Vater hatte er seine Seele dem Teufel verkauft und sich in den Triumphen des Teufels und seinen eigenen Erfolgen als sein Handlanger gesonnt.

Ein anderes Glück gab es für ihn nicht.

Aber sogar Teufel sterben. Und jetzt war der Zeitpunkt gekommen, da ihm die Rechnung für seine Sünden präsentiert wurde. Wenn er auch seine Frau nicht lieben konnte und längst den Kontakt zu seinen Töchtern verloren hatte, nachdem er sie in verschiedenen Harems untergebracht hatte, war er doch seinen Söhnen sehr verbunden. Nun mußte er den einen in den Krieg führen, der die beiden anderen das Leben kosten konnte.

Noch keine zwei Monate war es her, daß die Welt ihm zu Füßen gelegen hatte.

»Ja, Anna«, sagte er. »Ich werde ein Heer gegen meine Söhne in den Krieg führen. Und wenn sie das Sultanat verraten haben, werde ich Bajasid ihre Köpfe bringen. Sind sie unschuldig, bringe ich sie heil und gesund zu dir zurück.«

Er ließ sie weinend zurück.

8

Der Gesandte

ES SIND SO viele«, knurrte Prinz Dschem und zupfte nervös an seinem schütteren Bart.

Er stand mit seinen Offizieren oben auf einem steilen Felshang mit Blick auf die Straße, die durch das gewundene Tal des Gok führte. Es war noch früh am Morgen, und die Sonne, die gerade im Osten über den Bergen aufgegangen war, strahlte auf das Tal hinab wie eine große Lampe. Die von Bäumen gesäumte Straße, die sich zwischen den Steilhängen zu beiden Seiten am Fluß entlangschlängelte, kam von Sakarya im Norden. Entlang des Weges lagerten, so weit das Auge reichte, verschiedene Abteilungen des osmanischen Heeres.

William Hawkwood, der an der Seite des Prinzen stand, konnte die Spahi-Vorhut sehen, die gedrängte Masse der Serratkuli, die grünen Tuniken der anatolischen Infanterie und ganz hinten die rot-blauen Uniformen der Janitscharen mit ihren wippenden Helmbüschen aus weißem Roßhaar.

Dort hinten mußten sich auch die Paschas befinden, die die Soldaten des Sultans befehligten. Dort hinten mußte sein Vater sein.

Und hinter den Janitscharen und den Paschas rumpelten die Geschütze die Straße hinunter, begleitet von einer weiteren Schwadron Spahis. Die Geschütze unterschieden sich stark von den Bombarden, die sein Großvater für den Eroberer gebaut hatte, um die Mauern Konstantinopels zum Einsturz zu bringen. Diese Kanonen waren von seinem Vater entwickelt worden und für den Einsatz im Feld vorgesehen. Sie waren kleiner, wendiger und feuerten leichtere Geschosse ab. Und wenn sie geschickt eingesetzt wurden, konnten sie eine gegnerische Armee vernichten.

Und William Hawkwood wußte, daß sie geschickt eingesetzt werden würden.

Hinter den Geschützen und ebenfalls von einer Spahi-Eskorte begleitet, folgten der Troß, die Ersatzpferde und die Dienerschaft und der Harem des Paschas; ein türkisches Heer auf dem Marsch war eine wandernde Nation.

Mehr als einmal in seinem Leben hatte William dem osmanischen Heer nachgejubelt, als es in den Krieg gezogen war, um an seinem Bestimmungsort Tod und Verwüstung zu verbreiten.

»Ich würde schätzen, daß das Heer sechzigtausend Mann zählt«, bemerkte Omar Pascha.

William blickte über die Schulter auf einen Punkt einige Meilen von ihrem Beobachtungsposten entfernt, wo, ebenfalls im Tal des Gok, aber noch außer Sichtweite der nahenden Streitmacht, Dschems Armee lagerte, in der Nähe des Dorfes Yeni-Shehr, von dem sie sich derzeit die notwendigen Vorräte beschaffte.

Es war eine beeindruckende Armee, da er und seine Offiziere in den verzweifelten Sommermonaten, seit Dschem seinem Bruder den Fehdehandschuh vor die Füße geworfen hatte, von nah und fern Soldaten rekrutiert hatten. Dort unten lagerten an die vierzigtausend Mann. Nur die Paschas wußten, wie ungewiß ihre Zuverlässigkeit in der Schlacht war. Es gab ein Regiment Janitscharen, die sich aufgrund der großzügigen Geschenke an jeden einzelnen von ihnen, bereit erklärt hatten, dem Prinzen zu folgen – aber würden sie wahrhaftig gegen ihre Waffenbrüder kämpfen?

Es gab mehrere Schwadronen Spahis, die Williams Ansicht nach als zuverlässig betrachtet werden konnten; sie waren vom Prinzen selbst in Dienst genommen worden. Aber von diesen Truppen abgesehen, bestand der Rest der Rebellenarmee aus hastig rekrutierten Fußsoldaten. Dschem bezeichnete sie als seine Anatolier, aber sie erinnerten mehr an Serratkuli, nützlich bei irregulärer Kriegsführung, aber nicht unbedingt geeignet, in einer Schlachtaufstellung ihren Platz einzuhalten.

Und dann waren da noch die vier Kanonen, die er kommandierte. Kanonen waren in der modernen Kriegsführung die ausschlaggebenden Waffen; die Seite, die über eine Artillerie und genügend Mittel verfügte, den Bau und Transport dieser eisernen Monstren zu finanzieren, war unweigerlich siegreich.

Aber in diesem Fall verfügten beide Seiten über Artillerie. Und die des Sultans wurde von einem Mann befehligt, der möglicherweise der beste Kanonier der Welt war.

»Wir müssen uns ihnen auf der Straße zum Kampf stellen«, entschied der Prinz.

William blickte zu Omar hinüber.

»Bei allem Respekt, O Padischah«, sagte der General, da Dschem darauf bestanden hatte, daß man ihm in allen Punkten wie einem rechtmäßigen Sultan begegnete, »aber es wäre besser, wenn wir uns nach Brussa zurückziehen und dort ihren Angriff abwarten würden.«

Brussa lag nur zwanzig Meilen entfernt.

»Brussa ist keine Festung«, entgegnete Dschem.

»Die Stadt läßt sich dennoch verteidigen. Durch ihre Höhenlage kann sie nicht eingeschlossen und nur über einen steilen Hang angegriffen werden. Auch werden Eure Männer trotz der Übermacht dadurch angespornt werden, daß sie am Fuß der Gräber Eurer Vorfahren kämpfen.«

»Dann werden sie uns belagern«, grollte Dschem. »Wie sollen wir einer Belagerung standhalten?«

»Das müßten wir nur für kurze Zeit, Padischah.« Omar zeigte auf den Himmel, den aufziehende Wolken verdunkelten. Trotz der Sonne war der Wind, der aus den Bergen herabwehte, bereits so kalt, daß sie alle in ihre Wintermäntel gehüllt waren.

»Oktober ist spät für einen Feldzug«, fuhr Omar fort. »Ich erkenne hierin die Handschrift Eures Bruders; er ist ungeduldig. Wäre die Entscheidung Hawk Pascha überlassen gewesen, wäre das Heer erst im kommenden Frühling ausgerückt. Hierin hat Euer Bruder einen Fehler gemacht. In einem Monat beginnen die Winterregen, und hiernach setzt der Frost ein. Sogar Hawk Pascha wird spätestens dann die Belagerung aufheben müssen. Er wird hoffen, daß Ihr es mit einer offenen Feldschlacht versucht, damit er die Angelegenheit rasch erledigen kann. Es wäre besser, ihm diesen Gefallen nicht zu tun.«

Dschem wandte sich William zu. »Was meint Ihr?«

»Ich stimme Omar Pascha zu, O Padischah.«

»Ha! Natürlich tut Ihr das. Ihr fürchtet Euch davor, Eurem Vater in einer Schlacht entgegenzutreten«, höhnte er. »Aber denkt an Euren Bruder. Und denkt an Eure Frau und Kinder.«

»Ich denke an sie«, entgegnete William ruhig. »Ich werde für Euch kämpfen. Ich stehe zu meinem Wort. Aber es ist nur vernünftig, dort zu kämpfen, wo Aussicht auf Erfolg ist. Wenn es Euch gelingt, meinen Vater zum Rückzug zu zwingen, bedeutet das einen großen Sieg für Euch. Männer aus ganz Anatolien werden sich Euch anschließen. Dann wären wir im nächsten Jahr möglicherweise in der Lage, Eurem Bruder mit einem gleichwertigen Heer auf offenem Feld gegenüberzutreten.«

Dschem musterte ihn eine Weile eindringlich und blickte wieder hinab auf die vorrückende Horde. Seine Finger zuckten, und er schwitzte trotz des eisigen Windes. Wie sein Bruder war er zu unsicher, diese Kraftprobe unnötig in die Länge zu ziehen. Er würde, wie William erkannte, alles auf eine Karte setzen.

»Ich sage, wir kämpfen jetzt«, verkündete er. »Glaubt ihr, dieser Haufen dort unten wird mir noch einen Moment länger die Treue halten, wenn ich einen Rückzug befehle? Wenn ich mich nach Brussa zurückziehe, wird mein Bruder mich einen Feigling schimpfen.«

Hätte er damit nicht sogar recht? fragte sich William.

Dschem zeigte auf einen Punkt, an dem die Straße aus einer Schlucht herausführte, etwa zwei Meilen östlich des Dorfes. »Wir werden dorthin marschieren und Aufstellung nehmen. Das ist eine starke Position. Hawk Pascha wird uns nur in kleinen Truppeneinheiten angreifen können. Veranlaßt alles Notwendige.«

Er gab seinem Pferd die Sporen und galoppierte gefolgt von seinen Offizieren davon.

»Was meint Ihr?« fragte William Omar.

Sie hatten ihre Pferde auf der Straße etwa vierhundert Yards westlich des Passes zum Stehen gebracht. Es war tatsächlich eine gut gewählte Stellung, da die Straße hinter ihnen in ein niedriges Tal hinabführte, ehe sie nach Yeni-Shehr hin wieder anstieg. Darüber hinaus war die Stelle dicht bewaldet, so daß die Armee vom Paß aus nicht zu sehen sein würde.

Omar hatte seine Serratkuli in zwei Kontingente unterteilt und im Tal, im Schutz der Kiefern rechts und links der Straße plaziert. Die Kanonen waren unmittelbar am Rand des Tales aufgestellt, jedoch mit Sträuchern so gut wie möglich getarnt worden. Hinter ihnen, in der Senke, warteten die Janitscharen. Und hinter den Janitscharen hatten die Spahis Aufstellung genommen, die der gegnerischen Armee den Gnadenstoß versetzen sollte, wenn sie begann, auseinanderzubrechen.

Dort hielt sich auch Prinz Dschem auf. Er hatte sein schwarzgoldenes Zelt dort aufstellen lassen, wo das Gelände wieder anstieg, aber es wurde durch den Wald verborgen, und da er einige seiner Konkubinen aus Brussa mitgebracht hatte, war zu erwarten, daß er auch dort bleiben würde.

»Mehr können wir nicht tun«, sagte der General, »und möglicherweise haben wir sogar Erfolg. Unser Sieg hängt von Euren Geschützen und der Geschwindigkeit Eurer Manöver ab, junger Hawk. Denkt daran, erst zu feuern, wenn mindestens ein Drittel des feindlichen Heeres durch den Paß gekommen ist. Dann nehmt Ihr sie unter Beschuß und feuert in so rascher Folge wie eben möglich. Mit etwas Glück wird unser Überraschungsangriff den Feind auseinandertreiben. Dann schicke ich meine Serratkuli in den Kampf. Mit noch etwas mehr Glück wird der Feind in Panik zurück zum Paß fliehen, wo die Fliehenden den Rest des Heeres behindern werden, der versucht, weiter vorzurücken. Es wird ein großes Durcheinander geben. Wenn ich sie dann mit meinen Janitscharen und Spahis angreifen kann, könnte der Sieg unser sein.«

»Mit Glück«, entgegnete William grimmig.

Omars Lächeln war nicht minder grimmig. »Ohne Glück, junger Hawk, sind wir bis auf den letzten Mann dem Tode geweiht.«

Er ritt zu seinen Janitscharen, und William lenkte sein Pferd zu den Artilleriegeschützen. Dort angekommen, stieg er aus dem Sattel. Seine Männer empfingen ihn herzlich. Er hatte jeden einzelnen von ihnen selbst ausgewählt und ausgebildet, und sie wären ihm gegen ihre eigenen Väter in den Kampf gefolgt.

William war sich der Macht der Geschütze bewußt, und die Taktik, die Geschütze zu gruppieren, anstatt sie in großem Abstand zu plazieren – wie sonst üblich –, war von seinem eigenen Vater entwickelt worden. Anthony Hawkwood würde ebenfalls versuchen, seine Geschütze auf einen Punkt zu konzentrieren, sobald er den Paß durchquert hatte. Darum durfte es gar nicht erst soweit kommen.

Aber welch entsetzliche Vorstellung, die Niederlage seines eigenen Vaters zu planen! Er hatte ihn stets sehr respektiert, auch wenn Anthony mit seiner grimmigen Art jene, die ihm nahestanden, nie zur Liebe ermutigt hatte. Und daß er dies im Dienste eines Mannes tun mußte, den er verabscheute und verachtete!

Wenn es ihm nur möglich wäre, einen kurzen Augenblick mit Hawk Pascha zu sprechen, um ihm die Situation zu erklären . . . aber würde Hawk Pascha nicht auch so durchschauen, wie die Dinge lagen, da sein zweiter Sohn nicht zurückgekehrt war? Er würde wohl kaum annehmen, daß sie beide zu Verrätern geworden waren. Andererseits war Hawk Pascha nichts heiliger als die Pflicht seinem anerkannten Herrn gegenüber. Er würde seine eigenen Söhne, ohne zu zögern, töten, falls er sie auch nur einen Augenblick des Verrats verdächtigte.

William seufzte, ging rastlos auf und ab und rückte seinen Helm bequemer zurecht. Er fühlte, wie die Sonnenstrahlen begannen, sein Kettenhemd unter dem Mantel zu wärmen. Die Regenwolken hatten sich über den Bergen hinter ihm zusammengezogen. Alle paar Sekunden blickte er hinauf auf die Berge, wo eine Abteilung Spahis den Vormarsch des feindlichen Heeres überwachte. Wie langsam die Zeit zu vergehen schien. Aber als er und seine Männer ihr Mittagsmahl einnahmen, hörten sie in der Stille des Morgens plötzlich ein fernes Rumpeln, das wie das Rauschen eines tosenden Flusses klang. Die Armee des Sultans nahte.

Hufgetrappel ertönte, Prinz Dschem ritt im gestreckten Galopp auf seine Geschütze zu.

»Hört Ihr sie?« fragte er keuchend.

»Ich höre sie«, entgegnete William.

»Sind die Geschütze schußbereit?«

»Die Geschütze sind schußbereit, Padischah.«

Dschem schirmte seine Augen gegen die Sonne ab und starrte hinauf in die Berge.

»Warum geben diese Kerle uns kein Zeichen?«

»Sie werden signalisieren, wenn der richtige Augenblick gekommen ist.«

Und tatsächlich blitzte wenige Minuten später am Berghang ein Licht auf.

»Der Feind betritt die Schlucht«, murmelte Dschem.

»Wollt Ihr Euch zurückziehen, Padischah?« fragte William.

»Nein, ich werde hier bei Euch bleiben.« Er sah William an und errötete wahrhaftig.

Er mißtraut mir immer noch, dachte William. Ist ihm denn nicht klar, daß er sich, indem er hierbleibt, in meine Gewalt begibt?

Wenn er nur wüßte, welche Befehle Dschem bezüglich der anderen Hawkwoods in Brussa zurückgelassen hatte.

»Da!« Dschem zeigte in Richtung des Passes.

Die erste Schwadron Spahis verließ die Schlucht. Sie ritten langsam und sahen sich aufmerksam um, blinzelnd im Licht der Sonne, das sie blendete. Sie hatten keine Ahnung, wo sich die Rebellenarmee befand, aber sie wußten, daß sie sich auf Dschems Territorium befanden; zweifellos hatten sie die Lichtblitze oben auf den Bergen gesehen. Sie mußten also darauf gefaßt sein, jeden Moment angegriffen zu werden.

»Tötet sie!« brüllte Dschem und galoppierte in seiner Aufregung die Straße entlang auf die Spahis zu. »Eröffnet das Feuer.«

William war ihm gefolgt. »Bei allem Respekt, das ist nur die Vorhut. Wir wollen unsere Position erst verraten, wenn ein größerer Teil des Heeres durch den Paß ist.«

Die feindlichen Spahis hatten beim Anblick der beiden Männer haltgemacht, aber sie würden sich ihretwegen kaum zurückziehen.

»Wir müssen uns außer Sichtweite zurückziehen, Padischah«, drängte William.

Die Spahis stießen einen Kampfschrei aus und galoppierten voran, bestrebt, sie gefangenzunehmen und sich Gewißheit über die Positionen der Rebellen zu verschaffen. William packte die Zügel von Dschems Pferd und führte es die Senke hinab, aber Dschem entriß ihm den Zaum.

»Verräter!« schrie er. »Ich wußte, daß Ihr nicht auf die Soldaten Eures Vaters feuern würdet.« Sein Gesicht verzerrte sich zu einer Fratze. »Ergreift ihn!« kreischte er. »Ergreift ihn!«

Die Kanoniere starrten ihn verdattert an, als Dschem nach seiner Eskorte rief.

»Ergreift ihn!« bellte er.

William zögerte unschlüssig.

Den vorrückenden Spahis entgegenzureiten bedeutete den Tod; ihre Pfeile würden ihn durchsieben, lange bevor er sich zu erkennen geben konnte.

Und es würde den Tod seiner Frau, seines Bruders und seiner Söhne nach sich ziehen. Aber waren sie jetzt nicht ohnehin dem Tode geweiht?

Grob wurde er an den Armen gepackt und aus dem Sattel gezerrt.

»Fesselt ihn«, befahl Dschem. »Ich werde ihn und seinen Vater gemeinsam hinrichten, wenn wir die Schlacht gewonnen haben. Und ihr«, wandte er sich an die entsetzten Kanoniere, »eröffnet das Feuer! Schießt, sage ich!«

Die feindlichen Spahis hatten ihre Pferde gezügelt, als die beiden Reiter in der Senke verschwunden waren, da sie einen Hinterhalt vermuteten. Hinter ihnen kamen weitere Kavallerieeinheiten zum Vorschein, aber noch war nichts von den Serratkuli zu sehen. Die Kanonen dröhnten. Die Steinkugeln flogen durch die Luft, und mehrere Männer der Vorhut wurden aus dem Sattel gerissen. Der Rest machte sofort kehrt und galoppierte zurück zum Paß.

»Nachladen!« schrie Dschem. »Nachladen und erneut feuern.«

William, der immer noch von vier Mitgliedern von Dschems Leibgarde nach hinten geschleift wurde, blickte zurück und sah Omar auf die Geschütze zugaloppieren, um zu ergründen, warum seine Befehle auf so katastrophale Weise mißachtet worden waren. Er hatte keine Ahnung, was der Prinz und der General miteinander besprachen, aber Dschem ließ sich offenbar nicht umstimmen, da die Kanonen eine weitere sinnlose Salve abfeuerten, kaum daß sie eine halbe Stunde später nachgeladen waren. Diesmal prallten die Geschosse von nacktem Fels ab; die Spahis hatten sich längst zurückgezogen.

»Er ist begeistert«, sagte Omar düster. »Er glaubt, wir hätten einen Sieg errungen.«

»Wie verhält sich die Armee des Sultans?« fragte William.

Seine Arme waren losgebunden worden, damit er ungehindert essen konnte, und Omar war gekommen, das Abendmahl mit ihm zu teilen. Es war inzwischen dunkel geworden, und sie waren von den Janitscharen umgeben, etwa eine Viertelmeile hinter den Geschützen und eine halbe Meile vom Paß entfernt.

Mit der Dunkelheit war allerdings keine Ruhe eingekehrt. Um sie herum lärmten Männer und Pferde und übertönten das Zirpen der Zikaden, das Schreien der Eulen und das entfernte Heulen eines Wolfes. Und über allem fegte der kalte Wind rauschend durch die Bäume.

»Sie lagern jenseits des Passes«, entgegnete Omar. »Unsere Chance auf einen raschen Sieg ist vertan. Jetzt können wir nur hoffen, daß Euer Vater morgen versuchen wird, den Paß zu erobern.«

»Wird er das tun?«

»So dumm ist Hawk Pascha nicht«, erwiderte Omar.

»Und was ist die Alternative?«

»Uns nördlich zu umgehen; er wird kaum versuchen, nach Süden um den Ulu Dag herumzumarschieren. Aber uns zu umgehen wird einige Tage dauern, sogar Wochen. Vielleicht wendet sich ja doch noch alles zum Guten. Wenn Euer Vater versucht, unsere Stellungen zu umgehen, werden wir uns so oder so nach Brussa zurückziehen müssen, was ohnehin die größten Erfolgschancen bietet. Aber Ihr, junger Hawk, ich fürchte um Euch.«

»Der Prinz hat den Kopf verloren.«

»Und dazu wird es wieder kommen. Ich habe mit ihm gesprochen und ihm erklärt, daß Ihr nur meine Befehle befolgt hättet, indem Ihr mit dem Beschuß gewartet habt. Er schien das zwar zu verstehen, aber er hat bislang keinen Befehl gegeben, Euch freizulassen.«

»Dann muß ich mich gedulden.« William legte dem General eine Hand auf den Arm. »Ich danke Euch für Eure Freundschaft, Omar Pascha.«

Omar grinste. »Ich muß noch einmal mit dem Prinzen sprechen. Sollte es morgen erneut zum Kampf kommen, möchte ich, daß Ihr die Artillerie befehligt und nicht er.«

William schlief tief und fest und fuhr hoch, als plötzlich Trompeten erschollen und im Lager ein Tumult ausbrach.

Vater greift durch den Paß an, dachte er, warf die Decke zurück und griff nach seinem Säbel, bis ihm plötzlich einfiel, daß er noch unter Arrest stand.

Aber seine Wachen waren ebenfalls auf den Beinen und

blickten den Berg hinab. Die Sonne ging gerade erst auf, und das Tal lag in dichtem Nebel. Und es gab keinen Alarm vom Paß her, wo Omar eine Schwadron Spahis plaziert hatte, die ihn frühzeitig über jede Bewegung des loyalen Heeres unterrichten sollten. Statt dessen zeigten die Männer auf die Berge, die langsam aus dem Nebel auftauchten und von denen aus die Beobachtungsposten verzweifelt Signale sandten.

William runzelte die Stirn und blickte sich um. Der Feind war nirgends zu sehen und konnte unmöglich in die Ebene vorgedrungen sein . . . und doch hatte sich ganz offensichtlich irgendeine Katastrophe ereignet.

Die gesamte Rebellenarmee war nun auf den Beinen, und jemand zeigte nach Norden und rief etwas.

William sah in Richtung der Berge, die die Nordseite des Tales schützten, als gerade die Sonne über den Gipfeln vor ihm aufstieg. Während er aus zusammengekniffenen Augen hinüberblickte, entdeckte er Männer auf einem schmalen Bergpfad, viele Männer, die an Seilen zogen und zerrten – eine Kanone hinter sich.

Ihm wurde übel, wenn ihm auch gleichzeitig das Herz in der Brust schwoll vor Stolz. Sie hatten geglaubt, Hawk Pascha hätte nur zwei Alternativen, den Paß zu erobern oder die Position der Rebellen zu umgehen. Aber Anthony Hawkwood galt nicht umsonst als bester Krieger des Reiches. Er hatte einen dritten Weg gefunden, die Rebellenarmee aufzureiben.

William verschwendete keine Zeit damit, darüber nachzudenken, wie viele Männer sein Vater eingesetzt haben mußte, wie viele im Dunkeln in den Tod gestürzt sein mußten oder ausgeglitten waren und sich schwer verletzt hatten. Er hatte seine Männer die ganze Nacht hindurch schuften lassen, und jetzt befand sich das Geschütz beinahe in Position, an einer Stelle, von der aus es die gesamte Rebellenstellung unter Beschuß nehmen konnte.

Dschem kam von seinem Zelt herangaloppiert und brüllte Befehle. Omar hatte bereits ein Regiment Anatolier losgeschickt, den steilen Pfad zu erklimmen und das Geschütz in ihre Gewalt zu bringen. Aber Hawk Pascha, der dies vorausgesehen hatte, hatte nicht nur seine Kanoniere in die Berge hinaufgeschickt. Als die Anatolier begannen, den Hang hinaufzuklettern, erschienen auf einem Felsvorsprung über ihnen plötzlich Janitscharen in blauen Uniformröcken. Salven ertönten, Rauch stieg in der Morgenluft auf und vermischte sich mit dem Nebel, und die Rebelleninfanterie fiel zurück, zahlreiche Männer leblos am Hang zurücklassend.

Der Rest hastete zurück zum Haupttruppenkörper und weigerte sich, einen zweiten Sturm auf die Kanone zu wagen, gleich wie sehr Omar sich einsetzte und erst Befehle brüllend, dann flehend die Reihen entlangritt. Die Armee der Aufständischen bebte vor Furcht und konnte nur hilflos zusehen, wie die Sonne höher stieg und die Kanone langsam in Stellung gebracht wurde.

William sah Dschem von den Geschützen herübergaloppieren. Ohne haltzumachen, preschte er die Straße hinunter in Richtung Yeni-Shehr, zweifellos auf dem Weg nach Brussa. Seine Dienerschaft baute hastig die Zelte ab und packte, um ihm zu folgen. Die Frauen kreischten, als sie grob in einem bunten Wirrwarr von Haiks und Yashmaks auf ihre Pferde gesetzt wurden.

Die Wachen blickten ratlos auf William, der ihren Blick erwiderte. Sie hatten keine weiteren Befehle erhalten, was seine Person betraf. Aber nun fiel die gesamte Rebellenarmee auseinander: Die Serratkuli und die Anatolier bewegten sich auf die Straße zu. Nur die Artillerie und die Janitscharen behielten ihre Stellung bei.

Und dann dröhnte die Kanone. Das Geschoß flog heulend durch die Luft und schlug mit erschreckender Treffsicherheit unmittelbar hinter den feindlichen Geschützen ein. Erde, Felsbrocken und menschliche Körper wurden durch die Luft geschleudert. Es war gar nicht daran zu denken, das Feuer zu erwidern; die Geschütze konnten nicht genügend angehoben und in den erforderlichen Winkel gebracht werden.

Ein lautes Stöhnen erhob sich aus den Reihen der Aufständischen, und die Serratkuli nahmen die Beine in die Hand.

Omar galoppierte heran. »Laßt ihn frei!« befahl er, und die Wachen durchtrennten seine Handfessel.

»Diese Schlacht haben wir verloren«, sagte Omar. »Da unser edler Herr geflohen ist, müssen wir uns zurückziehen, so gut es geht, und hoffen, daß uns genügend Männer bleiben, Brussa zu verteidigen.«

»Ich muß, wenn irgend möglich, die Geschütze retten«, sagte William.

»Ihr müßt Euch selbst und Eure Familie retten«, entgegnete Omar. »Ich bringe die Geschütze nach Brussa. Reitet voraus. Ich gebe Euch meine Eskorte mit; Ihr könnt Euch auf meine Männer verlassen.« Er grinste. »Wenn Ihr unseren Herrn überwältigen könnt, um so besser. Dann können wir uns mit Eurem Vater arrangieren, so gut es geht.«

William sprang in den Sattel, und Omars Spahi-Leibwache folgte ihm.

Im Galopp führte er sie die Straße hinunter in Richtung Brussa. Hinter sich hörte er, wie die Kanone oben auf dem Berghang erneut feuerte, und als er über die Schulter zurückblickte, sah er, wie die loyale Armee durch den nun ungeschützten Paß ritt. Er wußte, daß er an diesem Tag keine heldenhafte Rolle spielte, aber an seinem Herzen nagten zu viele Hoffnungen und Ängste. Wenn er schon nichts für seine Kameraden tun konnte, hoffte er zumindest, seinen Bruder und seine Familie retten zu können . . . und den verfluchten Dschem in Fesseln seinem Vater auszuliefern.

Sie erreichten Yeni-Shehr, in dem sich eine wirre Masse kopfloser und ängstlicher Menschen drängte, in der sich fliehende Soldaten und aufgeregte Dorfbewohner vermischten. Auch der Harem war hier steckengeblieben, und die Frauen flehten William an, sie zu retten. Aber hierfür hatte er keine Zeit. Er und die Spahis mußten sich schreiend und fluchend einen Weg durch den Mob bahnen, aber dann erreichten sie endlich die Straße nach Brussa. Auch hier drängten sich Serratkuli, aber die Reiter konnten ihre Pferde wieder in Galopp fallen lassen.

Es waren an die zwanzig Meilen bis in die Stadt, und die Pferde waren schon lange am Ende ihrer Kraft. Sie mußten im Schritt weiterreiten und sogar für eine kurze Strecke absteigen und die Tiere am Zügel führen. William sagte sich, daß es sinnvoller war, sie wieder ein wenig zu Kräften kommen zu lassen, wenn er Dschem einholen wollte, der immerhin einen großen Vorsprung hatte.

Sie näherten sich dem Berg, und über sich sahen sie endlich oberhalb der weißen Hausmauern die Kuppeln der Mausoleen, in denen die Osmanenherrscher zur letzten Ruhe gebettet waren.

Eine Handvoll Janitscharen, Angehörige von Dschems Leibwache, versperrten die Straße.

»Ist der Padischah hier vorbeigekommen?« fragte William.

»Er hat befohlen, daß niemand die Stadt betreten darf, junger Hawk«, entgegnete der Hauptmann.

»Macht Platz, oder wir erzwingen den Durchgang«, sagte William.

Die Janitscharen waren zahlenmäßig unterlegen und blickten verunsichert auf die Spahis; wie allen anderen war auch ihnen bewußt, daß ihr Prinz vom Schlachtfeld geflohen war.

»Angesichts Eurer Übermacht geben wir nach und lassen Euch passieren«, sagte der Hauptmann schließlich.

William hob einen Arm und führte seine Männer durch die Sperre. Sie trieben ihre abgekämpften Pferde die steile, gewundene Straße hinauf, an Frauen, Kindern und alten Männern vorbei, die sie aus großen Augen anstarrten.

»Was ist geschehen?« riefen sie.

»Wir wurden besiegt«, entgegneten die Spahis. »Bleibt in euren Häusern.«

Im Palast des Prinzen herrschte ein heilloses Durcheinander. Wachen und Beamte drängten sich auf dem Hof und redeten wild durcheinander; Eunuchen hasteten umher, und aus dem Harem waren Rufe und Schreie zu hören.

William sprang aus dem Sattel und stürzte sich in die aufgeregte Menge. »Wo ist Prinz Dschem?« fragte er.

»Er war vor einer knappen Stunde hier, junger Hawk«, entgegneten sie. »Er ist gerade so lange geblieben, etwas Geld zu holen, und ist dann sofort weitergeritten. Aber er wird bald zurück sein.«

»Woher wollt Ihr das wissen?«

»Er hat keine seiner Frauen mitgenommen und auch nur

zwei Diener. Wo könnte ein Prinz ohne Frauen und Dienerschaft hinwollen?«

William wußte, daß er versuchen konnte, die Südküste zu erreichen und ein Schiff zu besteigen, in der Hoffnung, der Rache seines Bruders zu entgehen. Er glaubte nicht, daß dem Prinzen dies, langfristig gesehen, gelingen würde; die Tentakel der Osmanen konnten fast bis in jede Stadt der Welt reichen.

Aber im Augenblick hatte er andere Sorgen. Er lief über den Hof durch die Empfangshalle mit den leuchtendbunten Mosaikfliesen und die Treppe zum Harem hinauf.

Hier versperrte ihm der Kislar Aga den Weg. »Habt Ihr den Verstand verloren, junger Hawk?«

»Gib den Weg frei oder stirb«, entgegnete William

Der schwarze Hüne zögerte, blickte auf den Krummsäbel in Williams Hand, sah den entschlossenen Ausdruck auf dem Gesicht des Engländers, seine breiten Schultern und das rote Haar, das unter seinem Helm hervorschaute. Er trat beiseite.

William stürmte durch die nur von einem Vorhang versperrte Türöffnung und blieb zögernd stehen, umgeben von merkwürdigen Geräuschen und noch seltsameren Gerüchen. Er hatte in seinem ganzen Leben noch keinen Harem betreten, da er selbst keinen besaß. Schreie ertönten, und er erkannte, daß er, wenngleich er auf einem scheinbar verlassenen Flur stand, durch das steinerne Gitterwerk auf beiden Seiten beobachtet wurde.

Nicht alle Schreie drückten Furcht aus. Äußerlich war William Hawkwood bei weitem anziehender als Prinz Dschem.

Als er ein Stück weiter den Flur hinunter eine Tür im Trellis entdeckte, lief er darauf zu, riß sie auf und blickte auf die Frauen in dem dahinterliegenden Raum. Sie waren nur spärlich bekleidet, aber nicht alle hatten es eilig, ihre Blöße zu bedecken.

William packte eine der älteren Frauen an der Schulter und hob drohend den Krummsäbel. »Ich bin William Hawkwood«, sagte er. »Meine Frau und meine Söhne wurden hierhergebracht. Bringt sie zu mir.«

Die Frau starrte ihn nur aus großen Augen an.

»Rasch«, sagte er. »Oder ich schlitze dir die Kehle auf.«

Sie schnappte nach Luft. »Die Eunuchen haben sie weggebracht, Herr. Die Eunuchen sind gekommen . . .«

William ließ sie los und lief zurück auf den Flur. Dort hatten sich mehrere Eunuchen versammelt, die jedoch davonstoben, als er sich ihnen näherte. William bekam jedoch einen von ihnen zu fassen und schlug ihm den Griff seines Säbels über den Kopf, so daß der völlig verängstigte Schwarze auf die Knie fiel.

»Die Frau des jungen Hawk«, knurrte er. »Bring mich zu ihr.«

Der Eunuche zitterte vor Furcht. »Es war ein Befehl des Sultans, junger Hawk . . .«

»Bringt mich zu ihr«, befahl William erneut, obwohl er fühlte, wie sich eine eiserne Faust um sein Herz legte.

Der Eunuche rappelte sich hoch und führte William einen Flur hinunter zu einer verschlossenen Tür.

»Brich sie auf«, befahl ihm William.

Der Eunuche rief Unterstützung herbei, und gemeinsam brachen die Männer das Schloß auf. Als die Tür aufschwang, trat William ein. Er rümpfte die Nase bei dem Geruch, der ihm entgegenschlug, und tiefe Verzweiflung ergriff von ihm Besitz bei dem Anblick, der sich ihm bot.

Alle vier befanden sich in der Zelle: Sereta, die beiden Jungen und Henry Hawkwood. Allen waren die Hände auf dem Rücken gefesselt worden, und die Bogensehnen um ihre Hälse hatten tief in ihr Fleisch geschnitten. Sie waren alle tot.

»Rebellen!« sagte der Sultan, als er den Blick über die Männer vor sich gleiten ließ. Sie waren gefesselt und nur noch in Lumpen gekleidet, und viele von ihnen hatten Erfrierungen davongetragen bei ihrem Gewaltmarsch durch die Berge zum Bosporus mitten im Winter. »Verräter. Abschaum der Erde.«

Die Gefangenen waren alle höheren Rangs. Hawk Pascha hatte einige der gemeinen Soldaten hinrichten lassen, vor allem als Warnung für die anderen. Die Offiziere waren vor den Sultan geführt worden, damit er persönlich über sie richten konnte. Nun stand er an dessen Seite wie ein riesiger

Racheengel. Und doch galt es für ihn, ein Leben zu retten, sofern er es konnte.

Von den prächtigen Kleidern der Gefangenen waren nur noch Lumpen übriggeblieben. Sie waren hinter den Pferden der Spahis hergeschleift worden, den ganzen Weg von Brussa, Meile für endlose Meile Tag für Tag. Ihre Rüstungen hatten sie verloren, ihre Gewänder waren zerfetzt, ihre Knie und Beine bluteten von den zahllosen Stürzen und ihre Schultern und Rücken von unerbittlichen Schlägen.

Sie hatten den Preis für ihre Niederlage bezahlt.

Und sie wußten, daß nichts von dem, was sie bisher erlitten hatten, so schlimm sein konnte wie die Qualen, die ihnen noch bevorstanden.

Manche hatten ganz stumpfe Augen, als hätte ihr Verstand im Laufe ihres grausamen Marsches ausgesetzt; sie konnten sich glücklich schätzen. Andere versuchten sogar, den Mut aufzubringen, dem Sultan ins Auge zu sehen. Aber die meisten standen mit geneigtem Kopf da und starrten zu Boden. Alle zitterten.

Omar Pascha hielt den Kopf hoch, und er blickte starr geradeaus. William Hawkwood hielt den Blick auf seinen Vater gerichtet.

»Pfählt sie«, sagte Bajasid. »Pfählt sie alle . . .« Er machte eine Handbewegung, die alle Gefangenen umfaßte, ». . . wie gemeine Verbrecher.«

Die Paschas, die um den Thron herum standen, schnappten nach Luft. Die Pfählung an sich war schon die grausamste Art der Hinrichtung, die der Mensch sich ausgedacht hatte – Feinden, die in der Schlacht gefangengenommen worden waren, gewährte sie aber zumindest einen letzten Rest von Würde. Gemeinen Verbrechern wurde sogar das versagt. Anstatt auf angespitzte Holzpfähle gesetzt zu werden, wurde der Verurteilte über einen hohen, gebogenen Sattel gehalten, und dann wurde ein vielleicht vier Fuß langer Holzpfahl in seinen Anus eingeführt und mit einem Hammer in seinen Leib geschlagen, bis er irgendwo oberhalb der Hüfte wieder aus dem Rumpf austrat. Die Hinrichtung erfolgte auf einem öffentlichen Platz, und es blieb dem Henker überlassen, wie schnell oder langsam er den Hammer schwang.

Sogar Omar erbleichte. Von dem Augenblick an, da Hawk Pascha sich geweigert hatte zu verhandeln, hatte er gewußt, daß ihn ein schmerzhafter Tod erwartete. Aber das ...

»Dazu habt Ihr nicht das Recht, O Padischah«, widersprach er. »Ich bin ein Pascha und wurde im Kampf gefangengenommen.«

»Ihr habt gegen das Gesetz des Sultans verstoßen«, zischte Bajasid. »Er soll als letzter sterben«, befahl er. »Und sorgt dafür, daß der Henker sich Zeit läßt.«

Die Wachen begannen, die Gefangenen abzuführen.

Nur einer blieb zurück: William Hawkwood, gefesselt und schmutzig wie die anderen, aber auf Hawk Paschas Befehl hin von ihnen getrennt.

»Ich kann keine Ausnahme machen, Hawk Pascha«, sagte Bajasid. »Wie groß Eure Verdienste auch gewesen sein mögen. Jedweder Aufstand muß unbarmherzig niedergeschlagen werden.«

»Bei allem Respekt, Padischah«, sagte Anthony. »Mein Sohn war kein Rebell. Er war gezwungen, mit dem Verräter in die Schlacht zu ziehen, weil seine Frau und seine Söhne als Pfand festgehalten wurden. Ebenso wie mein zweiter Sohn. Er hat sich geweigert, die Geschütze auf Eure Armee abzufeuern, Padischah, und wurde daraufhin unter Arrest gestellt. Dschem hat ihn nur deshalb nicht getötet, weil er uns nach dem Sieg, den er sich erhofft hatte, beide gemeinsam hinrichten lassen wollte. Als mein Sohn den fliehenden Verräter verfolgte, um ihn gefangenzunehmen, mußte er feststellen, daß seine Frau, sein Bruder und seine Söhne inzwischen ermordet worden waren. Mein Sohn haßt den Verräter mehr als jeder andere Mann auf Erden. Und ich teile diesen Haß.«

Bajasid musterte den Befehlshaber seines Heeres und strich sich dabei nachdenklich mit der Hand über den Bart. Dann richtete er den Blick auf William.

»Es ist Euch nicht gelungen, meinen Bruder zu überwältigen«, sagte er. »Das ist sehr schade. Er wird, solange er lebt, wie ein Dorn in meinem Fleisch sein. Euer Vater behauptet, daß Ihr Euren einstigen Freund nun abgrundtief haßt. Ist das so, junger Hawk?«

»Padischah, meine Seele schreit danach, Rache an ihm zu nehmen. Würde er in diesem Augenblick an Eurer Seite erscheinen, ich würde ihn mit bloßen Händen erwürgen.«

»Gut gesprochen«, sagte Bajasid anerkennend. »Also gut, junger Hawk, ich werde Euch Gelegenheit geben, Vergeltung zu üben. Ich habe erfahren, daß Dschem, nachdem er mit einem Schiff von Smyrna nach Ägypten gesegelt ist, nach Rhodos geflohen ist, um Schutz bei den Rittern des Johanniterordens zu suchen. Ich habe Gesandte zu den Rittern geschickt und ihnen mitgeteilt, daß ich ein Heer gegen sie aufstellen werde, wie es die Menschheit noch nicht erlebt hat, wenn sie ihn nicht ausliefern – ein Heer, das sogar noch gewaltiger ist als das, das von meinem Vater befehligt wurde. Und diesmal werde ich die Belagerung nicht aufheben.«

»Die Ritter werden Prinz Dschem nicht ausliefern«, bemerkte Anthony.

»Das weiß ich. Aber ich weiß auch, daß sie mir keinen Anlaß geben werden, ihnen den Krieg zu erklären. Sie werden meinen Bruder fortschicken. Wer kann sagen, wohin sie ihn schicken werden? Zurück nach Ägypten? Nach Italien? Nach Frankreich? Ans Ende der Welt?« Er streckte den Arm aus und zeigte auf William Hawkwood. »Ich betraue Euch mit dieser Aufgabe, junger Hawk. Geht und holt meinen Bruder zurück. Oder tötet ihn eigenhändig und bringt mir einen Beweis für seinen Tod. Folgt ihm in die Hölle, wenn nötig, aber bringt ihn mir lebend oder einen Beweis für seinen Tod.«

»Nur zu gern, O Padischah«, rief William aus. Was hatte sein Leben sonst noch für einen Sinn?

Bajasid lächelte. »Ihr habt von diesem Tag an ein Jahr Zeit, Eure Mission zu erfüllen. Denkt daran. Ein Jahr vom heutigen Tage an. Wenn Ihr nicht innerhalb dieses Zeitraums mit meinem Bruder oder seinem Kopf zurückkehrt, dann . . .« Er blickte auf Anthony Hawkwood, der, wie immer, seinen Sohn John an seiner Seite hatte. ». . . wird Euer ältester Bruder sterben.«

Hierauf folgte für einige Augenblicke Totenstille, dann hörte man die Wesire nach Luft schnappen. Anthony Hawkwood versteifte sich vor Zorn. Er war ein persönlicher Freund des verstorbenen Sultans gewesen, und er war der berühmteste Soldat des ganzen Reiches. Außerdem war sein ältester Sohn an seiner Seite geritten, um den Aufstand niederzuschlagen. Durfte ihn dieser Feigling, der nicht einmal sein Heer in die Schlacht begleitete, nun behandeln wie einen Sklaven?

Bajasid lächelte weiter. »Denkt an meine Worte, junger Hawk. Und jetzt geht – und kehrt mit dem Kopf meines Bruders zurück.«

»Er ist nicht die Reinkarnation Mehmeds oder auch nur des ersten Bajasid«, sagte Anthony Hawkwood grimmig. »Und doch ist er unser Herr. Das darfst du nie vergessen.«

»Ich werde es nicht vergessen, Vater«, sagte William.

Sie befanden sich im *selamlik,* dem Privatzimmer im Haus seines Vaters. Vom Palast Hawk Paschas aus hatte man einen wunderbaren Blick auf das Goldene Horn und die Schiffe, die dicht gedrängt dort vor Anker lagen. Die Schiffe kamen aus aller Herren Länder, denn solange ihre Heimat mit dem Sultan nicht im Krieg lag und einen entsprechenden Tribut entrichtete, waren alle Händler in Istanbul willkommen. Venezianer und Franzosen, Italiener und Deutsche, Äthiopier und Inder bevölkerten die Marktplätze der Stadt. Es waren sogar schlitzäugige gelbhäutige Männer vom anderen Ende Asiens darunter, die behaupteten, aus einem Reich zu stammen, das sogar noch größer war als das der Osmanen.

Gelegentlich war auch ein Engländer unter den Handelsleuten.

Der Reichtum, den sie ins Land brachten auf der Suche nach feinster Seide, Damaszenerschwertern, weichem Leinen, edlen Pferden und vor allem köstlichen Gewürzen, die aus dem Osten nach Istanbul gebracht wurden, hatte das Reich zum wohlhabendsten gemacht, das die Welt je gesehen hatte.

Dank dieses Reichtums war es dem Eroberer und seinen Paschas möglich gewesen, ihre Paläste zu erbauen. William Hawkwood stand auf einem Marmorboden unter einem Marmordach, das von riesigen marmornen Säulen im griechischkorinthischen Stil getragen wurde. Vor den Fenstern hingen Samtvorhänge, und vor den Rundbögen, die hinaus in den

Innenhof führten, fließende, rosafarben gefärbte Gaze. Das Haus war erfüllt von warmer Luft und gedämpften Geräuschen.

Da er kein Moslem war, hingen sogar Bilder an den Wänden: ein Bildnis der Jungfrau mit Kind und eine Ikone gleichen Motivs.

Noch vor zwanzig Jahren war dort, wo heute der Palast stand, nur brachliegendes Gelände am Hafen gewesen.

William hatte zu wenig Zeit hier verbracht, um den Palast als Zuhause bezeichnen zu können. Und nun mußte er ihn erneut verlassen. Für wie lange?

»Hier ist dein Paß«, sagte sein Vater und reichte ihm eine Dokumentenrolle. »Hierin wirst du als Botschafter der Pforte ausgewiesen. Dieses Dokument wird in allen Ländern, mit denen wir Handel treiben, anerkannt werden – auf Nichtachtung stehen empfindliche Repressalien. Nur in Ländern, die von Castile und Aragon oder vom Kaiser regiert werden, wirst du als Feind behandelt werden. Meide sie.«

»Ja, Vater.«

»Was die Situation betrifft, wenn du den flüchtigen Prinzen gefunden hast, kann ich dazu nichts sagen. Diese Entscheidung muß ich deiner Vernunft und deinem Mut überlassen.«

»Ja, Vater.«

»Du wirst nicht versagen. Du bist ein Hawkwood. Du darfst nicht versagen. Nicht um deines Bruders John willen, sondern weil hier deine Zukunft liegt. Denk an meine Worte, und komm heil und gesund zu mir zurück.«

»Ich werde zurückkommen.«

»Komm zurück«, sagte Anthony Hawkwood und musterte ihn beinahe liebevoll, »weil du mein Sohn bist.«

»Ich trauere um meinen Bruder Henry.«

»Ich auch, Junge. Im Kampf zu sterben ist ein ehrenhafter Tod. Aber erdrosselt zu werden . . . Räche ihn.«

»Das werde ich.«

»Ich habe beschlossen, daß es in Anbetracht deiner Aufgabe am besten ist, wenn du mit leichtem Gepäck reist. Es wird dich nur ein einziger Diener begleiten: Hussain. Er wird dir jeden Wunsch erfüllen. Du kannst ihm bedingungslos vertrauen – opfere ihn also nicht, wenn es nicht unbedingt nötig ist. Was deine weiteren Bedürfnisse anbelangt, nimm diesen Beutel mit Goldmünzen. Geh sorgsam damit um.«

William nahm den Beutel entgegen; er war sehr schwer.

»Und jetzt sag deiner Mutter Lebewohl«, befahl Anthony Hawkwood.

William ging in die Frauengemächer des Palastes und kniete sich vor Annas Stuhl.

»Ich erbitte deinen Segen, Mutter«, sagte er.

»Meinen Segen«, sagte Anna verächtlich. »Diese ganze Angelegenheit hat mich bereits einen Sohn gekostet. Und jetzt wird es mich noch einen zweiten kosten. Geh! Ich bezweifle, daß ich dich jemals wiedersehen werde.«

William erhob sich enttäuscht, aber in den Augen seiner Mutter standen Tränen. Er küßte ihre Hand.

Wenige Türken wußten, was sich jenseits der Donau oder des Schwarzen Meeres befand. Männer wie Anthony Hawkwood hatten Gesandtschaften nördlich des großen Flusses geführt, Kapitäne zur See hatten mit ihren Schiffen Häfen der Krimhalbinsel angelaufen. Sie alle waren sich einig darin, daß die Länder jenseits der Grenzen des Osmanenreiches nur gewaltige Kornkammern mit Weizenfeldern boten. Die wenigen Städte waren von wilden, unkultivierten Menschen bevölkert, und es herrschte sechs Monate im Jahr eine so eisige Kälte, daß einem das Blut in den Adern gefror.

Anthony Hawkwood konnte sich an England und die Küsten Spaniens und Italiens erinnern. Besonders gut war ihm Neapel im Gedächtnis geblieben. Er wußte von geschäftigen Seehäfen und heißblütigen, leidenschaftlichen Männern und Frauen zu berichten. Die Türken, die heißblütigsten Menschen auf Erden, lächelten nur über seine Erinnerungen. Aber was das Herz Europas betraf, beschränkte sich sogar Anthony Hawkwoods Wissensschatz auf Hörensagen.

Jene türkischen Kapitäne, die mit Venedig Handel trieben, berichteten vom Reichtum und Luxus der großen Inselrepublik. Sie erzählten außerdem von dem dahinterliegenden

Land, wo Berge, die weit höher waren als der Tauros, bis in den Himmel hinaufragten. Man hatte ihnen berichtet, daß sich um diese Berge herum Land erstreckte, das sogar noch fruchtbarer war als die Steppen Rußlands, mit großen Städten unglaublichen Reichtums. Sie beschrieben riesige Feste, zu denen Menschen aus einem Umkreis von vielen Meilen kamen, von Rittern in Stahlrüstungen, unverschleierten Frauen mit schwingenden Röcken und reichen Händlern in edlem Brokat. Diese Aussichten konnten einem Serratkuli, der bislang nur Istanbul, Adrianopel, Brussa und das Anatolische Hochplateau gesehen hatte, den Mund wäßrig machen.

Und von all diesen Städten mit ihren seltsamen Namen wie München und Straßburg, Augsburg und Mainz, Madrid und Florenz, läge die größte und schönste weit im Westen und hieße Paris.

William Hawkwood hatte gehört, daß sein Großvater, der in Agincourt für Heinrich IV. gekämpft hatte, den König nach Paris begleitet hatte, der dort um die Hand der Tochter des Dauphins angehalten hatte.

Wie seltsam, dachte er, daß mich das Schicksal sechzig Jahre später in dieselbe Stadt führt, wenn auch aus weniger romantischem Anlaß.

Er war sich des Zeitdrucks nur zu bewußt, daß das Jahr seiner Gnadenfrist schon weit vorgerückt war, ohne daß er seinen Auftrag hatte erfüllen können.

Wie Bajasid es vorausgesehen hatten, verstieß es zwar gegen die Prinzipien der Ritter des Johanniterordens, jemanden, der bei ihnen Zuflucht gesucht hatte, auszuliefern, aber sie waren weder Willens gewesen, einen neuerlichen Krieg mit dem Osmanenreich zu riskieren noch eine neue Belagerung ähnlich der verheerenden letzten. Dschem war eilends fortgeschickt worden, sobald Bajasids Gesandte ihr Ultimatum übermittelt hatten.

Er war mit einem Schiff nach Venedig gereist, in der Hoffnung, die ehemaligen Herrscher über den östlichen Mittelmeerraum dazu zu bewegen, wieder zu den Waffen zu greifen. William Hawkwood war ihm dorthin gefolgt.

Wie schon die Ritter war auch der Doge nicht bereit gewesen, einen weiteren Krieg gegen den Osmanen zu führen, und Dschem war erneut fortgeschickt worden. Von Venedig aus war er nach Frankreich gereist. William war einen Monat nach ihm in Venedig eingetroffen, nicht sicher, was ihn dort erwartete. Aber der Doge hatte den jungen Mann, der als Botschafter des Sultans reiste, willkommen geheißen und im Palast beherbergt.

Es war Anfang Februar, und die Fastenzeit stand bevor. Ihr ging ein rauschendes Fest vorweg, zwei Tage ausgelassenen Feierns, die vor dem offiziellen Beginn der Fastenzeit dem Volk gestattet wurden.

»Es tut unserem Volk gut, wenn ihm eine kurze Zeit der Ausgelassenheit gestattet wird«, erklärte der Doge. Seine faltigen Züge verzogen sich zu einem kalten Lächeln. »Sie brauchen fast den ganzen Rest des Jahres, sich davon zu erholen.«

Zwei ganze Tage und Nächte war Venedig Schauplatz jedes erdenklichen Lasters und zügelloser Heiterkeit. William war verblüfft, als er feststellte, daß sogar ernste Berater, Mitglieder des Zehnerrates, ihre Zurückhaltung und ihre Moral ablegen konnten, um sich sinnlos zu betrinken, nachdem sie mit jeder verfügbaren Frau geschlafen hatten, ob verheiratet oder ledig. Und alle Frauen Venedigs schienen in diesen zwei Tagen und Nächten verfügbar zu sein.

William betrachtete das Treiben um sich herum in düsterer Laune. Er war nicht in Stimmung, sich zu verlustigen; und noch weniger verlangte es ihn danach, eine Frau in den Armen zu halten. Er hatte nie geglaubt, Sereta wirklich zu lieben, und er war sich nicht der Liebe zu seinen Söhnen sicher gewesen – er hatte immer gewußt, daß sie unter Seretas Führung grundverschieden von ihm waren –, aber sie waren alles gewesen, was er hatte, und sie so grausam erdrosselt zu sehen, war, als hätte man ihm einen Dolch ins Herz gestoßen.

Aber es gab noch andere Gründe für seine Weigerung, sich an der allgemeinen Ausgelassenheit zu beteiligen. Venedig war die erste nichttürkische Stadt, in der er sich je aufgehalten hatte, und er war zutiefst schockiert. Die Gebäude besaßen eine Schönheit, an die nicht einmal Istanbul heranreichte, die Kanäle waren unbeschreiblich romantisch . . . aber die

Stadt selbst war ebenso schmutzig und ungepflegt wie ihre Bewohner. Als er ein Bad nehmen wollte, starrte man ihn nur verständnislos an. Niemand badete hier im Februar.

»Wir sind wahrlich unter Fremden, junger Hawk«, bemerkte Hussain.

Hussain war Anfang Vierzig, groß für einen Türken, hatte einen Schmerbauch und war der ideale Reisegefährte. Trotz seiner wenig vorteilhaften Figur verstand er mit Waffen umzugehen. Auch er war von der Lebensweise im Westen entsetzt. Vor allem schockierte sie, daß die Frauen der Stadt unverschleiert und ohne Begleitung durch die Straßen gingen, oft mit entblößten Schultern und Brüsten; sie sprachen und flirteten, mit wem es ihnen gefiel. Wenngleich die Griechinnen in Istanbul auch keinen Schleier trugen, kleideten und benahmen sie sich in der Öffentlichkeit stets sehr korrekt, aus Furcht, ausgepeitscht zu werden.

»Dies ist ein gottloser Ort«, bemerkte Hussain.

Nachdem er nach Kräften versucht hatte, den türkischen Gesandten dazu zu bewegen, sich in den Trubel zu stürzen, stufte der Doge ihn als Langweiler ein und überließ ihn sich selbst. Am Ende war William froh, den Staub Venedigs von seinen Schuhen abstreifen zu können.

Von Venedig aus mußten sie über Land reisen, und das mit größter Vorsicht. Wie Anthony Hawkwood ihn bereits gewarnt hatte, waren die meisten christlichen Staaten gezwungen worden, das sich ausbreitende Reich des Eroberers als politische Macht hinzunehmen, gegen die sie wenig oder nichts ausrichten konnten. Die großen Ausnahmen waren das Haus Habsburg, das das Heilige Römische Reich regierte, und die vereinigte Dynastie von Kastilien und Aragon, deren Herrschaft – gemeinsam mit ihrem Alliierten, der Republik Genua, die der Pforte ebenso feindselig gesinnt war – über das westliche Mittelmeer es einem osmanischen Gesandten unmöglich machte, über den Seeweg nach Frankreich zu reisen.

Somit hatte William Dschems Route durch die Schweiz und Savoyen nach Frankreich folgen müssen – sogar der flüchtende Prinz war so schlau gewesen, sich nicht der Gnade Ferdinands und Isabellas von Spanien auszuliefern.

Dieser Teil ihrer Reise war ebenfalls beschwerlich, vor allem, da der Winter noch nicht vorüber war. William Hawkwood verbrachte ganze Tage eingeschneit in abgelegenen Bergdörfern. Zwar war er dort aufgrund seines Beutels mit Goldstücken ein gern gesehener Gast, aber auf seiner Seele lastete ständig der Gedanke, daß jeder Tag der Verzögerung ihn dem Ende seiner Gnadenfrist näherbrachte.

Das Land, das er durchquerte, wenn die Witterung es erlaubte, war atemberaubend schön. Schneebedeckte Berggipfel ragten hoch in den Himmel auf, und Seen unvorstellbarer Tiefe füllten die Täler dazwischen mit kristallenem Blau.

Die Menschen waren anders als alle, die ihm bisher begegnet waren. Zwar nicht gepflegter oder bescheidener in ihren Gewohnheiten als die Venezianer, waren sie doch bei weitem robuster, was sie wohl auch sein mußten, da ihr Land trotz der widrigen klimatischen Bedingungen wirtschaftlich in voller Blüte stand. Sie lebten in einer lockeren Konföderation von Bezirken, die sie Kantone nannten, die von einem noch lockereren Bundesgesetz regiert wurden, das es jedem Kanton gestattete, weitgehend nach eigenem Gutdünken zu handeln.

Diese Lässigkeit verleitete William zu dem Schluß, daß sie für einen gierigen Nachbarn eine leichte Beute gewesen wären, und tatsächlich hatten die Schweizer Kantone bis vor kurzem unter österreichischer Herrschaft gestanden. Aber da es für ein großes Heer sehr schwierig war, in ihrem bergigen Land einen größeren Feldzug durchzuführen, hatten die Kantone es geschafft, sich ihre Unabhängigkeit zu erkämpfen. Sie waren fest entschlossen, sich diese zu erhalten.

William fragte sich unwillkürlich, wie die berüchtigten Schweizer Pikeniere im Kampf gegen die Janitscharen abschneiden würden.

Von der Schweiz reisten William und Hussain, so schnell es die schneebedeckten Pässe erlaubten, nach Savoyen, und von dort aus Anfang des Frühlings nach Frankreich. Auch hier erfuhren sie, daß Prinz Dschem einige Wochen Vorsprung hatte.

Frankreich war ein grünes und gefälliges, sonniges Land, in dem die Bäume früh blühten und Obst und Gemüse heranreiften. William wußte natürlich, daß Frankreich über ein Jahrhundert ein Schlachtfeld gewesen war, während mehrere Generationen englischer Könige versucht hatten, ihre Ansprüche auf den französischen Thron durchzusetzen. Aber der Großteil der Schlachten, die wiederholt das Land verwüstet hatten, hatten im Süden und Westen des Landes stattgefunden, während der Osten weitgehend verschont geblieben war. Dieser Abschnitt ihrer Reise war also ausgesprochen angenehm, bis sie in die nähere Umgebung von Paris gelangten. Dort stießen sie auf zahlreiche frühere Prachtbauten.

Paris zog William an wie ein Magnet. Die Stadt überraschte und enttäuschte ihn zugleich. Gewiß, sie hatte eine prächtige, von Prachtbauten umgebene Kathedrale, die leicht zu verteidigen schien, da sie auf einer kleinen Insel in der Mitte der Seine errichtet war. Aber die geringe Größe der Insel bedeutete auch, daß die Gebäude auf beiden Seiten düsterer schmaler Gassen dicht gedrängt standen, und wenngleich die wachsende Bevölkerung auf das Gebiet jenseits der Brücken ausgewichen war und die Stadt von mehreren Vororten umgeben war, waren diese nicht minder feucht und öde.

Der Schmutz war unvorstellbar für jemanden, der die vergangenen Jahre in Brussa gelebt hatte, der saubersten und gepflegtesten aller Städte. Es war sogar noch schlimmer als in Venedig. Außerdem regnete es in einem fort, und dann verwandelten sich die Straßen in offene Kanalisationen, entlang derer aller erdenklicher stinkender Unrat schwamm. Es wimmelte von Bettlern und Hunden, von denen einige nicht ungefährlich waren. Nun, in Istanbul gab es auch genügend Bettler, aber dort begegnete man ihnen mit Respekt, da es die heilige Pflicht eines Moslems war, Almosen zu geben.

Es gab aber auch sehr wohlhabende Einwohner.

Damen, welche die unterschiedlichsten Schleier trugen, zum Beispiel die sogenannten ›Schmetterlinge‹, die seitlich über einen Drahtbügel gezogen waren, während andere im Rükken fast bis auf den Boden reichten, so daß jedesmal, wenn sich eine dieser prachtvollen Erscheinungen bewegte, jeder,

der in der Nähe stand, Gefahr lief, sich in weißer Gaze zu verheddern.

Diese eleganten Wesen, männlich und weiblich, musterten den großgewachsenen rothaarigen Mann mit dem sonnenverbrannten Gesicht, der weiten Hose und dem wallenden Gewand und der türkischen Pickelhaube mißtrauisch. William hatte sogar einen Turban um seinen Helm geschlungen, was ihn noch exotischer aussehen ließ. Aber er wußte, daß es in Frankreich üblich war, die Kopfbedeckung abzunehmen, wenn man vor den Regenten trat, und so nahm er den Helm ab, als sein Name aufgerufen wurde.

Die Umstehenden tuschelten mit neugieriger Feindseligkeit, aber William konzentrierte sich ganz auf den König und senkte ehrerbietig den Kopf, als er vor den Thron geführt wurde.

»Mir wurde gesagt, Ihr sprecht kein Französisch«, sagte eine gedämpfte Stimme in Latein.

William hob den Kopf und sah sich einem etwas untersetzten fettleibigen Mann gegenüber. Er wußte, daß Ludwig XI. kein alter Mann war – er war achtundfünfzig –, aber er sah viel älter aus, und er bewegte sich langsam und wie unter Schmerzen, als würde er an Gicht leiden.

William wußte außerdem, daß dieser unansehnliche Mann mit dem blassen Teint, der großen Nase und den wulstigen Lippen in ganz Europa als Spinne galt, weil er an jedem Hof und bei jeder Intrige seine Finger im Spiel hatte.

»Zu meinem Leidwesen muß ich gestehen, daß dies zutrifft, Euer Gnaden«, entgegnete er.

»Aber zweifellos sprecht Ihr Englisch«, fuhr der König fort.

William war hierauf nicht vorbereitet gewesen, und er wußte nicht, was er hierauf erwidern sollte.

Der König lächelte. »Ihr braucht Euch nicht zu sorgen, Monsieur Hawkwood, Euer König Eduard und ich sind inzwischen gute Freunde. Unsere Völker haben einander viel zu lange bekriegt.«

»Bei allem Respekt, Euer Gnaden, der König von England ist nicht mein Herr«, sagte William.

Ludwig musterte ihn eindringlich. »Das habe ich gehört«, sagte er. »Ihr behauptet, Diener einer größeren Macht zu sein.«

William verneigte sich.

Ludwig wedelte mit einer Hand. »Schickt diesen Pöbel fort«, befahl er seinem Kammerherrn. »Und Ihr, Junge, setzt Euch zu meinen Füßen und erzählt mir von diesen Osmanen.«

William, der sein Glück kaum fassen konnte, gehorchte eilig und beantwortete während der folgenden Stunde alle Fragen, die Ludwig ihm stellte – über Bajasid, sein Heer, sein Volk und seine Absichten.

»Alles, was Ihr mir erzählt, stimmt mit den Neuigkeiten überein, die ich eingeholt habe«, erklärte Ludwig. »Ich finde es interessant, daß Euer Herr und ich an entgegengesetzten Enden des Kontinentes regieren. Ich denke, daß wir daher vieles gemeinsam haben.«

William konnte sich beim besten Willen nicht vorstellen, was Bajasid mit diesem Mann gemeinsam haben sollte, aber er spürte sofort, worauf der Franzose hinaus wollte.

»Zweifellos empfindet mein Herr es ebenso, Eure Hoheit«, sagte er.

»Nun, das trifft sich gut. Ich würde sagen, daß die jüngsten Vorkommnisse sich für mein Volk und mich selbst als günstig erwiesen haben, wenn wir auch von Feinden umgeben sind. Monsieur Hawkwood, gehe ich recht in der Annahme, daß Euer Sultan den Katholiken Ferdinand als seinen erbittertsten Feind betrachtet?«

»Das ist absolut richtig, Euer Gnaden.«

»Nun, ich kann Euch versichern, daß die Spanier auch meine größten Feinde sind. Es gibt also etwas, was den Sultan und mich verbindet, richtig? Und ich werde Euch nicht verhehlen, daß sie für mich eine weit größere Bedrohung darstellen als für Istanbul, da ihr Reich im Süden unmittelbar an das meine grenzt und sie ihren Machtbereich durch Heirat auch auf den Osten und Norden ausgedehnt haben. Eine unhaltbare Situation.«

»Ich zweifle nicht daran, daß mein Herr Verständnis für Eure Schwierigkeiten haben wird«, entgegnete William zurückhaltend.

»Nun, das ist großartig«, erklärte Ludwig. »Dann möchte ich, daß Ihr sie ihm unverzüglich vortragt. Ein Einvernehmen zwischen unseren Völkern, ein Austausch von Botschaftern . . . vielleicht sogar Bündnis, würde beiden Parteien sehr zum Vorteil gereichen. Werdet Ihr mir diesen Gefallen tun, Monsieur Hawkwood?«

»Sehr gern, Euer Gnaden. Aber ich fürchte, daß, wenn ich ohne den Mann, den zu finden ich nach Europa gereist bin, nach Istanbul zurückkehrte, dies den Sultan sehr verärgern und unsere Bemühungen zunichte machen würde.«

Der französische König musterte ihn eine Weile eindringlich. »Da ich nichts von Eurem Kommen ahnte und Prinz Dschem mir zu verstehen gab, daß er der rechtmäßige Erbe des Thrones Mehmeds II. sei, habe ich ihm Asyl gewährt. Ihr erwartet doch sicher nicht von mir, daß ich wortbrüchig werde?«

William durfte sich seine Verzweiflung nicht anmerken lassen. »In diesem Fall, Euer Gnaden, fürchte ich, daß Eure Hoffnungen auf ein Bündnis mit meinem Herrn von Beginn an zum Scheitern verurteilt sind.«

Ludwig musterte ihn erneut. »Es gibt keinen Berg, der so hoch oder steil wäre, daß er sich nicht erklimmen ließe«, sagte er schließlich. »Ich erkenne, daß wir beide vernünftige Männer sind, die wissen, was sie wollen, Monsieur Hawkwood. Ihr werdet verstehen, daß mein größtes Anliegen Wohl und Sicherheit meines Königreiches und meines Volkes sind. Zuweilen ist ein König leider gezwungen, diese Verantwortung über seine Ehre zu stellen. Aber ihr werdet ebenfalls verstehen, daß es verrückt von mir wäre, wenn ich mein Wort Prinz Dschem gegenüber bräche und ihn Euch überließe, ohne ein Wort Eures Sultans, mit dem er sein Interesse an meinem Anliegen bekundet.«

William neigte den Kopf. Hoffnung stieg in ihm auf. Er bezweifelte nicht, daß Ludwig eine Lösung für ihr Problem gefunden hatte.

»Darum meine ich, daß Ihr Eurem Herrn mein Angebot unterbreiten solltet. Ich werde seine Antwort mit Freuden erwarten. In der Zwischenzeit wird Prinz Dschem als mein Gast hier in Paris bleiben. Ich gebe Euch mein Wort, daß ihm nicht gestattet werden wird, die Stadt zu verlassen, und daß ein positiver Bescheid Eures Herrn mich veranlassen wird, meine Position dem Prinzen gegenüber grundlegend zu ändern.«

William rechnete fieberhaft. Es konnte mehr als drei Monate dauern, bis er zurück an der Pforte war ... in drei Monaten wäre Ende August, und die Zeit lief ihm davon. Und wenn er mit leeren Händen zurückkehrte und Bajasid nicht mehr anzubieten hatte als das unsichere Versprechen des französischen Königs, würde das Leben seines Bruders verwirkt sein.

»Ich bedaure, Euer Gnaden ... .«

Ludwig lächelte. »Ihr fürchtet um Eure Familie – und auch für Euch selbst.«

»Euer Gnaden?«

»Ich bin über alles unterrichtet, was in Europa vorgeht, Monsieur Hawkwood. Mir wurde zugetragen, daß der große Hawk Pascha, Heereskommandant des Sultans, unter Hausarrest steht, bis ihr mit Prinz Dschem zurückkehrt.«

William seufzte. Er erkannte, daß es Zeitverschwendung gewesen wäre, diesem Mann etwas vorzumachen. »Bedauerlicherweise entspricht das den Tatsachen, Euer Gnaden.«

»Darum Eure Unruhe. Der Sultan hat zweifellos allen Grund, mißtrauisch zu sein«, sagte Ludwig. »Ich kann Euch versichern, daß meine eigenen Erfahrungen in meiner Jugend und in den ersten Jahren auf dem Thron mein Vertrauen in die Menschen ebenfalls erschüttert haben. Aber auch hierfür weiß ich eine Lösung, wenn Ihr bereit seid, ein gewisses Risiko auf Euch zu nehmen. Ihr werdet nicht nach Istanbul zurückkehren, junger Hawk. Ihr werdet einen Brief aufsetzen, dem ein Schreiben von mir beigelegt wird, in dem ich Eurem Sultan mein Angebot unterbreiten und ihm erklären werde, daß ich Euch für den geeigneten Mann halte, diese Aufgabe auszuführen. Wir werden dem Sultan deutlich zu verstehen geben, daß es sinnlos für ihn wäre, Rache an Eurer Familie zu nehmen, da ich in diesem Fall Prinz Dschem freilassen würde, der, vielleicht sogar mit Euch an seiner Seite, erneut alles tun würde, seine Thronansprüche geltend zu machen, während ein wenig Geduld und Verständnis ihm nicht nur Gelegenheit gäbe, seinen Bruder für die Rebellion zur Verantwortung zu ziehen, sondern darüber hinaus sich die Dienste seines berühmten Paschas zu erhalten. Sicher würde nur ein Tor ein solch faires und vorteilhaftes Angebot ausschlagen, was meint Ihr?«

»Euer Gnaden, wenn Ihr glauben könntet . . .«

»Ihr befürchtet, daß Euer Sultan ein Tor ist?« Ludwig lachte knapp. »Nun, wenn er es ist, denkt daran, daß wenigstens Ihr hier sicher wäret. Ich möchte mich bei anderer Gelegenheit wieder mit Euch unterhalten, Monsieur Hawkwood. Ich finde Eure Gesellschaft erfrischend. Außerdem könntet Ihr meinen Marschällen etwas über Artillerie beibringen.«

Die Briefe wurden verfaßt, vom König versiegelt und mit einem Sonderboten auf die Reise geschickt. Hiernach gab es nichts anderes zu tun, als zu warten und zu beten. William sagte sich, daß vor dem neuen Jahr kaum mit einer Antwort zu rechnen war. Sofern überhaupt eine eintreffen würde.

Auch war ihm bewußt, daß er nicht minder Gefangener des Königs war als Dschem. Ludwig mochte ein Bündnis mit dem Osmanenreich als nützliches Gegengewicht zur Macht der Habsburger betrachten, da jedoch zwischen ihm und Istanbul mehr als tausend Meilen lagen, brauchte er keine Auseinandersetzung mit Bajasid zu fürchten.

William waren die Hände gebunden. Ihm wurde gestattet, Dschem dabei zu beobachten, wie er in einem der gedeckten Säulengänge des Palastes spazierenging, streng bewacht von mehreren Wachen, um sich davon zu überzeugen, daß der Prinz lebte und bei guter Gesundheit war. Ihm wurde allerdings nicht erlaubt, sich ihm zu nähern oder mit ihm zu sprechen. Er spielte mit dem Gedanken, von der Mauer, auf der er stand, herabzuspringen und den Mörder seiner Familie zu töten, bevor er seinerseits von den Wachen niedergestreckt wurde. Daß er unmittelbar danach von den Wachen niedergestreckt würde, stand außer Frage. Außerdem sagte er sich, daß sein Selbstmord wohl niemandem etwas nützen würde; es wäre für Ludwig ein Leichtes, Dschems Tod vor der Außenwelt zu verbergen, und er würde seine Verhandlungen mit Bajasid weiterführen und ihm mitteilen, daß sein Botschafter einem bedauernswerten Unfall erlegen wäre.

Wenn Bajasid vorhatte, die Hawkwoods zu vernichten, würde er sich ohnehin nicht davon abhalten lassen. Und so war die Zukunft seiner Familie davon abhängig, ob, wie Ludwig es formuliert hatte, der Sultan ein vernünftiger Mann war oder ein Tor, der aus einer Laune heraus seinen besten General opferte. Und William befand sich in der unangenehmen Lage, in keiner Weise Einfluß auf die Situation nehmen zu können. Also sagte er sich, daß er ebensogut Trauer und Sorgen abwerfen und das Leben genießen sollte, so gut es unter den gegebenen Umständen eben ging.

Dies war nicht schwer, da er in der Gunst des Königs stand – wenn ihm auch bewußt war, daß diese Gunst der Begeisterung eines Kindes für ein neues Spielzeug glich: Ludwig war der gerissenste und skrupelloseste Mann, dem William je begegnet war. Die Art, in der er sich mit scheinbar bedeutungslosen Details befaßte, war bemerkenswert und bei einem Monarchen schier unglaublich. Er interessierte sich für die entlegensten Regionen seines Königreiches ebenso wie für das Leben seiner Vasallen, trug Wissen über sie zusammen, das sorgfältig niedergeschrieben und für den Bedarfsfall aufbewahrt wurde; er prahlte damit, daß er jeden seiner Edelleute, wann immer es ihm beliebte, des Verrats überführen konnte, auch wenn das unüberlegte Wort oder die gedankenlose Tat zwanzig Jahre zurücklag.

Außerdem war er unglaublich geizig, was William an einem Monarchen ebenfalls erstaunlich fand, da er die Profiliersucht der Sultane gewöhnt war. Aber Ludwig hätte niemals fünfzig Bogenschützen mit einer Mission betraut, wo neunundvierzig ausreichten – er zog es vor, den Lohn für den einen Mann zu sparen.

Dies bedeutete allerdings nicht, daß er etwas gegen Pomp und Unterhaltung gehabt hätte. Tatsächlich ermutigte er beides, solange die Kosten von seinen Höflingen getragen wurden. Die Männer und Frauen, die sich an seinem Hof drängten, trugen feinste Seide und edelsten Satin, wie William schon früher beobachtet hatte, und die Bälle und Festspiele raubten ihm den Atem.

Der beliebteste Zeitvertreib war die Jagd, bei der der gesamte Hofstaat einschließlich der Damen zu Pferde durch die Wälder im Norden der Stadt preschte. Hier gab es weder Löwen noch Wölfe, aber reichlich Rotwild – und für den Nervenkitzel genügend angriffslustige Wildschweine. In engen Hosen, passendem Rock und einer Feder an seiner Mütze galoppierte William in ihrer Mitte.

Aber Ludwig war auch ein Mann, der rasch alterte. Ihm war bewußt, daß er von einer schleichenden Krankheit befallen war und ihm nur noch eine kurze Zeitspanne blieb, das Leben zu genießen. Schon jetzt war es ihm nicht mehr möglich, im Pulk mitzureiten, wenn er auch noch Freude daran hatte, der Jagd zuzusehen, und die Reiter oft in einer unbequemen Kutsche begleitete.

Sein größtes Vergnügen war es jedoch, sich mit Jugend und Vitalität zu umgeben, sowie, wo immer möglich, mit Schönheit. Während des Auf und Ab seines ereignisreichen Lebens – den Großteil davon hatte er in offener Rebellion gegen seinen Vater gelebt – hatte er beinahe jeden Adligen des Königreiches betrogen oder war von ihm betrogen worden. Wenngleich er sie im Laufe der Zeit alle gefügig gemacht hatte, wußte er genau, wie viele von ihnen ihn insgeheim haßten und fürchteten, so daß er ihnen zu keiner Zeit über den Weg traute.

Sein Kronrat setzte sich nicht aus Adligen zusammen, sondern aus Händlern und Rechtsgelehrten der Stadt, Männern, von denen er wußte, daß er ihnen trauen konnte, da ihr Wohlstand und ihre gesellschaftliche Stellung allein in seiner Hand lagen.

Und so war jemand wie William Hawkwood, groß, stark und auf sehr männliche Art anziehend, ein Fremder aus einer anderen Welt und somit völlig abhängig vom Wohlwollen des Königs, zum Günstling prädestiniert. Und William wurde bald bewußt, wie hoch er in der Gunst des Monarchen stand. Während Ludwig niemals einen Sou für eigene Kleider ausgegeben hätte und tatsächlich die am schäbigsten gekleidete Person bei Hofe war, kleideten seine Schneider den jungen Gast von Kopf bis Fuß nach der neusten Mode ein – was der König sich einen großen Batzen Geld kosten ließ. William wurde das edelste Pferd zur Verfügung gestellt, er erhielt die feinsten Degen, um sich in der Fechtkunst zu üben, und wurde ermutigt, mit den begehrtesten Damen des Landes zu tanzen – nachdem er die notwendigen Schritte gelernt hatte sowie genügend Französisch, um ausgiebig zu flirten.

William war überwältigt. Er hatte in seinem ganzen Leben noch keine andere Frau angefaßt als Sereta, da in der moslemischen Gesellschaft ein Mann mit keinen anderen Frauen in Berührung kam als mit seinen eigenen Ehefrauen und Konkubinen. In Paris erwartete man von ihm, daß er die Hand seiner Tanzpartnerin hielt, ihr zulächelte, sich an ihrem Dekolleté weidete – sie wäre beleidigt gewesen, wenn er es nicht getan hätte – und sie gelegentlich sogar mit beiden Armen umfaßte und mit ihr über das Parkett wirbelte, wenn die Schrittfolge es erforderte. Und eine Partnerin war stets entweder die Ehefrau eines anderen oder eine noch unberührte Jungfrau.

Er war beliebt bei den Damen, um so mehr, als sein Französisch immer besser wurde. Seitens der Herren, zumindest der Höflinge, schlug ihm jedoch unverhohlene Feindseligkeit entgegen. Sie verübelten ihm, daß er, ein heidnischer türkischer Emporkömmling, ganz plötzlich aufgetaucht und sofort zum Protegé des Königs aufgestiegen war. William wurde bald bewußt, daß nur die Gunst des Königs die Adelsvertreter davon abhielt, ihn zum Duell zu fordern, zumal der König ihm die Erlaubnis verweigert hatte, sich in die Listen einzutragen: Wettkämpfe, bei denen Ritter in voller Rüstung mit Schilden und gesenkten Lanzen aufeinander zupreschten.

Die Gründe für die Entscheidung des Königs lagen auf der Hand: William verstand nichts von solchen Kämpfen, und es wäre sehr bedauerlich gewesen, wenn ein ausländischer Botschafter bei einem solchen Duell unterlegen wäre und sich verletzt hätte oder gar zu Tode kommen würde. William bedauerte, daß ihm nicht gestattet war, sein Glück zu versuchen; er war überzeugt davon, daß er ein viel besserer Reiter war als jeder französische Ritter. Andererseits war der Gedanke, in dieser Rüstung in der Hitze zu kämpfen – die Ritter mußten mit Hilfe eines Krans in den Sattel gehoben werden und blieben, wenn sie vom Pferd stürzten, bewegungsunfähig auf dem Rücken liegen wie gestrandete Wale –, einfach lächerlich und reine Zeitverschwendung. Es gab keine Rüstung, die einen vor einer Kanonenkugel schützte.

Letzteres war der offizielle Grund für die Freundschaft des Königs. William wurden die Geschütze der französischen Armee gezeigt, und man forderte ihn auf, die Kanoniere zu unterrichten und Verbesserungsvorschläge zu machen. Hierzu war er gern bereit; wie Ludwig hielt er es für äußerst unwahrscheinlich, daß das französische Heer je gegen eine Streitmacht der Osmanen kämpfen würde. Auch war er geneigt, der Behauptung des Königs Glauben zu schenken, daß der Krieg zwischen England und Frankreich beendet war. Hinzu kam, daß die französischen Kanonen denen, die sein Vater befehligte, weitaus unterlegen waren. Und so unterwies er die Kanoniere in Taktiken und Manövern. Vor allem lehrte er sie, ihre Geschütze zu gruppieren, da es, so wie bei allen Artillerien Europas, auch in Frankreich üblich war, eine Kanone vor jeder Infanteriebrigade oder jedem Tercio zu plazieren, anstatt die Geschütze an einem bestimmten Punkt zu konzentrieren, wie Anthony Hawkwood es während der Belagerung von Konstantinopel gelernt hatte.

Unnötig zu erwähnen, daß Williams offensichtliche Sachkunde und König Ludwigs Begeisterung für sein Geschick ihn beim französischen Adel, der ohnehin nichts von Geschützen hielt, noch unbeliebter machten. An der Spitze des ›feindlichen Lagers‹ stand die älteste Tochter des Königs, Anne von Beaujeu. Anne gehörte zu den wenigen Frauen am französischen Hof, die dem Mann aus dem Osten nicht zugetan waren, und sie machte keinen Hehl aus ihrer Abneigung. Aufgrund der Lex salica konnte sie niemals den Thron besteigen, aber es war beunruhigend zu beobachten, in welchem Maße sie den Dauphin, Karl, beeinflußte. Er war ein kränklicher und leicht verunstalteter Junge von zwölf Jahren, von mangelnder Intelligenz und leicht zu beeindrucken. Er würde jedoch aller Wahrscheinlichkeit nach der nächste König von Frankreich sein, so daß seine Feindschaft durchaus ernst zu nehmen war.

Der Unwillen der königlichen Familie steigerte sich noch, als der König, der sich mit Einbruch des Winters kränker denn je fühlte, des Lebens bei Hofe überdrüssig wurde und sich auf sein Landgut Plessis-les-Tours in den grünen Hügeln der Touraine zurückzog . . . und seinen Günstling mitnahm. Aber solange der König am Leben war, belastete William dies bei weitem nicht so sehr, wie das bange Warten auf Nachrichten aus Istanbul. Als es Weihnachten noch keine Neuigkeiten gab, war William der Verzweiflung nahe: Inzwischen hielt er sich seit sechs Monaten am französischen Hof auf.

»Geduld, mein Junge«, sagte König Ludwig. »Geduld ist die größte aller Tugenden. Irgendwann werden wir Nachricht erhalten. Und wenn nicht . . . nun, dann wird fortan hier Euer Zuhause sein. Ich wäre ohnehin sehr erfreut, wenn Ihr Euch dazu entschließen könntet hierzubleiben.«

»Euer Gnaden sind zu freundlich«, murmelte William leicht beunruhigt.

»Ihr fürchtet Euch vor der Zukunft«, sagte Ludwig. »Was, wenn ich sie Euch sichern würde?«

»Sire?« William hatte keinen Schimmer, worauf er hinauswollte.

Ludwig lächelte nur, aber eine Woche später gab er seine Pläne bekannt.

Wenngleich er nicht mehr in Paris weilte, war der König in seinem Amt als Herrscher von Frankreich so präsent wie eh und je. Trotz des abscheulichen Wetters und des häufig mehrere Fuß hohen Schnees auf den Straßen trafen ständig Reiter im Schloß ein und überbrachten dem König alle Neuigkeiten, die er wünschte. Seine Minister waren angehalten, regelmäßig ihre Geschäfte und Kanzleien zu verlassen und sich beim König einzufinden. Oft reisten sie in Begleitung ihrer Familien, da sie mehrere Tage oder bei schlechtem Wetter gar Wochen im Schloß verweilen mußten, bevor es ihnen möglich war, nach Paris zurückzukehren.

Es herrschte ein so reges Kommen und Gehen, daß William die verschiedenen Gesichter kaum auseinanderhalten konnte. Aber an diesem Tag zog Ludwig ihn zu einem Fenster mit

Blick auf den Schloßhof und zeigte ihm eine Gruppe von Männern und Frauen, die gerade von ihren Pferden stiegen, die Wangen rosig von der Kälte und ihre Umhänge weißgesprenkelt vom leichten Schneefall.

»Das ist Jacques Ferrand mit seiner Familie«, erklärte Ludwig.

William war Ferrand, einem Mitglied des Kronrates, natürlich schon begegnet. Er hatte jedoch nicht gewußt, daß der Händler eine Familie hatte; Ehefrauen und Töchter der Mittelklasse wurden nicht bei Hofe empfangen.

»Meines Ermessens ist Ferrand der wohlhabendste Mann in meinem Königreich«, fuhr Ludwig fort. »Vielleicht sogar noch wohlhabender als ich selbst.«

William runzelte die Stirn.

»Und jetzt seht Euch die vierte Person von rechts an«, fuhr Ludwig fort.

Die Falten auf Williams Stirn vertieften sich. Die vierte Gestalt von rechts war extrem klein und ließ auf ein Kind schließen.

»Aimée ist zwölf Jahre alt«, erklärte Ludwig. »Aber seht.«

Die Reisegruppe stieg die Treppe zu den Gästezimmern hinauf. Sie traten in den Schutz der Dachgesimse und warfen ihre Kapuzen zurück. William würdigte Ferrand, seine Frau und die beiden jüngeren Mädchen keines Blickes; er sah wie gebannt auf das Mädchen namens Aimée. Sie hatte wunderschönes blaßgoldenes Haar, so hell, daß es beinahe weiß wirkte, einen nicht minder makellosen Teint und feingeschnittene Gesichtszüge, ein herzförmiges Gesicht mit einer kleinen Stupsnase, weit auseinanderstehenden Augen, vollen Lippen und einem spitzen Kinn, wie er es noch nie gesehen hatte.

»Ist es nicht bemerkenswert, daß dem wohlhabendsten Mann des Reiches außerdem die schönste Tochter des Landes geschenkt wurde?« bemerkte Ludwig. »Aimée ist Ferrands Haupterbin. Zu ihrer Schönheit wird eines Tages unschätzbarer Reichtum hinzukommen. Wer diesen Reichtum besitzt, braucht keinen anderen Mann auf der Welt zu fürchten. Natürlich müßte ihr Ehemann in Frankreich leben.« Er musterte den völlig verdatterten William. »Ihr müßt das so sehen,

William: wenn Euer Herr auf meinen Vorschlag eingeht und Prinz Dschem nach Istanbul gebracht und seiner Strafe wegen Hochverrats zugeführt wird, wird auch Eure Familie sicher sein. Aber Eure Frau und Eure Kinder sind tot. Gibt es für Euch wirklich einen Grund, in dieses heidnische Land zurückzukehren, während Euch in Frankreich Ehre und Wohlstand erwarten?«

Er legte eine Pause ein, um seine Worte auf William wirken zu lassen, ehe er fortfuhr. »Ich habe bereits mit dem alten Jacques gesprochen, und er ist geneigt, auf meinen Vorschlag einzugehen.« Er lächelte zynisch. »Nicht zuletzt weil ich ihm angeboten habe, ihn in den Adelsstand zu erheben. Und jetzt kommt. Möchtet Ihr nicht Eure zukünftige Braut kennenlernen?«

Ich sollte ablehnen, dachte William. Ich bin Heide, ein Mann mit fremdländischen Bräuchen und noch seltsameren Ansichten. Wird dieses reizende Mädchen nicht beim Anblick eines so fremdartigen Mannes in Ohnmacht fallen? Wird sie nicht drohen, sich lieber das Leben zu nehmen, als ihren Körper in die Hände eines Türken zu geben?

Aber die Aussicht war zu verlockend. Er begleitete den König in die Gästegemächer und wurde erst Madame Ferrand und dann dem Mädchen vorgestellt.

Sie musterte ihn aus tiefblauen Augen und lächelte, als er ihr die Hand küßte.

»Papa hat mir von Euch erzählt, Monsieur«, sagte sie.

Und was hat er erzählt? hätte er am liebsten gefragt, sagte aber statt dessen: »Ich fühle mich geehrt, Ihre Bekanntschaft machen zu dürfen, Mademoiselle.«

Aimée Ferrand machte einen leichten Knicks. »Die Ehre ist ganz auf meiner Seite, Monsieur.«

Sie und ihre Schwestern wurden von ihrer Mutter weggebracht, und William wandte sich Ferrand zu.

»Aimée ist noch sehr jung«, bemerkte Ferrand.

»Das ist richtig«, sagte der König, der zwischen ihnen stand. »Aber nicht zu jung, um verlobt zu werden.«

»Ja, Sire, aber sie ist kaum mehr als ein Kind. Ich würde

um ihre Gesundheit bangen, sollte sie in diesem zarten Alter bereits schwanger werden.«

»Natürlich. Die Verlobung wird zwei Jahre dauern. Die Hochzeit wird an Aimées vierzehntem Geburtstag stattfinden. Ist Euch dies genehm, Monsieur?«

Ferrand verneigte sich.

»Und was ist mit Euch, junger Hawkwood?«

Ich bin überwältigt, dachte William. Und ich sollte mißtrauisch und wachsam sein. Dieser Mann bindet mich für mindestens zwei Jahre an sich. Aber das Antlitz des Mädchens – und ihr Reichtum – gingen ihm nicht aus dem Sinn . . .

William verneigte sich ebenfalls.

Von diesem Zeitpunkt an ging es wirklich nur noch darum, sich in Geduld zu üben und zu warten, bis Aimée alt genug war, vor allem jedoch, daß endlich Nachricht aus Istanbul eintraf.

Einmal monatlich durfte er die Ferrands in ihrem Herrenhaus in Paris besuchen. Bei diesen Besuchen trank er mit Madame Ferrand und Aimée Wein, spielte mit ihren beiden jüngeren Schwestern und plauderte über dies und jenes.

Aimée war ein bemerkenswert gebildetes Mädchen. Sie sprach fließend Latein und war bestens über die politischen und wirtschaftlichen Verhältnisse in Westeuropa informiert. Sie war intelligent, aufgeschlossen und stets bestrebt, ihren Horizont zu erweitern. Sie liebte es, wenn er von Istanbul und der Welt im Osten erzählte, aber er zog es vor, nicht auf Einzelheiten einzugehen. Als der Winter dem Frühling wich, der Frühling in den Sommer überging und es achtzehn Monate her war, seit er seine Familie verlassen hatte, mußte er annehmen, daß sie inzwischen alle tot waren und der Sultan ihn zum Vogelfreien erklärt hatte. Er hatte nichts mehr außer diesem Mädchen und dem König. Und während letzterer ihn gewissermaßen gefangenhielt, hatte er nicht die leiseste Ahnung, was seine zukünftige Braut für ihn empfand.

Außer in einer Hinsicht: Sie musterte seine engen Kniehosen und seinen Schritt mit offenem Interesse, was bei einem jungen Mädchen zwar ungehörig sein mochte, jedoch eine Sinnlichkeit ahnen ließ, die höchste Lust verhieß. Wenn er sich vorstellte, mit dieser Schönheit die Freuden zu teilen, die er mit Sereta geteilt hatte, verlor er beinahe den Verstand vor Verlangen. Oder täuschte er sich? Sah sie vielleicht jeden Mann auf diese Weise an? Aimée schien sich stets über seine Besuche zu freuen, aber sie gab ihm zu keiner Zeit zu verstehen, daß sie für ihn mehr empfand als den Respekt, den sie einem Mann schuldig war, der eines Tages ihr Gatte sein würde.

Wie sollte sie auch anders empfinden, sagte er sich, sie ist erst zwölf Jahre alt.

Er fühlte sich zunehmend einsamer.

Bis eines Tages der Bote eintraf. Er war gezwungen gewesen, in Istanbul lange Zeit auf Bajasids Entscheidung zu warten, und war auch auf seiner Reise unerwartet aufgehalten geworden, aber jetzt war er endlich zurück. Und die Neuigkeiten, die er brachte, erfüllten Williams größte Hoffnungen.

Der Sultan wäre gerne bereit, über ein Bündnis mit dem König von Frankreich zu verhandeln, wobei eine der Bedingungen lautete, daß sein Bruder an ihn ausgeliefert wurde. Darüber hinaus gratulierte der Sultan seinem Gesandten, dem jungen Hawk, daß er seine Mission so erfolgreich ausgeführt habe. Nun erwartete der Sultan konkrete Vorschläge des Königs, damit eine Vereinbarung getroffen werden konnte.

William sagte sich, daß die Verhandlungen mehrere Jahre in Anspruch nehmen konnten. Jahre, in denen er mit Aimée verheiratet sein und sein Leben am französischen Hof genießen würde. Und was die Aussicht betraf, den Rest seines Lebens in Frankreich zu verbringen . . . der Rest seines Lebens erschien ihm noch sehr lang.

Jahre, in denen die Last der Sorgen von ihm genommen sein würde, denn der Bote hatte außerdem einen Brief von Anthony Hawkwood mitgebracht, in dem dieser ihm versicherte, daß es ihnen allen gutginge und sie sehr erleichtert gewesen wären über die Neuigkeiten aus Frankreich. Anthony und John wären ihre früheren militärischen Kommandos wieder anvertraut worden.

William sagte sich, daß es auf der ganzen Welt wohl keinen glücklicheren Menschen geben konnte als ihn.

Der König war ebenfalls hocherfreut. Vielleicht freute er sich auch zu sehr; nur einen Monat nach der Rückkehr seines Boten starb er am 30. August 1483 in seinem Bett in Plessis.

9
Der Kardinal

WILLIAM BEFAND SICH gerade bei den Ferrands in Paris, als der König verschied. Er hatte den Nachmittag mit der Familie verbracht und war bereits in seine Unterkunft zurückgekehrt, als ein Bote ihn aufsuchte und aufforderte, dringend zum Haus der Ferrands zurückzukehren.

Er kam der Aufforderung ohne Zögern nach. Ganz aufgeregt lauschten die Damen den Neuigkeiten, die Jacques ihnen berichtete.

»Das wird große Veränderungen nach sich ziehen«, sagte er düster. »Madame de Beaujeu wird kaum die Vertrauensleute ihres Vaters übernehmen wollen, und sie verabscheut mich zutiefst. Ich bete zu Gott, daß mir gestattet wird, nur mein politisches Amt niederzulegen und in Frieden meinen Geschäften nachzugehen.«

»Und was ist mit mir?« fragte William.

»Ich denke, Ihr habt nichts zu befürchten. Ihr seid offizieller Gesandter einer ausländischen Macht, und Verhandlungen hinsichtlich eines Bündnisses zwischen unseren beiden Ländern sind im Gange.«

»Soll ich bei Madame vorsprechen?«

»Ich würde noch eine Weile warten«, entgegnete Ferrand. »Nach französischem Gesetz ist König Karl alt genug zu regieren, wenngleich er erst dreizehn ist. In welchem Maße er jedoch wünschen wird, seine Vorrechte auszuüben – oder inwieweit man es ihm gestattet –, steht in den Sternen. Jedenfalls würde ich Euch raten, Euch weiter in Geduld zu üben und zu warten, bis bei Hofe wieder Ruhe eingekehrt ist.«

»Und Aimée?«

»Ihr seid verlobt. Sie wird auf Euch warten.« Ferrand lächelte beim Sprechen, aber es war ein gezwungenes Lächeln, das Williams Herz einen schmerzhaften Stich versetzte. Unmöglich, daß er sich in ein Mädchen verliebt haben sollte, das gerade einmal halb so alt war wie er und mit dem er noch nie allein gewesen war. Und doch hatte er sie im Laufe der vergangenen sechs Monate sehr lieb gewonnen, hatte sich beinahe gefühlt, als wären sie bereits verheiratet, nur daß die körperlichen Freuden noch vor ihnen lagen. So jung sie auch war, besaß sie einen sehr lebhaften Verstand, und sie war ebenso geistreich wie phantasievoll, während ihre knospende Schönheit mit jedem Tag zu wachsen schien. Und diese fragenden, verheißungsvollen Augen . . .

Oder war es die Aussicht auf den Reichtum, der mit ihrem Namen einherging?

Plötzlich wurde ihm bewußt, wie sehr das alles Teil eines Handels gewesen war; und der Initiator dieses Handels, der Mann, der Jacques Ferrand in den Adelsstand erhoben hätte, lebte nicht mehr. Welchen Nutzen hatte der heidnische Botschafter jetzt noch für seinen Schwiegervater in spe?

Wie unglücklich er auch über die neue Situation sein mochte, konnte William doch nichts anderes tun, als den Rat des Kaufmannes zu befolgen. In den nächsten Monaten wurde der König zur letzten Ruhe gebettet, im ganzen Land begann die Trauerzeit, und bei Hof ruhte die Arbeit.

Die Trauerzeit wurde jedoch schon bald offiziell für beendet erklärt, damit Weihnachten gefeiert werden konnte; William hatte den Eindruck, daß der Hof sich von Herzen freute, die große Spinne los zu sein, und nur der Form halber die Trauerrituale vollzogen hatte. Weihnachten bedeutete William nicht viel – das christliche Fest war bei ihnen zu Hause nie gefeiert worden –, so daß er während der Feiertage in seiner Unterkunft blieb. Aber er war in dieser Zeit nicht untätig und ließ seinen Namen auf die Liste jener setzen, die um eine Audienz beim neuen König baten. Es dauerte mehrere Wochen, bis ihm diese gewährt wurde.

Ebenso beunruhigend war, daß er Aimée nicht besuchen

konnte. Sie litt an irgendeiner Krankheit, und der Arzt hatte ihr verboten, irgendwelchen Besuch zu empfangen; nicht einmal ihr Verlobter dürfe zu ihr. In großer Sorge versuchte William mit Ferrand zu sprechen, aber ihm wurde mitgeteilt, daß der Kaufmann in geschäftlichen Angelegenheiten verreist wäre.

Das Ganze machte ihn unruhig, und noch unbehaglicher wurde ihm, als er vor den neuen König geführt wurde und sah, daß der Junge zusammengesunken und übel gelaunt auf seinem Thron saß, während seine Schwester und deren Mann rechts und links von ihm Aufstellung bezogen hatten.

William verneigte sich und gratulierte dem neuen König zu seiner Krönung. Der Junge starrte ihn nur an, ohne etwas zu erwidern.

»Wir sind über die Gründe Eures Hierseins in Kenntnis gesetzt, Monsieur Hawkwood«, erklärte Madame de Beaujeu. »Ich teile Euch mit, daß Eure Passierscheine beim Sekretär Seiner Majestät bereitliegen.«

William musterte sie stirnrunzelnd. »Meine Passierscheine, Eure Hoheit?«

»Wir gehen davon aus, daß Ihr jetzt dorthin zurückkehren möchtet, wo Ihr hergekommen seid«, entgegnete sie. »Wir wünschen Euch nicht länger aufzuhalten. Zweifellos wollt Ihr Euren Herrn von dieser Entscheidung in Kenntnis setzen.«

William bemühte sich, die aufsteigende Panik niederzukämpfen. »Aber es sind Verhandlungen zwischen dem französischen Königshaus und meinem Herrscher im Gange. Es ist doch sicher meine Pflicht, in Paris zu verweilen, bis diese zu einem erfolgreichen Abschluß gelangt sind.«

»Seine Majestät hat Euch heute hierherbestellt, um Euch davon in Kenntnis zu setzen, daß die Verhandlungen mit sofortiger Wirkung abgebrochen werden. Es kann nicht angehen, daß ein christlicher Monarch ein Bündnis mit einem Heiden eingeht. Überbringt diese Nachricht Eurem Herrn.«

William wurde übel. »Prinz Dschem . . .« stammelte er.

»Prinz Dschem befindet sich nicht mehr im Palast. Er wurde anderenorts untergebracht.«

»Anderenorts, Hoheit?«

»Der Prinz hält sich derzeit in Rom auf, als Gast Seiner Heiligkeit des Papstes.«

William schnappte nach Luft. Und das alles, ohne ihm auch nur ein Wort zu sagen! Daß der Papst einem türkischen Prinzen Asyl gewährte, schien undenkbar. Ganz offensichtlich war Dschem kaltblütig gegen das höchste Gebot verkauft worden – an einen der erbittertsten Gegner der Osmanen.

Er lächelte gezwungen. »In diesem Fall, Eure Hoheit, muß ich mich ebenfalls nach Rom begeben, da das Wohlergehen des Prinzen Dschem meiner persönlichen Verantwortung obliegt. Aber was die Angelegenheit meiner Verlobung mit Mademoiselle Ferrand betrifft . . .«

»Diese wurde ebenfalls für nichtig erklärt.« Madame de Beaujeu musterte ihn kalt. »Es verstößt ebenfalls gegen die Prinzipien Seiner Majestät, zu gestatten, daß einer seiner Vasallen den Diener eines Heiden ehelicht.« Sie schwieg eine Weile, um ihre Worte auf ihn wirken zu lassen. »Ihr habt vierzehn Tage Zeit, dieses Königreich zu verlassen, Monsieur Hawkwood. Solltet Ihr Euch nach dieser Frist noch auf französischem Boden aufhalten, werdet Ihr zum Gesetzlosen erklärt.«

Benommen kehrte William in seine Unterkunft zurück. Die wunderbare Zukunft, die Ludwig XI. ihm in Aussicht gestellt hatte, war mit einem Schlag vernichtet worden, aus und vorbei. Vielleicht war von vornherein alles nur Lug und Trug gewesen. Ganz offensichtlich war Aimées angebliche Erkrankung nur eine List der Krone.

Und er selbst war völlig machtlos. Jetzt mußte er sie und ihr Geld vergessen und so schnell wie nur möglich das Land verlassen, da sein eigenes Leben und das seiner ganzen Familie erneut auf dem Spiel stand.

Es gab in der ganzen Sache nur einen Gesichtspunkt, der ihm Hoffnung machen konnte: Ihm war aufgetragen worden, seinen Herrn persönlich vom Abbruch der Verhandlungen zu unterrichten. Wenn er dies nicht sofort tat, konnte es beträchtliche Zeit dauern, bis Bajasid von der neuesten Entwicklung erfuhr.

Sofern der Papst nicht gleich versuchte, Kapital daraus zu schlagen, daß Prinz Dschem sich in seiner Gewalt befand.

William mußte so schnell wie möglich handeln. Hastig schrieb er einen Brief an den Sultan, in dem er ihm mitteilte, daß sich an der Situation trotz des Todes Ludwigs XI. nichts geändert habe, die Übernahme der Staatsgeschäfte durch den neuen König den Abschluß des Abkommens jedoch verzögern würde. Er schickte den Brief sofort ab. Dann ritten William und Hussain zügig in Richtung Südosten.

Die Reise nach Rom kostete sie viel Zeit, da wieder Winter war und sie über Savoyen, die Schweiz und Venedig reiten mußten, um Habsburger oder genuesisches Hoheitsgebiet zu umgehen. William wurde jedoch erneut von den Venezianern unterstützt, und da das venezianische Hoheitsgebiet an die päpstlichen Staaten grenzte, konnte er davon ausgehen, daß er sein Ziel im Frühling 1484 erreicht haben würde.

Dies erwies sich jedoch als Trugschluß. Der Doge war besorgt ob der Bescheidenheit seiner Entourage, die aufgrund seiner übereilten Abreise aus Paris auf Hussain beschränkt war.

»Die Straßen sind gefährlich«, erklärte Foscari, der befürchtete, daß einem Gesandten des Sultans in so delikater Mission auf venezianischem Territorium etwas zustoßen könnte.

Schließlich akzeptierte William eine Eskorte von sechs Lanzenträgern, da der Doge entschlossen war, Bajasid zu demonstrieren, daß er ein zuverlässiger Verbündeter war. William tauschte die französischen Kleider wieder gegen seine türkische Kluft: Küraß, Helm, seinen treuen Bogen und seinen Krummsäbel; seine Männer beließen ihre Lanzen in ihren Halterungen.

Ihre Reise führte sie mit dem Schiff nach Ravenna, von wo aus sie den langen Ritt über die Apenninen und in das Tal des Tibers antraten.

Ravenna war Venedig nicht unähnlich und verdankte seinen einstmaligen Reichtum der Tatsache, daß es umgeben war von Buchten und Marschland, die Angriffe in der Antike erschwert hatten. Aber im Gegensatz zu Venedig war seine

Pracht längst vergangen. Die Sümpfe trockneten aus, und die Stadt befand sich in einem Zustand fortgeschrittenen Verfalls.

Von dort aus folgten sie der Küstenstraße nach Rimini, jener Stadt, die von dem berühmt-berüchtigten Sigismondo Malatesta regiert worden war, von dem es hieß, er habe zwei Ehefrauen hintereinander umgebracht, um sich den Weg für die schöne Isotta degli Atti freizumachen. Hierfür war er unter päpstliches Interdikt gestellt und zur Unterwerfung gezwungen worden, aber sein unehelicher Sohn Roberto hatte sich, nachdem er Sigismondos legitime Erben abgeschlachtet hatte, mit dem Papst versöhnt.

Dies ließ den Schluß zu, daß die italienische Geschichte noch blutiger war als die türkische – zumindest was die Malatesta betraf. Ein Vorfahre, Gianciotto der Lahme, hatte seine Ehefrau Francesca und deren Liebhaber, seinen eigenen Bruder Paolo, hinrichten lassen, nachdem er sie *in flagranti* erwischt hatte.

Von Rimini aus ritten sie nach Südwesten in Richtung Urbino, wo sie den Wohlstand unter der Herrschaft der Familie Montefeltro genossen, bevor sie sich nach Assisi wandten, das sich im Ruhm des von dort stämmigen Heiligen Franziskus sonnte, der kürzlich heilig gesprochen worden war. In jeder dieser Städte erregte die Durchreise des türkischen Gesandten große Neugier und einige Besorgnis. Aber die Passierscheine des Königs von Frankreich und des Dogen von Venedig sorgten dafür, daß William und seine Männer unbehelligt blieben.

Außerhalb der Städte, in den Hügeln und abgelegenen Tälern, stießen sie auf die Schlupfwinkel einiger der bemitleidenswertesten Menschen, denen William je begegnet war. Man erklärte ihm, ihre Vorfahren wären damals vor der schrecklichen Pest, dem Schwarzen Tod, geflohen, der einhundertfünfzig Jahre zuvor in Europa gewütet hatte. William wußte, daß die Seuche ein Drittel der Gesamtbevölkerung Englands dahingerafft hatte und die Griechen in Istanbul bei der Erinnerung an diese Zeit immer noch schauderten.

In Italien hatte sie offenbar noch mehr gewütet als anderswo. Ganze Gemeinden waren ausgestorben; andere waren für

Monate von der Außenwelt abgeschnitten gewesen. Die Unglücklichen hatten sich in menschliche Raubtiere verwandelt: ausgehungert, zornig und tückisch. Ihre Nachfahren hatten keinen Grund gesehen, zu einem ehrlichen Dasein zurückzukehren und sich durch Ackerbau oder Handwerkskunst ihren Lebensunterhalt zu verdienen. Statt dessen durchstreiften sie die Wälder, nur dürftig bewaffnet, aber dennoch gefährlich aufgrund ihrer großen Zahl, ihrer Kenntnisse des Terrains und ihrer Zähigkeit. Acht gut bewaffnete Männer waren keine so leichte Beute wie eine Karawane fetter Priester, aber wieder einmal erwies sich die Versuchung als zu groß für die Banditen.

Einmal wurde Hawkwoods Lager bei Nacht überfallen, und die Angreifer wurden mit einigen gezielten Pfeilsalven in die Flucht getrieben. Bei einer anderen Gelegenheit versperrten ihnen in einer tiefen Schlucht fünfzig in Lumpen gehüllte Räuber den Weg, darunter auch Frauen. Hier bot sich eine Gelegenheit, die türkische Reitkunst unter Beweis zu stellen, und die Venezianer überließen William nur zu gern die Führung. Während die acht Männer auf die menschliche Mauer zustürmten, feuerten William und Hussain treffsicher in vollem Galopp ihre Pfeile ab und zogen unmittelbar vor der Feindberührung die Krummsäbel, während die Venezianer ihre Lanzen anlegten. Der Schwung ihres Angriffs verhalf ihnen dazu, die feindliche Mauer zu durchbrechen, aber Hawkwood hatte den Verlust eines seiner Männer zu beklagen, der von einer Keule aus dem Sattel geholt und von den ausgehungerten Wilden sofort in Stücke gerissen wurde. Zunehmend düsterer Stimmung ritten sie weiter.

Aufgrund all dieser Verzögerungen trafen sie erst Mitte August in Rom ein. In der Ewigen Stadt herrschte große Aufregung; der Papst war schwer erkrankt, und es hieß, er läge im Sterben.

William dankte seiner venezianischen Eskorte und entließ sie mit einer großzügigen Belohnung für ihre Dienste. Dank König Ludwigs Großzügigkeit hatte er die Goldmünzen, die sein Vater ihm damals mit auf den Weg gegeben hatte, kaum angerührt. Dann suchte er für sich und Hussain eine Unterkunft – was nicht einmal für Heiden schwierig war, vorausgesetzt, sie besaßen genügend Gold. Anschließend schickte er einen weiteren Brief nach Istanbul, um den Sultan bei Laune zu halten. Er war sich nur zu bewußt, daß er gegen die Zeit arbeitete und seine List früher oder später ans Licht kommen würde, wenn es ihm nicht gelang, sich mit dem Papst irgendwie in Sachen Dschem zu einigen.

Aber der Zutritt zum Vatikan wurde ihm trotz seiner Empfehlungsschreiben verwehrt. Zwei Wochen lang setzte er vergeblich alle Hebel in Bewegung. Jedesmal wurde er höflich, aber bestimmt von einem gewissen Kardinal Giuliano della Rovere abgewiesen, der als Sekretär des Papstes zu dienen schien – er teilte William sogar mit, daß Seine Heiligkeit nichts mit Türken zu tun haben wollte, es sei denn, sie befänden sich aufgespießt am Ende einer Lanze.

Als William fragte, ob der Papst den Prinzen Dschem ebenfalls am Ende einer Lanze aufspieße, starrte der Kardinal ihn nur an und wandte sich dann wortlos ab.

Wieder einmal war er der Verzweiflung nahe; und der Tumult in dieser Hauptstadt der christlichen Welt war ihm unerträglich.

In Paris mußte ein Mann stets ein Schwert bei sich tragen und einen treuen Diener bei sich haben, der ihm den Rücken deckte, aber die Verbrecher beschränkten sich weitgehend auf die Seitengassen. Hier in Rom schien der Respekt für das Gesetz noch geringer als in den wilden Bergen. Wenn William und Hussain sich auf die Straße wagten – beide schwerbewaffnet –, mußten sie zu jeder Tages- oder Nachtzeit damit rechnen, überfallen zu werden, um so mehr, als ihnen anzusehen war, daß sie Ausländer waren.

Die Stadt war recht hübsch mit ihren unzähligen Springbrunnen und den Ruinen der Paläste und Bäder der Cäsaren, deren Mauern aus dem dichten Bewuchs aufragten, der überall wild wucherte. Im Vergleich zu Rom war Paris eng, düster und schmutzig, andererseits aber auch voller Leben. In Rom hingegen herrschte eine überwältigende Atmosphäre des Verfalls. Einst prächtige *palazzi* verschimmelten, die Straßen waren ungepflastert und schmutzig, das umliegende Land und die Straßen der Stadt wimmelten von halbverhungerten Bettlern und Banditen. Und inmitten dieses Chaos liebte und amüsierte sich der römische Adel mit völliger Sorglosigkeit. Derweil hatte der Vatikan im Herzen des Hexenkessels immer noch eine unabhängige Allmachtsstellung inne.

William war sich noch nicht schlüssig, wie er es anstellen sollte, sich Zutritt zu dieser uneinnehmbaren Festung zu verschaffen, als der Tod des Papstes verkündet wurde und sich vorübergehend Stille auf die Stadt herabsenkte. Als die Kardinäle sich jedoch in der folgenden Woche versammelten, um einen neuen Papst zu wählen, brach der Tumult wieder los.

Jeder ehrwürdige, in Purpur gekleidete Kirchenfürst mußte einen wahren Spießrutenlauf durch die Leute auf der Straße über sich ergehen lassen, die ihm gute Ratschläge, Drohungen und Verwünschungen zuriefen, sie erreichten die Zuflucht des Vatikans nur im Schutz der bewaffneten Leibwache, die jeden von ihnen umgab.

Dann versammelte sich der Pöbel auf dem Vorplatz des Petersdoms und schrie und brüllte seine Zustimmung oder Ablehnung der verschiedenen Kandidaten.

William mischte sich unter das Volk und ließ bei dieser Gelegenheit Hussain zu Hause, da er annahm, daß der Pöbel sich im Augenblick mehr für Politik interessierte als für Raubüberfälle. Gemeinsam mit den Römern blickte er zum Heiligen Kollegium auf. Und er konnte nicht anders, als mit allen anderen seine Zufriedenheit hinauszuschreien, als eine weiße Rauchwolke aus dem Kamin aufstieg, um ganz Rom davon in Kenntnis zu setzen, daß ein neuer Papst gewählt worden war.

Beinahe sofort erschienen mehrere Kardinäle auf dem Balkon hoch oben über dem Platz und verkündeten der neugierigen Menge, daß Kardinal Giovanni Battista Cibò, der frühere Bischof von Savona, ein Genueser, zum neuen Papst gewählt worden sei und sein Amt unter dem Namen Innozenz VIII. antreten werde.

Diese Neuigkeit wurde von den Menschen auf der Straße mit wütenden Schimpftiraden quittiert, und einen Augenblick lang schien es, als würde eine Straßenschlacht ausbrechen. Aber die päpstliche Garde, die sich aus jenen respektgebietenden Pikenieren zusammensetzte, denen William in der Schweiz begegnet war, rückte vor und trieb den Mob zurück in die Seitenstraßen.

William hätte sich den Fliehenden angeschlossen, wurde jedoch plötzlich von einer leichenblassen Gestalt in einem Umhang am Arm gepackt und in eine Gasse gezogen.

Williams Hand legte sich auf den Griff seines Dolches.

»Ich will Euch kein Übel«, sagte der Fremde. »Seid Ihr der, den man Hawkwood nennt, aus Istanbul?«

William musterte ihn stirnrunzelnd. »Was geht das Euch an?« fragte er, immer noch die Hand am Dolch, während er sich umblickte, um zu sehen, ob der Fremde vielleicht Komplizen hatte.

»Wenn Ihr der Mann seid, den ich suche, gibt es jemanden, der Euch unbedingt sprechen möchte. Und ich kann Euch versichern, daß es Euch zum Vorteil gereichen wird.«

»Wo ist dieser Mann?«

»Ihr werdet mich begleiten müssen.«

William betrachtete den Mann nachdenklich. Es war nicht auszuschließen, daß Dschem ihm einen Meuchelmörder auf den Hals gehetzt hatte. Und doch mußte er dieses Risiko eingehen, da ihm die Zeit immer knapper wurde.

»Beim geringsten Anzeichen von Verrat seid Ihr ein toter Mann«, knurrte er.

Der Fremde lächelte. »Ich gehorche meinem Herrn, und mein Herr hat mir aufgetragen, Euch zu ihm zu bringen. Das ist die beste Garantie für Eure Sicherheit, Signor Hawkwood.«

William folgte ihm um die Piazza herum und dann eine zweite Seitenstraße hinunter zu einem Hintertor, das in eine Mauer eingelassen war. Das Tor war versiegelt, aber sein Führer sperrte mit einem Schlüssel auf und schob ihn in einen Garten, der auf drei Seiten von hohen Mauern umgeben war und auf der vierten Seite an einen Palazzo grenzte; ein sehr abgeschiedener, privater Ort.

William folgte dem Fremden durch den Garten und durch eine Tür ins Haus. Trotz des schäbigen Äußeren, das den meisten römischen Häusern eigen war, strahlte das Haus im Inneren eine gewisse Eleganz aus. Dann entdeckte William auf einem Stuhl eine Gestalt.

»Eure Eminenz, das ist der Türke Hawkwood«, sagte der Mann, der ihn hergebracht hatte.

William sah sich einem Mann mittlerer Größe gegenüber, mit groben, strengen Zügen und markanter Nase und Kinn. Er war noch nicht sehr alt, vielleicht Anfang Fünfzig, und wirkte so arrogant und gebieterisch wie kaum jemand, dem William bisher begegnet war.

Dann wurde ihm bewußt, daß der Mann die rote Robe eines Kardinals trug. Jedoch konnte es kaum einen seltsameren Kardinal geben, da hinter seinem Stuhl eine selten schöne Frau stand, deren langes dunkles Haar bis auf seinen flachen roten Hut fiel. Zu seinen Füßen saßen zwei kleine Kinder, ein Junge von etwa zehn Jahren und ein Mädchen von vielleicht fünf. Beide waren ausnehmend hübsch und schmiegten sich vertrauensvoll an ihn.

Der Kardinal streckte die Hand zum Kuß aus.

William zögerte, warf einen Blick auf den Fremden, der ihn hergeführt hatte. Er nickte. William küßte den Ring.

»Signor Hawkwood.« Die Stimme klang spröde. »Ich habe schon viel von Euch gehört. Aber vielleicht wißt Ihr über mich nicht so gut Bescheid?«

William wußte nicht, was er darauf erwidern sollte.

Die abweisenden Züge verzogen sich flüchtig zu einem Lächeln. »Ich bin Kardinal Rodrigo Borgia. Der verstorbene Papst Calixtus war mein Onkel.«

Der Kardinal legte eine Pause ein, um seine Worte auf William wirken zu lassen, aber dieser hatte noch nie etwas von Papst Calixtus gehört.

»Er hat mich nach Rom kommen lassen, als ich noch ein junger Mann war. Er war es auch, der mich in mein derzeitiges Amt erhoben hat. Er starb vor einiger Zeit und bekommt zweifellos seinen gerechten Lohn im Himmel«, fuhr der Kardinal spöttisch fort. »Aber bis wir ebenfalls diesen Zustand der Gnade erlangen, müssen wir uns mit den Lebenden befassen. Ihr seid Gesandter des türkischen Sultans?«

»Das bin ich, Eure Eminenz.« Plötzlich stieg wieder Hoffnung in William auf.

»Und Ihr forscht nach dem Verbleib des Prinzen Dschem.«

»So lautet die Mission, mit der ich betraut wurde, Eure Eminenz: Ich soll ihn zu seiner Familie zurückbringen.«

»Damit er hingerichtet werden kann?«

William zögerte.

Wieder huschte ein flüchtiges Lächeln über das Gesicht des Kardinals. »Wegen Rebellion gegen seinen rechtmäßigen Souverän. Das ist wahrlich ein Verbrechen, das den Tod verdient. Ich möchte Euch mitteilen, daß Prinz Dschem sich im Vatikan aufhält, sicher und bei bestem Befinden. Er wird dort bleiben, bis ich entschieden habe, was mit ihm geschehen soll.«

»Ihr, Sir?«

»Aye, ich, Junge. Ich!« Plötzlich klang seine Stimme schrill. »Es ist mein Wort, das hier regieren wird. Es wäre nur zu Eurem eigenen Vorteil, wenn Ihr dies akzeptiert.«

Er hatte die Brauen zusammengezogen, und seine Augen sprühten Funken. Die plötzliche radikale Persönlichkeitswandlung bei seinem Gegenüber kam für William völlig unerwartet.

»Nun sagt mir, was Euer Herr im Austausch gegen den Prinzen anzubieten hat«, fuhr der Kardinal in gemäßigterem Tonfall fort.

»Ihr braucht Euren Preis nur zu nennen, Eure Eminenz. Ein Bündnis mit dem Padischah . . .?« Er zögerte.

Der Kardinal musterte ihn eindringlich. »Es wäre wohl nicht ziemlich, wenn Seine Heiligkeit eine Allianz mit einem Moslem eingehen würde. Viel eher sollte er sich für einen Kreuzzug gegen die Huren und Hurenböcke aussprechen, die der Heiligen Kirche Konstantinopel gestohlen haben.«

Wieder war William überrascht von diesem plötzlichen Stimmungswechsel, den glühenden Augen und der vulgären Ausdrucksweise.

Aber er wußte auch, daß es ein Fehler war, einem Gewohnheitstyrannen gegenüber Unterwürfigkeit an den Tag zu legen.

»Es hat schon Kreuzzüge gegen sie gegeben, Eure Eminenz.

Es gibt in Serbien Felder, die heute noch mit bleichen Knochen bedeckt sind – und doch blüht und gedeiht das Osmanenreich.«

Ihre Blicke trafen sich, und der Kardinal sprang auf, ein zorniges Funkeln in den Augen.

William fuhr unbeeindruckt fort. »Mein Herr benötigt keine weiteren Eroberungen, und er möchte mit der Welt in Frieden leben. Aber täuscht Euch nicht: Er besitzt die Macht, sich der ganzen Welt entgegenzustellen und sie in den Erdboden zu stampfen. Wäre es nicht besser, mit einer solchen Macht in Frieden zu leben?«

Der Kardinal starrte ihn einige Sekunden wütend und schwer atmend an. Dann, so plötzlich wie alle seine Launen, setzte er sich wieder und lächelte.

»Ihr seid ein dreister Halunke, Signor Hawkwood, und wir müssen uns wieder unterhalten. Aber als erstes werdet Ihr Eurem Sultan schreiben und ihm mitteilen, daß Ihr eine Audienz bei mir hattet. Sagt ihm, daß ich möglicherweise geneigt wäre, im Namen Seiner Heiligkeit mit ihm zu verhandeln, wenn er es wünscht. Möglicherweise gelangen wir bezüglich des Prinzen Dschem zu einer Einigung.« Wieder streckte er die Hand vor, damit William den Ring küßte.

Verwirrt kehrte William in seine Unterkunft zurück, aber er war zu erleichtert ob der unerwarteten Wende, als daß er sich den Kopf über die Moral des Kardinals Borgia zerbrochen hätte oder darüber, wer nun tatsächlich den Vatikan beherrschte.

Er setzte sich hin und schrieb sogleich an den Sultan. Diesmal berichtete er, was sich in der Zwischenzeit alles zugetragen hatte, wobei er es jedoch so aussehen ließ, als wäre dies alles ohne sein Wissen geschehen und als hätte er den weiten Weg von Paris nach Rom tatsächlich in viel kürzerer Zeit zurückgelegt. Er gestattete sich erbitterte Feindseligkeit gegen den neuen französischen Herrscher und riet Bajasid, jeden Kontakt zu ihm abzubrechen. Er wies darauf hin, daß ein Bündnis mit Frankreich nur den Franzosen zum Vorteil gereichen würde, für die Türken jedoch wertlos wäre.

Was den Papst betraf, lagen die Dinge allerdings anders.

So gut er es vermochte, umriß er die großen Vorteile, die sich daraus ergeben könnten, wenn die Osmanen bei Seiner Heiligkeit Gehör fänden und zu einer Einigung mit dem Papst gelangten, auch wenn ein offizielles Bündnis nicht in Frage kam. Überzeugt, die Andeutungen Kardinal Borgias richtig gedeutet zu haben, teilte er dem Sultan mit, daß Prinz Dschem aller Wahrscheinlichkeit nach gegen ein Lösegeld ausgeliefert werden würde, und riet ihm eindringlich, eine angemessene Summe anzubieten.

Mehr konnte er nicht tun, abgesehen davon, daß er Hussain persönlich damit beauftragte, den Brief nach Istanbul zu bringen. Der Kardinal zeigte sich hilfsbereit und stellte eine Eskorte bis Ravenna, von wo aus Hussain mit einer venezianischen Karake nach Istanbul weiterreisen konnte.

Aber der Kardinal tat noch mehr. Kaum daß der Brief unterwegs war, lud er William zum Dinner ein. Wieder stand William eine Überraschung bevor.

Das Dinner fand im selben Palazzo statt wie ihre erste Begegnung, und William erfuhr bald, daß das Haus der dunkelhaarigen Frau gehörte, Vanozza Catanei. Sie war die Mutter der beiden hübschen Kinder, die bei jener ersten Unterhaltung anwesend gewesen waren, sowie einiger mehr ... und sie wurde von allen als Mätresse des Kardinals akzeptiert. Und so nahm sie auch an diesem von ihr ausgerichteten Bankett teil – ebenso wie mehrere andere Damen in durchsichtigen Kleidern mit sündhaftem Dekolleté. Sie sprachen dem Wein zu und tauschten ungeniert schlüpfrige Anekdoten mit den Herren aus. Von letzteren trugen einige klerikale Kleidung, wenn auch keine weiteren Kardinäle darunter waren.

Borgia war der Gastgeber, lächelte freundlich in die Runde und unterhielt sich mit den hübschesten Gästen.

Scheinbar war William auf den Füßen gelandet, aber sein Stand erwies sich als äußerst unsicher.

Zumindest erfuhr er im Laufe der Wochen einiges über die Intrigen und Feindschaften, die in der Heiligen Stadt und unter ihren Herrschern gärten. Rodrigo Borgia, gebürtiger Spanier, war dank seines allmächtigen Onkels in einem Alter von nicht einmal zwanzig Jahren zum Bischof von Valencia ernannt worden. Dann stieg er, als noch sehr junger Mann, von Papst Calixtus zum Vizekanzler der Kirche berufen, zu noch größeren Ehren auf. In dieser neuen Position hatte er rasch ein großes Vermögen zusammengetragen und sogar die Römer mit seinem lasterhaften Lebenswandel in Erstaunen versetzt. Aber solange sein Onkel an der Macht gewesen war, war er über jede Kritik erhaben gewesen.

Jedoch war Borgia so realistisch gewesen, sich klarzumachen, daß Calixtus nicht ewig leben würde, und so hatte er sein Geld nicht nur zum Vergnügen ausgegeben, sondern außerdem dazu benutzt, seine Position zu festigen. Es war ganz einfach: Er nutzte seinen Reichtum, um Kardinäle zu kaufen, und schon bald hatte er nicht weniger als vierundzwanzig hochrangige Kirchenwürdenträger an sich oder zumindest an seine Geldbörse gebunden. Mit einem so beträchtlichen Anteil des Heiligen Kollegiums im Rücken konnte er es sich erlauben, die Kritik von Calixtus' Nachfolgern zu ignorieren.

William wurde schon bald klar, daß Borgia darauf hoffte, selbst Papst zu werden. Er war erst siebenundzwanzig gewesen, als sein Onkel 1458 gestorben war, und er hatte ebenso für Pius II. – der sich unter seinem richtigen Namen Eneo Silvio Piccolomini als äußerst trickreicher Unterhändler in Auslandsangelegenheiten für das Papsttum erwiesen hatte – sowie für dessen Nachfolger Paul II., eine unbekannte Größe mit bürgerlichem Namen Pietro Barbo, den Königsmacher gespielt.

Barbo war 1471 gestorben, und der damals vierzigjährige Borgia war sicher gewesen, daß sein großer Tag näher rückte. Jedoch gab es noch eine zweite Familie, die so weitsichtig gewesen war, sich einen großen Anteil der Stimmen innerhalb des Heiligen Kollegiums zu sichern – die della Roveres. Sie hatte ihre Macht gemeinsam mit dem allgemeinen Abscheu für Borgias Verworfenheit genutzt, den päpstlichen Ring einem der Ihren zu sichern. Francesco della Rovere hatte den päpstlichen Thron als Sixtus IV. bestiegen, und er war es auch gewesen, dessen Tod kurz nach Williams Eintreffen in Rom für solche Aufregung gesorgt hatte.

Unter diesen Umständen war es überraschend, daß die Wahl im Jahre 1484 so rasch erfolgt war, aber Borgia hatte auch hier bemerkenswerte Staatskunst bewiesen. Die treibende Kraft hinter der rivalisierenden Familie war Kardinal Giuliano della Rovere, der William so herablassend abgefertigt und ihm den Zugang zum Vatikan verwehrt hatte. Mit knapp vierzig Jahren fühlte sich Giuliano della Rovere noch etwas zu jung für das höchste Kirchenamt. Was allerdings nicht bedeutete, daß er gewillt gewesen wäre, es Borgia zu überlassen. Statt dessen wählte er einen geeigneten Kandidaten unter jenen Kardinälen aus, die auf seiner ›Gehaltsliste‹ standen: Giovanni Battista Cibò, der pflichtgetreu den Namen Innozenz VIII. angenommen hatte.

Und so schien es, als wäre es ihm gelungen, Borgia erneut auszutricksen, jedoch hatte er einen gravierenden Fehler begangen – wie dem Vizekanzler wohl bewußt war. Cibò mochte zwar von Rovere bezahlt werden, aber er war noch korrupter als Borgia, der sicher war, das päpstliche Amt so gut wie in der Tasche zu haben. Della Rovere mußte wütend mit ansehen, wie der neugewählte Papst bald mehr zu Borgia hin tendierte – einem Mann, der seine Laster und seine Habgier teilte – als zu seinem ersten Patron.

Es dauerte nicht lange, und Cibò bekannte sich offen zu seiner Mätresse und seinen illegitimen Kindern – er war der erste Papst, der dies wagte. Hierin äffte er nur Borgia nach, wie auch in seinen Feiern, bei denen stets ein halbes Dutzend hübscher Frauen zugegen waren, die nur zu gern mit dem Pontifex flirteten.

Aber vor allem anderen gierte Innozenz nach Geld. Und so hatte Borgia, indem er sich eingemischt hatte, als della Rovere jegliche Vereinbarung mit Istanbul kategorisch abgelehnt hatte, einen großen Sieg errungen. Der Papst stimmte mit dem Kardinal überein, daß sich mit Dschem ein beträchtlicher Reichtum erwerben ließ.

Nun hing alles nur noch davon ab, wie Bajasid auf die veränderte Lage reagierte.

Für William Hawkwood bedeutete dies erneut banges Warten. Im Frühling 1485 lag seine Abreise aus Istanbul drei Jahre zurück, und die schmerzliche Trauer ob seines schweren Verlustes begann nachzulassen. Die Erinnerung an Aimée blieb jedoch unvermindert gegenwärtig – der Triumph von Schönheit und Reichtum war ihm so knapp entgangen, daß es um so mehr schmerzte. Das ging soweit, daß er eines Abends, als er mit Rodrigo beisammensaß und Wein trank, dem Kardinal aufgrund des ungewohnten Alkoholgenusses seine ganze Lebens- und Leidensgeschichte erzählte.

Borgia schien ihm mitfühlend zuzuhören. »Mein armer junger Freund«, sagte er, als William seine Geschichte zu Ende erzählt hatte. »Mein Herz blutet für Euch. Wir werden sehen, was sich machen läßt.«

»Ich fürchte, in dieser Sache läßt sich nichts machen, Eure Eminenz«, stöhnte William. »Sie ist eine reiche Erbin und wird inzwischen längst mit einem französischen Adligen verlobt worden sein. Vielleicht ist sie sogar schon verheiratet.«

»Irgend etwas läßt sich immer tun«, beharrte Borgia. »Überlaßt das nur mir. Wir müssen zumindest versuchen, in Erfahrung zu bringen, was aus dem Mädchen geworden ist . . . Aber noch mehr blutet mir das Herz bei dem Gedanken daran, daß Ihr beinahe in Keuschheit lebt. Erzählt mir von den Harems, den Serails, von dem Leben, das diese schönen jungfräulichen Gefangenen führen.«

William wußte so gut wie nichts über das Leben in einem Harem, aber er erkannte, daß es dem Kardinal vorrangig um die Unterhaltung ging, und so spickte er seine Erzählung mit jeder schlüpfrigen Anekdote, die er je aufgeschnappt hatte, ob wahr oder unwahr.

Borgia war entzückt. »Und habt Ihr Euch schon einen Eindruck von unseren römischen Frauen verschafft?« fragte er.

»Ich habe noch keine näher kennengelernt.«

»Und das Ihr als feuriger Türke? Ich werde diesem Versäumnis bei der ersten sich bietenden Gelegenheit Abhilfe schaffen. Ich veranstalte in einer Woche eine Feier in meinem Landhaus in Tivoli. Ihr müßt kommen. Und habt keine Angst, ich werde Euch eine Eskorte schicken, und Ihr werdet einige Tage als mein Gast dort bleiben. Tivoli ist ein entzückender Ort, und ich garantiere Euch reizende Gesellschaft.«

Warum nicht? sagte sich William. Er hatte drei Jahre lang unter unerträglichem Druck gestanden – und so enthaltsam gelebt wie ein Mönch. Er wäre ein Dummkopf, wenn er die erlesenen Happen, die der Kardinal ihm zuwarf, verschmähte.

Und in der folgenden Woche war er in der richtigen Stimmung, sich ein wenig Abwechslung zu gönnen, da Hussain endlich aus Istanbul zurückgekehrt war. Es war alles in bester Ordnung, da der Sultan erfreut schien von der Verbissenheit, mit der William dem Prinzen Dschem kreuz und quer durch Europa folgte.

»Was eine Einigung mit Seiner Heiligkeit betrifft«, schrieb der Wesir, »erachtet der Padischah dies als vorteilhaft für uns alle. Ihr werdet angewiesen, entsprechende Verhandlungen einzuleiten – Grundbedingung ist selbstverständlich die Übergabe des Prinzen oder seines Leichnams in Euren Gewahrsam.«

Dies barg das Versprechen sofortigen Erfolgs. Und so machte sich William in bester Laune auf den Weg nach Tivoli.

Tivoli befand sich am Fuße der Apenninen, etwa zwanzig Meilen östlich von Rom, und war tatsächlich ein entzückender Ort. Er war seit den Tagen des Kaisers Hadrian von wohlhabenden Römern als idealer Erholungsort geschätzt worden.

Hadrians Villa war mit kühlen Teichen und fließendem Wasser ausgestattet, was William an Brussa erinnerte. Aber sie verblaßte neben der in einiger Entfernung errichteten Villa des Rodrigo Borgia: weiße Marmorböden, riesige Empfangshallen mit Gemälden der italienischen Meister Botticelli und Perugino und Decken, die mit Fresken nackter Nymphen und Cupidos schmückt waren, die ausgelassen herumtollten oder sich auf anstößige Weise die Zeit vertrieben.

Da er in der sehr gesitteten moslemischen Gesellschaft aufgewachsen war, war William in Venedig und Paris erstaunt gewesen von den zahlreichen Abbildern der menschlichen Gestalt, aber nie zuvor war er Unanständigkeit in dieser Fülle begegnet.

Er wurde herzlich von Borgia empfangen und teilte diesem

sogleich die guten Nachrichten aus Istanbul mit. William wurde in ein Glanzgemach geführt, das an Luxus nicht überboten werden konnte. Nach den einfachen türkischen Diwanen war er verblüfft gewesen von den riesigen Himmelbetten der europäischen Aristokratie, mit den weichen Matratzen, in denen man förmlich versank. Aber noch nie war ihm solcher Luxus begegnet wie hier.

Diensteifrige Pagen warteten nur darauf, ihm jeden Wunsch zu erfüllen, und neben der Badewanne standen sogar einige Mädchen bereit, die anmutig lächelten. Er schickte die Mädchen fort, aber die Anwesenheit der männlichen Diener machte ihn verlegen genug. Als er in der Türkei sein tägliches Bad genommen hatte, hatten die Eunuchen ihre Gedanken für sich behalten. Aber diese Jungen unterhielten sich ungeniert über ihn, wobei sie so schnell sprachen, daß er nur grob den Sinn dessen erfaßte, was sie sagten. Die Wortfetzen, die er aufschnappte, ließen ihn fast erröten vor Scham.

Anschließend gestattete er ihnen, ihn anzukleiden: Hosen aus feinster Seide und ein Satinwams, ein Dolch mit silbernem Griff am Gürtel und auf dem Kopf eine seitlich herabhängende Kappe, die *Chaperon* genannt wurde.

Er fand, daß er sehr gut aussah, und Borgia und seine Gäste, die bei seinem Eintreten applaudierten, schienen diese Auffassung zu teilen. Einige der Männer kannte er bereits, aber die Frauen waren ihm gänzlich unbekannt. Wenngleich sie kostspielige Kleider trugen, ließen ihre blitzenden Augen und verführerischen Bewegungen darauf schließen, daß es sich nicht um Damen handelte.

Zu seiner Überraschung waren bei dem Abendessen auch die beiden hübschen Kinder anwesend, die ihm schon bei seiner ersten Begegnung mit Borgia aufgefallen waren. Das kleine Mädchen reichte ihm die Hand zum Kuß und sagte mit hoher Stimme: »Ihr seid ein wirklich gutaussehender Mann, Signore.«

»Seht Ihr«, sagte Borgia. »Eure Zukunft ist gesichert, meine liebste Lukrezia hat Euch ihren Segen gegeben.«

Das Abendessen begann gegen zehn Uhr und dauerte bis zwei

Uhr früh. Es wurden unzählige Gänge aufgetragen, begleitet von Unmengen Wein. Da William Alkohol immer noch nicht gewöhnt war, dauerte es nicht lange, bis ihm schwindlig wurde. Er wurde jedoch schlagartig wieder nüchtern, als Borgia plötzlich aufstand und einen Beutel jenseits des Podiums in die Raummitte warf. Der Beutel ging auf, und Goldmünzen ergossen sich über den Fußboden.

Die Gäste klatschten erwartungsvoll in die Hände, und einige der Frauen erhoben sich.

»Keine Hände«, erklärte der Kardinal. »Und auch keine Kleider.«

Zu Williams Verblüffung begannen die weiblichen Gäste ohne zu zögern, sich hastig zu entkleiden. Als sie splitternackt waren, boten sie den bereitstehenden Dienern die Handgelenke dar, die ihnen mit Seidenbändern auf den entzückenden Rücken gebunden wurden. Dann liefen die Frauen in die Mitte der Halle, fielen auf die Knie und mühten sich ab, die Münzen mit den Zähnen aufzuheben.

Der ganze Raum schien sich mit emporgereckten Pobacken, bebenden Brüsten, zuckenden Bäuchen und Schenkeln und wehenden Haaren zu füllen. Hin und wieder ertönte auch ein Schrei, da die Frauen einander im Kampf um eine bestimmte Münze sogar gegenseitig bissen.

William blickte zu Borgia hinüber und sah, daß der Kardinal ein breites Grinsen auf dem Gesicht hatte.

»Sie sind ohnehin alle Huren.«

Als es einem der Mädchen gelang, eine Münze mit den Zähnen zu packen, lief sie zum Tisch zurück und spuckte sie vor William aus.

»Ich wähle Euch zum Hüter meiner Münzen, Monsignore«, sagte sie und eilte zurück in die wogende Masse nackter Leiber.

Borgia klatschte in die Hände. »Seht Ihr! Ihr habt noch eine Eroberung gemacht. Margherita ist eine sehr leidenschaftliche junge Frau.«

William konnte nicht widerstehen und warf einen Blick auf das kleine Mädchen, um zu sehen, wie es auf die Obszönität reagierte. Sie hatte sich vorgebeugt, ihre Augen glühten, und sie klatschte in die Hände, wann immer eines der Mädchen Erfolg hatte.

Alle anderen Anwesenden waren gleichermaßen erregt, und jeder applaudierte seiner ganz persönlichen Favoritin – inzwischen hatte jedes Mädchen einen Hüter ihres Goldschatzes gewählt. Seine Margherita erwies sich als sehr geschickt, da sie bereits fünf Goldmünzen vor ihm auf dem Tisch deponiert hatte, als Borgia dem Treiben ein Ende machte.

»Genug!« rief er. »Das Turnier soll beginnen.«

William hatte keine Ahnung, was als nächstes geschehen sollte, aber da alle Männer sich erhoben, folgte er ihrem Beispiel. Derweil traten Hausangestellte zu den Mädchen und nahmen ihnen die Fesseln ab. Zu seiner Verblüffung lief Margherita nun auf ihn zu, mit hüpfenden Brüsten und wehendem Haar. Sie sprang auf den Tisch, wobei sie kostbare Teller und Besteck zu Boden warf, und ehe er protestieren oder sie abwehren konnte, war sie auf seine Schultern gestiegen, die Beine unter seine Achseln geklemmt und an den Knöcheln verschränkt, ihre nackte Scham an seinen Nacken gepreßt.

»Auf in den Kampf, Monsignore!« rief sie. »Auf in den Kampf!«

Alle anderen Männer trugen inzwischen ebenfalls ein Mädchen auf den Schultern, außer dem Kardinal, der schallend lachte und vergnügt in die Hände klatschte – so wie seine Tochter. Nachdem jedes der Mädchen sich seinen Mitstreiter ausgewählt hatte, trieben sie diese voran in die Haupthalle, wo eine erbitterte Schlacht begann, bei der jedes der Mädchen versuchte, die anderen ›aus dem Sattel‹ zu holen.

Als William Margheritas Schenkel packte, um ihr besseren Halt zu geben, sah er sich einem rotgesichtigen Priester gegenüber, während die beiden Mädchen auf ihren Schultern rangen, als ging es um ihr Leben. Da er einen Kopf größer war als der Italiener, stieß Williams Kopf wiederholt gegen den nackten Bauch der ›feindlichen‹ Amazone, die laut kreischte, ob aus Übermut oder Schmerz vermochte William nicht zu sagen. Schließlich stieß sie einen noch lauteren Schrei aus, glitt immer weiter nach hinten, verlor den Halt und brachte den Priester aus dem Gleichgewicht, so daß sie beide unsanft zu Boden gingen.

»Auf zur nächsten!« jubelte Margherita und fuchtelte mit den schweißnassen Armen, die Brüste bebend und die Schenkel immer noch fest um seinen Hals geschlungen.

Es folgte ein weiterer Zweikampf, dann noch einer. Angesichts von Williams Größe und Margheritas Entschlossenheit konnte ihnen keins der anderen Mädchen lange standhalten. Plötzlich war das merkwürdige Turnier vorüber, und William stand als einziger aufrecht inmitten gestürzter, keuchender Leiber. Er war sexuell erregter als je zuvor in seinem Leben.

»Der Sieger!« Borgia war wieder aufgestanden. »Das Preisgeld dem Sieger!«

Auf dem Tisch lag ein zweiter Beutel mit Goldmünzen, den der Kardinal ihm feierlich überreichte. Margherita griff gierig danach und drückte die Geldbörse an ihre Brust. Das Mädchen immer noch auf seinen Schultern tragend, wurde William aus dem Raum gescheucht.

»Deine Kleider!« rief er und blieb stehen.

»Die brauche ich nicht, Monsignore«, entgegnete sie lachend. »Zumindest im Augenblick nicht.«

Immer noch brennend vor Verlangen trug er sie in sein Schlafzimmer und schickte die Diener fort. Dann legte er sie auf das Bett, wo sie sogleich in Erwartung des kommenden Liebesaktes die Beine spreizte, ihr Körper schimmernd von Schweiß.

Streng genommen war sie nicht wirklich schön, aber doch ausgesprochen anziehend. Und für ihn etwas völlig Neues. Wie alle türkischen Frauen hatte Sereta sich die Schamhaare abrasiert. Jetzt, da er Margherita betrachtete, ging William durch den Kopf daß er nie vermutet hätte, daß eine naturbelassene Scham so anziehend sein könnte. Er riß sich die Kleider vom Leib, zog sich die Hose herunter und eilte auf sie zu.

Sie betrachtete ihn einen kurzen Augenblick, setzte sich dann abrupt auf und kreischte mit schriller Stimme: »Ein Jude! Mein Gott, ein Jude!«

Er griff nach ihr, aber sie schlüpfte unter seinem Arm hindurch und rannte zur Tür.

»Ein Jude!« schrie sie erneut. »Ein Jude will sich an mir vergehen!«

Diener erschienen auf dem Flur, aber sie stürmte durch sie hindurch in den Speisesaal, wo Borgia und die anderen Gäste noch versammelt waren.

»Ein Jude!« kreischte sie. »Rettet mich!«

William hatte sich an ihre Verfolgung gemacht, hielt jedoch inne, als er sich seiner Nacktheit bewußt wurde. Verwirrt zog er sich in sein Zimmer zurück. Eine Minute später blickte er zum Kardinal auf, der in der Tür erschien und Margherita am Handgelenk hinter sich herzerrte. Das Mädchen wehrte sich verzweifelt.

»Was hat das alles zu bedeuten?« fragte Borgia, den Blick auf William gerichtet. »Bei der Heiligen Jungfrau . . . seid Ihr Jude? Ihr gabt mir zu verstehen, Ihr wart ein Christ.«

»Natürlich bin ich kein Jude!«

»Aber Ihr seid beschnitten!«

»Das ist ein türkischer Brauch, Eure Eminenz.«

»Teufel auch! Also, du dummes Ding, er wartet auf dich. Genieße es.« Er schob sie auf das Bett zu.

»Ihr befiehlt es mir, Eure Eminenz?« fragte sie.

»Und ob ich das tue. Habt Euren Spaß mit ihr, William. Ich bin sehr erleichtert, daß Ihr kein Jude seid, sonst hätte ich Euch wegen Verunreinigung einer christlichen Frau auf dem Scheiterhaufen verbrennen lassen müssen.«

William war so durcheinander von der ganzen Aufregung, daß sein Begehren stark nachgelassen hatte. Aber Margherita war nun wieder voller Energie und verließ sein Bett erst bei Morgengrauen, als sie beide ihre Begierde gestillt hatten und völlig erschöpft waren.

Dann zog sie sich mit der Hälfte des Goldes zurück, nachdem sie vielleicht die einträglichste und vergnüglichste Nacht ihres jungen Lebens hinter sich hatte.

William hätte nur zu gern den Rest des Tages im Bett verbracht, da ihn schreckliche Kopfschmerzen und ein schlechtes Gewissen plagten. Er wagte nicht, sich vorzustellen, was sein Vater dazu sagen würde, sollte er je von den Ereignissen der vergangenen Nacht erfahren. Aber schon bald wurde er zum Kardinal gerufen, der in seinem Privatgarten spazierenging, ab und an stehenblieb, um an einer Blüte zu riechen, und rundum zufrieden aussah.

Warum sollte ich Gewissensbisse haben, wenn Kardinäle offenbar keine haben? überlegte er.

»Mein lieber Junge«, empfing ihn Borgia. »Wie schön, Euch zu sehen. Darf ich davon ausgehen, daß Ihr nicht allzuviel geschlafen habt?«

»Ich habe überhaupt nicht geschlafen, Eure Eminenz.«

Borgia lachte leise. »Ein temperamentvolles Mädchen, diese Margherita. Aber jetzt sollten wir lüsterne Gedanken fürs erste beiseite lassen. Kommt, schließt Euch mir an.«

William schritt neben der rotgewandeten Gestalt einher.

»Wir hatten noch keine Gelegenheit, die Antwort Eures Herrn auf mein Angebot zu besprechen«, bemerkte Borgia.

»Wie ich Eurer Eminenz bereits sagte, ist die Antwort des Padischahs rundum positiv ausgefallen.«

»Wahr, wahr«, stimmte Borgia zu. »Ich bin hoch erfreut. Allerdings . . . gibt es da einige Schwierigkeiten.«

William runzelte die Stirn und wartete, daß der Kardinal fortfuhr.

»Wie Ihr zweifellos wißt, habe ich einen Rivalen in der Gunst Seiner Heiligkeit«, sagte Borgia.

»Kardinal della Rovere.«

»Genau. Unser neuer Pontifex hat den Fehler gemacht, unsere Pläne della Rovere gegenüber zu erwähnen – selbstverständlich ist er strikt dagegen. Tatsächlich versucht er sogar, Seine Heiligkeit dazu zu überreden, einen Kreuzzug gegen die Türken zu befehlen. Dieser Vorschlag ist natürlich sehr verlockend, da jeder Kreuzritter einen Teil seines Vermögens an den Heiligen Stuhl entrichten muß. Della Rovere wird sich also strikt dagegen aussprechen, daß wir den Prinzen Dschem an Euch ausliefern.«

»Dann sind wir verloren. Mein Gott, wenn der Papst zu einem Kreuzzug gegen den Padischah aufruft . . .«

»Das wäre bedeutungslos, William, darauf gebe ich Euch mein Wort. Teilt Eurem Herrn das mit. Das ist das geringste unserer Probleme. Es ist Dschem, an dem Ihr interessiert seid und an dem ich um Euretwillen ebenfalls interessiert bin. Ich hatte angenommen, daß eine Summe von fünfhunderttausend Kronen ausreichen würde, Seine Heiligkeit zu überzeugen. Unglücklicherweise hat er diesen erbärmlichen della Rovere angehört und ist nun voller Mitleid. Er sagt, er könne es nicht mit seinem Gewissen vereinbaren, einen Prinzen auszuliefern, der sich schutzsuchend an ihn gewandt hat.«

»Ich hatte eher den Eindruck, daß Prinz Dschem keineswegs als Bittsteller hergekommen ist, sondern von den Franzosen an den letzten Papst verkauft wurde«, entgegnete William erbost, nun da sein Kartenhaus erneut in sich zusammenfiel.

»Er ist nichtsdestotrotz ein Bittsteller«, erwiderte Borgia. »Ich fürchte, wir werden mit äußerster Umsicht vorgehen und uns stets vor Augen halten müssen, daß Innozenz schon alt ist und wohl nicht mehr allzu lange leben wird. So wie ich das sehe, könnte er tatsächlich zu einem Kreuzzug gegen die Türken aufrufen – aber ich habe Euch bereits versprochen, daß dieser Aufruf zu nichts führen wird. Auch wird er versuchen, Dschem zu seinem eigenen Vorteil in seiner Gewalt zu belassen. Wenigstens könnt Ihr sicher sein, daß der Prinz im Vatikan sicher untergebracht ist, und ich gebe Euch mein Wort, daß Dschem Euch gehört, sobald ich Papst werde.«

William seufzte. »Dann muß ich Euren Rat annehmen, Eure Eminenz. Ich werde an den Padischah schreiben, sobald ich wieder in Rom bin, und ihm die neue Situation darlegen. Ich kann nur hoffen und beten, daß er die Lage verstehen wird.«

»Sein Hauptanliegen ist es, Dschem davon abzuhalten, in die Türkei zurückzukehren und ihm sein Erbe streitig zu machen. Ihr und ich, wir arbeiten gemeinsam daran, daß es nie soweit kommt, ich denke also, daß Bajasid nicht allzu beunruhigt sein wird von dieser neuen Situation.«

»Sicher habt Ihr recht, Eure Eminenz. Aber ich denke, ich sollte besser sofort nach Rom zurückkehren und diesen Brief abschicken.«

»Natürlich. Bevor Ihr geht, sollten wir uns allerdings noch über den Unterhalt für den Prinzen unterhalten.«

William starrte ihn verständnislos an.

»Der Sultan kann wohl kaum von der Staatskasse des Vatikans erwarten, daß sie endlos für den Unterhalt seines Bruders aufkommt«, erklärte Borgia. »Ohne angemessenen Unterhalt wird es uns unter Umständen nicht möglich sein, den Prinzen ständig zu bewachen. Sicher stimmt Ihr mit mir darin überein, daß seine Flucht eine Katastrophe wäre.«

William traute seinen Ohren nicht.

»Ich schätze, eine Summe von einhunderttausend Kronen jährlich wäre angemessen für die Zeit, die der Prinz als Gast bei uns weilt.«

»Einhunderttausend Kronen«, murmelte William ungläubig.

»Das ist doch sicher eine lächerliche Summe für den Sultan. Und hinzu kommt noch das Geschenk.«

»Das Geschenk?« fragte William beunruhigt.

»Das Geld dient allein dem Unterhalt des Prinzen«, erklärte Borgia geduldig. »Es würde mir helfen, das Ohr Seiner Heiligkeit zu gewinnen, wenn der Sultan dem Papst ein Geschenk machen könnte.«

»Ein Geschenk«, brummte William. Zusätzlich zu den einhunderttausend Kronen jährlich?

»Es müßte etwas von einzigartiger Kostbarkeit sein«, fuhr Borgia fort.

William seufzte und dachte an das Sprichwort, daß, wer mit dem Teufel Suppe löffelt, einen langen Löffel braucht. »Würdet Ihr auch verraten, was Euch vorschwebt?«

»Nun . . .« Borgia tat so, als würde er angestrengt überlegen. »Ich habe gehört, daß der Eroberer, als er Jerusalem einnahm, dort die Heilige Lanze fand, den Speer, der unserem Herrn bei seiner Kreuzigung in die Seite gestoßen wurde. Stimmt das?«

»Ja, Eure Eminenz«, entgegnete William zähneknirschend.

»Nun, ich denke, *das* wäre ein angemessenes Geschenk. Euer Sultan kann kaum Interesse an einer christlichen Reliquie haben. Ein solches Geschenk würde Seine Heiligkeit davon überzeugen, daß der Sultan ernsthaft seine Freundschaft sucht. Und ich kann Euch versichern, daß, sobald dieses Geschenk überreicht wurde, keinerlei Gefahr mehr besteht, daß Prinz Dschem aus dem Vatikan entkommen könnte.«

Wieder war William genötigt, nach Istanbul zu schreiben, um die veränderte Situation darzulegen – und wieder einmal hieß es für ihn, angstvoll auf Antwort zu warten. Bajasids Geduld mußte doch sicher bald am Ende sein?

Aber auch diesmal erhielt er ermutigende Nachricht. Der Sultan erklärte sich bereit, die einhunderttausend Kronen jährlich bis zu Dschems Auslieferung zu zahlen, und schickte dem Papst mit der Versicherung seiner Wertschätzung die Heilige Lanze.

Noch beruhigender war ein Brief von Anthony Hawkwood, in dem er ihm mitteilte, daß er und der Sultan sich wieder sehr gut verstünden. Die Türkei und Ägypten standen wegen langanhaltender Streitigkeiten vor einem Krieg, und Bajasid brauchte seinen berühmten Pascha als Befehlshaber seines Heeres.

»Wir müssen uns mit der Tatsache abfinden«, schrieb Anthony Hawkwood, »daß unser neuer Herr nicht viel vom Charakter Mehmeds geerbt hat. Ich denke, es wird wohl das erste Mal sein, daß ein türkisches Heer gegen einen fremdländischen Feind in den Krieg zieht, ohne daß der Sultan an seiner Spitze reitet. Aber Bajasid zieht die Gesellschaft von Musikern der von Soldaten vor, und er hält sich lieber in seinem Harem auf als im Diwan. Das gereicht uns natürlich zum Vorteil, aber es ist dennoch beunruhigend im Hinblick auf die Zukunft unseres Reiches.

Was Dich und Deine Mission betrifft, erweist sich die Trägheit des Sultans um so mehr als vorteilhaft für uns. Ich glaube, er will im Grunde gar nicht, daß Dschem zur Hinrichtung hergebracht wird. Er ist ganz zufrieden damit, daß er irgendwo in der Ferne in Gefangenschaft sitzt, von allen vergessen und daran gehindert, Unruhe zu stiften.«

Ermutigt von der Einschätzung seines Vaters und von dem Wunsch erfüllt, im bevorstehenden Krieg an der Seite seines Vaters zu kämpfen, schrieb William zurück und erflehte die Erlaubnis, heimzukehren. Er wies darauf hin, daß Kardinal

Borgia und Papst Innozenz, wenn sie auch die hinterlistigsten Männer wären, die je gelebt hätten, Geld dem Verrat vorzögen, und daß, solange die einhunderttausend Kronen jährlich entrichtet würden, sie Prinz Dschem in Gewahrsam behalten würden.

Aber die Erlaubnis wurde ihm verwehrt. Der Großwesir schrieb, daß William weiterhin für Prinz Dschem verantwortlich sei. Er habe dafür zu sorgen, daß er den Prinz regelmäßig zu sehen bekäme, um sich davon zu überzeugen, daß er immer noch im Vatikan sei und der Papst nicht unrechtmäßig das Geld für seinen Unterhalt einstrich.

Borgia erklärte sich sofort einverstanden, William einmal monatlich Zutritt zum Vatikan zu gewähren, damit er von einem kleinen Fenster aus in den von Mauern eingefaßten Garten hinabblicken konnte, wo Dschem sich täglich die Beine vertrat.

William hatte einst geglaubt, den Mörder seiner Frau und seiner Kinder mehr zu hassen als jeden anderen Menschen auf der Welt. Aber seine Abenteuer in den vergangenen Jahren hatten sehr dazu beigetragen, die Erinnerung an die Leichen der Erdrosselten zu verwischen, so daß er beinahe Mitleid empfand für den unglücklichen Prinzen, der zu lebenslanger Gefangenschaft verurteilt war, die nur mit seinem Tod enden konnte, aus natürlicher Ursache oder durch die Bogensehne eines Henkers.

»Aber der Tod ist unser aller Schicksal«, erklärte Borgia. »Das wichtigste ist, das Leben zu genießen, solange man es kann. Dschem geht es gar nicht so schlecht. Er mag schmachten und an Gewicht verlieren, aber nicht aus Mangel an Nahrung. Wir haben ihn mit den Freuden des Weines vertraut gemacht, und er ist inzwischen ein vollendeter Säufer. Und einmal wöchentlich genießt er eine ganze Nacht lang die Gesellschaft zweier Huren. Immerhin ist er Türke.« Er lachte und klatschte sich mit den Händen auf die Schenkel.

Es schien, als wäre William für immer aus Istanbul verbannt worden. Aus Wochen wurden Monate, aus Monaten Jahre, und die Ewige Stadt führte ihren ausgelassenen Lebenswandel fort. Papst Innozenz genoß die Früchte seiner Macht, und die Kardinäle Giuliano della Rovere und Rodrigo Borgia kämpften weiterhin um die bessere Position für die nächsten Papstwahlen.

Unter della Roveres Einfluß rief Innozenz pflichtschuldig zu einem Kreuzzug gegen die Türken auf. Dies hätte eine ernste Angelegenheit werden können, da Neuigkeiten aus dem Osten darauf hindeuteten, daß der Feldzug gegen Ägypten keine so einfache Angelegenheit war, wie Bajasid und Anthony Hawkwood angenommen hatten. Flotte und Heer der Osmanen waren völlig in Anspruch genommen, und das würde allem Anschein nach auch noch eine ganze Weile der Fall sein.

Aber wie Borgia es vorausgesagt hatte, stellte sich heraus, daß es beim Aufruf blieb. Vielleicht war das Zeitalter der Kreuzzüge längst vorbei, und die Männer waren mehr an ihren eigenen Geschäften interessiert als daran, ihr Leben und ihre Gesundheit für ein religiöses Ideal aufs Spiel zu setzen.

Und so ging das Leben weiter. William verfügte über ein schönes Haus in Rom, das von Borgia gestellt wurde und in dem er und Hussain ein sehr beschauliches Dasein führten, von zahlreichen Dienern umsorgt. Er konnte essen und trinken, was er wollte, und er bezog ein regelmäßiges Einkommen vom Sultan. Er konnte sogar über Margherita verfügen, wann immer es ihm beliebte. Die lebhafte Kurtisane befriedigte all seine Gelüste, und William zog weiterhin die Aufmerksamkeit zahlreicher hochwohlgeborener römischer Damen auf sich, die ihn mit großem Interesse betrachteten.

Es schien, als würde er die aufrichtige Freundschaft Rodrigo Borgias genießen. William kannte seinen Patron inzwischen gut genug, um zu wissen, daß der Kardinal nichts tat, ohne sich vorab sorgfältig auszurechnen, welchen persönlichen Vorteil es ihm einbringen konnte. Und so mußte er davon ausgehen, daß Borgias Freundschaft ebenso falsch war wie jede andere Gefühlsregung, die der Kardinal vortäuschte. Immerhin war William Hawkwood Bajasids Gesandter, und es bestand kein Zweifel daran, daß Borgias ehrgeizige Pläne für die Zeit, da er Papst sein würde, eine enge Beziehung zur Pforte einschlossen.

»Es war mir ernst, als ich sagte, eine Allianz zwischen dem Vatikan und der Pforte wäre unmöglich«, erklärte er. »Das würde die Christenheit in zwei Lager spalten. Aber das heißt nicht, daß es nicht eine stille Übereinkunft zwischen uns geben kann. Wir haben einen gemeinsamen Feind: das Reich der Habsburger. Es grenzt an Eure Territorien und schließt die meinen ein wie eine riesige, blutsaugende Fledermaus, von dem Traum beseelt, seinen Machtbereich zu vergrößern. Wenn Euer Herr jemals Wien den Krieg erklären sollte, könnte sich eine Einigung für uns beide als sehr vorteilhaft erweisen. Ihr solltet dies Eurem Herrn nahelegen.«

Das tat William bereitwillig. Und doch wuchs sein Mißtrauen gegenüber dem Kardinal, je besser er diesen kennenlernte. Borgia frönte jedem nur vorstellbaren Laster sowie einigen mehr, die man sich nur schwer vorstellen konnte. Als gern gesehener Gast seines Hauses verbrachte William manche ausgelassene Woche in Tivoli. Dort sah er die fünf Kinder des Kardinals aufwachsen und staunte über die Intimität, die sie untereinander und mit ihrem Vater verband.

Als er eines Tages unangemeldet dort eintraf, fand er den Kardinal und Vanozza im Garten vor, wo sie mit der kleinen Lukrezia im Garten herumtobten. Mutter und Tochter waren kaum bekleidet und aus ihren geröteten Wangen und der Art, wie sie sich verlegen zurückzogen, drängte sich ihm der Eindruck auf, daß die Spielerei auch eine erotische Note gehabt hatte. Nun, Vanozza war Borgias Mätresse. Aber Lukrezia war seine eigene Tochter! Und sie war erst acht Jahre alt!

Sie blieb ein lachendes, glückliches Kind, was man jedoch von ihrem Lieblingsbruder Cesare nicht behaupten konnte. Als Heranwachsender entwickelte er sich zu einem sehr gutaussehenden und einnehmenden jungen Mann. Er konnte sehr charmant sein, wenn er es wollte, aber William ertappte ihn mehrmals dabei, wie er, wenn er sich unbeobachtet fühlte, den einen oder anderen Gast seines Vaters mit einem Blick musterte, der an den einer Schlange erinnerte. William zweifelte nicht daran, daß der junge Cesare zu einem Abbild seines Vaters heranwachsen würde.

Eines Abends speiste William bei den Borgias, als einer der

zahlreichen Gäste plötzlich von schlimmen Krämpfen befallen wurde. Sofort brach ein heilloses Durcheinander aus; der Kardinal rief nach Dienern und Ärzten und zeigte sich in einer meisterhaften schauspielerischen Leistung zutiefst betroffen davon, daß ein solches Unglück sich ausgerechnet in seinem Haus ereignete.

Für den Unglücklichen konnte nichts mehr getan werden, und er starb nach einigen Stunden großer Qualen. Als die Gäste schließlich in bedrückter Stimmung aufbrachen und nach Hause zurückkehrten, blieb William zurück, um seinem Patron sein Bedauern ob der Tragödie auszusprechen. Er fand Borgia in dem Vorzimmer, in das der Tote gebracht worden war; er starrte wie gebannt auf den Leichnam. Das Gesicht des Toten begann bereits, sich schwarz zu verfärben, was eher auf Gift schließen ließ als auf eine natürliche Todesursache.

Der Kardinal rang die Hände wie in großer seelischer Qual, wobei er unablässig einen bestimmten Ring ungewöhnlicher Machart zwischen den Fingern drehte. Der Ausdruck des Entzückens auf seinem Gesicht war erschreckend anzusehen, wenn er auch sofort verschwand, als dem Kardinal bewußt wurde, daß er nicht allein war.

»Armer Sacorro«, sagte er. »Er hat ein sehr unglückliches Leben geführt. Und dabei war er einer der wohlhabendsten Männer Roms! Ihr müßt wissen, daß er erst vor wenigen Monaten seine Frau verloren hat und davor seinen einzigen Sohn. In seiner Verzweiflung hat er sein Testament geändert und seinen gesamten Besitz der Heiligen Kirche vermacht. Und jetzt ist er seinen Lieben in den Tod gefolgt. Nun, ich bezweifle nicht, daß er dort viel glücklicher sein wird, als er es zu Lebzeiten je gewesen ist.«

»Und sein Besitz gehört nun Euch«, bemerkte William.

»Er gehört der Kirche, William. Der Kirche.«

Auch wenn es schwerfiel, die Tatsache hinzunehmen, daß dieser Papstanwärter tatsächlich einen Menschen vergiftet hatte – sein offenkundiges Entzücken über den Tod des Gastes entlarvte ihn als wahren Teufel. Aber er war ein freundlicher Teufel, zumindest jenen gegenüber, die er als nützlich erachtete – und hierzu gehörte auch William. Und er war ein

Teufel, mit dem sich bald die ganze Welt würde auseinandersetzen müssen. Denn nach einer Herrschaft von etwa acht Jahren starb Papst Innozenz VII. Ob der Kardinal nachgeholfen hatte, vermochte William nicht zu sagen. Vielleicht hatte auch die Lasterhaftigkeit des Papstes seinen frühen Tod mit sechzig Jahren herbeigeführt.

Da sie lange auf diesen Tag gewartet hatten, hatten Kardinal Borgia und Kardinal della Rovere entsprechende Vorbereitungen getroffen. Es wurde allgemein angenommen, daß die Wahl des neuen Papstes von langwierigen Auseinandersetzungen begleitet werden würde, die damit endeten, daß eine der beiden gegnerischen Parteien eine willfährige Marionette als Papst einsetzen würde. Zum Erstaunen von ganz Rom und zur Verblüffung vieler wurde die Wahl an einem einzigen Tag entschieden, und Rodrigo Borgia zum Papst Alexander VI. gewählt. Offenbar war es ihm gelungen, mehr Kardinäle zu kaufen als sein Rivale.

Wie sehr er auch Rom, ja sogar das ganze Christentum bedauerte, William war begeistert. Er hatte seine Heimat vor zehn Jahren verlassen.

In dieser Zeit war seine Mutter gestorben, zweifellos bis zuletzt ihr Schicksal verfluchend, und sein Vater hatte siegreich den sechs Jahre währenden Krieg mit Ägypten beendet. Bald, so hoffte William, werde ich meine Mission abschließen und nach Istanbul zurückkehren können.

Der neue Papst war vollauf damit beschäftigt, alle Vorrechte auszuüben, auf die er so viele Jahre gehofft hatte, und es dauerte über eine Woche, ehe er die Zeit erübrigen konnte, William Hawkwood eine Audienz zu gewähren.

William mußte zugeben, daß die Papstwürde, die höchste Würde, auf die ein Christ überhaupt hoffen konnte, Borgia gut zu Gesicht stand. Seine Haltung war absolut königlich, als er William die Hand zum Kuß reichte und ihn dann aufforderte, sich zu ihm zu setzen.

»Ihr seht einen Mann vor Euch, der endlich seinen gerechten Lohn empfangen hat«, sagte er. »Dies ist der Beginn einer neuen Ära – der ruhmreichsten, die die Kirche je gekannt hat.

Aber ich werde meine Freunde nicht vergessen, William. Ich habe das kostbarste Geschenk der Welt für Euch, als Zeichen meiner Wertschätzung. Kommt.«

Er führte den verwirrten William aus dem Audienzsaal und einen langen Flur hinunter zu einem Fenster mit Blick auf einen der zahlreichen abgeschiedenen Innenhöfe des Vatikans.

Mein Gott, dachte William: Dschem ist gestorben.

»Blickt hinaus und sagt mir, was Ihr seht«, forderte der Papst ihn auf.

Zögernd trat William an das Fenster und blickte hinab. Er runzelte die Stirn. Er sah nicht wie erwartet Dschems Leichnam, sondern drei Nonnen, die in eine angeregte Unterhaltung vertieft nebeneinander hergingen. Als sie sich umdrehten und sich dem Fenster zuwandten, hätte er beinahe laut aufgeschrien. Die mittlere der drei war Aimée Ferrand.

10
Der Harem

PAPST ALEXANDER ZOG William vom Fenster weg.

»Ich muß zugeben, daß sie ein weibliches Wesen von außergewöhnlicher Schönheit ist«, bemerkte er.

Noch viel schöner, als er sie in Erinnerung hatte, wie William feststellte.

»Ich verstehe nicht«, stammelte er.

»Es ist sehr einfach – und sehr rührend. Eure Aimée hat Euch aufrichtig geliebt. Zumindest betrachtete sie sich als Eure zukünftige Frau. Als ihr Vater ihr mitteilte, daß Ihr aus Frankreich verbannt worden wärt und sie einen anderen heiraten müsse, weigerte sie sich standhaft. Nicht einmal Schläge, wochenlanger Stubenarrest und ein Gespräch mit Madame de Beaujeu konnten ihre Entschlossenheit erschüttern. Schließlich wurde sie vor die Wahl gestellt, entweder den Mann zu ehelichen, den Madame für sie ausgewählt hatte, oder den Schleier zu nehmen.«

»Edelmütige Aimée«, sagte William. »Aber was macht sie hier?«

»Nachdem ich herausgefunden hatte, was aus ihr geworden war, war es nicht schwer für mich, das Kloster zu finden, in dem sie untergebracht war«, erklärte der Papst. »Es war weniger leicht, sie dort herauszuholen. Es hat mir einige Mühe bereitet.«

»Und Ihr habt mir nie etwas davon erzählt?«

»Ich wollte keine falschen Hoffnungen in Euch wecken, da ich mir nicht sicher sein konnte, wie weit mein Einfluß bei den Franzosen reichen würde. Aber das ist jetzt Vergangenheit. Sie war einige Zeit in Rom in einem Kloster, dessen Äbtissin mir sehr ergeben ist. Sie weiß selbstverständlich nicht, daß Ihr Euch hier aufhaltet oder weshalb sie hergebracht wurde. Jetzt, da ich in das höchste Amt berufen wurde, konnte ich sie hierher in den Vatikan holen – und da ist sie.« Er musterte William eindringlich. »Seid Ihr sicher, daß Ihr sie noch liebt? Bei ihrem Eintritt ins Kloster mußte sie sich von allen weltlichen Gütern lossagen, das heißt, auf ihr Erbe verzichten. Aus der einstmals wohlhabendsten Erbin Frankreichs ist eine mittellose Nonne geworden.«

»Natürlich liebe ich sie noch, Eure Heiligkeit«, rief William – und er war in diesem Augenblick restlos davon überzeugt.

Der Anblick dieses unbeschreiblich schönen Antlitzes … »Aber was soll mir ihre Anwesenheit hier nützen, nachdem sie ihr Gelübde abgelegt hat?«

»Aber nicht doch«, sagte Alexander. »Das hätte ein Problem sein können, als ich noch Kardinal war, aber der Papst verfügt über die Macht, einer Nonne zu gestatten, aus dem Orden auszutreten.«

»Aber wird sie das auch wollen?«

»Natürlich wird sie das«, erklärte der Papst. »Ich habe nicht so viel Zeit und Mühe aufgewendet, um mich am Ende den Launen eines jungen Mädchens zu unterwerfen. Nein, sie erhält meinen Dispens, und ich werde Euch beide persönlich trauen. Ist das nicht großartig? Im Gegenzug werdet Ihr auch weiterhin Eurem Herrn meine Vorschläge unterbreiten.«

»Wie schon in der Vergangenheit, Heiliger Vater.«

Borgia lächelte.

Wie gewöhnlich ließ William sich von der Begeisterung des Papstes mitreißen sowie von dessen Zuversicht, daß alles, was er anordnete, auch geschah und von allen Beteiligten gewürdigt wurde. Dennoch war er ungewöhnlich nervös, als ihm eine Woche später mitgeteilt wurde, daß Alexander ihn und seine zukünftige Braut im Vatikan zum Abendessen einlud.

Er hatte Margherita die ganze Woche über nicht sehen wollen, sehr zu ihrer Verärgerung. In Folge ihrer langjährigen Beziehung hatte sie begonnen, sich beinahe als seine Frau zu betrachten – abgesehen davon, daß sie weiterhin darauf bestand, sich für ihre Dienste bezahlen zu lassen und diese auch anderen Männern anbot, wenn William sie nicht brauchte. Und so fühlte er sich ganz als keuscher Bräutigam, als er die päpstlichen Gemächer betrat und von Alexander und seinem Lieblingssohn Cesare empfangen wurde, einem inzwischen hochgewachsenen jungen Mann von siebzehn Jahren – und Bischof von Valencia. William war dankbar, daß die junge Lukrezia nicht anwesend war.

»Ich sehe diesem Abend mit großem Vergnügen entgegen«, verkündete Alexander mit seidenweicher Stimme. »Denn ich werde heute großes Glück stiften, und das macht mich immer glücklich. Und jetzt wappnet Euch. Die Signorina Ferrand weiß immer noch nichts von Eurer Anwesenheit, und das arme Kind ist auch so schon verwirrt genug. Stellt Euch dort hinter den Vorhang und wartet, bis ich Euch rufe.«

William gehorchte nervös und beobachtete durch einen Schlitz im Vorhang die innere Tür. Wenig später öffnete sie sich, und Aimée trat ein – allein. Sie hatte ihr Nonnengewand gegen eine Garderobe nach der letzten römischen Mode getauscht. Sie trug einen gemusterten Rock mit Hermelinbesatz, der bis auf den Boden reichte. Unter dem Rock, den sie mit der linken Hand anhob, um nicht über den Saum zu stolpern, sah er ein dunkelgrünes Unterkleid, das auch an ihrem Mieder zu sehen war, da beide Kleider ein rechteckiges, wenn auch dezentes Dekolleté aufwiesen. Ihr Gesicht wurde von einer schwarzen Samtkapuze verborgen, die in weichen Falten auf ihre Schultern fiel. Das Kleid war vorn mit Juwelen besetzt, und um den Hals trug sie eine Goldkette.

Sie war viel größer, als William sie in Erinnerung hatte, und ihre Figur, die von dem Kleid betont wurde, war verführerisch gerundet. Inzwischen war sie einundzwanzig Jahre alt – und die schönste Frau, die William je gesehen hatte.

Sie sah sich unsicher im Zimmer um und fiel dann auf die Knie, um den Ring des Papstes zu küssen.

»Mein liebes Mädchen.« Alexander sprach italienisch, eine Sprache, die sie offensichtlich während ihres Aufenthaltes in einem römischen Kloster gelernt hatte. »Mein liebes, liebes Mädchen.«

Er nahm ihre Hände, um ihr beim Aufstehen behilflich zu sein, und sie machte einen Knicks vor Cesare.

Cesare verschlang sie mit den Blicken.

»Ich habe eine große und angenehme Überraschung für Euch«, fuhr Alexander fort.

»Eine Überraschung?« hauchte Aimée, ebenfalls auf italienisch.

Es war das erste Mal in acht Jahren, daß William ihre Stimme hörte, und er war überrascht davon, wie tief und kraftvoll sie geworden war. »Die vergangenen Tage waren schon eine einzige, anhaltende Überraschung, Heiliger Vater. Und ich bin so durcheinander. Die Mutter Oberin sagte mir, ich wäre von meinem Gelübde befreit. Wie ist das möglich? Und dann diese Kleider, die ich aufgefordert wurde anzuziehen . . .«

Borgia nahm ihre Hand und führte sie zur Couch. »Es ist wirklich ganz einfach, meine Liebe. Ihr habt geglaubt, zum Dienste an Gott berufen zu sein. Nun, das sind wir alle. Aber wir alle müssen dem Herrn auf unterschiedliche Art dienen. Wie sollte die Menschheit überleben, wenn alle Männer Priester oder auch Seeleute oder Soldaten wären? Oder wenn alle Frauen ins Kloster gingen? Das würde nicht gutgehen. Ihr habt Euch getäuscht, als Ihr glaubtet, Gott hätte Euch zu einem Leben in Keuschheit berufen. Es ist meine Pflicht und Freude, Euch von diesem Dasein zu befreien.«

Aimée starrte ihn nur an und zog vergebens an ihrer Hand, die er immer noch fest umschlossen hielt.

»Aber ich habe das Keuschheitsgelübde abgelegt, Heiliger Vater. Niemand kann mich hiervon entbinden.«

»Kein Mensch, soviel steht fest. Aber der Vikar Jesu ist kein gewöhnlicher Mann.«

Aimée starrte ihn immer noch unverwandt an und erkannte, daß er zu mächtig war, als daß sie es wagen könnte, ihm zu widersprechen. »Was erwartet Ihr von mir, Heiliger Vater?« fragte sie ruhig.

»Nur daß Ihr glücklich seid, mein liebes Kind. Nicht mehr und nicht weniger. Und hier ist das Glück, das Eurer harrt.«

Er winkte, und William trat hinter dem Vorhang hervor.

Aimée starrte ihn fassungslos an. »Mein Gott!«, flüsterte sie.

»Ist das alles, was Ihr Eurem Verlobten zu sagen habt?« fragte Alexander.

Brennende Röte überzog ihre bleichen Wangen. »Meine Verlobung wurde gelöst.«

»Eine Verlobung kann man nicht lösen. Sie ist als ebenso verbindlich anzusehen wie die Ehe. Nur daß sie noch nicht vollzogen wurde. Möchtet Ihr Euren Gatten nicht begrüßen?«

Sie blickte wieder auf William, den Mund leicht geöffnet.

»Begrüßt Eure Braut, William«, forderte Alexander ihn auf.

William trat vor, nahm Aimées freie Hand und küßte die duftende Innenseite. »Ich bin überwältigt«, gestand er. »Euch nach so langer Zeit wiederzusehen, meine liebste Aimée.«

Es war eine armselige Ansprache, die Cesare Borgia mit einem verächtlichen Schnauben quittierte, aber im Augenblick konnte er es nicht besser.

»Ihr wollt mich heiraten?« fragte Aimée.

»In den Augen Gottes seid Ihr bereits verheiratet«, erklärte Alexander. »Nur die Zeremonie muß noch abgehalten werden, und ich persönlich werde die Trauung vornehmen. Dann muß die Ehe noch vollzogen werden . . . anschließend erwartet Euch ein Leben in der Glückseligkeit der Ehe.«

Aimée verlor die Selbstbeherrschung. »Ich bin mit Gott verheiratet!« klagte sie. »Niemand kann diese Bindung lösen.«

»Ich habe es bereits getan«, rief Alexander ihr geduldig ins Gedächtnis.

»Könnt Ihr das gestatten?« fragte Aimée nun an William gewandt. »Ja, ich habe mich als Eure Verlobte betrachtet, wie der Heilige Vater gesagt hat. Aber dann habe ich einen heiligen Schwur geleistet. Signor Hawkwood, ich flehe Euch an ... es wäre eine Todsünde.«

Ihre Lippen zitterten, und sie war ganz offensichtlich den Tränen nahe. Sie war eine Frau, die sich zu nichts zwingen ließ.

Er blickte Alexander an. »Wenn die Vorstellung sie mit solchem Abscheu erfüllt, Heiliger Vater ...«

»Welcher Unsinn! Ich habe nie eine junge Frau gekannt, die sich nicht gefürchtet hätte bei dem Gedanken, ihre Jungfräulichkeit zu verlieren. Und auch keine, die hinterher nicht unersättlich gewesen wäre. Kommt mit, unsere Gäste warten. Die Trauung wird sofort vollzogen. Ich will es so.«

»Das wäre ein Verbrechen gegen Gott!« rief Aimée verzweifelt. Sie blickte von einem zum anderen, und William wünschte, er wäre weit fort, an einem anderen Ort.

»Wenn Ihr noch einmal Gott lästert, lasse ich Euch auspeitschen«, knurrte der Papst. »Und jetzt kommt.«

Cesare wartete an einer Tür, die er nun aufstieß. Dahinter kam ein riesiger Saal zum Vorschein, in dem eine Tafel für ein gutes Dutzend Gäste gedeckt war, die sie alle stehend erwarteten. Beim Anblick des Brautpaares begannen sie Beifall zu klatschen.

»Nehmt ihre Hand, William, und folgt mir«, befahl Alexander.

William umfaßte ihre rechte Hand. Sie unternahm einen schwachen Versuch, sie ihm zu entziehen, dann gab sie auf.

»Ich habe Euch immer für einen ehrenwerten Mann gehalten«, raunte sie ihm zu.

Er antwortete nicht, weil er nicht wußte, was er darauf erwidern sollte. Seine Gedanken wirbelten wild durcheinander. Er mußte Alexander in allem nachgeben, und die Aussicht auf diese Hochzeit hatte ihn über alle Maßen gereizt. Er hatte oft genug davon geträumt, dieses Mädchen zu besitzen. Und ganz offensichtlich gab es keinen Ausweg. Er kannte Alexander gut genug, um zu wissen, daß er niemals zulassen würde, daß jemand seine Pläne durchkreuzte. Wenn er Aimée nicht zur Frau nahm, würde der Papst sie zweifellos selbst entjungfern . . . oder Cesare. Ihm war nicht entgangen, mit welch gierigen Blicken Vater und Sohn sie angesehen hatten. Trotz seiner Jugend und seiner kürzlich erfolgten Ernennung zum Bischof kursierten in ganz Rom unzählige Geschichten über Cesares Affären und die Skrupellosigkeit, mit der er jede Frau verfolgte, die ihm gefiel. Es kursierten immer noch Gerüchte um ein hübsches Mädchen, dessen entkleideter Leichnam gefesselt und geknebelt aus dem Tiber gefischt worden war, drei Monate nachdem ihr Verlobter an ihrer Seite ermordet und sie selbst entführt worden war. Es hieß, sie sei das Spielzeug des Borgia gewesen, bis er ihrer überdrüssig geworden war.

Bestimmt würde Aimée, wenn er ihr alles erklärte, sich in ihr Schicksal fügen und seine Liebe erwidern. Immerhin behauptete sie, ihn einst geliebt zu haben.

Von der Trauungszeremonie nahm er kaum etwas wahr. Er war sich des Mädchens an seiner Seite und ihrer Hand in der seinen viel zu sehr bewußt. Später sollte er sich nur noch daran erinnern, daß Alexander sie einmal barsch anfuhr, als sie auf die Frage, ob sie William zu ihrem rechtmäßig angetrauten Ehemann nehmen wolle, nicht antwortete. Schließlich gab sie ihm ihr Jawort.

Die anschließenden Feierlichkeiten schienen nicht minder unwirklich. Es wurden Unmengen Wein getrunken und viele Trinksprüche ausgebracht. Er sprach dem Alkohol ebenfalls zu, um sich Mut für die Hochzeitsnacht anzutrinken, während er den anzüglichen Witzen der Anwesenden lauschte . . . Von Zeit zu Zeit blickte er auf seine Braut, die bleich und mit zusammengepreßten Lippen dasaß und nur wenn unbedingt erforderlich an ihrem Becher nippte.

»Sie kann es kaum erwarten, ins Bett zu kommen«, erklärte der Papst. »Und das ist ja auch kein Wunder, nachdem sie acht Jahre darauf gewartet hat, flachgelegt zu werden.«

Die Hochzeitsgäste lachten schallend.

»Ins Bett«, riefen sie im Chor. »Ins Bett.«

Die Damen, die rechts und links von Aimée saßen, zerrten

sie hoch und brachten sie fort, während die Männer William mit schlüpfrigen und schamlosen Bemerkungen aus dem Saal führten.

»Hier, Heiliger Vater?« keuchte William. Er hatte eine gewisse Abgeschiedenheit erwartet.

»Diese Nacht werdet Ihr unter den Dächern des Vatikans verbringen«, verkündete Alexander. »Es kann für eine Ehe keinen größeren Segen geben.«

William wurde entkleidet und in ein besticktes Nachthemd gesteckt. Dann führte man ihn einen Flur hinunter zu einem Schlafzimmer. In diesem drängten sich bereits allerlei Frauen, die ihn nun umringten, küßten und ungeniert durch den dünnen Leinenstoff seine Männlichkeit anfaßten. Ihre schamlosen Liebkosungen führten innerhalb von Sekunden zu einer Erektion, die sie mit Ausrufen ihres Entzückens quittierten.

Aimée saß im Bett, mit dem Rücken an die Kissen gelehnt. Sie trug ein weißes Leinennachthemd und eine weiße Leinenhaube, die ihr wunderschönes Haar vollständig verbarg. Ihr Gesicht war leichenblaß, nur die Wangen glühten vor Zornesröte.

Heulend wie ein Rudel Wölfe schoben die Hochzeitsgäste William ans Bett, und Cesare schlug das Laken zurück. Aimée saß mit ausgestreckten Beinen da, das Nachthemd bis zu den Knöcheln hinuntergezogen. Sie rührte sich nicht, als Cesare es bis zu ihren Schenkeln hinaufzog und erschauerte erst, als zwei weitere Männer sie an den Füßen packten und herabzogen, bis sie flach auf dem Rücken lag, wobei das Nachthemd ihr bis zur Taille hochrutschte.

William hätte sich niemals träumen lassen, je solche Schönheit zu sehen, und auch die anwesenden Gäste schienen ihm darin zuzustimmen; Stille senkte sich herab, als sie die schmalen Hüften, die vollkommen geformten Beine und den pulsierenden Bauch betrachteten. Dann hoben sie ihn auf sie und schoben ihm das Nachthemd bis über die Hüften.

Rufe wurden laut, als sie sahen, daß er beschnitten war.

»Ein Türke!« kreischten die Frauen. »Sie ist mit einem Türken verheiratet!«

Er wurde auf sie gelegt, und ihre Beine wurden gespreizt, damit er in sie eindringen konnte.

»Schicklichkeit! Schicklichkeit!« rief der Papst. »Bedeckt sie für den ersten Stoß.«

Das Laken wurde über sie gebreitet, und William blickte in das hübsche, angsterfüllte Gesicht hinab. Er konnte durch den dünnen Stoff ihres Nachthemdes die Knospen überraschend großer Brüste fühlen.

Dann glitt die Haube von ihrem Kopf, und er zuckte zusammen. Ihr Schädel war kürzlich erst kahlgeschoren worden, und anstelle der wunderschönen aschblonden Locken bedeckte nur ein kurzer Flaum ihren Kopf.

Die Hochzeitsgesellschaft johlte. »Eine Nonne!« schrien sie durcheinander. »Der Türke entjungfert eine Nonne.«

»Ihr Haar wird schöner denn je nachwachsen«, sagte Alexander. »Und zeigt uns, daß Ihr ein Mann seid. Ihr habt noch ein paar Augenblicke Zeit, oder wir geben es ihr selbst, verstanden?« Der Unterschied zu den ersten Augenblicken, die er allein mit Sereta verbracht hatte, hätte nicht krasser sein können. Er suchte ihre Lippen, während er in sie eindrang, wobei er sich so vorsichtig wie möglich bewegte, um ihr nicht weh zu tun. Sie stöhnte und wand sich und versuchte, die Beine zusammenzupressen, aber Cesare gab seinen Freunden ein Zeichen, und sie packten ihre Knie, um ihre Gegenwehr zu unterbinden.

Sie schnappte nach Luft und warf den Kopf von einer Seite auf die andere. Seine Lippen waren dicht an ihrem Ohr.

»Verzeiht mir«, flüsterte er. »Ich tue, was ich tun muß. Aber Aimée . . . Ich liebe Euch so sehr.«

Sie schrie auf vor Entsetzen, Furcht und Schmerz – während er die Hüften auf und ab bewegte und sich innerhalb weniger Augenblicke in ihr ergoß.

Das Laken wurde weggerissen, William auf den Rücken gedreht und Aimée beiseite gezogen.

»Da!« rief Cesare und zeigte auf die Blutstropfen auf dem unteren Laken.

»Ein Vollzug!« kreischten sie. »Ein Vollzug!«

»Eine würdige Leistung«, erklärte Alexander und tätschelte William den Kopf. »Ihr seid ein würdiger Türke. Und jetzt kommt«, rief er laut, um den Lärm zu übertönen. »Lassen wir das glückliche Paar allein.«

Widerstrebend verließ die erregte Menge das Zimmer. Alexander blieb als letzter zurück. Er blieb auf der Schwelle stehen, bekreuzigte sich und zog dann die Tür hinter sich zu.

»Er ist ein Teufel«, keuchte Aimée.

»Aye, er hat seine Fehler.« William stützte sich auf einen Ellbogen. »Ihr werdet verstehen, meine Liebste, daß ich keine andere Wahl hatte. Es wird nie wieder so sein wie vorhin.«

Sie drehte halb den Kopf und starrte ihn an. Ihre Wangen waren tränennaß. »Ihr habt eine Nonne vergewaltigt«, sagte sie mit erstickter Stimme. »Ihr seid verflucht. Ich bin verflucht. Während diese Kreatur das Amt des Heiligen Vaters innehat, sind wir alle verflucht.«

Hawkwood fragte sich, ob es je einen Hawkwood gegeben hatte, der mit Glück gesegnet gewesen war. Oder hatte Aimée recht, und sein ganzes Geschlecht war verflucht?

Sein Vater hätte sie zweifellos immer wieder genommen, sie so lange vergewaltigt, bis sie sich in ihr Schicksal ergab. In diesem Punkt war er anders als der große Hawk Pascha. Er erinnerte sich zu gut an die Bitterkeit im Hause seines Vaters, daran, wie unglücklich seine Mutter bis zuletzt gewesen war. Ebenso wie er sich daran erinnerte, mit welcher Freude Sereta und später Margherita, wenn auch jede auf ihre Weise, sein Bett geteilt hatten.

Und so mußte er sich wieder einmal in Geduld üben. Wenn auch nicht ohne Hoffnung. Sie hatte geweint und gefleht, aber sie war nicht hysterisch geworden. Und er hätte schwören können, daß unmittelbar nach dem ersten Stoß ihre Finger sich in seine Schulter gegraben hatten, vielleicht ungewollt, aber ihm war es dennoch erschienen wie eine besitzergreifende Geste.

Und so meinte er, was er sagte, als er ihr erklärte: »Ich werde dich nicht wieder anrühren, es sei denn, es ist dein eigener Wunsch.«

Als er sie am nächsten Tag in sein Haus brachte, überließ er ihr das größte Schlafzimmer und stellte ein Mädchen für sie ein.

Als Türke war Hussain wenig überrascht von diesem Arrangement; Männer gingen nur mit einer Frau uns Bett, wenn sie ihre Lust stillen wollten. Zweifellos zerrissen sich die anderen Hausangestellten die Mäuler, aber das kümmerte William nicht. Denn er war überzeugt davon, daß, wenn er Aimée freundlich und verständnisvoll begegnete, sie sich mit der Zeit in ihr Schicksal fügen und sich ihm möglicherweise aus reiner Einsamkeit zuwenden würde.

Er setzte sich zu ihr und erklärte ihr die Geschichte seines Lebens. Er erzählte ihr von Istanbul, wohin sie bald gemeinsam reisen würden, von den Sehenswürdigkeiten, die er ihr zeigen, und von dem Haus, das er für sie bauen wollte. Aber ihr Gesicht blieb wie versteinert.

»Wenn dein Schicksal dich so bedrückt, laß uns zumindest gemeinsam niederknien und Gott um Vergebung bitten«, sagte er schließlich.

»Ich werde nie wieder beten können«, entgegnete sie. »Ich bin verdammt.«

Er hatte es jetzt eilig, Rom zu verlassen, und in der folgenden Woche sprach er wieder beim Papst vor – wo ihn die Überraschung seines Lebens erwartete.

Alexander war übel gelaunt. »Ah, Signor Hawkwood«, begann er. »Ich habe gerade folgende Mitteilung von Eurem niederträchtigen Herrn erhalten. Hier, lest selbst.«

William nahm das Pergament entgegen und erkannte sogleich die Handschrift des Wesirs Khalid.

Er überflog diese langatmigen, blumigen Grußfloskeln und stieß auf die entscheidende Stelle im Text. ». . . Aufgrund des Friedens und der Prosperität in seinen Hoheitsgebieten ist es dem Sultan eine Freude, Seiner Heiligkeit mitteilen zu können, daß der Usurpator und Verräter namens Dschem nicht mehr als Bedrohung des Friedens und des Wohlstandes des Reiches betrachtet wird. Der Sultan wünscht weder eine Auslieferung des Usurpators und Verräters Dschem an Istanbul, noch liegt ihm daran, daß dieser weiter auf seine Kosten in Gefangenschaft gehalten wird. Aus diesem Grund möchte der Sultan Seine Heiligkeit davon in Kenntnis setzen, daß er den Unterhaltsforderungen in Höhe von einhunderttausend Kronen jährlich nicht weiter nachkommen wird ...«

Der Brief war noch nicht zu Ende, aber William hatte aufgehört zu lesen. Er hob den Kopf und richtete den Blick auf den Papst.

»Euer Herr hat mich betrogen«, knurrte der Borgia-Papst.

»Ich bin ebenso überrascht wie Ihr, Heiliger Vater«, entgegnete William und dachte: Jetzt habe ich zehn Jahre meines Lebens damit verbracht, den Mörder meiner Frau und meiner Söhne zu jagen und jetzt ...

»Und was gedenkt Ihr in dieser Sache zu unternehmen?« fragte Alexander.

»Nun ... es muß auch ein Brief für mich dabeigewesen sein, mit genauen Anweisungen.«

»Mit dieser Sendung nicht.«

»Also ... dann würde ich es mit Eurer Erlaubnis als meine Pflicht ansehen, schnellstmöglich nach Istanbul zurückzukehren.«

»Ha! Und was ist mit dieser nutzlosen Last, die ich auf dem Hals habe?«

William zögerte. Er kannte Bajasid gut genug, um sicher zu sein, daß der Sultan, auch wenn er Dschem nicht länger als Bedrohung betrachtete, nicht erfreut davon wäre, wenn er freigelassen oder ausgeliefert würde. Er hatte keinen Schimmer, was Bajasids Sinneswandel herbeigeführt haben mochte.

»Dieser Mann hat Eure Frau und Kinder ermordet«, erinnerte ihn Alexander. »Ha! Aber jetzt habt Ihr auch kein Interesse mehr an ihm. Ihr besitzt so wenig Rückgrat wie Euer Herr.«

»Das nicht, Heiliger Vater ...«

»Ich bin enttäuscht von Euch, Hawkwood. Und jetzt geht. Ich muß darüber nachdenken, was zu tun ist.«

Drei Abende später, als alles für seine Abreise bereit war, wurde er zum Abendessen mit dem Papst geladen.

»Ich muß hingehen«, erklärte er seiner Frau. »Es wird so eine Art Abschiedsessen sein.«

Alexander schien bester Laune und begrüßte ihn herzlich.

»Das Vergnügen Eurer Gesellschaft zu verlieren, wird mich schmerzen, lieber William«, sagte der Papst. »Aber da Ihr entschlossen seid, mich zu verlassen, habe ich beschlossen, Euch zumindest noch eine angenehme Überraschung zu bereiten.«

Als er in denselben Speisesaal geführt wurde, in dem seine Trauung stattgefunden hatte, stockte William der Atem.

Vor ihm stand Prinz Dschem.

Dies war das erste Mal seit elf Jahren, daß er dem Prinzen von Angesicht zu Angesicht gegenüberstand. Elf Jahre der Gefangenschaft hatten den einst so überheblichen Mann gebrochen. Der Prinz hatte einiges an Gewicht verloren, aber seine Wangen waren aufgedunsen, und er hatte ein schwabbeliges Doppelkinn. Er hielt sich gebeugt, und wenngleich er nur ein Jahr älter war als William, sah er aus wie ein alter Mann.

Und dazu ein furchtsamer Mann, da er einen Schritt zurückwich, kaum daß er William erkannt hatte. »Ihr habt gesagt, ich sollte auf freien Fuß gesetzt werden!« keuchte er.

»Und das werdet Ihr auch, edler Prinz. Betrachtet Euch von diesem Augenblick an als freier Mann«, entgegnete Alexander boshaft. »Ich dachte nur, Ihr würdet am liebsten zuerst Eurem alten Gegner gegenübertreten.«

»Er wird mich umbringen, sobald ich den Vatikan verlasse«, protestierte Dschem.

»Habe ich Euch nicht sicheres Geleit bis jenseits der Grenzen meines Herrschaftsgebietes zugesichert? Und Signor Hawkwood ist in allem meiner Meinung. Außerdem hat er die Vergangenheit längst begraben. Ist es nicht so, lieber William?«

»Ich bemühe mich, Heiliger Vater«, entgegnete William verblüfft.

»Wunderbar!« rief der Papst aus. »Es ist mir eine Freude, Frieden und Harmonie über die Menschheit zu bringen. Sollen wir jetzt zu Tisch gehen?«

William wurde zur Linken des Papstes geführt, Dschem zu seiner Rechten. Cesare saß neben dem Prinzen, und sein älterer Bruder, der Herzog von Gandia, links von William. Es waren nur Männer anwesend.

Das Mahl erwies sich als ebenso pompös wie jede Feierlichkeit bei den Borgias, und nach dem Essen tanzten spärlich bekleidete Mädchen zu ihrer Unterhaltung.

»Ein Vorgeschmack auf die Freuden des Orients«, sagte der Papst. Er war bester Laune. »Mehr Wein.«

Sofort wurden ihre Becher aufgefüllt.

»Es gibt einen alten päpstlichen Brauch, den Wein zu segnen, wann immer ein Ehrengast sich auf eine lange Reise begibt«, sagte Alexander. »Ihr gestattet doch?«

Schon breitete er die Hände über Dschems Becher aus, wobei er die Finger ineinander verschränkte. »Pax vobiscum!«

Dann wandte er sich Williams Becher zu und vollzog die gleiche Segnung. William betrachtete seine Hände und fragte sich, wo er den ungewöhnlichen Ring schon einmal gesehen hatte.

»Und jetzt ein Trinkspruch«, sagte Alexander und hob seinen eigenen Becher. »Auf unsere türkischen Freunde, die uns verlassen und die wir möglicherweise niemals wiedersehen werden.«

»Auf unsere türkischen Freunde«, wiederholten die Anwesenden und erhoben sich.

Als William den Becher an die Lippen hob, erinnerte er sich plötzlich, wo er den Ring gesehen hatte – an Borgias Finger, als er mit verzücktem Gesicht auf den Leichnam des Kaufmannes Sacorro geblickt hatte. Er fühlte, wie ein Prickeln seinen Körper durchlief. Er wußte, daß er bald sterben würde.

Oder auch nicht, wenn er den Mut eines echten Hawk besaß.

Er ließ seinen Becher sinken und starrte auf Dschem. Der Prinz hatte seinen Wein gierig bis auf den letzten Tropfen geleert. Jetzt stellte er den Kristallbecher mit einem zufriedenen Seufzer ab.

»Ihr habt noch nicht getrunken, lieber William«, bemerkte der Papst.

»Nein, Heiliger Vater. Verzeiht, aber ich fühle mich plötzlich unwohl. Ich möchte Euch um Erlaubnis bitten, mich zurückziehen zu dürfen.«

»Euch zurückziehen? Aber die Nacht ist noch jung. Nein, nein, setzt Euch und trinkt etwas Wein, dann geht es Euch gleich wieder besser.«

William hatte die letzten Augenblicke genutzt, seine Lage rasch zu überdenken. Jeder der Gäste hatte einen Dolch am Gürtel, aber kein einziger trug einen Degen, und es waren auch keine Wachen anwesend. Natürlich war es gefährlich, aber nicht gefährlicher, als vergifteten Wein zu trinken. Die Frage war, wen er als Geisel nehmen sollte. Alexander selbst war die naheliegendste Wahl, aber William mißtraute der Hitzköpfigkeit Cesares, sogar wenn das Leben seines Vaters auf dem Spiel stand. Dahingegen liebte Alexander seinen zweitgeborenen Sohn mehr als alles andere auf der Welt, ausgenommen Lukrezia.

»Bei allem Respekt, Heiliger Vater, ich muß sofort gehen.«

Blitzschnell stieß er seinen Stuhl zurück, der polternd umfiel, stürzte auf Cesare zu, packte ihn am Arm und zog ihn unsanft auf die Füße. Gleichzeitig zog er seinen Dolch und hielt dem jungen Mann die Klinge an die Kehle.

»Eine falsche Bewegung, und der Bischof von Valencia ist tot«, knurrte er.

Cesare versuchte, sich zu befreien, war jedoch machtlos in Anbetracht der Kraft, die William in seiner verzweifelten Lage aufbrachte.

»Ihr habt den Verstand verloren«, keuchte Alexander. »Dafür werdet Ihr auf ewig in den tiefsten Abgründen der Hölle schmoren.«

»Zweifellos werde ich dort reichlich Gesellschaft haben«, grollte William und schob den hilflosen Cesare in Richtung Tür. Die anderen Männer im Raum saßen da wie versteinert, als befände sich eine gefährliche Schlange in ihrer Mitte.

Alle außer Prinz Dschem – er stieß plötzlich einen markerschütternden Schrei aus, und sein Oberkörper sank nach vorn auf seinen Teller.

»Er hat seine Reise bereits angetreten«, sagte William und verstärkte seinen Griff, bis Cesare keuchte vor Schmerz. Einige der Gäste standen auf.

»Der Bischof und ich werden auch eine kleine Reise unternehmen«, sagte William. »Ihr könnt fortfahren, Euch zu unterhalten. Und daß mir die nächsten zwei Stunden niemand diesen Raum verläßt – ansonsten ist der Bischof ein toter Mann. Sagt es ihnen, Heiliger Vater.«

»Ihr werdet in der Hölle braten«, zischte Alexander haßerfüllt. »Brennen werdet Ihr!« Aber er hatte nicht die Absicht, selbst im Höllenfeuer zu schmoren.

Hawkwood schloß die Türen des Speisesaales hinter sich und führte Cesare durch das Vorzimmer. Er hatte ihn untergehakt und hielt dem Bischof die unter seinem weiten Ärmel verborgene Klinge seines Dolches an die Seite. Da William als Freund des Papstes bekannt und häufiger Gast war, stellten die Wachen keine Fragen, als die beiden Männer den Vatikan verließen und in den dunklen Straßen Roms verschwanden.

Es war schon spät am Abend, und es waren nur wenige Fußgänger unterwegs. Kurze Zeit später erreichten sie Williams Haus, wo Aimée und Hussain den jungen Borgia fassungslos anstarrten.

»Mein Gott!« keuchte Aimée. »Was habt Ihr getan?«

William hielt die Spitze seines Dolches an Cesares Kehle, während ihre letzte Habe gepackt wurde.

»Tötet mich nicht«, flehte der jungen Bischof. »Ich habe meinen Teil der Abmachung eingehalten.« Seine Todesangst war beinahe komisch.

»Ihr hättet den Tod wahrlich verdient, Cesare«, entgegnete William. »Aber ich brauche Euch, um an den Wachen vorbeizukommen. Hier in diesem Haus wird Euer Vater als erstes nach uns suchen.«

»Darum sollte ich hierbleiben«, erklärte Hussain. »Wenn das Haus verbarrikadiert ist und von jemandem verteidigt wird, muß der Papst annehmen, daß sein Sohn noch hier ist, und seine Männer werden kostbare Stunden darauf verwenden, hier einzudringen. Stunden, die Euch einen wertvollen Vorsprung verschaffen.«

»Und wenn es ihnen schließlich gelingt, hier einzudringen, werden sie dich töten, alter Freund«, widersprach William. »Das kann ich nicht zulassen.«

»Bei allem Respekt, junger Hawk, ich bin nicht Euer Diener. Ich stehe im Dienste von Hawk Pascha, der mir befohlen hat, über Euch zu wachen. Ich werde meine Pflicht erfüllt haben, wenn ich durch meinen Tod das Leben seines jüngsten Sohnes rette.«

Sie sahen einander in die Augen, und William hörte, wie Aimée die Luft anhielt.

»Geht, junger Hawk. Aber sprecht mit meinem Herrn und sagt ihm, daß ich eine Pflicht erfüllt habe. Geht!«

Er ließ sich nicht von seinem Entschluß abbringen. William verstand die Hintergründe für seine Entscheidung: Wenn der ihm anvertrauten Person etwas zustieß, würde das ewige Schande nicht nur über Hussain, sondern über alle seine Nachfahren bringen. Und diese Gefahr konnte der Diener nicht eingehen.

Und so kam es, daß William, obwohl er versucht war zu bleiben und an Hussains Seite zu kämpfen, um wenigstens alle Borgias in die Hölle mitzunehmen, um drei Uhr früh mit Cesare, Aimée und deren verschreckter Zofe zu Pferde Rom verließ. Sie wurden auch diesmal nicht von den Wachen behelligt, nachdem der Bischof sich zu erkennen gegeben hatte, und William gestattete ihnen bis Mitte des Vormittags keine Rast. Jetzt war ihnen der Borgia als Geisel nicht mehr von Nutzen, konnte sich in der nächsten Stadt sogar als Bürde erweisen. Also befahl William Cesare, vom Pferd zu steigen. Sie ließen ihn einfach zurück.

»Ich schwöre bei Gott, daß Ihr dafür büßen werdet, Hawkwood.«

»Daran zweifle ich nicht, aber zumindest werde ich leben«, entgegnete William. »Und Ihr werdet auf Eurem Spaziergang Gesellschaft haben.« Er ließ das Hausmädchen ebenfalls absteigen. Sie war eine Gefahr für sie, da ihre Loyalität fraglich war. Außerdem verfügten er und Aimée auf diese Weise über zwei Ersatzpferde.

Er wandte sich seiner Frau zu. »Beeilen wir uns.«

Nachdem sie eine Woche später die Apenninen sicher überquert hatten, änderte William die Richtung, wie es von Anfang an seine Absicht gewesen war. Anstatt nach Venedig zu reiten, schlug er den Weg nach Ravenna ein. Dies bedeutete, daß sie auf päpstlichem Territorium blieben, aber William wollte so bald wie möglich ein Schiff besteigen und die Adria überqueren.

Sie benötigten zwei Wochen bis Ravenna, viel weniger, als er damals für diese Strecke gebraucht hatte. Und William wußte jetzt, wo die verborgenen Gefahren lagen, da er sich an die Stellen erinnerte, an denen Hinterhalte am wahrscheinlichsten waren, und er wußte, welche Anzeichen auf Wegelagerer, schließen ließen. Was die Städte betraf, war er nicht nur im Besitz seiner Pässe, sondern außerdem eines Geleitbriefes, den Alexander persönlich erst vor kurzer Zeit unterzeichnet hatte. Sie mußten nur gelegentlich die Pferde wechseln, und an den Poststationen erklärte er, er wäre in einer dringenden Mission für den Papst unterwegs. Sie schliefen in der Abgeschiedenheit der Berge oder in einem Wald, in ihre Mäntel gewickelt und allzeit bereit, in den Sattel zu springen.

Seine einzige Sorge galt Aimée, aber wenngleich sie zeitweise sichtlich erschöpft war, hielt sie das Tempo erstaunlich gut durch. Sie hatten kaum Gelegenheit, darüber zu sprechen, was geschehen war, aber nach ihrer anfänglichen Verblüffung hatte sie keine Schwierigkeiten mehr gemacht.

Wenigstens waren sie zu zweit gegen den Rest der Welt, und jetzt, da ihr Haar nachzuwachsen begann, war abzusehen, daß sie bald schöner sein würde als je zuvor.

Ihm selbst fiel es immer noch schwer, zu begreifen, was geschehen war. Er hatte immer gewußt, daß Rodrigo Borgia skrupellos war, aber daß ein Mensch, der ihm solche Großzügigkeit und Freundschaft entgegengebracht hatte, sich seiner entledigen wollte, nur weil er ihm nicht mehr von Nutzen war, schockierte ihn zutiefst. Und dieser Mann war der geistige Führer des gesamten Christentums!

Seine Gedanken konzentrierten sich allein auf ihre Flucht: Keinesfalls durften sie den Borgias in die Hände fallen. Er verlor keine Zeit in Ravenna, da ihm bewußt war, daß sie höchstens einen Tag Vorsprung vor den päpstlichen Verfolgern haben konnten. Sie ritten auf direktem Weg zum Hafen, und er mietete ein kleines Boot, das ihn und Aimée über die Adria bringen sollte. Seine Geldbörse war immer noch reich gefüllt, aber seine respektgebietende Erscheinung und der gezückte Säbel erstickten jeden Gedanken an Mord, Vergewaltigung oder Raub im Keim.

Glücklicherweise war das Wetter günstig, und zwei Tage nachdem sie ausgelaufen waren, erreichten sie eine venezianische Stadt an der dalmatischen Küste. Dort kauften sie Pferde und brachen auf in das vom Sultan beherrschte Hinterland. Innerhalb weniger Stunden waren sie von einer Patrouille Spahis umringt und in Sicherheit.

Bis Istanbul lag noch ein weiter Weg vor ihnen, aber jetzt konnten sie sich Zeit lassen und Luft holen.

William war nun wieder zuversichtlicher: Seine Mission war in jeder Hinsicht erfüllt. Blieb die Frage seiner Beziehung zu Aimée. Er hatte sein Versprechen gehalten, sich ihr nicht gegen ihren Willen zu nähern, und er genoß die Nähe, die ihnen jetzt die Umstände aufzwangen. Während sie durch Italien galoppiert waren, hatte er viel über sie nachgedacht. Ihr Verhalten hatte sich geändert seit jener Nacht, da sie Rom verlassen hatten, und sie war immer noch zutiefst schokkiert von dem, was er ihr über das wahre Gesicht des neuen Papstes erzählt hatte. Ihr Glaube war in seinen Grundfesten erschüttert: Alle Lehren, nach denen sie erzogen worden war, waren in Frage gestellt. Aber ganz offensichtlich war ihr auch klar, daß ihr Gatte, wie sehr sie die erzwungene Ehe auch ablehnen mochte, nun auf der ganzen Welt ihr einziger Freund war.

Er hoffte, daß sich aus dieser Freundschaft zu ihm Liebe entwickeln würde. In diese Freundschaft – wie groß die Versuchung des Fleisches auch sein mochte, jedesmal, wenn er sie ansah – setzte er alle seine Hoffnungen für die Zukunft.

Und so verhielt er sich auf ihrem Ritt durch die Berge mehr wie ein Bruder als wie ein Ehemann. Er zeigte ihr auf dem Weg alles Sehenswerte und erzählte ihr die Geschichte des

Osmanenreiches. Auch machte er sie mit moslemischen Bräuchen und moslemischer Kost vertraut. Er kaufte Haiks und Yashmaks für sie und zeigte ihr, wie sie sich der Sitte nach zu verhüllen hatte.

Sie fand das alles sichtlich interessant und aufregend.

»Du brauchst den Yashmak im Haus und auch in der Öffentlichkeit nicht zu tragen, wenn du es nicht möchtest«, sagte er. »Wir Hawkwoods genießen immer noch gewisse Vorrechte, weil wir als Franken gelten. Beispielsweise besitzen wir keinen Harem.«

»Aber wäre das nicht besser für Euch?« fragte Aimée. »Glaubt mir, Herr, ich kann das Verlangen in Euren Augen sehen, jedesmal wenn Ihr mich anblickt. Es grämt mich, Euch so leiden zu sehen.«

»Könntet Ihr Euch denn nicht vorstellen, dieses Verlangen eines Tages zu teilen, meine Liebste? Hierin liegt das größte Glück, das man sich nur vorstellen kann.«

Sie seufzte und wandte den Blick ab. »Ich weiß es nicht. Ich weiß nicht mehr, was richtig und was falsch ist. Ich habe mich als mit Christus verheiratet betrachtet und war glücklich damit. Jetzt . . .«

»Christus wird Euch sicher vergeben, Aimée. Da er allwissend ist, wird er auch wissen, daß Ihr unter Zwang gehandelt habt, und Euch verzeihen. Ich bin sicher, daß ihm ein vergeudetes Leben verhaßt ist. Ihr seid jetzt eine verheiratete Frau und müßt dies auch bleiben. Den Freuden der Ehe nicht nachzugeben, keine Kinder zu gebären, die Gott verehren, wäre in seinen Augen sicher eine größere Sünde als all jene zusammen, die zu begehen man Euch in der Vergangenheit gezwungen hat. Auch wird Gottes Urteil ganz sicher davon geleitet, wie wir die Karten ausspielen, die uns vom Leben gegeben wurden, und von unserer Entschlossenheit, das Beste daraus zu machen, für uns selbst und für die Menschheit.«

Aimée dachte mit der ihr eigenen Ernsthaftigkeit über seine Worte nach und entgegnete schließlich: »Ich zweifle nicht daran, daß in Euren Worten viel Wahres liegt, Mylord. Ich kann Euch nur bitten, mir Zeit zu geben. Ich weiß Eure Rücksichtnahme mir gegenüber zu schätzen, und ich habe Euch schon immer sehr geschätzt. Es gibt auf der ganzen Welt keinen Mann außer Euch, mit dem ich leben könnte, und mir ist auch bewußt, daß kein anderer Mann auf der Welt mir gegenüber so verständnisvoll gewesen wäre. Wenn Ihr mir nur ein paar Wochen gebt, mich zu fangen und die Veränderungen in meinem Leben zu bedenken . . .«

Er drückte ihre Hand. »Gern, Liebste. Ich wünsche mir nur, daß Ihr glücklich seid. Ich lasse Euch alle Zeit, die Ihr braucht.«

Als sie zwei Wochen später in Istanbul eintrafen, wußte er, daß er gewinnen würde.

Ein Bote war vorausgeschickt worden, um den Sultan von ihrer baldigen Ankunft in Kenntnis zu setzen. In Adrianopel wurden sie bereits von John Hawkwood und seiner neuen Frau erwartet.

William war hierüber sehr erstaunt. John war wie er selbst in jungen Jahren mit einem türkischen Mädchen verheiratet worden, das ihm mehrere Kinder geschenkt hatte.

Aber diese Frau, die er auf Mitte Zwanzig schätzte, war keine Türkin. Sie war recht groß und hatte einen olivfarbenen Teint mit auffällig hübschen Zügen und einer lohfarbenen Mähne, die nach ihren tiefgrünen sinnlichen Augen ihr auffälligstes Merkmal war.

Sie trug einen Yashmak, den sie jedoch ebenso wie Aimée ablegte, als sie unter sich waren.

»Ihr Name ist Giovanna«, teilte John seinem Bruder mit.

»Eine Italienerin?« rief William aus, »aber wie ist das möglich?«

Giovanna errötete. »Das Schiff, auf dem ich unterwegs war, wurde von türkischen Korsaren geentert. Ich hatte das Glück, noch Jungfrau zu sein, so daß ich, anstatt vergewaltigt zu werden, auf dem Sklavenmarkt in Istanbul verkauft wurde. Dort hatte ich erneut Glück, daß Euer Bruder mich entdeckte und auslöste und nicht ein türkischer Pascha.« Sie schauderte. »Er hat mich als Sklavin gekauft, aber zu seiner Frau gemacht.«

William und Aimée starrten sie sprachlos an. Hinter dieser einfachen Erklärung verbarg sich eine ganze Odyssee: die

Schrecken eines Piratenüberfalls, das Entsetzen, als sie von grapschenden Fingern untersucht worden war, die ihre Jungfräulichkeit festgestellt hatten, das Elend der Gefangenschaft, die Scham und Furcht, auf einem Sklavenmarkt angeboten zu werden, wo sie jeder auf mögliche Mängel und Gebrechen untersuchen konnte, ohne zu wissen, welcher der lüsternen Männer um sie herum sie kaufen und zu einem Leben in Abgeschiedenheit und Sklaverei verdammen würde.

Sie hatte nicht wissen können, was sie bei John Hawkwood erwartete. Sie hatte beim ersten Mal gewiß ebenso widerwillig wie Aimée sein Bett geteilt. Auch sie mußte geweint und sich von Gott und der Welt verlassen gefühlt haben. Und doch saß sie jetzt stolz und würdevoll an seiner Seite. Sicher eine Lektion für Aimée.

Aber es gab noch mehr zu berichten. Giovanna war bereits Mutter eines kleinen Jungen, der knapp ein Jahr alt war und den sie auf den Namen Harry getauft hatten.

Sie kamen auf politische Neuigkeiten zu sprechen.

»Du solltest wissen, daß Prinz Dschem tot ist«, begann William.

»Das haben wir schon gehört. Er ist bei einem Mahl mit dem Papst an einem Obstkern erstickt.«

»Er wurde von eben diesem Papst vergiftet. Aber . . . du wußtest bereits von seinem Tod?«

»O ja. Papst Alexander hat von der Pforte deinen Kopf gefordert.«

»Und wie hat Bajasid darauf reagiert?«

»Er hat noch nicht geantwortet, da er inzwischen erfahren hatte, daß du bald in Istanbul eintreffen würdest. Er möchte deinen Bericht hören.«

»Aber stehe ich unter Anklage?« fragte William. Vielleicht sollte er fliehen, solange er noch konnte. Aber wohin?

»Nicht unbedingt. Unser Sultan ist schon ein komischer Kauz und sehr launenhaft. Aber noch ausgeprägter ist seine Lasterhaftigkeit; er verbringt mehr Zeit in seinem Harem als im Rat. Er überläßt die Verwaltung seines Reiches seinen Wesiren und Paschas. Und von allen Paschas steht derzeit keiner in so hohem Ansehen wie Hawk Pascha. Hierin liegt dein großer Vorteil. Unser Vater hat schon lange versucht, deine Rückkehr durchzusetzen, und die Feindseligkeit Rom gegenüber ist groß. Deine Auseinandersetzung mit dem Papst könnte einige Belustigung hervorrufen.«

»Und Vater geht es gut?« fragte William.

»Man würde kaum glauben, daß er über sechzig ist«, erwiderte John. »Ich schwöre, daß er sogar dich bei einem Pferderennen schlagen würde. Aber verlieren wir keine Zeit. Er und der Padischah erwarten dich.«

In dieser Nacht bat Aimée William, bei ihr zu bleiben.

»Vielleicht verstehe ich inzwischen einiges besser als früher«, sagte sie. »Eure Schwägerin ist eine Frau von außergewöhnlichem Mut. Ich bezweifle, daß ich überlebt hätte, was sie durchgemacht hat.«

»Euch fehlt es auch nicht an Mut, Aimée«, versicherte er ihr.

»Das weiß man erst, wenn man auf die Probe gestellt wird. Aber ich glaube jetzt, daß Ihr recht habt, mit dem, was Ihr mir kürzlich gesagt habt: Das Schicksal teilt die Karten aus, und wir müssen unser Blatt nach bestem Vermögen ausspielen. Ihr wurdet vor vielen Jahren als mein Ehemann ausgewählt. Ich habe Euch stets respektiert. Nun würde ich gern lernen, Euch zu lieben.«

Er war überglücklich. Denn so, wie er es beinahe seit ihrer ersten Begegnung geahnt hatte, war Aimée erfüllt von einem sinnlichen Interesse an allem Erotischen, was sie noch verführerischer machte, als Margherita es je gewesen war. Er hätte singen mögen, als sie das Tal entlangritten und in der Ferne die Mauern Istanbuls auftauchten. Er wollte, daß Aimée ebenso stolz war auf das Leben, das sie dort führen würden, wie er stolz auf ihre Liebe war.

Und der Anblick der sechzig Fuß hoch über die Ebene aufragenden Mauern, der noch höheren Wachtürme und der unzähligen Wimpel, die im Wind flatterten, sowie die Ehrerbietigkeit der Soldaten, die ihnen entgegenritten, um die Söhne Hawk Paschas zu begrüßen, waren wahrlich beeindrukkend.

Die äußere Stadt konnte sich an Schönheit nicht mit Rom oder Paris messen, da die Spuren der Verwüstung von 1453 noch zu deutlich waren, aber sie war um einiges sauberer und ordentlicher als jede westliche Stadt, und die Menge, die sich versammelte, um die Kavalkade zu betrachten, war um vieles disziplinierter als der europäische Pöbel.

Er wußte, daß sie verzaubert sein würde vom alten Byzantion, das inzwischen als Serail bezeichnet wurde, sowie von den neuen Palästen, den schönen Gärten und der lebhaften Bevölkerung im Herzen dieses gewaltigen Reiches.

Und er wußte, daß sie beeindruckt sein würde von der Pracht des osmanischen Hofes. Denn trotz der feinen Kleider und gestelzten Manieren der französischen Aristokratie war Paris ein verdorbener, schmutziger Ort, heruntergekommen durch den Geiz des Königs und ungastlich wegen des ständigen Regens. Und wenngleich in Rom die Sonne geschienen hatte, war dort das Stadtbild vom Verfall der Bauwerke geprägt gewesen.

Die Hawkwood-Brüder wurden unübersehbar erwartet. Ein Regiment rot und blau gekleideter Janitscharen hatte vor dem Palast Aufstellung bezogen, und die weißen Roßhaarbüsche an ihren Helmen wehten im Wind. Zwei Schwadronen Spahis in blau-weißen Uniformen saßen reglos auf ihren unbeweglichen Pferden, die aussahen wie ebenholzfarbene Standbilder.

Verschleiert wurde Aimée an sich tief verneigenden Höflingen vorbei auf den Palasthof geführt, wo eine erstaunliche Anzahl weißgekleideter Imame und Muftis versammelt war, von denen jene, die für sich beanspruchten, Nachfahren des Propheten zu sein, grüne Turbane trugen.

Sie betrachtete die Marmorwände- und Fußböden, musterte neugierig die Eunuchen und bog den Kopf weit zurück, um die hohen Decken zu bewundern und die Vorhänge, die sich in der sanften Brise bauschten, die vom Bosporus herüberwehte. Unwillkürlich umklammerte sie die Hand Giovannas an ihrer Seite.

Ihr war nicht bewußt gewesen, daß ihr Mann so bedeutenden Kreisen angehörte.

Aimée und Giovanna blieben auf dem äußeren Hof zurück,

während John William ins Innere der Pforte führte, wo sie von Bajasid und seinen Söhnen erwartet wurden. Es waren drei, alle bereits im Mannesalter: Korkud, der nur einige Jahre jünger war als William, Ahmed, und der jüngste, Selim, der Mitte Dreißig war.

Aber William hatte keinen Blick für die Prinzen, da er unter den Wesiren hinter dem Thron Hawk Pascha stehen sah.

William verneigte sich und entrichtete den vorgeschriebenen Gruß: eine rasche Bewegung der Hand von der Brust zu den Lippen und schließlich an die Stirn. Plötzlich fühlte er sich ein wenig unbehaglich. Der Sultan war in den vergangenen Jahren sehr dick geworden, und inmitten seines feisten Gesichts glitzerten die Augen tückisch wie die einer Schlange.

»Ihr seid viele Jahre fort gewesen, junger Hawk«, bemerkte Bajasid.

»Viel zu viele, O Padischah. Ich habe mich bemüht, Eure Wünsche durchzusetzen.«

»Habe ich auch den Tod meines Bruders gewünscht?«

»Dies war meine ursprüngliche Mission, Padischah. Aber aufgrund Eurer letzten Anweisungen gab ich dieses Bestreben auf. Jedoch hatte der Papst bereits den Tod des Prinzen beschlossen.«

»Ihr habt keinen Beweis für diese Behauptung.«

William sah ihm in die Augen. »Ich bin der Sohn von Hawk Pascha, Hoheit, und ich lüge nicht.«

»Ha!« Der Pascha schnaubte verächtlich. »Wenn ich Euch Eure Verbrechen vergebe, dann nur, weil dieser Papst es mir gegenüber an Respekt hat mangeln lassen.«

William verneigte sich erneut und fühlte, wie die Anspannung von ihm abfiel

»Aber sagt mir«, fuhr Bajasid fort. »Haben meine Anweisungen es Euch gestattet, während Eurer Mission zu heiraten?«

»In diesem Punkt habe ich mich des Ungehorsams schuldig gemacht, Padischah. Aber meine Frau ist von außergewöhnlicher Schönheit und Intelligenz. Könntet Ihr sie sehen, Ihr hättet Verständnis für meine Schwäche.«

»Dann will ich sie sehen«, erklärte Bajasid. »Ich will ihr Gesicht sehen.«

William versteifte sich wieder und blickte hilfesuchend auf seinen Vater.

Hawk Pascha hatte grimmig die Stirn gerunzelt.

»Wie könnt Ihr das von mir verlangen. Hoheit?«

»Ist sie nicht eine Ungläubige? Ist sie es nicht gewohnt, sich unverschleiert zu zeigen? Bringt sie her.«

Hawk Pascha nickte knapp. John verließ seinen Platz an der Seite seines Bruders und ging hinaus auf den Hof. Kurz darauf kehrte er zurück, Aimée an der Hand. Sofern sie beunruhigt war, ließ sie sich hiervon nichts anmerken.

»Zeig dein Gesicht, Frau«, befahl der Sultan.

»Bei allem Respekt, Padischah«, protestierte William.

Bajasid lächelte. »Ihr seid ein eifersüchtiger Ehemann.«

»Ich bin ein Ehemann.« Er deutete auf die zahlreichen Umstehenden, die vor Neugierde zu platzen schienen.

»Ha! Dann soll sie mir allein ihr Gesicht zeigen.« Der Sultan erhob sich schwerfällig. »Bringt sie her.« Er verschwand in der inneren Kammer.

»Es wäre besser, sich seinem Willen zu beugen«, sagte Anthony Hawkwood auf englisch. »Er ist sehr unberechenbar geworden.«

»Trotzdem verstößt es gegen das Gesetz und ist eine Beleidigung unserer Familie«, entgegnete John Hawkwood.

»Tu ihm den Gefallen«, befahl Anthony. »Er ist unser Herr. Es ist sein Unglück, daß er so beherrscht wird von seinen Frauen. Tu, was er sagt, und bring es hinter dich.«

William nahm Aimées Hand. »Nur Mut«, sagte er.

»Ich habe keine Angst vor diesem dicken, alten Mann«, entgegnete sie.

Die Paschas und Wesire tuschelten untereinander. Bajasid beging einen groben Verstoß gegen den *Anyi*, indem er solches Interesse an der Frau eines anderen zeigte.

William führte Aimée in den abgeschlossenen Raum, in dem Bajasid bereits auf dem Diwan Platz genommen und die Wachen hinausgeschickt hatte.

»Zeigt Euer Gesicht«, forderte William jetzt Aimée auf.

Aimée zögerte flüchtig, dann löste sie den Yashmak und ließ ihn herabfallen.

Bajasid starrte sie mit unverhohlenem Begehren an.

»Bei Allah, sie gefällt mir. Kann es irgendwo auf der Welt ein schöneres Gesicht geben?«

»Das ist sehr freundlich von Euch, Padischah«, entgegnete William steif. »Gestattet Ihr, daß wir uns jetzt zurückziehen?«

»Aber ich habe gehört, ihr Haar wäre noch schöner als ihr Gesicht«, sagte Bajasid, Williams Bitte ignorierend.

Aimée hob die Hand und schob den Haik zurück. Ihr aschblondes Haar war inzwischen wieder bis auf eine gewisse Länge nachgewachsen.

»Bei Allah«, sagte Bajasid. »Es sieht aus wie gesponnenes Gold.«

Der Sultan fuhr fort, Aimée anzustarren und ließ den Blick langsam an der von dem Haik verhüllten Gestalt auf und ab gleiten.

»Ihr seid zu beneiden, junger Hawk«, sagte er schließlich, als Aimée den Schleier wieder anlegte und sich zurückzog. »Aber sprechen wir jetzt von Eurer Zukunft. Ich möchte Euch einen Posten anvertrauen, der Euren Talenten gerecht wird. Ich habe beschlossen, Euch das Kommando über die Garnison Erzurum zu übertragen und Euch in den Rang eines *Beglerbeg* zu erheben.«

William musterte ihn mit einer Mischung aus Freude und Verblüffung. Erzurum war eine große Garnison, aber auch der entlegenste Außenposten des Reiches, in den Taurosbergen gelegen, unmittelbar an der Grenze des osmanischen Herrschaftsgebietes, wo Türken und Perser einander ständig feindselig beäugten. Es war ein Ehrenposten, der Ruhm oder Schande über denjenigen bringen konnte, der ihn innehatte.

Auch erforderte es von Istanbul aus einen mehrmonatigen Ritt, dorthin zu gelangen.

»Es ist ein abgelegener Posten«, fuhr Bajasid fort. »Und einer, der großes Geschick erfordert. Ich weiß, daß Ihr dieses besitzt, junger Hawk, aber Ihr seid noch sehr jung. Darum werden Euer Vater und Euer Bruder Euch begleiten, mit einer Streitkraft Spahis und Janitscharen, um meine Macht in diesem Grenzgebiet zu demonstrieren. Wenn Eure Position vor Ort gefestigt ist, werden sie zurückkehren, während Ihr als alleiniger Befehlshaber dort bleibt.«

»Ich bin überwältigt, O Padischah.«

»Dann leitet alles in die Wege. Ihr müßt bald aufbrechen.«

»Das gefällt mir nicht«, erklärte John Hawkwood.

Die beiden Brüder saßen mit ihrem Vater auf der Veranda seines Hauses und blickten hinab auf das Goldene Horn. Ihre Frauen waren im Haus und plauderten. Bajasids Interesse an der Frau des jüngsten Hawk war in Istanbul Stadtgespräch.

»Es gefällt niemandem«, pflichtete Anthony Hawkwood ihm bei »Die Imame sind sehr beunruhigt. Aber er ist der Sultan, und damit basta. Sollten wir uns nicht lieber über die angenehme Seite freuen – über Williams Beförderung?«

»Ich bange um ihn. William, hast du je eine Armee befehligt?«

»Nein«, gestand William

»Und doch wirst du mit einem militärisch sehr verantwortungsvollen Posten betraut.«

»Der Sultan hat ein Auge für Talente«, bemerkte Anthony Hawkwood.

»Zweifellos. Aber der springende Punkt ist, daß wir ein Jahr lang aus Istanbul fort sein werden und unsere beiden Ehefrauen allein zurücklassen müssen.«

Anthony Hawkwood musterte ihn stirnrunzelnd. »Du kannst sie schlecht auf einen Feldzug mitnehmen.«

»Richtig. Und doch werden wir innerhalb einer Woche nach Williams – und Aimées – Rückkehr zu einem überflüssigen Unternehmen fortgeschickt . . . Und Aimée ist womöglich die schönste Frau, die der Sultan je gesehen hat.«

»Was du da andeutest, ist unmöglich«, widersprach Anthony Hawkwood. »Nicht einmal Bajasid würde einen so krassen Verstoß gegen den Anyi wagen. Ist Ehebruch nicht die schlimmste Sünde, derer ein Moslem sich schuldig machen kann?«

»Unter Moslems«, entgegnete John. »Ist der Anyi auch uneingeschränkt für Ungläubige gültig?«

»Das ist undenkbar«, beharrte Anthony und erhob sich. »Es ist Zeit zum Essen.«

William hielt Aimée ein letztes Mal in den Armen. Seine Eskorte, darunter sein Vater und sein Bruder, erwartete ihn, so wie auch die Galeere, die sie über den Bosporus bringen würde. Die Trennung von ihr schmerzte, nachdem er sie erst vor so kurzer Zeit wiedergefunden hatte. Er hatte vor ihr noch keine Frau geliebt, und jetzt liebte er mit einer Intensität, die er nie für möglich gehalten hätte.

Zärtlich strich er ihr über das noch recht kurze Haar – wie gesponnenes Gold, hatte der Sultan gesagt.

»Ich werde Euch nachholen, sobald ich die Grenze gesichert habe«, sagte er.

»Ich werde auf Nachricht von Euch warten.«

Er trat zurück, um sie zu betrachten. »Ihr werdet hier glücklich sein.«

»Dessen bin ich mir ganz sicher; Giovanna ist eine wunderbare Freundin. Aber noch glücklicher werde ich sein, wenn ich zu Euch kommen darf.«

Er küßte sie ein letztes Mal, dann machte er kehrt und ging hinaus.

Es gehörte sich für einen türkischen Soldaten nicht, in der Öffentlichkeit Zuneigung zu zeigen. Darum blickte Aimée den Pferden vom Fenster aus nach, als sie in Richtung Hafen davonritten, die drei Hawkwoods an der Spitze, ihre Soldaten weit überragend.

Sie dachte über die merkwürdigen Winkelzüge des Schicksals nach. Sie war mit der Überheblichkeit der Reichen aufgewachsen, so daß Geld und Besitz ihr nie viel bedeutet hatten. Sie hatte hingenommen, daß sie vermutlich mit einem verarmten Adligen verheiratet werden würde, der in der Gunst des Königs stand, und war davon ausgegangen, daß ihre Söhne einen weit höheren gesellschaftlichen Rang erreichen würden als sie selbst.

Als Tochter eines der Lieblingsminister des Königs hatte sie sich keine Sorgen um ihre Zukunft gemacht, war sogar neugierig gewesen auf das, was ihrer harrte. Sie hatte es kaum erwarten können, endlich eine Frau zu sein. Und das nicht ohne Grund, da sie sich schon sehr früh ihrer körperlichen Bedürfnisse bewußt geworden war. Vielleicht war sie eine geborene Sünderin. Sie hatte seltsame Träume, die sich stets um Männer und ihre Körper drehten, auch wenn sie keine Ahnung hatte, was sie diesbezüglich zu erwarten hatte. Nur in der Ehe und in der Liebe eines einzelnen Mannes konnte sie auf Erlösung hoffen.

Vor all diesen Jahren hatte die Wahl des Königs sie ebenso überrascht und entzückt, wie sie ihre Eltern entsetzt hatte. Immerhin war er ein Fremder aus einem heidnischen Land gewesen, so daß man ihn ebenfalls weitgehend als Heiden ansehen mußte. Sie hatte mitgehört, wie ihre Eltern besorgt über ihn sprachen und sich fragten, auf welche Art er ihren Körper mißbrauchen würde und in welche unbekannten Länder er sie entführen würde.

Aber William Hawkwood war ein junger Mann gewesen – und dazu noch anziehend. Und sanft. Sie hatte keine Angst vor ihm verspürt. Vielmehr hatte sie sich danach gesehnt, so bald wie möglich seine Frau zu werden, um endlich anfangen zu können, ihr wahres Leben zu leben.

Das abrupte Ende ihrer Verlobung war für sie ein Schock gewesen, wenn ihre Eltern auch gejubelt hatten. Sie waren überglücklich gewesen, den Türken abweisen zu können, vor allem, nachdem Madame de Beaujeu einen ihrer politischen Günstlinge zum zukünftigen Ehemann des schönsten und reichsten Mädchens Frankreichs bestimmt hatte. Aber der Auserwählte war Witwer und kam Aimée schrecklich alt und schwach vor; und in ihren erotisch-romantischen Phantasien hatte das anziehende Äußere ihres Traummannes stets eine große Rolle gespielt. Ja, hatte sie immer von einem Liebhaber wie William Hawkwood geträumt.

Aber anstatt sich in ihr Schicksal zu fügen und sich von einem Mann entjungfern zu lassen, der alt genug war, ihr Großvater zu sein, hatte sie dickköpfig erklärt, daß sie überhaupt nicht heiraten werde. Ihr Vater und ihre Mutter hatten sie gezüchtigt, während die Prinzessin ihr eine Predigt gehalten hatte. Sie hatten ihr das entbehrungsreiche Leben, das sie als Nonne führen würde, in den düstersten Farben geschildert und ihr zu verstehen gegeben, daß sie, wenn sie den Mann heiratete, den sie ihr zugedacht hatte, aller Wahrscheinlichkeit nach bereits in einigen Jahren Witwe sein würde.

Aber nicht einmal diese Aussicht hatte sie umstimmen können; der Graf konnte hundert werden oder sie mit einem Dutzend ungewollter Kinder zurücklassen.

Nachdem sie sich einmal entschieden hatte, den Schleier zu nehmen, war sie fest entschlossen, auch dabei zu bleiben. Ihr Erbe und die vorgeschlagene Ehe fielen an ihre weniger störrische Schwester.

Und Aimée hatte großes Glück gehabt mit ihrer Mutter Oberin, die ihr gestattet hatte, angemessene Bücher zu lesen, und ihr überhaupt mit einer Freundlichkeit und Güte begegnet war, wie sie ihr die eigene Mutter nur selten entgegengebracht hatte. Der Aufenthalt im Kloster war eine Zeit der Zufriedenheit gewesen, wenn sie auch dort keine wahre Erfüllung gefunden hatte. Aber nach und nach hatte sie Gott mit echter Hingabe gedient, hatte sich wirklich als Braut Christi gefühlt, und diese neugewonnene Frömmigkeit hatte ihre körperlichen Sehnsüchte unterdrückt.

Und dann war ihr Leben ohne Vorwarnung erneut auf den Kopf gestellt worden.

Von einem bedeutenden Kardinal nach Rom gerufen zu werden, hätte auf ein unerwartetes Fortkommen ihrer Berufung schließen lassen können, hätte die Mutter Oberin beim Abschied nicht so bitterlich geweint. Zweifellos war die gute Frau einigermaßen über den Charakter ihres neuen Patrons unterrichtet gewesen. Und doch war die Reise selbst mit den unzähligen fremdartigen Ansichten, Geräuschen und Gerüchen die aufregendste Erfahrung ihres Lebens gewesen ... bis zu jener plötzlichen, schrecklichen Nacht im päpstlichen Palast.

Ihr Entsetzen war echt gewesen, als man ihr mitgeteilt hatte, daß sie sich nicht länger als Nonne betrachten solle und die acht Jahre freiwilliger Keuschheit mit einem Fingerschnippen beendet worden waren – wenngleich sie sich eingestehen mußte, daß sie gleichzeitig ein Schauer prickelnder Erregung durchströmt hatte. Und wenn sie auch immer noch schauderte bei der Erinnerung an ihre Hochzeitsnacht, glaubte sie doch bereitwillig, daß ihr Gatte recht hatte und ihr Weg von Gott vorgezeichnet war. Und wenn sie auf diesem Weg ein unfaßbares Glück gefunden hatte, sollte sie daran festhalten, solange sie es konnte, da sie zweifellos irgendwann dafür würde bezahlen müssen.

Aber bis dahin konnte sie von den Freuden der Mutterschaft träumen. Ganz sicher würde sie ein Kind empfangen, sobald sie wieder vereint waren.

»Sie sind eine noble Familie«, sagte Giovanna, die unbemerkt neben sie getreten war. »Auch wenn sie dem Antichristen dienen.«

»Ja«, stimmte Aimée ihr zu.

Sie konnte es kaum erwarten, den wunderschönen Palast zu erkunden und etwas über die Haushaltsführung zu erfahren. Giovanna war unangefochten die Dame des Hauses; mit ihrer starken Persönlichkeit hatte sie John Hawkwoods unterwürfige türkische Frau bald in ihre Schranken verwiesen, und sogar Anthony Hawkwoods zwei Konkubinen verneigten sich vor ihr.

Der Palast barg eine Fülle von fremdartigen Gegenständen, Kostbarkeiten und Wonnen, aber Aimée verspürte schon bald den Drang, ihre Erkundungstouren auf Istanbul auszudehnen.

Sie fühlte sich wie ein Vogel, dessen Käfigtür plötzlich offensteht.

Sie war ihr ganzes Leben lang eingesperrt gewesen, erst in den schützenden Mauern ihres Elternhauses und später innerhalb der Klostermauern. Jetzt war sie frei. Vielleicht freier, als sie es jemals wieder sein würde, da sie noch keine Kinder hatte, für die sie verantwortlich war.

Giovanna ging nur in Begleitung ihres Gatten in die Stadt; dort erinnerte sie zu vieles an ihr demütigendes Erlebnis auf dem Sklavenmarkt. Sie erhob jedoch keine Einwände, als Aimée erklärte, daß sie sich die Stadt ansehen wolle. Sie bestand lediglich darauf, daß eine der Hausangestellten sie begleitete.

Einige Wochen nachdem die drei Hawkwoods aufgebrochen waren, verließen Aimée und das Hausmädchen das Haus. In ihre Haiks und Yashmaks gehüllt, überquerten sie mit der Fähre das Goldene Horn, schlenderten durch die Altstadt und mischten sich unter das Volk. Die meisten Menschen dort waren Griechen, die Frauen unverschleiert und lärmend, und alle machten Platz für die türkische Dame und ihre Dienerin.

Aimée ging sogar zum Sklavenmarkt und versuchte, sich vorzustellen, was Giovanna empfunden haben mochte, als sie entblößt dort gestanden hatte . . . Sie bekam seltsam weiche Knie, als sie beobachtete, wie nackte Männer und Frauen sorgfältig begutachtet und ersteigert wurden wie Vieh.

Sie kehrte dem Sklavenmarkt den Rücken und ging zum Hippodrom, das in einen großen Park verwandelt worden war, da die Türken keine Zeit für organisierte Wettkämpfe hatten und sich auch nicht dafür begeistern konnten.

Sie wollten das Hippodrom gerade verlassen, als Gislama plötzlich Aimée zuflüsterte: »Wir müssen uns beeilen, Herrin, wir werden verfolgt.«

Aimée blieb stehen und blickte zurück. Drei Männer folgten ihnen, und sie glaubte, sie schon in Galata vor dem Haus gesehen zu haben, als sie zu ihrem Stadtbummel aufgebrochen waren. Allem Anschein hatten sie sich bereits dort an ihre Fersen geheftet. Die Männer hatten offenbar darauf gewartet – vielleicht sogar tagelang –, daß sie die Sicherheit des Palastes verließ.

Plötzlich schnappte Gislama nach Luft. Aimée blickte wieder nach vorn und sah, daß weitere drei Männer ihnen den Weg versperrten. Alle sechs waren Schwarze.

Aimée fühlte Beklemmung in sich aufsteigen. Zwar waren noch andere Besucher im Park, aber sie alle zogen sich von der kleinen Gruppe in den Gärten zurück.

Voller Panik zeigte Aimée auf eine Gasse und eilte darauf zu. Gleich darauf erkannte sie, daß das ein Fehler gewesen war; die schmale Gasse war dunkel und menschenleer.

Als sie wieder kehrtmachte, wurde sie von den Eunuchen

überwältigt. Es ging alles so schnell, daß sie nicht einmal mehr zum Schreien kam. Ein Sack wurde ihr über Kopf und Oberkörper gestülpt.

Die Sacköffnung war mit einer Kordel versehen, und bevor sie die Arme heben konnte, war die Kordel zugezogen und verknotet worden, so daß sie völlig wehrlos war, die Hände gegen die Schenkel gepreßt.

Hände griffen nach ihren Beinen, und sie versuchte zu treten, aber auch das war zwecklos. Andere Hände packten sie an den Schultern, und sie fühlte, wie sie hochgehoben und mit den Füßen voran in einen zweiten Sack gehoben wurde, den die Männer ebenfalls fest verschnürten. Sie wurde auf eine Schulter gehievt und davongetragen.

So wurde sie am hellichten Tage mitten in Istanbul entführt, und niemand hatte auch nur einen Finger gerührt, um ihr zu helfen. Aber sie war die Schwiegertochter des großen Hawk Pascha. Wer würde es wagen, ein solches Verbrechen zu begehen?

Ja, wer? Ihr kam ein schrecklicher Verdacht.

Sie wurde nur eine kurze Strecke auf diese unbequeme Art transportiert. Anstatt der Sonnenhitze fühlte sie schattige Kühle; und anstatt vom Straßenlärm umgeben zu sein, herrschte um sie herum Stille. Dann wurde sie von der Schulter des Mannes gehoben, der sie hergetragen hatte.

Die Säcke wurden entfernt, und sie konnte wieder frei atmen. Sie sank auf den Steinboden, auf den man sie gestellt hatte. Als sie wieder zu Atem gekommen war, stellte sie fest, daß sie von den Eunuchen umringt war, die sie entführt hatten. Aber es war noch ein siebter Mann anwesend. Ihre Entführer waren schon prächtig gekleidet, aber dieser Mann wirkte in seiner mit Goldfäden durchwirkten Tunika beinahe königlich. Und der Ausdruck auf seinem Gesicht war der eines Mannes, der es gewohnt war zu befehlen.

»Steht auf, Frau«, befahl er barsch.

Aimée starrte ihn nur sprachlos an und rührte sich nicht.

»Steht auf«, wiederholte er. »Ich bin der Kislar Aga. Ihr werdet gehorchen, oder ich lasse Euch mit dem Rohrstock züchtigen.«

Aimée erkannte, daß er es durchaus ernst meinte, und rappelte sich hoch. Aber sie wußte, daß sie dem Entsetzen nicht nachgeben durfte, das sich ihrer bemächtigte, nun da sie begriff, welches Schicksal ihr bevorstand. Außerdem, sagte sie sich, wovor sollte ich mich fürchten? Dieser Bajasid mag zwar fett und abstoßend sein, aber es heißt, er wäre über alle Maßen sinnlich.

Welch verwerflicher Gedanke für die Frau des jungen Hawk!

Ganz sicher würde sie gerächt werden.

Jedenfalls war sie nicht gewillt, sich von diesen armseligen entmannten Kreaturen einschüchtern zu lassen. Sie konnten nicht mehr tun, als sie mißhandeln, und dafür würden sie bezahlen.

»Wo ist meine Dienerin?« fragte sie und bemühte sich um einen herrischen Tonfall.

»Ihr habt keine Verwendung mehr für diese Dienerin.« Der Kislar Aga trat vor und löste ihren Yashmak. Sie zwang sich, reglos stehenzubleiben.

»Ihr seid wahrhaft schön wie der Mond«, sagte der Aga.

Aimée warf den Kopf in den Nacken. »Ich bin die Frau des jungen Hawk«, sagte sie. »Fürchtet Ihr nicht, daß Hawk Pascha für meine Entehrung Rache nehmen wird?«

»Hawk Pascha ist weit fort«, entgegnete der Aga. »Ihr werdet mich jetzt begleiten.«

Zweifellos zu einer weiteren Unterredung mit dem Sultan. Konnte man sich einem Sultan widersetzen?

Das Vorzimmer, in dem sie stand, besaß keine Fenster; nur zwei Fackeln in Halterungen an der Wand spendeten ein wenig Licht. Sie wußte nicht genau, wo sie sich befand, wenngleich sie überzeugt davon war, daß man sie in den Sultanspalast gebracht hatte.

Der Aga hatte bereits eine Innentür geöffnet, und sie trat hindurch auf einen Flur, der von wunderbaren Düften erfüllt war. Vom Flur aus betraten sie einen zweiten Raum, in dem mehrere Diwane standen und dessen Fußboden mit dickflorigen Teppichen bedeckt war.

Aimée nahm um sich herum allerlei weibliche Geräusche wahr. Sie mußte sich in einem Harem befinden.

»Entkleidet Euch«, sagte der Aga.

Aimée hob ruckartig den Kopf. »Seid Ihr verrückt?«

»Ihr müßt Euch entkleiden, damit ich Euch begutachten kann«, erklärte der Aga. »Wenn Ihr mit einem Makel behaftet seid . . .«

»Komme ich dann frei?« Sie hatte sich die Frage nicht verkneifen können.

»Keine Frau verläßt lebend den Harem«, erwiderte der Kislar Aga.

Aimée starrte ihn entgeistert an, und wieder drohte die Furcht sie zu überwältigen. Das konnte doch alles nicht wahr sein. Sie war dem Gefängnis Kloster entkommen, um für den Rest ihres Lebens in einem Sultanspalast eingesperrt zu werden?

»Entkleidet Euch«, wiederholte der Aga.

»Vor Euch? Niemals.«

»Frau«, sagte der Aga geduldig. »Ich habe hier die Macht, über Leben und Tod zu entscheiden. Mein Herr begehrt Euch, solltet Ihr jedoch irgendeinen Makel aufweisen, wird er Euch nicht empfangen. Dann muß ich Euch in einen Sack stecken und im Bosporus ertränken. Und jetzt gehorcht, oder meine Leute ziehen Euch gewaltsam aus, was Ihr möglicherweise nicht unbeschadet überstehen würdet.«

Zu ihrer eigenen Verblüffung riß Aimée sich die Kleider vom Leib. Sie zweifelte nicht daran, daß er die Wahrheit gesagt hatte. Die Mischung aus Beunruhigung und Erregung, die sie seit ihrer Entführung empfunden hatte, wich nun panischer Angst.

Sie raffte den Haik zusammen und warf ihn zu Boden. Darunter trug sie nur ein Leinenhemd, das dem Haik folgte.

Der Aga schien sie mit den Blicken zu verschlingen. Als er auf sie zutrat, wurden ihre Knie weich. Wenn er mich anfaßt, dachte sie . . .

Aber sie stand reglos da, als er sie berührte. Er fuhr mit der Hand über ihre Gesichtskonturen, über ihren Hals und ihre Brüste, die er von unten umfaßte, wie um ihr Gewicht zu prüfen.

Dann forderte er sie auf, sich umzudrehen, und untersuchte ihre Schultern und ihren Rücken. Dann kniete er nieder.

»Spreizt die Beine«, befahl er.

Nein, dachte sie. Nein! Wollte sie schreien. Aber sie wagte es nicht, sich ihm zu widersetzen.

War das nicht ihr gottgegebenes Schicksal?

Aimée spreizte die Beine, und ihre Muskeln spannten sich, als der Aga ihre Pobacken auseinanderschob, um zwischen sie zu blicken, und sich dann vor sie kniete, um das Ritual bei ihrer Scham zu wiederholen. Sie dachte an den Sklavenmarkt. Hatte Giovanna diese Demütigung auch über sich ergehen lassen müssen? Mein Gott, ging es ihr durch den Kopf, ich werde begutachtet wie eine Sklavin. Und genau das bin ich jetzt auch.

Aber sie wußte, daß es sinnlos war, Gott anzurufen. Wenn er sich nicht von ihr abgewandt hatte, würde der Herr von ihr erwarten, daß sie ihren vorgezeichneten Weg bis zum Ende ging. So gut sie es vermochte, hatte William gesagt.

Der Eunuche erhob sich. »Mein Herr wird erfreut sein«, sagte er. »Ihr seid nahezu vollkommen. Wärt Ihr Jungfrau, hätte er Euch möglicherweise zur Frau genommen. Wie die Dinge liegen . . . er ist ungeduldig.«

Sie starrte ihn an. Konnte er sie selbst oder eine andere Frau auf so intime Art und Weise berühren und nicht das geringste dabei empfinden?

Der Aga entfernte sich von ihr und öffnete eine weitere Tür. »Tretet ein.«

Aimée fuhr zusammen, als erwache sie aus tiefem Schlaf, und bückte sich, um ihren Haik aufzuheben.

»Ihr braucht keine Kleider«, sagte der Aga.

Aimée richtete sich wieder auf und näherte sich der Tür. Ruhig, ermahnte sie sich. Du mußt Ruhe bewahren.

Sie folgte ihm durch die Tür und hielt überrascht inne. Sie befand sich in einem geräumigen Badesaal. Von der Tür aus gelangte man auf ein leicht erhöhtes Podium, auf dem mehrere prächtige Diwane standen. Einige niedrige Stufen führten hinab zu einem Marmorfußboden, in dessen Mitte sich ein großer Marmorquader befand, der an einen Opferaltar erinnerte. Weitere drei Stufen führten hinab zu einer dritten Ebene, ebenfalls aus Marmor, wenngleich der Boden hier mit

Holzlatten bedeckt und mit verschiedenen großen Abflüssen versehen war. Zu jeder Ebene führte eine separate Tür, aber außer ihnen war niemand anwesend. Erhellt wurde der Raum durch riesige Oberlichter in der Decke.

Auf der untersten Ebene standen zwei große hölzerne, mit Wasser gefüllte Wannen. Von der einen stieg Dampf auf. In die Wand der zweiten Ebene war ein Kamin eingelassen. Dort brannte ein loderndes Feuer, über dem ein pyramidenförmiges Gestell aufgebaut war. Zwischen den Stäben hing ein Eisenkessel, der einen köstlichen Duft verströmte.

Wollten sie ihr etwas zu essen vorsetzen? Oder wollten sie sie rösten?

Zu ihrer Verblüffung betraten nun die Eunuchen, die sie entführt hatten, den Raum. Einer von ihnen schloß die Tür und sperrte ab. Dann tat er es den anderen gleich, die bereits begonnen hatten, ihre Kleider abzulegen.

Sie werden sich doch nicht etwa vollständig entkleiden, dachte Aimée. Wenn doch, falle ich bestimmt in Ohnmacht.

Aber sie behielten ihre Lendenschurze an.

Der Kislar Aga deutete auf den Marmorquader. »Legt Euch hin«, sagte er.

Um in obszöner Weise geschändet zu werden?

»Wozu?« fragte sie.

»Euer Körperhaar muß entfernt werden«, erklärte er.

Sie starrte ihn mit offenem Mund an und blickte dann auf die Eunuchen, die sich in einer Reihe aufgestellt hatten und ihr ins Gesicht sahen anstatt auf ihren nackten Leib. Irgendwie war ihre Unversöhnlichkeit schwerer zu ertragen, als es Lüsternheit gewesen wäre, so wie der Gedanke, an den intimsten Stellen rasiert zu werden, ihr schlimmer erschien als eine Vergewaltigung.

Sie kehrte ihnen den Rücken zu, stieg die drei Stufen hinunter und legte sich auf den Marmorquader. Der Stein war kalt, und sie bekam Gänsehaut.

Der Harem Aga trat neben sie, hob ihren Kopf an und schob ihr Haar zurück, so daß es über den Rand des Altares hing.

Einer der anderen Eunuchen erschien auf der anderen Seite, in der Hand ein Tablett mit einem gebogenen, etwa acht Inches langen Messer.

Der Kislar Aga nahm ihren rechten Arm und hob ihn über ihren Kopf. »Ihr müßt ganz stillhalten«, sagte er. »Ich bin sehr geschickt, aber bei einer plötzlichen Bewegung könnte sogar mir die Klinge entgleiten.«

Aimée holte tief Luft, so langsam wie er das Messer schärfte. Derweil puderte ein anderer Eunuch ihre Achselhöhle, bis eine dicke Schicht ihre Haut bedeckte, durch die er die Haare zog. Dann schabte die Klinge mit größter Sanftheit über ihre Haut.

Ihre linke Achselhöhle wurde gleichermaßen enthaart.

»Und jetzt spreizt die Beine«, befahl der Aga.

Wie seltsam, dachte Aimée, als sie gehorchte. Ich verschwende keinen Gedanken an Gegenwehr. Dabei wäre ich heute morgen schon allein bei der Vorstellung, daß ein anderer Mann als mein Gatte, geschweige denn ein fremdländischer Eunuche, so etwas von mir verlangen könnte, bestimmt in Ohnmacht gefallen.

Sie schloß die Augen, als die Finger sanft den Puder auf ihrer Haut verteilten. Der Kislar war sehr sanft, aber sie mußte dennoch an sich halten, nicht zurückzuzucken. Wieder schabte der Kislar mit der Klinge über ihre Haut, den Kopf über ihre Scham gebeugt.

»Jenen Damen, die sich störrisch zeigen«, sagte er im Plauderton, »werden die Haare einzeln ausgezupft. Das ist sehr schmerzhaft und kann zu Entzündungen führen, die einige Zeit anhalten. Ihr seid sehr klug, Euch den Regeln des Harems zu unterwerfen.«

Aimée schloß die Augen. Das Messer glitt zwischen ihre Schenkel, geführt von den so erfahrenen und doch so gleichgültigen Fingern. Es erforderte all ihre Willenskraft, still liegenzubleiben.

»Steht auf«, befahl der Aga, als er fertig war.

Aimée schlug die Augen auf, setzte sich auf und blickte an sich hinab: Erst jetzt wurde ihr bewußt, daß sie bisher nicht gewußt hatte, wie das Geschlecht einer erwachsenen Frau aussah. Sie fühlte, wie brennende Röte ihre Wangen überzog, und hielt den Blick verlegen gesenkt, als sie die Beine über den Rand des Marmorblocks schwang und die Füße auf den Boden setzte, aber die Eunuchen waren alle damit beschäftigt, den Inhalt des Kessels zu betrachten, den zwei von ihnen kräftig umrührten.

»Es mag sich auf der Haut ein wenig heiß anfühlen«, sagte der Aga. »Aber das Unbehagen wird nur kurz andauern. Kniet hin und streckt die Arme über den Block.«

Aimée gehorchte und wunderte sich im stillen weiter über ihre völlige Unterwürfigkeit gegenüber diesem Mann. Tatsächlich war sie sogar neugierig darauf, was als nächstes kommen würde. Sie beobachtete, wie der schwere Kessel durch den Raum getragen und auf den Marmorquader gestellt wurde. Eine Mischung aus Furcht und Abscheu stieg in ihr auf, als eine riesige Schöpfkelle hineingetaucht wurde und eine zähflüssige braune Masse zum Vorschein kam. Einige Tropfen fielen auf ihren linken Arm, und sie keuchte unwillkürlich vor Schmerz – die Masse war glühendheiß. Neuer Schmerz durchzuckte sie, als etwas von der karamellartigen Masse auf ihrem rechten Arm verteilt wurde. Die Eunuchen verteilten den Brei gleichmäßig auf beiden Armen, vom Handgelenk bis zur Schulter.

»Das ist eine Mixtur aus Zucker und Zitronensaft«, sagte der Aga. »Ihr müßt jetzt völlig still liegen. Was jetzt folgt ist eine große Geschicklichkeitsprüfung. Wenn Ihr Euch bewegt, kann ich für nichts garantieren. Der kleinste Fehler, und die Haut wird geschädigt.«

Er war um den Block herumgegangen und hatte sich ihr gegenüber aufgestellt. Jetzt beugte er sich über die Marmoroberfläche, einen gespannten Seidenfaden zwischen den Händen. Er setzte ihn am Schultergelenk an. Er übte leichten Druck aus, bis der Faden sich in die braune Substanz grub, die ihren Arm bedeckte. Dann zog er vor den interessierten Blicken seiner Untergebenen den Faden an Aimées Arm entlang, wobei er einen unförmigen Klumpen aus Zuckermasse ablöste und dazu, wie sie fasziniert feststellte, jedes noch so kleine Härchen. Der goldblonde Flaum, der normalerweise ihre Arme bedeckte, war vollständig verschwunden, als der Faden das Handgelenk erreichte. Die Haut schimmerte nun makellos weiß.

Als ihre Arme fertig enthaart waren, befahl der Aga ihr, sich wieder hinzulegen, und die Prozedur wurde an ihren Beinen wiederholt. Dann mußte sie sich wieder hinknien, und ihr Rücken wurde eingeschmiert und der gleichen Prozedur unterzogen. Schließlich streckte sie sich erneut auf dem Block aus, und ihre Achselhöhlen wurden ein zweites Mal rasiert.

Der Aga grinste. »Jetzt kommt der schwierigste Teil. Ich kann Euch nur raten, absolut stillzuhalten.«

Sie schloß die Augen. Sie konnte den Anblick ihrer Gesichter nicht ertragen, so nah, so eifrig und immer noch bar jedes sexuellen Interesses. Die Zuckermasse wurde auf ihren Brüsten verteilt – ich kann doch unmöglich Haare auf den Brüsten haben, dachte Aimée verzweifelt –, auf ihrem Bauch und zwischen ihren Beinen. In plötzlicher Verzweiflung fragte sie sich, wie sie vermeiden wollten, sie dort unten zu verletzen.

Sie schauderte unwillkürlich und erhielt einen strafenden Klaps auf den Oberschenkel.

»Ich fange jetzt an.«

Aimée versuchte, die Luft anzuhalten, gab dies jedoch bald auf und entschied sich statt dessen für langsames, gleichmäßiges Atmen. Sie fühlte, wie der Faden über ihre Haut glitt, zwischen ihre Brüste, und stellte fest, daß einer der Untergebenen des Aga ihre Brustwarzen mit sanftem und doch festem Griff umschloß und ihre Brüste auseinanderschob, so daß der Faden seines Herrn zwischen ihnen hindurchgleiten konnte.

Ihre Brüste wurden losgelassen und der Faden über ihren Bauch gezogen. Sie spannte die Muskeln, als sie fühlte, wie der Faden über ihre Scham fuhr. Wieder spürte sie Finger an der Innenseite ihrer Schenkel, die soweit gespreizt wurden, daß sie schon glaubte, sie würden aus den Gelenken springen. Sie wollte in Erwartung des Schmerzes aufschreien, aber der Schmerz blieb aus. Dann war es vorbei. Sie bekam einen weiteren, diesmal freundlichen Klaps, öffnete die Augen und blickte in das grinsende Gesicht des Kislar Aga.

»Ihr seid sehr diszipliniert«, sagte er. »Und jetzt kommt, es ist Zeit für Euer Bad.«

Aimée setzte sich auf und ließ sich vom Tisch gleiten. Die

Eunuchen waren bereits zur untersten Ebene vorangegangen, wo die riesigen Wannen bereitstanden. Die Schwarzen hielten silberne Schalen in den Händen.

Sie wurde aufgefordert, sich hinzuknien, während der Aga Kislar sorgfältig ihr Haar durchnäßte und mit einer wunderbar duftenden Seife wusch. Anschließend wurde ihr Haar ausgespült und mit einem Band hochgebunden. Dann wies der Aga sie an, sich auf die Holzlatten zu stellen, und sie wurde siebenmal mit dem heißen Seifenwasser aus der Wanne übergossen.

»Legt Euch hin.«

Aimée gehorchte und streckte sich auf den nassen Latten aus. Die Eunuchen bewaffneten sich mit rauhen Luffaschwämmen und massierten sie vom Hals bis zu den Zehen. Ihre Haut rötete sich, und das Gefühl von Sauberkeit und Wohlbehagen war nun überwältigend. Sie stellte fest, daß ihre Abscheu vor ihnen als entmannte Kreaturen ebenso geschwunden war wie ihre Verlegenheit, von ihnen auf so intime Art angefaßt zu werden.

In Anbetracht all dessen, was sie bereits mit ihr angestellt hatten, konnte es ja kaum noch schlimmer kommen.

Außerdem hielt ihre seltsame Erregung an – und nahm sogar zu.

Nachdem die Waschung beendet war, wurde sie aufgefordert aufzustehen und siebenmal mit kaltem Wasser übergossen.

Der Kislar Aga wickelte sie in einen weiten Bademantel und löste das Band, mit dem ihr Haar hochgebunden worden war. »Folgt mir.« Er führte sie zur obersten Ebene und bedeutete ihr, auf einem der Diwane Platz zu nehmen. Sie war überrascht, wie erschöpft sie sich fühlte, und fragte sich zum erstenmal, wie lange die ganze Prozedur im dunstigen Baderaum gedauert haben mochte.

Offenbar mehrere Stunden, denn sie hatte sich kaum hingesetzt, als ein Gongschlag durch den Palast hallte und die Eunuchen sogleich zum Nachmittagsgebet auf die Knie sanken. Offenbar wußten sie auch in diesem geschlossenen Raum, in welcher Richtung Mekka lag.

Sie schloß die Augen und lehnte sich mit dem Rücken an die Wand. Sie wollte nur schlafen.

Aber ihre Toilette war bei weitem noch nicht beendet. Während sie auf dem Diwan saß und fühlte, wie ihr Körper langsam trocknete, beendeten die Eunuchen ihr Gebet und machten sich wieder an ihr zu schaffen. Sie streckten ihre Arme und Beine, um ihre Nägel zu feilen und anschließend mit Henna zu färben. Andere schminkten ihre Augen und trugen Kohl auf ihre Lider auf.

Der Kislar Aga persönlich rubbelte ihr Haar trocken, wobei es schien, als würde er eine Strähne nach der anderen bearbeiten.

»In den meisten Fällen färben wir auch das Haar mit Henna«, erklärte er. »Aber in Eurem Fall würde dies nur von Eurer Schönheit ablenken. Der Padischah hat sich dazu geäußert.«

Sie vermutete, daß das ein Kompliment sein sollte.

Ihre Nägel waren nun fertig, und ein Eunuch brachte ihr eine Tasse dampfenden schwarzen Kaffee, der so stark war, daß sie nach Luft schnappte. Hierauf folgte ein köstliches Sorbett, das ihre Kehle hinabrann wie ein erfrischender Wasserfall. Sie hatte seit dem frühen Morgen nichts mehr gegessen, und als sie zu den Oberlichtern hinaufsah, stellte sie fest, daß es bereits dämmerte.

Giovanna mußte außer sich sein vor Sorge. Sicher hatte sie ihre Dienerinnen ausgeschickt, sie zu suchen. Würde eine von ihnen wagen, die Wahrheit auszusprechen?

Sie trank eine zweite Tasse Kaffee, während der Kislar Aga sich weiter mit ihrem Haar beschäftigte, es bürstete und kämmte, bis es völlig glatt auf ihren Schultern lag. Dann trat ein Eunuche vor sie, in den Händen ein Tablett mit einem unappetitlichen Klumpen: sämtliches Haar, das von ihrem Körper entfernt worden war, vermischt mit der erstarrten Zucker-Zitrone-Mischung und den Nagelstücken, die ihr abgeschnitten worden waren.

»Er möchte, daß Ihr ihm bestätigt, daß nichts fehlt«, erklärte der Aga, »und daß Ihr ihm sagt, was damit geschehen soll.«

»Sollte mich das eine oder das andere kümmern?« Sie begann, den Kislar Aga beinahe als einen alten Freund zu betrachten. Jedenfalls war sie noch nie so lange in Anwesenheit eines anderen Menschen völlig nackt gewesen – nicht einmal in Anwesenheit ihres Gatten!

»Selbstverständlich. Fehlt etwas, würde eine andere *guizde* sich dessen bemächtigen, und eine Eurer Rivalinnen würde das Haar oder das Nagelstück benutzen, Euch mit einem bösen Fluch zu belegen. Einer Krankheit vielleicht oder einem Hautausschlag.«

Sie würde also Rivalinnen haben! Daran hatte sie nicht gedacht.

»Und was schlagt Ihr vor?«

»Daß alles jetzt und gleich ins Feuer geworfen wird.«

»Sehr gut«, stimmte sie zu. »Würdet Ihr ihm entsprechend Anweisung geben?«

Der Aga gab auf türkisch einen Befehl, und der Inhalt des Tabletts wurde sogleich in das schwelende Feuer gekippt, das sofort aufloderte und wieder diesen fremdartigen Duft verströmte, den sie beim Eintreten wahrgenommen hatte.

Der Aga zog Aimée den Bademantel aus und forderte sie auf, sich auf dem Diwan auszustrecken, woraufhin sie von vier der Eunuchen von vorn und hinten massiert wurde, mit einem Öl, das ebenso wunderbar duftete wie die Seife, mit der ihr Haar gewaschen worden war. Hinterher duftete sie verführerischer, als sie es jemals für möglich gehalten hätte. Auch hatte die Massage einen hocherotischen Tagtraum heraufbeschworen.

»Jetzt ist Eure Toilette abgeschlossen«, sagte der Aga. »Möchtet Ihr Euch ankleiden?«

Ein Eunuch stand mit einem weiteren Tablett bereit, auf dem Seidenpluderhosen lagen, eine Bolerojacke, eine juwelenbesetzte Kappe und Samtpantoffeln. Das Jäckchen war purpurrot und an Saum und Schultern mit Goldfäden durchwirkt. Es war ein sehr merkwürdiges Gefühl, keine Unterwäsche zu tragen, und es irritierte sie, daß der Bolero nicht über ihren Brüsten schloß, so daß bei jeder Bewegung ihre Brustwarzen zu sehen waren.

Dann legte der Aga ihr zu ihrer Überraschung einen sauberen weißen Yashmak um. Er klatschte in die Hände, und ein

Eunuch eilte mit einem großen Spiegel herbei, den er ihr vorhielt, damit sie sich bewundern konnte.

Aimée betrachtete sich mit wachsendem Erstaunen. Die Hitze des Bades hatte ihre Haut, die vom Massageöl weich schimmerte, rosig gefärbt. Die durchsichtige rote Hose ließ die Form ihrer Beine erkennen – ein weiterer Schock, da sie noch nie zuvor in der Öffentlichkeit ihre Beine gezeigt hatte. Ihre Brustwarzen lugten unter dem Bolerojäckchen hervor, und sie war entzückt von der prallen Rundung ihrer Brüste, die kein Anzeichen von Schlaffheit zeigten.

Und zur Krönung ihr halbverdecktes Gesicht und das weißgoldene Haar, das unter der Kappe herabwallte.

»Seid Ihr zufrieden?«

»Ich bin verblüfft«, sagte sie. »Wie oft wird eine Frau einer solchen Metamorphose unterzogen?«

»Das hängt davon ab, welchen Gefallen der Padischah an Euch findet. Als *guizde* nicht öfter als einmal im Jahr – wenn überhaupt. Als *ikbal* vielleicht einmal die Woche. Aber solltet Ihr jemals zur *Odaliske* aufsteigen, werdet Ihr jeden Tag viele Stunden in diesem Raum verbringen, damit Ihr jederzeit bereit seid, wenn Euer Herr nach Euch verlangt. Allerdings wird es bei anderen Gelegenheiten in der Zukunft nicht so umfangreicher Anstrengungen bedürfen.«

Wird es weitere Gelegenheiten geben? fragte sie sich. Vor allem, wenn die Hawkwoods erst erfahren, was geschehen ist.

Aber sie sagte nur: »Das freut mich zu hören. Würdet Ihr mir jetzt mein Schlafgemach zeigen? Ich bin völlig erschöpft und möchte nur noch schlafen.«

Der Kislar Aga gestattete sich ein Lächeln. »Heute nacht werden Ihr nicht viel Schlaf bekommen, fürchte ich. Kommt, es ist Zeit, das Gemach des Padischah aufzusuchen.«

11
Der Tag der Abrechnung

DIE BERGE SCHIENEN endlos in jede Richtung aufzuragen. Einst hatte William Hawkwood den Ulu Dag als hoch betrachtet, und einmal hatte er ehrfürchtig zum Gipfel des Matterhorns aufgeblickt. Aber nie hätte er sich träumen lassen, daß er jemals solche Höhen würde erklimmen müssen.

Brussa lag über achthundert Meilen zurück, es war eine Strecke voller Umwege gewesen.

Die kleine Armee war seit mehreren Monaten unterwegs. Sie waren so lange wie möglich der Küste gefolgt, und sogar diese Route hatte sich als beschwerlich erwiesen. Als sie sich jedoch landeinwärts den Bergen zugewandt hatten, waren sie auf Terrain gestoßen, wie es bislang nur Hawk Pascha und seinen Veteranen aus dem Persischen Krieg begegnet war.

Sie hatten in Trabzon überwintert, an der Küste, wo das Schwarze Meer in eine weite Bucht strömte, die sich im Laufe der Jahrhunderte zu einem dreieckigen Tafelland zwischen zwei tiefen Schluchten geformt hatte, durch die Pontischen Berge vom Hauptteil des Anatolischen Plateaus getrennt.

Dies war der Ort, an dem Xenophon der Grieche und seine zehntausend Mann nach ihrer Flucht aus Persien das Meer erreicht hatten, und der Seehafen war eine relativ junge Eroberung der Türken.

Mit den gewaltigen Bergen im Hintergrund war er nur schwer zugänglich. Hier hatten die Großen Comneni, Nachfahren der byzantinischen Kaiser, die nach der Eroberung durch die Franken 1204 vertrieben worden waren, über zweihundert Jahre gelebt und ihr kleines Königreich namens Trabzon regiert. Die Ruinen ihrer Paläste waren noch vorhanden. Die Mauern, die die Byzantiner in jenen ruhmreichen Tagen errichtet hatten, standen noch.

Mehmed der Eroberer war es gewesen, der mit Hawk Pascha an seiner Seite kurz nach dem Fall Konstantinopels Trabzon annektiert hatte.

Der Beglerbeg Mustafa Pascha war ein alter Freund von

Anthony und hatte sie willkommen geheißen, aber mit Beginn der Schneeschmelze hatte Anthony sie weiter hinauf in die Berge geführt. Jetzt blickten sie auf über zehntausend Fuß hohe schneebedeckte Gipfel, die sie auf allen Seiten umgaben. Sogar auf den Pässen sank die Temperatur jede Nacht unter den Gefrierpunkt, so daß Menschen und Pferde sich dicht zusammendrängten, um sich zu wärmen.

»In Erzurum ist es niemals heiß«, teilte Hawk Pascha ihnen mit. »Es liegt sechstausend Fuß über dem Meeresspiegel.«

William war erleichtert, als die Türme der Zitadelle entlang des Passes auftauchten. Nicht nur wegen der langen Zeit, die sie nun schon unterwegs waren, oder der einsamen Nächte, in denen er von Aimée träumte und sich fragte, wie es ihr und Giovanna gehen mochte; er machte sich Sorgen um seinen Vater Anthony Hawkwood, der immerhin schon vierundsechzig war. Sicher, er hatte fast sein ganzes Leben entweder auf Feldzügen oder auf Reisen verbracht, erst unter dem Eroberer und jetzt unter Bajasid, aber er war zu alt, um Berge hinauf- und hinabzusteigen, und an manchen Tagen hatte sein Gesicht eine ungesunde aschgraue Farbe. Aber er ließ sich nicht beirren in seiner Entschlossenheit, täglich eine bestimmte Anzahl von Meilen zurückzulegen. Andere mochten vor Erschöpfung zusammenbrechen, aber Anthony trieb sich unerbittlich an.

Und dann erreichten sie endlich Erzurum. Es war eine überraschend große Stadt, und eine sehr alte. Den Römern als Theodosiopolis bekannt, war sie schon in jenen Tagen eine Grenzfeste gewesen, die Anatolien vor den Horden aus den Steppen und den noch höheren Bergen des Hindukuschs schützte. In jüngerer Vergangenheit war die Stadt Heimat der Seldschuken gewesen, die sie Arzan-ar-Rum, Land der Römer, genannt hatten, woraus sich auch der neue Name der Stadt herleitete.

Die Seldschuken waren die ersten Türken gewesen, die aus den Steppen gekommen waren, um die Macht des Byzantinischen Reiches herauszufordern – zu einer Zeit, da es von den

Byzantinern noch geheißen hatte, sie besäßen das größte Heer der Welt. Die Seldschuken hatten triumphiert.

Mehrere ihrer Sultane waren in Erzurum beerdigt, und ihre Mausoleen beherrschten die Stadt wie jene der Osmanen Brussa, jedoch überragt von der Kuppel der Großen Moschee.

William interessierte sich jedoch mehr für die hohen, starken Mauern und die Zitadelle im Zentrum.

Reiter waren vorausgeschickt worden, um die Garnison davon zu unterrichten, daß ein neuer Kommandeur nahte, so daß die Truppen sie mit einer Parade empfingen. Die Männer waren nicht sehr zahlreich: ein Regiment Janitscharen und eins Spahis – die gleiche Streitkraft, über die Dschem in der Garnison Brussa verfügt hatte, bevor er begonnen hatte, weitere Soldaten zu rekrutieren.

Artillerie gab es keine.

»Kanonen in diese Berge transportieren zu wollen wäre schier unmöglich«, knurrte Hawk Pascha.

»Aber die Perser besitzen auch keine Geschütze«, bemerkte Walid, der bisherige Garnisonskommandant, ein kleiner, schmaler, dunkelhäutiger Mann, der mehr wie ein Araber aussah als wie ein Türke. Er hatte unter Hawk Pascha gekämpft, und Anthony wußte, daß er ein guter Mann war.

»Hat es viele Auseinandersetzungen gegeben?« fragte William.

»Grenzüberfälle. Daran wird sich nie etwas ändern.« Walid zeigte auf die Berge, die in etwa zehn Meilen Entfernung steil vor ihnen aufragten. »Es ist beinahe unmöglich, ein größeres Heer durch das Gebirge zu führen. Dschingis Khan und Timur haben es getan, aber die Perser haben zu viele Probleme im eigenen Land.«

»Freust du dich?« fragte Anthony Hawkwood seinen Sohn. »Du bist weit weg von Istanbul und gewissermaßen Herrscher über dein eigenes kleines Königreich.«

»Denk immer daran, daß der Padischah immer noch dein Herr ist«, ermahnte ihn John Hawkwood.

»Das werde ich wohl kaum vergessen«, entgegnete William. »Aber ich werde hier zufrieden sein und meine Pflicht erfüllen, bis ich zu Größerem berufen werde. Mein einziger Wunsch ist es, meine Frau hier bei mir zu haben.«

»Ich werde mich darum kümmern, sobald ich wieder in Istanbul bin«, versprach Anthony. »Jetzt, da wir wissen, daß hier alles friedlich ist. Aber es wird eine lange und beschwerliche Reise für Aimée werden.«

»Sie hat zuvor schon weite Strecken zurückgelegt, Vater. Aber ich fürchte, es wird für dich eine lange und beschwerliche Reise werden.«

»Unsinn. Man könnte meinen, ich wäre ein Säugling, so wie du mich bemuttert hast.«

»Aber ich bestehe darauf, daß du dir etwas Ruhe gönnst, bevor du wieder aufbrichst«, sagte William.

»Ich werde eine Woche bleiben«, stimmte Anthony ihm zu.

Der Bote traf am vierten Tag jener Woche ein. Die Hawkwoods starrten einander in ungläubigem Entsetzen an, als sie seine Nachricht hörten.

»Kann das denn überhaupt wahr sein?« fragte Anthony.

»Ich habe Euch ausgerichtet, was die Dame Giovanna mir aufgetragen hat, Herr«, entgegnete der Bote, ein Mitglied von Anthonys Haushalt.

»Und du hast so lange gebraucht, uns zu erreichen?« knurrte John.

»Es war äußerst schwierig, Herr – für Giovanna ebenfalls. Als die Dame Aimée verschwand, hieß es erst, sie wäre von Straßenräubern getötet worden, was auch möglich erschien, nachdem das Hausmädchen Gislama tot aus dem Bosporus gefischt worden war. Ihr war von einem Ohr bis zum anderen die Kehle durchgeschnitten worden. Der Sultan persönlich zeigte sich höchst besorgt. Er gab Befehl, jeden Verdächtigen in der Stadt zu verhaften und zu foltern. Aber keiner gestand. Die Dame Giovanna wußte nicht, was sie tun sollte, und so hat sie einen Boten ausgesandt, der Euch benachrichtigen sollte.«

»Vor dir ist kein Bote bei uns eingetroffen«, entgegnete Anthony Hawkwood.

»Bajasid muß ihn abgefangen haben«, sagte John.

»Sprich weiter«, befahl William dem Diener. Sein Verstand war wie eingefroren.

»Das ist es, was auch die Dame Giovanna befürchtet hat. Aber erst nachdem mehrere Monate ohne Antwort von Euch verstrichen waren, erkannte sie, daß dem Boten ein Unglück zugestoßen sein mußte. Zu dieser Zeit kam ihr auch ein Gerücht von einer Frau mit weißem Haar zu Ohren, die angeblich im Harem des Sultans von den anderen Frauen getrennt lebe. Erst da erkannte die Dame Giovanna, was sich tatsächlich zugetragen haben mußte. Sie war außer sich vor Sorge, Trauer und Furcht. Aber dann schickte sie mich heimlich bei Nacht zu Euch, um Euch von ihrem Verdacht zu unterrichten. Herr, ich bin Tag und Nacht geritten, um Euch die Nachricht zu überbringen.«

»Du hast deine Pflicht bestens erfüllt«, versicherte ihm Anthony Hawkwood. »Jetzt geh und ruh dich aus, und sei versichert, daß du belohnt werden wirst. Jedoch darf kein Wort hierüber jemals wieder über deine Lippen kommen.«

Malik verneigte sich. »Ich verstehe, Herr.« Als er den Raum verlassen hatte, sprang William erregt auf. »Wir werden morgen aufbrechen.«

Anthony Hawkwood musterte seinen jüngsten Sohn eindringlich. »Und was willst du tun?«

»Du kannst nicht von mir erwarten, diesen Frevel tatenlos hinzunehmen, Vater.«

»Ich erwarte von dir, daß du vernünftig bist. Ein großes Verbrechen wurde begangen. Und der Urheber ist der Sultan, der Allmächtige. Seine Tat wird von den Imamen und Muftis verurteilt werden, wenn sie davon erfahren. Wenn du aber jetzt überstürzt handelst, würdest du nur dem Sultan einen Vorwand geben, dich auf der Stelle zu töten. Und einen militärischen Posten ohne Erlaubnis zu verlassen käme einem Aufstand gleich.«

»Mein Gott, Vater! Du erwartest von mir, daß ich tatenlos hier herumsitze, während Aimée gezwungen wird, sich den Gelüsten dieses Ungeheuers zu beugen? Du kennst sie nicht. Sie hat Jahre in einem Kloster verbracht. Sie wird sterben vor Scham.«

»Ich leide mit dir, aber zu sterben ist nicht der Weg, ein Unrecht zu sühnen. Überlaß das mir. Bei meiner Rückkehr in Istanbul werde ich den Großmufti aufsuchen, und gemeinsam werden wir beschließen, was geschehen soll. Ich versichere dir, daß nicht einmal der Sultan ungestraft so kraß gegen das Gesetz verstoßen kann. Er wird mindestens gezwungen werden, sie freizugeben ... Ich gebe dir Bescheid. John, wir reiten morgen bei Tagesanbruch.«

Tief in seinem Herzen wußte William, daß der Rat seines Vaters vernünftig war; Anthony Hawkwood war immer vernünftig. In dem Augenblick, da er ohne Erlaubnis des Sultans in Istanbul erschien, würde er zum Gesetzlosen erklärt und bis ans Ende der Welt gejagt werden, so wie einst Prinz Dschem.

Bajasid hatte den Anyi mißachtet. Er würde dafür büßen – nach dem Willen des Volkes. Aber bis dahin würde er mit Aimée tun, was ihm beliebte. Diese Vorstellung verursachte William Übelkeit.

Und wie schon so oft in der Vergangenheit konnte er nichts tun, als zu warten, daß das Schicksal seinen Lauf nahm.

Jedoch brauchte er diesmal nicht tatenlos abzuwarten; er konnte sich mit Arbeit ablenken. Und darüber hinaus konnte er sich bemühen, zumindest diese Garnison, diese Stadt, an seine Person zu binden. Die Soldaten und auch Walid respektierten den Namen Hawk bereits: Das berühmte Schlachtfeld von Otluk-Beli befand sich nur wenige Meilen südwestlich. Die Männer waren stolz darauf, daß der jüngste Hawk zu ihrem Kommandanten bestimmt worden war, auch wenn es ihm an Jahren und Erfahrung mangelte. William versuchte diesen Respekt und die Bewunderung für seinen berühmten Namen in bedingungslose Treue umzuwandeln.

Als der Schnee zu schmelzen begann und es erforderlich wurde, Spähtrupps bis zur persischen Grenze zu entsenden, führte er diese persönlich an. Er befehligte sogar Vorstöße auf persisches Gebiet und brachte Beute und Sklaven nach Hause, sehr zur Freude der Janitscharen. Indem er sich selbst nicht schonte und keine Gefahr scheute, errang er außerdem großes Ansehen bei seinen Männern. Bald drang sein Ruf bis nach Persien.

Er befehligte auch Ausfälle nach Norden, über die Berge nach Armenien, Georgien und Tscherkessien. Auf dem letzten dieser Beutezüge in diesem Jahr – es war bereits September – erschien Walid vor seinem Zelt, eine der geraubten Frauen an den Haaren hinter sich her zerrend. Sie war vollständig entkleidet worden, und ihre Hände waren auf dem Rücken gefesselt.

»Es ist nicht gut für einen großen Soldaten, ohne Frauen zu leben, Herr«, brummte Walid. »Ich habe gehört, daß Eure Frau die schönste Frau der Welt war, mit Haar wie gesponnenes Gold. Aber sie ist tot. Würdet Ihr diese als Ersatz nehmen?«

Wie alle in Erzurum hatte Walid keinen Schimmer von der Wahrheit.

Sie war Tscherkessin, hatte helle Haut und blaue Augen. Das Haar, das ihr wirr über den Rücken fiel, schimmerte golden. Sie war eigentlich nicht hübsch, aber ihre Gesichtszüge waren von sehr anziehendem Gleichmaß, und die verführerischen Rundungen ihres Körpers waren zweifellos reizvoll.

Plötzlich sehnte er sich verzweifelt nach einer Frau, die sein leidenschaftliches Verlangen, das ihn verzehrte, ein wenig milderte.

»Ihr Name ist Golkha«, erklärte Walid. »Ich würde Euch raten, ihre Hände gefesselt zu lassen, bis Ihr sie gezähmt habt.«

Golkhas Augen glühten haßerfüllt, sie schien nicht an Aufgeben zu denken.

William mußte sie knebeln, um nicht gebissen zu werden, wann immer er ihren schnappenden Zähnen zu nahe kam.

Er nahm sie gekonnt, wenn auch grob. Sie hatte Brüste zum Liebkosen, Pobacken, sie zu züchtigen, lange, kraftvolle Beine zu spreizen und wunderbare Wärme zwischen ihren Schenkeln. Er behielt sie die ganze Nacht in seinem Zelt und stillte bis zum Morgen mehrmals sein Begehren.

Sie würde zumindest für diesen Winter seine Gefährtin sein, da keine Hoffnung bestand, daß vor dem Frühling Nachricht aus Istanbul eintraf. Es begann zu schneien, noch bevor sie nach Erzurum zurückgekehrt waren, und innerhalb einer Woche nach ihrem Eintreffen in der Stadt war diese vollständig von der Außenwelt abgeschlossen, umgeben von einem glitzernden weißen Wunderland, das jedem den Tod brachte, der sich zu weit hinein wagte.

Man konnte entweder dasitzen und sein Schicksal beklagen oder sich unterhalten, so gut es ging, und besserer Zeiten harren.

Golkha hatte nach und nach Türkisch gelernt, da sie erkannt hatte, daß Aufsässigkeit zwecklos war. Sie hatte sich in ihr Schicksal ergeben und beschlossen, das Beste daraus zu machen. Sie hörte auf, nach ihm zu schnappen und zu treten, und begann, sein Verlangen mit einer rückhaltlosen Leidenschaft zu erwidern, die ihn schmerzte, weil sie ihn so sehr an Aimée erinnerte.

Im Frühling war sie schwanger.

Sobald die Straßen wieder passierbar waren, schickte er einen Boten nach Trabzon, um zu hören, ob inzwischen Nachricht aus Istanbul eingetroffen war. Der Bote kehrte mit leeren Händen zurück. Als es wärmer wurde, konnten er und Walid auf Bärenjagd gehen, aber er kam einfach nicht zur Ruhe. Wenngleich er seine Männer auch weiterhin auf Beutezügen anführte, war er nicht mehr mit dem Herzen dabei. Achtzehn Monate waren vergangen, seit sein Vater und sein Bruder die Rückreise angetreten hatten. Achtzehn Monate waren zu lang.

Er wußte, daß er nicht länger warten konnte, sich Gewißheit über ihr Schicksal zu verschaffen, und doch würde bald sein Kind geboren werden, und wenn er von Erzurum nach Istanbul aufbrach, würde das einer Kriegserklärung gleichkommen. Würden seine eigenen Männer ihm bei einem so gefährlichen Abenteuer zur Seite stehen, so treu sie ihm inzwischen auch ergeben waren?

Aber im Spätsommer, als die Blätter sich zu verfärben begannen und er seine Entscheidung bis zum kommenden Frühjahr hinausgeschoben hatte, wurden drei Reiter gesichtet, die sich Erzurum näherten – nicht von Norden und Trabzon, sondern von den Bergen im Südwesten.

William und Walid standen gemeinsam auf dem Turm über dem Tor und blickten den Fremden aufmerksam entgegen.

»Bei Allah«, sagte Walid und kniff die Augen zusammen. »Ist das nicht dieser Malik?«

»Mit zwei Frauen«, sagte William und befahl, ihnen das Tor zu öffnen.

Er eilte hinunter in den Hof, um sie zu begrüßen. Giovanna fiel beinahe aus dem Sattel in seine Arme. Ihr Mädchen trug Johns kleinen Sohn Harry Hawkwood in den Armen.

Giovannas Gesicht war von der Sonne verbrannt und von den eisigen Winterwinden rauh und spröde. Sie wollte sich erst gründlich waschen und baden, bevor sie mit William sprach.

Ihre Reisekleidung war zerlumpt, aber sie hatte ein Ersatzkleid in der Satteltasche, das sie zum Abendessen anzog. Es war ein schwarzes Kleid.

Er hatte bereits geahnt, daß sie schlimme Neuigkeiten brachte, sonst hätte sie es niemals riskiert, nur in Begleitung Maliks und ihres Mädchens den langen, gefährlichen Ritt über die Berge anzutreten.

Da er Verständnis für ihre Verzweiflung hatte, wartete er, bis sie von sich aus erzählte, was sich zugetragen hatte.

Sie nippte an einem Becher warmer Ziegenmilch und erschauerte. Er hatte die Dienstboten fortgeschickt, und sie waren allein.

»Sprich«, sagte er schließlich.

Wieder überlief ein Schaudern ihren geschundenen Körper. »Eure Familie wurde ausgelöscht. Mein Gatte ist tot. Eure Familie ist ausgelöscht.«

»Sprich«, sagte er erneut.

»Ich weiß nicht, wie ich es Euch sagen soll.«

»Erzähl mir alles von Anfang an. Mein Vater und mein Bruder sind im Frühling des vergangenen Jahres von hier aufgebrochen. Sag mir, was bei ihrem Eintreffen in Istanbul passiert ist.«

Giovanna seufzte. »Sie trafen Ende des Sommers dort ein. Aber Euer Vater war krank. Als er Istanbul erreichte, konnte er sich kaum noch im Sattel halten.«

»Er schien schon krank zu sein, als er von hier aufbrach«, sagte William »Aber er *wollte* unbedingt zurück.«

»Er mußte das Bett hüten, und wir konnten nicht viel für ihn tun. Als uns klar wurde, daß er sich nicht erholen würde, fühlte mein Gatte sich verpflichtet, sich für Eure Belange einzusetzen. Er suchte den Großmufti auf, um ihn von der Entführung Eurer Frau zu unterrichten. Der Mufti war schokkiert und suchte den Sultan auf. Bajasid leugnete, etwas über den Verbleib Eurer Frau zu wissen. Er tat, was noch nie ein Sultan vor ihm getan hat: Er führte den Mufti in seinen Harem und gestattete ihm, sich jede Frau genau anzusehen. Es war keine einzige Frau mit gelbem Haar unter ihnen, abgesehen von einigen wenigen, die ganz offensichtlich Tscherkessinnen waren.«

»Dann hat er sie umbringen lassen.«

»Das weiß niemand. Aber nicht einmal der Großmufti konnte es wagen, den Sultan einen Lügner zu nennen. Er war gezwungen zu verkünden, daß John Hawkwood den Sultan fälschlich beschuldigt habe.« Sie schluchzte. »Mein Gatte wurde noch am selben Tag im Palast hingerichtet. Erdrosselt.«

»Und mein Vater?«

»Die Henker wollten auch ihn holen, aber ich flehte den Wesir an, einzugreifen und das Leben eines großen Mannes und treuen Dieners zu verschonen, der ohnehin im Sterben lag. Er erklärte sich einverstanden, jedoch mit der Auflage, daß keiner von uns den Hawk-Palast jemals wieder verlassen dürfe. Ich blieb bei Eurem Vater, bis er starb. Ich habe ihm Johns Hinrichtung verschwiegen und ihm erzählt, mein Mann wäre mit einer militärischen Mission betraut worden. Seine Gedanken waren wirr; er konnte nicht mehr klar denken. Er glaubte mir.«

»Und starb«, sagte William traurig.

»Seine letzten Worte galten Euch«, fuhr Giovanna fort. »Und meine nächsten Gedanken ebenfalls. Ich bin keine Türkin und habe keine Sympathie für dieses Volk. Und ich war zu lebenslanger Gefangenschaft im eigenen Haus verurteilt worden. Ich wußte, daß Bajasid mich über kurz oder lang würde loswerden wollen, und so plante ich meine Flucht nur mit meinem Sohn, einem einzigen Dienstmädchen und unserem getreuen Malik.

Ich besaß genügend Geld, aber ich wußte, daß der Sultan uns seine Soldaten nachschicken würde, sobald er von meinem Verschwinden erfuhr. Ich wagte nicht, an der Küste entlangzureiten, und so überquerten wir statt dessen die Berge. Ich bin ein Jahr unterwegs gewesen, um zu Euch zu gelangen, junger Hawk.« Nach kurzem Schweigen fügte sie hinzu: »Es gab keinen Ort, wo ich sonst hätte hingehen können.«

William drückte ihre Hand. »Hier seid Ihr sicher.« Er lächelte schief. »Solange ich lebe.«

William erhob sich, trat ans Fenster und blickte hinaus auf die Berge.

»Glaubt Ihr, daß Aimée tot ist?« fragte er schließlich.

»Ich bin sicher, daß sie nicht mehr lebt. Er hat sich genommen, was er wollte, und dann . . . Bestimmt hat er sie in einem Sack in den Bosporus werfen lassen. Ist das nicht der übliche Weg, sich unliebsame Konkubinen vom Hals zu schaffen?«

»Ja«, entgegnete William. So viel Schönheit und Anmut in einem Sack ertränkt. Nachdem der Sultan sich in einer Art und Weise an ihr vergangen hatte, die sogar die wildesten Träume der Borgias überstieg. So vieles hatte er verloren. So vieles, was ihn quälen würde, solange er lebte. Denn er mußte lange genug leben, diese Rechnung zu begleichen.

»Dann muß ich Rache für sie nehmen«, sagte er eisig. »So wie auch für meinen Vater und meinen Bruder. Dieser verfluchte Sultan und sein Bruder haben meine ganze Familie auf dem Gewissen.«

»Könnt Ihr denn etwas gegen seine Allmacht ausrichten?«

William dachte an Dschem und Omar und die Konfrontation in den Bergen bei Brussa. Und er dachte an den Rat seines Vaters, den Verstand auch in Notlagen einzusetzen.

»Nein«, entgegnete er. »Ich kann kein Heer gegen das führen, das Bajasid gegen mich aufstellen würde. Aber andererseits glaube ich auch nicht, daß er ein Heer hierherschicken und mir etwas anhaben kann, solange meine Männer zu mir stehen. Ich habe mich in meinem Leben schon oft in Geduld üben müssen. Ein paar Monate oder gar Jahre mehr, das spielt keine Rolle. Denn irgendwann wird Bajasid stolpern. Er ist ein Mann, der sich mehr Feinde schafft als Freunde und Verachtung erntet anstatt Respekt. Früher oder später wird er gestürzt.«

»Und werden Eure Männer zu Euch stehen?«

William lächelte grimmig. »Das wird sich herausstellen.«

Am nächsten Tag rief er seine Männer zusammen und teilte ihnen mit, was geschehen war: daß der Sultan die Entführung seiner Frau und die Hinrichtung seines Vaters und seines Bruders befohlen hatte.

Die Neuigkeit von Hawk Paschas Tod rief größere Bestürzung hervor als das Verbrechen, das der Sultan an der Frau eines anderen begangen hatte.

»Können wir einem solchen Mann dienen?« fragte William. »Müssen wir ihn fürchten? Wenn er uns hier in den Bergen zum Kampf herausfordert, werden wir ihn besiegen, und das weiß er. Und kommt er nicht, können wir ohne Furcht hier verweilen. Ich verlange nicht von Euch, daß Ihr Euch vom Hause Osman abwendet, aber es gibt in jeder Familie Gute und Schlechte. Dieser Bajasid macht seinem ruhmvollen Namen Schande. Kann er wirklich der Sohn des Eroberers sein? Hat er je ein Heer in den Krieg geführt? Er zieht es vor, in seinem Harem zu sitzen, aber kann ein solcher Mann sich rechtens Nachfahre Osmans oder Sohn Mehmed des Eroberers nennen?

Eins verspreche ich euch: Unter meiner Führung wird diese Stadt erblühen. Wir werden uns im Norden und Süden holen, was wir wollen, und wir werden zu Wohlstand gelangen. Wir werden die Grenze im Namen Osmans bewachen, bis zu dem Tage, da ein würdiger Vertreter dieses Hauses den Diwan besteigt, und diesem neuen Herrscher werden wir unsere Treue schwören. Als ehrenhafte Männer haben wir keine andere Wahl.«

Auf seine Worte folgte Schweigen, dann sagte Walid: »Hawk Pascha ist tot. Aber es gibt einen neuen Hawk Pascha, von uns erwählt.« Er zog seinen Krummsäbel. »Hawk Pascha!« rief er.

»Hawk Pascha!« riefen die Janitscharen und Spahis gemeinsam.

Giovanna, die die Szene von einem Fenster des Statthalterpalastes aus verfolgte, vergoß Tränen der Rührung.

Im darauffolgenden Frühling trafen die Boten aus Istanbul ein. Sie hatten die übliche Route genommen und in Trabzon überwintert.

William empfing sie auf der Schwelle des Statthalterpalastes.

»Mein Herr der Sultan entsendet Euch seine Grüße, junger Hawk, Beglerbeg von Erzurum und Tauros«, sagte Abdul Pascha. »Er möchte wissen, ob die traurige Kunde vom Tode des großen Hawk Pascha schon bis Erzurum vorgedrungen ist.«

»Sie ist«, entgegnete William knapp.

»Mein Herr der Sultan trauert sehr um seinen treuen Diener und entbietet Euch sein Beileid. Er befiehlt Euch, Euren Posten hier an der Grenze aufzugeben und mit mir nach Istanbul zurückzukehren. Er will Euch an seiner Seite haben.«

Wie die Jahre vergehen, dachte William. Die Szene erinnerte ihn daran, wie Henry vor langer Zeit in Brussa im Namen des neuen Sultans vorgesprochen hatte.

Er holte tief Luft. »Kehrt zurück zu Eurem Herrn dem Sultan. Bestellt ihm, daß er ein Mörder, Ehebrecher und Frauendieb ist. Sagt ihm, daß wir Erzurum bis zum letzten Mann verteidigen werden und auf den Tag warten, da dieser falsche Sultan von seinem Diwan geholt wird und sich auf dem Boden windet wie die Schlange, die er ist. Bestellt ihm dies von Hawk Pascha.«

Abdul Pascha starrte ihn verblüfft an. Er kannte William Hawkwood seit seiner Geburt.

»Ihr habt soeben Euer Todesurteil ausgesprochen, junger Hawk«, sagte er.

»Ich habe mich soeben dafür entschieden zu leben, Abdul Pascha. Und jetzt geht und überbringt Bajasid meine Antwort.«

Er stand am Fenster und blickte der Gesandtschaft nach, die die gewundene Straße durch die Berge zurückritt.

»Das waren mutige Worte«, sagte Giovanna an seiner Seite.

Er wandte sich ihr zu. Sie hatte den ganzen Winter über Kleider genäht und an ihrer Garderobe gearbeitet. Ihr bei Ankunft ausgemergelter Körper hatte sich wieder gerundet. Ihre Haut war wieder makellos, mit olivfarbenem Teint. Das Haar fiel ihr in einer wallenden lohfarbenen Mähne über die Schultern. Sie war eine starke und anziehende Frau.

»Große Worte kosten nichts«, entgegnete er.

»Aber Ihr werdet Euren Worten mit mutigen Taten Nachdruck verleihen, wenn die Zeit gekommen ist«, erwiderte sie. »Ihr seid der stärkste der Hawkwoods.«

»Ich?« Er lachte knapp. »Verglichen mit meinem Vater und meinem Bruder bin ich ein Schwächling.«

»Das ist nicht wahr. Trotz ihrer Stärke haben sie den Sultan allzulange als allmächtigen Herrscher anerkannt. Keiner von ihnen hätte den Mut besessen, Bajasid die Stirn zu bieten, wie Ihr es getan habt.«

»Es erfordert keinen großen Mut, sich aufzulehnen, wenn die einzige andere Möglichkeit der Tod ist.«

»Aber Ihr habt es getan«, beharrte sie. »Ich bin stolz auf Euch. Ich bin stolz, daß Harry als Euer Sohn aufwachsen wird.«

Er betrachtete sie schweigend. Sie war eine Frau, die viel gelitten hatte – vielleicht ebensoviel wie die arme Aimée. Offenbar hatte das Schicksal Aimée zum Leiden bestimmt. Wenn er für irgend etwas dankbar sein konnte, dann für jene zwei Monate, die sie gemeinsam als Mann und Frau verbracht hatten, und für jene kurze, glückliche Woche, in der sie einander geliebt hatten. Das war das einzige wahre Glück, das er je gekannt hatte.

Bei Golkha schien sich alles nur um ihren Körper und die unmittelbaren Bedürfnisse zu drehen, und seit der Geburt ihrer Tochter hatte sie eine beinahe animalische Mütterlichkeit entwickelt und teilte nur noch widerstrebend sein Bett, da sie die Zeit viel lieber bei ihrem Kind verbrachte.

Giovanna hingegen war eine kluge Gefährtin.

»Während Eurer Abwesenheit sind viele Neuigkeiten in Istanbul eingetroffen«, hatte sie ihm mitgeteilt. »Ein Genueser im Dienste der Spanier, ein gewisser Kolumbus, ist über den großen Ozean bis nach Indien gesegelt. Er hat bewiesen, daß die Welt rund ist. Ist das nicht aufregend?«

»Ja«, hatte William fasziniert zugestimmt.

»Und aus England haben wir gehört, daß der Thronerbe gestorben ist. Es heißt, sein jüngerer Brüder würde Prinz Arthurs Frau ehelichen, die Prinzessin von Aragon. Mit dem Segen des Papstes.«

»Dieses Schurken? Er ist noch widerwärtiger als Bajasid.«

»Mag sein, aber der Segen wurde angenommen.« Giovanna trat näher an ihn heran. »Ich bitte nicht darum, daß Ihr mich zur Frau nehmt, William. Ich weiß, daß ich Aimée nie ersetzen könnte, und das würde ich auch gar nicht wollen. Aber als einsame Witwe würde ich zugrunde gehen.«

Ebenso wie ich, dachte er. Und wir sind die letzten Überlebenden der Hawkwoods. Abgesehen vom kleinen Harry natürlich.

Es wäre besser für ihn, wenn er Vater und Mutter hätte.

William nahm sie in die Arme.

Giovanna gab sich beinahe verzweifelt hin, aber William erging es nicht anders. Sie beide hatten großes Leid zu vergessen, und ihnen stand noch vieles bevor – auch Unangenehmes.

Aimée war tot. Einst hatte er geglaubt, sie wäre für ihn verloren, in dem Bewußtsein, daß sie immer noch lachte und möglicherweise liebte. Diese Vorstellung hatte seine Seele vergiftet.

Aber nun war sie tot. Vergewaltigt, bis ihr Herr ihrer überdrüssig geworden war, und dann in einem Sack ertränkt. Aimée war tot.

Er würde niemals wieder eine Frau lieben. Aber er konnte sein Verlangen stillen.

Und Giovanna war wie geschaffen für die körperliche Liebe. Sie war eine echte Neapolitanerin, temperamentvoll und launisch.

Es gab Tage, an denen sie mit niemandem sprach, Tage, an denen sie in einem Wutanfall Geschirr zerbrach, Tage, an denen sie so grimmig dreinschaute, als wäre sie zu morden fähig. Aber es gab auch Tage – und diese wurden mit der Zeit immer zahlreicher – an denen Giovanna lachte und sang, exotische Mahlzeiten zubereitete und Stunden mit ihrem Sohn spielte.

Wenn sie glücklich war. An jenen Tagen war auch William glücklich.

Er erwartete, daß sie über kurz oder lang schwanger werden würde, aber sie zog es vor, dem mit Waschungen und anderen Mitteln, die sie ihm verheimlichte, vorzubeugen. Er konnte es ihr nicht verdenken. Ihre Zukunft war zu unsicher, und um Harry machte sie sich schon genug Sorgen.

Aber der Junge war ein Lichtblick. William betrachtete ihn sehr bald tatsächlich als seinen eigenen Sohn, und es machte ihm große Freude, ihn das Reiten und den Umgang mit Waffen zu lehren . . . und ihm Haß auf Bajasid einzuimpfen.

In den ersten Jahren, nachdem sie sich gegen den Sultan gewandt hatten, hatten William und seine Männer jeden Sommer mit einer Strafexpedition gerechnet. Zwar fürchteten sie einen feindlichen Aufmarsch nicht sonderlich, aber sie konnten sich nicht vorstellen, daß Bajasid sie gewähren ließ, ohne auch nur zu versuchen, die Revolte niederzuschlagen. In jedem Frühjahr schickte William Spione nach Trabzon. Sie brachten allerlei Neuigkeiten aus der ganzen Welt nach Erzurum, jedoch keine Nachricht, daß der Sultan sich für einen Feldzug an die persische Grenze rüstete.

Es schien, als zöge Bajasid, ganz versunken in seine ausschweifenden Vergnügungen, es vor, sie einfach zu vergessen. Aber es hatte auch den Anschein, als säße er weiterhin fest auf dem Thron.

Ein Sommer ging in den nächsten über, und Williams Wunden begannen zu verheilen. Sein Zorn sollte jedoch nie nachlassen. Vom Standpunkt der Türken und Engländer aus waren die Vergewaltigung und die Ermordung Aimées von geringerer Bedeutung als die Notwendigkeit, Vergeltung für den Tod seines Bruders zu üben.

Aber die Erfüllung dieser brüderlichen Pflicht sollte noch lange auf sich warten lassen.

William verstand es, diese Zeit zu nutzen. Seine Gefechte gegen die Perser und Tscherkessen lehrten ihn den Umgang mit Waffen, eine Kunst, die er von seinem Vater zu erlernen gehofft hatte. Außerdem bewirkten die regelmäßigen Schlachten, daß seine Männer so geübte und kampferprobte Soldaten wurden, wie es sie seit den Tagen Mehmeds nicht mehr gegeben hatte.

Ganz langsam, Jahr für Jahr, erhöhte er die Zahl seiner Soldaten. Er erinnerte sich noch gut an die in aller Eile ausgehobenen und völlig unfähigen Truppen, die Dschems Untergang besiegelt hatten. Die Reihen seiner Janitscharen konnte er nicht auffüllen, da es in den Taurosbergen keine christlichen Knaben gab, die sie ihren Eltern hätten rauben können, aber er rekrutierte einen handverlesenen Truppenkörper aus zähen Bergbewohnern, Männern, die ihm Treue schworen und ihm zu gegebener Zeit überallhin folgen würden.

Er verfügte nicht über genügend Handfeuerwaffen, aber die Bergtürken waren mit ihren Bögen nicht minder gefährlich als ein durchschnittlicher Füsilier, und nachdem sie erst die nötige Disziplin gelernt hatten, bildeten sie eine respekteinflößende Streitkraft.

Sie versorgten sich weitgehend selbst, bewirtschafteten im Sommer die Felder und zogen sich im Winter mitsamt ihrem Vieh hinter die Stadtmauern zurück. Sie fertigten ihre eigene Kleidung und Munition. Und als immer mehr Zeit verstrich, ohne daß Bajasid sich regte, wagten sie sich öfter nach Trabzon, wo sie als Freunde empfangen wurden. Der Beglerbeg beherbergte William sogar in seinem eigenen Haus.

Mustafa war düsterer Stimmung. »Ich sehe den Zerfall unseres Reiches voraus«, sagte er. »Ihr seid nicht der einzige Beglerbeg, der seine Unabhängigkeit erklärt hat, Hawk Pascha. Nicht einmal ich empfange noch Anweisungen aus Istanbul. Wenngleich ich dem Sultan zumindest noch meinen Tribut entrichte«, fügte er bitter hinzu.

William merkte sich, daß Mustafa Pascha sich möglicherweise als nützlich erweisen konnte, wenn der Tag gekommen war.

Seine Aufenthalte in Trabzon dienten vor allem dazu zu erfahren, was sich über Istanbul hinaus auf der Welt tat. Er erfuhr, daß der noch junge Karl VIII. von Frankreich in Italien eingefallen und bis Neapel vorgerückt war. Daß Papst Alexander eine ›Heilige Liga‹ ins Leben gerufen hatte, um die Eindringlinge hinauszuwerfen. Aber die Franzosen hatten Italien erst wieder verlassen, als ihr Heer von einer Seuche dezimiert worden war.

Er erfuhr, daß Cesare Borgia einen Eroberungszug durch Mittel- und Norditalien geführt und sich den Titel Herzog von Romagna erworben hatte.

Er hörte von der Ausbreitung einer furchtbaren Geschlechtskrankheit namens Syphilis in Neapel während der Zeit, da die Stadt sich in der Gewalt der Franzosen befand. Ganz sicher eine Strafe Gottes, sagte er sich.

Er erfuhr vom frühen Tod Karls VIII. und daß Ludwig XII. als sein Nachfolger den französischen Thron bestiegen hatte. Und er hörte von dem Kreuzzug, den Alexander VI. gegen die Türken plante. Jeder mußte hohe Abgaben entrichten, die es dem Papst ermöglicht hätten, eine große Armee auszuheben, was jedoch nie geschah.

Er hörte von weiteren Entdeckungsreisen des genuesischen Seefahrers Christoph Kolumbus.

Und dann, 1503, zehn Jahre nachdem er Istanbul verlassen hatte, erfuhr er vom Tod des Borgia-Papstes Alexander VI.

Vier Jahre später wurde auch Cesare Borgia, der gezwungen gewesen war, aus Italien zu fliehen, nachdem er nicht mehr den Schutz des Heiligen Vaters genoß, bei einem Scharmützel in Ostspanien getötet.

Alexanders Nachfolger war, wie nicht anders zu erwarten, Kardinal Giuliano delle Rovere, der den Namen Julius II. annahm. Er war sein ganzes Leben ein erbitterter Gegner der Borgias gewesen und hatte nach einem Anschlag auf sein Leben sogar Zuflucht beim Kaiser suchen müssen. Jetzt war er zurückgekehrt, und im Vatikan, der von den Borgias in ein großes Bordell verwandelt worden war, wurde nun aufgeräumt. Das Papsttum stellte nun keine Gefahr mehr für das Osmanenreich dar und unterhielt offenbar gute Beziehungen zu seinen direkten Nachbarn, erleichtert, daß Bajasid nicht in die Fußstapfen seines Vaters des Eroberers trat, der den Vatikan ständig herausgefordert hatte.

Venedig erneuerte die Allianz mit der Pforte und unterbreitete dem Sultan sogar den Vorschlag einer türkisch-venezianischen Eroberung Ägyptens, um einen Kanal zum Roten Meer zu bauen und so die Handelsroute nach Indien und in den Osten zu verkürzen. Venedig war beunruhigt von den Fortschritten der spanischen und portugiesischen Seeleute. Die portugiesischen Seefahrer Vasco da Gama und Bartolomeu Diaz hatten, anstatt nach Westen zu segeln, das Kap der Stürme am unteren Ende Afrikas umschifft. Portugiesische Karaken erschienen im Arabischen Meer, und Venedig sah dem Ende seiner Seeherrschaft entgegen, wenn es nicht gelang, die Eindringlinge auszustechen.

Aber Bajasid schenkte den Worten des venezianischen Gesandten kein Gehör. Es kümmerte ihn nicht, was jenseits der Mauern von Istanbul geschah.

Im Spätsommer 1509 kam ein Bote die Straße nach Erzurum herauf und teilte William mit, daß Istanbul von einem Erdbeben zerstört worden wäre.

William Hawkwood und Walid waren verblüfft. Es fiel ihnen schwer, sich die prächtige Stadt in Trümmern vorzustellen.

Ebensoschwer fiel es zu entscheiden, ob das der Fingerzeig Gottes war, auf den sie so lange gewartet hatten.

»Der Sultan?« fragte William.

»Dem Sultan ist nichts geschehen, Herr. Der Serail ist verschont geblieben.«

William schnippte kopfschüttelnd mit den Fingern.

»Aber es herrscht große Unruhe«, fuhr der Bote fort. »Es heißt, die Janitscharen hätten ihre Fleischkessel umgedreht. Sie klagen, daß es die Pflicht des Sultans wäre, sie in den Krieg zu führen, anstatt sie zur Tatenlosigkeit zu verdammen, damit sie von einstürzenden Mauern erschlagen werden.«

»Das nenne ich eine frohe Botschaft«, sagte Walid. »Was meint ihr, welchem der jungen Prinzen sie folgen werden?«

William kannte keinen der Prinzen gut genug: Er wußte nur, daß sie ihr gesamtes bisheriges Leben im Schatten eines verderbten Lüstlings verbracht hatten.

»Ich bezweifle, daß sie überhaupt einem von ihnen folgen«, sagte er.

»Dann seht Ihr ebenso wie Mustafa Bey den Zerfall des Reiches voraus«, sagte Walid düster.

Was sollte er tun? Nicht zum erstenmal in seinem Leben stand William diesem Dilemma gegenüber. Und jetzt hatte er niemanden mehr, dem er sich zuwenden konnte.

Er war neunundvierzig Jahre alt, und in den vergangenen fünfzehn Jahren war er zufrieden gewesen wie noch nie zuvor in seinem Leben. Hätte er sich von der Bürde der Schuld freimachen können, daß er den Mord an seiner Frau und seinem Bruder noch nicht gesühnt hatte, wäre er sogar glücklich gewesen.

Er hatte Harry Hawkwood zu einem großgewachsenen kräftigen Jugendlichen heranwachsen sehen. Da er nicht weniger der Sohn Giovannas war als der John Hawkwoods, hatte er rotes Haar und breite Schultern. Schon jetzt ritt er bei ihren Feldzügen im Sommer an Williams Seite. Und auch wenn ihn nicht mehr erwartete als die Herrschaft über Erzurum und die Berge, war dies doch ein beträchtliches Erbe.

Die anderen Hawkwoods waren vor so langer Zeit gestorben. Und doch mußten sie gerächt werden.

»Wir geben den Janitscharen noch ein paar Monate, sich in ihre Unzufriedenheit hineinzusteigern«, entschied er. »Und in der Zwischenzeit bereiten wir uns auf einen Krieg vor.«

In jenem Sommer führte er beinahe sein gesamtes Heer auf einen Beutezug durch die Berge, um hundert Meilen am Westufer des Tigris entlang, bis Mosul. Es gab die üblichen Scharmützel mit den Einheimischen, aber Hawkwoods Männer stießen auf keinen nennenswerten Widerstand, bis sie etwa fünfzig Meilen weit geritten waren und beinahe die Ebene erreicht hatten. Dort schickte die Spahi-Vorhut einen Boten zurück zur Haupttruppe. Die Späher waren auf eine große Einheit Perser gestoßen, die mit ihnen zu sprechen wünschten.

»Was haben wir den Persern schon zu sagen?« meinte Walid. »Sie sind unsere Feinde.«

»Es kann einem Mann nicht schaden, sich anzuhören, was andere zu sagen haben«, entgegnete William. »Auch dann nicht, wenn es sich um den Feind handelt.«

Da er nicht blind in eine Falle tappen wollte, postierte er seine Armee sorgfältig: die Janitscharen dicht am Ufer zu ihrer Linken und die Männer aus den Bergen auf der rechten Flanke, auf der sich die Wüste erstreckte. Das Ganze umgab er mit einem Schutzschirm Spahis. Dann ritt er mit Walid und seiner Leibwache voraus, um zu seiner Vorhut zu stoßen, die weiter vorn auf ihn wartete.

Er sah sich tatsächlich einer beträchtlichen Streitmacht aus Berittenen und Fußsoldaten gegenüber, die am Flußufer lagerte, mit wehenden Bannern und dröhnenden Trommeln.

Zwischen dem Lager und seinen Spahis warteten einige Reiter, die eine weiße Flagge bei sich trugen.

Walid ritt hinüber, um sie zu befragen, und kehrte dann zu William zurück. »Jemand, der sich Schah über ganz Persien nennt, wünscht Euch zu sprechen, Hawk Pascha. Sein Name ist Ismail. Wir haben schon von diesem Mann gehört.«

Das hatten sie allerdings. Der Erfolg ihrer Überfälle auf persischem Territorium während der vergangenen fünfzehn Jahre war nicht zuletzt der Tatsache zu verdanken gewesen, daß das ehemals große iranische Reich durch religiöse Zwietracht und Bürgerkrieg gespalten war. Kürzlich hatten sie jedoch erfahren, daß ein einzelner Kriegsherr langsam ein immer größeres Territorium erobert und die *Khane* zur Räson gebracht hatte. Der Name, den sie in diesem Zusammenhang gehört hatten, hatte Ismail gelautet. Er behauptete von sich, der Sohn Scheich Haidars und der Tochter eben jenes Uzun Hasan zu sein, den der Eroberer und Anthony Hawkwood vor dreißig Jahren besiegt hatten.

Aber noch bedeutender war, daß sein Großvater väterlicherseits, Scheich Joneid, angeblich ein Nachfahre Alis war, des vierten Kalifen. Das machte ihn zu einem schiitischen Moslem, wie die meisten Perser; da Ali ermordet worden war, behaupteten sie, daß sämtliche Kalifen nach ihm Usurpatoren gewesen wären.

Und so ritt William vor, um den selbsternannten Schah von Persien zu begrüßen.

Er sah sich einem mittelgroßen Mann mir glattrasiertem Kinn und nach oben gebogenem Schnurrbart gegenüber, der mit einem Gewand aus goldenem Stoff und engen weißen Hosen bekleidet war. Auf dem Kopf trug er einen Turban, an dem mit einer Saphirbrosche eine Straußenfeder befestigt war.

»Ihr seid Hawk Pascha, der sich gegen den Sultan erhoben hat«, erklärte Ismail.

»Ich bin Hawk Pascha, Verfechter der wahren osmanischen Ziele«, entgegnete William.

»Ihr wurdet vom Sultan zum Gesetzlosen erklärt.«

»Und doch bin ich Herrscher über die Taurosberge und das Umland, wie Ihr doch sicher wißt, Schah.«

Ismail starrte ihn einige Sekunden durchdringend an und lächelte dann.

»Kommt und seid mein Gast.«

Sie ritten ins persische Lager und setzten sich im goldfarbenen Zelt des Schahs auf einen Teppich. Diener brachten ihnen Kaffee.

»Eure Soldaten sind Anhänger eines falschen Prinzips«, bemerkte Ismail.

»Sie denken von Euch das gleiche, Schah«, entgegnete William. »Aber es sind *meine* Soldaten. Sie folgen mir, in welche Richtung mein Säbel auch zeigt.«

»Und Ihr richtet Euren Säbel gegen meine Leute. Das ist unsinnig, Hawk Pascha. Euer Säbel sollte nach Istanbul zeigen, auf den falschen Sultan, der Euch verraten und gedemütigt hat.«

»Ich werde gen Konstantinopel ziehen, wenn der richtige Augenblick gekommen ist.«

»Könnte es einen geeigneteren Augenblick geben als jetzt?

Bajasid ist in Mißkredit geraten. Seine Janitscharen haben ihre Fleischtöpfe umgedreht, und seine Hauptstadt ist ein Trümmerhaufen. Er hat sich als Feigling erwiesen. Könntet Ihr auf eine günstigere Gelegenheit hoffen?«

William musterte sein Gegenüber. »Noch befehligt der Sultan ein großes Heer mit fähigen Offizieren an der Spitze. Und noch bedeutungsvoller ist, daß ihm als Sultan die Treue seiner Vasallen sicher ist – abgesehen von jenen, die er zum Tode verurteilt hat.«

»Ein Sultan, der das Gesetz des Anyi gebrochen hat, ist kein Sultan«, erklärte Ismail. »Wenn es den Imamen und Muftis an Mut fehlt, ihn zu stürzen, muß diese Aufgabe in andere Hände gelegt werden.«

»Aber diese Hände müssen einem Mitglied des Hauses Osman gehören«, entgegnete William.

Ismail lächelte.

»Ihr habt recht, Hawk Pascha. Ihr kennt das Gesetz.« Er klatschte in die Hände, und die Zeltbahn, die einen inneren Durchgang verdeckte, hob sich.

Ein Mann kam zum Vorschein. William schätzte ihn auf Anfang Vierzig. Er war gekleidet wie ein Türke, jedoch auffallend prächtig. Seine Gesichtszüge, die herabhängende Oberlippe und die kalten Augen verrieten seine Abstammung.

William sprang auf und verneigte sich. »Prinz Ahmed, Hoheit.«

Der Prinz betrat den Raum und nahm seine Hände.

»Hawk Pascha. Mein Vater hat Euch großes Unrecht getan.«

»Ihr erweist mir große Ehre, Hoheit.«

»Ich bin es, der sich durch die Anwesenheit eines so großen Kriegers geehrt fühlt, Hawk Pascha. Und eines so ruhmreichen Namens. «

»Genug jetzt«, sagte Ismail ungeduldig. »Teilt Hawk Pascha den Grund für Euer Hiersein mit, Hoheit.«

Ahmed ließ sich im Schneidersitz zwischen ihnen nieder. William saß zu seiner Linken.

»Mein Vater hat sich an Euch versündigt, Hawk Pascha«, erklärte Prinz Ahmed. »Und am Anyi. Auch hat er sich gegen seine Söhne versündigt. Meine Brüder sind schwach, unfähig zu entscheiden, was zu tun ist. Ich weiß, was getan werden muß: Mein Vater muß entmachtet werden. Ich will ihm nichts antun, aber er hat sich als unwürdig erwiesen, über die osmanischen Türken zu herrschen. Die Janitscharen warten nur auf ein Zeichen. Und wer wäre geeigneter, ihnen dieses Zeichen zu geben als eben jener Pascha, dem mein Vater so großes Unrecht zugefügt hat – und der nun unter königlicher Flagge marschieren wird? Meiner eigenen.«

William warf Ismail einen Blick zu, und der Prinz fuhr fort.

»Der Schah, der in allem nach Gerechtigkeit strebt, hat uns seine Unterstützung zugesagt. Er hat sein Wort gegeben, uns mit Geld, Waffen und Munition zu unterstützen. Mehr noch. Er stellt uns ein Kontingent seiner eigenen Soldaten zur Seite. Er hat zugesagt, daß vierzigtausend Perser unter unserer Flagge marschieren werden.«

William hielt den Blick auf Ismail gerichtet und wartete auf Bestätigung der Ausführungen des Prinzen.

»Ich habe dies alles tatsächlich versprochen«, sagte Ismail.

»Ihr werdet der Kommandeur meines Heeres sein, Hawk Pascha«, verkündete Ahmed.

»Schiiten«, sagte Walid. »Das ist nicht gut. Die Männer werden das nicht hinnehmen. Die Janitscharen werden es nicht hinnehmen.«

»Das werden sie doch«, widersprach William, »weil ich es ihnen erklären werde.«

Er versammelte seine Soldaten und sprach eindringlich zu ihnen. Er erinnerte sie an die Jahre der Geduld, in denen sie darauf gewartet hatten, Bajasid zu stürzen und durch einen Osmanen zu ersetzen, der dieses Namens würdig wäre. Er teilte ihnen mit, daß sich ihnen nie eine günstigere Gelegenheit bieten würde als diese. Und er rief ihnen ins Gedächtnis, daß der Eroberer sich mit den Griechen und Christen, allesamt Ungläubige, verbündet hatte, solange dieses Bündnis zum Vorteil gereicht hatte. Ein zeitlich begrenztes Bündnis mit den Häretikern konnte nicht schaden, wenn es ihnen zum Sieg verhalf.

Die Janitscharen schienen damit zufrieden.

William war sich des gewaltigen Risikos, das er einging, sehr wohl bewußt. Er wußte, daß Ahmed, so verächtlich er sich auch über seine Brüder äußerte, selbst große Ähnlichkeit mit seinem Vater hatte: Mehmed hätte das Heer persönlich befehligt, anstatt das Kommando einem General zu übertragen und weit hinter den Reihen in Sicherheit den Ausgang der Schlacht abzuwarten.

Auch ahnte er, daß der Prinz sich in irgendeiner Weise an die Perser verkauft haben mußte, um sich deren Unterstützung zu sichern.

Er vermochte nicht zu sagen, welche Versprechungen er den Schiiten gemacht hatte, aber zweifellos ging es darum, bestimmte Territorien an sie abzutreten. Möglicherweise hatte er sich sogar verpflichtet, die Garnison Erzurum aufzulösen und dem Schah das gesamte Taurosgebiet zu überlassen.

Aber das waren Dinge, die sich regeln ließen, wenn sie erst den Sieg davongetragen hatten – sofern sie überhaupt triumphierten. Er selbst hatte keinerlei Versprechungen gemacht und war somit auch an keine Vereinbarung gebunden. Außerdem wußte er, daß er trotz der vierzigtausend Perser ein Heer befehligen würde, das dem, das Bajasid mobilisieren konnte, zahlenmäßig weit unterlegen war. Und daß er, wenn er unterlag, diesmal der Pfählung nicht entgehen würde. Und diesmal würde sich niemand für ihn einsetzen.

Aber er hatte keine andere Wahl, als zu handeln . . . oder einzugestehen, daß er selbst kaum besser war als der Feigling, der auf dem osmanischen Thron saß.

»Ihr zieht also in den Krieg«, sagte Giovanna.

Sie teilten das Bett seit so langer Zeit, daß sie sich wie Eheleute aneinander gebunden fühlten. Mit Golkha schlief er schon lange nicht mehr; sie war unglaublich dick und träge geworden.

»Das ist es, worauf wir fünfzehn Jahre gewartet haben«, entgegnete er.

»Es sind gute Jahre gewesen.« Aber sie wußte, daß es ebenso unklug wie zwecklos gewesen wäre, ihre eigenen Wünsche männlichem Ehrgeiz entgegensetzen zu wollen. »Bringt mir meinen Sohn zurück, William.«

Denn Harry Hawkwood, der inzwischen siebzehn Jahre alt war, würde an der Seite seines Onkels in die Schlacht ziehen.

William ging mit der ihm eigenen Umsicht vor. Anstatt unter der Flagge des Prinzen Ahmed führte er seine Männer im darauffolgenden Frühling wie in all den Jahren unter dem Banner des ›Wahren Sultans‹ aus den Bergen und an die Küste des Schwarzen Meeres.

Mustafa Pascha von Trabzon ergab sich kampflos. »Ich habe seit langem gewußt, daß dieser Tag kommen würde«, sagte er. »Und ich gratuliere Euch. Meine Männer werden mit Euch reiten.«

Allerdings runzelte er die Stirn und zupfte an seinem Bart, als er die persischen Soldaten betrachtete.

William hielt nun die Taurosregion und den Hafen am Schwarzen Meer, aber darüber hinaus befehligte er auch eine Art Flotte. Er sandte die Schiffe nach Kaffa und Kerch an die Grenze des Krimkhanats. Die Krim hatte seit 1475 Tribut gezahlt. Jetzt zahlte sie Tribut an den einen wahren Sultan. Mit ihrem Weizen konnte William sein wachsendes Heer ernähren, dem inzwischen auch die Garnison von Trabzon einverleibt worden war.

Im Frühling des folgenden Jahres marschierte er durch die Berge nach Sivas. Sivas, Hauptstadt der gleichnamigen Provinz, war in dem weiten, fruchtbaren Kizil Irmak-Tal gelegen, mehr als viertausend Fuß über dem Meeresspiegel. Im Jahrhundert zuvor sollten dort über einhundertfünfzigtausend Menschen gewohnt haben, aber die Stadt hatte sich nie wieder von der vernichtenden Eroberung durch Timur und seine Mongolen erholt.

In der Stadt fanden sich zahlreiche Relikte der Seldschuken, darunter die Große Moschee und die Türme des Stadtgründers Sultan Kay-Kaús I.

Wichtiger war jedoch, daß das Kizil Irmak-Tal sich nach Süden fast bis nach Kayseri erstreckte und von dort in einem Bogen nach Nordwesten verlief. Ein Heer, das diesem Tal folgte, konnte bei ständig gesicherter Verpflegung fast bis nach Ankara und somit ins Herz Anatoliens gelangen – mit den Bergen im Rükken und Brussa, der Küste und Istanbul vor sich.

Schon in der Vergangenheit waren alle Eindringlinge aus dem Osten der Route über Sivas und das Kizil Irmak-Tal gefolgt.

William hatte erwartet, daß die Stadt sich ihm sperren würde, aber der Beglerbeg Ibrahim Pascha schloß sich ohne Zögern den Aufständischen an, und weitere zwanzigtausend Mann stießen zu dem Heer, das unter dem grün-roten Banner marschierte. William befehligte nun eine Armee von einhunderttausend erfahrenen Soldaten.

Vor den Toren von Sivas inspizierte Prinz Ahmed seine Streitmacht.

»Wann werdet Ihr losziehen?« fragte er Hawk Pascha.

»Im Frühling, Hoheit«, entgegnete William. »Wann werden die Geschütze eintreffen, die der Schah uns zugesichert hat?«

»Es gibt da einige Schwierigkeiten, aber sie werden rechtzeitig eintreffen, Hawk Pascha.«

William erkannte, daß er sein Bestes würde geben müssen – ohne Geschütze. Das bedeutete, daß er Bajasids Armee zu einer offenen Feldschlacht verleiten und sie dort besiegen mußte; für einen Sturm auf Stadtmauern fehlte es ihnen an der erforderlichen Ausrüstung.

Ahmed blieb den Winter über in Sivas. Er hatte seinen Harem mitgebracht und ließ es sich gutgehen.

William ließ Giovanna kommen und folgte dem Beispiel des Prinzen.

»Das kommende Jahr«, sagte er ihr, »wird eins der bedeutendsten in der Geschichte der Osmanen sein. Vielleicht sogar der ganzen Welt.«

»Im kommenden Jahr werdet Ihr möglicherweise sterben«, entgegnete sie düster. »Dann muß ich ebenfalls sterben, weil ich dann niemanden mehr habe, für den es sich zu leben lohnt.«

»Ihr habt doch noch Harry«, widersprach er.

»Wenn Ihr sterbt, wird Harry ganz bestimmt an Eurer Seite sterben«, erwiderte sie.

Das kommende Jahr! William war fünfzig, als der Schnee

schmolz und sein Heer sich für den Marsch gen Ankara bereitmachte; er wollte bis zum Herbst den Bosporus überquert haben. Da er nichts gegen die Mauern von Istanbul ausrichten konnte, mußte er auf die Art der Kriegsführung der Osmanen vor Ankunft der Hawkwoods zurückgreifen und im gesamten restlichen Reich einfallen. Das würde Bajasid ganz sicher verleiten, sein Heer auszusenden: Er hatte nicht die Weitsicht eines Konstantin XI.

Aber noch bevor er den Marschbefehl erteilt hatte, erreichte ihn die Nachricht, daß eine Armee unter dem Banner des Sultans sich näherte.

William konnte sein Glück kaum fassen.

»Befehligt der Padischah das Heer persönlich?« fragte er den Boten.

»Nein, Herr. Prinz Selim reitet an der Spitze.«

William blickte zu Ahmed hinüber.

»Pah, er ist noch ein Kind«, erklärte Ahmed. »Wir haben nichts zu befürchten.«

»Das habe ich auch nicht angenommen, Hoheit.« William wandte sich wieder dem Boten zu. »Verfügt das Heer des Sultans über ein Artilleriekontingent?«

»Ja, Herr. Sie haben zwölf Geschütze bei sich.«

»Zwei Geschützgruppen«, murmelte Ahmed, dessen Gesicht mit einem Schlag wachsbleich geworden war. »Was wollt Ihr tun, Hawk Pascha? Wir haben keine Artillerie.«

»Euer Verbündeter hat uns im Stich gelassen, Hoheit. Aber wir werden dennoch die Entscheidungsschlacht vor den Toren von Sivas austragen. Werdet Ihr das Heer befehligen?«

»Ich?« fragte Ahmed sichtlich verblüfft. »Nein, nein, ich muß nach Mosul zurückkehren und dem Schah berichten. Das wird ihn sehr interessieren. Schickt mir Kunde von Eurem Sieg, damit ich wieder zu Euch stoßen kann, Hawk Pascha.«

Aber nicht von meiner Niederlage, dachte William. Denn dann werdet Ihr in Persien bleiben und auf den Henker Eures Vaters warten.

»Warum kämpfen wir für einen solchen Schwächling?« knurrte Walid.

»Weil er der Sohn des Sultans ist.«

»Während ein zweiter sich uns nähert«, entgegnete Walid. Und dieser war bereit, persönlich in die Schlacht zu ziehen.

William schickte eine Vorhut Spahis aus, um den genauen Standort der königlichen Armee auszukundschaften, während er an der Spitze seiner Männer die Stadt verließ und sie auf einem vorab ausgewählten, einige Meilen breiten offenen Gelände ihr Lager aufschlugen. Seine Strategie durfte nicht allein darin bestehen, dem Heer des Sultans lediglich standzuhalten; er mußte es trotz der gegnerischen Artillerie vernichtend schlagen.

Die Bevölkerung von Sivas blickte ihnen mit grimmigen Gesichtern nach. Sie wußten, daß das feindliche Heer plündernd über ihre Stadt herfallen würde, falls die Rebellenarmee unterlag.

William suchte jedes seiner Regimenter einzeln auf und sprach mit seinen Männern. Er erklärte ihnen, daß sie diese Schlacht gewinnen *mußten*, weil sonst sie und ihre Familien dem Tode geweiht wären. Er versprach jedem einzelnen eine großzügige Belohnung, wenn sie in Istanbul einmarschierten.

Er sprach kein Persisch, und so ließ er seine Worte von Nadir Ali, dem persischen Kommandeur, übersetzen.

Dann kehrte er in sein Zelt zurück, um dort zu warten.

Giovanna hatte er nach Erzurum zurückgeschickt. Mehr konnte er nicht für sie tun. Ihr Leben war ebenso wie das aller anderen abhängig vom Ausgang der bevorstehenden Schlacht.

Er fühlte sich sehr einsam. Als er noch jung gewesen war, hatte er sich auf die Unterstützung und den Rat zweier starker Brüder und eines klugen und reichen Vaters verlassen können. Jetzt waren sie tot und hatten ihr Können und Wissen mit ins Grab genommen. Er war fünfzig und der letzte Hawkwood, abgesehen von dem Jungen, der draußen vor seinem Zelt wartete.

Trotz seiner Erfolge in den vergangenen fünfzehn Jahren hatte er nie ein Heer in eine offene Schlacht gegen einen ebenbürtigen Feind geführt. Erst recht nicht gegen einen zahlenmäßig überlegenen.

Aber dann dachte er daran, daß Selim zehn Jahre jünger war als er und aufgrund der Feigheit seines Vaters vermutlich ebenfalls zum erstenmal ein Heer in die Schlacht führte.

Harry Hawkwood erschien am Zelteingang. »Das Heer des Sultans naht, Onkel«, sagte er.

Der neue Tag war gerade angebrochen.

»Die Trommeln und Hörner sollen erklingen«, sagte William. Seine Diener traten ein, schnallten ihm den Küraß um, reichten ihm seinen Helm und wickelten den Turban um den blanken Stahl. Dann legten sie ihm den Gürtel mit dem Krummsäbel um.

Als er das Zelt verließ, stand draußen sein gesattelter Hengst bereit. Sein Köcher war links am Sattel befestigt, sein Bogen rechts.

Er stieg auf und ritt auf eine kleine Anhöhe, um zu beobachten, wie seine Truppen Aufstellung nahmen: Ibrahim Pascha befehligte die Männer aus Sivas und Trapezunt auf dem rechten Flügel; Mustafa war zurückgeblieben, um die Küstenstraße zu bewachen; die Perser waren auf der linken Seite aufgestellt. Die Janitscharen und Bergsoldaten im Zentrum würde er persönlich anführen. Die Spahis waren noch weiter rechts aufgestellt als die Soldaten aus Sivas und verbargen sich in einem Wäldchen. Sie würden über Sieg oder Niederlage entscheiden, da die wichtigste Aufgabe für Hawkwoods Männer in dieser Schlacht darin bestand, die Geschütze gleich zu Beginn auszuschalten. Er wollte die Armee des Sultans mit seinen Fußtruppen stoppen und mit der Kavallerie einen Flankenangriff auf die Artilleriegruppen durchführen.

Es verstieß gegen die Regeln der Kriegsführung, Reiter gegen noch intakte feindliche Truppen zu schicken. Aber sie würden die Flanke angreifen, während die Geschütze nach vorn ausgerichtet waren. Sie würden nicht so schnell herumgeschwenkt werden können, und wenn sie es doch versuchten, würde dies sicher die feindlichen Stellungen in Unordnung bringen.

Einen besseren Plan hatte er nicht.

»Denkt immer daran«, schärfte er Walid ein, der die Reiter anführen würde, »Euer Angriff muß erfolgreich sein. Einer Bombardierung können wir nicht lange standhalten.«

»Wir werden es schaffen«, versprach Walid.

Nachdem er die entsprechenden Befehle erteilt hatte, lenkte William sein Pferd an die Spitze seiner Soldaten, flankiert von Harry und seinem Bläser. Sie beobachteten die Straße, an der Stelle, wo sie in etwa drei Meilen Entfernung dem Flußlauf folgend einen Bogen beschrieb. Sie konnten jetzt das Stampfen unzähliger Füße und Hufe hören – und das Rumpeln der Lafetten. William hatte schon einmal dem Nahen einer solchen Armee gelauscht.

Er blickte zu Harry hinüber, und sein Neffe grinste breit. Der Junge kannte keine Furcht.

Ein Regiment Spahis kam in Sicht, gefolgt von Serratkuli, die gegenüber von Williams Regimentern Aufstellung nahmen. Die Anatolier schwärmten nach rechts und links aus und bildeten die beiden Seitenflügel. Hinter ihnen kamen mehrere tausend Janitscharen, die an den weißen Roßhaarbüschen an ihren Helmen zu erkennen waren. Als sie haltmachten, war das Rascheln der dekorativen Büsche bis zu William hörbar. Er konnte nicht erkennen, was genau vorging, aber er wußte, daß sie ihre restlichen Arkebusen aufstellten.

Die Geschütze konnte William ebensowenig ausmachen, aber er wußte, daß sie sich irgendwo zwischen den Janitscharen und den Baschibazouks befinden mußten.

Den Janitscharen folgte die Haupttruppe der Spahis, und dahinter wiederum der Troß.

William schätzte, daß das gegnerische Heer mindestens einhundertzwanzigtausend Mann zählte.

Langsam bezog die königliche Armee Aufstellung. Boten preschten zwischen den Kommandoposten hin und her und riefen Befehle aus. Aber die Abenddämmerung war bereits hereingebrochen. Die Schlacht würde erst am folgenden Tag beginnen.

William runzelte die Stirn. Eine Gruppe von Reitern bahnte sich einen Weg durch die Reihen der losen Truppenverbände und wurde von ihnen mit Jubel und Waffengeklirr empfangen. Sie ritten unter der grünen Flagge der Osmanen, die über ihnen im Wind flatterte, aber William konnte auch persönliche Wimpel ausmachen.

William kniff die Augen zusammen und versuchte, einige der Offiziere zu erkennen, aber die Entfernung war einfach zu groß.

Die Offiziere erreichten die vordersten Reihen der Serratkuli, die in lautes Jubelgeschrei ausbrachen. Die Rebellen antworteten mit einem ohrenbetäubenden Schrei, dann senkte sich Stille über die beiden Heere herab, abgesehen vom Stampfen der Pferdehufe und dem Scharren Tausender Füße.

Zwei der Reiter lösten sich von den Serratkuli und ritten hinaus auf das offene Feld zwischen den beiden Armeen. Einer der Männer trug eine weiße Fahne.

Der eine der beiden Reiter fiel zurück, während der Fahnenträger weitertrabte und erst zwanzig Yards vor William sein Pferd zügelte. »Seid Ihr der, der sich Hawk Pascha nennt?«

William blickte in das Gesicht eines Jungen, der sogar noch jünger war als Harry. Er hatte ein langes, schmales Gesicht, noch bartlos und ohne Schnäuzer, einen entschlossenen Zug um die Lippen und eine hohe Stirn. Das Gesicht besaß nicht die grausamen Züge Mehmeds und seiner direkten Nachkommen, ließ jedoch den Mut seines Urgroßvaters erkennen.

»Der bin ich«, entgegnete William.

»Mein Vater, Prinz Selim, möchte Euch sprechen.«

William erkannte, daß es sich um Selims einzigen Sohn handeln mußte, Prinz Suleiman. Er blickte an dem Prinzen vorbei auf den einsamen Reiter, der in einiger Entfernung völlig reglos auf seinem Pferd saß.

»Das könnte eine Falle sein, Onkel«, brummte Harry.

»Ich werde mit ihm sprechen«, beschloß William und gab seinem Pferd die Sporen.

Suleiman ritt ihm voran, bis sie beim Prinzen angelangt waren.

»Kehr zurück an deinen Posten«, befahl Selim seinem Sohn.

Suleiman galoppierte zu den Serratkuli zurück.

William musterte Prinz Selim und zum erstenmal seit Beginn des Feldzugs fühlte er Nervosität aufsteigen.

War dies wirklich der Sohn Bajasids? William konnte sich kaum mehr an den Eroberer erinnern, aber dieser schlanke, aufrechte Reiter mit dem golddurchwirkten Küraß schien in allem dem zu entsprechen, was er über Mehmed gehört hatte. Die schmalen Lippen, die langgezogene Nase und der Schnurrbart erinnerten an seinen Großvater. Seine Brüder und sein Vater wiesen die gleichen äußerlichen Merkmale auf.

Aber keiner von ihnen besaß ein so entschlossenes, ausdrucksvolles Gesicht und einen so festen Blick wie der Mann ihm gegenüber.

William erkannte auf den ersten Blick, daß er einen würdigen Nachkommen Osmans vor sich hatte – den einzigen, vielleicht abgesehen von dem Jungen, der zum königlichen Heer zurückgeritten war.

Selim seinerseits musterte William mit nicht minder großem Interesse.

»Ich habe Euch vor siebzehn Jahren das letzte Mal gesehen«, sagte er. »Als ihr bei Eurer Rückkehr aus Italien vor meinem Vater standet.«

»Ich erinnere mich, Hoheit.«

Selim hielt den Blick auf Williams Gesicht gerichtet. »Das war, bevor Euch großes Unrecht widerfuhr, Hawk Pascha.«

William runzelte die Stirn. Diese Äußerung paßte nicht zu einem Feind.

Er blickte am Prinzen vorbei auf das königliche Heer. »Eure Soldaten sind geschickt aufgestellt.«

»Ich hatte einen guten Lehrmeister, Hawk Pascha. Ich habe an der Seite Eures Vaters gekämpft.«

»Dann könnt Ihr Euch glücklich schätzen, Hoheit.«

»Wahrlich. Ich möchte auch Euch zu Glück verhelfen, Hawk Pascha. Ihr habt Euch gegen meinen Vater erhoben. Das kann ich aufgrund des Unrechts, das Euch angetan wurde, verstehen. Aber Ihr kämpft für meinen Bruder, der ein Dummkopf und Feigling ist. Ist Euch das denn nicht klar?«

William antwortete nicht, aber sein Schweigen war deutlich genug. Selim deutete auf den linken Flügel der Rebellenarmee. »Und Ihr habt Euch mit den Persern verbündet. Sicher wißt Ihr, daß sie unsere Erzfeinde sind, die nur darauf aus sind, zu ihrem eigenen Vorteil Zwietracht unter uns zu säen. Wißt Ihr nicht außerdem, daß sie Häretiker sind, eine Abscheulichkeit in den Augen Allahs?«

»Ein Mann muß seine Verbündeten suchen, wo er welche finden kann, Hoheit. Es gibt in diesen Bergen nicht genügend Männer, um eine Armee aufzustellen, die der Euren gewachsen wäre.«

»Warum wollt Ihr dann Euer Heer gegen das meine kämpfen lassen? Ist Euch denn nicht klar, daß unsere Heere gemeinsam stark genug wären, der ganzen Welt unseren Willen aufzuzwingen?«

William betrachtete ihn schweigend.

»Ich begnadige Euch, wenn Ihr Euch mir anschließt«, fuhr Selim fort. »Mehr noch, ich biete Euch das Kommando über mein Heer an – unter meiner Führung. Ihr tragt einen ruhmvollen Namen in der Geschichte meines Volkes. Entehrt ihn nicht und tretet ihn nicht mit Füßen.«

»Hoheit, ich habe geschworen, Prinz Ahmed zu dienen.«

»Das stimmt nicht, Hawk Pascha. Ich habe gehört, Ihr hättet Euch dem Dienst des wahren Osmanen verschworen. Ist dem nicht so?«

William musterte ihn wortlos.

»Mein Bruder ist kein würdiger Osman, Hawk Pascha, und das wißt Ihr. Mein Bruder ist heimtückisch. Wenn Ihr den Sieg für ihn errungen habt, sollte das Schicksal Euch hold sein, wird er Euch aus dem Weg räumen, weil Ihr für seinen Geschmack zu mächtig geworden seid.«

»Hoheit . . .«

Selim lächelte grimmig. »Und würde ich an seiner Stelle nicht dasselbe tun? Ich fürchte Euch nicht, Hawk Pascha, weil ich ebenfalls Soldat bin. Mehr noch, ich weiß, daß ich Euch vertrauen kann, weil Euer Name Hawk ist. Ich werde Euch über alle anderen Männer an meiner Seite erheben, wie mein Großvater Euren Vater über alle anderen erhoben hat. Das schwöre ich beim Gedenken an Mehmed den Eroberer.«

Ein Schwur, den er zweifellos halten würde. Und dieser Mann war ein würdiger Herrscher für einen Hawk, der einst beschlossen hatte, sein Leben dem Dienste der Osmanen zu weihen. Einen würdigeren gab es nicht.

»Hoheit, ich wurde von Eurem Vater für vogelfrei erklärt. Und ich bin nicht gewillt, ihm zu vergeben.«

»Hawk Pascha, Bajasid hat zu lange dem Diwan vorgestanden und zu wenig bewirkt. Vereint Eure Streitmacht mit der meinen, und wie ich schon sagte: Niemand wird uns aufhalten können.«

William starrte den Prinzen an. Ob Bajasid ahnte, wie sehr alle seine Söhne ihn verachteten?

Selim war sein Zögern nicht entgangen.

»Sobald mein Vater entmachtet ist«, sagte er, »wird er für den Rest seines Lebens in einem Palast untergebracht werden, den ich errichten lasse. Seine Lieblingsfrauen, Konkubinen und einige Eunuchen werden ihn begleiten. Nur auf eine Frau wird er verzichten müssen. Er hat sie sich unrechtmäßig angeeignet, und sie gehört bis heute einem anderen.«

William hob ruckartig den Kopf. »Meine Gattin ist doch sicher längst tot.«

»Ihr irrt, Hawk Pascha. Sie lebt im Harem meines Vaters. Ich weiß es, weil er damit geprahlt hat. Ich weiß nicht, was Ihr nach all den Jahren noch für Eure Frau empfindet. Vielleicht habt Ihr nur den Wunsch, sie zu erdrosseln. Diese Entscheidung wird Euch überlassen, aber ich werde Euch Eure Frau zurückgeben.«

William konnte es nicht fassen: Aimée lebte!

Wie mochte sie aussehen nach achtzehn Jahren in Bajasids Harem? Würde noch irgend etwas an das Mädchen erinnern, das er einst geliebt hatte? Unmöglich. Vielleicht hatte Selim recht, und er würde nur noch den Wunsch haben, ihr eine Bogensehne um den wunderschönen Hals zu legen und sie in den Bosporus zu werfen.

Aber er wußte, daß er sie um jeden Preis wiedersehen mußte, ganz gleich, wie schmerzlich dies für ihn sein würde.

»Wenn wir uns darauf einigen, unsere Streitkräfte zu vereinen, Hoheit«, sagte er, »was soll ich dann meinen Verbündeten sagen?«

Selim lächelte wieder grimmig. »Nur ein toter Schiite ist ein guter Schiite.«

»Sie sind meine Verbündeten«, widersprach William.

»Sie sind Schiiten. Habt Ihr um ihre Hilfe gebeten?«

»Nein, Hoheit.«

»Sie wurden Euch von meinem Bruder und seinem Verbündeten, dem sogenannten Schah von Persien aufgedrängt. Ihr habt keinen Grund, Euch für sie einzusetzen.«

»Es sind vierzigtausend Mann.«

»Vierzigtausend Schiiten, Hawk Pascha.«

»Die unter meiner Fahne marschiert sind.«

Selims Zähne schimmerten durch seinen Bart. »Ihr seid ein Ehrenmann, Hawk Pascha. Soviel weiß ich. Schickt Eure persischen Verbündeten heim. Sie sollen ihrem Schah bestellen, daß sie jämmerliche Gestalten sind und ich ihn und seinen armseligen Haufen vernichten werde, wenn er meinen Bruder Ahmed nicht an mich ausliefert.«

»Das bedeutet Krieg mit dem Schah, Hoheit.«

»Genau das ist es auch, was ich will, Hawk Pascha. Krieg zu führen liegt einem Mann im Blut. Ich will gegen die ganze Welt zu Felde ziehen. Wenn Ihr an meiner rechten Seite reiten wollt, muß dies auch Euer Wunsch sein.«

William dachte an das, was er Giovanna gesagt hatte, daß dieses Jahr das bedeutendste in der Geschichte der Osmanen sein würde. Er hatte nicht ahnen können, wie zutreffend diese Prophezeiung gewesen war.

Mehmed der Eroberer war wiederauferstanden.

Der Kislar Aga öffnete die Tür und verneigte sich knapp. »Ya Habibti, der Padischah kommt.«

Aimée hatte entspannt auf einem der Diwane gelegen und mit ihrem Schoßhündchen gespielt. Jetzt setzte sie sich abrupt auf und starrte den Eunuchen entgeistert an.

Es war noch nie vorgekommen, daß ein Sultan die Privatgemächer einer Konkubine betreten hatte.

»Er ist sehr deprimiert«, sagte der Aga warnend.

Sein Name war Ali, und er war ihr Freund. Sie kannte ihn seit so langer Zeit: achtzehn Jahre. Er hatte das Tablett mit ihren Nagelschnipseln und ihrem Körperhaar gehalten an jenem unvergeßlichen Tag, an dem sie entführt und in den Palast gebracht worden war. Damals war er ein Untergebener gewesen, aber vor sieben Jahren war sein Vorgänger verstorben, und er hatte seine Nachfolge in diesem einflußreichen Amt angetreten. Es gab wohl auf der ganzen Welt niemanden, der ihr so vertraut war oder der sie auf so intime Weise kannte.

Und jetzt war er gekommen, sie zu warnen . . . aber wovor?

Nach achtzehn Jahren fiel es Aimée schwer, sich eine Veränderung in ihrem Dasein vorzustellen, obwohl sie wußte, daß ihr Leben aus einer Laune ihres Herrn heraus jederzeit ein abruptes Ende haben konnte. Natürlich bestand diese Gefahr für jeden im Osmanenreich, aber die Bewohnerinnen des Harems waren seinen unberechenbaren Zornausbrüchen noch unmittelbarer ausgesetzt.

Aimée konnte sich gut daran erinnern, daß erst vor ein paar Jahren einige der Frauen verschwunden waren. Niemand hatte gewußt, was aus ihnen geworden war – und daß sie den Serail hätten verlassen können, war undenkbar. So wie man es ihr gesagt hatte, als sie damals gewaltsam in den Palast gebracht worden war, gab es kein Entrinnen außer dem Tod. Und doch hatte in der Vergangenheit kein Sultan seine Konkubinen gleich *en masse* umbringen lassen.

Aber in Istanbul hatten bald Gerüchte kursiert, die von den Eunuchen auch in den Palast getragen worden waren. Es hieß, ein Fischerboot wäre in Höhe des Serails aufgelaufen und gesunken, und als der Fischer und sein Sohn nach dem Wrack getaucht wären, um nachzusehen, ob noch etwas zu retten war, hätten sie ein Dutzend ertrunkener Frauen entdeckt, die aneinandergekettet in der Strömung trieben.

Sie waren allesamt unerwünschte *guizden* gewesen. Ein solches Schicksal konnte niemals eine Odaliske ereilen, schon gar nicht die oberste Odaliske des Harems.

Aimée konnte sich noch sehr gut an das erinnern, was an jenem ersten Tag mit ihr geschehen war, als sie ins Schlafgemach des Sultans gebracht worden war.

Der Aga war geblieben, um seinen Herrn zu entkleiden. So neugierig sie auch gewesen war, hatte der aufgeschwemmte Körper des Sultans sie abgestoßen. Sie hatte wieder begonnen, sich zu fürchten, als der Kislar Aga weggeschickt worden war. Erstaunlich, daß sie die Anwesenheit eines Eunuchen, der in ihr nicht mehr sah als einen Klumpen Fleisch, als so tröstlich empfunden hatte.

Dann hatte Bajasid sie ausgezogen, und sie hatte seine intimen Berührungen und schließlich den Geschlechtsakt über sich ergehen lassen müssen.

Er war sehr zufrieden mit ihr gewesen.

»Du bist göttlich«, hatte er gesagt, nachdem er endlich zum Höhepunkt gelangt und wieder zu Atem gekommen war. »Von nun an sollst du Ya Habibti heißen: Mein Liebling.«

Als er von hinten in sie eingedrungen war, hatten ihre Knie unter seinem Gewicht nachgegeben, aber sie war still unter seinem massigen Leib liegengeblieben, obwohl sie kaum noch Luft bekommen hatte. Sie hatte nur ihr eigenes Überleben vor Augen gehabt.

Ya Habibti hatte erst später verstehen gelernt. Zwei Wochen lang hatte der Sultan jede Nacht nach ihr verlangt. In dieser Zeit war sie von den anderen Frauen ferngehalten worden und hatte nur ihre Eunuchen und ihre Dienerinnen zu Gesicht bekommen. Sie hatten ihr erzählt, daß das Gerücht umginge, der Sultan wäre krank, weil er keine andere Frau mehr in sein Bett holte. Sie wäre die privilegierteste Frau der Weltgeschichte.

Damals hatte sie das nicht so gesehen. Sie hatte gerade erst begonnen, die Hoffnungslosigkeit ihrer Situation zu begreifen. Sich der Tatsache zu stellen, daß sie den Rest ihres Lebens hinter diesen Mauern verbringen würde ... Es hatte Augenblicke gegeben, da hatte sie hysterisch nach William gerufen, und die Eunuchen hatten sie fesseln müssen, aus Angst, daß sie sich etwas antun könnte.

Aber wünschte sie wirklich, daß William sie holte, wenn dies doch seinen Tod bedeuten konnte – und auch ihren? Aber nicht davon zu träumen, daß es ihm irgendwie gelang, sie aus dem Harem zu befreien, wäre Verrat an ihrer Liebe zu ihm gewesen. Zumindest das konnte sie sich erhalten, ganz gleich, was ihr im Leben noch bevorstand.

Aber sogar das wurde nach dem ersten Monat im Sultanspalast schwierig. Denn nach einem Monat war sie schwanger.

Bajasid war entzückt gewesen. Seine Söhne waren alle erwachsene Männer, und er hatte sich längst damit abgefunden, nicht mehr zeugungsfähig zu sein.

Nun bestand noch mehr Grund, sie in ihren eigenen privaten Gemächern versteckt zu halten. Die Mütter von Korkud, Ahmed und Selim hätten mit ihrer Rivalin kurzen Prozeß gemacht.

Als ihre erste Tochter auf die Welt gekommen war, hatte sie sich weiter von William entfremdet. Und als sie die Eunuchen nach ihm fragte, berichteten sie ihr, daß er in den Taurosbergen verschollen war – er war offiziell für tot erklärt worden. Sein Name wurde im Diwan nie erwähnt.

Dies war also ihr Schicksal. Wenn Bajasid auch enttäuscht gewesen war, daß sie ihm nur eine Tochter geschenkt hatte, war er doch sehr stolz gewesen auf seine verlorengeglaubte Manneskraft. Innerhalb eines Jahres hatte sie ein zweites Kind zur Welt gebracht. Wieder ein Mädchen, was sie als sehr beruhigend empfunden hatte. Ihre Kinder waren keine Bedrohung für die jungen Thronanwärter, und so waren sie auch nicht gefährdet.

Damals hatte auch kein Grund mehr bestanden, sie von den anderen Frauen abzuschirmen. Sie hatte zwar ihre Privatgemächer beibehalten, sich jedoch fortan frei im Harem bewegen dürfen. Sie war glücklich gewesen. Sie war von anderen Frauen umgeben gewesen und hatte die besondere Freundschaft und den persönlichen Schutz der Sultan Valideh erlangt, Gulbehar, der Lieblingsfrau des Eroberers. Gulbehar war erst vierzehn gewesen, als sie Bajasid zur Welt gebracht hatte, so daß sie vierundsiebzig war, als der Sultan sechzig wurde, eine freundliche, zierliche kleine Frau, deren Runzeln die Schönheit nicht verhehlen konnten, die Mehmed einst den Kopf verdreht hatte.

Aimée ging davon aus, daß auch sie dieses Alter erreichen würde; mit neununddreißig hatte sie bereits gut die Hälfte hinter sich gebracht. Würde man ihr mit siebzig auch noch ihre einstige Schönheit ansehen?

In ihrem Leben war eine heitere Gelassenheit eingekehrt, die sie in ihrer Jugend nicht gekannt hatte. Bajasid war zu schnell gealtert, und sein fortschreitender körperlicher Verfall hatte verhindert, daß er zu einer ständigen Last wurde. Es war ihm nicht gelungen, sie erneut zu schwängern, und mit der Zeit hatte er wieder die Abwechslung gesucht. Inzwischen rief er sie nur noch höchstens zwölfmal im Jahr zu sich, wenngleich auch das noch mehr Aufmerksamkeit war, als er irgendeiner anderen Frau des Harems schenkte.

Sie wußte, daß er ein lüsterner Trunkenbold und Lebemann war. Sie wußte, daß er ein Feigling war: Seine panische Angst an jenem Tag vor zwei Jahren, als die Erde gebebt hatte und Risse an den Palastmauern erschienen waren, war jämmerlich gewesen. Sie wußte, daß er ein Mörder war, heimtückisch und böse. Und doch fühlte sie sich ihm aus reiner Gewohnheit verbunden.

Aber er war nicht nur lasterhaft. Wenngleich seine Wesire ihn verachteten, weil er den Frieden dem Krieg vorzog, verbrachte er seine Zeit damit, Bücher und Kunstschätze aus ganz Europa zusammenzutragen, wenn er es auch nicht wagte, Gemälde aufzuhängen, die Menschen darstellten.

Er überhäufte sie mit Geschenken, kostbarem Schmuck und edlen Stoffen. Und er betete seine Töchter an, die inzwischen zu hübschen jungen Frauen herangewachsen waren.

Da sie weitgehend sich selbst überlassen war, konnte Aimée sich ihrer Erziehung annehmen. Sich selbst überlassen, konnte sie innerhalb des Harems Freundschaften schließen, auch wenn die Griechinnen, Bulgarinnen, Anatolierinnen und Tscherkessinnen zu kindisch und oberflächlich waren, als daß sie sich ihnen innig hätte verbunden fühlen können. Sie zog die Gesellschaft ihrer Eunuchen vor, vor allem die Alis.

Es konnte im Harem kein wahres Glück geben. Aber man konnte durchaus Zufriedenheit erlangen.

Aber jetzt suchte Bajasid sie in ihren eigenen Gemächern auf – und offenbar sehr erregt. Etwas Schreckliches mußte geschehen sein.

Der Sultan ließ sich auf den Diwan sinken; das Fett um seine Mitte erbebte.

»Ich wurde verraten«, stöhnte er. »Ich wurde verraten.«

Aimée setzte sich zu ihm. »Von wem, O Padischah?«

»Selim! Dem besten meiner Söhne. In Taurus ist es zu einem Aufstand gekommen, herbeigeführt durch diesen Schurken Ismail von Persien. Ich habe Selim mit einem Heer ausgesandt, die Rebellion niederzuschlagen. Und jetzt marschiert er gemeinsam mit der Rebellenarmee gen Istanbul. Er will mich stürzen. Bei Allah, ich bin verflucht; ich habe eine Schlangenbrut in die Welt gesetzt.«

»Vielleicht macht Ihr Euch unnötig Sorgen, Padischah«, entgegnete Aimée. »Ihr habt Euren Sohn ausgesandt, eine Rebellion niederzuschlagen, und das ist ihm offenbar gelungen. Wenn ihm dies kampflos gelungen ist und er die Rebellen wieder zu treuen Vasallen bekehrt hat, wäre das doch ein Grund, dankbar zu sein.«

»Du weißt gar nichts, Frau«, erwiderte Bajasid schroff. »Hast du denn keine Ahnung, wer diese Aufständischen angeführt hat?«

Aimée starrte ihn sprachlos an; ein Verdacht stieg in ihr auf.

»Ja«, sagte Bajasid. »Der junge Hawk, der sich inzwischen selbst Hawk Pascha nennt.« Er schüttelte ihre Hand ab und ging zum Fenster hinüber, von dem aus man den Hof das Harems sehen konnte. »Hawk Pascha! Ein Alptraum, aus dem Grab gestiegen, um mich zu quälen.«

Aimée hob eine Hand an die Kehle. Ein Hawkwood, der mit einem ganzen Heer nach Istanbul marschierte! William! Nach achtzehn Jahren!

Bajasid breitete in einer verzweifelten Geste die Arme aus.

»Er will meinen Tod, und irgendwie ist es ihm gelungen, meinen Sohn zum Verrat anzustacheln. Aber eins sage ich dir: Bevor er auch nur einen Fuß in den Palast setzt, wirst du sterben, Ya Habibti. Er wird dich niemals zurückbekommen!«

Schwerfällig stampfte er aus dem Zimmer.

Aimée saß mehrere Sekunden lang reglos da. Noch nie in ihrem ganzen Leben hatte sie solche Angst gespürt.

Sie fürchtete sich weniger vor dem, was Bajasid gedroht hatte, ihr anzutun. Das konnte er unmöglich ernst gemeint haben; sie war eine Ya Habibti. Aber der Gedanke, William wieder gegenübertreten zu müssen ... der nach achtzehn Jahren kam, um sie zu rächen.

Sie fühlte sich wieder wie ein junges Mädchen. Ihr Herz klopfte wild, und ihre Wangen glühten. William war auf dem Weg zu ihr.

Sie zwang sich nachzudenken. Wenn er nach achtzehn Jahren gen Istanbul zog, konnte es ihm da noch um sie gehen? Und doch mußte er wissen, wie sie die vergangenen Jahre verbracht hatte. Er wußte es, und trotzdem kam er.

Sie mußte am Leben bleiben und ihn wiedersehen. Das war ihr Schicksal, ihr Kismet. Allein der feste Glaube hieran hatte sie die letzten Jahre überstehen lassen. Gott hatte ihr schwere Prüfungen auferlegt, aber jetzt führte er sie und ihren rechtmäßigen Gatten endlich wieder zusammen.

Sie brauchte sich nicht zu fürchten. Sie war neununddreißig und nicht mehr so schlank wie früher, aber sie war bei weitem nicht so dick wie die anderen älteren Frauen. Sie war immer noch Ya Habibti, die schönste Frau im Harem. Ihr Haar war immer noch wie feingesponnenes Gold, ihre Haut makellos.

William würde sie wieder lieben. Denn er kam, um sie zu holen.

Mehr denn je verließ sie sich auf Ali; er war ihr Freund. Neuigkeiten waren von allergrößter Wichtigkeit, und Ali wußte so gut wie jeder andere, was draußen in der Welt passierte. Sie bedrängte ihn, um mehr Einzelheiten zu erfahren.

»Sie nennen den Prinzen Selim den Gestrengen«, berichtete Ali. »Er vernichtet alles und jeden, der sich ihm in den Weg stellt. Und inzwischen hat er Brussa hinter sich gelassen und nähert sich dem Bosporus.«

»Wird die hiesige Garnison für den Sultan kämpfen?« fragte sie.

»Wenn er sich an die Spitze seiner Soldaten stellen würde, vielleicht«, entgegnete Ali.

Aber dazu würde Bajasid niemals den Mut aufbringen.

Sie ließ nicht locker. »Stimmt es, daß Hawk Pascha mit dem Prinzen reitet?«

»Es stimmt, Herrin.«

»Und was ist mit den anderen Prinzen?«

»Sie sind geflohen. Ahmed hat bei den Persern Zuflucht gesucht, Korkud in Venedig. Sie sind nur noch dem Namen nach Prinzen – zumindest bis Selims Tod.«

Aber Selim konnte nicht sterben; er brachte Hawk Pascha zu ihr. Sie verging fast vor Aufregung.

Istanbul wartete.

»Der Prinz hat den Bosporus erreicht«, berichtete Ali. »Er hat seinen Vater aufgefordert, sich zu ergeben.«

Aimée hing atemlos an seinen Lippen.

Die Frauen des Harems bildeten tuschelnd kleine Gruppen. Sie wagten nicht, laut auszusprechen, ob sie den Sturz ihres Herrn fürchteten oder erhofften. Zweifellos ging es den Bewohnern der Stadt nicht anders. Die Nachtluft war erfüllt von Geräuschen; allgemeines Stimmengemurmel durchdrang die Dunkelheit.

Aimée erwachte, überrascht, daß sie eingeschlafen war. Sie setzte sich auf und blickte auf die Tür zu ihren Gemächern, die sich öffnete.

Aber nirgendwo brannte Licht.

»Wer ist da?« rief sie ängstlich.

»Ali, Herrin.«

Er war nicht allein. Es waren noch zwei weitere Eunuchen bei ihm.

»Was ist passiert?« fragte sie.

»Das Heer des Prinzen Selim hat den Bosporus überquert. Morgen wird es in die Stadt einmarschieren«, entgegnete Ali. »Die Janitscharen der Garnison haben ihre Loyalität zum Prinzen erklärt.«

Der Kislar Aga stand nun neben ihrem Bett. Die anderen Eunuchen waren in einiger Entfernung stehengeblieben.

Aimées Augen hatten sich inzwischen an die Dunkelheit gewöhnt, und sie schnappte entsetzt nach Luft bei dem, was sie sah. Die beiden Eunuchen hatten einen Sack bei sich, und Ali hielt eine Bogensehne in den Händen.

Sie wich bis an die Wand zurück.

»Nein«, sagte sie. »Das kannst du nicht tun!«

»Unser Herr hat es befohlen, Herrin.«

»Das kannst du nicht tun! Du, Ali? Das kannst du nicht.«

»Ich muß meinem Herrn gehorchen, Herrin. Kommt.«

Aimée keuchte; ihre Kehle war vor Furcht wie zugeschnürt. »Meine Töchter . . .«

»Ihnen wird kein Leid geschehen, Herrin. Aber mein Herr hat angeordnet, daß Ihr Hawk Pascha nicht in die Hände fallen dürft.«

»Ali, bitte . . .«

»Es ist besser, würdevoll zu sterben, als schreiend zum Sack gezerrt zu werden, Herrin.«

Er streckte die Hand nach ihr aus, und sie trat nach ihm. In der Dunkelheit konnten sie einander nur undeutlich sehen, und ihre Zehen stießen gegen seine Brust. Er packte ihren Knöchel und hielt ihn einen Augenblick fest, aber es gelang ihr, sich zu befreien, und sie versuchte, sich mit einem Sprung an ihm vorbei zu retten.

Er griff erneut nach ihr, aber sie schlief nackt, und seine Finger glitten von ihrer schweißnassen Haut ab.

Wenngleich nun auch die beiden anderen Eunuchen versuchten, sie zu ergreifen, wand sie sich an ihnen vorbei, schlüpfte durch die offene Tür und war auf dem Flur. Schwer atmend lief sie zur Außentür, durch die sie noch nie hindurchgegangen war. Sie wußte, daß sie bewacht wurde, aber ihr plötzliches Erscheinen verblüffte die Eunuchen. Sie schlugen Alarm, aber sie war schon an ihnen vorbei im Hauptbereich des Palastes.

Sie wußte, daß sie sich in einem oberen Geschoß befand, aber sie wußte ebenfalls, daß der Palast unmittelbar an die Stadtmauer angebaut war – die Seemauer, an der der Bosporus vorbeiströmte. Sie war ohnehin für den Bosporus bestimmt gewesen, aber wenn es ihr gelang, ungefesselt dorthin zu gelangen . . . Die Erinnerung versetzte sie um siebenundzwanzig Jahre zurück, in die Zeit französischer Sommer, als sie mit ihrer Mutter und ihren Schwestern in der Seine gebadet hatte. Sie war in diesem breiten Fluß geschwommen, dessen Strömung viel stärker war als die des Bosporus. Siebenundzwanzig Jahre – aber sie hatte es ganz bestimmt nicht verlernt.

Fackeln hoch oben an den Wänden erhellten den Palast, und Aimée rannte auf die Fenster am anderen Ende der Galerie zu.

Auf beiden Seiten stürzten Wachen durch Rundbögen herbei. Sie schrien – aber die Rufe galten nicht ihr. Eine nackte Frau, die wie von Furien gehetzt durch die Palastflure rannte – das war ein Anblick, den sie sich nicht in ihren wildesten Phantasien hätten vorstellen können. Ihre blasse Haut und ihr wehendes goldenes Haar verriet ihnen, wer sie war. Jeder hatte von der Ya Habibti gehört, auch wenn sie in den vergangenen achtzehn Jahren kein anderer Mann als der Sultan zu Gesicht bekommen hatte.

Während sie noch zögerten, erreichte Aimée das Fenster.

Ali erschien am anderen Ende des Flures. »Haltet sie!« kreischte er. »Ergreift sie!« Als die Wachen auf sie zustürmten, blickte Aimée in Panik von ihnen auf das Fenster. Sie hatte keine Ahnung, was sich in der Dunkelheit verbarg: Am Fuß der Mauer konnte sie ebenso Wasser wie nackter Fels erwarten.

Aber auch wenn sie sich das Genick brach, war das immer noch besser als die Bogensehne und der Sack.

Als die erste Wache sie packen wollte, stieß sie sich mit aller Kraft vom Fenstersims ab und stürzte sich in die undurchdringliche Schwärze.

Einst habe ich diesen Mann gehaßt, dachte William Hawkwood, als er den ehemaligen Sultan Bajasid II., ›den Friedliebenden‹, betrachtete.

Aber wie sollte er eine so gebeugte, gebrochene, jämmerliche Gestalt hassen?

Bajasid stand am ganzen Leib zitternd vor Angst seinem Sohn gegenüber. Die Fettmassen an seinem Hals, an den Schultern, der Brust und dem Bauch bebten unkontrolliert.

»Geht mit diesen Männern, Vater«, befahl Selim.

Bajasid zitterte nur um so stärker.

»Du wirst nicht sterben«, versicherte ihm Selim. »Aber die

Welt wird dein Antlitz nie wieder sehen. Geh mit diesen Männern.«

Bajasid stolperte zwischen seinen Wachen vorwärts. Als er mit William auf einer Höhe war, warf er ihm einen Blick zu und erschauerte erneut. Dann stand er in der Pforte und blickte auf die Reihen Janitscharen, die dort Aufstellung genommen hatten. Seine Truppen, die er nie angeführt hatte.

Jetzt dienten sie seinem Sohn, und für *ihn* würden sie bis ans Ende der Welt marschieren.

Selim der Gestrenge! Diesen Namen hat er sich wohl verdient, dachte William. Und es war ein Name, mit dem die Welt würde rechnen müssen.

»Es tut mir leid, Hawk Pascha«, sagte der neue Sultan, »aber die Umstände zwingen mich, mein Wort zu brechen. Eure Frau ist tot.«

Er zeigte auf die wartenden Eunuchen. »Sie haben mir berichtet, daß sie es vorgezogen hat, sich aus einem der oberen Palastfenster zu stürzen, anstatt sich auf Befehl meines Vaters erdrosseln zu lassen.«

»Niemand kann das Schicksal beeinflussen, Padischah«, entgegnete William. »Habe ich Eure Erlaubnis, mein altes Zuhause zu beziehen?«

Selim legte ihm eine Hand auf die Schulter, das höchste Zeichen von Wertschätzung seitens eines Moslems.

»Nehmt Euer Haus wieder in Besitz, Hawk Pascha«, sagte er. »Aber anschließend haben wir viel zu tun, Ihr und ich.«

Noch galt es, zwei Brüder auszuschalten und einen Schah zu besiegen – und der Welt zu zeigen, daß in Istanbul eine neue Macht regierte.

»Ich stehe zu Eurer Verfügung, Padischah.« William verneigte sich.

Er setzte mit der Fähre nach Galata über und betrat das Haus seines Vaters, den jungen Harry an seiner Seite. Die Diener verneigten sich tief vor ihm; Anthony Hawkwoods Konkubinen und John Hawkwoods türkische Frau musterten ihn neugierig. Sie hatten siebzehn Jahre allein gelebt; als Frauen und

Konkubinen eines verstorbenen Paschas waren sie großzügig versorgt worden.

»Friede sei mit Euch«, sagte er und betrat die Privaträume seines Vaters.

Harry blieb an der Tür stehen.

»Ich werde sofort deine Mutter nachkommen lassen«, sagte William. »Wir werden dieses Haus wieder in ein Heim verwandeln. Und jetzt laß mich allein.«

Der Junge zog sich zurück, und William blickte aus dem Fenster über das Goldene Horn. Endlich war er wieder zu Hause, nach über dreißig Jahren. Er war erst neunzehn gewesen, als er an Prinz Dschems Seite nach Brussa geritten war; in der Zwischenzeit war er zwar zweimal nach Istanbul zurückgekehrt, aber jeweils nur für wenige Tage. Und auch diesmal waren ihm möglicherweise nur wenige Tage der Ruhe beschieden, wenn der Sultan ihn brauchte. Aber jetzt war dies sein Zuhause: Dieses Haus gehörte Hawk Pascha.

Es war sinnlos, zurückzublicken und über das nachzugrübeln, was hätte sein können, wenn. Er hatte Triumphe und schwere Schicksalsschläge erfahren; an Selims Seite konnten ihn in der Zukunft nur noch Triumphe erwarten. Harry Hawkwood würde ein würdiger Träger dieses berühmten Namens sein.

Er hatte Glück und große Trauer gekannt. Jetzt fühlte er große Trauer. Aber Giovanna würde herkommen, und wenngleich sie Aimée nicht ersetzen konnte, war sie ihm dennoch ein Quell des Trostes.

Also . . .

Er hörte ein Geräusch, drehte sich um – und glaubte einen Geist zu sehen. Für einen Augenblick fürchtete er, seinen Verstand verloren zu haben oder am hellichten Tag zu träumen.

Er machte einen Schritt nach vorn, um sich davon zu überzeugen, daß er keiner Sinnestäuschung aufsaß.

»Ich mußte Euch einfach wiedersehen«, sagte Aimée.

Sie starrten einander unverwandt an.

»Ich mußte wissen, ob ich wieder leben und lachen kann«, fuhr sie fort. »Und lieben.«

William starrte sie immer noch wortlos an.

»Leider scheint es, als hätte ich mich besser in das Schicksal ergeben, das Bajasid mir zugedacht hat.«

William Hawkwood streckte ihr die Hand entgegen.

DRITTES BUCH

HERR ÜBER ALLE

Ein Augenblick vergeudet an die Vernichtung,
ein Augenblick, sich am Quell des Lebens zu laben,
Die Sterne verblassen, und die Karawane
bricht auf in die Dämmerung des Nichts – O eilet Euch!

Omar Khayyam

12
Der Sultan

SEHT HER, JUNGER Hawk!« Diniz packte den Arm seines Herrn. »Wir müssen umkehren.«

Harry Hawkwood blickte stirnrunzelnd über das Wasser. Am nördlichen Horizont waren noch vor wenigen Minuten ein Dutzend Galeeren zu sehen gewesen, die wie riesige Käfer auf der Wasseroberfläche auf sie zukrochen.

Sie hatten ihn nicht beunruhigt. Im Jahre 1525 war das Schwarze Meer kaum mehr als ein türkischer Binnensee. Aber nun waren die Galeeren plötzlich hinter einer Mauer aus Dunkelheit verschwunden, die sich rasch näherte. Das Schwarze Meer war berüchtigt für seine plötzlichen Unwetter.

Harry blickte über die Schulter. Das Land war nicht mehr zu sehen – nicht einmal die in der Sonne glitzernden Kuppeln Istanbuls; im Segelfieber hatte er sich noch weiter aufs offene Meer hinausgewagt als gewöhnlich.

Er sah wieder nach vorn. Sein Schiff besaß keine Ruder. Ein Venezianer hatte es für ihn entwickelt. Es war breiter und hatte größeren Tiefgang als jede Galeere. Das Schiff wurde von einem Lateinsegel angetrieben, das von einem Baum gesteuert wurde, der beinahe so lang war wie der Dreißig-Fuß-Rumpf. Das Schiff war schnell und wendig und ermöglichte es ihm, der Hitze und der Geschäftigkeit in der größten Stadt der Welt zu entfliehen.

Jetzt stand dem Schiff seine erste wahre Feuerprobe bevor; die Zeit reichte nicht aus, sich auf den geschützten Bosporus zurückzuziehen.

Aber das Schiff besaß keine Deckaufbauten und konnte somit leicht mit Wasser vollaufen.

Seine Männer sahen ihn beunruhigt an. Alle sechs waren dem Namen Hawk ergeben sowie dem jüngsten Mitglied dieser ruhmreichen Familie. Sie segelten seit vielen Jahren mit ihm.

»Wir müssen das Unwetter hier draußen überstehen«, sagte er. »Refft das Segel, verdoppelt die Leinen und werft es über den Bug.«

Sie machten sich sogleich an die Arbeit.

»Du suchst alles zusammen, was zum Wasserschöpfen verwendet werden kann, Diniz«, instruierte Harry seinen Diener.

Diniz wieselte eilfertig davon.

Harry betrachtete den Horizont, der inzwischen nur noch wenige Meilen entfernt war und mit jeder Sekunde näher rückte. Er fragte sich, wie es den Galeeren ergehen mochte: Sie waren kaum besser für einen Sturm geeignet als sein kleiner Segler.

Er empfand keine Furcht. Harry Hawkwood hatte noch nie Furcht gekannt. Als sein Vater, John Hawkwood der Jüngere, von Sultan Bajasid ermordet worden war, war er noch ein Säugling gewesen. Als junger Mann war er dann an der Seite seines Onkels William Hawkwood geritten, und nach der Entmachtung Bajasids durch seinen Sohn unter dem Banner des neuen Sultans Selim, des größten Kriegsherrn aller Zeiten.

Harry Hawkwood hatte in seinem Leben nur Triumphe erfahren . . . anders als seine berühmten Vorfahren, wie er sich zuweilen vergegenwärtigte.

Auch in seiner Liebe zum Meer unterschied er sich von ihnen. William Hawkwood hatte kein Verständnis für diese Leidenschaft; die Hawkwoods waren immer Artilleristen gewesen, Männer, die mit beiden Beinen fest auf dem Boden standen. Kein Hawkwood vor dem jungen Harry hatte je davon geträumt, ein Geschütz auf einem Schiff anzubringen!

Seine Mutter Giovanna hatte eine Erklärung für seine seltsame Leidenschaft: ihr Vater war ein neapolitanischer Kapitän gewesen wie schon sein Vater vor ihm. Tatsächlich hatte sie sich auf einem der Handelsschiffe ihres Vaters befunden, als dieses von türkischen Freibeutern gekapert worden war, die sie auf dem Sklavenmarkt von Konstantinopel verkauft hatten.

Aber das war lange her. Bei den Hawkwoods hatte sie ihr Lachen und ihr Selbstvertrauen wiedergefunden. Aber es freute sie, daß ihr einziger Sohn die Liebe zum Meer geerbt hatte.

Wenngleich sie nicht erfreut sein würde, wenn sie in diesem Augenblick aus einem Fenster des Hawk Palastes in Galata blickte und sah, wie sich über dem Schwarzen Meer ein Sommersturm zusammenbraute.

Die Gewitterwolken hatten sie beinahe erreicht. Aber Harry war so bereit, wie er nur sein konnte. Das Segel war über Bord geworfen worden, über die stärksten Leinen, die sie besaßen, mit dem Schiffsrumpf verbunden; es würde ihnen als Anker dienen und sie nicht nur im Wind halten und so die Gefahr verringern, daß sie kenterten, sondern außerdem verhindern, daß sie allzu weit abtrieben und an den Felsen zerschellten. Zumindest hoffte er das.

Die Besatzung kauerte derweil mit Schöpfkellen bewaffnet im Rumpf.

Harry knüpfte ein Seil um seine Taille und band dieses um einen der freiliegenden Spanten. Etwas Stabileres gab es an Bord nicht. Dann legte er beide Hände um die Ruderpinne und lachte übermütig, als die ersten Regentropfen auf sein Gesicht klatschten. Er war sechs Fuß drei Inches groß, seine rotbraune Mähne flatterte im Wind, und seine sehnigen Muskeln waren ungeschützt den Elementen ausgesetzt, da er nur einen Lendenschurz trug. Er war in jeder Hinsicht ein ganzer Hawk, und seine Männer liebten ihn dafür.

Der Himmel verschwand völlig hinter tiefhängenden dunklen Wolken. Der Regen prasselte in Strömen herab und beruhigte das Meer vorübergehend, aber der Wind zerrte bereits an den Wellen und ließ Gischt aufsprühen. Schon begannen die Männer mit den Schöpfkellen zu arbeiten.

Harry Hawkwood klammerte sich mit aller Kraft an die Ruderpinne, das Gesicht Wind und Wasser entgegengehoben, bemüht, den Bug gegen die Wogen gerichtet zu halten. Sie wurden vom Gewicht des Segels festgehalten, aber die Kräfte, die sich um sie herum entluden, waren so gewaltig, daß sie dennoch abzutreiben drohten.

Der Tag wurde schwarz wie die Nacht, und die Wassermassen brodelten. Zwölf, fünfzehn Fuß hohe Brecher türmten sich um das kleine Boot herum auf. Die meisten brachen sich am Bug und flossen schäumend an beiden Seiten vorbei, aber genügend strömten auch über die Schandeckel, so daß das Wasser in der Bilge anstieg. Die Männer kamen mit Schöpfen kaum nach.

Und doch gerieten sie nicht in Panik. Harry Hawkwood stieß erneut einen Triumphruf aus, als wollte er die Elemente herausfordern.

Donnerschläge krachten, und Blitze fuhren auf allen Seiten in den schäumenden Hexenkessel. Die Kräfte der Männer drohten zu erlahmen. Aber der Sturm tobte mit unverminderter Gewalt weiter.

Ein Ruck, und der Schiffsrumpf erzitterte – eine der Leinen, an denen das Segel festgebunden war, war gerissen, von den Schandeckeln durchgescheuert. Noch hielt das zweite Tau, aber auch dieses war schon teilweise durchgescheuert.

Harry erkannte, daß er möglicherweise zu früh gelacht hatte. Der Wind war stärker und die Wellen höher, als er sie je zuvor erlebt hatte. Aber er konnte nichts anderes tun, als durchzuhalten und darauf zu warten, daß das Unwetter sich legte.

Als das zweite Seil riß, trieb das Boot sofort ab. Harry wußte, daß er den Bug nicht weiter gegen die Wellen richten konnte – die sicherste Position bei hohem Wellengang. Seine einzige Hoffnung bestand darin, das Boot zu wenden und sich vom Sturm vorwärtstragen zu lassen. Die Gefahr bei diesem Manöver bestand allerdings darin, daß sie dann möglicherweise auf den Felsen etwa zwanzig Meilen weiter südlich zerschellten.

Aber ohne Segel das Boot zu wenden war ein schwieriges Unterfangen.

Er holte tief Luft.

»Schneidet das Segel los«, rief er.

Die Leinwand wurde noch von den anderen Enden der durchtrennten Taue gehalten.

Diniz kroch vorwärts, vom Wasser durchweicht, das über die Bordwand klatschte, als das Boot zu schlingern begann. Er zog sein Messer und durchtrennte die Seile mit einem einzigen Hieb.

»Schöpfen!« brüllte Harry und riß das Ruder herum.

Das Boot trieb weiter ab. Die Männer schrien auf, als das Boot von einer Welle hochgehoben wurde, einen Augenblick auf dem Wellenkamm ritt und dann mit rasender Geschwindigkeit auf der anderen Seite abwärtsjagte. Harry wurde ins Meer geschleudert, jedoch von dem Seil um seine Taille gehalten. Wasser drang ihm in die Nase, als er unterging. Verzweifelt zog er sein eigenes Messer, um sich loszuschneiden. Dann langte er nach oben und bekam das Boot zu fassen.

Es war gekentert, aber von genügend Tauwerk umgeben, an das er sich klammern konnte, während die Wogen sich über dem Kiel brachen. Es hatte nicht den Anschein, als würde das Segelboot sinken; im Rumpf war offenbar zuviel Luft eingeschlossen.

Er drehte den Kopf von rechts nach links und spähte angestrengt durch den sintflutartigen Regen und die Gischt, um zu sehen, welche seiner Männer überlebt hatten. Dann entdeckte er Diniz, der sich an den Bugspriet klammerte, von den gewaltigen Wellen auf und nieder getragen. Er entdeckte noch weitere Besatzungsmitglieder, die sich an das gekenterte Wrack krallten.

Soviel zum Segelvergnügen, dachte Harry.

Harry verlor jedes Zeitgefühl und vermochte nicht zu sagen, wie lange sie schon in der tosenden See trieben. Einer der Männer in seiner Nähe konnte sich nicht mehr halten, wurde vom Schiffsrumpf fortgerissen und verschwand unter den Wellen. Er machte den anderen Mut, so gut er konnte, indem er ihnen zurief, daß das Unwetter nachließ, was tatsächlich der Fall war. Das Meer beruhigte sich, und es hörte auf zu regnen. Über ihnen war sogar ein Fetzen blauer Himmel zu erkennen.

Aber das Wasser war eisigkalt. Unter Aufbietung seiner letzten Kraftreserven kletterte er, sich der Fingernägel und

Zehen bedienend, mühsam den Bootsrumpf hinauf, setzte sich rittlings auf den Kiel und blickte sich im immer noch düsteren Nachmittagslicht um. Dann machte er in etwa einer halben Meile Entfernung eine dunkle Silhouette aus.

Er reichte den Überlebenden seiner Besatzung die Hand und hievte sie einen nach dem anderen zu sich hinauf. Als er Diniz als letzten aus dem Wasser gezogen hatte, waren sie zu sechst; zwei von ihnen waren ertrunken.

Aber dieses Schicksal hätte sie ebensogut alle treffen können.

Harry wies die Männer an, zu rufen und die Arme zu schwenken, und langsam kam die dunkle Silhouette näher. Harry konnte nun weitere dunkle Umrisse erkennen. Das Galeerengeschwader hatte den Sturm unbeschadet überstanden.

Harry erkannte die Flagge, die über dem vordersten Schiff wehte. »Hallooooo!« rief er. »Halloooo, Haireddin! Halloooo!«

Die Galeere kam zum Stehen. Vom Bug aus wurde ein Boot zu Wasser gelassen, und die Seeleute ruderten zügig auf den gekenterten Segler zu.

Die Schiffbrüchigen wurden in das Rettungsboot geholt und stiegen wenige Minuten später die Leiter hinauf, die in den Bug der Galeere eingelassen war. Harry wurde die Gangway zwischen den Reihen der Rudersklaven hinuntergeführt, die bereits wieder mit Peitschenhieben angetrieben wurden, und weiter auf das geräumige Achterdeck. Dort erwartete ihn ein kräftiger, prunkvoll gekleideter Mann, dessen auffälligstes Merkmal der rote Vollbart war, der ihm bis zur Mitte der Brust reichte.

»Haireddin«, sagte Harry und ergriff die Hand des älteren Mannes. »Ich glaube, Ihr habt mir gerade das Leben gerettet.«

Haireddin grinste breit. »Junger Hawk«, entgegnete er, »Euer Leben ist es wert, gerettet zu werden.«

Harry Hawkwood hatte Haireddin – und seinen jüngeren Bruder Arouj – vor Jahren kennengelernt. Sie waren schon immer schamlose Piraten gewesen; sogar die Türken wußten das.

Gewöhnlich trieben die Brüder im westlichen Mittelmeer ihr Unwesen, dort wo die See ruhig und sonnenbeschienen war, als wäre sie von Gott dazu ausersehen worden, von Galeeren befahren zu werden. An jenen Gewässern hatte das Osmanenreich kein Interesse. Überhaupt hatten sie kaum Interesse am Meer; die Türken waren Reiter und keine Seeleute. Daß eine Kriegsflotte notwendig war, um die fernen Herrschaftsgebiete zu schützen, war sogar dem Eroberer klargewesen, aber die Aufgabe der Flotte bestand hauptsächlich darin, Armeen und Verpflegung zu transportieren. Die Osmanen konnten sich einfach nicht vorstellen, Schiffe als unabhängige Kriegsinstrumente einzusetzen.

Haireddin und Arouj waren keine echten Osmanen. Zwar waren sie Türken, aber sie waren auf der Insel Lesbos in der Ägäis als Söhne einer Griechin und eines Janitscharen geboren und aufgewachsen. Sie waren zur See gefahren, kaum daß sie hatten laufen können. Niemand wußte genau, wann das gewesen war; ihr Vater war Analphabet gewesen und ihre Geburtsdaten nicht schriftlich festgehalten worden. Jedoch war Haireddin mindestens sechzig Jahre alt.

Lange war er damit zufrieden gewesen, den Leutnant für seinen jüngeren, intelligenteren Bruder zu spielen, dann waren die einstigen Fischer zu Galeerenkapitänen aufgestiegen und schließlich zu Kapitänen eines ganzen Galeerengeschwaders. Von der Ägäis aus hatten sie ihre Schiffe nach Westen gelenkt, in ein Gebiet, wo das Mittelmeer im Grunde nicht mehr war als ein spanisch-italienischer See. Spanien war die größte Seemacht der Welt. Die Entdeckungen des genuesischen Seefahrers Christoph Kolumbus eine Generation zuvor hatten den nationalen Ehrgeiz vorangetrieben, der bereits mit der Rückeroberung Granadas im Jahre 1492 aufgekeimt war, der letzten Maurenbastion in Spanien.

Jetzt wurde von gewaltigen Schiffen berichtet, die über den Atlantischen Ozean pflügten, zu den Goldminen der Neuen Welt, und größeren Reichtum nach Cadiz, Barcelona, Sevilla und Cartagena brachten, als man je für möglich gehalten hätte.

Nicht einmal Arouj hatte sich auf den Atlantik gewagt. Er

wußte nichts von den Strömungen und Gezeiten, den stürmischen Winden und scheinbar endlosen Meeren jenseits der Straße von Gibraltar, und das wenige, was er gehört hatte, hatte genügt, ihn von diesem selbstmörderischen Abenteuer abzuhalten.

Aber der Reichtum aus Indien schwappte auf den Mittelmeerraum über, als Spanien sich immer weiter ausdehnte. In diesen ruhigen Gewässern konnte auch eine den Ozean befahrende Karake in einer Flaute liegenbleiben, hilflos Angriffen von jenen Seiten ausgeliefert, die sie mit ihren Geschützen nicht abdecken konnten. Die Spanier und ihre genuesischen Verbündeten besaßen ebenfalls Galeeren, die jedoch weder so schnell waren noch mit so verzweifeltem Mut befehligt wurden wie seinerzeit jene Aroujs.

Daß die Brüder anfangs nicht unter osmanischer Flagge gesegelt waren und tatsächlich den Sultan kaum als ihren Herrn anerkannt hatten, bedeutete den Spaniern und Genuesen nichts. Ihnen genügte, daß Arouj Türke war. Keine Nation der Welt haßte die Türken so sehr wie die Genueser. Auf Arouj war ein Kopfgeld ausgesetzt worden, und schließlich war der Freibeuter im Kampf gefallen. Spanien hatte erleichtert aufgeatmet. Aber dann hatte Aroujs Bruder Khidr, der damals den Namen Haireddin angenommen hatte, seine Nachfolge angetreten, und in ihm hatten die Dons einen noch brillanteren, gewiefteren Feind gefunden als den, den sie erschlagen hatten.

Aber Haireddin hatte sich nicht mit dem Ruhm begnügen wollen, als der ruchloseste Freibeuter aller Zeiten zu gelten. In den maurischen Fürstentümern entlang der afrikanischen Nordküste herrschte das Chaos, und wenn sie nicht gerade gegen die Spanier kämpften, bekriegten sie sich gegenseitig. Haireddin träumte davon, sich dort ein eigenes Königreich zu errichten. Hierzu benötigte er die Unterstützung eines mächtigen Herrschers, und so war er nach Istanbul gekommen, hatte vor dem Sultan gekniet und ihm seine Pläne unterbreitet.

Selim war nicht sonderlich interessiert gewesen. Er war noch mehr als die meisten Sultane vor ihm Soldat und hielt nicht viel von der Seefahrt. Er hatte Haireddin in den Rang eines Beglerbegs erhoben und ihm gesagt, er solle tun, was ihm beliebe, und dürfe Freiwillige anwerben, so viele er kriegen könne.

Das war Haireddin nicht genug gewesen, und so hatte er sich an Selims obersten General Hawk Pascha gewandt. Aber William Hawkwood war noch bodenständiger als sein Herr. Und so war Haireddin schließlich zu seiner Freibeuterei und seinen Träumen zurückgekehrt.

Aber seither hatte er sich regelmäßig in Istanbul blicken lassen, und als Beglerbeg mußten ihm alle den diesem Titel gebührenden Respekt entgegenbringen. Auch hatte er in der Hauptstadt einige Freundschaften geschlossen, darunter auch mit dem jungen Hawk. Harry Hawkwood war damals schon der Faszination des Meeres erlegen und blickte wehmütig den Galeeren nach, die mit unbekanntem Ziel in See stachen, fremden Welten und aufregenden Abenteuern entgegen. Harry hatte seinen Onkel angefleht, ihm zu erlauben, sich als Freiwilliger für das Unternehmen des Freibeuters zu melden, aber William Hawkwood hatte abgelehnt. Harry war damals Ende Zwanzig gewesen, Oberst in der osmanischen Artillerie und ein Mann, dem eine ruhmreiche Zukunft bestimmt war; und auf dem Meer konnte man nicht zu Ruhm gelangen.

Und so hatte Harry sich damit begnügen müssen, nur zu seinem Vergnügen zu segeln, ein Vergnügen, das an diesem Tag beinahe zu einer Katastrophe geführt hätte.

Sie saßen in der mit kostbaren Teppichen ausgelegten Kapitänskajüte der Galeere und tranken Kaffee. Die reichbestickten Vorhänge an den Heckfenstern schwangen hin und her, und die Tür war geschlossen, um den Gestank von den Galeerenbänken auszusperren.

Gedämpft war das Dröhnen der Trommel zu hören, die den Rudertakt angab, sowie hin und wieder ein Peitschenknall, wenn einer der Seeleute den Eindruck hatte, daß ein Sklave sich nicht mit ganzer Kraft ins Zeug legte.

Harry hatte nie groß über diese Art von Arbeit nachgedacht. Wenngleich er ebenso von seiner Mutter wie von seinem Onkel als Christ großgezogen worden war, war er durch seine Umgebung geprägt worden und fühlte sich durch und durch als Türke. Außerdem verwendeten die christlichen Mächte, die das Mittelmeer befuhren, ebenfalls Galeeren und Ruder-sklaven.

Und so genoß er die Wärme, die langsam wieder in seine tauben Glieder strömte, und lächelte seinen Freund an.

»Was führt dich in Gewässer nördlich der Dardanellen?« fragte er.

Haireddin grinste und tippte sich an die Nase. »Auch ein Pirat muß hin und wieder ehrlichen Handel betreiben, junger Hawk. Ich hatte eine rundum erfolgreiche Fahrt – bis dieser Sturm versucht hat, mich meiner Fracht zu berauben.«

»Ihr meint, neben Eurem ehrenhaften Handel habt Ihr noch ein weiteres Jagdrevier aufgetan?«

»Die Russen zu berauben ist immer ein lohnendes Geschäft, junger Hawk. Sie besitzen zwar nichts, was sich zu stehlen lohnte, aber ihre Frauen . . .« Haireddin machte mit den Lippen ein schmatzendes Geräusch. »Sie sind ein nie versiegender Quell der Freude.«

Haireddins Manneskraft galt auch für einen Türken als außergewöhnlich. Es hieß, daß er in dem kleinen Hafen von Algier, den er zu seinem Stützpunkt im westlichen Mittelmeer auserkoren hatte, einen Harem mit mehreren hundert Frauen unterhielt.

Dieses Gerücht interessierte Harry Hawkwood nicht weiter. Er war ein türkischer Edelmann, und mit fünfunddreißig Jahren hatte es ihm nie an Frauen gemangelt. Seine erste Konkubine war ihm im Alter von sechzehn Jahren zugeführt worden, und mit zwanzig hatte er geheiratet. Inzwischen besaß er zwei Ehefrauen und vier Konkubinen und war Vater mehrerer Kinder, von denen die zwei jüngsten Söhne waren und mehr zählten als alle anderen zusammen.

Er hing an seiner Familie, aber die Beziehung zu seinen Frauen war rein körperlicher Natur. Wenn er das Bedürfnis nach geistreicher weiblicher Gesellschaft verspürte, fand er diese bei seiner Mutter und seiner Tante. Er beneidete seinen Onkel um zwei so atemberaubend schöne und kluge Frauen.

Aimée Ferrand war inzwischen sechsundfünfzig, und durch ihr goldenes Haar zogen sich graue Strähnen. Die Schönheit ihrer makellosen Züge begann zu verblassen, aber sie war dennoch einzigartig aufgrund der Jahre, die sie im Harem Bajasid II. verbracht hatte. Ihre zwei Töchter, die mit türkischen Paschas verheiratet waren, wurden vom neuen Sultan als Tanten bezeichnet. Und doch war sie in ihrer Liebe zu William Hawkwood beständig gewesen und hatte im Herbst ihres Lebens wahres Glück gefunden.

Die Frau, mit der Aimée sich die Führung des Hawk-Palastes ebenso teilte wie das Bett Hawk Paschas, hatte ein kaum weniger aufregendes Leben geführt. Aufgrund der Umstände hatte sie Aimée gegenüber den Vorteil, lange Jahre mit William Hawkwood zusammengelebt zu haben, bevor sie nach Istanbul zurückgekehrt waren. Auch hatte sie ihn im Laufe der Zeit mehr lieben gelernt als ihren ersten Mann, der Harrys Vater gewesen war.

Harry Hawkwood hatte kaum Hoffnung, je einen solchen häuslichen Triumph zu erringen: Ihm war bislang noch keine schöne französische oder italienische Gefangene begegnet. Und so hatte er die türkische Auffassung angenommen, daß Frauen nur dem Vergnügen und Kinderkriegen dienten. Für einen Mann gab es Wichtigeres im Leben.

Harry war immer schon Soldat gewesen. Er ritt seit seinem sechzehnten Lebensjahr an William Hawkwoods Seite, erst als Rebell gegen Bajasid und später als einer von Selims treuesten Anhängern. Als er von seinem letzten Feldzug heimgekehrt war, war er sehr beschäftigt gewesen, was seine Besuche im Harem begrenzt hatte. Und in den vergangenen drei Friedensjahren war da sein kleines Segelboot gewesen. Jetzt würde er sich eben ein neues Boot bauen müssen.

»Ich sehe Euch an, daß Ihr mir nicht glaubt, junger Hawk«, sagte Haireddin. »Möchtet Ihr einige der Schönheiten sehen, die ich aus Rußland mitgebracht habe?«

»Ich würde mich lieber ins Bett legen, alter Freund. Ich friere nach dem unfreiwilligen Bad immer noch bis ins Mark.«

Haireddin lachte schallend. »Nun, dann sollt Ihr zu Bett gehen und Euch aufwärmen.« Er griff nach der goldenen Glokke, die auf dem Tisch stand, und sofort erschien ein Eunuch in der Tür und verneigte sich tief.

Die immer noch steife Brise wehte in die Kabine. Sie bauschte die Vorhänge und erinnerte Harry daran, daß er sich noch auf See befand.

»Bring mir die zwei hellhäutigen Frauen«, befahl Haireddin. »Und diesen Ivan.«

Der Eunuch verneigte sich erneut und verschwand.

»Hellhäutige Frauen?« fragte Harry. »Tscherkessinnen?«

Sein Onkel besaß ebenfalls eine tscherkessische Konkubine, eine beleibte blonde Frau namens Golkha. Golkha hatte William Hawkwood zweifellos irgendwann einmal des Nachts gewärmt, aber inzwischen war sie eine schwabbelige Matrone, wenn auch eine recht amüsante.

»Nein, keine Tscherkessinnen – von weiter oben aus dem Norden. Sie sind wirklich bemerkenswert, und ich würde gern Euer Urteil hören.«

Die Tür flog auf, und mehrere Personen wurden in die Kabine gestoßen. Die Frauen, die in weite, zerfetzte Umhänge gehüllt waren, wurden jeweils von einem Eunuchen begleitet. Ihnen folgte ein dürrer Mann, ebenfalls in einem zerlumpten Umhang; seine Handgelenke waren gefesselt.

»Dieser Kerl spricht griechisch«, erklärte Haireddin. »Sein Name ist Ivan.«

Ivan verneigte sich tief vor dem Freibeuter.

Harrys ganze Aufmerksamkeit galt den Frauen, von denen im Augenblick nicht viel mehr zu sehen war als zornsprühende Augen.

»Sag ihnen, sie sollen sich ausziehen, Ivan«, befahl Haireddin.

Ivan sagte etwas in einer völlig unverständlichen Sprache.

»Eine barbarische Sprache, nicht wahr?« bemerkte Haireddin.

Eine der Frauen antwortete mit gedämpfter Stimme, woraufhin ein kurzer Streit zwischen ihr und Ivan folgte.

»Sag ihnen, daß ich ihnen die Kleider vom Leib reißen lasse und sie den Galeerensklaven überlasse, wenn sie nicht gehorchen«, sagte Haireddin. Er zwinkerte Harry zu. »Natürlich würde ich das niemals tun; sie sind viel zu wertvoll. Und jetzt gebt acht.«

Die Drohung führte zum gewünschten Erfolg. Die beiden Frauen streiften ihre Umhänge ab und ließen sie zu Boden fallen.

Ihre nackten, schlanken und doch sanft gerundeten auffällig hellhäutigen Körper kamen zum Vorschein. Harry schätzte ihr Alter auf höchstens fünfzehn oder sechzehn. Aber so reizvoll ihre runden Brüste und flachen Bäuche auch waren, war Harry noch faszinierter von ihren Haaren, wilden goldroten lockigen Mähnen, die ihnen bis weit über die Schultern reichten. Ihre Gesichtszüge waren sehr markant, mit hohen Wangenknochen und geraden Nasen, vollen Lippen und blitzenden bernsteinfarbenen Augen überaus attraktiv.

»Ich würde sagen, in ihren Adern fließt auch Tatarenblut«, bemerkte Haireddin. »Aber es ist stark verdünnt. Sind sie nicht ein hübsches Paar?«

»Allerdings«, stimmte Harry ihm zu.

»Sie sind Schwestern, glaube ich. Wie heißen sie, Ivan?«

Der Russe verneigte sich wieder. »Sie heißen Yana und Khurrem, Herr.«

Haireddin warf Harry einen listigen Blick zu. »Ich sehe Euch an, daß Ihr interessiert seid. Möchtet Ihr eine von den beiden haben?«

Harry starrte die Mädchen an – und sie erwiderten seinen Blick. Er war zweifellos der anziehendste Mann in der Kajüte. Zwar waren sein Haar und sein Bart beinahe so rot wie die Haireddins, aber er war zwanzig Jahre jünger.

»Eine von ihnen könnte Euer Blut wieder erwärmen«, meinte Haireddin.

»Wenn sie mir nicht vorher die Augen auskratzt«, entgegnete Harry. »Wieviel?«

»Für Euch, mein Freund?« Haireddin zuckte die Achseln. »Fünfzig Dinar.«

»Fünfzig Dinar! Das ist ein Haufen Geld für eine Frau, mit der man sich nicht einmal verständigen kann.«

»Sie sprechen eine fremde Sprache, sind aber nicht unbegabt, junger Hawk. Und das ist doch entscheidend. Ich habe sie aus dem Zelt eines Häuptlings geraubt, den ich eigenhändig getötet habe. Diese Mädchen sind bester Abstammung, und sie werden lernen. Bei fünfzig Dinar ist jede von ihnen ein wahres Schnäppchen.«

Als Harry die Mädchen genauer studierte, kam er zu dem Schluß, daß Haireddin vermutlich recht hatte. Sie hatten erst kürzlich mit ansehen müssen, wie ihr Vater und vermutlich auch ihre Mutter und Brüder ermordet wurden, damit sie selbst in einen türkischen Harem verkauft werden konnten. Viele der weiblichen Sklaven, die unter so bedauerlichen Umständen erbeutet worden waren, hatten sich letztendlich als Zierde des Harems erwiesen, in den sie aufgenommen worden waren.

»Ihr habt recht«, sagte er schließlich. »Also gut, Haireddin, da sie Schwestern sind, nehme ich sie beide.«

»Ihr seid ja richtig gierig«, entgegnete der Pirat. »Nein. Nur eine von ihnen.«

»Traut Ihr mir nicht zu, mit beiden fertig zu werden?«

»Mein lieber Hawk, daran zweifle ich keinen Augenblick. Aber eine der beiden ist als Geschenk für Ibrahim gedacht, das ich ihm versprochen habe, bevor ich von Istanbul aus in See gestochen war. ›Bring mir eine Russin‹, hat er befohlen. ›Ich sehne mich danach, mit einer Russin das Bett zu teilen . . .‹« Haireddin zuckte mit den Achseln. »Wer bin ich, daß ich es mir erlauben könnte, dem Großwesir gegenüber wortbrüchig zu werden? Aber ich überlasse Euch die erste Wahl, weil Ihr mein Freund seid.«

Ibrahim war ein hervorragender Kaufmann und verwaltete das Reich vorbildlich für seinen Herrn Sultan Suleimann II., der keine Geduld hatte, sich mit solchen Dingen zu befassen – aber dennoch war er Grieche, und die türkischen Eroberer nahmen ihm übel, daß er als Angehöriger der unterworfenen Rasse über sie gestellt worden war. Und doch war er ein Freund Hawk Paschas, der ebenfalls ein Ungläubiger war.

Harry Hawkwood musterte die Mädchen eingehend. Wenngleich sie ganz offensichtlich Schwestern waren, ging er davon aus, daß sie charakterlich sehr verschieden waren.

Khurrem hielt sich sehr gerade, ihre Brüste hoben und senkten sich im Rhytmus ihrer Atmung, ihre Muskeln zuckten vor unterdrückter Energie, ihre Augen schossen Blitze. Sie würde immer wieder von neuem erobert werden müssen, möglicherweise über einen langen Zeitraum hinweg.

Yana wirkte viel gelassener. Auch sie atmete schwer, sich sehr wohl bewußt, daß über ihr Schicksal entschieden wurde, aber der Ausdruck auf ihrem Gesicht war eher furchtsam als herausfordernd.

Auch war sie bei genauerer Betrachtung die hübschere der beiden.

Harry Hawkwood zog ein friedliches Familienleben vor.

»Ich nehme Yana«, sagte er schließlich.

Eine Stunde später lief Haireddins Geschwader im Goldenen Horn ein. Dort wurde Harry vom Hafenmeister ausgerichtet, er solle sich sofort zum Haus seines Vaters bei Galata begeben. Alle hatten annehmen müssen, er wäre bei dem Sturm ertrunken, und außerdem stand Großes bevor. Behauptete zumindest der Hafenmeister.

Harry befahl Diniz, mit seiner Neuerwerbung nachzukommen – er hatte Haireddin den Kauf schriftlich bestätigt –, und eilte voraus. Er ließ die große Stadt mit ihren imposanten Mauern und ihrem geschäftigen Treiben hinter sich. Hier auf der Nordseite des berühmten Hafens breiteten sich die Vororte immer weiter aus, da der Reichtum der Osmanen immer mehr zunahm und Istanbul weltweit an Bedeutung gewann.

Die Krönung der Regentschaft Selims des Gestrengen war die Eroberung Bagdads und die Gefangennahme des Kalifen gewesen. Kalif Mutuwakkil war als Gefangener nach Konstantinopel gebracht worden und dort gestorben. Selim hatte daraufhin verkündet, daß fortan der Sultan der Osmanen auch Kalif sein würde: ebenso das spirituelle wie das militärische Oberhaupt der gesamten moslemischen Welt.

Und es hatte niemanden gegeben, der ihm widersprochen hätte.

Von den zahlreichen Palästen auf der Seeseite Galatas hielt keiner dem Vergleich mit dem Hawk Paschas stand. Er war von Anthony Hawkwood in den Zeiten errichtet worden, da er noch engster Vertrauter Mehmed des Eroberers gewesen war, und von William Hawkwood in den Tagen seiner innigen Freundschaft mit Selim dem Gestrengen verschönert worden.

Der Hafenmeister hatte ihm ein Pferd überlassen, und Harry galoppierte voller Sorge und mit klopfendem Herzen die Straße hinauf. Sklaven eilten herbei, um die Zügel seines Pferdes zu fassen und ihm aus dem Sattel zu helfen. Sie schienen schockiert von seiner unziemlichen Aufmachung, da Haireddin ihm einen Kaftan geborgt hatte, der ihm einige Nummern zu klein war.

Als er in die Marmorhalle stürmte, stieß er auf Aimée. Wenngleich die Hawkwoods sich weitgehend den türkischen Bräuchen angepaßt hatten, gab es in William Hawkwoods Palast noch keinen Harem: Die Damen des Hauses konnten sich frei bewegen. Er brauchte nicht zu fürchten, daß eine von ihnen versuchen könnte zu fliehen.

»Harry! Wir haben uns solche Sorgen gemacht. Eure Mutter ist ganz verzweifelt.«

Harry küßte ihr die Hand. »Der Sturm ist ganz plötzlich aufgezogen. Ich habe das Boot und zwei gute Männer verloren.«

»Aber Euch ist nichts geschehen.« Sie drückte seine Hand.

Harry wandte sich Giovanna zu, die aus dem zentralen Innenhof herbeieilte. Sie war zwei Jahre älter als Aimée, jedoch mit ihren achtundfünfzig Jahren eine nicht weniger faszinierende Persönlichkeit, auch wenn sie ebenso wie die Französin gealtert war. Ihr ehemals lohfarbenes Haar war von grauen Strähnen durchzogen.

»Harry, mein Liebling, dein Onkel ist schrecklich wütend und möchte dich jetzt gleich in einer dringenden Angelegenheit sprechen.«

Harry umarmte seine Mutter. »Ich werde sofort zu ihm gehen. Aber mir ist nichts passiert, Mutter. Freut dich das nicht?«

Giovannas Augen füllten sich mit Tränen. »Könnte mich irgend etwas glücklicher machen? Und jetzt beeile dich, und bitte Hawk Pascha um Vergebung.«

Harry hastete zur Tür des Arbeitszimmers seines Onkels, klopfte an und trat ein.

William Hawkwood, der an seinem Schreibtisch saß, blickte auf und runzelte die Stirn.

Hawk Pascha war inzwischen sechsundsechzig Jahre alt und war beinahe jedes Jahr seines Erwachsenenlebens auf Reisen und Feldzügen gewesen.

»Deine Mutter hielt dich bereits für tot«, brummte er.

»Glücklicherweise hat sie sich geirrt, Onkel«, entgegnete Harry und schloß die Tür hinter sich. Er sprach Englisch, worauf William bestand, wann immer sie allein waren. Da niemand sonst im Haus, tatsächlich sogar kaum jemand in ganz Istanbul diese Sprache beherrschte, konnten sie sicher sein, daß das Gesagte unter ihnen blieb.

»Das sehe ich. Setz dich.«

Harry ließ sich auf den Stuhl vor dem riesigen Schreibtisch sinken, der unter einem Wust von Karten und Berichten begraben war. Er wußte gleich, daß etwas Schlimmes vorgefallen sein mußte.

»Das wäre eine Schande gewesen, jetzt, da so vieles zu tun ist«, bemerkte Hawk Pascha. »Der Papst hat zu einem Kreuzzug gegen uns aufgerufen, und Ludwig von Ungarn hat eine Armee ausgehoben. Den mir vorliegenden Berichten zufolge umfaßt sie zwanzigtausend Ritter und Gott weiß wie viele Männer insgesamt.«

»Aber es hat doch keine Kriegserklärung gegeben?«

»Braucht er eine? Was immer er unternimmt, wird mit dem Segen des Papstes geschehen.« William haßte das Papsttum aus gutem Grund – auch wenn Rodrigo Borgia nur noch eine böse Erinnerung war.

»Ich schätze, sie haben den Aufstand seit dem Tod des Sultans geplant.«

Wie viele der anderen Paschas bezeichnete auch William Hawkwood Selim immer noch als ›den Sultan‹.

Es gab keine Zeitzeugen mehr, die den Eroberer gekannt hatten, wenngleich die Tatsache, daß er seinen Namen zu Recht getragen hatte, jedesmal bestätigt wurde, wenn ein Osmane einen Fuß auf die Straßen Istanbuls setzte. Aber

Mehmed war ein vielseitiges Genie gewesen, ein Mann, für den Krieg und Eroberung Mittel zum Zweck gewesen waren. Ein Mann, der ebenso mühelos ein Gedicht schreiben oder ein prächtiges Haus entwerfen wie einen Pfeil abschießen konnte.

Es gab zu viele Männer, die sich an die ausschweifenden Exzesse von Mehmeds Nachfolger Bajasid II. erinnerten, unter dem der Ruf des türkischen Heeres einen nie dagewesenen Tiefpunkt erreicht hatte. Und so war Selims ruhmreiche Herrschaft ebenfalls eine erinnerungswürdige Epoche gewesen. Den Soldaten war diese Epoche jedoch viel zu kurz gewesen. Selim hatte seinen Vater 1512 entmachtet und war selbst bereits acht Jahre später gestorben. Aber welche Triumphe er in dieser kurzen Zeitspanne errungen hatte!

Er hatte damit begonnen, daß er Schah Ismail von Persien den Krieg erklärt hatte, offiziell weil dieser seinen Bruder Ahmed unterstützt hatte, tatsächlich jedoch, weil die Perser Schiiten waren und Selim ein fanatischer Sunnite. Am 23. August 1514 waren die Armeen bei Tschaldiran in Ost-Anatolien aufeinandergetroffen, und Ismail war in einer der blutigsten Schlachten der Geschichte vernichtend geschlagen worden. Zwei Wochen später hatte Selim die persische Hauptstadt Täbris eingenommen. Im Laufe seines Feldzuges hatte er vierzigtausend Perser getötet – allein deshalb, weil sie Schiiten waren. Er wurde nicht umsonst Selim der Gestrenge genannt.

Harry Hawkwood hatte an der Spitze seines Heeres an dieser Schlacht teilgenommen. Nach seinem Sieg hatte der Sultan seinen Vormarsch fortsetzen und der Route Alexanders des Großen nach Indien folgen wollen. Aber seine Männer, vor allem seine türkische leichte Kavallerie, hatten sich geweigert, dieses Abenteuer mitzutragen. Also hatte der Sultan nachgegeben und sich statt dessen den mittleren Euphratstaaten zugewandt. Im Rahmen dieses Feldzuges hatte er auch Bagdad erobert und den Kalifen gefangengenommen.

Nach seinem Sieg war er im Westen vom Mamelukensultan von Ägypten, Kansu al-Gauri, angegriffen worden. Selim hatte nie daran gezweifelt, daß die Mameluken sich als seine ernstzunehmendsten Gegner erweisen würden. Die Mameluken waren Vorläufer der Janitscharen gewesen – Mameluke war vom Arabischen *maleka* abgeleitet, was soviel bedeutete wie besitzen. Sie waren ursprünglich vom unsterblichen Saladin als Militärsklaven aufgestellt worden und hatten sich zur gefürchtetsten Armee der arabischen Welt entwickelt. Sie waren die einzige Streitkraft gewesen, die je Dschingis Khans Mongolen besiegt hatte. Selbst türkischen Ursprungs, hatten sie die Kontrolle über die arabischen Länder und sogar über das Kalifat innegehabt. Sie hatten Kalife und Sultane nach eigenem Gutdünken ernannt und wieder abgesetzt.

Selim war so schnell in Syrien einmarschiert, daß die berühmte Mamelukenkavallerie bei Aleppo in Syrien geschlagen worden war, in einer Schlacht, die weniger als eine Stunde dauerte. In jener einen Stunde war jedoch Kansus Heer vernichtet worden. Der Sultan selbst war wenig später auf der Flucht ums Leben gekommen. Am 12. Oktober hatte Selim Einzug in Damaskus gehalten. Er hatte mit seinem Heer südlich der Stadt überwintert und war um die Jahreswende nach Ägypten weitergezogen. Die Mameluken hatten sich am 21. Januar 1517 bei Radania in der Nähe von Kairo zur letzten Schlacht gestellt. Sie waren unterlegen und das Mamelukenreich ausgelöscht worden. Selim hatte dem letzten Mamelukensultan Tumanbeg, Kansus Neffen und Nachfolger, noch einen Vasallenstatus einräumen wollen, was dieser jedoch stolz abgelehnt hatte, woraufhin er von Selims Henker hingerichtet worden war.

Ende jenes Jahres hatten die Osmanen Mekka erobert, und der Kalif war nach Istanbul gebracht worden. Als es zu religiösen Protesten ob dieses Sakrilegs gekommen war, hatte Selim diese mit einer Härte niedergeschlagen, die Freund und Feind gleichermaßen in Angst und Schrecken versetzt hatte.

In all diesen Schlachten waren Hawk Pascha und sein Neffe an der Seite des Sultans geritten; in fünf Jahren hatte Harry kaum fünf Nächte in seinem eigenen Schlafzimmer verbracht. Und es hatte geschienen, als würde der Eroberungszug nie ein Ende haben. 1520 hatte Selim begonnen, einen Feldzug gegen die von den Rittern des Johanniterordens gehaltene mächtige Inselfestung Rhodos zu planen. Er hatte kein Istanbul, dessen Eroberung er sich zum Lebensziel setzen konnte. Jedoch war Rhodos die einzige Feste gewesen, an der Mehmed der Eroberer gescheitert war. Die Eroberung der Insel sollte Selims Ruhm als der größte osmanische Kriegsherr besiegeln.

Ende des Sommers waren die Vorbereitungen abgeschlossen gewesen; es hatte nur noch der Befehl gefehlt, die Segel zu setzen. Harry war ganz aufgeregt gewesen angesichts der bevorstehenden Seeschlacht. Er hatte gehofft, hiernach Selim überreden zu können, weitere Eroberungszüge auf dem Seeweg zu befehlen – nach Westen.

Aber am 20. September 1520 war Selim der Gestrenge im Alter von nur 46 Jahren unerwartet gestorben.

Anders als nach Mehmeds plötzlichem Tod oder vor Bajasids Entmachtung hatte es keinen Aufstand und keinen Bürgerkrieg gegeben, als der neue Sultan den Thron bestiegen hatte. Selim hatte nicht mehr als einen Sohn haben wollen, sich von seinen Frauen ferngehalten und statt dessen mit Lustknaben umgeben.

Harry war Suleiman im Alter von neunzehn Jahren das erstemal begegnet – der Prinz war damals zwei Jahre jünger gewesen, als er an jenem Tag, da William Hawkwood seine Rebellion aufgegeben und sich bereit erklärt hatte, in Selims Dienste zu treten. Kurze Zeit waren die beiden jungen Männer enge Freunde gewesen, als sie an der Seite ihrer berühmten Väter in den Krieg gezogen waren.

Aber seit Selims Tod hatten sie sich einander entfremdet. Das war voraussehbar gewesen: Es war leichter, mit einem Thronerben befreundet zu sein als mit einem Monarchen. Aber es hatte noch andere Gründe gegeben, beispielsweise entscheidende charakterliche Unterschiede. Während Harry das Leben als eine Folge von Herausforderungen betrachtete, denen man mit brutaler Gewalt und kaltem Stahl begegnen mußte, war Suleiman eher nachdenklich und strebsam. Dies hatte seine obersten Paschas, die sich nur zu gut an Bajasids Ausschweifungen und Laster erinnerten, zutiefst beunruhigt.

Aber sie hatten bald erkannt, daß ihre Sorge überflüssig war. Suleiman war tatsächlich strebsam, Laster waren ihm verhaßt. Wenn er es vorzog, mit seinen Imamen und Muftis über den Anyi zu diskutieren, anstatt in die Schlacht zu galoppieren, lag das höchstens daran, daß er zu sanftmütig war für die Grausamkeit des Unsicheren. Auch wenn er dem Brauch folgend einen Harem unterhielt, war allgemein bekannt, daß er gewöhnlich nur mit einem Mädchen schlief. Sie trug den gleichen Namen wie seine eigene Großmutter, Gulbehar, und hatte bereits ihre oberste Pflicht erfüllt und ihrem Herrn einen Sohn geschenkt, den Prinzen Mustafa.

Vor allem aber behielt er die militärischen Pläne seines verstorbenen Vaters bei, fügte sogar eigene hinzu. Kurz nach seiner Thronbesteigung sandte er, im Februar 1521, drei Truppen unter Befehl von Hawk Pascha auf einen Feldzug nach Westen, angeblich auf Einladung einiger ungarischer Magnaten, die sehr unzufrieden waren mit dem Regierungsverfall seit Hunyadis Tod. Der bedeutendste Erfolg dieser Kampagne war die Eroberung Belgrads gewesen. Die Türken waren so plötzlich aufgetaucht, daß die Stadt kaum verteidigt worden war. Die Weiße Stadt der Serben hatte dem Eroberer widerstanden wie schon seinem Vater Murad. Mehmed hatte allerdings die Belagerung nicht sehr ernsthaft betrieben, da Belgrad ganz am Rande seines Reiches gelegen war. Suleiman, der an der Belagerung persönlich teilgenommen hatte, hatte sich mit dem Fall der Festung am 29. August in der ganzen westlichen Welt einen Namen gemacht.

Auch hatte Suleiman die Pläne seines Vaters, Rhodos einzunehmen, vorangetrieben. Als Hawk Pascha und die ihm unterstellten Kommandeure am 25. Juni 1522 auf der Insel gelandet waren, war das Osmanenheer einhunderttausend Mann stark gewesen. Derweil war über Westanatolien ein gewaltiges Heer nach dem Küstenstreifen gegenüber von Rhodos marschiert: Suleiman höchstpersönlich hatte den Heerzug geleitet. Am 28. Juli war der Sultan vom Festland übergesetzt und zu Hawk Paschas Truppen gestoßen.

Was hierauf gefolgt war, war eine episch lange Schlacht, die an die Belagerung Konstantinopels erinnert hatte. Die

Ritter des Johanniterordens waren nur siebenhundert Mann stark gewesen, unterstützt von sechstausend Mann starken Hilfstruppen und mehreren Geschützen. Ihr Befehlshaber, der Großmeister Philippe Villiers de l'Isle d'Adam, hatte sich geweigert, sich zu ergeben und sechs Monate lang mit einem Mut und einer Entschlossenheit gekämpft, die sogar den Türken Anerkennung abverlangt hatten. In dieser Zeit war jedes existierende Kriegsgerät eingesetzt worden, von der Schleuder bis zur Kanone. Große Breschen waren in die Mauern geschossen worden, und die Türken hatten die Festung gestürmt, waren jedoch immer wieder unter großen Verlusten zurückgeschlagen worden. Wie schon im Falle Konstantinopels hätte ein Einsatz seitens der großen christlichen Nationen genügt, die Schlacht für die Johanniter zu entscheiden. Die vereinten Flotten Spaniens und Genuas hätten die türkischen Galeeren mühelos versenken und das osmanische Heer vom Festland abschneiden und aushungern können. Aber Karl V. von Spanien und das Kaiserreich waren zu sehr damit beschäftigt gewesen, Frankreich zu bekriegen.

Suleiman, dessen sensibler Natur dieses scheinbare Abschlachten widerstrebte, hatte Hawk Pascha – alt und grau und wütend über die hohen Verluste, aber dennoch entschlossen, die Belagerung mit einem Sieg zu beenden – angewiesen, den Belagerten ein Angebot auf ehrenhafte Übergabe zu unterbreiten.

Die Verhandlungen waren bald abgeschlossen gewesen. Den Rittern und ihren Anhängern war freies Geleit zugesichert worden. Am 26. Dezember hatte der Sultan die Kapitulation des Großmeisters entgegengenommen und ihn mit seinen Männern mitsamt ihrer weltlichen Habe und ihren Waffen in Frieden davonsegeln lassen. Es waren nur noch einhundertachtzig übrig, dazu fünfzehnhundert Soldaten der Hilfstruppen. Zweifellos von Schuldgefühlen geplagt, daß er ihnen seine Unterstützung versagt hatte, hatte Kaiser Karl V. den Rittern erst den Seehafen Tripolis und schließlich die Insel Malta auf unbegrenzte Zeit überlassen.

Die Türken hatten einen großen Triumph errungen, aber der Preis war erschreckend hoch gewesen; offiziell wurde die

Zahl der Gefallenen mit zwanzigtausend Mann beziffert. Hawk Pascha gestand Harry im Vertrauen, daß es tatsächlich eher achtzigtausend gewesen waren. Seitdem hatte es den Anschein gehabt, als würde Hawk Pascha nie wieder in den Krieg ziehen. Der von den enormen Verlusten zutiefst betroffene Suleiman hatte ein Ende der Ausdehnung seines Reiches verkündet.

Und so hatte Harry Hawkwood seine Träume von einer osmanischen Flotte, die unter der Flagge mit dem Halbmond die gesamte Mittelmeerküste heimsuchte, erneut begraben und sich damit begnügen müssen, mit seinem kleinen Segelboot auf dem Schwarzen Meer zu kreuzen.

Aber jetzt endlich wurden sie zum Handeln gezwungen. Die Ungarn hatten wie schon so oft in der Vergangenheit, den Fehdehandschuh geworfen.

Und Suleiman hatte Hawk Pascha Marschbefehl erteilt.

»Du ziehst in den Krieg«, sagte Giovanna traurig. »Ich hatte geglaubt, damit wäre es vorbei.«

»Hat der große Selim uns nicht erklärt, Männer wären zum Kriegführen geboren, Mutter?« widersprach Harry.

»Der Große Selim ist tot«, entgegnete sie. »Ich möchte, daß *du* noch lebst, wenn ich sterbe.«

»Das werde ich«, erwiderte er lachend. »Wenn ein von Allah gesandter Sturm mir nichts anhaben konnte, wie sollte es dann ein gewöhnlicher Sterblicher? Aber komm, ich möchte dir etwas zeigen. Oder besser jemanden«, fügte er grinsend hinzu.

Er führte sie in die Frauengemächer, wo Sascha und Tressilia die Neue ein wenig unsicher beäugten.

Sascha, seine erste Frau, war inzwischen dreißig Jahre alt. Die verführerischen Kurven, die sie als Fünfzehnjährige in die Ehe mitgebracht hatte, waren längst unter gewaltigen Massen Fett verschwunden, aber sie war immer noch eine liebevolle, aufmerksame Frau und sanfte Herrin des Harems.

Die zwei Jahre jüngere Tressilia war schroffer in ihrer Art; sie stammte aus Istanbul, während Sascha in Brussa geboren war. Während Sascha reine Türkin war, floß in Tressilias Adern griechisches Blut. Dem Einfluß ihrer griechischen Vorfahren verdankte sie ihre lange, gerade Nase und die hohe Stirn, die ihrem Gesicht Würde verliehen.

Beide Frauen hatten ihrem Gatten einen Sohn geschenkt, und wenngleich Saschas Tugril Nachfolger seines Vaters werden würde – der erste Hawk mit einem türkischen Namen, so sehr war seine Familie inzwischen integriert –, waren er und Tressilias Tutusch mit sechs und vier Jahren noch so jung, daß die beiden Mütter die besten Freundinnen sein konnten.

Aber da es zwölf Jahre her war, daß der junge Hawk seine zweite Frau in seinen Harem aufgenommen hatte, waren seine beiden Ehefrauen nicht sehr glücklich darüber, daß diese Wilde aus den Steppen fortan zur Familie gehören sollte.

Yana ihrerseits funkelte sie böse an, als wolle sie sie davor warnen, sie anzurühren. Die Eunuchen standen zögernd abseits, da sie keinerlei Befehle erhalten hatten, was die Russin betraf.

Giovanna runzelte die Stirn. »Wo hast du sie her?«

»Ich habe sie Haireddin abgekauft.«

»Diesem Halunken? Wieviel hast du für sie bezahlt?«

»Fünfzig Dinar.«

Giovanna verdrehte die Augen. »Ich schätze, es ist witzlos, reich zu sein, wenn man sein Geld nicht zuweilen vergeudet.« Sie trat näher an das Mädchen herab. »Wo hat Haireddin sie her?«

»Aus Rußland. Aber sie ist keine Tscherkessin. Sie spricht weder Latein noch Griechisch.«

»Vielleicht kann Golkha sich mit ihr verständigen.«

»Sie wird unsere Sprache mit der Zeit schon lernen.« Er grinste. »Vielleicht lehre ich sie sogar Englisch.«

»Das wäre vergebliche Mühe.« Giovanna ließ den Blick über das Mädchen gleiten. »Sie ist gut entwickelt. Sie muß schon recht alt sein.«

»Haireddin hat geschworen, daß sie erst fünfzehn und noch Jungfrau ist. Und die Tochter eines Häuptlings. Sie hat noch eine Schwester, die für Ibrahim bestimmt ist.«

Giovanna sah Yana unverwandt in die Augen. »Ihr Blick gefällt mir nicht, Harry. Sie wird dir nichts als Scherereien machen.«

»O Mutter, ich bin kein kleiner Junge mehr, der sich von Worten beeindrucken läßt.«

Giovanna verzog abschätzig den Mund. »Ich nehme an, du kannst es kaum erwarten, das Bett mit ihr zu teilen.«

»Das ist richtig«, entgegnete er. »In der Tat.« Merkwürdigerweise wurde ihm plötzlich bewußt, daß er noch nie zuvor eine Frau so begehrt hatte wie die rotblonde Russin.

»Dann überlasse ich dich deinem Vergnügen. Aber denk daran . . . sie hat etwas Unheilvolles an sich.« Sie ging hinaus.

Der oberste Eunuch verneigte sich. »Sollen wir sie zurechtmachen, Herr?«

Harry blickte in die bernsteinfarbenen Augen. Sie wußte, was mit ihr geschehen würde und daß er derjenige sein würde. Und sie wußte um ihre eigene Hilflosigkeit. Ihre Zungenspitze stahl sich zwischen ihre Lippen und befeuchtete sie unruhig.

Er betrachtete sie eingehend von Kopf bis Fuß. Vielleicht rührte sein Verlangen daher, daß sie ihm so unvorbereitet zugeführt worden war; seine beiden türkischen Frauen waren seit ihrer Pubertät regelmäßig enthaart worden. Was hatte es für einen Sinn, sich eine so fremdartige und seltsame Frau zu nehmen, um sie dann den anderen anzugleichen.

»Ja, Sayyid«, sagte er schließlich. »Ich wünsche, daß ihr sie badet – aber sie soll nicht enthaart werden.«

Ein leichtes Zucken der Augenbrauen war Sayyids einzige Reaktion auf die Laune seines Herrn. Sayyid war ein strenggläubiger Moslem. Da sein Herr jedoch ein Ungläubiger war, war es allein seine Sache, wenn er gegen Bräuche und Sitten verstieß.

Er packte Yanas Handgelenk. »Komm«, sagte er.

Yana bedachte ihn mit einem haßerfüllten Blick und wandte sich dann wieder Harry zu.

Er nickte, und das Mädchen ließ sich ohne weitere Gegenwehr hinausführen.

»Eure Mutter hat recht«, sagte Sascha. »Sie ist böse.«

Harry grinste und zauste ihr das Haar. »Und du bist eifersüchtig, meine Liebe. Ich denke, dieses russische Mädchen wird meine Leidenschaft neu entfachen – du wirst also aus ihrer Anwesenheit nur Nutzen ziehen.«

Er suchte selbst das Bad auf. Das war ebenfalls unüblich, aber seine Haut war nach seinem unfreiwilligen Bad im Schwarzen Meer immer noch von einer Salzkruste bedeckt. Auch wollte er Yana nicht aus den Augen lassen.

Seine Anwesenheit schien ihr Mut zu machen; offenbar hatte sie sich damit abgefunden, daß sie ihm gehörte und sonst niemandem. Offensichtlich gab es in den russischen Steppen weder Eunuchen noch Bäder, denn sie zuckte vor den Schwarzen zurück, als sie sie die Stufen hinunter zu den Holzlatten führten. Als er ihr jedoch folgte, kehrte ihr Selbstvertrauen zurück, und als er den Kaftan ablegte, betrachtete sie seinen Körper mit einer Neugier, die ihn überraschte.

Sie standen einander gegenüber, während das warme Wasser über ihnen ausgeschüttet wurde und die Sklaven sich mit den Schwämmen ans Werk machten. Als sie die intimsten Stellen ihres Körpers wuschen, schien sie sich erneut zu verkrampfen, entspannte sich jedoch wieder, als sie sah, daß die Eunuchen mit ihm in gleicher Weise verfuhren. Harry fragte sich unwillkürlich, wie ihre Schwester Khurrem auf diese Behandlung reagieren mochte.

Sie erschauerte, als das kalte Wasser über ihr ausgegossen wurde, aber ihm erging es nicht anders.

»Das Haar der neuen Herrin?« fragte Sayyid.

Jetzt, da es naß war, war es weniger lockig, aber er wollte nicht, daß es kunstvoll frisiert wurde. Er wollte ihre Wildheit ohne den Zorn ihrer Schwester.

»Laß es, wie es ist«, befahl er.

Das Gefühl, eine Frau erobern zu müssen, anstatt sie einfach zu nehmen, in dem Bewußtsein, daß ihr gar nichts anderes übrigblieb, als es geschehen zu lassen, war ihm völlig neu.

Als nächstes wurden sie in riesige Handtücher gewickelt und abgetrocknet. Sayyid brachte für Yana traditionelle Kleidung.

Verblüfft starrte sie auf die seidene Pluderhose, die so durchsichtig war, daß sie nichts der Phantasie überließ, auf das

Bolerojäckchen, das kaum etwas von ihren sehr vollen Brüsten bedeckte, auf die weichen Fellpantoffeln, die ihr über die Füße gestreift wurden, und den juwelenbesetzten Fez, der ihr aufgesetzt wurde. Das gesamte Ensemble war blaßgrün; Sayyid hatte ein untrügerisches Farbempfinden.

»Bringt ihr einen Spiegel«, befahl Harry.

Einer der Eunuchen eilte mit einem Spiegel herbei und hielt ihn dem verdatterten Mädchen vor.

»Du bist wunderschön«, sagte Harry.

Sie warf ihm einen unsicheren Blick zu, sah ihn lächeln und lächelte zurück.

»Schön«, sagte sie zögernd.

Das war das erstemal, daß er ihre Stimme hörte; auf dem Schiff hatte nur ihre Schwester gesprochen. Ihre Stimme war ebenso tief und noch eine Spur rauchiger. Sie klang beinahe männlich.

Harry, inzwischen in einen Kaftan gehüllt, reichte ihr die Hand. Nach kaum merklichem Zögern ergriff sie diese, und er führte sie zur Tür, die hastig für sie geöffnet wurde.

Sascha und Tressilia warteten draußen und blickten an ihm vorbei auf die Russin.

»Fort mit euch«, befahl Harry. »Sonst lasse ich euch mit dem Rohrstock züchtigen.«

Kichernd liefen sie davon.

Er führte Yana die Treppe hinauf in sein Schlafzimmer. Sie betrachtete den riesigen Diwan, die Teppiche auf dem Fußboden und die Vorhänge, die sich in der abendlichen Brise bauschten.

Dann trat sie ans Fenster und sah hinaus auf das Goldene Horn und die Mauern, Türme, Kuppeln und Minarette Konstantinopels, die jenseits der Bucht im Licht der untergehenden Sonne schimmerten.

»Schön«, sagte sie.

Er trat hinter sie, legte die Arme um ihre Taille und zog sie an sich. Sie wandte den Kopf, einen beinahe überraschten Ausdruck auf dem Gesicht. Vielleicht hatte sie von einem Türken keine Zärtlichkeit erwartet.

Er schob die Hände unter ihre Bolerojacke und streichelte

ihre Brüste. Sie erschauerte, ob aus Wohlbehagen oder Abscheu vermochte er nicht zu sagen.

Er drehte sie herum und küßte sie auf den Mund. Einige Sekunden lang blieben ihre Lippen geschlossen, dann öffneten sie sich seiner liebkosenden Zunge. Als er sie wieder freigab, atmete sie schwer.

Er entfernte sich von ihr, zog den Kaftan aus und legte sich nackt zwischen die Kissen auf dem Diwan. Yana betrachtete ihn etwa eine Minute lang vom Fenster aus und schien dann einen Entschluß zu fassen.

Sie hob die Hände, nahm den Fez ab und schlüpfte aus ihren Pantoffeln. Sie streifte den Bolero ab, löste dann das Band der Pluderhose und ließ sie an ihren langen Beinen herabgleiten.

Wenngleich er sie bereits nackt gesehen hatte, empfand er diese Entblätterung als höchst aufreizend.

Langsam näherte sie sich dem Bett. Als ihre Knie den Diwan berührten, zögerte sie. Harry streckte die Hand aus, und Yana ergriff seine warmen, trockenen Finger und ließ sich von ihm herabziehen, bis sie neben ihm auf dem Diwan kniete.

Dann zog er sie auf sich, küßte sie auf den Mund und fühlte ihren warmen Körper auf dem seinen. Er rollte sich auf sie und war viel früher, als es seine Absicht gewesen war, in sie eingedrungen.

Nachdem es passiert war, gab es kein Zurück mehr. Obwohl ihre Augen glasig wurden vor Schmerz, schlang sie die langen, kräftigen Schenkel um ihn, und er spürte, wie sie ihn tiefer und tiefer in sich aufnahm. Seine Gedanken überschlugen sich. Die Warnung seiner Mutter, die tobende See und seltsamerweise Khurrem.

Aber während er dem Höhepunkt immer näher kam, zerstoben seine letzten Zweifel, die richtige Wahl getroffen zu haben.

An der Pforte drängten sich Imame, Muftis und Paschas sowie zahlreiche Neugierige, die die letzten Neuigkeiten erfahren wollten. Zum erstenmal seit drei Jahren zog das Heer in den Krieg.

Ibrahim bahnte sich einen Weg durch die Menge und legte Harry Hawkwood eine Hand auf den Arm. »Der Pirat Haireddin sagte mir, wir hätten etwas gemeinsam.«

Harry grinste. Im Gegensatz zu vielen anderen in Istanbul mochte er Ibrahim aufrichtig. Der griechische Wesir war groß, wenn auch nicht ganz so groß wie die Hawkwoods, hatte markante Gesichtszüge und schwarzes Haar und war nur wenige Jahre älter als Harry. Er strahlte Energie und Zielstrebigkeit aus; niemand konnte an seiner Intelligenz oder seiner Loyalität für den Sultan und die Osmanen zweifeln. In den fünf Jahren, seit er die Finanzen des Reiches verwaltete, waren zum erstenmal in der Geschichte die Steuern gesenkt worden.

Die Männer beklagten, daß er ein Ungläubiger wäre, was durchaus stimmte; sie klagten, daß er ein Renegat wäre, was ebenfalls zutraf. In diesen Punkten war er den Hawkwoods gleich.

Es hieß, er stünde dem Sultan zu nahe, was ebenfalls auch auf die Hawkwoods zutreffen mochte, wenn man William Hawkwoods Beziehung zu Selim betrachtete.

Außerdem warf man ihm vor, daß gut die Hälfte des Geldes, das er durch sein Geschick einsparte, Verschwendung seitens der Regierung zu vermeiden, in seine eigenen Taschen wanderte. Das war schon ein ernsterer Vorwurf, den man den Hawkwoods allerdings nicht machen konnte.

Aber Harry fragte sich, ob es tatsächlich eine Rolle spielte. Die Regierung verschwendete nicht mehr wahllos Gelder, das Reich blühte wie niemals zuvor.

Verdiente der Mann, der solche Wunder vollbrachte, nicht eine angemessene Belohnung?

Niemand konnte dem jungen Griechen Kälte im Umgang mit seinen Freunden vorwerfen. Schon lag sein Arm um Harrys Schultern.

»Seid Ihr zufrieden mit ihr?« fragte Harry.

Ibrahim schnaubte verächtlich. »Ich werde wohl zufrieden mit ihr sein, wenn ich den Tag noch erlebe, da sie mir zu Willen ist. Ich mußte sie bereits an mein Bett fesseln und mit dem Rohrstock züchtigen. Und wie steht es bei Euch?«

»Keine Fesseln und kein Rohrstock.« Harry lächelte. »Sie schien von Anfang an bestrebt, zu gefallen.«

»Und Ihr habt als erster gewählt! Nun, meine ist eine Tigerin. Aber welch ein Juwel!«

»Ich ziehe ein friedliches Zuhause vor«, entgegnete Harry. »Für Aufregung ist im Krieg Zeit genug.«

»Ah, ja.« Ibrahim war plötzlich sehr ernst. »Und das wird ein wichtiger Feldzug für uns. Es heißt, König Ludwig würde ein gewaltiges Heer befehligen.«

»Mein Onkel wird schon mit ihm fertig werden.«

»Daran zweifle ich nicht. Dennoch wird es eine Begegnung der Titanen sein. Ich beabsichtige im übrigen, Euch zu begleiten.«

»Ihr, Ibrahim?« Harry war verblüfft.

»Ich kenne Euch Soldaten; Ihr betrachtet mich als Schreiberling. Aber es ist doch die Pflicht eines Wesirs, die Armeen des Sultans in die Schlacht zu führen, oder nicht?«

»Das ist richtig – wenn der Sultan nicht persönlich zugegen ist.«

»Es ist kaum zu erwarten, daß der Padischah an der Spitze seines Heeres reitet. Nein, nein, ich beabsichtige, im Kampf gegen die Ungarn meinen Mann zu stehen.«

Harry runzelte die Stirn. »Weiß mein Onkel davon?«

»Selbstverständlich. Keine Bange, junger Hawk. Es ist nicht meine Absicht, mich in die Strategien Eures Onkels einzumischen, Gott bewahre. Ich möchte lediglich eine Schlacht miterleben.« Er lächelte wieder. »Mit allem Komfort, versteht sich. Ich werde Khurrem mitnehmen, oder Roxelane, wie ich sie nenne.«

Nun war es Harry, der grinste. »Roxelane, die Russin – sehr passend. Aber jetzt sollten wir hören, was mein Onkel zu sagen hat.«

William Hawkwood richtete das Wort an seine Paschas.

»Meine Boten sind entsandt worden«, verkündete er. »Ich rekrutiere Soldaten in allen verfügbaren Teilen des Reiches. Wir werden zehntausend Janitscharen in den Kampf führen, fünftausend Spahis, zehntausend Akindschi, fünfundzwanzigtausend anatolische Fußsoldaten und fünfzigtausend Serratkuli: insgesamt einhunderttausend Mann. Außerdem werden wir einhundert Kanonen mitführen. Es ist an der Zeit, den Ungarnstreit aus der Welt zu schaffen.« Er schwieg einen Augenblick und ließ den Blick über ihre Gesichter schweifen. »Auch möchte ich Euch mitteilen, daß Seine Eminenz Ibrahim Pascha das Heer begleiten wird.«

Unter den Soldaten erhob sich Stimmengemurmel.

Ibrahim trat vor und an William Hawkwoods Seite. »Es ist meine Pflicht, das Heer des Padischah in die Schlacht zu begleiten«, sagte er. »Und ich werde mich dieser Pflicht nicht entziehen.«

Das Stimmengemurmel setzte sich noch eine Weile fort und verebbte dann abrupt – statt dessen senkte sich verblüfftes Schweigen herab, ehe alle Anwesenden sich respektvoll verneigten.

Ein Mann war hinter einem Wandschirm auf der anderen Seite des Raumes hervorgetreten. Er war schlank und nicht sehr groß, mit raubvogelhaften Zügen und dünnem Bart und Schnäuzer. Er trug einen weißen Seidenkaftan mit goldenem Stoffgürtel und einen weißen Turban, der mit Goldfäden durchwoben war.

Worauf die Anwesenden jedoch starrten, war das Schwert an seinem Gürtel. Es war das heilige Schwert Osmans, des Begründers des ruhmreichen Hauses Osman – und es wurde nur getragen, wenn ein Sultan persönlich in den Krieg zog.

»Bei allem Respekt, Ibrahim Pascha«, erklärte Suleiman mit ruhiger Stimme. »Ich werde mein Heer persönlich gegen die Ungarn in die Schlacht führen.«

13
Barbarossa

NACHDEM DER SULTAN seine Absicht kundgetan hatte, herrschte an der Pforte mehrere Augenblicke lang Totenstille. Dann verneigte Hawk Pascha sich tief.

»Jetzt können wir sicher sein, daß wir siegen werden, O Padischah« sagte er.

»Glaubst du, er wird sich in die Strategie einmischen?« fragte Harry, als sie wieder unter sich waren.

»Das hat er bisher nie getan«, entgegnete William. »Abgesehen von dem einen Mal, da er mir befohlen hat, den Rittern des Johanniterordens freies Geleit zuzusichern. Wir können nur hoffen, daß er bei den Ungarn nicht so weichherzig ist; sie sind die Erbfeinde der Türken. Ich denke, er ist sich dessen bewußt und empfindet seine Anwesenheit bei einer so bedeutenden Kampagne als unabdingbar. Ich hoffe zumindest, daß das der Grund für seinen Entschluß ist.«

Harry wußte, daß sein Onkel sich Sorgen machte, die Begleitung des Großwesirs wäre schon lästig genug gewesen, aber sich vom Großwesir und dem Sultan über die Schulter sehen zu lassen, mußte wahrlich unangenehm sein.

Andererseits galt William Hawkwood als der beste Feldherr des Reiches – dessen war sich sogar Suleiman bewußt.

Aber Suleiman mußte auch klar sein, daß William Hawkwoods Tage gezählt waren. Vielleicht war der wahre Grund für seinen Entschluß, an diesem Feldzug teilzunehmen ja der, daß er nach einem würdigen Nachfolger für Hawk Pascha Ausschau halten wollte.

Für Harry war es ein berauschender Gedanke, daß die Wahl eines Tages auf ihn fallen könnte. Aber noch war er zu jung. Außerdem würde er lieber eine Flotte befehligen als eine Armee.

Den ganzen Winter über strömten Soldaten aus dem gesamten Reich nach Istanbul. Das Umland verwandelte sich in ein riesiges Lager, und den Spahis und Akindschi bei Aufmärschen zuzusehen oder den Janitscharen bei Schießübungen mit den Arkebusen wurde zu einem beliebten Zeitvertreib der Stadtbewohner.

Die Offiziere arbeiteten härter als alle anderen: Sie drillten ihre neuen Krieger, bemühten sich, ein wenig Disziplin in ihre Serratkuli zu prügeln, und griffen hart durch, wenn die Männer, die sich nach Monaten der Untätigkeit langweilten, in der Stadt randalierten oder ortsansässige Frauen vergewaltigten. Aber die soldatische Disziplin war im Osmanenreich sehr streng: Einige Pfählungen sorgten bald für Ordnung.

So hart diese Arbeit war – es hätte auch dann keine Gelegenheit zum Segeln gegeben, wenn das Wetter es zugelassen hätte, und Haireddin war längst mit Kurs auf Nordafrika in See gestochen –, hatte Harry doch genügend Zeit, beinahe jeden Abend in den Hawk-Palast und die Arme Yanas zurückzukehren. Sascha und Tressilia waren natürlich beleidigt, und er erkannte die Notwendigkeit, sie zumindest einmal in der Woche in sein Bett zu holen.

Aber Yana war der Magnet, der ihn immer und immer wieder unwiderstehlich anzog. Er hatte noch nie etwas Ähnliches erlebt – er kam sich vor wie ein junger Mann, der gerade erst die Liebe entdeckte, entzückt und gleichzeitig voller Staunen. Er konnte nicht glauben, daß er sich in eine russische Wilde verliebt haben sollte; sie hatten nicht mehr gemein als die körperliche Anziehung.

Aber diese Anziehung war übermächtig: Er konnte an nichts anderes mehr denken als an Yanas Körper, ihre Lippen, ihr Haar. Sein Zustand entging seiner Mutter und seiner Tante nicht, und sie waren sichtlich besorgt. Wenngleich sie Ungläubige waren, hatten sie den Großteil ihres Lebens in der osmanischen Welt gelebt und waren ebenso wie jeder andere der Ansicht, daß eine Frau allein dem Vergnügen und dem Gebären diente. Die Hauptinteressen eines Mannes hatten woanders zu liegen.

Und so freuten sie sich vielleicht sogar auf den Frühling und den Marschbefehl für das Heer.

Musik spielte, und Banner wehten im Wind, als der Sultan in Begleitung seines Gefolges aus Konstantinopel hinausritt. Das Heer war einige Stunden zuvor aufgebrochen. Die Akindschi als Vorhut allen voran, gefolgt von den Serratkuli und den Anatoliern, während die Elitetruppen der Spahis und Janitscharen nun darauf warteten, vom Sultan, dem Großwesir und Hawk Pascha angeführt zu werden.

Harry Hawkwood konnte sich kaum erinnern, wie oft er das Heer hatte ziehen sehen – und immer einem Sieg entgegen. Aber damals war es von Selim dem Gestrengen angeführt worden. Er fragte sich, unter welchem Beinamen der neue Sultan in die Geschichte eingehen würde.

Suleiman wirkte, wenn auch etwas klein, sehr würdevoll in seinem goldenen Gewand auf dem Rücken seines mit passender goldener Decke geschmückten Rapphengstes. Er lächelte in die Runde, und das Volk jubelte ihm zu. Seit dem Eroberer war kein Sultan mehr so beliebt gewesen. Bajasid hatte ein Dasein in Abgeschiedenheit geführt, und Selim hatte kaum ein Jahr seiner Herrschaft in Istanbul verbracht. Suleiman hatte die ganze Zeit mitten unter ihnen gelebt – dies war das erste Mal in drei Jahren, daß er die Stadt verließ. Und wenngleich die gestrengeren Sitten und das erweiterte Protokoll es ihm erschwerten, sich persönlich unter sein Volk zu mischen, wie sein Urgroßvater es getan hatte, besuchte er immer noch regelmäßig die Moschee. Zwar war er bei diesen Gelegenheiten von seinen Paschas, Wesiren und seiner Leibwache umgeben, aber er war doch aus einiger Entfernung zu sehen.

Auch seine Jugend trug zu seiner Beliebtheit bei. Mit sechsundzwanzig Jahren war er seit Mohammed der bei seiner Thronbesteigung jüngste Sultan gewesen, und auch heute war er erst zweiunddreißig. Vor allem aber war seine wenn auch noch kurze Regentschaft bislang von einer ununterbrochenen Folge von Erfolgen gekrönt gewesen.

Hinter den Paschas folgten die Trosse und Harems mit jenen Frauen, die die Würdenträger auf den Marsch mitgenommen hatten. Wenige hatten mehr als eine oder zwei Lieblingsfrauen ausgewählt. Es fiel auf, daß der Sultan überhaupt keinen Harem mitnahm – ebensowenig wie Hawk Pascha.

Das Heer hatte einen weiten Weg vor sich, vorausgesetzt, daß König Ludwig nicht in die Offensive ging und einen Einmarsch ins osmanische Territorium riskierte. Von Istanbul aus zog die gewaltige Streitmacht nach Adrianopel – eine Route, die beiden Hawkwoods wohl vertraut war – und von dort aus weiter in die Berge, in Richtung Philippopolis, Sofia, Nisch und schließlich Belgrad.

Anthony Hawkwood war dieser Route als Gesandter Mehmeds des Eroberers gefolgt, William Hawkwood war mit seiner schönen Braut in entgegengesetzter Richtung geritten, und William und sein Neffe hatten auf diesem Weg das Heer des Sultans schon einmal gen Belgrad geführt, damals, als sie die Weiße Stadt erobert hatten.

Das riesige Heer brauchte vier Monate, um nach Belgrad zu gelangen, aber es waren vier ausgelassene, glückliche Monate. Mit ihrem ausgeprägten Sauberkeitsstreben hatten die Türken Krankheiten vermieden, die jede christliche Armee über einen so langen Zeitraum dezimiert hätten. Sie marschierten durch Länder, die Tribut an den Sultan zahlten und verpflichtet waren, das Heer zu verpflegen, so daß sie nichts entbehrten – im Gegensatz zu den Griechen, Bulgaren und Serben, deren Dörfer von allen Vorräten geplündert zurückblieben.

Wo immer sie lagerten, entstand eine Zeltstadt von mehreren Quadratmeilen. Über Nacht verwandelten sich die Lager in riesige Märkte, zu denen Händler von weither strömten, um ihre Waren an die Soldaten zu verkaufen. Zweifellos waren viele von ihnen Spione, was Hawk Pascha jedoch nicht kümmerte; jede Neuigkeit, die ungarische Agenten verbreiteten, konnte nur dazu beitragen, die Christen in Furcht erstarren zu lassen.

Nachrichten über das christliche Heer gab es hingegen keine. Hawk Pascha ging davon aus, daß sie nichts Näheres erfahren würden, ehe sie die ungarischen Ebenen erreichten.

Die Paschas und Wesire hatten ihre eigenen Zelte, die sich in Größe und Pracht unterschieden, je nachdem, wie prahlerisch der betreffende war und wie viele Frauen er mitgebracht hatte. Sie luden einander gegenseitig zu Mahlzeiten ein und erfreuten sich an den verschiedenen Unterhaltungsmöglichkeiten, die sich ihnen boten.

Suleiman speiste häufig mit den Hawkwoods und Ibrahim, als wären sie seine engsten Vertrauten. Keiner von ihnen war Türke, was viele der anderen Paschas beunruhigte. Aber Suleiman ging es nur darum, militärische Angelegenheiten zu besprechen, da dies sein erster großer Feldzug als Befehlshaber war. Und so lauschte er aufmerksam Hawk Paschas Erzählungen von vergangenen Kampagnen, das Wissen des älteren Mannes gierig in sich aufsaugend wie ein Schwamm.

Ibrahim zog es vor, Witze zu erzählen und über Frauen zu sprechen. Nie sprach er von den Finanzen des Reiches, wenngleich Harry auffiel, daß der Wesir in jedem Dorf, an dem sie vorbeikamen, davonritt, um sich mit dem örtlichen Garnisonskommandanten oder Dorfältesten über die Steuererhebungen zu unterhalten und persönlich zu prüfen, wo die Steuern angemessen angehoben werden konnten. Und er war in geschäftlichen Dingen bei Tage ebenso unermüdlich wie bei seinen Vergnügungen am Abend und in der Nacht.

An einem ungewöhnlich warmen Juliabend, als sie nicht mehr weit von Belgrad entfernt waren, Regen in der Luft lag und über den Bergen in der Ferne Donner grollte und Blitze zuckten, machte Ibrabim den Vorschlag, die Mädchen für sie tanzen zu lassen. Harry begriff nicht gleich, welche Mädchen er meinte, aber Ibrahim beriet sich mit dem Sultan.

»Ihr habt diese Mädchen noch nicht gesehen, O Padischah. Sie stammen aus den russischen Steppen und sind Wesen von eigentümlicher Schönheit. Zumindest meine Roxelane.« Er warf Harry einen Blick zu. »Ich bezweifle jedoch nicht, daß ihre Schwester nicht minder anziehend ist.«

»Russinnen, sagt ihr«, sinnierte Suleiman. Auch er blickte auf Harry und sah den mißbilligenden Ausdruck auf seinem Gesicht. »Aber sie sind doch Eure Frauen, Ibrahim. Kein anderer Mann sollte sie sehen dürfen.«

»Das ist ohne Belang, Padischah. Sie sind nur Sklavenmädchen.«

Harry betrachtete Yana längst nicht mehr nur als Sklavin

und warf seinem Onkel einen hilfesuchenden Blick zu. Aber Hawk Pascha hatte die Augen geschlossen; der Marsch ermüdete ihn, wenngleich er sich weigerte, das zuzugeben.

»Roxelane ist eine hervorragende Tänzerin«, fuhr Ibrahim fort. »Was ist mit ihrer Schwester, junger Hawk?«

»Ich habe sie nie tanzen sehen«, gestand Harry. Ihm war gar nicht in den Sinn gekommen, sie darum zu bitten; ihr Anblick war immer reizvoll genug gewesen.

»Es liegt ihnen im Blut.« Ibrahim klatschte in die Hände. »Bring die Frau Roxelane zu mir«, befahl er dem Eunuchen und warf einen fragenden Blick auf Harry.

Harry seufzte, aber Ibrahim schien Suleimans Interesse geweckt zu haben. Der Sultan hatte zu lange auf weibliche Gesellschaft verzichten müssen.

»Sag Diniz, er soll die Frau Yana zu mir schicken«, sagte Harry resigniert.

»Ihr werdet diese Frauen nie wieder vergessen, Padischah«, versprach Ibrahim.

Die beiden Mädchen wurden hereingebracht, sittsam in Haiks und Yashmaks gehüllt. Sie hatten auf dem Marsch viel Zeit miteinander verbracht und oft denselben Tragekorb auf dem Rücken eines Maultiers geteilt. Harry fragte sich, ob sie, wenn sie allein waren, ihren Herren ewigen Haß schworen oder nur deren jeweilige Fertigkeiten in der Liebeskunst verglichen . . .

Ibrahim hatte nach Musikern geschickt, und zwei Männer kamen herein und setzten sich am anderen Ende des Zeltes auf den Boden. Einer von ihnen würde Flöte spielen, der andere die Trommel schlagen. Der Eunuch hatte beiden die Augen verbunden.

»Spielt«, befahl Ibrahim

Klagende Klänge erfüllten das Zelt, unterstrichen vom rhythmischen Klang der Trommel.

William Hawkwood streckte sich und schlug die Augen auf.

»Tanzt!« rief Ibrahim.

Roxelane schien zu verstehen, was von ihnen verlangt wurde. Sie flüsterte ihrer Schwester etwas zu und begann nach kurzem Zögern langsam und verführerisch zu tanzen. Im Takt der Musik bewegte sie die Arme, drehte die Schultern und stampfte in Abständen mit den Füßen auf.

Nach einer Weile folgte Yana ihrem Beispiel. Harry war wider Willen fasziniert.

Roxelane gab in allem den Ton an. Nachdem sie etwa eine Minute vor den vier Männern posiert hatte, streifte sie langsam ihren Haik ab. Erst entblößte sie eine Schulter, dann die zweite. Dann ließ sie das unförmige Kleidungsstück langsam weiter herabgleiten. Einen Augenblick lag es um ihre Hüften, ehe es an ihren Schenkeln entlang zu Boden glitt. Ihr Unterkleid reichte ihr bis zu den Schenkeln, so daß ihre Beine nun zu sehen waren. Ihre Sandalen hatte sie ebenfalls ausgezogen.

Yana folgte nach einer Weile dem Beispiel ihrer Schwester.

Suleiman beugte sich nun interessiert vor, und sogar Hawk Pascha setzte sich auf, um dem Schauspiel zuzusehen.

Roxelane bewegte sich nun schneller. Wenn sie im Kreis herumwirbelte, blitzte flüchtig eine blasse Pobacke unter dem flatternden Unterhemd auf.

Roxelane faßte mit beiden Händen den Saum des Hemdes, während sie sich um die eigene Achse drehte. Ihr Haar wehte wie eine Fahne im Wind, als sie das Hemd schließlich anhob, sich von der Taille abwärts entblößte und schließlich ihre vollen Brüste zeigte.

Das Hemd verbarg ihr Gesicht, während sie tanzte, und Harry Hawkwood hörte, wie Suleiman scharf Luft holte, den Blick unverwandt auf das Mädchen geheftet.

Schließlich segelte das Hemd zu Boden. Yanas folgte gleich darauf, und einige Sekunden lang tanzten die Schwestern nackt bis auf ihre Yashmaks. Dann brach Roxelane den Tanz ab, und Yana tat es ihr nach. Roxelane blickte auf Ibrahim. Er hatte sie offensichtlich gezähmt, und sie lebte lange genug nach türkischem Gesetz, um auf seinen Befehl zu warten, ehe sie den Schleier ablegte.

»Zeig dich«, befahl Ibrahim stolz.

Eine rasche Handbewegung, und der Yashhmak fiel. Sie richtete den Blick nun auf den Sultan, wobei sie nicht so sehr durch Schönheit beeindruckte wie durch ihre animalische Anziehung. Ihre Nasenflügel bebten, und ihre Brüste und ihr Bauch hoben und senkten sich bei jedem Atemzug.

»Wollt Ihr das Gesicht Eurer Sklavin nicht ebenfalls zeigen, junger Hawk?« fragte Suleiman leise.

»Selbstverständlich, Padischah.«

Er gab Yana einen Wink, und sie nahm ebenfalls ihren Schleier ab.

»Wie Ihr sagtet, Ibrahim, sie sind seltene Juwelen«, bemerkte der Sultan.

»Gefällt Euch Roxelane, Padischah?«

»Ich müßte Eunuch sein, sie nicht reizvoll zu finden, Wesir.«

»Dann gehört sie Euch.«

Suleiman runzelte überrascht die Stirn.

»Ich mache sie Euch zum Geschenk, Padischah. Welcher Mann kann ohne Frau ins Feld ziehen?«

»Und Ihr?«

»Ich werde auf dem Markt in Belgrad oder bei den Magyaren schon etwas finden, das sich zu erwerben lohnt. Warum nehmt Ihr sie nicht beide? Ich bin überzeugt, daß der junge Hawk meinem Beispiel gerne folgen wird.«

Suleiman blickte von Roxelane auf Yana. Harry hielt die Luft an. Er konnte unmöglich ablehnen, aber der Gedanke, Yana zu verlieren, bedrückte ihn.

Aber Suleiman schüttelte den Kopf. »Nein, ich denke, mit mehr als einer Russin werde ich nicht fertig. Ihr seid wahrlich großzügig, Ibrahim Pascha. Ich stehe in Eurer Schuld.«

Er erhob sich, und prickelnde Hitze stieg in ihm auf, als er die nackte Schönheit vor sich betrachtete. »Ich werde mich jetzt zurückziehen. Spricht sie Türkisch?«

»Leider nein, Padischah, aber ich habe ihr ein paar Worte Griechisch beigebracht.«

Suleiman nickte. »Laßt sie waschen und schickt sie anschließend zu mir.« Er verschwand in einem hinteren Raum des geräumigen Zeltes.

»Ibrahim ist ein schlauer Fuchs«, bemerkte William Hawkwood, als sie zu ihren Zelten zurückkehrten. »Ich denke, er hat das alles schon länger geplant. Er bemüht sich, wo er kann, um die Gunst seines Herrn, mit allen Mitteln.«

»Glaubt Ihr, daß ich darauf hätte bestehen sollen, daß der Sultan auch Yana als Geschenk annimmt?« fragte Harry.

»Ich bin froh, daß du es nicht getan hast. Es würde mir nicht gefallen, wenn du dich so erniedrigen würdest, nur um dem Sultan zu gefallen. Außerdem habe ich gehört, daß du sehr an dieser kleinen Russin hängst.«

»Mir ist vorher noch keine Frau begegnet, die mir solche Freude bereitet hätte, Onkel.«

»Nun, daran ist nichts auszusetzen«, entgegnete William. Und er muß es ja wissen, dachte Harry, der sich noch gut erinnerte, daß die Liebe seines Onkels für Aimée achtzehn Jahre der Trennung überdauert hatte. »Vorausgesetzt natürlich, daß dein Vergnügen sich nicht abträglich auf deine Pflichten als Mann auswirkt. Unsere oberste Pflicht ist es, für den Padischah zu kämpfen, Harry, alles andere ist zweitrangig. Auch ist das letztendlich der sicherste Weg, die Wertschätzung des Sultans zu erringen. Bis Belgrad und somit Ungarn sind es nur noch wenige Tage. Wir befinden uns auf dem Pfad des Ruhmes, Junge, dies ist also nicht der rechte Augenblick, an Frauen zu denken.«

Aber Yana war nie liebevoller gewesen als in jener Nacht. Harry vermochte nicht zu sagen, ob sie dankbar war, nicht ins Bett des Sultans geschickt worden zu sein, oder ob der Abend und die Anwesenheit der anderen Männer sie erregt hatten.

Sie erreichten Belgrad in der dritten Juliwoche, und das Heer setzte sofort über die Donau, um die Burg Peterwardein zu belagern, die am 27. Juli fiel. Jeder Mann der Garnison wurde enthauptet. Jetzt hatten sie die Grenze des Osmanenreiches überschritten und befanden sich in Ungarn.

Hawk Pascha sandte sogleich einen Trupp aus, während das Heer seinen Marsch nach Nordwesten fortsetzte, in Richtung Buda.

Jetzt hatten sie das Hochland hinter sich gelassen und marschierten über eine Ebene, die sich erstreckte, so weit das

Auge reichte. Wogende Weizenfelder, die aufgrund des Krieges nur zur Hälfte abgeerntet worden waren, ließen auf unvorstellbare Fruchtbarkeit schließen. Das Wetter war angenehm mild, die Winde lau . . . Harry war noch auf keinem Feldzug durch eine so wunderschöne Gegend gezogen.

Sie kamen an Dörfern vorbei, deren Scheunen schier barsten von Korn und deren Ställe reich mit Vieh bestückt waren. Sie töteten die Männer und älteren Frauen und behielten die jüngeren Frauen und Kinder als Sklaven. Korn und Vieh aßen sie.

Die Akindschi kehrten in großer Aufregung zurück. Der ungarische Feind war endlich gesichtet worden. Er hatte auf der Ebene, die Mohàcs genannt wurde, Stellung bezogen, an einer großen Biegung der Donau.

Hawk Pascha ritt voraus, um sich persönlich einen Eindruck zu verschaffen. Der Sultan, Ibrahim, Harry und mehrere Paschas begleiteten ihn. Sie brachten ihre Pferde auf einem kleinen Hügel zum Stehen und blickten hinab auf ein Meer wehender Banner und schimmernder Rüstungen. Das ungarische Heer hatte bereits Kampfstellung eingenommen, als rechne es jeden Augenblick mit einem Angriff.

»Wie zahlreich sind sie?« fragte Suleiman.

Die Entfernung war zu groß, als daß man einzelne Männer hätte ausmachen und zählen können, aber William nutzte seine jahrelange Kriegserfahrung, um die Streitkraft der gegnerischen Armee zu schätzen. »Ich bezweifle, daß es mehr sind als fünfundzwanzigtausend, Padischah«, sagte er.

»Ist das alles, was Europa mir an Soldaten entgegenzusetzen hat?«

»Nein. Aber die Franken bekriegen sich immer noch. Das ist ihr Fluch und unser Vorteil, Padischah. Jeder Frankenkönig denkt, daß nur er allein fähig ist, eine Armee zu befehligen, und ist nicht geneigt, seine Überlegenheit zu teilen; sie werden nicht auf Hilfe warten, auch wenn sie unterwegs ist. Dieser Ludwig von Ungarn ist jung und dürstet nach Ruhm.«

»Er wird den Ruhm des Grabes erlangen«, bemerkte Suleiman. »Sagt mir, was Ihr aus der Art ihrer Aufstellung schließt, Hawk Pascha.«

»Der König ist auf eine Defensivschlacht aus, Padischah.« William deutete beim Sprechen auf verschiedene Punkte. »Wie Ihr seht, sind seine Phalangen aufgeteilt, jede etwa viertausend Mann stark.«

»Sind das alles Ungarn?«

William musterte das Heer einige Minuten lang. »Aufgrund ihrer Helme würde ich sagen, daß auch Deutsche darunter sind. Viele sind mit Arkebusen bewaffnet. Der Rest mit Piken.«

»Er hat Kavallerieschwadronen zwischen den Fußtruppen«, bemerkte Ibrahim.

»Das ist richtig. Warum, ist mir allerdings ein Rätsel. Aber wie Ihr sehen könnt, ist der Hauptteil der Reiter hinter den Fußtruppen aufgestellt, und diese Kavallerie umfaßt mindestens die Hälfte seiner gesamten Streitmacht. Auch sind die Geschütze, ein Dutzend, würde ich sagen, vor seinem Zentrum aufgestellt worden, was bei einem Angriff von vorne unweigerlich große Verluste nach sich ziehen würde. Die linke Flanke der Ungarn befindet sich auf sumpfigem Marschland, wo die Donau ihren Lauf verändert hat. Truppen, die durch diesen Morast marschieren müßten, hätten es verdammt schwer.«

»Aber die rechte Flanke ist verwundbar«, sagte Suleiman.

»Das stimmt, Padischah. Sie hängt gewissermaßen in der Luft. Aber dahinter steckt zweifellos Absicht.«

»Warum?«

»Er wird davon ausgehen, daß wir seine rechte Flanke angreifen, da die linke durch den Sumpf geschützt ist und ein Angriff von vorn große Verluste bedeuten würde. Also glaubt er, unsere Strategie zu kennen. Wenn wir dieses Manöver durchführen, wird er uns seine Kavallerie entgegenschicken.«

»Wir sind um ein Vierfaches zahlreicher«, sagte Ibrahim verächtlich. »Und auch bei der Kavallerie steht das Verhältnis eins zu vier. Haben wir irgend etwas zu befürchten?«

»Seht Ihr, wie die Sonne auf diesen Reitern glitzert?« fragte William. »Das sind Plattenpanzer. Diese Kavallerie ist bei weitem schwerer als unsere Akindschi oder Spahis. Sie stellen einen gefährlichen Truppenkörper dar, vor allem, wenn sie im richtigen Augenblick angreifen, nämlich dann, wenn unsere Reihen auseinandergezogen sind.«

»Wie lautet Euer Plan, Hawk Pascha?« fragte der Sultan.

»Es ist ein ganz einfacher Plan, der auf meinem Wissen über diese Leute beruht. Ich sagte ja bereits, daß ihre Könige stolz und dumm sind; bei ihren Rittern ist das nicht viel anders. Wir werden unser Heer in drei Reihen gliedern. Vorne die Serratkuli, dahinter die Anatolier und an dritter Stelle die Janitscharen. Dann werden wir genau das tun, was man nicht von uns erwartet, und die Serratkuli in einen Frontalangriff schicken.«

Suleiman wartete stirnrunzelnd.

»Der Angriff wird natürlich zurückgeschlagen werden, und unsere Männer werden sich scheinbar kopflos zurückziehen. Das erste Glied unserer Soldaten. Ich bin der festen Überzeugung, daß, wenn die ungarischen Ritter sehen, was passiert, sie der Versuchung nicht widerstehen können, die Fliehenden zu verfolgen, um den Sieg zu besiegeln, den sie glauben errungen zu haben.«

»Und was, wenn die Serratkuli in Panik geraten und fliehen?« fragte Suleiman.

»Das ist durchaus möglich, Padischah. Die Panik könnte sogar auf die Anatolier übergreifen. Aber für Eure Spahis und Janitscharen lege ich die Hand ins Feuer. Sie werden kämpfen bis zum letzten Mann. Ebenso kann ich für die Geschütztruppe garantieren. Wir stellen sie hinter Euren angreifenden Reihen auf, so daß sie erst zu sehen sein werden, wenn die Reihen auseinanderfallen. Unsere Kanonen werden aneinandergekettet sein, so daß die Geschütze weder fortgetragen oder -gezogen werden können und auch keine Kavallerie die Linie durchbrechen kann. Es wird ein harter Kampf werden, aber wir werden siegen.«

»Was ist mit der Kavallerie?« fragte Ibrahim. »Wie Ihr schon sagtet, scheint über die Hälfte der ungarischen Armee aus Kavallerie zu bestehen. Wollt Ihr ihnen aufgrund ihrer Rüstungen nicht unsere Spahis entgegensetzen?«

Wieder schwang in seinem Tonfall Verachtung mit.

Hawk Pascha ließ sich nicht beirren. Er hatte schon Schlachten gewonnen, als Suleiman und Ibrahim noch Kinder gewesen waren.

»Die Kavallerie ist bei einem Konterangriff am nützlichsten, Ibrahim Pascha. Wir halten unsere Kavallerie, die Akindschi und Spahis, in Reserve und schicken sie erst in die Schlacht, wenn der Feind beginnt zu ermüden.«

Suleiman zupfte an seinem Bart, den Blick auf das ungarische Lager gerichtet. »Kein Sieg ist gewiß, ehe er nicht errungen wurde«, sagte er.

»Das ist richtig, Padischah. Ich kann nur meine Erfahrung als Berater anbieten.«

»Erfahrung ist ein kostbares Gut, Hawk Pascha. Ich weiß von Euren Erfolgen. Aber wäre es nicht möglich, die Gewißheit auf einen Sieg noch zu verbessern?«

Diesmal war es an William Hawkwood zu warten, daß der andere fortfuhr.

»Die Wahrscheinlichkeit, daß Euer Vorgehen Erfolg hat, wäre noch größer, wenn wir unseren Gegenangriff starten könnten, bevor die feindlichen Reihen auseinanderbrechen.«

»Padischah?«

»Ihr geht davon aus, daß die Ritter unseren Rückzug nutzen werden, um anzugreifen. Angenommen, sie wären in eben diesem Augenblick durch einen Reitertrupp im Hintergrund oder seitlich eingekeilt. Hätte das nicht entscheidende Auswirkungen auf ihre Kampfmoral?«

»Das ist allerdings richtig, Padischah. Aber wo sollte dieser Reitertrupp herkommen?«

»Wir werden uns jetzt gleich darum kümmern«, entgegnete Suleiman. »Wie lange würde eine Abteilung unserer Timariotenkavallerie brauchen, zehn Meilen nach Westen zu marschieren, dann nach Norden und schließlich nach Süden zu schwenken, um – unbemerkt – hinter die feindlichen Reihen zu gelangen?«

»Auf dem ersten Abschnitt würden sie die Pferde im Schritt reiten müssen«, entgegnete William, der nun seinerseits nachdenklich an seinem Bart zupfte. »Ich würde sagen, nicht weniger als vierundzwanzig Stunden.«

»Nun, dann laßt sie uns gleich losschicken und mit dem

Angriff bis morgen um diese Zeit warten. Wir werden die Zeit damit ausfüllen, scheinbar in aller Ruhe unsere Strategie zurechtzulegen.«

»Und wenn die Ungarn nicht vierundzwanzig Stunden warten?«

»Wenn sie uns angreifen, ohne daß wir unsere Serratkuli in einen Frontalangriff schicken, haben wir dann nicht Punkt eins unserer Strategie gewonnen, ohne große Verluste zu machen?«

Hawk Pascha schwieg.

Suleiman blickte nach links und rechts auf seine Paschas und zeigte dann auf Harry Hawkwood.

»Junger Hawk, Ihr werdet das Kommando über zehn Regimenter Akindschi übernehmen und das Manöver durchführen, das ich gerade beschrieben habe. Und vergeßt nicht: Ihr müßt in der vierten Stunde nach Sonnenaufgang angriffsbereit sein. Unser Angriff wird in der dritten Stunde erfolgen.«

Harry grüßte kriegerisch. »Ich breche in einer Stunde auf, Padischah.«

Es war Harrys erstes völlig unabhängiges Kommando. Er war noch nie so begeistert gewesen. Sein Onkel begleitete ihn, um die Männer auszuwählen, die ihn begleiten sollten.

»Unser junger Herr verfügt über einen Funken Genialität«, gestand William Hawkwood. »Dennoch sind Manöver dieser Art immer mit dem Risiko unerwarteter Zwischenfälle und Verzögerungen behaftet. Ich glaube nicht, daß es den Ausgang der Schlacht beeinflussen würde, aber ganz sicher würde es deinem Ruf schaden. Mach deinem Namen keine Schande, Junge.«

Harry legte seinem Onkel eine Hand auf den Arm. »Ich werde weder Euch noch mir selbst Schande machen.«

Die Zeit reichte nur, Yana flüchtig zu umarmen und überrascht ihre Tränen zu bemerken, die in ihren Augen schimmerten, als sie erfuhr, daß er auf eine möglicherweise gefährliche Mission geschickt wurde. Dann hastete er auch schon zu seinen Männern davon.

Die Akindschi waren stolz, für eine solche Mission ausgewählt worden zu sein, auch wenn sie nur ansatzweise wußten, worum es überhaupt ging. Harry führte sie aus dem Lager und außer Sichtweite hinter den Hügel. Er konnte nicht verhindern, daß sie auch im Schritt in der Augusthitze Staubwolken aufwirbelten, und so führte er sie in einem noch größeren Bogen als ursprünglich geplant, als wären sie auf Plünderung aus.

Hinter ihnen nahm das osmanische Heer langsam seine Stellungen ein, aufmerksam von den Ungarn beobachtet. Aber nach und nach erstarb der Lärm aus dem Lager, das Klirren von Waffen und das Stimmengewirr.

Harry befehligte sechstausend Mann! Mit stolzgeschwellter Brust warf er einen Blick zurück auf die lange Kolonne hinter sich.

Sie marschierten drei Stunden lang nach Südwesten, ehe sie sich ganz nach Westen wandten. Es war bereits Mitte des Nachmittags, als sie endlich nach Norden schwenkten. Als die Abenddämmerung hereinbrach, gab Harry den Befehl, haltzumachen. Er verbot Feuer und zwang die Männer zu einem kargen Abendessen aus trockenen Keksen und Wasser. Harry ging die verschiedenen Regimenter persönlich ab, nur von Diniz begleitet. Er sprach ebenso mit Soldaten wie mit Offizieren und klärte sie darüber auf, welches Manöver geplant war und was sie am nächsten Morgen zu tun hatten.

Er gestattete ihnen sechs Stunden Schlaf und ließ sie um vier Uhr früh aufstehen. Der Tag graute bereits. Zügig zogen sie weiter, hinter einem Tarnschild von Plünderern. Sie kamen durch zwei Dörfer, deren Einwohner sie in der Hast jedoch ignorierten.

Um sechs, als die Sonne über den Bergen im Osten auftauchte, ließ Harry seine Truppe nach Südosten schwenken. Jetzt trabten sie mehr, als daß sie Schritt ritten, aber er ordnete jede Stunde zehn Minuten Pause an, um die Pferde nicht zu überanstrengen.

Er beobachtete den glühenden Ball vor ihnen, der die Ebene mit Licht überflutete, und lauschte angespannt.

Die Zeit verging quälend langsam, und mehr als einmal stieg Verzweiflung in ihm auf, und er fürchtete, sich verirrt zu haben und die Schlacht zu versäumen. Aber der Gefechtslärm mußte doch aus irgendeiner Richtung zu hören sein.

Und dann hörte er es: Fanfaren schmetterten und Trommeln dröhnten, vermischt mit dem Geschrei Tausender Männer, die bereit waren, in den Tod zu gehen. Der Lärm kam aus Südosten, in der dritten Stunde des Tages, und er nahm ihn genau in dem Augenblick das erstemal wahr, da seine Vorhut zurückkehrte und ihm mitteilte, daß sie die Rüstungen der ungarischen Truppen in der Sonne hatten glitzern sehen.

Er ließ anhalten, um den Pferden eine letzte Verschnaufpause zu gönnen und die Befehle an seine Männer weiterzugeben. Er gliederte sie in drei Reihen von jeweils zweitausend Mann, während das Geschrei und das Klirren der Waffen in der müden Morgenbrise zu ihm herüberwehte.

Dann stellte er sich in die Steigbügel und zeigte mit dem Schwert in Richtung Feind. Die Akindschi stießen ein ohrenbetäubendes Kampfgebrüll aus und trabten los.

Minuten später konnte er das Kampfgetümmel sehen. Die Schlacht war bisher offenbar genauso verlaufen wie von seinem Onkel vorausgesagt.

Die Serratkuli hatten angegriffen, waren jedoch aufgerieben worden und flüchteten in alle Richtungen. Jetzt kamen die Anatolier zum Zuge. Sie wurden von den gepanzerten ungarischen und deutschen Fußsoldaten attackiert, die hinter den gefürchteten Pikenieren marschierten. Hinter den christlichen Fußsoldaten drängten die Reiter nach vorn, die Lanzen gesenkt und bereit, vorzustürmen.

Harry hob erneut das Schwert, und die Akindschi ließen ihre Pferde angaloppieren.

Die Anatolier konnten dem Vormarsch der Christen nicht standhalten, und nun wurde das Kontingent Janitscharen sichtbar. Die christliche Infanterie teilte sich, um die Kavallerie passieren zu lassen. Die Ritter, ihre Knechte und schwerbewaffnete Reiter – sechs Mann für jeden Zug, jeder Zug angeführt von einem Ritter in voller Rüstung – trabten nach vorn, und die Erde erbebte unter den Hufen ihrer Pferde. In diesem Augenblick wichen die Janitscharen wunderbar diszipliniert ebenfalls zur Seite, die weißen Roßhaarbüsche an ihren Helmen wippend, als sie ihre Stützen aufstellten und ihre Arkebusen anlegten.

Durch das Manöver kam die osmanische Artillerie zum Vorschein. Die Geschütze spuckten dröhnend Rauch und Steinkugeln, und Männer und Pferde aus den gegnerischen Reihen stürzten und schrien.

Die Ritter zögerten nur einen kurzen Augenblick, dann stürmten sie im Galopp weiter vor.

Harrys Regimenter waren inzwischen nur noch eine halbe Meile vom Schlachtfeld entfernt. Wieder hob er das Schwert.

»Blas zum Angriff«, rief er dem Fanfarenbläser zu, und die Töne erhoben sich über den Gefechtslärm.

Die Akindschi senkten die Lanzen und stürmten schreiend vor.

Vor ihnen krachten erneut die Kanonen und rissen große Lücken in die ungarische Kavallerie. Die Reiter machten kurz halt und stürmten weiter vor; es würde einige Zeit dauern, die Kanonen neu zu laden.

Jetzt flogen ihnen die Kugeln der Janitscharen entgegen, aber sie ließen sich nicht aufhalten und preschten weiter bis zu den schweren Geschützen, wo sie gezwungen waren, vor den Ketten haltzumachen, die zwischen den Kanonen gespannt waren und die Kanoniere vor den langen Lanzen der christlichen Kavallerie schützten.

Während die Ritter noch nach einem Weg suchten, die Barriere zu überwinden, ließen die Janitscharen ihre Musketen fallen und stürmten säbelschwingend vor, während die Spahis von der anderen Seite her angriffen.

Die christlichen Fußsoldaten, die inzwischen von den Offizieren neu gesammelt worden waren, wollten gerade in die Schlacht zurückkehren, als die Soldaten plötzlich hinter sich Hufgetrappel hörten.

Und von der Seite. König Ludwig hatte selbst eine Reiterdivision in Reserve gehalten, und diese griff nun die Flanke an. Gerade noch rechtzeitig erkannte Harry die Gefahr und ließ seine gesamte Reiterei herumschwenken, um sich der Bedrohung zu stellen. Die beiden prallten aufeinander, und die Ritter und Soldaten in ihren schweren Rüstungen stoppten den Angriff der Akindschi.

Eine Weile herrschte ein wüstes Gedränge. Harry sah einen Mann in Rüstung vor sich, das Visier seines Helmes heruntergeklappt. Er schlug mit seinem Säbel zu und fühlte, wie ein stechender Schmerz seinen Arm bis zur Schulter durchzuckte, als die Klinge auf den Stahl traf. Der Mann wurde von der Wucht des Schlages aus dem Sattel geschleudert, aber Harry rechnete nicht damit, daß er ernsthaft verletzt war. Er hatte ebenfalls Schwierigkeiten, da ein viel größeres ungarisches Streitroß seinen Araber mit einem Huf an der Schulter getroffen hatte und der Hengst in die Knie ging. Dies rettete Harry möglicherweise das Leben, da eine Lanze unmittelbar über seinem Kopf vorbeischoß und ein weiterer Leib gegen ihn prallte. Er stieß mit dem Säbel zu, wobei er sehr tief zielte, auf den Schritt des Ritters. Er wurde mit einem Schmerzensschrei belohnt.

Sein Araber wurde erneut getroffen, und diesmal fiel das anmutige kleine Pferd beinahe auf die Seite. Der Hengst fing sich jedoch wieder und rappelte sich hoch, Harry immer noch fest im Sattel.

Vor ihm war niemand mehr. Er wendete sein keuchendes Pferd und sah, daß Diniz und der Fanfarenbläser immer noch an seiner Seite waren.

»Blas zum Sammeln«, brüllte Harry heiser.

Das Signal ertönte, und die Akindschi lösten sich, wo sie konnten, aus dem Getümmel und versammelten sich um ihn. Sie hatten große Verluste erlitten, aber den Rittern war es nicht besser ergangen. Das Weizenfeld war mit gestürzten Männern und Pferden übersät.

Aber die Schlacht war entschieden: Ungarn und Deutsche flohen in alle Richtungen, von den Janitscharen und Spahis geschlagen.

Harry erkannte sofort, daß das persönliche Vergnügen, weitere Ritter niederzustrecken, hinter der Notwendigkeit zurückstehen mußte, dafür zu sorgen, daß die christliche Armee keine Gelegenheit bekam, sich von dieser ersten Niederlage zu erholen. Und so führte er seine Männer mitten unter die flüchtenden Fußsoldaten. Die Säbelklingen blitzten in der Sonne. Die Ungarn schrien und fielen; die Akindschi köpften jeden erschlagenen Feind und hängten die bluttriefenden Trophäen an ihre Sättel.

Als die übriggebliebenen christlichen Kavalleristen sahen, was geschah, galoppierten sie davon. Es waren nicht mehr als zweitausend von ihnen übrig. Die ungarische Armee war besiegt worden.

Als Harry die königliche Standarte erreichte, war das grausige Zählen der Toten bereits in vollem Gang. Es entsprach nicht dem türkischen Brauch, Gefangene zu machen, wenn keine Sklaven gebraucht wurden. Jene Ungarn, die die Waffen gestreckt hatten, wurden gezwungen, vor Suleiman und seinen Paschas zu knien. Dann wurde einem nach dem anderen der Kopf abgeschlagen. Der Haufen abgeschlagener Köpfe wuchs und wuchs.

William Hawkwood, blutverschmiert und Spuren von Schießpulver im Gesicht, umarmte seinen Neffen.

»Ein großer Sieg«, sagte er. »Die Schreiber sagen, daß mehr als zwanzigtausend unserer Feinde erschlagen wurden.«

»Und unsere Verluste, Onkel?«

Ein grimmiger Ausdruck trat auf Hawk Paschas Gesicht. »Kaum weniger, unsere Feinde haben gekämpft wie die Teufel. Aber ihr König Ludwig soll auch unter den Gefallenen sein. Zwischen uns und Buda steht keine organisierte Streitmacht mehr.«

Harry verneigte sich vor dem Sultan. »Ich fürchte, meine Männer haben in der Schlacht nur eine unbedeutende Rolle gespielt, Padischah.«

»Euer Manöver war entscheidend, junger Hawk«, entgegnete Suleiman. »Ihr habt verhindert, daß die Christen sich neu sammeln konnten.«

»Ihr habt den größten Sieg in der Geschichte der Osmanen errungen, O Padischah. Die ungarische Armee wurde ausgelöscht.«

Suleimans Lippen zuckten. »Ich habe die Macht, ganze Reiche auszulöschen – und genau das werden wir jetzt auch tun.«

Zehn Tage später erreichte das osmanische Heer Buda, nachdem sie drei Tage auf dem Schlachtfeld von Mohàcs verbracht hatten, um ihre Verwundeten zu versorgen und ihre Toten zu bestatten. Die Leichen der gefallenen Christen ließen sie in der Sonne verrotten.

Vor der Stadt wurden sie von einem kleinen Kontingent Ritter empfangen, die eine weiße Flagge bei sich trugen. Ihr Kommandant, Graf János Zápolya, wurde vor den Sultan gebracht. Er sprach Latein.

»Ich habe den verstorbenen König vor dieser Schlacht gewarnt«, sagte er. »Tatsächlich habe ich ihm abgeraten, sich überhaupt der Macht der Osmanen entgegenzustellen. Aber er war ein Dummkopf. Ich überreiche Euch den Schlüssel unserer Stadt und versichere Euch meiner Treue und der meiner Anhänger.«

»Traut diesem Mann nicht, Padischah«, sagte Hawk Pascha auf türkisch. »Er hat seinen König und seine eigene Religion verraten. Wie könntet Ihr sicher sein, daß er nicht auch Euch verrät?«

»Er wird vielleicht davon träumen, Hawk Pascha«, entgegnete der Sultan, »aber er könnte mir nützlich sein.« Er wechselte wieder zum Lateinischen. »Wenn Ihr in meinen Dienst tretet, Graf Zápolya, müßt Ihr mit Euren Männern und jedem kriegstauglichen Ungarn unter meinem Banner marschieren. Wenn Ihr das tut, erkläre ich Euch zum König von Ungarn.«

»Ihr seid zu großzügig, Hoheit«, stammelte Zápolya. »Ihr braucht uns nur zu sagen, wohin wir marschieren sollen, und wir werden Eurem Befehl Folge leisten.«

»Pah!« bemerkte Ibrahim. »Einen solchen Mann zum König zu ernennen!«

»Das wird für eine Generation Zwietracht in Mitteleuropa säen«, entgegnete Suleiman müde. »Zápolya hat zweifelsohne seine Anhänger, und wir wissen ja, wie gebunden die Christen sich durch Schwüre fühlen. Ich werde Zápolya vom Erzbischof in Buda krönen lassen, damit die ganze Welt erfährt, daß er der rechtmäßige König von Ungarn ist. Aber der Großteil der Christenwelt wird ihn dafür hassen. Und doch werden jene, die ihm Treue schwören, für ihn kämpfen müssen, wenn sie nicht wortbrüchig werden wollen.«

Suleiman lächelte. »So, wie Ihr mit Geldern jongliert, Ibrahim Pascha, jongliere ich mit Menschen.«

»Dieser Junge nötigt mir Respekt ab«, gestand Hawk Pascha. »Er versteht mehr von den Menschen als Selim, und als Soldat ist er ihm beinahe ebenbürtig.«

»Könnte er beides in sich vereinen, wäre er der größte aller Sultane«, entgegnete Harry.

»Vorausgesetzt, daß ihn nicht eine Frau zu Fall bringt«, bemerkte William.

Denn den Paschas war nicht entgangen, daß der Sultan am Abend nur noch so lange bei ihnen saß, wie es die Vorschrift verlangte; er hatte es stets sehr eilig, in sein Zelt zurückzukehren, wo Roxelane ihn erwartete.

Und noch enttäuschter waren sie, als Suleiman, dem ganz Mitteleuropa schutzlos ausgeliefert war, sein Heer zum Bosporus zurückbefahl.

»Die Ungarn sind jetzt unsere Verbündeten«, erklärte er seinen Feldherren. »Wir haben erreicht, was wir uns vorgenommen hatten. Es gibt in der Heimat viel zu tun.«

Harry freute sich auf zu Hause, ganz gleich, was die Paschas von ihrer Rückkehr halten mochten. Er machte sich Sorgen um seinen Onkel, der im Laufe des anstrengenden Feldzuges sichtlich gealtert war; er wollte nicht, daß William Hawkwood den Winter in einem Zelt verbringen mußte.

Aber der Winter holte sie ein, noch bevor sie Istanbul erreicht hatten, und forderte ebenso viele Tote wie die Schlacht. Aber Hawk Pascha, der, in seinen Mantel gehüllt, seine Männer mit der gleichen Unnachgiebigkeit vorantrieb wie gewöhnlich, überstand die Strapazen und konnte sich in die Pflege Aimées und Giovannas begeben, während Harry ebenfalls in sein Haus zurückkehrte. Sein Verlangen nach Yana steigerte sich mit jeder Umarmung, und er fragte sich, ob es Suleiman mit ihrer Schwester Roxelane ähnlich erging.

Und was würde Gulbehar, die angeblich so gütig, liebevoll

und sanft war, von ihrer neuen Rivalin halten? Oder fühlte sie sich sicher als Mutter des ältesten Sohnes des Sultans und zukünftige Sultan Valideh und Herrscherin über den Harem, die keine Rivalin zu fürchten brauchte?

Die Lage in Ungarn entwickelte sich so, wie von Suleiman vorausgesehen – bis zu einem gewissen Punkt. Die Hälfte des Landes erkannte Zápolya an, der in Stulweißenburg auf der ungarischen Ständeversammlung als Janos I. zum König von Ungarn gewählt war, die andere Hälfte nicht. Letztere appellierten an den Kaiser, dessen Bruder, Ferdinand von Habsburg, mit einer Armee in Ungarn einmarschierte und Zápolya 1527 in der Schlacht von Tokay besiegte. Einen Monat später trafen Boten in Istanbul ein und baten den Sultan um Unterstützung.

»Soll er schwimmen oder untergehen?« fragte Ibrahim.

»Vielleicht hat sich meine Strategie als falsch erwiesen«, meinte Suleiman. »Was ratet Ihr mir, Hawk Pascha?«

William Hawkwood strich mit einer Hand über seinen Bart, der inzwischen mehr weiß war als rot. »Wir werden wieder nach Ungarn ziehen müssen, O Padischah. Aber diesmal müssen wir unser damals begonnenes Werk vollenden. Ungarn und Buda sind nur Außenposten auf der europäischen Ebene. Die wahren Grenzen Eures Reiches sollten Wien und der Rhein sein.«

»Der Rhein?« brummte Suleiman.

»Ihr sprecht von einem Feldzug, der unserem Volk große Verluste bringen und Unsummen von Geld verschlingen wird«, erhob Ibrahim Einwände.

Suleiman blickte wieder auf William. »Können wir es schaffen, Hawk Pascha? Haben wir genügend Männer?«

»Ich glaube, daß es zu schaffen ist. Allerdings mit einiger Diplomatie und großer Eile. Anstatt Eure Reservisten aus dem ganzen Reich herbeizurufen, was den Europäern nicht entgehen würde, sollten wir losziehen, sobald wir marschbereit sind, mit jenen Soldaten, die in Istanbul und Europa bereitstehen.«

»Wie viele Männer wären das?«

»Vielleicht fünfzigtausend.«

»Ihr wollt Österreich mit nur fünfzigtausend Mann erobern?« fragte Ibrahim verächtlich.

»Unsere Garnisonen könnten sich uns unterwegs anschließen. Ich schätze, bis wir in Buda sind, müßte unser Heer an die achtzigtausend Mann zählen. Es wären alles erfahrene Krieger anstatt Serratkuli, und darüber hinaus würden wir über unsere gesamte Artillerie verfügen.«

»Achtzigtausend Mann«, murmelte Suleiman. »Wäre das denn genug? Wenn wir Wien bedrohten, würden die Franken ihre Streitigkeiten begraben und sich gegen uns verbünden.«

»Wir müssen ihre Feindschaft untereinander schüren, Padischah. Vor vielen Jahren, als ich noch ein sehr junger Mann war, schickte Euer Großvater mich in einer Mission nach Westen. Ich reiste nach Paris, wo ich mit dem König sprach, Ludwig XI. Er haßte und fürchtete die Habsburger und wollte ein Bündnis mit dem Sultan eingehen, um dem Ehrgeiz der Habsburger von beiden Seiten Europas Einhalt gebieten zu können.

Dann starb König Ludwig, und die Herrschaft über Frankreich fiel in weniger fähige Hände. Aber ihr derzeitiger König Franz I. hat sein ganzes Leben gegen die Habsburger gekämpft. Ich glaube, daß er geneigt sein würde, eine Allianz mit uns einzugehen. Haben wir das erst erreicht, können wir sicher sein, daß die christlichen Prinzen sich niemals gegen uns verbünden können.«

»*Sofern* uns das gelänge ... Wen würden wir als Gesandten an den französischen Hof schicken, Hawk Pascha?«

»Wer wäre geeigneter als mein Neffe, O Padischah?«

Aimée war überglücklich, als sie erfuhr, daß ihr Neffe in ihre Heimat reisen würde. Sie wünschte nur, daß sie ihn begleiten könnte.

Stundenlang erzählte sie ihm, was er tun, wen er aufsuchen und wohin er gehen solle.

William Hawkwood sagte ihm ebenfalls, was er tun und was er vermeiden sollte.

Letztendlich erwiesen sich ihrer beider Ratschläge als wenig nützlich: In den Jahren zwischen 1483 und 1528 hatte sich in Frankreich einiges verändert.

Harry folgte derselben Route wie sein Onkel fünfundvierzig Jahre zuvor, um weder den Habsburgern noch dem Papst in die Hände zu fallen. Nach dreimonatiger Reise traf er in Paris ein. Wie einst sein Onkel wurde er freudig empfangen und gefeiert; die Franzosen waren gut unterrichtet über die moslemische Welt, und der Name Hawk Pascha war mit Ruhm behaftet.

Harry war verblüfft von der Ausgelassenheit und Extravaganz am französischen Hof, der so ganz anders war als die Beschreibungen seines Onkels und seiner Tante. Und er war überrascht von der Offenheit von König Franz.

Franz war anziehend und vornehm, im Herzen ein fahrender Ritter, jedoch verbittert durch das Scheitern einer Reihe zu ehrgeiziger Vorhaben. Erst wenige Jahre zuvor, 1525, war seine Armee bei Pavia vernichtend geschlagen worden, und er selbst war seinem Erzfeind in die Hände gefallen, Karl V., der auch König von Spanien und Indien war und dessen Machtausdehnung an die des Sultans heranreichte.

Um seine Freiheit wiederzuerlangen, war Franz gezwungen worden, einige Eide zu brechen, die er abgelegt hatte. Er hatte sich damit gerechtfertigt, daß sie ihm unter Zwang abverlangt worden wären.

Der Gedanke, daß Karls Bruder über Mitteleuropa herrschte, machte ihn rasend.

Auch für England hatte er nicht viel übrig, da Heinrich VIII. durch Heirat mit Karl verwandt war und Spanien unterstützte. Heinrich und Franz waren einige Jahre zuvor in der Nähe der englischen Enklave Calais zu einer Unterredung zusammengekommen, um ihre Streitigkeiten zu begraben. Statt dessen hatte die Versammlung die Kluft noch vergrößert, da sie zu einem Wettbewerb ausgeartet war, bei dem beide Monarchen in bezug auf Reichtum, Macht und Körperkraft miteinander gewetteifert hatten – die Zurschaustellung von Reichtümern hatte der Begegnung den Namen Schlachtfeld des Goldenen Tuches eingebracht. Und wieder war Franz unterlegen.

»Hätten alle Könige Europas nur einen einzigen Kopf, ich würde ihn abschlagen«, erklärte er nun Harry. »Ich hasse sie alle. Aber Euer Sultan . . . Soll er gen Wien marschieren, und ich werde ihm auf jeder Meile des Weges applaudieren.«

Harry hatte also erreicht, was er wollte, und entsprechend eilig hatte er es nun, heimzukehren. Jene Personen, von denen Aimée ihm erzählt hatte, lebten nicht mehr oder waren nicht aufzutreiben. Das Klima war feucht und deprimierend. Den Frauen, die dem gutaussehenden englischen Renegaten – denn als solcher wurde er immer noch betrachtet – schöne Augen machten, mangelte es im Vergleich zu seiner Yana an Sauberkeit und Ausstrahlung.

Im April kehrte er mit der Neuigkeit des Bündnisses mit Frankreich nach Istanbul zurück. Am zehnten Mai verließ Sultan Suleiman Istanbul, ohne irgend jemanden in seine Pläne einzuweihen – schon gar nicht die zahlreichen Gesandten und christlichen Händler, die sich in der Stadt aufhielten –, an der Spitze eines fünfzigtausend Mann starken Heeres.

Diesmal blieb Ibrahim zurück, um weitere Truppen auszuheben, die dem Hauptheer nachfolgen sollten. Und diesmal gab es keine Harems; Schnelligkeit war oberstes Gebot.

Harry mußte ein weiteres Mal von Yana, seinen Ehefrauen, seiner Mutter und seiner Tante Abschied nehmen, noch bevor er Gelegenheit gehabt hatte, ihnen von seinem Aufenthalt in Paris zu berichten.

Eile! Hawk Pascha trieb seine Soldaten unerbittlich an. Da sie alle Berufssoldaten waren, folgten sie ihm eifrig, aber schon bald fielen die schwächeren aus. Harry beobachtete seinen Onkel weiterhin voller Sorge, aber Hawk Pascha hielt durch.

Diesmal erreichten sie die Grenze schon nach drei Monaten anstatt vier. Das österreichische Heer wurde mühelos geschlagen, und am 24. August 1529 begannen sie mit der Belagerung Budas. Am 8. September kapitulierten die habsburgischen Söldner, und Suleiman befahl ein Massaker der Garnison und überließ die Stadt zum Plündern seinen Soldaten.

Dies war ein politischer Schachzug des Sultans und Hawk

Paschas; beide wollten, daß sich die Kunde von der Grausamkeit der Türken verbreitete. Harry war sich nicht so sicher, ob diese Taktik die gewünschte Wirkung erzielen würde. Er glaubte viel eher, daß auf diese Weise der Widerstand der Österreicher noch gestärkt würde.

Aber Suleiman beharrte auf seiner Strategie. Er schickte seine Akindschi aus, brandschatzend und metzelnd, vergewaltigend und plündernd in Österreich einzufallen. Das ganze Land östlich von Wien wurde in eine verkohlte Wüste verwandelt. Den Eroberern mangelte es an nichts, da Hawk Pascha diesen größten aller Feldzüge sorgfältig geplant hatte und die Donau als Versorgungsstraße benutzte. Die Galeeren brachten aus Ungarn und Serbien Verpflegung für das Heer herbei und darüber hinaus bildeten die bewehrten Schiffe auf dem Fluß einen ständigen Schutzschild für den rechten Flügel des Heeres, so daß aus dieser Richtung kein Angriff erfolgen konnte.

Nicht, daß mit einem solchen Angriff zu rechnen gewesen wäre. Hawk Paschas Strategie des Überraschungsangriffs hatte sich als voller Erfolg erwiesen. Als der Sultan und seine Paschas zwei Wochen nachdem sie das brennende Buda verlassen hatten, auf Wien und die osmanische Kavallerie blickten, die die Stadt eingekesselt hatte, erfuhren sie, daß ihnen nicht mehr als siebzehntausend Mann gegenüberstanden.

So überrascht sie auch gewesen sein mochten, hatten die Garnisonskommandanten Philipp Graf Palatine von Österreich, Nikolaus Graf von Salm und Marschall Wilhelm von Roggendorf die Verteidigung der Stadt mit großem Geschick in die Hand genommen. Die Beobachter konnten sehen, daß Häuser außerhalb der Stadtmauern dem Erdboden gleichgemacht worden waren, um das Terrain nach allen Richtungen für die Geschütze frei zu machen. Zusätzliche Geschützstellungen waren errichtet und die Holzdächer innerhalb der Stadt entfernt worden, um das Brandrisiko durch Feuergeschosse, die über die Mauer katapultiert wurden, zu verringern.

»Diese Männer sind zum Kampf entschlossen, Hawk Pascha«, bemerkte Suleiman.

»Wir werden sehen, wie gut sie kämpfen werden, wenn die

Belagerungsartillerie eintrifft«, entgegnete William. Die osmanische Kavallerie, die den Sultan und seine Paschas begleitete, hatte Infanterie und Troß weit zurückgelassen.

Harry Hawkwood blickte auf den Himmel, an dem sich inzwischen dunkle Wolken zusammengezogen hatten. Sofern die Belagerungsgeschütze überhaupt je eintreffen, dachte er düster.

In dieser Nacht setzte der Regen ein. Es regnete eine ganze Woche lang ohne Unterlaß. Der Fluß trat über die Ufer, und die Ebene verwandelte sich in einen Sumpf. Und doch wurde die Belagerung mit der Verbissenheit durchgeführt, die man allgemein mit den Osmanen in Verbindung brachte. Die Flotte kam oberhalb der belagerten Stadt die Donau herauf und machte endgültig jede Hoffnung der Belagerten auf Nachschub zunichte. Als die Fußsoldaten eintrafen, durch Regen und Schlamm stampfend, befahl Hawk Pascha einige Probeangriffe auf die Stadtmauern. Wie er erwartet hatte, leisteten die Belagerten entschlossen Widerstand.

Schließlich trafen die Geschütze ein, die Zugpferde völlig entkräftet von der Anstrengung, die schweren Kanonen durch den schlammigen Grund zu ziehen. Die Geschütze aufzustellen erwies sich als beinahe unmöglich, da die riesigen Bombarden mit jedem Schuß tiefer im Schlamm versanken. Hawk Pascha griff auf seine persönliche Erfahrung zurück sowie auf alles, was sein Vater Anthony ihm jemals über die Belagerung Konstantinopels erzählt hatte. Er befahl seinen Männern, Tunnel zu graben. Manchmal brachen die Stollen ein, und ganze Kompanien wurden verschüttet. Andere schafften es, sich unter der Stadtmauer hindurchzugraben, stießen jedoch auf heftigen Widerstand seitens der Belagerten. Es kam so oft vor, daß die Österreicher die türkischen Tunnel entdeckten, daß William begann, Verrat zu vermuten, wenngleich die eingeleiteten Untersuchungen auch nicht erklären konnten, wie jemand auf türkischer Seite sich mit den wienerischen Kommandeuren verständigen sollte. Er sollte die Antwort nie erfahren, aber Harry hörte in späteren Jahren, daß die Wiener in gleichmäßigen Abständen Wasserschalen auf die Zinnen ihrer Stadtmauer gestellt hatten. Immer wenn eine der Schalen begonnen hatte zu wackeln, hatten sie gewußt, daß an dieser Stelle ein Tunnel gegraben wurde.

Was William jedoch begriff, war, daß er nicht weiterkam und das Wetter sich rapide verschlechterte. Es wurde immer kälter, der Regen nahm einfach kein Ende, und die türkischen Gepflogenheiten in bezug auf Sauberkeit und Hygiene waren in diesem Sumpf nicht durchführbar. Die Soldaten begannen an verschiedenen Krankheiten zu sterben.

Am 10. Oktober erreichte ein Bote das Lager und brachte Neuigkeiten, die Suleiman und seine Paschas schockierten: König Franz von Frankreich hatte ein Bündnis mit Kaiser Karl geschlossen.

»Das haben ihre Mütter arrangiert«, fügte Suleiman hinzu, nachdem er die Nachricht gelesen hatte, »Welchen Einfluß Frauen in dieser Welt besitzen!«

»Der Franzose hat uns verraten«, knurrte William »Er hat mich verraten. Padischah, ich habe Euch falsch beraten. Ihr habt das Recht, mir den Kopf abzuschlagen.«

»Warum sollte ich meine rechte Hand abschlagen?« entgegnete Suleiman. »Sagt mir offen und ehrlich, Hawk Pascha, besteht noch Hoffnung auf den Erfolg der Belagerung?«

William seufzte, die Schultern gebeugt. »Nein, Padischah. In einem Monat wird es schneien. Bis zum kommenden Frühling wird der Kaiser seine gesamte Streitmacht in Österreich zusammenziehen, jetzt, da er die Franzosen nicht mehr zu fürchten braucht.«

»Können wir Wien jemals erobern?«

»Ich glaube schon, Padischah. Aber diesmal war meine Strategie die falsche. Auch wenn wir so schnell wie möglich marschieren, braucht das Heer von Istanbul bis Buda mindestens drei Monate. Die Zeit reicht nicht aus, bis der Winter hereinbricht. Wir müssen innerhalb eines Jahres eine Armee an der ungarischen Grenze zusammenziehen und angreifen, sobald das Wetter im Jahr darauf wieder wärmer wird.«

»Aber dann wird alle Welt wissen, was wir vorhaben.«

»Das ist unausweichlich, Padischah.«

Suleiman nickte. »Wir werden darüber beraten. Aber fürs

erste müssen wir uns geschlagen geben. Befehlt den Rückzug. Wir müssen vor der kalten Jahreszeit fort sein.«

»Wir wurden besiegt«, sagte William Hawkwood leise, während er, in seinen Mantel gehüllt, zusah, wie die Türken den Rückzug antraten.

»Das kann passieren«, entgegnete Harry. »Der Eroberer ist an Rhodos gescheitert.«

»Aber ich habe Rhodos erobert«, erwiderte William. Er hatte bislang noch nie eine Schlacht verloren.

Die Wiener stimmten ohrenbetäubendes Jubelgeschrei an, als sie sahen, daß die Türken abzogen. Der Jubel verwandelte sich jedoch in Wehklagen und Zornesrufe, als Suleiman alle männlichen Gefangenen vor den Mauern köpfen ließ.

Nachdem der Feldzug, der die Krönung seiner kriegerischen Laufbahn hatte werden sollen, gescheitert war, schien William Hawkwoods Stimmung mit jedem Tag düsterer zu werden. Ende des Monats begann es zu schneien, und die Karren und Wagen mußten zurückgelassen werden; die Männer zu retten war wichtiger geworden als das Material

Männer und Geschütze. Kein Nachfahre des ersten John Hawkwood hätte je riskiert, ein Geschütz zu verlieren. Da sie nicht länger über den aufgeweichten Grund gezogen werden konnten, befahl Hawk Pascha, sie an Bord der Flottille bringen zu lassen, die immer noch die Donau beherrschte. Die gewaltige Aufgabe des Verladens wurde von erschöpften und frierenden Männern ausgeführt. Aber in ihrer Ergebenheit für Hawk Pascha ertrugen sie alle Mühsal.

Und so wurden die Kanonen gerettet – wenn auch auf Kosten vieler Soldatenleben. Unter jenen, die den Strapazen erlagen, war auch Hawk Pascha selbst. Er erkältete sich bei seiner ständigen Schufterei im Schnee, ignorierte die Erkrankung jedoch, bis er plötzlich Fieber bekam. Hierauf war er gezwungen, sich niederzulegen und wurde von seinen treuen Artilleristen auf einer Bahre getragen. Harry ritt an der Seite Hawk Paschas, als dieser starb.

William Hawkwood wurde einbalsamiert und sein Leichnam nach Istanbul gebracht, wo er im Garten seines Palastes bestattet wurde. Aimée, Giovanna und alle Hausangestellten weinten bitterlich.

Nach dem Begräbnis rief Sultan Suleiman den letzten Sprößling der Hawkwoods zu sich.

»Ihr seid jetzt Hawk Pascha«, verkündete er und reichte ihm den Kommandostab mit dem Roßschweif.

»Ich habe nichts geleistet, was dieser Ehre würdig wäre, Padischah«, widersprach Harry.

»Ich zweifle nicht daran, daß Ihr das nachholen werdet«, entgegnete Suleiman bestimmt. »Und jetzt sagt mir, an welcher Stelle Ihr eingesetzt werden möchtet.«

»Ich werde hingehen, wohin auch immer Ihr mich schickt.«

»Wir haben eine traurige Niederlage erlitten«, bemerkte der Sultan, »ebenso durch den Tod Eures Onkels wie durch die gescheiterte Belagerung Wiens. Und jetzt habe ich auch noch erfahren, daß die Perser die Ostprovinzen meines Reiches bekriegen. Das kann ich nicht zulassen.«

»Dann ziehen wir im nächsten Jahr wieder ins Feld?« fragte Harry eifrig.

»Mir wird gar nichts anderes übrigbleiben. Aber die Christen werden sagen, daß ich abgezogen bin, weil ich besiegt wurde und die Österreicher jetzt fürchte. Auch das ist untragbar. Und doch verfüge ich nicht über genügend Männer, zwei große Kriege gleichzeitig zu führen.«

Er verstummte und Harry wartete. Er verstand die Nöte des Sultans, hatte jedoch keine Ahnung, wie er dazu beitragen sollte, sie zu lösen. Zweifellos war er zu jung, als daß ihm das Kommando über einen Feldzug gegen das Kaiserreich übertragen werden konnte.

»Wir müssen ihnen vor Augen führen, daß ihre Gnadenfrist nur von kurzer Dauer sein würde«, sagte Suleiman schließlich. »Daß ich, sobald ich die dringendere Angelegenheit mit den Persern bereinigt habe, zurückkehren und Hawk Paschas Plan, Wien zu erobern, in die Tat umsetzen werde. Wir dürfen sie nicht zur Ruhe kommen lassen. Und vor allem soll dieser verräterische Franzose seinen Verrat an unserem Bündnis bitter bereuen. Diese Aufgabe werdet Ihr übernehmen, Hawk Pascha.«

»Gern, Padischah, wenn Ihr mir sagt, welche Streitkraft ich befehligen und welcher Strategie ich folgen soll.«

Suleiman musterte ihn eine Weile schweigend. »Haireddin hält sich im Goldenen Horn auf.«

Harrys Herz tat einen Sprung.

»Er spricht von großen Flotten, die die Handelsschiffe im Westen kapern sollen. Mehr noch, von Überfällen auf Städte unmittelbar am Meer, um die Ungläubigen in Angst und Schrecken zu versetzen. Ich habe Euch auch schon von solchen Dingen sprechen hören, Hawk Pascha.«

Harry konnte seine Erregung kaum noch zügeln.

»Haireddin träumt davon, das osmanische Reich auf die gesamte nordafrikanische Küste auszudehnen und dort einen Stützpunkt für einen Angriff auf das Christentum zu nutzen. Haltet Ihr das für durchführbar, Hawk Pascha?«

»Mit den entsprechenden Mitteln durchaus.«

»Jeder Janitschare in meinen Diensten muß mit mir zum Taurus marschieren. Ihr müßt Euch Eure Männer selbst beschaffen, aber ich gestatte Euch, sie hier in Istanbul zu rekrutieren. Auch könnt Ihr Euch aus der königlichen Schatzkammer bedienen und Euch an Geschützen nehmen, was Ihr als notwendig erachtet. Ich übertrage Euch den Oberbefehl. Ihr seid ein Freund Haireddins. Er ist ein Schurke, aber ein mutiger, erfindungsreicher Mann. Er wird seine eigene Piratenflotte befehligen, aber Ihr werdet ihm im Namen des Sultans überstellt sein. Ich werde ihm das unmißverständlich klar machen, und auch Ihr werdet es Euch ständig vor Augen halten.«

»Ihr habt mir einen sehr ehrenvollen Posten übertragen, Padischah, und eine große Verantwortung. Seid versichert, daß ich die Macht, die Ihr mir übertragen habt, Euch zu Ehren nutzen werde.«

»Erteilt diesen Ungläubigen eine Lektion, Hawk Pascha. Das ist Eure Aufgabe.«

Ibrahim Pascha blickte auf die Materialliste und Kostenaufstellung, die ihm vorgelegt worden war.

»Unser Herr scheint manchmal zu glauben, daß ich nur mit

den Fingern zu schnippen brauche, um Dinare von den Bäumen wachsen zu lassen«, grollte er. »Kanonen? Ihr wollt Geschütze mit auf See nehmen?«

»Die Spanier tun es.«

»Aber nicht auf ihren Galeeren.«

»Wenn ich ihre Karaken aufbringen will, brauche ich Geschütze.«

»Und Ihr beabsichtigt, ihre Karaken anzugreifen?« fragte Ibrahim. »Nun, wie sollte ich Euch Eure Forderung abschlagen, junger Hawk. Verzeihung, Hawk Pascha. Ihr seid sehr plötzlich aufgestiegen. Glaubt mir, der Tod Eures Onkels erfüllt mich mit großer Trauer.«

»Danke«, entgegnete Harry.

»Ich beneide Euch dafür, daß Ihr Istanbul bald verlassen werdet – vielleicht tut es mir auch ein wenig leid. Sagt mir, was Ihr von unserem Sultan haltet.«

»Es steht weder mir noch Euch zu, den Sultan zu beurteilen.«

»Er ist jünger als wir beide, Hawk Pascha, und jetzt fehlt ihm die Führung des großen Hawk, auf den er sich während seiner bisherigen Amtszeit stets verlassen hat. Uns stehen unruhige Zeiten bevor, bis der Sultan gelernt hat, auf eigenen Füßen zu stehen.«

»Was Ihr sagt, grenzt an Verrat, Ibrahim«, bemerkte Harry.

»Ich spreche nur zu Euch so offen, Harry, und Ihr werdet mich nicht verraten. Aber sagt mir eins: Wie geht es Eurer russischen Circe? Spricht sie inzwischen türkisch?«

»Ein paar Worte.«

»Ihre Schwester beherrscht die Sprache inzwischen fließend.«

Harry musterte ihn stirnrunzelnd. »Woher wißt Ihr das?«

»Unser Herr hat es mir erzählt. Unser Herr ist verliebt, Harry, in die abgelegte Konkubine eines anderen. Wie kann das sein?«

»Ihr solltet froh sein, daß Ihr dieser andere Mann seid«, entgegnete Harry. »Aber woher wollt Ihr wissen, daß er in sie verliebt ist?«

»Weil er, wenn wir allein sind, nur von Roxelane spricht, davon, was er ihr noch zum Geschenk machen könnte, und von den Veränderungen, die sie an ihren Gemächern wünscht. Ihren Gemächern, Harry, nicht dem Harem! Sie besitzt ihre eigenen Räumlichkeiten.«

Harry kratzte sich am Kopf »Was hält Gulbehar davon?«

»Was immer sie auch denkt, sie schweigt dazu, wie mir die Eunuchen berichtet haben. Zweifellos hofft sie, daß Suleimans Vernarrtheit in Roxelane nur eine vergängliche Laune ist.«

»Und ist das nicht auch wahrscheinlich?«

»Nicht mehr«, erwiderte Ibrahim nachdenklich. »Der Padischah hat mich eben erst davon unterrichtet, daß Roxelane schwanger ist. Er ist außer sich vor Stolz und Freude. Selbstverständlich erzähle ich Euch das alles im Vertrauen. Solltet Ihr es irgend jemandem gegenüber erwähnen, könnte es Euch den Kopf kosten.«

»Dann werde ich es für mich behalten«, sagte Harry. »Ich verstehe Eure Sorge nicht. Roxelane ist eine Konkubine, mehr noch, sie ist eine Sklavin. Es kommt vor, daß Sklavinnen Kinder gebären; das ist ohne Bedeutung.«

»Und was, wenn sie einen Jungen zur Welt bringt?«

»Nun, das würde den Padischah sicherlich freuen. Aber Prinz Mustafa ist sein ältester Sohn, und Gulbehar wird zu gegebener Zeit die Sultan Valideh sein.«

»Ich wünschte, ich könnte mir dessen so sicher sein wie Ihr«, entgegnete Ibrahim. »Ich wünschte, ich hätte nicht das unbestimmte Gefühl, daß es ein schrecklicher Fehler war, Roxelane in das Bett des Sultans zu schicken. Ich wünschte, ich hätte nicht diese düstere Vorahnung, daß das gesamte Reich, ja die ganze Welt diese Geste eines Tages bedauern könnte.«

Er schien aufrichtig besorgt.

»Ich bin sicher, daß Ihr Euch unnötig sorgt«, entgegnete Harry.

Ibrahim schenkte ihm plötzlich ein strahlendes Lächeln. »Bestimmt habt Ihr recht. Aber paßt auf Euch auf, dort drüben, im Westen, Hawk Pascha. Kehrt zu uns zurück. Wir könnten Euch eines schönen Tages dringend brauchen.«

Ibrahim war sich als Grieche seiner unsicheren Stellung sehr wohl bewußt. Er wußte, daß die türkischen Paschas ihn haßten und nur die Gunst des Sultans ihm seinen hohen Posten sicherte. Aber war er sich dieser Gunst nicht sicher? Sei es nur, weil er dem Padischah Roxelane zum Geschenk gemacht hatte?

Harry runzelte die Stirn. Oder war es genau das, was seine Position gefährdete? Er erinnerte sich daran, wie Ibrahim damit geprahlt hatte, das Mädchen ›gebrochen‹ zu haben. Was, wenn Roxelane tatsächlich einen gewissen Einfluß über Suleiman erlangte und diesen einsetzte, um den stolzen Großwesir zu stürzen, der sie sich gewaltsam unterworfen hatte?

Ibrahim hatte tatsächlich Grund, sich zu sorgen.

Aber diese Suppe hatte der Grieche sich durch seinen Übereifer selbst eingebrockt, und nun mußte er sie auch auslöffeln.

Er selbst hingegen hatte eine strahlende Zukunft vor sich. Auch für den Fall daß Roxelane tatsächlich die Sultan Valideh werden sollte – was an sich unvorstellbar war –, würde er in ihrer Gunst stehen, da Yana ihre Schwester war. Er hatte Yana niemals schlecht behandelt und war sich inzwischen so sicher wie nie, daß sie ihn liebte.

Außerdem war er jetzt Hawk Pascha und mit einer überaus wichtigen Mission betraut.

Aimée und Giovanna waren tiefunglücklich, als sie erfuhren, daß Harry Istanbul für lange Zeit verlassen würde. Er vermochte auch nicht, sie damit zu trösten, daß er, wäre er nicht mit diesem Kommando betraut worden, das Heer im kommenden Jahr nach Persien begleitet hätte.

Sascha, Tressilia und Yana waren entzückt, als er ihnen mitteilte, daß sie ihn begleiten sollten. Ebenso wie die Jungen, die schon länger davon träumten, ihren Vater auf einen Feldzug zu begleiten.

Haireddin war sogar noch erfreuter und schien sich nicht im mindesten daran zu stören, daß er dem Befehl eines Mannes unterstellt sein würde, der dreißig Jahre jünger war als er selbst. Seine Augen blitzten, als die Kanonen an Bord gebracht wurden, von Sklaven über eine Rampe heraufgezogen und auf dem Vorderdeck aufgestellt.

»Ich habe Jahre davon geträumt und dachte bereits, dieser Traum würde sich nie erfüllen«, erzählte er Harry. »Und jetzt ist es doch soweit. Ihr und ich, wir werden meinen Traum verwirklichen, Harry. Denn wir sind aus demselben Holz geschnitzt.«

»Wir sehen uns sogar äußerlich ähnlich«, entgegnete Harry bester Laune.

Haireddin blickte von Harrys rotem Bart auf seinen eigenen und lachte schallend.

»O ja«, rief er. »Rotbart! Man wird uns Rotbart nennen. Wie werden die Franken zu Rotbart sagen?«

»Also ich denke, auf lateinisch würden sie uns Barbarossa nennen«, entgegnete Harry.

»Das ist wahrlich ein klangvoller Name: Barbarossa. Das klingt sogar noch besser als Rotbart – furchteinflößender.«

Er gab Befehl zum Ablegen und ging dann nach achtern. Breitbeinig, die Hände in die Seiten gestemmt, baute er sich auf dem Achterdeck auf. »Barbarossa!« rief er. »Nehmt Euch in acht, Franken!«

14
Die Rückkehr nach England

HAIREDDINS GESCHWADER AUS sechs Galeeren pflügte durch die ruhigen Wasser des Mittelmeeres. Hier, weit südlich von Istanbul sogar südlich des Peloponnes in Griechenland, herrschte ein Klima, wie Harry Hawkwood es seit den Feldzügen Selims des Gestrengen in Ägypten nicht mehr gekannt hatte.

Der Himmel war wolkenlos und blaßblau, das Meer spiegelglatt und tiefblau. Am nördlichen Horizont war ein rötlicher Schimmer zu sehen: die Berge, in denen einst die Spartaner geherrscht hatten.

Die Galeeren glitten zügig vorwärts, wobei alle einhundertzwanzig Ruderblätter – sechzig auf jeder Seite, unterteilt in drei Bänke von jeweils zwanzig – synchron ins Wasser eintauchten. Sie kreuzten gemächlich, und die Sklaven wurden geschont.

Das einzige Geräusch neben dem Rauschen des Wassers war das rhythmische Schlagen der Pauken. Der Trommler hatte einen Stock in jeder Hand und eine Pauke auf jeder Seite, die er abwechselnd über Kreuz schlug. Die Trommler wurden stündlich abgelöst, die Sklaven würden keine Pause haben, bis das Tempo am Abend verlangsamt wurde. Aber Haireddin fuhr auch bei Nacht – er kannte die Gewässer so gut, daß er nicht fürchten mußte, im Dunkeln aufzulaufen. Die Sklaven konnten nur in Schichten schlafen, jedes dritte Ruder arbeitete jeweils vier Stunden . . . es sei denn, sie hatten Glück und es kam Wind auf.

Der Piratenkapitän zweifelte nicht daran, daß seine Ruderer ersetzt werden konnten, wie und wann es ihm beliebte. Er betrachtete sie nicht als menschliche Wesen; ein Mann, der an ein Ruder gekettet war, war weniger wert als ein Lasttier. Sein einziger Wert lag in der Kraft seiner Arme und seines Rückens. Versagten diese, wurde der Betreffende ohne viel Federlesens über Bord geworfen; es waren immer zwei Dutzend Ersatzsklaven im Bug untergebracht.

Es waren fast ausschließlich Christen, die im Kampf gefangengenommen worden waren, dazu einige wenige Afrikaner. Sie saßen nackt auf ihren Bänken, die Bärte bis auf den Schoß reichend, ihre Haut mit Peitschennarben bedeckt und von der Sonne verbrannt, ihr Gesäß voller Blasen und schwärender Wunden vom ständigen Sitzen, umgeben von ihrem eigenen Gestank und ihrem eigenen Dreck. Zweimal täglich, bei Morgengrauen und in der Abenddämmerung, wurden die Pumpen bemannt und mit Segeltuchschläuchen Schweiß, Urin und Fäkalien in die Bilgen gespritzt, von wo aus einiges von der stinkenden Brühe ins Meer floß. Die Schläuche halfen nur wenig gegen den Gestank auf den Galeeren. Aber, wie Haireddin leutselig bemerkte: »Man gewöhnt sich bald an den Gestank.«

Zweifelsohne wußte er, daß ihn, sollte er je von den Spaniern oder Genuesern gefangengenommen werden, ein noch schlimmeres Schicksal erwartete als das eines Galeerensklaven – wenn auch von kürzerer Dauer.

Vermutlich, dachte Harry Hawkwood, der an der Öffnung auf dem Achterdeck stand und auf die geschundenen Leiber unter sich schaute, riskiere ich nun das gleiche Schicksal.

Er fragte sich, wie er sich fühlen würde, an ein Ruder gekettet und in dem Bewußtsein, daß er rudern mußte bis zum Umfallen, nur mit sehr wenig Nahrung und Wasser versorgt, um schließlich, wenn ihn die Kräfte verließen, über Bord geworfen zu werden. Er hatte nie darüber nachgedacht, da die Hawkwoods als Edelmänner lebten, kämpften – und starben.

Als er ein Rascheln hörte, blickte er auf die Frau herab, die an seine Seite getreten war, die kleinen Finger an die Reling geklammert. Auch sie blickte auf die Männer herab, die Lippen leicht geöffnet. Sie war unverschleiert, da Harry seinen Frauen gestattet hatte, auf den Yashmak zu verzichten, wenn sie es wünschten. Sascha und Tressilia wünschten es selbstverständlich nicht, aber sie waren ohnehin seekrank.

Yana hingegen hatte sich gleich auf See wohl gefühlt. Sie hatte den Yashmak in der Vergangenheit nur getragen, wenn unbedingt erforderlich, und jetzt wehten ihre goldroten Locken im Wind, während ihr Blick auf die erbarmungswürdigen Kreaturen unter ihnen geheftet war. In Rußland gab es keine Galeerensklaven, weil es keine Galeeren gab. Vermutlich waren dort unten mehr nackte Männer versammelt, als sie je zuvor auf einem Haufen gesehen hatte – wenngleich keiner von ihnen einen reizvollen Anblick bot.

Sie fühlte den Blick ihres Herrn auf sich ruhen und errötete.

»Sie tun mir leid«, murmelte sie. Sie sprach inzwischen sehr gut griechisch.

Ihr Mitleid überraschte ihn; andererseits war sie in allem weichherziger als ihre Schwester.

»Und wie empfindest du deine eigene Situation?«

»Ich bin glücklich, Herr. Ich bin glücklich auf See – und bei Euch.«

Armer Ibrahim, dachte Harry, daß er diese Chance auf wahres Glück weggeworfen hatte.

»Ich wünschte, es gäbe einen besseren Weg, diese geballte Kraft einzusetzen«, sagte sie versonnen, den Blick wieder auf die Ruderer gerichtet.

»Ja«, entgegnete Harry nachdenklich.

Am Abend kam ein frischer Wind auf. Die Ruder wurden eingeholt und die Segel gesetzt.

Haireddin hatte seine Gäste zum Essen auf dem Achterdeck geladen.

»Ein Ostwind ist gut, wenn man nach Westen fährt«, sagte er. »Das vertreibt den Gestank.«

Der alte Pirat konnte es nicht sein lassen, den drei Frauen lüsterne Bücke zuzuwerfen. Er selbst nahm keine Frauen mit an Bord, es sei denn, er erbeutete Sklaven.

»Wie lange dauert die Reise bis Algier?« fragte Yana unvermittelt.

Sie besaß genügend Selbstvertrauen, Männer als Gleichberechtigte in ein Gespräch zu verwickeln, während Sascha und Tressilia warteten, daß das Wort an sie gerichtet wurde.

»Wenn der Wind anhält, noch sechs Tage«, entgegnete Haireddin. »Und wenn der Wind wieder abflaut . . . auch sechs Tage.« Er lachte und schenkte ihr Wein in einen Becher. Was die Gesetze seiner Religion betraf, leistete er nicht mehr als ein Lippenbekenntnis, ganz so wie er es auch mit den Gesetzen des Lebens handhabte.

»Und wird Algier mir gefallen?«

»O ja. Es ist ein weißer Ort. Die Häuser sind weißgetüncht und hübsch. Der Hafen ist gut geschützt – dafür habe ich gesorgt. Und jetzt, da ein Pascha es regieren wird, kann es eine richtige Stadt werden, nicht wahr, Hawk Pascha?«

»Durchaus möglich«, stimmte Harry ihm zu.

»Deck ahoi«, ertönte ein Ruf aus dem rund um die Uhr besetzten Krähennest.

Haireddin sprang auf. »Was gibt's?«

»Lichter Steuerbord voraus.«

Haireddin kletterte mit wehendem Kaftan in die Takelage. Harry folgte ihm. Sie beschatteten ihre Augen und konnten am Horizont schwache Lichtschimmer ausmachen.

»Land?« fragte Harry.

»Es gibt kein Land zwischen uns und Italien, und das ist noch hundert Meilen entfernt«, entgegnete Haireddin. Er stieg zurück an Deck, wo sich inzwischen seine Offiziere versammelt hatten. »Gebt Befehl an die übrigen Galeeren, alle Lichter zu löschen«, sagte er.

»Sollen wir rudern?«

»Nicht solange der Wind sich hält. Wir werden unsere volle Geschwindigkeit später noch brauchen. Gebt mir Bescheid, sobald der Wind abflaut oder sich dreht.«

Er kehrte an den Tisch zurück, der nun im Dunkeln lag, da die Laternen gelöscht worden waren.

»Wird es einen Kampf geben?« fragte Yana aufgeregt.

»Einen Kampf?« Haireddin lachte. »Nein, nein, mein hübsches kleines Mädchen. Eine Eroberung, keinen Kampf. Aber nicht vor morgen. Du kannst beruhigt schlafen.«

Dies war eine neue Erfahrung für Harry. Wenn man an Land einen Feind sichtete, konnte man seine Stärke gleich erkennen und wußte, daß es innerhalb weniger Stunden zum Gefecht kommen würde. Auf See jagte man einer unbekannten Größe hinterher. Haireddin erklärte ihm, daß es sich bei den Lichtern zweifellos um Hecklaternen handelte, woraus zu schließen war, daß die Schiffe denselben Kurs segelten wie sie.

»Das heißt, sie kommen aus Kreta oder einem anderen Hafen der Region.«

»Wenn es Venezianer sind, sind sie unsere Verbündeten«, bemerkte Harry.

Haireddin grinste verschlagen. »Wer will das auf See wissen? Aber das da vorn sind keine Venezianer.«

»Woher wollt Ihr das wissen?«

»Wenn sie nach Venedig wollten, würden sie mehr in nördliche Richtung segeln, um die Adria zu überqueren. Die da vorn segeln denselben Kurs wie wir; sie steuern die Stiefelspitze Italiens an und die Meerenge von Messina. Das heißt, es sind entweder Neapolitaner, Genueser oder Spanier.«

»Und Ihr wollt sie kapern«, sagte Harry. Es war mehr eine Feststellung als eine Frage.

»Das ist unsere Pflicht gegenüber dem Sultan«, erwiderte Haireddin. »Außerdem wird es ein Spaß werden.«

Er zog sich in seine Kabine zurück, während Harry an Deck blieb.

Zum ersten Mal in seinem Leben sah er einer bevorstehenden Schlacht mit banger Unruhe entgegen.

Bei Tagesanbruch nickte er ein und erwachte abrupt beim Klang schroffer Befehle. Der Wind hatte sich gelegt. Haireddin war wieder an Deck, die Segel wurden eingeholt, und die Ruder senkten sich ins Wasser. Die Ruderer hatten den seltenen Luxus einer beinahe vollständig durchschlafenen Nacht hinter sich und legten sich kraftvoll in die Riemen; der Paukenschlag hatte sich beschleunigt.

Harry trat an die Reling und blickte nach vorn. Die Lichter waren nun viel näher; ganz offensichtlich ahnten die Schiffe vor ihnen nicht, daß sie verfolgt wurden. Er sah nach rechts und links auf das verräterische Weiß, dort wo die Ruder der anderen Galeeren das Wasser aufwühlten. Aber sie würden nur aus unmittelbarer Nähe zu sehen sein.

Die Dunkelheit wich trübem Grau. Haireddin gesellte sich zu ihm. Die Lichter vor ihnen erblaßten.

Es wurde heller, und das Meer nahm eine graue Färbung an. Auf beiden Seiten pflügten die Galeeren durch das Meer; am Bug jedes Schiffes war eine Kanone montiert worden, und die eifrigen Kanoniere beugten sich über die Geschütze, um sie vor dem Kampf noch einmal zu überprüfen.

Und dort, vor ihnen, waren drei hochwandige, dickbäuchige Handelsschiffe.

»Genuesische Karaken«, knurrte Haireddin. »Wir haben Glück.«

Harry kaute an seiner Unterlippe. Er erinnerte sich daran, wie sein Onkel ihm erzählt hatte, daß sein Großvater Anthony Hawkwood ihm von der Belagerung Konstantinopels berichtet hatte und davon, wie genuesische Kriegsschiffe auf ihrem Weg zum Goldenen Horn die türkische Flotte durchbrochen und mit ihren eisenverkleideten Rümpfen die Ruder der Galeeren abgesäbelt hatten wie Strohhalme.

Aber das waren kleinere Galeeren gewesen, mit unerfahrenen Besatzungen bemannt. Haireddin schien sich seiner Sache völlig sicher zu sein.

Außerdem waren das da vorn keine Kriegsschiffe, sondern Handelsschiffe.

Die genuesischen Schiffe segelten noch eine halbe Stunde friedlich weiter, während die Galeeren unaufhaltsam aufholten. Der Wind hatte sich inzwischen fast völlig gelegt, wie so oft bei Tagesanbruch.

Das erste Leuchten der aufgehenden Sonne erhob sich über das Meer, ehe die Beobachtungsposten auf den Karaken die Verfolger bemerkten. Inzwischen waren die Galeeren bis auf eine Meile heran.

Auf den Handelsschiffen wurde Alarm gegeben. Harry konnte sehen, wie Männer hin und her hasteten, Geschütze geladen und Enternetze gespannt wurden.

»Können sie uns entkommen?« fragte Yana, die an seine Seite getreten war.

»Das bezweifle ich. Aber du mußt jetzt nach unten gehen«, entgegnete er.

Schmollend gehorchte sie.

Die Korsaren waren nun alle an Deck, jeder Mann mit einem Krummsäbel bewaffnet, der in seinem Gürtel steckte, und einen Enterhaken in der Hand.

»Feuer!« bellte Haireddin, und die Kanone dröhnte. Der Schuß verfehlte die Schiffe, aber die anderen fünf Galeeren feuerten ebenfalls, dem Beispiel des Admirals folgend, und zwei der Geschosse krachten gegen das Heck der Karaken, wenn auch ohne nennenswerten Schaden anzurichten.

Die Genueser erwiderten das Feuer, aber in ihrer Hast hatten sie sich keine Zeit genommen zu zielen, und alle Geschosse landeten im Meer.

»Angriffsgeschwindigkeit!« brüllte Haireddin, an der Öffnung zum Unterdeck stehend, mit beiden Händen die Reling umklammernd.

»Knebel!« befahl der Offizier unter ihm.

Jeder Galeerensklave trug um den Hals eine Leine mit einem Holzstück von etwa sechs Inches Länge und zwei Inches Durchmesser.

Diese schoben sie sich nun zwischen die Zähne, als der Takt der Paukenschläge sich auf einen Schlag pro Sekunde beschleunigte und die Aufseher peitscheschwingend zwischen den Ruderbänken auf und ab gingen und die Riemen auf die bloßen Rücken niedersausen ließen.

»Ohne die Knebel fangen sie an zu schreien und zu heulen«, erklärte Haireddin. »Dann würde niemand mehr meine Befehle hören.«

Die Galeeren holten nun rasch auf; die Segel der Karaken flatterten nur noch schwach in der nachlassenden Brise. Die Besatzungen nahmen entlang der Decks Aufstellung und schossen aus Handfeuerwaffen, womit sie jedoch keinen großen Schaden anrichteten.

»Sie sind Handelsmatrosen«, sagte Haireddin verächtlich. »Sie verstehen nichts vom Kämpfen.«

In Harry stieg eine seltsame Empfindung auf. Er hatte sein ganzes Erwachsenenleben im Krieg verbracht, jedoch immer gegen Soldaten gekämpft. Wenn Zivilisten getötet worden waren, dann aus Machtgründen, kaltblütig und abseits des eigentlichen Schlachtfeldes. Gleich würde er zum erstenmal gegen Zivilisten kämpfen.

»Kommt«, rief Haireddin und lief nach vorn. Harry folgte ihm zu den etwa fünfzig versammelten Korsaren.

Sie waren inzwischen nur noch etwa einhundert Yards von der Karake entfernt, die sie sich als Beute ausgesucht hatten, und eine zweite Piratengaleere war dicht hinter ihnen. Die Geschwader hatten Zweiergruppen gebildet, die sich jeweils einer der Karaken annahmen.

Gesichter, einige rufend, andere grimmig schweigend, erschienen an den Schanzkleidern über ihnen. Arkebusen knallten; die Genueser schütteten kochendes Wasser über den Köpfen der Türken aus und warfen mit Steinen, die vom Ballast im Frachtraum stammten.

Aber es nützte ihnen nichts. Sobald die Galeeren nahe genug heran waren, wurden die Enterhaken ausgeworfen. Sie segelten am Ende der Leinen durch die Luft und verhakten sich an den Schanzkleidern. Gleich darauf wurde die Galeere dicht ans Heck der Karake gezogen und festgemacht. Die

Ruder wurden eingeholt, und die Korsaren schwärmten an den Seilen hinauf.

Fieberhaft hackten die Genueser mit Schwertern und Äxten auf die Taue ein. Es gelang ihnen, mehrere zu durchtrennen, und die Piraten, die sich an ihnen hinaufhangelten, stürzten heulend vor Wut ins Meer, um triefendnaß zurück an Bord der Galeere zu klettern. Aber es dauerte nicht lange, und die Enterhaken waren so zahlreich, daß die Genueser nicht mehr nachkamen und die ersten Freibeuter an Deck gelangten. Andere gelangten durch die splitternden Kabinenfenster am Heck der Karaken an Bord.

Harry war auch darunter und schwang seinen Krummsäbel von rechts nach links; für weit ausholende Hiebe war die Decke zu niedrig.

Menschen schrien und wichen stolpernd vor dem blitzenden Stahl zurück. Sie waren nicht einmal Seeleute, die entschlossen waren, um ihr Leben zu kämpfen, sondern beleibte Händler und zu Tode erschrockene Frauen – ein weitere neue Erfahrung für Harry, da er sich im Kampf noch nie einer Frau gegenübergesehen hatte.

Die Vernünftigsten unter ihnen warfen sich auf die Klingen; ihr Blut spritzte über das Deck und das Schott. Die weniger Tapferen ließen sich in einer Ecke der Kabine zusammentreiben, wo gierige Hände ihnen Schmuck und Kleider vom Leib rissen.

Harry schlug die versperrte Tür ein und stieg die Leiter hinauf an Deck. Dort war Haireddin, umgeben von seinen Männern, bereits Herr der Lage. Der Kampf um das Schiff war beendet. Die toten und verwundeten Genueser wurden über Bord geworfen, ebenso wie jene Überlebenden der Besatzung, die als nutzlos erachtet wurden. Die jüngeren Seeleute und die Schiffsjungen wurden vorerst verschont, um später von den Piraten vergewaltigt zu werden.

Die Frauen wurden an Deck gezerrt und, begleitet von dem lüsternen Gejohle und dem Jubelgeschrei der Freibeuter, entkleidet. Sie wurden auf den Rücken geworfen und auf ihre Jungfräulichkeit geprüft – offenbar betrachtete sich jeder der Korsaren als Experte auf diesem Gebiet. Jenen, die als Jungfrauen eingestuft wurden, blieb weitere Pein fürs erste erspart; sie würden in Algier auf dem Sklavenmarkt verkauft werden. Jene, deren Keuschheit angezweifelt wurde, wurden von den Piraten vergewaltigt. Das Deck verwandelte sich in eine brodelnde Masse von nackten Leibern, Schreien, Stöhnen . . . und Gerüchen.

Es war eine bestialische Szenerie, noch viel grausamer als nach einer Schlacht an Land, und es gab kein Entrinnen. Harry war sich nur zu bewußt, daß seine eigene Mutter Giovanna um ein Haar das Schicksal dieser armen Frauen geteilt hätte. Angewidert ging er nach achtern, stieg auf das hohe Achterdeck der Karake und blickte hinab auf die Galeeren, die am Heck des Schiffes dümpelten.

Dort ging es vergleichsweise friedlich zu, da nur eine Handvoll Türken auf dem vorderen Deck zurückgeblieben waren. Aber entgegen seiner Weisung hatten die Frauen ihre Kabinen verlassen, um zu sehen, was geschah.

Haireddin schlug ihm auf die Schulter. »Ein erster Sieg. Freut Ihr Euch nicht, Hawk Pascha?«

»Doch, natürlich«, entgegnete Harry.

»Und wir haben reiche Beute gemacht«, versicherte ihm Haireddin. »Ihr solltet Euch den Frachtraum ansehen. Wir haben Wein, allerlei Kostbarkeiten, Gold und Sklaven erbeutet. Es hat sich wahrlich gelohnt.«

»Was geschieht mit den Schiffen?« fragte Harry.

Haireddin grinste. »Ich kann nichts mit ihnen anfangen. Ich werde sie verbrennen. Alle bis auf eins. Eins werde ich mit einer zehn Mann starken Besatzung unbeschadet lassen. Sie werden mit ihrem Schiff nach Genua zurücksegeln und dort von unseren Taten berichten, um allen zu erzählen, daß sie von Barbarossa gekapert wurden. Das wird die Ungläubigen das Fürchten lehren. Barbarossa!«

Er trat an die Reling des Achterdecks. »Barbarossa!« rief er.

Der Ruf wurde von allen Galeerenmannschaften aufgenommen.

Algier schimmerte strahlendweiß in der Nachmittagssonne, als die Piratenflotte sich der Stadt näherte. Auf den ersten Blick schien die Befestigung für einen so erfahrenen Soldaten wie Harry Hawkwood mangelhaft. Als sie jedoch näher kamen, erkannte er, daß Haireddin, oder Barbarossa, wie er jetzt genannt werden wollte, mit einfachsten Mitteln einen sehr sicheren Hafen geschaffen hatte. Von der scheinbar kargen Küste erstreckten sich zwei lange, breite Molen, die einander überschnitten, so daß jede Flotte, die in Landnähe gelangen wollte, zweimal ihren Kurs ändern mußte. Und der Abstand zwischen den Molen war so knapp bemessen, daß die Schiffe einer angreifenden Flotte hintereinander fahren und die Geschwindigkeit drosseln mußten. Auf jeder Mole war eine Geschützbatterie aufgestellt worden.

Jenseits der Molen, oberhalb der Stadt, erhob sich ebenfalls eine im Sonnenschein weißschimmernde Festung, über deren Türmen die grüne Flagge der Osmanen wehte.

Ein kurzer Streifen ebenen und fruchtbaren Landes hinter der Festung versorgte die Algerier mit dem Großteil ihrer Verpflegung. Jenseits der bestellten Äcker wurde das Gelände felsig und bergig. Haireddin erzählte Harry, daß die Berge nach einem Riesen aus der griechischen Mythologie benannt wären, Atlas, der den Himmel auf seinen Schultern getragen hatte. Auch erfuhr Harry, daß das Gebirge sich an die hundert Meilen landeinwärts erstreckte – und noch viel weiter entlang der Küste – und dann in eine Wüste überging.

»Über das Meer können sich Flotten nähern«, sagte Haireddin, »aber kein großes Heer kann diese Wüste durchqueren.«

Algier war lange vor der Geburt Jesu oder Mohammeds von den Phöniziern gegründet worden; die Römer hatten es unter dem Namen Icisium gekannt. Zahlreiche nachfolgende Eroberer hatten die Stadt bis auf die Grundmauern zerstört, aber sie war im zehnten Jahrhundert von den Berbern wiederaufgebaut worden und wurde immer noch vom Berberprinzen regiert, der sie Haireddin gern als Stützpunkt überließ. Dies sicherte dem Prinzen und seinen Leuten nicht nur Schutz, sondern ermöglichte es ihm darüber hinaus, als Pacht ein Zehntel der Schätze und Sklaven für sich zu beanspruchen, die die Piraten erbeuteten.

Tatsächlich war die Stadt viel größer, als Harry erwartet hatte, und sein geübtes Auge erkannte sogleich, an welchen Stellen die Verteidigung noch verstärkt werden konnte.

Haireddin benahm sich an Land wie ein Beglerbeg, wenngleich er diesen Titel noch nicht führen durfte. Die Männer aus der Verwaltung empfingen ihn mit einer Verbeugung und verneigten sich sogar noch tiefer, als er ihnen Hawk Pascha vorstellte, der vom Sultan persönlich geschickt worden sei, ihren *Dey* zu ›besuchen‹.

Gemeinsam suchten er und Harry den Palast des Deys auf, wo Harry mit Al-Raschid bekannt gemacht wurde, einem grimmig dreinblickenden kleinen Mann, der den Gesandten des Sultans willkommen hieß. Ganz offensichtlich ahnte er nicht, daß dies der erste Schritt in Richtung seiner erzwungenen Unterwerfung sein könnte.

Anschließend stiegen Haireddin und Harry die steilen, schmalen Straßen hinauf, durch die Kasbah, bis zu jener freien Fläche, wo die Festung aufragte. Innerhalb der Mauern befand sich Haireddins Palast, der reich bestückt war mit hübschen jungen Frauen, seiner persönlichen Auswahl unter den weiblichen Gefangenen.

Er führte Harry hinauf auf den höchsten Turm, von wo aus er auf den betriebsamen kleinen Hafen und die blitzenden Wasser des Mittelmeers herabsehen konnte.

»Könntet Ihr zweihundert Meilen weit sehen«, sagte Barbarossa, »würdet ihr die Berge Südspaniens erblicken. Sie erheben sich zwischen uns und Granada, das, so Allah will, eines Tages wieder uns gehören wird.«

Harry zupfte an seinem Bart. »So nah«, sinnierte er. »Ich bin überrascht, daß die Dons nicht versuchen, Euch zu vernichten.«

Barbarossa grinste. »Der Kaiser hat Wichtigeres zu tun – glaubt er zumindest. Außerdem weiß er, daß er an uns eine harte Nuß zu knacken hätte. Wir würden seine Flotte schon frühzeitig sichten und ihn erwarten.«

»Und was, wenn er seinen Angriff in der Zeit durchführte, da Ihr nicht hier seid?«

»Woher sollte er wissen, wann ich hier bin und wann nicht, Harry? Außerdem hat er seine Chance vertan. Von jetzt an wird ständig einer von uns beiden hier sein, nicht wahr?«

Ein Trakt des Palastes wurde Harry überlassen, und dort brachte er seine Frauen und Konkubinen unter.

Jedoch interessierte er sich mehr für die Aufgaben, die vor ihm lagen. Bald begleitete er Barbarossa auf eine Plünderfahrt nach Sizilien. Er war verblüfft davon, wie mühelos die Korsaren in eine verlassene Bucht einfuhren und eine große Zahl von Männern an Land setzten, die die Klippen erklommen und über ein großes Dorf herfielen, das sie zwei Tage lang besetzt hielten. Sie raubten alles, was ihnen in die Finger kam, darunter auch fünfzig Mädchen und Jungen als Sklaven und eine riesige Menge Vieh und Weizen. Sie traten den Rückzug an, als sie ein großes Truppenkontingent sichteten, das auf das Dorf zumarschierte.

»Das ist das Geheimnis der Kriegsführung auf See«, erklärte Barbarossa. »Wir können überallhin fahren, überall landen. Keine Küste kann in ihrer gesamten Länge geschützt werden. Daher ist auch jede Küste verwundbar. Wenn jetzt noch Tunis in unserer Hand wäre . . .«

Es bedurfte keiner großen Überredungskunst, Harry davon zu überzeugen, daß dies die einzig wahre Art der Kriegsführung war. Schließlich bestieg er eine von Barbarossas kleinen, schnellen Galeeren und kehrte nach Istanbul zurück. Der Sultan war nicht dort. Er hatte den Krieg gegen die Perser in Ibrahims Hände gelegt und war erneut gegen die Österreicher zu Felde gezogen.

Auch diesmal war er zum Rückzug gezwungen worden; diesmal hatte ihn in Wien ein großes kaiserliches Heer erwartet. Zumindest war er nicht in der Schlacht besiegt worden.

Harry verbrachte einen einzigen Tag bei seiner Mutter und seiner Tante, versicherte ihnen, daß es ihm gutginge, und machte sich dann auf, zum Heer des Sultans zu stoßen. Er traf in Belgrad auf den Sultan und war beunruhigt von dem, was er vorfand.

»Es ist schön, Euch zu sehen, Hawk Pascha«, sagte Suleiman zu Harry, der von einer schwerbewaffneten Wache in die Privatgemächer des Sultans geführt worden war. »Es tut gut, einen Mann zu sehen, dem ich trauen kann.«

»Padischah?« Harry hätte vermutet, daß es in seinem Reich kaum einen Mann gab, dem der beliebte Sultan nicht trauen konnte.

»Ich bin umgeben von Unaufrichtigkeit und Verrat«, fuhr Suleiman fort. »Und es gibt so viel zu tun. Ich muß mich mit den Österreichern herumschlagen, mit den Persern, mit dringenden rechtlichen und religiösen Angelegenheiten zu Hause . . . und wem kann ich Autorität übertragen, auf wessen bedingungslose Unterstützung und Loyalität kann ich mich verlassen?«

»Doch sicher auf Ibrahim . . .« entgegnete Harry.

»Ibrahim! Ha! Dieser verräterische Grieche. Ich habe ihn aus der Gosse geholt. Das wißt Ihr, Harry . . . wir drei waren damals noch junge Männer. Ihr erinnert Euch sicher noch daran, wie wenig erfreut mein Vater über meine Freundschaft mit dem Griechen war. Zweifellos hatte er recht.«

Harry traute seinen Ohren nicht. »Ibrahim hat Euch verraten?«

»Noch nicht. Aber es besteht kaum ein Zweifel daran, daß er es vorhat.«

»Habt Ihr Beweise hierfür?«

»Brauche ich Beweise? Er führt den Befehl in Anatolien. Sicher, er hat einiges geleistet und mehr als einen persischen Angriff zurückgeschlagen. Er erweist sich als guter Feldherr, aber gereicht mir das zum Vorteil? Ständig verlangt er nach mehr Soldaten. Mehr Soldaten! Er behauptet, sie zu benötigen, um die Perser zurückzutreiben, aber plant er nicht vielmehr, ein gewaltiges Heer zusammenzustellen, um nach Istanbul zu marschieren und die griechische Herrschaft wiederherzustellen?«

»O Padischah, das kann ich mir bei Ibrahim nicht vorstellen. Er ist Euer ergebenster Diener. Und solange es keinen Beweis für einen Verrat seinerseits gibt . . .«

»Es gibt Menschen, die den Griechen sogar besser kennen als Ihr, Harry.«

Roxelane! dachte Harry. Ibrahim hatte recht; sie wollte den Sultan gegen ihn aufhetzen.

»Aber das ist noch meine geringste Sorge«, knurrte Suleiman. »Sogar innerhalb meines eigenen Harems herrscht Verrat.«

»Verrat, Padischah?«

»O ja. Es wurden Komplotte aufgedeckt. Mein eigener Sohn Mustafa wird gegen mich aufgehetzt. Glücklicherweise gibt es noch die eine, der ich trauen kann . . .« Er seufzte. »Und ich habe inzwischen noch einen Sohn.« Plötzlich erhellten sich seine Züge. »Ich habe ihm den Namen Selim gegeben – ist das nicht passend?«

Sein Kind von einer russischen Sklavin benannt nach dem größten osmanischen Kriegsherrn? Großer Gott! dachte Harry. Wie weit mochte Roxelanes Ehrgeiz noch reichen?

»Was habt Ihr vor, Padischah?« fragte er.

»Ich will handeln! Ich muß mich meiner Feinde eines nach dem anderen annehmen. Im Augenblick bin ich damit beschäftigt, mit Ferdinand von Österreich einen Friedensvertrag auszuhandeln, um den europäischen Krieg zu beenden. Anschließend werde ich nach Osten und Anatolien marschieren. Ich werde dort das Kommando übernehmen und die Perser in ihre Schranken weisen. Ebenso wie Ibrahim.«

Harry sagte nichts dazu; er spürte, daß es sinnlos war, sich für den Griechen einzusetzen.

»Und jetzt sagt mir, was Euch hergeführt hat«, forderte Suleiman ihn auf.

Harry schluckte. »Ich bin ebenfalls gekommen, um mehr Männer zu erbitten, Padischah.«

»Ha!« rief Suleiman aus. »Aber bei Euch weiß ich wenigstens, daß ich Euch trauen kann, Hawk Pascha.«

Weil ich mit Roxelanes Schwester zusammen bin? fragte sich Harry.

»Wozu braucht Ihr diese Männer?« fragte Suleiman.

Harry erläuterte ihm seine Pläne. »Wenn Ihr Frieden mit

dem Kaiserreich schließt, sind meine Pläne allerdings hinfällig, Padischah.«

Suleiman hob eine Hand. »Das stimmt so nicht. Ich habe nicht gesagt, daß ich beabsichtige, mit dem Kaiserreich oder dem Kaiser Frieden zu schließen. Ich will Frieden mit Erzherzog Ferdinand, der lediglich der König von Österreich ist. Ich bin keinesfalls daran interessiert, mit seinem Bruder Karl oder diesem perfiden Franz von Frankreich Frieden zu schließen. Was ich hier aushandle, ist nicht mehr als ein Waffenstillstand an der Grenze. Wahrlich, Hawk Pascha, je mehr Ihr die Spanier beschäftigt und sie in Angst und Schrecken versetzt, desto höher werdet Ihr in meiner Gunst steigen. Ihr werdet Eure Soldaten bekommen, und ich wünsche Euch viel Erfolg.«

Harry verneigte sich dankbar. »Möge sich alles so entwikkeln, wie Ihr es Euch wünscht, Padischah.«

»Dafür werde ich schon sorgen«, entgegnete Suleiman grimmig.

»Ich kann Euch nur bitten, nicht übereilt oder ohne Beweise zu handeln.«

»Ich werde handeln, wie es mir beliebt«, erwiderte Suleiman herrisch.

Mehr konnte Harry nicht tun, so unbehaglich er sich dabei auch fühlen mochte. Er stach mit zwölf Galeeren und zusätzlichen eintausend Soldaten in See und erreichte vierzehn Tage später Algier. Er sah unterwegs mehr als eine verlockende Beute, ließ sich jedoch nicht von seinem Hauptanliegen ablenken.

Al-Raschid zupfte besorgt an seinem Bart ob der wachsenden osmanischen Macht. Er ließ sich auch nicht dadurch beruhigen, daß Harry ihm versicherte, die Soldaten sollten auf einem Feldzug eingesetzt werden. Al-Raschid haßte Mulai-Hasan, den Dey von Tunis, aber er wußte auch, daß Mulai, im Gegensatz zu ihm selbst, mit dem Kaiser auf gutem Fuß stand – und so fürchtete er Unannehmlichkeiten.

»Werden nicht meine Schiffe und meine Männer hier sein, Euch zu schützen?« widersprach Harry.

Barbarossa war entzückt von der Erweiterung seiner Flotte, und Harry machte sich gleich ans Werk, Tunis ebenso vom Meer wie auch vom Land aus auszukundschaften. Er unternahm einen langen, gefährlichen Fünfhundert-Meilen-Marsch durch die Berge, nur von Diniz und einem Führer begleitet. Seine Mission, die insgesamt drei Monate dauerte, überzeugte ihn davon, daß der Angriff vom Land aus erfolgen mußte. Zum einen aufgrund der starken Stadtbefestigungen auf der Seeseite, und zum anderen, weil auf diese Weise die Spanier nicht vorgewarnt wären und er das Überraschungsmoment zu seinem Vorteil nutzen konnte. Die Spanier betrachteten Barbarossa nur als einen gewöhnlichen Piraten, auch wenn er sich selbst als vom Sultan ernannter Beglerbeg von Algier bezeichnete. Wenn er jedoch begann, sein Territorium entlang der nordafrikanischen Küste auszudehnen, würden sie gezwungen sein, ihn ernster zu nehmen.

Derweil stach Barbarossa mit seiner erweiterten Flotte in See und suchte mit Feuer und Schwert die spanischen und italienischen Küsten heim: Cartagena, Alicante, Valencia, Tarragona, Barcelona, Sète, Marseille, Nizza und sogar Civitavecchia, den Hafen von Rom. Nur Genua, das von seiner eigenen starken Flotte geschützt wurde, entging diesem Sturm der Gewalt. Barbarossas Name war in aller Munde, zusammen mit jenen seiner berühmtesten Leutnants, vor allem Torgud.

Harry verbrachte nicht seine gesamte Zeit damit, den Angriff auf Tunis zu planen. Sein Hauptinteresse galt weiterhin dem Meer – jedoch nicht mehr allein dem Mittelmeer. Von spanischen Gefangenen, die als Sklaven nach Algier gebracht wurden, hörte er Geschichten über den Atlantik, wo ein ständiger Wind wehte und auf den richtigen Schiffen weite Reisen möglich waren.

Aber besaßen die Spanier trotz ihrer Vorherrschaft in der Seefahrt die richtigen Schiffe für das, was ihm vorschwebte?

Er erfuhr, daß sie an der Entwicklung eines neuen Kriegsschiffes arbeiteten. Die Karaken und die kleineren Karavellen, die über zweihundert Jahre lang die Meere beherrscht hatten – die Art von Schiffen, in denen Christoph Kolumbus den Atlantik überquert und Vasco da Gama das Kap der Guten Hoffnung umschifft hatte – hatten sich in ihrer Eigenschaft als Kriegsschiffe zunehmend als unbrauchbar erwiesen. Sie konnten in gewaltiger Größe gebaut werden – einige konnten mehrere tausend Tonnen Fracht aufnehmen –, sie konnten mit schwerem Geschütz bestückt und mit Soldaten bewehrt werden, aber ihr breiter Rumpf machte sie bei schwachem Wind schwer manövrierbar. Die größte Galeonenflotte der Welt konnte jeden Seehafen erreichen und dann hilflos daran scheitern, wenn der Wind vom Land her wehte.

Und so befaßten sich die spanischen Schiffsbauer damit, dem Schiffsrumpf eine schnittigere Form zu geben und andere Segel zu entwerfen, um die Wendigkeit der Schiffe zu erhöhen. Sie erhöhten das Verhältnis Schiffslänge/Baum von eins zu zwei auf eins zu drei oder gar vier, womit die Schiffe mehr Tiefgang bekamen und schneller wurden. Die gewaltigen Aufbauten am Bug und achtern wurden auf leichte Beobachtungsdecks reduziert, womit sie den enormen Luftwiderstand verminderten, durch den viele Karaken schneller seitwärts als vorwärts segelten. Und sie verbesserten die Segelflächen, die man weiter nach vorn und achtern ziehen konnte, damit die Schiffe auch luvwärts segelten. Diese neuen Schiffe nannten sie Galeonen.

Es war sogar davon die Rede, eine Karake zu bauen, die ebenso mit Segeln wie auch mit Rudern ausgestattet war. Solche Schiffe sollten Galeassen heißen, jedoch existierten sie bislang nur auf dem Papier.

Natürlich hatten diese neuen Schiffe auch ihre Nachteile. Ihr niedriges Profil bedeutete, daß sie nicht als Frachtschiffe verwendet werden konnten; dafür reichte der Platz im Rumpf einfach nicht aus. Tatsächlich waren bei langen Reisen – eine Atlantiküberquerung konnte bei schlechtem Wetter bis zu zwei Monaten dauern – die untersten oder Orlopdecks mit Wasser und Verpflegung vollgestopft, so daß an eine zusätzliche Ladung nicht zu denken war.

Auch mit den Geschützen gab es Probleme. Bei einem gutbestückten Schiff befanden sich die unteren Schießscharten sehr dicht an der Wasseroberfläche, so daß sie bei rauher See unbrauchbar waren, während es den Kapitänen aufgrund des relativ schmalen Rumpfes widerstrebte, Geschütze auf dem Hauptdeck aufstellen zu lassen. Aber daran, daß es großartige Schiffe waren, bestand kein Zweifel.

Ebenso wenig wie daran, daß Harry eines Tages gegen eine solche Galeone würde kämpfen müssen.

Jedoch waren sie für die Piratenüberfälle, die Harry auf dem Atlantik durchzuführen gedachte, entlang der portugiesischen, spanischen und vor allem französischen Küste, unbrauchbar. Das Hauptproblem bestand darin, daß sie zu groß und zu schwerfällig waren; sie waren immer noch zu wetterabhängig, und mit ihnen seichte Flußmündungen oder Meeresarme zu befahren war schlichtweg unmöglich.

Aber sie waren ja auch für einen Zweck entworfen worden, der Harry nicht interessierte. Er war nicht darauf aus, sich mit einer feindlichen Flotte anzulegen, wenn es sich vermeiden ließ, und so wäre es sinnlos gewesen, seine Schiffe mit möglichst vielen Breitseitgeschützen zu bestücken; alles, was er brauchte, war ein kraftvolles Buggeschütz, um den Mast fliehender Handelsschiffe zu zerstören. Er benötigte allerdings ein großes Kontingent an Männern für die von ihm geplanten Blitzüberfälle. Er wollte nie länger als einige Tage am Stück auf See sein, ohne die Möglichkeit zu haben, seine Verpflegungs- und Wasservorräte aufzufüllen, und so waren auch die riesigen Süßwasser- und Dörrfleischbehälter überflüssig.

Vor allem wollte er Schiffe mit größerer Manövrierfähigkeit.

Er dachte an seine Segelausflüge auf dem Bosporus, dem Marmarameer und dem Schwarzen Meer. Eine venezianische Werft hatte den kleinen Segler gebaut – in kleinerem Maßstab natürlich – der alle Manöver ausgeführt hatte, die er ihm abverlangt hatte. Warum sollte sich der Maßstab nicht einfach vergrößern und die Wendigkeit erhalten lassen?

Er unterbreitete seine Ideen Haireddin, als die Piratenflotte wieder im Hafen war.

Barbarossa strich sich über den Bart. »Sicher wäre es möglich, eine größere Version deines Boots zu bauen, aber ich bin nicht sicher, ob ein solches Schiff einen sinnvollen Zweck erfüllen würde. Ihr wollt durch die Straße von Gibraltar auf den Ozean segeln? Habt Ihr eine Vorstellung davon, was Euch dort erwartet? Erinnert Ihr Euch an das, was auf dem Schwarzen Meer mit Eurem Segler passiert ist?«

»Er hatte kein Deck, aber diese neuen Schiffe werden mit einem Deck versehen sein. Sie werden in der Lage sein, sogar einem Sturm auf dem Atlantik zu trotzen. Und wir wollen doch nicht etwa zugeben, daß es irgendein Meer gibt, das zu befahren wir uns fürchten, oder? Zumal es bereits von den Spaniern befahren wird.«

Barbarossa grinste. »Ich gebe gern zu, daß es Dinge gibt, die ich in meinem Alter nicht mehr wagen oder herausfinden möchte, Harry. Ich bin auf dem Mittelmeer zu Hause. Hier bin ich erfolgreich. Und darüber möchte ich auch mit Euch sprechen. Habt Ihr schon von Andrea Doria gehört?«

»Dem genuesischen Admiral?«

»Genau. Aber er ist nicht mehr bloß ein Admiral; er ist inzwischen zum Diktator der Republik aufgestiegen.«

»Dann wird er weniger Zeit haben, auf dem Meer hinter dir herzujagen.«

»Ganz im Gegenteil. Von meinen Gefangenen habe ich erfahren, daß er entschlossen ist, alle Kräfte seines Landes für meine – und Eure – Vernichtung einzusetzen. Offenbar läßt er in nie dagewesenem Umfang Schiffe bauen, ungeachtet dessen, ob er sein Volk dabei ruiniert. Und er liegt dem Kaiser in den Ohren, sich ihm anzuschließen, um Algier zu zerstören.«

»Weiß Al-Raschid davon?«

»Nein, und wir werden ihm auch nichts davon erzählen. Er würde einen Nervenzusammenbruch erleiden und uns auffordern, die Stadt zu verlassen. Aber wir können den bevorstehenden Angriff nicht untätig abwarten. Es gibt zweierlei, was wir tun müssen.«

»Und das wäre?«

»Als erstes müssen wir die genuesische Flotte aufspüren und vernichten, sobald sie in See sticht. Sie wird mit unerfahrenen Besatzungen bemannt sein, und auch die Schiffe werden noch unerprobt sein.«

Harry nickte. »Das klingt vernünftig. Und zweitens?«

»Wir müssen Tunis einnehmen, bevor die genuesische Flotte fertiggestellt ist, das heißt, innerhalb des kommenden Jahres. Ich glaube nicht, daß es Doria gelingt, vor Ende des nächsten Sommers mit seinen Schiffen in See zu stechen. Es geht nicht allein darum, daß Tunis eine noch stärkere Basis wäre als Algier. Haben wir Tunis erst erobert, verfügen wir über eine zweites befestigtes Bollwerk gegen die spanischen und genuesischen Stellungen. Sollten Kaiser Karl und Doria beschließen, eine dieser Festen anzugreifen, müssen sie damit rechnen, von der zweiten angegriffen zu werden. Das ist in Anbetracht der Situation überaus wichtig.«

Harry stimmte ihm zu. Er wandte sich an Istanbul, wobei er es vorzog, einen Boten zu entsenden, anstatt sich persönlich in die Hauptstadt zu begeben. Er hatte keine Ahnung, wie die Situation dort aussehen mochte, und ihm war unbehaglich ob der Neuigkeiten, die sein Bote von dort mitbringen würde.

Aber seine Sorge erwies sich als unbegründet. Der Krieg gegen die Perser war zu einem erfolgreichen Ende gebracht worden, und Ibrahim war für seinen Einsatz und seine Erfolge belobigt worden.

Er bekleidete immer noch das Amt des Großwesirs, und tatsächlich war er es, der auf Harrys Brief antwortete. Er und Suleiman mußten sich also versöhnt haben.

Hinzu kam, daß Prinz Mustafa sich immer öfter in der Öffentlichkeit sehen ließ und von seinem Vater mit bedeutenden militärischen Aufgaben betraut wurde. Harry war unsagbar erleichtert: Roxelanes Haremsintrigen waren offensichtlich fehlgeschlagen.

Aber am erfreulichsten von allem war, daß der Sultan Hawk Paschas Pläne, die osmanische Herrschaft an der Westküste des Mittelmeeres durch die Eroberung von Tunis auszuweiten, uneingeschränkt befürwortete.

Harry und Barbarossa machten sich unverzüglich ans Werk.

Während Barbarossa vor der Küste seine Macht zeigte, führte Harry seine kleine Armee über die Bergroute, die er im vorangegangenen Jahr ausgekundschaftet hatte. Und so wurde die ein wenig verschlafene Hafenstadt Tunis durch den Landangriff überrascht und ohne Mühe eingenommen. Erst dann wagte Barbarossa, seine Galeeren in den Hafen zu steuern.

Tunis war nie dahingehend befestigt worden, einem Landangriff standzuhalten. Die Stadt war auf dem Standort des alten Karthago errichtet worden und genoß alle Vorteile dieses berühmten Seehafens. Tunis befand sich auf einer Landzunge und war auf beiden Seiten von ausgedehnten Salzseen geschützt, deren Tiefe gerade für durchschnittliche Galeeren ausreichte. Aber sie waren von Sandbänken und kleinen Inseln umgeben, und die schwierige Durchfahrt zu den Hauptseen war sehr eng und durch eine Festung geschützt.

Und doch hätte Mulai-Hasan, wenn er sich nur die Mühe gemacht hätte, einen Blick über die Schulter zu werfen, seine Stadt uneinnehmbar machen können.

Da sie die Stadt zu ihrem Hauptquartier erheben und die Bewohner nicht gegen sich aufbringen wollten, verbot Harry unnötiges Töten und Plündern. Tatsächlich wurden sogar jene Soldaten der bestehenden Garnison, die in seine Dienste treten wollten, mit offenen Armen aufgenommen. Zu seiner Enttäuschung gelang es dem Dey Mulai-Hasan jedoch zu fliehen, und trotz aller Anstrengungen gelang es Harry nicht, ihn aufzuspüren.

Später erfuhr er, daß Mulai-Hasan nach Madrid gelangt war und Karl V. in den Ohren lag, ihm bei der Rückeroberung seines verlorenen Königreiches zu helfen.

Während Harry sofort die Verstärkung der Verteidigungsanlagen vor allem auf der Landseite befahl, ließ er seine Frauen und Kinder von Algier in seine neue Hauptstadt bringen. Algier befand sich zu nah bei Spanien, und Tunis war zweifellos der sicherere der beiden Häfen.

Nachdem Anfang 1534 die Befestigungsarbeiten abgeschlossen waren, nahm Harry die Realisierung seines eigenen, ganz persönlichen Projektes in Angriff. Er ließ vier Schiffe bauen, jedes nur einhundert Fuß lang und fünfundzwanzig breit, also beinahe so schmal wie eine Galeere. Jedes der Schiffe war mit einem durchgehenden Deck versehen sowie mit einem Glattdeck. Unten befand sich Lagerraum für Munition, Gefangene und Beute. Die Besatzung, er eingeschlossen, würde an Deck schlafen.

Er benutzte ein Lateinsegel, an das er sich in den Tagen seiner Segelausflüge gewöhnt hatte. Einige Probefahrten ergaben, daß er den Wind von fünfzig Positionen aus einfangen konnte, was die Manövrierfähigkeit jeder Galeone überstieg.

Zu seiner freudigen Überraschung machte Yana an dieser Stelle einen interessanten Vorschlag.

»Soweit ich weiß, geht es Euch darum, Schiffe zu bauen, die den Ozeanstürmen besser standhalten können als Galeonen«, sagte sie. »Aber auf dem Ozean oder in Küstennähe wird es Flauten geben oder Gelegenheiten, bei denen Ihr *gegen* den Wind segeln wollt. Herr, in Rußland gibt es keine Galeeren, aber auf unseren Flüssen werden die Schiffe mit langen Rudern vorwärtsbewegt.«

»Mit langen Rudern?«

»Ja. Eins oder zwei auf jeder Seite, je nach Größe des Schiffes und des Flusses, den es befährt. Eure Schiffe könnten mit jeweils zwei solchen Rudern auf jeder Seite ausgestattet werden. Diese Ruder werden an Deck verstaut, wenn sie nicht in Gebrauch sind. Bei Bedarf werden sie durch Riemendollen gezogen, die auf den Schanzkleidern angebracht sind. Es sind etwa drei Mann nötig, die Ruder zu bedienen. Ihr werdet feststellen, daß Eure Schiffe auf diese Weise mit erstaunlicher Geschwindigkeit vorwärtsbewegt werden können.«

Harry erkannte, daß dies ein hilfreicher Vorschlag war, vor allem in Anbetracht dessen, was er vorhatte. Langruder und Riemendollen wurden sofort in Arbeit gegeben.

Als er schließlich Freiwillige als Besatzung seiner kleinen Geschwader suchte, war er überrascht vom nachfolgenden Zulauf. Er teilte jedem Schiff jeweils fünfzig Mann zu und erklärte, daß er die Expedition persönlich leiten werde.

Barbarossa und Torgud waren völlig verdattert.

»Was ist mit Doria?« fragten sie.

»Ihr selbst habt mir gesagt, daß seine Flotte nicht vor dem Herbst in See stechen kann. Bis August bin ich zurück – ganz sicher aber vor den Oktoberstürmen.«

»Vorausgesetzt, Ihr seid dann noch dazu in der Lage«, brummte Barbarossa.

Tughluk wollte ihn begleiten; er war inzwischen achtzehn Jahre alt und ein fähiger Seemann. Tutusch, nur zwei Jahre jünger als sein großer Bruder, war ebenfalls Feuer und Flamme. Aber Harry brachte es nicht über sich, seine beiden einzigen Söhne auf ein Abenteuer mitzunehmen, das sich als gefährlich erweisen konnte; vom türkischen Standpunkt aus wagte er sich ins Unbekannte.

»Du wirst an meiner Statt hierbleiben und mit Barbarossa segeln«, sagte er zu Tughluk.

Der Junge war zu diszipliniert, zu widersprechen.

Er befahl Tutusch, in der Festung zu bleiben, als Verantwortlicher für den Palast.

Er sagte ihnen nicht, daß er private Gründe hatte, diese Expedition persönlich anzuführen und sich von seiner Familie zu trennen.

Wenn er Überfälle an der französischen Küste plante, warum nicht England einen Besuch abstatten? Es war nun siebenundachtzig Jahre her, daß die Hawkwoods England verlassen hatten, um ihr Glück im Osten zu suchen. Aber keinem von ihnen war gestattet worden, sein Erbe zu vergessen, und sie alle hatten Englisch als Muttersprache gelernt.

In seine alte Heimat zurückzukehren, sei es auch nur für einen kurzen Besuch, war ihm ein Anliegen, seit er das erstemal die Freuden des Segelns kennengelernt hatte.

Die kleine Flotte verließ Tunis Ende Mai. Harry hatte von den spanischen Gefangenen erfahren, daß das Wetter in der großen Bucht nördlich von Spanien sich gegen Juni entscheidend besserte.

Im südlichen Mittelmeer war es bereits ganz angenehm. Den ersten Halt legten sie in Algier ein, wo sie erfuhren, daß es noch kein Anzeichen für spanische Seeaktivitäten gebe. Das war Harry nur recht, da er sich der Unruhe seiner Männer ob ihrer ersten Atlantikexpedition durchaus bewußt war. Aber ihm selbst erging es nicht besser.

Am nächsten Tag stachen sie bei leichtem Ostwind wieder in See. Bald schon sichteten sie den riesigen Felsen von Gibraltar, hinter dem sich die Bucht von Algeciras befand, ein großer und geschützter Ankerplatz. Hier machten sie einige Schiffe aus, die an der Küste vor Anker lagen, aber niemand schien sich für die vier dunklen Silhouetten zu interessieren, die sich am anderen Ende des acht Meilen breiten Kanals vorbeischoben.

Wenngleich der Wind ein wenig aufgefrischt war, verlangsamte sich ihre Geschwindigkeit merklich, und die See wurde recht rauh; Harry erkannte bald, daß sie gegen eine starke Strömung ankämpften. Tatsächlich kamen sie mehrere Stunden lang nicht von der Stelle, konnten nur mühsam ihre Position halten und ein Abtreiben vermeiden. Dann wechselten die Gezeiten, und die Strömung nahm ab, wenngleich sie ihnen immer noch zu schaffen machte.

Harry schloß daraus, daß aufgrund der Verdunstung die Wasser des Atlantiks ständig ins Mittelmeer flossen, wobei die Strömung nur bei Ebbe etwas nachließ. Auch schloß er, daß die Ebbe, um mit dem Strom mitzuhalten, mehrere Knoten erreichen mußte. Offenbar gab es über die Ozeannavigation noch viel zu lernen.

Dann hatten sie es endlich geschafft. Die Küsten auf beiden Seiten fielen zurück, und sie erklommen hohe Wellenkämme, um auf der anderen Seite in rasanter Fahrt wieder hinabzuschießen. Die Türken waren zutiefst beunruhigt angesichts dieser ersten Kostprobe der Kraft des Ozeans, vor allem, als sie feststellten, daß diese an die dreißig Fuß hohen Wassermauern sich nicht brachen.

Aber Harry erkannte, daß, wenn der Wind auffrischte, sie allerdings brechen – und sie das Fürchten lehren würden.

Die kleinen Geschwader steuerten strikt nach Nordwesten, und nach einer Weile näherten sie sich wieder der Küste. Zwei Nächte nach ihrer Durchquerung der Straße von Gibraltar sichteten sie die Lichter von Sagres auf dem Cap Saint Vincent, wo, wie Harry wußte, der portugiesische Prinz Heinrich der Seefahrer im vergangenen Jahrhundert eine Beobachtungsstation hatte einrichten lassen, um alles zu erforschen, was es über das Meer zu erforschen gab, die Gezeiten und Strömungen ebenso wie das Wetter.

Er umschiffte das Kap in einem großen Bogen und erreichte Ende Juni die bretonische Küste. Sie segelten weiter, und zwei Tage später sahen sie die englische Küste.

Kurz vor Einbruch der Dunkelheit sichteten sie eine verlassene Bucht. Als sie dort anlegten und an Land gingen, wurden sie von den Engländern entdeckt und sofort angegriffen. Harry zog sich mit seinen Leuten zurück und versuchte es am nächsten Abend noch einmal.

Wenngleich ein leichter Wind aufkam, nachdem die Dunkelheit angebrochen war, ließ Harry seine Männer weiter rudern und lenkte seine Schiffe noch nahe ans Ufer. Er ließ jeweils zehn Mann pro Schiff zurück und führte die knapp hundert anderen über den Pfad hinauf auf die Klippen. Jeder seiner Männer war bis zu den Zähnen bewaffnet.

Es war bereits stockfinster – der Mond würde nicht vor Mitternacht aufgehen – und völlig still.

Die Korsaren schlichen über die Felder und hatten die Häuser beinahe erreicht, als der erste Hund anschlug. Hierauf setzte eine wahre Kakophonie ein, aber die Warnung kam für die Dorfbewohner zu spät.

Diniz führte ein Drittel der Männer die Hauptstraße hinunter. Sie schlugen Türen ein, plünderten und steckten die Häuser anschließend in Brand. Harry führte persönlich den Hauptangriff auf das Wirtshaus an, das sich am anderen Ende der Straße befand und etwas abseits der anderen Gebäude.

Als er dort angelangte, stand das Dorf hinter ihnen bereits in Flammen; Frauen schrien, Hunde bellten, und die Kirchenglocken läuteten Sturm.

Betrunken griffen die Männer im Schankraum nach ihren Waffen, als die Tür aufgestoßen wurde. Während sie noch verdattert auf die Türken und ihren hünenhaften rothaarigen Anführer starrten, ertönte ein Schuß, und die Türken stürmten säbelschwingend vor. Huren schrien und versuchten, durch die Hintertür zu entkommen, wurden jedoch zurückgerissen und auf den Boden geschleudert, der mit einer stinkenden Brühe aus Bier und Blut getränkt war.

In weniger als zehn Minuten war das Massaker vorüber, und es waren nur noch die Frauen am Leben, die von den Türken vergewaltigt wurden.

»Schafft unsere Leute hinaus und zündet das Haus an«, befahl Harry seinen Kapitänen und ging nach draußen, wo Diniz und seine Männer auf ihn warteten. Hinter ihnen brannte das Dorf lichterloh; das Feuer mußte meilenweit zu sehen sein.

»Es ist Verstärkung auf dem Weg, Herr«, warnte Diniz.

»Ruft unsere Leute zu den Waffen«, entgegnete Harry knapp, und sofort ertönte ein Signalhorn. Die Türken strömten aus dem bereits brennenden Gasthaus.

Harry entfernte sich ein Stück eine Straße hinunter, die vom Dorf aus landeinwärts führte, und blickte in die Dunkelheit jenseits der Flammen. Er sah die Lichter des Herrenhauses. Haus und Garten waren von einem Wald umgeben, der wiederum von einer Mauer eingefaßt war. Die schmiedeeisernen Tore standen offen, und gerade schritt ein Dutzend Männer hindurch, dem schimmernden Stahl nach zu urteilen gut bewaffnet, begleitet von einem halben Dutzend angeleinter Hunde, die wütend heulten und bellten. Der Trupp machte halt beim Anblick der Türken, die vor den brennenden Häusern so deutlich auszumachen waren.

»Zurück«, rief jemand. »Es sind zu viele. Zurück zum Haus.«

Harry war der einzige auf türkischer Seite, der die Worte verstand.

»Angriff!« brüllte er und stürzte vor.

Seine Männer folgten ihm und stießen markerschütternde Schreie aus.

Dann wurden die Hunde losgelassen und stürmten ihnen entgegen. Es waren prächtige Tiere, gegen die rasiermesserscharfen Säbel vermochten sie jedoch nichts auszurichten. Ihre Herren feuerten mit Pistolen auf ihre Angreifer. Eine Kugel traf Harrys Helm, aber die Entfernung war zu groß, als daß das Geschoß größeren Schaden angerichtet hätte als einen Kratzer. Dann liefen die Verteidiger zurück zum Haus ... aber sie waren nicht schnell genug.

Angespornt durch das Massaker im Dorf, nahmen die Türken die Verfolgung auf. Hinter einer Biegung der von Bäumen gesäumten Auffahrt tauchte das Haus mit der breiten Terrasse oberhalb der Freitreppe auf. Hier sammelten sich die Engländer ein letztes Mal, aber sie waren dem Feind zahlenmäßig eins zu vier unterlegen, so daß der Kampf nicht lange währte. Harry stürmte säbelschwingend durch die Reihen der Verteidiger, und Blut spritzte über seine Arme und sein Gesicht. Dann war er die Treppe hinaufgestürmt und erreichte die Tür.

Die Tür war geschlossen und verrammelt, ebenso wie die Fenster auf beiden Seiten, aber das Eichenholz hielt nur zwei Anstürmen stand, bevor die Tür nach innen aufsprang.

Die Türken stolperten hinein und sahen sich in der Eingangshalle mit der hohen Decke und der reich verzierten Eichentreppe um, die auf der einen Seite nach oben führte. Von der Halle gingen mehrere geräumige, kostbar möblierte Zimmer ab, mit Gemälden streng dreinblickender Männer und Frauen an den Wänden, Ritterrüstungen, einem langen Tisch, der mit Tafelsilber beladen war. Harry erkannte, daß es hier einiges zu holen gab.

Aber keine Menschen.

»Nehmt alles mit, was von Wert ist«, befahl er und stieg selbst, drei Stufen auf einmal nehmend, die Treppe hinauf: Einige seiner Männer folgten ihm, andere schwärmten im Erdgeschoß aus.

Er gelangte auf einen Treppenabsatz, von dem weitere Zimmer abgingen, jedes einzelne ebenso prächtig möbliert wie die Räume unten. Jubelnd machten seine Männer sich daran, sich mit Kostbarkeiten zu beladen, so viel sie tragen konnten.

Harry blickte in jedes Zimmer und stieg dann die Treppe hinauf in den zweiten Stock. Hier befanden sich Schlafzimmer mit Kambriklaken, Daunenkissen und brennenden Kerzen – die Familie war offensichtlich dabei gewesen, sich zur Nachtruhe zu begeben.

Er lief die Treppe wieder hinunter und betrat die Küche, wo seine Männer sich an den Resten eines köstlichen Mahls gütlich taten. Hier entdeckte er auch, wonach er gesucht hatte: die Kellertreppe.

Er stieg sie hinunter und fand einen reich bestückten Weinkeller. Am anderen Ende befand sich eine weitere massive Holztür, fest verschlossen und ganz offensichtlich von innen verriegelt.

»Brecht sie auf«, befahl er den Männern, die ihm in den Keller gefolgt waren.

Sie warfen sich mit den Schultern gegen die Tür. Beim dritten Versuch splitterte sie, beim vierten gab sie leicht nach, und beim fünften sprang sie auf.

Die Türken stolperten durch die Öffnung und starrten kniend auf die Szenerie, die sich ihnen bot, erhellt von einer einzelnen tropfenden Kerze.

In diesem Raum befanden sich an die fünfzehn Frauen. Die meisten waren auf den ersten Blick als Bedienstete zu erkennen, drei waren jedoch wie feine Damen gekleidet. Sie alle drängten sich in panischem Entsetzen aneinander.

Als Harry zwischen seinen immer noch knienden Männern hindurch vortrat, krachte ein Schuß. Die Pistolenkugel flog so dicht an seinem Kopf vorbei, daß er den Luftzug fühlen konnte. Das Aufblitzen des entzündeten Pulvers blendete ihn einen Augenblick.

Zwei seiner Männer brüllten auf und stürzten an ihm vorbei, um die Frau zu ergreifen, die den Schuß abgefeuert hatte. Sie zerrten sie nach vorn.

Harry starrte sie an. Sie konnte kaum älter sein als fünfzehn, ein schmächtiges junges Ding. Ihr Kleid aus edlem Brokat verriet, daß sie keine Bedienstete war. Ihr Körper war noch nicht sehr entwickelt, mit schmalen Schultern und Hüften und kleinen Brüsten, die sich unter ihrem Mieder abzeichneten. Ihr Gesicht und ihr Haar waren es, die ihr Schönheit verliehen. Das Haar war goldgelb wie Aimées, fiel ihr jedoch in einer fülligen Lockenpracht über Schultern und Rücken.

Sie hatte ein etwas langes Gesicht. Nur die Röte, die ihr in die Wangen gestiegen war, als sie erkannt hatte, in welche

Gefahr sie sich begeben hatte, verlieh ihrem blassen Teint etwas Farbe. Eine hohe Stirn, eine kleine Nase, ein kleiner Mund, ein sanft gerundetes Kinn und weit auseinanderstehende blaßblaue Augen vereinten sich zu einem entzückenden Ganzen.

Schlaff und wehrlos in den Händen der Türken harrte sie ergeben ihres Todes. Unruhig fuhr sie sich mit der Zungenspitze über die Lippen. Um sie herum bemächtigten die Türken sich der anderen Frauen, und bald war der Keller erfüllt von Schreien und Grunzen.

Während Harry das Mädchen betrachtete, schien der Blutdurst der Rache in seinem Gehirn sich abzukühlen, und er erkannte, daß er möglicherweise einen guten Fang gemacht hatte. »Rührt die Frauen nicht an«, befahl er seinen Männern.

Die Hände, die bereits gierig an den Miedern gezerrt hatten, hielten in der Bewegung inne, und die Soldaten musterten ihren Anführer verblüfft.

»In diesem Haus sind genügend Kostbarkeiten für alle«, erklärte er. »Nehmt euch, was ihr wollt. Aber beeilt euch und laßt uns von hier verschwinden, bevor das ganze County zu den Waffen greift.«

Die Männer nickten zustimmend und eilten zurück nach oben, um alles davonzutragen, was auch nur den geringsten Wert besaß. Ein Triumphschrei über ihm verriet Harry, daß jemand die Schatztruhe des Gutsherrn gefunden hatte.

Die Frauen schienen noch enger zusammenzurücken. Einige waren in Ohnmacht gefallen, aber die meisten starrten Harry an wie Kaninchen eine Schlange.

Das Mädchen war vor ihm stehengeblieben und sah ihn mit leicht geöffnetem Mund an.

Harrys Gedanken rasten. Er war allein von dem Wunsch getrieben hergekommen, das Land seiner Vorväter zu sehen. Nun stand er mit ihnen ebenso im Krieg wie mit jedem anderen christlichen Land, denn für diese Menschen war er nicht mehr als ein türkischer Korsar. Und nun stand eine Frau vor ihm, deren Liebreiz das Herz eines jeden Mannes hätte höher schlagen lassen.

Sie war Engländerin, so wie er – ihr gemeinsamer Sohn

würde somit der wahrste Hawkwood seit drei Generationen sein. Und sein Blut kochte nach der Aufregung des vorangegangenen Gefechts.

Als er die Hand nach ihr ausstreckte, stieß sie einen leisen Schrei aus und versuchte, sich abzuwenden. Er packte ihren Arm, wirbelte sie herum und warf sie sich über die Schulter. Ihr Kopf baumelte an seinem Rücken herab, und ihr langes Haar schleifte über den Boden. Sie trommelte mit den Fäusten auf seinen Rücken, aber er spürte die Schläge kaum. Er schlang den linken Arm um ihre Schenkel, damit sie nicht herunterfiel und ging zur Treppe.

»Schurke!« rief eine der Frauen, die offenbar mutiger war als die anderen. »Laßt sie runter, Sir. Laßt sie sofort runter!«

Harry ignorierte sie, und kurz darauf verließ er an der Spitze seiner schwerbepackten Männer das Herrenhaus.

Als sie zum Strand hinunterstiegen und zu ihren Schiffen übersetzten, waren die Männer sehr zufrieden mit ihrem Vergeltungsschlag und ihrer Beute. Das Dorf brannte immer noch lichterloh, und der Lärm überall war ohrenbetäubend. Zweifellos waren inzwischen die Milizen mehrere Meilen im Umkreis alarmiert, aber diesmal würden sie zu spät kommen.

Das Mädchen hatte aufgehört zu schreien, und er dachte, sie wäre ohnmächtig geworden. Er ließ sie herunter. Ihre Beine gaben nach, und er zog sie an sich, damit sie nicht fiel. Ihre Augen waren weit aufgerissen und ihre Wangen tränennaß. Sie sah noch anziehender aus als vorhin im Keller.

Er hob sie in eins der Beiboote und setzte sich neben sie, während seine Männer sie zurück zu den Schiffen ruderten.

»Ich flehe Euch an, Sir«, sagte sie mit zitternder Stimme.

Er wußte nicht, ob sie um ihr Leben, ihre Jungfräulichkeit oder auch ihre Freiheit flehte. Sie konnte nicht ahnen, daß er Englisch sprach. Als er den Arm um ihre Schulter legte und sie küßte, johlten und lachten seine Männer. Sie schnappte nach Luft und schüttelte sich, als er seine Zunge zwischen ihre Zähne zwang. Verzweifelt versuchte sie, ihn von sich zu stoßen.

»Sie wird bald nicht mehr für den Markt taugen«, rief einer der Türken.

»Es sei denn, der Pascha wird ihrer rasch überdrüssig«, stimmte ihm ein zweiter zu.

Harry hob den Kopf und blickte dem Mädchen in die Augen. Das wird so bald nicht geschehen, dachte er.

Sie weinte wieder.

Sie erreichten seine Feluke, und er trug sie an Bord. »Bring sie nach achtern«, wies er Diniz an. »Bleib bei ihr und laß sie nicht aus den Augen.«

Er wollte sie nicht zusammen mit den erbeuteten französischen Frauen in den Frachtraum sperren.

Harry sah zu, wie seine restlichen Männer an Bord stiegen, und behielt auch das Ufer im Auge. Noch bevor der letzte Türke an Deck war, säumte eine Menschenmenge die Klippen, und Schüsse wurden abgefeuert – aber die Entfernung war zu groß.

Sie setzten die Segel, holten die Anker ein, und die Feluken glitten aus der Bucht. Reiter preschten am Ufer entlang, aber auch sie kamen zu spät. Nach einer Stunde war von der Küste nichts mehr zu sehen. Es war noch nicht ganz Mitternacht.

Harry ging nach achtern, um sich das Mädchen genauer zu betrachten. Diniz stand nur wenige Fuß von ihr entfernt am Steuerruder, aber die meisten Besatzungsmitglieder waren vorn. Sie unterhielten sich angeregt über das letzte Gefecht und ihre Heldentaten.

Sie saß mit dem Rücken an das Schanzkleid gelehnt da und starrte zu ihm auf, als er neben ihr niederkniete. Sie hatte die Knie unter ihrem weiten, bauschigen Rock angezogen, und ihr Gesicht leuchtete blaß in der Dunkelheit. Ein Seil war um ihre Taille und das Schanzkleid geschlungen worden, so daß sie, auch wenn sie über Bord sprang, mühelos zurückgeholt werden konnte.

»Bitte, Sir«, flüsterte sie erneut, am ganzen Leib zitternd.

»Wie heißt du?« fragte er auf englisch.

Fassungslos starrte sie ihn an.

»O ja«, sagte er. »Ich spreche deine Sprache. Ich bin selbst Engländer«, fügte er hinzu.

Sie richtete den Oberkörper auf und straffte die Schultern. »Aber dann ... werdet Ihr mich beschützen?« Als hätte sie vergessen, daß er es gewesen war, der sie eben erst entführt hatte.

»Ja, natürlich, ich werde dich vor vielen schrecklichen Dingen bewahren.«

Sie umklammerte seine Hand. »Mein Vater, Squire Martindale, ist ein wohlhabender Mann. Er wird Lösegeld für mich zahlen, Sir, ganz bestimmt.«

Offenbar ahnte sie nicht, daß ihr Vater aller Wahrscheinlichkeit nach tot war.

»Alle Reichtümer Englands würden nicht ausreichen, dich auszulösen«, entgegnete Harry. »Wie heißt du?«

Sie befeuchtete sich die Lippen. »Mein Name ist Felicity Martindale.«

»Felicity Martindale«, wiederholte Harry. »Ein sehr klangvoller Name. Du wirst mir einen Sohn schenken.«

Sie starrte ihn fassungslos an und schauderte. Dann sprang sie auf und lief auf die Reling zu.

Harry bekam jedoch ihren Rock zu fassen und zog sie zurück. Sie schrie und versuchte, sich zu befreien, keuchend und um sich schlagend, als erwarte sie, auf der Stelle vergewaltigt zu werden.

Er hielt sie fest an sich gedrückt, bis ihre Gegenwehr erlahmte. »Du wirst mit mir nach Tunis kommen.«

Am nächsten Morgen mußte sie gezwungen werden, Nahrung zu sich zu nehmen. Aber sie war noch so jung, daß ihre Widerstandskraft bald ihren körperlichen Bedürfnissen und Annehmlichkeiten erlag. Sie wurde seekrank und war dankbar für jedes noch so kleine Zeichen von fürsorglicher Anteilnahme.

In den nächsten Tagen überquerten sie den Kanal und segelten in Richtung Bucht von Biskaya. Nach drei Tagen schien es Felicity besserzugehen. Als sie sich das erstemal wieder aufsetzte, ließ Harry ihr eine Decke überwerfen, um ihren wunderbaren Porzellanteint vor Wind und Sonne zu schützen. Schließlich setzte er sich zu ihr und bot ihr etwas zu essen an.

Sie blickte auf das Essen, dann auf ihn, und aß schließlich hungrig.

»Betrachte es doch einmal von dieser Seite«, sagte er freundlich. »Früher oder später hätten deine Eltern dich mit einem Mann verheiratet, den du vermutlich noch nie zuvor zu Gesicht bekommen hättest. Kannst du nicht versuchen, in mir einen solchen dir unbekannten Bräutigam zu sehen?«

Sie schluckte und sagte dann leise: »Ihr seid ein Pirat, ein Dieb und Mörder.«

»Eure Leute haben zuerst ein paar meiner Männer getötet.«

»Alle französischen Piraten werden getötet, sobald sie unser Land betreten«, entgegnete sie leidenschaftlich. »Sie fallen ständig über unsere Küsten her.«

»Ah.« Er begann, die Feindseligkeit der Engländer nun besser zu verstehen. »Aber ich bin kein Franzose.«

»Wenn Ihr Engländer seid, seid Ihr zweifach verdammt. Und diese Männer dort . . .« Sie blickte auf die dunkelhäutige Besatzung und schauderte.

»Sie sind Türken, Felicity.«

»Türken!« rief sie entsetzt. Zweifellos hatte inzwischen jeder in Europa von den Türken gehört.

»Ich stehe im Dienste des Sultans Suleiman . . .«

»Suleiman«, sagte sie leise. »Suleiman der Prächtige!«

Harry wölbte die Brauen. Das wird dem Sultan gefallen, sagte er sich, daß man ihm diesen Beinamen gegeben hat . . . und das in einem so fernen Land.

»Ich bringe dich in eine wunderschöne Stadt, wo du sehr glücklich sein wirst. Das verspreche ich dir.« Es kam ihm vor, als spräche er mit einem Kind.

»Ich werde niemals wieder glücklich sein«, erklärte sie voller Überzeugung.

Er lächelte und zauste ihr das goldene Haar – das war seine erste zärtliche Berührung, seit er sie an Bord gebracht hatte.

»Doch, das wirst du. Und du wirst meine Yana lieben.«

Allerdings fragte er sich, was Yana von ihr halten würde.

In den nächsten Tagen hatte er keine Zeit, sich mit Felicity Martindale zu unterhalten, denn das Wetter verschlechterte sich wieder rapide. Diesmal blies der Wind aus Nordwesten und sandte haushohe Brecher gegen die spanische und portugiesische Küste. Harry entschied, dem Sturm auf See zu trotzen, damit sein kleines Geschwader nicht an Land getrieben wurde. Und er sagte sich, daß er für das Unwetter dankbar sein sollte: Alle portugiesischen Schiffe, die sie jagten, würden in ihre schützenden Häfen zurückkehren.

Vier Tage nach dem Sturm, dem sie erfolgreich getrotzt hatten, passierten sie die Straße von Gibraltar, diesmal von der Strömung unterstützt, und befanden sich endlich wieder im Mittelmeer.

Sofort besserte sich die Stimmung an Bord, und die Männer lächelten wieder. Die gefangenen Mädchen durften an Deck und einen ersten Blick auf das sonnige Paradies werfen, das ihr künftiges Zuhause sein würde. Es war Ende Juli, die heißeste Zeit in dieser Region.

Sogar Felicity streifte die Decke ab und hob das Gesicht der lebenspendenden Sonne und der milden Brise entgegen. Harry befreite sie sogar von dem Seil, da er nicht mehr befürchtete, daß sie sich ins Meer stürzen könnte.

Sie kamen an Algier vorbei, aber wenngleich ihre Wasservorräte beinahe erschöpft waren, zogen sie es vor, weiterzusegeln. Bis Tunis waren es nur noch zwei Tage. An der Festung oberhalb von Algier waren allerlei Signalfahnen gesetzt, und Harry antwortete. Sie feuerten sogar vom Ufer aus eine Kanone ab, um seine Aufmerksamkeit zu erregen, aber er erwiderte nur den Salut, ohne haltzumachen.

Zwei Tage später schoben die beiden Schiffe sich bei Tagesanbruch um das Kap Bon herum in den Golf von Tunis. Die Männer kletterten in die Takelagen, um einen ersten Blick auf ihre Heimat zu erhaschen – und ihre freudige Erwartung verwandelte sich in Entsetzen.

Tunis stand in Flammen.

15
Roxelane

VON DER OSMANISCHEN Flotte war weit und breit nichts zu sehen, und auch die Festung schien nicht bemannt. Harry steuerte seine Schiffe mit gerefften Segeln den schmalen Kanal hinauf und blickte auf den aufsteigenden Rauch, die verkohlten Ruinen und die vereinzelten Menschen, die am Ufer winkten. Er ließ die Segel vollends einholen und die Feluken mit Hilfe der Langruder andocken.

»Hawk Pascha, Ihr müßt diesen Ort verlassen«, erzählten ihm die Überlebenden, die sich an der Anlegestelle versammelt hatten. »Der Dey, Mulai-Hasan, ist mit einem großen Heer auf dem Weg hierher, um sein Land zurückzuerobern. Einem spanischen Heer.«

Harry musterte sie verwundert; es waren nur wenige Türken unter ihnen, und sie alle waren alt. »Wer hat das getan?«

»Die genuesische Flotte und ihre spanischen Verbündeten, großer Pascha.«

»Aber was ist mit Barbarossa?«

»Das weiß niemand. Es gab eine große Schlacht in Sichtweite der Küste, aber dann drehte der Wind, und die See wurde rauh. Die Galeeren des großen Admirals wurden eingeschlossen. Die Genueser verfügten zusätzlich zu ihren Galeeren über Galeonen, die mit dem Unwetter besser zurechtkamen. Als der Sturm sich schließlich legte, waren der Admiral und seine Schiffe verschwunden.«

Harry traute seinen Ohren nicht. »Versenkt, meint Ihr?«

»Das wissen wir nicht, großer Pascha. Sie sind seither nicht mehr gesehen worden. Ihr müßt diesen Ort schnellstmöglich verlassen.«

»Ich muß erst zu meinem Haus.«

»Die spanischen Seeleute kamen an Land, um die Stadt zu plündern, bevor sie wieder in See stachen, um Barbarossa zu suchen. Wir haben unsere Familien und unseren gesamten Besitz verloren ... und jetzt wird Mulai-Hasan uns zu Sklaven machen.«

Harry schritt durch die schwelenden Straßen. Er konnte sehen, daß der Feind sehr gründlich gewesen war; inmitten verschmähter Beute lagen zahlreiche Leichen. Hunde balgten sich um die Kadaver und knurrten die Eindringlinge böse an.

Barbarossa besiegt und möglicherweise tot? Das konnte Harry einfach nicht glauben. Wenn Barbarossa tot war, mußte auch Tughlik umgekommen sein. Sein Verstand weigerte sich zu akzeptieren, was er in seinem Haus vorfinden würde.

Auch sein Palast war niedergebrannt worden; alles, was ihm lieb und teuer gewesen war, war gestohlen oder zerstört worden.

Außer jenen Besitztümern, die ihm am meisten bedeutet hatten: Diese waren zurückgelassen worden, damit er sie auch sah. Draußen auf dem Hof, der von den Flammen weitgehend verschont geblieben war, fand er die sterblichen Überreste seiner Familie. Tutusch war entmannt und anschließend gehängt worden. Seine Schwester war mit einer Lanze durchbohrt worden, die immer noch in ihrem Körper steckte. Tressilia war geköpft, Sascha der Bauch aufgeschlitzt worden. Yana war verblutet, nachdem man ihr die Brüste abgehackt hatte. Zweifellos waren die Frauen vor ihrem Tod brutal vergewaltigt worden.

Diniz hatte seine Familie ebenfalls ermordet aufgefunden. Am ganzen Leib zitternd stand er an Harrys Seite. »Waren das Menschen?« schluchzte er.

»O ja, allerdings«, entgegnete Harry grimmig. »Menschen, die uns als Ungeheuer betrachten. Sie werden dafür bezahlen.«

Diniz spürte den unversöhnlichen Haß, der von Harrys Verstand, ja seiner Seele Besitz ergriffen hatte.

»Was sollen wir als erstes tun, Herr?«

»Uns eine neue Flotte bauen – in Istanbul.«

Sie entfachten ein Feuer und verbrannten die verstümmelten, gefolterten Leichen ihrer Liebsten. Sie füllten ihre Wasservorräte auf und brachten alle Lebensmittel an Bord, die sie auftreiben konnten.

Dann – noch am selben Nachmittag – setzten sie die Segel:

zwei Feluken, alles, was von der ehemals stolzen osmanischen Flotte Barbarossas und Hawk Paschas übrig geblieben war.

Aber es würde eine neue Flotte geben -- und Vergeltung.

Felicity Martindale hatte von Bord des Schiffes aus sehen können, daß etwas Schreckliches geschehen war. Entsetzt hatte sie auf die brennende Stadt geblickt. An der Südküste Englands mochten sie sich an die Überfälle französischer Piraten gewöhnt haben, aber sie hatte noch nie eine ganze Stadt brennen sehen.

Sie konnte nicht anders, als Mitleid für den großgewachsenen Freibeuter mit dem feuerroten Bart zu empfinden, der sie ihrem glücklichen Dasein und ihrer Familie entrissen hatte. Sie sah die Qual in Harrys Augen. Schaudernd hüllte sie sich wieder in ihre Decke und kauerte sich in eine Ecke des Decks.

Es war Samstag, der heilige Tag der Moslems, der am Freitag bei Einbruch der Dunkelheit begann. Kurz nach Morgengrauen glitten die beiden Feluken langsam vom Marmarameer um den Serail-Felsen herum in den Bosporus.

Felicity stand in ihrer Decke, die sie vor dem frischen Morgenwind schützte, an Deck und blickte auf die sagenumwobene Stadt, von der sie so viel gehört hatte.

Neben ihr stemmte Harry sich gegen das Steuerruder. Der Ausdruck der Faszination in ihren Augen freute ihn. Sie hatten während der zweiwöchigen Fahrt von Tunis hierher kaum ein Wort gewechselt. Kein Besatzungsmitglied hatte viel zu sagen; alle hatten ihre Frauen und Familien verloren.

Ja, wenn Istanbul Felicitys neue Heimat werden sollte, mußte sie die Stadt lieben lernen.

Im Augenblick war sie überwältigt von ihrer Größe – und Schönheit. Bei Tagesanbruch war die Stadt am Goldenen Horn vielleicht noch beeindruckender als zu irgendeiner anderen Tageszeit. Das Licht der Sonne, die über Anatolien im Osten aufging, wurde von den glänzenden Kuppeldächern der Moscheen reflektiert, ließ die wehenden Fahnen über der Stadtmauer aufleuchten und blitzte sogar von den Helmen und Lanzen der Wachen.

Auch die Lage der berühmten Stadt war wunderschön, eingebettet zwischen dem Marmarameer und der Meerenge. Als die Feluke den Fels umschiffte, kamen auch das Goldene Horn und die Dächer Galatas in Sicht, darunter, höher als alle anderen, das Dach des Hawk-Palastes.

»Das wird dein neues Zuhause sein«, sagte Harry.

Felicity klappte vor Staunen der Unterkiefer herunter.

Als die beiden Feluken an den Docks anlegten, liefen Menschen herbei und starrten sie ungläubig an.

»Hawk Pascha«, flüsterte einer beinahe ungläubig.

Dann nahmen die Umstehenden den Ruf auf. »Hawk Pascha! Hawk Pascha ist zurückgekehrt!«

»Habt Ihr mich denn für tot gehalten?« fragte er.

Offenbar ja.

Es gab viel zu erledigen, und Harry überließ es Diniz, das Ausladen der Fracht und der Gefangenen zu überwachen. Die bedauernswerten französischen Mädchen waren mehr tot als lebendig, und so gab Harry Anweisung, sie zum Hawk-Palast bringen zu lassen, wo sie eine Woche lang hochgepäppelt werden sollten, ehe sie auf dem Sklavenmarkt verkauft wurden.

Unter dem Portikus des Hawk-Palastes starrten Bedienstete Harry an wie einen Geist. Dann verneigten sie sich tief vor ihm.

Aimée stand oben auf der großen Treppe und blickte auf ihn herab. Sie sah so bezaubernd aus wie eh und je.

»Harry?« sagte sie leise und rief gleich darauf laut: »O Harry!« Sie lief die Treppe hinunter und warf sich in seine Arme. »Es hieß, du wärst tot. Haireddin sagte, du wärst tot.«

»Haireddin ist hier?«

»Seit fast einem Monat, um seine Schiffe überholen zu lassen. Sie wurden in einem Sturm schwer beschädigt.«

»Dann ist Tughluk auch hier?« fragte er, obwohl er kaum zu hoffen wagte.

»Tughluk?«

Harry sah sie an, und sein Herzschlag schien sich zu verlangsamen. »Tughluk war bei Barbarossa.«

Aimée ließ sich auf einen Diwan sinken. »Ich habe nicht mit Barbarossa gesprochen«, sagte sie. »Ich kenne nur die Gerüchte, die in der Stadt kursieren. Er ist nicht hergekommen.«

Harry runzelte die Stirn. »Wie lange, sagtest du, ist er schon hier?«

Sie zuckte die Achseln. »Etwa drei Wochen. Ich wußte nicht, daß Tughluk bei ihm war, sonst hätte ich ihn selbstverständlich aufgesucht . . .«

»Weiß er, was in Tunis geschehen ist?«

»Ja. Ganz Istanbul weiß Bescheid. Der Kaiser hat Gesandte geschickt, mit der Vernichtung der Piraten zu prahlen. Ich dachte, Tughluk wäre dort gewesen – oder bei dir.«

Aimée biß sich auf die Unterlippe und blickte dann an ihm vorbei auf Felicity.

»Sei nett zu ihr«, sagte Harry. »Sie ist noch sehr jung und verschreckt.«

Aimée trat vor das Mädchen.

»Und außerdem sehr hübsch«, sagte sie und warf ihm einen Blick zu. »Sie hätte deiner Mutter gefallen.«

»Hätte ihr gefallen?« Zum zweiten Mal innerhalb weniger Minuten schien sein Herz sich zu verkrampfen.

Aimée runzelte die Stirn, dann wich alle Farbe aus ihrem Gesicht. »Mein Gott! Ich habe eine Botschaft nach Tunis geschickt . . .«

»Erzähl es mir jetzt«, sagte er.

»Giovanna ist im Frühling gestorben. Ihre letzten Worte galten dir, Harry.«

Harry ließ die Schultern hängen. »Wo wurde sie begraben?«

»Neben deinem Onkel und deinem Vater.«

»Ich muß zu ihrem Grab. Und dann muß ich zum Sultan. Und zu Barbarossa. Es gibt viel zu tun, Tante, ich muß meine junge Frau also deiner Obhut überlassen.«

»Frau?« fragte Aimée.

»Ich beabsichtige, sie zu heiraten. Sie hat einiges zu ersetzen.«

Aimée nickte. »Ich werde dafür sorgen, daß sie bereit ist, wenn du zurückkommst. Schade, daß sie kein Französisch spricht.«

»Ich spreche sehr wohl ein wenig Französisch, Madame«, bemerkte Felicity.

Aimée klatschte entzückt in die Hände.

»Dann hast du ja verstanden, daß diese Dame sich um dich kümmern wird, bis ich zurückkomme«, sagte Harry. Er wechselte wieder zum Türkischen. »Ich möchte nicht, daß sie enthaart wird, Tante.«

Aimée nickte.

Obwohl er völlig erschöpft war, verließ Harry das Haus, sobald er gebadet und sich umgezogen hatte. Als er mit der Fähre über das Goldene Horn übersetzte, wurde er von allen Seiten gegrüßt, da jeder den großgewachsenen Mann mit dem auffallend roten Bart wiedererkannte. Aber er hatte es eilig; samstags besuchte der Sultan die neue Moschee, die er hatte errichten lassen, die Suleiman-Moschee – sie war sogar noch größer und prächtiger als die Hagia Sofia – und Harry hoffte, im Palast zu sein, ehe Suleiman aufbrach.

Aber er kam zu spät, und entlang der Route, der die Prozession einmal wöchentlich folgte, drängten sich bereits Schaulustige.

Schwer bewaffnete Janitscharen säumten die Straße. Harry konnte nichts anderes tun, als sich durch die Menge einen Weg nach vorn zu bahnen. Nicht einmal Hawk Pascha konnte es sich erlauben, die zeremonielle Prozession des Sultans zu stören.

Diese Zwangsverzögerung gab ihm Gelegenheit, Atem zu schöpfen und nachzudenken.

Es war ihm beinahe vorgekommen wie das Ende der Welt, als er das zerstörte Tunis gesehen hatte, die Vernichtung all dessen, was er sich im Laufe seines Lebens aufgebaut hatte. Der Tod seiner Mutter und der wahrscheinliche Verlust seines ältesten Sohnes Tughluk waren weitere böse Überraschungen dieser Tragödie gewesen. Und doch war er nun von einer Welt umgeben, die lebendiger war als jede andere, die er bisher gesehen hatte.

Der Eindruck wurde nicht zuletzt von der Schönheit geschaffen, die ihn umgab – viele der Gebäude waren so neu, daß er sie noch gar nicht kannte. Er dachte daran, daß auch diese Stadt nach der Eroberung 1453 in Schutt und Asche gelegen hatte und nur langsam und zögerlich von Mehmed dem Eroberer wiederaufgebaut worden war. Und Harry erinnerte sich noch gut an das Erdbeben, das die Stadt im Jahre 1508 erneut zerstört hatte. Vor Jahren, als er mit Selim dem Gestrengen durch die Straßen geritten war, waren die Spuren der Zerstörung noch deutlich sichtbar gewesen.

Selim hatte kein Interesse daran gezeigt, Städte wiederaufzubauen, aber Suleiman hatte aus Istanbul die schönste Stadt der Welt gemacht, mit Hilfe des Genies seines obersten Architekten Sinan. In der Umgebung des alten Byzantions war kaum noch eine Spur der früheren Verwüstungen zu sehen.

Istanbul war mehr denn je ein Treffpunkt von Menschen aus aller Herren Länder, ein Ort, in dem Menschen jeder Rasse, Hautfarbe und Glaubenszugehörigkeit unter osmanischer Herrschaft in Frieden und Wohlstand lebten. Das war vor allem Suleiman dem Prächtigen zu verdanken. Während Mehmed den besiegten Griechen gestattet hatte, in ihrer Heimatstadt zu bleiben, und die Tore den Händlern aus aller Welt geöffnet hatte, war unter seiner Herrschaft ebenso wie unter der seiner zwei Nachfolger der Anyi das einzig gültige Gesetz gewesen, und dieses hatte auch nur für Türken gegolten. Suleiman hatte viele Stunden mit den Muftis, Imamen und anderen Kennern des islamischen Rechts zusammengesessen und Wege ausgearbeitet, die Gesetze auf die Ungläubigen auszudehnen. Er hatte einen völlig neuen Gesetzeskodex entworfen. Inzwischen genoß jeder den Schutz des Gesetzes, und trotz all seiner militärischen Triumphe wurde Suleiman von seinen Vasallen eher als ›der Gesetzgeber‹ geschätzt.

Er war bei weitem der populärste Sultan der Geschichte, weil er sich in einer Art und Weise unter sein Volk mischte, wie es seit Mehmed kein Sultan mehr getan hatte. Aber anders als der Eroberer umgab er sich bei diesen Gelegenheiten mit Pomp wie kein anderer Herrscher der Welt.

Die Prozession näherte sich. An der Spitze marschierten

die Janitscharen mit wippenden Roßhaarbüschen an ihren Helmen und gelben Stiefeln, deren Absätze laut auf dem Pflaster klapperten. Ihre Blicke huschten warnend nach rechts und links. Dann folgten die Spahis auf ihren edlen Pferden und mit dem ganzen Prunk, auf den sie so stolz waren.

In einigem Abstand kam die königliche Gefolgschaft, allen voran zwei Offiziere in pelzbesetzten Roben, die silberne Stäbe trugen, mit denen sie im Gehen auf den Boden schlugen. Fünf Schritte dahinter folgte Ibrahim, ganz in Gold gekleidet und mit einem konischen goldumrandeten Turban auf dem Kopf, dem Symbol seines Amtes. Harry seufzte erleichtert, als er sah, daß sein alter Freund seine Position noch innehatte.

Hinter dem Großwesir kamen die rangniedrigeren Hofbeamten, vom obersten Koch bis zum Gärtner, jeder Mann in seiner besten Robe, mit der seinem Amt zustehenden Kopfbedeckung oder einem Amtsstab in der Hand. Besonders prächtig stach der Kislar Aga des Harems in ihrer Mitte hervor.

Suleiman selbst war von den Mitgliedern seines Diwans umgeben, und diese wiederum von der Leibgarde des Sultans mit den langen Federn an ihren Helmen, die ihren Herrn fast völlig vor neugierigen Blicken verbargen.

Harry runzelte hierob die Stirn. In den Tagen William Hawkwoods hatte Suleiman keiner so strengen Bewachung bedurft.

Die Menschen begannen zu jubeln, als die Prozession sich näherte, und Harry wurde von allen Seiten von Umstehenden angerempelt, die versuchten, weiter nach vorn zu gelangen, um besser sehen zu können. Schließlich stand Harry Schulter an Schulter mit einem Mann, den er kannte, einem Venezianer.

»Was habe ich dir gesagt?« sagte der Italiener. »Hast du je etwas Prächtigeres gesehen?«

»Nein«, entgegnete sein Begleiter zustimmend. »Man nennt ihn ganz zu Recht Suleiman den Prächtigen.«

Als die Prozession vorbeigezogen war, meldete Harry sich im Palast. Er wartete geduldig in der Pforte, zusammen mit mehreren Gesandten aus westlichen Ländern.

Ein Eunuch trat auf ihn zu und verneigte sich. »Es möchte Euch jemand sprechen, großer Pascha.«

Harry musterte ihn stirnrunzelnd. »Wer?«

»Ihr müßt mich begleiten.«

Harry zögerte und folgte dann dem Afrikaner mehrere Flure entlang zu einem Raum, der an einen riesigen katholischen Beichtstuhl erinnerte: Eine ganze Wand bestand aus filigranem Gitterwerk.

Die Tür wurde hinter ihm geschlossen, und Harry war allein, jedoch nicht lange. Von jenseits des Gitterwerkes erklang eine Stimme.

»Erzählt mir von meiner Schwester, Hawk Pascha«, sagte Roxelane.

»Unglücklicherweise lebt sie nicht mehr.«

»Wie ist sie gestorben?«

»Sie wurde bei der Eroberung von Tunis durch die Spanier getötet.«

Einen Augenblick herrschte Stille, dann sagte Roxelane zornig: »Warum seid Ihr dann nicht ebenfalls tot?«

»Ich war nicht dort, als es passierte.«

»Ihr habt Euch davongestohlen und meine Schwester ihrem Schicksal überlassen?«

»Nein, ich war schon länger unterwegs, als Tunis angegriffen wurde. Ich habe erst später von der Eroberung durch die Spanier erfahren.«

»Trotzdem habt Ihr meine Schwester sterben lassen. Werdet Ihr sie rächen?«

»Das ist meine Absicht, wenn der Padischah mir die erforderlichen Mittel gewährt.«

»Ihr werdet bekommen, was Ihr braucht. Rächt meine Schwester, Hawk Pascha – oder folgt ihr in den Tod.«

Er wartete, den Blick auf das Gitterwerk geheftet, bis er nach einigen Sekunden erkannte, daß sie gegangen war.

Eine russische Sklavin, die einem Pascha des Osmanischen Reiches drohte! Aber ein russisches Sklavenmädchen, das den Sultan um den Finger gewickelt hatte.

»Hawk Pascha! Harry!« Suleiman breitete die Arme aus, um

ihn zu umarmen, als er das Privatzimmer betrat. »Man sagte mir, Ihr wärt auf See verschollen.«

»Ich bringe schlechte Neuigkeiten, Padischah.«

»Mir wurde bereits alles von diesem Schurken berichtet, der sich Barbarossa nennt. Nach all seinem stolzen Gerede hat er das westliche Mittelmeer wieder an den Feind verloren!«

»Ich habe gehört, er wäre hierher zurückgekehrt?«

»Ja. Ich habe ihn unter Arrest stellen lassen.«

»Weil er eine Schlacht verloren hat, O Padischah? Mir wurde gesagt, ein Unwetter wäre schuld gewesen.«

»Nun . . .« Suleiman strich sich über den Bart. »Ich bin geneigt, den Halunken wieder auf freien Fuß zu setzen. Nur Allah weiß, was er jetzt tun wird.«

»Wir werden um Eure Erlaubnis bitten, eine neue Flotte zu bauen, um zurückzuerobern, was wir verloren haben. Algier hat bislang standgehalten – und diesmal werden wir siegen.«

Oder sterben, fügte Harry im stillen hinzu, in Erinnerung an Roxelanes Worte.

»Und was, wenn ich Euch hier brauche, Hawk Pascha? Ich bin von Feinden umgeben.«

»Ihr, Padischah? An der Pforte drängen sich Gesandte aus allen Ländern Europas, die Euch zum Verbündeten gewinnen wollen. Sie bezeichnen Euch als Suleiman den Prächtigen.«

Aber den Sultan schien nicht zu interessieren, als was die Europäer ihn bezeichneten. »Ich rede nicht von den Ungläubigen. Mit ihnen werde ich gegebenenfalls fertig. Meine Feinde befinden sich hier in Istanbul, in meinem eigenen Serail . . .«

Mein Gott, dachte Harry, es hat sich nichts geändert.

»Padischah«, sagte er, »ich bin sicher, daß Eure Sorge unbegründet ist. Habt Ihr Euch nicht mit dem Großwesir versöhnt?«

»Ich will nichts von diesem Mann hören«, entgegnete Suleiman leise.

»Aber ich habe gesehen . . .«

»Wie er an der Spitze meines Staates marschiert, so arrogant und überheblich, als wäre er der Sultan persönlich? Ja, genau das habt Ihr gesehen, Hawk Pascha. Und als keinen

Geringeren betrachtet er sich. Wißt Ihr, daß er damit prahlt, größere Reichtümer zu besitzen als ich? Wißt Ihr, daß er sich hier in Istanbul einen Palast gebaut hat, der größer ist als der Serail? Daß er tönt, wir hätten den Sieg über die Perser allein seinem Genie zu verdanken?«

»Aber Ihr selbst seid doch in Persien gewesen«, entgegnete Harry, bemüht, dies alles zu begreifen.

»Um mich seiner zu entledigen, ja. Und was mußte ich bei meiner Ankunft feststellen? Daß er über die Hälfte meines Heeres für sich gewonnen hatte – daß meine Männer zu ihm als Führer aufblickten anstatt zu mir. Ich hatte keine andere Wahl, als gute Miene zum bösen Spiel zu machen. Nachdem die Perser die Waffen gestreckt hatten, kehrten wir gemeinsam hierher zurück, und ich ließ ihn feiern, als hätte er einen Triumph errungen, wie die Welt seit den Tagen des kaiserlichen Roms keinen mehr gesehen hat. Aber trotz meiner Großzügigkeit wurde mir täglich mehr bewußt, welche Bedrohung er für meine Position darstellt. Ich habe sogar Nachricht nach Tunis geschickt, um Euch und Haireddin zu Hilfe zu holen. Als meine Boten jedoch dort eintrafen, war Eure Flotte bereits besiegt worden.«

»Von einem Sturm zerstreut, Padischah«, verbesserte ihn Harry

»Das ist unerheblich. Eure Flotte gab es nicht mehr. Und ich mußte davon ausgehen, daß Ihr selbst umgekommen wart.«

»Aber jetzt bin ich zurück, Padischah.«

»Ja. Hört mir zu, Hawk Pascha. Ich werde Haireddin aus dem Arrest entlassen, und gemeinsam werdet ihr beide eine neue Flotte bauen, um Vergeltung an den Genuesern zu üben. Ihr werdet außerdem ein großes Kontingent an Soldaten anheuern. Aber Ihr werdet Istanbul erst auf meinen Befehl hin verlassen. Ist das klar?«

Harry verstand nur zu gut. Der Sultan plante einen Bürgerkrieg gegen seinen eigenen Wesir. Aber er wußte, daß das Mißtrauen des Sultans unbegründet und ihm von der ehrgeizigen Roxelane eingeredet worden war.

Es gab viel zu tun. Harry begab sich sogleich zu Haireddins Palast und entließ die königlichen Wachen.

»Harry!« Barbarossa schloß ihn in die Arme. »Ich habe von Eurer Rückkehr gehört und mir gesagt: Mein nächster Besucher wird entweder Harry Hawkwood sein oder mein Henker. Oder seid Ihr vielleicht beides in einer Person?«

»Ich bin gekommen, Euch zur Arbeit zu holen, alter Freund«, entgegnete Harry. »Wir haben vieles aufzuholen.«

Barbarossa schlug ihm auf die Schulter. »Und bei Allah, das werden wir!« Dann wurde er wieder ernst. »Es tut mir leid um Eure Frauen, um Yana.«

»Ihr habt ebenfalls Euren Harem verloren. Und Eure Flotte. Was ist geschehen?«

»Ich habe noch nie einen Sturm wie diesen erlebt; er kam völlig unerwartet. Ich habe im Golf von Lyon manches plötzlich aufkommende Unwetter erlebt – man nennt diesen starken Wind dort Mistral –, aber nie so weit im Süden. Beim nächsten Mal werde ich gewappnet sein und wissen, was zu tun ist.«

»Erzählt mir von Tughluk.«

Barbarossa seufzte. »Er war ein wirklich talentierter Junge. Ich hatte ihm das Kommando einer der Galeeren übertragen. Sie verschwand einfach, Harry, und mit ihr die gesamte Besatzung. Wasser muß durch die Ruderluken eingedrungen sein. Es war der heftigste Sturm, den ich je erlebt habe.«

»Torgud?«

»Er hat überlebt. Er ist hier in Istanbul.«

»Das ist wenigstens etwas.«

»Aber was die Frauen anbelangt . . . ich glaube kaum, daß ich eine von meinen Frauen so geliebt habe wie Ihr dieses russische Mädchen.« Er lachte schallend. »Ihr solltet Euren Freund, den Padischah, überreden, Euch als Ersatz Roxelane zu überlassen.«

»Gott bewahre«, entgegnete Harry.

Er begleitete Barbarossa hinunter zum Hafen, und sie machten sich daran, Pläne für größere und bessere Galeeren zu entwerfen, als es sie je gegeben hatte, Schiffe, die in der Lage wären, dem schwersten Sturm sowie der Flotte Andrea Dorias standzuhalten.

»Und den Wogen des Atlantik zu trotzen?« fragte Barbarossa.

»Damit werden wir uns befassen, wenn wir mit Doria fertig sind«, versprach Harry. »Ihr habt noch nie Länder wie diese gesehen, die nur darauf warten, geplündert zu werden.«

Er beauftragte Diniz, dem er bedingungslos vertrauen konnte, ein Treffen mit dem Großwesir zu arrangieren.

Dann kehrte er zurück zum Hawk-Palast. »Du siehst aus wie ein neuer Mensch«, sagte Aimée. »Aber du mußt erschöpft sein.«

»Das bin ich«, gab er zu. »Und vielleicht fühle ich mich auch wie ein anderer Mensch.«

»Der Sultan hat deine Niederlage verziehen?«

»Es war keine Niederlage, Tante – aber der Sultan hat mir eine neue Flotte bewilligt.«

Sie seufzte. »Wenn du das nächste Mal hierher zurückkehrst, werde ich tot sein.«

»Es wird mindestens ein Jahr dauern, unsere neue Flotte zu bauen – außerdem wirst du ewig leben. Aber jetzt muß ich mich erst um meine neue Braut kümmern.«

»Harry . . .« Sie nahm seine Hand. »Sie ist noch ein Kind.«

»Sie ist mindestens fünfzehn. Tressilia war nicht älter als sie, und Yana auch nicht. Und du selbst hast mir erzählt, daß du erst vierzehn warst, als du mit meinem Onkel verheiratet wurdest.«

Aimée biß sich auf die Lippen. »Das ist lange her. Und bedenke, Harry, Tressilia war zur Hälfte Türkin und Yana eine Wilde. Dieses Mädchen ist eine junge Lady.« Sie lächelte versonnen. »Sie ist behüteter aufgewachsen als jede andere Frau, die du bislang gekannt hast.«

Harry musterte sie stirnrunzelnd. »Du hast ihr gesagt, was sie erwartet?«

»Wie lange bist du fort gewesen? Sechs Monate? Ein Jahr? Was sollte ich ihr in diesen paar Stunden schon erzählt haben? Ich habe ihr lediglich gesagt, daß, was immer auch geschieht, du im Herzen ein guter, sanfter Mensch bist.«

»Ich werde mir alle Mühe geben, diesem Lob gerecht zu werden.«

»Sei nett zu ihr, ich bitte dich. Dann wirst du entdecken, was für ein Schatz deine Braut ist.«

Harry stieg die Treppe hinauf zu seinem Zimmer. Er hatte zwei Jahre nicht mehr auf seinem eigenen Diwan geschlafen. Das letzte Mal hatte Yana in seinen Armen gelegen.

Die Sklavenmädchen öffneten ihm die Tür und verneigten sich tief. Felicity stand am offenen Fenster und blickte hinab auf das Goldene Horn und die Schiffe, die sich im Hafen drängten. Zweifellos hatte sie ihn von der Fähre heraufkommen sehen.

Sie wandte sich ihm zu. Aimée hatte sie in traditionelle türkische Haremskleidung gesteckt, und Harry stockte der Atem. Sie besaß nichts von den fraulichen Rundungen, die ihn an Yana so gereizt hatten, aber dafür strahlte sie in ihrer Mädchenhaftigkeit eine frauliche Reinheit aus, die nicht weniger anziehend war.

Die goldenen Locken waren kräftig gebürstet worden und fielen ihr in einer gepflegten Mähne über die Schultern. Oben auf der Lockenpracht thronte ein blaßblauer Fez. Die ebenfalls blaßblaue Bolerojacke war so weit wie möglich über ihre nackten Brüste gezogen worden und wurde von ihren beiden Händen gehalten. Nur ein schmaler Streifen weißer Haut war zwischen den Rändern des Jäckchens zu sehen. Darunter war mehr blasse Haut zu sehen; ihr flacher, mädchenhafter Bauch. Die Pluderhose ließ nur die Konturen ihrer Beine sehen, aber das dunklere Dreieck schimmerte durch den Stoff.

Sie musterten einander eine Weile schweigend, dann winkte er die Sklavinnen hinaus. Sie verließen das Zimmer und schlossen die Türen hinter sich.

Als Harry auf sie zutrat, verneigte sie sich. Der Fez verrutschte, und sie mußte kichern, während sie versuchte, ihn wieder zurechtzurücken.

»Ich habe geübt«, sagte sie atemlos und mit glühenden Wangen.

Dann erst wurde ihr bewußt, daß sie die Bolerojacke losgelassen hatte, und wollte den Stoff wieder über ihre Brüste ziehen. Aber Harry kam ihr zuvor, und seine Hände schoben das Jäckchen bis zu ihren Schultern zurück.

Ihre Brüste waren die eines jungen Mädchens, kleine spitze Hügel, verführerisch in ihrer Unschuld. Er berührte die Brustwarzen und sah, wie sie sich verhärteten, während Felicity am ganzen Körper erschauerte.

»Wie alt bist du?« fragte er.

Sie befeuchtete sich die Lippen. »Ich bin fünfzehn, Herr.«

Er zog ihr den Bolero aus und entblößte ihre milchigweiße Haut. Wind und Sonne hatten ihr Gesicht gebräunt, aber der Rest ihres Körpers schimmerte blaß wie Elfenbein.

Er löste die Schnur, die die Pluderhose zusammenhielt, und der dünne Stoff glitt an ihren Schenkeln hinab zu Boden. Auch hier Schlankheit, Hüften so glatt wie Seide und feste, runde Pobacken.

Sei nett zu ihr, hatte Aimée ihn gebeten; aber es war auch eine Warnung gewesen.

Er legte einen Arm um ihre Schultern, den anderen um ihre Kniekehlen und hob sie hoch. Sie schlang ihm einen Arm um den Hals und streifte sich die Pantoffel und die herabbaumelnde Pluderhose von den Füßen.

Er hätte schreien mögen vor Freude. Sie wußte, was geschehen würde, und sie fürchtete sich nicht.

Aber er wußte, daß er sie auf die christliche Art nehmen mußte, zumindest beim ersten Mal.

Er legte sie auf das Bett und streckte sich neben ihr aus. Zum erstenmal seit ihrer dramatischen Flucht von der englischen Küste preßte er die Lippen auf die ihren. Ihr Atem war süß, ihre Zunge erst zögerlich, dann eifrig.

Als er erneut ihre Brust liebkoste, weiteten sich ihre Augen. Dann streichelte er sie zwischen den Beinen, und sie begann, schwer zu atmen.

Er wagte nicht, sich auf ihrem zierlichen Körper auszustrekken, und so kniete er sich statt dessen zwischen ihre Schenkel und hob ihren Unterleib an, um in sie einzudringen. Sie hielt den Blick unverwandt auf sein Gesicht geheftet, den Mund leicht geöffnet. Sie biß die Zähne zusammen und keuchte vor Schmerz, als er in sie eindrang, dann öffneten sich ihre Lippen wieder. Die Augen hatte sie nicht einen Augenblick lang geschlossen.

Die Hände immer noch unter ihren Pobacken, blieb er knien,

bis sein Verlangen gestillt war. Dann ließ er sie an seinen Schenkeln herabgleiten.

»Ich werde dich die Kunst der Liebe lehren«, versprach er.

Sie atmete noch schwer, und ihre Wangen waren gerötet.

»Ich werde eine gelehrige Schülerin sein, Herr«, sagte sie leise.

Das Treffen mit Ibrahim schien nach außen hin nicht mehr als der Erfüllung der notwendigen Formalitäten zu dienen. Hawkwood war angehalten, den Großwesir aufzusuchen, um seine Unterschrift, sprich seine Einwilligung, für die beträchtliche Summe einzuholen, die er für den Bau seiner Flotte benötigte.

Harry musterte seinen Freund eindringlich. Ibrahim machte nicht den Eindruck, als bedrücke ihn etwas.

Harry blickte verstohlen nach links und rechts, um sicherzugehen, daß niemand in Hörweite war. Er legte seine Liste zwischen sie beide auf den Tisch. »Gebt vor, in die Lektüre vertieft zu sein, und hört mir gut zu«, flüsterte Harry.

Ibrahim wölbte die Brauen, tat jedoch, wie geheißen.

»Erinnert Ihr Euch an unser Gespräch vor fünf oder sechs Jahren, Roxelanes Einfluß auf den Sultan betreffend?«

»Ja. Damals mangelte es mir wohl an Zuversicht.«

»Und heute seid Ihr nicht mehr beunruhigt?«

»Das war vor etwa sechs Jahren, und ich bin immer noch Großwesir – und sein engster Vertrauter.«

»Er betrachtet Euch als seinen schlimmsten Feind.«

Ibrahim musterte ihn stirnrunzelnd.

Aber Harry fuhr unbeirrt fort und erzählte ihm von Suleimans Ängsten.

»Aber das ist ja aberwitzig«, protestierte Ibrahim. »Ich konnte die Janitscharen in Persien nicht davon abhalten, meinen Namen in einem Atemzug mit seinem zu nennen . . . außerdem hatte ich bereits mehrere Siege errungen, bevor er dort eintraf.«

»Genau das ist der Punkt. Er neidet Euch Euren Erfolg in jeder Beziehung. Auch Suleiman ist trotz all seiner Pracht nur ein Mensch. Ihr solltet Euren Reichtum und Eure Macht nicht so zur Schau stellen.«

»Ich soll ein Verräter sein, weil ich mir zwei neue Paläste habe bauen lassen? Wirklich Harry, es fällt mir schwer, das zu glauben.«

»Das solltet Ihr aber – zu Eurem eigenen Besten.«

»Was soll ich denn Eurer Ansicht nach tun? Einen Aufstand anzetteln und zu dem Verräter werden, für den Suleiman mich hält? Das wäre ein schönes Ende für zwanzig Jahre Freundschaft.«

»Ich will keineswegs, daß Ihr den Aufstand probt«, entgegnete Harry. »Würdet Ihr Euch gegen den Sultan auflehnen, würde ich mich als erster gegen Euch stellen. Aber ich an Eurer Stelle würde darum bitten, meines Amtes enthoben zu werden, und in den Ruhestand gehen.«

»Würde das das Mißtrauen des Sultans nicht noch mehr schüren? Nein, nein, ich werde künftig Augen und Ohren offenhalten. Ich danke Euch für die Warnung. Wenn Roxelane dahintersteckt und versucht, mich zu stürzen, bin ich gewappnet. Sie ist nur eine Konkubine. Ich bin der Großwesir.«

Harry seufzte, aber es gab nichts, was er noch für seinen alten Freund hätte tun können.

Die nächsten Monate waren für Harry eine glückliche Zeit. Manchmal fragte er sich, ob sein Kismet ihn nicht viel mehr zum Schiffsbauer bestimmt hatte als zum Seefahrer. Er verbrachte jeden Tag viele Stunden bei den Trockendocks und sah zu, wie seine neuen Schiffe Gestalt annahmen. Barbarossa und Torgud leisteten ihm häufig Gesellschaft, und zu dritt besprachen sie die Strategie, die sie gegen die Genueser anwenden wollten, sobald die Flotte endlich in See stechen konnte.

Aber er verbrachte so viel Zeit wie nur möglich zu Hause, da er hierfür nun einen guten Grund hatte.

Er glaubte nicht, daß jemals eine Frau Yana würde ersetzen können, aber seine Liebe zu Felicity wuchs mit jeder gemeinsamen Nacht. Sie zu lieben war ein ständiger Quell der Freude. Er mußte ihr alles beibringen, aber sie lernte mit unermüdlicher Begeisterung.

Er wußte nicht, ob sie ihrem Leben in England nachtrauerte, aber sofern dies der Fall war, ließ sie sich nichts anmerken. Sie schien rundum glücklich, und er wünschte sich, daß es auch dabei blieb. Er beobachtete, wie sie mit jedem Tag geistig und körperlich reifte . . . erst recht, als sie schwanger wurde.

»Sechzehn ist ein wenig jung, um Mutter zu werden«, sagte Aimée besorgt. Sie rechnete aus, daß Felicity irgendwann im folgenden Sommer ihr Kind zur Welt bringen würde.

Aber schon im März 1536 war die Flotte fertiggestellt und bereit, in See zu stechen, und so sprach Hawkwood beim Sultan vor.

»Das sind großartige Neuigkeiten«, sagte der Sultan. »Ich werde mir Eure Truppen anschauen. Laßt sie hier vor dem Palast aufmarschieren. Haireddin, Torgud und Eure Kapitäne, Eure Euch treu ergebenen Kapitäne, sollen sich ebenfalls hier einfinden.«

Harry verneigte sich ehrerbietig.

Ende des Monats waren Suleiman und seine Paschas soweit, die Soldaten der neuen osmanischen Flotte zu begutachten. Während Torgud die Parade kommandierte, begleiteten Barbarossa und Hawk Pascha den Sultan auf seinem Gang durch die Reihen der Seeleute und Seesoldaten.

»Ihr werdet für Tunis Vergeltung üben«, sagte er. »Ihr werdet Eurem Namen, dem meinen sowie denen Hawk Paschas und Haireddin Paschas Ehre machen. Und jetzt sollt Ihr auf meine Kosten feiern.«

Die Truppen, mehrere tausend Mann stark, jubelten dem Sultan zu.

Harry ging an Ibrahims Seite, als die Paschas zur Pforte zurückkehrten. Dort nahm Suleiman auf seinem Diwan Platz und ließ den Blick über seine Minister, Generäle und Admirale schweifen.

»Ich bin sehr zufrieden«, sagte er. »Aber laßt mich noch zufriedener sein.«

Vier Eunuchen, die etwas abseits gewartet hatten, traten vor. Bevor einer der Anwesenden reagieren konnte, packten zwei von ihnen Ibrahims Arme, während die anderen ihm eine Bogensehne um den Hals legten und zuzogen.

Der Großwesir konnte nur einmal kurz nach Luft schnappen, dann war er tot.

16

Die vier Gesandten

IBRAHIM LAG AUF dem Fußboden der Pforte, und seine Mörder knieten neben ihm. Mehrere Sekunden lang waren alle Anwesenden wie erstarrt. Harry konnte nur fassungslos auf den leblosen Körper zu seinen Füßen herabstarren.

Suleiman erhob sich. »Er war ein Verräter, der danach getrachtet hat, meine Macht zu untergraben. Verkündet dem Volk seine Hinrichtung. Und sagt meinen Vasallen, daß der unrechtmäßig erworbene Reichtum des Großwesirs unter ihnen aufgeteilt werden wird. Haireddin, kümmert Euch um Eure Männer.«

Haireddin hatte die Situation sofort erfaßt. Er eilte hinaus auf den Hof.

Suleiman blickte von einem zum anderen. »Es war mein Fehler, ihn in ein so hohes Amt zu erheben. Sein Nachfolger wird ein Türke sein, und ich werde seinen Namen in Kürze bekannt geben.« Er richtete den Blick auf Harry. »Kommt mit mir, Hawk Pascha.«

Suleiman betrat sein privates Arbeitszimmer und setzte sich an den riesigen Schreibtisch.

»Ich habe getan, was getan werden mußte, Harry.«

»Bei allem Respekt, Padischah, hätte er nicht zumindest eine offizielle Anklage verdient? Eine Möglichkeit, sich zu verteidigen?«

»Diese Möglichkeit hatte er fünf Jahre lang, seit dem Zeitpunkt, da ich begonnen habe, ihm zu mißtrauen. Er ist kein einziges Mal an mich herangetreten und hat um eine Aussprache gebeten. Er ist mir mit Verachtung begegnet. Schlimmer noch, er hat mein Volk entzweit. Ich bin der Sultan, und meine Vasallen müssen mich bedingungslos als obersten Herrscher ansehen. Es war mein Ernst, als ich sagte, daß sein Vermögen unter den Armen verteilt werden würde. Auch habe ich befohlen, seine Familie auszulöschen, als Warnung für andere, die mit dem Gedanken spielen, meine Macht zu untergraben. Nun hat der Verrat ein Ende.«

Glaubst du das wirklich? fragte sich Harry. Oder ist es nur eine Frage der Zeit, bis Roxelane ihren Medusenblick auf einen anderen richtet? Sein Herz schlug plötzlich schneller.

Sie hatte damit begonnen, daß sie den mächtigsten Hofbeamten des Reiches ausgeschaltet hatte. Nun würde sie sich bestimmt dem nächsten in der Machthierarchie zuwenden – und hegte sie nicht ganz persönlichen Groll gegen Harry, nachdem er nicht hatte verhindern können, daß ihre Schwester eines schrecklichen Todes starb?

Und sie hatte befohlen, daß Ibrahims gesamte Familie ausgelöscht wurde.

»Ich kann Euren Gram verstehen, Harry«, fuhr Suleiman fort. »Ich trauere ebenfalls. Er war unser beider Freund und ein Mann großer Talente – aber kein Mann ist mächtiger als der Staat. Harry . . . es gibt niemanden, den ich lieber als Ibrahims Nachfolger sähe als Euch.«

»Padischah«, begann Harry unbehaglich.

»Aber das ist unmöglich«, fügte Suleiman hinzu.

Harry atmete erleichtert auf.

»Wie ich vorhin schon zu meinen Paschas sagte: der neue Großwesir muß einer von ihnen sein.«

»So sollte es auch sein, Padischah. Außerdem bin ich ein einfacher Soldat und Seefahrer. Ich erbitte nur Eure Erlaubnis, in See stechen zu dürfen und Vergeltung an den Genuesern zu üben.«

Suleiman nickte. »Die Erlaubnis ist Euch hiermit erteilt – für einen Feldzug. Stellt meine Ehre in den Gewässern des Mittelmeeres wieder her, Hawk Pascha, und dann kehrt nach Istanbul zurück. Ich werde Euch zu meiner rechten Hand erheben, zu meinem obersten General der Land- und Seestreitkräfte. Wir werden gemeinsam in den Krieg ziehen – wie mein Vater mit Eurem in den Krieg gezogen ist – und gemeinsam werden wir Wien erobern.«

Harry verneigte sich.

Er wies Barbarossa an, die Flotte zum Auslaufen bereitzumachen. Die Seesoldaten waren doch nicht benötigt worden, die Janitscharen in Schach zu halten, die den Tod des Großwesirs gleichgültig hingenommen hatten. Aber das hätte Harry dem Sultan auch gleich sagen können, denn die Verschwörung hatte es nur in Suleimans Phantasie gegeben: Sie war ihm von der Frau aus den Steppen Rußlands eingeredet worden.

Nun war Eile geboten, bevor sie erneut Ränke schmiedete. Er eilte zurück zum Hawk-Palast.

Aimée hatte die Neuigkeit bereits gehört, ebenso wie die offizielle Version, daß Ibrahim überführt worden wäre, einen Aufstand geplant zu haben.

»Wie dumm kann ein Mensch denn sein?« fragte sie verständnislos. »Er hatte doch alles – und hat es einfach weggeworfen.«

Als Harry ihr die Wahrheit erzählte, wich alle Farbe aus ihrem Gesicht.

»Wenn das stimmt«, sagte sie schließlich, »dann ist hier niemand mehr sicher.«

»Auch keine Frau, wenn sie dazu benutzt werden kann, einen Mann zu treffen. Tante, meine Flotte wird innerhalb der nächsten vierundzwanzig Stunden in See stechen. Ich möchte, daß du und Felicity mich begleitet.«

»Ich soll nach all den Jahren wieder an Bord eines Schiffes gehen? Ich glaube nicht, daß ich das kann. Und Felicity mit dem Kind im Bauch? Dieses Risiko kannst du nicht eingehen, Harry.«

»Ebensowenig kann ich es riskieren, Euch hier zurückzulassen. Ich schwöre dir, wenn diese Roxelane erst mit dem Finger auf jemanden gezeigt hat, ist alles verloren. Ibrahims gesamte Familie wurde ausgelöscht.«

Aimée legte fassungslos die Hände an den Hals.

»Wo können wir denn hin?«

»Nach Algier – oder Tunis, nachdem ich es zurückerobert habe. Irgendwohin, wo nur ich allein befehle. Im Namen des

Padischah selbstverständlich, aber wo ich außer Reichweite seiner Henker bin.«

Er ließ allergrößte Vorsicht walten, da er fürchtete, daß Suleiman, wenn er etwas von seinen Plänen ahnte, ihn zwingen könnte, die Frauen als Geiseln zurückzulassen. Solange seine Frau und sein Kind in Istanbul waren, mußte er früher oder später zurückkehren.

Aber wollte er sich wirklich vom Sultan abwenden? Dazu wäre er niemals fähig, er war viel zu tief in der türkischen Welt verwurzelt. Er konnte sich nur zurückziehen, bis die Lage sich entspannte – bis Roxelane starb oder der Sultan ihrer überdrüssig wurde. Es konnte doch nicht mehr lange dauern, bis sie sich in ihrem Ehrgeiz überschätzte und zu weit ging.

Aimée, Felicity und ihre persönliche Dienerschaft gingen erst eine halbe Stunde vor Auslaufen der Flotte an Bord. Aimée war nicht begeistert, aber Felicity freute sich auf die Seereise.

»Werden wir uns diesmal dort niederlassen?« fragte sie. »In Tunis?«

»Vorläufig noch in Algier. Was Tunis betrifft, werden wir abwarten müssen, wie die Dinge sich entwickeln.«

Barbarossa war weniger tatendurstig. Er hatte die neun Monate Aufenthalt in Istanbul genossen. »Ich werde alt, Harry«, gestand er seinem alten Freund. »Ich hatte vergessen, wie angenehm Luxus und Komfort sein können.«

Harry wurde bewußt, daß der alte Pirat inzwischen weit über siebzig sein mußte. Er hatte kürzlich ein Vermögen auf dem Sklavenmarkt ausgegeben und seinen Palast in Istanbul mit den hübschesten Mädchen bevölkert, die er hatte finden können.

»Ich hätte ein paar von ihnen mitnehmen sollen«, sagte er. »Aber wir sind hier um zu kämpfen, nicht um zu lieben.«

»Ich bin hier um mir ein neues Zuhause zu schaffen«, entgegnete Harry.

Sie überquerten das Mittelmeer, ohne mehr als ein vereinzeltes Segel zu sichten. Harry machte einen großen Bogen um jeden Küstenstreifen, da er keinen Kampf wünschte, bevor sie Algier erreicht hatten.

Die Stadt ruhte friedlich in der Sommersonne, als sie dort eintrafen. Al-Raschid berichtete ihnen, daß, wenngleich sie des öfteren spanische Schiffe gesichtet hatten, keine Angriffe auf den Hafen erfolgt waren. Der Kaiser war offenbar der Überzeugung, daß die türkische Seemacht mit der Rückeroberung von Tunis endgültig zerschlagen worden war.

Barbarossa ließ seine sämtlichen Schiffe an den Molen vertäuen und die Masten umlegen, damit vom Meer aus niemand die Zahl der Schiffe, die er befehligte, auch nur schätzen konnte.

Inzwischen war es zu spät für Seeschlachten; in Kürze würden die Winterstürme einsetzen. Und so verbrachten sie friedliche sechs Monate in Algier. Felicity brachte einen Sohn zur Welt, einen kräftigen, hellhäutigen, blauäugigen Jungen, den Harry nach dem berühmtesten Hawkwood Anthony taufte.

Felicity war entzückt – ebenso wie Aimée. Auch fühlten beide Frauen sich wohl in Algier. Wenngleich ihr Heim nicht so prunkvoll war wie der Palast in Istanbul, war das Klima bei weitem angenehmer, vor allem im Winter. Auch war Hawk Pascha hier der alleinige Herrscher.

Er kaufte ein junges arabisches Mädchen namens Ayesha, das etwa im gleichen Alter war wie Felicity, als Amme für den kleinen Anthony und treue Gesellschafterin für seine junge Frau.

Aber Harry war in See gestochen, um den Überfall auf Tunis zu rächen, und so stachen er und Barbarossa im Frühling mit ihrer Flotte in See. Sie stießen auf keinerlei Widerstand, wenngleich inzwischen kein Zweifel mehr daran bestehen konnte, daß Genua und Madrid von der Anwesenheit der großen türkischen Flotte im westlichen Mittelmeer erfahren hatten.

Als sie im darauffolgenden Jahr bei einem ihrer Beutezüge den italienischen Stiefel umschifften, erfuhren sie, daß erst eine Woche zuvor die genuesische Flotte in diesen Gewässern beobachtet worden war.

»Sie sind nach Norden in die Adria gesegelt«, erklärte der Kapitän, der ihnen die Neuigkeit überbracht hatte.

»Sie werden die Ionischen Inseln plündern«, mutmaßte Barbarossa. »Dort werden wir sie zum Kampf stellen.«

Sie segelten in drei Kolonnen, da Harry fest entschlossen war, den Feind nicht entkommen zu lassen, Barbarossa kommandierte das Zentrum. Harry den rechten Flügel auf der Küstenseite, und Torgud den äußeren linken.

Eine Woche später sichteten sie eine Gruppe von Schiffen, die den Schutz der Inseln verließen, die die Westküste des griechischen Festlandes säumten. Barbarossa ließ sogleich die Kampfflaggen setzen, und die Trommeln ertönten.

Harry spürte, wie sein Puls sich beschleunigte. Wenngleich er schon mit fünfzehn Jahren in den Krieg gezogen war, würde das hier seine erste richtige Seeschlacht werden.

Barbarossas Flaggschiff verstärkte bereits den Rudertakt. Harry gab Befehl, ebenfalls das Tempo zu erhöhen, und das große Schiff, zweihundert Fuß lang von seinem vorstehenden goldbeschlagenen Bug bis zu seinem überbauten Heck, schoß über die stille Wasseroberfläche. Die Sklaven legten sich stöhnend und schwitzend in die Riemen, die Zähne in ihre Holzknebel grabend.

Die Genueser näherten sich selbstbewußt unter einer bunten Fülle von Flaggen und Wimpeln, daß ihr Admiral jedoch von der Zahl und Größe der türkischen Schiffe überrascht war, zeigte sich daran, das er in letzter Minute versuchte, seine Schlachtaufstellung zu ändern. Tatsächlich hatte Harry den Eindruck, daß Andrea Doria dieses Gefecht lieber vermieden hätte.

Die Türken stürzten sich in die feindlichen Reihen. Die Kanonen auf den Vordecks dröhnten, und Kugeln krachten in die Rümpfe der gegnerischen Schiffe, zerschmetterten Ruder und machten den Feind manövrierunfähig. Die Genueser erwiderten das Feuer weniger treffsicher.

Harry hatte befohlen, daß alle Geschütze sofort nach dem ersten Abfeuern nachgeladen wurden, und so wurden bereits wieder neue todbringende Geschosse in die Rohre geschoben. Die Kugeln waren nicht größer als ein Inch im Durchmesser, aber eine Salve dieser Geschosse konnte eine ganze gegnerische Schiffsbesatzung niederstrecken.

Die Kanonen feuerten erneut, und der Hagel kleiner Geschosse ging auf die genuesische Flotte nieder. Die genuesischen Schiffe waren jedoch ebenfalls mit Kanonen bestückt, und Harry flogen die Kugeln um die Ohren. Einige seiner Männer auf dem Vordeck wurden getroffen, dann prallten die feindlichen Flotten krachend aufeinander wie gegnerische Kavallerieeinheiten.

Harrys Steuermann wurde das Ruder aus der Hand gerissen, als eine genuesische Galeere an ihnen vorbeirauschte, und die Sklaven zogen hastig die Ruder ein, soweit es ging. Die Genueser waren langsamer, und mehrere ihrer Ruderblätter wurden gekappt. Beide Schiffe drehten bei und befeuerten einander mit verschiedensten Geschossen, darunter auch Töpfe mit siedendem Öl, die mit Hilfe kleiner Katapulte durch die Luft geschleudert wurden. Bevor Harrys Galeere wieder unter Kontrolle gebracht werden konnte, wurde sie ein zweites Mal von einem genuesischen Schiff gerammt, diesmal mit voller Wucht. Männer kletterten über die Bugriemen und feuerten aus Pistolen, bevor sie näher herankamen.

Harry zog seinen Säbel und führte seine Soldaten in den Kampf. Eine Weile tobte ein erbittertes Handgemenge, bis die Genueser schließlich entweder tot oder über Bord gesprungen waren – ihr eigenes Schiff war inzwischen abgetrieben.

Der Lärm, der die fast dreihundert Schiffe umgab, die an der Seeschlacht beteiligt waren, war ohrenbetäubend. Harry sah auf allen Seiten türkische Schiffe und erkannte, daß die Genueser, wie er es zuvor schon vermutet hatte, versuchten, durchzubrechen, um aufs offene Meer hinaus zu fliehen. Er ließ seine Geschütze neu laden und feuerte in möglichst rascher Folge. Dann, als der Feind nach Süden flüchtete, aus der Adria heraus ins Mittelmeer, hißte er das Signal zur Verfolgung.

Diniz legte ihm eine Hand auf den Arm. »Barbarossa gibt einen Gegenbefehl, Hawk Pascha.«

Henry blickte zum Flaggschiff hinüber und sah, daß Barbarossa das Signal zum Sammeln gehißt hatte. Er sah nach rechts und links. Ein Dutzend Galeeren – acht genuesische und vier türkische – waren im Begriff zu sinken. Die Besatzungen schwammen um ihr Leben, während die angeketteten Sklaven schreiend ertranken. Ein weiteres Dutzend Galeeren war manövrierunfähig, die Ruder abgebrochen – jeweils sechs genuesische und sechs türkische. Die genuesischen Schiffe wurden von türkischen Soldaten geentert.

Sie hatten einen Sieg errungen, wenn auch kaum einen entscheidenden – und ganz sicher war die Schlacht keine angemessene Vergeltung für die Zerstörung von Tunis gewesen. Die genuesische Flotte war inzwischen beinahe außer Sichtweite.

Harry befahl, ein Beiboot zu Wasser zu lassen, und ließ sich zum Flaggschiff rudern. Barbarossa saß in einem Stuhl auf dem Achterdeck; sein Arm wurde gerade von seinem Leibarzt verbunden.

»Seid Ihr schwer verwundet?« fragte Harry.

»Ein Schwerthieb. Schmerzhaft, aber ein sauberer Schnitt.«

»Wir sollten die Verfolgung aufnehmen.«

»Ich weiß – aber ich bin müde. Ich bin zu alt für solche Schlachten. Dennoch haben wir einen Sieg errungen.« Er deutete auf die Küste in der Ferne. »Dort drüben liegt die Stadt Prevesa. Wir werden diesen Sieg die Schlacht von Prevesa nennen.«

»Kein sehr ruhmreicher Sieg.«

»Findet Ihr? Unsere Männer sind da anderer Meinung.«

Von allen Seiten wehten Jubelgeschrei und Fanfarenklänge herüber, nachdem die Türken entschieden hatten, daß sie gesiegt hatten.

»Suleiman wollte einen Sieg, und den hat er bekommen«, fuhr Barbarossa fort. »Ich brauchte einen Sieg als Krönung meiner Laufbahn, und ich habe diesen Sieg errungen. Ich werde nun nach Istanbul zurückkehren.«

»Aber warum? Wir werden wieder gegen Andrea Doria kämpfen müssen – und gegen die Spanier.«

»Das ist eine Aufgabe für junge Männer«, entgegnete Barbarossa. »Ich werde bald achtzig; für mich ist die Zeit gekommen, das Leben zu genießen.« Er zeigte auf Torguds Schiff, das sich ihnen näherte. »Da habt Ihr Euren Flottenkommandanten, Hawk Pascha. Er ist ein beinahe ebenso guter Seemann wie ich. Derweil werde ich der Pforte von Eurem Sieg berichten.«

Er ließ sich nicht von seinem Entschluß abbringen, und Harry gab sich nicht allzu große Mühe, ihn zu überreden. Sein Freund war tatsächlich ein alter Mann, und er war das Schlachtgetümmel müde.

Sie umarmten sich, und die Admiralsgaleere machte sich auf den Heimweg. Harry und Torgud steuerten nach Westen, wenngleich kaum noch Hoffnung bestand, die Genueser einzuholen.

»Wie lauten Eure Befehle?« fragte Torgud.

»Erst kehren wir zurück nach Algier, um die Schiffe ausbessern zu lassen und neue Verpflegung an Bord zu nehmen. Von dort aus nehmen wir dann Kurs auf Tunis.«

Barbarossa spielte seine Rolle meisterhaft, und bald schon hatte sich im ganzen Mittelmeerraum die Kunde von der Niederlage des großen Andrea Doria verbreitet. Wie der alte Pirat angekündigt hatte, besiegelte dies das Ende seines Freibeuterdaseins. Aber er war schon zu Lebzeiten eine Legende, und sein Name sollte noch Jahre Furcht und Schrecken verbreiten.

Daß Doria – und sein Herr, der Kaiser – einen Gegenschlag planten, lag auf der Hand. Aber Harry war entschlossen, bei seiner Strategie zu bleiben. In Algier verstärkte er die Befestigungen und entschied, die Hälfte seiner Flotte zum Schutz der Stadt zurückzulassen. Für ihn war Algier mehr als nur die osmanische Bastion im westlichen Mittelmeer; er war nicht gewillt, noch einmal seine Familie zu verlieren.

Der kleine Anthony war nun ein Jahr alt, und alles deutete darauf hin, daß aus ihm ein wahrer Hawkwood werden würde, zumindest, was die Größe betraf.

Aber Harrys Hauptanliegen war und blieb Tunis. Die Stadt konnte noch sicherer gemacht werden als Algier, und er wollte sie darüber hinaus aus persönlichen Gründen zurückhaben.

Da die ganze Welt annahm, daß die Türken, nachdem Barbarossa in den Ruhestand getreten war, keine unmittelbare Gefahr mehr darstellten, setzte Harry auf den Überraschungseffekt. Im Frühling des folgenden Jahres stahlen er und Torgud sich mit fünfzig Galeeren bei Morgengrauen aus dem Hafen von Algier. Zwei Tage später hatten sie die Salzseen hinter sich gelassen und fuhren den schmalen Kanal hinauf, ehe die Bewohner von Tunis und die spanischen Offiziere, so wenig wachsam wie gewöhnlich, wußten, wie ihnen geschah.

Die Außenfestung gab nur einen Schuß ab, ehe sie von den Marineinfanteristen eingenommen wurde, die Torgud vorausgeschickt hatte.

In der Stadt selbst läuteten die Alarmglocken, Fanfaren ertönten, und Trommeln dröhnten. Mulai-Hasans Männer strömten auf die Mauern.

Jede der türkischen Galeeren war mit Soldaten und Belagerungsmaterial vollgepackt. Harry hatte sogar ein Regiment Spahis mitsamt ihren Pferden verschifft. Diese wurden nun an Land gesetzt und begannen mit ihrer Operation. Harry begleitete sie, um das Manöver zu überwachen. Derweil reihte Torgud seine Schiffe auf den Salzseen auf und begann mit der Bombardierung der Mauern. Die Garnison leistete erbitterte Gegenwehr, feuerte jedoch bei weitem nicht so genau wie die Osmanen.

Harry schickte seine Einheit Spahis in der Zwischenzeit auf die Rückseite der Stadt, um sie vom Hinterland abzuschneiden, und forderte Mulai-Hasan auf, sich zu ergeben. Der Dey weigerte sich.

Hierauf begann Harry, die Belagerung voranzutreiben. Torgud brachte Artillerie an Land, und die Geschütze wurden in Position gebracht.

Die Belagerung verlief genau nach Plan, und Harry zweifelte nicht daran, daß Tunis innerhalb eines Monats fallen würde – bis er eines Morgens von Torgud persönlich wachgerüttelt wurde.

»Was ist passiert?« fragte er und setzte sich verwundert auf.

»Wir sind überlistet worden«, entgegnete Torgud, einen ungläubigen Ausdruck auf dem Gesicht.

Harry stürzte aus seinem Zelt, zum Ufer hinunter und blickte auf den Hafen. An der Aufstellung der türkischen Flotte hatte sich nichts geändert – aber draußen vor der Kanaleinfahrt lag eine andere Flotte unter dem gold-roten Banner Spaniens. Es waren ebenso ozeantaugliche Galeonen wie Galeeren, etwa neunzig Schiffe, beinahe doppelt so viele, wie die Türken besaßen. Und sie hielten die schmale Einfahrt besetzt, die die Türken nur einzeln hintereinander passieren konnten.

»Habt Ihr denn draußen auf See keine Wachschiffe postiert?« fragte Harry.

»Doch, Hawk Pascha. Sie müssen irgendwie überrascht worden sein.«

Von den Festungswällen ertönten Fanfaren; die Bewohner von Tunis hatten die spanischen Schiffe ebenfalls entdeckt. Nun hatte sich das Blatt gewendet: Aus den Belagerern waren Belagerte geworden, eingekesselt zwischen der Stadt und den feindlichen Galeonen. Torgud berief eine Versammlung seiner Kapitäne ein.

»Es gibt keinen anderen Weg«, sagte einer von ihnen. »Wir müssen unsere Männer an Land bringen, unsere Schiffe verbrennen und nach Algier zurückmarschieren.«

»Wir sollen mehrere hundert Meilen durch die Wüste marschieren?«

»Hierzubleiben würde bedeuten zu verhungern. Und im Kampf sind wir ihnen nicht gewachsen.«

Torgud zupfte an seinem Bart und blickte zu Harry hinüber.

»Es scheint tatsächlich keine andere Möglichkeit zu geben, Hawk Pascha«, brummte er.

Harry musterte ihn und blickte dann wieder hinaus auf die spanische Flotte. Er sollte sich also erneut geschlagen geben, von den Dons überlistet. Er würde durch die Wüste davonkriechen wie ein geprügelter Hund.

Tränen der Verzweiflung und des Zorns brannten in seinen Augen. Die Einfahrt war so verflucht eng. Die Sandbänke, die

die Salzseen umgeben, lagen an keiner Stelle mehr als einige Fuß tief unter der Wasseroberfläche und nirgendwo weiter auseinander als ein paar Yards. Gäbe es Gezeiten wie an der französischen und englischen Küste, könnte er bei Flut die gesamte Flotte auf einmal hinausschicken und sich den Weg in die Freiheit erkämpfen. Aber hier gab es keine Gezeiten, und darum . . . Stirnrunzelnd betrachtete er die Sandbänke.

»Werdet Ihr den Befehl geben, Hawk Pascha?« fragte Torgud.

Harry erhob sich. »Ich werde Befehl geben, morgen bei Tagesanbruch den Kampf gegen die Spanier aufzunehmen.«

Die Kapitäne machten besorgte Gesichter. Hatte ihr Pascha den Verstand verloren?

»Wir können nur hintereinander die Einfahrt passieren, Hawk Pascha«, protestierte Torgud. »Sie werden unsere Schiffe eins nach dem anderen versenken.«

»Kennt ihr die Geschichte der Eroberung Konstantinopels?« fragte Harry.

»Jeder türkische Soldat kennt diese Geschichte, Hawk Pascha.«

»Dann denkt einmal daran, auf welche Art die türkischen Galeeren ins Goldene Horn gelangt sind.«

»Bei Allah!« rief Torgud. »Sie wurden über Land gezogen.«

»Die Idee stammte von meinem Großvater«, sagte Harry.

»Aber er ließ eine hölzerne Straße bauen und mit Fett einschmieren«, bemerkte einer der Kapitäne. »Wir haben weder Holz noch Fett. Und die Byzantiner konnten die Pläne Eures Großvaters nicht durchkreuzen, weil es ihnen an Soldaten fehlte. Die Spanier hingegen können nicht nur genau verfolgen, was wir tun, sondern sind uns außerdem zahlenmäßig überlegen.«

»Mir ist bewußt, daß es hier nicht möglich wäre, für unsere Galeeren eine Straße zu bauen«, entgegnete Harry. »Aber es sollte möglich sein, einen Kanal zu graben, der tief genug ist, unsere Schiffe ins Meer zu befördern.«

Die Kapitäne musterten einander nachdenklich.

»Es wäre machbar«, stimmte Torgud schließlich zu.

»Aber der Feind wird trotzdem beobachten, was vor sich

geht«, widersprach der pessimistische Kapitän, »und auch diese Route blockieren.«

»Dann müssen wir unser Vorhaben umsetzen, bevor die Spanier merken, was wir vorhaben«, erwiderte Harry. »Wir verfügen über siebentausend Galeerensklaven, fünftausend Seeleute und viertausend Soldaten. Torgud, Ihr ermittelt die geeignetste Stelle für den Kanal, und unsere Männer machen sich an die Arbeit, sobald es dunkel wird. Wir werden unseren Kanal in einer einzigen Nacht fertigstellen müssen.«

»Das ist ein ehrgeiziges Vorhaben, Hawk Pascha«, meinte der Kapitän.

»Die Alternativen sind Tod oder Gefangenschaft, Baspar. Was ist Euch lieber?«

Es war unabdingbar, vor dem Feind – ob in der Stadt oder auf den Schiffen – zu verheimlichen, was sie beabsichtigten. Den ganzen Tag über setzten sie die Arbeiten an den Befestigungen fort, und Torgud schickte zwei seiner Schiffe den Kanal hinunter, um die am nächsten gelegenen Spanier unter Beschuß zu nehmen. Die Männer kehrten geschlagen und scheinbar zutiefst entmutigt zurück in den Hafen.

Am Nachmittag nahm Torgud Pfeil und Bogen und ließ sich in den Sumpf auf der Nordseite des Salzsees rudern, als ginge er in dem wildreichen Gebiet auf Jagd. Tatsächlich aber suchte er nach der idealen Stelle für ihren Kanal.

Derweil befreiten die Kapitäne die Galeerensklaven von ihren Bänken und brachten sie an Land, wo ihnen gestattet wurde, sich im seichten Wasser zu waschen. Dies würde den spanischen Beobachtern nur vernünftig erscheinen, da die türkischen Galeeren ja ohnehin festsaßen. Die Sklaven wurden bis zum Abend an Land belassen, dann wurde ihnen befohlen, mit den Ausschartungsarbeiten zu beginnen. Sie wurden von Seeleuten mit gezückten Säbeln bewacht, die Anweisungen bekommen hatten, ohne Zögern jeden niederzumachen, der ein Geräusch machte.

An Land zog Harry seine Männer von den Belagerungsstellungen ab, bis auf einige wenige, die weiterhin die Festungsmauern beschossen, um die Verteidiger abzulenken. Dann stieg er mit seinen Soldaten hinab zum See, und auch sie machten sich daran, einen Graben durch den Sand zu schaufeln.

Es war ein gewaltiges Vorhaben für nur eine einzige Nacht, aber Harry war fest entschlossen, seinen Plan auszuführen. Er und Torgud galoppierten entlang der langen Schlange schuftender Männer auf und ab, von denen einige gruben und andere den Aushub fortschaften. Auch hielten sie Augen und Ohren offen, da die Arbeiten nicht völlig geräuschlos durchzuführen waren. Glücklicherweise kam vom Inland her ein frischer Wind auf, der den Baulärm von Tunis fortwehte.

Zwar trug der Wind die Scharrgeräusche hinaus aufs Meer in Richtung der Spanier, aber die feindliche Flotte zeigte kein Anzeichen von Beunruhigung. Ganz offensichtlich ahnte dort niemand etwas von den Plänen der Türken.

Die Nacht verging viel zu rasch. Männer schimpften und fluchten, glitten aus und stürzten. Mehrere ertranken sogar, von ihren Kameraden im seichten Wasser niedergetrampelt. Aber sie kamen voran.

Eine Stunde nach Mitternacht ließ Harry die Galeerensklaven versammeln und an Bord der Schiffe zurückbringen. Es würde einige Zeit in Anspruch nehmen, sie alle wieder anzuketten.

Seine Soldaten und Seeleute setzten die Arbeit fort, inzwischen häufig bis zu den Hüften im Wasser, und wühlten sich langsam, aber stetig durch die Sandbank, bis das Wasser des Mittelmeers hereinzufließen begann.

Als nur noch wenige Yards übrig blieben, schickte Harry die Seeleute an Bord, um die Schiffe bereit zu machen, während die Soldaten weiterarbeiteten. Als die Verbindung zum Meer endlich hergestellt war, befand sich die erste Galeere bereits im Kanal. Der Wind wurde kühler, als der Tag nahte.

Hastig kletterten die Soldaten an Bord, Hawkwood schickte Boten aus, die restlichen Männer aus den Schützengräben zu holen. Die Spahis waren schon verständigt worden und an Bord.

Der Tag graute bereits, als Harry an Torguds Seite auf der vordersten Galeere stand und das Signal zum Rudern gab.

Die Galeere bewegte sich langsam vorwärts. Der Kanal war gerade so breit, daß der Platz knapp für die Schiffe und die Ruder reichte. Aber er war nur einhundert Yards lang, und wenngleich sie einige Male gegen die Seiten stießen, die Ruder sich in den Sand gruben und einige Männer an Deck stolperten, gelangten sie bereits nach wenigen Minuten in die tiefen Wasser des Mittelmeeres.

Die anderen Galeeren folgten ihnen. Und immer noch war von der spanischen Flotte her kein Laut zu hören. Ein Beobachtungsposten auf der Festungsmauer in Tunis entdeckte als erster, daß der türkische Ankerplatz verlassen war, und ließ verblüfft den Blick umherschweifen.

Eine Fanfare ertönte, und sofort brach auf den Festungsmauern ein gewaltiger Tumult los. Dies alarmierte nun auch die Spanier, die ihre kleinen Geschütze abfeuerten.

Aber inzwischen hatte die türkische Flotte bis auf zehn Schiffe, die sich ebenfalls zügig Bug an Heck durch den Graben schoben, das offene Meer erreicht.

»Eure Befehle, Hawk Pascha?« fragte Torgud.

»Wir werden nicht davonsegeln, ohne ihnen eine Kostprobe unseres Geschützfeuers zu geben«, knurrte Harry.

Torgud lächelte. »Gebt das Signal zum Angriff!« rief er seinen Offizieren zu.

Es war noch nicht hell genug für Signalflaggen, aber die türkischen Kommandanten erkannten auch so die Absicht ihres Admirals. Die Paukenschläge hallten über das Wasser, als die bereits erschöpften Galeerensklaven erneut angetrieben wurden.

Das Buggeschütz wurde geladen, aber Harry wartete mit dem Befehl zum Feuern, bis sie ganz dicht an die vorderste Galeone heran waren, die gerade erst den Anker lichtete und die Segel setzte. Das Geschütz dröhnte, und das Geschoß krachte in die Heckwand. Torgud rammte mit dem Bug seiner Galeere das bereits gesplitterte Heck des feindlichen Schiffes, und seine Männer schwärmten hinüber.

Der Kampf war sehr kurz, da die Spanier von dem Angriff

überrascht worden waren. Die Türken warfen sie tot oder lebendig über Bord und setzten das geplünderte Schiff in Brand. Dann ertönte das Signal zum Rückzug.

Nicht alle türkischen Enterversuche waren erfolgreich gewesen, aber Harry konnte auf ein halbes Dutzend brennender Schiffe zurückblicken, und er zweifelte nicht daran, daß zahlreiche tote Spanier in der Bucht herumschwammen. Er selbst hatte nur zwei Schiffe eingebüßt, während die anderen sich nun in rascher Fahrt vom Schauplatz ihres Sieges entfernten, der inzwischen von der aufgehenden Sonne angestrahlt wurde.

Yana, Sascha, Tressilia und die Kinder waren gerächt worden.

Dennoch: Es war ihnen nicht gelungen, Tunis zurückzuerobern, und diese Niederlage ging Harry nicht aus dem Sinn. Aber ihm war klar, daß er sein Ziel erst verwirklichen konnte, wenn er die spanische Flotte vernichtet hatte. Und so kehrten sie in aller Hast zurück nach Algier, um den Rest der Flotte in Bewegung zu setzen.

Aimée und Felicity waren außer sich vor Sorge gewesen, da sie die spanischen Schiffe nach Osten hatten segeln sehen. Nun waren sie überglücklich, daß die Flucht aus der Umklammerung gelungen war.

Harry entsandte eine Galeere mit der Nachricht seines Erfolgs nach Konstantinopel und versprach Suleiman, daß bald Kunde eines noch größeren Triumphes folgen würde. »Ich werde das Mittelmeer in einen türkischen Binnensee verwandeln«, schrieb er, »zum Ruhme Eures Namens, O Padischah.«

Dann stach er mit seinen Schiffen wieder in See. Aber die spanische Flotte war verschwunden; offenbar waren die feindlichen Schiffe in ihren Heimathafen Barcelona zurückgekehrt. Die Zeit der Kämpfe war für dieses Jahr vorüber.

Hawkwood verwandte den Winter darauf, seine Schiffe instandzusetzen und neue zu bauen. Er war fest entschlossen, im kommenden Frühling über eine noch größere Flotte zu verfügen.

Es war ein glücklicher Winter. Es gab etwas Regen, was an sich schon ungewöhnlich war, und um Algier herum sprossen Gras und Blumen. Harry hatte endlich Muße, etwas Zeit in seinem Palast zu verbringen, bei Aimée, Felicity und dem kleinen Anthony. Harry nahm seinen Sohn mit auf die Schiffe, damit er die Schiffsplanken unter den Füßen spürte und sich an den Geruch von Teer und Tauwerk gewöhnte.

»Ihr werdet ihn doch nicht als kleines Kind mit auf See nehmen«, flehte Felicity.

»Sobald er mit dem Schwert umgehen kann«, entgegnete Harry.

Bis dahin waren es noch einige Jahre, und so war Felicity beruhigt und glücklich; sie war von Haus aus eine Frohnatur.

Im neuen Jahr traf eine Galeere aus Istanbul ein und brachte Nachricht vom Sultan.

»Hawk Pascha«, schrieb der neue Großwesir Rustem Pascha, Schwiegersohn des Sultans, da er Roxelanes Tochter geheiratet hatte. »Der Padischah beglückwünscht Euch zu Eurem großen Sieg über die Spanier sowie zu Euren zahlreichen Erfolgen. Er bewundert Euer Geschick und wünscht, daß Ihr nach Istanbul zurückkehrt, um als seine rechte Hand mit ihm einen neuen Feldzug in Europa zu besprechen.«

»Was gibt es Neues in Istanbul?« fragte Harry den Kapitän.

»Eigentlich sehr wenig. Der Padischah erringt einen Sieg nach dem anderen.«

»Und ist er bei guter Gesundheit?«

»Es ist ihm nie besser gegangen, großer Pascha.«

Harry zeigte den Brief Aimée.

»Ich bin sicher, daß Gerüchte im Umlauf wären, wenn Roxelane gestorben oder in Ungnade gefallen wäre«, sagte er.

»Du fürchtest also eine Falle«, sagte sie.

»Ich fürchte, meine letzten Triumphe könnten ihr Mißfallen erregt haben.«

»Dann schinde Zeit«, riet sie ihm.

Harry befolgte ihren Rat.

»Der Padischah weiß wohl«, schrieb er, »wie gern ich wieder an seiner Seite wäre. Aber die Kampagne im Mittelmeer ist bei weitem noch nicht beendet. Ich kann mich zwar eines

Sieges über die spanische Flotte rühmen, aber wie der Padischah weiß, trotzt Tunis immer noch der osmanischen Macht, und ich kann meine Mission nicht als abgeschlossen betrachten, ehe nicht der Halbmond über der Stadt weht. Aus diesem Grund bitte ich den Padischah, mir in seiner Großzügigkeit zu gestatten, noch zwei weitere Jahre in Algier zu bleiben, damit ich mein Ziel verwirklichen und seinen Namen mit noch größerem Ruhm behaften kann.«

Einen Monat später war er auf See, noch bevor eine Antwort aus Istanbul hatte eintreffen können. Er beabsichtigte, die spanische und die genuesische Flotte zum Kampf herauszufordern.

Felicity und Aimée blickten wehmütig seinen Schiffen nach. Sie würden ihn vermissen, aber sie bangten nicht mehr um sein Leben. Hawk Pascha und Torgud hatten inzwischen einen Ruhm errungen, der nur noch von dem des legendären Barbarossa übertroffen wurde. Sie hatten sich an Algier gewöhnt, an das gleichbleibend milde Klima. Und wenn sie auch den Tag fürchteten, da die Spanier versuchen würden, sie zu vernichten, schien diese Bedrohung doch fern . . . und unwirklich, wenn Hawk Pascha anwesend war. Und die Spanier wußten nie, wann er dort war und wann nicht.

In der Zwischenzeit konnten sie sich an dem kleinen Anthony erfreuen, der zu einem kräftigen Dreijährigen heranwuchs, der, sein Holzschwert schwenkend, auf noch unsicheren Beinchen umherlief.

»Er wird in die Fußstapfen seines Vaters treten«, sagte Aimée. »Der Tag, an dem einst John Hawkwood an der Küste Anatoliens Schiffbruch erlitt und dem Emir in die Hände fiel, war einer der glücklichsten Tage in der Geschichte der Osmanen.«

»Aber auch für den Rest der Welt?« fragte sich Felicity. Sie war inzwischen siebzehn und ein ebenso kluges wie nachdenkliches junges Mädchen.

»Nun ja, vielleicht nicht – zumindest nicht für Europa«, pflichtete Aimée ihr bei. »Aber da wir mit dem Schicksal dieser Familie verknüpft sind, müssen wir das Beste daraus machen.«

»Ich frage mich, ob Kaiser Karl V., Genua oder sogar König Hal sich vielleicht mit dem Gedanken tragen, Hawk Pascha eine fürstliche Summe zu bieten, damit er die Seiten wechselt und die Pforte vernichtet«, sagte Felicity.

»Um Himmel willen schweig, Kind«, flehte Aimée. »Das ist Verrat und könnte uns allen den Tod bringen.«

»Aber leben wir nicht ohnehin in ständiger Furcht vor dem Tod?« beharrte Felicity.

»Das liegt allein an dieser Roxelane«, entgegnete Aimée. »Sie wird bald in Ungnade fallen oder sterben. Das ist es, worauf Euer Gatte wartet. Ich flehe dich an, Mädchen, denk immer daran, daß unsere einzige Hoffnung in der Gunst des Sultans liegt.«

Felicity ließ diese Frage auf sich beruhen.

Im Herbst kehrte die Flotte zurück und berichtete von einem weiteren großen Sieg in den Gewässern vor Korsika, diesmal über die vereinten spanischen und genuesischen Flotten unter Kommando Andrea Dorias persönlich. Die Besatzungen jubilierten, ebenso wie Hawk Pascha.

»Der Padischah wird hoch erfreut sein«, sagte er. »Wir haben die feindlichen Flotten beinahe vollständig zerschlagen. Im kommenden Frühjahr, noch bevor sie Zeit hatten, sich von dieser Niederlage zu erholen, werden wir Tunis zurückerobern.«

Sie arbeiteten den ganzen Winter an den Vorbereitungen für diese Expedition und sandten Nachricht von ihrem Sieg nach Konstantinopel.

»Diesmal wird es keine Flotte geben, die uns einkesselt, Torgud«, sagte Harry.

Im Frühling war Harry siegessicher – er hatte nie eine bessere Flotte oder eine begeisterungsfähigere Armee angeführt. Niemand hatte vergessen, mit welchem Geschick er sie in Tunis aus der Falle gerettet hatte, und niemand zweifelte daran, daß er sein Ziel diesmal verwirklichen würde. Er plante, ein Geschwader von sechzig Schiffen auf hoher See zu belassen, um die Spanier und Genueser abzuwehren, sollten sie vor Ort erscheinen, und die Hauptstreitmacht in den Hafen von Tunis zu steuern.

Seine einzige Sorge war, daß er Algier verhältnismäßig ungeschützt zurücklassen würde. Was seine Familie betraf, ging er jedoch kein Risiko ein: Aimée, Felicity, Anthony und sogar Ayeshah würden ihn auf seiner eigenen Galeere begleiten. Wohin er auch segelte und wo auch immer er sein Glück machte, würden auch sie hinsegeln und ihr Glück finden.

»Ich bin froh, daß ich diesmal nicht von Harry getrennt sein werde«, sagte Felicity.

Sie stand an einem der Fenster des Hawk-Palastes und sah zu, wie die *Dromon* – eine ungewöhnlich große Galeere – in den Hafen glitt, eine Fülle von Flaggen am Hauptmast.

»Ein Bote aus Istanbul.«

»Eine weitere Aufforderung des Sultans, in die Hauptstadt zurückzukehren, nehme ich an«, sagte Aimée. »Ich hoffe nur, er verbietet nicht den Angriff auf Tunis. Die Rückeroberung bedeutet Harry so viel.«

Sie ging die Treppe hinunter, und Felicity folgte ihr, wenn auch langsamer. Sie warf einen Blick aus dem Fenster auf den Innenhof, wo Anthony unter Ayeshas Aufsicht im Sand Burgen baute.

Unter dem Bogengang, der in die Empfangshalle führte, blieb Felicity stehen. Harry kam gerade aus seinem Arbeitszimmer. Welch beeindruckende Erscheinung, so groß, stark und mächtig, auch wenn inzwischen graue Strähnen seinen Bart durchzogen.

Sie erinnerte sich noch gut an ihre widerstreitenden Gefühle, als sie diesen Mann im Keller ihres Elternhauses in England das erstemal gesehen hatte, den Säbel in der Hand. Sie hatte eine Pistole an sich genommen, als die Frauen in den Keller hinuntergebracht worden waren, nicht sicher, ob sie diese gegen die Eindringlinge benutzen oder gegen sich selbst richten wollte. Als sie die respektgebietende Gestalt in der Tür hatte stehen sehen, hatte sie auf ihn geschossen. Und als sie ihn verfehlt hatte, war ihr in Erwartung ihres bevorstehenden Todes das Blut in den Adern gefroren.

Wenngleich sich dieser seltsame Mann ihren Körper wie einen Sack Kohlen über die Schulter geworfen hatte, hatte er sie nicht mißhandelt. Und obwohl sie entschlossen gewesen war, ihn zu hassen, hatte sie sich des Mitleids nicht erwehren können, das sie befallen hatte angesichts seines Schmerzes ob des Verlustes seiner Familie.

Wie hatte sie, die kleine Felicity Martindale, den brutalen Korsaren bemitleiden können, der sie aus dem Schoße ihrer Familie gerissen hatte? Und doch war es so gewesen, um so mehr als er seinen grenzenlosen Zorn in keiner Weise an ihr ausgelassen hatte. Statt dessen hatte er sie in diese prächtigste aller Städte gebracht, in diesen märchenhaften Palast, und hatte sie einer wunderschönen und herzensguten Frau vorgestellt, die sie inzwischen stolz war, ihre Freundin und Tante nennen zu dürfen.

Damals hatte sie gespürt, daß sie für sein Bett bestimmt war – nicht als Lustgespielin für Mußestunden, die man wegwarf, wenn man genug von ihr hatte. Er wollte sie zur Frau. Es hatte nicht lange gedauert, und sie hatte sich nichts anderes mehr gewünscht als das. Und an seiner Seite hatte sie erfahren, welches Glück es bedeutete, mit einem solchen Mann verheiratet zu sein. Gemeinsam mit ihm einen Sohn aufzuziehen.

Natürlich bedauerte sie, daß Harry einem Mann diente, den ganz Europa als den Antichristen betrachtete. Jedoch hoffte sie, ihn eines Tages dazu bewegen zu können, in den Schoß der Kirche zurückzukehren. Und wenn sie seine Familie auf den rechten Pfad zurückführen wollte, dann mit Hilfe dieses kleinen Jungen draußen im Hof, in dessen Adern mehr englisches Blut floß als in denen Harry Hawkwoods oder des Onkels, den er so verehrt hatte.

Bis dieser Tag gekommen war, mußte sie sich in Geduld üben.

Und dies bedeutete, ihren Gatten und seine seltsamen Sitten zu jeder Zeit anzuerkennen. Sich mit ihm seiner Triumphe zu freuen. Und so stand sie mit stolzgeschwellter Brust am Fuß der Treppe, während sie auf den Boten aus Istanbul warteten, der Grüße des Sultans überbrachte – und zweifellos seine Glückwünsche.

Es waren vier Gesandte; dunkelgesichtige Männer in prächtigen Roben. Würdevoll betraten sie die Empfangshalle und verneigten sich tief vor Hawk Pascha.

»Wir überbringen Euch den Gruß des Padischah, Herr.«

Harry Hawkwood erwiderte die Verneigung.

»Und Nachrichten«, fügte der Gesandte hinzu und ließ den Blick erst über Aimée und dann über Felicity gleiten, die beide am Fuß der Treppe standen.

Die Ahnung drohenden Unheils stieg in ihr auf, und plötzlich fröstelte sie.

»Die Nachrichten sollen Euch vertraulich mitgeteilt werden, großer Pascha. Sie sind streng geheim.«

Harry Hawkwood nickte. »Unterhalten wir uns in meinem Arbeitszimmer«, sagte er und führte sie zur Tür.

Aimée trat einen Schritt vor, als wolle sie etwas sagen.

Felicity wurde bewußt, daß sie ebenfalls einen Schritt nach vorn gemacht hatte, und sie hielt inne.

Wie sollte eine einfache Frau den starken, selbstsicheren Hawk Pascha vor einer drohenden Gefahr warnen?

Die Tür des Arbeitszimmers blieb geöffnet, nachdem die Männer eingetreten waren. Von dort, wo sie am Fuß der Treppe stand, konnte Felicity weder in den Raum hineinsehen noch hören, was gesprochen wurde.

Aimée schlich vor, um zu lauschen, und blickte sich dann fragend zu Felicity um, als von jenseits der offenen Tür ein seltsamer Laut zu ihnen herüberdrang, halb Protest, halb ungläubiges Luftschnappen.

»Felicity«, kreischte sie. »Lauf! Lauf um dein Leben! Nimm das Kind und lauf! Uns bleibt nur die Rache.«

Felicity zögerte nur den Bruchteil eines Augenblicks, dann rannte sie den Flur hinunter zum Innenhof am anderen Ende.

Als sie den Bogengang erreichte, warf sie über die Schulter einen Blick zurück. Drei der Gesandten des Sultans, die sich als heimtückische Mörder erwiesen hatten, waren aus dem Arbeitszimmer getreten, Bogensehnen in den Händen.

Nicht einmal Hawk Pascha hatte etwas gegen die so überraschend um seinen Hals geschlungene Bogensehne ausrichten können. Jetzt suchten die Mörder nach ihr und Anthony. Der Sultan hatte befohlen, die Hawkwoods auszulöschen. Aber Aimée versperrte ihnen den Weg, warf sich ihnen zwischen die Füße, so daß sie über sie stolperten und auf dem Marmorboden auf die Knie fielen. Fluchend legten sie ihr eine Bogensehne um den Hals.

Die schöne und würdevolle Aimée, die so viel gelitten und so lange gewartet hatte, ehe sie endlich mit ihrem geliebten William Hawkwood vereint gewesen war, gab ihr Leben, um das der Felicity zu retten.

Felicity rannte wie von Furien gehetzt auf den Hof, packte den Jungen und lief weiter – durch den hinteren Teil des Hauses und hinaus in die Myriaden von Straßen der Kasbah von Algier.

Ayeshah folgte ihr dichtauf. Treue Ayeshah. Gemeinsam würden sie Anthonys Leben retten.

Im Namen der Vergeltung. Denn Vergeltung war alles, was ihnen noch geblieben war.

VIERTES BUCH

DER KREIS SCHLIESST SICH

Das Leben ist ein Schachbrett von Nächten und Tagen,
Auf dem das Schicksal mit menschlichen Figuren spielt:
Es schiebt sie von hier nach dort über das Brett,
Vereint und vernichtet,
Und nimmt die Figuren eine nach der anderen wieder aus dem Spiel.

Omar Khayyam

17
Der Korsar

AYESHA STÜRZTE ZUR Tür herein.

»Herrin!« rief sie. »Herrin! Die Flotte kehrt zurück!«

Felicity Hawkwood hob ruckartig den Kopf und stach sich mit der Nadel in den Finger. Aber sie ignorierte den Blutstropfen, legte ihre Näharbeit beiseite und folgte ihrer Dienerin auf die Veranda.

Genaugenommen war Ayesha für Felicity keine Dienerin mehr. Die beiden Frauen waren die besten Freundinnen geworden. Sie hatten gemeinsam zu vieles erlebt und durchgestanden, um noch an Standesunterschieden festzuhalten.

Ayesha wußte sehr gut, was Felicity immer empfand, wenn die Flotte zurückkehrte; sie teilte ihre Gefühle.

Felicity blickte auf die zahlreichen Schiffe, welche die berühmten Molen ansteuerten, die Algier bis zu diesem Tage uneinnehmbar gemacht hatten. Es war noch gar nicht so lange her, daß Kaiser Karl V. persönlich eine Expedition angeführt hatte, mit dem Ziel, das Mittelmeer – sein Mittelmeer – von den barbarischen Korsaren zu säubern. Eine Flotte war vor der Stadt aufgetaucht, und eine Armee war an Land gesetzt worden. Aber diesmal hatte das Wetter den Spaniern übel mitgespielt. Ein plötzlicher Sturm hatte die Flotte zerschlagen, und die Armee hatte rasch wieder abgezogen werden müssen, bevor die Soldaten verhungerten.

Seither hatten sich die Spanier nicht mehr blicken lassen. Und nun hatte sich sogar der Kaiser zur Ruhe gesetzt; er hatte abgedankt und sich in die Abgeschiedenheit eines Klosters zurückgezogen.

Seine gewaltigen Herrschaftsgebiete waren aufgeteilt worden zwischen seinen Söhnen Philipp II., der nun Herrscher von Spanien und über die von Kolumbus entdeckten neuen Länder war, und seinem Bruder Ferdinand, der sich zum Kaiser hatte krönen lassen und über Mitteleuropa herrschte. Die Tage, in denen ein einzelner Kopf darüber hatte entscheiden können, ob der steten Ausweitung der osmanischen Macht Einhalt geboten werden sollte, waren endgültig vorbei.

Man konnte sagen, daß die Korsaren die kaiserliche Macht gebrochen hatten. Denn es war die osmanische Seemacht, die Karl V. die größte Niederlage beschert hatte. Während Suleiman der Prächtige immer wieder an Wien, der Stadt des goldenen Apfels, wie die Osmanen sie nannten, gescheitert war, hatten die Galeeren des Piraten jedes christliche Haus innerhalb von zwanzig Meilen der Mittelmeerküste das Fürchten gelehrt.

Harry Hawkwood und Haireddin Barbarossa hatten mit diesen Beutezügen begonnen, und Haireddins inzwischen ruhmreicher Nachfolger Torgud hatte sie fortgeführt.

Und an Torguds Seite segelte Anthony Hawkwood.

Der letzte Hawkwood, dachte Felicity. Der allerletzte.

»Ich sehe das Banner des Admirals«, rief Ayesha aufgeregt. »Und das von Piale Pascha.«

Der ungarische Renegat war inzwischen zu Torguds erstem Offizier aufgestiegen.

»Und Anthony?«

Ayesha blinzelte gegen die Morgensonne; ihre Augen waren besser als Felicitys, wenngleich beide Frauen gleich alt waren – siebenunddreißig. Seit über zwanzig Jahren lebten sie nun zusammen, mit ihren Erinnerungen . . . und sie hatten die Freuden geteilt, zuzusehen, wie Anthony von einem Kleinkind zu einem Jungen, von einem Jungen zu einem Jugendlichen und von einem Jugendlichen zu dem Mann, der er heute war, herangewachsen war.

»Da!« rief Ayesha. »Da! Er ist da, Herrin! Er ist da.«

»Gott sei Dank!« flüsterte Felicity erleichtert. »Gott sei Dank!«

Sie verließ die Veranda und kehrte zu ihrem Stuhl und ihrer Näharbeit zurück. Dort würde sie verharren, bis er zu ihr kam.

Jedesmal wenn er in See stach, glaubte sie, vor Sorge um ihn zu sterben; sie fühlte sich alt und wagte kaum noch, in den Spiegel zu sehen. Schon mit siebenunddreißig Jahren durchzogen graue Strähnen ihr Haar – wofür es genügend Gründe gab.

Aber jedesmal wenn er zu ihr zurückkehrte, fühlte sie sich wieder wie ein junges Mädchen.

Als sie und Ayesha sechzehn Jahre zuvor mit dem damals vierjährigen Anthony aus dem Hawk-Palast geflohen waren – was ihnen nur gelungen war, weil Aimée Ferrand ihr Leben geopfert und vier todbringende Gesandte aufgehalten hatte –, war ihr einziges Streben die Flucht gewesen.

Aimée hatte im Tod nach Rache geschrien, aber Aimée war aus anderem Holz geschnitzt gewesen, sie war ihr ganzes Leben von Ränkeschmieden und Zwietracht umgeben gewesen. Für Felicity war das alles noch zu neu und unbegreiflich gewesen.

Aber wohin sollten sie entfliehen? Jenseits der Stadt lag die Wüste.

Sie und Ayesha hatten sich in einem Palmenhain versteckt, ohne eine Ahnung, was sie als nächstes tun sollten – und dort waren sie entdeckt worden. Sie hatten die Männer aus schreckgeweiteten Augen angestarrt und mit den Blicken nach den Bogensehnen gesucht, die ihrem und auch Anthonys Leben ein Ende machen würden.

Aber die Männer, die sie in ihrem Versteck aufgespürt hatten, waren keine Mörder gewesen. Torgud Pascha hatte sie entsandt, um die beiden in Sicherheit zu bringen.

Torgud war ebenso schockiert gewesen wie jeder andere in Algier, als er vom Tod Hawk Paschas erfahren hatte. Daß die Mörder auf Befehl des Sultans gehandelt hatten, hatte ihn befremdet, da er wußte, daß der englische Renegat dem Sultan nicht treuer hätte ergeben sein können.

Es lag nicht in Torguds Natur, gegen Suleiman aufzubegehren, ebensowenig wie es in Harry Hawkwoods Natur gelegen hatte. Er hatte also den Willen des Sultans einfach hingenommen, die Mörder bewirtet und anschließend wieder nach Hause geschickt.

Jedoch hatte er zu diesem Zeitpunkt bereits Harry Hawkwoods Frau und seinen Sohn aufgespürt. Er hatte sie in seinem eigenen Haus aufgenommen und den Jungen wie einen eigenen Sohn aufgezogen. Aimée Ferrand hatte vor ihrem Tod Vergeltung gefordert, aber daran hatte Torgud keinen Gedanken verschwendet. Der Padischah hatte Hawkwoods Tod befohlen, und damit gab er sich zufrieden ... Der Padischah mußte Gründe gehabt haben, die sich der Kenntnis des Normalsterblichen entzogen.

Aber das bedeutete nicht, daß er, Torgud, den Sohn seines toten Freundes nicht lieben und zu einem Marinekommandanten ausbilden konnte – vielleicht gar zu seinem Nachfolger.

Felicity war verblüfft gewesen, wie er Harrys Ermordung einfach hinnehmen konnte, hatte jedoch keine andere Wahl gehabt, als sich zu fügen. Torgud hatte sie bei sich aufgenommen und dafür gesorgt, daß sie weder belästigt noch auf dem Sklavenmarkt verkauft wurde, obwohl sie als eine der schönsten Frauen von Algier galt, aber er hatte ihr nicht gestattet, die Stadt zu verlassen. »Die Hawks haben über Generationen dem Padischah gedient«, hatte er ihr geduldig erklärt. »Es sind in der Vergangenheit schon Hawks hingerichtet worden, und ihre Söhne sind doch Paschas geworden. Irgendwie hat Euer Gatte sich die Feindschaft der Sultan Valideh zugezogen.«

Denn schon längst zweifelte niemand mehr daran, daß Roxelane die wahre Sultan Valideh war, auch wenn Gulbehar noch lebte und Prinz Mustafa noch Erbe des Diwans war. Es war allgemein bekannt, daß der Sultan mehr Zeit mit Prinz Selim verbrachte, dem Sohn, den Roxelane ihm geschenkt hatte, und daß er ihre Tochter nicht minder schätzte.

»Aber die Sultan Valideh könnte sterben«, hatte Torgud beharrt. »Oder in Ungnade fallen – wer weiß das schon? Und wenn das geschieht, wird Euer Sohn wieder in der Gunst des Sultans stehen.«

Dieses Schielen auf die Macht war Felicity zutiefst zuwider gewesen, aber sie war durch ihre Not gezwungen, Torguds Ansichten gelten zu lassen. Und im Laufe der Jahre, während die Neuigkeiten aus Konstantinopel von der zunehmenden Macht der Sultan Valideh gekündet hatten, war ihre Furcht noch gewachsen. Roxelane hatte ihre Tochter mit einem hohen Beamten verheiratet, Rustem, und dieser war prompt zum Großwesir ernannt worden. Dann war ihr krönender Schlag gefolgt; erst vor drei Jahren hatten sie erfahren, daß Prinz Mustafa auf Befehl des Sultans wegen angeblichen Hochverrats hingerichtet worden war. Gulbehar war also nur noch eine alternde Haremsdame, während Roxelane offiziell ihren rechtmäßigen Platz als Sultan Valideh eingenommen hatte. Da ihr Sohn nun Thronerbe war und ihr Schwiegersohn Großwesir, hielt sie praktisch die Fäden der Macht über das Osmanenreich in Händen.

Und mein Sohn kämpft für sie, dachte Felicity – für die Frau, die seinen Vater auf dem Gewissen hat!

Aber zumindest war er wohlbehalten zu ihr zurückgekehrt.

Sie lauschte den Schritten und erkannte, daß er nicht allein war. Seit Harrys Ermordung machte jede Abweichung vom Alltag sie mißtrauisch, und so blickte sie den beiden Männern mit klopfendem Herzen entgegen.

Torgud Pascha war großgewachsen, mit scharfgeschnittenen Zügen und einem schwarzen Schnurrbart, dessen Enden zu beiden Seiten seiner schmalen Lippen herabhingen. Er stand in dem Ruf, gegenüber seinen Feinden sowie jedem anderen, der sich ihm in den Weg stellte, hart und grausam zu sein. Harry Hawkwoods Witwe gegenüber hatte er sich niemals von dieser Seite gezeigt, abgesehen von seiner Weigerung, ihr zu gestatten, mit ihrem Sohn Algier zu verlassen.

Aber Torgud war darüber hinaus ein überaus erfolgreicher Mann. Wenn er auch nicht an den legendären Ruf Haireddins heranreichte, hatte er doch bedeutendere Triumphe errungen als Barbarossa.

Und er genoß seinen Erfolg und seinen Ruhm. Seine Kleider waren aus feinster Seide und der Griff seines Säbels mit Gold und Edelsteinen verziert. Er trug den Kopf hoch, wie es einem Mann gebührte, der in zwanzig Jahren keine einzige Niederlage hatte hinnehmen müssen.

Aber Felicity hatte nur Augen für den jungen Mann an seiner Seite. So groß Torgud auch war, wurde er doch von Anthony Hawkwood überragt. Er war über sechs Fuß groß, hatte breite Schultern, feuerrotes Haar, einen ebensolchen Bart und saphirblaue Augen – und er strahlte ein grenzenloses

Selbstvertrauen aus, das nur aus bester Gesundheit und dem Bewußtsein der eigenen Fähigkeiten erwachsen konnte.

Da sie ihn bis zur Eifersucht liebte und sich davor fürchtete, ihn an eine andere Frau zu verlieren, hatte sie ihm bislang ihre Erlaubnis verwehrt zu heiraten, wenngleich er bereits zwanzig Jahre alt war. Statt dessen hatte er zwei Konkubinen bekommen, und bislang schien er mit diesem Arrangement ganz zufrieden. Aber selbstverständlich würde er eines Tages doch heiraten müssen, und zwar bald. Aber eine türkische Frau würde die Bindung an die Osmanen stärken und die zu seiner Mutter schwächen, und Felicity war fest entschlossen, den schwarzen Tag so weit wie möglich hinauszuzögern.

»Torgud Pascha!« Sie neigte den Kopf in einem respektvollen Gruß und wandte sich Anthony zu. »Mein Sohn!«

»Mutter!« Anthony schloß sie in die Arme. »Wir bringen große Neuigkeiten.«

»Eure Fahrt war erfolgreich.«

Torgud Pascha lächelte. »Allerdings. Unsere Frachträume sind zum Bersten gefüllt. Aber das ist es nicht, was mich zu Euch führt. Es gibt Neuigkeiten aus Istanbul.«

Felicity hielt die Luft an. »Was für Neuigkeiten?« In ihren Augen war Istanbul ein einziges Höllenloch.

»Sag du es ihr, Junge«, ermunterte Torgud nun Anthony.

»Wir haben es von einem venezianischen Kapitän erfahren, Mutter«, erklärte er. »Mutter, er hat uns erzählt . . . daß Roxelane tot ist.«

Felicity musterte ihn stirnrunzelnd. »Das hat euch ein venezianischer Kapitän erzählt?«

»Er kam gerade aus Istanbul«, erklärte Torgud. »Dort ist der Tod der Sultan Valideh Stadtgespräch.«

»Nun . . .« Felicity ließ sich auf ihren Stuhl zurücksinken. »Wenn das stimmt, ist zumindest diese unheilvolle Wolke vom Himmel verschwunden.«

»Das ist nicht alles«, sagte Torgud.

Felicity hob den Kopf und sah ihn an.

»Wie Ihr wißt, bin ich im Laufe der Jahre regelmäßig in Istanbul gewesen«, fuhr Torgud fort. »Ich hatte dort zahlreiche Audienzen beim Sultan und seinen Wesiren. Dem Padischah ist vor einiger Zeit bewußt geworden, daß die Russin ihn verhext hat. Er wollte sie nicht töten, weil sie die Mutter von Prinz Selim war und, wie einige behaupten, weil sie bis zuletzt noch Macht über ihn hatte. Und doch bereut er vieles von dem, wozu sie ihn verleitet hat. Inzwischen bedauert er die Hinrichtungen Ibrahims und auch die seines Sohnes Mustafa zutiefst. Ebenso wie die Hawk Paschas, heißt es.«

»Gerüchte«, entgegnete Felicity traurig.

»Diese Dinge habe ich selbst an der Pforte gehört«, widersprach Torgud. »Und es ist eine Tatsache, daß er Rustem verbannt und an seiner Stelle Mehmed Sokollu zum Großwesir ernannt hat.«

»Inwieweit sollte uns das jetzt noch betreffen?« fragte Felicity. »Hawk Pascha ist tot, und nicht einmal der Sultan kann ihn wieder lebendig machen.«

»Aber es kann einen neuen Hawk Pascha geben«, argumentierte Torgud. »Es hat hundert Jahre lang einen Hawk Pascha gegeben, und so sollte es wieder sein.«

Felicity betrachtete ihren Sohn nachdenklich.

»Der große Pascha hat recht, Mutter«, sagte Anthony. »Du selbst hast mir von den Reichtümern erzählt, die unsere Familie einst besessen hat. Von dem Palast in Istanbul. Warum sollte ich nicht Anspruch auf diese Reichtümer erheben, jetzt, da die Hexe tot ist?«

»Weil du nicht mit Sicherheit weißt, ob diese Gerüchte den Tatsachen entsprechen«, erwiderte Felicity verzweifelt. »Wenn du dich ohne ausdrückliche Aufforderung des Sultans nach Istanbul begibst, legst du damit den Kopf in die Schlinge.«

Anthony warf Torgud einen hilfesuchenden Blick zu.

»Das wäre möglich«, gab Torgud zu. »Aber das Risiko ist nicht größer als das, im Kampf von einer Kugel getroffen zu werden. Und der Lohn, den es einbringen könnte, wäre um ein Vielfaches größer.«

»Das größte Geschenk überhaupt, großer Pascha, wäre es für uns, wenn mein Sohn und ich diesen Ort verlassen und zu meiner Familie zurückkehren dürften. Warum weigert Ihr Euch, uns dies zu gestatten?«

»Weil es Hawk Paschas Pflicht ist, für den Sultan zu kämpfen«, entgegnete Torgud geduldig. »Das ist sein Schicksal, ebenso von seinem Kismet wie von seinen Vorfahren vorgezeichnet.«

Felicity seufzte. Sie und Torgud hatten diese Fragen in der Vergangenheit schon unzählige Male erörtert.

»Außerdem . . . habt Ihr Euren Sohn je gefragt, ob er überhaupt nach England zurückkehren möchte?«

Felicity blickte auf Anthony. Nein, dachte sie. Ich habe ihn nie gefragt, weil du ihn mit den Heldengeschichten über seinen Vater und mit dem Ruhm, der damit einhergeht, unter deiner Flagge zu kämpfen, verhext hast. Du hast einen heidnischen Piraten aus ihm gemacht. Und jetzt willst du ihn in den Tod schicken. Aber wenn es sein Wunsch ist zu gehen, dann habe ich ihn verloren, ob er nun hingerichtet wird oder nicht. Es könnte kein stärkeres Band geben als die Gunst des Sultans, ihn mir zu entfremden.

»Anthony, möchtest du nach Istanbul zurückkehren?« fragte sie.

»Ja, Mutter. Ich möchte vor den Padischah treten und erfahren, was mein Schicksal sein soll.«

Felicity wandte sich wieder Torgud zu.

»Die Galeere des jungen Hawk wird morgen auslaufen«, sagte er. »Ich werde ihn persönlich begleiten.«

»Dann werde ich ebenfalls nach Istanbul zurückkehren«, seufzte Felicity. Wenn ihr Sohn starb, wollte sie bei ihm sein.

Und diesmal würde sie nicht davonlaufen.

Anthony Hawkwood stand am Bug seiner Galeere, die vom Marmarameer in den Bosporus glitt. Er hatte den Großteil der vergangenen Nacht dort verbracht, voller Ungeduld auf die Stadt, von der er all die Jahre so viel gehört hatte.

Er war in diesem Palast gezeugt worden, hatte ihn jedoch nie gesehen. Jetzt kehrte er zurück, um sich seinem Schicksal zu stellen. Sein Vater war auf Befehl des Sultans hingerichtet worden, aber dieses Schicksal drohte jedem Pascha, der den Argwohn des Padischah erregte. Und Anthony zweifelte nicht daran, daß es ihm gelingen würde, noch erfolgreicher zu sein, als es Harry Hawkwood je gewesen war. Auch konnte er sich kein anderes Leben vorstellen als das eines Seekapitäns im Dienste des Sultans, im ständigen Kampf mit den Feinden des Osmanenreiches. Und er hoffte, eines Tages eine ganze Flotte zu kommandieren.

Ayesha stand an seiner Seite. Sie hatte die Hauptstadt ebenfalls noch nie gesehen und war noch aufgeregter als er. Und vielleicht war ihr sogar noch bewußter als ihm selbst, daß hier sein Schicksal lag.

Ein Schicksal, das auch das ihre war.

Denn sie hatte über ihn gewacht, so lange sie denken konnte, und war ihm in vieler Hinsicht eine zweite Mutter geworden.

Nun blickten sie gemeinsam voller Staunen auf die hohen Mauern, die aus dem Morgennebel auftauchten, auf die Türme und Kuppeln jenseits der Befestigungen. Sie blickten voller Bewunderung zu jener Moschee, die einst die Hagia Sophia gewesen war, der Blauen Moschee, der Moschee Mehmeds II., und der Moschee Suleimans, der größten und prächtigsten von allen.

»Sie wurde von dem Baumeister Sinan entworfen«, erklärte ihnen Torgud, der sich zu ihnen gesellt hatte. »Istanbul verdankt diesem Mann einen Großteil seiner heutigen Schönheit.«

Inzwischen konnten sie auch das Goldene Horn sehen. »Als die Stadt sich noch in den Händen der Ungläubigen befand«, fuhr Torgud fort, »versperrte ein Ausleger in Form einer schweren Eisenkette die Hafeneinfahrt, um die Feinde abzuhalten. Heute ist eine solche Sperre nicht mehr nötig. Denn das Schwarze Meer ist ein türkischer See geworden.«

Die Galeere glitt in den halbmondförmigen Hafen, die Ruder wurden eingeholt, und das Schiff legte an einem der vielen Kais an. Torgud Paschas Banner war erkannt worden, und man hatte seinem Schiff in aller Hast Platz gemacht. Nun eilte der Hafenmeister persönlich herbei, um den berühmten Admiral willkommen zu heißen.

Anthony blickte den Hügel von Galata hinauf zum Hawk-Palast.

»Euer Urgroßvater hat dieses Haus gebaut«, erklärte ihm Felicity. »Ich habe nur kurze Zeit dort gelebt, aber es war ein traumhaft schönes Zuhause.«

»Du wirst wieder dort wohnen, Mutter« versprach Anthony. »Und es wird wieder ein traumhaft schönes Zuhause sein.«

»Wir müssen uns beeilen«, drängte Torgud. »Eure Ankunft wird sich herumsprechen. Es wäre besser, wenn wir den Serail vor den Gerüchten erreichen würden. Ayesha, begleite deine Herrin nach Galata und suche dort für Euch eine Unterkunft, bis wir zurück sind.«

»Und wenn Ihr nicht zurückkehrt?« fragte Felicity.

Torgud lachte und reichte ihr einen Beutel mit Goldstükken. »Dann kehrt zurück nach England, denn dann werden wir tot sein.«

Torgud zog Anthony fort, ehe Felicity weiter protestieren konnte. Sie nahmen die Fähre zur Stadtseite des Goldenen Horns und mischten sich unter die Menschen in den belebten Straßen. Männer und Frauen musterten sie neugierig, aber verstohlen. Torgud war allseits bekannt, aber es kam selten vor, daß er allein und ohne den seinem Rang gebührenden Pomp durch die Straßen ging.

Aber war er auch allein? War das nicht ein Geist an seiner Seite? Aber niemand wagte, diese Frage laut auszusprechen.

Als Torgud und Hawkwood durch das weiße Tor das alte Byzantion betraten, blickte Anthony staunend auf die wunderschöne Architektur, die ihn umgab, auf die großzügigen Plätze und breiten Straßen, die so völlig anders waren als die Stadt, in der er aufgewachsen war. Dann kam der Serail in Sicht, das prächtigste Gebäude, das er je gesehen hatte.

»Folgt in allem meinem Beispiel«, riet Torgud ihm eindringlich, als sie sich der Pforte näherten.

Anthony nickte.

»Torgud Pascha ersucht um Audienz beim Padischah«, teilte Torgud dem Hauptmann der Palastgarde mit. »Unterrichtet den Großwesir von meiner Anwesenheit.«

Er gehörte zu den wenigen Männern im gesamten Osmanenreich, die eine solche Forderung stellen konnten. Die meisten mußten auf dem Hof warten und hoffen, bemerkt und angehört zu werden.

Der Hauptmann salutierte und schickte einen seiner Männer, der eilends im Palast verschwand, während sein Vorgesetzter Anthony von Kopf bis Fuß musterte.

»Euer Diener wird hier warten, großer Pascha«, sagte er schließlich.

»Er ist kein Diener«, entgegnete Torgud. »Und wir werden beide mit dem Padischah sprechen.«

Diesmal zögerte der Hauptmann. Dann machte er kehrt und führte sie durch einen Innenhof, auf dem sich Männer drängten, die sich miteinander unterhielten. Alle wandten den Kopf und musterten den Admiral und seinen Begleiter neugierig. Dann nahmen sie ihre Gespräche wieder auf, und erregtes Stimmengemurmel erhob sich.

An einer Tür, die von besagtem Hof abging, wartete ein Mann. Er war noch recht jung, aber reich gekleidet und trug den eckigen Turban eines Großwesirs. Das war der Mann, der Rustems Platz eingenommen hatte, als die Unterschlagungen dieses Halunken nach Roxelanes Tod ans Licht gekommen waren. Als Schwiegersohn des Sultans war Rustem nicht hingerichtet worden – aber Suleiman hatte ihn auf einen Landsitz weit fort von Istanbul verdammt.

Torgud verneigte sich. »Eure Exzellenz Sokollu.«

»Torgud Pascha. Sicher hat Euch ein dringendes Anliegen mit solcher Hast nach Istanbul geführt?« bemerkte der Großwesir.

»Es handelt sich um einen privaten Besuch, Exzellenz. Ich möchte dem Padischah einen Protegé vorstellen.«

Sokollu betrachtete Anthony Hawkwood genauer. »Beim Barte des Propheten«, murmelte er schließlich und zupfte an seinem eigenen Bart.

Während Anthony die strengen Züge betrachtete, die von dem listigen Ausdruck in den Augen und dem zynischen Zug um den Mund gemildert wurden, erinnerte er sich, daß Mehmed Sokollu, der als Kind seinen christlichen Eltern geraubt und in der Janitscharenschule ausgebildet worden war, eine beeindruckende Laufbahn hinter sich hatte und unter anderem auch Kommandant der östlichen türkischen Flotte gewesen war. Da er jedoch erst kürzlich in sein Amt als höchster Beamter des Reiches erhoben worden war, betrachtete der Wesir seine Position zweifellos noch nicht als gesichert. Tatsächlich wußte er, daß er sich eines Tages mit Roxelanes Sohn

Selim, dem jetzigen Thronerben, würde auseinandersetzen müssen.

Sokollu musterte Hawkwood mit gleichem Interesse. »Ich habe Euren Vater gekannt, junger Hawk«, sagte er schließlich.

Anthony verneigte sich und fragte sich, ob Sokollu in irgendeiner Weise an der Ermordung Harry Hawkwoods teilgehabt hatte. Aber er war nicht gekommen, Rache zu üben.

»Die Audienz wird Euch gewährt«, fuhr Sokollu fort. »Ich denke, der Padischah wird daran interessiert sein, sich mit Euch zu unterhalten.«

Torgud und Hawkwood wurden in einen weiteren Innenhof geführt, wo ebenfalls Männer versammelt waren, die sich angeregt unterhielten. Die meisten von ihnen hielten Pergamentrollen in der Hand, die sie zweifellos dem Sultan persönlich vorlegen wollten.

Es waren sogar Männer, die, wie im Westen Europas üblich, ein Doublet trugen, eine Kniehose oder ein Wams darunter, die in verschiedenen Sprachen miteinander redeten. Jedoch nicht in Englisch, seiner Muttersprache, die Felicity ihm beigebracht hatte.

Nur Minuten nachdem Sokollu sie dort zurückgelassen hatte, trat ein Diener aus der Pforte und eilte durch die Menge auf sie zu. Alle Köpfe drehten sich dem Diener erwartungsvoll zu, und einige der Anwesenden runzelten überrascht und zornig die Stirn, als die zwei zuletzt Eingetroffenen zum wartenden Großwesir geführt wurden.

Sokollu verneigte sich. »Es ist dem Padischah eine Freude, Euch Audienz zu gewähren, junger Hawk.«

Anthony warf einen Blick auf Torgud, der triumphierend lächelte.

»Bleib nur immer du selbst, Junge. Mehr kann ein Mann ohnehin nicht sein.«

Als sie die Pforte betraten, konnten sie den legendären Diwan sehen, aber es war niemand dort. Sokollu, der ihnen vorangegangen war, setzte sich. Rechts und links von ihm saßen weitere Wesire sowie auch Paschas in gold- und silberverzierten Stahlkürassen und in Seidenroben, deren leuchtende Farben jeweils zu den Juwelen paßten, mit denen ihre Helme und

Säbelgriffe besetzt waren. War dies nicht das reichste Volk der Welt?

»Willkommen in Istanbul, Admiral«, begann Sokollu förmlich. »Und auch Euch, junger Hawk.«

Torgud verneigte sich, und Anthony folgte seinem Beispiel, während er sich insgeheim fragte, wo der Sultan steckte. Dann bemerkte er den Wandschirm weit hinten auf der linken Seite des Raumes und kannte die Antwort. Das Herz schlug ihm bis zum Hals.

»Wenn ich Euch richtig verstanden habe, habt Ihr den jungen Hawk hergebracht, um ihn dem Padischah vorzustellen«, fuhr Sokollu fort. »Sagt mir, was Euer Anliegen an unseren Herrn ist, junger Hawk.«

Wieder warf Anthony Torgud einen raschen Blick zu, und diesmal nickte sein väterlicher Freund.

»Ich erbitte einen Dienstrang, der meinem Namen und meiner Herkunft entspricht, Eure Exzellenz«, sagte er. »Ich bin der Sohn Hawk Paschas.«

»Das ist uns bekannt, und Euer Anliegen ehrt Euch.« Sokollu blickte auf den Wandschirm.

»Ich werde mit dem jungen Hawk sprechen,« meldete sich nun endlich der Sultan zu Wort.

Beim Klang der ruhigen Stimme neigten alle Anwesenden sofort den Kopf. Dann war das leise Rascheln von Seide zu hören, gefolgt vom leisen Schließen einer Tür.

»Nun entscheidet sich Eure Zukunft, junger Hawk«, raunte Sokollu ihm zu. »Begleitet diesen Diener.«

Ein Eunuche war auf der Seite des Diwans erschienen. Anthony blickte auf seinen Ziehvater, und Torgud nickte erneut. Anthony folgte dem Eunuchen einen mit Teppichen ausgelegten Flur hinunter, der von Wohlgerüchen erfüllt war, und in einen Raum, der mit den kostbarsten Stoffen geschmückt war, die er je gesehen hatte. Dort saß der Sultan auf einem Diwan an der Wand, rechts und links von Wandschirmen flankiert.

Der Eunuche streckte die Hand aus, und Anthony zögerte, da er nicht wußte, was der Diener von ihm wollte. Dann deutete der Eunuch auf seinen Gürtel, und Anthony verstand. Er schnallte seinen Säbel ab und überreichte ihn dem Diener.

Der Eunuche wartete, bis Anthony ihm auch seinen Dolch ausgehändigt hatte. Hierauf huldigte der Eunuche dem Sultan, indem er sich einen Augenblick vor dem Diwan flach auf den Boden legte, ehe er sich wieder erhob und mit Hawkwoods Waffen den Raum verließ.

Anthony musterte den Mann, dem seine Vasallen den Beinamen ›der Gesetzgeber‹ verliehen hatten, während seine Feinde ihn als ›den Prächtigen‹ bezeichneten – er war der mächtigste Herrscher der ganzen Welt.

Beinahe hätte er vor Verblüffung nach Luft geschnappt. Wenngleich seine Mutter den Sultan nie zu Gesicht bekommen hatte, hatte Torgud ihm zahllose Geschichten über den Herrscher erzählt, dessen Größe nun seit beinahe dreißig Jahren die Welt in Erstaunen versetzte.

Anthony wußte, daß Suleiman zweiundsechzig Jahre alt war – und jemandem, der beinahe vierzig Jahre jünger war, erschien dies schon alt genug. Aber nun sah er sich einer geschrumpften, greisenhaften Gestalt gegenüber, die noch weit älter aussah. Die Schultern des Sultans waren gebeugt, er atmete kurz und angestrengt, und seine bleichen Wangen waren mit Puder rot gefärbt worden. Die Haut an seinen Händen spannte, und jede blaue Ader zeichnete sich deutlich unter der blassen Haut ab.

Jedoch war der Sultan in ein prächtiges Seidengewand gehüllt, Ringe von unschätzbarem Wert schimmerten an seinen Fingern, und weitere Juwelen zierten seinen Turban.

Schließlich ergriff Suleiman das Wort. »Harry Hawkwoods Sohn«, sagte er. »Kommt näher, Junge, damit ich Euch ansehen kann.«

Anthony näherte sich dem Diwan.

»Harry Hawkwoods Sohn«, sagte der Sultan noch einmal. »Euer Vater und ich waren einst Freunde.«

»Das ist mir bekannt, O Padischah«, entgegnete Anthony vorsichtig.

»Wir waren mehr als Freunde.« Ein brütender Ausdruck trat auf das Gesicht des vorzeitig gealterten Sultans. »Ich habe ihn geliebt wie einen Bruder.«

»Mein Vater war ein glücklicher Mann, O Padischah.«

»Und wißt Ihr auch, daß ich Euren Vater ermorden ließ?« fragte Suleiman.

Anthony wußte nicht, was er hierauf erwidern sollte. Er wünschte, Torgud wäre hier, um ihn zu führen.

»Ja.« Suleiman verstand sein Schweigen. »Man hat es Euch erzählt, junger Hawk.« Er seufzte. »Könnt Ihr Euch vorstellen, daß bei einem Mann mit zunehmendem Alter der Wunsch immer stärker wird, mit einem Fingerschnippen zumindest einige seiner vergangenen Taten ungeschehen machen zu können? Vielleicht kann er es sogar. Seht . . .« Er schnippte mit den Fingern. »Bin ich nicht ein Zauberer? Harry Hawkwood steht vor mir. Was spielt es für eine Rolle, daß er einen anderen Namen trägt? Er ist immer noch der Hüne, mit dem ich einst gelacht und mich unterhalten habe . . . mit dem ich in den Krieg gezogen bin.«

Der Sultan erhob sich. »Komm her, Junge.«

Anthony trat vor, und zu seiner Verblüffung schloß der Sultan ihn in die Arme.

»Wenn Ihr nur wüßtet, wie sehr ich den Tod Eures Vaters bedaure«, sagte Suleiman. »Wie auch immer . . . die Toten können nicht wieder zum Leben erweckt werden. Wir können nur an den Überlebenden Wiedergutmachung üben.«

Er nahm Anthonys Hand und führte ihn den Flur hinunter zurück zum Audienzsaal, wo Torgud, Sokollu und die anderen Paschas warteten. Der Sultan ging an ihnen vorbei, betrat die Terrasse und blickte auf die wartende Menge herab.

Alle verneigten sich beim Anblick ihres Herrn.

»Ich stelle Euch Hawk Pascha vor«, verkündete Suleiman mit lauter, klarer Stimme. »Hawk Pascha ist zurückgekehrt.«

Mehmed Sokollu hastete mit dem unverzichtbaren Roßschweif herbei.

Anthony konnte es kaum erwarten, nach Galata zu eilen und seiner Mutter die großartige Neuigkeit zu überbringen, aber erst mußten er und Torgud speisen, rechts und links vom großen Sultan sitzend. Weitere Gäste an der Tafel waren der Großwesir und Prinz Selim. Der Prinz war ein gutaussehender Mann Mitte Dreißig, aber Anthony verspürte keine Sympathie für ihn. Selim sah nur selten jemandem in die Augen.

Er stocherte lustlos in seinem Essen, und seine Lippen zuckten immer wieder seltsam unruhig und unbeherrscht.

Sofern Suleiman das merkwürdige Verhalten seines Sohnes bemerkte, ließ er sich nichts anmerken.

»Erzählt mir von den Taten des jungen Hawk, Admiral«, sagte er.

Torgud ließ sich nicht zweimal bitten. Er berichtete von Überfällen auf spanische und französische Küstenstädte, von Scharmützeln auf See und den großen Seeschlachten, aus denen sie siegreich hervorgegangen waren. Er berichtete von der Eroberung Tripolis' 1551 und von der Flucht der Johanniter nach Malta – das war Anthonys erste Kampagne gewesen, im Alter von fünfzehn Jahren. Er erzählte von der Eroberung von Bastia in Korsika zwei Jahre später und von den türkischen Eroberungen entlang der nordafrikanischen Küste in den vergangenen drei Jahren. Nur Tunis befand sich noch in spanischer Hand.

»Aber auch Tunis wird bald fallen, O Padischah«, erklärte er lachend. »Dieser neue König von Spanien, dieser Philipp, scheint sich mehr für den Atlantischen Ozean zu interessieren als für das Mittelmeer. Er betrauert den Tod seiner englischen Gattin . . . es heißt, er hoffe darauf, die Halbschwester und Nachfolgerin der verstorbenen Königin zu heiraten, Elizabeth.«

Torgud prahlte damit, wie Anthony Hawkwood in kleinen wie in großen Schlachten bei Angriff oder Rückzug die Nachhut kommandiert hatte. Diese vollmundigen Lobpreisungen ließen Anthony schamhaft erröten.

»Ich habe oft genug an der Seite Harry Hawkwoods gekämpft«, sagte Torgud. »Ich hätte nie gedacht, daß es einen zweiten wie ihn geben könnte. Aber dieser Junge ist sogar noch beeindruckender, als es schon sein Vater war«

»Das klingt gut«, sagte der Sultan schließlich. »Mein Reich hat in den vergangenen zwanzig Jahren sehr gelitten . . . Ihr werdet nicht nach Algier zurückkehren, junger Hawk. Ihr müßt hier in Istanbul bleiben. Ich weise Euch als Flaggschiffkommandant Ali Muesinsade Pascha zu. Stellt Euer Können unter Beweis, und Ihr werdet eine eigene Flotte befehligen –

das verspreche ich. Torgud, Ihr werdet Euch einen neuen Helden suchen müssen.«

Torgud neigte nur den Kopf, aber Anthony traute seinen Ohren kaum.

»Ihr werdet im Hawk-Palast wohnen«, fuhr Suleiman fort. »Und jetzt erzählt mir von Euren Frauen und Kindern.«

»Ich bin nicht verheiratet, O Padischah.«

Suleiman musterte ihn stirnrunzelnd. »Unverheiratet? Als erwachsener Mann?«

»Das war der Wunsch seiner Mutter, O Padischah«, erklärte Torgud. »Die Dame Felicity ist Engländerin.«

»Ah! Ja, ich erinnere mich. Und sie hat ihren Sohn als Engländer erzogen. Es gibt wohl kein Volk auf der Erde, dessen Männer so spät heiraten. Aber wir müssen Euch von diesem grausamen Drachen von einer Mutter befreien, Hawk Pascha.« Suleiman lächelte. »Ihr fürchtet den Zorn Eurer Mutter. Das ist gut. Ein Mann sollte seine Mutter fürchten. Aber ich verspreche, daß nicht einmal sie mir grollen wird. Ich werde Eure Frau sehr sorgfältig auswählen. Eure Mutter hat Euch als Engländer erzogen und Euch eine Heirat mit einer Türkin verwehrt. Also gut, ich werde Euch eine Christin zur Frau geben. Würde Euch das nicht gefallen?«

»Es wäre mir eine große Freude, O Padischah.«

»Hier in Istanbul lebt eine junge Frau namens Barbara Cornaro. Ich werde sie mit Euch vermählen.«

Anthony starrte ihn verdattert an. »Einfach so?«

»Sokollu«, sagte Suleiman ungeduldig. »Ihr werdet die Signora Cornaro von meinem Entschluß bezüglich ihrer Tochter in Kenntnis setzen.«

Der Wesir neigte den Kopf.

»Die junge Dame ist von sehr hoher Abstammung – eine richtige Prinzessin«, erklärte Suleiman, wieder an Anthony gewandt. »Ihre Großtante war Königin von Zypern.«

»Wird eine solch hochgestellte Dame denn in eine Ehe mit einem unbekannten Seemann einwilligen, O Padischah?« fragte Anthony verwirrt.

Suleiman lächelte. »Ihr seid kein unbekannter Seemann. Ihr seid Hawk Pascha, und was noch wichtiger ist, Ihr steht in der Gunst des Sultans. Als Bürgerin von Istanbul hat sie gar keine andere Wahl, als sich meinem Wunsch zu beugen.«

Als sie wieder allein waren, klärte der Großwesir den verwirrten Anthony über die Hintergründe der Entscheidung des Sultans auf.

»Caterina Cornaro war eine hochgestellte Venezianerin, die 1472 mit James II. de Lusignan, dem König von Zypern, vermählt wurde. Die Ehe sollte das Bündnis von Venedig mit Zypern besiegeln. James starb kurz nach der Eheschließung und ließ seine Frau schwanger zurück. Sie brachte seinen Sohn zur Welt, James III., aber die Mutter mußte die Regentschaft übernehmen, bis er alt genug war, und so wurde ihr der Titel Königin von Zypern zuerkannt. Sie war erst neunzehn und überfordert mit der Aufgabe, ein so unruhiges Volk zu regieren – das sich auch noch rundherum von osmanischen Territorien eingezwängt sah. Dennoch blieb sie sechzehn Jahre lang an der Macht. Allerdings starb ihr Sohn in dieser Zeit, und so dankte sie ab und übergab Zypern ihrer Heimatstadt Venedig. Sie kehrte in die Heimat zurück und ließ sich in Treviso nieder, wo man ihr ein Herrenhaus überließ. Den Titel einer Königin jedoch behielt sie bis zu ihrem Tod bei.

Das Mädchen, von dem der Sultan Euch erzählte, diese Barbara ist die Enkelin eines der Brüder der Königin. Als vor einigen Jahren ein Friedensvertrag zwischen dem Dogen von Venedig und dem Padischah ausgehandelt wurde – die vorangegangenen Verträge waren immer dann gebrochen worden, wenn die Venezianer es als vorteilhaft erachtet hatten, den Krieg wiederaufzunehmen –, verlangten wir zur Sicherheit einige Geiseln. Sie stammten aus den angesehensten Familien Venedigs und ließen sich in Istanbul nieder, als Garantie für die Vertragstreue ihres Landes.

Der Neffe von Barbara Cornaro gehörte auch zu diesen Geiseln. Er kam mit seiner Frau und seiner kleinen Tochter hierher . . . und ist bis heute geblieben.«

»Als Gefangener des Padischah?« bemerkte Anthony.

»Das ist theoretisch richtig, praktisch sieht es jedoch etwas anders aus«, entgegnete Sokollu. »Pietro Cornaro lebt in seinem eigenen Palast und wird in jeder Hinsicht sehr respektvoll behandelt.«

»Es sei denn, es kommt wieder zum Krieg zwischen dem Sultan und Venedig. In diesem Fall dürfte er wohl erdrosselt werden.«

Der Großwesir nickte und senkte die Stimme, als er fortfuhr: »Aber hat nicht jeder Mann in unserem Reich dieses Schicksal vor Augen, Hawk Pascha? Wer wüßte das besser als Ihr selbst? Glaubt mir, ich schätze und respektiere Euren scharfen Verstand, aber ich würde Euch raten, Eure Worte und Taten stets sorgfältig abzuwägen, zumindest solange Ihr hier in Istanbul weilt. Und was die Dame Barbara betrifft, so soll sie von großer Schönheit und noch größerer Bildung sein. Ihr könntet keine bessere Frau finden, auch wenn sie nicht vom Padischah in Euer Bett befohlen würde.«

»Das verstehe ich, Exzellenz«, entgegnete Anthony respektvoll. »Ich werde mich dem Willen des Padischah in allem beugen.«

Und doch fühlte er sich unbehaglich. Wenngleich seine Mutter sehr um seine Erziehung bemüht gewesen war, wies seine Bildung große Lücken auf – in Algier gab es nur sehr wenige Bücher. Und wenngleich er den Eindruck hatte, seine Konkubinen zufriedengestellt zu haben, war ihm doch bewußt, daß ein großer Unterschied bestand zwischen seinen Abenteuern mit zwei jungen Dienerinnen und den Herausforderungen einer erotischen Beziehung mit einer jungen Frau, die sich ihm zweifellos überlegen fühlen würde.

Felicity war keineswegs erfreut über die Neuigkeiten, die ihr Sohn mitgebracht hatte.

»Eine Frau!« rief sie aus. »Einfach so!« Sie schnippte mit den Fingern. »Ein Mädchen, das ich noch nicht zu Gesicht bekommen habe.«

»Der Padischah hat es befohlen«, erklärte Torgud, der Anthony nach Galata begleitet hatte.

»Ha«, schnaubte Felicity verächtlich.

»Es heißt, die junge Dame wäre von außergewöhnlicher Schönheit«, fuhr Torgud fort. »Und ihre Familie ist sehr wohlhabend. Sie wird eine beträchtliche Mitgift mit in die Ehe bringen. Und mit Euch im Hawk-Palast wohnen, den der Sultan Eurer Familie auf immer überlassen hat.«

Diese Aussicht stimmte Felicity etwas milder, zumal Torgud ihr mitteilte, daß der Padischah ihr unbegrenzten Kredit gewährte, um den einstmaligen Glanz des Palastes wiederherzustellen. Und doch war sie weit davon entfernt, dem Sultan zu verzeihen. »Der Padischah scheint zu glauben, daß er sich meine Vergebung für den Mord an meinem Mann erkaufen kann«, bemerkte sie grimmig.

»Ich bezweifle, daß er auch nur daran gedacht hat«, widersprach Torgud. »Aber er möchte das frühere Ansehen der Hawks wiederherstellen.«

Felicity war erfreut, als der Großwesir Mehmed Sokollu persönlich am späten Nachmittag im Palast erschien, begleitet von einer ganzen Armee von Handwerkern, die sich sogleich daran machten, den bröckelnden Putz und die mottenzerfressenen Vorhänge zu ersetzen.

»Dies wird wahrlich ein Palast werden, der einer Prinzessin würdig ist«, bemerkte er. »Und nun erwarten Euch Signor und Signorina Cornaro.«

»Mein Sohn ist nicht hier«, erwiderte sie. »Er ist bei seinen Schiffen im Hafen.«

Ein Lächeln huschte über Sokollus Gesichtszüge. »Das weiß ich. Darum bin ich ja hier. Der Padischah hat befohlen, daß bei dieser Heirat nach europäischen Sitten verfahren wird. Ihr sollt entscheiden, ob die Braut Euch zusagt. Hawk Pascha wird sie erst in der Hochzeitsnacht zu sehen bekommen.«

Felicity stockte der Atem, und sie war plötzlich schrecklich unruhig.

»Und die Brauteltern sollen entscheiden, ob ich ihnen zusage?«

Der Wesir lächelte immer noch. »Das Einverständnis der Brauteltern ist Euch gewiß. Es ist der Wille des Padischah.«

Die Tür öffnete sich, und Beatrice Cornaro sah ihre Tochter an.

»Die Engländerin ist hier«, erklärte sie. »In Begleitung keines Geringeren als des Großwesirs.«

Barbara erhob sich von ihrem Stuhl. Ihr Herz raste, und sie fühlte, daß ihre Wangen glühten.

»Setz dich, mein Kind«, befahl ihre Mutter. »Sonst fällst du mir noch um. Wir müssen sie warten lassen, zumindest ein wenig. Wir mögen ja ihre Gefangenen sein, aber wir sind nicht ihre Sklaven.«

Barbara ließ sich auf das Polster zurücksinken.

Ihre Mutter nahm an ihrer Seite Platz . »Hast du Angst?« fragte sie sanft.

»Ja, Mama.«

»Nun, das ist nur natürlich.« Beatrice Comaros ausdrucksvolle Gesichtszüge – sie war eine Mocenigo, und es gab keine ältere und ehrwürdigere venezianische Familie – wurden weicher. »Wir sind Opfer eines großen Verbrechens. Aber wenn es dein Schicksal sein soll zu leiden, denke immer daran, die Würde und Gelassenheit zu wahren, die deinem Namen gebühren.«

»Ja, Mama«, entgegnete Barbara.

»Dieser Flegel, dieser Pirat, ist ein Günstling des Sultans. Weiß der Himmel, warum. Aber der Himmel hat ja in osmanischen Angelegenheiten nichts zu schaffen. Es scheint, als hätte der Sultan seinen Vater ermorden lassen wie so viele andere und als wolle er jetzt am Sohn Wiedergutmachung üben. Nur gut, daß so wenige seiner Opfer Söhne hatten, die sie überlebt haben, sonst würde sein Gewissen ihn noch dazu verleiten, die Hälfte der Frauen seines Reiches zwangszuvermählen. Jetzt hör mir gut zu, Kind: Er wird deinen Körper auf heidnische Art mißbrauchen wollen.«

Barbara hatte Beklemmungen und bekam kaum noch Luft. »Ja, Mama.«

»Du wirst keine andere Wahl haben, als das hinzunehmen, da der Doge persönlich dieser Ehe zugestimmt hat. Und da wir selbst keine andere Wahl haben, als die Bedingung deines Ehemanns anzunehmen, daß dein Beichtvater dich nicht begleiten wird. Kann man sich eine größere Barbarei vorstellen? Und dann wagt er es noch, sich als Christen zu bezeichnen. Aber wenigstens haben sie sich damit einverstanden erklärt, daß dich deine Zofen begleiten. Du wirst also in dieser Lasterhöhle nicht völlig allein sein.«

»Ja, Mama.«

»Denk nur daran, daß dieser Schurke dir aus der Hand fressen wird, wenn du ihm erst einen Sohn geboren hast.«

»Ja, Mama.«

»Und denk auch daran, daß du die schönste Frau bist, die er je gesehen haben wird.«

»Bin ich das, Mama?«

»Dort ist der Spiegel, Kind. Sieh selbst.«

Nach kurzem Zögern gehorchte Barbara. In Wahrheit war es trotz der Ermahnungen ihres Beichtvaters in letzter Zeit ihre Lieblingsbeschäftigung geworden, ihr Spiegelbild zu betrachten.

Als erstes betrachtete sie jetzt ihr dunkelgrünes Samtkleid, das mit Pelz besetzt war, weniger weil es an diesem Tag besonders kalt gewesen wäre, sondern weil es galt, den Reichtum möglichst hervorzukehren. Ihr weißer Unterrock, der von der Taille bis hinab auf den Boden zu sehen war, da der grüne Samtrock vorn geschlitzt und seitlich gerafft war, war ebenfalls aus Samt und mit einem dezenten Blumenmuster verziert. Ihr Mieder und die Ärmel des Kleides waren reich bestickt, und am Hals und an den Handgelenken trug sie Gazerüschen.

Ihr Gürtel und die Ambrakugel waren aus Gold und mit Edelsteinen besetzt; ihre Manschetten und ihre Haube waren mit Gold verziert.

Der hohe Stehkragen des Kleides verbarg die Länge ihres Haares, das sorgfältig unter dem Kopfputz verborgen war – wie bedauerlich diese Mode auch sein mochte bei einer Frau wie Barbara Cornaro, die ihr Haar zu ihren anziehendsten Attributen zählte. Es war mahagonifarben, voll, seidigglänzend und leicht gewellt; wenn es ihr offen über die Schultern fiel, machte es alles andere vergessen. Aus ihrem Gesicht gekämmt und hochgesteckt, rückten statt dessen ihre feingeschnittenen Züge in den Vordergrund.

Sie hatte hohe Wangenknochen und eine klare Wangenlinie, dazu eine gerade Nase, ein spitzes Kinn, volle Lippen und weit auseinanderstehende bernsteinfarbene Augen. Abgesehen von ihrem rosigweißen Porzellanteint – sie verließ das Haus nie ohne schützenden Schleier – hätte sie einem Gemälde von Tizian entstiegen sein können.

Ihre Figur, die mit sechzehn bereits wohlgerundet war, war nicht minder auffällig; ihr Kleid hob die schlanke Taille, die schmalen Hüften und die vollen Brüste hervor, während der Sitz des Gürtels auf ungewöhnlich lange Beine schließen ließ.

Sie holte tief Luft, während sie sich selbst betrachtete, und ihre Nasenflügel bebten.

Beatrice klatschte in die Hände. »Du bist ausgesprochen hübsch, mein Kind«, sagte sie. »Komm, sollen wir jetzt diese Engländerin mit unserer ganzen Schönheit blenden?«

Einst hatte Beatrice Mocenigo ganz genauso ausgesehen wie ihre Tochter heute.

»Sie ist entzückend«, teilte Felicity ihrem Sohn mit. »Sie wird dich zum glücklichsten Mann auf Erden machen.«

»Wenn sie dir gefällt, macht mich das bereits zum glücklichsten Mann auf Erden«, entgegnete Anthony.

Das war nicht nur Schmeichelei. In den vergangenen Wochen hatte sein Leben sich in einer Art und Weise verändert, wie er es nie für möglich gehalten hätte.

Er war jetzt Hawk Pascha. Wenn er mit seinem Roßschweif unterwegs war, machten andere ihm auf der Straße Platz, und jene, die den gehobeneren Gesellschaftsschichten angehörten, waren ganz erpicht darauf, sich mit ihm in der Öffentlichkeit zu zeigen.

Er hatte wiedergewonnen, was einst, bis zur Ermordung seines Vaters, seine Bestimmung gewesen war. Bevor er Istanbul wieder verlassen hatte, hatte Torgud ihn umarmt und dann auf Armeslänge von sich gehalten. »Jetzt gibt es wahrhaft wieder einen echten Hawk Pascha in Istanbul«, hatte der Admiral gesagt. »Ich werde dich vermissen, Anthony, aber ich weiß, daß du deinem und auch meinem Namen Ehre machen wirst. Denk immer daran, daß es dein Schicksal ist, dem Sultan zu dienen, ganz gleich, wohin dieser Weg auch führen mag.«

Und diese Worte gedachte der junge Hawkwood niemals zu vergessen.

Anthony kam mindestens einmal wöchentlich mit dem Sultan oder dem Großwesir zusammen und wurde von ihnen in wichtige Staatsgeschäfte verwickelt. Dies bedeutete eine atemberaubende Erhebung seines gesellschaftlichen Status, nicht zuletzt deshalb, weil er so plötzlich vom Padischah ›adoptiert‹ worden war. Aber Anthony war klug genug zu wissen, daß der Sultan versuchte, über ihn Kraft und Ruhm seiner Jugend zurückzugewinnen, in der er mit Männern wie Ibrahim und Harry Hawkwood als Befehlshaber von einem Triumph zum nächsten geritten war. Und so war Anthony Hawkwood für den Sultan weniger eine eigenständige Persönlichkeit als ein Symbol dessen, was gewesen war . . . und möglicherweise wieder sein konnte.

Trotz all seiner Erfolge betrachtete Suleiman sein Scheitern an der Kaiserstadt Wien als einen Beweis, daß er sein Leben vergeudet hatte. Er war fest entschlossen, die Schande vor seinem Tod wettzumachen. Es wurden Pläne für einen weiteren Feldzug ausgearbeitet.

Es würde in der Verantwortlichkeit Ali Muesinsade Paschas liegen, den Frieden im östlichen Mittelmeer zu erhalten, während der Sultan in den Krieg zog. Und vor allem hatte er dafür zu sorgen, daß Venedig den Friedensvertrag einhielt und ihnen nicht – wie schon mehrfach in der Vergangenheit – den Krieg erklärte, sobald der Doge meinte, die Osmanen wären anderweitig vollauf beschäftigt.

Diesem Zweck diente die Ostflotte: Sie zählte an die einhundertsiebzig Galeeren. Hawk Pascha hatte vorher noch nie unter Ali Pascha gedient, aber er erkannte ihn schon bald als fähigen Admiral an, wenn auch nicht von der Klasse eines Torgud, Haireddin Barbarossa oder Harry Hawkwood.

Ali Muesinsade war noch ein junger Mann, wenn auch einige Jahre älter als Anthony. Jedoch achtete er Anthony Hawkwoods Ruf als erfahrener Seesoldat und Günstling des Sultans. Und so hieß er ihn als seinen Adjutanten willkommen, obwohl er in ihm einen möglichen Rivalen sehen mußte. Die beiden Männer wurden rasch gute Freunde.

Hinzu kam die Vermählung Barbara Cornaros mit dem neuen Protegé des Sultans. Suleiman hatte Gesandte nach Venedig geschickt, um den Dogen von seiner Absicht zu unterrichten, die reiche Erbin mit seinem bevorzugten christlichen Kommandanten zu verheiraten. Dies wurde als politischer Zug betrachtet, dem der venezianische Zehnerrat kaum seine Zustimmung verweigern konnte. In der Tat ließen Venedigs Glückwünsche an das junge Paar und das Hochzeitsgeschenk in Form eines goldenen Tellers nicht lange auf sich warten.

Hawkwood schätzte seine Lage so ein, daß er wie eine Katze auf den Füßen gelandet war. Er wünschte nur, daß seine Mutter auch glücklich war. Daß sie großen Spaß daran hatte, die Restaurierung und Renovierung des Hawk-Palastes zu leiten, war nicht zu übersehen. Aber ebenso offensichtlich war gewesen, daß sie sich unbehaglich gefühlt hatte bei dem Gedanken, ihr neues Zuhause mit einer anderen Frau zu teilen, die mindestens ebenso große Rechte haben würde wie sie selbst. Aber jetzt, da sie Barbara kennengelernt hatte, schien Felicity beruhigt zu sein.

»Sie ist gepflegt, still und sehr gut erzogen ... was sollte man bei einer jungen Dame aus so gutem Hause auch anderes erwarten? Und sie ist bezaubernd ... und wunderschön. Ich hätte keine bessere Wahl treffen können.«

»Und ist sie auch glücklich mit der Wahl ihres Bräutigams, liebste Mama?«

Felicity runzelte die Stirn. »Nun, das vermag ich wirklich nicht zu beurteilen. Ihre Mutter ist ein ziemlicher Drachen; sie war sehr darauf bedacht, mir zu beweisen, welch große Lady sie ist – oder zumindest war. Ich war ebenso darauf bedacht, sie davon zu überzeugen, daß ihre Tochter es nicht hätte besser treffen können – zumindest hier in Istanbul. Das Mädchen schien das zu begreifen. Aber was das Glücklichsein betrifft – was braucht eine Braut glücklich zu sein? Zumindest vor der Trauung.«

»Nun, Kind, bist du bereit?«

Beatrice Cornaros Stimme klang so düster, als würde ihre Tochter gleich das Schafott besteigen.

Aber ist es nicht auch so ähnlich? fragte sich Barbara. Der Wesir hatte großes Aufhebens davon gemacht, daß Hawk Pascha, wenn auch Engländer, zumindest Christ war, aber es ließ sich nicht leugnen, daß Anthony Hawkwood ein türkischer Pascha war, der letzte einer langen Folge türkischer Paschas – ein Pirat und Renegat wie seine Vorfahren. Er mochte den Papst als Oberhaupt seiner Kirche anerkennen, aber das war kaum mehr als ein Lippenbekenntnis – als Christ konnte man ihn kaum bezeichnen.

»Er wird deinen Körper auf heidnische Arten mißbrauchen wollen«, hatte Beatrice sie gewarnt. Was für Arten dies sein würden, hatte ihre Mutter jedoch verschwiegen.

Und so mußte Barbara, wie sehr sie sich auch bemüht hatte, ihre ganze geistige und körperliche Kraft aufbringen, um ihren Vater die Treppe hinunter und in die bereitstehende Kutsche zu begleiten, während ihre Pagen vorsichtig die lange Schleppe ihres weißen Satinkleides trugen.

Sie war vollständig verschleiert, wofür sie ausgesprochen dankbar war. Sie mußte durch die Straßen der Stadt zur Römisch-Katholischen Kirche fahren, deren Errichtung Suleiman – im Rahmen seiner Politik religiöser Toleranz – zugestimmt hatte, und die Menschen, die ihr Beifall spendeten, wußten zweifellos, zu welchem Zweck sie sich dorthin begab.

Seltsamerweise hatte sich vor der Kirche eine Menschenmenge versammelt, obwohl die eigentliche Hochzeitsgesellschaft recht begrenzt war – sie setzte sich ausschließlich aus katholischen Bewohnern der Stadt zusammen. Kein orthodoxer Gläubiger würde eine Kirche betreten, die vom Papst gesegnet worden war.

Der venezianische Botschafter erwartete sie bereits gemeinsam mit Barbaras Beichtvater, der ein letztes Mal an ihr seines Amtes walten würde – und ein Gesicht machte, als wäre er verurteilt worden, den Rest seines Lebens als Galeerensklave zu fristen. Die beiden Männer schritten ihr voran das Kirchenschiff hinunter, und dort, vor dem Altar, wartete ihr Bräutigam.

Barbara stockte der Atem. Hawkwood war gekleidet wie ein türkischer Pascha und sah aus, als würde er gleich in den Krieg ziehen. Sein Gewand und die weiten Hosen waren aus blauer Seide, seine Stiefel aus körnigem Chagrinleder. Sein Küraß war mit Gold und Silber verziert und funkelte im Sonnenlicht, das durch die Buntglasfenster über ihm hereinströmte. Er trug keine Kopfbedeckung, da es sich um eine christliche Zeremonie handelte, aber sein Trauzeuge, ein Türke, dem das Ganze sichtlich fremd vorkam – es handelte sich um keinen Geringeren als Admiral Ali Muesinsade –, hatte seinen mit dem

Turban umwickelten Stahlhelm aufbehalten und hielt Anthonys Helm in der Armbeuge.

Anthony trug einen Säbel mit goldenem Griff an der Hüfte, und in seinem Gürtel steckte ein Dolch.

Aber das waren nur die äußerlichen Merkmale seines Rangs und seiner Macht – es war der Mensch, der zählte. Barbara hatte noch nie einen so großgewachsenen, stämmigen Mann gesehen; sie war selbst recht groß, aber ihr erster Gedanke war, daß er sie zerquetschen würde.

Andererseits hatte sie auch noch nie einen anziehenderen, besser aussehenden Mann gesehen – sein langes rotes Haar, seine kantigen, ausdrucksstarken Züge und die großen tiefblauen Augen waren faszinierend. Als er ihre Hand nahm, konnte sie fühlen, wie seine gewaltige körperliche Kraft von seinen Fingern in die ihren strömte. Sofern ich tatsächlich einem Antichristen geopfert werde, dann wenigstens einem mit Format, dachte sie.

Erst in späteren Jahren, in der Rückschau, sollte sie erkennen, daß sie sich auf den ersten Blick in ihn verliebt hatte.

Zu ihrer Überraschung machte Anthony keine Anstalten, ihren Schleier zu lüften und ihr Gesicht zu betrachten; vielleicht war er der türkischen Tradition tiefer verbunden, als sie befürchtet hatte. Und doch blickte er ihr in die Augen, während sie sich das Jawort gaben, und sie konnte wenigstens freudige Erwartung auf seinem Gesicht sehen.

Zum Hochzeitsfrühstück kehrte die gesamte Gesellschaft zurück zum Cornaro-Palast, und hier stießen auch der Großwesir und einige andere Paschas zu ihnen.

Und nun konnte sie endlich auch ihren Schleier heben und ihrem Gatten zeigen, wie die Frau aussah, die er geheiratet hatte.

Er küßte ihre Hand. »Ich bin der glücklichste Mann auf Erden«, sagte er.

Aber er hatte sie immer noch nicht auf den Mund geküßt oder sonst ein Zeichen von Verlangen gezeigt . . . während sie von banger Erwartung erfüllt war. Ihr Schicksal war entschieden worden, und nun wollte sie, daß es durch den Vollzug der Ehe besiegelt wurde.

Dieser Vollzug mit einem für sie ausgewählten Mann war seit ihren Jugendtagen ihr vorbestimmtes Schicksal gewesen; nun da der Tag der Vermählung gekommen war, war sie von seltsamer Ungeduld erfüllt, diesen Augenblick zu erleben.

Aber erst mußten sie endlose Reden und Trinksprüche über sich ergehen lassen. Sie aß kaum etwas und befeuchtete nur ab und an die Lippen mit Wein. Sie hielt den Blick nach vorn gerichtet und sah nur hin und wieder verstohlen nach rechts und links. Die Dienstmädchen, die sie ausgesucht hatte, waren bereits mit der Fähre zum Hawk-Palast in Galata gebracht worden, um sie dort zu empfangen.

Schließlich wurde Barbara nach oben geleitet, zu einem letzten Augenblick der Besinnung und Beichte. »Bewahre dir deinen Glauben, mein Kind, bewahre dir deinen Glauben, auch wenn du in der Hölle gefangen bist«, sagte der Priester. Dann umarmte ihre Mutter sie ein letztes Mal.

»Sei tapfer«, mahnte Beatrice.

»Ja, Mama«, versprach Barbara.

Mich erwartet das Glück, sagte sie sich insgeheim. Der Glaube würde dahinter zurückstehen müssen.

Die Hochzeitsgesellschaft hatte sich inzwischen vollzählig auf dem Hof versammelt, und wenngleich die Trauungszeremonie nach römisch-katholischem Brauch erfolgt war, war Hawk Pascha es seinem Rang und seinem Sultan schuldig, seine Braut nach türkischer Sitte heimzubringen.

Das Pferd war prunkvoll zurechtgemacht und anscheinend brav, wie Barbara erleichtert feststellte. Unter dem Beifall der Umstehenden umfaßte Anthony ihre Taille und hob sie in den Damensattel. Dann schob er höchstpersönlich erst ihren rechten und dann ihren linken Fuß in den Steigbügel. Es war das erstemal, daß sie in einem Kleid auf einem Pferd saß und Sandalen trug anstelle von Stiefeln – es war ein merkwürdiges Gefühl.

Andererseits war es auch das erstemal gewesen, daß ihr Mann einen anderen Körperteil von ihr berührt hatte als ihre Hand, und dieses Gefühl war noch viel merkwürdiger.

Jubel brandete auf, als Anthony das Pferd vom Hof führte, und Barbara wurde mulmig, als sie sah, daß sich auf der Straße draußen vor dem Haus ebenfalls Menschen drängten, die ihnen zujubelten und gute Ratschläge zuriefen. Wenngleich sie zu Hause stets nur Italienisch gesprochen hatten, hatte Barbara von der Dienerschaft genügend Türkisch gelernt, um zu verstehen, daß es sich größtenteils um obszöne Zurufe handelte.

Wieder war sie dankbar für ihren Schleier.

Der Ritt hinunter zur Fähre kam ihr vor wie ein Spießrutenlauf. Ihr Mann würdigte sie die ganze Zeit über keines Blickes, so daß sie auf seine beiden Diener vertrauen mußte, ihr den Pöbel vom Leib zu halten, der versuchte, sie zu berühren oder gar Stoffetzen als Erinnerungsstück aus ihrem Kleid zu reißen.

Dann waren sie endlich auf dem Wasser, und sie konnte ein wenig entspannen. Erst als sie die Lichter des Hawk-Palastes oben auf dem Hügel sah, versteifte sie sich wieder.

In Galata waren die Straßen etwas breiter als in der Altstadt von Istanbul, dem alten Byzantion, und es herrschte kein solches Gedränge. Jetzt konnte sie sich auf die Minuten ... Stunden ... das Leben konzentrieren, das vor ihr lag.

Anthony Hawkwood führte seine Braut den Hügel hinauf und auf den Hof seines Palastes, wo seine Dienerschaft sie bereits erwartete. Zum erstenmal, seit sie den Cornaro-Palast verlassen hatten, wandte er sich ihr zu und hob sie vom Pferd. Anstatt sie jedoch auf den Boden zu stellen, schob er den linken Arm unter ihre Kniekehlen und trug sie die breite Treppe zum imposanten Portikus hinauf, begleitet von den Hochrufen seiner Diener.

Sie legte ihm haltsuchend einen Arm um den Hals und betrachtete sein Gesicht. Als er auf sie herabblickte, lächelte sie, aber seine angespannten Züge blieben unverändert.

Er ist noch aufgeregter als ich, dachte sie verblüfft.

Sie stiegen eine breite Innentreppe hinauf und betraten einen geräumigen, hellen und luftigen Raum. Am anderen Ende des Zimmers befand sich ein offener Durchgang zu einem angrenzenden Raum, den man über zwei Treppenstufen erreichte. Dort stand der Schlafdiwan, breit und lang, unter einem Berg buntbestickter Kissen.

Und dort warteten auch ihre Zofen, die sich tief verneigten, als ihre Herrin hereingeführt wurde.

»Ihr könnt gehen«, sagte Anthony schroff.

Sie richteten sich verwundert wieder auf und blickten fragend auf Barbara.

»Wer wird mich entkleiden?« fragte sie leise. Es war das erste Mal, daß sie das Wort an ihn gerichtet hatte.

»Wir werden auch allein zurechtkommen«, entgegnete er.

Barbara fühlte, wie ihre Bauchmuskeln sich vor Unruhe verkrampften, aber er war nun ihr Herr, und sie war ihm auf Gedeih und Verderb ausgeliefert.

»Geht«, befahl sie den Mädchen.

Tuschelnd hasteten sie davon.

Anthony wartete, bis sie die Tür hinter sich geschlossen hatten, dann trug er sie durch den Raum und die zwei Stufen hinauf zum Diwan, wo er sie sehr vorsichtig auf die Kissen legte.

Dann richtete er sich auf und blickte auf sie hinab.

»Ich habe keine Ahnung von der Erziehung einer venezianischen Lady«, sagte er.

»Ich kann Euch versichern, daß sie gut genug ist, einen auf alle Wechselfälle des Lebens vorzubereiten«, entgegnete Barbara schüchtern.

Sie konnte nur hoffen, daß das tatsächlich stimmte.

»Was weißt du von mir?«

Während er sprach, griff er nach hinten, um die Schnallen seines Kürasses zu öffnen. Barbara fragte sich, ob sie ebenfalls beginnen sollte, sich zu entkleiden, aber im Augenblick zog sie es vor, auf den Kissen liegenzubleiben, ihn anzusehen und zu warten, daß ihre Nerven sich ein wenig beruhigten.

Er legte den Küraß auf einen Stuhl und kehrte dann zurück zum Diwan, um erneut auf sie hinabzublicken.

»Hat Eure Erziehung Euch auch auf die Umarmung eines Heiden vorbereitet?« fragte er.

»Ich habe Euch nicht als solchen betrachtet, Herr.«

»Und doch weißt du, daß das dein Schicksal sein wird.«

Sie befeuchtete sich mit der Zungenspitze die Lippen. »Das weiß ich, Herr, und ich bin bereit.«

Sie sahen einander lange in die Augen. Dann beugte er sich plötzlich herab, küßte sie und umfaßte ihr Gesicht mit beiden Händen.

Es war ein leidenschaftlicher, ja brutaler Kuß. Ihre Lippen

öffneten sich, und seine Zunge suchte die ihre, während sie seine Hände auf ihrem Körper fühlte. Unsicher, wie sie reagieren sollte, ließ sie sich in die Kissen zurücksinken. Er legte sich erst auf und dann neben sie, ohne den Kuß zu unterbrechen. Seine Hand streichelte ihre Brust und glitt dann über ihren Bauch zwischen ihre Schenkel.

Unwillkürlich hob sie die Schenkel an, und er hielt sie fest. Seine Finger schoben sich unter den Stoff und fuhren über ihre nackte Haut. Sie schnappte nach Luft, und er hob den Kopf und blickte auf sie hinab, während er mit der anderen Hand den Stoff bis über ihre Hüften schob. Er hielt ihre Beine immer noch hoch, und Barbara wurde sich ihrer Nacktheit bewußt, wobei sie in einer Mischung aus Furcht und Erregung keuchte.

Das Ganze war rauher, als sie erwartet hatte. Aber auch leidenschaftlicher. Und gleichzeitig seltsam sanft.

Sie war immer noch vom Nabel abwärts entblößt und griff nach ihrem Rock, aber er packte ihren Arm.

»Ich möchte dich ansehen«, sagte er.

Sie holte tief Luft und zwang sich, still zu liegen, während er aufstand und sich entkleidete. Sie hatte keine Brüder und wußte somit nicht viel über den männlichen Körper. Ihre Mutter hatte sie über die Vorgänge im Ehebett aufgeklärt, ihr jedoch geraten, dem Gemächt des Mannes so wenig Beachtung wie möglich zu schenken, ja, sogar ihre Augen zu schließen.

Aber wie sollte sie angesichts eines so göttlichen Körpers und dieses furchteinflößenden Phallus die Augen verschließen?

Sie setzte sich auf, unfähig, noch eine Minute länger stillzuliegen.

»Mache ich dir angst?« fragte er, als er wieder ans Bett trat.

Er war jetzt so nah, daß sie ihn berühren konnte.

»Ja«, entgegnete sie leise.

»Dann werde ich ganz sanft zu dir sein – sofern ich es kann. Zieh dich aus.«

Wieder fiel ihr das Atmen schwer. Sie langte nach hinten, um die Häkchen ihres Mieders zu lösen, während er ihr die Haube abnahm und das Haar ihr offen über die Schulter fiel.

Dann griff er nach dem Stoff an den Schultern ihres Kleides und zog es nach vorn. Barbara stand auf, und das Kleid glitt über ihre Hüften zu Boden. Sie hielt den Blick auf ihn gerichtet, während sie ihre Unterröcke ebenfalls ablegte, einen nach dem anderen, bis auch der letzte gefallen war. Dann zögerte sie. Er starrte auf die Konturen ihrer Brüste und die verhärteten Brustwarzen, die sich deutlich unter dem dünnen Leinen abzeichneten.

Er packte ihr Unterkleid in Hüfthöhe, zog es ihr über den Kopf und warf es achtlos beiseite.

Mit geschlossenen Augen stand sie vor ihm; nackt, von den Schultern bis zu den Zehen leicht zitternd. Er hatte nie etwas Schöneres gesehen als sie.

Im ersten Moment fürchtete er sich davor, sie anzufassen, und sie öffnete die Augen langsam wieder und starrte ihn an.

»Gefalle ich Euch, Herr?« fragte sie leise.

»Ob du mir gefällst?« fragte er. »Ob du mir gefällst?«

Langsam hob er eine Hand und berührte ihre Brustwarze, ehe seine Finger sich zärtlich um ihre ganze Brust schlossen. Dann glitt seine Hand zu ihrer Schulter hinauf, legte sich auf ihren Nacken, und sie lag in seinen Armen, fest an ihn gedrückt, während seine Lippen erneut die ihren suchten.

Sie fühlte, wie seine Hände ihren Rücken hinab zu ihren Pobacken glitten, während sie an ihrem Bauch seine Männlichkeit spürte. Gefühle, die sie noch nie zuvor empfunden hatte, durchströmten sie; das sinnliche Bewußtsein ihrer Hilflosigkeit, der Wunsch, selbst etwas zu unternehmen, die atemlose Ungewißheit, was als nächstes geschehen würde, die wachsende Leidenschaft, die von ihr Besitz ergriffen hatte, all das raubte ihr die Fähigkeit zu denken, so daß sie nur noch fühlen konnte.

Sie fühlte, wie er sie hochhob und wieder auf das Bett legte. Sie blickte zu dem Mann über ihr auf, betrachtete das ernste und doch von Begierde gezeichnete Gesicht. Sie fühlte eher, als daß sie sah, wie er ihre Schenkel auseinanderschob, schnappte nach Luft, als seine Finger tastend und unbeschreiblich zärtlich ihre Weiblichkeit erkundeten.

Er hob ihre Hüften an, um in sie einzudringen, und sie schlang ihm unwillkürlich die Beine um die Hüften, so fest sie konnte. Sie zuckte zusammen, als ein stechender Schmerz sie durchzuckte, dann warf sie ihren Kopf auf dem Kissen von einer Seite auf die andere, während er sie kraftvoll nahm.

Als er abrupt innehielt, öffnete sie die Augen und blickte zu ihm auf, schwer atmend, schweißnaß und von wohliger Wärme durchströmt.

Zu ihrer Erleichterung sah sie, daß er lächelte.

»Ja«, sagte er. »Du gefällst mir – ausnehmend gut sogar.«

18
Das Ende einer Ära

KOMM HEREIN UND setz dich«, forderte Felicity ihre neue Schwiegertochter auf.

Barbara zögerte. Zum ersten Mal seit ihrer Hochzeit vor einer Woche, hatte Anthony sie allein gelassen. Er war zum Hafen hinuntergegangen, um seinen Dienst als Flaggschiffkapitän der östlichen osmanischen Flotte wieder anzutreten.

Und so war sie das erste Mal allein. In diesen ersten sieben Tagen verklärter Glückseligkeit hatte sie kaum etwas anderes im Palast wahrgenommen als ihren Ehemann.

Sogar die Dienstmädchen, die sie in Vorbereitung auf eine weitere Liebesnacht gebadet hatten, waren ihr so unwirklich erschienen wie in einem Traum. Wirklichkeit fand sie nur in Anthonys Armen.

Aber jetzt war er fort, und sie war in die Gemächer ihrer neuen Mutter gerufen worden – die wie gewöhnlich die arabische Frau bei sich hatte, die ihr überallhin folgte wie ein Schatten.

Sie verneigte sich vor Felicity, während sie diese Geste der Ehrerbietung Ayesha verweigerte.

»Du hast meinen Sohn sehr glücklich gemacht«, sagte Felicity.

»Ihr seid zu gütig«, murmelte Barbara.

»Ich wiederhole nur, was er selbst gesagt hat, Kind«, entgegnete Felicity. »Aber daß er mit dir so glücklich ist, macht auch mich glücklich. Und jetzt möchte ich von dir wissen, ob er dich auch glücklich macht.«

Barbara war sich schon lange über die Antwort auf diese

Frage im klaren. »Wie könnte eine Frau mit einem solchen Mann nicht glücklich sein?« erwiderte sie.

Felicity musterte sie einige Sekunden und klopfte dann neben sich auf das Polster des Diwans. »Setz dich.«

Barbara folgte der Aufforderung und legte die Hände in den Schoß.

»Du bist vermutlich die erste christliche Frau, die je ohne Gewalt von einem Hawk genommen wurde«, bemerkte Felicity.

Barbara runzelte die Stirn.

Felicity lächelte. »O ja, ich wurde gewaltsam von Harry Hawkwood aus meinem Elternhaus entführt. Ich habe sogar auf ihn geschossen. Du siehst also, mein Kind, du bist uns anderen gegenüber im Vorteil.«

»Ja«, murmelte Barbara nachdenklich.

Felicity betrachtete sie aufmerksam und sagte dann: »Ayesha, ich brauche noch etwas von diesem roten Zwirn. Würdest du mir bitte welchen holen?«

Ayesha erhob sich und verließ den Raum.

»Bist du auch glücklich mit der Stellung deines Gatten?« fragte Felicity leise.

»Es steht mir nicht an, Kritik an meinem Gatten zu üben«, entgegnete Barbara spröde, da sie eine Falle vermutete.

»Es steht dir sehr wohl an, Barbara«, widersprach Felicity. »Er kämpft im Dienst eines völlig skrupellosen Mannes. Im Augenblick mag sein Herr Gefallen an ihm finden, aber wer kann sagen, wann sich das Blatt wendet und du deinen geliebten Mann mit einer Bogensehne um den Hals vorfindest?« Sie seufzte. »Ein Schicksal, das mir beschieden war. Ja, er kämpft für einen Heiden, der die Weltherrschaft anstrebt. Wer weiß, wann Suleiman seinen gierigen Blick wieder auf Venedig richten wird? Dann würde Euer Gatte seine Flotte in die Lagune steuern und Sankt Markus unter Beschuß nehmen. Läßt dich das kalt? Willst du tatenlos zusehen, wie deine Söhne als Türken großgezogen werden und deine Töchter in einem Harem verschwinden?«

Barbara starrte sprachlos diese merkwürdige Frau an, die all die namenlosen Ängste in Worte faßte, die sie in den Nachtstunden quälten. Und diese Frau war ihre Schwiegermutter?

»Du darfst niemals ein Wort über das verlieren, was wir

heute hier besprochen haben«, sagte Felicity. »Ayesha ist eine liebe alte Frau, aber für sie ist Suleiman so etwas wie ein Gott, und sie will kein gegen ihn gerichtetes Wort hören. Auch meinem Sohn gegenüber müssen wir über diese Dinge schweigen. Er wurde im selben Glauben erzogen. Dennoch müssen wir uns gemeinsam dafür einsetzen, ihn zur Abkehr von seinen derzeitigen unheiligen Bestrebungen zu bewegen.«

»Zu welchem Zweck?«

»Wir müssen ihn dazu bringen, die Türkei zu verlassen – und in den Dienst der Christen zu treten. Wäre Euer Doge nicht erfreut, wenn ein so berühmter Seefahrer ihm seine Dienste anbieten würde?«

Barbara wußte hierauf nichts zu erwidern. Soweit sie wußte, betrachtete man in Venedig Hawk mit derselben Furcht und Verachtung wie Torgud oder Haireddin. Sollte Anthony sich dorthin begeben, würde man ihn ganz sicher auf der Stelle erdrosseln.

»Ich sehe, daß du mit mir übereinstimmst«, sagte Felicity und lauschte dem Geräusch von Ayeshas Schritten, als die Araberin zurückkehrte. »Wir werden uns später wieder darüber unterhalten, wenn wir unter uns sind.«

Die türkische Flotte in der Ägäis bot den beeindruckendsten Anblick, den Anthony je genossen hatte, und er war wohl noch nie von solchem Stolz erfüllt gewesen wie in diesem Augenblick.

Die Flotte war in drei große Geschwader von jeweils achtzig Schiffen gegliedert. Die mittleren Geschwader wurden von Ali Muesinsade befehligt, der linke Flügel von Uludsch Ali Pascha – er war derzeit Dey von Algier, zog es jedoch vor, unter der Flagge des Sultans nach Kampfesruhm zu streben – und der rechte von Pertev Pascha. Da von Norden her eine leichte Brise wehte, waren die Segel gesetzt, jedoch nur zur Unterstützung der rhythmisch ins Wasser eintauchenden Ruder. Die Blätter funkelten in der Sonne, wenn die Männer zum nächsten Schlag ausholten. Die Luft war erfüllt vom steten Dröhnen der Pauken, das sogar das Rauschen des Wassers übertönte, das von den gewaltigen, schimmernden, vergoldeten Schiffsschnäbeln durchpflügt wurde.

Auf jedem Vorderdeck waren jeweils zwei Geschütze befestigt; die Kanoniere standen in Habachtstellung daneben.

Von jedem Mast wehten die Banner des Kommandanten, und an dem des Flaggschiffes die Wimpel des Admirals. Dazu flatterte an Ali Paschas Mast die Fahne des Sultans.

Es war eine prächtige Ansammlung von Schiffen und Männern, die stärkste Seemacht der Welt.

»Wenn wir nur einen Feind hätten, gegen den wir kämpfen könnten.« Ali Muesinsade lächelte.

Es war Abend, und die Schiffe ankerten in der großen Bucht im Süden der Insel Santorini. Die Bucht war vor Jahrhunderten in Folge eines Erdbebens entstanden – manche Gelehrte behaupteten sogar, daß das Erdbeben von Santorini dem Griechen Plato die Legende der versunkenen Stadt Atlantis eingegeben hätte. Auch wenn man auf dem Grund des kristallklaren Wassers nicht das geringste Anzeichen einer versunkenen Stadt entdecken konnte.

Die Admirale tranken Sorbett, während sie auf das Abendmahl mit ihrem obersten Befehlshaber warteten, der ihnen bei dieser Gelegenheit auch sicher Neuigkeiten mitteilen würde.

»Die Spanier werden eines Tages zurückkehren«, bemerkte Uludsch Ali beiläufig.

»Das bezweifle ich«, widersprach Ali Muesinsade. »Sie haben sich in den vergangenen Jahren mehr und mehr dem Atlantik zugewandt.«

»Dann sollten wir sie vielleicht auf dem Ozean aufspüren«, meinte Anthony Hawkwood.

Er wußte, daß dies der Traum seines Vaters gewesen war: Torgud hatte es ihm erzählt. Tatsächlich hatte sein Vater auf einer ebensolchen Atlantikexpedition seine Mutter entdeckt und entführt. Aber seit Harry Hawkwoods Tod hatten die Türken sich nur selten in die Gewässer jenseits der Straße von Gibraltar gewagt. »Das Mittelmeer ist *unser* Meer«, hatte Torgud erklärt.

»Und wenn dieser neue König von Spanien einen Feldzug starten würde, müßte er sich erst unserem Freund Torgud stellen«, sagte Ali Muesinsade.

»Angenommen, er würde seine Galeonen nach Osten schikken, in unsere Richtung«, fragte Pertev.

»Pah. In diesen Gewässern wäre das reine Zeitverschwendung. Sie brauchen starke Winde, um zu manövrieren, und wir bleiben in der stürmischen Jahreszeit im Hafen. In der wärmeren Jahreszeit würden unsere Galeeren sie einfach einkreisen und in Stücke schießen, ohne daß sie in der Lage wären, das Feuer zu erwidern.«

»Was ist mit diesen Schiffen, die sie als Galeassen bezeichnen?« fragte Hawkwood. »Sie verfügen gleichermaßen über Segel und Ruder und sehen aus wie schwimmende Festungen.«

»Habt Ihr je ein solches Schiff gesehen, Hawk Pascha?«

Anthony nickte. »Aus der Ferne. Aber Torgud wollte es damals nicht auf ein Gefecht ankommen lassen, und so ruderten wir davon.«

»Ist die Galeasse Euch nicht gefolgt?«

»Wir waren zu schnell für sie.«

Ali Muesinsade lachte schallend und schlug sich auf die Schenkel.

»Da habt Ihr die Antwort. Eine Galeasse ist weder Galeere noch Galeone, nicht Fisch noch Fleisch. Es mögen ja schwimmende Festungen sein . . . aber wir brauchen uns nicht auf ein Gefecht mit einer Festung einzulassen, wenn wir es nicht wollen. Nein, nein, Hawk Pascha. Wie Ihr sehr wohl wißt, ist die Überlegenheit auf See eine Frage der Manövrierfähigkeit. Hier im Mittelmeer ist dieser Vorteil den Galeeren zu eigen, und wir verfügen über die größte Galeerenflotte der Welt.« Er zwinkerte Anthony zu. »Und über die besten Kapitäne.«

»Und was, wenn Philipp von Spanien eine Galeerenflotte bauen ließe, die noch größer wäre als die des Padischah?«

»Unmöglich«, widersprach Uludsch Ali. »Und doch ist er ein mächtiger Monarch.«

»Wenn er Galeeren bauen läßt, tun wir es ihm gleich«, entgegnete Muesinsade.

»Wir mögen ja die größte Galeerenflotte der Welt besitzen«, mischte Hawkwood sich wieder in das Gespräch. »Aber was, wenn die Flotten von Spanien, Genua und Venedig sowie die des Papstes sich vereinten? Wären sie uns dann nicht zahlenmäßig überlegen?«

Ali Muesinsade lachte erneut. »Das bezweifle ich. Und überhaupt, Hawk Pascha, wenn Sonne und Mond zusammenstießen, würde das nicht das Ende der Welt bedeuten? Spanien und das Papsttum vereint? Haben sie sich je im Kampf gegen Haireddin und Euren Vater zusammengeschlossen? Oder gegen Torgud und Euch selbst? Dafür hassen sie einander viel zu sehr. Und was Genua und Venedig betrifft, sind sie untereinander schon länger verfeindet als mit den Osmanen, und darüber hinaus unzuverlässig. Das Bündnis, das Ihr angesprochen habt, scheint mir schlichtweg unmöglich.« Dann wurde er wieder ernst. »Wenn ich dies auch ebenso bedaure wie Ihr selbst. Es ist mein innigster Wunsch, die Flotte des Padischah im Kampf gegen die Christen einzusetzen, aber dazu wird es niemals kommen. Und doch wird es in Kürze ein Gefecht geben, meine Freunde. Und ich werde Euch auch sagen, mit wem: mit unseresgleichen.«

Die Vizeadmiräle zupften an ihren Bärten. Auch sie hatten die Gerüchte gehört, denenzufolge Suleiman und sein jüngerer Sohn, Prinz Bajasid, sich entzweit hatten und Bajasid in die Berge Anatoliens geflohen war. Noch hatte er die Standarte der Revolte nicht gehißt, aber es bestand kein Zweifel daran, daß der Sultan sehr ungehalten war.

»Sind nicht *beide* Prinzen Söhne der Russin Roxelane?« fragte Uludsch Ali.

»Das ist richtig«, bestätigte Ali Muesinsade. »Aber weit wichtiger ist die Frage, ob Bajasid seinem Bruder Selim nicht bei weitem vorzuziehen ist.« Er legte einen Finger auf die Lippen. »Es klingt sicher nach Verrat, aber versteht mich nicht falsch. Solange der Padischah nichts anderes verfügt, ist Selim mein zukünftiger Herr, und ich werde ihm bis zum letzten Atemzug dienen – auch wenn man ihn ›den Trunkenbold‹ nennt. Aber es muß doch gestattet sein, daß ich bedaure, daß der bessere Mann der Bogensehne zum Opfer fallen soll.« Er legte Anthony eine Hand auf die Schulter – seitens eines Moslem eine Geste großer Freundschaft und ungewöhnlicher Verbundenheit. »Ein Mann kann nur seine Pflicht tun und seine Gedanken für sich behalten. Vergeßt das nicht.«

Es war ein ernüchternder Gedanke, sich plötzlich im Mittelpunkt der größten politischen Intrige wiederzufinden, die je im Herzen der osmanischen Welt geschwelt hatte. Anthony waren sogar in Algier entsprechende Gerüchte zu Ohren gekommen. Seine Mutter Felicity hatte ihn stets über alles unterrichtet, was ihr zu Ohren kam – und Torgud hatte ihm stets alles erzählt, was er seines Erachtens wissen sollte. Sein eigener Vater war einer solchen Intrige zum Opfer gefallen, ebenso wie sein Urgroßvater. Daß William Hawkwood, der Begründer des Ruhmes seiner Familie, überlebt hatte, war allein seinen außergewöhnlichen Fähigkeiten zu verdanken gewesen.

Anthony erkannte, daß er ebenso überlegt vorgehen mußte wie einst William. Seine Pflicht tun und seine Gedanken für sich behalten. Auch wenn dies bedeutete, einem Trunkenbold zu dienen. Und daran, daß Prinz Selim trank, konnte kein Zweifel bestehen. Die meisten Osmanen tranken Alkohol. Da der Koran den Genuß von Wein jedoch verbot, tranken sie nur in ihren Privaträumen. Der Prinz konnte jedoch allem Anschein nach nicht genug bekommen. Er zeigte sich regelmäßig betrunken in der Öffentlichkeit.

Daß ein solcher Mann eines Tages Sultan werden sollte, war ein bedrückender Gedanke, und doch würde es eines Tages dazu kommen, wenn Suleiman nicht noch rechtzeitig zur Vernunft kam.

Daß Bajasid, ein Mann, der die kriegerischen Fähigkeiten seines Großvaters Selim geerbt zu haben schien, sterben sollte, weil er die Ausschweifungen seines älteren Bruders nicht mehr hinnehmen wollte, war eine Tragödie.

Anthony Hawkwood liebte das Meer und die Schiffe, er liebte das Gefühl von Macht unter seinen Füßen und über seinem Kopf . . . aber zumindest in diesem Augenblick bedeutete ihm die Rückkehr nach Galata und zum Hawk-Palast noch mehr. Die Rückkehr in die Arme seiner venezianischen Frau. Er hätte sich nie träumen lassen, daß eine Frau gleichzeitig so anspruchsvoll und erfüllend sein könnte.

Beinahe konnte er die Macht Roxelanes über den Sultan

verstehen. Sie war, nach allem, was er gehört hatte, allerdings nicht so schön gewesen wie Barbara.

Mit klopfendem Herzen stieg er die Treppe zum vorderen Portikus hinauf und wurde von Bediensteten empfangen, die sich tief verneigten. Hawk Pascha war nach drei Monaten auf See zurückgekehrt.

Er lächelte erst ihnen und dann seiner Mutter zu, die am Fuß der Innentreppe wartete, Ayesha wie immer an ihrer Seite.

»Hawk Pascha!« grüßte sie ihn. »Willkommen zu Hause.«

Er umarmte erst seine Mutter, dann Ayesha, aber sein Blick glitt suchend über die Treppe hinter ihnen.

»Geht es Barbara auch gut?«

»Es ging ihr nie besser. Sie erwartet dich oben in euren Gemächern.«

Felicitys Augen, die die meiste Zeit beinahe völlige Teilnahmslosigkeit auszudrücken schienen, konnten zuweilen von unergründlicher Tiefe sein. In diesem Augenblick waren sie unergründlicher denn je.

Aber ihr Geheimnis, worum auch immer es sich handeln mochte, konnte warten. Anthony lief die Treppe hinauf, wobei er drei Stufen auf einmal nahm. Die venezianischen Dienstmädchen verneigten sich, lächelten albern und liefen vor ihm davon. Er öffnete die Schlafzimmertür und betrachtete seine Frau.

Barbara hatte am Fenster gestanden und den Hügel hinunter auf den Hafen geblickt. Zweifellos hatte sie seine Ankunft beobachtet. Beim Klang seiner Schritte wandte sie sich um und verneigte sich knapp.

»Herr!«

Er hob sie hoch. »Es ist die Pflicht einer Ehefrau, ihren Gatten als erste zu begrüßen«, sagte er, sie sanft auf ihren Platz verweisend.

»Ich weiß, Herr, und ich bitte Euch um Vergebung. Ich wollte Euch allein sprechen.«

»Um mir ein Geheimnis zu erzählen, nehme ich an.«

Er küßte sie auf Nasenspitze, Augenlider und Lippen und zog sie in seine Arme. Sie war wahrlich unwiderstehlich.

Er spürte ihren Atem an seiner Wange.

»Ein Geheimnis, Herr. Ja, ich habe ein Geheimnis.«

Er schob sie von sich und begann, ihr Mieder aufzuschnüren. Drei Monate waren viel zu lang gewesen.

»Erzähl mir dieses Geheimnis.«

Barbara holte tief Luft. »Ich erwarte ein Kind.«

Er ließ die Hände sinken. »Bist du ganz sicher?«

»Ja. Und Eure Mutter ist es ebenfalls.«

Er legte ihr die Hände auf die Schultern, führte sie zum Diwan, drückte sie auf die Polster und setzte sich zu ihr. Das halb aufgeschnürte Mieder klaffte auf, und er sah ihre wunderbar weißen Brüste. Sie nahm die Schnüre und beendete mit aufreizender Langsamkeit, was er begonnen hatte.

»Kann ich dich trotzdem lieben?« fragte er.

Sie lachte. »Natürlich dürft Ihr, wenn Ihr es wünscht. Es wird weder mir noch dem Kind schaden.«

»O meine Liebste!«

Er nahm sie in die Arme, zerrte ihr die restlichen Kleider vom Leib und betastete ihre sanften Rundungen.

»Drei Monate!« rief er. »Drei Monate!«

Sie liebten sich mit großer Leidenschaft und mit noch größerer Ungeduld. Dann lag Anthony da und starrte an die verzierte Decke. »Ein neuer Hawk«, sagte er.

»Vorausgesetzt, es wird ein Junge«, murmelte Barbara an seine Schulter geschmiegt. Sie richtete sich langsam auf. »Angenommen, es wird ein Junge, welchen Namen werdet Ihr ihm geben?«

»Nun, ich denke, John wäre passend. Es ist an der Zeit, daß es in unserer Familie wieder einen John gibt.«

»Giovanni«, sagte sie. »Ja, das gefällt mir. Und ich muß gestehen, ich bin sehr erleichtert.«

»Warum?«

»Ich dachte, Ihr würdet ihm vielleicht einen türkischen Namen geben wollen.«

»Warum sollte ich das tun?«

»Nun ja . . .« Sie wandte den Blick von ihm ab. »Wird er nicht als Türke aufwachsen?«

Anthonys Hand schloß sich um ihren Arm, und er zog sie wieder zu sich herab. »Meine Mutter hat mit dir gesprochen.«

»Sollten wir denn nicht miteinander sprechen – immerhin ist sie jetzt auch meine Mutter.«

»Natürlich sollt ihr das. Aber es gibt bestimmte Themen, die meine Mutter mehr interessieren als andere. Ja, unser Sohn wird als Türke aufwachsen, um dem Padischah zu dienen. Er wird der sechste Hawk Pascha in Istanbul sein. Erfüllt dich das nicht mit Stolz?«

Barbara zögerte einige Augenblicke, dann setzte sie sich erneut auf und kniete sich vor ihn. Er erkannte an der Röte ihrer Wangen, daß ihr das Herz bis zum Hals schlug. Auch atmete sie angestrengt.

»Ich wäre noch stolzer auf ihn, wenn er einem christlichen Monarchen dienen würde«, sagte sie. Dann verstummte sie und hielt die Luft an ob ihrer Dreistigkeit.

Anthony grinste und zauste ihr das wunderschöne Haar. »Hab keine Angst vor mir, Barbara. Niemals. Ich werde deine Ansichten immer achten. Aber du mußt mir zugestehen, daß ich weiß, was für unsere Familie das beste ist. Unser Sohn wird dem mächtigsten Monarchen der ganzen Welt dienen, so wie ich. Mehr kann ein Mann sich nicht erträumen.«

»Dann schert Ihr Euch nicht um das Jenseits?«

»Unser Leben auf Erden ist es, was zählt, Liebste. Es gibt einen Gott. Aber die Moslems glauben ebensosehr an ihn wie wir. Er beurteilt uns nach unseren Taten und nicht nach unserem Glauben.«

»Das ist ein heidnischer Gedanke«, widersprach sie. »Es ist der Glaube, der zählt, nicht Taten.«

Er zog sie zu sich herab und küßte sie. »Belassen wir es dabei, daß wir in diesem Punkt verschiedener Meinung sind«, sagte er. »Jedenfalls kannst du dann in meinen Armen so heidnisch sein wie du magst, ohne die ewige Verdammnis fürchten zu müssen.«

Sie versteifte sich.

»Ich habe nicht geahnt, daß du ein Gotteslästerer bist.«

»Barbara« sagte er sanft. »Ich werde nicht weiter mit dir darüber streiten. Wir würden nur beide in Zorn geraten. Möchtest du das?«

Sie musterte ihn eine Weile und schmiegte sich wieder zu ihm. »Nein«, sagte sie. »Das möchte ich nicht.«

Aber sie hatte die erste Salve dessen abgefeuert, was ihr ganz privater Krieg werden sollte. Das war genug für diesen Tag.

In privatem Rahmen mit dem Sultan zu speisen war die größte Ehre, die einem osmanischen Vasallen zuteil werden konnte.

Oft waren sie zu dritt, da der Sultan seinen Lieblingsdichter gern um sich hatte, Baki – der Spitzname von Mahmud Abdulbaki. Baki war zehn Jahre älter als Hawkwood und Sohn eines Muezzin. Er war für den Dienst an Gott erzogen worden, aber erst drei Jahre vor Anthonys Rückkehr nach Istanbul hatte er eine *qasidah* oder Ode verfaßt und Suleiman vorgetragen. Der alternde Sultan war so entzückt gewesen, daß er den jungen Mann sofort an seinen Hof geholt und in den Kreis seiner engsten Vertrauten aufgenommen hatte. Er genoß es, sich im privaten Rahmen mit begabten und schöpferischen jungen Männern zu umgeben.

Aber an diesem Abend waren Suleiman und Anthony allein.

»Euer Vater und ich haben oft ganz allein miteinander gespeist«, erinnerte sich Suleiman. »Das war vor vielen Jahren. Als wir beide noch junge Männer waren.« Er schwieg eine Weile und brütete darüber, was hätte sein können – und was gewesen war. Dann hob er den Kopf. »Wir haben über wichtige Geschäfte gesprochen. So wie ich auch mit Euch wichtige Angelegenheiten besprechen möchte, Hawk Pascha.«

Anthony schluckte eine Süßigkeit hinunter und wappnete sich innerlich gegen Überraschungen. Er hatte keine Ahnung, worum es sich handeln mochte. Bis zu diesem Zeitpunkt hatten sie sich nur über Belanglosigkeiten unterhalten, Hofklatsch, Gerüchte über Feldzüge.

»Aber darf ich Euch vorab gratulieren?« fragte Suleiman.

»Ihr habt von meinem Glück gehört, O Padischah?«

Es erstaunte Anthony immer wieder von neuem, daß das, was im Harem eines Mannes vor sich ging und an sich nur ihm bekannt sein sollte, schon innerhalb kürzester Zeit Stadtgespräch war – sofern es wissenswert war. Offenbar sorgten die Eunuchen für die Verbreitung der Neuigkeiten.

Suleiman lächelte grimmig. »Ich bin über alles unterrichtet, was in meinem Reich geschieht, Hawk Pascha. Ihr werdet einen Sohn bekommen, der Euren Namen und Euren Ruhm weitertragen wird.«

Anthony neigte den Kopf. »Vorausgesetzt, es wird ein Junge, O Padischah.«

»Wenn nicht, werdet Ihr es erneut versuchen. Und wenn Eure Frau wieder versagt, nehmt Ihr Euch eine andere. Findet Ihr immer noch Gefallen an der Venezianerin?«

»In jeder Hinsicht, O Padischah.«

»Dann seid Ihr gesegnet. Ich beneide Euch. Und doch . . . Ihr werdet bald Vater sein. Habt Ihr eine Vorstellung von den Schwierigkeiten, die damit auf Euch zukommen könnten?«

»Ich habe gehört, daß manche Väter mit ihren Söhnen in Streit geraten, O Padischah«, entgegnete Anthony vorsichtig.

»Ha«, schnaubte Suleiman. »Ich habe viele Söhne. Die meisten stammen von Konkubinen, deren Stand es mir nicht gestattet, diese Söhne als Nachfolger in Betracht zu ziehen. Nur drei Söhne wurden mir von den Frauen geschenkt, die ich als meine Gattinnen bezeichnet habe. Einer erwies sich als Verräter.« Anthony brütete. »Oder besser, er wurde von anderen als Verräter angeprangert. Heute weiß ich, daß er fälschlich beschuldigt wurde, aber ich kann ihn nicht zurückholen. Mir sind also nur zwei Söhne geblieben. Und sie bereiten sich darauf vor, gegeneinander anzutreten – in Erwartung meines baldigen Todes.«

Anthony wußte beim besten Willen nicht, was er sagen sollte, als der Sultan erneut eine Pause einlegte. Jedenfalls stand außer Frage, daß Suleiman viel älter aussah als seine vierundsechzig Jahre.

»Das darf nicht sein«, sagte der Sultan. »Das wäre jetzt sogar ein großes Unglück. Würde ich sterben und ein Bürgerkrieg das Reich spalten, wäre das das Ende der Osmanen. Das muß ich verhindern . . . und ich werde es verhindern.« Er richtete den Blick auf Anthony. »Prinz Selim ist mein ältester Sohn. Er ist mein Erbe. Werdet Ihr ihm so treu dienen, wie Ihr mir gedient habt?«

»Das werde ich, O Padischah«, erwiderte Anthony ohne Zögern – er hatte gewußt, daß diese Frage ihm eines Tages gestellt werden würde, und so war er darauf vorbereitet. Er wünschte, er könnte den Sultan davon überzeugen, seinen zweiten Sohn zu seinem Nachfolger zu bestimmen, aber er wagte es nicht.

»Ja«, sagte Suleiman. »Daran habe ich nicht gezweifelt. Aber das bedeutet, daß mein jüngster Sohn unschädlich gemacht werden muß. Es ist viel besser, wenn ich mich persönlich dieser Sache annehme und sie rasch und sauber aus der Welt schaffe, anstatt Selim die Lösung dieses Problems zu überlassen. Es ist die Pflicht eines Vaters, seinen ältesten Sohn vor Schaden zu bewahren. Und es ist die Pflicht eines Sultans, sein Volk vor dem Grauen eines Bürgerkrieges zu bewahren. Ich erzähle Euch dies alles, Hawk Pascha, weil Ihr wie schon Euer Vater und Eure illustren Vorfahren dem Sultanat und nichts anderem treu ergeben seid. Das bedeutet mir sehr viel. Ali Muesinsade Pascha ist ein Freund Prinz Bajasids. Ich stelle seine Loyalität nicht in Frage, jedoch würde ich es vorziehen, sie nicht auf die Probe stellen zu müssen. Euch ist klar, daß dies alles streng vertraulich ist.«

»Selbstverständlich, O Padischah«, entgegnete Anthony.

»Prinz Bajasid hat sich nach Anatolien zurückgezogen«, fuhr Suleiman fort. »Mir ist zu Ohren gekommen, daß er dort bemüht ist, eine Armee gegen mich aufzustellen, unter dem Vorwand, mich vor den Intrigen seines Bruders zu schützen. Ich habe erfahren, daß er großen Zulauf hat. Im kommenden Frühling werden wir gegen ihn zu Felde ziehen. Der Großwesir wird das Heer befehligen, und Ihr werdet unabhängig ein Geschwader der Flotte kommandieren. Hiermit ernenne ich Euch zum Konteradmiral. Ali wird erfreut sein; seine Berichte über Eure Leistungen in den vergangenen Monaten waren voller Lob.

Ihr werdet mehrere Truppenabteilungen an Bord nehmen, an der Südküste Anatoliens entlangsegeln und die Männer an Land setzen, wie Sokollu es befiehlt, hinter Bajasids Reihen. Somit werden die Aufständischen zwischen zwei Armeen in der Falle sitzen: der des Wesirs, die vom Bosporus aus marschiert, und der Euren in ihrem Rücken in Anatolien. Habt Ihr das alles verstanden?«

»Ja, O Padischah.«

»Ihr werdet auf See auf wenig Widerstand stoßen«, fügte Suleiman hinzu. »Es ist möglich, eine Armee in sehr kurzer Zeit auszuheben, wenn auch eine sehr undisziplinierte. Aber eine Flotte zu bauen erfordert Zeit.«

»Das ist richtig.«

»Das wird Euer erstes unabhängiges Kommando sein, Hawk Pascha. Enttäuscht mich nicht . . . und macht Eurem Namen Ehre.«

»Ich werde Euch nicht enttäuschen, O Padischah.« Hawkwood holte tief Luft. »Und was geschieht, nachdem der Prinz besiegt wurde?«

»Ich will ihn nicht mehr sehen«, entgegnete Suleiman traurig. »Und auch keinen seiner Söhne, ganz gleich welchen Alters. Ich möchte nur Meldung von der Vernichtung dieser Brut erhalten.«

War es tatsächlich möglich, daß der größte aller Osmanen sich davor fürchtete, dem Sohn ins Gesicht zu sehen, den er soeben zum Tod verurteilt hatte?

Hawkwood erinnerte sich an das, was ihm vom Tod seines eigenen Vaters berichtet worden war – und vom Tod Ibrahim Paschas, eines weiteren Jugendfreundes des Sultans. Zumindest dieser Mord war in Suleimans Anwesenheit ausgeführt worden; aber der Sultan hatte den Blick abgewandt und sich auf Harry Hawkwood und Haireddin verlassen, jedweden Protest im Keim zu ersticken.

Und doch war er der Größte aller Sultane, an dieser Tatsache war nicht zu rütteln.

Und es würde sein erstes unabhängiges Kommando sein. *Enttäuscht mich nicht*, hatte Suleiman ihn gewarnt. Ich werde Euch nicht enttäuschen, dachte Anthony. Ihr seid mein Herrscher.

Aber der Feldzug sollte erst im Frühjahr beginnen, und bis dahin würde das Wissen um die Pläne des Sultans auf drei Personen beschränkt sein.

»Ich stehe natürlich in ständigen Verhandlungen mit Prinz Bajasid«, berichtete Mehmed Sokollu gegenüber Anthony, als sie einige Tage später, ebenfalls unter vier Augen, miteinander speisten. »Ich flehe ihn an, nichts Unüberlegtes zu tun, sondern nach Istanbul zurückzukehren und seinen Vater um Vergebung zu bitten.«

»Wird er darauf eingehen?« fragte Hawkwood.

»Ich bin sicher, daß er zu klug ist, dieser Aufforderung Folge zu leisten.«

»Ihr meint, daß er auch dann hingerichtet werden würde, wenn er sich jetzt ergeben würde.«

»Genau das.« Der Großwesir musterte ihn mißtrauisch. »Wenn Euch der Mut für dieses Kommando fehlt, solltet Ihr das besser gleich sagen.«

»Ich werde die Flotte kommandieren«, versicherte ihm Anthony. »Was ist mit Prinz Selim? Wird er an diesem Feldzug teilnehmen?«

Sokollu antwortete nicht gleich. »Der Prinz hat nicht den Mut, in den Krieg zu ziehen«, sagte er schließlich und warf Anthony erneut einen raschen Blick zu.

»Und doch wird er zu gegebener Zeit unser Padischah sein.«

»Das stimmt. Aber das muß sich nicht notwendigerweise als unheilvoll erweisen. Ist ein Sultan schwach, gibt es für uns genügend Gelegenheiten, Ruhm zu erringen – vielleicht mehr als unter einem starken Sultan. Das solltet Ihr nicht vergessen, Hawk Pascha, da ich überzeugt davon bin, daß Ihr auf Ruhm aus seid.«

Anthony begnügte sich mit einem wortlosen Nicken.

Der Großwesir fuhr fort. »Darf ich etwas vorschlagen? Es gibt da einen Mann namens Joseph Nasi. Habt Ihr schon von ihm gehört?«

»Er ist ein spanischer Jude, der in der Gunst des Padischah steht, wenn ich nicht irre.«

»Genau. Er wurde wie viele andere seiner Landsleute auch gezwungen, aufgrund des fanatischen Katholizismus des neuen Königs Philipp, das Land zu verlassen. Und so kam Nasi hierher, da die religiöse Toleranz unseres Herrn weit über die Grenzen seines Reiches hinaus bekannt ist, und freundete sich mit Prinz Selim an. Ich will mich an dieser Stelle nicht darüber auslassen, ob er die Schwächen des Prinzen teilt, aber seine Freundschaft wird von Herzen erwidert. Dieser Nasi ist ausgesprochen loyal seinen Leuten gegenüber; auf seine Weise ist er vielleicht ebenso fanatisch wie Philipp. Ich habe sagen hören, daß er mit Selim über die Möglichkeit gesprochen hat, eine nationale Heimat für die Juden zu gründen, wo sich Angehörige dieses Glaubens aus ganz Europa, ja sogar aus der ganzen Welt, versammeln können, nachdem sie fünfzehnhundert Jahre lang verfolgt worden sind.

Ein solcher neuer Staat könnte aufgrund der Feindseligkeit der christlichen Nationen gegenüber den Juden nur innerhalb des Osmanischen Reiches entstehen. Dieser Gedanke wurde sogar dem Padischah vorgetragen, und er hat Nasi Land in Palästina zugesagt, wo er beweisen soll, ob es ihm gelingt, seinen Traum zu verwirklichen. Unter uns: Der Padischah interessiert sich nicht sonderlich für das Projekt, aber ich weiß, daß Selim ihm sehr zugeneigt ist und ein jüdischer Staat unter der Ägide des Osmanischen Reiches von unschätzbarem Wert wäre. Nun ja, die Juden besitzen unzweifelhaft die Fähigkeit, Reichtümer anzuhäufen, was uns wiederum Steuern einbringen würde. Da sie zudem über ganz Europa verstreut sind, haben sie außerdem Gelegenheit, Auskünfte zu sammeln, die nützlich, zuweilen sogar ausgesprochen wertvoll sein könnten.

Ich erzähle Euch dies alles, damit Ihr begreift, daß es unserem zukünftigen Herrn keineswegs an Verstand und Gerissenheit mangelt. Ich bin der festen Überzeugung, daß Ihr und ich in den nächsten Jahren Großes erreichen können. Aber hierbei müssen wir unserem Herrn gegenüber, wer immer das auch sein mag, mit bedingungsloser Treue dienen – das ist der einzige Weg für Männer wie uns.«

Wieder nickte Hawkwood wortlos.

Er kannte sich aus mit Wind und Wetter, den Strömungen

und Gefahren, denen ein Schiff auf hoher See ausgesetzt war. Politische Intrigen jedoch waren Neuland für ihn.

Er wünschte, er hätte einen Vertrauten, mit dem er die Lage besprechen könnte. Aber abgesehen von Torgud hatte er nie einen männlichen Vertrauten gehabt, und er ahnte, daß es gefährlich wäre, mit Torgud über Sokollus Worte zu sprechen – sofern dieser überhaupt verfügbar gewesen wäre.

Also stellte er diese Überlegungen für den Winter beiseite und genoß statt dessen seinen raschen Aufstieg. Wie Suleiman versprochen hatte, waren Uludsch Ali und Ali Muesinsade hocherfreut und gratulierten ihm – wenn auch Pertev Pascha an seinem Bart zupfte und etwas von Renegaten grummelte, denen gegenüber erfahrenen moslemischen Seeleuten der Vorzug gegeben wurde.

Keiner dieser Männer war in die Pläne des Sultans bezüglich Bajasids eingeweiht, und als Anthonys Geschwader mit besonderer Sorgfalt vorbereitet werden mußte, erregte dies keinerlei Aufsehen. Alle führten das auf seinen Ehrgeiz zurück, seine Schiffe zu den besten der Welt zu machen. Ali Muesinsade Pascha verfolgte die Arbeiten mit nachsichtiger Teilnahmslosigkeit. Trotz Alis düsterer Vorhersagen herrschte im Osmanenreich Frieden. Der Großadmiral ahnte nicht, daß ohne sein Wissen Vorbereitungen getroffen wurden, diese düsteren Prognosen wahr werden zu lassen.

Kurz nach der Jahreswende brachte Barbara den Jungen zur Welt, den sie alle sich gewünscht hatten.

Anthony war gleich zweifach erleichtert. Im Verlauf des Winters hatte seine Frau mit fortschreitender Schwangerschaft ihr sonniges Gemüt verloren.

Sie war zunehmend gereizt und streitsüchtig geworden und hatte sich immer häufiger beschwert, daß er sie so viel allein ließ. Sie vermutete, daß er sich mit seinen Konkubinen die Zeit vertrieb, während er tatsächlich ständig am Hafen zu tun hatte – seit seiner Hochzeit hatte er keine andere Frau mehr begehrt als seine Gattin.

Wie Anthony versprochen hatte, erhielt das Kind den Namen John und wurde von jenem italienischen Priester, der auch seine Eltern getraut hatte, getauft.

Die Vorbereitungen für den geplanten Feldzug wurden immer schneller vorangetrieben und ließen sich nicht länger verbergen. Als die von Sokollu herbeigerufenen Truppen sich vor der Stadt einfanden und die Janitscharen ihre Säbel schärften, begannen die Menschen in den Straßen zu tuscheln. Aber noch wußte niemand, gegen wen der Sultan sein Heer zu Felde schicken würde. Wenn Suleiman auf Geheimhaltung bestand, hielt man sich daran.

Und doch wurde Anthony unablässig mit Fragen überhäuft.

»Du ziehst in den Krieg«, sagte Barbara. Sie saß auf ihrem Diwan, in die aufgetürmten Kissen gelehnt und von ihren venezianischen Zofen umgeben. Ihr Mieder war aufgeschnürt, und Baby John saugte voller Wonne an ihrer linken Brust.

»Das ist mein Beruf,« entgegnete er sanft.

Sie schwieg einen Augenblick und fragte dann: »Wird es ein langer Feldzug werden?«

Wieder wich er ihr aus. »Es ist immer klug, damit zu rechnen, daß eine Kampagne sich über einen längeren Zeitraum hinziehen wird.«

Sie seufzte. »Wirst du gegen Christen kämpfen?«

»Nein«, entgegnete er. »Diesmal nicht.«

Sie ergriff seine Hände. »Dann werde ich zu Gott beten und ihn bitten, dich zu beschützen und unversehrt zu mir zurückzubringen.«

Anthony musterte sie stirnrunzelnd. »Würdest du nicht für mich beten, wenn ich gegen Christen in den Krieg zöge?«

»Doch, natürlich, Herr. Aber ich weiß nicht, ob Gott meine Gebete dann erhört hätte.«

Im März stach die Flotte in See: siebzig Galeeren, bemannt mit jeweils einhundert Janitscharen zusätzlich zur üblichen Besatzung. Da die Janitscharen Infanterietruppen waren, brauchten zur Erleichterung Hawkwoods und der anderen Kapitäne keine Pferde an Bord untergebracht zu werden.

Ali und Uludsch, die immer noch nicht in die Pläne des Sultans eingeweiht wurden, waren gekommen, seinem Geschwader viel Glück zu wünschen, wenngleich er ihnen angesehen hatte, daß das anfängliche Wohlwollen, mit dem sie seine Beförderung aufgenommen hatten, dem neidischen Groll darüber gewichen war, daß er mit einem geheimen Kommando betraut worden war.

Während ganz Istanbul sich in Gerüchten und Mutmaßungen erging, setzte Sokollus Heer über den Bosporus. Die Späher hatten dem Großwesir berichtet, daß Prinz Bajasid seinen Hof in Konya eingerichtet hatte, der ehemaligen römischen Stadt Iconium. Dort, im Herzen Anatoliens, geschützt am Fuße des gewaltigen Berges Bozkir Dag, existierte eine Zivilisation, die der Legende nach drei Jahrtausende zurückreichte – bis zu den Tagen, da Perseus den Kopf der Gorgone Medusa benutzt hatte, die einheimische Bevölkerung einzuschüchtern und die antike griechische Stadt zu gründen. Nachdem die Stadt 1081 den Byzantinern abgerungen worden war, war sie vor einiger Zeit zur Hauptstadt des Seldschukenreiches avanciert. Und hier hatte sich auf Einladung der Seldschuken der berühmte *Sufi* Jalal ad-Din ar-Rumi niedergelassen und seine Mawlawiyah begründet, besser bekannt als die Tanzenden Derwische. Als Heilige Stadt der Seldschuken war Konya lange Zeit der Stützpunkt des Widerstands gegen die osmanische Herrschaft gewesen, so daß dem Prinzen Bajasid dort die Unterstützung der Seldschuken gewiß war, solange er sich dem Sultan widersetzte.

Und doch zweifelte niemand daran, daß der Prinz letztlich unterliegen und gezwungen sein würde, woanders Zuflucht zu suchen. Hawkwood hatte daher Befehl erhalten, mit seiner Flotte den Golf von Alexandretta anzusteuern, an der Grenze zwischen Anatolien und Syrien. Denn der Sultan und der Großwesir waren sicher, daß Bajasid, nachdem seine Armee vernichtend geschlagen worden war, in diese Richtung fliehen würde. Dort sollte Hawkwood die Janitscharen an Land setzen und landeinwärts nach Adana marschieren, da sich von dort aus die Ausgänge der Bergpässe beherrschen ließen.

Es lief alles nach Plan: sogar besser, als sie es sich erhofft hatten. Hawkwood, zum Seemann geboren und erzogen, führte seine Schiffe bis weit in die Ägäis hinein und riskierte mit diesem Manöver, in ein Unwetter zu geraten – die frühe Jahreszeit war berüchtigt für die plötzlich aufkommenden heftigen Stürme.

Tatsächlich geriet die Flotte, eine Woche nachdem sie den Schutz der Dardanellen verlassen hatte, in ein solches Unwetter, aber Anthony hatte seine Seeleute so hervorragend ausgebildet, daß sie den riesigen Wellen mühelos trotzten, wenngleich die Janitscharen ihre letzten Gebete sangen.

Nachdem der Sturm sich gelegt hatte, steuerte Hawkwood – der seine Position die ganze Zeit über möglichst genau errechnet hatte – zurück in Richtung Küste.

Der Golf von Alexandretta war eine offene Reede; die Stadt selbst befand sich in einiger Entfernung vom Ufer. Die Ankunft der Sultansflotte kam für die Einwohner völlig überraschend. Hawkwood hatte seine Janitscharen an Land gesetzt, bevor der örtliche Statthalter sich entschieden hatte, ob er für den Prinzen oder den Padischah Partei ergreifen sollte. Nachdem die Truppen gelandet waren, konnte er nur sprachlos dem rothaarigen Hünen an der Spitze der Soldaten entgegenstarren.

Anthony hätte die Gegend gern ein wenig ausgekundschaftet, da er wußte, daß mehrere seiner Vorfahren auf ihren Feldzügen in den Tauros-Bergen und Anatolien hier vorbeigekommen waren. Aber sein Vordringen in Anatolien war auf diesen Landabschnitt beschränkt. Die Janitscharen hatten die Garnison bald davon überzeugt, daß es in ihrem ureigensten Interesse lag, die Loyalität zum Sultan beizubehalten, und wenngleich das Wetter sich hielt, bestand Hawkwoods Hauptverantwortung darin, Sorge zu tragen, daß die Flotte keinen Schaden nahm. Derweil wartete er auf Neuigkeiten.

Er brauchte nicht lange zu warten; ein Bote von Prinz Bajasid traf in Alexandretta ein, um den Statthalter davon zu unterrichten, daß das Heer des Großwesirs kampfentschlossen auf die Stadt zumarschiere. Bajasid bat den Statthalter, ihm jeden Mann zu überstellen, den er entbehren könne.

Der Beglerbeg, Makdil Pascha, überbrachte das Schreiben sogleich Hawkwood.

»Ihr werdet dieses Gesuch nicht beachten«, befahl ihm Anthony. Makdil Pascha verneigte sich und ging.

Mehrere Wochen verstrichen, bevor ein weiterer Bote eintraf. Aber dieser erbat keine Antwort. Er war der erste eines Regiments flüchtender Spahis, die von der Niederlage des Prinzen im Kampf gegen den Wesir berichteten. Hawkwood ging davon aus, daß der Prinz nicht mehr lange auf sich warten lassen würde, und so gab er Befehl, die Spahis passieren zu lassen. Er wollte verhindern, daß Bajasid gewarnt wurde und sich in die Berge des Zentralplateaus zurückzog. Und doch wünschte er von Herzen, daß der Prinz von Sokollus Janitscharen ergriffen wurde, ehe er den Paß erreichte.

Drei Tage später erschien ein Reitertrupp auf der Bergstraße. Anthony hatte seine Offiziere angewiesen, ihre Männer so gut wie möglich zu verstecken, so daß die Reiter nichtsahnend mitten durch die feindlichen Reihen ritten, ehe sie eingekreist und zur Aufgabe gezwungen wurden.

Anthony hielt sich in Adana auf, als ihm berichtet wurde, daß Prinz Bajasid und seine beiden Söhne nun seine Gefangenen waren.

Makdil Pascha war bei ihm, als die Neuigkeit eintraf. »Was werdet Ihr tun?« fragte er.

»Ich werde tun, was ich muß«, entgegnete Anthony.

Makdil zupfte an seinem Bart. »Der Sultan ist ein alter Mann«, sagte er schließlich. »Und nach allem, was ich von Prinz Selim gehört habe und von Prinz Bajasid weiß, besteht kein Zweifel daran, wer der bessere Nachfolger wäre. Das war Verrat«, fuhr er fort. »Jetzt werdet Ihr mich sicher pfählen lassen.«

Anthony lächelte, wenn auch traurig. »Ihr habt die Wahrheit gesprochen, alter Mann. Dafür würde ich nie einen Mann verurteilen. Aber Ihr dürft wiederum keinen Mann dafür verurteilen, daß er seine Pflicht tut. Und ich muß meinen Befehlen gehorchen.«

Der Statthalter nickte.

Makdil führte die königlichen Gefangenen persönlich Hawkwood vor. In Anbetracht seines vorangegangenen Zögerns war er offenbar entschlossen, seine Loyalität für den Sultan unter Beweis zu stellen. Er hatte die Gefangenen fesseln lassen und sie ganz offensichtlich mit einiger Verachtung behandelt.

Aber der Prinz war kein gebrochener Mann. Bajasid war größer als sein Bruder und sehr gutaussehend. Er hielt den Kopf stolz erhoben, als er vor Hawk Pascha trat. Seine beiden Söhne, zehn und elf Jahre alt, standen hinter ihm. Ihnen war anzusehen, daß sie große Angst hatten.

»Ich bin der Sohn des Sultans«, erklärte Bajasid. »Wie könnt Ihr es wagen, mich in Fesseln legen zu lassen wie einen gewöhnlichen Verbrecher?«

»Ich tue, was ich muß, Herr«, entgegnete Anthony. »Glaubt mir, daß ich bedaure, was ich tun muß, aber der Sultan persönlich hat es befohlen.«

Bajasid musterte ihn eindringlich und runzelte herrisch die Stirn.

»Und wie genau lauten Eure Befehle?«

Er wäre ein großartiger Sultan gewesen, dachte Anthony. Und ich bin nicht zum Mörder geschaffen. Aber das ist nun einmal mein Schicksal.

Er gab Makdil ein Zeichen, und der Statthalter bedeutete zwei Janitscharen, die bereits Bogensehnen in den Händen bereithielten, vorzutreten.

Bajasids Stirnrunzeln vertiefte sich, und das Blut wich aus seinen Wangen. »Welchen Verbrechens habe ich mich schuldig gemacht?«

»Des bewaffneten Aufstandes gegen den Sultan.«

»Den Sultan! Ihr sprecht von dem Mann, der Euren eigenen Vater hat ermorden lassen, Hawk Pascha. Und jetzt wollt Ihr in seinem Namen morden?«

»Er ist mein Padischah«, entgegnete Anthony. »So wie auch der Eure – was Ihr jedoch vergessen zu haben scheint. Werdet Ihr Euch dem Urteilsspruch beugen, Prinz, oder muß ich weitere Männer herbeirufen?«

»Ich beuge mich«, sagte Bajasid. »Was wird aus meinen Söhnen.«

Anthony seufzte. »Sie werden ebenfalls sterben, Prinz.«

Bajasid zerrte einen Augenblick an seinen Fesseln, dann gab er es auf. »Ha«, sagte er. »Ich beuge mich. Möge Allah sich Eurer Seele erbarmen.«

Eine Minute später waren alle drei tot.

»Hawk Pascha!« Mehmed Sokollu schloß seinen Admiral in die Arme. »War das nicht ein Kinderspiel?« Der Großwesir und seine Spahis waren kurze Zeit später in Adana eingetroffen.

»Meine Männer haben kaum einen Schuß im Zorn abgefeuert«, pflichtete Hawkwood ihm bei.

»Ihr habt etwas für mich, wie ich gehört habe.«

Anthony zeigte auf eine Kiste, die auf der Veranda des Palastes des Beglerbegs bereitstand.

Sokollu hob den Deckel und sah hinein.

»Höchst zufriedenstellend«, sagte er. »Und ich habe bereits sämtliche Offiziere der Rebellenarmee pfählen lassen. Der Padischah wird hoch erfreut sein.« Er musterte Anthony eingehend. »Ihr macht keinen sehr zufriedenen Eindruck, Hawk Pascha.«

»Es fällt schwer, sich über einen Mord zu freuen«, entgegnete Anthony.

Sokollu seufzte. »Wie ich sehe, wird nie ein echter Türke aus Euch werden, Hawk Pascha. Wenn für einen Mann die Stunde seines Todes gekommen ist, läßt sich nichts daran ändern. Es ist sinnlos, zu versuchen, den Augenblick hinauszuzögern oder den Tod zu betrauern.«

»Heißt das, daß, wenn ich jetzt meinen Säbel zöge und drohte, Euch den Kopf abzuschlagen, Ihr keinen Widerstand leisten würdet, weil Eure Zeit gekommen wäre?«

Sokollu lächelte. »Selbstverständlich würde ich Widerstand leisten. Ich wüßte ja nicht, ob meine Zeit schon gekommen ist oder nicht.«

»Nun, dann . . .«

»Aber falls es Euch gelänge, mich zu töten, Hawk Pascha, würde das bedeuten, daß meine Zeit gekommen war.«

»Das ist zumindest eine tröstliche Philosophie.«

»Ist das nicht der Zweck jeder Philosophie – zu trösten? Aber Ihr scheint weiterhin entschlossen, Euch zu grämen, diese Hinrichtung befohlen zu haben?«

»Bajasid war bei weitem der bessere Mann als sein Bruder«, sagte Anthony bedauernd.

»Diese Erörterung haben wir schon hinter uns, mein Freund. Und Selim wird als Sultan für uns persönlich vorteilhafter sein, vergeßt das nicht.« Er schlug Anthony auf die Schulter. »Kommt. Die Frauen, die wir in Bajasids Lager gefangengenommen haben, sind atemberaubend. Ihr solltet Euren Kummer in ihren Armen ertränken.«

»Und der Kopf des Prinzen?«

»Den werde ich vernichten.«

»Müssen wir dem Padischah keinen Beweis für seinen Tod liefern?«

Sokollu schüttelte den Kopf »Der Padischah wird es vorziehen, wenn er nicht mehr weiß, als daß sein Sohn tot ist. Das ist der zweite Sohn, den er hat hinrichten lassen.«

Er konnte das Grauen einfach nicht aus seinen Gedanken verbannen. Nicht einmal die Rückkehr in den Hawk-Palast und die Arme Barbaras konnten die Erinnerung auslöschen.

Sie musterte ihn mit traurigen Augen.

»Sie werden dich zwingen, noch schlimmere Verbrechen als dieses zu begehen«, sagte sie schließlich.

»Weib, wenn du mich nicht mit deinen Ich-habe-es-dir-doch-gleich-gesagt verschonst, werde ich dich mit dem Rohrstock verprügeln«, warnte er.

»Dann geh und hol den Stock«, entgegnete sie. »Denn es muß ausgesprochen werden. Sie werden dich zwingen, noch schlimmere Verbrechen zu begehen als dieses. Und was wirst du tun, wenn der Sultan dir befiehlt, deine Flotte gegen Venedig zu richten?«

»Das wird niemals geschehen. Suleiman führt keinen Krieg

gegen seine Verbündeten. Es liegt allein bei Venedig, nicht uns zuerst den Krieg zu erklären.«

»Anthony, Herr . . .« Sie hielt seine Hände. »Könnt Ihr mir Euer Wort geben, daß Ihr niemals Krieg gegen mein Volk führen werdet?« Sie war offensichtlich ernsthaft besorgt.

»Ich gebe Euch mein Wort, es sei denn, ich bin gezwungen, zum Schutz des Osmanischen Reiches zu handeln«, erwiderte er.

»Ihr würdet Euch dem Sultan widersetzen?«

Er lächelte und küßte sie. »Das wird nicht nötig sein. Suleiman würde so etwas niemals von mir verlangen. Er ist nicht nur ein großer König, sondern ein großer Mann. Ich mag ja das Los des Prinzen Bajasid bedauern, aber der Sultan hat richtig gehandelt – der Tod des Prinzen hat das Reich vor einem Bürgerkrieg bewahrt. Und das war eine Tat, die von Größe kündet.«

Er küßte sie erneut. »Ja, ich schwöre dir, daß ich nie an einem Überfall auf Venedig teilnehmen werde.«

Damit schien sie sich zufriedenzugeben.

Da er Prinz Bajasid hatte hinrichten lassen, war Anthony nicht nur in der Gunst des Sultans gestiegen, sondern hatte auch die Freundschaft Selims gewonnen.

Allerdings hatte Selim viele Schwächen. Seine Trägheit, seine Lasterhaftigkeit – er unterhielt neben seinen zahlreichen Konkubinen auch einen Harem junger Lustknaben – und vor allem seine Trunksucht. Er war ein trauriger Nachfahre Mehmeds des Eroberers, Selims des Gestrengen und Suleimans des Prächtigen.

Dennoch war Selim hochbegabt und gebildet; wenn er nüchtern war, konnte seine Gesellschaft überaus anregend sein. Auch legte er gelegentlich den grausamen Zug an den Tag, der seine Familie zur gefürchtetsten in der Geschichte gemacht hatte.

Und, wie Mehmed Sokollu nicht müde wurde zu betonen, der Prinz war ihr zukünftiger Herr.

Selims engster Freund war der vierzigjährige Joseph Nasi, der einer wohlhabenden spanischen Familie entstammte. Während er für seine Vettern, die Mendes, tätig gewesen war, hatte er in Antwerpen die Kunst des Bankgeschäfts und des internationalen Handels erlernt.

Damals war er ein Marrano gewesen – ein spanischer, zum Christentum bekehrter Jude – und war auf den Namen Juan Miguez getauft worden. Seine Entschlossenheit, das Leid der spanischen Juden zu mildern, die von Philipp II. verfolgt wurden, hatte zu seiner Verbannung geführt, woraufhin er wieder zum jüdischen Glauben übergetreten war, seine Kusine Reyna geheiratet hatte und nach Istanbul geflohen war.

Hier hatten sein Ehrgeiz und sein unzweifelhaftes Geschick ihm rasch die Gunst Suleimans eingebracht. Der Sultan hatte schon lange nach einer geeigneten Person gesucht, das Finanzgenie Ibrahims zu ersetzen, den er so gedankenlos hatte umbringen lassen. In Joseph Nasi glaubte er den richtigen Mann gefunden zu haben. Suleiman war klug genug, gar nicht erst zu versuchen, einen Nichtmoslem zum Großwesir zu ernennen, aber Nasi war zu Sokollus engstem Berater aufgestiegen und mit jenen Gebieten in der Tiberias-Region Palästinas belohnt worden, wo er langsam eine Kolonie jüdischer Flüchtlinge aus Europa errichtete.

Er war ob seiner Erfolge zu beneiden und zu bewundern, trug er doch erheblich zum Erhalt des Reichtums der Osmanen bei. Beunruhigend war seine enge Freundschaft mit Selim, in der viele mehr einen politischen Schachzug sahen als ein Zeichen echter Verbundenheit. Dieser Verdacht war nicht ganz unbegründet, da Nasi selbst ausgesprochen tugendhaft und einfach lebte, so daß er einen lasterhaften Menschen wie den Prinzen eigentlich nur verachten konnte.

Hawkwood zweifelte nicht im mindesten daran, daß Nasi ebenso wie der Großwesir ungeduldig Selims Thronbesteigung herbeisehnte. Daß er dann seine Freundschaft benutzen würde, um seine eigenen Pläne zu verwirklichen, war sogar für den Großwesir offensichtlich. Was dem Wesir jedoch zu entgehen schien, war, daß Nasi beabsichtigen könnte, ihn zu gegebener Zeit abzulösen. Es war schon erstaunlich, wie jeder Großwesir sich offenbar als unersetzlich betrachtete, bis zu dem Augenblick, da eine Bogensehne seinem Leben ein Ende machte.

Was Nasi für Hawkwood besonders interessant machte, waren seine profunden Kenntnisse des Westens und vor allem Spaniens.

»Ich denke, König Philipp wird den Osmanen früher oder später den Krieg erklären«, behauptete er beispielsweise. »Aber das wird erst geschehen, wenn er die religiösen Schwierigkeiten in seinem Königreich beseitigt hat: Ich denke dabei vor allem an Holland. Jedoch liegt England auf der Seeroute von Spanien nach Holland, so daß vieles von der Haltung der Königin von England abhängen wird. Sie ist überzeugte Protestantin und hat bislang Philipps sämtliche Annäherungsversuche ausgeschlagen. Aber natürlich wäre es für Philipp ein leichtes, England auszuschalten, sollte er sich erst dazu entschließen. Engländer verfügen weder über eine Armee noch über eine Flotte.« Er warf Anthony einen neugierigen Blick zu. »Beunruhigt Euch das?«

»Ich bin Türke und kein Engländer«, entgegnete Anthony.

»In Euren Adern fließt mehr englisches Blut als türkisches«, widersprach Nasi. »Genaugenommen fließt in Euren Adern gar kein türkisches Blut, sondern nur englisches, französisches, italienisches und griechisches.«

»Ein Mann ist, was er ist«, beharrte Anthony, »und nicht, was seine Vorfahren waren.«

Er glaubte an das, was er sagte, weil er sich für sich selbst kein anderes Dasein vorstellen konnte, das ihm solchen Reichtum und solches Glück ermöglichen würde.

Auf Bajasids Hinrichtung folgten mehrere Jahre des Friedens im Osmanenreich. Die Flotte exerzierte regelmäßig in der Ägäis und in den Ionischen Gewässern, manchmal von Päpstlichen oder genuesischen Galeeren beobachtet, jedoch niemals angegriffen. Die Admirale konnten viel Zeit zu Hause verbringen, und trotz ihrer Bedenken über die Rolle, in die er sich hatte hineinzwingen lassen, liebte Barbara ihn sehr. 1562 wurde William Hawkwood geboren und 1563 der kleine Henry.

»Von jetzt an müssen wir aufpassen«, meinte Anthony zu seiner Frau.

»Wünscht Ihr Euch denn nicht noch mehr Söhne?«

»Drei sind genug.«

»Nun . . . dann vielleicht eine Tochter? Ich hätte gern eine Tochter.«

»Und ich möchte nicht, daß du frühzeitig alterst. Du bist erst einundzwanzig. Ich möchte, daß du immer so bleibst, wie du jetzt bist.«

Sie lächelte und küßte ihn. »Euer Wunsch ist mir Befehl, Herr. Ich werde sehen, was sich machen läßt. Ayesha wird es wissen.«

In diesen friedlichen Jahren fand Anthony auch Muße, sich einer anderen Aufgabe zu widmen. In einem düsteren Winkel des Goldenen Horns fand er die Überreste eines höchst ungewöhnlichen kleinen Schiffes, das nach Aussagen einiger Ortsansässiger seinem Vater gehört hatte. Es war in erbarmungswürdigem Zustand, die Planken verfault und der Mast längst verrottet.

Er hatte eben jenes Schiff gefunden, auf dem Harry Hawkwood bei seiner berühmten Expedition in den Atlantik gesegelt war . . . während derer er auch seine Mutter Felicity entführt hatte.

Anthony beauftragte sogleich seine Schiffsbauer, den Rumpf Stück für Stück auseinanderzunehmen und alle Einzelheiten der Bauweise festzuhalten. Dann ließ er nach dieser Vorlage ein neues Schiff bauen, mit durchgehendem Deck, einem einzigen Mast und einem riesigen Baum für das Lateinsegel. Auf dem Schiff würde Platz sein für eine Besatzung von sechs Mann. Jedoch fügte er eine Kleinigkeit hinzu, die Harry Hawkwood nie in Betracht gezogen hatte – er ließ achtern eine Kabine errichten, weil er wollte, daß Barbara sein Vergnügen mit ihm teilte.

Er gab der Jacht den Namen *Hawk*.

Anfangs war seine Frau nicht begeistert von dieser Idee, aber nach und nach fand sie Gefallen am Segeln. Und so fuhren sie weiter und weiter hinaus aufs Marmarameer und verbrachten häufig bis zu einer Woche auf See. Anthony betrachtete diese Tage bald als die glücklichsten seines Lebens.

Im Frühling 1564 beschloß Suleiman, seine Herrschaft mit seiner dritten Belagerung Wiens zu krönen.

Der Feldzug wurde sorgfältig geplant. Im Mai 1565 lief eine Flotte aus Konstantinopel aus, um zu der Flotte im westlichen Mittelmeer zu stoßen, die von Piale Pascha befehligt wurde, seit Torgud in der Schlacht um Malta gefallen war. Piale und Mustafa Pascha – der die Landtruppen kommandieren würde – segelten erneut nach Malta, um zu versuchen, die Ritter des Johanniterordens zu vertreiben.

Suleiman war überzeugt, daß die Westmächte jedes verfügbare Schiff und jeden Mann zur Unterstützung der Ritter aussenden würden. Überraschenderweise erwies sich das als Irrtum, und es geschah nichts dergleichen. Die Ritter – unter Führung ihres Generals Großmeister Jean Parisot de la Valette – blieben sich selbst überlassen, und schon bald stellte sich heraus, daß sie wie immer bereit waren, bis zum letzten Atemzug zu kämpfen.

Schließlich schickte Spanien den in arge Bedrängnis geratenen Rittern doch Unterstützung in Form einer Flotte und einer Armee unter Befehl von Garcia de Toledo. Im September hoben die Türken die Belagerung auf, nachdem sie mehr als zwanzigtausend Mann verloren hatten. Der schmerzlichste Verlust für die Osmanen war jedoch zweifellos der Tod Torguds, der im Gefecht gefallen war. Aber im Frühling dieses Jahres, noch während der Belagerung, hatte Suleiman den zweiten Teil seines Planes ins Rollen gebracht.

Armeen und Flotten wurden gefechtsbereit gemacht. Anthony erhielt das Kommando über die Flottille, die die Donau hinauffahren würde, eine Wiederholung des Manövers, das Harry Hawkwood bereits vierzig Jahre zuvor durchgeführt hatte.

Die Flußschiffe waren notwendigerweise kleiner als die Galeeren, die das Meer befuhren, und sie mußten in die Mündung des großen Flusses gebracht werden, was bedeutete, daß sie an der Küste des Schwarzen Meeres entlangsegeln mußten. Das erwies sich als sehr zeitaufwendig, und Anthony konnte auch nicht den Winter über nach Istanbul zurückkehren, da umfangreiche Ausbesserungsarbeiten erforderlich waren.

Den Frühling und Sommer 1566 über kämpfte sich die Flottille langsam den Fluß hinauf. Die Donau wurde zwar inzwischen vollständig von den Türken kontrolliert, aber über weite Strecken schien das Land von jeder Zivilisation abgeschnitten zu sein, bewohnt von kämpferischen Bergleuten, die nicht davor zurückschreckten, Kundschaftertrupps anzugreifen.

Hawkwood war glücklich und erleichtert, als sie im Juli das schützende Belgrad erreichten, wo das Heer den Winter verbracht hatte.

Suleiman persönlich hielt sich hier auf, aber Anthony war schockiert, als er zum Sultan geführt wurde. Inzwischen zweiundsiebzig Jahre alt, war der berühmteste der Osmanen ganz offensichtlich zu alt für den Krieg. Nicht einmal das großzügig aufgetragene Rouge vermochte die Blässe seiner eingesunkenen Wangen zu verbergen, und er atmete mühsam und japsend.

»O Padischah«, sagte Hawkwood. »Solltet Ihr Euch nicht besser in der Wärme des Serails aufhalten als in diesem feuchten, unwirtlichen Klima? Eure Männer brauchen Euch noch.«

Suleiman deutete ein Lächeln an. »Was würdet Ihr von einem Sultan halten, der seine Armeen nicht in den Krieg führt?«

Anthony blickte verstohlen nach rechts und links. Mehmed Sokollu stand etwas abseits, außer Hörweite. Aber Prinz Selim war nirgendwo zu sehen.

Suleiman wußte, was er dachte. »Der Prinz regiert in meiner Abwesenheit in Istanbul«, erklärte er.

»Ein weiser Zug, O Padischah«, entgegnete Anthony.

»Euer Vater war niemals ein Schmeichler«, ermahnte Suleiman ihn milde. »Es wird Eure Aufgabe sein, meinem Sohn mit weisem Ratschlag zur Seite zu stehen, wenn ich nicht mehr bin. Aber es ist meine Pflicht«, fuhr er plötzlich leidenschaftlich fort, »diese sturen Ungarn zu unterwerfen, die immer wieder gegen meine Herrschaft aufbegehren. Das ist unser erstes Ziel, Hawk Pascha. Die Stadt Sziget. Ich werde ein Exempel statuieren und sie dem Erdboden gleichmachen.«

In der Nacht des 5. September 1566 starb Sultan Suleiman der Prächtige in dem Feldlager vor den Mauern von Sziget.

19
Die Täuschung

DIE NACHRICHTEN AN die Flotte – die darauf wartete, ihr Vordringen auf der Donau fortzusetzen – beinhalteten nichts von alledem. Der Bote überbrachte lediglich einen Befehl des Großwesirs Sokollu, der dahingehend lautete, daß Admiral Hawk Pascha sich schnellstens im Hauptquartier des Sultans einfinden solle.

Anthony wußte gleich, was geschehen war, behielt seine Befürchtungen jedoch für sich. Nur von seinem Diener Kalil begleitet, ging er an Land und ritt zur belagerten Festung.

Die Stadt war völlig zerstört; es hing noch Rauch über den zerstörten Häusern, und es gab kaum ein Zeichen von Leben. Das türkische Heer lagerte jedoch nach wie vor vor den Mauern. Zahlreiche Türken verbanden ihre Wunden, und die Janitscharen musterten Hawkwood neugierig, als er ins Lager galoppierte. Es gab kein Anzeichen von Beunruhigung in den osmanischen Reihen.

Dann habe ich mich doch geirrt, dachte Anthony erleichtert. Auf seinem Ritt vom Fluß ins Lager hatte er sich größte Sorgen darüber gemacht, wie das Reich die Kunde vom Tod des Sultans aufnehmen würde.

Jedoch mußte etwas vorgefallen sein. Suleimans Zelt war von Wachen umgeben, und Hawkwood erkannte, daß jeder einzelne Mann zu Sokollus persönlicher Leibgarde gehörte. Die Leibgardisten des Sultans waren nirgendwo zu sehen.

Mein Gott, dachte Anthony, dieser Dummkopf hat einen Staatsstreich gewagt!

Er wurde erst nach gründlicher Durchsuchung in das goldrote Zelt vorgelassen, wo der Wesir ihn bereits ungeduldig erwartete.

»Mehmed!« rief er. »Was habt Ihr getan?«

»Was nötig war«, versicherte ihm Sokollu. »Kommt.«

Bevor Hawkwood weitere Fragen stellen konnte, wurde er in den Innenraum des Zeltes geführt, in dem sich nur zwei taubstumme Eunuchen aufhielten ... und der Sultan.

Suleiman saß im Schneidersitz auf seinem Gebetsteppich, den Rücken von Kissen gestützt. Seine rechte Hand ruhte auf seinem Knie, die linke baumelte zwischen seinen Schenkeln herab. Er starrte Hawkwood mit merkwürdiger Eindringlichkeit an.

Anthony verneigte sich sogleich. »Padischah«, sagte er. »Ich bin gekommen, so schnell ich konnte.«

Er erhielt keine Antwort, und so hob er langsam den Kopf und sah Sokollu lächelnd neben dem Sultan stehen.

»Wenn es mir gelungen ist, Euch zu täuschen, Hawk Pascha, wird es mir auch gelingen, den Rest der Welt zu täuschen«, sagte er.

Anthony starrte auf die sitzende Gestalt. »Mein Gott!« sagte er atemlos. »Suleiman ist tot.«

»Was ich getan habe, ist auf ausdrücklichen Befehl des Padischah geschehen«, fuhr der Wesir fort. »Wir sind mehrere hundert Meilen von Istanbul und Prinz Selim entfernt. Es ist eine lange Reise. Würden wir sie mit dem Leichnam des verstorbenen Sultans unternehmen, könnte weiß Gott was geschehen, bevor unser neuer Herr die Macht übernommen hätte. Und zumindest haben wir den Sieg errungen, wenn es auch kein sehr glorreicher war.«

Hawkwood musterte ihn stirnrunzelnd. »Was ist geschehen?«

»Wir hatten die Mauern der Stadt mit unserer Artillerie beinahe dem Erdboden gleichgemacht und bereiteten uns auf unseren letzten Sturmangriff vor, aber Graf Zrinyi, der Garnisonskommandant, ist uns zuvorgekommen. Er leitete mit all seinen Leuten, einschließlich der Frauen, einen selbstmörderischen Ausbruch aus der Burg. Das war das Beeindrukkendste, was ich je gesehen habe.«

»Hat er es geschafft?«

Sokollu lächelte grimmig. »Nein, wir haben sie alle getötet. Aber der Schurke hielt noch eine Überraschung für uns bereit. Meine Männer stürmten die Stadt, auf der Suche nach Beute und Sklaven. Aber Zrinyi hatte eine Lunte bis zu seinem Pulvermagazin gelegt, das explodierte. Mehrere hundert meiner Männer wurden getötet. Wenn wir uns zurückziehen, werden die Ungarn behaupten, uns besiegt zu haben. Aber wir werden es besser wissen – und wir werden zurückkehren, sobald in der Heimat alles geregelt ist.«

Anthony starrte immer noch auf den toten Sultan.

»Wann ist es passiert?«

»Vor drei Nächten. Vor Zrinyis Selbstmord. Der Padischah ist im Schlaf gestorben. Er erwachte kurz, stieß einen Schrei aus und war tot. Sein Herz hat einfach aufgehört zu schlagen. Aber er hatte auch ein langes Leben hinter sich.«

»Und Ihr glaubt, Ihr könnt mit einem Toten an der Spitze des Heeres nach Istanbul zurückkehren?«

Sokollu zuckte die Achseln. »Warum nicht? Die Einbalsamierer waren innerhalb einer Stunde in seinem Zelt.«

»Und fürchtet ihr nicht, daß sie herumerzählen werden, daß der Sultan tot ist?«

Der Großwesir grinste erneut. »Höchstens dem Teufel, Hawk Pascha. Sie befinden sich bereits auf dem Weg zu seinen feurigen Portalen.«

Anthony befeuchtete sich die Lippen. »Und doch habt Ihr mich völlig unnötig eingeweiht.«

»O nein, das war keineswegs unnötig, Anthony. Niemand hat in den letzten Jahren Suleiman näher gestanden als Ihr. Wenn irgend jemand aus einiger Entfernung hätte erkennen können, daß er tot war, dann Ihr. Und außerdem . . . sind wir nicht Partner? Haben wir nicht bereits darüber gesprochen, daß viel zu tun ist, wenn Suleiman erst das Zeitliche gesegnet hat?«

Anthony hob den Kopf und sah ihn an. »Ich werde mich nicht des Verrats schuldig machen.«

»Ich habe gerade einen begangen. Wollt Ihr mich dafür zum Tode verurteilen?«

Anthony schüttelte den Kopf »Nein, Mehmed. Wenn auch die Versuchung sehr groß ist. Ich muß davon ausgehen, daß Ihr richtig gehandelt habt und es zum Wohle des Reiches das beste ist, wenn wir vorgeben, mit einem lebendigen Sultan nach Istanbul zurückzukehren. Aber sind wir erst dort, werden wir Prinz Selim dienen.«

Sokollu musterte ihn einige Sekunden aufmerksam und zuckte dann die Achseln.

»Da wir in einem Boot sitzen, Anthony, werde ich mich Euren Wünschen beugen. Gestattet mir jedoch, zu Allah zu beten, daß keiner von uns den Tag erleben muß, da er Eure Loyalität bereuen muß.«

Bei Sokollu war immer schwer zu beurteilen, was er im Schilde führte. Anthony nahm an, daß der Wesir wohl der gerissenste Mann war, der ihm je begegnet war.

Sokollu spielte seine Rolle hervorragend. »Es ist schon Herbst«, erklärte er den Paschas. »In Kürze wird der Winterregen über uns hereinbrechen und diese Ebene in ein Schlammloch verwandeln. Ihr erinnert Euch vielleicht nicht an den Rückzug von Wien 1532. Mein Vater war dort, und Hawk Paschas Großvater hat das Heer befehligt.«

»Mein Großvater ist schon vor meiner Geburt gestorben«, sagte Anthony, »aber mein Vater hat mir von den Schrecken dieses Rückzuges erzählt.«

Das war gelogen: Als sein Vater gestorben war, war er noch viel zu jung gewesen, um mit ihm über ernsthafte Dinge wie den Krieg zu sprechen. Aber er log für einen guten Zweck, und die Paschas beugten sich den Worten des Wesirs – erst recht als ihnen gesagt wurde, der Rückzug wäre vom Sultan persönlich befohlen worden.

»Der Padischah wurde von einem Fieber befallen«, erklärte

er, »darum kann er nicht persönlich das Wort an Euch richten. Seine Erkrankung ist im übrigen ein weiterer Grund, daß wir diesen verpesteten Ort verlassen.«

Die Janitscharen grollten jedoch. Es war nicht ihre Art, sich nach einem Sieg von einem Schlachtfeld zu entfernen, es sei denn, um weiter vorzurücken. Aber die älteren Offiziere konnten sich ebenfalls noch an die Schwierigkeiten des Rückzuges von Wien erinnern.

Und so traten sie den Marsch nach Hause an, der mehrere Monate dauern würde.

»Ich muß die Flottille befehligen«, sagte Hawkwood.

Der Großwesir schüttelte den Kopf. »Laßt Euren Männern den Befehl zukommen, kehrtzumachen und nach Istanbul zurückzusegeln. Es ist besser, wenn Ihr an Land bleibt. Einer von uns muß vorausreiten und dem Sultan berichten, was geschehen ist – im geheimen, versteht sich. Ich denke, das sollte wohl besser ich übernehmen.«

Sie musterten einander.

»Das würde mich in eine schwierige Lage bringen, Mehmed«, sagte Hawkwood. »Ich verfüge weder über den Rang noch über die militärische Erfahrung, ein ganzes Heer zu kommandieren. Was sollte ich tun, wenn einer der Paschas darauf bestünde, mit dem Padischah zu sprechen?«

Sokollu strich sich nachdenklich mit einer Hand über den Bart. »Und hinzu kommt, daß Ihr mir nicht vertraut, richtig?« bemerkte er.

»Mir bleibt nichts anderes übrig, als Euch zu vertrauen«, entgegnete Anthony. »Wir sind aufeinander angewiesen. Mir geht es nur darum, was für uns beide vorteilhafter ist.«

Sokollu grinste breit. »Und ich vertraue Euch, Hawk Pascha. Ihr werdet also vorausreiten und Selim die traurige Botschaft überbringen. Denkt immer daran, daß unser beider Leben und Zukunft in Eurer Hand liegen.«

Und nicht nur unser beider Leben und Zukunft, dachte Anthony, als er in Begleitung Kalils und einer kleinen Eskorte dem Heer vorausritt: Im Hawk-Palast erwarteten ihn zu viele Kostbarkeiten.

In Belgrad überquerten sie die Donau, und der berühmte Admiral und Günstling des alten Sultans wurde vom dortigen Beglerbeg herzlich empfangen. Er bestürmte Anthony mit Fragen über den Feldzug.

»Der Padischah sucht ein Winterquartier für das Heer«, erklärte Hawkwood dem Beglerbeg. »Darum auch meine Hast.«

»Er und sein Heer sind willkommen, in Belgrad zu überwintern«, entgegnete der Beglerbeg ein wenig unbehaglich. Er hatte keine andere Wahl, als dies anzubieten, wenngleich er wußte, daß es seine Provinz ruinieren würde, sechs Monate lang einhunderttausend hungrige Männer zu versorgen.

»Seid versichert, daß Euer Anerbieten dem Padischah mitgeteilt werden wird«, erwiderte Hawkwood. »Aber es gibt noch anderes, um das ich mich kümmern muß.«

Er ritt weiter von Belgrad nach Sofia und von dort nach Adrianopel und erzählte überall die gleiche Geschichte. Erst Wochen nachdem er von Adrianopel aufgebrochen war, erreichte er Istanbul und verneigte sich tief vor dem Prinzen.

»Ich bringe eine Nachricht des Sultans, die nur für Eure Ohren bestimmt ist, Prinz.«

Selim warf einen Blick auf Nasi, der neben seinem Diwan stand.

»Nur für Eure Ohren, Hoheit«, wiederholte Anthony.

Dies war ein gefährlicher Teil seiner Mission. Da Suleiman bereits tot war, beging er eigentlich Verrat, indem er Selim mit ›Prinz‹ anredete anstatt mit ›Padischah‹. Aber in Anwesenheit Dritter hatte er keine andere Wahl – Selim mußte als erster vom Tod seines Vaters erfahren.

Einem vernünftigen Mann würde das einleuchten, aber er wußte nicht, wie vernünftig Selim war. Und vernünftig oder nicht, er würde somit später stets einen Vorwand haben, den Mann hinrichten lassen, der es versäumt hatte, ihn mit dem ihm zustehenden Titel anzusprechen.

Selim entließ die Anwesenden mit einer Handbewegung. »Zieht Euch zurück. Bleibt im Raum, aber haltet Abstand.«

Die Wachen und Paschas, die um den Diwan herumgestanden hatten, wichen zurück bis an die Wände. Nasi zögerte, verneigte sich dann und zog sich ebenfalls zurück.

»Man könnte fast meinen, Ihr fürchtet, ich könnte ein Attentäter sein, O Padischah«, sagte Anthony leise.

Selim runzelte die Stirn. »Was habt Ihr gesagt, Hawk Pascha?«

Anthony neigte den Kopf »Suleiman der Gesetzgeber ist tot, O Padischah.«

Selim fuhr sich mit der Zunge über die Lippen, langsam und nachdenklich. Aber auch furchtsam, wie Hawkwood zu erkennen glaubte.

»Mehmed Sokollu war der Ansicht, die Neuigkeit sollte geheimgehalten werden, solange Ihr nicht persönlich vom Ableben Eures Vaters unterrichtet wart, O Padischah«, fuhr Anthony fort. »Der Sultan wurde einbalsamiert und reitet an der Spitze seiner Truppen. Ihnen wurde gesagt, er litte an einem Fieber.«

Wieder fuhr die Zunge über Selims Lippen, diesmal hastig. »Wer ist bislang unterrichtet?«

Anthony holte tief Luft. »Nur der Wesir und ich selbst, sowie die Eunuchen, die den Leichnam versorgen.«

Selim überlegte. »Wie lange wird es dauern, bis der Leichnam meines Vaters in Istanbul eintrifft?«

»Noch mindestens sechs Wochen, O Padischah.«

»Sechs Wochen«, wiederholte Selim. »Werdet Ihr das Geheimnis noch weitere sechs Wochen hüten, Hawk Pascha?«

»Das ist meine Pflicht, O Padischah.«

»Ja«, stimmte Selim zu. »Der Wesir hat sehr weise entschieden. Ich bin sehr zufrieden mit seinem Entschluß, und jetzt geht heim zu Eurer Frau . . . und behaltet unser Geheimnis für Euch.«

Selim schien eher überwältigt als erfreut von der Nachricht, daß er nun Alleinherrscher über das Osmanenreich war; er war von Natur aus ein vorsichtiger Mensch. Anthony vermutete, daß er sich schon kurze Zeit später Nasi anvertraut hatte, aber der Jude verstand ebenfalls, ein Geheimnis zu wahren. Und so blieb in Istanbul alles beim alten, bis das Heer mit dem Leichnam Suleimans in der Hauptstadt eintraf.

Seine Mutter und Barbara waren überglücklich, daß Anthony heil zurückgekehrt war – die Jungen waren noch nicht alt genug, seiner Anwesenheit größere Bedeutung beizumessen. Aber die Frauen waren natürlich neugierig, was die Gründe für seine unerwartet frühe Rückkehr betraf, und zeigten sich beleidigt, als er sich weigerte, sich ihnen anzuvertrauen. Tatsächlich war Barbara richtig zornig, daß er ihr offenbar nicht vertraute.

Dank Sokollus raschen Handelns war der Machtübergang von Suleiman auf Selim die friedlichste Thronbesteigung in der Geschichte der Osmanen. An keiner Stelle im Reich gab es auch nur die geringste Spur von Rebellion oder Unzufriedenheit, wie sehr die Paschas den Tod ihres großen Herrn auch betrauern mochten. Sogar die Janitscharen schienen sich zu freuen, daß ein jüngerer Mann nun das Reich regierte.

»Aber sie werden dennoch einer starken Hand bedürfen, O Padischah«, warnte Sokollu seinen neuen Herrn. »Sie beklagen den Rückzug, da ihnen mit dem Fall von Sziget ganz Ungarn offenstand. Sie möchten zurückkehren und bis vor die Mauern Wiens marschieren. Die gesamte Armee sowie die Flotte wollen Vergeltung für die Niederlage von Malta üben.«

»Sie werden sich gedulden müssen«, entgegnete Selim. »Aber es ist durchaus meine Absicht, so bald wie möglich Rache für unsere Niederlage zu nehmen. Und auch Ihr werdet Gelegenheit haben, Ruhm zu ernten, Hawk Pascha. Seid Ihr beide nicht diejenigen unter meinen Paschas, denen ich das größte Vertrauen schenke?«

Anthony war sich nicht sicher, ob in der Stimme des Sultans Sarkasmus mitschwang.

Die Staatsgeschäfte liefen also bestens, nicht zuletzt aufgrund der Heirat zwischen Mehmed Sokollu und einer von Selims Töchtern. Als Schwiegersohn des Sultans hatte Sokollu seine Position als Großwesir zweifellos noch mehr gefestigt.

Als sie sich nach der Trauung trafen, lächelte Sokollu listig. »Es war Eure Entscheidung, daß wir uns rückhaltlos zum neuen Padischah bekennen«, erinnerte er Hawkwood. »Das habe ich getan.« Er legte Anthony eine Hand auf den Arm. »Aber ich werde meinen Freund nicht vergessen. Mein Aufstieg soll auch Euch zum Vorteil gereichen.«

Anthony konnte sich nur wundern, mit welchem Ehrgeiz der Wesir nach immer größerer Macht trachtete. Er selbst befaßte sich mit seiner Lieblingsbeschäftigung, der Vorbereitung seines Geschwaders auf einen Seekrieg, auch wenn er keine Ahnung hatte, wohin ihn dieser das nächste Mal führen würde.

Seit Torguds Tod war Ali Muesinsade oberster Admiral der türkischen Flotte, der *Kapudan* Pascha.

Er und Uludsch Ali hatten die Vertrautheit, die sich in den letzten Lebensjahren des alten Sultans zwischen Suleiman und Hawk Pascha entwickelt hatte, mit Sorge verfolgt.

Die ehemals unbeschwerte Freundschaft zwischen den drei Admirälen war dahin.

»Wir könnten uns keinen besseren Großadmiral wünschen als Euch«, sagte Anthony taktvoll. Aber seine Worte waren durchaus ernst gemeint; er hätte sich tatsächlich niemanden vorstellen können, der als Kapudan der osmanischen Flotte besser geeignet gewesen wäre. Ali Muesinsade hatte sein Handwerk von Haireddin und Harry Hawkwood erlernt.

Hawkwood freute sich auf seine Schlachten, als Selim endlich beschloß, wieder Krieg zu führen. Allerdings war er zutiefst verwirrt, als er – vier Jahre nach der Thronbesteigung des Sultans – das Ziel ihrer Kampagne erfuhr. Aber hierin ging es ihm nicht anders als allen anderen.

Sämtliche Befehlshaber der See- und Landtruppen versammelten sich vor dem Diwan, um zu hören, was der Sultan zu sagen hatte. Großwesir Sokollu war ebenfalls anwesend. Er hatte Anthony gestanden, auch nicht zu wissen, was der Padischah vorhatte. Die meisten von ihnen gingen davon aus, daß sie erneut gen Europa ziehen und Malta angreifen würden.

Neben Ali Uludsch und Pertev waren auch Piale Pascha,

Torguds Nachfolger, der aus dem westlichen Mittelmeer nach Istanbul beordert worden war, sowie sämtliche Generäle anwesend, einschließlich Mustafa Paschas, der an Malta gescheitert war. Beunruhigend war jedoch, daß Joseph Nasi hinter dem Diwan des Sultans stand und merkwürdig selbstsicher auf die zerfurchten Gesichter vor sich blickte.

»Die Osmanen haben zu lange Frieden gewahrt«, verkündete Selim. »Wir sind kein Volk des Friedens. Wir sind ein Volk des Krieges.«

Die Paschas zupften an ihren Bärten und nickten zustimmend. Das war zumindest ein vielversprechender Anfang.

»Ich habe Euch heute hierhergerufen, um Euch meine Befehle mitzuteilen«, fuhr Selim fort. »Damit Ihr meine Soldaten in den Krieg – und zum Sieg – führt«, fügte er hinzu.

Die Neugierde der Paschas wuchs mit jedem Augenblick.

»Aber ein Krieg muß ein lohnendes Ziel verfolgen. Ihr werdet wissen, daß ich mich schon lange mit dem Gedanken trage, innerhalb meines Reiches eine Heimat für die Juden zu schaffen. Sie sind ein hart arbeitender und genügsamer Menschenschlag und werden in erheblichem Maße den Reichtum meines Reiches fördern. Leider hat sich die Entscheidung, wo diese neue Heimat für die Vertriebenen entstehen soll, als unerwartet schwierig erwiesen.«

»Bei allem Respekt, O Padischah«, sagte Sokollu, »sollen sie nicht nach Palästina zurückkehren, in ihre ursprüngliche Heimat?«

»Palästina ist ein karges Land«, widersprach Nasi. »Ich habe es gründlich erforscht, Wesir, und konnte es dem Padischah nicht als Heimat für mein Volk empfehlen.«

»Aber Ihr habt ihm einen anderen Ort nahegelegt, der Euren Vorstellungen entsprechen würde?« bemerkte Sokollu.

»Das ist richtig, ich habe den idealen Ort gefunden: die Insel Zypern.«

Mehrere Minuten lang herrschte Totenstille im Saal.

Endlich ergriff Selim wieder das Wort. »Welche Bedenken könntet Ihr haben, den Juden Zypern zu überlassen, Wesir? Es ist eine große und blühende Insel, auf der das Volk sich frei entfalten könnte.«

»Padischah, es steht Euch nicht frei, die Insel Zypern irgend jemandem zu überlassen. Sie gehört Venedig.«

»Venedig.« Nasi schnaubte verächtlich.

»Unser ältester Verbündeter«, fuhr Sokollu fort. »Und unser einziger, O Padischah.«

»Ein Verbündeter von geringem Wert«, erwiderte Selim. »Venedig verfügt über keine nennenswerte Armee.«

»Aber über eine große Flotte, O Padischah«, kam Hawkwood seinem Freund zur Hilfe. »Bislang hat das Wissen um das Bündnis Venedigs mit der Türkei die Spanier und Genueser davon abgehalten, sich weiter nach Osten zu wagen als bis zur Adria.«

»Ist ihre Flotte stärker als die meine, Hawk Pascha?«

»Das ist sie nicht, O Padischah, aber . . .«

»Dann spielt es keine Rolle. Außerdem bereiten die Venezianer sich bereits darauf vor, wieder unsere Feinde zu werden. Ich habe geheime Gesandte zum Dogen geschickt und gebeten, mir Zypern gegen eine beträchtliche Entschädigung zu überlassen, aber der Doge hatte sich kategorisch geweigert, meinen Vorschlag überhaupt in Betracht zu ziehen. Kann ich zulassen, daß ein Emporkömmling wie dieser Magistrat mich derart brüskiert? Ich habe also beschlossen, der Republik den Krieg zu erklären.«

Dem Sultan schien nicht klar zu sein, daß er selbst es war, der den Dogen mit seinem Angebot zutiefst beleidigt hatte. Wieder zupften die Paschas an ihren Bärten.

»Gestattet mir, bei allem Respekt, Vorbehalte gegen dieses Vorhaben zu äußern, O Padischah«, sagte Sokollu. »Wir haben Feinde genug: Die gesamte christliche Welt bis auf Venedig, dazu Persien, und unsere arabischen Vasallen murren ohne Unterlaß. Nur Venedig ist unser wahrer und loyaler Freund. Dieses Bündnis zu zerstören wegen eines . . .« Er warf einen Blick auf Nasi. ». . . Unausgereiften und unsicheren Prinzips wäre sicherlich ein Fehler.«

»Wollt Ihr behaupten, die Türkei und Venedig hätten einander nie bekriegt?« fragte Nasi.

»Allerdings haben sie das, Don José. Aber seit mehr als einer Generation herrscht Frieden zwischen uns.«

»Genug«, sagte Selim. »Ich habe mich entschieden. Wir

werden Venedig den Krieg erklären.« Er funkelte Sokollu zornig an.

»Das Wort des Padischah ist Gesetz«, sagte der Großwesir mit einer Verneigung.

»Aber Ihr fühlt Euch der Aufgabe nicht gewachsen?« fragte Selim. »Dann werdet Ihr auch nicht damit betraut werden, Wesir. Das Heer wird von Mustafa Pascha befehligt werden.«

Die Blicke der Anwesenden richteten sich auf den Betreffenden. Unter den Generälen befanden sich viele, die der Ansicht waren, daß Mustafa von Glück sagen konnte, daß er nach der Niederlage von Malta nicht geköpft worden war. Mustafa selbst schien völlig verdattert.

»Die Flotte wird befehligt werden von . . .« Selim ließ den Blick über seine Generäle schweifen. Ihrer aller Haltung drückte Mißbilligung aus. »Hawk Pascha.«

Anthony hob ruckartig den Kopf, ebenso überrascht wie ungläubig. Unter den osmanischen Admiralen nahm er nur den vierten Platz ein. Außerdem war Zypern venezianisches Territorium. »Bei allem Respekt, O Padischah«, sagte er. »Ich bin ungeeignet für eine solche Aufgabe.« Anthony holte tief Luft. »Ich bin ungeeignet, O Padischah, weil ich mit einer Venezianerin verheiratet bin.«

Selim musterte ihn stirnrunzelnd. »Fürchtet Ihr Euch vor Eurer Gattin? Falls nötig, lasse ich sie beseitigen und gebe Euch eine andere zur Frau.«

»O Padischah, ich ehre meine Gattin. Ich kann unmöglich gegen ihre Landsleute kämpfen.«

»Auf die Gefahr hin, mein Mißfallen zu erregen?«

Hawkwood hielt dem Blick des Sultans stand. Die Hawkwoods waren stets fair mit den Sultanen verfahren und waren ihrerseits fair behandelt worden. Aber war dieser Mann ein wahrer Osmane?

Aber er hatte keine andere Wahl: Er hatte Barbara sein Wort gegeben. »Auch auf diese Gefahr hin, O Padischah.«

Selim starrte ihn einige Augenblicke lang wortlos an. »Ihr seid zumindest ein aufrichtiger Mann, Hawk Pascha. Ihr seid von Euren militärischen Pflichten entbunden und werdet ins

Privatleben zurückkehren. Piale Pascha, Ihr werdet die Flotte befehligen, unter dem Oberkommando Ali Muesinsades.«

Piale Pascha verneigte sich.

Der Sultan fuhr fort. »Ali Pascha wird die Hauptflotte vor der Westküste des Peloponnes plazieren, um jeden Versuch seitens der Westmächte zu unterbinden, uns anzugreifen, bevor wir Zypern erobert haben.«

Ali Muesinsade neigte den Kopf. Seine Augen leuchteten: Dies war die Gelegenheit, auf die er sein ganzes Leben gehofft hatte.

»So lauten meine Befehle«, schloß Selim.

Die Paschas verneigten sich und zogen sich zurück. Nur Nasi blieb beim Sultan zurück.

Draußen auf dem Hof versammelten sich Generäle und Admirale zu einer zornigen Debatte.

»Indem wir Zypern angreifen, treiben wir Venedig in die Arme des Papsttums und Spaniens«, erklärte Sokollu.

»Das Papsttum haßt die Venezianer noch mehr als uns«, widersprach Ali Muesinsade.

»Da wäre ich nicht so sicher. Wenn Spanien, das Papsttum und Venedig sich verbünden und von der genuesischen Flotte Unterstützung erhalten, werden wir es mit einer übermächtigen Koalition zu tun haben. Gemeinsam könnten die Christen die größte Flotte der Welt aufstellen.«

Ali lächelte. »Kaum größer als die meine. Und ich werde sie besiegen. Das wird der größte Triumph meiner Laufbahn werden.« Er blickte auf seine Admirale. »Unser aller Laufbahn.« Sein Blick fiel auf Anthony. »Ihr seid ein Dummkopf, Hawk Pascha«, sagte er, »auf solche Art das Mißfallen des Sultans zu erregen. Wie kann ein Mann häusliche Angelegenheiten über seine Pflicht seinem Herrn gegenüber stellen?«

»Vielleicht haben wir eine unterschiedliche Auffassung von Ehre«, entgegnete Anthony.

Die beiden Männer musterten einander einige Sekunden lang schweigend, während die Paschas abwarteten.

Dann lächelte Ali wieder. »Vielleicht. Ich bedaure, Euch zu verlieren, gerade jetzt, da es scheint, als stünde endlich die Schlacht bevor, auf die wir so lange gewartet haben.«

»Es wird nicht zur Schlacht kommen«, entgegnete Piale Pascha. »Zypern wird von weniger als zehntausend Mann gehalten. Es besitzt nur zwei Festungen, Nicosia und Famagusta. Die Insel wird innerhalb von zwei Wochen mein sein, und die Venezianer werden um Frieden betteln.«

Hawkwood konnte nur beten, daß er recht hatte. Jedoch wußte er, daß aller Wahrscheinlichkeit nach Alis Schätzung die richtige war. Die osmanische Morallehre – in deren Geist er so streng von Torgud erzogen worden war – verlangte, daß der Dienst für den Sultan über allen anderen Verpflichtungen zu stehen hatte. Er hatte die Tradition gebrochen, die in seiner Familie bislang so große Bedeutung gehabt hatte. Und das alles einer Frau wegen. Das würden die Paschas niemals verstehen können.

Aber er hatte sein Wort gegeben.

Bei seiner Mutter Felicity stieß seine Haltung ebenfalls auf Unverständnis. Wenngleich sie immer davon geträumt hatte, daß ihr Sohn sich von den Türken löste und in den Westen zurückkehrte, hatte sie sich diese Abkehr nicht anders vorstellen können als in Form einer Flucht bei Nacht und Nebel, den Zorn des Sultans dicht auf den Fersen. Daß er dem mächtigsten Herrscher der Welt gegenüberstehen und sich offen weigern konnte, seine Befehle auszuführen, war ihr nie in den Sinn gekommen.

Ayesha war sogar noch fassungsloser als sie. »Was soll jetzt aus uns werden?« jammerte sie.

»Nichts wird geschehen«, entgegnete Anthony, wobei er größere Zuversicht an den Tag legte, als er tatsächlich empfand. »Ich habe das Mißfallen des Padischah erregt, aber mit der Zeit wird er seinen Zorn überwinden. Er weiß, daß ich wahrscheinlich der beste Seefahrer bin, den er hat, und dazu ein absolut loyaler Vasall. Wir müssen nur Geduld haben.« Wenigstens hatte er keine Geldsorgen; die früheren Raubzüge als Korsar gemeinsam mit Torgud hatten ihn zu einem reichen Mann gemacht.

Barbara war überwältigt, als er ihr den Grund für seinen Ungehorsam gegenüber dem Sultan nannte.

»Wie kann ich Euch danken, Herr?«

»Indem Ihr es gar nicht erst versucht. Meine Tat wird Zypern nicht retten.«

Es war quälend für Anthony, tatenlos am Galata-Ufer zu stehen und mit ansehen zu müssen, wie die Flotte auf die bevorstehende Expedition vorbereitet wurde. Ebenso bekümmert war er, daß Barbaras Eltern kurz nach der offiziellen Kriegserklärung im Januar 1570 verhaftet worden waren.

Anthony hatte allen Grund, auch um Barbaras Sicherheit zu fürchten. Sokollu versicherte ihm, daß seine Schwiegereltern nicht in Gefahr wären und überaus zuvorkommend behandelt würden. Aber Barbara war dennoch tief beunruhigt, um so mehr, als man ihr die Erlaubnis verweigerte, ihre Eltern zu besuchen.

Es schien tatsächlich so, als würde es ein blutiger, aber kurzer Krieg werden. Die türkische Flotte stach Anfang Juli in See, und während ein Geschwader den befestigten Seehafen Famagusta auf der Südostseite der Insel belagerte, segelte der Rest der Flotte weiter zur Morphou-Bucht im Norden. Hier wurde das Heer an Land gesetzt, und Mustafa marschierte gen Nicosia, die Hauptstadt der Insel, die sich auf einem kleinen Hügel weiter landeinwärts befand.

Es gab einige Verzögerungen, so daß der Angriff erst Anfang September erfolgte, als es jedoch endlich soweit war, erwies er sich als vernichtend. Es gab keine Ritter des Johanniterordens, keinen Jean de la Valette, keinen Zrinyi, das Rückgrat der venezianischen Verteidiger und zypriotischen Soldaten zu stärken. Nicosia fiel am 9. September, und die gesamte Garnison wurde dem Erdboden gleichgemacht.

In Istanbul sorgte die Nachricht für großen Jubel. Barbara legte schwarze Trauerkleidung an.

»Ich bin sehr erleichtert, das kann ich Euch sagen«, gestand Sokollu Anthony. »Die Flotte ist sogleich zurück nach Famagusta gesegelt, während das Heer über Land auf die Stadt zu marschiert. Je eher diese Angelegenheit aus der Welt geschafft ist, desto besser.«

»Hat es entsprechende Reaktionen im Westen gegeben?« fragte Hawkwood.

»Allerdings – ganz so, wie wir es erwartet haben. Venedig hat den Papst um Hilfe gebeten, und er hat einer Allianz zugestimmt. Darüber hinaus hat er an Philipp von Spanien appelliert und dort ebenfalls eine zustimmende Antwort erhalten. Habt Ihr schon von Don Juan d'Austria gehört?«

Anthony runzelte die Stirn. »Ist das nicht Philipps Halbbruder?«

»Das ist richtig. Er ist der uneheliche Sohn, den Kaiser Karl V. mit einer seiner Mätressen, einer deutschen Adligen namens Barbara Blomberg, gezeugt hat. Juan soll den Oberbefehl über eine Flotte erhalten, die sich aus spanischen, päpstlichen und venezianischen Geschwadern zusammensetzt. Genua und Venedig, Seite an Seite kämpfend! Das hat es in der Vergangenheit noch nie gegeben. Erst unser Sultan hat das Unmögliche möglich gemacht.«

»Aber dieser Don Juan kann doch kaum mehr sein als ein grüner Junge«, widersprach Anthony.

»Er ist dreiundzwanzig«, entgegnete Sokollu.

»Dann kann er kaum über genügend Erfahrung verfügen, Muesinsade Ali zu besiegen, nicht einmal mit einer größeren Flotte.«

»Glaubt Ihr das wirklich? Alexander der Große war auch nicht älter, als er die Perser besiegte. Mehmed der Eroberer war noch jünger, als er Konstantinopel eroberte. Laßt Euch durch das Alter – oder besser die Jugend – nicht täuschen, Hawk Pascha. Dieser Don Juan hat sich bereits einen beachtlichen Ruf als Soldat errungen. Unsere größte Hoffnung besteht darin, daß seine Flotte bislang noch nicht versammelt und auf der Seite der Christen noch viel Mißtrauen zu überwinden ist. Die Venezianer haben bereits heimlich einen Gesandten nach Istanbul geschickt, der die Bedingungen für einen Frieden aushandeln soll; sie wären bereit, bedeutende Entschädigungen zu zahlen, wenn wir ihnen Zypern belassen. Der Padischah hat das Angebot natürlich abgelehnt, aber das zeigt doch die Gedankengänge der Venezianer. Sie würden den Krieg, der ihrem Handel schadet, lieber umgehen und sich mit uns einigen. Sollte es uns gelingen, Famagusta rasch einzunehmen und die Kampagne abzuschließen, würden die

Venezianer ganz sicher die neue Situation hinnehmen und einem Frieden zustimmen, gleich zu welchen Bedingungen. In diesem Fall würde die Koalition sich zweifellos auflösen, noch bevor es zum Kampf gekommen ist.«

»Famagusta wird bis auf den letzten Mann verteidigt werden«, entgegnete Anthony. »Zum einen, weil Brigadino wissen wird, daß eine Flotte zu seiner Unterstützung zusammengestellt wird, und zweitens, weil er außerdem erfahren haben wird, daß die Garnison von Nicosia massakriert wurde. Er wird sich niemals ergeben.«

»Dann muß die Stadt im Sturm erobert werden«, knurrte Sokollu. »Und das bald.«

Marcantonio Brigadino, der venezianische Befehlshaber, war, wenngleich er nur über siebentausend Mann verfügte, fest entschlossen, bis zuletzt zu kämpfen, wie Hawkwood es prophezeit hatte.

Das Wetter kam ihm zu Hilfe, das sich derart verschlechterte, daß den Belagerern keine andere Wahl blieb, als den Angriff auf das kommende Frühjahr zu verschieben. Mustafa Pascha bezog ein Winterquartier, aber der Wind machte der türkischen Flotte derart zu schaffen, daß sie gezwungen war, Schutz zu suchen, so daß venezianische Karaken in den Hafen einlaufen und die Belagerten mit Vorräten versorgen konnten. Auch mußten die Türken davon ausgehen, daß Brigadino die Frist nutzen würde, die Befestigungen im Hinblick auf den bevorstehenden Angriff zu verstärken.

Inzwischen wurde in Istanbul bekannt, daß sich in Messina tatsächlich eine Alliiertenflotte versammelte. Sokollu begann, sich ernsthaft Sorgen zu machen.

»Könnten sie doch vernichtet werden«, flüsterte Barbara, vom Fenster ihres Schlafgemaches aus auf das Goldene Horn hinabblickend. »Könnte doch die christliche Flotte den Bosporus heraufsegeln.«

»Das wird niemals geschehen«, entgegnete Anthony. »Und käme es doch dazu, müßte ich sie bekämpfen und würde zweifellos im Gefecht mein Leben lassen. Außerdem ist das, was du da sagst, Verrat.«

Ganz Istanbul hoffte auf einen raschen und entscheidenden Sieg im Frühling, und sobald das Wetter es erlaubte, führte Mustafa Pascha seine Truppen gegen die Mauern von Famagusta. Die Zahl seiner Soldaten überstieg die der Verteidiger um ein Zehnfaches, und er verfügte über ein großes Artilleriekontingent. Dennoch gelang es ihm nicht, die Mauern und Gräben zu überwinden; in Brigadino hatten die Venezianer endlich einen Kommandeur, der seines Ranges würdig war.

Der Frühling ging in den Sommer über, und die Venezianer kämpften immer noch. Immer wieder trafen Nachrichten von einer wachsenden Anzahl christlicher Kriegsschiffe ein, die sich in der Straße von Messina und in den Häfen im Süden versammelten.

Anfang Juli wurde Hawkwood in den Serail beordert und zum Sultan geführt, der sich in Gesellschaft von Nasi und Sokollu befand.

»Nun, Hawk Pascha«, begann Selim. Er hatte an diesem Tag schon reichlich getrunken; seine Augen waren blutunterlaufen, und seine Hände zitterten. »Habt Ihr Euren Urlaub genossen?«

»Ich würde es bei weitem vorziehen, Euch zu dienen, O Padischah, wenn ich dies ehrenvoll tun kann.«

»Ha«, entgegnete Selim. »Euer Wunsch ist Euch gewährt worden. Diese Angelegenheit in Zypern muß rasch beendet werden, und das mit allen uns zur Verfügung stehenden Mitteln. Ganz sicher jedoch, bevor diese christliche Flotte sich einmischen kann. Ihr werdet noch in dieser Woche nach Zypern aufbrechen.«

»Padischah . . .«

»Ich weiß sehr wohl, daß es Euch widerstrebt, Euer Wort zu brechen und gegen die Landsleute Eurer Gattin zu kämpfen«, fiel Selim ihm ins Wort. »Ich entsende Euch, diesen Krieg zu beenden, nicht in ihm zu kämpfen. Mustafa hat mich davon in Kenntnis gesetzt, daß er diesen Brigadino aufgefordert hat, in allen Ehren zu kapitulieren, dieser sich jedoch geweigert hat, weil er meinte, dem Wort eines türkischen Paschas nicht trauen zu können. Nein, Hawk Pascha, Mehmed Sokollu hat mich daran erinnert, daß Euer Großonkel einst die

Kapitulation der Festung von Rhodos bewirkt hat, indem er den Verteidigern einen ehrenvollen Abzug zugesichert hat.«

»Das ist richtig, O Padischah.« Hawkwoods Puls beschleunigte sich.

»Wenn Ihr nach Zypern reist und Brigadino die gleichen Kapitulationsbedingungen unterbreitet, meint Ihr nicht, daß er diese dann annehmen würde?«

»Möglicherweise, O Padischah. Aber er würde sich meiner Autorität sicher sein müssen.«

»Das wird er. Ich werde Euch Generalvollmacht erteilen, um die Kapitulation Famagustas durchzusetzen. Setzt hierzu alle Mittel ein, die Euch sinnvoll erscheinen. Mustafa Pascha und Piale Pascha werden unterrichtet werden, daß sie Euch unterstellt sind, bis die Stadt unser ist. Genügt Euch das?«

»Selbstverständlich«, versicherte ihm Anthony. »Ich werde noch in dieser Woche abreisen.«

Der Großwesir begleitete ihn hinaus. »Seid Ihr sicher, daß es Euch gelingen wird, Brigadino zur Kapitulation zu bewegen?« fragte der Wesir.

»Ich denke schon.«

»Das wird nicht ausreichen, Hawk Pascha. Der Sultan ist immer noch schlecht auf Euch zu sprechen. Im Vertrauen, er hat schon mehrmals überlegt, Euch wegen Eurer Befehlsverweigerung erdrosseln zu lassen. Allein mir habt Ihr es zu verdanken, daß er Euren Tod noch nicht befohlen hat. Es war meine Idee, daß der ehrenhafte Ruf Eurer Familie uns in der gegenwärtigen Lage von Nutzen sein könnte. Sollte es Euch nicht gelingen, Brigadino zur Kapitulation zu bewegen, solltet Ihr besser nicht nach Istanbul zurückkehren.«

»Da Ihr so offen zu mir seid, müßt Ihr trotz allem noch mein Freund sein«, bemerkte Hawkwood.

»Ich bin immer Eurer Freund gewesen, Anthony. Und ich werde immer Euer Freund sein.«

»Wollt Ihr Euch dann dafür einsetzen, daß mir gestattet wird, meine Frau und meine Kinder sowie meine Mutter und ihre alte Dienerin nach Zypern mitzunehmen?«

Sokullo zögerte eine Weile und dachte angestrengt nach,

dann schüttelte er den Kopf. »Das kann ich nicht tun, Anthony, nicht einmal für Euch. Damit würde ich meinen eigenen Untergang einleiten. Das wäre Verrat, da Ihr Euch vom Padischah abwenden könntet, ohne auch nur zu versuchen, Brigadino zur Kapitulation zu bewegen.«

»Meine Familie soll also als Geiseln für meinen Erfolg dienen.«

Der Großwesir zuckte mit den Schultern. »Ein Mann kann immer eine neue Familie gründen.«

»Ich nicht.«

Sokollu legte ihm eine Hand auf den Arm. »Dann seid erfolgreich, Hawk Pascha – seid erfolgreich, und die Gunst des Padischah ist Euch wieder gewiß.«

»Die Gunst des Padischah«, sagte Felicity. »Welch glücklicher Tag.«

Barbara war erwartungsgemäß niedergeschlagen. »Ihr geht, um mein Land ins Unglück zu stürzen«, sagte sie traurig.

»Ich gehe, um den Krieg zu beenden,« erwiderte Anthony, »der, sollte er weiter wüten, vielen Eurer Landsleute den Tod bringen würde. Könnt Ihr mir das zum Vorwurf machen?«

Sie seufzte. »Nein, Herr. Ich muß Euch Erfolg wünschen. Und eine sichere und rasche Heimkehr.«

Er küßte sie, umarmte seine Söhne und ging hinunter zu seiner wartenden Galeere.

Es dauerte vier Tage, nach Süden über die funkelnde Ägäis zu rudern, um die Insel Kreta herum und von dort aus südöstlich zu den Bergen Zyperns. Diese Insel lag so nahe an der Küste des Osmanischen Reiches, daß es verwunderlich schien, daß sie nicht längst in türkischem Besitz war. Aber große Kriegsherren wie Mehmed, Selim der Gestrenge und Suleiman der Prächtige hatten großes diplomatisches Geschick besessen; ein Verbündeter im Westen war nicht nur überaus nützlich, sondern bewirkte Unruhe und Unsicherheit in der christlichen Welt, machte die Bemühungen des Papstes oder Kaisers zunichte, sich gegen die Türken zu verbünden. Zypern war ein geringer Preis für diese politischen Vorteile.

Wie Sokollu bereits festgestellt hatte, bedurfte es der gedankenlosen Überheblichkeit Selims des Trunkenboldes, das Christentum zu vereinen.

Die fünf Galeeren von Hawkwoods kleinem Geschwader umschifften das Kap Gata und fuhren in die Akrotiri-Bucht am Fuße des hoch aufragenden Berges des Olymps ein, wo sie auf ein weit größeres Geschwader türkischer Schiffe stießen, welche die belagerte Stadt auf der Seeseite von der Außenwelt abschnitten.

Sie entrichteten den Wimpeln, die vom Hauptmast des eintreffenden Geschwaders flatterten, Salut, und der Admiral lud Anthony ein, das Abendmahl mit ihm einzunehmen.

»Es tut wohl, Euch wieder als Befehlshaber eines Flottengeschwaders zu sehen, Hawk Pascha«, sagte er. »Jetzt wird es uns vielleicht endlich gelingen, diese Venezianer in die Knie zu zwingen.«

Am nächsten Tag überquerten sie die Lacama-Bucht und umschifften das Kap Greco. Jetzt lag die Bucht von Famagusta vor ihnen; beinahe der gesamte Meeresabschnitt bis zum beinahe vierzig Meilen entfernten Kap Elea war mit den Galeeren der türkischen Flotte bedeckt. Die meisten Schiffe lagen vor Anker, aber einige kleinere Galioten kreuzten auf und ab.

Hawkwoods Schiffe gingen vor Anker, und er ließ sich zu Piale Paschas Flaggschiff hinüberrudern.

Der ungarische Renegat schien über dieses Wiedersehen nicht erfreut zu sein, obwohl sie als Jungen gemeinsam mit Torgud gesegelt waren.

»Ich dachte, Euch fehle es am nötigen Mut für diesen Krieg, Hawk Pascha«, bemerkte er.

»Ich bin gekommen, ihn zu beenden.«

Piale Pascha schnaubte verächtlich.

»Es gibt entsprechende Befehle«, sagte Anthony und reichte ihm den versiegelten Umschlag.

Sie saßen gemeinsam auf dem Achterdeck, während der

Admiral das Schreiben las. Anthony hatte keine Ahnung, was Sokollu auf Geheiß des Sultans geschrieben hatte, aber Piale Pascha runzelte beim Lesen die Stirn.

Schließlich hob er den Kopf »Ihr habt den Oberbefehl über die Flotte«, sagte er ungläubig.

Anthony lächelte. »Nur für kurze Zeit, hoffe ich. Aber ich habe außerdem den Oberbefehl über die Landtruppen. Laßt uns Lala Mustafa aufsuchen.«

Der General schien über Hawkwoods Auftauchen noch mehr zu staunen als Piale Pascha. Anthony verstand auf den ersten Blick die Schwierigkeiten dieser Belagerung. Nicht nur waren die Befestigungsmauern die eindrucksvollsten, die er, abgesehen von jenen Istanbuls, bislang gesehen hatte, sondern darüber hinaus wurde der Angriff durch das Versanden des Pedieas-Flusses im Norden der Stadt erschwert. Das gesamte Gebiet um die Stadt herum war eine einzige Sandfalle – nicht umsonst hieß die Stadt Famagusta, was soviel bedeutete wie ›in den Sand eingegraben‹.

Zweihundert Jahre zuvor war dies eine der blühendsten Städte des Christentums gewesen, auf der Handelsroute von Palästina in den Westen. Die Insel selbst war in der Hand verschiedener Kreuzritterfamilien gewesen, seit Richard Löwenherz sie auf dem Weg zum Dritten Kreuzzug erobert hatte. Lange Zeit war sie von den Königen aus dem Haus Lusignan regiert worden. Dann hatte die Witwe des letzten Lusignan, Catherine Cornaro, sie schließlich an die Venezianer verkauft.

Barbaras Großtante, dachte Anthony.

Überall waren Spuren der Belagerung und Kämpfe zu sehen. Aufgegebene Minenschächte hatten riesige Krater in der Erde hinterlassen; Teile der Stadtmauer waren eingestürzt und zu gewaltigen Steinhaufen zerfallen; in der Stadt hatte es mehrere Brände gegeben. Einige der Brandherde schwelten noch, und dünne Rauchsäulen stiegen in die Luft auf.

Und über allem hing der Geruch des Todes, den die noch nicht bestatteten Toten verströmten, die überall herumlagen.

»Es war ein erbitterter, harter Kampf«, bemerkte Piale Pascha.

Mustafa führte sie in sein Zelt, öffnete das an ihn gerichtete Schreiben und las es langsam und sorgfältig. Auch er runzelte anfangs die Stirn, aber die Falten glätteten sich wieder, als er zu Ende gelesen hatte. Er faltete das Pergament wieder zusammen und reichte es Pertev Pascha, seinem Ersten Offizier. Pertev las das Dokument ebenfalls, das Gesicht ausdruckslos. Als er jedoch den Kopf hob und Hawkwood musterte, lag ein seltsamer Glanz in seinen Augen.

Anthony wußte, daß Pertev ihn verachtete, was ihn jedoch nicht weiter störte, da er diese Einschätzung erwiderte.

»Ihr seid hier, um zu verhandeln, Hawk Pascha«, sagte Mustafa schließlich. »Ich wünsche Euch viel Vergnügen.«

»Die Belagerung muß innerhalb eines Monats aufgehoben werden«, bestätigte Anthony. »So lautet der Befehl des Padischah.«

»Viel Vergnügen«, sagte Mustafa noch einmal.

Am darauffolgenden Morgen ritt Anthony mit einer weißen Friedensfahne auf die Festung zu. Die türkischen Geschütze schwiegen, und die venezianischen Geschütze verstummten ebenfalls, als die Belagerten ihn entdeckten.

Eine Viertelmeile vor dem Tor befahl er seiner Eskorte, haltzumachen, und ritt nur noch in Begleitung des Standartenträgers weiter.

Die Bombardierung der Türken hatte sich vor allem auf das Haupttor konzentriert, von dem nicht viel mehr übrig war als ein Schutthaufen. Die Zugbrücke war in den Trockengraben gestürzt, und das Fallgitter war nur noch eine Masse verbogenen Metalls. Aber der Eingang wurde immer noch gehalten, und als Hawkwood sich näherte, erschienen zahlreiche Köpfe hinter den Steinen.

»Bleibt, wo Ihr seid, Osmane«, rief jemand.

Anthony zügelte sein Pferd. »Ich suche General Brigadino. Sagt ihm, daß Hawk Pascha ihn sprechen möchte.«

Sein Name zeigte Wirkung. Jenseits der Steine gab es einige Bewegung, dann hasteten zwei Männer davon.

Anthony blickte, im Sattel sitzend, auf die Mauern. Dort

versammelten sich immer mehr Männer, und wenn nur ein Hitzkopf darunter war, der die Beherrschung verlor ... andererseits mußte ihnen klar sein, daß er ihre einzige Hoffnung war, diese Schlacht zu überleben.

Er hatte bereits eine volle halbe Stunde gewartet, als ein Mann auf den Schuttberg kletterte und ihn musterte. Er war untersetzt und mittleren Alters, wie Anthony erkennen konnte, da sein Gegenüber den Helm abgenommen hatte und sein dunkles Haar in der müden Brise flatterte, die vom Meer herüberwehte, während die Hitze an Land stetig zunahm.

»Hat der Sultan für den *coup de grâce* einen neuen Befehlshaber entsandt?« fragte er.

»Im Gegenteil, Eure Exzellenz«, entgegnete Hawkwood. »Der Sultan möchte diesen Krieg mit Eurer Unterstützung beenden.«

Brigadino starrte ihn eine Weile an und blickte dann auf das türkische Lager, die grün-roten Banner und die zahlreichen Truppen; beinahe jeder Soldat des Heeres beobachtete den Verlauf der Verhandlungen. Mustafa Pascha, Pertev Pascha und ihre Generäle saßen zu Pferde und warteten in Gruppen an der Spitze ihrer Männer.

Anthony nutzte die Pause, Brigadino genauer zu betrachten. Das Gesicht des Venezianers war hager, seine Wangen eingefallen. Er war sichtlich erschöpft und halb verhungert.

»Ihr steht im Dienste der Osmanen«, sagte Brigadino schließlich. »Wie sollte irgendjemand sich auf einen Friedensvertrag mit den Osmanen verlassen können? Gehören wir nicht zu Venedig, Eurem ältesten Verbündeten? Und doch bekriegt Ihr uns.«

»Ich verstehe nichts von Politik«, entgegnete Anthony. »Ich bin Seefahrer und Soldat. Ich habe mich geweigert, gegen Euch zu kämpfen, da ich selbst mit einer Venezianerin verheiratet bin. Der Padischah hat meinen Entschluß respektiert, aber jetzt hat er mir Befugnis erteilt, Euch eine ehrenhafte Kapitulation anzubieten.«

Brigadino schnaubte. »Ihr meint, er hat gehört, daß eine

große Flotte uns zu Hilfe kommt, und er möchte uns zur Kapitulation bewegen, ehe sie eintrifft.«

»Es ist richtig, daß eine christliche Flotte sich versammelt, Eure Exzellenz«, gab Anthony zu. »Aber sie ist noch lange nicht soweit, in See zu stechen, und ihr Hauptquartier befindet sich in Messina, weit fort von Famagusta. Zwischen Italien und Zypern wartet die kampfbereite Flotte Ali Paschas. Für Eure Leute besteht vor dem nächsten Jahr keine Hoffnung auf Rettung. Würdet Ihr nicht alle in der Zwischenzeit verhungert sein? Habt Ihr nicht fast Eure gesamte Munition verschossen?«

Letzteres war eine bloße Vermutung, wenn auch eine naheliegende. Als Brigadinos Lippen zuckten, wußte er, daß er ins Schwarze getroffen hatte.

»Ich biete Euch folgende Bedingungen an«, fuhr Hawkwood fort. »Eure Männer müssen ihre Waffen niederlegen; die Offiziere dürfen ihre Schwerter behalten. Dann werdet ihr die Stadt verlassen und auf unseren Schiffen zum nächstgelegenen neutralen Territorium gebracht.«

»Was wird aus unseren Frauen und Kindern?« fragte Brigadino.

»Sie dürfen Euch begleiten«, versicherte ihm Anthony.

»Und Ihr seid tatsächlich bevollmächtigt, solche Zugeständnisse zu machen?«

»Ich bin Generalbevollmächtigter des Sultans«, entgegnete Anthony.

Brigadino musterte ihn eine Weile eindringlich. »Ihr steht im Dienste der Osmanen«, sagte er erneut. »Und auf deren Wort ist kein Verlaß.«

»Mein Name ist Hawkwood, wie Ihr wißt. Hat mein Großonkel die Ritter des Johanniterordens betrogen?«

Brigadino strich sich über den Bart.

»Ich stehe zu meinem Wort«, erklärte Anthony. »Die Bedingungen, die ich Euch angeboten habe, werden eingehalten werden.«

Brigadino blickte an ihm vorbei auf die türkischen Reihen. »Könnt Ihr auch für die Ehre Eurer Generäle einstehen? Für die Mustafas und Piales? Für die Ehre Pertevs? Er ist ein grausamer, böser Mann. Wir haben davon gehört, daß er Gefangene zu Tode foltert.«

»Ich bin Generalbevollmächtigter des Sultans«, wiederholte Anthony. »Mein Wort ist Gesetz.«

Brigadino starrte ihn erneut mehrere Augenblicke lang schweigend an und kletterte dann von dem Schutthaufen hinab auf den Sand. »Laßt mich die Schreiben sehen, die Ihr dabeihabt.«

Hawkwood stieg aus dem Sattel und trat auf ihn zu. Er überreichte ihm die italienische Übersetzung der Befehle des Sultans.

Brigadino griff nach der Papierrolle, brach das Wachssiegel auf und begann zu lesen. »Es scheint, als müßte ich Euch vertrauen«, sagte er.

Anthony erwiderte nichts darauf.

»Jedoch muß ich mich erst mit meinen Offizieren beraten.«

»Ihr habt eine Stunde Zeit«, entgegnete Hawkwood. »In einer Dreiviertelstunde werde ich einen einzelnen Kanonenschuß abfeuern. Eine weitere Viertelstunde später werden wir das Gefecht wiederaufnehmen.«

Brigadino nickte. »Ich denke, wir werden Euer Angebot annehmen, Hawk Pascha.« Er sah Anthony unverwandt in die Augen. »Hätte der Sultan irgendeinen anderen geschickt als Euch, hätte ich weitergekämpft bis zum Tod.«

Während Brigadino in die Stadt zurückging, ritt Hawkwood zurück ins türkische Lager.

»Und?« fragte Mustafa Pascha.

»Ich gebe ihm eine Stunde, meine Bedingungen anzunehmen«, sagte Anthony. »Er wird zustimmen. Er hat keine andere Wahl.«

»Dann laßt Euch gratulieren, Hawk Pascha. Der Padischah wird sehr zufrieden mit Euch sein.«

Das Heer hielt sich jedoch weiter kampfbereit. »Sollten die Venezianer sich doch für den Kampf entscheiden, müssen wir die Belagerung jetzt mit einem letzten großen Sturmangriff beenden«, erklärte Mustafa.

Die Zeit verstrich rasch. Die Sanduhr war erst bei Anthonys Rückkehr von den türkischen Offizieren umgedreht worden, aber der Sand schien erstaunlich schnell hindurchzurieseln. Als Dreiviertel des Sandes durchgelaufen waren, gab Anthony Befehl, einen einzelnen Kanonenschuß abzufeuern. Die Detonation dröhnte laut in der Stille.

Beinahe sofort setzte auf den Mauern reges Treiben ein, und die venezianische Flagge wurde eingeholt.

Die osmanischen Truppen jubelten, Trommeln, Fanfaren und Pauken ertönten.

»Eure Männer müssen ihre Positionen beibehalten, Mustafa Pascha«, sagte Hawkwood.

Mustafa nickte.

»Ihr holt Transportschiffe in den Hafen, Piale Pascha.«

Piale Pascha verneigte sich.

»Können wir uns nicht erst die Kapitulation ansehen?« bat Mustafa. Seine Unterwürfigkeit war beinahe unheimlich.

»Selbstverständlich«, entgegnete Anthony und ritt in Begleitung einzelner Generäle und einer Spahi-Eskorte auf die Stadt zu.

Aus der zerschossenen Toröffnung kam als erstes eine Gruppe berittener Offiziere, deren Pferde sich kaum noch auf den Beinen halten konnten. Sie wurden von Brigadino persönlich angeführt, der den osmanischen Paschas höflich seinen kommandierenden General, Astor Baglione, vorstellte.

Dann folgten langsam die restlichen Verteidiger und legten ihre Waffen nieder. Die Türken jubelten und sangen weiter. Die Venezianer stapften mit geneigtem Kopf und hängenden Schultern durch den Sand. Sie alle waren halb verhungert, und viele unter ihnen waren verwundet.

Zuletzt kamen die Frauen und Kinder. Auch sie waren ausgezehrt und schwach und blickten aus angstgeweiteten Augen auf die Türken mit den grausamen Gesichtern ringsum.

»Eure Leute werden am Ufer lagern«, erklärte Anthony jetzt Brigadino. »Meine Schiffe werden morgen mit dem Abtransport beginnen.«

Als der letzte Bewohner die Stadt verlassen hatte, ritt Anthony durch das Tor. Er fand ein wahres Leichenhaus vor. Verwesende Leichen lagen unbestattet in den Straßen, und fette Ratten huschten umher, ohne sich von ihm und seinem Pferd stören zu lassen. Brigadino begleitete ihn und zeigte ihm das Arsenal – das Pulver reichte kaum noch für eine letzte Salve.

»Ihr habt tapfer gekämpft«, sagte Hawkwood. »Ich wünschte, ich wäre früher geschickt worden. Und jetzt kommt, Ihr werdet an Bord des Flaggschiffes mein Gast sein.«

»Ich muß bei meinen Leuten bleiben.«

»Das ist überflüssig. Sie werden etwas zum Essen bekommen, und es wird ihnen niemand etwas tun. Ich gebe Euch mein Wort. Aber laßt uns hinüberreiten und uns mit eigenen Augen davon überzeugen.«

Gemeinsam ritten sie zum Strand, wo die Venezianer warteten, ein zusammengedrängter Haufen erschöpfter und furchtsamer Männer, Frauen und Kinder. Lebensmittel und Wasser aus dem osmanischen Lager wurden verteilt.

»Mit welch hungrigem Blick Eure Leute die meinen anstarren«, bemerkte Brigadino. »Wie Wölfe, die eine Schafherde eingekreist haben.«

Dennoch nahm er zusammen mit Baglione Anthonys Einladung an, an Bord des Flaggschiffes mit ihm zu speisen.

»Welche Wohltat, wieder frische Luft zu atmen«, sagte Brigadino. »Was habt Ihr für Pläne mit der Stadt?«

»Sie wird wiederaufgebaut werden«, entgegnete Anthony. »Unser Herr der Padischah möchte auf der Insel eine jüdische Kolonie gründen.«

»Euer Herr ist ein bemerkenswerter Mann«, sagte Brigadino anerkennend.

»Wann werden die Transportschiffe eintreffen?« erkundigte sich Baglione. Er wollte nur noch fort vom Schauplatz seiner Niederlage, und das so schnell wie möglich.

Anthony blickte fragend auf Piale.

»Die Schiffe, die das Heer an Bord nehmen werden, werden in einigen Tagen hier sein«, erwiderte Piale. »Das osmanische Heer.«

»Und was ist mit den Transportschiffen für die Venezianer? Ich habe befohlen, sie sofort bereitzustellen.«

Piale und Pertev tauschten einen Blick.

»Mustafa Pascha hat diesen Befehl widerrufen«, sagte Pertev.

»Er hat was?«

»Noch sind wir im Krieg mit Venedig«, erklärte Pertev. »Zweitausend Soldaten freizulassen, damit sie erneut gegen uns kämpfen können, wäre falsch. Mustafa Pascha hat beschlossen, eine beträchtliche Anzahl Geiseln hierzubehalten, als Sicherheit dafür, daß die Republik einem Friedensvertrag zustimmt.«

»Geiseln?« Brigadino straffte die Schultern. »So viel ist also das Wort eines Osmanen wert, Euer Wort, Hawk Pascha.«

»Ich kann Euch versichern, daß Mustafa Pascha einen Fehler gemacht hat, Euer Exzellenz«, entgegnete Anthony. »Er hat seine Machtbefugnisse überschritten, und diese Befehle werden sofort rückgängig gemacht.«

»Mustafa hat die entsprechenden Befehle bereits erteilt«, erklärte Pertev.

Als hätte er seine Erklärung zeitlich exakt abgestimmt, erhob sich vom Ufer großes Wehklagen.

Baglione sprang auf und lief zur Reling. »Es findet ein Massaker statt«, schrie er.

Anthony sprang ebenfalls auf »Bei Allah, Ihr werdet dem sofort ein Ende machen, oder ich lasse Euch hängen.«

»Ihr wollt mich hängen lassen?« fragte Pertev spöttisch.

»Ihr seid so verlogen wie jeder dieser türkischen Hunde«, rief Brigadino außer sich.

»Ergreift ihn!« befahl Pertev, und die beiden Venezianer waren sofort von türkischen Soldaten umringt.

Baglione zog sein Schwert, wurde jedoch sofort niedergestreckt. Er ging zu Boden und blieb in einer großen Blutlache liegen.

Hawkwood verfolgte fassungslos die Szene, die sich vor seinen Augen abspielte.

»Habt Ihr den Verstand verloren?« herrschte er Pertev an. »Glaubt Ihr denn, der Sultan wird hiervon nichts erfahren?«

»Der Sultan weiß bereits Bescheid«, entgegnete Pertev gelassen.

Anthony betrachtete ihn stirnrunzelnd, und eine eisige Hand schien sich um sein Herz zu legen.

»Ich wurde zum Generalbevollmächtigten ernannt«, schrie er außer sich.

»Das ist richtig, Hawk Pascha, bis zur Kapitulation Famagustas. Der Padischah hat Mustafa Pascha jedoch angewiesen, den Oberbefehl über Flotte und Landtruppen in dem Augenblick wieder zu übernehmen, da die Kapitulation erfolgt ist. Außerdem hat er Mustafa Pascha angewiesen, an den Venezianern ein Exempel zu statuieren, um der Welt zu zeigen, daß er keinen Widerstand duldet. Diese Aufgabe wurde mir übertragen, da ich in diesen Angelegenheiten größere Erfahrung besitze.«

»Schurke!« brüllte Anthony und stürzte sich auf den General.

Pertev wich ihm hastig aus, und Hawkwood wurde von einem halben Dutzend Soldaten überwältigt. Als er versuchte, seinen Säbel zu ziehen, erhielt er einen harten Schlag auf den Hinterkopf. Bevor er sich von dem Hieb erholt hatte, waren seine Arme gefesselt worden und man hatte ihm den Säbel abgenommen.

»Seid dankbar, daß der Padischah außerdem befohlen hat, Euch kein Leid zuzufügen, Hawk Pascha«, keuchte Pertev.

Anthony blickte verzweifelt auf Brigadino. Der Statthalter war ebenfalls gefesselt worden.

»Ich verzeihe Euch, Hawk«, sagte Brigadino bitter. »Aber Eure Leute sollen in der Hölle verfaulen.« Er wandte den Kopf und lauschte auf die bestialischen Laute, die vom Ufer zu ihnen drangen. Dann richtete er den Blick auf Pertev. »Wollt Ihr mir nicht den Kopf abschlagen und mich von meinem Leid erlösen?«

Pertev grinste kalt. »Ihr seid zu einem Exempel bestimmt, das dem gesamten Christentum Grauen einflößen wird, Monsignore«, sagte er. »Außerdem wird es großen Spaß machen.«

Brigadino erbleichte und blickte auf Hawkwood, der immer noch nicht fassen konnte, daß Selim ihn derart hintergangen hatte.

»Bereitet ihn zum Abhäuten vor«, befahl Pertev.

Brigadino schnappte entsetzt nach Luft, aber er war wehrlos. Als die Türken ihn entkleideten, versuchte Anthony vergeblich, sich von seinen Fesseln zu befreien.

»Piale«, flehte er. »Dieser Mann hat Euch ehrenhaft standgehalten. Wie könnt Ihr ihn jetzt zu Tode foltern?«

»Es ist der Wille des Sultans«, entgegnete Piale.

»Schneidet ihm die Ohren ab«, befahl Pertev.

Brigadino war nackt auf einen Stuhl gesetzt worden, und jetzt blitzten Messerklingen in der Sonne auf. Die Ohren des Unglücklichen fielen auf das Deck, und Blut lief seitlich an Brigadinos Gesicht herab. Er stöhnte auf.

Pertev hatte ihm gegenüber Platz genommen. »Und jetzt seine Nase.«

»Pertev«, flehte Anthony. »Bittet mich, um was Ihr wollt, aber gewährt ihm einen schnellen Tod.«

»Ihr besitzt nichts, was mich interessieren würde, Hawk Pascha«, entgegnete Pertev. »Und ich befolge lediglich den Befehl des Padischah.«

Brigadinos Nase wurde zu seinen abgetrennten Ohren auf das Deck geworfen.

Eine einzelne Träne glitt über die Wange des Venezianers. Er wußte, was als nächstes folgen würde. Brigadino wurde auf das Deck gelegt. Mehrere Türken hielten seine Beine fest, während andere ihn kastrierten. Sein Körper bäumte sich auf, und Schaum trat vor seinen Mund, als er sich auf die Lippen biß, um nicht zu schreien.

»Und jetzt häutet ihn«, befahl Pertev seinen Männern.

Anthony wollte den Blick abwenden, konnte es jedoch nicht. Er wußte, daß das, was vor seinen Augen geschah, ihn nie wieder loslassen würde.

Die gräßliche Prozedur wurde von zwei Chirurgen durchgeführt, die extra zu diesem Zweck an Bord geholt worden waren. Sie arbeiteten mit großer Sorgfalt, indem sie die Haut erst mit rasiermesserscharfen Klingen einritzten, ehe sie sie dann an einem Stück abschälten.

Jetzt konnte nicht einmal mehr Brigadinos Tapferkeit den Schmerzen standhalten, und er schrie unartikuliert, seine

Stimme schrill und erschütternd in ihrer Intensität. In Abständen verlor er immer wieder das Bewußtsein, aber die Seeleute gaben gut acht und kippten jeweils Eimer Wasser über seinem Kopf aus, um ihn aus seiner Ohnmacht zu holen.

Anthony wünschte, er könnte auch ohnmächtig werden.

Das Häuten dauerte insgesamt etwa zwei Stunden. Pertev ließ Sorbett servieren, und er und Piale nippten an dem eisgekühlten Getränk, während sie ungerührt den Qualen ihres Gefangenen zusahen. Sie boten sogar Hawkwood ein Getränk an, aber er spuckte sie an.

Die ganze Zeit über drangen die Angstschreie der anderen Venezianer zu ihnen herüber, die am Strand bestialisch abgeschlachtet wurden. Aber keiner von ihnen erlitt so große Qualen wie ihr Anführer.

Hawkwoods Gedanken überschlugen sich, während er zusah und zuhörte. Ihm war übel; Zorn und Selbsthaß verzehrten ihn, daß er sich mit diesen Unmenschen eingelassen hatte.

Aber hatte er überhaupt eine Wahl gehabt? Die Entscheidung war über ein Jahrhundert zuvor von seinen berühmten Vorfahren gefällt worden.

John Hawkwood der Erste, der der Vertraute jenes Mannes gewesen war, den sie ›den Bluttrinker‹ nannten.

William Hawkwood der Erste, der blind jeden Befehl Selims des Gestrengen und Suleimans des Prächtigen ausgeführt hatte.

Und jetzt er selbst, Anthony Hawkwood junior, der sich nichts Besseres hatte vorstellen können, als den Sultanen zu dienen wie seine Vorväter. Konnte er also aufrichtig behaupten, auch nur einen Deut besser zu sein als diese Bestien ihm gegenüber? Ja, beantwortete er sich diese Frage leidenschaftlich, weil ich nie mein Wort gebrochen oder einen Mann zu Tode gefoltert habe.

Als schließlich die gesamte Haulhülle sorgfältig abgetrennt worden war und der Körper der Venezianers nur noch ein blutiger Fleischklumpen war, klatschte Pertev in die Hände. »Gute Arbeit«, sagte er. »Wascht die Haut sorgfältig und gerbt sie. Dann stopft sie mit Stroh und näht sie zusammen. Wenn wir nach Istanbul zurückkehren, wird der Venezianer von meinem Rahnock baumeln.«

»Und die Überreste, Pascha?« erkundigte sich einer der Chirurgen mit einem Blick auf den gehäuteten Körper und die zerfetzten Lippen, die immer noch unartikulierte Laute ausstießen.

»Schlagt ihm den Kopf ab und gerbt ihn ebenfalls. Ich werde ihn auf eine Lanze spießen. Was den Rest betrifft, werft ihn zu den Fischen.«

Ein Säbel blitzte in der Abendsonne auf, und Brigadinos Qualen hatten endlich ein Ende. Vier Männer hoben die unbeschreiblich zugerichteten Überreste vom Deck und warfen sie über Bord. Andere eilten mit Eimern herbei, um das Blut von den Planken zu waschen.

Pertev wandte sich lächelnd Anthony zu. »Hat das nicht Spaß gemacht? Und jetzt kommt, Hawk Pascha, vergeßt Euren Zorn. Es ist geschehen, und Ihr habt zur Zufriedenheit des Padischah gehandelt. Und wir haben einen großen Sieg errungen. Wollt Ihr nicht mit uns feiern?«

Anthony musterte ihn voller Abscheu. »Möge Allah sich Eurer Seele erbarmen, Pertev Pascha«, sagte er. »Denn ich werde kein Erbarmen mit Euch haben.«

20
Die Flucht

PERTEV PASCHA FUNKELTE Hawkwood zornig an und zuckte dann die Achseln.

»Ihr solltet ihn in Fesseln belassen, bis Ihr wieder in Istanbul seid«, riet er Piale Pascha. »Dort kann er dem Sultan erzählen, was ihn bedrückt.«

Anthony wurde gewaltsam auf einen Stuhl auf dem Achterdeck gesetzt und an das Möbelstück gefesselt. Er wurde rund um die Uhr von zwei Soldaten bewacht.

Der Lärm des Massakers an Land verebbte, als den Osmanen die Opfer ausgingen, aber sie waren noch lange nicht damit fertig, ihren Sieg zu feiern. Anthony beobachtete, wie sie in die Stadt schwärmten, und lauschte den Geräuschen der Zerstörung, die über das Wasser bis zu ihm drangen.

Piale Pascha trat an seine Seite. »Sie öffnen alle christlichen Gräber in der Sankt-Nikolaus-Kirche und verstreuen die Gebeine«, erklärte der Admiral. »Mustafa hat es befohlen.«

»Seid Ihr stolz auf Euren Anteil an diesem Treiben?«

»Ich befolge die Befehle meines Herrn des Sultans«, entgegnete Piale. »Ihr tätet gut daran, über Eure eigene Loyalität nachzudenken, Hawk Pascha.«

Als die Flotte den Bosporus hinaufglitt, ließ Piale den Gefangenen losbinden. »Sollen wir nicht gemeinsam als Eroberer heimkehren und den Ruhm teilen?« fragte er.

»Ich werde Euch beim Sultan anprangern«, zischte Anthony.

»Das ist Euer gutes Recht, Hawk Pascha. Seid nur vorsichtig, daß Ihr nicht statt dessen Euren eigenen Kopf in die Schlinge legt.«

Als die Galeeren in das Goldene Horn einfuhren, wurden sie von lautem Jubelgeschrei von beiden Ufern empfangen. Eine Galiote war vorausgeschickt worden, um die Neuigkeit der Eroberung Famagustas zu überbringen, und in Istanbul herrschte Festtagsstimmung. Auch die drückende Augusthitze konnte die Begeisterung der Massen nicht dämpfen. Anthony blickte auf den Hawk Palast oben auf dem Hügel in Galata. Auch dort wehten Flaggen und Wimpel im Wind. Über das Wasser wehte der Ruf »Hawk Pascha! Hawk Pascha!« zu ihm herüber.

»Wie Ihr seht, haben wir Euch den ganzen Ruhm für diesen Triumph überlassen«, sagte Piale einschmeichelnd.

Anthony warf ihm nur einen flüchtigen Blick zu. Er war nicht in Stimmung, sich durch Schmeichelei besänftigen zu lassen.

Zu seiner Überraschung befand sich auch Ali Muesinsade an der Pforte des Serails. Ali umarmte ihn herzlich.

»Warum so grimmig, Hawk Pascha?« fragte er. »Seid Ihr nicht der Mann der Stunde? Meine eigenen bescheidenen Erfolge verblassen angesichts Eures Triumphes.«

»Ihr seid auf die päpstliche Flotte gestoßen?«

Ali lächelte. »Dieses Glück war mir nicht beschert. Sie versammeln sich noch in Messina. Ob sie damit fortfahren werden, da der Sinn dieser Übung ja die Rettung Famagustas war, steht in den Sternen. Aber zumindest habe ich die Adria von sämtlichen christlichen Schiffen gesäubert. Und ich bin mit meinen Schiffen bis in die Lagune von Venedig gesegelt und habe ihre venezianischen Schiffe verbrannt. Sie werden den Namen Ali Pascha so bald nicht vergessen, soviel ist gewiß.«

»Und wo befinden sich Eure Schiffe jetzt?« fragte Hawkwood.

»Ich war versucht, in der Lagune von Venedig zu bleiben, aber dann wurde mir klar, daß ich dort in der Falle sitzen würde, falls eine christliche Flotte auftauchen sollte. Also kehrte ich zurück ins Ionische Meer und den Golf von Patras hinauf. Die Schiffe ankern dort in Sicherheit, mit Lepanto als Stützpunkt. Von dort aus können sie leicht auslaufen und die Christen angreifen, falls diese auftauchen sollten; ein Wachgeschwader von Galioten beobachtet ständig den Absatz des italienischen Stiefels. Aber ich bezweifle, daß wir die feindliche Flotte je zu Gesicht bekommen werden. Und wenn doch, wird es mir eine Freude sein, Euch zu meinen Admiralen zu zählen.«

Sokollu gesellte sich zu ihnen. »Hawk Pascha!« Auch er schloß den zornigen Hünen in die Arme. »Der Padischah erwartet Euch.« Er wandte sich Piale zu. »Wo ist Mustafa?«

»Er ist in Zypern geblieben, um unseren Sieg zu sichern. Ich habe eine Botschaft von ihm.«

Der Großwesir nahm die Rolle entgegen. »Ich werde sie später lesen. Kommt, Hawk. Der Padischah kam es kaum erwarten, Euch zu sprechen.«

Gemeinsam betraten sie den Palast.

»Warum habt Ihr mich nicht vor dem Betrug gewarnt?« zischte Hawkwood zornig. »Ihr wußtet von den geheimen Befehlen des Padischah, Mehmed. Sie trugen doch Euer Siegel.«

»Ah, ja«, entgegnete Sokollu. »Ich bedaure dies zutiefst,

Anthony, aber ich habe auf ausdrücklichen Befehl des Padischah gehandelt.«

»Jeder versteckt sich hinter den Befehlen des Padischah«, bemerkte Anthony bitter.

»Ist das nicht unsere Pflicht? Habt nicht Ihr selbst mir dies in aller Eindringlichkeit nahegelegt?«

Hierauf wußte Hawkwood keine Antwort.

»Ich kann Euch nur bitten, nichts Unüberlegtes zu tun«, fuhr Sokollu fort. »Es wäre dumm von Euch, wegen ein paar Venezianern erneut den Unmut des Sultans zu erregen.«

»Und mein Wort? Meine Ehre?«

»Die Ehre eines Mannes liegt ebenso wie sein Leben in der Hand des Padischah. Hätte der Sultan Euch befohlen zu sterben, hättet Ihr seinem Wunsch nicht entsprochen?«

»Ich hätte einen solchen Befehl dem Verlust meiner Ehre vorgezogen, Mehmed.«

»Das wäre dumm von Euch gewesen.« Sie hatten die Tür zum Beratungszimmer erreicht, und Sokollu legte Hawkwood eine Hand auf den Arm. »Hätte ich Euch den Inhalt dieser Anweisungen an Mustafa verraten, hättet Ihr Euch möglicherweise geweigert, Eure Mission zu erfüllen. Jedenfalls wäre es Euch unmöglich gewesen, Brigadino von Eurer Aufrichtigkeit zu überzeugen. Beides hätte ebenso für Euch wie für die Euren unheilvolle Folgen heraufbeschworen. Wenn ich Euch verletzt habe, bedaure ich dies zutiefst. Ich habe getan, was ich für das Beste hielt. Und ich bitte Euch noch einmal: Seid vorsichtig.«

Die Türen wurden geöffnet, und sie wurden zum Padischah vorgelassen.

Selims Diwan war von seinen Paschas sowie von bewaffneten Wachen umstellt. Nasi stand an seiner Seite.

Der Sultan lächelte, als er Anthonys großgewachsene Gestalt erblickte.

»Hawk Pascha!« sagte er. »Tretet vor.«

Anthony näherte sich dem Diwan bis auf sechs Fuß und verneigte sich.

»Ihr habt meine Befehle ausgeführt«, sagte Selim. »Ich bin sehr zufrieden. Von diesem Augenblick an seid Ihr wieder mit

Euren sämtlichen Kommandos betraut – und ich ernenne Euch zum Vizeadmiral unter Ali Muesinsade Pascha.«

Hawkwood richtete sich auf. »Ihr seid zu gütig, Padischah. Und was wird aus Pertev Pascha?«

Selim runzelte die Stirn. »Er wird ebenfalls reich belohnt werden, Hawk Pascha. Jeder, der an der Eroberung Famagustas teilgehabt hat, wird belohnt werden.«

Anthony blickte ihn an. »Ich meinte, in welcher Weise ihr einen Mann zu bestrafen gedenkt, dafür, daß er nicht nur meine Ehre, sondern die aller Türken in den Schmutz gezogen hat.«

Die Falten auf Selims Stirn vertieften sich, und die Wesire wurden unruhig.

»Ich wäre über die Maßen dankbar, wenn der Padischah mir eine Privataudienz gewähren würde«, fuhr Anthony fort.

»Gibt es vielleicht Dinge, die Ihr Euch fürchtet, öffentlich auszusprechen?« fragte Nasi.

»Ich werde sagen, was ich zu sagen habe, wo immer der Padischah es wünscht«, entgegnete Hawkwood.

Der Großwesir setzte eine verzweifelte Miene auf.

»Ich wünsche von keinen Beschwerden oder Streitereien zwischen Pertev und Euch zu hören, Hawk Pascha«, entgegnete Selim. »Ihr habt einen großen Sieg errungen, und ich habe Euch dafür belohnt. Gebt Euch damit zufrieden.«

»Und die Venezianer, die massakriert wurden, nachdem sie sich auf mein Versprechen hin ergeben hatten? Ihr Statthalter, der bestialisch ermordet wurde? Ich habe diesen Menschen ihr Leben versprochen, bei meiner Ehre!« schrie Anthony.

Selim sprang auf. »Eure Ehre!« schrie er zurück, streckte den Arm aus und zeigte mit dem Finger auf Hawkwood. »Ihr besitzt keine Ehre, Hawk Pascha, außer der, die ich bereit bin, Euch zu gewähren. Ihr besitzt gar nichts, abgesehen von dem, was ich Euch gewähre. Und jetzt besitzt Ihr nichts mehr, nichts! Geht mir aus den Augen. Ich will Euer Gesicht nicht mehr sehen, nie mehr. Geht zu Eurem Palast und bleibt dort bis ans Ende Eurer Tage. Hinfort!« Seine Stimme erhob sich zu einem Kreischen. »Hinfort!«

Hawkwood starrte ihn verblüfft an; er hatte noch nie einen

Mann die Beherrschung verlieren sehen. Sokollu packte seinen Arm und brachte ihn eilig hinaus.

»Was für ein Esel Ihr seid, Anthony«, seufzte der Wesir. »Was für ein Esel. Ich glaube nicht, daß ich Euch noch länger schützen kann.«

»Brauche ich denn Schutz?« Hawkwood schüttelte die Hand des Großwesirs ab.

Sie standen jetzt in der Pforte, und die Männer, die dort warteten, rückten von ihm ab – Gerüchte ob der Szene, die sich im Beratungszimmer abgespielt hatte, machten bereits die Runde.

»Ja«, entgegnete Sokollu. »Ihr bedürft meines Schutzes. Unser Herr mag davor zurückgeschreckt haben, die öffentliche Hinrichtung eines so berühmten Paschas in der Stunde seines Triumphes zu befehlen, aber er wird ganz sicher danach streben, Euch meucheln zu lassen. Vergeßt nicht, daß Ihr mit einer Venezianerin verheiratet seid. Wollt Ihr riskieren, daß Eure Gattin ihren Eltern ins Grab folgt?« Er biß sich auf die Lippen, als er erkannte, was ihm entschlüpft war.

Hawkwood musterte ihn beinahe ungläubig ... als könnte er jemals wieder an etwas zweifeln, das mit türkischer Unaufrichtigkeit zu tun hatte.

»Ihr habt mir doch versichert, ihnen wäre kein Haar gekrümmt worden und es ginge ihnen gut.«

Sokollu seufzte. »Dem war auch so, als ich es Euch sagte – aber unser Herr ließ sie an dem Tag, da Ihr nach Famagusta aufgebrochen seid, hinrichten.«

Hawkwoods Hände ballten sich zu Fäusten.

»Anthony«, flehte Sokollu. »Wir leben in grausamen Zeiten, unter einem unberechenbaren Herrn. Die Toten sind tot. Nur die Lebenden zählen. Ich werde für Euch tun, was ich kann, aber ... lebt wohl, Hawk Pascha.«

Er reichte ihm die Hand. Anthony blickte sie nur an, wandte sich dann ab und ging davon.

Hawkwood hastete aus dem Palast und auf die Straßen Istanbuls. In Folge seines Arrests in Famagusta waren seine Bediensteten fortgeschickt worden, und seither hatte er sie nicht mehr gesehen. Er war also allein, wenngleich er schon allein ob seiner Körpergröße und Haarfarbe Aufsehen erregte. Die Fahnen flatterten noch im Wind, und das Volk sah in ihm immer noch den Eroberer von Zypern. Die Menge klatschte auf seinem Weg Beifall.

Sie würden die Wahrheit noch früh genug erfahren.

Und dann? Die durcheinanderwirbelnden Gedanken, die ihn schwindlig gemacht hatten, waren zu einer Entscheidung gereift. Was Sokollu gesagt hatte, entsprach den Tatsachen. In Istanbul würde er nicht mehr tun können, als auf seine Henker zu warten. Wie gefährlich sein Vorhaben auch immer sein mochte, er mußte sofort handeln.

Auch hatte er vieles zu rächen.

Er setzte mit der Fähre nach Galata über, wo die jubelnde Menge sogar noch dichter war. Die Menschen folgten ihm den Hügel hinauf zum Hawk-Palast, versammelten sich vor dem Tor und riefen immer wieder seinen Namen. Niemand schien zu merken, daß er diesen Jubel nicht verstehen konnte, ja, daß er seinen Abscheu erregte.

Seine Mutter erwartete ihn im Portikus.

»Anthony!« Felicity warf sich in seine Arme. »Welche Freude, dich zu sehen. Und mit solchen Neuigkeiten. Es heißt, du stündest wieder in der Gunst des Sultans.«

»Zweifellos«, entgegnete Anthony und küßte Ayesha die Hand.

»Ich möchte Euch in zehn Minuten in meinen Gemächern sprechen.«

Die beiden Frauen musterten ihn stirnrunzelnd; er klang nicht gerade glücklich.

Aber er schritt an ihnen vorbei zu Kalil, der etwas abseits gewartet hatte.

»Willkommen zu Hause, Tschelebi.«

»Dir auch, Kalil«, entgegnete Anthony. »Ich möchte dich gleich sprechen. Oben in meinen Gemächern.«

Kalil war völlig verdattert. Er hatte Hawk Paschas Art, seinen Haushalt zu führen, stets respektiert – aber daß er einen männlichen Bediensteten, der kein Eunuch war, in sein Schlafgemach befahl . . . so etwas war noch nie dagewesen.

Hawkwood stieg die Treppe empor, immer drei Stufen auf einmal nehmend, und stieß die Tür zu seiner Zimmerflucht auf. Die Jungen warteten dort bereits auf ihn, um ihn zu begrüßen. John war inzwischen neun Jahre alt und sah aus wie ein vollendeter Osmane. Seine Brüder waren in gleicher Weise gekleidet, mit Spielzeugsäbeln an ihren Gürteln.

»Wir gratulieren dir, Vater«, sagte John und verneigte sich.

Seine Brüder folgten seinem Beispiel.

Anthony umarmte sie alle, blickte dabei jedoch an ihnen vorbei auf ihre Mutter.

»Ich muß Euch gratulieren«, sagte Barbara traurig. »Ganz Istanbul hallt von Lobpreisungen auf Euch wider.«

»Diese Heldenverehrung wird nur von kurzer Dauer sein, das kann ich dir versichern. Schick bitte die Jungen hinaus.«

Barbara machte ein überraschtes Gesicht.

»Nur für ein paar Minuten.«

Sie klatschte in die Hände. »Geht jetzt, Kinder. Euer Vater möchte allein sein.«

Wieder verneigten sich die drei, dann verließen sie den Raum.

»Es sind gute Kinder«, sagte Barbara. »Sie sind junge Hawks. Ihr könnt stolz auf sie sein.«

»Ich bin stolz auf sie.« Er schloß sie in die Arme und küßte sie auf die Lippen. »Ich habe ein schweres Verbrechen begangen.«

Sie runzelte erneut die Stirn. »Ich hatte nicht erwartet, daß Ihr in diesem Punkt mit mir übereinstimmen würdet.«

Während er seine Frau in den Armen hielt, beschrieb er das Massaker, das auf seine Aufforderung zur Kapitulation gefolgt war. Sie rückte von ihm ab. »Das habt Ihr getan?«

»Nein. Bitte glaub mir. Meine Generalvollmacht endete in dem Augenblick, da die Zitadelle kapitulierte.«

»Aber Ihr habt keinen Protest erhoben?«

»Doch, das habe ich – und wurde prompt unter Arrest gestellt.«

Barbara starrte ihn an. Sie hatte in ihrem Gatten stets den Unbesiegbaren gesehen.

Kraftlos ließ sie sich auf den Diwan sinken.

»Und jetzt wurde ich darüber hinaus zu lebenslänglichem Hausarrest verurteilt«, fuhr er fort.

Barbara öffnete den Mund und schloß ihn wieder.

»Was wollt Ihr tun?«

»Fortgehen – aber du mußt mit mir kommen.«

Sie zögerte. »Istanbul verlassen? Ich soll meine Eltern ihrem Schicksal überlassen?«

»Deine Eltern sind tot. Sie wurden auf Befehl des Sultans vor zwei Wochen hingerichtet.«

Barbara legte in sprachlosem Entsetzen die Hände an den Hals.

»Das habt Ihr mir nie gesagt!«

»Ich habe es bis vor einer Stunde selbst nicht gewußt. Wirst du mich jetzt begleiten?«

Ihre Augen hatten sich mit Tränen gefüllt. Wenngleich sie Pietro und Beatrice Comaro seit Monaten nicht mehr gesehen hatte – genauer seit dem Tag ihrer Verhaftung –, hatte sie ihnen tagtäglich Nachrichten ins Gefängnis geschickt. Aber sie weinte nicht. Statt dessen sagte sie: »Ich werde Euch bis ans Ende dieser Welt folgen, Herr, wenn Ihr versprecht, Rache für die Toten zu üben.«

»Genau das ist meine Absicht. Aber erst muß ich Euer aller Leben aufs Spiel setzen.«

Sie blickte auf die Tür, durch die die Jungen hinausgegangen waren. »Wenn Ihr sterbt, sterben wir alle. Wenn es dazu kommt, sollten wir an Eurer Seite in den Tod gehen.«

Er setzte sich zu ihr und nahm ihre Hände in die seinen.

»Wohin werden wir gehen?« fragte sie.

»Nach Venedig.«

»Anthony, man würde Euch den Kopf abschlagen!«

»Dann wird es an Euch liegen, mich vor diesem Schicksal zu bewahren. Ist der derzeitige Doge nicht ein Onkel von dir?«

»Alvise Mocenigo? Ich weiß nichts von ihm und er nichts von mir.«

»Aber an deine Mutter – seine eigene Schwester – wird er sich erinnern. Du wirst ihm sagen, daß ich der Christenheit viel zu bieten habe, da ich so viel über die Türken und ihre Absichten weiß. Und vor allem über die türkische Flotte, ihre Waffen, ihre Taktik.«

Sie zögerte nicht länger. »Wer wird uns begleiten?«

»Je weniger, desto besser. Die Jungen natürlich, und meine Mutter. Ayesha und Kalil ebenfalls . . . es ist nur ein kleines Schiff.«

Ihr Unterkiefer klappte herunter. »Ihr wollt mit Eurem Boot nach Venedig segeln?«

»Kein Türke kann es an seemännischem Geschick mit mir aufnehmen, aber zu Pferde hätten wir keine Chance, erst recht nicht mit den Kindern.«

»Aber sie werden mit Galeeren unsere Verfolgung aufnehmen.«

Er lächelte. »Sollen sie es ruhig versuchen. Der August ist ein sehr windiger Monat.«

Sie schluckte. »Meine Zofen. Ich muß meine Zofen mitnehmen.«

»Alle?«

»Es sind nur drei. Sie sind Venezianerinnen, Anthony. Ich kann sie nicht zurücklassen, damit sie von den Janitscharen in Stücke gerissen werden.«

Er zögerte. »Sie werden sich die Überfahrt erarbeiten müssen.«

»Das werden sie gerne tun.«

Es klopfte an der Tür.

»Herein«, rief Anthony.

Seine Mutter und Ayesha traten ein, gefolgt von einem zögerlichen Kalil.

»Schließ die Tür, Kalil, und bewache sie«, befahl Hawkwood.

Der Diener gehorchte.

Felicity warf Barbara einen Blick zu und sah sich dann suchend nach den Kindern um.

»Was ist los, Anthony?« fragte sie.

»Setz dich, Mutter.«

Die beiden älteren Frauen setzten sich zu Barbara auf den Diwan.

»Und jetzt hört mir gut zu«, sagte Anthony und erklärte ihnen, was geschehen war – und was er plante.

Felicity erbleichte; Ayesha legte fassungslos die Hände an den Hals.

»Ich bin zu dem Schluß gekommen, daß unsere einzige Chance darin besteht, Istanbul zu verlassen und in den Westen zu fliehen.«

Anthony musterte sie beim Sprechen eindringlich. »Barbara ist ganz meiner Meinung.«

»In den Westen«, sagte Felicity leise. Sie konnte kaum glauben, daß ihr ältester Traum sich doch noch erfüllen sollte. »Können wir es schaffen?«

»Ich denke schon. Scheitern wir, bedeutet das unseren Tod. Andererseits erwartet uns dasselbe Schicksal, wenn wir bleiben.«

Ayesha erhob sich. »Ihr wollt fliehen«, sagte sie erregt. »Der Sultan ist Herrscher über alle Dinge. Wenn Ihr Euch von ihm abwendet, seid Ihr ein Abtrünniger und Verräter. Dann wird Euch ein jeder nach dem Leben trachten.«

»Dieses Risiko muß ich eingehen.«

»Herr«, flehte sie, »das könnt Ihr nicht tun.«

»Ich muß.«

»Dann werdet Ihr mich zurücklassen müssen.«

Sie starrten einander an.

»Das kann ich nicht tun. Wir brauchen einen größtmöglichen Vorsprung.«

»Und Ihr glaubt, ich würde Euch verraten?«

»Sie würden dir das Wissen mit glühenden Eisen entreißen, Ayesha.« Er wandte sich seinem Diener zu. »Kalil, kann ich mich auf dich verlassen?«

»Ihr seid mein Herr«, entgegnete Kalil schlicht.

»Dann hol Seidenstricke als Fesseln für die Dame Ayesha.«

Kalil verließ den Raum.

»Werdet Ihr dies erlauben?« wandte Ayesha sich flehend an Felicity.

»Mein Sohn hat keine andere Wahl. Wir haben keine andere Wahl.« Felicity wandte sich wieder Anthony zu. »Wann brechen wir auf?«

»Um Mitternacht«, entgegnete er. »Jeder von Euch darf nur eine Garnitur Kleider zum Wechseln mitnehmen. Barbara, du unterrichtest deine Zofen und die Jungen eine Stunde vor unserem Aufbruch.«

»Aber bis dahin werden sie schon schlafen.«

»Dann wirst du sie eben wecken. Wir dürfen nicht riskieren, daß die anderen Bediensteten von unserer Flucht Wind bekommen.«

Sie nickte, das Gesicht blaß in ihrer Entschlossenheit.

Plötzlich lief Ayesha zum Fenster. Anthony hatte keine Ahnung, was sie vorhatte, ob sie um Hilfe rufen oder sich umbringen wollte, aber er schlang ihr blitzschnell den Arm um die Taille und riß sie zurück. Sie drehte sich ihm zu und schlug nach ihm, ihr Atem zischend. Dann versuchte sie, nach ihm zu treten, aber er hielt sie auf Armeslänge von sich, so daß sie ihn nicht erreichen konnte. Es dauerte nicht lange, und ihre Kräfte erlahmten.

Die anderen Frauen verfolgten die Szene verblüfft.

»Was wird aus ihr werden?« fragte Barbara.

»Sie wird sich in ihr Schicksal fügen, wenn wir erst fort sind«, versicherte ihr Felicity.

Bald darauf kam Kalil mit den Stricken zurück, und Ayesha wurde an Händen und Füßen gefesselt, geknebelt und auf Anthonys Diwan gelegt. Ihre Augen waren weit aufgerissen aus Zorn und Furcht.

Anthony machte sich daran, alles zusammenzutragen, was er mitnehmen wollte. Vor allem Geld, so viele Goldmünzen, wie in zwei Ledertaschen hineinpaßten. Er erwartete keine Mildtätigkeit von den Venezianern, und seine Familie würde von irgend etwas leben müssen, bis er eine neue Aufgabe gefunden hatte.

Er wußte, daß das Boot zu jeder Zeit mit Vorräten und Wasser ausgestattet war, aber er trug Kalil auf, so viel frische Lebensmittel zusammenzutragen, wie er konnte, ohne das Mißtrauen der anderen Hausangestellten zu erregen. Die Zukunft, die noch vor wenigen Monaten so glorreich und gesichert geschienen hatte, lag nun als dunkler Pfad voller Gefahren und Ungewißheit vor ihnen.

Er war so sehr in seine Vorbereitungen vertieft, daß der Ruf des Muezzins ihn überraschte. Er trat ans Fenster, sah hinaus und hätte schreien mögen vor Freude. Es war ein typischer Augustabend. Am Tage war es sehr heiß gewesen, und vom Meer her hatte ein starker Wind geweht. Bei Anbruch der Dämmerung hatte der Wind sich gelegt, aber im Norden hatten sich dunkle Wolken zusammengezogen, und das bedeutete, daß es später in der Nacht Wind geben würde, vielleicht sogar heftige Windböen.

Sie aßen wie gewöhnlich gemeinsam zu Abend und zogen sich anschließend zurück; die Bediensteten stellten keinerlei Fragen zu Ayeshas Abwesenheit.

Anthony legte sich zu Barbara auf ihren Diwan, da Ayesha immer noch auf dem seinen lag. Voller Unruhe schmiegten sie sich aneinander.

»Ich habe immer davon geträumt, mit dir gemeinsam Abenteuer zu erleben«, sagte sie.

»Dann wird sich dein Traum nun erfüllen.«

Um elf weckte er sie und bat sie, ihre venezianischen Mädchen zu holen, während er in sein eigenes Zimmer hinüberging, um seine Waffen und das Geld zusammenzusuchen. Ayesha starrte ihn haßerfüllt an.

Die Versuchung, noch einige männliche Bedienstete mehr mitzunehmen, war groß; vor ihnen lag eine lange und gefährliche Reise. Aber das Boot war nur für eine sechsköpfige Besatzung vorgesehen, und an Bord würden sich schon sechs Frauen befinden, ganz zu schweigen von den Kindern. Auch konnte er nicht bedingungslos auf die Loyalität seiner anderen Diener vertrauen, wenn sie erfuhren, was er vorhatte. Er würde nur mit den Frauen und Kalil zurechtkommen müssen.

Aber zumindest war eins seiner Gebete erhört worden. Ein starker Wind fegte über das Schwarze Meer und jagte heulend um die Minarette Istanbuls.

»Können wir bei diesem Wetter wirklich auslaufen?« fragte Barbara ängstlich.

»Ein Sturm wird uns nur von Nutzen sein«, versicherte er ihr.

Kurz vor Mitternacht weckte er seine Mutter Felicity, die erstaunlicherweise tief und fest schlief. Kalil war bereits wach.

Sie gesellten sich zu den Frauen in seinem Zimmer, während Barbara ihre Söhne weckte.

»Was ist denn, Mama?« fragte John schläfrig.

»Wir gehen auf eine Reise«, entgegnete Barbara. »Eine Reise, die wir heimlich antreten müssen.«

»Wird Vater uns begleiten?«

»Vater wird uns anführen.«

Auf der Veranda im Erdgeschoß war rund um die Uhr ein männlicher Diener postiert, um ungebetene Gäste fernzuhalten. Kalil und Anthony gingen voraus, um ihn auszuschalten. Der Mann sprang auf, als er seinen Herrn sah, aber noch bevor er einen Laut von sich geben konnte, hatte Kalil ihm einen Schlag auf den Kopf verpaßt, der ihn außer Gefecht setzte – nur sein Turban bewahrte ihn davor, ernsthaften Schaden zu nehmen.

»Wir sollten ihn besser töten, Tschelebi«, meinte Kalil. »In wenigen Stunden wird er wieder zu sich kommen und Alarm schlagen.«

Anthony schüttelte den Kopf. »Ich werde keinen meiner eigenen Leute umbringen.«

Sie fesselten den Wachmann an Händen und Füßen und brachten ihn hinaus in den Garten. Dann ging Hawkwood zurück ins Haus, um die Frauen zu holen.

Er warf sich Ayesha über die Schulter, und die Jungen blickten aus riesigen, verwirrten Augen zu ihrem Vater auf.

»Kommt«, sagte Anthony. »Und denkt daran – kein Wort.«

Die Dienstmädchen waren sichtlich verschreckt, und er überlegte, ob er sie ebenfalls knebeln sollte, aber eigentlich müßte ihnen klar sein, daß sie aller Wahrscheinlichkeit nach auf dem Sklavenmarkt landen würden, falls sie die Flucht scheitern ließen.

Er stieg die Treppe hinunter; seine Mutter war an seiner Seite, Barbara folgte dichtauf mit den Jungen. Dann kamen die Mädchen und zuletzt Kalil. Sie alle waren in ihre Haiks gehüllt, und die Frauen trugen zusätzlich Yashmaks.

Sie verließen das Haus und stiegen den Hügel hinunter. Inzwischen war es so stürmisch, daß der Wind an ihren Kleidern zerrte. Zumindest hielt das bevorstehende Unwetter die Menschen von den Straßen fern. Jene, die ihnen doch begegneten, warfen einen flüchtigen Blick auf die vorbeihastende Gruppe, aber niemand sprach sie an.

Im Hafen peitschte der Wind die geschützten Wasser des Goldenen Horns mit solcher Gewalt, daß Gischt von den kleinen Wellen aufspritzte. Die ankernden Boote und Schiffe hoben und senkten sich mit ächzenden Warpleinen und Rümpfen.

Es war stockdunkel.

Die *Hawk* lag an einem privaten Anlegeplatz an einem der zahlreichen Docks Galatas. Als sie auf das Boot zuhasteten, sahen sie einen bewaffneten Mann in rot-blauem Gewand und mit weißem Roßhaarbusch an seinem Turban unmittelbar vor dem Laufsteg sitzen.

Der Janitschar erhob sich, als sie näher kamen.

»Gebt Euch zu erkennen«, sagte er.

Anthony ließ Ayesha herunter. »Halt du sie«, sagte er zu Barbara, die beide Arme um die Araberin legte, die nur einen schrillen Schrei ausstoßen konnte, der jedoch vom Tosen des Windes verschluckt wurde.

Anthony nahm Säbel und Dolch von seinem Gürtel und trat vor.

»Ich bin Hawk Pascha«, sagte er. »Und das ist mein Schiff, das du bewachst.«

»Ich bitte tausendmal um Vergebung, Herr«, sagte der Mann. »Aber ich habe Befehl erhalten, daß heute nacht niemand dieses Schiff betreten darf.«

»Dann mußt du sterben«, knurrte Anthony. Er hielt den Säbel schon einsatzbereit in der Hand, und noch bevor der Soldat sich in irgendeiner Weise verteidigen konnte, wurde sein Kopf von seinem Rumpf abgetrennt, und sein lebloser Körper stürzte ins Wasser.

Die Frauen schnappten nach Luft. Keine von ihnen hatte Hawkwood bislang Gewalt ausüben sehen.

Hastig führte er sie an Bord. »Geht nach unten«, befahl er. »Und bleibt dort. Kalil und ich werden fürs erste allein zurechtkommen. Wenn der Wind jedoch abflaut, müßt ihr uns helfen.«

Die Zofen gehorchten wortlos.

Barbara blickte durch die Hafeneinfahrt hinaus auf den Bosporus, eine Masse schäumender Wogen. Ihre Segelausflüge hatten sie immer nur bei gutem Wetter unternommen. »Ich habe Angst«, gestand sie zum erstenmal.

Er legte den Arm um seine Frau und drückte sie an sich. »Dazu besteht keine Veranlassung.«

»Das sagst du, weil du solche verzweifelten Situationen schon des öfteren überlebt hast. Es gibt so viele Abenteuer deines Lebens, an denen ich keinen Anteil hatte.«

»Dafür solltest du dankbar sein«, entgegnete er. »Und jetzt geh und beruhige die Jungen.«

Hawkwood und Kalil refften die Segel, noch während das Boot am Dock vertäut war. Dann setzten sie es, woraufhin das kleine Schiff sich aufbäumte und bockte. Mit wenigen Säbelhieben durchtrennten sie die Warpleinen. Die Jacht löste sich sofort von ihrem Anlegeplatz und entfernte sich rasch von der Küste.

Anthony packte die Ruderpinne, während Kalil am Bug Ausschau hielt. Aber Anthony kannte das Goldene Horn so gut, daß er es auch blind befahren könnte.

Da der Wind von Norden blies, jagte das Boot, stark nach Steuerbord geneigt, nach Osten. Aus der Kabine waren gedämpfte ängstliche Ausrufe von den Frauen zu hören, die sich in der Enge verzweifelt aneinanderklammerten. Die drei Jungen kauerten in der Tür und tuschelten aufgeregt.

Die *Hawk* schoß aus dem Goldenen Horn heraus, und Anthony zog das Ruder in Lee. Das Schiff schwenkte vom Wind fort und begann, durch die Wellen des Bosporus zu pflügen.

Kalil kam nach achtern. »Ist das nicht immer noch zuviel Segelfläche, Tschelebi?« fragte er.

»Vielleicht. Aber wir werden sie nicht verringern, bevor wir nicht das Marmarameer erreicht haben. Wir wissen nicht, wie groß unser Vorsprung ist.«

Die Geschwindigkeit war berauschend. Noch segelten sie stetig geradeaus, so daß weder der Wind noch der Seegang zu spüren waren. Aber Anthony wußte, daß sich das rasch ändern würde, sollte er gezwungen sein, luvwärts zu segeln.

Im Marmarameer, das sie bereits eine halbe Stunde nach Verlassen des Goldenen Horns erreichten, war alles anders. Sobald sie den Schutz der Küste verlassen hatten, wurden die Wellen größer, und das Schiff schaukelte heftiger. Jetzt mußten sie das Tempo verringern, um zu verhindern, daß das Boot den Bug in eine Welle grub.

Kalil reffte noch mehr Segel, und sie wechselten sich immer wieder am Ruder ab; das Steuern war Schwerstarbeit, da sie durch die Wellen kreuzen mußten, damit der Bug nicht unter Wasser geriet, aber dabei auch darauf achten mußten, vor dem Wind zu bleiben, um nicht zu riskieren, ins Gieren zu geraten.

Es war ein Kampf zwischen ihrem Verstand und ihren Muskeln einerseits und den Elementen andererseits. Die beiden Männer sahen einander an und lachten laut, als es durch besonders geschicktes Steuern gelang, eine besonders große Welle zu überwinden, ohne daß auch nur ein Tropfen Wasser an Bord spritzte.

Im Morgengrauen kam Felicity zu ihnen an Deck. »Ich denke, inzwischen fühlen sich alle besser«, sagte sie. »Zuversichtlicher.« Sie blickte hinaus in die Dunkelheit, die nur von grellen Blitzen und schimmernden Gischtkronen unterbrochen wurde. »Sind wir schon in Sicherheit?«

»Jedenfalls ist uns die Flucht aus Istanbul gelungen«, entgegnete Anthony.

»Dein Vater hat mir einmal erzählt, wie der erste Hawkwood versucht hatte, in einem solchen Sturm aus der Stadt zu fliehen und an der Küste Anatoliens strandete«, sagte Felicity. »Tatsächlich hat dieser Schiffbruch dazu geführt, daß die Familie Hawkwood in den Dienst der Osmanen getreten ist. Findest du nicht, daß sich hiermit der Kreis geschlossen hat?«

»Wir werden nicht Schiffbruch erleiden«, versprach er ihr.

»Das war vor einhunderteinundzwanzig Jahren«, sagte seine Mutter grüblerisch. »Waren all diese Jahre vergeudet?«

»Meine Vorfahren mögen in ihrer Loyalität fehlgeleitet gewesen sein, so wie auch ich bis vor einer Woche – wie du von Anfang an richtig erkannt hast.«

Sie drückte seine Hand. »Ich wußte, daß dieser Tag kommen würde.«

Gegen Morgen ließ der Wind nach, und wenngleich die See noch unruhig war, schien die Gefahr vorüber. Zu ihrer aller Erleichterung konnte Anthony den Frauen und Jungen gestatten, an Deck zu kommen. Die Mädchen waren seekrank geworden, so daß es in der Kabine widerlich stank. Barbara befahl den Frauen, die Kabine zu säubern.

Der Wind wehte immer noch aus nördlicher Richtung, so daß sie mit gut sechs Knoten, wie er schätzte, über das Marmarameer segelten. Gegen Mittag kam die Insel Marmara in Sicht, die sie passieren mußten, um zu den Dardanellen zu gelangen.

In Marmara war ständig ein Galeerengeschwader stationiert, und tatsächlich sichteten sie osmanische Schiffe. Anthony hißte seine persönliche Flagge. Die *Hawk* war auf dem Binnenmeer allseits bekannt, und noch konnte die Kunde dessen, was sich am Vortag in Istanbul zugetragen hatte, nicht soweit nach Süden vorgedrungen sein. Die Galeeren salutierten, als das Boot an ihnen vorbeisegelte, und Anthonys Frau blickte ängstlich auf die türkischen Seeleute, die ihrem kleinen Schiff nachblickten.

Bald fiel Marmara hinter ihnen zurück, und am Abend kamen die Berge auf beiden Seiten der Dardanellen in Sicht.

Hier mußten sie anlegen, um ihre Wasservorräte aufzufüllen, und Anthony nutzte die Gelegenheit, noch weitere Lebensmittel zu kaufen. Die Vorräte, die Kalil in aller Eile zusammengetragen hatte, hätten nicht mehr lange gereicht.

Spät an diesem Abend fuhren sie in den kleinen Hafen Gallipoli ein. Anthony weckte einen der örtlichen Händler und gab vor, in einer dringenden Mission für den Sultan unterwegs zu sein. Niemand wagte, sich Hawk Paschas Wünschen zu widersetzen, so daß die nötigen Vorräte bald an Bord gebracht wurden, während Kalil die Wasserfässer füllte.

Kurz nach Mitternacht stachen sie wieder in See, und im Morgengrauen ließen sie auch die Dardanellen hinter sich.

In der Ägäis folgten verhältnismäßig ruhige Nächte auf starke Nordwinde am Tage. Die *Hawk* schaffte einhundert Meilen am Tag, so daß sie, zwei Tage nachdem sie die Dardanellen verlassen hatten, zwischen den Inseln Andros und Negroponte hindurchsegelten, nach Süden schwenkten und Kurs auf Kap Malea am südlichsten Ende des Peloponnes nahmen. Sie erreichten das Kap am vierten Morgen, nachdem sie von den Dardanellen losgesegelt waren, und am siebten Tag nach ihrer Flucht aus Istanbul.

Sie machten an der Landspitze halt, um ihre Lebensmittel und Wasservorräte bei den Bauern aufzustocken, die ihnen ihre Schätze für eines von Hawkwoods Goldstücken bereitwillig überließen.

Inzwischen waren bis auf Ayesha alle an Bord bester Laune. Sie hatten die Seekrankheit überwunden, und die Flucht, die ihnen anfangs solche Angst gemacht hatte, war zu einem aufregenden Abenteuer geworden. Sie waren überzeugt, in Sicherheit zu sein. Nur Anthony wußte es besser. Solange sie nach Süden oder Südwesten segelten und der Wind blies, war ihr Boot schneller als jeder Reiter und jedes Ruderschiff, so daß sie ihren Vorsprung halten konnten, auch wenn Galeeren ihre Verfolgung aufgenommen hatten.

Aber es würden auch Boten nach Westen gesandt worden sein. Von Istanbul zum Golf von Korinth waren es kaum mehr als fünfhundert Meilen. Auch wenn ein Reiter nicht mehr als siebzig Meilen am Tag schaffte, würde er Lepanto und die dort untergebrachte Flotte innerhalb einer Woche erreicht haben. Dieser Zeitraum war bereits verstrichen, und sie hatten noch nicht einmal begonnen, die Adria nordwärts hinaufzusegeln.

Er war beinahe versucht, direkten Kurs auf Italien und Messina zu nehmen, wo sich die christliche Flotte den Berichten zufolge versammelte. Aber das Risiko, daß er verhaftet und als Abtrünniger gehängt wurde, war zu groß, da sein Name den Spaniern aufgrund seiner Korsarenvergangenheit als einer von Torguds Kapitänen zu gut bekannt war.

Nur in Venedig, und auch das nur mit Hilfe seiner Frau, hatte er überhaupt eine Chance, als Verbündeter empfangen zu werden. Ob die Venezianer ihn auch dann noch als möglichen Verbündeten betrachten würden, wenn sie von dem Massaker in Famagusta erfuhren, stand auf einem anderen Blatt. Aber er hatte keine andere Wahl.

Sie brauchten zwei Tage von Melea nach Zante. Hawkwood wählte natürlich die Fahrt durch die Ionischen Inseln, die Schutz boten vor den Boras, den heftigen Nordostwinden, die aus den Balkanbergen herab und über die Adria hinwegfegten. Aber zwischen diesen Inseln konnten sie auch leicht auf türkische Schiffe aus Lepanto stoßen.

Ali Pascha hatte außerdem erwähnt, daß auch in der Straße von Otranto, die den Absatz des italienischen Stiefels von Albanien trennte, Schiffe patrouillierten.

Zu diesen Gefahren kam hinzu, daß der Wind abflaute; sofern überhaupt eine Brise wehte, kam sie aus Norden, der Richtung, in die sie wollten, so daß sie lavieren mußten, eine zeitraubende und erschöpfende Angelegenheit.

Glücklicherweise hatte seine ungewöhnliche Besatzung inzwischen einiges gelernt. Die Jungen hatten die Deckarbeiten übernommen, ganz begeistert, ihren Vater auf einer ›Kampagne‹ begleiten zu dürfen. Die Zofen bedienten die Taue, und seine Mutter und Barbara, nur spärlich bekleidet und mit von der Sonne verbrannten Gesichtern, arbeiteten so hart wie alle anderen.

Nur Ayesha, die inzwischen von ihren Fesseln befreit worden war, zeigte keinerlei Freude darüber, daß sie bislang unbehelligt geblieben waren. Anthony konnte nur hoffen, daß sie ihre Melancholie überwinden würde, wenn sie erst einsah, daß sie jedweden türkischen Verfolgern entkommen waren.

Im Morgengrauen des Tages, an dem sie Zante sichteten, als die Berge Cephaloniens noch weit am östlichen Horizont waren, sahen sie eine Galeere aus dem Schutz der Insel über das ruhige Wasser auf sie zukommen. Der Wind war abgeflaut, und die *Hawk* schlingerte leicht, ohne recht von der Stelle zu kommen.

Das Schiff war noch weit entfernt, aber es bestand kein Zweifel daran, daß es sie rasch einholen würde.

Die Flotte von Lepanto mußte inzwischen über die Flucht Hawk Paschas unterrichtet sein und Befehl erhalten haben, ihn zurückzubringen, damit der Sultan über ihn richten konnte. Anthony beschloß, die Ruder einzusetzen. Er selbst bediente das eine mit Barbara und einer ihrer Zofen, Kalil das zweite mit den zwei restlichen Dienstmädchen. Die riesigen Ruder wurden über die Reling gehoben, durch die Riemendollen geschoben und ins Wasser getaucht. Die Ruderer mußten vorwärts gehen, sobald die Ruderblätter flachgedreht waren, und sie mußten ein paar Schritte zurück gehen, sobald die Ruder eingetaucht waren.

Nach und nach pendelte sich ein übereinstimmender Rhythmus ein, und die *Hawk* bewegte sich vorwärts, wenn auch bei weitem nicht so schnell wie die Galeere.

»Wird der Wind wieder auffrischen?« fragte Barbara besorgt. Sie brauchte nicht zu fragen, was aus ihnen werden würde, falls die Galeere sie einholte.

Hawkwood blickte zum Himmel empor. Von der albanischen Küste her wehten kleine braune Wolke herbei.

»Ja«, sagte er. »Das wäre durchaus möglich. Die Frage ist nur, wie bald.«

Die Nacht brach herein, und da sie ihre Laternen nicht anzündeten, hofften sie, sich im Schutz der Dunkelheit davonmachen zu können. Aber als die Abenddämmerung sich herabsenkte, mußten sie feststellen, daß die Galeere ein gutes Stück aufgeholt hatte. Hawkwood schätzte, daß sie nur noch etwa acht Meilen entfernt war. Da die Galeere sechs Knoten schnell war, die *Hawk* aber nur zwei, würden sie bald eingeholt werden.

Und immer noch wehte nicht mehr als eine milde Brise.

»Was sollen wir tun, Anthony?« fragte seine Mutter.

»Kniet nieder und betet zu Allah, daß der Sultan Euch vergibt«, sagte Ayesha, ihre ersten Worte an diesem Tag.

Die anderen beachteten sie nicht.

»Nur Mut kann uns jetzt noch retten«, sagte Anthony. »Im Augenblick können sie uns nicht sehen, und der Mond ist auch noch nicht aufgegangen. Hört auf zu rudern und holt die Ruder ein.«

Die Frauen befolgten seinen Befehl erleichtert Sie waren völlig erschöpft und ließen sich müde auf das Deck sinken.

Anthony setzte sich an die Ruderpinne. »Beidrehen, Kalil.«

Kalil starrte ihn verständnislos an. Felicity hob gleichermaßen verwundert den Kopf

»Das ist das einzige, womit sie nicht rechnen werden«, erklärte Hawkwood.

Kalil schwenkte den langen Lateinbaum herum, und Anthony steuerte luvwärts. Das Schiff wendete fast auf der Stelle, und da der Wind aus Norden kam, wurde es gleich schneller und segelte zurück nach Süden.

Nun da sie die Ruder eingeholt hatten, hatte sich die Stille wie ein Leichentuch auf sie herabgesenkt; das einzige Geräusch war das Rauschen des Wassers.

Plötzlich hörten sie aus der Ferne gedämpfte Paukenschläge und das gewaltige Klatschen von sechzig Rudern, die gleichzeitig ins Wasser eintauchten; wenige Minuten später wehte der Gestank der Sklaven zu ihnen herüber . . .

Anthony hörte, wie Stahl gegen Zunder schrammte und sah einen Funken aufglimmen. Es war zu dunkel, zu erkennen, wer versuchte, die Laterne anzuzünden – aber er wußte es auch so.

Er und Kalil reagierten gleichzeitig. Hawkwood ließ die Ruderpinne los und stürzte auf die Kabinentür zu, in der Ayesha kauerte. Er schlug ihr die Laterne aus der Hand, als sie gerade begann zu glimmen, und Kalil warf sie über Bord. Anthony drückte Ayesha fest an sich, ihr mit einer Hand den Mund zuhaltend.

»Haben sie das Licht gesehen?« fragte Barbara.

Hawkwood lauschte angespannt. Das Dröhnen der Pauke wurde lauter, kam jedoch immer wieder aus einer anderen Richtung; das bedeutete, daß die Galeere hinter ihnen vorbeifuhr und den Kurs nicht geändert hatte.

»Nein«, sagte er schließlich. »Sie halten nach Westen und Norden hin Ausschau, aber nicht nach Süden.«

Seine Mutter kam nach achtern. »Was sollen wir mit ihr machen?«

»Du wirst sie nach unten bringen und wieder fesseln müssen.«

Die venezianischen Hausmädchen stießen Ayesha recht unsanft zurück in die Kabine. Felicity folgte ihnen.

»Sie tut mir beinahe leid«, sagte Anthony.

Barbara entgegnete nichts darauf. Statt dessen sagte sie: »Wenn die Galeere uns nicht einholt, werden sie früher oder später zu dem Schluß kommen, daß wir den Kurs geändert haben. Werden sie dann nicht einfach den Morgen abwarten, wohl wissend, daß wir früher oder später wieder in nördliche Richtung segeln müssen?«

»Das stimmt«, sagte er.

»Was hat uns dieses Manöver dann genutzt?«

»Bete, daß Wind aufkommt«, entgegnete er nur.

Er hielt den Kurs, bis die Paukenschläge nicht mehr zu hören waren, was bedeutete, daß die Galeere sich mehrere Meilen weit nach Nordwesten entfernt hatte. Dann wendete er erneut. Er wußte, daß Barbara recht gehabt hatte und sie verloren waren, wenn man sie bei Tagesanbruch entdeckte und immer noch kein Wind aufgekommen war. Da es an die vierzehn Stunden hell sein würde, mußte die Galeere sie schließlich einholen, egal in welche Richtung sie segelten.

Aber der Wind kam – kurz vor Morgengrauen. Kalil saß am Ruder, während Anthony zu seinen Füßen auf den Decksplanken lag und schlief. Aber er war sofort hellwach, als das Boot erzitterte und schneller wurde. Der Wind kam aus nördlicher Richtung, so daß sie lavieren mußten, aber solange der Wind sie schneller voranschob, als die Galeere rudern konnte, war er zufrieden – die Geschwindigkeit der Galeere würde bei rauherem Wetter nachlassen, und ihr einzelnes rechteckiges Segel war nicht dazu geeignet, luvwärts zu segeln.

Als es hell wurde, war das Meer aufgewühlt, und der Wind blies kräftig. Nach Backbord lavierend, jagte die *Hawk* auf die Inseln zu, gegen die Wellen krachend, daß die Gischt über ihre gesamte Länge herabregnete. Aus der Kabine ertönten die unvermeidlichen Angstschreie. Aber Barbara und seine

Söhne kamen an Deck, um sich das Abenteuer nicht entgehen zu lassen.

»Da!«

Anthony zeigte in eine Richtung, und sie sahen die Galeere, deren Konturen sich scharf vom westlichen Horizont abhoben. Sie war wieder etwa zwanzig Meilen von ihnen entfernt, aber zweifellos hatten auch die Türken die *Hawk* entdeckt.

»Kann sie uns einholen?« fragte Barbara.

»Nicht auf gerader Strecke, aber wir müssen noch einige Meilen weit lavieren, und das ist ihre Chance.« Er blickte von einem zum anderen. »Aber wir haben keine andere Wahl.«

Er segelte so nah an die Küste heran, wie er es wagte, bis schließlich die Ostspitze der Landzunge Kefalonia förmlich über ihren Köpfen zu hängen schien; das Risiko bestand darin, daß eine zweite Galeere auftauchte und sie zwischen die Fronten gerieten. Aber angesichts des heulenden Windes und der immer gewaltigeren Wogen war er ziemlich sicher, daß jeder Kapitän es sich zweimal überlegen würde, ehe er sich in das Unwetter hinauswagte.

Als er auf ihren Verfolger zurückblickte, konnte er sehen, daß die Galeere tatsächlich in Schwierigkeiten war. Vermutlich würde Wasser durch die unteren Ruderluken des Kriegsschiffes eindringen. Bald würde die Besatzung ganz andere Sorgen haben, als ihre Beute zu verfolgen, und statt dessen alles daran setzen müssen, das Schiff leerzupumpen.

Er brachte das Ruder nach Luv, und die *Hawk* wendete sauber, während Kalil den Baum nach Backbord zog. Jetzt war das kleine Boot schneller denn je und jagte in steiler Schräglage nach Nordwesten.

Der neue Kurs würde sie am Bug der Galeere vorbeiführen, in welchem Abstand, hing davon ab, wie schnell das schwere Kriegsschiff sich fortbewegte. Daß den Türken bewußt war, daß dies ihre beste – und letzte – Gelegenheit war, wurde anhand des hektischen Treibens auf den Decks ersichtlich, als die beiden Schiffe sich einander näherten. Hawkwood konnte einzelne Männer auf dem Vorderdeck ausmachen, die – immer wieder von aufspritzenden Gischtfontänen durchnäßt – damit beschäftigt waren, das dort angebrachte Geschütz zu laden. Bald würden sie in Reichweite der Kanone sein. Aber die Galeere hob und senkte sich auf den Wellen, und aufgrund des riesigen vergoldeten Schiffsschnabels, der nun in der Morgensonne glitzerte, konnte das Geschütz nicht geradeaus feuern, was ihnen das Zielen auf das kleine, bewegliche Ziel noch erschwerte – sofern es ihnen überhaupt gelang, die Lunten trocken und am Glühen zu halten.

Außerdem würde es eine halbe Stunde dauern, nachzuladen. Es war alles eine Frage des richtigen Augenblicks.

Die *Hawk* tanzte vorwärts, und der Abstand zwischen den beiden Schiffen verringerte sich weiter. Die Galeere setzte die Ruder ein, denn das Segel war bei diesem Wetter nutzlos, aber die Ruderer hatten es schwer, da das Schiff immer wieder von Wogen emporgehoben wurde, um gleich darauf in ein Wellental hinabzustürzen. Anthony konnte sich vorstellen, wie die Sklaven durcheinanderfielen, wenn ihre Ruderblätter durch die Luft sausten, ohne auf Widerstand zu stoßen, wie die Bootsmänner peitscheschwingend auf und ab liefen und die Offiziere achtern Befehle brüllten, die nicht befolgt werden konnten.

Und doch würde es eng werden. Die Schiffe waren nun weniger als eine Meile voneinander entfernt, und das Boot mußte noch den Bug der Galeere kreuzen.

Die erste Kanone spuckte Rauch, dann die zweite. Hawkwood konnte nicht sehen, wo die Kugeln aufschlugen, aber sicherlich weitab des Ziels. Auch befand sich die *Hawk* jetzt unmittelbar vor der Galeere, in einer Entfernung von weniger als einer halben Meile; Anthony konnte deutlich die Soldaten sehen, die sich bereithielten, sie zu entern, wenn sie nur nahe genug herankamen.

Barbara hielt die Luft an und umklammerte seinen Arm.

Das Geschütz an Backbord feuerte. Auf diese geringe Entfernung fiel der Schuß um einiges genauer aus, und die Kugel klatschte nur fünfzig Schritt vom Bug der Jacht entfernt ins Wasser. Die Venezianerinnen kreischten. Wenn die *Hawk* auch nur von einer einzigen Kugel getroffen wurde, würde sie sinken.

Aber das letzte Geschütz war abgefeuert worden, und wenngleich er sehen konnte, daß die Männer die Kanonen in größter Hast anschlugen, wußte Anthony: Die Galeere hatte ihre Chance vertan. Die *Hawk* hatte ihren Bug gekreuzt und jagte nach Nordwesten, während das Kriegsschiff auf der aufgewühlten See schlingerte.

»Gerettet!« rief Barbara und umarmte ihn.

Er küßte sie. »Sag deinen Dienerinnen, daß sie aufhören sollen zu schreien. Dann befrei Ayesha von ihren Fesseln und laß sie an Deck kommen. Sicher wird sie jetzt erkennen, daß uns die Flucht gelingen wird.«

Noch waren sie nicht in Sicherheit, da sie die Straße von Otranto noch nicht erreicht hatten, aber seine Zuversicht wuchs mit jeder Minute.

Ayesha kehrte still zurück an Deck, in ihren Haik gehüllt, den sie im kalten Wind fest über der Brust zusammenzog. Sie starrte auf die Galeere, die inzwischen bereits eine Meile entfernt war und mit jeder Sekunde weiter zurückfiel.

»Da ist unser Feind, Ayesha«, sagte Anthony. »Wir sind ihm entkommen.«

Ayesha schwieg und blickte zur Galeere hinüber. Er konnte sehen, daß ihr Verstand Schwerstarbeit leistete. Plötzlich raffte sie den Saum ihres Haiks und sprang über Bord.

Hawkwood war im ersten Augenblick so überrascht, daß er reglos dastand, den Mund weit offen. Dann brachte er das Ruder nach Lee, und die *Hawk* wendete geschmeidig.

Er blickte zurück zu der Stelle, an der die Araberin ins Wasser gesprungen war, aber sie war in der brodelnden See nicht mehr zu sehen. Er wußte, daß sie nie Schwimmen gelernt hatte.

»Das Segel!« rief er Kalil zu, der blitzschnell reagierte. Die *Hawk* segelte nun wieder nach Süden, auf der Suche nach der Ertrinkenden.

»Anthony!« rief Barbara erschrocken.

Die Galeere war wieder näher gekommen.

Hawkwood starrte auf die dunklen Wasser, während die Jacht zurücksegelte.

Eine der Kanonen der Galeere dröhnte. Der Schuß war viel zu kurz, aber die Distanz verringerte sich zunehmend.

»Anthony«, flehte Felicity. »Ayesha ist tot. Sie hat es so gewollt. Denk um Himmels willen an die Lebenden.«

Anthony blickte ins Wasser hinab und entdeckte den Haik dicht unter der Oberfläche. Von Ayesha war weit und breit nichts zu sehen.

Er seufzte und brachte das Ruder wieder nach Luv. Kalil paßte das Segel an, und die Galeere fiel achtern hinter ihnen zurück.

»Für sie habe ich einen heiligen Schwur gebrochen«, sagte Anthony.

»Ihr habt Euch nichts vorzuwerfen, Herr.«

»Nein«, stimmte er Barbara zu. »Ich habe nur einen weiteren Tod zu rächen.«

Die Besatzung der *Hawk* war geschockt von dieser unerwarteten Tragödie. Die Jungen hatten viel von ihrem Überschwang verloren, da Ayesha ihre Spielgefährtin gewesen war. Aber auch Anthony war zutiefst bedrückt; Ayesha war ihm sein ganzes Leben so etwas wie eine zweite Mutter gewesen.

Aber sie hatten wenig Zeit zu trauern. Das Wetter würde die ganze kommende Woche stürmisch bleiben, was den Flüchtlingen jedoch zum Vorteil gereichte. Am Tag darauf passierten sie die Meerenge und lavierten die Adria hinauf. Die See war aufgewühlt und manchmal gefährlich; mehr als einmal wurde die Kabine überflutet, und die Frauen und Kinder mußten Wasser schöpfen. Ihre Lebensmittel- und Wasservorräte schwanden, und sie mußten sich bald mit halben Rationen und sehr wenig Wasser begnügen. Aber ihre Erleichterung, dem Zorn Selims entkommen zu sein, überwog alle Härten. Und endlich, am siebten Tag nach Ayeshas Selbstmord, kam die Kuppel von Sankt Markus in Sicht.

Die Flaggen und Wimpel waren längst davongeweht, und es gab nichts, was dieses Boot auswies, als es sich den Inseln vor der Lagune näherte – abgesehen von seiner leichten Bauart, die darauf hindeutete, daß es kein Schiff venezianischer Herkunft war.

Als sie die vordersten Beobachtungstürme passierten, wurden Signalflaggen gehißt, und an der Laguneneinfahrt erwartete sie eine kleine Patrouillengaleere. Die Venezianer waren immer noch sichtlich erschüttert von Ali Paschas Überfall vor einem Monat.

»Woher kommt Ihr«, rief jemand von der Galeere zu ihnen herab. »Und wie ist der Name Eures Kapitäns?«

Sicher hatten sie bereits den Namen am Bug gelesen. Anthony ging nach vorn, den Kopf entblößt, so daß sein rotes Haar besser zu sehen war.

»Ich bin Anthony Hawkwood«, rief er. »Auch Hawk Pascha genannt. Ich komme aus Istanbul.«

Die Besatzung der Galeere war fassungslos, und die Offiziere berieten sich aufgeregt. Sicher hegten sie den Verdacht, daß ihr alter Feind nur die Vorhut einer weiteren türkischen Flotte war.

Signalflaggen wurden am Mast der Galeere gesetzt.

»Was wollt Ihr hier?« rief der Kapitän schließlich.

»Ich bin gekommen, mit dem Dogen zu sprechen«, entgegnete Hawkwood.

Hierauf wurde erneut Stimmengewirr laut. Im Hafen reagierte man auf die Signalflaggen, und eine zweite Galeere näherte sich.

»Dann fahrt an den Hauptkai und legt längsseits an«, befahl der venezianische Kapitän.

Anthony hob die Hand als Zeichen, daß er verstanden hatte, und ging wieder nach achtern, um das Ruder von Kalil zu übernehmen.

»Vielleicht solltens die Damen sich bereit machen, an Land zu gehen«, meinte er.

Die Frauen hatten das Geschehen wie gebannt verfolgt. Nun stürzten sie unter Deck, um sich in ihre Haiks zu hüllen; Barbara hatte ihre westlichen Kleider schon bald gegen Haremshosen und Bolerojäckchen eingetauscht.

Hawkwood, der noch nie zuvor in Venedig gewesen war, blickte sich staunend um. Die Inseln, zwischen denen er in der leichten Ostbrise hindurchfuhr, lagen tief im Wasser und waren nur mit mehreren Festungen bebaut. Die Stadt direkt vor ihm schien unmittelbar aus dem Meer aufzuragen, und als er näher kam, erkannte er, daß die Fundamente der Gebäude tatsächlich in die Wasser des Canale Grande reichten. Sogar der Sankt-Markus-Platz lag nur wenige Fuß über dem Meeresspiegel und mußte bei jedem Sturm, der von Osten über die Stadt fegte, überflutet werden.

Ein leichter Schauder jagte ihm den Rücken hinunter. Aber er hatte doch sicher nicht soviel riskiert, damit ihm in dieser prächtigen Stadt der Kopf abgeschlagen wurde?

Die Herkunft der Neuankömmlinge hatte sich in der Stadt offenbar in Windeseile herumgesprochen. Schmale Boote – seltsam geformt, mit erhobenem Bug und Heck, ganz ohne Deck und mit nur einem einzigen Ruder fortbewegt – tauchten überall in den kleineren Kanälen und sogar im Hafen auf. Bald drängten sich auf dem Platz Menschenmassen, so daß die Tauben aufgeschreckt davonflatterten.

Dann tauchte unter den Schaulustigen eine Kompanie Soldaten in blau-schwarzen Uniformen auf, mit Piken und Schwertern bewaffnet und mit geriffelten Pickelhauben.

Auf Hawkwoods Befehl schwang Kalil den Mastbaum herum, so daß der Wind das Segel nicht mehr blähte. Fast im selben Augenblick ließ er die Falleine los und holte das Segel ein.

Die *Hawk* glitt sacht an das steinerne Dock, und die Jungen kletterten an Land, um das Schiff zu vertäuen.

Die Soldaten traten bis an den Rand des Docks vor, und ihr Hauptmann richtete das Wort an Anthony.

»Seid Ihr der, den man Hawk Pascha nennt?« fragte er.

»Der bin ich«, entgegnete Anthony.

»Dann habt die Güte, uns zu begleiten. Ich habe Befehl, Euch zum Dogen zu bringen.«

Hawkwood nickte und ging von Bord.

»Wartet!« Barbara folgte ihm. »Ich komme mit. Der Doge ist mein Onkel.«

»Meine Anweisungen beziehen sich nur auf Hawk Pascha, Signora«, widersprach der Hauptmann.

»Du solltest besser deine Familie aufsuchen«, sagte Anthony sanft.

»Sofern ich überhaupt bis dorthin komme«, murmelte Barbara mit Blick auf die Menschenmassen auf dem Platz, die bis ans Wasser drängten. Niemand konnte daran zweifeln, wie die Stimmung sein würde, wenn sie erfuhren, was sich in Famagusta zugetragen hatte.

Hawkwood war sich der Gefahr, in der sie sich jetzt befanden, sehr wohl bewußt – und er war der Überbringer eben jener Neuigkeiten, die den Pöbel in Aufruhr versetzen würden.

Er wurde hastig durch die grummelnde Menge geführt und die breite Treppe hinauf zum Portikus des Dogenpalastes. Dort hatte sich eine beträchtliche Anzahl Honoratioren versammelt, darunter auch einige bekannte Gesichter – Händler, die in Istanbul Geschäfte getätigt hatten, oder ehemalige Gesandte des Dogen, die die Pforte aufgesucht hatten.

»Es ist Hawk Pascha«, flüsterten sie ungläubig, als sie sein rotes Haar und den ebensolchen Bart sahen.

Auf dem oberen Treppenabsatz waren mehrere ältere Männer versammelt, wobei alle einen gewissen Abstand von dem Mann in ihrer Mitte wahrten. Dieser hatte einen langen weißen Bart und trug eine merkwürdige enganliegende Kappe, die an jüdische Kopfbedeckungen erinnerte, nur um einiges kunstvoller gearbeitet. Seine Kleidung zeugte von Reichtum und Eleganz, und seine Haltung von Allmacht.

Hawkwood kam seiner Eskorte zuvor und verneigte sich. »Eure Exzellenz«, sagte er.

Alvise Mocenigo musterte ihn eindringlich. »Hawk Pascha. Ihr wagt es herzukommen, während Krieg herrscht zwischen unseren Völkern? Sollte ich Euch nicht höher hängen lassen als Hamann?«

»Ich kann Euch mit wichtigen Neuigkeiten dienen, Exzellenz«, entgegnete Anthony.

Der Doge musterte den Fremden mit großer Ausdauer.

»Dann sprecht«, sagte er schließlich.

»Was ich zu sagen habe, ist nur für Eure Ohren bestimmt.«

Mocenigo überlegte einen Augenblick. »Meine Ohren sind die des Zehnerrates. Sprecht zum Rat oder gar nicht.«

Hawkwood verneigte sich erneut. Er hatte nichts anderes erwartet.

Zwei Soldaten packten seine Arme und führten ihn in einen mit prächtigen Wandmalereien geschmückten Sitzungssaal. Die Ratsmitglieder folgten und nahmen auf hochlehnigen Stühlen Platz. Der Doge setzte sich ans Kopfende des Tisches, während Hawkwood am anderen Ende stehenblieb.

»Sprecht«, befahl der Doge.

»Zuerst möchte ich, daß Ihr mir zusichert, daß meiner Familie kein Leid zugefügt wird«, sagte Anthony.

»Ihr habt hier keinerlei Rechte, Türke«, knurrte eins der Ratsmitglieder.

»Solange Ihr mir nicht für ihre Sicherheit garantiert habt, werde ich schweigen«, erwiderte Hawkwood scharf.

»Ha! Wir werden sehen, wie lange Ihr auf der Folterbank schweigt.«

Anthony richtete den Blick wieder auf den Dogen. »Eure Exzellenz, welche Verbrechen ich auch immer begangen habe, mein Familie ist unschuldig. Meine Gattin ist selbst Venezianerin und Eure eigene Nichte . . .«

»Die Ihr zweifellos gegen ihren Willen genommen habt«, zischte ein anderes Ratsmitglied.

Hawkwood ließ sich nicht herausfordern. »Das werdet Ihr die Dame selbst fragen müssen. Aber Ihr habt selbst gerade bestätigt, daß sie unschuldig sein muß. Ebenso wie ihre drei Söhne.«

»Genug«, sagte Mocenigo. »Es wird ihnen kein Leid geschehen. Ich gebe Euch mein Wort darauf. Sie werden zum Palast der Cornaro gebracht werden.«

»Dieser Kerl nimmt sich zuviel heraus«, widersprach ein Mann.

»Es ist nur verständlich, daß er sich um seine Familie sorgt«, sagte Mocenigo, der zweifellos berücksichtigte, daß Anthonys Frau und Kinder Verwandte von ihm waren. Er klingelte mit einem goldenen Glöckchen, und ein Sekretär erschien in der Tür; Mocenigo gab ihm entsprechende Anweisungen.

»Euer Wunsch wurde erfüllt, Hawk Pascha«, sagte der Doge. »Jetzt ist es an Euch, eine Gegenleistung zu erbringen.«

Anthony holte tief Luft und ließ den Blick über die feindseligen Gesichter schweifen. »Ich bringe schlechte Neuigkeiten. Famagusta ist gefallen. Zypern gehört Selim.«

Im Saal erhob sich zorniges Stimmengemurmel.

»Wann ist das geschehen?« fragte Mocenigo.

»Vor weniger als zwei Wochen, Eure Exzellenz.«

»Wir haben bislang keine Nachricht erhalten.«

»Der Sultan wollte, daß Ihr erst von der Niederlage erfahrt, wenn es ihm beliebt.«

Sie starrten ihn an, und einige tuschelten untereinander.

»Und Ihr seid als sein Gesandter gekommen«, sagte Mocenigo. »Und Ihr wollt uns zur Kapitulation bewegen.«

»Ganz im Gegenteil, Eure Exzellenz. Ich bin geflohen. Der Haß des Sultans auf mich ist sogar noch größer als sein Haß auf Venedig.«

»Das riecht nach einer Falle«, sagte jemand. »Sprecht ohne Umschweife, Mann. Was ist in Famagusta geschehen? Die Zitadelle war uneinnehmbar.«

»Keine Zitadelle ist uneinnehmbar, Euer Gnaden. Die Garnison hielt stand, bis ihre Vorräte und Munition ausgingen. Dann erst kapitulierten die Belagerten zu bestimmten Bedingungen.« Er holte wieder tief Luft. »Ich muß Euch mitteilen, daß die vereinbarten Bedingungen von den türkischen Befehlshabern nicht eingehalten wurden und sie Eure Garnison bis auf das letzte Kind massakriert haben.«

Ein Zischen erfüllte den Raum, als die Ratsmitglieder scharf Luft holten.

»Die Kapitulationsbedingungen wurden ausgehandelt von ... mir persönlich«, fuhr Hawkwood fort.

Ein Rascheln erhob sich aus der Runde, als die Männer sich abrupt kerzengerade aufsetzten.

»Und Ihr besitzt die Dreistigkeit, vor uns zu treten und dies zuzugeben?« fragte Mocenigo.

»Ja. Weil ich persönlich mein Wort nicht gebrochen habe. In dem Augenblick, da die Garnison die Waffen gestreckt hatte, wurde ich meiner Befugnisse als Generalbevollmächtigter des Sultans enthoben. Das ist auch der Grund für meine Abkehr vom Sultan. Meine Ehre wurde in den Schmutz gezogen.«

»Und doch seid Ihr zu uns gekommen«, sagte Mocenigo nachdenklich. »Ihr müßt einen guten Grund gehabt haben, da Ihr wißt, daß wir diese Perfidie nicht verzeihen werden.«

Anthony blickte starr geradeaus. »Ich bin zu Euch gekommen, weil mein Herz nicht minder nach Rache schreit als die Euren. Ich bin gekommen, Euch zu warnen, daß, wenn die Flotte, die sich in Messina versammelt, sich wieder auflöst, ohne einen Schuß abgefeuert zu haben, dies eine Katastrophe für die gesamte Christenheit wäre. Nächstes Jahr um diese Zeit würden die Türken wieder die Stadt Wien belagern, und Ali Paschas Galeeren würden ganz sicher wieder in Eure Lagune einfahren. Die Osmanen müssen *jetzt* aufgehalten werden – und eine bessere Gelegenheit wird sich Euch niemals bieten. Gebt mir eine Flotte, und ich selbst werde mich Ali Paschas annehmen. Ich kenne ihn gut.«

Wieder erhob sich um den Tisch erregtes Stimmengemurmel.

»Ich bin dazu in der Lage«, beharrte Hawkwood. »Ich bin mit den Türken gesegelt, ich habe ihre Flotten befehligt, ich weiß, wie sie bezwungen werden können.«

»Ihr erwartet von uns, daß wir Euch das Kommando über unsere Flotte überlassen, Hawk Pascha?« fragte jemand ungläubig.

»Ich erbitte das Kommando nicht für Hawk Pascha, sondern für Anthony Hawkwood«, entgegnete Anthony verzweifelt.

Mocenigo starrte ihn mehrere Augenblicke lang wortlos an und sagte schließlich: »Zieht Euch zurück, *Monsignore*, damit die Mitglieder des Zehnerrates sich besprechen können.«

Der Feldwebel der Garde berührte Anthony an der Schulter und führte ihn vom Sitzungssaal in ein kleines Vorzimmer, in dem die Farben der Fresken weich schimmerten. Anthony trat ans Fenster, aber es ging nicht auf den Markusplatz hinaus, sondern nur auf einen kleinen Kanal. Zu seiner Rechten sah er die berüchtigte Seufzerbrücke, über die die Gefangenen aus den Verliesen des Dogenpalastes ihren letzten Gang machten, wie er aus Barbaras Erzählungen wußte.

Er wartete mindestens eine halbe Stunde, von den gleichmütigen Gardisten bewacht. Dann endlich wurde die Tür geöffnet, und ein Sekretär kam herein.

»Kommt mit mir, *Signore*«, sagte er.

Anthony folgte dem Mann zurück in den Sitzungssaal. Er empfand keine Furcht, war nicht einmal beunruhigt. Viel mehr kam es ihm vor, als hinge er bis zur Urteilsverkündung in der Luft.

Er studierte die Gesichter der Männer am Tisch, aber sie alle waren ausdruckslos und verrieten ihm nicht, wie sie sich entschieden hatten.

»Anthony Hawkwood, auch Hawk Pascha genannt«, begann der Doge, »Ihr seid als lebenslanger Feind des Christentums bekannt. Aber es gibt in den Annalen dieser Stadt auch Einträge zu dem Besuch Eures Vorfahren William Hawkwood, der unsere Republik als Gesandter der Pforte besuchte. Er wurde vom Dogen willkommen geheißen und in jeder Hinsicht unterstützt. In jenen Tagen gab es eine Übereinkunft zwischen Venedig und der Pforte, ein Bündnis. Nun ist dieses Bündnis hinfällig geworden, und Ihr seid als Feind zu uns gekommen, schlimmer noch, als Verantwortlicher eines greulichen Verbrechens. Wir sehen uns außerstande, Euch von der Last der Schuld freizusprechen, die Ihr wie alle Türken auf Euch geladen habt.

Daß Ihr um das Kommando unserer Flotte ersucht habt, war schlichtweg unverschämt. Darum hat der Rat beschlossen, daß Ihr über die Brücke zum Gefängnis gebracht und dort hingerichtet werdet. Dies wird unsere erste Vergeltungsmaßnahme gegen die Osmanen sein, für ihre Grausamkeit in Famagusta.«

21
Don Juan d'Austria

DAS URTEIL«, FUHR der Doge fort, »wird übermorgen bei Tagesanbruch vollstreckt.«

Die anderen Ratsmitglieder wandten überrascht den Kopf, woraus Anthony schloß, daß es üblich war, Todesurteile sofort zu vollstrecken.

Aber im Augenblick war er zu geschockt, sich Gedanken

darüber zu machen, was das bedeuten könnte. Er fürchtete sich nicht vor dem Tod: Sein ganzes Leben war zu eng mit dem Tod verknüpft gewesen. Aber daß er sterben sollte, ohne Gelegenheit zu haben, die Entehrung zu rächen, die Selim und seine Befehlshaber ihm zugefügt hatten, ohne Gelegenheit gehabt zu haben, den Makel fortzuwaschen, der nun über Generationen seiner Familie anhaften würde, diese Vorstellung war ihm unerträglich. Und das in einer Zeit, da der Westen ihn so sehr brauchen konnte.

»Bringt den Gefangenen fort«, befahl Mocenigo schroff.

Der Feldwebel der Garde berührte Hawkwood wie schon vorhin an der Schulter. Er öffnete den Mund, um etwas zu sagen, überlegte es sich dann jedoch anders. Es würde doch nichts bringen, diese überheblichen, mit Dummheit geschlagenen Oligarchen anzubetteln.

Wenigstens wurde er nicht dem Hohn und Spott des Pöbels ausgesetzt, sondern statt dessen über einen Seitenflur zu eben jener Brücke geführt, die er zuvor betrachtet hatte und die den Kanal bogenförmig überspannte. Das seitliche Gitterwerk der Brücke verhinderte, daß er von einem Beobachter gesehen oder erkannt wurde.

Ihm war klar, daß dies weniger aus Rücksicht auf die Gefühle des Gefangenen geschah, sondern darauf gründete, daß die Verurteilungen des Zehnerrates willkürlich erfolgten und oft weniger dazu dienten, der Gerechtigkeit Genüge zu tun, als sich Unruhestifter und möglicher Rivalen zu entledigen. Und so war es häufig erforderlich, einen Verurteilten unbemerkt fortzuschaffen und hinzurichten, bevor seine Freunde hiervon erfuhren und Gelegenheit hatten, Menschen zugunsten des Unglücklichen aufzuwiegeln.

Aber Hawkwood wußte, daß ihm in Venedig ohnehin niemand zu Hilfe gekommen wäre; die Venezianer hätten seine Hinrichtung höchstens bejubelt.

Nachdem sie die Brücke überquert hatten, betraten sie ein anderes Gebäude, und er wurde über mehrere Treppen in jene Zelle gebracht, die sein letztes Zuhause auf dieser Welt sein sollte. Er war erleichtert, daß er nur vierundzwanzig Stunden dort verbringen sollte. Das Verlies befand sich unter dem

Kanalspiegel. Es stank wie in einem Abwasserkanal und war klamm und feucht. Die einzigen Geräusche waren das stete Plätschern tropfenden Wassers – der Fußboden war zwei Inches tief mit Wasser bedeckt – und das Fiepen vorbeihuschender Ratten.

Wenigstens war Mitte August, so daß er nicht auch noch zu frieren brauchte.

In der Zelle wurden ihm die Fesseln abgenommen, aber statt dessen wurde eine Eisenkugel an seine Knöchel gekettet. So hatte er die Arme frei, um die Ratten zu verscheuchen, konnte sich aber nur langsam und unter Schmerzen fortbewegen.

Er war in keiner Weise mißhandelt worden, und sobald er an die Kugel gekettet war, brachten die Gefängniswärter ihm eine köstliche Mahlzeit, die hauptsächlich aus Pasta bestand, sowie Wein und Wasser. Auch deutete nichts darauf hin, daß er gefoltert werden sollte, wenn es ihm auch schwerfiel, sich einen anderen Grund dafür zu denken, daß Mocenigo seine Hinrichtung erst für den kommenden Tag angesetzt hatte. Hawkwood fragte sich, wie er wohl reagieren würde, wenn er sich der Folterbank oder dem Beil des Henkers gegenübersah. Er dachte an Prinz Bajasid: Noch ein Verbrechen, dessen er sich im Namen des Sultans schuldig gemacht hatte.

Es gab kein Fenster in der Zelle, und er ging davon aus, daß die Kerze nicht mehr lange brennen würde. Er kam zu dem Schluß, daß es wohl das beste war, wenn er sich auf die Eisenkugel setzte, an die er gekettet war, nachdem er sie in die trockenste Ecke der Zelle befördert hatte. Die Ratten würden warten, bis er einschlief, ehe sie angriffen.

Anthony lehnte sich gegen die Mauer und dachte an Barbara und seine Söhne. Er mußte einfach glauben, daß Mocenigo Wort halten und sie alle in die Obhut der Cornaros geben würde ... und daß die Familie Barbara willkommen heißen würde. Wenn dem so war, konnten die Jungen eines Tages Venedig und dem Christentum doch noch von Nutzen sein.

Er war nach der anstrengenden Seereise von Istanbul erschöpft und döste im Laufe des Nachmittags ein. Er fiel von der Eisenkugel und landete klatschend im Wasser, was ihn weckte und die Ratten in die Flucht schlug.

Die Kerze war inzwischen verloschen. Anthony stellte sich eine Weile hin und hoffte, daß seine Kleider, die unangenehm an seiner Haut klebten, bald trocknen würden. Dann hörte er, wie der Riegel der Zellentür zurückgeschoben wurde.

Er befand sich ganz sicher noch nicht vierundzwanzig Stunden in seinem Verlies, also sollte er offenbar doch gefoltert werden.

Mit klopfendem Herzen wandte er sich der Tür zu, die nach innen aufschwang.

Derselbe Wärter wie vorhin trat ein, eine Fackel in der Hand. Er befand sich in Begleitung eines zweiten, elegant gekleideten sehr alten Mannes. Sein Gesicht war tief zerfurcht, und die Haut schlaff, aber von Wind und Sonne gegerbt.

Hawkwood erkannte, daß er es mit einem Seemann zu tun hatte, wie er selbst einer war. Und er ahnte, wer dieser Mann sein mußte.

»Hawk Pascha«, sagte der alte Mann, »es ist mir eine Ehre, Euch von Angesicht zu Angesicht gegenüberzustehen. Ich bin Sebastian Viniero.«

»Dann ist es mir ebenfalls eine Ehre, *Monsignore*«, entgegnete Anthony. Er wußte, daß Viniero Admiral und Oberbefehlshaber der gesamten venezianischen Flotte war. Und wenngleich er bereits siebzig war, war er immer noch ein gefürchteter Gegner.

»Ihr habt Euch vom Sultan abgewandt und wollt gegen ihn kämpfen?« fragte Viniero.

»Das hatte ich zumindest gehofft.« Hawkwood blickte auf die schwere Kette an seinem Knöchel. »Aber es scheint, als sollte mir dies verwehrt bleiben.«

»Entfernt diese Kette«, befahl Viniero dem Gefängniswärter. »Hier ist die entsprechende Weisung.« Er rollte das Pergament aus, das er in der Hand hielt.

Der Wärter warf einen Blick auf das Siegel, nahm dann den Schlüsselbund von seinem Gürtel und kniete sich hin, um die Fußfessel aufzuschließen.

»Ihr seid nicht mißhandelt worden?« fragte Viniero.

»Nein, *Monsignore*.«

»Gut. Kommt mit mir.«

Anthony wurde durch eine Reihe von Korridoren geführt, bis sie schließlich auf einen Hof gelangten. Dort erwarteten sie weitere Männer, die ihm einen breitkrempigen Hut und ein weites Cape reichten, das seine Kleider verbergen sollte.

»Zieht das Cape vorn zusammen«, riet ihm Viniero. »Ihr müßt Euren Bart verbergen.«

Dieser Art verhüllt, wurde Hawkwood eine Treppe hinunter zum Kanal gebracht, wo bereits eine Gondel auf sie wartete. Er und Viniero stiegen ein, und das Boot wurde auf den Kanal hinausgeschoben. Anthony genoß die wärmenden Sonnenstrahlen, die trotz der hohen Paläste und Häuser auf beiden Seiten bis zu ihnen herabreichten.

»Euch ist sicher klar, daß es hier in Venedig Euren sofortigen Tod zur Folge hätte, wenn Ihr versuchen würdet zu fliehen«, warnte Viniero.

Hawkwood nickte. Er war ohnehin viel zu neugierig darauf, was noch geschehen würde.

Die Gondel legte nur eine sehr kurze Strecke zurück – tatsächlich setzte sie nur schräg über den Kanal und hielt auf der gegenüberliegenden Seite an einer weiteren Treppe, die sich aus dem Wasser erhob. Am oberen Treppenabsatz befand sich eine Tür, die nun aufschwang. Hawkwood fand sich in einem weiteren von diesen scheinbar endlosen dunklen Fluren wieder, aus denen sich dieser Palazzo zusammensetzte.

Er wurde erneut eine Treppe hinaufgeführt und durch eine Halle, durch deren Fenster schwaches Sonnenlicht fiel, in ein kleines Zimmer, dessen Wände vollständig mit Bücherregalen bedeckt waren. Fast der gesamte Raum wurde von einem riesigen Schreibtisch eingenommen, der unter einem Wust von Papieren verschwand.

An diesem Schreibtisch saß Alvise Mocenigo.

»Ihr müßt dieses Theater entschuldigen, *Signore*«, sagte der Doge. »Aber es ist notwendig. Setzt Euch.«

Es waren noch zwei freie Stühle im Zimmer. Hawks Kleider waren immer noch feucht und klamm. Vorsichtig ließ er sich auf einen der Stühle sinken, während Viniero auf dem anderen Platz nahm.

»Ihr wurdet mit einer Mehrheit von nur zwei Stimmen zum

Tode verurteilt«, erklärte Mocenigo. »Das ist ein knappes, aber doch klares Ergebnis. Wenn ich eine Mehrheitsentscheidung des Zehnerrates rückgängig machen will, brauche ich dafür triftige Gründe. Jedoch weiß ich, daß die Entscheidung nicht so sehr gegen Euch persönlich gerichtet war. Tatsächlich ging es darum, das Bündnis mit dem Papst und Spanien zu lösen, um den Schaden so gering wie möglich zu halten und wieder Frieden mit der Pforte zu schließen.

Das ist nicht nur Kleinmut. Es ist schwer, eine Haltung zu ändern, die über Generationen Gültigkeit hatte. Wir sind viele Jahre lang Verbündete der Osmanen gewesen, und es gibt einige unter uns, die glauben, daß es unser Schicksal ist, dieses Bündnis aufrechtzuerhalten, daß wir Selim Zypern kampflos hätten überlassen müssen und wir nun so bald wie irgend möglich wieder Frieden mit ihm schließen sollten.

Ich persönlich bin nicht dieser Ansicht, Hawk Pascha. Diese Konziliatoren hassen und fürchten den Papst. Diese Einstellung ist den meisten Venezianern eigen, fürchte ich, und wird vom durchschnittlichen Römer erwidert. Die christlichen Königreiche des Westens mißtrauen uns, weil wir eine Republik sind und sie unsere Regierungsform strikt ablehnen. Daß unsere Republik blüht und gedeiht, macht uns nur noch verabscheuungswürdiger.

Jetzt aber geht es darum zu bestimmen, welche dieser Weltmächte heute die größte Bedrohung für Venedig darstellt: Der Papst oder die Pforte. In meinen Augen ist es die Pforte, und in Pius V. habe ich einen Papst entdeckt, der diese Ansicht teilt.«

Er legte eine Pause ein und nippte an dem Wein in dem Becher auf seinem Schreibtisch. Viniero griff nach der Karaffe, schenkte ein Glas ein und reichte es Hawkwood. Anthony nahm das Glas entgegen, befeuchtete sich jedoch kaum die Lippen.

»Jetzt bin ich, so wie auch andere, darunter Admiral Viniero, der Ansicht, daß unsere einzige Möglichkeit, einen entscheidenden Schlag gegen die Osmanen durchzuführen, darin besteht, sie auf See zu besiegen. Ich denke, daß auch Ihr dieser Ansicht seid.«

Hawkwood nickte lebhaft.

»Der Westen hat unzählige Armeen gegen die Pforte in den Krieg geschickt«, fuhr der Doge fort, »und jede einzelne wurde vernichtend geschlagen. In den vergangenen dreißig Jahren hatten die Osmanen beinahe unangefochten die Herrschaft über das Meer, was jedoch nur auf unsere eigene Unfähigkeit zurückzuführen ist. Und in dieser Zeit haben sie – mit Eurer Hilfe – die mächtigste Flotte in der Geschichte unserer Welt aufgebaut, der jedes einzelnen westlichen Staates weit überlegen. Und doch ist das Ungeheuer in der Vergangenheit auf See besiegt worden, richtig?«

»Ja«, gab Anthony zu.

»Und es kann zweifellos wieder besiegt werden, wenn wir ihm nur genügend Schiffe und Männer unter fähigen Befehlshabern entgegensetzen. Eine solche Seemacht versammelt sich derzeit in Messina. Aber sie wird aufgestellt, um Famagusta zu befreien. Sobald der Fall Famagustas bekannt wird, fürchte ich, daß dieses Bündnis wieder auseinanderbricht und die Admirale ihre Geschwader wieder nach Hause segeln. Das wäre eine unheilvolle Entwicklung, und ich bezweifle, daß eine solche Seemacht jemals wieder aufgestellt werden könnte. Ich bin fest entschlossen zu verhindern, daß es dazu kommt, ungeachtet der Wünsche einiger meiner Kollegen. Und ich glaube, daß Ihr uns sehr nützlich sein könntet, *Signore*, wenn Ihr bereit wärt, nach Messina zu gehen und den Flottenkommandanten Entschlossenheit einzugeben, damit sie ihr gegenseitiges Mißtrauen überwinden, ehe sie vom Fall Famagustas erfahren.«

»Dazu bin ich gern bereit«, entgegnete Anthony, ohne zu zögern.

»Und ich werde Euch begleiten«, fügte Viniero hinzu.

Mocenigo nickte. »Es gibt noch einen Grund, weshalb ich Euch einsetzen möchte, Hawk. Wie ich schon sagte, brauchen wir nicht nur Schiffe, sondern darüber hinaus fähige Admirale, die in der Lage sind, die Türken zu besiegen – und über solche Männer verfügen wir nicht.«

Anthony warf Viniero einen überraschten Blick zu.

Mocenigo lächelte. »Unser Admiral hier weiß, daß ich recht

habe. Zur erfolgreichen Kriegführung auf See gehört nicht nur theoretisches Wissen, wie umfassend dieses auch sein mag. Neben theoretischem Wissen gehört auch Erfahrung dazu, und zwar Erfahrung, die sich nicht nur auf den Feind bezieht, sondern darüber hinaus auf das Meer und die Winde. Hieran mangelt es unseren Befehlshabern, da sie nie eine offene Schlacht gegen die Türken ausgetragen haben. Und der zum Oberbefehlshaber ernannte Admiral . . . Ihr habt von ihm gehört?«

»Don Juan d'Austria.«

»Ein grüner Junge, aber Philipp von Spanien wollte es so.« Mocenigos Mundwinkel zuckten. »Das spanische Kontingent ist bei weitem das größte unserer Flotte.«

»Der junge Mann steht in Istanbul in hohem Ansehen, Eure Exzellenz.«

»Das mag sein – aber als Soldat. Er hat einige Siege errungen, hat aber noch nie auf See gekämpft. Natürlich können wir ihn nicht als Oberbefehlshaber absetzen. Tatsächlich könntet Ihr einige Mühe haben, ihn dazu zu bringen, Euch überhaupt zu akzeptieren. Gelingt es Euch jedoch, von ihm als Berater anerkannt zu werden, wäre dies unserer Sache zweifellos sehr zuträglich.«

»Ich werde es versuchen«, entgegnete Anthony.

Mocenigo musterte ihn eindringlich. »Diese Mission ist mit beträchtlichen Gefahren verbunden, Hawk. Es besteht durchaus die Möglichkeit, daß die Spanier Euch hängen, sobald Ihr Euch dort blicken laßt.«

»Dieses Risiko ist mir bewußt.«

»Aber ich selbst und auch Viniero werden uns für Euch einsetzen. Und zuerst werde ich Euch nach Rom schicken. Ist Papst Pius erst von Euch überzeugt, habt Ihr schon halb gewonnen.«

Anthony nickte.

»Ich muß Euch daran erinnern, daß Eure Mission nicht nur für Euch selbst, sondern auch für mich große Gefahren birgt. Sicher wird man mich dafür an den Pranger stellen, daß ich einem Renegaten mein Vertrauen schenke. Ich kann mein Handeln nur durch Euren Erfolg rechtfertigen. Solltet Ihr versagen oder an Verrat denken, bringt ihr damit auch Eure Söhne in große Gefahr. Vergeßt das nie, Monsignore Hawkwood. Eure Gattin ist eine Nichte von mir, und ihre ganze Familie war entsetzt, als sie erfuhr, daß sie gezwungen wurde, einen Mann wie Euch zu ehelichen.

Monsignore Hawkwood, Eure Familie wird hier in Venedig bleiben, bis Ihr siegreich zurückkehrt. Besiegt Ihr die Türken, könnt Ihr mich bitten, worum Ihr wollt, und ich werde Euren Wunsch erfüllen, soweit es in meiner Macht steht.

Solltet Ihr nicht zurückkehren, weil Ihr im Kampf gefallen seid, siegreich oder nicht, werde ich mich um das Wohlergehen Eurer Frau und Mutter kümmern sowie Eure Söhne unter meinen persönlichen Schutz stellen.

Solltet Ihr jedoch zu leicht geschlagen werden oder Euch als Verräter erweisen und unsere Flotte den Osmanen ausliefern, schwöre ich, daß Ihr die Schreie Eurer Frau in der Hölle hören werdet, wohin sie Euch folgen wird, ob sie nun meine Nichte ist oder nicht. Gemeinsam mit Euren Söhnen. Haben wir uns verstanden?«

»Ja«, erwiderte Anthony grimmig.

»Gut. Und jetzt bereitet Euch auf Eure Reise vor. Eile ist geboten.«

Hawkwood durfte in Vinieros Palazzo baden und bekam eine reichhaltige Mahlzeit und Wein vorgesetzt. Außerdem wurde er mit neuen Kleidern ausgestattet. Sie paßten zwar nicht besonders gut, aber zumindest verwandelten sie ihn von einem türkischen Pascha in einen venezianischen Edelmann. Außerdem ließ Viniero ihm den Bart abrasieren, damit er nicht so leicht wiedererkannt wurde.

Das war ein komisches Gefühl für Anthony; wie jeder Osmane hatte er seinen Bart seit der Pubertät wachsen lassen. Als der Barbier fertig war, erkannte er sich kaum wieder.

»Ihr seht um die Hälfte jünger aus«, bemerkte Viniero. »Wie alt Ihr auch tatsächlich sein mögt.«

»Ich bin vierunddreißig«, sagte Hawkwood.

»Und ohne den Bart seht Ihr mindestens zehn Jahre jünger aus. Ich frage mich, was Eure Frau davon halten wird.«

Das fragte Anthony sich auch, als er vom Palazzo des Admirals zu dem der Familie Cornaro gebracht wurde. Inzwischen war es spät am Abend, und wenngleich der Kampanile von Sankt Markus noch im Licht der untergehenden Sonne glitzerte, war es kühler geworden. Auf den Straßen, Plätzen und Brücken Venedigs drängten sich flanierende Bürger, die alle bester Laune zu sein schienen. Der Doge hatte die Nachricht vom Massaker in Famagusta nicht bekanntgegeben, und sie wußten nur, daß ein berühmter türkischer Admiral festgenommen worden war, der zweifellos gefoltert wurde, bis er seine Geheimnisse verriet.

Und so schenkte niemand dem großgewachsenen, glattrasierten Mann Beachtung, der in Begleitung von vier Gefolgsleuten an ihnen vorbeihastete. Sein kurzgeschnittenes Haar war unter einem schwarzen Samthut verborgen, und sein dunkelblaues Wams und die passende Kniehose ließen darauf schließen, daß er Italiener war.

Er seufzte erwartungsvoll, als ein Hintertor geöffnet und er in einen kleinen Garten eingelassen wurde, der mit einem Gitter, an dem sich Efeu und wilder Wein emporrankten, vor neugierigen Blicken geschützt wurde.

Die Wachen blieben draußen auf der Straße, und Anthony war allein. Er blickte auf die Tür, die in die Seitenwand des mehrstöckigen Palazzo eingelassen war, der hoch über ihm aufragte.

Nach wenigen Minuten wurde die Tür geöffnet, und Barbara trat heraus.

Auch sie war von einer türkischen in eine venezianische Dame verwandelt worden und trug ein dunkelrotes Samtkleid mit riesigen Puffärmeln. Das Oberteil und der Unterrock waren aus reich besticktem Samt, und sie trug Gazerüschen an Hals und Handgelenken. Ihr Haar war sorgfältig frisiert und hochgesteckt worden, so daß ihr Gesicht besser zur Geltung kam. Sie war immer schön gewesen, aber in diesem Augenblick war sie schier atemberaubend.

Als sie ihn erblickte, blieb sie zögernd stehen.

»Verzeihung«, sagte sie.

»Hat mich die Rasur tatsächlich so verändert, *Signora*?« fragte er.

Barbara runzelte die Stirn. »Anthony? Herr?«

Er streckte die Hände aus, und gleich darauf lag sie in seinen Armen.

»O Anthony, ich komme mir vor wie eine Ehebrecherin.«

»Ich wünschte, ich könnte dich zu einer machen, Liebste«, sagte er, »aber mir wurden nur wenige Minuten gewährt.« Er hielt sie auf Armeslänge von sich. »Dein Großonkel schickt mich nach Messina.«

»Dann geht Ihr in den Krieg? Und laßt uns hier zurück?«

»Hier seid ihr sicher. Der Doge hat mir sein Wort gegeben. Und auch die Zukunft unserer Söhne ist gesichert, falls ich nicht zurückkehren sollte.«

Sie grub die Finger in seine Arme. »Aber Ihr werdet zurückkehren, Anthony. Schwört es.«

Er küßte sie. »Ich werde zurückkommen.«

»Und dann?«

»Dann werden wir glücklich sein bis ans Ende unserer Tage.«

Er verschwieg ihr, was im Falle seines Versagens geschehen würde. Falls es ihm nicht gelang, den Feind zu besiegen, würde er in der Schlacht sterben, wie Mocenigo es ihm nahegelegt hatte.

Aber den Hawkwoods hatte es nie an Zuversicht und Selbstvertrauen gemangelt.

Barbara holte Felicity und die drei Jungen herbei, und er verabschiedete sich auch von ihnen.

»Ich wünschte, ich könnte dich begleiten«, bettelte John. »Könnte ich nicht als dein Page mitkommen?«

»Deine Aufgabe ist es, dich um deine Mutter zu kümmern«, entgegnete Anthony. »Zumindest bis zu meiner Rückkehr.«

Felicity schloß ihn in die Arme. »Wird das wirklich das Ende deiner Abenteuer sein?«

»Für mich ja, Mutter«, versprach er und begab sich wieder auf die Straße zu seinen Wachen.

Zusammen mit Kalil, der begeistert davon war, seinen Herrn begleiten zu dürfen, kehrte Anthony zu Viniero und seinem Gefolge zurück, und noch vor Mitternacht verließen sie Venedig mit der Fähre; der Doge wollte, daß Anthony weit fort war, wenn der für seine Hinrichtung festgesetzte Zeitpunkt gekommen war. Mocenigo steuerte einen nicht minder gefährlichen politischen Kurs als Hawkwood – aber die Ziele, die ihn leiteten, waren die Vernichtung der osmanischen Macht und die Wiederherstellung der Republik, und für diese Zwecke würde er jeden Widerstand niederschlagen. Und doch konnte auch der Doge nicht völlig ausschließen, daß Anthony von einem Anhänger der Friedenspartei entdeckt und ermordet wurde.

Auf dem Festland standen Pferde für sie bereit, und sie traten unverzüglich ihre Reise an. Hawkwood war jedoch am Ende seiner Kräfte, und Schlaf war unabdingbar, so daß Viniero, sobald sie Venedig hinter sich gelassen hatten, haltmachen ließ. Unter dem warmen Augusthimmel schlugen sie ihr Nachtlager auf.

Am nächsten Tag erreichten sie bereits päpstliches Territorium. Anthony erinnerte sich, daß seine Mutter ihm erzählt hatte, wie sein Großonkel William vor achtzig Jahren entlang der gleichen Route geflohen war. Aber Anthony blieb auf der ganzen Strecke unbehelligt, da er unter der Flagge Venedigs reiste, des neuen Verbündeten des Papstes, und in Begleitung des Admirals.

Drei Wochen nachdem sie Venedig verlassen hatten, erreichten sie Rom.

Viniero hatte Anthony darauf vorbereitet, was sie dort erwartete. In Istanbul war die protestantische Revolte gegen Rom weder verstanden noch beachtet worden. Christentum war Christentum – eine andere Welt. Im Westen jedoch wurde die neue religiöse Bewegung als Zeichen einer viel tiefergehenden Krise betrachtet als die Ausdehnung des Osmanischen Reiches.

Das Papsttum hatte lange Zeit nicht gewußt, wie es mit Luthers und Calvins Ideen umgehen sollte. Aber seit Pius V. – ehemals ein einfacher Hirtenjunge mit Namen Antonio Ghislieri – vor fünf Jahren zum Papst ernannt worden war, führte der Vatikan den bislang härtesten Kampf gegen den Verfall der Moral, wie die Katholiken es nannten. Er hatte alle Weinfässer aus dem Vatikan entfernt, die römischen Huren in einen entlegenen Teil Roms verbannt, der durch rot angemalte Laternen gekennzeichnet war, Feiern am Sonntag untersagt und befohlen, daß alle Kleriker einen gewissen Teil ihrer Zeit in ihren eigenen Diözesen verbrachten, anstatt sich in Rom zu versammeln.

Wer sich gegen diese drakonischen Maßnahmen auflehnte, wurde der Inquisition übergeben.

Nachdem er Roms Klerus geläutert hatte, wandte Pius V. sein Augenmerk auf die Beziehungen zu auswärtigen Mächten. Er hatte begonnen, Juden aus seinen päpstlichen Territorien zu verjagen, nur diejenigen, welche aus wirtschaftlichen Gründen unverzichtbar waren, hatte er an ihren Orten gelassen – allerdings in einem sklavenähnlichen Status. Er hatte Philipp II. von Spanien ermutigt, einen unerbittlichen Krieg gegen seine protestantischen holländischen Vasallen zu führen, und er hatte Königin Elisabeth von England exkommuniziert.

»Was sich aus alledem Gutes entwickeln soll, vermag niemand zu sagen«, meinte Viniero gegenüber dem verblüfften Hawkwood. »Jedenfalls hat er dafür gesorgt, daß Europa zu einem sehr unruhigen Kontinent geworden ist. Aber eins spricht für ihn: Er ist fest entschlossen, das osmanische Reich zu vernichten. Da dies auch Euer und mein Bestreben ist, möchte ich Euch bitten, in seiner Anwesenheit sehr vorsichtig zu sein.«

Die versiegelten Empfehlungsschreiben des Dogen wurden im Vatikan abgegeben, und innerhalb einer Stunde wurden Viniero und Hawkwood zu einer Audienz beim Heiligen Vater bestellt.

Anthony sah sich einem untersetzten Mann mit ausgeprägter Hakennase und Spitzbart gegenüber, der zusammengesunken auf seinem Stuhl saß, als wäre er bei schlechter Gesundheit. Pius V. war inzwischen siebenundsechzig Jahre alt, aber in seinen Augen lag noch Feuer, als er den Hünen vor sich musterte.

»Monsignore Mocenigo sagte mir, Ihr wäret ein Bote mit höchst aufwühlenden Neuigkeiten«, sagte er. »Sprecht.«

»Vorab mein Name, Eure Heiligkeit«, entgegnete Anthony. »Ich bin Anthony Hawkwood, auch bekannt als Hawk Pascha. Ich habe bis vor kurzem dem Sultan gedient.«

Der Heilige Vater richtete sich langsam auf und starrte ihn sprachlos an, als Anthony ihm von dem Massaker in Famagusta berichtete. Als er geendet hatte, herrschte eine Weile Schweigen, bis Pius schließlich sagte: »Wenn Ihr den Ungläubigen im Kampf gegen uns gedient habt, könnt Ihr mir dann einen einzigen Grund nennen, warum ich Euch nicht sofort der Inquisition übergeben sollte?«

»Monsignore Mocenigos erste Reaktion war die gleiche wie Eure, aber dann hat er darüber nachgedacht, von welchem Nutzen ich der westlichen Welt sein könnte, Eure Heiligkeit.«

Wieder hörte der Papst ihm aufmerksam zu. Dann sagte er: »Wahrlich, die Wege des Vaters sind unergründlich. Ich habe geschworen, vor meinem Tod den Antichristen zu stürzen . . . seid Ihr vielleicht die Waffe, die mir hierzu von Gott gesandt wurde? Mocenigo hat recht. Ich weiß nicht, wie lange die vereinte Flotte Bestand haben wird, wenn sich der Fall Famagustas herumspricht. Und ich bin mir der Unerfahrenheit Don Juans nur zu bewußt. Aber Ihr seid englischer Abstammung, und die Engländer sind eine Vipernzucht. Welcher Religion gehört Ihr an, *Monsignore*?«

Anthony hatte sich auf diese Frage vorbereitet. »Ich gehöre dem Wahren Glauben an, Eure Heiligkeit.«

»Nun, dann sind die Wege unseres Herrn vielleicht doch nicht so unergründlich. Ich werde Euch ein Schreiben für die Spanier mitgeben.«

»Hätte er, obgleich die Zukunft der Christenheit auf dem Spiel steht, tatsächlich auf meine Unterstützung verzichtet, wenn ich mich zum Protestantismus bekannt hätte?« fragte Hawkwood nach der Audienz Viniero.

Der Admiral aus Venedig lächelte grimmig. »Ganz bestimmt.

Diese Römer sehen in Luthers Anhängern eine unmittelbare Bedrohung ihrer eigenen Autorität.«

Aber sie hatten keine Zeit für ausgedehnte Gespräche über die Glaubensspaltung. Es war bereits September; der Fall Famagustas lag schon einen ganzen Monat zurück. Das Wetter würde sich bald verschlechtern, und niemand wußte, wie lange die Kunde von der Barbarei auf Zypern sich noch geheimhalten lassen würde. Irgendwann würde der Sultan in Istanbul entscheiden, den Venezianern die abgezogene Haut Brigadinos zuzuschicken, damit sie erfuhren, was sie erwartete, wenn sie sich seinem Willen entgegenstellten.

Von Rom aus hasteten sie nach Civitavecchia, wo sie eine päpstliche Galeere bestiegen. Am Abend stachen sie in See mit Kurs auf die Straße von Messina im Süden. Am Morgen des übernächsten Tages fuhren sie zwischen dem Felsen von Scylla und den Strudeln von Charybdis hindurch und gelangten in einen breiten Meeresarm, der über einhundert Meilen Italien von Sizilien trennte. Und dort trafen sie auf die Flotte, die sich aus venezianischen, päpstlichen, genuesischen und spanischen Schiffen zusammensetzte.

»Ich muß Euch darauf hinweisen, daß Ihr von jetzt an noch vorsichtiger sein müßt, Hawkwood. Unter meinen Admiralen der venezianischen Flotte befinden sich auch zwei jüngere Brigadinos. Sie wissen noch nicht, daß ihr Bruder umgekommen ist – und auf welche Art und Weise«, sagte Viniero.

Die Flotte bot einen beeindruckenden Anblick. Hawkwood schätzte die Zahl der ankernden Schiffe auf etwa dreihundert. Sie bedeckten eine gewaltige Fläche, und von Galeeren bis hin zu ozeantauglichen Galeonen war alles vertreten.

Sein größtes Interesse galt jedoch den sechs riesigen Galeassen, wahre schwimmende Festungen, die dicht beieinander vor Anker lagen. Bislang hatte er diese gigantischen Schiffe nur aus der Ferne gesehen, und sein geübtes Auge erkannte neben ihren Stärken auch sogleich ihre Schwächen. Sie benötigten mehrere Reihen Ruder, um in einer Flaute vorwärtszukommen; wehte jedoch ein zu kräftiger Wind, mußten die

Ruderluken geschlossen werden, nachdem die Ruder hastig eingeholt worden waren.

Und doch, bei günstigem Wetter geschickt eingesetzt, konnten sie in einer Schlacht verheerenden Schaden anrichten.

Auf den Schiffen der Flotte wimmelte es von Wimpeln und Flaggen – und von Männern. Lärm und Gestank wehten ihnen entgegen – die Schiffe ankerten schon zu lange vor Ort.

Niemand schenkte der päpstlichen Galeere viel Beachtung – es waren bereits einige Schiffe unter römischer Flagge vertreten –, als diese sich durch die Flotte schlängelte und in den Hafen von Messina einfuhr. Dort hatte Don Juan d'Austria in einem Palazzo der Stadt sein Hauptquartier eingerichtet. Wieder einmal mußte Hawkwood sich gedulden, während seine Empfehlungsschreiben vom Papst und vom Dogen dem Oberbefehlshaber der Alliiertenflotte überbracht wurden.

Er empfand freudige Erwartung. Nachdem er die Flotte gesehen hatte, hatte er sofort erkannt, daß sie nicht so groß war wie jene Ali Paschas, auch waren die Mannschaften von dem langen Aufenthalt im Hafen gleichsam eingerostet, aber er glaubte dennoch, daß sie gute Aussichten hatte, die Türken zu besiegen. Vor allem mit den Ideen, die ihm vorschwebten.

Vorausgesetzt, daß Don Juan ihn anhörte.

Er betrachtete den jungen Mann, der an dem Schreibtisch am anderen Ende des Raumes saß. Zweifellos einer von Don Juans Sekretären, denn er schrieb geschäftig, und immer wieder hob er den Kopf, um den großgewachsenen Mann anzusehen. Sein Gesicht war länglich, aber hatte lebhafte Augen.

»Verzeiht, *Monsignore*«, sagte er. »Aber irgendwie kann ich nicht glauben, daß Ihr wirklich Venezianer sein sollt.«

»Das bin ich auch nicht«, entgegnete Anthony. »Man könnte sagen, ich bin Engländer, wenngleich ich dieses Land nie betreten habe.«

»Dann seid Ihr ein Wanderer wie ich selbst.«

»Ihr? Ich hätte in Euch einen Spanier im Dienste eines spanischen Kommandanten vermutet.«

»Das ist richtig, *Monsignore*. Und doch halte ich mich als Flüchtling in Italien auf. Man drohte mir damit, meine rechte Hand abzuschlagen, sollte ich jemals wieder nach Spanien zurückkehren.« Ein schwaches Lächeln huschte über sein Gesicht und musterte abschätzig die Hand. »Es ist die Hand, mit der ich schreibe. Ich bin Dichter, meine Werke sind bereits veröffentlicht.«

»Ich gratuliere«, sagte Anthony.

Boten waren während ihrer Unterhaltung gekommen und wieder gegangen, und reichgekleidete Herren waren eingetroffen. Nun erschien auch Viniero persönlich.

»Man hat uns zu einer Konferenz geladen«, teilte der Venezianer ihm mit.

Er betrat den Innenraum, und kurz darauf wurde auch Hawkwood hereingerufen. Er wandte sich dem jungen Schreiber zu. »Ich wünsche Euch viel Glück mit Euren Händen und Eurem Talent.«

»Wenn Ihr Euch als Soldat der Flotte anheuern lassen wollt, werdet Ihr nicht viel Glück brauchen, Monsignore. Der Kommandant wird Euch willkommen heißen. Aber ich wünsche Euch dennoch alles Gute.« Er reichte Anthony die Hand. »Mein Name ist Miguel de Cervantes.«

Anthony drückte die dargebotene Hand.

Als er durch die Tür trat, registrierte er, daß mehrere Männer dort versammelt waren. Aber er hatte nur Augen für den Mann, der hinter dem Schreibtisch stand und ihm entgegenblickte.

Don Juan war vierundzwanzig Jahre alt, groß und schlank und elegant, aber zurückhaltend gekleidet. Er trug ein Doublet und eine Kniehose, beides schwarz, mit Goldstickereien an den Schultern und Manschetten. Um den Hals hatte er eine Goldkette gelegt. Er trug keine Kopfbedeckung, und sein blondes Haar und sein ebenso heller Bart verrieten seine deutsche Mutter.

»Hawk Pascha«, sagte der junge Habsburger in ruhigem Tonfall auf italienisch. »Ich hatte nie erwartet, Euch eines Tages kennenzulernen – außer im Kampf. Aber ich ziehe es vor, mit Euch zu kämpfen als gegen Euch. Willkommen in Messina.«

Er streckte die Hand aus, und Anthony drückte sie dankbar. Der junge Mann war auf Anhieb sympathisch.

»Ich möchte Euch meine Offiziere vorstellen. Von der spanischen Flotte der Marquis von Santa Cruz und Don Gil de Andrade.«

Anthony verneigte sich vor den spanischen Kommandanten, die ihn ihrerseits feindselig musterten.

»Aus der Republik Genua Admiral Giovanni Andrea Doria.«

Die beiden Männer musterten einander mit starrem Blick. Ihre Väter hatten gegeneinander gekämpft, und Anthony selbst hatte Torgud Jahre zuvor bei Überfällen auf genuesischem Territorium begleitet.

Dann lächelte Doria flüchtig. »Willkommen, Hawk Pascha«, sagte er.

»Von der päpstlichen Flotte Admiral Marco Antonie Colonna.«

Wieder eine knappe Verbeugung.

»Admiral Viniero kennt Ihr ja bereits. Seine Offiziere: Augustino Barbarigo, Marco Contarini, Federigo Nami, Marco Quirini, Ambrogio Brigadino und Antonio Brigadino.«

Anthony verneigte sich erneut. Es kostete ihn große Anstrengung, die beiden jungen Männer, die ihrem brutal gehäuteten und ermordeten Bruder so ähnlich sahen, nicht anzustarren.

»Der General meiner Soldaten, Marschall Ascanio de la Corgnia«, fuhr Don Juan fort. »Und das ist Kardinal de Granvelle, der bei unseren Unterredungen Seine Heiligkeit vertritt.«

Wie die Spanier musterte der Kardinal Anthony trotz des päpstlichen Empfehlungsschreibens feindselig.

»Seine Heiligkeit und Seine Exzellenz der Doge haben mir in ihren Schreiben erklärt, daß Ihr Euch vom Sultan abgewandt habt und zum wahren Glauben zurückgekehrt seid«, sagte Don Juan. »Und wichtiger noch, daß Ihr dringende Nachricht für uns habt.«

Hawkwood warf einen Blick auf Viniero, der die Brauen wölbte. Der Papst und der Doge hatten es ihnen überlassen, wann sie den Flottenkommandanten die Nachricht vom Fall Famagustas mitteilten.

Aber jetzt mußte diese Entscheidung gefaßt werden.

Er sah Don Juan fest in die Augen. »Die Nachrichten, die ich bringe, sind allein für Eure Ohren bestimmt, Hoheit.«

Don Juan runzelte die Stirn und warf dann einen Blick auf seine Offiziere.

»Wir sind eine vereinte Macht«, sagte Kardinal de Granvelle schroff

»Dennoch muß ich Euren Kommandanten unter vier Augen sprechen.«

»Um ihn zu ermorden?« fragte Andrade.

»Der Heilige Vater hat mir sein Vertrauen geschenkt, *Signore*. Wenn Ihr mir mißtraut, dann schickt mich zurück nach Rom.«

Anthony wußte, daß ihm bei diesen Männern, die ihn alle im Grunde ihres Herzens hassen mußten – sich aber darüber hinaus auch gegenseitig haßten –, nur Unerschrockenheit weiterhelfen würde.

»Ich werde unter vier Augen mit Euch sprechen«, entschied Don Juan. »Wenn Ihr uns entschuldigen würdet, Signori.«

Die Admirale zögerten, aber Viniero scheuchte sie hinaus.

»Ihr solltet Euch setzen«, forderte Don Juan ihn auf, sobald die Tür sich hinter den Offizieren geschlossen hatte. Er selbst nahm wieder Platz und lächelte leise. »Damit Ihr mich besser von Eurem Vorhaben überzeugen könnt.«

Hawkwood setzte sich. »Erst muß ich von dem Euren überzeugt sein, Hoheit.«

Don Juan legte wieder die Stirn in Falten. »Ihr seid ein selten überheblicher Mensch.«

»Ihr tut mir Unrecht, Hoheit. Die Neuigkeiten, die ich bringe, könnten die Entschlossenheit jedes nicht wirklich überzeugten Mannes erschüttern.«

»Ihr wollt mir berichten, daß Famagusta gefallen ist?« fragte Don Juan schockiert.

»Ich werde Euch erzählen, was sich genau zugetragen hat«, entgegnete Anthony. Und er erzählte die schrecklichen Ereignisse so ausführlich, daß er das Grauen noch einmal durchlitt.

Don Juan hörte schweigend zu. Dann sagte er: »Ihr seid außerdem ein selten dreister Kerl, Hawkwood. Aber das war mir vorher schon klar. Hat Seine Heiligkeit Euch geschickt, damit ich Euch hängen lasse?«

»Ich soll Euch helfen, Eure Flotten zum Sieg zu führen, Hoheit.« Nun war es an ihm zu lächeln. »Gelingt mir das nicht, werdet Ihr Euch hinten anstellen müssen in der Schlange jener, die nur darauf warten, mir die Schlinge um den Hals zu legen.«

Don Juan schlug mit der Hand auf seinen Schreibtisch. »Ich bewundere Euch, englischer Renegat – und Ihr tut mir leid. Euer Vorhaben ist undurchführbar. Sobald die Männer dort draußen erfahren, daß der Grund für unsere Zusammenkunft hinfällig ist, werden sie sich in alle Richtungen zerstreuen. Sie haben ohnehin schon damit gedroht. Und wenn die Brigadinos erst erfahren, was mit ihrem Bruder geschehen ist . . .«

»Ich bin durchaus bereit, mich mit dem Schwert den beiden Brigadinos zu stellen, falls sie dies wünschen sollten, Hoheit. Aber erst nachdem wir die Türken besiegt haben.«

Don Juan strich sich über den Bart. »Ihr habt gute Gründe dafür, Euch zu wünschen, daß diese Kampagne stattfindet, daran besteht kein Zweifel. Ist es denn machbar? Die türkische Flotte ist sehr groß und stark.«

»Das ist richtig. Aber erzählt mir von Eurer.«

Don Juan erhob sich und trat an das Fenster, das auf den Hafen hinausging. »Mein Halbbruder, der König von Spanien, hat mir eine Flotte von neunzig Galeeren, vierundzwanzig Galeonen und fünfzig Fregatten und Brigantinen unterstellt; hierzu gehört auch das genuesische Geschwader, aber Doria wird meinen Befehlen gehorchen. Viniero befehligt eine Flotte von einhundertsechs Galeeren, sechs Galeassen, zwei Galeonen und sechs Fregatten, aber es mangelt ihm an Soldaten. Die päpstliche Flotte besteht aus zwölf Galeeren und sechs Fregatten.«

Hawkwood trat an seine Seite. »Dann seid Ihr zahlenmäßig weit unterlegen. Ali Pascha wird nicht weniger als zweihundertfünfzig Schiffe befehligen, und sie werden alle mit Türken bemannt sein.«

Don Juan runzelte die Stirn. »Ich verstehe nicht. Wir verfügen über mehr als dreihundert Schiffe.«

»Davon sind aber nur zweihundertacht Galeeren, Hoheit. Es wird eine Schlacht unter Galeeren werden, dafür wird Ali Pascha sorgen. Ich denke, die sechs venezianischen Galeassen werden von unschätzbarem Wert sein . . . aber die Segler könnt Ihr vergessen. In der Adria oder in der Ägäis, wo immer wir auf die türkische Flotte stoßen, wird entweder so wenig Wind sein, daß sie hilflos vor sich hin dümpeln, oder aber es wird so stürmisch, daß sie alle Hände voll zu tun haben, ihre Schiffe unter Kontrolle zu halten.«

»Teufel!« Don Juan kehrte an seinen Schreibtisch zurück.

»Aber ich glaube, daß wir dennoch siegen können.«

»Tatsächlich?« Don Juan hielt sich gebeugt. »Die Aufgabe scheint mir immer schwieriger zu werden. Wie Ihr schon sagtet, werden die feindlichen Schiffe mit Besatzungen einer einzigen Nation bemannt sein. Unsere hingegen . . .«

»Auf wieviel Mann beläuft sich unsere gesamte Streitmacht?«

Der Prinz zuckte mit den Schultern. »Ich habe etwa fünfzigtausend Seeleute, die Galeerensklaven eingeschlossen, und an die dreißigtausend Soldaten. Was mir Sorgen bereitet, ist die Völkervielfalt. Die Genueser hassen die Venezianer, die Venezianer hassen die päpstlichen Truppen, meine Spanier verachten sie alle, und was diesen Granvelle betrifft, glaube ich manchmal, daß er die ganze Welt haßt. Die Verfahrensweisen, die er mir ständig in bezug auf Häretiker – oder auch nur der Häresie Beschuldigte – auferlegt . . . Und Ihr behauptet, wir können die Türken dennoch besiegen? Ich kann mir nicht einmal sicher sein, daß meine Männer im entscheidenden Augenblick nicht einander bekämpfen anstatt den Feind. Und wenn wir darüber hinaus noch zahlenmäßig unterlegen sind . . .«

Anthony erkannte, daß der Oberbefehlshaber zu jung war, die geistige Last der Verantwortung zu tragen, die ihm aufgebürdet worden war, ganz zu schweigen von der unausgesprochenen, aber spürbaren Mißbilligung seiner Admirale, die allesamt älter und erfahrener waren als er – und die selbst im Schatten der düsteren Persönlichkeit des Kardinals standen.

Und doch besaß der uneheliche Sohn des 1558 verstorbenen Kaiser Karls Charisma. Alles, was er brauchte, war eine erfolgreich geführte Seeschlacht.

»Ich wurde geschickt, Euch zu helfen, Sire«, sagte Hawkwood. »Darum werde ich offen sprechen, auf die Gefahr hin, Euer Mißfallen zu erregen. Mit jedem Tag, den Eure Flotte hier vor Anker liegt, verkommt sie mehr, und die Feindseligkeiten nehmen zu, während die Türken immer stärker werden. Ihr müßt sofort in See stechen.«

Don Juan seufzte. »Es ist bereits September. Meine Kapitäne, die regelmäßig diese Gewässer befahren, meinen, daß es bereits zu spät ist und wir bis zum Frühjahr warten müssen.«

»Im Frühjahr wird es Euer Kommando nicht mehr geben. Stecht in See, Sire. Das Wetter wird erst in der zweiten Oktoberhälfte wirklich schlecht. Wir haben noch einen Monat Zeit. Laßt Eure Schiffe auslaufen. Ich weiß, wo sich die türkische Flotte aufhält, und ich werde Euch dorthin führen.«

Don Juan hob den Kopf.

Anthony lächelte. »Und ich verhelfe Euch zum Sieg ... wenn Ihr mir gestattet, Euch in einigen Punkten zu beraten.«

»Fangt an.«

»Ich würde gern mit einer Besichtigung Eurer Schiffe beginnen, Hoheit.«

Was er zu sehen bekam, bestärkte Anthony noch in seinem Entschluß. Die Galeonen waren so mächtig, wie er es von Anfang an vermutet hatte, jedoch auch ebenso schwerfällig, es sei denn, es wehte ein kräftiger Wind aus der richtigen Richtung. Wie er Don Juan bereits mitgeteilt hatte, war ihr Wert in einem Gefecht auf dem Mittelmeer gleich Null. Das gleiche galt für die Fregatten und Brigantinen, kleine Schiffe mit halbem Deck und leichtem Geschütz. Allerdings mochten die Brigantinen bei genügend Wind als Kundschafter von Nutzen sein.

Die Galeassen waren allerdings noch beeindruckender, als er erwartet hatte. Jede von ihnen war mit nicht weniger als siebzig Geschützen bestückt, von kleinkalibrigen Kanonen bis hin zu solchen, die leicht ganze Schiffe zerschmettern konnten. Hinzu kam, daß ihre Ruderer durch ein Deck über den Köpfen geschützt wurden. Er schätzte, daß eine Galeasse, wenn sie geschickt eingesetzt wurde, mit einem halben Dutzend türkischer Galeeren fertig werden konnte.

Der Ausgang der Schlacht würde jedoch von den Galeeren abhängen.

Die christlichen Galeeren waren durchschnittlich über einhundertfünfzig Fuß lang, also etwa gleich lang wie die türkischen, aber er stellte fest, daß die Planken ihres Rumpfes vier Inches dick waren, einen Inch dicker als die der türkischen Schiffe, und auch hier waren die Ruderer durch hölzerne Sturmdächer geschützt, ein weiterer Vorteil gegenüber den türkischen Schiffen.

Auch waren sie mit fünf Geschützen auf dem Vorderdeck bestückt, während bei den Türken drei Kanonen die Regel waren. Und jedes Schiff war mit einem großen Rammbock versehen.

»Was meint Ihr?« fragte Don Juan, als die Besichtigung beendet war. Sie hatte mehrere Tage in Anspruch genommen, und die Admirale hatten herumgestanden und an ihren Bärten gezupft, während Granvelle emsig Briefe an Rom aufgesetzt hatte.

»Ich würde sagen, Ihr verfügt über eine ansehnliche Streitmacht, Sire«, entgegnete Anthony. »Aber Ihr werdet gegen eine Flotte antreten, die in dieser Generation noch keine einzige Niederlage hinnehmen mußte.«

»Und die uns zahlenmäßig überlegen ist«, bemerkte Don Juan mutlos.

»Somit können wir nicht auf die üblichen Taktiken zurückgreifen.«

»Was würdet Ihr denn als übliche Taktiken bei einer Seeschlacht bezeichnen?«

»Ich kann nicht für eine Schlacht auf dem Atlantik sprechen, Hoheit, wo Wind und Wetter eine ebenso große Rolle spielen wie Geschütze und Soldaten. Aber hier auf dem Mittelmeer ist eine gewöhnliche Galeerenschlacht einer Landschlacht nicht unähnlich. Beide Seiten beziehen eine bestimmte Aufstellung und greifen an, mit der Absicht, eine schwache Stelle in den feindlichen Reihen auszunützen oder dem Gegner in die Flanken zu fallen. Aus diesem Grund werden die meisten Galeerenschlachten in Küstennähe ausgetragen, damit zumindest eine Flanke geschützt ist. Ihr könnt sicher sein, daß Ali Pascha sich für diese Strategie entscheiden wird.«

»Können wir ihm nicht eine andere Strategie aufzwingen?«

Hawkwood schüttelte bedächtig den Kopf. »Schwerlich. Aber ich denke, wir können unsere Taktik zu unserem Vorteil abwandeln.«

»Wie?«

»Nun, als erstes würde ich die Galeassen als Rammböcke benutzen, um Unordnung in die feindlichen Reihen zu bringen. Wenn Ihr jeweils zwei Galeassen vor jede der drei Divisionen Eurer Flotte postiert und sie mitten in die türkischen Stellungen vorausschickt, werdet Ihr damit ein Durcheinander bewirken, von dem Eure gewöhnlichen Galeeren profitieren könnten. Ich weiß, daß die Türken die Galeassen fürchten. Sie haben keine solchen Schiffe und haben keine Erfahrung darin, gegen sie zu kämpfen.«

Don Juan strich nachdenklich über seinen Bart. »Damit würde ich riskieren, die sechs großen Schiffe zu verlieren.«

»Dieses Risiko lohnt sich, wenn es Euch dazu verhilft, die Schlacht zu gewinnen, Hoheit.«

Don Juan musterte ihn eindringlich. »Fahrt fort.«

»Zweitens, Hoheit, würde ich die Bugschnäbel von jeder Galeere entfernen.«

»Habt Ihr den Verstand verloren, Hawkwood? Wie sollte eine Galeere ohne Bugschnabel kämpfen? Besteht die Hauptfunktion einer Galeere in der Schlacht nicht darin, feindliche Schiffe zu rammen und ihre Ruder unbrauchbar zu machen?«

»Das ist richtig, Sire. Oder besser, das war bislang richtig. Aber um ein feindliches Schiff zu rammen oder seine Ruder zu zerstören, muß man einen Zusammenprall herbeiführen. Und wenn Ihr Euch darauf mit den Türken einlaßt, seid Ihr aufgrund ihrer Übermacht an Schiffen und Männern verloren. Ihr müßt diese Schlacht gewinnen – oder zumindest für einen Kräfteausgleich sorgen – indem Ihr aus gesicherter

Entfernung heraus kämpft und Eure Geschütze einsetzt. Ihr seid stärker bewaffnet als die Türken, aber Eure Geschütze werden ebenso wie die des Feindes dadurch behindert, daß sie nicht vom Bug geradeaus feuern können. Entfernt die Schnäbel Hoheit, und verhelft Euren fünf Geschützen dadurch zu absoluter Schußfreiheit. Ich denke, Ihr könnt den Kampf gewinnen, ohne daß es zu unmittelbarer Feindberührung kommt.«

»Bei allem, was heilig ist«, brummte Don Juan. »Ihr seid entweder ein Genie oder ein Dummkopf. Aber werden meine Offiziere sich auf eine so ungewöhnliche Taktik einlassen? Werden sie überhaupt kämpfen?«

»Dafür müßt Ihr sorgen, indem Ihr den ersten Mann gleich welchen Rangs hängen laßt, der es wagt, Euch den Gehorsam zu verweigern. Und was die Streitigkeiten unter Euren Soldaten anbelangt . . . mischt die verschiedenen Nationalitäten untereinander.«

»Was?«

»Ihr sagtet doch, den Venezianern mangele es an Soldaten. Bemannt die venezianischen Galeeren zusätzlich mit spanischen Soldaten und nehmt einige venezianische Seeleute an Bord Eurer eigenen Schiffe. Sorgt in der gesamten Flotte für eine Verbrüderung.«

»Euer Plan wird immer abenteuerlicher. Was habt Ihr Euch sonst noch ausgedacht?«

»Das ist für den Augenblick alles, Sire. Laßt noch heute die Bugschnäbel entfernen und sorgt dafür, daß wir baldmöglichst in See stechen. Sind wir erst ausgelaufen, hätte ich noch weitere Vorschläge.«

»Erzählt mir davon.«

»Wir sind ebenso in bezug auf Soldaten wie auf Schiffe zahlenmäßig unterlegen. Dem muß Abhilfe geschaffen werden.«

»Glaubt Ihr, ich hätte nicht versucht, zusätzliche Männer zu rekrutieren? Aber das war einfach unmöglich.«

»Es gibt sie, Sire. An Bord Eurer eigenen Schiffe.«

»Was meint Ihr damit?«

»Wie viele Eurer Galeerensklaven sind Christen?«

»Nun, zwei Drittel würde ich sagen. Aber davon sind fünfzig Prozent Protestanten, die von der Inquisition zu einem Dasein als Galeerensklaven verurteilt wurden.«

»Demnach sind sie Christen, und wir werden gegen die Türken kämpfen. Befreit sie von ihren Ketten und bewaffnet sie, unmittelbar vor dem Gefecht.«

»Ihr seid wahrlich nicht mehr bei Verstand!«

»Versprecht Ihnen die Freiheit, wenn Ihr siegt, und sie werden für Euch kämpfen.«

Don Juan lehnte sich in seinem Stuhl zurück. »Granvelle wird dem niemals zustimmen.«

»Bei allem Respekt, Hoheit, aber darf ich fragen, wer diese Flotte kommandiert? Kardinal de Granvelle oder Don Juan d'Austria?«

Der junge Mann musterte ihn einige Sekunden lang und schlug dann mit einer Hand auf den Schreibtisch. »Don Juan d'Austria, bei Gott.«

Die Befehle wurden ausgegeben, und zur Verblüffung der Admiräle wurden die Bugschnäbel aller Galeeren entfernt. Die Verwunderung war noch größer, als der Oberbefehlshaber der Flotte spanische Seesoldaten auf die venezianischen Galeeren beorderte und venezianische Seeleute auf die spanischen Schiffe.

Aber wenigstens rüttelten diese Neuerungen die bequem gewordenen Männer auf. Messina summte wie ein Bienenstock, Enthusiasmus und Skepsis hielten sich die Waage.

Dann kam der Befehl zum Auslaufen, mit Kurs auf die von den Venezianern gehaltene Insel Korfu.

»Im September?« protestierte der Marquis von Santa Cruz. »Es ist zu spät im Jahr, die Adria zu befahren, Hoheit. Der englische Renegat führt Euch ins Verderben.«

»Die Flotte wird segeln, wohin ich es befehle, Marquis«, entgegnete sein Vorgesetzter ruhig, aber bestimmt. »Die türkische Flotte befindet sich im Golf von Patras. Wir werden in Korfu einen vorgezogenen Stützpunkt einrichten.«

Die Admiräle hatten keine andere Wahl, als zu gehorchen. Am 15. September 1571 stachen die Galeonen hinter einem Fregattengeschwader in See. Die Galeassen begleiteten sie.

Die Galeeren liefen am darauffolgenden Tag aus. Don Juan beharrte darauf, daß Hawkwood mit ihm auf dem Flaggschiff segelte, der *Real*.

Sie verbrachten ihre Zeit damit, die Taktiken zu besprechen, die angewandt werden mußten, wenn es zum Kampf kam, hoffentlich erst nachdem das Geschützfeuer der Galeassen und der von ihren Bugschnäbeln befreiten Galeeren die Türken aufgerieben hatte. Anthony ließ den Oberbefehlshaber an seiner über Jahrzehnte gesammelten Erfahrung in Galeerengefechten teilhaben und erinnerte ihn an notwendige Vorkehrungen, wie Seifenwasser bereitzuhalten, das über die eigenen Decks gekippt werden konnte, um diese glitschig zu machen, sollte es dem Feind gelingen, ein Schiff zu entern. Auch sollten die Enden der Enterhaken auf einer Länge von vier Fuß eingefettet werden, damit der Feind sie nicht packen und von der Bordwand lösen konnte. Außerdem wies er den jungen Kommandanten darauf hin, daß er, aufgrund der beengten Verhältnisse auf einer Galeere, eine Abteilung Männer bereithalten mußte, deren alleinige Aufgabe es war, die Toten über Bord zu werfen ... oder im Falle des Feindes auch die Verwundeten.

»Es gibt so viele Einzelheiten, die berücksichtigt werden müssen«, seufzte Don Juan. »Ihr müßt sehr lange auf Galeeren gefahren sein.«

»Mein ganzes Leben«, entgegnete Anthony ruhig.

»Dann danke ich Gott, daß er Euch zu uns gesandt hat. Was müssen wir sonst noch beachten?«

»Ihr müßt eine Kampfaufstellung bestimmen und Eure Admiräle damit vertraut machen.«

»Was würdet Ihr empfehlen?«

»Ich würde drei Geschwader und eine zusätzliche Reserve empfehlen. Welcher von Euren Kommandanten ist am ehesten in der Lage, unabhängig zu handeln?«

»Der Marquis von Santa Cruz. Er ist der erfahrenste Seemann der spanischen Flotte.«

»Dann übertragt ihm das Kommando über die Reserve. Ich würde sagen, achtundzwanzig Schiffe, die er nach eigenem Ermessen befehligt und dort einsetzt, wo sie am dringendsten gebraucht werden.«

Don Juan nickte. »Weiter.«

»Den Rest Eurer Streitmacht unterteilt Ihr, wie ich schon sagte, in drei Geschwader von je sechzig Schiffen. Ihr werdet natürlich die Mitte befehligen. Ich gehe davon aus, Ali Pascha wartet, daß Ihr angreift . . .«

»Warum sollte er das tun, Hawkwood?«

»Aus zwei Gründen. Wie ich schon sagte, zieht er es vor, in Küstennähe zu kämpfen, damit ein Flügel geschützt ist. Zweitens: Sobald er durch seine Späher von der Größe Eurer Flotte erfährt, wird er es vorziehen, in türkischen Gewässern zu kämpfen, so daß er sich im Falle einer Niederlage unbehelligt zurückziehen kann.«

»Während wir im Falle einer Niederlage alles verlieren«, bemerkte der Großadmiral düster.

Anthony lächelte. »Wir werden aber nicht verlieren, Sire. Wenn ich recht habe, wird Ali in Sichtweite der Küste kämpfen wollen, vermutlich in der Einmündung des Golfes von Patras, näher am nördlichen Ufer, da sich dort sein Stützpunkt befindet. In diesem Fall würde ich das Kommando über den linken Flügel den Venezianern übergeben, die es am ehesten gewöhnt sind, in seichten Gewässern zu kämpfen. Sie werden der Küste am nächsten sein.«

»Und mein rechter Flügel?«

»Nun, da ich bezweifle, daß Ihr das Kommando mir überlassen wollt . . .«

»Das kann ich nicht, Hawk Pascha, so gern ich es auch täte. Eure Anwesenheit allein hat schon für genügend Unruhe gesorgt.«

»Das ist mir bewußt, Sire. Nun, dann . . . gebt das Kommando Doria.«

Don Juan musterte ihn. »Er ist Euer erbittertster Feind.«

»Aber er ist auch ein hervorragender Seesoldat.«

»Ihr seid sehr großherzig, Hawkwood. Ich werde mich nach Eurer Empfehlung richten. Und jetzt sagt mir, was noch zu tun ist.«

»Viel mehr können wir nicht tun . . . vielleicht sollten wir beten, daß das Wetter sich hält.«

Im Augenblick war der Himmel klar.

Die letzten Nachzügler trafen am 25. September in Korfu ein. Inzwischen waren Don Juan und Hawkwood im Besitz einiger interessanter Neuigkeiten. Die Insel war erst eine Woche vor ihrer Ankunft von den Türken angegriffen worden, die sich jedoch zurückgezogen hatten, als sie über ihre Kundschafter vom Nahen der christlichen Flotte erfahren hatten.

Diese kleinen Kundschaftergaleeren hatten sie von Zeit zu Zeit gesichtet, und Don Juan hatte seine Kapitäne nur mit Mühe davon abhalten können, die Verfolgung aufzunehmen. Er fürchtete, daß die Türken sich weiter zurückzogen, wenn er Kurs auf Lepanto nahm, aber Hawkwood konnte ihn beruhigen: Das würde Selim niemals erlauben. Und Ali Pascha würde es auch nicht wollen. Auf diesen Augenblick hatte er sein ganzes Leben gewartet.

Und tatsächlich erfuhren sie von Gefangenen der venezianischen Garnison, daß die gesamte türkische Flotte im Golf versammelt war und Ali Pascha eingetroffen war, das Kommando zu übernehmen.

»Wen hat er bei sich?« fragte Anthony die verschreckten Männer.

»Viele berühmte Admirale, Hawkwood. Ali Pascha hat Hasan Pascha aus Algier bei sich . . .« Barbarossas Sohn, dachte Anthony düster. »Hamet Beg, Uludsch Ali und Mehmed Scirocco Pascha.«

»Wer befehligt die Landtruppen?« fragte Hawkwood.

»Pertev Pascha, Herr.«

»Pertev Pascha«, wiederholte Anthony haßerfüllt.

»Ist er wichtiger als die anderen?« fragte Don Juan.

»Für mich schon«, entgegnete Anthony mit grimmiger Zufriedenheit.

Am 29. September segelte die Flotte mitsamt den Galeassen, jedoch ohne die Galeonen – es herrschte Windstille – über die schmale Meerenge, die Korfu von Albanien trennte, und fuhr in den Hafen von Gomenizza am Festland ein, um weitere Neuigkeiten einzuholen. Am Abend versammelte Don Juan d'Austria seine Kapitäne und eröffnete ihnen endlich, daß Famagusta gefallen und die Garnison massakriert worden war. Er erzählte ihnen auch von Hawkwoods Rolle bei dem Debakel und vom Schicksal Marcantonio Brigadinos, wobei er den Blick auf die Brüder des Opfers gerichtet hielt.

Ambrogio Brigadino sprang auf. »Und dieser Schurke ist jetzt erster Offizier unserer Flotte«, fragte er, mit dem Finger auf Anthony zeigend. »Hoheit, ich fordere, daß er auf der Stelle gehängt wird.«

Anthony erhob sich ebenfalls: »Monsignore, ich bin gern bereit, mich Euch mit dem Schwert zum Kampf zu stellen, sobald diese Kampagne beendet ist. Aber wir sind im Dienste einer großen Sache hier, einer Sache, der ich bereit bin, mein Leben zu opfern. Sollen wir nicht Euren älteren Bruder und die Unglücklichen, die er befehligte, rächen, bevor wir uns gegenseitig bekämpfen?«

»Gut gesprochen, Hawkwood«, mischte sich Don Juan ein. »Es wird kein Duell geben, solange die Schlacht nicht geschlagen ist. Bevor wir nicht triumphiert haben.«

Am darauffolgenden Tag trafen siebzehn weitere Galeeren ein. Acht gehörten einem Geschwader an, das von den Rittern des Johanniterordens auf Malta entsandt worden war, unter Befehl des Priors von Messina, eines Mannes namens Giustiniani – ein direkter Nachfahre des genuesischen Soldaten, der Konstantinopel so heroisch gegen Mehmed den Eroberer verteidigt hatte. Die anderen neun kamen aus Venedig; offenbar hatte Alvise Mocenigo beschlossen, alles auf eine Karte zu setzen. Um die Türken zu besiegen, hatte er sogar den Schutz seiner Stadt preisgegeben.

Diese Verstärkung machte Don Juan Mut, und er erhöhte die Zahl der Schiffe in jeder der drei Divisionen auf dreiundsechzig und die der Reserve auf fünfunddreißig. Mit den Galeassen fühlte er sich dem Feind zahlenmäßig nicht mehr so unterlegen. Und wenn mit etwas Glück auch noch die Galeonen ins Spiel gebracht werden konnten ...

Hawkwoods ganze Sorge galt dem Wetter, da er hoch oben am Himmel Wolkenfetzen vorbeiziehen sah. Wenn der Oktober erst angebrochen war, konnte jederzeit ein Unwetter aufziehen, wenngleich dies vor der zweiten Monatshälfte eher unwahrscheinlich war, wie er dem Großadmiral versichert hatte. Er hätte sich gern gleich auf die Suche nach den Türken begeben, aber Don Juan beharrte immer noch darauf, daß die Galeonen im bevorstehenden Gefecht nützlich sein könnten, und so vergeudeten sie in Gomenizza drei kostbare Tage damit, auf Wind zu warten, der es den riesigen Schiffen gestatten würde, in See zu stechen.

Aber es gab noch einen weiteren Grund zur Sorge, da sich in den Schiffsmannschaften nun auch Krankheiten verbreiteten, was unvermeidbar war, wenn Menschen lange Zeit auf engem Raum zusammengepfercht waren. Auch die tägliche Versorgung mit frischen Lebensmitteln aus Albanien vermochte die Situation nicht zu verbessern. Unter jenen, die am Fieber erkrankten, befand sich auch der junge Sekretär, Miguel de Cervantes.

In diesen Tagen begannen einige Soldaten die Beherrschung zu verlieren. Währenddessen zogen sich die Wolken weiter zusammen.

»Hoheit«, sagte Anthony schließlich verzweifelt. »Ihr lauft Gefahr, alles zu verlieren, indem Ihr Zeit verschwendet, um auf Nummer Sicher zu gehen. Es zieht ein Unwetter auf.«

»Wo denn?« schnaubte der Kardinal verächtlich, der sich längst nicht mehr die Mühe machte, seine Abneigung gegen den Engländer zu verbergen. »Es ist völlig windstill.«

»Was es nur um so wahrscheinlicher macht, daß in wenigen Tagen stürmische Winde aufkommen werden.« Hawkwood wandte sich wieder an Don Juan. »Ihr seht doch selbst, wie nutzlos diese großen Schiffe unter Bedingungen wie diesen sind.«

Der junge Habsburger gab nach, und am nächsten Tag, dem 4. Oktober, nahm die Galeerenflotte Kurs nach Süden, an den Inseln und dem Hafen von Prevesa vorbei, um schließlich über Nacht vor dem Kap Ducato zu ankern.

In dieser Nacht kam der Wind, den Anthony gefürchtet hatte. Kurz nach Mitternacht fegte er aus einem klaren Himmel über die Flotte hinweg. Die Galeeren schlingerten, die Signallaternen hüpften auf und ab, und die Männer riefen verblüfft durcheinander.

»Was sollen wir tun?« Don Juan eilte an Deck, wo er auf Hawkwood traf.

»Wir müssen Schutz suchen, Sire.«

»Aber wo?«

»In Kefalonia. Dort gibt es einen Hafen namens Phiskardo, der auf der Nordseite geschützt ist. Dort werden wir sicher sein.«

»Vorausgesetzt, daß wir es bis dorthin schaffen«, brummte der Kardinal und bekreuzigte sich.

Don Juan erteilte die entsprechenden Befehle, und die Flotte lichtete die Anker und begann, sich nach Süden zu kämpfen. Die Real fuhr an der Spitze, zahlreiche Laternen an ihren Masten, damit, falls eine vom Wind weggefegt wurde, andere blieben, den nachfolgenden Schiffen den Weg zu weisen. Bei Tagesanbruch hatten alle Schiffe Phiskardo unbeschadet erreicht.

Den Besatzungen war jedoch der Schreck in die Glieder gefahren, und in Phiskardo ereignete sich ein Vorfall, der beinahe die gesamte Kampagne zunichte gemacht hätte. Hawkwood und Don Juan aßen auf dem Achterdeck zu Abend, als sich vom venezianischen Geschwader her ein gewaltiger Lärm erhob.

Beide Männer sprangen auf und blickten angestrengt durch den Mastenwald, um zu sehen, was passiert war. Der Tumult setzte sich noch einige Zeit fort, ehe ein spanischer Offizier mit vor Empörung aschfahlem Gesicht in einem Ruderboot beim Flaggschiff eintraf und mit der ganzen Geschichte herausplatzte.

An Bord einer der venezianischen Galeeren war es zu einer Auseinandersetzung zwischen venezianischen Seeleuten und spanischen Soldaten gekommen. Schwerter waren gezogen und mehrere Venezianer getötet worden, woraufhin Admiral Viniero, nachdem er von dem Vorfall unterrichtet worden war, die Spanier hatte ergreifen und hängen lassen.

»Sie baumeln immer noch, Hoheit«, rief der Offizier außer sich. »Ermordet von diesen Republikanern.«

»Viniero muß an ihrer Seite baumeln«, knurrte Granvelle. »Dieser unverfrorene Hund.«

»Bei Gott!« rief Don Juan nicht minder zornig. »Das wird er. Gebt Befehl, das venezianische Geschwader einzukreisen. Der Admiral soll sich mir stellen.«

»Hoheit!« protestierte Anthony. »Das könnt Ihr nicht tun.«

Don Juan wandte sich ihm zu, die Brauen unheilvoll zusammengezogen. »Ihr wagt, meinen Befehl in Frage zu stellen?«

»Ich wage, Euch davon abzuhalten, Eure Kampagne zunichte zu machen, Sire. Sagtet Ihr nicht selbst zu Beginn unserer Gespräche, daß Ihr fürchtet, Eure Männer könnten noch vor dem eigentlichen Gefecht sich selbst bekämpfen anstatt den Feind?«

Don Juan zögerte und biß sich auf die Unterlippe.

»Hoheit«, fuhr Hawkwood fort, »wir können uns glücklich schätzen, daß es nicht schon früher zu einem solchen Zwischenfall gekommen ist. Die Männer sind ungeduldig. Sie wollen endlich kämpfen. Das ist die Lösung für dieses Problem – und nun ist der Feind nicht mehr weit. Wenn Ihr Admiral Viniero unter Arrest stellen laßt, wird die gesamte venezianische Flotte nach Hause segeln. Damit wärt Ihr den Türken hilflos ausgeliefert.«

Don Juan musterte ihn einige Sekunden lang eindringlich. Dann sagte er: »Gebt entsprechenden Gegenbefehl.«

Die wartenden Offiziere zögerten, dann gehorchten sie.

»Aber ich werde kein Wort mehr mit Viniero wechseln«, sagte Don Juan. »Merkt Euch das. Ich werde nur noch mit Vizeadmiral Barbarigo sprechen.«

Hawkwood neigte den Kopf. Zumindest hatte er das Schlimmste verhindern können.

Der Wind heulte den ganzen Samstag, den 6. Oktober über, und die Schiffe der Flotte zerrten an ihren Ankerketten. Don Juan hoffte immer noch, daß die Galeonen doch noch zu ihnen stoßen könnten, aber Hawkwood wußte, daß hierfür nur eine sehr geringe Chance bestand; große, schwerfällige Schiffe wären bei diesem Wetter und dazu noch in diesem Gewirr aus Inseln und Felsen stark gefährdet.

Aber am Abend legte sich der Wind.

»Wird er wieder auffrischen?« fragte Don Juan.

Anthony betrachtete den Himmel. »Mindestens vierundzwanzig Stunden lang nicht, Sire.«

»Und wir wissen, daß die Türken sich im Golf befinden. Werden sie nicht dort bleiben und einfach abwarten, daß das Wetter uns zur Heimkehr zwingt?«

»Das bezweifle ich, Sire. Allerdings . . . die Zeit wird knapp.«

»Dann werden wir die Zeit, die uns bleibt, nutzen.« Der junge Kommandant rief seinen Flaggenkapitän zu sich. »Signalisiert der Flotte, daß wir morgen früh in Richtung Golf von Patras auslaufen.«

Der Kapitän salutierte und eilte davon, den Befehl auszuführen.

»Handle ich übereilt?« fragte der Habsburger.

»Ihr tut das einzig Richtige, Sire«, versicherte ihm Anthony.

Um zwei Uhr früh am 7. Oktober setzte das spanisch-genuesische Geschwader, das den rechten Flügel der christlichen Flotte bilden sollte, unter Befehl von Giovanni Andrea Doria die Segel.

Sobald die erste Division aus dem Hafen ausgelaufen war, folgte die mittlere Division, zu der nicht nur das Flaggschiff des päpstlichen Kommandanten Colonna gehörte, sondern außerdem Vinieros, der das Kommando gemäß Don Juans Befehlen Barbarigo übertragen hatte; der alte Mann war so betroffen wie alle anderen ob der Toten an Bord eines seiner Schiffe.

Im mittleren Geschwader segelten auch die ersten beiden Galeassen unter Befehl der Kapitäne Duodo und Guora. Das zweite Paar würde mit den Venezianern segeln. Das dritte Paar hatte ursprünglich Giovanni Andrea Doria und die Genueser begleiten sollen, stach jedoch aus irgendeinem Grund erst verspätet in See. Sie würden ihr Geschwader zweifellos später noch einholen.

Der Kurs führte zwischen der Insel Oxia und dem Festland hindurch und um Scropha herum in den Golf von Patras.

»Wie langsam Doria vorankommt«, grummelte Don Juan mit Blick auf das genuesische Geschwader, das unmittelbar vor ihnen zu dümpeln schien. »Erhöht das Tempo«, befahl er seinem Flaggenkapitän.

Der Kapitän eilte mit dem Befehl zum Mitteldeck, und der Rhythmus der Pauke beschleunigte sich sogleich. Die Galeeren pflügten zügig durch das Wasser. »Darf ich Euch Geduld anraten«, sagte Anthony. »Der Feind ist da und wird uns nun nicht mehr entkommen.«

»Ich muß führen, und das sollen auch alle sehen«, erklärte Don Juan. »Behaltet das Tempo bei.«

Er war nun erfüllt von freudiger Erwartung. In der Höhe von Point Scropha lag das Flaggschiff bereits vor Dorias Geschwader; der Rest der Flotte folgte nach. Vor ihnen lagen die offenen Gewässer des Golfes von Patras, die Nordküste des Peloponnes vom Morgennebel verhüllt, während die Dunkelheit schwachem Dämmerlicht wich.

Die Schiffe hatten die Landzunge kaum passiert, als Hawkwood die Signalflaggen am Mast von Dorias Flaggschiff, der *Capitana,* bemerkte.

»Schiffe in Sicht«, sagte er. »In welcher Richtung, Ausguck?« bellte er.

»Zwei Segel im Osten«, rief der Mann im Mastkorb zurück.

Sofort kletterten alle Offiziere in die Backbordtakelage, um besser sehen zu können.

»Drei, vier, sechs, acht«, rief der Ausguck.

Anthony kniff die Augen zusammen und starrte in das plötzlich grelle Licht, als die Sonne begann, über den Bergen um den Golf herum aufzusteigen. Acht, dachte er. Zehn. Fünfzig, einhundert, zweihundert, dreihundert . . .

»Da, Sire«, sagte er. »Dort ist Ali Pascha mit der türkischen Flotte. Dies ist der Tag, auf den wir gewartet haben.«

Der Tag, auf den ich gewartet habe, fügte er in Gedanken hinzu. Zehn Jahre lang. Aber jetzt stehe ich auf der falschen Seite.

»Feuert die Kanone ab und signalisiert Feind in Sicht, Kapitän«, rief Don Juan.

22
Die Schlacht von Lepanto

ANTHONY KLETTERTE HOCH in die Takelung, um die nahende Flotte besser sehen zu können. Wie er es vorausgesagt hatte, hatte Ali Muesinsade seine Schiffe in drei Geschwader gegliedert und hielt sich dicht ans Nordufer des Golfes, um seine Flanke zu schützen.

Anhand der Wimpel erkannte Anthony, daß das nördliche Geschwader, das kleinste der drei, obwohl es sicher mehr als fünfzig Schiffe zählte, von Scirocco Pascha befehligt wurde.

Ali Muesinsade befehligte das Zentrum, das beinahe doppelt so viele Schiffe umfaßte wie das Flankengeschwader. Dicht beim Flaggschiff konnte Anthony den Wimpel Pertev Paschas ausmachen.

Über dem linken Flügel, einem Geschwader von der gleichen Stärke wie die mittlere Division, wehte das Banner Uludsch Alis.

Don Juan hatte befohlen, das Banner der Christlichen Liga zu hissen und gleichzeitig seinen Geschwadern zu signalisieren, daß sie ihre Positionen einnehmen sollten und die Admirale sich an Bord des Flaggschiffes begeben sollten, um letzte Instruktionen für die bevorstehende Schlacht entgegenzunehmen.

Der Tag graute erst.

Die Anweisungen für die Schlacht entsprachen dem, worauf Hawkwood und der Oberbefehlshaber sich zuvor geeinigt hatten, nur daß der linke Flügel, der auf der Küstenseite Scirocco Pascha bekämpfen würde, von Barbarigo befehligt wurde. Viniero blieb im mittleren Geschwader, zur Linken des Flaggschiffes. Colonna bezog mit dem päpstlichen Flaggschiff Position unmittelbar zur Rechten der *Real*.

Während die Admirale sich berieten, riefen die Kapitäne ihre Männer zum Frühstück und ließen dann die Schiffe kampfbereit machen. Sobald die Besprechung vorüber war, ließ Don Juan sich um die ganze Flotte rudern. Die Mannschaften sämtlicher Schiffe standen jeweils auf dem Achterdeck, ihre Rüstungen glitzerten in den ersten Strahlen der aufgehenden Sonne, und die Männer jubelten Don Juan zu.

Der bevorstehende Kampf hatte Don Juans Zweifel zerstreut, wie Anthony erleichtert feststellte. Und er hatte auch seine gute Laune wiedergefunden. Als er Vinieros Schiff passierte und den ehrwürdigen alten Admiral auf seinem Achterdeck stehen sah, winkte er ihm fröhlich zu.

Als das Flaggschiff seine Position an der Spitze der Flotte wieder eingenommen hatte, wurde das Signal zum Gebet gegeben. Inzwischen hatten alle Christen ihre Rüstungen angelegt, und dreißigtausend gepanzerte Soldaten knieten feierlich auf den Decks nieder, um ihren Frieden mit Gott zu schließen, ehe sie ihr Leben in seine Hände gaben.

Anthony betrachtete sie staunend. Er war mit einem spanischen Küraß und einer Sturmhaube ausgestattet worden, hatte das Rapier, mit dem er nicht umzugehen verstand, jedoch abgelehnt und sich statt dessen für ein Breitschwert entschieden, obwohl er seinen Krummsäbel bei weitem vorgezogen hätte. Er sah aus wie jeder andere Spanier oder Venezianer, war sich jedoch bewußt, daß er im Herzen nicht einer von ihnen war.

Kalil trug ebenfalls eine spanische Rüstung und blickte staunend auf die knienden Christen rundum.

Während des Gebets behielten beide Männer die Türken im Auge, die in einem gewaltigen Halbmond in den Golf hinaussegelten. Je näher die Flotte jedoch dem Feind kam, desto mehr begradigte sich die Sichel. Auch war erkennbar, daß die vier imposanten Galeassen, die langsam dem christlichen Geschwader voransegelten, bereits für einige Unruhe in den osmanischen Reihen sorgten. Leider hatten die beiden anderen Galeassen sie bislang nicht eingeholt.

Die Türken kamen immer näher, und ihre Rufe und Schreie wehten auf der leichten Landbrise zu ihnen herüber.

Es war beinahe zehn Uhr am Vormittag, als die Christen sich mit lautem Klappern und Klirren von ihrem Gebet erhoben. Die Sonne, die jetzt hoch am Himmel stand, glitzerte auf ihren Rüstungen – es war, als wären auf jeder Galeere im gleichen Augenblick Hunderte von Kerzen angezündet worden.

Jetzt war es an der Zeit, die Schwierigkeiten einzuschätzen, die sich ergeben konnten. Auf der christlichen Linken behielten Barbarigo und seine Venezianer einen etwas schnelleren Ruderrhythmus bei als der Rest der Flotte und zogen langsam nach vorn – ohne jedoch so dicht am Ufer zu bleiben, wie Don Juan es gewünscht hatte. Offensichtlich fürchtete Barbarigo, in Küstennähe aufzulaufen. Scirocco Pascha erhöhte nun ebenfalls das Tempo und näherte sich den Venezianern in raschem Tempo. Don Juan gab sogleich Befehl, ebenfalls das Tempo zu erhöhen, um in Höhe seines linken Flügels zu gelangen.

Auf der türkischen Linken hatte Uludsch Ali seine bereits überlegene Streitmacht ausgebreitet, als wolle er den Christen in die rechte Flanke fallen. Giovanni Doria hatte das Manöver erkannt, und sein Geschwader verließ seine Position, bemüht, mit dem Tempo der Türken Schritt zu halten.

Anthony kaute auf der Unterlippe, Dorias Manöver riß eine Lücke in die christlichen Reihen. Aber es war noch zu früh, den Marquis von Santa Cruz mit seinen Schiffen herbeizurufen; noch konnte niemand sagen, ob er nicht an anderer Stelle dringender gebraucht wurde.

Um halb elf kam Sciroccos Geschwader in Reichweite von Barbarigos Galeassen, und die ersten Schüsse der Schlacht wurden abgefeuert. Rauch stieg in der stillen Morgenluft auf, und Zielsicherheit und Schlagkraft der Galeassen erwiesen sich als so zerstörerisch, daß innerhalb weniger Minuten mehrere türkische Galeeren manövrierunfähig waren – die Ruder knickten ab wie Zündhölzer, Masten brachen ab. Die restlichen Schiffe wichen vor den Galeassen nach rechts aus, in Richtung Küste.

Ihre Absicht war offensichtlich: Sie wollten die Venezianer von der Flanke her angreifen. Don Juan zupfte besorgt an seinem Bart, während er das Geschehen verfolgte – die mittlere Division war bislang noch nicht in das Gefecht verstrickt.

»Barbarigo ist ein guter Seesoldat«, sagte Hawkwood beruhigend.

Und da wendete der venezianische Admiral auch bereits seine Schiffe, um sich der Bedrohung zu stellen. Er schlußfolgerte ganz richtig, daß, solange die türkischen Galeeren genügend Wasser unter dem Rumpf hatten, das gleiche für seine Schiffe galt. In Küstennähe kam es zu einem heftigen Gefecht.

Das gesamte türkische Geschwader war in den Kampf einbezogen worden und gruppierte sich. Hierdurch hing der rechte venezianische Flügel, der von Marco befehligt wurde, gewissermaßen in der Luft. Und Quirini, ebenfalls ein fähiger Kommandant, erfaßte die Lage sogleich und wandte seine Schiffe ebenfalls nach Norden, jedoch leicht nach Osten ausgerichtet, so daß er begann, das türkische Geschwader langsam einzukreisen.

»Zumindest dort scheint alles auf einen Sieg hinzudeuten, Sire«, sagte Hawkwood zu Don Juan.

Aber jetzt war es an der Zeit, daß sie ihr Augenmerk auf ihr eigenes Geschwader richteten. Die mittlere Division war inzwischen in Reichweite der feindlichen Schiffe.

Wieder taten die Galeassen ihre Arbeit, und die Besatzungen bedienten die Geschütze so meisterhaft, daß die Türken vor einem Angriff zurückschreckten. Statt dessen versuchten sie, die Galeassen zu umschiffen und ruderten auf die christliche Flotte zu, auf der ein gewaltiger Tumult ausbrach. Im Zentrum des feindlichen Geschwaders befanden sich die Galeeren von Ali Muesinsade und Pertev . . . und sie steuerten geradewegs die *Real* und ihre Begleitschiffe an.

Wobei sie herbe Verluste hinnehmen mußten, denn während sämtliche Geschütze beider Flotten feuerten, so schnell wie sie nachgeladen und abgefeuert werden konnten, richteten die Christen viel größeren Schaden an, da sie infolge der entfernten Bugschnäbel in der Lage waren, geradeaus zu schießen.

Aber Ali näherte sich unaufhaltsam; daß er Don Juans Banner erkannt hatte, war offensichtlich.

»Er wird uns entern«, sagte Hawk, der den türkischen Galeeren entgegenblickte, die mit Höchstgeschwindigkeit auf sie zusteuerten, während die christlichen Schiffe einen langsamen, gleichmäßigen Rudertakt beibehielten.

»Arkebusiere!« erscholl ein Ruf, und die dreihundert mit Handfeuerwaffen ausgestatteten Soldaten versammelten sich auf dem Mitteldeck.

Brüllend vor Wut setzten die Türken ihren Sturmangriff fort. Die Galeeren jagten über das Wasser, und Anthony kam nur dazu, einen hastigen Blick nach rechts zu werfen und festzustellen, daß Pertev den Kurs geändert hatte, um Colonna anzugreifen, der seinerseits die *Real* ansteuerte.

Aber Pertev würde warten müssen. Es gab einen gewaltigen Aufprall, und Männer purzelten nach allen Seiten. Alis Galeere hatte ihren Bug an Steuerbord gerammt, die Ruder abrasiert und den Sklaven Angstschreie entlockt.

Eine Horde gepanzerter Türken schwärmte über den zerschmetterten Bug der beiden Schiffe.

Die Arkebusiere waren inzwischen wieder auf den Beinen und hatten Aufstellung genommen, die Stützen für ihre Gewehrläufe vor sich aufgestellt.

»Feuer!« brüllte Don Juan und zog gleichzeitig sein Schwert.

Anthony hielt seine Waffe bereits in der Hand, und zu seiner Überraschung entdeckte er nun den jungen Sekretär und Dichter Miguel de Cervantes an seiner Seite.

»Ich dachte, Ihr wärt krank, Señor«, sagte er.

»Nicht krank genug, mir eine solche Gelegenheit entgehen zu lassen«, entgegnete der ins Ausland verbannte Spanier.

Gemeinsam stürmten sie nach vorn, dicht gefolgt von Kalil.

Die Arkebusiere feuerten eine erste Salve ab, und dicke Rauchschwaden stiegen in die stille Morgenluft auf. Die Türken, die über das Vorderdeck stürmten, wurden von dem Kugelhagel niedergemacht.

»Jetzt«, rief Hawkwood. »Schwerter und Piken. Folgt mir.«

Er lief durch die Reihen der Arkebusiere, die hastig ihre Feuerwaffen fallen ließen und ihre Schwerter zogen. Er rannte auf den Bug zu, und die wenigen noch verbliebenen Türken, die sich an das gesplitterte Holz klammerten – einige waren tot, andere ins Wasser gefallen –, kreischten vor Entsetzen.

»Hawk Pascha!« riefen sie. »Hawk Pascha ist aus dem Grab auferstanden.«

Anthony schloß aus ihren Schreien, daß der Galeerenkapitän, den er in der Adria überlistet hatte, seinen Tod gemeldet hatte.

Die Türken flüchteten zurück auf Alis Schiff, aber Anthony sprang ihnen nach, wobei er Mühe hatte, auf dem glitschigen Deck das Gleichgewicht zu halten. Jemand stach mit einer Pike nach ihm, und er wehrte die Waffe ab, ehe er mit dem Schwert zustieß und die Klinge sich in zuckendes Fleisch bohrte. Der Mann ging zu Boden, und Anthony sah die anderen den Gang zwischen den Ruderern entlanglaufen, immer noch seinen Namen rufend.

»Pah!« rief Ali Muesinsade vom Achterdeck. »Das ist kein Geist. Das ist Hawk Pasch, der Verräter! Wollt ihr ihm nicht den Garaus machen?«

Er zog seinen Säbel und führte persönlich den Gegenangriff an. Als ihn nur noch wenige Fuß von Anthony trennten, blieb er stehen.

»Also, Hawk«, sagte er. »Es ist meine Pflicht, dem Sultan Euren Kopf zu bringen.«

»Dann holt ihn Euch«, entgegnete Anthony herausfordernd.

Ihre Klingen prallten aufeinander, aber bevor sie ihren Kampf richtig beginnen konnten, gab es einen zweiten heftigen Stoß, und sie verloren beide das Gleichgewicht. Hawkwood stürzte beinahe zwischen die Ruderer, aber Kalil packte seinen Arm und riß ihn zurück, ehe die höllischen Kreaturen, deren Leiber von Schweiß und Blut vom Deck über ihnen beschmiert waren, ihn zu fassen kriegten.

Eine türkische Galeere hatte Alis gerammt, um Verstärkung an Bord des Flaggschiffes zu schaffen, und die Spanier traten den Rückzug an. Hawkwood hatte keine andere Wahl, als sich ihnen anzuschließen. Noch war er nicht soweit, Selbstmord zu begehen.

»Halt!« brüllte er. »Schließt die Reihen.«

Don Juan stand am Bug der *Real* und versuchte, seine

Männer neu zu sammeln, aber die Spanier waren jetzt, da neue Türken über den Bug schwärmten, eins zu zwei unterlegen. Und nur wenige der Arkebusen waren in der Zwischenzeit neu geladen worden.

»Bei Gott, wir sind verloren!« rief Don Juan, als die Salve die angreifenden Türken nicht aufzuhalten vermochte. Die Spanier waren auf das Achterdeck zurückgedrängt worden.

»Die Sklaven«, sagte Anthony knapp und rannte die Treppe hinunter zur ersten Ruderbank. »Wollt ihr für Gott und eure Freiheit kämpfen?« rief er.

»Aye!« brüllten die Sklaven zurück.

Mit Hilfe des Bootsmannes dauerte es nur Sekunden, die Ketten zu lösen. Ein Faß Piken war für einen Notfall wie diesen bei der Pauke bereitgestellt worden, und jeder der Sklaven nahm sich eine der Waffen, ehe er Hawkwood an Deck folgte.

Gerade noch rechtzeitig. Die Spanier waren kurz davor, vernichtet zu werden. Aber auf das plötzliche und unerwartete Auftauchen einer Horde nackter mit Piken bewaffneter Männer waren die Türken nicht gefaßt, und so fielen sie wieder zurück.

Zum zweitenmal führten Hawkwood und Don Juan den Angriff gegen das türkische Flaggschiff. Anthony entdeckte Ali auf dem Achterdeck; er brüllte Befehle, in dem Bemühen, seine Männer neu zu sammeln, und rief nach Verstärkung. Sie waren von zu vielen schnaufenden, zustechenden, schreienden Leibern getrennt, aber Hawkwood versuchte dennoch, sich bis zu Ali durchzukämpfen. Bevor er seinen alten Widersacher jedoch erreicht hatte, krachten zwei weitere türkische Galeeren längsseits gegen das Flaggschiff, und wieder wurden die Christen zurückgeschlagen, während die Türken vorstürmten.

Inzwischen hatte Santa Cruz den verzweifelten Kampf im Zentrum der christlichen Reihen jedoch bemerkt und ein halbes Dutzend seiner Schiffe zu ihrer Hilfe entsandt. Die Männer kletterten über die Heckreling der *Real* und mischten sich unter die Kämpfenden. Aber die Türken waren immer noch in der Überzahl, und während Blutbäche entlang der Speigatten rannen und das Meer dort verfärbten, wo sie ins Wasser strömten, Männer fluchend und schimpfend aufeinander einhackten und -stachen, ausrutschten und über Bord oder auf die halbleeren Ruderbänke fielen, schreiend und nach Luft ringend, wurden die Christen langsam zurückgedrängt.

Hawkwood erkannte, daß nur Alis Tod sie jetzt noch retten konnte. Er war erschöpft, sein Helm verbeult von einem unerwarteten Schlag, sein linker Arm schmerzte, er atmete keuchend, und sein ganzer Körper war schweißgebadet. Aber er zwang sich, erneut vorzustoßen, wobei seine Körpermasse ihm ebenso wie das Schwert, das er beidhändig schwang, dazu verhalf, sich einen Weg durch die brodelnde Masse zu bahnen, bis er plötzlich seinem Ziel gegenüberstand, wenn auch noch mehrere Fuß von ihm getrennt.

Ali Muesinsade grinste und bleckte die Zähne. »Noch einmal, Verräter«, sagte er. »Zum letzten Mal.«

Er stürmte vor – riß dann die Arme hoch und stürzte von der Gangway hinab auf die Ruderbänke. Eine Kugel hatte ihn in die Stirn getroffen.

Hawkwood sprang sofort zu ihm herab, nahm seinen Helm ab, krallte die Hand in sein Haar und hieb ihm den Kopf ab.

Dann kletterte er zurück an Deck und hielt die grausige Trophäe in die Höhe, damit die Türken sie auch sahen.

»Ali Pascha ist tot!« rief er heiser. »Ali Pascha ist tot!«

Die Türken schrien in ungläubigem Entsetzen auf und waren wie gelähmt.

»Jetzt«, bellte Don Juan, seine Stimme nicht minder heiser als Hawkwoods. »Jetzt!«

Ein letztes Mal drängten die Christen vor. Der Anblick des abgetrennten Kopfes des osmanischen Admirals hatte genau die Wirkung erzielt, die Anthony sich erhofft hatte, und die Türken verloren ihren Elan. Sie zogen sich zurück, und diesmal gab es niemanden mehr, der ihnen befahl, sich neu zu sammeln. Und es fehlte am nötigen Platz, da die vorrückenden Spanier die Osmanen unnachgiebig über Bord drängten, so daß sie ertranken. Erbarmungslos schlachteten die Spanier ihre Feinde ab, wobei sie immer wieder auf die Verwundeten einhackten, um ganz sicherzugehen, daß sie auch tot waren. Nur wenige Minuten nach Ali Paschas Tod war sein Flaggschiff erobert – ebenso wie die drei Galeeren, die am Schiff des Paschas festgemacht hatten.

Jetzt war es an der Zeit, sich ein Bild zu machen, was um sie herum geschah.

Ein Blick nach Norden verriet Anthony, daß dort ein Sieg errungen worden war. Dank raschem Handeln war Sciroccos Geschwader von den Venezianern eingekreist worden und wurde erbarmungslos vernichtet. Die türkischen Galeeren hatten keine Chance – ebensowenig wie ihre Besatzungen.

Es war kein leichter Sieg, wie Hawkwood später erfuhr, da Barberigo tödlich verwundet worden war und sein Neffe Marco Contarini, kurz nachdem er das Kommando übernommen hatte, getötet worden war. Federigo Nani hatte daraufhin das Kommando über das gesamte Geschwader übernommen, und ihm war auch der endgültige Sieg zu verdanken gewesen. Scirocco Pascha wurde ebenfalls tödlich verwundet aus dem Meer gefischt.

Im Zentrum war der Rest von Ali Paschas Geschwader ebenfalls fast vollständig zerstört worden.

Aber zur Rechten lief es weniger gut. Nachdem Giovanni Doria Kurs nach Süden genommen hatte, um der drohenden Einkreisung zu entgehen, erkannte Uludsch Ali rasch, daß der rechte Flügel der türkischen Flotte verloren war und das Zentrum in großen Schwierigkeiten steckte. Und somit hatte er sich dazu entschlossen, alles in seiner Macht Stehende zu tun, die Niederlage der Türken abzuwenden: Er hatte seine Schiffe gewendet und direkt auf die Lücke zugehalten, die Dorias Manöver in den christlichen Reihen hinterlassen hatte, um die rechte Flanke von Don Juans Geschwader anzugreifen und dieses wenn möglich aufzureiben.

In dem Bestreben, ihn zu stoppen, hatte Giustiniani das kleine maltesische Galeerenkontingent an die rechte Flanke der mittleren Division gelenkt. Aber die Malteser waren überwältigt, ihre Schiffe geentert und die Besatzungen erschlagen worden.

Diese Katastrophe war von Santa Cruz beobachtet worden, der prompt acht Galeeren der Reserve unter Befehl von Don

Juan de Cardona ausgesandt hatte, den Maltesern beizustehen. Unglücklicherweise waren sie zu spät gekommen, um sie zu retten, und befanden sich jetzt selbst inmitten des heftigsten Gefechts der ganzen Schlacht, da jedes christliche Schiff jeweils von zwei türkischen angegriffen wurde. Und genau das war der Anblick, der sich Anthony bot, als er sich das erstemal nach der Eroberung von Ali Muesinsades Flaggschiff umsah.

Die Christen wurden erneut vernichtend geschlagen und kämpften beinahe bis zum letzten Mann. Cardona selbst war tödlich verwundet, und von den fünfhundert Soldaten an Bord seines Schiffes überlebten nur fünfzig. An Bord der *Florence* wurden fast alle getötet, einschließlich der Galeerensklaven; der Kapitän, Tomasso de Medici, fand sich schwer verletzt an der Spitze von nur siebzehn Rittern des Stephansordens wieder. Auf den beiden anderen päpstlichen Galeeren, der *San Giovanni* und der *Piamontesa* gab es überhaupt keine Überlebenden, sogar die angeketteten Galeerensklaven wurden bis auf den letzten Mann abgeschlachtet.

Dieses Massaker wurde von Hawkwood und Santa Cruz beobachtet. Der Marquis eilte bereits mit dem Rest seiner Reserveschiffe herbei, als Anthony Don Juan am Arm packte.

»Hoheit, unsere Rechte ist gefährdet.«

Don Juan erkannte die Situation auf einen Blick, auch, daß das genuesische Geschwader inzwischen einige Meilen entfernt war. Doria hatte erkannt, daß er überlistet worden war, und hatte kehrtgemacht, aber es würde noch eine halbe Stunde dauern, ehe er eingreifen konnte.

»Möge Gott diesen Verräter strafen«, knurrte Don Juan.

»Ich glaube nicht, daß er ein Verräter ist, Sire. Er wurde nur überlistet. Aber Verräter oder nicht, wir können nicht auf ihn warten.«

»Ihr habt recht.« Don Juan sah nach rechts und links und gab Befehl, die eroberten türkischen Galeeren, die gerade geplündert wurden, um anschließend in Brand gesteckt zu werden, abzustoßen. Dann befahl er alle Mann zurück auf ihre Posten und bahnte sich einen Weg durch das Gewühl, um dem päpstlichen Geschwader zu Hilfe zu kommen.

Wieder kam es zum erbitterten Gefecht, aber diesmal erkannte Uludsch Ali, daß er Gefahr lief, von der gesamten feindlichen Flotte angegriffen zu werden, da immer mehr christliche Schiffe ihre Plünderung aufgaben, um ihren Oberbefehlshaber zu unterstützen, und auch Doria von Süden her nahte.

Uludsch gab die erbeuteten Schiffe auf und zog sich mit seinen verbliebenen etwa dreißig Galeeren zurück in den Golf, wobei er bis zuletzt seine Verachtung dadurch kundtat, daß er an seinem Hauptmast das Banner des Johanniterordens wehen ließ, das er auf Giustinianis Schiff erbeutet hatte.

»Wir kriegen sie alle«, brüllte Don Juan. »Gebt das Signal, die Verfolgung aufzunehmen.«

Anthony warf einen raschen Blick nach rechts und links. Die christlichen Besatzungen waren erschöpft. Sogar Dorias Männer hatten, wenn auch nicht unmittelbar in die Schlacht verwickelt, über zwei Stunden am Stück gerudert, erst in die eine und dann in die andere Richtung.

Aber vor allem waren da die verräterischen Wolkenfetzen tief am Himmel.

»Sire«, sagte er, »verzeiht, aber . . . Eure Männer werden Uludsch Ali nicht mehr einholen. Und habt Ihr nicht bereits den größten Triumph in der Geschichte der Seekriege gewonnen? Eine Flotte von dreihundert Schiffen wurde bis auf etwa fünfzig Galeeren vernichtet.«

»Es ist meine Pflicht, jedes schwimmende türkische Schiff zu versenken, Hawk«, beharrte Don Juan.

»Aber nicht, wenn Ihr dabei riskiert, Eure eigene Flotte zu verlieren, Sire. In weniger als zwölf Stunden wird wieder ein Unwetter toben.«

Don Juan blickte in den Himmel. »Was schlagt Ihr vor?«

»Daß wir uns in einen sicheren Hafen zurückziehen, Sire, und das so rasch wie möglich. Petala liegt ganz in der Nähe, und dort könnten wir in Sicherheit abwarten, bis der Sturm sich wieder gelegt hat.« Er grinste breit. »Uludsch Ali wird immer noch in Lepanto festsitzen, wenn wir wieder in See stechen.«

Don Juan zögerte. Dann nickte er und gab die entsprechenden Befehle. Die gesamte christliche Flotte brachte sich in Sicherheit.

Als am Abend alle Schiffe vor Anker lagen, hatten die Männer Gelegenheit, sich mit ihren Geschichten von Heldentaten und Tragödien zu unterhalten.

Jetzt war Zeit, die im Kampf davongetragenen Verletzungen zu verarzten. Während Anthonys Arm verbunden wurde – der von einer Pike durchbohrt worden war – entdeckte er Cervantes unter den Verwundeten.

Das linke Handgelenk war dick verbunden; die Hand fehlte. »Sie wurde von einem Säbel fast völlig abgetrennt«, erklärte er traurig. »Der Chirurg konnte nicht mehr tun, als die Arbeit des Türken zu vollenden.« Anthony war schockiert von so viel Pech, aber der Junge war erstaunlich guter Dinge. »Dieser Vorfall hat mir bewiesen, daß niemand gegen sein Schicksal ankommt, Monsignore«, sagte er. »Ich wurde in Spanien dazu verurteilt, meine Hand zu verlieren, und so floh ich aus der Heimat, um meine Hand schließlich im Dienste Spaniens zu verlieren. Aber es hat mir auch bewiesen, daß Gott gnädig ist, da ich anstatt der Rechten, die mir abgeschlagen werden sollte, die Linke verloren habe, so daß ich weiterhin schreiben kann.« Cervantes grinste. »Und würdet Ihr nicht auch sagen, daß ich jetzt einiges niederzuschreiben habe?«

Trotz seiner Erschöpfung ließ Hawkwood sich in einem Beiboot zu Colonnas übel zugerichteter Galeere rudern.

Die Szenerie dort war die gleiche wie auf den meisten Schiffen der Flotte: erschöpfte Männer, die in Gruppen beisammensaßen, zum Abendessen Wein tranken und einander verarzteten, wobei sie Abschnitte der Schlacht wiederaufleben ließen und mit ihren Erfolgen prahlen.

»Hawk!« Colonna begrüßte und umarmte ihn. Sogar Kardinal de Granvelle, der sich während der gesamten Dauer der Schlacht nicht hatte blicken lassen, lächelte an diesem Abend. »Ein großer Sieg!«

»Alle haben ihre Pflicht getan«, entgegnete Anthony.

»Bis auf diesen hinterhältigen Genueser«, bemerkte der Kardinal. »Er sollte an seinem Masttopp aufgehängt werden.«

»Er hat einen Fehler gemacht, Vater. Niemand sollte für einen ungewollt begangenen Irrtum gehängt werden. Aber ich bin gekommen, Euch etwas zu fragen, Monsignore«, wandte er sich an Colonna. »Euer Schiff wurde von der Galeere Pertev Paschas angegriffen?«

Colonna nickte. »Wir haben es erobert. Es liegt dort drüben.«

»Was ist mit dem Pascha? Ist er im Kampf gefallen?«

»Das kann ich nicht sagen – aber es hat Überlebende gegeben. Ein halbes Dutzend lebt immer noch. Ich werde sie morgen an meine eigenen Ruder ketten.«

»Würdet Ihr mir gestatten, mit den Männern zu sprechen?«

»Sicher. Eure Männer können Euch gleich zu ihnen bringen.«

Anthony ging an Bord der eroberten Galeere, Kalil wie immer an seiner Seite.

An Händen und Füßen gefesselt, drängten die türkischen Gefangenen sich dicht aneinander und rollten angstvoll mit den Augen, als sie Hawk Pascha erblickten.

»Ich will etwas über Pertev Pascha erfahren«, begann Anthony. »Hat einer von euch ihn sterben sehen?«

Sie schüttelten den Kopf.

»Der Pascha ist nicht gefallen«, sagte einer von ihnen schließlich.

»Was sagst du da?«

»Er hatte achtern eine Galiote vertäut«, fuhr der Mann fort. »Und als er sah, daß wir besiegt werden würden, ließ der Pascha uns im Stich. Er floh in dem Beiboot.«

Anthony kniete sich neben den Gefangenen. »Bist du dir auch ganz sicher?«

»Ich habe es mit meinen eigenen Augen gesehen, Hawk Pascha«, entgegnete der Mann, »Unser Pascha hat uns im Stich gelassen. Ich habe gesehen, wie sein Boot die Meerenge zum Golf von Korinth angesteuert hat. Er hat uns im Stich gelassen, um sich in die Sicherheit seiner Besitztümer zu begeben.«

»Woher willst du das wissen?« hakte Anthony nach.

»Ich war sein Diener, Hawk Pascha, Und er hat mich ebenso im Stich gelassen wie alle seine Männer.«

Hawkwood strich sich über den Bart. Er glaubte dem Mann, der offensichtlich verbittert darüber war, von seinem Herrn so schmählich im Stich gelassen worden zu sein. Und er wußte, daß Pertev tatsächlich auf dem Peleponnes ein Anwesen besaß, in der Nähe der Ruinen der Stadt Korinth. Pertev würde seinen Reichtum und seine Frauen in Sicherheit bringen wollen, für den Fall, daß die christlichen Soldaten die Küste plünderten.

Hawkwood kehrte auf das Flaggschiff zurück. Der Wind blies bereits mit zwanzig Knoten aus Osten, drehte jedoch langsam nach Norden, und die Galeeren schlingerten an ihren Ankerketten – waren jedoch nicht in Gefahr.

Die Brigadino-Brüder hatten geduldig auf ihn gewartet und umarmten ihn herzlich. »Marcantonio ist gerächt«, sagten sie. »Wir fühlen uns geehrt, daß wir mit Euch segeln durften, Hawk.«

Don Juan runzelte die Stirn, als er sah, daß Anthony keinen sehr glücklichen Eindruck machte.

»Was bedrückt Euch?« fragte er.

»Sire, ich möchte Euch bitten, mir für eine Nacht eine Eurer Brigantinen zu überlassen«, entgegnete Anthony.

»Wozu?«

»Ich möchte den Golf von Korinth hinaufsegeln.«

»Heute nacht? In diesem Unwetter?«

»Ich kenne diese Gewässer und auch das Wetter, Sire. Und ich habe gute Gründe für mein Anliegen.« Er beschrieb Don Juan in knappen Worten Pertevs Flucht.

»Ist das der Mann, der unseren Bruder ermordet hat?« fragte Ambrogio Brigadino.

»Derselbe. Ich habe geschworen, ihn zu töten«, erwiderte Hawkwood.

»Das ist auch unsere Pflicht«, mischte sich Antonio Brigadino ein. »Wir werden Euch begleiten.«

»Das ist Wahnsinn«, widersprach Don Juan. »Das kann ich nicht erlauben.«

»Es wäre auch zu Eurem Vorteil, Sire«, erklärte Hawkwood. »Ich könnte bei dieser Gelegenheit auch auskundschaften, wo Uludsch Ali sich aufhält und was von der osmanischen Flotte noch übrig ist.« Er lächelte grimmig. »Wenigstens braucht Ihr jetzt nicht mehr zu befürchten, daß ich Euch verraten könnte.«

»Habt Ihr eine Vorstellung davon, was sie mit Euch machen werden, solltet Ihr ihnen in die Hände fallen?«

»Ich könnte kaum größere Qualen erleiden als Brigadino, Sire.«

»Und Ihr hofft, seinen Tod zu rächen.« Don Juan seufzte und drückte seine Hand. »Geht und stellt Eure Ehre wieder her, Hawk. Aber kommt zu mir zurück. Ich brauche Euch.«

Als Hawkwood Freiwillige aufforderte, sich zu melden, hatte er bald eine ganze Besatzung beisammen. Inzwischen wußte jeder Mann der Flotte, welchen Anteil er an ihrem erstaunlichen Sieg gehabt hatte, und sie wären ihm blind überallhin gefolgt. Auch hatten die Mannschaften der Brigantinen nur wenig Anteil an der tatsächlichen Schlacht gehabt und brannten darauf, sich jetzt zu beweisen.

Mit zwanzig Mann, einschließlich der Brigadino-Brüder, stach er in See. Inzwischen war es Nacht, und der Wind blies mit über dreißig Knoten. In den schmalen Gewässern des Golfes konnte das Meer ihnen nicht gefährlich werden, aber die Enge erforderte auch großes seemännisches Geschick, damit das kleine Schiff nicht auf den Felsen zu beiden Seiten zerschellte.

Gegen den Nordwind lavierend und die Pumpen bemannt, da immer wieder aufspritzender Gischt über den Bug auf das halbe Deck niederging, segelte Hawkwood den Golf von Patras hinauf zu der Meerenge, jenseits derer sich der tiefere Golf von Korinth befand.

Die Meerenge bei schlechtem Wetter zu passieren war immer ein gefährliches Manöver, aber hinzu kam, daß Lepanto sich unmittelbar am Ostufer befand, wohin die restlichen Schiffe der türkischen Flotte geflohen sein mußten und wo Uludsch Ali zweifellos gerade damit beschäftigt war, Vorbereitungen für eine Belagerung zu treffen.

Uludsch beabsichtigte ganz sicher, die Meerenge mit seinen Schiffen zu blockieren, aber noch war die Durchfahrt frei, was nur verständlich war, da seine Männer niedergeschlagen und demoralisiert sein mußten und der Wind ständig zunahm. Uludsch mußte annehmen, daß die Christen ebenfalls vor dem Sturm Schutz gesucht hatten.

In der Meerenge patrouillierten nicht einmal Wachschiffe, und die Brigantine glitt in völliger Dunkelheit unbehelligt hindurch.

In Lepanto selbst brannten jedoch reichlich Lichter, und der Wind trug das Dröhnen der Pauken und die Flötentöne, die Trauermusik, mit der die Türken ihre zahlreichen Gefallenen beklagten, zu ihnen herüber.

Hawkwood wußte, daß nicht auszuschließen war, daß Pertev ebenfalls im Seehafen von Lepanto Zuflucht gesucht hatte, aber er verwarf diese Möglichkeit. Pertev mußte wissen, daß seine Flucht beinahe von der gesamten Flotte beobachtet worden war; er würde Uludsch Ali nicht gegenübertreten wollen, bevor er sich nicht eine glaubwürdige Entschuldigung zurechtgelegt hatte – sofern ihm das überhaupt gelang.

Hawkwood nahm jetzt Kurs auf Südosten und segelte mit gerefften Segeln über den an dieser Stelle breiteren Meeresarm. Die Wellen brachen sich an Deck, und die Brigantine hatte starke Schlagseite, kam jedoch gut voran. Die Lichter von Lepanto fielen bald zurück und wurden von der Dunkelheit verschluckt. Anthony, der nun nicht länger fürchtete, einem türkischen Patrouillenboot zu begegnen, zündete seine eigene Laterne oben am Hauptmast an, um andere Schiffe, die möglicherweise ihren Weg kreuzten, zu warnen, während Kalil seinen Posten am Bug einnahm und vorausblickte.

Sie waren mehrere Stunden gesegelt, ehe sie erneut Lichter sahen, die, wie Hawkwood wußte, wenngleich noch weit entfernt, zu Korinth gehörten, einem Dorf, das einige Meilen von den Ruinen der zerstörten alten Stadt entstanden war. Dann rief Kalil jedoch, daß er ein anderes Licht entdeckt habe, näher und weiter südlich.

»Es bewegt sich, Herr«, rief er. »Es gibt Signale.«

Hawkwood änderte den Kurs und hielt auf das Licht zu. Inzwischen starrte die gesamte Besatzung in die Dunkelheit. Der Mond war aufgegangen, und immer wenn die Wolkendecke aufriß, war es hell genug, die schwarzen Umrisse der Küste einige Meilen weiter im Süden zu erkennen sowie die Gischtkronen der Wellen, dort, wo die Brandung sich gegen die Klippen warf.

»Da, Hawk«, sagte Antonio Brigadino, der zu ihm ans Ruder getreten war. »Eine Galiote, da bin ich ganz sicher.«

Anthony kniff die Augen zusammen und sah, daß die kleine Galeere in einer Bucht vor der peloponnesischen Küste ankerte. Offenbar hatte sie dort Schutz gesucht, als der Wind aufgefrischt war, und solange der Wind aus Osten geblasen hatte, mußte sie dort auch recht sicher gewesen sein. Aber jetzt, da der Wind sich gedreht hatte und aus Norden kam, war sie dem Unwetter voll ausgesetzt, und doch schien es, als wäre sie nicht in der Lage – oder als fürchte sie sich –, den Anker zu lichten und auf die offenen Gewässer des Golfes hinauszusegeln. Oder auch nur ihre Besatzung an Land zu setzen. Jedenfalls signalisierte sie Hilfe.

Kalil war ebenfalls nach achtern gekommen und wartete nun auf Anthonys Entscheidung.

»Wir machen halt«, sagte Hawkwood schließlich. »Vielleicht haben sie Neuigkeiten über Pertev.«

»In der Nähe wird es Felsen geben, Herr.«

»Dann halte die Augen offen.«

Er ließ die Segel noch weiter reffen, und da nur noch wenig Segelfläche gesetzt war, verlangsamte sich das Tempo der Brigantine noch mehr. Aber die schmale Einfahrt der Bucht war nicht sehr einladend; Schaumkronen tanzten auf den Wellen. Anthony hielt mit aller Kraft am Ruder fest, als die Brigantine durch die aufgewühlten Wasser und die brodelnde See dahinter pflügte.

Jetzt erkannte er die Probleme des Galiotenkapitäns. Die Bucht war von Klippen eingeschlossen, die keine hundert Yards entfernt steil aufragten, und die Galiote hatte außerdem ihr Beiboot verloren. Die Besatzung würde an Land schwimmen müssen – nur, daß es keine Stelle gab, wo sie an Land hätten klettern können.

Hawkwood rief seine Befehle, brachte das Ruder nach Lee, und die Brigantine schwang herum und legte sich in den Wind.

Die Galiote war nur noch zweihundert Yards entfernt; die

Besatzung stand achtern und winkte ihnen zu. Anthony mußte sofort weiter in die Mitte der Bucht segeln, um nicht an den Klippen zu zerschellen. Das Schiff lavierte nach Steuerbord in Richtung des Hecks der in Seenot geratenen Galiote.

Als die beiden Schiffe nur noch einen Katzensprung voneinander entfernt waren, wies Anthony Kalil an, die Besatzung auf türkisch anzurufen.

»Was ist das für ein Schiff?« rief Kalil.

»Die Galiote von Pertev Pascha«, rief jemand zurück. »Wir haben ein Leck. Wir brauchen Eure Hilfe.«

Kalil blickte über die Schulter zu seinem Herrn.

Pertev! Ihm ausgeliefert aufgrund seiner Feigheit, weil er Schutz gesucht hatte, lange bevor die See merklich gefährlich geworden war.

Die Brigantine war an der Galiote vorbeigezogen und drehte erneut bei.

»Sag ihnen, wir kommen längsseits, um sie an Bord zu nehmen.«

Kalil rief die Nachricht hinüber, und die Männer auf der Galiote winkten zustimmend. Inzwischen drängten sich Seeleute auf den Decks.

Einige von ihnen mochten unschuldig sein, aber darauf konnte Anthony keine Rücksicht nehmen. Zum letzten Mal in seinem Leben mußte er sich wie ein Osmane verhalten – aber zum Schrecken der Osmanen.

»Die Geschütze laden«, befahl er. »Und richtet sie nach unten aus, auf die Wasserlinie.«

Seine Männer machten sich eilig ans Werk, während er die Brigantine erneut wendete und das Schiff auf die Galiote zusteuerte.

Als sie nur noch fünfzig Yards voneinander trennten, entdeckte Hawkwood auf dem Achterdeck die Gestalt Pertevs, der angesichts der unerwarteten Aussicht auf Rettung ebenso wild gestikulierte wie seine Männer.

Aber an Bord der Brigantine brannten die Streichhölzer bereits, und als Hawkwood das Schiff breitseits zur Galiote brachte, gab er den Befehl zu feuern.

Die Brigantine erzitterte unter dem Rückstoß, als die beiden Kanonen detonierten. Treffsicher krachten die Kugeln dicht über der Wasserlinie in den Rumpf der Galiote. Die Männer schrien entsetzt auf.

Hawkwood steuerte die Brigantine am Bug der Galiote vorbei und drehte erneut bei, um an Steuerbord an der Galiote vorbeizusegeln. Das türkische Schiff neigte sich bereits stark nach Backbord, und der algenbewachsene Kiel an Steuerbord hob sich langsam aus dem Wasser.

»Feuer!« brüllte Anthony erneut, und die beiden Kanonen an Backbord dröhnten. Wieder ein Treffer, und die Eisenkugeln bohrten sich durch die Planken.

Auf beiden Seiten durchlöchert, sank die Galiote wie ein Stein, und ertrinkende Männer verschwanden schreiend in den tosenden Fluten.

Hawkwood steuerte in ihre Mitte, und einige der Männer wurden aus dem Wasser gefischt und unter Deck eingesperrt. Aber Anthony interessierte sich nur für einen ganz bestimmten Mann.

»Hilfe!« kreischte Pertev Pascha. »Hilfe!«

Der Türke klammerte sich verzweifelt an ein abgebrochenes Stück Reling. Hawkwood persönlich warf die Rettungsleine, und Pertev ergriff sie und wurde an die Brigantine herangezogen. Langsam wurde er aus dem Wasser und über das Schanzkleid gehievt. Dort starrte er aus angstgeweiteten Augen, immer noch an die Leine geklammert, auf Hawkwood und sein gezücktes Schwert.

»Hawk Pascha!« keuchte er und blickte dann auf die Männer, die rechts und links von ihm standen. An ihren Gesichtszügen erkannte er, wer sie sein mußten.

»Ich gewähre dir einen angenehmeren Tod, als du ihn verdient hast«, sagte Ambrogio Brigadino und schwang das Schwert, um Pertev den Kopf abzuschlagen.

Kopf und Rumpf fielen getrennt zurück ins Meer.

»Jetzt ist der Tod unseres Bruders gesühnt«, sagte Ambrogio.

Taktisch gesehen war die Schlacht von Lepanto die gewaltigste Seeschlacht der Geschichte. Die Christen verloren dreizehn Galeeren, von denen zwölf sanken und eine vom Feind erobert wurde. An die fünfzehntausend Mann wurden getötet oder verwundet oder ertranken. Einhundertdreizehn türkische Galeeren wurden versenkt und weitere einhundertsiebzehn von den Christen erbeutet. Dreißigtausend Türken fielen im Gefecht, und unzählige weitere ertranken. Achttausend Türken wurden gefangengenommen und an die fünfzehntausend christliche Galeerensklaven befreit.

Der auf den türkischen Galeeren erbeutete Reichtum war nicht minder beeindruckend. Allein auf Ali Paschas Flaggschiff wurden einhundertfünfzigtausend Zechinen gefunden. Aber noch bedeutender war, daß Don Juan d'Austria zweihundertvierundsiebzig Kanonen erbeutete.

Der Oberbefehlshaber sandte Hawkwood großmütig mit der Kunde ihres Sieges an Bord der *Angel* nach Venedig. Als Anthony dort eintraf, herrschte in der Republik große Angst. Es gingen die wildesten Gerüchte um, und allgemein wurde erwartet, daß Ali Pascha jeden Augenblick mit seiner Flotte in der Lagune auftauchte, um Rache zu nehmen.

Als die Nachricht des Sieges der christlichen Flotte bekannt wurde, brach eine regelrechte Hysterie aus. Kirchenglocken läuteten Sturm, Menschen tanzten auf den Straßen und schwammen in den Kanälen, die Brunnen spien Wein.

»Ich stehe zu meinem Wort«, sagte der Doge, Alvise Mocenigo, zu Anthony. »Bittet mich, um was Ihr wollt, und wenn es in meiner Macht steht, werdet Ihr es bekommen, denn Ihr habt uns nicht nur von den Türken befreit, sondern außerdem Rache für Famagusta geübt.«

»Wir werden unser Ziel erst erreicht haben, wenn wir Istanbul erobert haben«, entgegnete Anthony. »Ich muß also zur Flotte zurückkehren. Ich werde um meine Belohnung bitten, wenn der Krieg vorüber ist, Eure Exzellenz.«

Aber bevor er wieder aufbrach, konnte er mehrere glückliche Nächte mit seiner Frau verbringen und nicht weniger glückliche Stunden mit seinen Söhnen.

»Ihr habt so vieles erreicht«, flüsterte Barbara, als sie in seinen Armen lag. »Was kommt als nächstes?«

Er lächelte. »Ich werde dich zum Hawk-Palast zurückbringen – als Eroberer.«

In späteren Jahren sollte sich herausstellen, daß Hawkwoods Traum durchaus zu verwirklichen war. Die Kunde von der Schmach von Lepanto hatte, wie ein Zeitzeuge schrieb, derart verheerende Auswirkungen in Istanbul, daß die Stadt sich kampflos ergeben hätte, wenn nur fünfzig christliche Galeeren den Bosporus hinaufgefahren wären.

Unglücklicherweise kam es nie dazu.

Wenngleich Don Juan fest entschlossen war, die Kampagne fortzusetzen, war es in diesem Jahr zu spät, weiterzukämpfen, und so überließ er Viniero, Hawkwood und Jacopo Fascari, dem neuen venezianischen Vizeadmiral, das Kommando über Korfu und kehrte selbst nach Messina zurück, während die verschiedenen Geschwader für den Winter in ihre Heimathäfen geschickt wurden. Viniero war inzwischen zu alt, noch einmal in den Kampf zu ziehen, und so befand sich das eigentliche Kommando in den Händen Fascaris, mit Hawkwood als seinem Stellvertreter und Berater.

Anthony war in diesen Monaten nicht untätig. Immer wenn das Wetter es erlaubte, schickte er Kundschaftergaleeren den Golf hinunter, aber nirgendwo gab es Anzeichen türkischer Unternehmungen; das Ionische Meer war wie leergefegt.

»Sultan Selim, oder besser sein Großwesir Sokollu, werden bestimmt so schnell wie möglich eine neue Flotte bauen«, warnte Anthony die anderen Offiziere. »Aber sie werden auf grünes Holz und unerfahrene Soldaten zurückgreifen müssen. Dem Sultan ist nur ein einziger erfahrener Admiral geblieben: Uludsch Ali. Sollte er also im kommenden Jahr einen Vergeltungsschlag versuchen, werden wir ihn erneut schlagen. Und wenn wir so bald wie möglich nach Osten segeln, spätestens im Juni, wird das osmanische Reich einfach auseinanderbrechen.«

Aber am 1. Mai 1572, noch während die Venezianer auf

Nachricht zur Wiedervereinigung der christlichen Flotte warteten, starb Papst Pius V. Wenngleich viele aufatmeten, war sein Tod in Wahrheit ein großes Unglück. Der alte Mann mochte sich mit seinen strengen Neuerungen und drakonischen Maßnahmen zwar höchst unbeliebt gemacht haben, aber er war die treibende Kraft hinter der christlichen Sache gewesen.

Noch schlimmer war, daß Spanien und Frankreich Krieg führten und Philipp II. von Spanien es als notwendig erachtete, einen Teil seiner Flotte zurückzubehalten, um seine Besitztümer in Nordafrika zu schützen.

Die kleinlichen Streitigkeiten, welche die christliche Einheit von Beginn an bedroht hatten, machten das große Vorhaben, die Türken in die Knie zu zwingen, letztendlich zunichte. Als Philipp von Spanien im Winter entschied, seine Flotte nicht ins östliche Mittelmeer zurückzusenden, sondern sich auf die Revolten in seinen holländischen Provinzen und den Seekrieg gegen England zu konzentrieren – beide Völker waren ihm aufgrund ihrer protestantischen Neigungen noch verhaßter als die Türken –, verlor Doge Alvise Mocenigo die Geduld.

Er zog Viniero, Fascari und Hawkwood mitsamt der venezianischen Flotte aus Korfu ab und schickte eine Gesandtschaft nach Istanbul, um Frieden mit der Pforte zu schließen.

»Aber das bedeutet, Zypern aufzugeben«, protestierte Viniero.

»Zypern ist verloren«, entgegnete der Doge von Venedig. »Wir können nichts tun, um es zurückzuholen. Wegen der Spanier ist der Krieg verloren. Jetzt müssen wir uns um die Schadensbegrenzung kümmern, sonst kämpfen wir letztendlich noch allein gegen die Osmanen.« Er wandte sich an Hawkwood. »Ihr habt die Euch versprochene Belohnung für Eure Dienste vor Lepanto noch nicht eingefordert, Hawk. Da der Krieg nun vorbei ist, zumindest für uns, wollt Ihr Euren Wunsch jetzt nicht äußern?«

Anthony musterte ihn lange schweigend.

Er hatte von so vielem geträumt. Vielleicht sogar davon,

Selim, den Tyrannen, der seine Ehre befleckt hatte, von seinem Thron zu stürzen.

So wie auch seine Mutter hochfahrende Träume genährt hatte – vor allem von ihrer Rückkehr nach England. Aber er selbst war nie in England gewesen, und das England, das Felicity gekannt hatte, das England Heinrichs VIII., war längst Geschichte.

Tatsache war, daß das Leben nicht aus Träumen bestand, wenn sich Barbaras Traum auch erfüllt haben mochte durch ihre Rückkehr in ihre Heimat Venedig. War dieser bescheidene Traum nicht der einzige, der erfüllbar war? Hier waren sie unter Freunden, und ihr größter Verbündeter war kein geringerer als der Doge persönlich.

Anthony Hawkwood war ein Held. Und wenngleich er tief enttäuscht war von der Erkenntnis, den Niedergang der Türken wohl nicht mehr zu erleben, sagte ihm seine Pflicht – und auch seine Ahnung –, daß er hierhergehörte.

Und was war mit seinen Vorfahren? Waren sie alle die Renegaten gewesen, als die die Welt sie betrachtet hatte? Er teilte diese Ansicht nicht. Die Hawkwoods waren durch die Umstände dazu gezwungen worden, den Osmanen zu dienen. Nachdem die osmanischen Sultane sie erst aufgenommen hatten, hatten sie ihren Herren denn mit bedingungsloser Treue gedient. Es war der charakterliche Verfall dieser Sultane, der Anthony schließlich dazu bewogen hatte, sich von ihnen abzuwenden und sie vor Lepanto zu bekämpfen – der bedeutendste christliche Triumph über die Osmanen.

Vielleicht war dies ja sein Schicksal gewesen: dazu beizutragen, den ersten Nagel in den Sarg der osmanischen Türken zu treiben.

»Nun?« fragte Mocenigo.

»Meine Belohnung, Monsignore? Nun, ich möchte nur hier in Venedig leben und für Euch kämpfen dürfen. Auch wenn wir jetzt Frieden schließen, wird es schon bald wieder Schlachten zu gewinnen geben, darauf könnt Ihr vertrauen.«

Alvise Mocenigo drückte seine Hand.

NACHWORT

ANTHONY HAWKWOOD SOLLTE recht behalten. Die Uneinigkeit, die im darauffolgenden Jahrhundert das Christentum spaltete – die Kriege Englands gegen Spanien und die Religionskriege in Deutschland – halfen dem Osmanischen Reich.

Don Juan d'Austria, der romantische Pläne gehegt hatte – darunter auch, England zu erobern und Maria Stuart, die Königin von Schottland, zu retten und zu heiraten –, starb am 1. Oktober 1578, knapp sieben Jahre nach seinem großen Triumph von Lepanto, im Alter von nur einunddreißig Jahren.

Während sein Halbbruder Philipp II. vollauf mit dem Atlantikkrieg gegen die Holländer und Engländer beschäftigt war, konnten die osmanischen Heere immer und immer wieder Wien belagern, und der Marschschritt der Janitscharen verbreitete weiterhin von der Donau bis an den Euphrat Angst und Schrecken.

Philipps Traum, England zu erobern, führte zu einer Seeschlacht, die beinahe die Ausmaße der berühmten Seeschlacht von Lepanto annahm. Sie wurde im Juli 1588 im Ärmelkanal ausgetragen, zwischen den Flotten Spaniens und Englands.

Miguel de Cervantes, der als Held von Lepanto zurückkehrte, wurde von Berberpiraten gefangengenommen und blieb bis 1580 in Gefangenschaft. Bei seiner Rückkehr nach Madrid begann er tatsächlich den Roman zu schreiben, der die Literatur für lange Zeit prägen sollte und noch heute das geheime Vorbild vieler Erzählungen ist: Don Quijote.

Der Sieg von Lepanto rangiert immer noch unter den bedeutendsten Schlachten der Geschichte und markiert den

Anfang vom Ende des Osmanenreichs. Wenngleich die Sultane sich bis 1918 verzweifelt an ihr Erbe klammerten, sollte es nie wieder einen Mehmed den Eroberer, einen zweiten Selim den Gestrengen oder Suleiman den Prächtigen geben. Im Rückblick wird klar, daß der gewaltigen Macht, die mit dem Fall Konstantinopels 1453 entstanden war und ein Jahrhundert lang die Weltgeschichte beherrscht hatte, am 7. Oktober 1571 bei Lepanto der Todesstoß versetzt worden war, ein Tag, der bis heute in Rom gefeiert wird.

ENDE

GLOSSAR

Akindschi	Leicht berittene Truppen, die das feindliche Hinterland auskundschaften und verwüsten.
Arkebuse	Handfeuerbüchse des 15./16. Jahrhunderts
Azymiten	Seit Mitte des 11. Jahrhunderts Bezeichnung der orthodoxen Kirche für die röm.-kath. Christen, da diese die Eucharistie mit ungesäuertem Brot (Azymon) feierten.
Beglerbeg	Provinzstatthalter in der alten Türkei
Bombarde	Belagerungsgeschütz (Steinschleudergeschütz) des 15.–17. Jahrhunderts
Cotehardie	Seit dem 13. Jahrhundert belegtes Obergewand von mäßiger Weite; seit dem 14. Jahrh. auch auf den knapp geschnittenen Rock übertragen.
Diwan	Türkischer Staatsrat; niedrige gepolsterte Liege
Doublet	Hüftlanges, aus zwei Stofflagen gearbeitetes Gewand, das über dem Hemd getragen wird.
Emir	Türkischer Fürst, Befehlshaber
Feluke	Zweimastiges Küstenschiff der Mittelmeerländer
Galeasse	Küstenfrachtsegler mit Kiel und flachem Heck
Galeone	Großes spanisches und portugiesisches Kriegs- und Handelsschiff des 15.-18. Jahrhdts.
Galiote	Kleines Küstenfahrzeug
Gymkhanas	Geschicklichkeitswettbewerb für Reiter

Großwesir	Hoher, nur dem Sultan unterstellter islamischer Beamter
Haik	Baumwollgewand
Hennin	Weibliche Kopfbedeckung in der Form eines spitzen Kegels
Houppelande	Im 15. Jahrhundert aufgekommenes glockenförmig geschnittenes Obergewand des Mannes
Imam	Vorbeter in der Moschee; Titel für verdiente Gelehrte des Islams
Janitscharen	(= neues Heer) – 1329 aus christlichen Kriegsgefangenen gebildete, auch durch Kinder ergänzte Elitearmee der Sultane
Kalif	Nachfolger, Stellvertreter – Titel mohammedanischer Herrscher als Nachfolger Mohammeds
Kapudan	Oberkommandierender der Kriegsflotte
Karavelle	Segelschiff des 14.–16. Jahrhunderts
Khan	a.) Mongol.-türkischer Herrschertitel b.) Statthalter in Persien im 16. Jahrhdt.
Kislar Aga	»Herr der Mädchen« – Eunuch schwarzer Hautfarbe und Kommandeur im Harem
Kismet	Dem Menschen von Allah zugeteiltes Los (zentraler Begriff der islam. Religion)
Levante	Mittelmeerländer östlich von Italien
Majordomus	Oberster Hofbeamter
Mamelu(c)ken	Sklaven türkischer oder kaukasischer Herkunft, die in hohe Ämter aufsteigen konnten.
Metropolit	Katholischer Erzbischof
Muezzin	Moscheediener, der fünfmal am Tag vom Minarett aus die Gläubigen zu den Gebetszeiten aufruft.
Mufti	Islamischer Rechtsgelehrter und Gutachter
Odaliske	Europäische oder kaukasische Sklavin in einem türkischen Harem
Pascha	Zunächst Ehrentitel für höchste zivile und militärische Würdenträger; dieser wurde dem Namen zugefügt: Mahmud Pascha, Hawk

	Pascha. Später oblagen dem Pascha auch Funktionen, wie Statthalter eines Territoriums.
Schiit	Anhänger der Schia, der zweiten Hauptrichtung des Islams, mit eigener, auf Mohammeds Schwiegersohn Ali zurückgeführter Sunna.
Selamik	Empfangsraum in einem vornehmen mohammedanischen Haus
Serratkuli	Fußvolk, das besonders an den Grenzen Militärdienst verrichtete; stammten meist aus der Provinz.
Spahi	Kostspielig ausgestattete Reitertruppen; erhielten vom Sultan nicht erbbaren Landbesitz.
So(u)k	Verkaufsbude, Markt
Sufi	Muslemischer Mystiker, Anhänger des Sufismus
Sukkubus	Im mittelalterlichen Volksglauben weibl. Dämon, der mit Männern in sexueller Beziehung steht.
Sunnit	Anhänger der orthodoxen Hauptrichtung des Islams, die sich auf die Sunna des Propheten stützt.
Tedeum	Ambrosianischer Lobgesang (»Dich Gott, loben wir ...«)
Türbe	Turmförmiger Grabbau mit kegel- oder kuppelartigem Dach
Tschausch	Türkischer Leibgardist, Vogt, Polizist
Valideh	Sultansmutter; neben dem Kislar Aga einflußreichste Gestalt im Harem.
Wesir	Höchster Würdenträger des türk. Sultans
Yashmak	Doppelter Schleier, den die moslemische Frau in der Öffentlichkeit trug.
Zechine	In Nachahmung der Florentiner Goldgulden seit 1284 geprägte Goldmünze Venedigs, bis ins 19. Jahrhundert verbreitet.

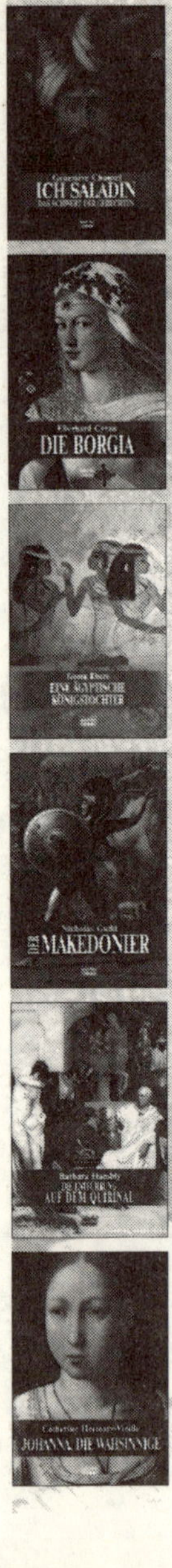
ICH SALADIN
DIE BORGIA
EINE ÄGYPTISCHE KÖNIGSTOCHTER
DER MAKEDONIER
AUF DEM QUIRINAL
JOHANNA, DIE WAHNSINNIGE